KB149765

魯迅

루쉰전집

19

루쉰전집 19권 일기 3 (일기 주석집)

초판 1쇄 발행 _ 2018년 4월 30일
엮은이 · 루쉰전집번역위원회(이주노)

펴낸이 · 유재건 | 펴낸곳 · (주)그린비출판사 | 신고번호 · 제2017-000094호
주소 · 서울시 마포구 와우산로 180, 4층 | 전화 · 702-2717 | 팩스 · 703-0272

ISBN 978-89-7682-286-4 04820 978-89-7682-222-2(세트)
이 도서의 국립중앙도서관 출판시도서목록(CIP)은 서지정보유통지원시스템 홈페이지(http://seoji.
nl.go.kr/ecip)와 국가자료공동목록시스템(http://nl.go.kr/kolisnet)에서 이용하실 수 있습니
다.(CIP제어번호: CIP2018009824)
이 책의 번역저작권은 루쉰전집번역위원회와 (주)그린비출판사에 있습니다. 저작권법에 의해 한국
내에서 보호를 받는 저작물이므로 무단전재와 복제를 금합니다. 책값은 뒤표지에 있습니다.

루쉰(魯迅). 1935년.

루쉰의 고향 저장성 사오싱.

1910년 7월부터 1912년 2월까지 루쉰이 거주한 고향 집의 침실.

루쉰의 부친 저우보이(周伯宜)와 모친 루루이(魯瑞).

루쉰의 아내 쉬광핑(許廣平)과 아들 저우하이잉(周海嬰).
1930년 9월 상하이에서 촬영.

왼쪽부터 저우쭤런의 아내 하부토 노부코(羽太信子), 저우쭤런(周作人), 노부코의 남동생 하부토 시게히사(羽太重久). 1910년 일본에서 촬영.

왼쪽 위부터 시계 방향으로 저우젠런(周建人), 저우펑치(周鳳岐), 저우쭤런, 하부토 노부코와 아기 저우펑이(周豊一), 모친 루루이, 저우젠런의 아내 하부토 요시코(羽太芳子). 1912년 사오싱에서 촬영.

일본의 마루젠서점(丸善書店). 루쉰은 일본 유학 시기부터 이곳에서 자주 책을 구입했다.

루쉰이 소장한 서양서적들.

루쉰이 소장한 일본서적들.

상하이루쉰박물관에 소장된, 루쉰 소장 서적들. 왼쪽부터 『고민의 상징』, 『검은 가면을 쓴 사람』, 『마음의 탐험』, 『외투』, 『가난한 사람들』, 『고향』, 『산야철습』.

상하이 딕스웰로에 있던 루쉰의 장서실. 1933년 루쉰은 딕스웰로에 있던 방 하나를 세 내어 장서실로 사용했다. (지금의 리양로(溧陽路) 1359호 2층.)

『사상·산수·인물』. 일본인 쓰루미 유스케(鶴見祐輔)가 지은 수필집으로 루쉰이 선역하여 1928년 상하이 베이신(北新)서국에서 출판되었다.

『중국신문학대계·소설2집』. 1935년부터 1936년에 걸쳐 상하이 량유(良友)도서인쇄공사에서 출판된 중국신문학대계(총 10집)의 제4집으로 루쉰이 편집했다.

『철갑열차 Nr. 14-69』. 소련 이바노프의 소설로 스형(侍桁)이 번역했으며, 루쉰이 교정하고 후기를 썼다. 1932년 상하이 신주국광사(神州國光社)에서 출판되었다.

천추차오(陳秋草)가 그린 「루쉰을 추억하며 루쉰을 학습하다」.

루쉰전집

19

일기 · 3 (일기 주석집)

루쉰전집번역위원회 엮음

ㅇB
그린비

| 일러두기 |

1 이 책은 중국에서 출판된『魯迅全集』1981년판과 2005년판(이상 北京: 人民文学出版社) 등을 참조하여 번역한 한국어판『루쉰전집』이다.

2 단행본·전집·정기간행물·장편소설 등에는 겹낫표(『 』)를, 논문·기사·단편·영화·연극·공연·회화 등에는 낫표(「 」)를 사용했다.

3 외국의 인명이나 지명, 작품명은〈국립국어원〉에서 펴낸 '외래어 표기법'에 근거해 표기했다. 단, 중국의 인명은 신해혁명(1911년) 때 생존 여부를 기준으로 현대인과 과거인으로 구분하여 현대인은 중국어음으로, 과거인은 한자음으로 표기했으며, 중국의 지명은 구분을 두지 않고 중국어음으로 표기하는 것을 원칙으로 했다.

4 루쉰전집 관련 참고사항을 그린비출판사 블로그(https://blog.naver.com/greenbee books) 내 '루쉰전집 아카이브'에 실어 두었다. 번역 관련 오류와 오탈자 수정사항 또한 이 아카이브를 통해 계속 업데이트할 예정이다.

『루쉰전집』을 발간하며

루쉰을 읽는다, 이 말에는 단순한 독서를 넘어서는 어떤 실존적 울림이 담겨 있다. 그래서 루쉰을 읽는다는 말은 루쉰에 직면直面한다는 말의 동의어가 되기도 한다. 그런데 루쉰에 직면한다는 말은 대체 어떤 입장과 태도를 일컫는 것일까?

2007년 어느 날, 불혹을 넘고 지천명을 넘은 십여 명의 연구자들이 이런 물음을 품고 모였다. 더러 루쉰을 팔기도 하고 더러 루쉰을 빙자하기도 하며 루쉰이라는 이름을 끝내 놓지 못하고 있던 이들이었다. 이 자리에서 누군가가 이런 말을 던졌다. 『루쉰전집』조차 우리말로 번역해 내지 못한다면 많이 부끄러울 것 같다고. 그 고백은 낮고 어두웠지만 깊고 뜨거운 공감을 얻었다. 그렇게 이 지난한 작업이 시작되었다.

혹자는 말한다. 왜 아직도 루쉰이냐고. 이에 대해 우리는 이렇게 대답할 수밖에 없다. 아직도 루쉰이라고. 그렇다면 왜 루쉰일까? 왜 루쉰이어야 할까?

루쉰은 이미 인류의 고전이다. 그 없이 중국의 5·4를 논할 수 없고 중국 현대혁명사와 문학사와 학술사를 논할 수 없다. 그는 사회주의혁명 30년 동안 누구도 건드릴 수 없는 성역으로 존재했으나 동시에 사회주의 이데올로기의 금구를 타파하는 데에 돌파구가 되었다. 그의 삶과 정신 역정은 그가 남긴 문집처럼 단순하지만은 않다. 근대이행기의 암흑과 민족적 절망은 그를 끊임없이 신新과 구舊의 갈등 속에 있게 했고, 동서 문명충돌의 격랑은 서양에 대한 지향과 배척의 사이에서 그를 배회하게 했다. 뿐만 아니라 1930년대 좌와 우의 극한적 대립은 만년의 루쉰에게 선택을 강요했으며 그는 자신의 현실적 선택과 이상 사이에서 끝없이 방황했다. 그는 평생 철저한 경계인으로 살았고 모순이 동거하는 '사이주체'間主體로 살았다. 고통과 긴장으로 점철되는 이런 입장과 태도를 그는 특유의 유연함으로 끝까지 견지하고 고수했다.

한 루쉰 연구자는 루쉰 정신을 '반항', '탐색', '희생'으로 요약했다. 루쉰의 반항은 도저한 회의懷疑와 부정否定의 정신에 기초했고, 그 탐색은 두려움 없는 모험정신과 지칠 줄 모르는 창조정신에서 비롯되었다. 또한 그의 희생정신은 사회의 약자에 대한 순수하고 여린 연민과 양심에서 가능했다.

이 모든 정신의 가장 깊은 바닥에는 세계와 삶을 통찰한 각자覺者의 지혜와 존재하는 모든 것들에 대한 허무 그리고 사랑이 있었다. 그에게 허무는 세상을 새롭게 읽는 힘의 원천이자 난세를 돌파해 갈 수 있는 동력이었다. 그래서 그는 굽힐 줄 모르는 '강골'强骨로, '필사적으로 싸우며'(쩡자掙扎) 살아갈 수 있었다. 그랬기에 '철로 된 출구 없는 방'에서 외칠 수 있었고 사면에서 다가오는 절망과 '무물의 진'無物之陣에 반항할 수 있었다. 그는 자신을 둘러싼 모든 것과 대결했다. 이러한 '필사적인 싸움'의 근저에는 생명과 평등을 향한 인본주의적 신념과 평민의식이 자리하고 있다. 이 것이 혁명인으로서 루쉰의 삶이다.

우리에게 몇 가지 『루쉰선집』은 있었지만 제대로 된 『루쉰전집』 번역 본은 없었다. 만시지탄의 감이 없지 않지만 이제 루쉰의 모든 글을 우리말 로 빚어 세상에 내놓는다. 게으르고 더딘 걸음이었지만 이것이 그간의 직 무유기에 대한 우리 나름의 답변이 될 수 있기를 희망해 본다.

번역저본은 중국 런민문학출판사에서 출판된 1981년판 『루쉰전집』 과 2005년판 『루쉰전집』 등을 참조했고, 주석은 지금까지의 국내외 연구 성과를 두루 참조하여 번역자가 책임해설했다. 전집 원본의 각 문집별로 번역자를 결정했고 문집별 역자가 책임번역을 했다. 이 과정에서 몇 년 동 안 매월 한 차례 모여 번역의 난제에 대해 토론을 벌였고 상대방의 문체에 대한 비판과 조율의 과정을 거쳤다. 그러므로 원칙상으로는 문집별 역자 의 책임번역이지만 내용상으론 모든 위원들의 의견이 문집마다 스며들어 있다.

루쉰 정신의 결기와 날카로운 풍자, 여유로운 해학과 웃음, 섬세한 미 학적 성취를 최대한 충실히 옮기기 위해 노력했지만 많이 부족하리라 생 각한다. 독자 제현의 비판과 질정으로 더 나은 번역본을 기대한다. 작업에 임하는 순간순간 우리 역자들 모두 루쉰의 빛과 어둠 속에서 절망하고 행 복했다.

2010년 11월 1일
한국 루쉰전집번역위원회

| 루쉰전집 전체 구성 |

• 일기 서적 주석

『루쉰전집』 17권과 18권은 작가가 1912년 5월 5일부터 1936년 10월 18일까지 쓴 일기를 수록하고 있다. 작가 생전에 발표한 적이 없다. 1951년 상하이출판공사가 수고(手稿)를 가지고 영인본을 출판한 적이 있다. 그러나 당시 1922년 일기는 수고가 분실되어 빠져 있었다. 1959년과 1976년 런민문학출판사에서 두 차례 활자본을 출판했으며, 여기에 쉬서우창(許壽裳)이 기록·보존하고 있던 것들을 토대로 하여 누락된 1922년 일기를 제18권(중국어판으로는 제16권) 끝에 부록으로 넣었다.

19권은 일기 주석집으로, 17권과 18권에 등장하는 인물과 서적에 대한 주석을 가나다순으로 수록하였다. 각각의 항목은 "인물명(서적명), 주석 내용, 일기에 기록된 연·월·일" 순으로 기록되어 있다. (예) "**가가와 도요히코**(賀川豊彦, 1888~1960) 일본인 목사. 종교운동가로 알려져 있다.─1934 ③ 10."

일기 인물 주석

【ㄱ】

가가와 도요히코(賀川豊彦, 1888~1960) 일본인 목사. 종교운동가로 알려져 있다. ― 1934
③ 10.

가네코(金子) ― 가네코 미쓰하루(金子光晴) 참조.

가네코 미쓰하루(金子光晴, 1895~1975) 일본 아이치현(愛知縣) 출신의 시인이자 화가. 일
기에는 가네코(金子)로도 기록되어 있다. 1928년 봄에 구니키다 도라오(國木田虎雄),
우루가와(宇留川) 등과 함께 중국에 왔을 때 우치야마 간조(內山完造)의 소개로 루쉰
을 알게 되었다. 이듬해 3월에 루쉰은 그가 창작한 우키요에(浮世繪, 에도江戶시대 일
본화의 하나)를 관람했다. ― 1928 ④ 2. 1929 ① 26. ③ 31.

가네코(金子)의 부인 ― 모리 미치요(森三千代) 참조.

가라시마(辛島) ― 가라시마 다케시(辛島驍) 참조.

가라시마 다케시(辛島驍, 1903~1967) 일본의 중국문학자. 시오노야 온(鹽谷溫)의 제자이
자 사위이다. 도쿄제국대학에 재학 중이던 1926년 여름방학에 중국에 여행을 왔다
가 시오노야 온의 소개로 루쉰과 알게 되었다. 1929년에 대학을 졸업한 후 1933년에
조선 경성대학(京城大學)의 교수가 되었다. ― 1926 ⑧ 17, 19. ⑨ 12, 19, 20. ⑩ 5, 30.
⑪ 3. ⑫ 31. 1927 ④ 1, 2. 1928 ② 18, 23. ③ 1, 9. 1929 ⑨ 8, 11, 24. 1933 ① 23, 24.
② 14.

가마다(鎌田) ― 가마다 세이이치(鎌田誠一) 참조.

가마다(鎌田) ― 가마다 히사시(鎌田壽) 참조.

가마다(鎌田) 부인 ― 원명은 후와 아이코(不破愛子). 가마다 히사시(鎌田壽)의 아내이다.
― 1933 ④ 23. 1934 ⑤ 27. ⑫ 27, 30. 1935 ⑫ 21.

가마다 세이이치(鎌田誠一, 1905~1934) 일본 후쿠오카(福岡) 출신. 일기에는 가마다 세이
이치(鎌田政一), 가마다(鎌田), 세이이치(政一 혹은 誠一)로도 기록되어 있다. 우치야
마(內山)서점의 점원이며, 그림 애호가이다. 루쉰은 그의 명의로 리양로(溧陽路)에 장
서용 가옥을 임대했다. 1934년에 병사했으며, 이듬해에 루쉰은 그를 위해 묘기(墓記)
를 지었다. ― 1930 ⑩ 28. 1931 ④ 17. ⑤ 16. 1932 ③ 11, 19. ⑤ 7. ⑦ 3. ⑨ 13. 1933
④ 23. ⑦ 13. 1934 ⑤ 17. 1935 ④ 11, 22. ⑤ 17.

가마다 세이이치(鎌田政一) ― 가마다 세이이치(鎌田誠一) 참조.

가마다 히사시(鎌田壽, 1899~1975) 일본 후쿠오카(福岡) 출신. 일기에는 가마다(鎌田)로
  도 기록되어 있다. 가마다 세이이치(鎌田誠一)의 형이며, 우치야마(內山)서점의 회계
  이다. 늘 루쉰을 대신하여 수도와 전기 요금, 집세 등의 지불을 처리했다. ― 1930 ⑨
  27. 1932 ③ 10, 19. ⑤ 21. ⑦ 3. ⑩ 27. 1933 ① 25. ② 14. ④ 23. ⑤ 25. ⑫ 31. 1934 ②
  2. ⑫ 30. 1935 ② 3. ④ 11. ⑤ 17. ⑧ 6, 31. 1936 ② 25. ⑦ 4, 12.

가마다 히사시(鎌田壽)의 두 아들 ― 1933 ④ 23.

가쓰라 다로(桂太郎) 일본인. 당시 베이핑에 유학을 왔으며, 한문학을 전공했다. ― 1936
  ① 6.

가오거(高歌, 1904~?) 산시(山西) 위현(盂縣) 출신이며, 광풍사(狂飆社)의 성원으로 활동했
  다. 가오창훙(高長虹)의 첫째동생이다. 루쉰이 베이징세계어전문학교에서 교편을 잡
  았을 때의 학생이다. 1925년에 뤼치(呂琦), 샹페이량(向培良)과 카이펑에서 『위바오』
  (豫報) 부간을 함께 펴냈으며, 1926년에는 『쉬안상』(弦上) 주간의 편집에 참여했다.
  ― 1924 ⑫ 20. 1925 ① 22. ② 24. ③ 12, 22, 23, 28. ④ 5, 22, 23. ⑧ 18. 1926 ⑤ 8, 16.
  ⑥ 2, 5, 23, 30. ⑦ 4, 6, 15, 18, 25. ⑧ 8, 14, 26.

가오란(暠嵐) ― 뤄아이란(羅皚嵐) 참조.

가오랑셴(高朗仙) ― 가오부잉(高步瀛) 참조.

가오랑셴(高閬仙) ― 가오부잉(高步瀛) 참조.

가오랑셴(高閬仙)의 어머니 ― 1920 ④ 10. ⑤ 2.

가오루(高魯, 1877~1947) 푸젠(福建) 창러(長樂) 출신이며, 자는 수칭(曙靑)이다. 교육부
  편찬원을 지냈다. 1924년 당시 중앙관상대 대장으로 근무하면서 베이징대학 강사를
  지냈다. ― 1924 ⑫ 14.

가오밍(高明, 1908~?) 장쑤(江蘇) 우진(武進) 출신의 번역운동가. 『위쓰』(語絲) 주간 기고
  자이다. ― 1928 ② 18. ⑦ 22. ⑨ 13. 1929 ④ 24. ⑥ 28, 30.

가오부잉(高步瀛, 1873~1940) 허베이(河北) 바현(霸縣) 출신이며, 자는 랑셴(閬仙), 일기에
  는 랑셴(朗仙)으로도 기록되어 있다. 1915년 8월에 교육부 사회교육사 사장(司長)을
  지냈으며, 후에 베이징사범대학 국문계 교수와 여자사범대학 교수를 겸임했다. ―
  1915 ⑨ 29. 1920 ④ 10, 25. ⑤ 2. 1921 ⑨ 13. ⑩ 7. 1923 ① 30. ⑤ 15. 1924 ⑤ 6, 31.
  ⑪ 10. 1925 ⑦ 7. ⑧ 14. ⑨ 25. 1929 ⑤ 21.

가오슈잉(高秀英) 허난(河南) 카이펑(開封) 출신이며, 자는 차오췬(超群)이다. 일기에는 가
  오(高) 여사로도 기록되어 있다. 1924년에 베이징여자고등사범학교 수리계를 졸업
  했다. 쉬셴쑤(許羨蘇)의 학우이다. ― 1924 ⑫ 1, 7.

가오(高) 여사 — 가오슈잉(高秀英) 참조.

가오(高) 의사 — 고다드(高福林) 참조.

가오이한(高一涵, 1885~1968) 안후이(安徽) 류안(六安) 출신. 일본에서 유학했으며, 당시 베이징대학 정치계 교수로 재직하였으며, 『신청년』(新靑年) 편집진의 한 사람이었다. — 1919 ③ 10.

가오쥔펑(高峻峰) 톈진(天津) 출신이며, 자는 슈산(秀山)이다. 국민당군 중령(中校)이며, 치서우산(齊壽山)의 소개로 루쉰을 알게 되었다. — 1929 ① 31. ③ 6, 12. 1930 ② 18. ③ 16. ④ 3. ⑤ 6, 9.

가오쥔펑(高君風) 확실치 않음. — 1925 ⑨ 6, 13.

가오즈(高植, 1910~1960) 안후이(安徽) 우후(蕪湖) 출신의 번역가이며, 자는 제즈(介植)이다. 당시 난징(南京) 중앙(中央)대학에 재학 중이었다. — 1933 ⑫ 9.

가오창훙(高長虹, 1898~1956?) 산시(山西) 위현(盂縣) 출신이며, 광풍사(狂飆社)의 주요 성원으로 활동했다. 창작 면에서 루쉰의 도움을 많이 받았으며, 그의 최초의 잡감과 시의 합집인 『마음의 탐험』(心的探險)은 루쉰이 선편하고 교정하여 '오합(烏合)총서'에 수록되었다. 루쉰이 베이징을 떠나 샤먼(厦門)에 온 후 상하이에서 루쉰을 공격하고 비방했다. 루쉰은 이에 대해 반박하는 글을 썼다. — 1924 ⑫ 10, 20, 24. 1925 ② 8, 11, 16, 24. ③ 1, 4, 9, 16, 20, 22, 24, 29. ④ 5, 11, 13, 17, 21, 26, 28. ⑤ 2, 3, 5, 8, 9, 14, 19, 21, 25, 29. ⑥ 3, 8, 13, 16, 18, 22, 29. ⑦ 5, 13, 14, 19, 20, 27. ⑧ 2, 4, 5, 9, 10, 14, 18, 20, 23, 24, 28. ⑨ 5, 9, 14, 18, 22, 26, 27. ⑩ 1, 12, 18, 27. ⑪ 6. ⑫ 22. 1926 ① 10, 29. ② 12, 13, 22. ③ 1, 14, 23. ④ 2, 8, 11, 13. ⑥ 14. ⑦ 14. ⑧ 31. ⑨ 14.

가이센(戒仙) — 나카무라 가이센(中村戒仙) 참조.

가지(鹿地) — 가지 와타루(鹿地亘) 참조.

가지(鹿地) 군의 모(母)부인 — 1936 ⑧ 18.

가지(鹿地) 부인 — 이케다 사치코(池田幸子) 참조.

가지 와타루(鹿地亘, 1903~1982) 일본의 소설가이자 비평가. 1936년 1월 정치적 박해를 피해 상하이에 왔으며, 『루쉰잡감선집』(魯迅雜感選集)을 일본어로 번역할 때 루쉰의 도움을 받았다. — 1936 ⑧ 18, 23. ⑨ 3, 6, 15. ⑩ 4, 17.

가키쓰(嘉吉) — 우치야마 가키쓰(內山嘉吉) 참조.

가타야마 마쓰모(片山松藻) — 우치야마 마쓰모(內山松藻) 참조.

가토(加藤) — 가토 마사노(加藤眞野) 참조.

가토 마사노(加藤眞野) 일본인. 우치야마 미키(內山美喜)의 벗이며, 1931년 당시 상하이에 거주했다. 미키가 세상을 떠난 후, 1950년에 우치야마 간조(內山完造)와 결혼했다. —

1931 ⑥ 2.

간 군(甘君) — 간룬성(甘潤生) 참조.

간나이광(甘乃光, 1897~1957) 광시(廣西) 천시(岑溪) 출신이며, 자는 쯔밍(自明)이다. 미국 시카고대학을 졸업했다. 1927년에 국민당 광둥성당부(廣東省黨部) 집행위원, 광저우 (廣州) 정치분회 위원, 광저우『민국일보』(民國日報)와『국민신문』(國民新聞)의 사장, 광저우 중산(中山)대학 정치훈육부 부주임을 지냈다. 후에 국민당 중앙집행위원, 외교부 정무차장, 행정원 비서장 등을 역임했다. — 1927 ① 24. 1929 ⑥ 26.

간누(甘努) — 녜간누(聶紺弩) 참조.

간누(紺奴) — 녜간누(聶紺弩) 참조.

간누(紺弩) — 녜간누(聶紺弩) 참조.

간룬성(甘潤生) 저장(浙江) 사오싱(紹興) 출신이며, 이름은 위안하오(元顥), 자는 룬성이다. 일기에는 간 군(甘君), 간룬성(甘閏生)으로도 기록되어 있다. 루쉰이 삼미서옥(三昧書屋)에서 공부할 때의 학우이다. 1915년에 베이징 중국은행에서 근무했다. — 1915 ⑩ 1. 1916 ④ 30. ⑤ 7, 28. ⑥ 10. ⑦ 7, 16. ⑫ 2. 1917 ① 28. ③ 6.

간룬성(甘閏生) — 간룬성(甘潤生) 참조.

간 아무개(甘某) — 간평윈(甘鵬雲) 참조.

간위안하오(甘元顥) — 간룬성(甘潤生) 참조.

간평윈(甘鵬雲, 1862~1941) 후베이(湖北) 첸장(潛江) 출신이며, 자는 이푸(翼父)이다. 당시 교육부 총무청 비서를 지내고 있었다. — 1924 ② 8.

거리청소부(掃街人) 징윈리(景雲里)의 청소부. — 1930 ① 29.

거바오취안(戈寶權, 1913~2000) 장쑤(江蘇) 둥타이(東台) 출신의 번역가이자 학자이다. 1936년에 톈진(天津)『다궁바오』(大公報)의 모스크바 주재 기자를 지냈다. 인편에 편지를 보내 루쉰에게『죽은 혼』(死魂靈) 번역 속의 사소한 오류를 알려 주었으며, 루쉰에게『고골 화전』(果戈理畵傳)을 기증했다. — 1936 ① 8.

거셴닝(葛賢寧) 문학청년으로,『선바오』(申報)「자유담」(自由談) 투고자이다. — 1934 ② 22. ③ 13.

거스룽(葛世榮) 후에 쓰융(斯永)으로 개명. 1928년 당시 상하이 푸단(復旦)대학에 재학 중이었다. 같은 해 5월 15일 루쉰은 푸단실험중학에 가서「늙되 죽지 않음을 논함」(老而不死論)이라는 제목의 강연을 했는데, 그는 이 강연의 기록을 루쉰에게 부쳤다. 루쉰은 약간 수정하여 돌려주면서 그에게 발표하지 말라고 부탁하였으나, 그는 제멋대로 신문에 투고하여 발표해 버렸다. — 1928 ⑥ 13.

거우커자(苟克嘉, 1906~?) 구이저우(貴州) 츠수이(赤水) 출신이며, 돤쉐성(段雪生)의 조카이다. 당시 상하이 둥야퉁원(東亞同文)서원에 재학 중이었다.—1930 ⑤ 11.

거이훙(葛一虹, 1913~2005) 장쑤(江蘇) 자딩(嘉定, 현재 상하이에 속함) 출신의 희극가. 좌익희극가연맹의 성원으로 활동했다. 당시 『문학신집』(文學新輯)의 엮은이이다.—1935 ④ 1.

거친(葛琴, 1907~1995) 장쑤(江蘇) 이싱(宜興) 출신의 작가. 좌익작가연맹의 성원으로 활동했다. 루쉰은 그녀의 소설 『총퇴각』(總退却)을 위해 서문을 써 주었으며, 경제적으로도 도움을 주었다.—1933 ⑫ 18, 19, 28. 1934 ① 4, 18. ⑧ 25, 27. ⑪ 26. 1935 ⑥ 10. 1936 ⑧ 9.

거페이(葛飛)—1933 ⑫ 24.

경난(耕南)—처경난(車耕南) 참조.

경난(耕男)—처경난(車耕南) 참조.

경난(耕南)의 아내—처경난(車耕南)의 아내 참조.

고노미(木の實)—마스다 고노미(增田木實) 참조.

고노미(木之實)—마스다 고노미(增田木實) 참조.

고노 사쿠라(河野櫻) 일본인. 이케다 사치코(池田幸子)의 벗이다.—1936 ⑧ 23. ⑨ 23.

고노(河野) 여사—고노 사쿠라(河野櫻) 참조.

고니시(小西) 일본인 고니시 헤이타로(小西兵太郎). 당시 홋카이도(北海道)대학 교수.—1923 ⑤ 4.

고다드(F. W. Goddard, 중국명 高福林) 일기에는 가오(高) 의사로도 기록되어 있다. 미국인 선교사이며, 사오싱(紹興)의 푸캉(福康)의원 원장을 지냈다. 1921년 당시 베이징에서 열린 의학회의에 참가했다.—1912 ⑪ 30. 1921 ⑧ 10.

고라 도미(高良富, 1896~1993) 일본의 여성운동가, 평화운동가이며 필명은 고라 도미코(高良富子)이다. 일기에는 고라 도미코, 고라 여사, 고라 부인으로 기록되어 있다. 인도에 가서 간디를 방문한 뒤 돌아오는 길에 상하이에 들렀을 때 우치야마 간조(內山完造)의 소개로 루쉰과 알게 되었다. 루쉰은 칠언율시 한 수를 써 주었으며, 이 시는 우치야마 간조에 의해 일본에 부쳐졌다. 고라 도미는 귀국하자마자 루쉰에게 『당송원명명화대관』(唐宋元明名畫大觀)을 답례로 보냈다.—1932 ① 12, 23. ⑤ 17. ⑥ 3.

고라 도미코(高良富子)—고라 도미(高良富) 참조.

고라(高良) 부인—고라 도미(高良富) 참조.

고라(高良) 여사—고라 도미(高良富) 참조.

고바야시(小林)—고바야시 유타오(小林胖生) 참조.

고바야시 유타오(小林胖生, 1876~1957) 일본인. 당시 베이징에서 중국의 풍속과 생활형편 등을 연구했다. —1926 ⑦ 1.

고야마(小山) — 고야마 호리이치(小山濠一) 참조.

고야마 마사오(小山正夫) 일본인. 일본 미카사쇼보(三笠書房)의 편집자. —1935 ⑫ 9.

고야마 호리이치(小山濠一) 일본인. 상하이 푸민(福民)의원 내과 의사. —1935 ⑨ 10.

고지마(小島) — 고지마 스이우(小島醉雨) 참조.

고지마 스이우(小島醉雨) 일본인. 중국문학연구자. —1931 ⑪ 29. 1933 ④ 23. 1935 ⑧ 13. ⑫ 18. 1936 ⑦ 14.

곤씨(岡氏) — 곤차로프(А. Д. Гончаров) 참조.

곤차로프(А. Д. Гончаров, 1903~?) 일기에는 곤씨(岡氏), A. Gontcharov로도 기록되어 있다. 소련의 목각가이다. 루쉰이 소련의 판화를 구한다는 것을 알고서 자신의 작품을 차오징화(曹靖華)를 통해 루쉰에게 전했으며, 루쉰과 편지를 주고받았다. —1932 ⑥ 3. 1934 ⑩ 9, 15, 22, 27. ⑪ 2. 1935 ② 10.

관라이칭(關來卿) 저장(浙江) 항저우(杭州) 출신이며, 이름은 웨이전(維震), 자는 라이칭이다. 일기에는 관 선생(關先生)으로도 기록되어 있다. 경사도서관(京師圖書館) 분관 주임을 지냈다. —1913 ⑥ 6, 12, 17. ⑧ 12. ⑨ 13, 15, 18, 23. ⑩ 17, 19, 26. ⑪ 15. ⑫ 7. 1914 ① 17, 22, 26. ② 18. ③ 14. ④ 5. ⑤ 30.

관 선생(關先生) — 관라이칭(關來卿) 참조.

관성(關生) 확실치 않음. —1927 ⑨ 26.

관줘란(關卓然) 저장(浙江) 항저우(杭州) 출신이며, 이름은 펑주(鵬九), 자는 줘란이다. 항저우의 저장양급사범학당에서 루쉰과 함께 근무했다. 1914년에 베이징 재정계(財政界)에서 근무했다. —1914 ⑤ 17.

광런(光人) — 후펑(胡風) 참조.

광런(光仁) — 후펑(胡風) 참조.

광샹(廣湘) — 자오광샹(趙廣湘) 참조.

광핑(廣平) — 쉬광핑(許廣平) 참조.

구경(九經) — 김구경(金九經) 참조.

구 군(顧君) — 구멍위(顧孟餘) 참조.

구니키다(國木田) — 구니키다 도라오(國木田虎雄) 참조.

구니키다 도라오(國木田虎雄, 1902~1970) 일본 작가인 구니키다 돗포(國木田獨步, 1871~1908)의 큰아들이며, 중국문학을 연구했다. 1928년 봄에 우루가와(宇留川), 가네코 미쓰하루(金子光晴) 등과 함께 상하이에 왔을 때에 루쉰과 알게 되었다. —1928 ④ 2.

구니키다(國木田) 부인 일본인 구니키다 미치코(國木田道子)를 가리킨다. 구니키다 도라오

(國木田虎雄)의 아내이다. —1928 ④ 2.

구둔러우(顧敦鍒, 1898~1998) 장쑤(江蘇) 우현(吳縣) 출신. 자는 융루(雍如). 일기에는 구융루(顧雍如)로도 기록되어 있다. 베이징대학 연구소국학문(研究所國學門)을 졸업했으며, 항저우(杭州) 즈장(之江)대학에서 교편을 잡았다. —1926 ⑫ 6, 9.

구딩메이(顧鼎梅, 1875~1949) 저장(浙江) 사오싱(紹興) 출신의 금석학자이자 서화가이며, 이름은 셰광(燮光), 자는 딩메이이다. 1917년에 허난(河南) 일대에서 금석 탁본을 수집했다. —1917 ③ 20, 21. ⑤ 16. 1918 ⑥ 3.

구라이시 다케시로(倉石武四郎, 1897~1975) 일본의 중국어학자이자 중국문학자. 당시 교토(京都)대학 중국문학과 부교수를 지냈다. 1928년부터 1930년에 걸쳐 중국에서 언어조사를 행했는데, 김구경(金九經)의 소개로 쓰카모토 젠류(冢本善隆) 등과 함께 루쉰이 소장하고 있는 육조시대의 탁본을 구경하러 갔다. —1929 ⑤ 31.

구랑(顧琅, 1880~?) 장쑤(江蘇) 난징(南京) 출신이며, 원성은 루이(芮), 이름은 티첸(體乾), 후에 성과 이름을 구(顧)와 랑(琅)으로 개명, 호는 쉬천(碩臣) 혹은 스천(石臣)이다. 루쉰이 난징의 광무철로학당(礦務鐵路學堂)과 일본 고분(弘文)학원에 다닐 때의 학우이며, 『중국광산지』(中國礦産志)를 루쉰과 공저했다. 1912년 이후 펑톈(奉天) 번시후 탄광공사(本溪湖煤礦公司) 기사 등을 지냈다. —1912 ⑤ 21, 22. 1915 ⑪ 20, 21.

구리하라 미치히코(栗原猷彦) 상하이 미쓰이(三井)양행의 일본인 직원. 아마추어 화가이다. —1932 ⑦ 3.

구멍위(顧孟餘, 1888~1972) 허베이(河北) 완핑(宛平, 현재 베이징에 속함) 출신이며, 이름은 자오슝(兆熊), 자는 멍위이다. 일기에는 멍위(孟漁 혹은 夢漁), 구 군(顧君)으로도 기록되어 있다. 일찍이 독일에서 유학했다. 1925년 당시 베이징대학 경제계 교수, 베이징 교육회 회장을 지냈다. 1926년 후반기에 광저우(廣州) 중산(中山)대학위원회 부주임 위원을 지냈다. 후에 국민당 중앙집행위원, 선전부장, 국민당정부 철도부장 등을 역임했다. —1925 ⑪ 26, 28, 29. 1928 ③ 1. 1929 ① 10. ④ 28. 1934 ⑨ 27.

구멍위(顧孟餘)의 아내 웨이쩡잉(韋增英, 1885~1975)을 가리킨다. 광둥(廣東) 광저우(廣州) 출신이며, 독일에 유학하여 회화(繪畵)를 공부했다. —1929 ① 10.

구메 하루히코(久米治彦, 1900~1961) 이바라키(茨城) 출신의 일본인. 상하이 푸민의원(福民醫院)의 산부인과 의사이다. 1929년 9월 27일 쉬광핑(許廣平)의 출산을 도왔다. —1929 ⑩ 24.

구서우보(顧壽伯) —타오서우보(陶壽伯) 참조.

구스밍(顧世明, 1893~1924) 저장(浙江) 사오싱(紹興) 출신이며, 자는 중융(仲雍)이다. 루쉰이 산콰이(山會)초급사범학당에서 교편을 잡았을 때의 학생이다. 당시 베이징사범대학 국문계에 재학 중이었다. — 1924 ③ 29.

구스쥔(顧石君) 허베이(河北) 완핑(宛平, 현재 베이징에 속함) 출신이며, 이름은 자오린(兆麐), 자는 스쥔이다. 경사학무국(京師學務局) 소학교육과 과장을 지냈다. — 1918 ⑧ 31.

구스천(顧石臣) ― 구랑(顧琅) 참조.

구안화(古安華) ― 차오징화(曹靖華) 참조.

구양우(顧養吾, 1880~?) 장쑤(江蘇) 우시(無錫) 출신이며, 이름은 청(澄), 자는 양우이다. 1912년에 교육부 첨사 겸 총무청 통계과 과장을 지냈으며, 후에 재정부 등에서 근무했다. 1914년 1월 루쉰은 그를 통해 저우쭤런(周作人)이 번역한 소설 『목탄화』(炭畵)를 원밍(文明)서국에 건네주었다. — 1913 ⑫ 8. 1914 ① 16.

구완촨(谷萬川, 1905~1970) 허베이(河北) 왕두(望都) 출신이며, 필명은 반린(半林)이다. 북방 좌익작가연맹의 성원이며, 베이징사범대학 학생이다. 『문학잡지』(文學雜誌)를 편집했다. — 1933 ④ 28. ⑥ 10, 12, 20, 26, 30. 1935 ⑩ 18.

구융루(顧雍如) ― 구둔러우(顧敦鍒).

구이바이주(桂百鑄, 1878~1968) 구이저우(貴州) 구이양(貴陽) 출신의 화가이며, 이름은 스청(詩成), 자는 바이주이다. 교육부에서 잇달아 보통교육사 및 전문교육사의 주사를 지냈다. — 1914 ⑪ 6.

구이차오(顧一樵, 1902~2002) 장쑤(江蘇) 우시(無錫) 출신의 과학자이자 문학가이며, 이름은 위슈(毓琇)이다. 문학연구회(文學研究會) 성원으로 활동했다. 당시 미국 매사추세츠 공과대학 전기공학과에 유학 중이었다. — 1924 ② 3.

구잉(谷英) 확실치 않음. — 1927 ③ 23.

구전푸(顧震福, ?~1935) 장쑤(江蘇) 화이안(淮安) 출신의 성운훈고학자이며, 자는 주허우(竹侯)이다. 베이징여자고등사범학교 국문계 교수를 지냈다. — 1924 ④ 16.

구제강(顧頡剛, 1893~1980) 장쑤(江蘇) 우현(吳縣) 출신의 역사학자이며, 자는 밍젠(銘堅)이다. 1920년에 베이징대학 철학부를 졸업하고, 1924년 당시 이 학교에 재직 중이었다. 1926년과 1927년에 샤먼(廈門)대학과 광저우(廣州)의 중산(中山)대학에서 잇달아 교수로 지냈다. — 1924 ⑩ 12. ⑫ 5, 15. 1925 ⑧ 14, 20. 1926 ⑤ 15. ⑥ 15. ⑧ 5. ⑨ 8. 1927 ① 8. ⑦ 31. ⑧ 1, 5, 8.

구주허우(顧竹侯) ― 구전푸(顧震福) 참조.

구중룽(谷中龍) 후난(湖南) 레이양(耒陽) 출신. 일기에는 구톄민(谷鐵民)으로도 기록되어 있다. 1926년에 샤먼(廈門)대학에 다니다가 이듬해에 광저우(廣州) 중산(中山)대학으로 전입했다. 루쉰은 린위탕(林語堂)과 쑨푸위안(孫伏園)에게 편지를 보내 그와 셰위성(謝玉生)을 우한(武漢)에 보내도록 소개했다. ― 1927 ③ 3, 6. ④ 25. ⑤ 9, 14. ⑦ 19.

구쯔옌(1887~?) 장쑤(江蘇) 창저우(常州) 출신이며, 이름은 싱(行), 자는 쯔옌이다. 교육부 회계과 주사를 지냈다. ― 1912 ⑪ 13.

구칭(谷卿) ― 차이위안캉(蔡元康) 참조.

구칭(谷淸) ― 차이위안캉(蔡元康) 참조.

구칭(谷靑) ― 차이위안캉(蔡元康) 참조.

구톄민(谷鐵民) ― 구중룽(谷中龍) 참조.

구톈(谷天) ― 저우원(周文) 참조.

구펑(谷風) ― 후펑(胡風) 참조.

구페이(古斐) ― 후펑(胡風) 참조.

구페이(古飛) ― 후펑(胡風) 참조.

구페이(谷非) ― 후펑(胡風) 참조.

구페이(谷非)**의 아내** ― 메이즈(梅志) 참조.

궁(工) ― 치쿤(齊坤) 참조.

궁바오셴(龔寶賢, 1898~?) 저장(浙江) 신창(新昌) 출신이며, 이름은 줴(珏)이다. 사오싱(紹興) 저장성립 제5사범학교 학생으로서, 쉬친원(許欽文), 위중제(兪宗杰)와 급우였으며, 후에 베이징대학에서 루쉰의 강의를 청강했다. 1927년에 프랑스로 유학을 떠나는 길에 광저우(廣州)에 들렀을 때 루쉰을 방문했다. ― 1927 ③ 1. ④ 21, 23.

궁샤(公俠) ― 천궁샤(陳公俠) 참조.

궁웨이성(龔未生, 1886~1922) 저장(浙江) 자싱(嘉興) 출신이며, 이름은 바오취안(寶銓), 자는 웨이성이다. 장타이옌(章太炎)의 맏사위이며, 청말 혁명활동에 뛰어든 광복회(光復會) 창립자 가운데 한 명이다. 일본에서 유학하는 동안에 루쉰과 함께 장타이옌의 강의를 들었다. 1905년 9월에 서식린(徐錫麟), 타오청장(陶成章)과 더불어 사오싱(紹興)의 다퉁학당(大通學堂)을 창립했다. 민국 이후 저장도서관 관장을 지냈다. ― 1915 ④ 13, 15. ⑤ 30. ⑥ 17. ⑨ 19, 26. ⑩ 25, 26. ⑪ 21. 1916 ③ 9, 13. ⑫ 18. 1920 ④ 18. 1921 ⑫ 16.

궁웨이성(龔未生)**의 아내** ― 장리(章焱) 참조.

궁주신(宮竹心, 1899~1966) 산둥(山東) 둥아(東阿) 출신의 작가이며, 이름은 완쉬안(萬選), 자는 주신, 필명은 바이위(白羽)이다. 1921년에 베이징 우정국에서 근무할 때 저우쭤런(周作人)에게 편지를 쓴 적이 있는데, 저우쭤런이 앓고 있던 터라 루쉰이 대신 답신을 쓰고 책을 보내 주었다. 이로부터 교제가 시작되었다. 루쉰은 그가 번역한 체호프의 소설을 교정하고 출판사를 소개해 주었다. ─ 1921 ⑦ 30. ⑧ 7, 17, 18, 24, 25, 31. ⑨ 2, 3, 6, 10, 17, 20, 25, 26, 28. ⑩ 14, 15, 16, 27. ⑪ 3, 4, 21, 25. 1922 ② 16. 1926 ⑤ 27.

궁줴(龔珏) ─ 궁바오셴(龔寶賢) 참조.

궁헝(公衡) ─ 타오궁헝(陶公衡) 참조.

궈더슈(郭德修) 산시(山西) 출신의 변호사. ─ 1914 ⑩ 15.

궈더진(郭德金) 확실치 않음. ─ 1927 ② 24.

궈량(國亮) ─ 마궈량(馬國亮) 참조.

궈링즈(郭令之) 확실치 않음. ─ 1915 ⑩ 12.

궈멍터(郭孟特) 『선바오』(申報) 「자유담」(自由談) 기고자이다. ─ 1934 ⑪ 14. 1935 ⑧ 17.

궈산(郭珊, 1885~1954) 저장(浙江) 사오싱(紹興) 출신. 차이위안캉(蔡元康)의 아내이다. ─ 1918 ③ 3.

궈(郭) 아무개 ─ 궈환장(郭煥章) 참조.

궈야오쭝(郭耀宗) 허베이(河北) 리현(蠡縣) 출신이며, 자는 광셴(光先)이다. 베이징고등사범학교 학생이다. ─ 1923 ⑥ 8.

궈얼타이(郭爾泰) 리융첸(李庸倩)의 벗. 장캉후(江亢虎)가 상하이에 창설한 난팡(南方)대학에 입학하기 위해 루쉰에게 보증을 서 달라고 부탁했다. ─ 1924 ⑨ 14.

궈자오시(郭昭熙, 1899~?) 광둥(廣東) 차오안(潮安) 출신. 상하이 다장서포(大江書鋪)의 경리이다. ─ 1930 ② 1.

궈친(國親) 치이위안캉(蔡元康) 친고.

궈칭(國卿) ─ 차이위안캉(蔡元康) 참조.

궈칭톈(郭慶天) 확실치 않음. ─ 1936 ⑨ 29.

궈환장(郭煥章) 저장(浙江) 사오싱(紹興) 출신. 차이위안캉(蔡元康)의 손위처남이며, 사오싱 청장(成章)여교의 교장이다. ─ 1913 ⑦ 1.

기노시타 다케시(木下猛, ?~1947) 일본인. 당시 일본 오사카(大阪)의 『아사히신문』(朝日新聞) 상하이 지사 사장을 지냈다. ─ 1933 ⑨ 23. 1935 ⑩ 21. 1936 ⑤ 11.

기누가사 사이치로(絹笠佐一郎) 확실치 않음. ─ 1929 ⑥ 20.

기무라(木村) ─ 기무라 기(木村毅).

기무라 교센(木村響泉, 1896~?) 일본의 화가. ─ 1931 ⑥ 27.

기무라 기(木村毅, 1894~1979) 일본의 평론가이자 작가. 1933년 2월 버나드 쇼(George Bernard Shaw)가 상하이에 왔을 때 가이조샤(改造社) 특파원의 신분으로 중국에 왔으며, 이때 루쉰에게 원고를 청탁했다. ─ 1933 ② 17, 18. ③ 1. ④ 25.

김구경(金九經, 1906~1950?) 경상북도 경주 출신의 한국인이며, 자는 명상(明常), 호는 계림(鷄林), 담설헌(擔雪軒)이다. 1927년 일본의 오타니(大谷)대학을 졸업했으며, 당시 일본의 유명한 선종 학자인 스즈키 다이세쓰(鈴木大拙)에게 수학했다. 중국으로 건너가 둔황(燉煌)석굴에서 발굴된 문헌을 연구했으며, 베이핑(北平)대학에서 한글과 일본어를 가르쳤다. 1945년 8월 광복 이후에 귀국하여 서울대학교 중문과 교수를 지냈으나, 1950년 6·25전쟁의 와중에 행방불명되었다. — 1929 ⑤ 31. ⑥ 2, 3.

김천우(金天友, ?~1928) 평안북도 의주 출신의 한국인이다. 1927년에 중국 평민대학 신문학과를 졸업했다. 베이징의 조선인 유학생회에서 활동하면서 일제의 밀정 노릇을 하였다. 1926년 12월에 발생한 나석주(羅錫疇) 의거 이후, 이 의거와 관련된 김창숙(金昌淑), 최천호(崔天浩), 이승춘(李承春) 등이 그의 밀고로 체포되었다. 이에 1928년 4월 11일 베이징의 다물단원 이중원(李中元), 강평국(姜平國) 등이 그를 톈진(天津) 부근의 바이허(白河)로 유인하여 처단하였다. — 1925 ⑤ 3, 6, 10.

【ㄴ】

나가모치(永持) — 나가모치 도쿠이치(永持德一) 참조.

나가모치 도쿠이치(永持德一, 1875~?) 일본인. 베이징세무전문학교 교원을 지냈다. — 1923 ① 5, 7.

나가사와 기쿠야(長澤規矩也, 1902~1980) 일본의 중국문학자이자 서지학자. 1926년에 도쿄제국대학 대학원생으로 재학 중이었다. — 1926 ⑦ 13.

나가오 게이와(長尾景和, 1907~1982) 일본인. 1931년 일본 간사이(關西)대학 재학 중에 중국민속을 연구하기 위해 상하이에 왔으며, 이때 루쉰과 함께 화위안좡(花園莊)여관에 묵은 적이 있다. — 1931 ② 15. ③ 1, 5, 27. ④ 17.

나이차오(乃超) — 펑나이차오(馮乃超) 참조.

나카무라(中村) — 나카무라 아키라(中村亭) 참조.

나카무라 가이센(中村戒仙, 1881~1972)은 교토의 다이토쿠지(大德寺) 주코인(聚光院)의 주지이며, 호는 세쓰잔(雪山)이다. 1934년에 스즈키 다이세쓰(鈴木大拙)를 따라 불교문화를 살피러 중국에 왔다. — 1934 ⑤ 10.

나카무라 아키라(中村亭, 1913~2001) 일본의 오카야마(岡山) 출신이며, 후에 고지마 아키라(兒島亨)로 개명했다. 당시 우치야마서점 점원이다. — 1934 ⑨ 23. ⑩ 3, 14. ⑫ 30.

나카이(仲居) — 기노시타 다케시(木下猛) 참조.

난장뎬유(南江店友) 러우스(柔石) 참조. — 1931 ② 16.

녜간누(聶紺弩, 1903~1986) 후베이(湖北) 징산(京山) 출신의 작가이며, 필명은 얼예(耳耶), 샤오진두(蕭今度) 등이다. 일기에는 간누(甘努 혹은 紺奴)로도 기록되어 있다. 좌익작가연맹 성원으로 활동했다. 1934년 4월부터 루쉰은 그가 편집하던 『중화일보』(中華日報) 「동향」(動向)에 원고를 보냈다. 같은 해 5월 3일에 그에게 돌려준 것은 그의 소설원고, 즉 그의 단편소설 「진위안의 아비」(金元爹)이다. 1936년 1월에 루쉰의 지지 아래 후펑(胡風) 등과 함께 『바다제비』(海燕) 월간을 편집했다. — 1934 ⑤ 3, 15, 18. ⑥ 22. ⑦ 4, 20. ⑧ 9, 10, 12, 16, 28. ⑨ 8, 21, 25. ⑩ 1, 4, 7, 15, 16, 19, 21. ⑪ 13, 21. ⑫ 17, 19. 1935 ① 27. ⑤ 8. ⑧ 6. ⑨ 13. ⑩ 12, 23, 28. ⑪ 20. 1936 ④ 13.

녜간누(聶紺弩)**의 아내** — 저우잉(周穎) 참조.

녠칭(念卿) — 첸녠칭(錢念卿) 참조.

녠커우(念敬) — 첸녠거우(錢念敬) 참조.

노구치 요네지로(野口米次郎, 1875~1947) 일본의 시인이자 영문학자. 일본 게이오(慶應)
대학의 교수를 지냈다. 1929년에 루쉰은 그의 『아일랜드문학의 회고』(愛爾蘭文學之
回顧)를 번역했다. 1935년 10월에 인도 캘커타대학에 가서 강연하고 돌아오는 길에
상하이에 들러 루쉰과 만났다. 이때 그가 국가의 신탁통치 문제를 제기하여 일본 군
국주의의 중국 침략을 변호하자 루쉰은 이를 반박했다. ― 1935 ⑩ 21.

노부코(信子) — 하부토 노부코(羽太信子) 참조.

니시무라(西村) — 니시무라 마코토(西村眞琴) 참조.

니시무라 마코토(西村眞琴, 1883~1956) 일본 생물학자. 상하이 1·28사변 중에 그는 자베
이(閘北) 싼이리(三義里)의 폐허에서 비둘기 한 마리를 주어 일본으로 가져가 길렀
다. 비둘기가 죽은 후 이를 위해 석비를 세우고 이름을 '싼이총'(三義冢)이라 이름을
지었으며, 그 모습을 묘사하고서 루쉰에게 시를 지어 달라 청했다. 루쉰은 곧바로
「'싼이탑'에 부쳐」(題三義塔)라는 시를 지어 주었다. ― 1933 ④ 29. ⑥ 9, 21. ⑧ 1.

니원저우(倪文宙, 1898~?) 저장(浙江) 사오싱(紹興) 출신. 루쉰이 산콰이(山會)초급사범학
당에서 교편을 잡았을 때의 학생이다. 난징(南京)고등사범학교를 졸업한 후 상하이
(上海) 상우인서관(商務印書館)의 편집을 맡았다. ― 1926 ⑫ 14. 1929 ⑤ 5. ⑩ 26.

니이 다미코(新居多美子) 일본인 니이 이타루(新居格)의 맏딸이다. 그녀가 그림을 배우고
있음을 알고서 루쉰은 『인옥집』(引玉集) 한 권을 주었다. ― 1934 ⑥ 26.

니이 이타루(新居格, 1888~1951) 일본의 작가이자 문예비평가. 1934년에 여행차 중국에
왔다가 5월에 상하이에 이르러 우치야마 간조(內山完造)의 소개로 루쉰을 알게 되었
다. ― 1934 ⑤ 30.

니자샹(倪家襄, 1909~1959) 저장(浙江) 전하이(鎭海) 출신의 미술운동가이며, 일명 니펑즈
(倪風之)라고도 하며 가명은 니환즈(倪煥之)이다. 춘디(春地)미술연구소와 예펑화회
(野風畵會) 성원으로 활동했다. 1931년 여름에 루쉰이 주최한 하계목각강습반에 참
여했다. 1933년 12월에 옥중에 있는 장펑(江豊)을 위해 루쉰에게서 독일어 원본 『콜
비츠 화집』을 빌렸다. ― 1933 ⑫ 20, 26.

니펑즈(倪風之) — 니자샹(倪家襄) 참조.

니한장(倪漢章) 저장(浙江) 사오싱(紹興) 출신. 1913년 당시 베이양(北洋)정부의 내각총리
인 자오빙쥔(趙秉鈞)의 문객으로서 베이징에 한거했다. 후에 참의원 서무과 3등 과
원, 헌법회의 서무과 비서를 지냈다. ― 1913 ⑨ 15, 21.

닝화(寧華) — 취추바이(瞿秋白) 참조.

【ㄷ】

다나베 히사오(田邊尙雄, 1883~1984) 일본의 음악학자. 1923년 당시 일본도쿄음악회 회장, 동양음악학교 강사의 신분으로 중국에 와서 동양음악사를 연구했다. — 1923 ⑤ 14.

다나카 게이타로(田中慶太郎, 1880~1951) 일본 교토 출신. 도쿄 분큐도서점(文求堂書店)의 주인이다. — 1932 ⑥ 2.

다사카(田坂) — 다사카 겐키치로(田坂乾吉郎) 참조.

다사카 겐키치로(田坂乾吉郎, 1905~?) 일본의 화가이며, 식각동판화(蝕刻銅版畵) 창작에 종사했다. 당시 오타 미쓰구(太田貢)와 함께 상하이에서 화전을 개최했다. — 1931 ⑥ 27.

다쓰타 기요토키(立田淸辰, 1890~1942) 일본 내무성에서 베이징에 파견한 주재 관원. — 1925 ⑨ 17.

다오쑨(稻孫) — 첸다오쑨(錢稻孫) 참조.

다이 군(戴君) 확실치 않음. — 1919 ③ 30.

다이둔즈(戴敦智) 허베이(河北) 광산(光山) 출신. 베이징대학 영문계 학생이며, 『망위안』(莽原) 투고자이다. — 1926 ① 6.

다이루린(戴蘆林) — 다이뤄링(戴螺齡) 참조.

다이루링(戴蘆齡) — 다이뤄링(戴螺齡) 참조.

다이루링(戴蘆苓) — 다이뤄링(戴螺齡) 참조.

다이루링(戴蘆齡) — 다이뤄링(戴螺齡) 참조.

다이뤄링(戴螺苓) — 다이뤄링(戴螺齡) 참조.

다이뤄링(戴螺齡, 1874~?) 저장(浙江) 위항(餘杭) 출신이며, 이름은 커랑(克讓), 자는 뤄링이다. 일기에는 루린(蘆林), 루링(蘆苓), 루링(蘆齡), 루링(蘆齡), 뤄링(螺苓)으로도 기록되어 있다. 교육부 사회교육사 주사와 첨사를 역임했다. — 1912 ⑩ 7, 25. ⑪ 20. ⑫ 12. 1913 ② 15, 26. ③ 1, 2, 5, 15, 19, 31. ④ 1, 4, 15, 26. ⑤ 5, 7, 8, 10, 11, 23, 29. ⑥ 2, 14, 16, 17, 22. ⑦ 3, 5, 16, 19, 24. ⑧ 9, 12, 21. ⑩ 28. ⑪ 21. 1914 ① 4, 10, 30. ③ 9, 17, 18. ④ 6, 30. ⑤ 9, 14, 30. ⑩ 11, 23. ⑫ 8, 12, 31. 1915 ① 11. ② 9. ⑥ 19, 21. ⑦

19. ⑨ 1, 10. 1916 ⑨ 21. 1917 ④ 28. ⑥ 15. ⑦ 4. ⑪ 16. ⑫ 25. 1918 ① 28. ③ 11, 28. ④ 29. ⑧ 31. ⑨ 20. ⑩ 11. 1919 ② 2, 6, 22, 26. ④ 14. ⑤ 26. ⑦ 30. ⑫ 30. 1920 ③ 30. ④ 10. ⑥ 11, 15. ⑧ 2. ⑨ 24. 1921 ④ 28. ⑩ 25. 1923 ④ 27. ⑥ 15. ⑦ 30. ⑧ 23. ⑫ 12. 1924 ⑥ 21. ⑧ 18. 1925 ⑧ 20. 1926 ⑦ 7. ⑧ 13. 1928 ④ 29.

다이시장(戴錫璋) ─ 다이시장(戴錫璋) 참조.

다이시장(戴錫璋, 1898~1982) 푸젠(福建) 민허우(閩侯, 지금의 푸저우福州) 출신. 일기에는 시장(錫璋)으로 기록되어 있다. 1924년에 베이징사범대학 국문계를 졸업하고, 당시 샤먼(厦門) 지메이(集美)학교의 국어교사로 재직했다. ─ 1926 ⑨ 19.

다이왕수(戴望舒, 1905~1950) 저장(浙江) 위항(餘杭) 출신의 시인. 좌익작가연맹의 성원이다. ─ 1928 ⑦ 22, 26.

다이창팅(戴昌霆) 다이뤄링(戴螺舲)의 둘째아들. ─ 1923 ⑦ 17.

다치바나 시라키(橘樸, 1881~1945) 일본의 중국사회연구 선구자. 당시 베이징의 『순톈시보』(順天時報) 기자를 지냈다. ─ 1923 ① 7.

다카야마(高山) ─ 다카야마 쇼조(高山章三) 참조.

다카야마 쇼조(高山章三, 1896~1982) 일본 군마(郡馬) 출신. 일기에는 다카야마(高山)로 기록되어 있다. 상하이 푸민(富民)의원 산부인과 의사이다. ─ 1933 ⑩ 23.

다카쿠 하지메(高久肇, 1892~?) 일본인. 만철(滿鐵)조사소 베이징분소 소장을 지냈으며, 당시 상하이 분소에 근무했다. 우치야마서점(內山書店)에 자주 다니다가 루쉰을 알게 되었다. ─ 1930 ⑥ 15.

다카하시(高橋) ─ 다카하시 데쓰시(高橋徹志) 참조.

다카하시(高橋) ─ 다카하시 준조(高橋淳三) 참조.

다카하시 고로(高橋悟朗) 일본인. 당시 상하이에서 민간결사조직인 청방(靑幇)과 홍방(紅幇)에 대해 연구하였다. ─ 1931 ⑧ 24.

다카하시 데쓰시(高橋徹志) 일본인. 일기에는 다카하시(高橋), 다카하시 의사로도 기록되어 있다. 상하이 치과의원의 의사이다. ─ 1930 ③ 24. ⑥ 21, 24. ⑦ 12, 13, 15. 1931 ① 3. 1932 ⑤ 7. 1933 ⑩ 23. 1934 ⑫ 17.

다카하시 데쓰시(高橋徹志)의 아내 ─ 1930 ⑦ 12.

다카하시 유타카(高橋穰, 1885~1968) 일본의 심리학자이자 문학박사. 이와나미철학총서(岩波哲學叢書) 주편의 한 사람이다. 1935년에 이와나미서점의 주인인 아와나미 시게오(岩波茂雄)와 함께 상하이에 왔다. ─ 1935 ⑤ 6.

다카하시(高橋) 의사 ─ 다카하시 데쓰시(高橋徹志) 참조.

다카하시 준조(高橋淳三) 일본인. 일기에는 다카하시(高橋)로 기록되어 있다. 상하이 푸민

(富民)의원의 방사과 기사이다. —1933 ⑩ 23.

다케다(竹田) —다케다 사카에(竹田復) 참조.

다케다 사카에(竹田復, 1891~1986) 일본인. 중국문학자이자 중국어학자이다. 1921년부터
1924년에 걸쳐 일본 외무성 해외연구원으로 중국에서 근무했다. —1923 ④ 15. ⑤ 4.

다푸(達夫) —위다푸(郁達夫) 참조.

다푸(達夫)의 아내 —왕잉샤(王映霞) 참조.

다푸(達夫)의 형 —우화(郁華) 참조.

다푸(達夫)의 형수 —천비천(陳碧岑) 참조.

다허(達和) —장다허(張達和) 참조.

단딩(佃仃) 1934, 1935년 당시 『선바오』(申報) 「자유담」(自由談)의 투고자이다. —1936
⑪ 8.

단카이(淡海) —시가노야 단카이(志賀迺家淡海) 참조.

당슈푸(黨修甫) —당자빈(黨家斌) 참조.

당자빈(黨家斌, 1903~1972) 산시(陝西) 허양(郃陽) 출신이며, 자는 슈푸(修甫)이다. 장유
쑹(張友松)의 중학동창이며, 1929년 당시 장유쑹의 집에 거주했다. 루쉰을 위해 양
컹(楊鏗) 변호사를 불러 베이신(北新)서국과 인세 상황 등의 일을 교섭했다. —1929
⑦ 1, 18, 22. ⑧ 7, 8, 10, 11, 12, 13, 14, 16, 17, 18, 21, 25, 27. ⑨ 2, 5, 7, 10, 11, 16, 20,
21, 27, 29. ⑩ 2, 17, 27. ⑪ 4, 5, 7, 13, 19, 21, 27. ⑫ 3, 5, 12, 22, 25, 28. 1930 ① 2, 6, 9,
10, 26, 30. ② 6. ③ 2, 15.

더싼(德二) 펑더씬(彭德二) 참조.

더우인푸(竇隱夫) —두탄(杜談) 참조.

더위안(德元) —쑹더위안(宋德沅) 참조.

더위안(德沅) —쑹더위안(宋德沅) 참조.

더즈(德沚) —쿵더즈(孔德沚) 참조.

던 의사(鄧醫生, Th. Dunn, 1886~1948) 영국 태생의 미국인. 캘리포니아대학 의학부를 졸
업한 후 미국 해군 군의를 지냈다. 1920년에 상하이에 와서 의료를 펼쳤다. 스메들리
(A. Smedley)의 요청을 받아 루쉰을 진찰했다. —1936 ⑤ 31.

덩궈셴(鄧國賢) 현 지사(知事)에의 응시를 위해 루쉰에게 보증을 서 달라고 부탁했다. —
1914 ④ 14.

덩란위안(鄧染原) 광둥(廣東) 우화(五華) 출신이다. —1927 ③ 15.

덩룽선(鄧榮燊) 광저우(廣州) 중산(中山)대학 정치학과 학생이다. —1927 ⑧ 2.

덩멍셴(鄧夢仙) 베이징 세계어전문학교의 교의(校醫)이다. —1924 ② 25, 28.

덩자오위안(鄧肇元) 루쉰이 광저우(廣州) 중산(中山)대학에서 교편을 잡았을 때의 학생이다. ― 1929 ④ 8.

덩페이황(鄧飛黃, 1895~1953) 후난(湖南) 구이둥(桂東) 출신이며, 자는 쯔항(子航)이다. 1925년 베이징대학 경제학과를 졸업한 후 『국민일보』(國民日報)의 편집장을 지냈다. ― 1925 ⑫ 6, 7, 23, 30. 1926 ① 9, 12, 21, 30. ② 6, 14, 21, 26. ③ 9, 10, 14. ④ 30. ⑤ 5, 6.

덴포(天彭) ― 이마제키 덴포(今關天彭) 참조.

돈구 유타카(頓宮寬, 1884~1972) 일본 가가와(香川) 출신. 일기에는 푸민(福民)의원 원장으로 기록되어 있다. 상하이 푸민의원 원장 겸 외과의사이다. ― 1933 ⑩ 23.

돤간칭(段干靑, 1902~1956) 산시(山西) 루이청(芮城) 출신의 목각가이며, 원명은 싱방(興邦)이다. 핑진(平津)목각연구회 회원이며, 제1차 전국목각연합전람회의 준비작업에 참여했다. 쉬룬인(許侖音)의 소개로 루쉰과 편지를 주고받았으며, 『간칭목각초집』(干靑木刻初集) 등을 증정했다. 루쉰의 도움으로 『문학』(文學) 월간에 작품을 발표했다. ― 1935 ① 16, 18. ⑥ 24. ⑩ 3. ⑫ 7. 1936 ① 4. ④ 24. ⑤ 1, 7, 16.

돤 군(段君) ― 돤커칭(段可情) 참조.

돤런(端仁) 확실치 않음. ― 1933 ③ 5.

돤롄(段煉, ?~1963) 베이징 팡산(房山) 출신이며, 후에 펑지(馮驥 혹은 馮紀)로 개명했다. 베이징 하이뎬(海淀)소학 교원을 지냈으며, 자신이 지은 장편서사시 『풍년』(豊年)을 위해 루쉰에게 서문을 쓰고 출판사를 소개해 달라고 부탁했다. ― 1935 ⑨ 12.

돤무산푸(端木善孚, 1880~1948) 저장(浙江) 리수이(麗水) 출신이며, 이름은 장(彰), 자는 산푸(善夫)이다. 일찍이 난징(南京)의 강남육사학당(江南陸師學堂)에 진학했으며, 후에 일본에서 유학하여 군사를 배웠다. 귀국 후에 육군부 편련처(編練處) 독련관(督練官) 등을 지냈다. ― 1917 ⑧ 26.

돤무훙량(端木蕻良, 1912~1996) 랴오닝(遼寧) 창투(昌圖) 출신의 작가이며, 원명은 차오징핑(曹京平), 필명은 예즈린(葉之林), 차오핑(曹坪) 등이다. 1933년 당시 베이핑 칭화(淸華)대학 역사계에 재학 중이었으며, 같은 해에 북방 좌익작가연맹에 참여하고 그 기관지 『과학신문』(科學新聞)을 편집했다. 예즈린이란 가명으로 루쉰과 편지를 주고받았다. 1935년 12 · 9운동 이후에 상하이에 왔으며, 자신의 원고를 자주 루쉰에게 부쳤다. ― 1933 ⑧ 25. ⑨ 3, 25. 1936 ② 20. ⑦ 11, 12, 19, 30. ⑨ 11, 22. ⑩ 4, 14.

돤사오옌(段紹岩, 1890~1964) 산시(山西) 치산(岐山) 출신이며, 민다(民達)라고도 불린다. 1924년 당시 시안(西安) 시베이(西北)대학 비서 겸 강사를 지냈다. 루쉰이 강연을 하러 시안에 갔을 때 접대에 참여했다. ― 1924 ⑧ 23. ⑩ 15.

돤셴(端先) ― 샤옌(夏衍) 참조.

된쉐성(段雪笙) — 된쉐성(段雪生) 참조.

된쉐성(段雪生, 1891~1945) 구이저우(貴州) 츠수이(赤水) 출신이며, 자는 한쑨(翰蓀)이다. 일기에는 된쉐성(段雪笙)으로도 기록되어 있다. 창조사(創造社)에 참여했으며, 북방 좌익작가연맹의 집행위원을 맡았다. — 1930 ③ 16. ④ 5. ⑤ 11. 1933 ⑫ 6. 1936 ④ 25.

된커칭(段可情, 1899~?) 쓰촨(四川) 다현(達縣) 출신. 일기에는 된 군(段君)으로도 기록되어 있다. 1927년에 창조사(創造社)에 참여했으며, 같은 해 11월에 정보치(鄭伯奇), 장광츠(蔣光慈)와 함께 『창조주보』(創造週報)를 복간하는 일로 두 차례에 걸쳐 루쉰을 방문했다. — 1927 ⑪ 9, 19.

된페이성(段沸聲) 산시(山西) 진난(晉南) 출신. 광풍사(狂飆社) 성원으로 활동했다. — 1926 ⑤ 8. ⑦ 25. ⑧ 14, 26.

두리(杜力, 1905?~1988) 산시(山西) 완취안(萬泉, 지금의 완룽萬榮) 출신이며, 원명은 두친즈(杜勤職), 필명은 리거(力戈) 혹은 리푸(力夫), 당란(當然) 등이다. 1927년 당시 상하이노동대학에 진학했으며, 1928년에 독일로 유학했다. — 1927 ⑪ 15. 1928 ① 12.

두 샤오(二蕭) — 샤오쥔(蕭軍), 샤오훙(蕭紅) 참조.

두야취안(杜亞泉, 1873~1933) 저장(浙江) 사오싱(紹興) 출신의 교육가이며, 이름은 웨이쑨(煒孫), 자는 추판(秋帆), 호는 야취안이다. 1913년 당시 상우인서관(商務印書館) 편역소 이화부 주임 겸 『동방잡지』(東方雜誌)의 주편을 지냈다. — 1913 ② 16.

두 제수 — 하부토 노부코(羽太信子)와 하부토 요시코(羽太芳子) 참조.

두쥔페이(杜俊倍) 저장(浙江) 주지(諸暨) 출신. 현 지사에의 응시를 위해 루쉰에게 부증을 써 달라고 부탁했다. — 1915 ④ 3.

두탄(杜談, 1911~1986) 허난(河南) 네이샹(內鄉) 출신의 시인이며, 필명은 더우인푸(竇隱夫)이다. 1934년에 중국시가회(中國詩歌會)의 간행물인 『신시가』(新詩歌)의 편집에 참여했으며, 루쉰에게 편지를 보내 신시에 대한 의견을 구했다. — 1934 ⑪ 1, 5, 14.

두하이성(杜海生, 1876~1955) 저장(浙江) 사오싱(紹興) 출신이며, 이름은 쯔마오(子楙), 자는 하이성이다. 1910년에 사오싱부중학당(紹興府中學堂) 감독을 지냈으며, 루쉰을 이 학교에 초빙했다. 1912년에 교육부 임시교육회의에 참가했다. 1926년 이후 상하이의 카이밍(開明)서점에서 사장을 지냈다. — 1912 ⑥ 7, 10. ⑦ 21, 23. ⑧ 4, 11. 1914 ③ 22. ④ 4, 11. ⑦ 31. ⑧ 24. ⑩ 28. 1915 ① 31. 1916 ⑧ 13. 1917 ⑧ 21, 22. ⑨ 30. ⑩ 5, 28. ⑪ 11. ⑫ 16. 1918 ② 3. ③ 22, 27. ⑦ 24, 26, 29. ⑧ 23, 30. ⑨ 18, 26. ⑩ 18, 19, 24, 26. 1919 ③ 2. 1930 ① 31. 1932 ⑧ 17. 1934 ⑤ 5.

두허롼(杜和鑾, 1919~1987) 안후이(安徽) 타이핑(太平) 출신이며, 후에 두차오융(杜草甬)

으로 개명했다. 항저우 옌우(鹽務)중학에 재학하면서 학우인 천페이지(陳佩驥)와 함께 소형 간행물 『홍자오』(鴻爪)를 펴낼 때 루쉰에게 편지를 보내 원고를 청탁했다. ― 1936 ④ 2.

두헝(杜衡, 1906~1964) 저장(浙江) 항현(杭縣) 출신이며, 원명은 다이커충(戴克崇), 필명은 쑤원(蘇汶) 혹은 두헝이다. '제3종인'(第三種人)으로 자처했으며, 1933년에 『현대』(現代)를 주편하면서 루쉰에게 원고를 청탁했다. ― 1933 ⑧ 8, 11, 13, 14, 19, 20, 28. ⑨ 3, 11, 12. ⑪ 12, 13.

둔난(敦南) ― 셰둔난(謝敦南) 참조.

둘째(二弟) ― 저우쭤런(周作人) 참조.

둘째 아내(二弟夫人) ― 하부토 노부코(羽太信子) 참조.

둘째 처(부인)(二弟婦) ― 하부토 노부코(羽太信子) 참조.

둥 군(董君) ― 둥쉰스(董恂士) 참조.

둥 군(董君) ― 둥추쓰(董秋斯) 참조.

둥메이칸(董每戡, 1907~1980) 저장(浙江) 융자(永嘉) 출신의 희곡사가(戲曲史家)이며, 원명은 화(華), 가명은 양다위안(楊大元), 양메이칸(楊每戡)이다. 1928년 봄에 농민운동과 관련된 수배를 피해 상하이로 갔으며, 동향의 진밍뤄(金溟若)가 번역한 일본 아리시마 다케오(有島武郎)의 작품을 출판할 길이 없어 두 사람이 함께 루쉰에게 도움을 청했다. ― 1928 ⑤ 2.

둥사오밍(董紹明) ― 둥추쓰(董秋斯) 참조.

둥셴전(董先振) 둥추팡(董秋芳)의 동생이며, 당시 중학생이었다. ― 1927 ⑫ 27.

둥쉐장(董敩江) ― 둥팡두(董仿都) 참조.

둥쉰스(董恂士, 1877~1916) 저장(浙江) 항저우(杭州) 출신이며, 이름은 홍후이(鴻禕), 자는 쉰스이다. 일기에는 차장, 둥 차장으로도 기록되어 있다. 첸녠취(錢念劬)의 사위이다. 1902년에 일본 유학 중에 반청활동에 뛰어들었으며, 광복회(光復會)의 주요 성원으로 활동했다. 1912년에 교육부 비서장, 차장을 지냈으며, 1913년 4월부터 9월에 걸쳐 대리총장을 지냈다. ― 1912 ⑤ 11, 18, 19. ⑥ 1, 23. ⑦ 19, 29, 30, 31. ⑧ 15, 31. ⑨ 27. 1913 ① 4. ② 13. ④ 22. ⑤ 3, 4. ⑩ 26. 1914 ⑥ 27. ⑦ 12. 1915 ⑥ 22. 1916 ③ 6, 21, 26, 27.

둥스융(董時雍) ― 둥추쓰(董秋斯) 참조.

둥스첸(董世乾, 1892~?) 저장(浙江) 성현(嵊縣) 출신이며, 자는 티푸(惕夫)이다. 루쉰이 사오싱(紹興)부중학당에서 교편을 잡았을 때의 학생이다. ― 1919 ⑤ 7.

둥얼타오(董爾陶) 저장(浙江) 신창(新昌) 출신. 현 지사에 응시하고자 루쉰에게 보증을 서 달라고 부탁했다. —1915 ④ 3.

둥위창(董雨蒼) 확실치 않음. —1925 ⑩ 20.

둥융수(董永舒) 광시(廣西) 중산(鍾山) 출신. 1933년 당시 구이린(桂林)제3고급중학에서 교편을 잡았으며, 루쉰에게 편지를 보내 창작을 지도해 주고 서적을 대신 구입해 달라고 부탁했다. —1933 ⑧ 9, 13. ⑨ 28. ⑫ 9. 1934 ⑤ 11. ⑥ 2. ⑩ 2, 11. ⑪ 10. 1935 ① 19, 20. 1936 ⑩ 7.

둥즈자이(東志翟) 확실치 않음. —1936 ⑦ 6.

둥 차장(董次長) —둥쉰스(董恂士) 참조.

둥창즈(董長志) 확실치 않음. —1927 ⑦ 21. ⑨ 17, 26.

둥추스(董秋士) —둥추쓰(董秋斯) 참조.

둥추쓰(董秋斯, 1899~1969) 허베이(河北) 징하이(靜海, 현재 톈진天津에 속함) 출신의 번역가이며, 원명은 사오밍(紹明), 자는 추스(秋士)이다. 일기에는 둥스융(董時雍), 둥 군(董君)으로도 기록되어 있다. 좌익작가연맹의 성원으로 활동했다. 1929년에 상하이에서 『세계월간』(世界月刊)과 『국제』(國際) 월간을 편집했다. 스메들리(A. Smedley)와 잘 아는 사이이다. 그가 차이융창(蔡咏裳)과 공역한 소련 소설 『시멘트』(土敏土)가 1931년에 재판되었을 때 루쉰이 이를 교열하고 서문을 번역해 주었다. —1929 ⑫ 27. 1930 ① 25. ② 10, 12, 14. ⑤ 6. ⑩ 6. ⑪ 6. 1931 ⑧ 30. ⑨ 23.

둥추팡(董秋芳, 1897~1977) 저장(浙江) 사오싱(紹興) 출신의 번역가이며, 필명은 둥펀(冬芬)이다. 1920년에 베이징대학 영어계에 입학하여 루쉰의 강의를 청강했다. 그가 번역한 고리키, 톨스토이 등이 소설, 산문은 『자유를 쟁취한 파도』(爭自由的波浪)라는 제목으로 엮였다. 루쉰은 이 책을 교열하고 서문을 써 주었으며, 이 책을 '웨이밍총간'(未名叢刊)에 편입했다. 1927년 봄에 북벌군이 저장을 점령한 후에 항저우(杭州)로 갔다. 4·12정변 후에는 수배를 피해 상하이로 갔다. 1928년 봄부터 『위쓰』(語絲)를 위해 글을 썼다. 1929년 봄에 베이징대학에 복학하였으며, 같은 해 여름에 졸업했다. 1931년 당시 산둥(山東) 지난(濟南)고급중학에서 국어교사로 재직했다. —1924 ⑫ 8. 1926 ① 2. ② 15. ③ 3, 9, 18, 28. ④ 18, 25. ⑤ 10, 24. ⑥ 14, 24. ⑦ 11, 30. ⑧ 7, 26. ⑩ 6, 9, 27. ⑪ 17. 1927 ④ 7, 13. ⑩ 13. ⑪ 16. ⑫ 22, 27, 31. 1928 ② 3. ③ 2, 12, 26. ⑤ 4. ⑪ 1. ⑫ 22. 1929 ③ 14, 30. ⑤ 10, 19, 30. 1931 ④ 28.

둥추팡(董秋芳)**의 동생** —둥셴전(董先振) 참조.

둥팡두(董仿都) 저장(浙江) 출신임, 이름은 쉐장(斅江), 자는 팡두이다. 베이징 공립제1여자고등소학교 교장이다. —1914 ⑤ 5, 15.

둥펀(冬芬) —둥추팡(董秋芳) 참조.

둥화(東華) ─ 푸둥화(傅東華) 참조.

둥이저(鄧以蟄, 1892~1973) 안후이(安徽) 화이닝(懷寧) 출신의 학자이며, 자는 수춘(叔存)이다. 당시 베이징대학 철학과 교수로 재직 중이었다. ─ 1924 ⑤ 11.

디구이산(狄桂山, ?~1937) 산시(山西) 궈현(崞縣) 출신이며, 이름은 화이신(槐馨), 자는 구이산이다. 1913년에 베이징고등사범학교 이화부를 졸업했다. 1915년에 교육부 보통교육사 주사를 지냈다. ─ 1915 ① 1.

디커(狄克) ─ 장춘차오(張春橋) 참조.

딩딩산(丁丁山) ─ 딩산(丁山) 참조.

딩린(丁琳) ─ 딩링(丁玲) 참조.

딩링(丁玲, 1904~1986) 후난(湖南) 린리(臨澧) 출신이며, 성은 장(蔣), 이름은 웨이(煒), 자는 빙즈(冰之), 필명은 딩링이다. 루쉰의 일기에는 딩린(丁琳)으로도 기록되어 있다. 작가이며, 좌익작가연맹의 성원으로 활동하였다. 1925년 4월 베이징에서 루쉰에게 편지를 보내, 세상사 여의치 않아 지식을 구하기 위해 열심히 뛰어다니지만 출로를 찾을 수 없는 답답한 심경을 토로했다. 1931년에 『북두』(北斗) 월간의 창간을 위해 루쉰을 방문했다. 1933년 5월에 상하이에서 국민당에 체포되었을 때, 루쉰은 그녀의 구조에 적극 참여하였으며, 그녀가 살해되었다는 소문이 퍼진 후에는 「딩링을 애도하며」(悼丁君)라는 시를 지었다. 1936년 7월 중국공산당 지하조직의 도움을 받아 난징(南京)에서 탈출하여 산베이(陝北)로 왔으며, 길을 떠나기 전에 루쉰에게 감사의 편지를 보냈다. ─ 1925 ④ 30. 1931 ⑦ 30. 1936 ⑦ 18.

딩모(定謨) ─ 천딩모(陳定謨) 참조.

딩바오위안(丁葆園, 1863~1924) 저장(浙江) 사오싱(紹興) 출신이며, 이름은 즈란(志蘭), 자는 바오위안이다. 1914년 당시에는 베이징 교통부(交通部)에서 근무했다. ─ 1914 ① 25.

딩산(丁山, 1901~1952) 안후이(安徽) 허현(和縣) 출신의 역사학자이며, 이름은 산(山), 자는 딩산(丁山)이다. 베이징대학 국학문(國學門)을 졸업하고, 1926년 가을에 샤먼(廈門)대학 국학원 조교를 맡았다. 1927년 8월에 중산(中山)대학 문과 교수를 맡고, 1929년 6월 이후로는 중앙연구원 역사언어연구소 전임연구원을 맡았다. ─ 1926 ⑪ 13. ⑫ 11, 25, 30. 1927 ① 5, 9, 11, 12. ③ 9. ④ 14, 19. ⑤ 20. ⑥ 10. 1928 ⑦ 19. 1929 ⑥ 30.

【ㄹ】

라오보캉(饒伯康) 쓰촨(四川) 출신이며, 이름은 옌(炎), 자는 보캉이다. 광저우(廣州)의 중산(中山)대학 법률계 교수 겸 법과주임을 지냈다. ― 1927 ③ 19.

라오차오화(饒超華) 광둥(廣東) 메이현(梅縣) 출신. 광저우(廣州)의 중산(中山)대학 예과에 재학했다. ― 1926 ⑪ 12. 1927 ① 22. ④ 4. ⑤ 3, 31. ⑥ 3, 4. ⑦ 20. 1928 ⑩ 1.

라이구이푸(賴貴富) 확실치 않음. ― 1928 ② 2, 14, 16.

라이사오치(賴少麒) ― 라이사오치(賴少其) 참조.

라이사오치(賴少其, 1915~2000) 광둥(廣東) 푸닝(普寧) 출신의 미술가이며, 원명은 사오치(少麒)이다. 광저우(廣州)시립미술학교 학생이며, 현대창작판화연구회 회원이다. 1934년에 만화, 목각과 신시 창작에 종사했으며, 자신이 지은『시와 판화』(詩與版畫)를 루쉰에게 증정했다. 루쉰의 추천을 받아『문학』(文學) 월간에 자신의 판화 일부를 발표했다. ― 1934 ⑫ 25. 1935 ① 18. ② 6. ⑤ 6, 10, 24. ⑥ 3, 11, 29. ⑦ 2, 4, 13, 16, 20, 24, 29. ⑧ 12, 17, 18, 22. ⑪ 9. 1936 ⑤ 26. ⑨ 26.

라이위성(來雨生, 1873~1962) 저장(浙江) 샤오산(蕭山) 출신이며, 이름은 위쉰(裕恂), 자는 위성이다. 일기에는 레이위성(雷雨生)으로도 기록되어 있다. 루쉰과 같은 시기에 일본에서 유학했으며, 귀국 후에 샤오산 권학소(勸學所) 소장을 지냈다. 민국 초기에 샤오산현 교육과장, 샤오산현 지관분찬(志館分纂) 등을 역임했다. ― 1914 ② 2, 3. ③ 9. ④ 6.

란더(藍德) 루쉰이 귀향하는 롼주쑨(阮久蓀)을 호송하도록 임시로 고용한 도우미이다. ― 1916 ⑪ 5, 6, 14.

란야오원(藍耀文) 푸젠(福建) 구톈(古田) 출신. 루쉰이 샤먼(廈門)대학에 재직했을 때의 학생이다. ― 1927 ⑩ 25.

랑성(闐聲) ― 장랑성(張闐聲) 참조.

랑시(朗西) ― 우랑시(吳朗西) 참조.

랴오난(蓼南) ― 웨이충우(韋叢蕪) 참조.

랴오리어(廖立峨, 1903~1962) 광둥(廣東) 싱닝(興寧) 출신. 루쉰이 샤먼(廈門)대학에 재직했을 때의 학생이다. 1927년 1월에 루쉰을 좇아 광저우(廣州)로 갔으며, 중산(中山)

대학 외국어계로 전학했다. 1928년에 여자친구 등과 함께 상하이로 와서 루쉰의 집에 묵었으며, 루쉰에게 일을 소개해 달라고 부탁했다. 혁명문학논쟁(革命文學論爭) 중에 루쉰에게 연루될 것을 걱정하고, 물질적 요구 또한 충족되지 않아 루쉰을 떠났다. ― 1927 ① 30. ② 4. ③ 7. ④ 30. ⑤ 11, 15, 23, 28. ⑥ 6, 16, 18, 27, 30. ⑦ 2, 7, 8, 15, 18, 20, 24, 25, 28. ⑧ 3, 11, 14, 15, 16, 17, 19, 20, 25, 29, 31. ⑨ 3, 7, 8, 11, 12, 13, 16, 21, 25, 26, 27. ⑩ 7, 14, 17, 20, 21. ⑪ 1, 11, 15, 22, 27. ⑫ 2, 9, 17, 19. 1928 ① 5, 8. ⑥ 2, 12, 24. ⑧ 24. 1930 ③ 13.

랴오추이펑(廖翠鳳, 1896~?) 푸젠(福建) 룽시(龍溪) 출신. 일기에는 위탕의 아내(語堂夫人), 린위탕의 아내(林語堂夫人)로 기록되어 있다. 베이징대학 예과 영어교원을 지냈다. ― 1927 ⑫ 31. 1928 ① 26. ④ 5. ⑤ 1. ⑥ 24. ⑦ 7. ⑧ 4. 1929 ① 26. ⑧ 28. 1933 ⑤ 15.

랴오푸쥔(廖馥君, 1895~1971) 쓰촨(四川) 쯔중(資中) 출신. 독일에 유학했으며, 1927년에 상하이 퉁지(同濟)대학에서 독일어를 강의할 때 「아Q정전」(阿Q正傳)을 독일어로 번역했다. 번역원고는 이 대학의 독일 국적 교사인 룩스(盧克斯, Hanns Maria Lux)의 수정을 거쳤다. 이듬해 10월 이 번역본의 일로 룩스와 함께 루쉰을 방문했으며, 루쉰은 그의 번역에 동의하고 서적을 증정했다. 번역원고는 후에 룩스가 독일로 가져가 출판할 예정이었으나, 이후 룩스와 번역원고 모두 행방을 알 수 없게 되었다. ― 1928 ⑩ 7, 8, 9, 15, 17.

량 군(梁君) ― 량스(梁式) 참조.

량 군(梁君) ― 량원러우(梁文樓) 참조.

량 군(梁君) ― 량이추(梁以俅) 참조.

량더쒀(梁德所, 1905~1938) 광둥(廣東) 롄현(連縣) 출신. 1928년부터 1929년에 상하이 량유(良友)도서인쇄공사의 『량유』(良友) 화보의 총편집을 지냈으며, 1934년에는 다중(大衆)출판사의 총편집을 지냈다. ― 1928 ② 25. ③ 16, 21. ④ 22. 1929 ① 8. 1934 ⑦ 4, 14.

량산지(梁善濟, 1862~1941) 산시(山西) 팅현(崞縣) 출신이며, 자는 보창(伯强)이고 호는 융자이(庸齋)이다. 일기에는 량 차장(梁次長), 차장으로도 기록되어 있다. 일본에서 유학했으며, 신해혁명 이후 국회 중의원 의원을 지냈다. 1914년부터 1915년에 걸쳐 교육부 차장을 지냈다. ― 1914 ⑤ 12. ⑧ 18. 1915 ③ 29.

량서첸(梁社乾, 1889~?) 광둥(廣東) 신후이(新會) 출신. 미국에서 태어나 영어에 정통했다. 「아Q정전」(阿Q正傳)을 영어로 번역하는 일로 루쉰과 편지를 주고받았다. ― 1925 ⑤ 2. ⑥ 14, 20. ⑦ 2, 13, 20, 24, 30. 1926 ① 11. ⑫ 6, 9, 11.

량성웨이(梁生爲, 1904~1997) 허베이(河北) 싱탕(行唐) 출신이며, 일명 성후이(繩褘), 자는 룽뤄(容若) 또는 쯔메이(子美)이다. 1924년에 베이징사범대학 국문계에 재학 중이었으며, 푸주푸(傅築夫)와 고대신화를 동화로 고쳐쓰는 일로 말미암아 두 사람의 이름으로 루쉰에게 편지를 보내 신화와 관련된 자료문제에 대한 가르침을 청했다. — 1924 ⑫ 14. 1925 ③ 12, 15.

량성후이(梁繩褘) — 량성웨이(梁生爲) 참조.

량스(梁式, 1894~1972) 광둥(廣東) 타이산(臺山) 출신이며, 일명 쥔두(君度), 쾅핑(匡平), 필명은 스이(尸一) 등이다. 일기에는 량 군(梁君)으로도 기록되어 있다. 1927년 당시 황푸(黃埔)군관학교의 교관, 광저우(廣州)『국민신문』(國民新聞)의 부간 『신시대』(新時代)의 편집자 등을 역임했다. 루쉰 취재 및 원고청탁차 교제를 시작했다. 항일전쟁기에 왕징웨이(汪精衛) 괴뢰정권의 기관지『중화부간』(中華副刊) 기고자이다. — 1927 ① 22, 23, 28. ② 11, 13, 16, 20, 22. ③ 10, 11. ⑨ 12. ⑩ 6. ⑪ 11, 17. 1928 ④ 13. ⑤ 5, 25. 1929 ④ 24.

량시팡(梁惜芳, 1912~1937) 광둥(廣東) 메이현(梅縣) 출신의 시인이며, 원명은 량치유(梁啓佑), 필명은 원류(溫流)이다. 당시 메이현 쑹커우(松口)중학에 재학 중이었다. — 1929 ⑥ 30.

량야오난(梁耀南, 1909~1941) 저장(浙江) 타이저우(臺州) 출신. 상하이 중화예술대학 미술계 학생이며, 1930년에 좌익미술가연맹에 참여했다. 1935년에『루쉰논문선집』(魯迅論文選集)과『루쉰서신선집』(魯迅書信選集)을 엮어 상하이 룽후(龍虎)서점에서 출판했다. — 1929 ⑧ 13, 29. ⑪ 3. ⑫ 15. 1935 ⑥ 3.

량원러우(梁問樓) — 량원러우(梁文樓) 참조.

량원러우(梁文樓) 천스쩡(陳師曾)의 벗으로, 일기에는 량원러우(梁問樓), 량 군(梁君)으로도 기록되어 있다. 비석 탁본의 소장을 즐겼으며, 천스쩡을 통해 루쉰에게 소장품을 판매했다. — 1915 ⑫ 7. 1916 ⑤ 31. 1918 ⑤ 29. ⑪ 20.

량원뤄(梁文若, 1916~1968) 광둥(廣東) 중산(中山) 출신의 작가. 일기에는 리원뤄(李文若)로 잘못 기록되어 있기도 하다. 좌익작가연맹 및 반제대동맹(反帝大同盟)의 성원으로 활동했다. 그녀는 당시 상하이(上海), 항저우(杭州)에서 창작과 번역에 종사했다. — 1935 ⑦ 3, 31. ⑧ 2.

량이추(梁以俅, 1906~?) 광둥(廣東) 난하이(南海) 출신의 미술운동가. 일기에는 량 군(梁君)으로도 기록되어 있다. 1933년부터 1934년에 걸쳐 베이핑의 싱윈탕(星雲堂)과 난징(南京)의 『민성보』(民聲報)에서 편집자를 지냈으며, 야오커(姚克)의 소개로 루쉰을 알게 되었다. 루쉰이 스노(Edgar Snow)에게 주었던 사진을 근거로 루쉰의 초상화를 그렸다. ─1933 ⑨ 24. 1934 ① 1, 10.

량쥔두(梁君度) ─ 량스(梁式) 참조.

량쯔메이(梁子美) ─ 량성웨이(梁生爲) 참조.

량 차장(梁次長) ─ 량산지(梁善濟) 참조.

량츠핑(梁次屛) 허난(河南) 루스(盧氏) 출신. 차오징화(曹靖華)의 소학교 학우이며, 당시 루스현 고급소학에서 교편을 잡고 있었다. ─1931 ⑫ 21.

량쾅핑(梁匡平) ─ 량스(梁式) 참조.

량핀칭(梁品靑, 1902~1938) 산시(山西) 샹헝(襄恒) 출신이며, 이름은 위탕(玉堂), 자는 핀칭이다. 당시 산시 타이위안(太原)에서 중등 교원을 지냈다. ─1936 ⑨ 26, 27. ⑩ 6, 8.

러양(樂揚) ─ 펑쉐펑(馮雪峰) 참조.

러우루잉(婁如煐, 1914~1980) 저장(浙江) 사오싱(紹興) 출신이며, 이름은 파이팅(懷庭) 또는 루잉(如暎)이다. 일기에는 러우루환(婁如煥)으로 잘못 기록되어 있다. 당시 상하이 정풍(正風)문학원에 재학 중이었다. ─1934 ⑤ 1. 1935 ⑥ 18.

러우스(柔石, 1902~1931) 저장(浙江) 닝하이(寧海) 출신의 작가이며, 원명은 자오핑푸(趙平福), 후에 핑푸(平復)로 개명, 필명은 러우스 등이다. 1925년 봄에 베이징대학 국문계에 청강생으로 입학했으며, 이듬해 봄에 고향으로 돌아갔다. 1928년 말에 루쉰, 왕팡런(王方仁), 추이전우(崔眞吾) 등과 조화사(朝花社)를 조직했으며, 이듬해 초에는 루쉰의 추천을 받아 『위쓰』(語絲) 주간을 편집했다. 중국자유운동대동맹(中國自由運動大同盟)과 좌익작가연맹의 발기인 중 한 사람이다. 1931년 2월 7일에 국민당에 체포되어 룽화(龍華)에서 비밀리에 살해당했다. 그가 희생된 후 루쉰은 여러 차례 그를 기념하는 글을 썼다. 그가 지은 『2월』(二月)과 『구시대의 죽음』(舊時代之死)은 각각 루쉰이 서문을 쓰고 교열을 보았다. ─1928 ⑨ 27. ⑪ 3, 24, 27. ⑫ 1, 9. 1929 ① 14, 18, 24. ② 11. ③ 8, 17, 31. ④ 5, 9, 27. ⑤ 13, 18, 20. ⑥ 26. ⑦ 19, 25. ⑧ 2, 20, 27, 29. ⑨ 13. ⑩ 5, 9, 20. ⑪ 7, 27, 29. ⑫ 5, 8, 23, 29. 1930 ① 25. ② 10, 11, 13, 16, 17, 20, 25. ③ 14, 15, 20, 23, 24, 25, 26, 28, 29, 30, 31. ④ 1, 6, 8, 9, 11, 12, 16, 18, 24. ⑤ 15, 17, 27, 28, 30, 31. ⑥ 2, 3, 5, 7, 10, 17, 18, 22, 24. ⑦ 4, 8. ⑧ 3. ⑨ 26, 27. ⑩ 6, 26. ⑪ 6. ⑫ 29. 1931 ① 12. ② 16. ⑧ 15.

러우스이(樓適夷, 1905~2001) 저장(浙江) 위야오(余姚) 출신의 작가이며, 원명은 시춘(錫椿), 일명 젠난(建南), 필명은 스이 등이다. 좌익작가연맹의 성원으로 활동했다. 1933년에 톈마(天馬)서점의 무보수 편집인 신분으로 당의 지하공작에 종사했다. 같은 해 9월에 체포되어 옥중에서 러우웨이춘(樓煒春)을 통해 『세상 속으로』(在人間) 등의 번역원고를 루쉰에게 부쳤다. 1934년에 루쉰, 마오둔(茅盾) 등이 중국단편소설 영역집

『짚신』(草鞋脚)을 편집할 때 그의 소설 「염전」(鹽場)을 함께 수록했다. ― 1933 ① 14, 23, 24. ③ 3, 7. ④ 13. ⑥ 11, 12. 1934 ⑥ 23, 25. ⑨ 16. ⑪ 5. 1935 ⑥ 27. ⑧ 12, 23. 1936 ④ 3. ⑦ 23.

러우웨이춘(樓煒春, 1910~1994) 저장(浙江) 위야오(余姚) 출신. 러우스이(樓適夷)의 사촌동생이다. 1932년에 동향의 한전예(韓振業)와 함께 톈마(天馬)서점을 창설했다. 1933년에 러우스이가 체포된 후 러우스이와 루쉰 사이를 연락했다. ― 1934 ② 1. ⑥ 23, 25. ⑧ 20, 22. ⑨ 16, 21, 23. ⑪ 5. 1935 ⑥ 27. ⑧ 12, 23. 1936 ③ 4, 19. ④ 3, 13. ⑦ 23.

러우이원(樓亦文) 저장(浙江) 위항(餘杭) 출신이며, 자는 이원(以文)이다. 베이징여자사범대학 국문계 학생이며, 쉬광핑(許廣平)의 급우이다. ― 1925 ⑨ 23, 26.

러우춘팡(樓春舫) ― 러우춘팡(婁春舫) 참조.

러우춘팡(婁春舫) 저장(浙江) 사오싱(紹興) 출신. 일기에는 러우춘팡(樓春舫)으로 잘못 기록되어 있다. 베이징 정법(政法)학당에 재학했다. ― 1913 ④ 21. 1914 ③ 22.

러우치위안(樓啓元) 저장(浙江) 샤오산(蕭山) 출신. 현 지사에의 응시를 위해 루쉰에게 보증을 서 달라고 부탁했다. ― 1915 ④ 2.

런(任) ― 런궈전(任國楨) 참조.

런궈전(任國楨, 1898~1931) 랴오닝(遼寧) 안둥(安東, 지금의 단둥丹東) 출신이며, 자는 쯔칭(子淸 혹은 子卿)이다. 일기에는 런(任)으로도 기록되어 있다. 1924년에 베이징대학 러시아어전수과를 졸업했다. 루쉰은 그가 편역한 『소련의 문예논전』(蘇俄的文藝論戰)을 위해 서문을 써 주었으며, 이 책을 '웨이밍총간'(未明叢刊)에 넣었다. 1925년 이후에 중국공산당 하얼빈시위(哈爾濱市委) 서기, 펑톈(奉天, 지금의 랴오닝遼寧)성위 서기 등을 역임했다. 1931년 10월에 중국공산당 허베이성위(河北省委) 산시(山西) 주재 특파원을 지내던 중, 타이위안(太原)에서 국민당에 의해 살해당했다. ― 1925 ② 18, 20, 21, 23, 24. ③ 16, 18, 19. ④ 9, 10, 27. ⑤ 22. ⑥ 7, 8, 9, 11, 13. ⑦ 11, 15. ⑧ 22, 24. ⑨ 3, 17, 20, 29. ⑩ 7. 1926 ③ 20, 28. 1929 ④ 4, 26. 1930 ③ 9, 11. ④ 21. 1932 ⑥ 20.

런비(任陛) 저장(浙江) 샤오산(蕭山) 출신. 루쉰은 라이위성(來雨生)의 부탁으로 현의 지사(知事)에 응시하는 그의 보증을 서 주었다. ― 1914 ② 3.

런샹(仁祥) ― 페이선샹(費慎祥) 참조.

런웨이셴(任惟賢) 저장(浙江) 샤오산(蕭山) 출신. 루쉰은 라이위성(來雨生)의 부탁으로 현의 지사(知事)에 응시하는 그의 보증을 서 주었다. ― 1914 ② 3.

런쥔(任鈞, 1909~2003) 광둥(廣東) 메이현(梅縣) 출신이며, 원명은 루자원(盧嘉文), 필명

은 런쥔, 루썬바오(盧森堡) 등이다. 일기에는 썬바오(森堡)로도 기록되어 있다. 1933
년에 좌익작가연맹의 조직간사, 상하이 중국시가회(中國詩歌會) 회장을 지냈다. ―
1933 ⑤ 6.

런쯔칭(任子卿) ― 런궈전(任國楨) 참조.

런찬(人燦) ― 리런찬(李人燦) 참조.

레이닝(雷寧) ― 쉐산(薛汕) 참조.

레이스위(雷石楡, 1911~1996) 광둥(廣東) 타이산(臺山) 출신이며, 필명은 서이(舌夷) 또는
사위(紗雨)이다. 일본에서 유학했을 때 일본의 좌익시인 조직에 참여했으며, 1935년
겨울에 일본 당국의 박해를 피해 상하이로 돌아왔다. 일본을 떠나기 전에 푸펑(蒲風)
의 부탁을 받아 그의 시고(詩稿)와 편지를 루쉰에게 전했다. ― 1936 ② 9.

레이위(雷渝) ― 레이즈첸(雷志潛) 참조.

레이위성(雷雨生) ― 라이위성(來雨生) 참조.

레이주샹(雷助翔) 확실치 않음. ― 1926 ② 6.

레이즈첸(雷志潛) 후난(湖南) 구이양(桂陽) 출신이며, 이름은 위(渝), 자는 즈첸이다. 경사
(京師)도서관 직원이다. ― 1913 ⑫ 4, 10, 20, 26, 31. 1914 ① 2.

레이진마오(雷金茅) ― 쉐산(薛汕) 참조.

레이징보(雷鏡波) ― 레이징보(雷靜波) 참조.

레이징보(雷靜波 1908~1999) 윈난(雲南) 쓰마오(思茅) 출신이며, 필명은 젠보(濺波)이다.
당시 상하이 노동(勞動)대학에 근무했으며, 후에 좌익작가연맹에 참여했다. ― 1928
⑩ 19.

레이촨(雷川) ― 우레이촨(吳雷川) 참조.

례원(烈文) ― 리례원(黎烈文) 참조.

롄수징(練熟精) 확실치 않음. ― 1936 ⑨ 10.

롄야(聯亞) ― 차오징화(曹靖華) 참조.

롄하이(連海) 베이징 푸청먼(阜成門) 시싼탸오(西三條)의 루쉰 거처의 전 건물주. ― 1923
⑪ 16, 18. ⑫ 2.

로 군(樂君) ― 로베르(樂芬, V. Rover) 참조.

로베르(樂芬, V. Rover) 소련인. 일기에는 로 군(樂君)으로도 기록되어 있다. 타스(TASS)
통신 상하이 주재 기자로 활동했다. ― 1930 ④ 3. ⑤ 6, 22. ⑧ 19, 26. ⑨ 19. 1931 ③
18.

로빈슨(姚白森, V. Robinson, 1910~?) 미국인. 아이작스(H. R. Isaacs)의 아내이다. ― 1934
③ 25.

롼리푸(阮立夫, 1879~1931) 저장(浙江) 사오싱(紹興) 출신이며, 이름은 원딩(文鼎), 자는 즈쑨(質孫), 호는 리푸이다. 롼주쑨(阮久孫)의 사촌형이며, 난징(南京)의 강남수사학당(江南水師學堂)을 졸업했다. 민국 초기에 사오싱부중학당(紹興府中學堂)의 영어교사, 장시(江西)의 주장진수사(九江鎭守使) 부관을 지냈다. — 1912 ⑩ 21. ⑪ 9. 1913 ① 4. ④ 26. 1917 ① 1.

롼멍겅(阮夢庚, 1872~?) 저장(浙江) 사오싱(紹興) 출신이며, 이름은 원싱(文星), 자는 뤄쑨(羅孫), 호는 멍겅이다. 루쉰의 큰이모의 큰아들이며, 롼주쑨(阮久孫)의 큰형이다. 1916년 당시에는 집에서 일없이 지내고 있었다. — 1916 ⑪ 14, 15.

롼산셴(阮善先, 1919~?) 저장(浙江) 사오싱(紹興) 출신. 별칭은 창롄(長連)이며, 일기에는 허썬(和森)의 아들, 허썬의 큰아들로도 기록되어 있다. 루쉰의 이종사촌조카이다. — 1928 ⑩ 8. 1932 ⑪ 9, 13. 1934 ⑨ 5. 1935 ⑫ 23. 1936 ① 17. ② 1, 15.

롼씨 성을 가진 사람(阮姓者) 확실치 않음. — 1913 ⑪ 29.

롼아오보(阮翱伯) 안후이(安徽) 허페이(合肥) 출신이며, 이름은 전위(貞豫)이다. 자는 아오보(粵伯)인데, 일기에는 아오보(翱伯)로도 기록되어 있다. 산시(陝西) 린퉁현(臨潼縣)의 지사를 지냈다. — 1919 ⑤ 20. ⑥ 7.

롼주쉰(阮久巽) — 롼주쑨(阮久孫) 참조.

롼주쑨(阮久孫, 1886~1935) 저장(浙江) 사오싱(紹興) 출신. 일기에는 롼주쑨(阮久蓀), 롼주쉰(阮久巽), 주쑨(久孫)으로도 기록되어 있다. 루쉰의 큰이모의 막내아들이며, 롼허쑨(阮和孫)의 막내동생이다. 원래 산시(山西)에서 막료가 되었으나 후에 신경착란으로 인해 베이징으로 있다. 루쉰이 의사를 불러 치료하였으나 효험이 없어 고향으로 돌려보냈다. — 1915 ⑧ 31. 1916 ⑥ 16, 17. ⑨ 15, 16. ⑩ 15, 30, 31. ⑪ 6, 10, 14. ⑫ 5, 24. 1919 ⑫ 7. 1921 ⑨ 8. 1923 ⑤ 27. ⑦ 18. 1924 ⑥ 20, 24, 26. ⑨ 27. 1925 ⑤ 2. 1926 ⑥ 21, 28. ⑦ 2, 25, 28.

롼주쑨(阮久蓀) — 롼주쑨(阮久孫) 참조.

롼창롄(阮長連) — 롼산셴(阮善先) 참조.

롼허썬(阮和森) — 롼허쑨(阮和孫) 참조.

롼허쑨(阮和蓀) — 롼허쑨(阮和孫) 참조.

롼허쑨(阮和孫, 1880~1959) 저장(浙江) 사오싱(紹興) 출신. 일기에는 롼허쑨(阮和蓀), 롼허썬(阮和森)으로도 기록되어 있다. 루쉰의 큰이모의 셋째아들이며, 롼주쑨(阮久孫)의 셋째형이다. 산시성(山西省)에서 막료를 지낸 적이 있다. — 1913 ① 27, 29. ② 7. ⑤ 8, 12, 17. 1916 ③ 20, 21, 24. ⑩ 3, 4, 9, 14, 15, 29, 31. ⑪ 4, 8, 10, 13, 15, 17, 26, 29. 1917 ⑥ 10, 20. ⑪ 19, 21, 27. 1918 ① 3, 5. ③ 8, 22, 26. ⑥ 22, 24. 1920 ① 13. ② 10.

1921 ②25. 1923 ⑨3, 13, 16, 23, 29. ⑩11, 19, 31. ⑪12, 18. ⑫25. 1924 ①15. ④
15, 21. ⑤29. ⑥11. ⑩2, 15. ⑪14. 1925 ⑩26. 1927 ①29. 1928 ⑩8. ⑫4. 1929 ①
21. 1930 ⑥2. 1932 ⑪9, 25. 1933 ⑤1. 1935 ⑫23. 1936 ③8, 20.

루둥(盧彤) 1914년 당시 참모부 제5국에 재직 중이었다. —1914 ②9.

루루이(魯瑞, 1858~1943) 저장(浙江) 사오싱(紹興) 출신. 루쉰의 어머니이다. —1913 ⑦4.
1916 ⑪30. ⑫13. 1919 ⑫19, 24. 1920 ④25. ⑥6. ⑦6, 18, 19. ⑫7. 1921 ⑤5. ⑦
4, 10. 1923 ⑧5, 13, 19, 21, 26, 29, 31. ⑨8, 12, 16, 18, 27. ⑩10, 20. ⑪3, 4, 6, 9. ⑫
1, 10, 17. 1924 ②13, 14, 17, 19, 28. ③10, 22. ④29. ⑤6, 20, 28. ⑥8, 11, 23. ⑦14,
24. ⑧2. 1925 ①22, 25. ②15. ④11. 1926 ⑥27. ⑦3. 1928 ⑧13. ⑫4. 1929 ⑩26.
1930 ①17. ③12, 14, 25, 28. ④11, 12, 28. ⑤2, 3, 18. ⑥25. ⑦12. ⑧4, 5, 18, 19,
23. ⑨20. ⑩2, 17, 19. ⑫7, 9, 18. 1931 ①5, 7, 17, 30. ②5, 11. ③7. ④3, 4. ⑤23,
30. ⑦6, 16. ⑧8, 11, 17, 26. ⑨7, 11. ⑩13, 30. ⑫30. 1932 ①8, 12, 25. ②7, 15, 23,
28. ③1, 17, 21. ④3, 6, 11, 19. ⑤3, 4, 12, 13. ⑥5, 16, 17, 24, 30. ⑦3, 8. ⑧1, 5, 12,
15, 16, 26. ⑨24, 29. ⑩1, 6, 14, 15, 18, 20, 21. ⑪6, 8, 9, 10, 13, 14, 16, 18, 21, 23,
25. ⑫1, 6, 11, 16, 20, 22, 30. 1933 ①2, 5, 11, 13, 14, 20. ②4, 5, 6, 8, 18. ③1, 10,
13, 19, 20, 22. ④1, 3, 6, 7, 11, 13, 19, 21, 23. ⑤1, 3, 7, 15, 18, 25. ⑥9, 13, 25, 26. ⑦5,
11, 12. ⑧13, 22, 29. ⑨3, 8, 17, 24, 29, 30. ⑩5, 23, 24. ⑪9, 13, 19, 23, 24. ⑫8, 19.
1934 ①20, 23. ②1, 5, 6, 13, 15, 22. ③15, 24, 29. ④11, 13, 20, 25, 28. ⑤3, 5, 16,
20, 29, 31. ⑥10, 13. ⑦12, 18, 30. ⑧2, 8, 11, 12, 20, 21, 23, 26, 31. ⑨8, 16, 25, 28,
30. ⑩17, 20, 29, 30. ⑪16, 17, 19, 29. ⑫6, 16, 23. 1935 ①5, 9, 11, 15, 16, 25. ②
23. ③1, 8, 23, 26, 27, 31. ④1, 4, 5, 28, 30. ⑤9. ⑥6. ⑦9, 13, 17. ⑧15, 31. ⑨10.
⑩14, 18. ⑪2, 15, 19, 26, 29. ⑫4, 5, 20, 21, 23. 1936 ①6, 8, 9, 10, 15, 17, 22, 30. ②1,
7, 15. ③20. ④1, 7. ⑤6, 7, 21. ⑦6, 15. ⑧2, 20, 25. ⑨2, 4, 12, 22. ⑩1.

루룬저우(盧閏州) — 루룬저우(盧潤州) 참조.

루룬저우(盧潤州, 1879~1967) 장쑤(江蘇) 전장(鎭江) 출신이며, 이름은 전란(鎭闌), 자는 룬
저우이다. 일기에는 룬저우(閏州)로도 기록되어 있다. 저우쭤런(周作人)이 난징수사
학당(南京水師學堂)에 다닐 적의 학우이다. 일본에서 유학했으며, 도쿄대학 법학과를
졸업했다. 1913년에 저장(浙江)고등심판청의 청장을 지냈으며, 1916년에 저장 인현
(鄞縣) 지방심판청 청장을 지냈다. —1913 ⑥17, 18. 1916 ⑥16. ⑪26. ⑫1.

루룬칭(陸潤靑) 장쑤(江蘇) 난징(南京) 출신. 루쉰이 난징 광무철로학당에 다닐 때의 학우
이다. —1915 ⑨6.

루링(盧舲) — 다이뤄링(戴螺舲) 참조.

루빙창(陸炳常) 자는 펑샹(鳳翔). 당시 사오싱(紹興)의 서양의사이다. ― 1913 ⑦ 3, 4, 6, 8, 12, 16, 26.

루산(如山) ― 치루산(齊如山) 참조.

루슈전(陸秀貞) ― 루징칭(陸晶淸) 참조.

루스 웨이스(Ruth Weiss) ― 웨이스(Ruth Weiss) 참조.

루스위(陸士鈺) 후예핀(胡也頻) 등과 함께 『민중문예』(民衆文藝)를 출간했다. ― 1925 ③ 28.

루옌(魯彦, 1902~1944) 저장(浙江) 전하이(鎭海) 출신의 작가이며, 성은 왕(王), 이름은 헝(衡), 자는 왕위(忘我), 필명은 루옌이다. 1925년에 베이징에서 창작과 번역에 종사했다. 1926년 봄에 창사(長沙)의 제1여자사범학교에서 교편을 잡았으나, 얼마 지나지 않아 베이징으로 되돌아왔다. 1927년 5월 말에 우한(武漢)의 『민국일보』(民國日報) 부간의 편집자로 초빙받았다. 1928년에 난징의 국민정부 국제선전부에서 에스페란토 통역을 맡았다. ― 1925 ⑤ 14, 17, 20, 23, 28. ⑥ 3, 8. ⑦ 5, 16, 20, 27. ⑧ 1, 24. ⑨ 4, 27. ⑩ 13, 23. 1926 ③ 9, 18. ⑪ 2, 25. 1927 ① 12, 14. ④ 19. ⑦ 13. ⑩ 12, 15. 1928 ③ 9. ⑤ 31. ⑦ 4, 8. ⑧ 8. ⑨ 21. ⑪ 30.

루옌(魯彦)의 아내 ― 탄자오(譚昭) 참조.

루옌(魯彦)의 아이 왕롄롄(王漣漣, 1925~?)을 가리킨다. 후에 탄롄유(譚漣佑)로 개명했다. ― 1925 ⑨ 27.

루전(汝珍) ― 차오징화(曹靖華) 참조.

루젠(汝兼) ― 선루젠(沈汝兼) 참조.

루지샹(魯寄湘, 1862~1917) 저장(浙江) 사오싱(紹興) 출신. 루쉰의 작은 외숙이며, 청대 현학(縣學)의 생원이다. 민국 초기에 두 차례에 걸쳐 베이징에 올라와 구직활동을 벌였으나 뜻을 이루지 못했다. ― 1913 ⑦ 1, 5, 10, 12, 14, 21. ⑧ 29. 1914 ⑫ 15, 20, 30. 1915 ① 1, 10. ② 13, 21. ③ 20. ⑤ 2, 20, 24, 25. ⑥ 12, 13. ⑪ 28. ⑫ 24, 25. 1916 ① 3, 8, 13, 16, 29. ③ 4, 18. ⑧ 30. 1917 ⑤ 25.

루진친(陸錦琴) ― 루징칭(陸晶淸) 참조.

루징칭(陸晶淸, 1907~1993) 윈난(雲南) 쿤밍(昆明) 출신의 작가이며, 원명은 슈전(秀珍), 후에 징칭으로 개명했다. 일기에는 징칭(晶卿), 루진친(陸錦琴), 루슈전(陸秀貞), 미스루(陸小姐) 등으로도 기록되어 있다. 1922년에 베이징여자고등사범학교에 입학했으며, 쉬광핑(許廣平)과 학우로 지냈다. 1925년에 『징바오』(京報) 부간인 『부녀주간』(婦女週刊)의 편집을 맡았다. 베이징여자고등사범학교에서의 시위사태로 말미암아 루쉰과 소식을 주고받게 되었다. 1926년 가을에 졸업하여 그해 말에 베이징을 떠났

으며, 난창(南昌)의 국민당 장시성당부(江西省黨部)의 부녀부와 우한(武漢) 국민당 중
앙당부의 부녀부에서 근무했다. 1927년 7월 난징의 국민정부와 우한의 국민정부가
합쳐진 후 상하이로 갔다. 1928년부터 1930년에 걸쳐 베이핑 제2사범학원(이전의
여자사범대학) 국문과에서 대학 본과과정을 2년간 추가로 수학했다. ― 1924 ⑨ 24.
1925 ⑪ 8. 1926 ② 4. ⑥ 4. ⑦ 10. ⑧ 8, 12, 13, 15, 16, 21, 26. 1927 ⑩ 7. 1929 ⑥ 2.

루쯔란(盧自然) 허난(河南) 웨이현(渭縣) 출신이며, 자는 원자이(文齋)이다. 베이징사범대
학 국문과 학생이다. ― 1924 ③ 29.

루판쌍(陸繁霜, 1883~1957) 장쑤(江蘇) 칭푸(青浦, 지금은 상하이에 속함) 출신. 류싼(劉三)
의 후처이다. ― 1928 ⑧ 19.

루훙지(盧鴻基, 1910~1985) 광둥(廣東) 충하이(瓊海, 지금은 하이난海南에 속함) 출신. 미술
가이며, 이바이사(一八藝社)의 회원으로 활동했다. 1936년에 루쉰과 편지를 주고받
았을 당시, 항저우예술전과학교(杭州藝術專科學校) 조소과에 재학 중이었다. 볼테르
의 『우매한 철학가』의 번역 및 관련 문인화 등의 문제에 대해 루쉰에게 가르침을 청
했다. ― 1936 ⑤ 20.

룩스(盧克斯, Hanns Maria Lux, 1900~1967) 독일인. 1928년에 상하이 퉁지(同濟)대학에
서 독일어와 독일문학을 가르쳤다. 「아Q정전」(阿Q正傳)의 독일어 번역본을 출간하
기 위해 역자인 랴오푸쥔(廖馥君)과 함께 루쉰을 방문하여 루쉰의 찬동을 얻었다. 후
에 번역 원고를 가지고 독일로 갔으나 출판되지는 못했다. ― 1928 ⑩ 17.

룽인퉁(龍蔭桐) 장시(江西) 완짜이(萬載) 출신이며, 이름은 무탕(沐棠), 자는 인퉁이다.
1918년에 교육부 사회교육사로 재직했다. ― 1918 ① 6.

뤄(羅) ― 뤄(羅)씨 참조.

뤄뎬화(羅甸華) ― 예라이스(葉籟士) 참조.

뤄링(螺鈴) ― 다이뤄링(戴螺鈴) 참조.

뤄링(螺鈴)**의 자제** ― 1928 ④ 29.

뤄밍제(羅冀偕) 교육부 직원으로 추정된다. ― 1924 ③ 2. ⑨ 14.

뤄빈지(駱賓基, 1917~1994) 지린(吉林) 훈춘(琿春) 출신의 작가이며, 본명은 장푸쥔(張璞
君)이다. 일기에는 이우(伊吾), 장이우(張依吾)로 기록되어 있다. 1936년에 하얼빈(哈
爾濱)에서 상하이로 망명하여 문학창작에 종사했다. 자신이 지은 장편소설 『변방에
서』(邊陲線上)의 첫 부분 몇 장을 루쉰에게 부쳐 출판할 가치가 있는지 여부를 물었
다. ― 1936 ⑦ 10. ⑧ 5. ⑨ 6, 14, 17, 18, 21.

뤄성(羅生) ― 아이작스(H. R. Isaacs) 참조.

뤄쉐롄(羅學濂) 확실치 않음. ― 1926 ⑥ 7, 8.

뤄쉬안잉(羅玄鷹) 저장(浙江) 하이먼(海門)의 『웨이광』(微光) 반월간을 루쉰에게 부쳐 주었다. 웨이광 반월간사의 성원이리라 추정된다. — 1933 ③ 13.

뤄시(羅西) — 어우양산(歐陽山) 참조.

뤄신톈(羅心田) — 뤄창페이(羅常培) 참조.

뤄쑨(羅蓀) — 쿵뤄쑨(孔羅蓀) 참조.

뤄(羅)씨 — 베이징 바다오완(八道灣) 1호의 루쉰 거처의 전 건물주이다. — 1919 ⑦ 23. ⑧ 19. ⑨ 28. ⑪ 4.

뤄아이란(羅皚嵐, 1906~1983) 후난(湖南) 샹탄(湘潭) 출신. 일기에는 가오란(暤嵐)으로 기록되어 있다. 베이징 칭화(淸華)대학 미국유학예비부 학생이다. 자신이 지은 소설 「중산복」(中山裝)을 『위쓰』(語絲) 주간에 보냈으나 채택되지 못하였다. 루쉰은 편지를 보내 채택되지 못한 까닭을 알려 주었다. — 1928 ⑪ 5.

뤄양(洛揚) — 펑쉐펑(馮雪峰) 참조.

뤄양보(羅揚伯) — 뤄양보(羅颺伯) 참조.

뤄양보(羅颺伯) 저장(浙江) 사오싱(紹興) 출신이며, 이름은 경량(賡良), 자는 양보이다. 일기에는 양보(揚伯)로도 기록되어 있다. 일찍이 일본에서 유학했으며, 1911년에 산콰이(山會)초급사범학당에서 루쉰과 함께 일하면서 교육, 수신(修身), 산수 등의 교과목을 가르쳤다. — 1915 ③ 28. ⑤ 13. 1916 ⑪ 9, 19.

뤄융(羅庸, 1900~1950) 장쑤(江蘇) 장두(江都) 출신이며, 자는 잉중(膺中)이다. 베이징대학 연구소국학문(硏究所國學門)을 졸업하였으며, 1923년부터 1928년 초에 걸쳐 베이징대학 예과 교원, 국문과 강사를 지냈으며, 그동안 베이징여자사범대학에서도 강의했다. 1928년 가을에 광저우(廣州) 중산(中山)대학 국문과 교수를 지냈다. — 1923 ⑧ 23. ⑪ 8. 1924 ⑤ 21. 1928 ③ 26. 1929 ⑥ 30.

뤄잉중(羅膺中) — 뤄융(羅庸) 참조.

뤄자룬(羅家倫, 1897~1969) 저장(浙江) 사오싱(紹興) 출신이며, 자는 즈시(志希)이다. 베이징대학 영문과에 재학 중이었다. 신조사(新潮社)의 주요 성원이며, 『신조』(新潮)의 편집을 맡았다. 1920년에 베이징대학을 졸업한 후 구미로 유학을 떠났으며, 후에 칭화(淸華)대학, 중앙대학 등의 교장, 국민당 중앙당사편찬위원회 주임위원 등을 역임했다. — 1919 ⑦ 1, 8, 9, 10, 27. ⑧ 23. ⑪ 25, 26. 1920 ⑦ 13.

뤄쥔(若君) — 쿵링징(孔另境) 참조.

뤄즈시(羅志希) — 뤄자룬(羅家倫) 참조.

뤄지스(羅濟時) 확실치 않음. — 1927 ⑤ 8.

뤄창페이(羅常培, 1899~1958) 베이징 출신의 언어학자이며, 자는 신톈(莘田)이다. 일기에는 신톈(心田)으로도 기록되어 있다. 1926년경에 샤먼(廈門)대학 교수를 지냈다. ─ 1926 ⑩ 3. ⑫ 5, 11, 17, 31. 1927 ① 3, 10.

뤄칭전(羅淸槙, 1905~1942) 광둥(廣東) 싱닝(興寧) 출신의 목각가이다. 1933년 당시 광둥 메이현(梅縣)의 쑹커우(松口)중학에서 교편을 잡고 있었으며, 루쉰에게 자주 작품을 보내 지도를 청하였다. 1934년 여름에 그는 장후이(張慧)와 함께 일본으로 유학을 떠날 예정으로 상하이를 지날 때 루쉰을 찾아갔다. 후에 장후이의 질병으로 인해 출국하지 못했으며, 학교로 돌아와 『쑹중목각』(松中木刻)을 창간하여 루쉰에게 제첨(題簽)을 써 달라고 청했다. 1935년 여름방학에 일본에 갔으나, 일본 경찰의 감시로 인해 두 달 후에 귀국하였으며, 쑹커우중학에서 계속 교편을 잡았다. ─ 1933 ⑦ 5, 7, 11, 18, 19. ⑨ 25, 29. ⑩ 5, 23, 26. ⑪ 19. ⑫ 5, 7, 24, 26. 1934 ② 26. ③ 22. ④ 13, 18. ⑤ 27. ⑥ 18, 19. ⑦ 1, 11, 17, 27. ⑧ 11. ⑨ 30. ⑩ 1, 6, 20, 21. ⑪ 8, 19. 1935 ③ 15, 22, 29. ④ 13, 30. ⑤ 3. ⑥ 5. ⑦ 12. ⑪ 4. 1936 ② 23. ④ 17. ⑤ 7, 25.

뤄쾅(若狂) ─ 린후이위안(林惠元) 참조.

뤄헝(羅蘅, 1910~?) 윈난(雲南) 옌펑(鹽豊) 출신의 여학생. 베이징 중국대학에 재학했다. ─ 1927 ② 11, 13.

뤼 군(呂君) 확실치 않음. ─ 1927 ⑨ 12.

뤼롄위안(呂聯元) 저장(浙江) 사오싱(紹興) 출신이며, 자는 중환(仲還)이다. 루쉰이 항저우(杭州)의 저장양급(浙江兩級)사범학당에서 교편을 잡았을 때의 학생이다. ─ 1913 ③ 31.

뤼성(呂生) ─ 뤼치(呂琦) 참조.

뤼 성(呂姓; 성이 뤼인 사람) 저장(浙江) 위야오(余姚) 출신. 루쉰의 방에 쳐들어와 돈을 달라고 한 적이 있다. ─ 1913 ① 25.

뤼얼(呂二) 루쉰이 고용한 인력거꾼. ─ 1923 ⑪ 16. ⑫ 1.

뤼윈루(呂蘊儒) ─ 뤼치(呂琦) 참조.

뤼윈장(呂雲章, 1891~1974) 산둥(山東) 펑라이(蓬萊) 출신이며, 자는 줘런(倬人), 별명은 윈친(漂沁)이다. 일기에는 미스 뤼(呂小姐)로도 기록되어 있다. 베이징여자사범대학 국문과 학생이며, 쉬광핑(許廣平)의 학우이다. '여자사범대학 소요사태' 속에서 루쉰과 연락을 비교적 많이 했다. 후에 국민당 저장성(浙江省) 당부위원, 중앙당부 부녀부 간사 등을 지냈다. ─ 1924 ⑨ 24. 1925 ⑤ 21, 28. ⑥ 14. ⑦ 10, 12, 14, 19, 24. ⑧ 1, 15. ⑨ 29. ⑩ 8, 16, 17, 28. 1926 ⑥ 14. ⑧ 12, 13, 15, 16, 21, 25, 26. ⑪ 5, 8. 1927 ③ 26. ⑩ 5, 7, 13. ⑫ 12. 1928 ⑩ 31. 1929 ③ 13. ⑥ 2. 1932 ⑪ 27. ⑫ 2. 1933 ⑦ 3. ⑨ 6.

뤼젠자이(呂漸齋) ─ 뤼펑쥔(呂蓬尊) 참조.

뤼젠추(呂劍秋, 1879~1955) 허베이(河北) 줘루(涿鹿) 출신이며, 이름은 푸(復), 자는 젠추이다. 일본에서 유학했으며, 1925년 당시에는 교육부 차장이었다. — 1925 ⑨ 2.

뤼치(呂琦) 허난(河南) 출신이며, 자는 윈루(蘊儒)이다. 일기에는 뤼성(呂生)으로도 기록되어 있다. 루쉰이 베이징세계어전문학교에서 교편을 잡았을 때의 학생이다. 1925년에 상페이량(向培良), 가오거(高歌) 등과 함께 허난 카이펑(開封)에서 『위바오(豫報) 부간』을 편집했다. — 1924 ③ 30. ⑫ 25. 1925 ① 31. ② 12, 24. ③ 1, 12. ④ 22, 23. ⑤ 5, 9. ⑦ 2.

뤼펑쭌(呂蓬尊, 1899~1944) 광둥(廣東) 신후이(新會) 출신이며, 원명은 사오탕(劭堂) 혹은 젠자이(漸齋)이다. 소학교 교원을 지냈다. 루쉰의 번역들 가운데 몇몇 용어에 대한 이견이 있어서 편지를 보내 루쉰과 논의했다. — 1933 ⑧ 1. 1934 ⑪ 16.

류관슝(劉冠雄, 1858~1927) 푸젠(福建) 민허우(閩侯) 출신이며, 자는 쯔잉(子英), 호는 쯔잉(資穎)이다. 영국에서 유학했으며, 민국 이후 해군총장을 지냈다. 1913년 1월 28일에 해군총장의 신분으로 교육총장을 겸임했으나, 부원의 반대로 인해 3월 19일에 겸직에서 물러났다. — 1913 ② 5.

류 군(劉君) 확실치 않음. — 1925 ⑤ 2.

류 군(劉君) 확실치 않음. — 1928 ② 3.

류궈이(劉國一) 후난(湖南) 즈장(芷江) 출신. 1926년 당시 샤먼(廈門)대학 법과 정치계에 재학 중이었다. — 1927 ③ 7. ④ 24. ⑤ 27.

류나(劉衲) 류이썽(劉一僧)이라고도 함. 나머지는 불확실. — 1928 ⑫ 21, 28. 1929 ① 15. ② 15, 21, 25. ③ 31. ④ 3. ⑤ 8, 10. 1930 ③ 17, 22.

류녠쭈(劉念祖) — 류뤼제(劉履階) 참조.

류눙차오(劉弄潮, 1905~1988) 쓰촨(四川) 관현(灌縣) 출신. 1925년 봄에 베이징여자사범대학 사회주의청년단에서 교통원(交通員)을 맡았으며, 리다자오(李大釗)의 지시를 받아 루쉰에게 청년활동을 지도해 달라 요청했다. 1927년 초에 광저우(廣州) 중앙학술원(中央學術院) 강사를 지냈다. — 1925 ③ 27, 28, 29. ④ 14, 20. 1927 ① 25.

류다바이(劉大白, 1880~1932) 저장(浙江) 사오싱(紹興) 출신의 시인이며, 원명은 진칭옌(金慶棪, 후에 류징이劉靖裔로 개명), 자는 다바이이다. 상하이 푸단(復旦)대학 국문과 주임 겸 부속실험중학 행정위원회 주임을 지냈다. — 1926 ⑧ 30.

류다쭌(劉達尊) — 류샤오위(劉肖愚) 참조.

류둥예(劉棟業, 1897~1969) 푸젠(福建) 푸저우(福州) 출신. 중파(中法)대학 쿵더(孔德)학원 교수 겸 교무장을 지냈다. 장펑쥐(張鳳擧) 등이 루쉰을 초대한 연회에서 루쉰과 자리를 함께 했다. — 1929 ⑤ 27.

류룬(劉侖, 1913~?) 광둥(廣東) 후이양(惠陽) 출신의 판화활동가이며, 1935년 당시 광둥 팡청(防城)중학의 교원으로 근무했다. 석각을 독학하여 같은 해 9월에 광저우(廣州) 현대창작판화연구회에 참가했다. ― 1935 ⑨ 17.

류뤼제(劉履階) 쓰촨(四川) 원촨(汶川) 출신이며, 이름은 녠쭈(念祖), 자는 뤼제이다. 교육부 비서를 지냈다. ― 1917 ② 5.

류류차오(柳柳橋) 확실치 않음. ― 1928 ⑩ 29.

류리칭(劉歷靑, 1876~1920?) 쓰촨(四川) 완현(萬縣) 출신이며, 이름은 성위안(聲元), 자는 리칭이다. 일기에는 리칭(立靑), 리칭(靂靑)으로도 기록되어 있다. 저우쭤런(周作人)이 난징수사학당(南京水師學堂)에 다닐 때의 학우이다. 1911년에 쓰촨보로운동(四川保路運動)이 일어났을 때 보로동지회(保路同志會)의 청원대표로서 베이징에 갔다. 민국 초기에 육군부 수준의투탄험처(修浚宜渝灘險處) 처장을 지냈다. ― 1912 ⑪ 10. ⑫ 1. 1913 ② 23. 1914 ③ 26. ⑧ 4. ⑪ 22. 1915 ① 2. ⑦ 16, 18, 19. ⑧ 5. 1916 ⑦ 16. ⑫ 1. 1917 ⑪ 11. 1918 ① 28. ⑦ 16. 1919 ⑥ 8.

류리칭(劉靂靑) ― 류리칭(劉歷靑) 참조.

류리칭(劉立靑) ― 류리칭(劉歷靑) 참조.

류멍웨이(劉夢葦, 1900~1926) 후난(湖南) 안샹(安鄕) 출신이며, 원명은 궈쥔(國鈞)이다. 시가의 작자이다. ― 1925 ⑦ 8. ⑩ 16.

류무(劉穆, 1904~1985) 광둥(廣東) 신후이(新會) 출신이며, 원명은 류쑤이위안(劉燧元, 후에 류쓰무劉思慕로 개명), 필명은 샤오모(小默)이다. 국제문제연구가이며 문학연구회 회원이다. 1929년 당시 상하이 원둥도서공사(遠東圖書公司)의 편집자를 지냈다. 루쉰을 방문하여 영어본에 근거하여 번역한 소련소설집 『쪽빛 도시』(蔚藍的城)를 증정했다. ― 1929 ⑥ 23, 30. ⑦ 8.

류무샤(劉暮霞, 1916~?) 광둥(廣東) 출신이며, 상하이 푸단(復旦)대학 학생이다. ― 1935 ⑫ 4, 12.

류반눙(劉半農, 1891~1934) 장쑤(江蘇) 장인(江陰) 출신이며, 이름은 푸(復), 호는 반눙(半農 혹은 半儂)이다. 작가이자 언어학자이다. 1917년에 베이징대학 예과 교원이 되었다. 『신청년』(新靑年) 편집에 참여했을 때 루쉰과 알게 되었다. 1920년에 유럽으로 유학을 떠났으며, 프랑스 국가문학박사학위를 취득했다. 1925년에 귀국한 후 베이징대학 국문과 교수, 『세계일보 부간』(世界日報副刊) 편집자, 베이핑대학 여자문리학원 원장 등을 역임했다. 1926년에 『하전』(何典)을 교감하고 구두점을 표시했으며, 루쉰은 이를 위해 『『하전』 서문』(『何典』題記)를 썼다. 1934년에 병사하였으며, 루쉰은 그를 위해 「류반눙을 기리며」(憶劉半農君)를 썼다. ― 1918 ② 10. ④ 5. ⑦ 15, 16, 21,

31. ⑧6, 8, 17, 29, 30. ⑨4, 19, 21. ⑩7, 9, 10. ⑪28. ⑫11, 17, 22, 26, 29. 1919 ①5, 7, 12, 24. ②4, 23. ③29. ④10, 13, 16. ⑤4, 18. ⑥11. ⑦5, 10. ⑪10, 23. 1920 ⑥22. 1921 ⑧9, 30. 1926 ①10. ③7. ⑤11, 18, 20, 24, 26, 27. ⑥16, 18, 22, 23, 24, 28. ⑦1, 2, 4, 5, 10, 11, 14, 27. ⑧2, 11, 22. 1928 ⑧4. 1933 ③1.

류빙젠(劉秉鑒) 허베이(河北) 출신. 루쉰은 치서우산(齊壽山)의 부탁을 받아 현의 지사(知事)에 응시하는 그의 보증을 서 주었다. — 1914 ②5.

류사오창(劉紹蒼) 랴오닝(遼寧) 랴오양(遼陽) 출신. 베이징대학 철학과 학생이다. — 1928 ⑫28.

류샤오위(劉肖愚) 후난(湖南) 창사(長沙) 출신이며, 이름은 위(瑀) 혹은 샤오위, 자는 다쭌(達尊)이다. 일기에는 류샤오위(劉小芋, 劉小宇, 劉小愚)로도 기록되어 있다. 1927년 초에 중산(中山)대학 비서처 서기원을 지냈으며, 같은 해 3월에 우한(武漢)으로 가서 『중앙일보』(中央日報)에서 근무했다. 1928년부터 상하이 지난(暨南)대학에서 역사를 가르쳤으며, 『분류』(奔流)에 자주 투고했다. — 1927 ②1. ④13. ⑤23. ⑪2. ⑫28. 1928 ①2, 19, 24, 31. ②10, 12, 13. ③4. ⑤22, 27. ⑧26. ⑨6. ⑪18, 21. ⑫28. 1929 ⑦8. ⑪25. ⑫3, 22. 1932 ⑪26. 1934 ③18. 1936 ⑩14, 15.

류샤오위(劉小宇) — 류샤오위(劉肖愚) 참조.

류샤오위(劉小愚) — 류샤오위(劉肖愚) 참조.

류샤오위(劉小芋) — 류샤오위(劉肖愚) 참조.

류성(劉升) 교육부의 고용원. — 1915 ①7. 1918 ⑧28. 1919 ⑫29. 1925 ⑨1. 1929 ⑨25.

류 성장(劉省長) — 류전화(劉鎭華) 참조.

류셴(劉峴, 1915~1990) 허난(河南) 란카오(蘭考) 출신의 목각가이며, 원명은 왕즈두이(王之兌), 자는 쩌창(澤長), 호는 선쓰(慎思), 필명은 류셴이다. 자신의 작품을 늘 루쉰에게 부쳐 지도를 청했으며, 그가 제작한 소련 트레차코프(Сергей Михайлович Третьяков)의 저서 『포효하라, 중국이여』(怒吼吧中國)의 삽도는 루쉰이 설명을 수정했다. 황신보(黃新波)와 합작한 『무명목각집』(無名木刻集)을 위해 루쉰이 서문을 써 주었다. 루쉰은 『목판화가 걸어온 길』(木刻紀程)을 펴냈을 때, 그의 작품 4폭을 실었다. — 1934 ①8, 11, 16, 25. ②1, 26. ③5, 10, 12, 14, 25, 28. ④3, 17, 28. ⑤18, 23, 28. ⑥27, 30. ⑨16. ⑩4, 5, 6, 9, 27. ⑪5, 9, 12, 21. ⑫30. 1935 ①6. ②8, 17, 19, 24, 28. ③4, 9, 15. ④11. ⑤31. ⑧9. ⑫9. 1936 ③5.

류셴(留仙) — 주자화(朱家驊) 참조.

류셴(驑先) — 주자화(朱家驊) 참조.

류수야(劉叔雅, 1890~1958) 안후이(安徽) 허페이(合肥) 출신이며, 이름은 원뎬(文典), 자는 수야이다. 1919년에 베이징대학 국문과 교수, 1929년에 칭화(淸華)대학 국문과 주임, 후에 안후이(安徽)대학 문학원 원장을 역임했다. — 1919 ③ 29. 1929 ⑤ 20.

류수이(流水) 푸젠(福建) 후이안(惠安) 출신. 샤먼(廈門)대학의 잡역부이다. — 1931 ⑤ 3.

류수친(劉叔琴, 1893~1939) 저장(浙江) 전하이(鎭海) 출신이며, 이름은 쭈징(祖徵), 자는 수친이다. 닝보(寧波)의 저장(浙江)성립 제4중학, 상위(上虞)의 사립춘후이(春暉)중학, 상하이의 리다(立達)학원에서 교편을 잡았다. — 1926 ⑧ 30.

류쉐야(劉雪亞) — 류전화(劉鎭華) 참조.

류쉐야(劉雪雅) — 류전화(劉鎭華) 참조.

류쉐어(劉鞾鄂) — 류웨이어(劉鞾鄂) 참조.

류쉰위(劉薰宇, 1896~1967) 구이저우(貴州) 구이양(貴陽) 출신이며, 이름은 자룽(家鎔), 자는 쉰위이다. 일기에는 류쉰위(劉勛宇)로 오기되어 있다. 상하이 카이밍(開明)서점의 편집자를 지냈다. — 1926 ⑧ 30.

류쉰위(劉勛宇) — 류쉰위(劉薰宇) 참조.

류슈전(陸秀珍) — 루징칭(陸晶淸) 참조.

류시위(劉錫愈) 산둥(山東) 탄청(郯城) 출신. 베이징대학 국문과 학생이다. — 1926 ⑤ 27.

류싼(劉三, 1878~1938) 상하이 출신이며, 원명은 중화(鍾龢), 자는 지핑(季平), 호는 장난(江南)이다. 남사(南社)의 시인이다. 민국 후에 베이징대학, 베이징고등사범학교, 둥난(東南)대학 등의 대학의 국문과에서 교수를 역임했다. — 1928 ⑧ 19.

류싼(劉三)의 아내 — 루판샹(陸繁霜) 참조.

류쑤이위안(劉燧元) — 류무(劉穆) 참조.

류아이주(柳愛竹, 1916~?) 후난(湖南) 샹탄(湘潭) 출신. 상하이 미술전과학교를 다녔으며, MK목각연구회 회원으로 활동했다. 1935년에 조계 당국에 의해 체포된 저우진하이(周金海) 등을 구명하기 위해, 이 연구회 활동의 합법성을 증명하고자 루쉰에게 MK목각연구회의 역대 전람회의 초대장, 목록 등의 자료를 구해 달라고 부탁했다. 같은 해 후반기에 실종되었다. — 1935 ⑥ 30.

류야슝(劉亞雄, 1901~1988) 산시(山西) 싱현(興縣) 출신. 베이징여자사범대학 학생이며, 3·18참사 이후 중국공산당 조직에 의해 소련 모스크바중산대학으로 파견되었다. 8월 20일에 루쉰에게 작별인사를 드리러 왔다. — 1926 ⑧ 20.

류야쯔(柳亞子, 1887~1958) 장쑤(江蘇) 우장(吳江) 출신이며, 이름은 웨이가오(慰高), 후에 치지(棄疾)로 개명, 자는 안루(安如), 호는 야쯔이다. 시인이며, 남사(南社)의 창시자 가운데 한 사람이다. 1928년 당시 국민당 중앙감찰위원, 상하이 퉁즈관(通志館) 관장을 지냈다. 1932년에 루쉰, 쑹칭링(宋慶齡) 등과 뉴란(牛蘭) 부부의 구명을 이끌었으며, 1933년에 중국민권보장동맹(中國民權保障同盟)에 참여했다. — 1928 ⑧ 19. 1932 ⑩ 5, 12. 1933 ① 19.

류야쯔(柳亞子)의 딸 — 류우페이(柳無非), 류우거우(柳無垢) 참조.

류야쯔(柳亞子)의 부인 — 정페이이(鄭佩宜) 참조.

류우거우(柳無垢, 1914~1963) 장쑤(江蘇) 우장(吳江) 출신이며, 자는 샤오이(小宜)이다. 류야쯔(柳亞子)의 둘째딸이며, 당시 상하이 다퉁(大同)대학 부중에 재학 중이었다. — 1928 ⑧ 19.

류우지(柳無忌, 1907~2002) 장쑤(江蘇) 우장(吳江) 출신이며, 류야쯔(柳亞子)의 아들이다. 당시 미국 예일대학에 유학 중이었으며, 명대 소설『옥교리』(玉嬌梨)의 저자 및 저작년대에 관한 자료를 구하기 위해 루쉰에게 편지를 보냈다. 루쉰은 그의 편지에 설명을 부연하여『위쓰』(語絲) 주간 제5권 제45기에 발표했다. — 1930 ② 19.

류우페이(柳無非, 1911~2004) 장쑤(江蘇) 우장(吳江) 출신이며, 류야쯔(柳亞子)의 큰딸이다. 당시 상하이 다퉁(大同)대학 문예과(文預科)에 재학 중이었다. — 1928 ⑧ 19.

류원전(劉文貞, 1910~1994) 톈진(天津) 출신. 일기에는 지예(霽野)의 학생으로도 기록되어 있다. 리지예(李霽野)의 아내이다. 1935년 당시 허베이(河北)여자사범학원 영어과에 재학 중이었다. 그녀가 번역한 영국의 존 브라운의「랩과 그의 친구들」(萊比和他的朋友, Rab and his Friends)이 리지예를 통해 루쉰에게 전해져『역문』(譯文) 제2권 제5기에 발표되었다. — 1934 ⑫ 7. 1935 ⑧ 8.

류원취안(劉文銓) 상하이 시노가키(篠崎)의원의 통역. 1932 ⑫ 30.

류웨이밍(劉煒明, 1908~?) 광둥(廣東) 다푸(大埔) 출신. 1934년에 싱가포르에서 장사를 했으며, 루쉰의 작품에서 얻었기에 루쉰과 편지를 주고받았다. — 1934 ⑩ 30, 31. ⑪ 28. ⑫ 26, 31. 1935 ① 23. ② 1, 5, 6. ④ 27. ⑦ 6.

류웨이어(劉煒鄂, 1913~1938) 허난(河南) 신양(信陽) 출신이며, 이름은 웨이(暐)이며, 자는 웨이어이다. 일기에는 쉐어(韡鄂)로 오기되어 있다. 상하이 미술전과학교 학생이며, 목각을 좋아하여 루쉰에게 편지를 보내 가르침을 청했다. — 1936 ③ 22. ④ 13.

류위(劉瑀) — 류샤오위(劉肖愚) 참조.

류이썽(劉一僧) — 류나(劉衲) 참조.

류전화(劉鎭華, 1883~1953) 허난(河南) 궁현(鞏縣) 출신이며, 자는 쉐야(雪亞)이다. 일기에는 류쉐야(劉雪雅)로도 기록되어 있다. 산시성(陝西省) 독군 겸 성장을 지냈다. — 1924 ⑧ 3, 10.

류중민(劉重民) — 리위차오(李宇超) 참조.

류쥔(劉軍) —샤오쥔(蕭軍) 참조.

류즈후이(劉之惠, 1907~?) 윈난(雲南) 이먼(易門) 출신이며, 후에 류후이즈(劉惠之)로 개명했다. 베이핑여자문리학원 강사를 지냈다. 1932년에 루쉰이 베이핑으로 어머니를 만나러 갔을 때 판원란(范文瀾)의 소개로 루쉰을 알게 되었다. 이듬해 4월에 루쉰에게 베이핑에서 강연할 때의 사진을 부쳤다. ―1933 ④ 7.

류지셴(劉楫先, 1872?~?) 저장(浙江) 상위(上虞) 출신의 수학 교사이며, 이름은 촨(川), 자는 지셴이다. 루쉰이 사오싱부중학당(紹興府中學堂)에서 교편을 잡았을 때의 동료이다. 민국 후에 사오싱부중학당은 저장 제5중학으로 개칭되었는데, 그는 이 학교에서 계속 교편을 잡았다. ―1912 ⑦ 7. 1913 ⑥ 28. 1916 ⑫ 8.

류지수(劉冀述) 허난(河南) 정저우(鄭州) 기관총대대의 대대장을 지냈다. ―1924 ⑧ 11.

류지저우(劉濟舟) 안후이(安徽) 출신이며, 이름은 나이비(乃弼), 자는 지저우이다. 루쉰이 난징 광무철로학당(礦務鐵路學堂)과 도쿄 고분학원(弘文學院)에 다닐 때의 학우이다. ―1915 ① 7, 10, 16.

류쭝더(劉宗德) 확실치 않음. ―1935 ⑪ 25. ⑫ 16.

류쯔겅(劉子庚, 1867~1928) 저장(浙江) 장산(江山) 출신이며, 이름은 위판(毓盤), 자는 쯔겅이다. 항저우(杭州)사범학교에서 교편을 잡았다가, 1920년 9월부터 베이징대학 국문과 교수로 근무했다. 자신이 지은 시사집(詩詞集) 『탁강환존고』(濯絳宦存稿)를 루쉰에게 증정했다. ―1925 ③ 20.

류처치(劉策起, 1895~1927) 광시(廣西) 샹현(象縣, 지금의 샹저우(象州) 출신의 민속연구자이며, 필명은 샤오전(嘯眞)이다. 일찍이 고향에서 교편을 잡았으며, 1924년에 베이징대학 가요연구회의 통신회원으로 활동했다. 루쉰을 통해 『망위안』(莽原) 주간에 「늙도록 보는 책력」(一本通書看到老)이란 글을 발표했다. ―1925 ④ 9. ⑥ 20. ⑩ 21.

류첸(柳倩, 1911~2004) 쓰촨(四川) 룽현(榮縣) 출신의 시인이며, 원명은 류즈밍(柳智明), 류첸이라고도 불린다. 『신시가』(新詩歌) 월간의 편집자를 지냈다. ―1934 ⑪ 17.

류첸두(劉前度) 별칭은 류쑤이(劉隨). 1927년 2월에 루쉰이 홍콩에서 「케케묵은 가락은 이제 그만」(老調子已經唱完)을 강연했을 때 이를 기록했다. ―1927 ③ 2, 4.

류추이(柳垂) 확실치 않음. ―1929 ⑨ 10.

류추칭(劉楚靑, 1893~?) 후베이(湖北) 신푸(新埔) 출신이며, 이름은 수쓰(樹杞), 자는 추칭이다. 1926년에 샤먼(廈門)대학 교무장, 비서 겸 이과주임을 지냈다. ―1927 ① 3, 4.

류칸위안(劉侃元) 후난(湖南) 리링(醴陵) 출신이며, 이름은 지인(濟闉), 필명은 판친이(范沁儀)이다. 일기에는 판친이(范沁一), 친이(沁一)로도 기록되어 있다. 1927년에 광저우(廣州) 중산(中山)대학에서 교편을 잡았으며, 1929년에 상하이에서 번역 작업에 종

사했다. 1930년에는 베이핑대학, 중국대학 등에서 잇달아 교수를 역임했다. ─ 1927
②27. ③3, 5, 25, 27. 1929 ⑪7, 24, 28, 30. 1930 ①14.

류퉁카이(劉同愷) 후난(湖南) 신화(新化) 출신이며, 자는 쥔우(濬吾)이다. 당시 교육부 문서
과 주사를 맡고 있었다. ─ 1921 ⑥6.

류허전(劉和珍, 1904~1926) 장시(江西) 난창(南昌) 출신. 1923년에 베이징여자고등사범학
교 영문과에 입학하였으며, 얼마 지나지 않아 학생자치회 주석에 선임되었다. 3·18
참사에서 희생되었다. 루쉰은 그녀의 추도회에 참여하였으며, 「류허전 군을 기념하
며」(記念劉和珍君)를 지었다. ─ 1926 ③25.

리(李) 확실치 않음. ─ 1919 ⑨28.

리광밍(黎光明) 쓰촨(四川) 관현(灌縣) 출신이며, 징슈(靜修)로도 불린다. 광저우(廣州) 중
산(中山)대학 사학계 학생이다. ─ 1927 ①29, 30, 31. ②5. ⑤17.

리광짜오(李光藻) 푸젠(福建) 쓰밍(思明) 출신. 1926년에 샤먼(廈門)대학 상업과 2학년에
재학 중이었으며, 1927년에 광저우(廣州) 중산(中山)대학으로 전학했다. ─ 1927 ④
7. ⑤5. ⑦26, 31. ⑧2, 6. ⑩25.

리구이성(李桂生, 1904~1948) 안후이(安徽) 타이핑(太平) 출신이며, 자는 제화(潔華)이다.
베이징여자사범대학 국문과 학생으로, 쉬광핑(許廣平)의 급우이다. 여자사범대학 시
위사태 당시 류바이자오(劉百昭)가 이끄는 건달들에게 구타당했다. ─ 1925 ⑥7, 24,
30. ⑦2. ⑧26.

리 군(黎君) 일본도쿄제국대학의 교수인 사와무라 센타로(澤村專太郎)의 조교이다. ─
1923 ①16.

리 군(黎君) 확실치 않음. ─ 1927 ④26.

리 군(李君) ─ 리지즈(李濟之) 참조.

리 군(李君) 확실치 않음. ─ 1913 ③13.

리 군(李君) 확실치 않음. ─ 1927 ⑨16.

리궈창(黎國昌, 1894~?) 광둥(廣東) 둥관(東莞) 출신이며, 자는 선투(愼圖)이다. 일기에는
리선자이(黎愼齋)로 잘못 기록되어 있다. 1927년 당시 광저우(廣州) 중산(中山)대학
교수, 식물계 주임 겸 교무처 부주임을 맡았다. 1928년에는 상하이 지난(暨南)대학
교수를 지냈다. ─ 1927 ⑤3. 1928 ⑤21. ⑥8.

리니(麗尼, 1909~1968) 후베이(湖北) 샤오간(孝感) 출신이며, 원명은 궈안런(郭安仁), 필명
은 리니이다. 번역가이며 좌익작가연맹의 성원으로 활동했다. 1936년에 상하이 문
화생활출판사의 편집을 맡았다. ─ 1936 ①28. ②6. ⑨15.

리다자오(李大釗, 1889~1927) 허베이(河北) 러팅(樂亭) 출신이며, 자는 서우창(守常)이다.

맑스주의를 중국에 최초로 소개했으며, 중국공산당 창시자 가운데 한 사람이다. 일찍이 일본에서 유학했으며, 1918년에 베이징대학 교수 겸 도서관 주임을 지냈다. 같은 해에 『신청년』(新靑年)의 편집에 참여했으며, 루쉰과는 이 잡지의 편집회의에서 알게 되어 교제를 시작했다. 1927년 4월에 베이징에서 펑톈계(奉天系) 군벌에 의해 체포되어 살해당했다. 1933년 4월에 사회장을 지낼 때에 루쉰은 기부금을 냈으며, 같은 해 5월에 『서우창전집』(守常全集)을 위해 「제기」(題記)를 지었다. ― 1919 ④ 8, 16. ⑦ 8. 1921 ① 20. ② 24. ④ 19. ⑤ 19, 25. ⑧ 28. 1933 ⑤ 6, 11.

리더하이(李德海) 일기에는 미장이 리씨(李瓦匠)로도 기록되어 있다. 루쉰이 시싼탸오후퉁(西三條胡同)의 거처를 개축할 때에 청했던 미장이이다. ― 1924 ① 15, 16, 18, 20, 21, 23. ② 21. ③ 16, 31. ④ 17, 30. ⑤ 12.

리런찬(李人燦) 일기에는 장런찬(張人燦)으로도 기록되어 있다. 베이징대학 학생이며, 당시의 베이다쉬사(北大旭社)와 연계되어 있었다. ― 1924 ⑥ 6, 9, 21. ⑧ 31. ⑪ 28. ⑫ 5, 25. 1925 ③ 27. ④ 15.

리례원(黎烈文, 1904~1972) 후난(湖南) 샹탄(湘潭) 출신의 번역가. 일본과 프랑스에 유학했으며, 1932년에 귀국했다. 같은 해 12월부터 『선바오』(申報) 「자유담」(自由談)을 편집하였으며, 루쉰에게 이 잡지를 위한 원고를 청탁했다. 1934년 5월에 사직했다. 같은 해 9월에 루쉰, 마오둔(茅盾)과 『역문』(譯文) 월간을 창간했다. 1936년에 루쉰의 지지 아래 『중류』(中流) 반월간을 편집했다. ― 1933 ② 24, 25. ③ 1, 3, 17, 18, 22, 24, 31. ④ 6, 7, 10. ⑤ 4, 15, 19, 20, 26, 28, 30, 31. ⑥ 6, 8, 16, 17. ⑦ 7, 8, 13, 14, 17, 22, 25, 28, 29. ⑧ 1, 3, 7, 11, 14, 16, 24, 30. ⑨ 5, 6, 7, 8, 11, 15, 21, 29. ⑩ 1, 7, 12, 13, 20, 23, 25, 28, 30. ⑪ 3, 7, 16, 20, 25. ⑫ 11, 12, 24. 1934 ① 6, 9, 16, 18, 25, 27, 28, 30. ② 7, 17, 19, 23. ③ 2, 5, 8, 12. ④ 2, 4, 5, 14, 16, 23, 26, 27, 30. ⑤ 10, 18. ⑥ 6, 9. ⑦ 20, 25. ⑧ 2, 8, 13. ⑨ 14, 18, 25. ⑩ 1, 5, 13, 15, 20, 22, 25. ⑪ 5, 9, 11, 14, 15. ⑫ 1, 11, 14, 21, 26, 31. 1935 ① 2, 11, 12, 27. ② 4, 8, 19, 22, 23. ③ 1, 4, 7, 17. ④ 1. ⑤ 3, 20. ⑥ 5, 16. ⑦ 2, 8, 26. ⑨ 6, 14, 18, 24, 30. ⑩ 6, 8, 9, 15, 30. ⑪ 5, 17. ⑫ 13. 1936 ① 11, 26, 30, 31. ② 1, 2, 3, 6, 13, 18, 22. ③ 7, 12, 24. ④ 3, 6, 12, 22, 30. ⑤ 10, 31. ⑦ 3, 15, 27. ⑧ 2, 4, 7, 12, 24, 27, 28. ⑨ 5, 10, 20, 22, 23, 28. ⑩ 8, 9, 11.

리뤄(李洛) 확실치 않음. ― 1930 ③ 18.

리뤄윈(李若雲) 허베이(河北) 칭위안(淸苑) 출신이며, 이름은 웨이칭(維慶)이다. 리선자이(李愼齋)의 아들이다. ― 1924 ⑨ 13, 14.

리리(李梨) 확실치 않음. ― 1935 ① 27.

리리천(酈荔臣, 1881~1942) 저장(浙江) 사오싱(紹興) 출신의 화가이며, 이름은 융캉(永康),

자는 리천이다. 일기에는 리청(荔丞)으로도 기록되어 있다. 루쉰의 둘째 이모 루롄(魯蓮)의 둘째아들이다. —1923 ⑫ 6. 1930 ⑥ 12. 1931 ⑦ 10, 24.

리리칭(李立青) 주페이(朱斐)의 아내. 우창(武昌) 원화(文華)대학의 학생이다. —1927 ⑪ 18.

리리커(李力克) 확실치 않음. —1929 ④ 4, 6.

리마오루(李茂如) 일기에는 성이 리(李)인 사람으로도 기록되어 있다. 부동산 중개인이다. —1923 ⑧ 14, 16, 20. ⑨ 25, 27, 30. ⑩ 1, 2.

리멍저우(李夢周, ?~1918) 교육부 주사, 첨사, 과장, 국장 등을 역임했다. —1912 ⑨ 7. 1918 ④ 1.

리밍(黎明) —리진밍(黎錦明) 참조.

리밍처(李明澈) —리쾅푸(李匡輔) 참조.

리바이잉(李白英, 1903~1981) 장쑤(江蘇) 우시(無錫) 출신이며, 『분류』(奔流) 투고자이다. 1932년 1월에 류화시사(榴花詩社)를 조직하고 『류화』(榴花) 시간(詩刊)을 출판했다. —1929 ⑥ 24. 1932 ① 12.

리보(立波) —저우리보(周立波) 참조.

리 부인(李太太) —차이수류(蔡漱六) 참조.

리빙중(李秉中, 1905~1940) 쓰촨(四川) 펑산(彭山, 지금의 펑현彭縣) 출신이며, 자는 융첸(庸倩)이다. 1924년에 베이징대학에 재학 중이었으며, 루쉰의 도움을 받았다. 10월에 황푸(黃埔)군관학교 제3기에 입학했으며, 1926년에 소련으로 파견되어 모스크바 중산대학에 입학했다. 이듬해 일본으로 가서 육군에서 수학했으며, 1932년에 귀국하여 난징(南京)의 국민당 군사기관에서 근무했다. —1924 ① 29. ② 17, 26, 27. ③ 11, 30. ④ 10, 19. ⑤ 1, 5, 26, 27, 30. ⑥ 12, 17, 24, 28. ⑦ 5, 6, 29. ⑧ 16, 20, 22, 26, 28, 29. ⑨ 1, 3, 4, 8, 12, 14, 24, 25, 27, 29, 30. ⑩ 12, 18, 20, 21, 22, 23, 26. ⑪ 1, 2, 26. ⑫ 14, 17, 24, 26. 1925 ① 6, 10, 19. ② 2, 7, 10, 18. ④ 5, 17. ⑤ 16. 1926 ⑤ 30. ⑥ 17. ⑦ 21. 1927 ⑪ 7, 8, 9, 10, 15, 19, 21, 22. ⑫ 5. 1928 ④ 7, 9. ⑤ 14. ⑫ 28, 29. 1929 ① 15. ⑤ 18, 20, 27, 29. ⑦ 22. 1930 ④ 12, 13, 23, 28. ⑤ 3. ⑥ 21, 23. ⑨ 2, 3. 1931 ② 4, 16, 18. ③ 3, 6, 21. ④ 4, 16. ⑥ 23, 24. ⑧ 20, 27. 1932 ② 21, 28, 29. ③ 18, 21. ④ 5, 11. ⑤ 3, 4, 13. ⑥ 4, 5, 13, 29. 1934 ⑤ 1, 2, 3. ⑧ 7, 11. ⑩ 23. 1936 ⑤ 20, 31. ⑦ 5, 16. ⑨ 9, 20, 27.

리빙중(李秉中)의 벗 —1924 ② 17, 27. ③ 30.

리빙중의 아내(李秉中夫人) —천진충(陳瑾瓊) 참조.

리빙중의 아이(李秉中孩子) —1934 ⑤ 1.

리샤오셴(李少仙) 『위쓰』(語絲) 투고자이며, 당시 일본에서 유학 중이었다. ─ 1928 ⑥ 12, 15, 20. 1929 ⑨ 10.

리샤오시(黎劭西) ─ 리진시(黎錦熙) 참조.

리샤오밍(李小酩) 『망위안』(莽原) 주간 투고자이다. ─ 1925 ④ 30. ⑤ 9, 20, 21, 24, 26. ⑥ 13, 18. ⑨ 1. ⑩ 19. 1928 ① 3.

리샤오펑(李小峰, 1897~1971) 장쑤(江蘇) 장인(江陰) 출신이며, 이름은 룽디(榮第), 자는 샤오펑, 필명은 린란(林蘭)이다. 일기에는 리샤오펑(李曉峰)으로도 기록되어 있다. 신조사(新潮社) 성원으로 활동했다. 1923년에 베이징대학 철학과를 졸업했으며, 쑨푸위안(孫伏園)을 통해 루쉰과 교제하기 시작했다. 1924년 11월에 쑨푸위안 등과 함께 『위쓰』(語絲) 주간을 창간했으며, 이듬해 3월에 루쉰 등의 도움을 받아 베이신서국(北新書局)을 개설했다. 당시 루쉰은 자신의 저서와 역서 대부분을 이곳에서 출판하는 한편, 편선과 원고 교열, 작품 소개, 총서 편집 등을 담당했다. 『위쓰』에 기고한 원고 역시 대부분 리샤오펑을 통해 편집자에게 전달했다. 1927년 4월 이후 리샤오펑과 베이신서국의 본점이 상하이로 이전하자, 루쉰은 상하이에 간 이후 그를 위해 『위쓰』와 『분류』(奔流)를 엮었다. 1929년 여름에 루쉰은 베이신서국이 인세를 지급하지 않고 연체하자 법률을 통해 해결하고자 하였는데, 리샤오펑이 조정을 요청한 덕분에 협상을 하게 되었을 것이다. 이후 루쉰은 여전히 이 출판사에서 『삼한집』(三閑集), 『먼 곳에서 온 편지』(兩地書), 『거짓자유서』(僞自由書) 등을 출판했다. ─ 1923 ④ 8, 15. ⑤ 20. ⑥ 29. ⑦ 28. ⑨ 11. ⑩ 1, 18. ⑩ 10. ⑫ 25, 30. 1924 ① 13. ⑤ 6. ⑥ 22. ⑦ 4. ⑧ 15. ⑨ 1, 8, 12, 26. ⑩ 29. ⑪ 15, 22, 30. ⑫ 9, 31. 1925 ① 2, 12, 15, 28. ② 1, 4, 5, 8, 9, 12, 24, 28. ③ 6, 10, 11, 13, 23, 24, 25, 27, 31. ④ 5, 8, 10, 12, 15, 19, 21, 26, 30. ⑤ 1, 3, 4, 9, 23, 24, 25, 27. ⑥ 4, 7, 12, 13, 17, 20, 22, 28. ⑦ 5, 11, 13, 17, 19, 25. ⑧ 1, 2, 4, 6, 14, 17, 23. ⑨ 2, 3, 9, 13, 14, 15, 18, 26. ⑩ 1, 2, 7, 9, 11, 13, 16, 22, 30. ⑪ 2, 5, 13, 14, 17, 20, 27, 28, 29, 30. ⑫ 3, 7, 21, 22, 24, 25, 30. 1926 ① 2, 9, 11, 18, 24, 25, 26, 31. ② 2, 3, 5, 6, 9, 20, 26, 28. ③ 1, 2, 4, 5, 7, 10, 17, 18, 19, 23, 27, 28, 30, 31. ④ 3, 6, 8, 9, 11, 12, 20, 23, 26. ⑤ 2, 6, 10, 13, 17, 22, 24, 27. ⑥ 1, 3, 5, 6, 7, 11, 13, 16, 23, 24, 26, 27, 28, 30. ⑦ 2, 3, 6, 10, 16, 21, 24, 26, 27, 28, 31. ⑧ 1, 5, 6, 8, 12, 15, 18, 19, 23, 24, 25, 26. ⑨ 8, 16, 17, 18, 20. ⑩ 1, 6, 11, 16, 19, 21, 23, 24, 29. ⑪ 4, 8, 14, 16, 17, 21. ⑫ 13, 14, 15, 27, 28. 1927 ① 3, 7, 9, 21. ② 7, 13, 16. ③ 14, 15. ④ 11, 13, 24, 28. ⑤ 18, 19. ⑥ 11, 18, 27. ⑦ 3, 9, 19, 20. ⑧ 19. ⑨ 5, 16, 17. ⑩ 3, 4, 5, 7, 9, 12, 15, 16, 17, 20, 26, 30. ⑪ 1, 2, 4, 8, 9, 10, 11, 12, 15, 17, 21, 22, 23, 24, 26, 29. ⑫ 3, 5, 6, 8, 12, 13, 18, 19, 24, 25, 27, 29, 31. 1928 ① 3, 12, 13, 14, 15, 16, 18, 22, 24, 29, 31. ② 2, 3, 4,

13, 14, 15, 16, 18, 23, 26. ③ 1, 4, 5, 8, 12, 19, 26, 28, 31. ④ 1, 2, 5, 7, 10, 13, 17, 19, 23, 24, 26. ⑤ 8, 10, 11, 15, 17, 21, 23, 26. ⑥ 1, 5, 9, 11, 15, 16, 17, 20, 22, 24, 26. ⑦ 1, 4, 5, 6, 7, 9, 11, 12, 18, 22, 25, 27, 30. ⑧ 3, 4, 9, 12, 19, 23, 24, 29, 31. ⑨ 8, 12, 13, 18, 19, 21, 26, 27, 29, 30. ⑩ 3, 4, 7, 12, 14, 18, 21, 24, 27, 28. ⑪ 1, 4, 6, 9, 12, 15, 17, 19, 20, 26, 27, 29. ⑫ 2, 5, 7, 11, 19, 21, 25, 30. **1929** ① 5, 8, 11, 12, 15, 17, 20, 22, 29. ② 4, 6, 16, 17, 19, 20, 21, 24, 25. ③ 3, 5, 6, 15, 17, 26, 27. ④ 4, 6, 8, 13, 16, 19, 24. ⑤ 1, 2, 5, 12, 30. ⑥ 1, 8, 10, 19, 21, 26, 27. ⑦ 7, 9, 10, 11, 13, 18, 22, 28, 29. ⑧ 5, 12, 15, 16, 25, 26, 28. ⑨ 7, 10. ⑩ 19, 20, 26, 28. ⑪ 4, 6, 11, 13, 16, 22, 23, 28. ⑫ 4, 10, 15, 17. **1930** ① 22. ② 5, 20. ④ 9, 11, 16, 17, 19, 21, 22, 24. ⑥ 6. ⑦ 4, 6. ⑨ 3, 10, 22. ⑩ 2, 13, 15, 30, 31. ⑪ 22. ⑫ 6. **1931** ① 23. ② 2, 3, 5, 11, 13, 17, 21, 23. ③ 18, 20. ④ 26. ⑤ 3. ⑥ 1, 2, 24. ⑦ 6, 14, 15, 18, 19, 30, 31. ⑧ 8, 9, 15, 23. ⑨ 11, 15, 16. ⑩ 6, 9, 11, 19. ⑪ 6, 8, 17, 18, 27, 30. ⑫ 1, 12, 19, 22, 31. **1932** ① 12, 14, 20. ② 8, 10. ④ 6, 13, 14, 15, 25, 26, 27. ⑤ 8, 13, 14, 18, 27. ⑥ 13, 23. ⑦ 26. ⑧ 13, 16, 26. ⑨ 14, 24. ⑩ 3, 13, 17, 19, 20, 22. ⑪ 15, 25. ⑫ 13, 21, 24, 28. **1933** ① 3, 6, 13, 14, 15, 20, 23. ② 12, 21, 27. ③ 2, 14, 16, 19, 21, 22, 24, 25, 29, 31. ④ 3, 5, 7, 12, 13, 18, 19, 20, 21. ⑤ 3, 13, 15, 27, 29. ⑥ 13, 21, 24, 26. ⑦ 3, 8, 15, 28. ⑧ 2, 4, 16, 30. ⑨ 4, 18, 19, 25, 26. ⑩ 5, 16, 17, 26. ⑪ 15, 16, 29. ⑫ 2, 3, 10, 22, 26, 30. **1934** ① 22. ② 6, 7, 14, 24, 28. ③ 9, 20. ④ 7, 11. ⑤ 11, 12, 17, 19, 20, 31. ⑥ 2. ⑦ 31. ⑧ 2, 12. ⑫ 10. **1935** ① 24. ② 16, 23. ④ 13. ⑤ 1, 21, 22. ⑥ 17. ⑧ 14, 30. ⑨ 5, 14, 28. ⑪ 30. ⑫ 21, 23. **1936** ① 12, 17. ② 5, 29. ③ 28.

리샤오펑(李曉峰) —리샤오펑(李小峰) 참조.

리샤오펑의 누이동생—리시퉁(李希同) 참조.

리샤오펑의 조카—리쭝펀(李宗奮) 참조.

리샤칭(李霞卿, 1887~1931) 저장(浙江) 사오싱(紹興) 출신이며, 원명은 중칸(仲侃), 개명은 샤칭(霞卿), 자는 쭝위(宗裕)이다. 일기에는 리샤칭(李霞青 혹은 李遐卿)으로도 기록되어 있다. 루쉰이 사오싱부중학당에서 교편을 잡았을 때의 학생이자 동료이며, 『웨둬일보』(越鐸日報)의 창간자이자 편집인이다. 후에 쑹쯔페이(宋子佩)와 함께 빠져나와 따로 『민싱일보』(民興日報)를 운영했다. 1915년에 베이징대학 국문과에 입학하여 1918년에 졸업했다.—**1913** ④ 13, 21. ⑦ 17. **1914** ③ 16, 17, 19. **1915** ⑧ 27. ⑨ 6, 7, 8, 13, 15, 16, 19. ⑩ 5, 30. ⑫ 27, 30, 31. **1916** ① 3, 26. ③ 10. ④ 7, 8. ⑤ 7, 21, 28. ⑥ 6, 9, 19, 25. ⑦ 20. ⑧ 1, 22. ⑨ 5, 6. ⑩ 27, 29. ⑪ 1, 24, 25. **1917** ① 9. ③ 5, 24. ④ 2, 22. ⑤ 18, 27, 28. ⑥ 22. ⑧ 16, 19. ⑨ 12. ⑩ 7, 21, 24, 26, 28. ⑪ 28, 29. ⑫ 8, 24. **1918** ①

9, 11, 12, 13. ④ 6, 14, 25. ⑤ 3, 17, 25. ⑥ 6, 19, 24. ⑦ 3, 15, 21, 28. ⑧ 1, 5, 17, 21, 28, 31. ⑨ 10, 29. ⑩ 3, 8, 10, 20, 28. ⑪ 10, 14. ⑫ 6, 8, 27, 30. 1919 ① 17, 23, 24. ③ 6, 30, 31. ④ 22, 23, 26, 27, 28. ⑤ 10, 22, 23, 24, 27. ⑥ 9, 14, 15, 30. ⑦ 8, 12, 14, 19, 20, 24, 25, 27. ⑧ 4, 5, 7, 24, 25. ⑨ 11, 13, 14, 18. ⑩ 8, 15, 17. ⑪ 2, 4, 15, 16, 18, 30. 1920 ① 25, 31. ② 10, 11. ⑥ 17. ⑦ 5. ⑧ 6, 21, 23, 24, 26. ⑩ 15, 18. ⑪ 14, 22, 24. ⑫ 1. 1921 ② 4, 19, 20, 27. ③ 14. ④ 3, 16, 17, 26. ⑤ 2, 5, 30, 31. ⑥ 6, 9, 13, 14. ⑦ 8, 9, 28, 31. ⑧ 12, 19, 31. ⑨ 15, 21. ⑩ 3, 4, 5, 7, 9, 12, 13. ⑪ 27. 1922 ② 26. 1923 ③ 22. ④ 13. ⑤ 19. ⑥ 27. ⑦ 15. ⑧ 26. 1924 ② 5. ④ 21, 24. ⑥ 18, 21, 26, 27. ⑦ 5. ⑫ 24. 1925 ⑥ 16. ⑧ 14. ⑨ 2. ⑫ 11. 1926 ① 3. ② 28. ④ 10. ⑦ 13. ⑧ 7.

리샤칭(李霞青) ─ 리샤칭(李霞卿) 참조.

리샤칭(李遐卿) ─ 리샤칭(李霞卿) 참조.

리샤칭(李霞卿)의 큰아들(1913~?) 사오싱(紹興) 출신이며, 이름은 하오촨(浩川)이다. 일기에는 리샤칭의 큰도령(李遐卿長郞), 리쭝우의 조카(李宗武侄) 등으로도 기록되어 있다. 당시 베이징의 초등학교에 재학 중이었다. ─ 1923 ⑦ 15. 1924 ② 5. ④ 6. ⑥ 27.

리서우창(李守常) ─ 리다자오(李大釗) 참조.

리서우헝(李壽恒) ─ 주서우헝(朱壽恒) 참조.

리선자이(李愼齋, 1868~1947) 저장(浙江) 사오싱(紹興) 출신이며, 이름은 이슈(懿修), 자는 선자이이다. 1916년에 교육부 회계를 지내고, 1922년부터 1925년에 걸쳐 교육부 사회교육사 사무원을 지냈다. 루쉰이 베이징 시싼탸오(西三條)의 거처를 매입하고 개축하는 것을 도왔다. ─ 1916 ⑫ 2. 1923 ⑨ 13, 24. ⑩ 5, 10, 17, 23, 24, 27, 28, 30. ⑪ 13, 16, 18. ⑫ 2, 3, 12, 16, 20, 23, 25, 30. 1924 ① 2, 12, 15, 16, 20, 27, 28, 30. ② 1, 2, 3, 17, 18. ③ 2, 16, 17, 27, 30, 31. ④ 7. ⑤ 1, 3, 10, 20. ⑥ 3. ⑧ 13, 14. ⑨ 13. 1925 ① 23. ⑧ 14.

리선자이(黎愼齋) ─ 리궈창(黎國昌) 참조.

리성(李生) 확실치 않음. ─ 1924 ④ 9.

리성페이(李升培) 저장(浙江) 우싱(吳興) 출신이며, 자는 쯔짜이(子栽)이다. 경사경정청(京師警政廳) 첨사, 과장을 지냈다.

리수전(李叔珍) 샤먼(廈門)의 『샤성일보』(廈聲日報) 기자. 루쉰이 샤먼대학에서 중국소설사를 강의할 때 자주 와서 청강했다. 1926년 12월 16일자 『샤성일보』에 자신이 쓴 「루쉰방문기」(魯迅訪問記)를 발표했다. ─ 1926 ⑫ 15.

리숴궈(李碩果, 1883~1979) 푸젠(福建) 난안(南安) 출신. 원명은 리인쑤이(李引隨). 후에 숴궈로 개명. 1908년에 태국(泰國)에서 중국동맹회에 가입했으며, 1916년에 귀국하여 샤먼(廈門)의 『민중일보』(民鍾日報)를 창간하고 사장을 맡았다. ─1927 ① 8.

리쉬안보(李玄伯, 1895~1974) 허베이(河北) 가오양(高陽) 출신이며, 이름은 쭝퉁(宗侗), 자는 쉬안보이다. 1925년에 베이징대학 불문과 교수, 베이징사범대학 강사를 지냈으며, 『맹진』(猛進) 주간의 발기인이자 편자 가운데 한 사람이다. ─1925 ⑨ 20. ⑪ 20. ⑫ 21, 24. 1926 ③ 7.

리슈란(李秀然) 광둥(廣東) 출신. 광저우(廣州) 중산(中山)대학 학생이며, 학생회 임시주석이다. 광저우의 4·15사변 이후 국민당 중산대학 특별당부 개조위원회 위원을 맡아 반공활동을 벌였다. ─1927 ① 24.

리스샹(李式相, 1894~1965) 후난(湖南) 바오칭(寶慶, 지금의 사오양邵陽) 출신이며, 이름은 셰즈(燮治)이다. 1924년에 베이징고등사범학교 국문과를 졸업했다. 1927년에 상하이 노동대학부속중학에서 주사를 지냈으며, 같은 해 10월에 이인춘(易寅村)의 부탁을 받아 노동대학에서 강연해 달라고 루쉰을 청했다. 후에 루쉰은 노동대학에서 교편을 잡았다가 얼마 후 사직했는데, 리스샹은 이인춘의 편지를 가지고 찾아와 만류했다. ─1927 ⑩ 23, 25. ⑪ 27. ⑫ 11.

리스쥔(李世軍, 1901~?) 간쑤(甘肅) 징닝(靜寧) 출신. 베이징사범대학 국문과 학생이며, 국민당 베이징시 성남구(城南區) 당부 사무원이다. 3·18참사 후에 베이양정부(北洋政府)에 수배되어 간쑤로 활동근거지를 옮기게 되자, 떠나기 전에 작별인사를 드리고자 루쉰을 찾아왔다. ─1926 ⑤ 25.

리시퉁(李希同, 1901~?) 장쑤(江蘇) 장인(江陰) 출신. 리샤오펑(李小峰)의 누이동생이며, 자오징선(趙景深)의 아내이다. ─1930 ④ 19.

리싱신(李醒心) 확실치 않음. ─1924 ⑫ 21, 22.

리 아무개(李某) 확실치 않음. ─1935 ③ 18.

리 아무개(李厶) 확실치 않음. ─1918 ① 10.

리어(立峨) ─ 랴오리어(廖立峨) 참조.

리어(立莪) ─ 랴오리어(廖立峨) 참조.

리어우런(酈藕人, 1891~1971) 저장(浙江) 사오싱(紹興) 출신이며, 이름은 융겅(永庚), 자는 어우런, 호는 신눙(辛農)이다. 루쉰의 둘째 이모 루롄(魯蓮)의 셋째아들이다. ─1918 ⑤ 29. 1919 ⑫ 6, 13, 19.

리어의 벗(立峨友) ─ 허춘차이(何春才) 참조.

리어의 벗(立峨友人) ─ 쩡리전(曾立珍), 쩡지화(曾其華) 참조.

리우청(李霧城) ─ 천옌차오(陳烟橋) 참조.

리원뤄(李文若) ─ 량원뤄(梁文若) 참조.

리웨이빈(李渭濱) 확실치 않음. — 1925 ⑤ 11.

리웨이칭(李維慶) — 리뤄윈(李若雲) 참조.

리웨즈(李約之, 1879~1969) 산시(陝西) 푸청(蒲城) 출신이며, 이름은 보(博), 자는 웨즈이
　　다. 시안의 이쑤사(易俗社)의 창시자 리퉁쉬안(李桐軒)의 큰아들이며, 루쉰이 시안에
　　서 학술강연을 했을 때 시안여자중학교 교장을 맡고 있었다. 이쑤사의 일을 겸직했
　　다. 루쉰을 응접하여 이쑤사에서 극을 관람했다. — 1924 ⑧ 18.

리위샤(黎煜夏) 확실치 않음. — 1936 ② 27.

리위안(李遇安) 허베이(河北) 출신. 일기에는 위안(遇庵), '어느 학생'으로도 기록되어 있으
　　며, 양위안(楊遇安)으로 오기되어 있기도 하다. 1924년부터 1926년에 걸쳐 베이징사
　　범대학에 재학했으며, 『위쓰』(語絲), 『망위안』(莽原)에 원고를 기고했다. 1926년 가을
　　에 중산(中山)대학위원회 직원을 지냈으며, 같은 해 말에 사직하고서 위다푸(郁達夫)
　　와 함께 상하이로 갔다가 오래지 않아 장시(江西)로 갔다. — 1924 ⑪ 24. ⑫ 2, 4, 16,
　　24. 1925 ① 17, 28. ③ 2, 8, 9, 19, 24. ④ 6, 7, 12, 14, 23, 27, 28. ⑤ 11. ⑥ 5, 8, 9, 30.
　　⑦ 19, 20. ⑧ 3, 21. ⑨ 28. ⑫ 16, 17. 1926 ① 7, 9. ② 4. ③ 10. ④ 23, 25. ⑤ 9, 21. ⑥
　　21, 27, 30. ⑦ 24. ⑧ 1, 3, 11, 20, 22. ⑩ 2, 13, 23, 24. ⑪ 5, 11. ⑫ 14, 21. 1927 ① 9. ②
　　27. 1928 ③ 13. 1930 ⑩ 30.

리위차오(李宇超, 1906~1968) 산둥(山東) 주청(諸城) 출신이며, 가명은 류중민(劉重民)이
　　다. 1935, 1936년에 상하이에서 중국공산당의 지하공작에 종사했으며, 조직이 파괴
　　되어 당과의 연락이 두절되자 루쉰에게 편지를 보내 도움을 청했다. 루쉰은 연락이
　　이어지도록 방법을 강구했다. — 1936 ⑧ 22.

리위친(李虞琴) 저장(浙江) 사오싱(紹興) 출신. 저우젠런(周建人)이 사오싱의 밍다오(明道)
　　여교에서 교편을 잡았을 때의 학생이다. — 1921 ⑨ 26.

리유란(李又然, 1906~1984) 저장(浙江) 츠시(慈溪) 출신. 일기에는 리유란(李又燃)으로도
　　기록되어 있다. 프랑스에 유학하였으며, 프랑스문학을 연구했다. 1933년 9월에 중국
　　을 방문한 '세계반전대동맹'(世界反戰大同盟) 대표단의 부단장이자 프랑스 작가인 폴
　　바양-쿠튀리에(Paul Vaillant-Couturier)의 통역을 맡았다. — 1933 ④ 26. 1934 ④
　　12. ⑨ 9.

리유란(李又燃) — 리유란(李又然) 참조.

리융첸(李庸倩) — 리빙중(李秉中) 참조.

리융첸(李庸倩)의 벗 — 1927 ⑪ 7.

리이밍(李一氓, 1903~1990) 쓰촨(四川) 청두(成都) 출신. 일기에는 이밍(一萌)으로도 기록
　　되어 있다. 창작사 성원이며, 중국사회과학가연맹(中國社會科學家聯盟)의 발기자이

자 중국좌익문계총동맹의 책임자 가운데 한 사람이다.『류사』(流沙)와『빨치산』(巴爾底山)을 편집했으며, 1931년 5월에 궈모뤄(郭沫若)의 부탁에 따라 루쉰에게『갑골문자연구』(甲骨文字研究) 한 부를 증정했다.―1930 ⑫ 23. 1931 ⑤ 14.

리이츠(黎翼墀) 광둥(廣東) 쩡청(增城) 출신. 광저우(廣州) 중산(中山)대학 교무처 직원이다.―1927 ④ 22. ⑤ 2, 3.

리잉(李映) 광시(廣西) 난닝(南寧)중앙군사정치학교 제1분교 포병대 대원이다. ― 1935 ① 29. ③ 19.

리잉췬(李英群) 확실치 않음.―1926 ④ 5.

리젠쥔(李簡君) 광둥(廣東) 메이현(梅縣) 출신. 1927년에 베이징사범대학 국문과를 졸업했다. 후에 광저우(廣州) 랑친(勤勤)대학 사범학원 부속중학의 교원을 지냈다. ― 1931 ② 11.

리주안(李竹庵) ― 리칭위(李慶裕) 참조.

리주취안(李竹泉) ― 리칭위(李慶裕) 참조.

리주치(李竹齊) ― 리칭위(李慶裕) 참조.

리중단(黎仲丹, 1886~1951) 광시(廣西) 위린(玉林) 출신이며, 이름은 펑츠(鳳墀), 자는 중단이다. 당시 광둥(廣東)에 진주한 군벌 린후(林虎) 수하에서 근무하였다.―1927 ⑤ 5, 12, 25. ⑥ 2, 3, 17. ⑦ 4, 13, 14. ⑧ 14, 28. ⑨ 8.

리중칸(李仲侃) ― 리샤칭(李霞卿) 참조.

리중칸(李仲侃)의 아들 ― 리샤칭(李霞卿)의 큰아들 참조.

리즈쥔(李志雲, 1889~1954) 쟝쑤(江蘇) 징인(江陰) 출신. 리샤오펑(李小峰)의 형이며, 싱하이 베이신서국(北新書局)의 사장을 지냈다. ― 1926 ⑧ 29, 30, 31. 1928 ⑨ 13. 1929 ⑧ 5, 25. 1930 ⑥ 25.

리지(李季) 후난(湖南) 핑장(平江) 출신이며, 자는 모란(默然)이다. 일기에는 리지쯔(李季子)로도 기록되어 있다. 1918년에 베이징대학 영문과를 졸업했다.―1921 ⑦ 2, 18.

리지(李基) 확실치 않음.―1936 ② 19.

리지구(李季谷) ― 리쭝우(李宗武) 참조.

리지런(李級仁) 산시(陝西) 창안(長安) 출신. 시안(西安) 둥관(東關)의 사립징화학교(私立競化學校) 교원이다. 루쉰이 시안에서 학술강연을 했을 때 응접했던 사람 가운데 한 명이다.―1924 ⑧ 18. ⑨ 29.

리지예(李霽野, 1904~1997) 안후이(安徽) 훠추(霍丘) 출신의 번역가이자 교육가이다. 일기에는 지예(季野 혹은 寄野)로도 기록되어 있다. 1924년 겨울에 루쉰을 알게 되었다. 1925년 8월 말에 루쉰의 제안과 지지 아래 웨이쑤위안(韋素園), 타이징눙(臺靜農) 등과 함께 웨이밍사(未名社)를 조직했다. 1927년 초에 타이징눙과 더불어 웨이밍사의 업무를 주관하는 한편, 『망위안』(莽原) 반월간을 편집했다. 1930년 8월에 톈진(天津)의 허베이(河北)여자사범학원에서 교편을 잡았다. 창작과 번역, 생활 등 여러 방면에서 루쉰의 도움과 격려를 받았다. — 1924 ⑫ 26. 1925 ② 10, 15, 16, 18, 20. ③ 14, 22, 26. ⑤ 6, 17. ⑥ 23. ⑦ 6, 13, 19, 28. ⑧ 10, 17, 22, 30. ⑨ 1, 9, 14, 18, 19, 24. ⑩ 1, 8, 18, 26, 29. ⑪ 4, 6, 14, 16, 19, 25. ⑫ 1, 4, 11, 12, 14, 15, 16, 18, 20, 22, 26, 28. 1926 ① 2, 7, 9, 11, 13, 14, 15, 17, 18, 21, 23, 25, 31. ② 3, 5, 6, 7, 9, 10, 19, 20, 23, 24, 25, 26, 28. ③ 6, 8, 9, 11, 12, 13, 15, 17, 21, 23, 27, 29. ④ 3, 4, 6, 8, 9, 13, 15, 17, 19, 20, 25, 26. ⑤ 10, 13, 14, 17, 20, 22. ⑥ 26. ⑨ 14, 29. ⑩ 4, 27, 30. ⑪ 22, 24. ⑫ 13. 1927 ① 8, 12. ② 1, 7, 10, 17, 22. ③ 9, 17, 27. ④ 2, 8, 9, 21. ⑤ 5, 11. ⑥ 7, 10, 11, 13, 23, 27. ⑦ 2, 15, 24, 25. ⑧ 17, 19, 21. ⑨ 23, 25. ⑩ 5, 17, 18, 21, 26. ⑪ 3, 4, 11. ⑫ 16, 29. 1928 ① 19, 29. ② 1, 4, 5, 21, 22, 26, 29. ③ 2, 9, 13, 14, 17, 31. ⑥ 5. ⑦ 6, 17, 18. ⑧ 6. ⑩ 8. 1929 ③ 18, 23. ④ 16, 18. ⑤ 16, 17, 20, 28, 29, 30. ⑥ 1, 3, 11, 19, 22, 24. ⑦ 2, 3, 9, 10, 13, 21, 31. ⑧ 13, 16, 21. ⑨ 23, 28. ⑩ 5, 20, 21, 31. ⑪ 18, 27. ⑫ 20. 1930 ① 19, 20. ② 3, 15. ③ 12, 26. ⑤ 5. ⑥ 9, 10. ⑧ 8, 14. 1932 ④ 11, 24, 26, 27. ⑤ 12, 13. ⑥ 5, 10, 20, 30. ⑦ 2, 3, 8. ⑧ 5, 6. ⑨ 21. ⑪ 17, 18. ⑫ 22, 26. 1933 ① 31. ② 14, 18, 24, 27. ③ 10. ⑤ 12. ⑧ 9, 20, 24. ⑨ 7. 1934 ⑥ 28, 29. ⑧ 7, 25, 26, 27. ⑨ 18. ⑩ 5. ⑪ 6, 7, 19, 20, 22, 29, 30. ⑫ 7, 8. 1935 ① 11, 21. ② 22. ⑥ 1, 16, 23. ⑦ 3, 17, 18, 22. ⑧ 3, 15, 24. ⑪ 27. 1936 ④ 21, 22, 24. ⑤ 8, 9, 22. ⑦ 21. ⑩ 4.

리지예(李季野) — 리지예(李霽野) 참조.

리지예(李寄野) — 리지예(李霽野) 참조.

리지예의 학생(李霽野學生) — 류원전(劉文貞) 참조.

리지쯔(李季子) — 리지(李季) 참조.

리지차이(林驥材) 구이저우(貴州) 출신으로, 베이징대학에 재학 중이었다. — 1930 ⑤ 11.

리진밍(黎錦明, 1905~1999) 후난(湖南) 샹탄(湘潭) 출신의 작가이며, 자는 쥔량(君亮)이다. 일기에는 리밍(黎明)으로 잘못 기록되어 있다. 리진시(黎錦熙)의 넷째동생이다. 1927년에 광둥(廣東) 하이펑(海豊)중학에서 교편을 잡았으며, 1월에 겨울방학을 틈타 광저우로 루쉰을 찾아갔다. 같은 해 가을에 루쉰이 상하이에 갔을 때 그 역시 상하이에 있었던 터라, 루쉰에게 자신이 지은 중편소설 『진영』(塵影)을 위해 서문을 써 달라고 부탁했다. 연말에 허난(河南)의 뤄양(洛陽)중학에 가서 국어교사를 지냈다. 1928년 8월부터 1929년 말에 걸쳐 정저우(鄭州), 카이펑(開封)에서 잇달아 편집자와 중학교사를 지냈다. 1930년에 베이핑 중국대학에서 교편을 잡았으며, 1931년에는 바오딩

(保定)의 허베이(河北)대학 국문계 교수가 되었다. — 1927 ① 31. ② 9, 11, 14. ③ 2. ⑩ 14, 17, 18, 23. ⑫ 5. 1928 ① 20. ⑦ 18, 20, 21. ⑧ 24, 29. 1929 ⑨ 10. ⑪ 6. 1930 ④ 3, 8. 1931 ② 8, 9.

리진시(黎錦熙, 1889~1978) 후난(湖南) 샹탄(湘潭) 출신의 언어학자이며, 자는 사오시(劭西)이다. 리진밍(黎錦明)의 형이다. 1915년에 베이징에 와서 교육부 교과서 특약편찬원, 국어통일주비회 위원 등을 잇달아 역임했다. 1920년 이후 베이징고등사범학교, 베이징여자고등사범학교, 베이징대학 등에서 국문계 강사 및 교수를 지냈다. 1925년 당시에는 베이징여자사범대학의 국문계 주임대리를 겸임했다. — 1925 ③ 21, 23. ⑫ 25.

리진파(李金髮, 1900~1976) 광둥(廣東) 메이현(梅縣) 출신의 시인이자 조각가이며, 문학연구회의 성원이다. 프랑스와 독일에서 유학했다. 귀국 후에 상하이미술전문학교, 중앙대학, 항저우예술전과학교(杭州藝術專科學校) 등에서 교수를 역임했다. 1928년에 광저우(廣州)시립미술학교 교장을 지냈으며, 『미육』(美育) 월간을 편집할 때 루쉰에게 편지를 보내 원고를 청탁했다. — 1928 ④ 24. ⑤ 5.

리징슈(黎靜修) — 리광밍(黎光明) 참조.

리징촨(李靜川) 확실치 않음. — 1926 ① 21, 29. ② 7.

리징허(李競何) 광둥(廣東) 메이현(梅縣) 출신. 베이징대학 독문과에 재학하는 학생으로서, 1927년에 광저우(廣州)로 돌아와 벗을 따라 루쉰을 방문했다. 4·15사변 후에 국민당 광둥정치분회 간사를 지냈다. — 1927 ③ 15.

리짠원(李纘文) 후베이(湖北) 출신. 현 지사 응시를 위해 쉬지쉬안(徐吉軒)을 통해 보증을 부탁했다. — 1914 ② 3.

리쭝우(李宗武, 1895~1968) 저장(浙江) 사오싱(紹興) 출신이며, 이름은 지구(季谷), 자는 쭝우이다. 리샤칭(李霞卿)의 동생이다. 일찍이 일본과 영국에서 유학했다. 1924년에 귀국하여 베이징사범대학, 베이징대학, 베이핑대학 여자문리학원 등에서 가르쳤다. 루쉰은 그와 마오융탕(毛咏棠)이 공역한 무샤노코지 사네아쓰(武者小路實篤)의 저서 『인간의 생활』(人間的生活)을 교열했다. — 1920 ② 9. ⑪ 24. 1921 ③ 7, 14. ④ 26. ⑦ 30. ⑧ 30. ⑨ 5, 6, 21, 27. ⑩ 9, 10, 12. ⑫ 30, 31. 1924 ④ 6. ⑤ 11. ⑥ 21. 1925 ③ 8. ⑤ 15, 30, 31. ⑨ 5. ⑪ 21. 1926 ① 31. ⑤ 8, 13, 28. ⑥ 26. ⑪ 15, 25. 1928 ④ 1. ⑤ 1. 1929 ③ 18, 20. 1932 ⑪ 23.

리쭝펀(李宗奮, 1916~?) 장쑤(江蘇) 장인(江陰) 출신이며, 리샤오펑(李小峰)의 조카이다. 1929년 상하이 광화(光華)대학부중에 재학 중일 때에 자신이 쓴 글을 한데 묶어 루쉰에게 부치고서 서문을 써 달라고 부탁했으며, 루쉰은 답신을 보내 그를 격려했다.

─1928 ② 18. ⑦ 7. 1929 ⑦ 11.

리창즈(李長之, 1910~1978) 산둥(山東) 리진(利津) 출신의 문예비평가이다. 1934년 당시 칭화(淸華)대학 철학과를 졸업했다. 1935년에 톈진(天津)의 『이스바오』(益世報) 문학 부간의 편집자를 지냈다. 『루쉰비판』(魯迅批判)이란 글을 저술하기 위해 루쉰과 편지 를 주고받았다. ─1934 ⑫ 30. 1935 ⑦ 28. ⑧ 11, 31. ⑨ 12. ⑫ 2. 1936 ④ 6.

리청(荔丞) ─ 리리천(酈荔臣) 참조.

리춘푸(李春圃) 산시(山西) 양가오(陽高) 출신이며, 이름은 타오위안(桃元), 자는 춘푸이다. 일기에는 리춘푸(李春樸)로도 기록되어 있다. 1923년 베이징고등사범학교 영어과를 졸업하였으며, 구이쑤이(歸綏, 지금의 후허하오터呼和浩特)의 쑤이위안(綏遠)성립제일 여자사범학교 교장을 지냈다. ─1930 ③ 11, 30.

리춘푸(李春樸) ─ 리춘푸(李春圃) 참조.

리췬(力群) ─ 하오리췬(郝力群).

리칭위(李慶裕, 1897~1981) 베이징 류리창(琉璃廠)의 윈쑹거(雲松閣) 주인이다. 이 가게의 문 위 현판에 가로로 그의 조부인 리주안(李竹庵)의 이름이 씌어 있다. 이로 인해 일 기에는 리주안으로도 기록되어 있다. 리주치(李竹齊), 리주취안(李竹泉)은 오기이다. ─1913 ⑩ 5. 1914 ⑥ 6. 1924 ② 2. ⑨ 18. 1925 ④ 3.

리쾅푸(李匡輔) 후베이(湖北) 황메이(黃梅) 출신이며, 이름은 밍처(明澈), 자는 쾅푸이다. 교육부 사회교육사 지부원이다. ─1917 ⑫ 16. 1918 ⑨ 8. 1920 ① 10.

리쾅푸(李匡輔)의 어머니 ─1918 ⑨ 8.

리타이 부인(李太夫人) 마유위(馬幼漁)의 어머니. ─1934 ⑧ 22.

리톈위안(李天元, 1914~?) 윈난(雲南) 쿤밍(昆明) 출신이며, 호는 쑹웨(嵩岳)이다. 광시(廣 西) 난닝(南寧) 국민당중앙군사정치학교 제1분교 제5기 보병대 대원이다. ─ 1934 ⑨ 3, 29. ⑩ 17, 20. ⑫ 28.

리톈즈(李天織) 확실치 않음. ─1926 ④ 13.

리푸위안(李樸園, 1901~1956) 허베이(河北) 취저우(曲周) 출신의 미술사학가이다. 당시 항 저우(杭州) 국립예술전과학교(國立藝術專科學校) 교수를 지냈으며, 『아폴로』(阿波羅) 등의 예술잡지를 편집·출판했다. ─1928 ④ 18, 21.

리푸탕(李賦堂) 확실치 않음. ─1914 ⑥ 28.

리푸하이(李福海) 허베이(河北) 완핑(宛平) 출신. 베이징고등사범학교의 기록원이다. ─ 1925 ⑩ 28.

리화(李樺, 1907~1994) 광둥(廣東) 판위(番禺) 출신의 목각가이다. 일기에는 리화(李華)로 도 기록되어 있다. 광저우(廣州)시립미술학교 교사이며, 광저우 현대창작판화연구회의 조직자이다. 현대판화회에 대한 지도를 받기 위해 1934년부터 루쉰과 편지를 주고받았다. ― 1934 ⑫ 18, 25, 29. 1935 ① 4, 14, 17. ② 5, 16. ③ 9, 25. ④ 4. ⑤ 20, 30. ⑥ 16. ⑦ 16, 26. ⑨ 9, 17, 23. ⑩ 6. ⑫ 17. 1936 ① 4, 14. ④ 10.

리화(李華) ― 리화(李樺) 참조.

리화옌(李華延) 광둥(廣東) 메이현(梅縣) 출신. 광저우(廣州) 중산(中山)대학 법과 정치계 학생이다. ― 1927 ⑧ 15.

리후이잉(李輝英, 1911~1991) 지린(吉林) 융제(永吉) 출신의 작가이며, 원명은 리롄추이(李連萃)이다. 한때 좌익작가연맹의 성원으로 활동했다. 1935년 당시에는 『생생월간』(生生月刊), 『만화와 만화』(漫畵與漫話)의 편집을 맡고 있었다. ― 1933 ④ 8. 1935 ① 11. ② 23, 28. ③ 28, 31. ④ 4, 19, 28. ⑦ 23.

리훙니(李虹霓) 장시(江西) 출신. 예즈(葉紫)의 벗. 소련의 숄로호프(Михаил Шолохов)의 『개척된 처녀지』(開拓了的處女地)를 번역했다. ― 1936 ⑨ 8. ⑩ 6, 16.

리훙량(李鴻梁, 1894~1971) 저장(浙江) 사오싱(紹興) 출신. 루쉰이 사오싱부중학당(府中學堂)에서 교편을 잡았을 때의 학생이다. 사오싱의 저장성립 제5중학의 예술교사를 지냈으며, 『웨둬일보』(越鐸日報)에 자주 미술작품을 발표했다. ― 1913 ② 5, 11. 1921 ③ 29.

린겅바이(林庚白, 1891~1941) 푸젠(福建) 민허우(閩侯) 출신의 시인이며, 남사(南社) 회원이다. 중국대학 및 러시아어전수관(俄文專修館) 법학교수, 중의원 및 비상국회 비서장, 국민당 입법원 입법위원 등을 역임했다. 1929년 말에 루쉰을 찾아갔을 때 루쉰을 만나기 못하자, 편지를 보내 비난했다. ― 1929 ⑫ 24, 26. 1933 ⑪ 13.

린 군(林君) 확실치 않음. ― 1926 ⑨ 5.

린단추(林淡秋, 1911~1981) 저장(浙江) 닝하이(寧海) 출신의 작가이며, 좌익작가연맹의 성원으로 활동했다. 판표로프(Фёдор Иванович Панфёров)의 『브루스키』(Бруски)를 번역한 그는 루쉰에게 편지를 보내 교열을 부탁했다. 그의 번역으로는 소련의 소설 『초콜릿』 등이 있다. ― 1932 ⑪ 2. 1933 ⑫ 8. 1934 ② 3.

린디(林蒂) ― 린왕중(林望中) 참조.

린라이(林來) 확실치 않음. ― 1934 ⑩ 28.

린란(林蘭) ― 차이수류(蔡漱六) 참조.

린런퉁(林仁通, 1919~?) 장시(江西) 위두(雩都) 출신. 당시 퉁지(同濟)대학 의학원에 재학 중이었다. 루쉰이 「시계」(表) '역자의 말'에서 독일어 단어의 번역이 확실치 않다고 언급한 것을 보고서, 독일 국적의 교사에게 물어본 후 루쉰에게 편지로 알려 주었다. ― 1936 ⑧ 2.

린루성(林魯生) — 린쑹젠(林松堅) 참조.

린루쓰(林如斯, 1923~1971) 푸젠(福建) 룽시(龍溪) 출신. 린위탕(林語堂)의 큰딸이다. ―
　　1928 ⑥ 24. ⑦ 7. ⑩ 26. 1933 ⑤ 15.

린뤄쾅(林若狂) — 린후이위안(林惠元).

린린(林霖) 광둥(廣東) 메이현(梅縣) 출신. 일기에는 린린(林林)으로도 기록되어 있다.
　　1927년 광저우(廣州) 중산(中山)대학에서 조리비서(助理祕書)를 지냈으며, 4·15사변
　　이후에는 국민당 중산대학 특별당부 집감위원(執監委員)을 지냈다. 루쉰이 이 학교
　　학생회의 환영회 등의 모임에서 행한 강연을 기록했다. ― 1927 ② 5. ③ 5. 1929 ⑦
　　31. ⑫ 13. 1930 ④ 11.

린린(林林) — 린린(林霖) 참조.

린멍칭(林夢琴) — 린원칭(林文慶) 참조.

린무투(林木土) 타이완(臺灣) 타이베이(臺北) 출신이며, 자는 샤오푸(筱甫)이다. 샤먼(厦
　　門)에서 펑난(豊南)신탁공사를 창설하여 금융환업무를 경영했다. ― 1926 ⑫ 18.

린사오룬(林紹侖, 1911?~1944?) 광둥(廣東) 충산(瓊山, 현재 하이난海南에 속함) 출신. 광저
　　우(廣州) 시립미술학교를 졸업하고 광저우 중더(中德)중학에서 미술교사를 지냈으
　　며 목각 창작에 종사했다. ― 1934 ⑩ 2, 13. ⑪ 13. ⑫ 4, 11. 1935 ⑫ 29.

린샤오푸(林筱甫) — 린무투(林木土) 참조.

린서우런(林守仁) — 야마가미 마사요시(山上正義) 참조.

린셴팅(林仙亭, 1897~1936) 푸젠(福建) 룽옌(龍岩) 출신. 덩쯔후이(鄧子恢) 등과 『옌성바
　　오』(岩聲報)를 창간하고 룽시(龍溪)와 샤먼(厦門), 난안(南安) 등지에서 잇달아 교편
　　을 잡았으며, 혁명활동에 참여했다. 적지 않은 산문과 시가를 창작하였으며, 시집
　　『피눈물의 꽃』(血淚之花)을 루쉰에게 증정했다. ― 1926 ⑩ 5, 11.

린스옌(林式言) 저장(浙江) 원저우(溫州) 출신이며, 이름은 위치(玉麒), 자는 스옌이다. 항
　　저우(杭州)의 저장양급(浙江兩級)사범학당의 서무주임을 지냈다. 1913년 당시 베이
　　징에서 국회의원을 지냈다. ― 1913 ③ 14.

린쑹젠(林松堅) 푸젠(福建) 민허우(閩侯) 출신이며, 자는 루성(魯生)이다. 교육부 주사를 지
　　냈다. ― 1914 ⑫ 31. 1919 ② 27. ③ 1, 11.

린왕중(林望中, 1914~2004) 푸젠(福建) 퉁안(同安) 출신. 원명은 천핑산(陳萍珊), 가명은
　　린디(林蒂)이다. 좌익작가연맹의 성원으로 활동했다. 1935년에 일본에 가서 좌익작
　　가연맹 도쿄 지부의 시가소조(詩歌小組) 책임자 가운데 한 사람이자 『신시가』(新詩
　　歌)의 편집자를 지내면서, 루쉰에게 도쿄 좌익작가연맹의 상황을 편지로 알렸다. ―
　　1935 ⑩ 17.

린우솽(林無雙, 1926~?) 푸젠(福建) 룽시(龍溪) 출신. 린위탕(林語堂)의 둘째딸이다. —
1933 ⑤ 15.

린원칭(林文慶, 1869~1957) 푸젠(福建) 하이청(海澄) 출신이며, 자는 멍친(夢琴)이다. 영국
의 에딘버그(Edinburgh)대학 의학석사이며, 후에 영국 국적을 취득했다. 당시 샤먼
(廈門)대학 교장을 맡고 있었다. —1926 ⑪ 25. 1927 ① 4, 9, 13, 15.

린웨보(林月波) 베이징 첸타오위안(前桃園)의 건물주이다. 루쉰은 가옥 구입 건으로 그와
관계를 맺었다. —1923 ⑨ 20, 21, 24.

린웨이다(林偉達) 확실치 않음. —1936 ⑨ 5.

린웨이인(林微音, 1899~1982) 장쑤(江蘇) 쑤저우(蘇州) 출신의 작가이며, 가명은 천다이
(陳代) 등이다. 위다푸(郁達夫)와의 인연으로 루쉰과 알게 되었다. 1933년에 사오쉰
메이(邵洵美)가 엮은 '작가자전총서'(作家自傳叢書)를 위해 루쉰에게 원고를 청탁했
으나 허락을 얻지 못했다. —1932 ⑩ 5. 1933 ② 28. ③ 13, 17.

린위더(林毓德) 푸젠(福建) 푸저우(福州) 출신. 샤먼(廈門)대학 학생이다. —1927 ② 15.

린위린(林玉霖, 1887~1964) 푸젠(福建) 룽시(龍溪) 출신이며, 별칭은 허펑(和風)이다. 린위
탕(林語堂)의 둘째형이다. 젊은 시절에 미국에 유학했다. 샤먼(廈門)대학 문과 외국어
과 교수 겸 학생지도장을 지냈다. —1926 ⑪ 17.

린위탕(林語堂, 1895~1976) 푸젠(福建) 룽시(龍溪) 출신의 작가이다. 원명은 허러(和樂)이
나 위탕(玉堂)으로 개명하였으며, 위탕(語堂)으로 바꾸기도 하였다. 일찍이 미국에
서 유학하였으며, 1923년에 귀국한 뒤 베이징 칭화(淸華)학교, 베이징대학 등에서 교
편을 잡았다. 1925년에 베이징여자사범대학 교무장 겸 영문과 교수를 지낼 때에 루
쉰과 왕래하기 시작했다. 이 시기를 전후하여 『위쓰』(語絲), 『망위안』(莽原), 『국민신
보 부간』(國民新報副刊)에 글을 기고하였다. 1926년 5월에 베이양(北洋)정부의 수배
를 피해 푸젠성으로 돌아와 샤먼대학의 문과주임 겸 국학원 비서를 맡았다. 얼마 후
루쉰을 샤먼대학으로 초빙하였으며, 1927년 봄에 우한(武漢)으로 가서 국민정부 외
교부 비서를 지냈다. 난징(南京)의 국민정부와 우한의 국민정부가 합병한 후 상하이
로 왔으며, 같은 해 10월 루쉰이 상하이로 이주한 뒤 루쉰과의 왕래가 더욱 잦아졌다.
—1925 ⑫ 5, 6, 8, 15, 17, 27, 29. 1926 ① 31. ② 20, 22, 23, 27. ③ 7, 9. ⑤ 10, 13, 15,
19, 24. ⑦ 1, 4, 5. ⑧ 15, 18. ⑨ 4, 5, 19, 21. ⑪ 20, 27, 30. ⑫ 12, 14, 30, 31. 1927 ① 1, 7,
8, 29. ② 6, 14. ③ 1, 22, 26. ④ 7. ⑤ 14. ⑩ 3, 4, 7. ⑪ 7. ⑫ 12, 31. 1928 ① 26. ② 16.
③ 4. ④ 5. ⑤ 1. ⑥ 4, 8, 19, 20, 23, 24. ⑦ 1, 5, 7, 28. ⑧ 4, 14, 17. ⑨ 27, 10. ⑩ 16, 17,
19, 26. ⑪ 1, 11, 24, 26. ⑫ 1. 1929 ① 24, 26. ② 16. ③ 6, 17. ④ 30. ⑦ 7. ⑧ 28. 1933
① 11. ② 16, 17, 19, 21, 24, 27. ③ 5, 28. ④ 20, 30. ⑤ 10, 15, 19. ⑥ 6, 8, 20, 21. ⑧ 1, 2,

16, 24, 27. ⑫ 28. 1934 ① 6, 7, 18. ③ 18. ④ 9, 14, 15. ⑤ 4, 5, 9, 10. ⑦ 6. ⑧ 28, 29.

린위탕(林玉堂) — 린위탕(林語堂) 참조.

린위탕(林語堂)의 딸 — 린루쓰(林如斯), 린우솽(林無雙) 참조.

린위탕(林語堂)의 부인 — 랴오추이펑(廖翠鳳) 참조.

린위탕(林語堂)의 조카 — 린후이위안(林惠元) 참조.

린이링(林疑今, 1913~?) 푸젠(福建) 룽시(龍界溪) 출신의 번역활동가이며, 필명은 마이예푸(麥耶夫)이다. 린위린(林玉霖)의 아들이다. 당시 상하이 둥우(東吳)제2중학에 재학 중이었다. 린후이위안(林惠元)과 공역한 『시멘트』(水門汀)의 원고를 루쉰에게 부쳐 교열을 부탁했다. — 1929 ② 16.

린주빈(林竹賓) 확실치 않음. — 1932 ⑪ 1, 30.

린줘펑(林卓鳳, 1906~?) 광둥(廣東) 청하이(澄海) 출신이며, 자는 우전(悟眞)이다. 1925년 당시 베이징여자사범대학 국문과 학생이었으며, 후에 베이징사범대학으로 전입했다. 1928년에 졸업한 후 중등학교 교원을 지냈다. — 1925 ④ 12. ⑥ 5. 1929 ⑥ 3.

린징량(林景良, 1884~1942) 푸젠(福建) 룽시(龍溪) 출신. 허안(和安)이라고도 하였으며, 자는 멍원(孟溫)이다. 린위탕(林語堂)의 큰형이며, 샤먼(廈門)대학의 국학원에서 편집을 맡았다. — 1926 ⑪ 16.

린츠무(林次木) 확실치 않음. — 1927 ② 17, 20.

린커둬(林克多, 1902~1949) 저장(浙江) 황옌(黃岩) 출신. 원명은 리징둥(李鏡東), 별칭은 리핑(李平), 필명은 린커둬이다. 일기에는 핑 군(平君)으로도 기록되어 있다. 고향에서 혁명활동에 종사하다가 대혁명 실패 이후 소련의 모스크바 중산대학에서 공부하였으며, 1931년에 귀국한 후 『소련견문록』(蘇聯聞見錄)을 지었다. 루쉰은 이 책을 교열하고 서문을 써 주었다. — 1932 ④ 7. 1933 ② 22.

린펑몐(林風眠, 1900~1991) 광둥(廣東) 메이현(梅縣) 출신의 화가이다. 1926년 베이징미술전문학교 교장을 지냈으며, 1928년에는 항저우(杭州) 국립예술원 원장을 지냈다. — 1926 ③ 15. 1928 ② 29.

린허칭(林和淸, 1892~1943) 푸젠(福建) 룽시(龍溪) 출신. 린허칭(林河淸)이라고도 하며, 별호는 한루(憾廬)이다. 린위탕(林語堂)의 셋째형이다. 원래 샤먼(廈門)에서 의료행위에 종사하다가 1927년에 상하이에 이르렀다. 린위탕이 미국으로 떠난 뒤 그가 반월간 『우주풍』(宇宙風)의 편집을 이어받았다. — 1926 ⑪ 16, 26. 1927 ⑫ 17, 18, 20, 31. 1928 ① 6, 17, 24, 25, 26. ② 2, 26, 29. ⑦ 1. ⑨ 27. ⑩ 7, 24, 27, 31. ⑪ 9, 12, 16, 20, 22. ⑫ 29. 1929 ① 27. ③ 5. ④ 10, 23.

린허칭(林河淸) — 린허칭(林和淸) 참조.

린허칭(林和淸)의 아들 — 1929 ③ 5.

린허칭(林和淸)의 조카 — 린후이위안(林惠元) 참조.

린후이위안(林惠元, 1906~1933) 푸젠(福建) 룽시(龍溪) 출신의 시인이며, 필명은 뤄쾅(若
狂)이다. 린징량(林景良)의 큰아들이다. 푸젠 장저우(漳州) 쉰위안(尋源)중학을 졸
업한 후 상하이에 와서 양싸오(楊騷), 바이웨이(白薇) 등과 스코트로(施高塔路, Scott
Road)에 함께 지내면서 『위쓰』(語絲), 『베이신』(北新) 등에 자주 투고하였다. 1933년
에 룽시에서 국민당 당국에 의해 살해당했다. — 1928 ⑥ 24. ⑦ 6, 7. ⑨ 27. ⑩ 1, 7.
1929 ② 15. ③ 10, 17. ④ 11, 13. 1930 ③ 29, 30.

린훙량(林洪亮) 확실치 않음. — 1926 ⑫ 23.

링메이(嶺梅) — 펑겅(馮鏗).

링비루(凌璧如) 후난(湖南) 핑장(平江) 출신. 양싸오(楊騷)의 학우이며, 양싸오와 함께 루쉰
을 방문했다. — 1929 ⑪ 13.

링쉬(凌煦) 저장(浙江) 사오싱(紹興) 출신이며, 자는 수위(叔興)이다. 교육부 전문교육사
사무원이다. — 1914 ② 4.

【ㅁ】

마궈량(馬國亮, 1908~2001) 광둥(廣東) 순더(順德) 출신. 1935년에 상하이 량유(良友)도서 인쇄공사의 편집자를 지냈다. — 1935 ① 10.

마루야마(丸山) — 마루야마 곤메이(丸山昏迷) 참조.

마루야마 곤메이(丸山昏迷, 1895~1924) 원명은 마루야마 고이치로(丸山幸一郎)이며, 곤메 이세이(昏迷生)라고도 한다. 일본 나가노(長野) 출신이다. 1919년에 베이징에 와서 『신지나』(新支那)의 기자로 활동했으며, 1922년부터 『베이징주보』(北京週報) 기자로 활동했다. 베이징대학에서 루쉰의 강의를 청강했다. — 1923 ① 7, 20. ③ 18, 22. ④ 8, 14, 15. ⑤ 4, 8, 26. ⑨ 1, 3, 14. ⑪ 10, 12, 14. ⑫ 12. 1924 ① 20.

마리(馬理) — 저우쥐쯔(周鞠子) 참조.

마리(瑪理) — 저우쥐쯔(周鞠子) 참조.

마리쯔(馬理子) — 저우쥐쯔(周鞠子) 참조.

마사미치(正路) — 야마모토 마사미치(山本正路) 참조.

마샤오셴(馬孝先, 1884~1966) 저장(浙江) 사오싱(紹興) 출신이며, 이름은 쓰광(禩光), 자 는 샤오셴이다. 1916년 베이징대학 총장 차이위안페이(蔡元培)의 비서를 지냈다. — 1917 ① 11. ③ 4. ④ 14. ⑥ 24.

마샹잉(馬湘影) 1928년 상하이 법정대학 학생으로 재학 중이었다. 1월 10일 그녀는 항저 우에서 '루쉰'이라 자처하는 사람을 만났는데, 그의 말을 믿고서 루쉰에게 편지를 보 냈다. 루쉰은 즉시 헛소문임을 밝히는 편지를 보냈다. 같은 해 3월 그녀는 주궈샹(朱 國祥)과 함께 루쉰을 방문했다. — 1928 ② 25. ③ 17.

마수핑(馬叔平, 1881~1955) 저장(浙江) 인현(鄞縣) 출신의 금석학, 고고학 연구자이며, 이 름은 헝(衡), 자는 수핑이다. 마유위(馬幼漁)의 둘째동생이다. 베이징대학 금석학 강 사, 국사편찬처 자료수집원, 사학과 교수, 도서부 주임 등을 지냈다. 1934년 이후에 는 고궁박물원(故宮博物院) 원장을 지냈다. — 1918 ② 15, 24. ③ 30. ④ 1. 1919 ⑤ 23. 1920 ④ 18, 24. ⑫ 25. 1921 ① 7. ③ 27. 1923 ④ 16.

마쉬룬(馬叙倫, 1884~1970) 저장(浙江) 항현(杭縣) 출신이며, 자는 이추(彛初 혹은 夷初)이 다. 반청(反淸) 혁명운동에 참가하여 장타이옌(章太炎)과 알게 되었다. 1915년 초에 베이징 의학전문학교에서 국어교사를 지냈다. ─ 1915 ② 14. ⑩ 22.

마쉰보(馬巽伯, 1903~?) 저장(浙江) 인현(鄞縣) 출신이며, 이름은 쉰(巽)이다. 마유위(馬幼漁)의 큰아들이며, 일본에서 유학하여 1927년 귀국한 후 항저우에서 교편을 잡았다. 1932년부터 저장성(浙江省) 교육청에서 겸직했다. 여름방학이나 겨울방학을 맞아 상하이를 지나쳐 갈 때 자주 루쉰을 방문했다. ─ 1926 ⑧ 22. 1928 ① 20, 28. ⑨ 2. 1929 ① 1. ② 2. 1932 ⑤ 30.

마스가와(增川) ─ 마스이 쓰네오(增井經夫) 참조.

마스다(增田) ─ 마스다 와타루(增田涉) 참조.

마스다 고노미(增田木實, 1930~?) 일본인. 일기에는 고노미(木の實 또는 木之實)로 기록되어 있다. 마스다 와타루(增田涉)의 맏딸이다. ─ 1931 ⑨ 26. 1932 ⑤ 28. 1934 ② 7.

마스다 다다타쓰(增田忠達, 1871~1941) 일본인. 마스다 와타루(增田涉)의 부친이다. 당시 일본 시마네(島根)현의 고향 일대에서 의료행위를 펼쳤다. ─ 1932 ① 8. 1935 ③ 19.

마스다 와타루(增田涉, 1903~1977) 일본의 한학가. 1931년 3월부터 7월에 걸쳐 루쉰은 그를 위해 『중국소설사략』(中國小說史略)과 자신의 기타 작품을 설명해 주었다. 귀국 후 그는 이 책을 일본어로 번역했으며, 루쉰에게 서문을 써 줄 것을 청했다. 후에 사토 하루오(佐藤春夫)와 『루쉰선집』(魯迅選集)을 공역했다. ─ 1931 ④ 11, 17, 19, 23. ⑤ 6, 8, 10, 16, 19, 27, 30. ⑥ 2, 9, 12, 19, 25, 27, 28, 29. ⑦ 17, 20, 30. ⑧ 23. ⑨ 15, 26. ⑩ 21. ⑪ 9, 11. ⑫ 2, 6, 11, 23, 27. 1932 ① 6, 8, 16, 21. ④ 12. ⑤ 7, 8, 9, 12, 13, 16, 20, 21, 28. ⑥ 1, 8, 16, 17, 28. ⑦ 16, 18. ⑧ 9, 11. ⑨ 22. ⑩ 2, 8, 28. ⑪ 9. ⑫ 19, 21. 1933 ① 10, 27. ② 24. ③ 2, 18, 24. ④ 3, 25, 29. ⑤ 13, 20. ⑥ 12, 26. ⑦ 11, 12. ⑧ 7. ⑨ 23, 24. ⑩ 3, 7, 13, 26, 31. ⑪ 13, 14, 21. ⑫ 2, 27. 1934 ① 4, 8, 16, 27. ② 7, 12, 23, 26, 27. ③ 12, 18, 19, 21, 28. ④ 11, 17. ⑤ 3, 11, 19, 31. ⑥ 1, 6, 8, 27. ⑧ 7. ⑨ 11, 12. ⑩ 5. ⑪ 14, 22. ⑫ 2, 14, 29. 1935 ① 9, 25, 26. ② 6, 7, 20, 26. ③ 19, 22, 23. ④ 4, 9, 19, 26, 30. ⑤ 1, 21. ⑥ 9, 10, 22, 25. ⑦ 1, 3, 17, 19, 20, 26, 29. ⑧ 2, 13. ⑨ 6, 11. ⑩ 6, 21, 26. ⑪ 11, 27. ⑫ 4, 17. 1936 ② 3. ③ 9, 28. ④ 25. ⑤ 29. ⑦ 6, 9, 24, 25. ⑧ 7. ⑨ 15, 17. ⑩ 5, 11, 14.

마스다 와타루(增田涉)의 딸 ─ 마스다 고노미(增田木實) 참조.

마스다 와타루(增田涉)의 아들 ─ 마스다 유(增田游) 참조.

마스다 유(增田游, 1933~?) 일본인이며, 일기에는 유(游)로 기록되어 있다. 마스다 와타루(增田涉)의 맏아들이다. ─ 1934 ① 8.

마스야 지사부로(升屋治三郎, 1894~1974) 일본인이며, 원명은 스가와라 에이지로(菅原英次郎), 필명은 고지(胡兒)이다. 일기에는 마스야(升屋), 스가와라 에이(菅原英)로도 기록되어 있다. 극평론가이며, 일본의 중국극연구회(中國劇硏究會) 회원이다. 우치야마 간조의 소개로 루쉰과 알게 되었다. ─ 1930 ⑧ 24. 1931 ③ 5.

마스이(增井) ─ 마스이 쓰네오(增井經夫) 참조.

마스이 쓰네오(增井經夫, 1907~1995) 일본의 동양사학자. 일기에는 마스가와(增川)로 잘 못 기록되어 있다. 다나카 게이타로(田中慶太郞)의 사위이다. 도쿄 동양고등여자학교 강사를 지냈으며, 동양사를 전공했다. 당시 중국을 여행하며 시찰하다가 우치야마 간조(內山完造)의 소개로 루쉰과 만났다. ─ 1935 ⑫ 14. 1936 ① 5. ③ 15.

마쓰모(松藻) ─ 우치야마 마쓰모(內山松藻) 참조.

마쓰모토(松元) ─ 마쓰모토 사부로(松元三郞) 참조.

마쓰모토(松本) ─ 마쓰모토 시게하루(松本重治) 참조.

마쓰모토 사부로(松元三郞) 일본인. 상하이의 둥야퉁원(東亞同文)서원을 졸업하고, 당시 상하이 일본고등여교에서 교편을 잡고 있었다. 후에 일본 스미토모(住友)보험공사 의 상하이지점 주임을 지냈다. ─ 1931 ③ 5, 6.

마쓰모토 시게하루(松本重治, 1899~1989) 일본의 저널리스트. 일본 도메이쓰신샤(同盟通 信社)의 상하이지사 사장을 지냈다. ─ 1933 ⑨ 2.

마쓰우라(松浦) ─ 마쓰우라 게이조(松浦珪三) 참조.

마쓰우라 게이조(松浦珪三) 일본인. 도쿄 제일외국어학교 교사로서, 「아Q정전」(阿Q正傳) 을 번역하여 1931년 9월에 일본 하쿠요샤(白揚社)에서 출판된 『지나프롤레타리아소 설집』(支那プロレタリア小說集) 제1편에 수록했다. ─ 1931 ⑪ 19.

마쓰충(馬思聰, 1912~1987) 광둥(廣東) 하이펑(海豊) 출신의 음악가. 1929년 프랑스 파리 의 국가음악학원을 졸업하고 귀국하여 루쉰을 방문했다. ─ 1929 ⑫ 29.

마에다 도라지(前田寅治) 일본인. 상하이 일본기독교청년회 총간사이다. ─ 1933 ① 28.

마에다코(前田河) ─ 마에다코 히로이치로(前田河廣一郞) 참조.

마에다코 히로이치로(前田河廣一郞, 1888~1957) 일본의 소설가. 당시 상하이에 체류하고 있었다. ─ 1928 ⑫ 21. 1929 ① 26. ② 11.

마옌샹(馬彦祥, 1907~1988) 저장(浙江) 인현(鄞縣) 출신의 희극가. 필명은 마판냐오(馬凡 鳥)이며, 마수핑(馬叔平)의 아들이다. 1927년 상하이 푸단(復旦)대학 국문과 학생이 었다. ─ 1927 ⑪ 2.

마오둔(茅盾) ─ 선옌빙(沈雁冰) 참조.

마오둔(茅盾)의 부인 ─ 쿵더즈(孔德沚) 참조.

마오둔(茅盾)의 아이 ─ 선샤(沈霞), 선솽(沈霜) 참조.

마오루이장(毛瑞章) 저장(浙江) 장산(江山) 출신이며, 이름은 젠(簡), 자는 루이장이다.

1926년에 샤먼(廈門)대학 도서관에서 사무원으로 일했다. — 1926 ⑫ 31. 1927 ① 9. ② 17.

마오룽(茂榮) — 쉬마오융(徐懋庸) 참조.

마오수취안(毛漱泉, 1884~?) 저장(浙江) 위야오(余姚) 출신이며, 이름은 위위안(毓源), 자는 수취안이다. 루쉰이 센다이(仙臺)에서 공부를 할 때 그는 센다이고등학교에서 공부를 했다. — 1914 ⑪ 14, 28. ⑫ 15, 22. 1915 ② 2. ③ 14, 28. ④ 10, 17. ⑤ 1, 23. ⑧ 12.

마오융(懋庸) — 쉬마오융(徐懋庸) 참조.

마오전(茂眞) 확실치 않음. — 1930 ⑩ 17.

마오좡허우(毛壯侯) 안후이(安徽) 칭장(清江) 출신이며, 이름은 푸취안(福全), 자는 좡허우이다. 1925년 당시 베이징의 『민국일보』(民國日報) 부간의 주임 및 편집자였다. — 1925 ③ 1.

마오쯔룽(毛子龍) 구이저우(貴州) 쭌이(遵義) 출신이며, 이름은 방웨이(邦偉), 자는 쯔룽이다. 민국 후에 교육부 첨사를 지냈으며, 편심처(編審處) 심사원을 역임했다. 1919년부터 1923년에 걸쳐 베이징여자고등사범학교 교장을 지냈다. — 1913 ⑪ 15. 1915 ① 16. 1920 ⑧ 26.

마오쯔전(毛子震, 1890~1970) 저장(浙江) 장산(江山) 출신이며, 이름은 카이저우(開洲), 자는 쯔전이다. 1917년에 베이징의학전문학교를 졸업하고, 독일에서 유학한 후 1925년에 귀국하여 베이징에서 의료를 펼칠 때에 루쉰을 알게 되었다. 1927년 당시에 광저우(廣州) 중산(中山)대학 의과부에서 교편을 잡았다. — 1927 ④ 11.

미오천(矛塵) 　 장딩쳰(章廷謙) 참조.

마오천 아내(矛塵夫人) — 쑨페이쥔(孫斐君) 참조.

마오쿤(毛坤) 쓰촨(四川) 이빈(宜賓) 출신. 1929년에 베이징대학 철학과를 졸업했다. — 1925 ⑥ 16, 18.

마위칭(馬隅卿, 1893~1935) 저장(浙江) 인현(鄞縣) 출신이며, 이름은 롄(廉), 자는 위칭이다. 명청소설 및 희곡 연구자, 판본학자이다. 마유위(馬幼漁)의 여섯째 동생이며, 베이징 쿵더(孔德)학교 총무장을 지냈다. 1926년 가을 루쉰을 뒤이어 베이징대학에서 소설사를 강의했다. — 1929 ⑤ 25, 27, 28, 29. 1934 ⑪ 10. 1935 ⑤ 13.

마유위(馬幼漁, 1878~1945) 저장(浙江) 인현(鄞縣) 출신이며, 이름은 위짜오(裕藻), 자는 유위(幼漁 혹은 幼輿)이다. 일본 도쿄의 와세다(早稻田)대학, 제국대학(帝國大學)을 졸업했으며, 1908년에는 루쉰 등과 함께 장타이옌(章太炎)의 『소학』 강의를 들었다. 민국 초기에 베이징대학 교수로 임용되어 문자학을 강의하였다. 후에 베이징여자사범대학 강사를 겸임하였으며, 잇달아 두 학교의 국문과 주임을 맡았다. 베이징여자대학의 소요사태 중에는 루쉰이 기초한 '일곱 교수 선언'(七敎授宣言) 첫머리에 이름을 올렸으며, 교무유지회의 조직에 적극 참여하는 한편 무보수 강의에도 열성적이었다. 줄곧 루쉰과 돈독한 우의를 유지했다. — 1913 ② 22. ③ 3, 10, 24. ④ 19, 25, 26. ⑨ 2, 27. ⑫ 17. 1914 ② 22. ⑥ 13, 17, 18. ⑨ 27. ⑫ 13, 23, 31. 1915 ② 14. ⑥ 20. 1918 ② 13. ④ 14. ⑨ 10. ⑫ 26. 1919 ③ 29. ⑪ 23. 1920 ④ 18. ⑧ 6. ⑩ 8. ⑪ 20. ⑫ 5. 1921 ③ 16. ⑧ 22, 28. ⑨ 1. ⑩ 2, 11. 1922 ② 17. 1923 ① 10, 22. ② 3, 17. ③ 20. ④ 11. ⑤ 26. ⑦ 7, 12, 20, 30. ⑨ 14. ⑩ 9. ⑫ 22. 1924 ① 29. ⑦ 3, 5, 6. ⑨ 21, 25, 26. 1925 ① 28. ⑤ 24. ⑧ 19. ⑨ 3, 7, 11, 19, 30. ⑪ 7. 1926 ② 5. ③ 1, 9. ⑤ 10, 13. ⑦ 13, 19. ⑧ 7, 8. ⑩ 1. ⑪ 21. 1928 ② 17. ③ 6. ⑨ 2. 1929 ⑤ 17, 18, 25, 28. ⑥ 27. ⑧ 12, 29. 1931 ⑨ 17. 1932 ④ 7. ⑪ 15, 16, 18, 19, 26. 1933 ③ 13. ⑩ 9. 1934 ⑧ 22.

마유위(馬幼興) — 마유위(馬幼漁) 참조.

마유위의 어린애 — 마타이(馬泰) 참조.

마이추(馬彝初) — 마쉬룬(馬叙倫) 참조.

마중수(馬仲殊, 1900~1958) 장쑤(江蘇) 관윈(灌雲) 출신. 1926년에 둥난(東南)대학을 졸업한 후 광저우(廣州) 린난(嶺南)대학 강사, 상하이 푸둥(浦東)중학, 우시(無錫)중학의 국어교사를 지냈다. 1927년에 창조사에 참여하여 「주년」(週年), 「어느 중학생의 일기」(一個中學生日記) 등의 소설을 발표했다. — 1927 ⑥ 26. 1928 ④ 24. ⑧ 22. ⑨ 10.

마중푸(馬仲服) — 마줴(馬珏) 참조.

마줴(馬珏, 1910~?) 저장(浙江) 인현(鄞縣) 출신. 호는 중푸(仲琟, 혹은 仲服)이며, 마유위(馬幼漁)의 딸이다. 1926년에 쿵더(孔德)학교에 다니다가, 1927년부터 1929년 봄에 걸쳐 중파(中法)대학 볼테르학원(伏爾德學院)에서 수학하였으며, 1929년 봄에 베이징대학 예과에 들어갔다. 1931년부터 1934년에 걸쳐 베이징대학 정치학과에 재학하였다. — 1926 ⑥ 1, 3. 1928 ① 8, 11. ② 8, 17, 18. ③ 2, 9, 24. ④ 8, 20. ⑤ 14. ⑥ 2, 12, 13, 25, 28, 29. ⑦ 17. ⑨ 13, 20. ⑩ 8. ⑫ 17, 31. 1929 ① 10, 30. ② 12, 21. ③ 12, 24. ⑥ 27. ⑦ 3, 16. ⑧ 2. 1930 ② 8. ③ 1. ⑥ 17. 1931 ⑪ 14. 1932 ④ 7, 28. ⑤ 9, 13, 25. ⑦ 19, 20. ⑧ 1. ⑩ 11, 13. ⑪ 26. ⑫ 2, 15. 1933 ③ 13.

마지펑(馬吉風, 1916~1970) 산둥(山東) 지난(濟南) 출신이며, 별칭은 마지펑(馬吉峰), 마펑(馬蜂)이다. 1935년부터 1936년에 걸쳐 상하이 웨밍공사(月明公司) 동방극사(東方劇社)와 롄화서국(聯華書局)에 재직했다. 국민당특무의 비밀요원이었다. — 1935 ⑧ 15, 18. 1936 ⑧ 2.

마쯔화(馬子華, 1912~1996) 윈난(雲南) 얼위안(洱源) 출신이며, 좌익작가연맹의 성원이다. 1935년에 상하이의 광화(光華)대학 국문과 학생이었는데, 루쉰에게 편지를 보내 자신의 벗이 번역한 『안나 카레니나』의 원고를 읽어 달라고 부탁했다. 1936년에 저우얼푸(周而復), 톈젠(田間) 등과 함께 『문학총보』(文學叢報)를 펴냈다. — 1935 ⑪ 10, 12. ⑫ 11. 1936 ② 26. ④ 5. ⑤ 11. ⑨ 6.

마타이(馬泰, 1921~?) 마유위(馬幼漁)의 아들 — 1932 ⑪ 19.

마판냐오(馬凡鳥) — 마옌샹(馬彦祥) 참조.

먀오진위안(繆金源) 장쑤(江蘇) 둥타이(東臺) 출신이며, 자는 위안루(淵如)이다. 1922년에 베이징대학 철학계를 졸업한 후 푸런(輔仁)대학에서 교편을 잡았다. — 1923 ⑥ 14, 17. 1926 ⑤ 1. 1935 ⑥ 4.

먀오쯔차이(繆子才) 장쑤(江蘇) 타이싱(泰興) 출신이며, 이름은 좐(篆), 자는 쯔차이이다. 샤먼(廈門)대학 철학계 부교수이다. — 1926 ⑪ 17.

먀오충췬(繆崇群, 1907~1945) 장쑤(江蘇) 타이현(泰縣) 출신이며, 필명은 중이(終一)이다. 『위쓰』(語絲), 『분류』(奔流) 투고자이다. — 1929 ③ 9. ④ 3.

멍(蒙) — 저우뤄쯔(周若子) 참조.

멍겅(夢庚) — 롼멍겅(阮夢庚) 참조.

멍스환(孟十還, 1908~?) 랴오닝(遼寧) 출신의 번역가이며, 원명은 멍쓰건(孟斯根)이다. 1934년 11월부터 『역문』(譯文) 월간에 자주 기고하였다. 루쉰은 그와 『고골선집』을 공역하기로 약속했다. — 1934 ⑩ 21, 24, 29, 30, 31. ⑪ 22. ⑫ 4, 5, 6, 8, 27. 1935 ① 17, 23, 27, 30. ② 1, 4, 6, 8, 9, 16, 18, 22, 24, 25, 27. ③ 3, 8, 9, 17, 20. ④ 21. ⑤ 6, 11, 22, 23. ⑥ 3, 18, 19. ⑦ 4, 27. ⑨ 2, 3, 8, 13. ⑩ 4, 12, 19, 20. ⑪ 6, 8, 9, 24. ⑫ 4, 6, 20, 22. 1936 ① 22. ② 12, 18, 22, 27. ③ 6, 20, 23, 28, 31. ④ 9, 11, 14, 23. ⑤ 6, 13, 15, 25. ⑥ 5. ⑧ 11, 14, 15, 21, 22. ⑨ 5, 16, 26, 29.

멍쓰건(孟斯根) — 멍스환(孟十還) 참조.

멍위(孟漁) — 구멍위(顧孟餘) 참조.

멍위(孟餘) — 구멍위(顧孟餘) 참조.

멍위(夢漁) — 구멍위(顧孟餘) 참조.

멍윈차오(孟雲橋, 1904~?) 산둥(山東) 장추(章邱) 출신이며, 이름은 판줘(繁倬), 자는 윈차오이다. 베이징대학 문예과(文預科) 학생이다. 편지를 보내 루쉰에게 학습방법을 지도해 주기를 청했으며, 루쉰은 답신을 보냈다. — 1925 ⑨ 20.

멍전(孟眞) — 푸쓰녠(傅斯年) 참조.

멍찬(夢禪) — 쩌우멍찬(鄒夢禪) 참조.

멍커(孟克) — 웨이멍커(魏猛克) 참조.

멍커(猛克) — 웨이멍커(魏猛克) 참조.

메이광시(梅光羲, 1877~?) 장시(江西) 난창(南昌) 출신이며, 자는 셰윈(攝雲)이다. 중국불
교회 및 중국불학회 회원이며, 교육부 비서를 지냈다. ― 1912 ⑤ 24. ⑥ 14. ⑩ 19.

메이 군(梅君) 확실치 않음. ― 1927 ② 6.

메이셰윈(梅攝雲) ― 메이광시(梅光羲) 참조.

메이수웨이(梅叔衛) 확실치 않음. ― 1936 ⑨ 16, 27.

메이수쩡(梅恕曾) 쓰촨(四川) 출신이며, 베이징대학을 졸업했다. ― 1927 ③ 20, 21.

메이즈(梅志, 1914~2004) 장쑤(江蘇) 창저우(常州) 출신이며, 원명은 투치화(屠玘華)이다.
일기에는 구페이(谷非) 부인, 장인(張因) 부인으로 기록되어 있다. 후펑(胡風)의 아내
이다. ― 1934 ⑩ 25. ⑫ 17, 19. 1935 ⑩ 11. 1936 ③ 13. ⑨ 30.

메카다(目加田) ― 메카다 마코토(目加田誠) 참조.

메카다 마코토(目加田誠, 1904~1994) 일본의 중국고전문학 연구자이며, 일본 규슈(九州)
대학 명예교수이다. 1933년부터 1936년에 걸쳐 베이징대학, 중국대학에서 중국고
전문학을 연구했으며, 위다푸(郁達夫)의 소개로 오가와 다마키(小川環樹)와 함께 루
쉰을 방문했다. ― 1935 ③ 21.

몐쭌(丏尊) ― 샤몐쭌(夏丏尊) 참조.

모리모토(森本) ― 모리모토 세이하치(森本淸八) 참조.

모리모토 세이하치(森本淸八) 일본 스미토모(住友)생명보험공사의 상하이 분점 주임이다.
― 1931 ③ 23. 1933 ⑦ 21. ⑧ 23. ⑨ 2. ⑩ 19.

모리모토 세이하치(森本淸八)**의 아내** ― 1933 ⑨ 2.

모리 미치요(森三千代, 1901~1977) 일본 에히메현(愛媛縣) 출신의 소설가이자 시인. 일기
에는 모리 여사(森女士), 가네코 부인으로도 기록되어 있다. 시인인 가네코 미쓰하루
(金子光晴, 1895~1975)의 아내이다. 1929년에 루쉰과 만났으며, 이후 위다푸(郁達夫)
에게 『모리 미치요 시집』(森三千代詩集)을 루쉰에게 전해 달라고 부탁했다. 1934년에
다시 저서 『동방의 시』(東方の詩)를 루쉰에게 증정했다. ― 1929 ① 26, 31. 1934 ③
12, 17.

모리 여사(森女士) ― 모리 미치요(森三千代).

모치즈키 교쿠세이(望月玉成) 일본의 화가. 당시 중국에 와서 그림을 그렸다. ― 1933 ⑧
16.

모칭(墨卿) ― 싱모칭(邢穆卿) 참조.

목공(木工) ― 목수 장씨(張木匠) 참조.

목수 장씨(張木匠) 일기에는 목공(木工)으로도 기록되어 있다. 루쉰을 위해 바다오완(八道
灣)의 거처를 개축했던 목수이다. ― 1919 ⑨ 18. ⑩ 17, 27. ⑪ 8, 14, 26, 29.

무라이(村井) — 무라이 마사오(村井正雄) 참조.

무라이 마사오(村井正雄) 우치야마(內山)서점의 직원이다. — 1934 ⑨ 23. ⑩ 3, 14. ⑫ 30.

무로부세 고신(室伏高信, 1892~1970) 일본의 평론가이자 언론인. 『요미우리(讀賣)신문』의 기자를 지냈으며, 중국에 취재하러 왔을 때 우치야마 간조의 소개로 루쉰을 알게 되었다. — 1930 ⑥ 15.

무무톈(穆木天, 1900~1971) 지린(吉林) 이퉁(伊通) 출신의 시인이이자 번역가. 창조사(創造社)와 좌익작가연맹의 성원으로 활동했다. 1932년에 푸펑(蒲風) 등과 중국시가회(中國詩歌會)를 조직했으며, 1934년에는 상하이에서 외국문학작품을 번역했다. 같은 해 7월에 체포되었다. — 1934 ④ 27. ⑦ 30.

무샤노코지 사네아쓰(武者小路實篤, 1885~1976) 일본의 작가. 루쉰은 1919년에 그의 극본 『한 청년의 꿈』(一個靑年的夢)을 번역했다. 1936년에 구미 여행을 떠나는 길에 상하이에 들렀을 때 우치야마 간조(內山完造)를 통해 루쉰과 만났다. — 1936 ⑤ 5. ⑧ 31.

무스(穆詩) 확실치 않음. — 1932 ⑫ 22.

무시(穆禊) — 거이훙(葛一虹) 참조.

무즈(牧之) — 위안무즈(袁牧之) 참조.

무커(穆克) 목각운동가. 그의 작품은 제2회 전국목각순회전람회에 전시되었다. — 1936 ⑧ 14.

무톈(木天) — 무무톈(穆木天) 참조.

무한(目寒) — 장무한(張目寒) 참조.

미(謐) — 지우징쯔(周靜了) 참조.

미네하타 요시미쓰(峰旗良充) 일본인. 일본 도쿄고등사범학교 교사이며, 쉬서우창(許壽裳)의 소개로 루쉰과 알게 되었다. — 1925 ⑨ 8, 9, 16, 17. ⑩ 5.

미루줘(宓汝卓, 1903~?) 저장(浙江) 츠시(慈溪) 출신이며, 자는 쥔푸(君伏)이다. 1925년에 베이징대학 문예과(文預科)를 졸업했다. 1926년 일본 와세다(早稻田)대학에서 공부할 때 루쉰의 대리인을 자처하면서 시오노야 온(鹽谷溫) 교수에게 나이카쿠분코(內閣文庫)에서 발견된 『전상삼국지평화』(全相三國志平話)의 영인본을 구하고자 했는데, 이 책이 장정 중이었는지라 구하지는 못했다. 이 일이 있은 후 정전둬(鄭振鐸)에게 편지를 보내 루쉰이 자신을 대리인으로 추인해 주도록 부탁했다. — 1926 ⑪ 3.

미스 루(陸小姐) — 루징칭(陸晶淸) 참조.

미스 뤼(呂小姐) — 뤼윈장(呂雲章) 참조.

미스 왕(王小姐) — 왕순친(王順親) 참조.

미스 펑(密斯馮) — 펑겅(馮鏗) 참조.

미스 펑(密斯馮) 확실치 않음. ― 1930 ⑪ 22.

미스 허(密斯何) ― 허아이위(何愛玉) 참조.

미야노이리 하쿠아이(宮野入博愛) 확실치 않음. ― 1923 ⑪ 12.

미야자키(宮崎) ― 미야자키 류스케(宮崎龍介) 참조.

미야자키 류스케(宮崎龍介, 1892~1971) 일본의 변호사이자 사회운동가. 쑨중산(孫中山)의
　　　반청(反淸)운동을 도와주었던 미야자키 도텐(宮崎滔天, 1871~1922)의 큰아들이다.
　　　1931년에 아내인 야나기와라 아키코(柳原燁子)와 함께 중국 여행을 왔다가 우치야
　　　마 간조의 소개로 루쉰을 알게 되었다. ― 1931 ⑥ 2, 14.

미장이 리씨(李瓦匠) ― 리더하이(李德海) 참조.

미즈노(水野) ― 미즈노 가쓰쿠니(水野勝邦) 참조.

미즈노 가쓰쿠니(水野勝邦, 1904~?) 일본인. 도쿄센슈(東京專修)대학에서 중국문학과 중
　　　국지리를 강의했다. 시오노야 온(鹽谷溫)의 소개로 루쉰과 알게 되었다. ― 1931 ⑪ 7,
　　　9, 10, 11, 25. 1932 ⑨ 8.

미즈노 가쓰쿠니(水野勝邦) 부인 ― 1932 ⑨ 8.

미즈노 세이이치(水野清一, 1905~1971) 일본의 고고학자. 1928년 교토(京都)제국대학을
　　　졸업한 후 중국에 와서 베이징대학에서 고고학 연구에 종사했다. ― 1929 ⑤ 31. ⑥
　　　2.

미허보(米和伯) 독일인. 라이프치히 '만국박람회'의 베이징 주재 준비위원회 책임자이다.
　　　― 1913 ⑪ 20, 21.

밍보(銘伯) ― 쉬밍보(許銘伯) 참조.

밍쑤(名肅) 쑨푸위안(孫伏園)을 가리키는 듯하다. ― 1926 ④ 25.

밍즈(明之) ― 사오밍즈(邵銘之) 참조.

밍즈(銘之) ― 사오밍즈(邵銘之) 참조.

밍푸(明甫) ― 선옌빙(沈雁冰) 참조.

【ㅂ】

바실리예프(王希禮, Б. А. Васильев, ?~1937) 소련인. 1925년 펑위샹(馮玉祥)의 국민군 제2 군 러시아 고문단에서 근무했으며, 「아Q정전」(阿Q正傳) 러시아 번역본의 최초 역자 이다. 루쉰은 이 번역본을 위해 「러시아 역본 『아Q정전』 서언 및 저자의 자술 약전」 (俄文譯本『阿Q正傳』序及著者自敍傳略)을 지었다. ― 1925 ⑤ 9. ⑦ 10. ⑧ 11. ⑩ 25, 28. 1927 ⑤ 27.

바오뎨셴(包蝶仙, 1876~1943) 저장(浙江) 우싱(吳興) 출신이며, 이름은 궁차오(公超), 자는 뎨셴이다. 화가이며, 오랫동안 항저우(杭州)의 학교에서 미술교사로 지냈다. ― 1913 ② 15.

바오원웨이(鮑文蔚, 1902~?) 장쑤(江蘇) 이싱(宜興) 출신. 1927년 당시 장쑤 난퉁(南通)중 학에서 영어교사를 지냈으며, 이해 겨울에 상하이에 와서 판한녠(潘漢年)과 함께 루 쉰을 방문했다. ― 1927 ⑫ 13.

바오중(保中) ― 선옌빙(沈雁冰) 참조.

바오쭝(保宗) ― 선옌빙(沈雁冰) 참조.

바오쭝(保宗)의 큰아들 ― 선솽(沈霜) 참조.

바오청메이(鮑成美) 확실치 않음. ― 1925 ⑦ 25.

바오푸(抱朴) 원명은 친디칭(秦滌淸), 무정부주의자이다. 그의 「러시아유람기」(赤俄遊記) 가 『징바오 부간』(京報副刊)에 발표된 뒤, 루쉰에게 서문을 부탁하여 단행본으로 찍 어 낼 작정이었으나 출판되지 못했다. ― 1925 ⑦ 6. 1930 ② 18.

바이녠(百年) ― 천다치(陳大齊) 참조.

바이룽화이(白龍淮) 광저우(廣州) 중산(中山)대학 의과 학생. ― 1929 ⑫ 12, 13.

바이망(白莽, 1909~1931) 저장(浙江) 샹산(象山) 출신이며, 원명은 쉬바이팅(徐柏庭), 별 칭은 쉬쭈화(徐祖華), 쉬바이(徐白), 쉬원슝(徐文雄), 필명은 인푸(殷夫), 바이망(白莽) 이다. 시인이며, 태양사(太陽社)와 좌익작가연맹의 성원으로 활동했다. 1929년에 상 하이에서 혁명활동에 종사했으며, 『페퇴피 시집』을 번역하여 『분류』(奔流)에 투고 한 일로 루쉰과 편지를 주고받고 만나게 되어 여러 차례 루쉰의 도움을 받았다. 1931 년 2월 7일에 국민당 당국에 체포되어 상하이 룽화(龍華)에서 살해되었다. 피살 2주년을 맞아 루쉰은 추도문을 지었으며, 후에 또 그의 시집 『아이의 탑』(孩兒塔)을 위해 서문을 써 주었다. ― 1929 ⑥ 16, 25, 26. ⑦ 4, 11, 12. ⑧ 4, 16, 17, 18. ⑨ 14, 18, 21. ⑪ 10. 1930 ② 24, 25. ③ 14. 1931 ① 15. 1936 ③ 11.

바이보(白波) 1925년 6월 상하이 둥야퉁원서원(東亞同文書院)에서 루쉰에게 편지를 보냈으며, 루쉰은 「전원사상」(田園思想)을 지어 회신했다. ― 1925 ⑦ 25. ⑧ 22.

바이성(柏生) ― 쑨푸위안(孫伏園) 참조.

바이시(白兮) ― 중왕양(鐘望陽) 참조.

바이얼위(白爾玉) 산시(山西) 출신. 1915년에 베이징에 와서 지사 고시에 응시했다. 쉬지상(許季上)의 소개로 루쉰에게 보증을 서 달라고 부탁했다. ― 1915 ④ 3.

바이옌(拜言) ― 쉬바이옌(許拜言) 참조.

바이웨이(白薇, 1894~1987) 후난(湖南) 쯔싱(資興) 출신이며, 원명은 황장(黃彰), 자는 수루(素如), 필명은 바이웨이이다. 작가이며, 난궈사(南國社), 좌익작가연맹, 좌익희극가연맹의 성원으로 활동했다. 당시 양싸오(楊騷)의 아내였다. 1929년에 위다푸(郁達夫)의 소개로 루쉰과 왕래했다. 그가 지은 극본 『유령탑을 나와』(打出幽靈塔)와 『폭탄과 날아가는 새』(炸彈與征鳥)는 루쉰이 편집한 『분류』 월간에 연재되었다. ― 1929 ① 29. ② 15, 18, 19, 20, 21. ④ 28. ⑦ 13. ⑧ 6. 1930 ③ 29, 30. 1933 ③ 27. 1936 ② 8.

바이웨이(白葦) 저장(浙江) 출신이며, 원명은 한바이타오(韓白濤)이다. 노동자 작가이며, 『문예신문』(文藝新聞)에 투고했다. ― 1933 ⑥ 7.

바이윈페이(白雲飛) 『베이신』(北新) 투고자. ― 1929 ④ 4, 6.

바이전민(白振民) 장쑤(江蘇) 난퉁(南通) 출신. 청대의 거인(擧人)이며, 교육부 시학(視學)을 지냈다. ― 1915 ⑧ 7. ⑨ 2.

바이타오(白濤) ― 허바이타오(何白濤) 참조.

바이핀(白頻) 장쑤(江蘇) 난징(南京) 출신. 당시 상하이 중화서국(中華書局)의 직원이었다. ― 1932 ⑫ 29.

바이허(白禾) 확실치 않음. ― 1929 ⑦ 13.

바진(巴金, 1904~2005) 쓰촨(四川) 청두(成都) 출신의 작가이며, 원명은 리야오탕(李堯棠), 자는 푸간(芾甘), 필명은 바진이다. 1934년 8월부터 루쉰과 왕래했다. 같은 해 10월에 일본에 가자 문학사(文學社)가 그를 위해 송별연을 베풀었을 때, 루쉰은 초청에 응하여 이 연회에 참석했다. 1935년에 우랑시(吳朗西)와 상하이문화생활출판사를 공동으로 경영했는데, 루쉰의 『새로 쓴 옛날이야기』(故事新編), 「밤에 쓴 글」(夜記)이 그가 편집한 '문학총간'(文學叢刊)에 수록되었으며, 루쉰 등이 편집한 '역문총서'(譯文叢書)와 『죽은 혼 백 가지 그림』(死魂靈百圖) 등 역시 이 출판사에서 출판되었다. ―

1934 ⑩ 6. 1935 ⑨ 25. 1936 ② 4, 8. ④ 26.

반눙(半農) — 류반눙(劉半農) 참조.

반눙(半儂) — 류반눙(劉半農) 참조.

반린(半林) — 구완촨(谷萬川) 참조.

뱌쿠렌(白蓮) — 야나기와라 아키코(柳原燁子) 참조.

보량(波良) — 왕바오량(王寶良) 참조.

보모 쉬씨(許媽) 일기에는 쉬씨 할멈(許嫗)으로도 기록되어 있다. 하이잉(海嬰)의 보모이다. — 1931 ① 20. 1932 ④ 23. ⑤ 10. ⑨ 24. 1934 ④ 15.

보모 쉬씨(許媽)의 딸 — 1932 ④ 23.

보젠(伯簡) — 타이징눙(臺靜農) 참조.

보치(伯奇) — 정보치(鄭伯奇) 참조.

보후이(伯撝) — 저우펑커(周鳳珂) 참조.

부스룽(傅世榕, 1842~1925) 쓰촨(四川) 장안(江安) 출신이며, 자는 선푸(申甫)이다. 허베이(河北) 화이안(懷安), 가오청(藁城) 등의 현의 지사를 지냈다. — 1921 ⑩ 3.

비레이(畢磊, 1902~1927) 후난(湖南) 평현(澧縣) 출신이며, 자는 안스(安石)이다. 당시 광저우(廣州) 중산(中山)대학 문과의 본과 학생이었다. 중국공산당 광둥구위(廣東區委) 학생운동위원회 부서기, 중산대학 사회과학연구회 간사를 지냈다. 그가 주편한 혁명 간행물인 『무엇을 할 것인가?』(做甚麼?)에 「루쉰을 환영한 후」(歡迎了魯迅之後)를 발표했다. 루쉰이 중산대학에 근무할 때 당의 위임을 받아 루쉰과의 연락을 담당했다. 광저우 4.15사변 중에 체포되어 희생되었다. — 1927 ① 31.

비산(碧山) — 펑쉐밍(馮雪明) 참조.

비산(碧珊) — 펑쉐밍(馮雪明) 참조.

비잔(眉山) 일본인. 성은 다카바타케(高畠). 가마쿠라(鎌倉) 엔가쿠지(圓覺寺) 부쓰니치안(佛日庵)의 주지이다. 스즈키 다이세쓰(鈴木大拙)와 함께 중국의 불교문화를 살피러 왔다. — 1934 ⑤ 10.

빙산(冰山) — 펑바이산(彭柏山) 참조.

빙잉(冰瑩) — 셰빙잉(謝冰瑩) 참조.

빙중(秉中) — 리빙중(李秉中) 참조.

빙중(秉中)의 아내 — 천진충(陳瑾瓊) 참조.

【人】

사오(邵) 확실치 않음. ─ 1916 ⑧ 17. ⑨ 2.

사오밍(紹明) ─ 둥추쓰(董秋斯) 참조.

사오밍즈(邵明之) ─ 사오밍즈(邵銘之) 참조.

사오밍즈(邵銘之, 1877~1942) 저장(浙江) 사오싱(紹興) 출신이며, 이름은 원룽(文熔), 자는 밍즈이다. 일기에는 밍즈(明之)로도 기록되어 있다. 루쉰과 같은 시기에 일본에서 유학했으며, 귀국 이후 항저우(杭州)에서 토목기술자로 일했으며, 장쑤(江蘇) 루가오(如皋)에서 화평염간공사(華豊鹽墾公司)를 창설했다. ─ 1915 ⑩ 31. ⑪ 2. 1916 ⑫ 14. 1927 ⑫ 19. 1928 ① 14. ② 24. ⑥ 13. ⑪ 6, 7, 21. 1929 ⑧ 29. 1930 ③ 25. ④ 11. ⑦ 13. ⑨ 2. 1931 ⑦ 2. 1932 ⑦ 12. ⑫ 18. 1933 ② 2. ⑤ 18, 24, 25. ⑥ 21. 1934 ② 27. ⑪ 20. 1935 ① 26, 29. ③ 10. ⑤ 22, 26, 27. ⑧ 19. 1936 ② 1, 24. ④ 19.

사오보중(邵伯絅) ─ 사오보중(邵伯迥) 참조.

사오보중(邵伯迥, 1872~1953) 저장(浙江) 항저우(杭州) 출신이며, 이름은 장(章), 자는 보중(伯絅 혹은 伯炯, 伯迥)이다. 민국 이후 중앙교육회의 의원, 베이징법정전문학교 교장을 역임했고, 오랫동안 평정원(平政院) 평사(評事) 겸 제일정(第一庭) 정장(庭長), 대원장(代院長) 등을 지냈다. 1925년에 루쉰이 자신을 불법으로 면직한 장스자오(章士釗)를 고소한 사건을 다루었다. ─ 1913 ⑤ 11. 1924 ⑧ 23. ⑨ 16.

사오스인(邵士藺) 확실치 않음. ─ 1928 ⑫ 28.

사오위안(紹原) ─ 장사오위안(江紹原) 참조.

사오위안충(邵元冲, 1890~1936) 저장(浙江) 사오싱(紹興) 출신이며, 자는 이루(翼如)이다. 국민당 중앙위원을 지냈으며, 쑨중산(孫中山)을 따라 베이징에 가서 총리행관(總理行館)의 기밀업무를 처리했다. ─ 1925 ② 17. ③ 1.

사오이민(邵逸民) 확실치 않음. ─ 1934 ⑩ 13.

사오중웨이(邵仲威, ?~1918) 저장(浙江) 항저우(杭州) 출신. 사오보중(邵伯迥)의 동생이다. ─ 1918 ⑩ 17.

사오징위안(邵景淵, 1913~?) 저장(浙江) 사오싱(紹興) 출신이며, 사오밍즈(邵銘之)의 큰딸이다. 1933년에 상하이 후장(滬江)대학을 졸업했으며, 1934년 여름에 칭화(淸華)대학 외국어과로 전학했다. — 1933 ② 2. ⑥ 5. 1934 ⑫ 23, 24. 1935 ① 9.

사오촨린(邵川麟) — 사오취안린(邵荃麟) 참조.

사오취안린(邵荃麟, 1906~1971) 저장(浙江) 츠시(慈溪) 출신이며, 이름은 쥔윈(駿運), 필명은 취안린(荃麟)이다. 일기에는 사오촨린(邵川麟)으로 기록되어 있다. 문예이론가이며, 좌익작가연맹의 성원으로 활동했다. 1934년 초에 반제반전대동맹(反帝反戰大同盟)의 선전부장을 지냈다. — 1934 ① 18.

사오츠궁(邵次公, 1888~1938) 저장(浙江) 춘안(淳安) 출신이며, 이름은 루이펑(瑞彭), 자는 츠궁이다. 베이징대학 국문과 교수를 지냈다. — 1921 ③ 16. 1924 ⑫ 8.

사오치(少其) — 라이사오치(賴少其) 참조.

사오치(少麒) — 라이사오치(賴少其) 참조.

사오퍄오핑(邵飄萍, 1886~1926) 저장(浙江) 둥양(東陽) 출신이며, 이름은 전칭(振靑), 자는 퍄오핑이다. 언론인이자 언론학자이다. 1918년에 『징바오』(京報)를 창간하고 사장을 지냈다. 루쉰은 1925년 4월부터 11월에 걸쳐 이 신문을 위해 『망위안』(莽原) 주간을 편집했으며, 5월 27일에 루쉰이 초고를 작성한 「베이징여자사범대학 소요사태에 대한 선언」(對于北京女子師範大學風潮宣言)을 이 신문에 실었다. — 1925 ⑤ 25.

사와무라(澤村) — 사와무라 센타로(澤村專太郞) 참조.

사와무라 센타로(澤村專太郞, 1884~1930) 일본인. 도쿄제국대학 미술사 교수로서, 당시 베이징에서 연구활동에 종사하고 있었다. — 1923 ④ 16. ⑤ 23, 25, 26. ⑧ 23. ⑫ 4.

사와무라 유키오(澤村幸夫, 1883~1942) 일본인. 1929년을 전후하여 일본 『마이니치』(每日)신문』의 둥아시아부 고문을 지냈다. 1929 ⑨ 28. ⑩ 9. ⑪ 3. 1931 ③ 5.

사이다 다카시(齋田喬, 1895~1976) 일본의 화가이자 아동극작가. 도쿄 세이조(成城)학원의 미술교사이며, 우치야마 가키쓰(內山嘉吉)의 스승이다. — 1932 ⑥ 7.

사이토(齋藤) 일본인. 도쿄고등사범학교 오쓰카동화회(大塚童話會) 회원이다. 우치야마 간조의 요청에 따라 안도(安藤), 후케(福家) 등과 함께 상하이에 와서 일본 아동을 위한 동화회를 열었으며, 이때 강사로 활동했다. — 1930 ④ 6.

사이토(齋藤) — 사이토 데이이치(齋藤貞一) 참조.

사이토(齋藤) — 사이토(齋藤) 여사 참조.

사이토 데이이치(齋藤貞一) 일기에는 사이토(齋藤)로도 기록되어 있다. 일본의 불교신자로서 스즈키 다이세쓰(鈴木大拙)를 따라 중국에 왔으며, 비서를 맡았다. — 1934 ⑤ 10. ⑥ 20.

사이토 소이치(齋藤惣一, 1886~1984) 사이토 소이치(齋藤惣一)로 기록해야 옳다. 일본기독교청년회(YMCA)동맹의 총간사. 당시 상하이에 잠시 체류하는 동안 우치야마(內

山)서점에서 루쉰을 알게 되었다. ─1931 ⑤ 19.

사이토(齋藤) 여사 일본의 사이토 기쿠코(齋藤菊子) 여사를 가리킨다. 일기에는 사이토(齋藤)로도 기록되어 있다. 우치야마(內山)서점의 직원이다. ─1931 ⑥ 2, 12.

사이토 히데가쓰(齋藤秀一, 1908~1940) 일본의 언어학자, 에스페란토 학자. 일본어의 라틴화 운동에 앞장섰다. 1936년에 한자 라틴화와 관련된 루쉰 및 예라이스(葉籟士)의 저작을 번역하여 『중문라틴화이론』(中文拉丁化理論), 『방언론고』(方言論考) 등을 출판했다. ─1936 ⑧ 8.

사장(司長) ─ 샤쩡유(夏曾佑) 참조.

사카모토(坂本) 일본인. 상하이 딕스웰로(狄思威路, Dixwell Road)에 있는 루쉰의 장서실의 집주인이다. ─1930 ⑤ 2.

사카모토 부인(坂本太太) 일본인. 루쉰 장서실의 집주인의 아내이다. ─1936 ⑧ 5.

사토(佐藤) 일본인 치과의사. 당시 상하이에 의원을 운영하고 있었다. ─1927 ⑫ 20, 22, 24. 1928 ① 4, 6, 9, 13.

사토 하루오(佐藤春夫, 1892~1964) 일본의 시인이자 소설가. 1934년부터 1935년에 마스다 와타루(增田涉)와 함께 『루쉰선집』(魯迅選集)을 공역했다. ─ 1934 ③ 27. ④ 28. 1935 ⑦ 26.

사팅(沙汀, 1904~1992) 쓰촨(四川) 안현(安縣) 출신의 작가이며, 원명은 양자오시(楊朝熙), 개명은 양쯔칭(楊子青), 필명은 사팅이다. 일기에는 양(楊)으로 기록되어 있다. 좌익작가연맹 상임위원회 비서를 지냈다. 1931년에 단편소설 제재문제를 둘러싸고 아이우(艾蕪)와 연명으로 루쉰에게 편지를 보냈으며, 1932년 1월에 다시 소설원고 「등유」(煤油)를 루쉰에게 부쳐 심사해 주기를 요청했다. ─ 1931 ⑪ 29. ⑫ 8, 28. 1932 ① 5, 10, 14. 1936 ⑧ 16.

산딩(山定) ─ 황산딩(黃山定) 참조.

산셴(善先) ─ 롼산셴(阮善先) 참조.

산신자이(單新齋) 안후이(安徽) 출신. 루쉰이 난징광무철로학당(南京礦務鐵路學堂)에서 공부할 때의 학우이다. ─1913 ⑨ 2.

산중신(單忠信) 확실치 않음. ─1934 ⑩ 20.

산푸(善甫) ─ 자오츠핑(趙赤坪) 참조.

상셴성(尚獻生) 일기에는 창군(常君)으로 잘못 기록되어 있기도 하다. 리빙중(李秉中)의 벗이다. ─1924 ⑦ 6. ⑧ 20.

상쑤이(上邃) ─ 쉬서우창(許壽裳) 참조.

상웨(尚鉞, 1902~1982) 허난(河南) 뤄산(羅山) 출신이며, 원명은 쭝우(宗武), 개명은 중우

(鍾吾), 자는 젠안(健庵)이다. 역사학자이며, 광풍사(狂飚社)의 성원이다. 당시 베이징대학 영문과에 재학 중이었다. 예과의 학습기간에 루쉰의 강의를 청강하였으며, 1925년 이후 루쉰과 왕래하면서 루쉰의 도움을 받았다. ― 1925 ④ 28. ⑤ 3, 9, 14, 25, 29. ⑥ 6, 8, 13, 14, 20, 27. ⑦ 2, 8, 10, 13, 21. ⑧ 5, 9, 18. ⑨ 16. ⑩ 1, 15, 27, 28. ⑪ 5. 1926 ① 15. ② 13. ⑫ 13. 1927 ④ 7.

상전성(尙振聲) 허난(河南) 뤄산(羅山) 출신. 상페이추(尙佩秋)의 종친이다. ― 1933 ② 1, 15, 16.

상중우(尙鍾吾) ― 상웨(尙鉞) 참조.

상치헝(尙契衡, 1890~?) 저장(浙江) 성현(嵊縣) 출신이며, 자는 이샹(頤蘠)이다. 루쉰이 사오싱(紹興)부중학당에서 교편을 잡았을 때의 학생이다. 1912년에 베이징대학 이과에 입학하였고 1916년에 졸업한 후 베이징대학 도서관에서 사무원을 지냈다. 재학 기간에 루쉰이 학비를 빌려주었다. ― 1912 ⑥ 9, 30. ⑧ 25. ⑪ 23. 1913 ⑤ 12, 31. ⑥ 6. ⑨ 27. ⑩ 9. ⑪ 8, 21. ⑫ 4, 23. 1914 ① 4. ② 3. ③ 3, 28. ⑥ 14. ⑨ 15, 19. ⑩ 6, 7, 12. 1915 ① 11. ③ 13. ④ 3. ⑤ 8. ⑥ 24, 25. ⑨ 14, 19. ⑪ 7, 27. 1916 ① 16. ② 26, 28. ④ 6. ⑤ 14, 25. ⑥ 5, 7, 9. ⑧ 5. ⑨ 13, 22. ⑩ 25. ⑪ 29. 1917 ① 9, 21. ② 4, 15. ③ 3, 17, 24. ④ 2. ⑤ 9, 19. ⑥ 2, 24. ⑧ 10, 31. ⑨ 9, 22, 26, 27, 29. ⑩ 11, 17, 18. ⑪ 17. ⑫ 8. 1918 ② 16. ③ 1, 5. ⑥ 15.

상페이우(尙佩吾, 1919~?) 허난(河南) 뤄산(羅山) 출신. 차오징화(曹靖華)의 부인 상페이추(尙佩秋)의 다섯째 여동생이다. 당시 허난 카이펑(開封)에서 공부를 하고 있었다. 차오징화는 자신의 원고료를 그녀에게 학비로 보내 달라고 루쉰에게 부탁했다. ― 1930 ⑨ 23. 1933 ② 14, 27. ③ 7.

상페이윈(尙佩芸, 1916~1938) 허난(河南) 뤄산(羅山) 출신. 일기에는 상윈페이(尙芸佩)로 잘못 기록되어 있기도 하다. 상페이추(尙佩秋)의 넷째 여동생이다. ― 1933 ② 1, 16. ③ 6.

샤라이디(夏萊蒂, 1902~1973) 장쑤(江蘇) 쑹장(松江, 지금의 상하이에 속함) 출신의 번역가. 일기에는 샤뤄디(夏洛蒂)로도 기록되어 있다. 1928년부터 1930년에 걸쳐 위다푸(郁達夫)를 도와 『대중문예』(大衆文藝) 월간을 편집했다. ― 1928 ⑩ 1, 2, 31. ⑪ 24, 28. 1929 ① 11. ⑧ 27. 1933 ⑥ 27.

샤뤄디(夏洛蒂) ― 샤라이디(夏萊蒂) 참조.

샤몐쭌(夏丏尊, 1886~1946) 저장(浙江) 상위(上虞) 출신의 작가이자 출판가이며, 이름은 주(鑄), 자는 몐잔(勉旃)이다. 일본에서 유학했으며, 귀국한 후에 항저우(杭州)의 저장 양급(兩級)사범학당에서 교편을 잡았을 때 루쉰과 동료로 함께 지냈다. 1926년에 카이밍(開明)서점을 창립하여 총편집, 편집장을 맡았다. 1927년 당시에는 상하이 지난(暨南)대학 국문계의 주임을 지냈다. 1934년에 루쉰은 『십죽재전보』(十竹齋箋譜)를 찍어 내기 위해 카이밍서점을 통해 적당한 종이를 물색해 달라고 그에게 부탁했다. ─1926 ⑧ 30. 1927 ⑩ 5, 12, 30. ⑪ 6. 1928 ⑤ 15. 1933 ⑨ 16. 1934 ⑨ 16, 28. ⑩ 8.

샤 사장(夏司長) ─ 샤쩡유(夏曾佑) 참조.

샤 선생(夏先生) ─ 샤쩡유(夏曾佑) 참조.

샤쑤이칭(夏穗卿) ─ 샤쩡유(夏曾佑) 참조.

샤옌(夏衍, 1900~1995) 저장(浙江) 항저우(杭州) 출신의 작가이며, 원명은 선나이시(沈乃熙). 자는 돤셴(端先), 필명은 샤옌, H.S. 등이다. 좌익작가연맹과 중국좌익문화계총동맹의 책임자 중 한 사람이다. 1928년에 루쉰에게 번역문제로 가르침을 청했다. 이후로 루쉰과 연락을 지속했다. ─ 1928 ③ 4. 1930 ② 1. 1931 ⑩ 12. 1932 ④ 19. ⑧ 11.

샤오(蕭) ─ 샤오쥔(蕭軍) 참조.

샤오(蕭) ─ 샤오훙(蕭紅) 참조.

샤오밍(小酩) ─ 리샤오밍(李小酩) 참조.

샤오산(小山) ─ 샤오싼(蕭三) 참조.

샤오산(㡣山) ─ 샤오싼(蕭三) 참조.

샤오성이(蕭盛嶷) 후난(湖南) 닝위안(寧遠) 출신. 1926년에 베이징대학 국문계를 졸업했다. ─1926 ⑦ 20, 21.

샤오쉰(效洵) ─ 정샤오쉰(鄭效洵) 참조.

샤오싼(蕭三, 1896~1983) 후난(湖南) 샹샹(湘鄉) 출신의 시인이며, 원명은 쯔장(子暲), 일명 아이메이(愛梅)이다. 일기에는 샤오싼(㡣三), 샤오산(小山), 안미(安彌), 샤오찬(蕭參)으로도 기록되어 있다. 좌익작가연맹의 국제혁명작가연맹 주재 대표이다. 1932년과 1935년에 부탁을 받아 전소련제1차작가대표대회, 국제혁명작가대표대회에 참가하고 요양을 취하러 가자고 루쉰을 초청했으며, 소련에서 새로 출판된 서적을 자주 루쉰에게 부쳐 주었다. ─1932 ⑥ 21. ⑧ 29. ⑨ 12. 1933 ⑩ 19, 31. ⑪ 24. 1934 ① 11, 17, 29. ② 8, 19. ③ 5, 6. ④ 9, 13, 23, 30. ⑤ 15. ⑥ 6. ⑦ 23, 28. ⑧ 20. ⑩ 8, 11, 30. ⑫ 14, 18. 1935 ① 20. ⑤ 17. ⑥ 7, 24, 28. 1936 ① 19. ② 7. ④ 23, 24.

샤오싼(㡣三) ─ 샤오싼(蕭三) 참조.

샤오언청(蕭恩承, 1898~?) 장시(江西) 융신(永新) 출신이며, 자는 톄디(鐵笛)이다. 일찍이 미국에 유학했으며, 귀국 후에 베이징대학 교육계 교수를 지냈다. 당시 샤먼(廈門)대학 문과 교육계 교수를 지냈다. ─1926 ⑫ 24.

샤오옌(小燕) — 장샤오옌(章小燕) 참조.

샤오위(小愚) — 류샤오위(劉肖愚) 참조.

샤오위(小芋) — 류샤오위(劉肖愚) 참조.

샤오위(肖愚) — 류샤오위(劉肖愚) 참조.

샤오유메이(蕭友梅, 1884~1940) 광둥(廣東) 중산(中山) 출신의 음악가이며, 자는 쉐펑(雪朋)이다. 베이징대학 국문계 강사이며, 이 대학의 음악연구회를 주관했다. — 1921 ⑨ 1.

샤오인(蕭殷, 1915~1983) 광둥(廣東) 룽촨(龍川) 출신의 문예이론가이며, 원명은 정원성(鄭文生), 필명은 샤오잉(蕭英), 샤오인 등이다. 당시 광저우(廣州)에서 광둥문학예술구망협회에 참여했으며, 문학창작에 종사했다. 루쉰에게 편지를 보내 광둥의 문예계항일구망운동에 관한 상황, 검열로 인한 신문지면의 공백에 대한 불만을 알려 주었으며, 동시에 잡문을 어떻게 쓰는지에 대해 가르침을 청하기도 했다. 동봉된 원고는 그가 창작한 산문 「뜨거운 손」(溫熱的手)이다. — 1936 ⑩ 9.

샤오잉(蕭英) — 샤오인(蕭殷) 참조.

샤오젠칭(蕭劍青) 동남아의 화교이며, 원적은 광둥(廣東)이다. 만화와 문학을 애호했으며, 상하이 세계서국(世界書局)에서 근무할 때 루쉰과 알게 되었다. — 1936 ① 4.

샤오쥔(蕭軍, 1907~1988) 랴오닝(遼寧) 이현(義縣) 출신의 작가이며, 원명은 류훙린(劉鴻霖), 필명은 톈쥔(田軍), 샤오쥔 등이다. 일기에는 류쥔(劉軍), 장잉(張瑩), 샤오(蕭)로도 기록되어 있다. 9·18만주사변 이후 샤오훙(蕭紅)과 함께 동북(東北)에서 칭다오(靑島)로 나왔다가 1934년 10월에 싱하이에 도착했다. 그가 지은 장편소설 『8월의 향촌』(八月的鄕村)은 루쉰이 서문을 쓰고 '노예총서'(奴隷叢書)의 하나로 편입되었다. — 1934 ⑩ 9, 22, 28. ⑪ 3, 5, 9, 12, 14, 17, 20, 27, 28, 30. ⑫ 2, 4, 6, 10, 14, 17, 19, 20, 23, 26. 1935 ① 4, 9, 21, 23, 26, 29. ② 3, 9, 11, 12, 26. ③ 1, 5, 8, 14, 19, 20, 25, 26. ④ 2, 4, 9, 13, 18, 23, 25, 27, 29. ⑤ 1, 2, 8, 9, 12, 22, 23, 27, 29. ⑥ 3, 6, 7, 14, 15, 18, 22, 23, 24, 27. ⑦ 2, 6, 15, 16, 20, 27, 29. ⑧ 12, 17, 22, 24. ⑨ 1, 2, 6, 11, 13, 16, 19, 21. ⑩ 2, 3, 7, 20, 27, 29. ⑪ 5, 6, 11, 15, 16, 28. ⑫ 9, 15, 30. 1936 ① 14, 19, 22, 25, 26. ② 7, 10, 12, 15, 16, 21, 23, 26. ③ 2, 3, 4, 8, 9, 11, 14, 20, 23, 25, 28, 30. ④ 3, 11, 13. ⑦ 7, 25. ⑧ 10. ⑩ 14.

샤오찬(蕭參) — 샤오싼(蕭三) 참조.

샤오찬(蕭參) — 취추바이(瞿秋白) 참조.

샤오춘진(蕭純錦, 1893~1968) 장시(江西) 융신(永新) 출신이며, 자는 취안중(權絅)이다. 일찍이 미국에 유학했으며, 당시 베이징여자대학 교무장을 맡았다. — 1925 ⑫ 1.

샤오투부(小土步) — 저우펑얼(周豊二) 참조.

샤오펑(小峰) — 리샤오펑(李小峰) 참조.

샤오펑 아내(小峰夫人) — 차이수류(蔡漱六) 참조.

샤오홍(蕭紅, 1911~1942) 헤이룽장(黑龍江) 후란(呼蘭) 출신의 작가이며, 원명은 장나이잉(張迺瑩), 필명은 샤오홍이다. 일기에는 차오인(悄吟), 샤오(蕭), 장잉(張瑩) 부인으로도 기록되어 있다. 9·18만주사변 이후 샤오쥔(蕭軍)과 함께 동북(東北)에서 칭다오(靑島)로 나와 루쉰과 편지를 주고받기 시작했다. 1934년 10월 상하이에 도착한 후 루쉰의 보살핌을 받았으며, 작품 역시 대부분 루쉰의 소개를 받아 발표되었다. 그녀의 중편소설 『삶과 죽음의 자리』(生死場)는 루쉰이 교열하고 서문을 썼으며, '노예총서'(奴隷叢書)의 하나로 편입되었다. — 1934 ⑪ 9, 12, 14, 30. ⑫ 17, 19. 1935 ② 3, 8. ③ 5, 17. ⑤ 2, 6. ⑥ 3, 23. ⑦ 2. ⑧ 22. ⑩ 20, 27. ⑪ 6, 16, 28. ⑫ 15, 30. 1936 ① 22, 25, 31. ② 7, 16, 23, 26. ③ 2, 4, 9, 11, 14, 20, 23, 25, 28. ④ 3, 11, 13. ⑦ 15.

샤위안리(夏元瑮, 1884~1944) 저장(浙江) 위항(餘杭) 출신의 물리학자이며, 자는 푸윈(浮筠)이다. 일기에는 샤푸윈(夏浮雲)으로도 기록되어 있다. 샤쩡유(夏曾佑)의 아들이다. 베이징대학 교수 겸 베이징여자사범대학 강사를 지냈으며, 루쉰과 시안(西安)에 강연차 함께 갔다. — 1924 ③ 1. ⑥ 21. ⑦ 18. ⑧ 3, 19. ⑩ 2, 14.

샤이옌(夏揖顔) 장쑤(江蘇) 난징(南京) 출신이며, 이름은 빈(斌), 자는 이옌이다. 루쉰이 일본의 고분(弘文)학원에 다닐 때의 학우이다. — 1912 ⑪ 11. 1913 ① 23. ② 4, 18.

샤정눙(夏徵農, 1904~2008) 장시(江西) 펑청(豊城) 출신의 작가이며, 쯔메이(子美)로도 불린다. 좌익작가연맹의 성원으로 활동했다. 1933년 12월에 미국 흑인작가 휴스(L. Hughes)의 『웃음이 없지는 않아』(Not Without Laughter)를 번역하여 루쉰에게 량유(良友)도서인쇄공사를 소개해 달라고 부탁했다. 1934년에 『독서생활』(讀書生活) 반월간의 편집을 맡았다. 1935년에 천왕다오(陳望道)를 도와 『태백』(太白) 반월간을 편집했으며, 같은 해 가을에 천왕다오를 따라 광시(廣西) 구이린(桂林)사범전과학교에서 교편을 잡았다. — 1933 ⑫ 7. 1934 ⑩ 5, 11. ⑪ 5, 15. ⑫ 3, 30. 1935 ① 16. ⑥ 7. 1936 ③ 27. ⑧ 15.

샤쩡유(夏曾佑, 1865~1924) 저장(浙江) 항현(杭縣) 출신의 역사학자이며, 자는 쑤이칭(穗卿)이다. 일기에는 샤 사장(夏司長), 샤 선생(夏先生)으로도 기록되어 있다. 청 광서(光緒) 16년(1890년)에 벼슬길에 올랐다. 1912년에 교육부 사회교육사 사장(司長)을 지냈으며, 1916년에 경사(京師)도서관 관장으로 전근했다. — 1912 ⑧ 20, 31. ⑨ 5. ⑪ 16, 25. ⑫ 12, 19. 1913 ② 18. ③ 6, 19, 26, 31. ④ 1, 4, 15. ⑤ 11, 16, 23. ⑥ 2, 5, 17. ⑨ 28. ⑪ 1. 1914 ① 23. ③ 8, 9. ⑤ 9. ⑫ 9. 1915 ① 11. 1916 ② 29. 1924 ⑤ 1, 8.

샤촨징(夏傳經) 난징(南京)의 성지(盛記)포목점 직원이다. 루쉰에게 편지를 보내 역저 관련 사항 및 문학연구방법을 물었다. ― 1936 ② 19, 24, 29. ③ 2, 11, 12. ④ 1. ⑦ 8.

샤칭(遐卿) ― 리샤칭(李霞卿) 참조.

샤칭(霞卿) ― 리샤칭(李霞卿) 참조.

샤캉눙(夏康農, 1902~1970) 후베이(湖北) 어청(鄂城) 출신이며, 원명은 젠(檢)이다. 프랑스에 유학했으며, 1928년에 루쉰의 지지 아래 장유쑹(張友松)과 함께 춘조(春潮)서국을 창립하고 『춘조』(春潮) 월간의 편집을 맡았다. 아나톨 프랑스 등의 문학작품을 번역했다. ― 1928 ⑫ 24, 25. 1929 ② 19. ④ 27, 30. ⑤ 4. ⑦ 3. ⑧ 10. ⑨ 7, 21, 29. ⑩ 10, 26. ⑪ 4. ⑫ 9. 1930 ① 29, 30. ③ 15.

샤캉눙(夏康農)의 형 ― 1929 ⑫ 9.

샤쿠이루(夏葵如) 안후이(安徽) 화이닝(懷寧) 출신. 베이징대학 문과(文科) 예과(豫科) 학생이다. ― 1923 ⑩ 10.

샤푸윈(夏浮筠) ― 샤위안리(夏元琜) 참조.

샤푸윈(夏浮雲) ― 샤위안리(夏元琜) 참조.

샹성(湘生) 확실치 않음. ― 1926 ③ 9.

샹이위(項亦愚) ― 샹줘(項拙) 참조.

샹줘(項拙) 이위(亦愚)라고도 불린다. 후예핀(胡也頻) 해군(海軍)학교에 재학 중일 때의 학우이다. 1924년 12월부터 이듬해 5월 12일에 걸쳐 후예핀, 징유린(荊有麟) 등과 함께 『징바오』(京報) 「민중문예주간」(民衆文藝週刊)을 펴냈으며, 이 무렵 루쉰과 왕래했다. ― 1924 ⑫ 28. 1925 ② 27. ④ 16, 19.

샹페이량(向培良, 1905~1959) 후난(湖南) 첸양(黔陽) 출신이며, 광풍사(狂飆社) 성원으로 활동했다. 1924년에 중국대학에 재학 중일 때부터 루쉰과 왕래하기 시작했다. 1925년에 『망위안』(莽原) 주간의 창간 준비에 참여했으며, 얼마 후 뤼치(呂琦), 가오거(高歌) 등과 함께 허난(河南) 카이펑(開封)에서 『위바오(豫報) 부간』을 편집하다가 10월에 베이징으로 돌아와 가오창홍(高長虹) 등과 부정기 간행물 『광풍』(狂飆)을 펴냈다. 1926년에 루쉰은 그를 위해 소설집 『희미한 꿈』(飄渺的夢)을 골라 엮고 베이신서국(北新書局)에서 출판하도록 소개했다. 루쉰이 샤먼(廈門)으로 떠나기 전에 여자사범대학에서 행했던 강연은 그에 의해 기록, 정리되었다. 루쉰이 베이징을 떠난 후 얼마 지나지 않아 이들의 관계는 차츰 소원해지다가 끊기고 말았다. 1929년 이후에 난징(南京)에서 『청춘월간』(青春月刊)을 주편하여 좌익문학에 반대하고 '인류를 위한 예술'과 '민족주의문학'을 제창했다. ― 1924 ① 9, 27. ③ 14. ⑥ 21, 29. ⑦ 2, 3, 7. ⑧ 18, 29. ⑫ 15, 21, 23, 26. 1925 ① 9. ② 9, 12, 16, 19, 24. ③ 1, 5, 12, 15, 22, 23, 24, 26, 29.

④ 4, 5, 7, 11, 13, 14, 22, 23, 27, 29. ⑤ 5, 9, 13, 22. ⑥ 3, 27, 29. ⑦ 4. ⑧ 8, 22, 26. ⑩ 12, 27. ⑪ 6, 21, 26, 28. ⑫ 1, 3, 5, 6, 12, 17, 21, 22. 1926 ① 7, 10, 19. ② 1, 7, 8, 14, 24. ③ 6, 14, 20. ④ 7, 10, 14, 22. ⑦ 4, 6, 15, 18, 25. ⑧ 5, 8, 12, 14, 23, 26. ⑨ 14. ⑪ 21, 23.

샹페이량(向培良)의 벗 ― 1925 ③ 23.

샹허(翔鶴) ― 천샹허(陳翔鶴) 참조.

서우바이겅(壽拜耕, 1882~?) 저장(浙江) 사오싱(紹興) 출신이며, 이름은 창톈(昌田), 자는 바이겅이다. 서우징우(壽鏡吾)의 종친이며, 천궁샤(陳公俠)의 외사촌동생이다. 도쿄의 고분학원(弘文學院)에서 루쉰과 함께 공부했다. ― 1917 ① 4.

서우 사모(壽師母) 저장(浙江) 사오싱(紹興) 출신. 서우징우(壽鏡吾)의 부인 쉬씨(徐氏, ?~1915)를 가리킨다. 서우주린의 어머니. ― 1915 ⑫ 3, 5.

서우산(壽山) ― 치서우산(齊壽山) 참조.

서우스(壽師) ― 서우징우(壽鏡吾) 참조.

서우얼(壽堨, 1889~1950) 저장(浙江) 사오싱(紹興) 출신이며, 자는 스궁(石工)이다. 교육부 통속교육연구회 편심원을 지냈다. 도장 조각과 서예에 뛰어났다. ― 1923 ⑫ 1.

서우얼(壽堨)의 아내 ― 1923 ⑫ 1.

서우주린(壽洙鄰, 1873~1961) 저장(浙江) 사오싱(紹興) 출신이며, 이름은 펑페이(鵬飛), 자는 주린이다. 서우징우(壽鏡吾)의 둘째아들이다. 1914년부터 1928년에 걸쳐 베이징 평정원(平政院)에서 기록과(記錄科) 주임 겸 문독과(文牘科) 판사서기(辦事書記)를 지냈다. 1925년 당시에는 둔줘(鈍拙)라는 가명으로 루쉰의 『중국소설사략』(中國小說史略)에 대해 의견을 제기했다. ― 1912 ⑨ 21. ⑩ 6, 15. 1913 ① 27, 29. ② 7. ④ 25, 26. ⑨ 9, 10. 1914 ⑧ 9. 1915 ④ 15. ⑧ 22. ⑫ 3, 5. 1916 ④ 30. ⑥ 11, 18. ⑧ 6. ⑫ 1. 1917 ② 18. ⑧ 5, 22. ⑨ 30. ⑫ 2. 1918 ① 1. ② 3, 4. ③ 23. ⑥ 9, 29. ⑧ 7. ⑨ 19. ⑫ 25. 1919 ④ 13. ⑤ 25. ⑥ 4. ⑧ 9. ⑩ 12. 1921 ① 4. 1923 ⑫ 25. 1925 ⑤ 9. ⑧ 16. ⑨ 26, 28. ⑪ 28. 1926 ② 5, 24. ⑧ 20. 1928 ⑧ 20, 22. 1929 ③ 29.

서우진(壽晉) ― 한서우진(韓壽晉) 참조.

서우징우(壽鏡吾, 1849~1929) 저장(浙江) 사오싱(紹興) 출신이며, 이름은 화이젠(懷鑑), 자는 징우이다. 일기에는 서우스(壽師)로도 기록되어 있다. 청대의 수재(秀才)이며, 루쉰이 삼미(三味)서옥에서 공부할 때의 훈장이다. ― 1915 ⑩ 1. 1923 ① 29. ② 9.

서우창(守常) ― 리다자오(李大釗) 참조.

선(沈) ― 선린(沈琳) 참조.

선관(沈觀, 1915~1943) 자는 사오융(劭顒). 선젠스(沈兼士)의 아들이다. ― 1932 ⑫ 23.

선 군(申君) 확실치 않음. — 1927 ② 18.

선 군(沈君) 확실치 않음. — 1919 ⑩ 2.

선돤셴(沈端先) — 샤옌(夏衍) 참조.

선런쥔(沈仁俊) — 선잉린(沈應麟) 참조.

선루젠(沈汝兼, 1895~1977) 저장(浙江) 자싱(嘉興) 출신이며, 이름은 첸(謙), 자는 루젠이다. 선쥔류(沈鈞儒)의 큰아들이다. — 1917 ① 27.

선리즈(沈立之) 확실치 않음. — 1926 ⑤ 31.

선린(沈琳) 장쑤(江蘇) 장인(江陰) 출신이며, 자는 잉샤(映霞)이다. 1925년에 베이징여자사범대학 국문과에 재학 중이었으며, 전학 문제로 루쉰에게 편지를 보내 의견을 구했다. 1928년에 베이징사범대학을 졸업했다. — 1925 ⑩ 4, 5. 1932 ⑪ 28.

선상치(沈商耆, 1877~1929) 장쑤(江蘇) 칭푸(青浦, 지금은 상하이시에 속함) 출신이며, 이름은 펑녠(彭年), 자는 상치이다. 교육부 첨사이며, 사회교육사에서 근무했다. — 1912 ⑩ 30. ⑪ 8, 28. 1913 ② 17, 18. ③ 6, 7. ⑥ 14, 17. ⑧ 9, 29. ⑨ 4, 18. ⑫ 13. 1914 ① 29. ④ 6. ⑦ 21. 1916 ① 9. 1917 ① 17. ⑧ 28.

선샤(沈霞, 1921~1945) 저장(浙江) 퉁샹(桐鄉) 출신. 일기에는 마오둔(茅盾)의 아이로 기록되어 있다. 선옌빙(沈雁冰)의 딸이다. — 1933 ② 3.

선샹(愼祥) — 페이선샹(費愼祥) 참조.

선서우펑(沈壽彭, 1880~1952) 저장(浙江) 사오싱(紹興) 출신이며, 이름은 런산(仁山), 자는 서우펑이다. 쉬서우창(許壽裳)의 손위 처남이다. — 1913 ⑧ 8.

선솽(沈霜, 1923~?) 서상(浙江) 퉁샹(桐鄉) 출신이며, 새녕은 웨이타오(韋韜)이나. 일기에는 아솽(阿霜), 마오둔(茅盾)의 아이, 바오쭝(保宗)의 큰애로도 기록되어 있다. 선옌빙(沈雁冰)의 아들이다. — 1933 ② 3. ③ 17. 1934 ④ 20. ⑨ 9.

선수즈(沈叔芝) — 샤옌(夏衍) 참조.

선쉬춘(沈旭春) 푸젠(福建) 출신이며, 필명은 위잉쯔(雨櫻子)이다. 문예애호가이며, 상하이 후장(滬江)대학에 재학 중이었다. — 1936 ⑧ 23, 25.

선스위안(沈士遠, 1881~1957) 저장(浙江) 우싱(吳興) 출신. 선인모(沈尹默), 선젠스(沈兼士)의 형이다. 민국 초에 베이징대학 예과 교수를 지냈으며, 후에 베이징대학 서무주임과 여자사범대학 강사를 겸임했다. 1926년에는 옌징(燕京)대학 국문과 교수를 지냈다. — 1918 ⑫ 22. 1919 ① 3. ③ 29. 1920 ④ 18. 1921 ⑧ 22. ⑨ 1. ⑩ 21. 1923 ① 1, 10. ② 17. ⑤ 26. ⑥ 3, 26. ⑦ 4. ⑧ 23, 30. ⑩ 25. 1925 ⑧ 23. 1926 ⑧ 13.

선스위안(沈士遠)의 조모 — 1923 ⑩ 25.

선시링(沈西苓, 1904~1940) 저장(浙江) 더칭(德清) 출신이며, 원명은 쉐청(學誠), 필명은 시링, 혹은 예천(葉沉)이다. 영화와 희극 사업에 종사했다. 일찍이 큰누이인 선츠주(沈慈九)를 따라 일본에서 유학했으며, 귀국 후 시대미술사(時代美術社)의 조직에 참여했다. 좌익작가연맹에 가입했으며, 상하이에서 영화사업에 종사하여 밍싱영화공사(明星影片公司)의 감독을 지냈다. 「아Q정전」(阿Q正傳)을 영화 극본으로 개편하면서 루쉰에게 편지를 보내 의견을 구했다. ― 1936 ⑦ 19, 25.

선쑹취안(沈松泉, 1904~?) 장쑤(江蘇) 우현(吳縣) 출신이며, 이름은 타오(濤), 자는 쑹취안이다. 상하이 광화(光華)서국의 사장 겸 총편집장을 지냈다. 1930년 8월 일본에 가기 전에 펑쉐펑(馮雪峰)에게 루쉰의 글을 받아 달라고 부탁했다. ― 1932 ③ 31.

선양즈(沈養之, 1889~?) 저장(浙江) 사오싱(紹興) 출신이며, 자는 하오란(浩然)이다. 루쉰이 항저우(杭州) 저장양급사범학당에서 교편을 잡았을 때의 학생이다. ― 1914 ② 22.

선옌빙(沈雁冰, 1896~1981) 저장(浙江) 퉁상(桐鄉) 출신의 문학가이며, 필명은 마오둔(茅盾), 팡비(方璧), 쉬안주(玄珠), 선위(沈余) 등이다. 일기에는 팡바오쭝(方保宗), 바오쭝(保宗), 바오중(保中), 중팡(仲方 혹은 仲芳), 옌빈(雁賓), 밍푸(明甫), 셰펀(謝芬) 등으로도 기록되어 있다. 문학연구회 발기자 가운데 한 사람이며, 『소설월보』(小說月報)를 편집했다. 1921년 4월부터 원고 등의 일로 루쉰과 자주 편지를 주고받았다. 1926년 가을에 루쉰이 샤먼(廈門)으로 가면서 상하이를 거쳐 갈 때 루쉰과 처음으로 만났다. 대혁명 실패 이후 국민당의 수배를 받았으며, 상하이에서 루쉰과 징윈리(景雲里)에서 함께 살았다. 1928년 10월에 일본으로 건너갔다가 1930년 봄에 귀국한 후 좌익작가연맹에 참여했다. 루쉰의 일기에는 그와 함께 「자유담」(自由談)에 투고하고 『문학』(文學) 월간과 『역문』(譯文) 월간을 창간한 일, 단편소설집 『짚신』(草鞋脚)을 엮었던 일 등이 기록되어 있다. ― 1921 ④ 11, 13, 18, 21, 29, 30. ⑤ 6, 8, 13, 15, 20, 25, 28. ⑥ 4, 9, 16, 23. ⑦ 1, 7, 16, 19, 26. ⑧ 2, 9, 13, 14, 17, 20, 24, 27, 30, 31. ⑨ 6, 7, 8, 10, 13, 21, 22. ⑪ 28. ⑫ 1, 3, 9, 16, 17, 20, 22, 29. 1925 ③ 28. 1926 ⑧ 30. 1930 ④ 5. 1931 ⑩ 15. 1933 ① 14, 19. ② 3, 14. ③ 5, 17, 24. ④ 14. ⑤ 6, 10, 13, 15, 17. ⑥ 19. ⑩ 3. 1934 ① 26. ② 13, 19. ④ 20. ⑤ 11, 24, 27. ⑥ 6, 9, 23. ⑦ 14, 21, 30. ⑧ 5, 15, 22. ⑨ 2, 4. ⑩ 1, 2, 6, 8, 29, 30. ⑫ 19. 1935 ① 12, 16, 21, 23. ② 1, 3, 4, 14, 17. ④ 25, 30. ⑤ 25. ⑥ 8, 11, 15, 16, 25, 29. ⑦ 2, 3, 16, 22, 27. ⑧ 7, 19, 21. ⑨ 4, 11, 17, 18, 20, 22, 24. ⑩ 25, 27. ⑪ 5, 18, 20. ⑫ 19, 21, 24. 1936 ① 4, 6, 8, 17, 21, 22, 29. ② 1, 3, 5, 11, 14, 15, 18, 21, 29. ③ 7, 9, 12, 18, 20, 23, 25, 27, 30. ④ 1, 11, 13, 16, 18, 25. ⑤ 5, 7, 9, 16, 20, 21, 23, 25, 31. ⑧ 1, 2, 13, 16, 31. ⑨ 2, 4, 15, 18, 24, 26, 27, 29. ⑩ 2, 5, 8, 14.

선옌빙(沈雁冰)의 아내 ― 쿵더즈(孔德沚) 참조.

선위(沈余) ― 선옌빙(沈雁冰) 참조.

선위(沈余)의 아내 ─ 쿵더즈(孔德沚) 참조.

선인모(沈尹默, 1883~1971) 저장(浙江) 우싱(吳興) 출신이며, 원명은 스(實), 자는 쥔모(君默), 후에 인모로 고쳤다. 서예가이자 시인이며, 선스위안(沈士遠)의 첫째동생이다. 일찍이 일본에서 유학했으며, 1913년 이후에 베이징대학, 옌징(燕京)대학, 중파(中法)대학 등에서 국문과 교수를 지냈다. 아울러 쿵더(孔德)학교 교장을 지내고, 베이징여자사범대학 강사를 겸임하였다. 1918년 봄에『신청년』(新青年)의 편집에 참여했다. 1929년에 허베이성(河北省) 교육청 청장을 지냈다. ─ 1913 ③ 1, 2, 22. ④ 25, 26. ⑤ 7. ⑨ 27. 1914 ① 31. ⑥ 13. ⑨ 27. ⑫ 13, 31. 1915 ② 14. ⑥ 20. 1918 ⑤ 12. ⑥ 21, 22. ⑦ 25, 26, 28. ⑧ 10, 12. ⑨ 10. ⑫ 22. 1919 ③ 29. ④ 28. ⑤ 1, 2, 12. ⑩ 5. ⑪ 23. 1920 ④ 23. ⑦ 9. 1921 ⑧ 22, 29. ⑨ 1. 1922 ② 17. 1923 ① 1, 10. ② 17. ④ 16. ⑥ 3, 26. ⑦ 4. ⑧ 23. 1924 ④ 16. 1925 ⑪ 27. 1926 ⑧ 8, 13, 19. 1928 ⑧ 4, 19. 1929 ⑤ 20, 27, 29.

선잉린(沈應麟, 1896~?) 저장(浙江) 사오싱(紹興) 출신이며, 자는 런쥔(仁俊)이다. 루쉰이 사오싱부중학당에서 교편을 잡았을 때의 학생이며, 후에 해군에 들어갔다. ─ 1914 ⑧ 20.

선전황(沈振黃, 1912~1944) 저장(浙江) 자싱(嘉興) 출신의 미술활동가이며, 이름은 야오중(耀中), 자는 전황이다. 1933년에 상하이 카이밍(開明)서점에 입사하여 미술편집을 맡았으며, 목각을 좋아했기에 루쉰과 편지를 주고받았다. 루쉰이『목판화가 걸어온 길』(木刻紀程)을 펴낼 때 상정했던 '쇠나무예술사'(鐵木藝術社)와 연락할 수 있기를 바랐다. ─ 1934 ⑩ 24.

선젠스(沈叔士) ─ 선젠스(沈兼士) 참조.

선젠스(沈鑒史) ─ 선허우칭(沈后青) 참조.

선젠스(沈兼士, 1885~1947) 저장(浙江) 우싱(吳興) 출신의 문자학자. 일기에는 젠스(叔士 혹은 堅士)로도 기록되어 있다. 선스위안(沈士遠)의 둘째동생이다. 베이징대학 연구소국학문의 주임을 지냈다. 1926년에 루쉰과 함께 샤먼(廈門)으로 가서 샤먼대학 국문과 교수, 국학원 주임을 지냈으며, 같은 해 10월에 베이징으로 돌아와 베이징대학 국문과 교수, 푸런(輔仁)대학 문학원 원장 등을 역임했다. ─ 1914 ⑥ 13. ⑨ 27. ⑫ 13, 31. 1915 ⑥ 20. 1921 ④ 12, 14, 16, 18, 28, 30. ⑤ 8, 12, 17, 31. ⑧ 22. ⑨ 1. 1923 ① 10. ② 17. ③ 6. ④ 16. 1926 ① 4. ⑥ 18, 19. ⑦ 1, 4, 7, 8, 27, 28. ⑧ 3, 4, 8. ⑨ 4, 9, 19, 21. ⑩ 9, 18, 23, 27. ⑫ 14, 19. 1927 ① 2, 14. 1929 ⑤ 20. ⑥ 2. ⑦ 28. 1932 ⑪ 18, 19, 22, 26. ⑫ 23. 1934 ③ 26.

선젠스(沈兼士)의 아들 ─ 선관(沈觀) 참조.

선중장(沈仲章, 1905~?) 저장(浙江) 우싱(吳興) 출신. 당시 베이징대학 철학과에 재학 중이었다. 쉬지상(許季上)의 소개 편지를 가지고서 루쉰을 방문했다. ─1928 ⑦ 2.

선중주(沈仲久) ─선중주(沈仲九) 참조.

선중주(沈仲九, 1887~1968) 저장(浙江) 사오싱(紹興) 출신이며, 이름은 밍쉰(銘訓), 자는 중주이다. 일기에는 중주(仲久)로도 기록되어 있다. 천궁샤(陳公俠) 아내의 동생뻘 친족이다. 일본에서 유학했다. 1916년부터 1917년에 걸쳐 저장 제1사범학교에서 교편을 잡았으며, 1927년 10월에는 상하이 노동(勞動)대학 공농학원 원장을 지냈다. ─1916 ⑪ 17. 1917 ① 28. 1927 ⑩ 24.

선쥔루(沈鈞儒, 1875~1963) 저장(浙江) 자싱(嘉興) 출신이며, 자는 빙푸(秉甫), 호는 헝산(衡山)이다. 1909년에 항저우(杭州) 저장양급사범학당 감독을 지냈을 때 루쉰을 생리학과 화학 교사로 초빙했다. 후에 저장 자의국(諮議局) 부의장을 지냈다. 1912년부터 1914년에 걸쳐 저장성 교육사 사장, 저장성 교육회 회장을 역임했다. 1917년 초에 사법부 비서가 되었다가 얼마 후 사직했다. 1918년 가을에 광저우(廣州)에 가서 국회비상회의에 참여했다. 1930년대에 중국민권보장동맹 등 민주운동에 참여했다. 루쉰이 세상을 떠났을 때 '민족혼'(民族魂)을 써서 관을 덮었다. ─1913 ⑤ 14. 1914 ⑨ 22. 1917 ① 27. ④ 27. 1918 ⑥ 25.

선쥔모(沈君默) ─선인모(沈尹默) 참조.

선쥔모(沈君默)**의 동생** ─선젠스(沈兼士) 참조.

선즈샹(沈稚香, 1881~1954) 저장(浙江) 사오싱(紹興) 출신이며, 이름은 쥔(鈞), 자는 즈샹이다. 당시 선퉁메이장위안(沈通美醬園)을 경영했으며, 사오싱장업공회(醬業公會) 이사를 지냈다. ─1914 ① 23.

선쭈머우(沈祖牟, 1909~1947) 푸젠(福建) 푸저우(福州) 출신. 상하이 광화(光華)대학 학생이며, 이 대학의 문학회 명의로 루쉰에게 강연을 요청했다. ─1929 ④ 9.

선쯔량(沈子良) 『맹아』(萌芽) 투고자. ─1933 ⑤ 30.

선쯔옌(沈孜硏) 확실치 않음. ─1926 ⑥ 9.

선쯔위(沈子餘) 확실치 않음. ─1932 ① 17.

선쯔주(沈妓九, 1898~1990) 저장(浙江) 더칭(德淸) 출신이며, 이름은 무란(慕蘭)이다. 후위즈(胡愈之)의 아내이다. 1925년에 일본여자고등사범학교를 졸업한 후 귀국하여 중학 교사가 되었다. 1934년에 『선바오』(申報) 부간인 『부녀원지』(婦女園地)를 주편했으며, 이듬해에 『부녀생활』(婦女生活) 잡지를 창간하고 주편했다. ─1936 ② 16.

선츠후이(沈慈暉, 1882~1918) 저장(浙江) 사오싱(紹興) 출신이며, 쉬서우창(許壽裳)의 후처이다. 일기에는 '지푸의 아내'(季市夫人 혹은 季市眷)로도 기록되어 있다. 쉬서우창의 본처인 선수후이(沈淑暉)의 이복 여동생이다. 1909년 10월에 쉬서우창과 결혼하여 2남 3녀를 두었다. 1918년에 난창(南昌)에서 병사하였다.—1918 ⑤ 13.

선캉보(沈康伯) 장쑤(江蘇) 난징(南京) 출신. 루쉰이 난징(南京)의 광무철로학당(礦務鐵路學堂)을 다녔을 때의 학우이다.—1915 ⑦ 8, 24. ⑨ 21, 22. ⑪ 20.

선펑페이(沈鵬飛, 1892~1983) 광둥(廣東) 판위(番禺) 출신이며, 자는 윈청(雲程)이다. 중산(中山)대학 사무관리처, 임학계 주임 겸 농과 주임을 지냈다. 루쉰이 중산대학 교수를 사임한 뒤 학교 측의 부탁을 받아 만류하였으나 루쉰은 받아들이지 않았다.—1927 ⑤ 9.

선허우칭(沈后靑) 저장(浙江) 사오싱(紹興) 출신이며, 이름은 젠스(鑑史), 자는 허우칭이다. 천궁샤(陳公俠)의 처남이다. 베이징의 일본 쇼킨은행(正金銀行) 직원이다.—1913 ⑪ 23. ⑫ 27, 28. 1914 ① 25. ② 1, 8.

선헝산(沈衡山)—선쥔루(沈鈞儒) 참조.

선헝산(沈衡山) 모친 판더완(潘德琬, 1851~1917)을 가리킨다. 장쑤(江蘇) 우현(吳縣) 출신이며, 자는 페이헝(佩珩)이다.—1917 ④ 27.

성단(聖旦) 장쑤(江蘇) 창저우(常州) 출신이며, 성은 류(劉)씨이다.—1935 ① 17.

성수(聲樹)—천성수(陳聲樹) 참조.

성수(升叔)—저우펑성(周鳳升) 참조.

성싼(省三)—펑성싼(馮省三) 참조.

성우(省吾)—야오성우(姚省吾) 참조.

성이 둥(董)**인 사람 확실치 않음.**—1914 ① 16.

성이 러우(樓)**라는 손님 확실치 않음.**—1913 ⑫ 7.

성이 뤄(羅)**라는 이**—뤄(羅)씨 참조.

성이 뤼인 사람(呂姓) 저장(浙江) 위야오(余姚) 출신. 루쉰의 방에 쳐들어와 돈을 달라고 한 적이 있다.—1913 ① 25.

성이 리(李)**인 사람**—리마오루(李茂如) 참조.

성이 쉬(許)**인 이** 쉬스슝(許士熊)일 것이다. 장쑤(江蘇) 우시(無錫) 출신이며, 자는 뤼젠(呂簡)이다. 구양우(顧養吾)와 동향이며, 1913년부터 교육부 비서를 지냈다.—1914 ① 16.

성이 쉬(許)**인 이** 왕징칭(王鏡淸)의 학우이다.—1913 ⑪ 23.

성이 양인 자(姓楊者) 확실치 않음.—1930 ① 9.

성이 우(吳)**인 사람** 사오싱현관(紹興縣館)의 루쉰 이웃방 손님.—1914 ① 31.

성이 우(吳)**인 사람** 재단사.—1912 ⑪ 4.

성이 천(陳)인 사람 확실치 않음. —1912 ⑩ 19.

성이 천(陳)인 사람 확실치 않음. —1914 ① 25.

성이 청(程)인 사람 — 청쒀청(程鎖成) 참조.

성이 친(秦)인 사람 부동산중개업자. —1923 ⑧ 22. ⑨ 23.

성이 판인 사람(范姓者) — 판원란(范文瀾) 참조.

성장(省長) 류(劉)씨 — 류전화(劉鎭華) 참조.

성타오(聖陶) — 예성타오(葉聖陶) 참조.

세노오(妹尾) 상하이 스도(須藤)의원의 일본인 의사이다. —1936 ⑧ 7.

세리세프(Inocento Serišev) 베이징세계어전문학교의 러시아인 교수. 이 학교의 천쿵싼
(陳空三)과 징유린(荊有麟)의 소개로 루쉰과 만났다. —1924 ⑫ 28.

세이이치(誠一) — 가마다 세이이치(鎌田誠一) 참조.

셋째(三弟) — 저우젠런(周建人) 참조.

셋째 아내(三太太) — 하부토 요시코(羽太芳子) 참조.

셋째 처(三弟婦) — 하부토 요시코(羽太芳子) 참조.

셰 군(謝君) — 셰잉(謝鶯) 참조.

셰 군(謝君) 아내 — 창위린(常毓麟) 참조.

셰 군(謝君) 아이 셰잉(謝鶯)의 딸. —1934 ⑧ 9.

셰단(謝旦) 확실치 않음. —1926 ⑩ 22, 25, 30.

셰둔난(謝敦南, 1900~1959) 푸젠(福建) 안시(安溪) 출신이며, 이름은 이(毅), 자는 둔난이
다. 창루이린(常瑞麟)의 남편이다. 1929년부터 1935년에 걸쳐 동북지방에서 근무했
다. —1929 ⑨ 27. ⑩ 11, 17, 23. ⑫ 29. 1932 ⑦ 26. ⑫ 15. 1934 ⑪ 8. 1935 ② 5.

셰런빙(謝仁冰, 1883~1952) 장쑤(江蘇) 우진(武進) 출신이며, 이름은 빙(冰), 자는 런빙이
다. 교육부 첨사이며, 보통교육사에서 근무했다. —1920 ④ 2. 1924 ⑤ 1, 11.

셰런빙(謝仁冰)의 모친 —1924 ⑤ 1, 11.

셰런빙(謝仁冰)의 여동생 — 셰런위(謝絅瑜) 참조.

셰런위(謝絅瑜, 1898~1977) 장쑤(江蘇) 우진(武進) 출신. 베이징여자사범대학 학생이다.
—1920 ④ 2.

셰류이(謝六逸, 1898~1945) 구이저우(貴州) 구이양(貴陽) 출신의 작가이며, 이름은 광선
(光燊), 자는 류이다. 상하이 푸단(復旦)대학 교수이다. 1935년 당시 『리바오』(立報)
의 부간 『옌린』(言林)의 주편을 맡았으며, 루쉰에게 편지를 보내 원고를 청탁했다. —
1935 ⑫ 23, 25, 27. 1936 ① 4.

셰빙원(謝炳文) 확실치 않음. —1936 ⑨ 27, 28.

셰빙잉(謝冰瑩, 1906~2000) 후난(湖南) 신화(新華) 출신의 작가. 대혁명 시기에 북벌군에 참여했으며, 1930년에 북방 좌익작가연맹에 가입했다가 얼마 지나지 않아 탈퇴했다. ─ 1930 ④ 16, 18. ⑤ 13. ⑧ 2. 1932 ⑪ 30.

셰시위안(謝西園) 저장(浙江) 사오싱(紹興) 출신이며, 자는 량한(良翰)이다. 강남육사학당(江南陸師學堂)을 졸업하고 일본에서 유학했다. 민국 이후 베이징육군부에서 근무했다. ─ 1912 ⑥ 30. ⑦ 17, 26. ⑧ 9, 19. ⑪ 17. 1913 ③ 24. ④ 16. ⑤ 14. ⑥ 11. 1917 ③ 15, 22. ⑥ 2.

셰위성(謝玉生) 후난(湖南) 레이양(耒陽) 출신. 샤먼(廈門)대학 국문계 학생이며, 양양사(泱泱社) 발기자 가운데 한 사람이다. 샤먼의 중산(中山)중학 교사를 지냈으며, 루쉰에게 이 학교에서 강연해 달라고 초청했다. 루쉰이 광저우(廣州)에 도착한 후, 그는 샤먼대학의 학우 일곱 명과 함께 중산대학으로 전학했다. ─ 1927 ① 8, 22. ② 16, 20. ③ 5, 6, 7, 8, 23, 26, 31. ④ 7, 15, 23, 25, 28, 29. ⑤ 1, 3, 6, 9, 13, 14, 17, 20, 24, 30. ⑥ 4, 9, 11, 18, 25, 29. ⑦ 5, 8, 12, 13, 17, 19, 20. ⑧ 11. ⑨ 12. ⑩ 4, 17, 18. ⑫ 15, 19, 28, 29. 1928 ① 3, 7, 29. ② 1.

셰잉(謝瑩, 1905~1989) 푸젠(福建) 안시(安溪) 출신이며, 자는 콴난(寬南)이다. 일기에는 셰 군(謝君)으로 기록되어 있다. 셰둔난(謝敦南)의 동생이며, 창위린(常毓麟)의 남편이다. 1932년에 칭화(淸華)대학 화학계를 졸업하고, 샤먼(廈門)의 지메이(集美)중학 등에서 교편을 잡았다. 1934년 여름에 상하이에서 요양했으며, 8월에 베이핑으로 돌아가려던 때에 아내와 딸을 데리고 루쉰의 거처를 찾아와 작별인사를 건넸다. ─ 1934 ⑧ 9.

셰진(謝晉) 저장(浙江) 샤오산(蕭山) 출신. 현 지사에 응시하기 위해 루쉰에게 보증을 서 달라고 부탁했다. ─ 1914 ④ 15.

셰펀(謝芬) ─ 선옌빙(沈雁冰) 참조.

셰허(燮和) ─ 장셰허(張燮和) 참조.

셰허(協和) ─ 장셰허(張協和) 참조.

셰허우(燮侯) ─ 허셰허우(何燮侯) 참조.

셴멍(羨蒙) ─ 쉬셴멍(許羨蒙) 참조.

셴쑤(羨蘇) ─ 쉬셴쑤(許羨蘇) 참조.

셴전(賢楨) ─ 왕윈루(王蘊如) 참조.

소네(曾根) ─ 소네 로쿠사부로(曾根錄三郎) 참조.

소네 로쿠사부로(曾根錄三郎) 일본인. 하부토 노부코(羽太信子)의 첫째 제부이다. ─ 1916 ⑨ 16. ⑩ 7.

소사(長班) 치쿤(齊坤)의 부친을 가리킨다. 원적은 저장(浙江) 사오싱(紹興)이고, 사오싱 현관(縣館)에서 하인으로 오랫동안 근무했다. — 1912 ⑤ 7.

소센(草宣) 일본인이며 성은 후지이(藤井)이다. 중국현대불교연구자이며, 중일불교회 상무이사를 지냈다. — 1934 ⑤ 10.

쇼(George Bernard Shaw, 1856~1950) 영국의 극작가이자 비평가. 아일랜드 더블린에서 출생했다. 1933년에 배로 세계를 일주하던 중에 2월 17일 홍콩을 거쳐 상하이에 도착하여 쑹칭링(宋慶齡)의 거처에서 루쉰과 만났다. 상하이와 홍콩에서 행했던 그의 발언은 일부 신문과 문인들에게 질책을 받았는데, 루쉰은 여러 편의 글을 써서 이를 반박했다. — 1933 ② 17.

쇼이치(正一) — 가마다 세이이치(鎌田誠一) 참조.

수(舒) — 쑹수(宋舒) 참조.

수류(漱六) — 차이수류(蔡漱六) 참조.

수보친(舒伯勤) 루쉰이 난징(南京)의 광무철로학당에 재학 중일 때의 학우. — 1916 ③ 20.

수신청(舒新城, 1892~1960) 후난(湖南) 쉬푸(漵浦) 출신의 출판인이다. 1928년에 『사해』(辭海)의 주편을 맡았으며, 루쉰에게 편지를 보내 「고향」(故鄉) 중의 '사'(猹)가 어떤 동물인지 문의했다. 나중에 중화서국(中華書局) 편집소 소장을 지냈다. — 1929 ⑤ 5.

수위안(漱園) — 웨이쑤위안(韋素園) 참조.

수쥔(叔鈞) — 츠수쥔(池叔鈞) 참조.

수즈(叔之) — 샤옌(夏衍) 참조.

수쯔(淑姿) 여사 — 진수쯔(金淑姿) 참조.

수천(書臣) — 타오수천(陶書臣) 참조.

수칭(淑卿) — 쉬셴쑤(許羨蘇) 참조.

수탕(書堂) — 왕수탕(汪書堂) 참조.

수톈(曙天) — 우수톈(吳曙天) 참조.

수핑(叔平) — 마수핑(馬叔平) 참조.

쉐밍(雪明) — 펑쉐밍(馮雪明) 참조.

쉐산(薛汕, 1916~1999) 광둥(廣東) 차오저우(潮州) 출신이며, 원명은 황구룽(黃谷隆), 필명은 레이진마오(雷金茅), 레이닝(雷寧)이다. 1936년에 전국학생항일구국연합회에서 일했으며, 같은 해 4월에 자신이 지은 소설 『붉은 가을』(赤秋)의 원고를 루쉰에게 보냈으며, 루쉰은 답신을 보내 그를 격려했다. 6월에 학생운동에 종사하기 위해 차오산(潮汕)으로 돌아갈 때 루쉰에게 편지를 보내 작별인사를 전했으며, 8월에 다시 레이닝이란 필명으로 루쉰과 편지를 주고받았다. — 1936 ④ 11. ⑤ 1, 6. ⑥ 5. ⑧ 29.

쉐샤오콴(薛效寬) 이름은 성전(聲震), 자는 샤오콴이다. 루쉰이 시안(西安)에서 강연할 당시 시베이(西北)대학 국문전수과에 재학 중이었다. 루쉰의 강연을 기록한 사람들 가운데 한 명이다. —1924 ⑧ 23, 29. ⑨ 9.

쉐성(雪生) — 돤쉐성(段雪生) 참조.

쉐얼(雪兒) — 펑쉐펑(馮雪峰) 참조.

쉐자오(學昭) — 천쉐자오(陳學昭) 참조.

쉐전(雪箋) — 장시천(章錫琛) 참조.

쉐천(雪辰) 확실치 않음. —1933 ① 11.

쉐천(學琛) — 천쉐천(陳學琛) 참조.

쉐춘(雪村) — 장시천(章錫琛) 참조.

쉐팡(雪方) — 펑쉐펑(馮雪峰) 참조.

쉐펑(雪峰) — 펑쉐펑(馮雪峰) 참조.

쉬(許) — 쉬셴쑤(許羨蘇) 참조.

쉬광시(許光希) 확실치 않음. —1936 ③ 10, 15, 18, 22. ④ 14.

쉬광핑(許廣平, 1898~1968) 광둥(廣東) 판위(番禺) 출신이며, 호는 징쑹(景宋)이다. 일기에는 하이마(害馬), 쉬 양(許小姐)으로도 기록되어 있다. 루쉰의 아내이다. 1922년에 베이징여자고등사범학교 국문과를 졸업했다. 1925년 학생운동 및 교육개혁에 뛰어들어 루쉰과 편지를 주고받았다. 1926년 졸업한 후에 루쉰과 함께 베이징을 떠났다. 루쉰은 샤먼(廈門)으로 갔으며, 그녀는 광저우(廣州)로 되돌아가 광둥성립여자사범학교에서 교편을 잡았다. 1927년 1월에 루쉰이 중산(中山)대학 문학과 주임 겸 교무주임을 맡았을 때, 그녀는 루쉰의 조교로 초빙되었다. 9월에 루쉰과 함께 상하이로 옮겨 가 함께 지냈다. —1925 ③ 11, 12, 16, 19, 21, 24, 27. ④ 1, 6, 7, 9, 11, 12, 15, 17, 21, 23, 24, 27, 28, 29. ⑤ 1, 3, 10, 17, 19, 20, 27, 28, 31. ⑥ 1, 2, 6, 13, 14, 18, 20, 27, 29. ⑦ 1, 2, 4, 6, 10, 13, 15, 16, 18, 19, 21, 27, 28, 30. ⑧ 14. ⑨ 7. ⑪ 8. 1926 ② 3, 28. ③ 6. ④ 18. ⑥ 21. ⑧ 3, 8, 12, 13, 15, 16, 21, 26, 28, 29, 30, 31. ⑨ 5, 13, 14, 17, 18, 20, 22, 24, 27, 30. ⑩ 1, 4, 5, 11, 12, 15, 16, 18, 20, 21, 23, 24, 27, 29, 30. ⑪ 1, 2, 4, 5, 8, 9, 10, 11, 16, 18, 19, 20, 21, 22, 26, 27, 29. ⑫ 2, 3, 6, 7, 12, 13, 14, 16, 21, 23, 24, 25, 30. 1927 ① 2, 3, 5, 6, 7, 11, 12, 18, 19, 20, 21, 22, 24, 25, 30, 31. ② 1, 2, 8, 9, 18, 19, 20, 21, 22, 23, 26, 27. ③ 1, 2, 5, 6, 7, 11, 13, 16, 18, 20, 21, 26. ④ 1, 6, 11, 14, 19, 22, 24. ⑤ 3, 4, 17. ⑥ 9. ⑦ 1, 2, 16, 23, 26. ⑧ 2, 11, 13, 15, 19. ⑨ 11, 24, 27. ⑩ 3, 4, 5, 7, 8, 9, 12, 15, 16, 17, 18, 22, 23, 24, 25, 29. ⑪ 5, 8, 14, 19, 30. ⑫ 1, 6, 14, 17, 19, 20, 22, 24, 25, 31. 1928 ① 4, 6, 9, 13, 16, 19, 20, 22, 26. ② 4, 18, 26. ③ 10, 13, 21,

22, 30. ④ 2, 5, 25. ⑤ 4. ⑥ 2, 12, 24. ⑦ 2, 6, 9, 12, 15, 17. ⑧ 4. ⑨ 2, 27. ⑩ 10. ⑪ 3, 5, 24, 25. ⑫ 1, 25, 30. **1929** ① 8, 11, 18, 26. ② 8, 11. ③ 8, 17, 31. ④ 5, 9, 25, 27, 28, 30. ⑤ 2, 8, 12, 16, 18, 20, 21, 22, 23, 24, 25, 27, 28, 29, 30. ⑥ 1, 7, 8, 10, 11, 12, 13, 15, 16, 26. ⑦ 19, 25. ⑧ 8. ⑨ 5, 20, 26, 27, 28. ⑩ 1, 3, 5, 10, 17, 24. ⑪ 26, 30. **1930** ① 4, 9, 31. ② 6, 12, 25, 28. ③ 3, 21, 22, 23, 24, 25, 26, 27, 28, 29, 30, 31. ④ 1, 6, 7, 8, 9, 10, 11, 12, 13, 14, 15, 16, 17, 18, 19, 23, 24, 30. ⑤ 1, 2, 8, 12, 13, 29. ⑥ 16. ⑦ 4, 5, 6, 8, 9, 10, 11, 13, 16, 18, 19, 20, 24, 29. ⑧ 18. ⑨ 17, 24, 25, 30. ⑩ 2, 4, 6, 8, 12, 28, 31. ⑫ 11, 12. **1931** ① 5, 20. ② 1, 28. ③ 4, 8. ④ 3, 20, 25, 26, 30. ⑤ 8, 15, 16, 31. ⑥ 2, 3, 4, 12, 23, 27, 28. ⑦ 1, 2, 4, 14, 16, 22, 28, 30. ⑧ 5, 10, 12, 15, 16, 23, 24, 30. ⑨ 7, 13, 17, 20, 26. ⑩ 3, 7, 9, 11, 14, 17, 18, 20, 26, 30. ⑪ 13, 15, 21, 23. ⑫ 4, 6, 8, 11, 31. **1932** ① 4, 10, 12, 18, 20, 22, 23, 25, 27, 28. ② 15. ③ 16, 18, 20, 24, 28. ⑤ 6, 7, 9, 10, 30. ⑥ 1, 3, 5, 7, 9, 14, 15, 18, 26, 30. ⑦ 1, 3, 14, 16, 21, 22, 26, 30. ⑧ 7, 9, 11, 29, 31. ⑨ 1, 6, 8, 15, 17, 18, 19, 21, 23, 25, 27, 29. ⑩ 1, 3, 5, 7, 9, 11, 12, 13, 15, 17, 19, 21, 23, 25, 27, 28, 31. ⑪ 7, 9, 13, 14, 15, 16, 17, 18, 20, 21, 22, 23, 25, 26, 27. ⑫ 9, 26, 28, 30. **1933** ① 4, 15, 19, 25, 31. ② 19, 20. ③ 13, 19, 23. ④ 2, 7, 8, 14, 20, 23, 29. ⑤ 2, 9, 10, 15, 20, 30. ⑦ 4, 8, 11. ⑧ 2. ⑨ 13, 15, 20, 22. ⑩ 11, 14, 15, 19, 20. ⑪ 18. ⑫ 3, 18, 23, 25. **1934** ① 7. ② 4, 19, 20, 22. ③ 7, 11, 22, 29. ④ 2, 3, 7, 8, 14, 15, 20, 21, 24, 25, 27, 29. ⑤ 1, 4, 5, 18, 22, 25, 31. ⑥ 2, 8, 11, 14, 15, 16, 23, 30. ⑦ 4, 13, 16, 30. ⑧ 7, 14, 16, 24. ⑨ 9, 15, 16, 17, 21, 22, 27, 28. ⑩ 3, 4, 6, 7, 10, 11, 14, 16, 22, 28. ⑪ 6, 8, 14, 20. ⑫ 19, 30, 31. **1935** ① 2, 10, 11, 28, 29, 30. ② 1, 16, 25, 28. ③ 5, 11, 12, 18, 19, 21, 23, 25, 27, 29, 31. ④ 2, 4, 8, 9, 11, 20, 21, 30. ⑤ 2, 4, 7, 11, 26, 28. ⑥ 16, 17, 26, 29. ⑦ 7, 15, 21. ⑧ 5, 6, 9, 14, 17, 19, 25, 28. ⑨ 1, 8, 14, 15, 24, 27. ⑩ 1, 3, 10, 20, 21, 23, 25, 27. ⑪ 3, 10, 12, 13, 15, 20, 24, 26, 27. ⑫ 6, 11, 23, 29. **1936** ① 2, 4, 12, 13, 15, 19, 29. ② 4, 11, 12, 15, 19, 23, 25, 28. ③ 28. ④ 11, 13, 18, 26. ⑤ 7, 10. ⑦ 15, 16. ⑧ 1, 5, 7, 11, 14, 21, 29. ⑨ 27. ⑩ 1, 4, 6, 10, 11, 15.

쉬 군(許君) 확실치 않음. —1927 ① 30.

쉬너우셴(徐耨仙, 1881~1934) 저장(浙江) 사오싱(紹興) 출신. 천쯔잉(陳子英)과 한 마을에 살았으며, 당시 사오싱에서 소학교 교원으로 지냈다. —1915 ③ 24.

쉬더헝(許德珩, 1890~1990) 장시(江西) 주장(九江) 출신의 사회학자이며, 자는 추성(楚生) 이다. 일찍이 신해혁명과 5·4운동에 참여했으며, 황푸(黃埔)군관학교의 정치교관 을 지냈다. 1928년에 상하이 다루(大陸)대학 교수로 근무했으며, 루쉰에게 대학에서 강연해 줄 것을 요청했다. 이 대학이 당국에 의해 폐쇄된 후 자금을 모아 사회과학원을 설립했으며, 1930년 3월에 루쉰에게 편지를 보내 기부금을 받았다. ─ 1928 ⑪ 5.
1930 ③ 20.

쉬둥핑(許東平, 1900~?) 광둥(廣東) 판위(番禺) 출신. 쉬광핑(許廣平)의 여동생이다. ─
1927 ⑧ 14.

쉬디신(許滌新, 1906~1988) 광둥(廣東) 제양(揭陽) 출신의 경제학자이며, 원명은 성원(聲
聞)이다. 1927년 당시 광저우(廣州) 중산(中山)대학 문과에 재학 중이었다. 루쉰의
강의 교과목을 선택과목으로 수강했으며, 자주 루쉰을 찾아와 가르침을 청했다. ─
1927 ② 21, 22.

쉬룬인(許命音, 1914~1935) 저장(浙江) 더칭(德淸) 출신이며, 원명은 차이쓰청(蔡思誠)이
다. 베이핑사범대학교 학생이며, 핑진(平津)목각연구회 회원이다. 제1차 전국목각연
합전람회의 기획에 참여했다. ─ 1934 ⑪ 20.

쉬마오융(徐懋庸, 1911~1977) 저장(浙江) 상위(上虞) 출신의 작가이며, 원명은 마오룽
(茂榮), 일명 위양링(余楊靈) 혹은 위즈리(余致力)로도 불린다. 좌익작가연맹 성원으
로 활동했다. 1933년에 『톨스토이전』의 번역으로 인해 루쉰과 서신을 주고받았다.
1934년에 『신어림』(新語林) 반월간을 편집했으며, 1935년에는 차오쥐런(曹聚仁)과
함께 『망종』(芒種) 반월간을 펴내면서 루쉰과 자주 연락했다. 루쉰은 그의 『타잡집』
(打雜集)을 위해 서문을 썼다. 후에 좌익작가연맹의 행정서기를 지냈다. ─ 1933 ⑪
15, 18, 19. ⑫ 20. 1934 ⑤ 22, 26, 28, 31. ⑥ 8, 9, 11, 12, 21, 24, 28. ⑦ 9, 13, 14, 15,
17, 23, 27. ⑧ 3, 8. ⑨ 19, 20, 25. ⑩ 16, 17, 18, 22, 31. ⑪ 1, 4, 7, 12, 16, 17. 1935 ①
17, 29. ③ 8. ③ 12, 13, 21, 26, 29, 31. ④ 1, 7, 19, 20. ⑦ 13, 16, 19, 29. ⑧ 31. ⑨ 3, 6, 7,
8, 11. ⑩ 13, 17, 19, 22, 29. ⑪ 4, 18, 22. ⑫ 3, 7, 13, 15. 1936 ① 4, 7, 10, 23. ② 7, 16,
18, 21. ③ 17. ⑤ 2, 5. ⑥ 3. ⑧ 2, 5. ⑩ 2.

쉬밍보(許銘伯, 1866~1921) 저장(浙江) 사오싱(紹興) 출신이며, 이름은 서우창(壽昌), 자
는 밍보이다. 쉬서우창(許壽裳)의 맏형이다. 재정부 첨사, 염무서(鹽務署) 회판(會辦)
등을 지냈다. ─ 1912 ⑤ 5. ⑥ 1, 2, 13, 19, 23. ⑦ 14. ⑧ 19. ⑨ 4, 19, 25. ⑩ 2, 10, 19,
22. ⑪ 9, 17. ⑫ 22, 30, 31. 1913 ① 3. ⑥ 7. ⑩ 22. ⑫ 3, 6, 8, 11, 12, 13, 14, 15. 1914
⑤ 5. 1915 ⑥ 16, 19, 26. ⑦ 4, 13, 15, 21. ⑨ 12, 23. ⑩ 31. ⑪ 2. ⑫ 12, 25. 1916 ① 8,
23. ② 5, 20, 26. ③ 19, 26. ④ 16, 30. ⑤ 10, 17, 20, 29. ⑥ 8, 21, 22. ⑦ 7, 8, 21. ⑧ 18,
24. ⑨ 10, 12, 13, 21. ⑩ 10, 24. ⑪ 1, 4, 18. ⑫ 1, 2. 1917 ① 9, 11. ③ 1, 31. ④ 8, 9, 15.
⑤ 6, 8. ⑦ 1, 4, 5, 13. ⑧ 5. ⑨ 9, 23, 24, 30. ⑩ 1, 7, 19, 21. ⑪ 11, 12. ⑫ 13, 22. 1918
① 1. ② 9, 10, 12, 23. ③ 3, 17. ④ 8, 20, 28. ⑤ 2, 13, 18, 26, 28, 30. ⑥ 1, 8, 12, 16, 23.
⑦ 7, 21, 22, 31. ⑧ 4, 8, 18, 21, 25, 28, 31. ⑨ 4, 9, 12, 13, 16, 19, 21. ⑩ 1, 20, 27. ⑪

10, 12, 14, 28. ⑫ 2, 15, 17, 23, 29, 31. 1919 ① 2, 9, 15, 19, 23, 31. ② 2, 23, 28. ③ 1, 4, 11, 15, 23, 29. ④ 4, 6, 18, 24, 25, 27. ⑤ 7, 9, 11, 16, 17, 25. ⑥ 1, 2, 12. ⑦ 3, 13, 17. ⑧ 17. ⑨ 14. ⑩ 8, 20. ⑪ 16, 20. ⑫ 30. 1920 ① 3, 9. ② 4, 5, 18, 20. ④ 15, 16. ⑧ 7. 1921 ⑦ 2. ⑧ 14.

쉬밍훙(徐名鴻, 1897~1934) 광둥(廣東) 펑순(豊順) 출신이며, 자는 즈롼(只鸞)이다. 베이징 고등사범학교 국문계의 조교를 지냈다. ─ 1924 ③ 7.

쉬바오쳰(徐寶謙, 1892~1944) 저장(浙江) 상위(上虞) 출신이며, 자는 류지(六吉)이다. 저 장 제5중학에 재학 중이었으며, 당시 베이징기독교청년회 간사를 지내고 있었다. ─ 1918 ⑩ 16.

쉬바이(徐白) ─ 바이망(白莽) 참조.

쉬바이옌(許拜言, 1902~1994) 저장(浙江) 사오싱(紹興) 출신이며, 이름은 짠위(贊禹), 자는 바이옌이다. 쉬친원(許欽文)의 막내동생이다. 당시 항저우(杭州)에서 소학교 교원으 로 지내고 있었다. 1933년에 쉬친원이 투옥된 후에 루쉰에게 편지를 보내 구명을 청 했다. ─ 1933 ⑩ 4, 10, 22. ⑫ 20. 1934 ① 18.

쉬반허우(徐班侯, 1845~1917) 저장(浙江) 융자(永嘉) 출신이며, 자는 딩차오(定超)이다. 신 해혁명 이후 원저우(溫州) 군정분부(軍政分府) 도독을 지냈다. 1916년 당시에 교육부 에 근무했다. ─ 1916 ⑩ 23.

쉬베이훙(徐悲鴻, 1895~1953) 장쑤(江蘇) 이싱(宜興) 출신의 화가이다. 1918년 당시 베이 징대학 화법(畵法)연구회 지도교수를 지냈다. ─ 1918 ⑫ 22.

쉬보신(徐伯訢) ─ 쉬보신(徐伯昕) 참조.

쉬보신(徐伯昕, 1905~1984) 장쑤(江蘇) 우진(武進) 출신의 출판가이며, 이름은 량(亮), 자 는 보신이다. 일기에는 쉬보신(徐伯訢)으로도 기록되어 있다. 상하이 생활서점(生活 書店)의 사장을 지냈다. ─ 1936 ⑦ 11, 15.

쉬보친(許伯琴, 1886~1958) 저장(浙江) 사오싱(紹興) 출신이며, 이름은 원푸(文溥), 자는 보친이다. 항저우(杭州) 저장양급사범학당을 졸업하고, 1911년에 산콰이(山會)초급 사범학당 교원으로 근무했다. ─ 1918 ① 7.

쉬빈루(徐彬如, 1901~1990) 장쑤(江蘇) 샤오현(蕭縣, 지금은 안후이安徽에 속함) 출신이며, 원명은 원야(文雅)이다. 광저우(廣州) 중산(中山)대학 법과를 다녔으며, 중국공산당 중산대학 총지부 서기를 지냈다. 중국공산당 광둥구(廣東區) 구위원회의 지시를 받 아 비레이(畢磊), 천푸궈(陳輔國) 등과 함께 루쉰과 연락했다. ─ 1927 ① 24, 31. ② 9.

쉬사오메이(徐少眉) 저장(浙江) 사오싱(紹興) 출신. 광저우(廣州) 상우인서관(商務印書館) 의 사장을 지냈다. ─ 1927 ③ 16.

쉬샤오멍(徐小夢) — 쉬차오(徐翹) 참조.

쉬샤춘(徐霞村, 1907~1986) 후베이(湖北) 양신(陽新) 출신의 프랑스문학 연구자이며, 이름은 위안두(元度), 자는 샤춘이다. 당시 『용로』(熔爐) 잡지의 편집을 맡았으며, 자오징선(趙景深)을 따라 루쉰의 거처에 가서 원고를 청탁했다. — 1928 ⑦ 2, 4.

쉬서우창(許壽裳, 1883~1948) 저장(浙江) 사오싱(紹興) 출신의 교육가이며, 자는 지푸(季茀 혹은 季巿), 호는 상쑤이(上遂)이다. 일기에는 지푸(季市), 쉬 선생(許先生)으로도 기록되어 있다. 루쉰이 일본에서 유학할 때 도쿄 고분학원(弘文學院)의 학우이다. 1909년에 귀국하여 항저우(杭州) 저장양급사범학당 교무장을 지냈으며, 루쉰을 이 학당으로 초빙했다. 민국 수립 이후 차이위안페이(蔡元培)에게 루쉰을 추천하여 교육부에 들어오도록 하였다. 교육부가 베이징으로 이전한 후 첨사, 과장, 참사 등을 역임했다. 1917년에 장시성(江西省) 교육청 청장을 지냈다가 1920년 겨울에 교육부로 복귀했다. 1922년부터 1924년에 걸쳐 베이징여자고등사범학교 교장을 지냈다. 1925년 8월에 루쉰이 장스자오(章士釗)에게 불법적으로 면직되자, 이에 불만을 품고서 사직했다. 1927년에 루쉰의 추천을 받아 중산(中山)대학 교수로 임용되었다가, 4·15사변 이후 함께 사직했다. 후에 대학원의 참사와 비서장, 중앙연구원 문서처 주임, 베이핑여자문리학원 원장 등을 역임했다. 1936년 루쉰이 죽은 후, 1946년 타이완으로 건너가 타이완대학 중문과 주임 및 편역관 관장을 역임했다. 학술적으로 루쉰을 대대적으로 선전해 국민당 우파의 미움을 샀다. 1948년 2월 18일 피살당했다. 1912년 5월부터 루쉰이 죽은 1936년 10월까지의 루쉰 일기에 900여 차례 등장하고 루쉰이 그에게 보낸 편지는 69통에 달한다(『魯迅作品辭典』, 河南敎育出版社). 루쉰을 회고하는 많은 책과 글, 연표 등을 썼다. 대표적인 것으로 『망우 루쉰 인상기』(亡友魯迅印象記), 『내가 아는 루쉰』(我所認識的魯迅) 등이 있다. — 1912 ⑤ 12, 13, 17, 18, 19, 26, 31. ⑥ 1, 2, 13, 19, 23. ⑦ 3, 6, 10, 14, 17, 19, 20, 22, 27, 28, 30. ⑧ 1, 2, 9, 10, 14, 16, 22, 28, 31. ⑨ 1, 3, 4, 6, 7, 8, 11, 13, 19, 21, 25, 27. ⑩ 2, 6, 10, 19, 22, 25, 26. ⑪ 6, 9, 21, 24. ⑫ 22, 27, 28, 31. 1913 ① 1, 2, 5, 19, 28, 29. ② 3, 5, 8, 10, 27. ③ 1, 4, 6, 9, 16, 18, 24, 26, 27. ④ 8, 25, 28. ⑤ 4, 5, 18. ⑥ 16. ⑧ 8, 11, 12, 18, 30. ⑨ 21, 26, 27, 28. ⑩ 4, 7, 22, 27, 31. ⑪ 3, 8, 9, 14, 17, 19, 21, 22, 27, 29. ⑫ 2, 3, 6, 11, 13, 14, 15, 19, 22, 24, 27, 28, 30, 31. 1914 ① 1, 12, 16, 17, 20, 21, 28, 31. ② 1, 2, 3, 4, 5, 6, 9, 10, 21, 25, 27. ③ 11, 13, 28, 30. ④ 4, 5, 8, 9, 17, 23. ⑤ 1, 5, 8, 13, 15, 16, 20, 26, 29, 30. ⑥ 1, 3, 4, 9, 10, 20, 21, 22. ⑦ 3, 21, 26, 27, 28, 31. ⑧ 7, 11, 19, 22, 25, 26, 30. ⑨ 6, 17, 23. ⑩ 1, 4, 18, 24, 25. ⑪ 2, 10, 25. ⑫ 1, 4, 12, 13, 15, 19, 23, 24, 30, 31. 1915 ① 1, 11, 26, 31. ② 1, 4, 5, 11, 14, 15, 23, 25. ③ 1, 14, 21, 26. ④ 29. ⑤ 9, 10, 11, 18, 21, 29, 30. ⑥ 4, 6,

9, 17, 19, 20. ⑦ 4, 13, 18, 19, 24, 28. ⑧ 7, 26. ⑨ 2, 18, 23, 27, 30. ⑩ 13, 28, 31. ⑪ 2, 16, 29. ⑫ 6, 19, 31. 1916 ① 23, 26. ② 4, 5, 19, 20, 26. ③ 13, 15. ④ 1, 12, 14, 23, 30. ⑤ 11. ⑥ 5. ⑦ 2, 9, 19, 20, 31. ⑨ 4, 21, 26. ⑩ 8, 10, 18. ⑪ 4, 16, 21, 29. ⑫ 2, 9, 20, 30. 1917 ① 8, 12, 21, 22. ② 4, 6. ③ 7, 20, 25, 31. ④ 19, 22. ⑤ 12, 14, 16, 19, 21, 24, 26, 28. ⑥ 4, 17, 24. ⑦ 1, 13. ⑨ 9, 10, 11, 13, 16, 18, 21, 23, 26, 29, 30. ⑩ 5, 6, 7, 12, 16, 18, 20, 26, 31. ⑫ 24. 1918 ① 2, 5, 23. ② 27. ③ 11. ④ 1, 11, 19, 20. ⑤ 6, 13, 29. ⑥ 17, 19. ⑦ 31. ⑧ 5, 21. ⑨ 25. ⑩ 30. ⑫ 24. 1919 ① 4, 16. ② 4, 10. ③ 13. ⑤ 12. ⑧ 7. ⑨ 18. ⑪ 16. 1920 ② 3. ④ 8. ⑫ 24, 26. 1921 ① 6. ④ 1. ⑦ 10, 19. ⑧ 6, 26. ⑨ 30. ⑪ 5, 28. ⑫ 16. 1922 ① 14, 27. ③ 6, 17. ⑦ 16, 28, 31. ⑧ 10, 29. ⑨ 21. ⑩ 5, 30. ⑪ 15, 17, 18, 20, 22, 29, ⑫ 6, 7, 19, 21. 1923 ① 5. ③ 28. ④ 19. ⑤ 24. ⑥ 6. ⑦ 31. ⑧ 14, 16, 24. ⑨ 26. ⑩ 8, 9. ⑫ 1, 11, 12, 22, 24, 26. 1924 ② 14. ③ 3. ④ 9, 19. ⑤ 6, 19, 26. ⑥ 21. ⑦ 1, 4, 5, 24. ⑧ 15, 25. ⑩ 3, 25, 28, 30. ⑪ 20. ⑫ 8, 21. 1925 ① 16. ③ 9, 12, 19, 28. ⑤ 11, 30, 31. ⑥ 4, 17, 24. ⑦ 11, 22. ⑧ 1, 5, 7, 14, 15, 17, 18, 19, 20, 21, 22, 23, 24, 25, 26, 28, 29, 31. ⑨ 1, 4, 8, 9, 11, 15, 17, 18, 22, 25, 27, 28, 29. ⑩ 4, 5, 8, 9, 12, 17, 19, 20, 24, 26, 27, 29, 30, 31. ⑪ 7, 11, 13, 16, 21, 28, 29, 30. ⑫ 2, 4, 5, 8, 9, 16, 20, 24, 27, 29. 1926 ① 3, 6, 7, 9, 10, 12, 14, 15, 16, 20, 24, 30. ② 2, 4, 5, 7, 9, 14, 24, 26. ③ 3, 7, 9, 15, 16, 21, 22, 24, 25, 26, 27. ④ 1, 2, 3, 5, 7, 8, 10, 11, 12, 15, 26. ⑤ 4, 7, 10, 12, 13, 21, 28. ⑥ 4, 7, 13, 18, 19, 21, 25, 30. ⑦ 7, 10, 12. ⑧ 1, 7, 11, 13, 16, 19, 21, 24, 26, 28. ⑨ 8, 29. ⑩ 4, 19. ⑪ 5. ⑫ 28, 30. 1927 ① 11, 12, 28, 30, 31. ② 1, 14, 17, 20, 21, 22, 23, 26, 27. ③ 2, 5, 6, 7, 11, 13, 16, 18, 20, 21, 26. ④ 1, 19, 22, 24. ⑤ 3, 5. ⑥ 5, 9, 23. ⑦ 16, 19, ⑩ 5, 8, 12, 17, 18, 21, 22, 24. ⑪ 11, 14. ⑫ 16, 22, 29, 30. 1928 ① 6, 15. ② 4, 17, 29. ③ 11, 14, 20, 23, 25, 27. ④ 7, 10. ⑤ 4, 10, 18. ⑥ 2, 3, 4, 23. ⑦ 7, 9, 23. ⑧ 24. ⑨ 10, 29. ⑩ 3, 22. ⑪ 2, 5. ⑫ 16, 17, 25. 1929 ① 9, 18. ② 7, 19, 25. ③ 1, 5, 6, 23, 24, 27. ④ 9. ⑤ 1, 3, 7. ⑥ 13, 21, 23, 30. ⑦ 10, 12, 31. ⑧ 26. ⑨ 1, 3. ⑩ 5, 14, 20, 23, 28. ⑫ 2. 1930 ① 10, 11, 20. ② 11, 12, 16. ③ 8, 16. ④ 9, 17. ⑤ 1, 29. ⑥ 1. ⑦ 8, 12, 13, 16, 30. ⑧ 8. ⑨ 16, 19. ⑩ 14. ⑫ 6, 30. 1931 ① 21. ③ 4. ⑤ 23, 27. ⑧ 24. ⑩ 6. 1932 ① 11. ② 22. ③ 1, 2, 13, 15, 22. ④ 11. ⑤ 15, 30. ⑥ 8, 13, 18, 26, 29. ⑦ 27. ⑧ 1, 2, 4, 11, 13, 17, 18, 20. ⑨ 19, 21, 28. ⑩ 25. ⑪ 3, 26. ⑫ 2, 3, 31. 1933 ① 9, 20, 25, 26. ② 3. ③ 1, 3, 9, 31. ④ 15, 16, 20. ⑤ 3, 9, 10, 17, 27. ⑥ 19, 20. ⑦ 2, 30, 31. ⑧ 19, 20, 27. ⑨ 19, 27. ⑩ 25, 26. ⑪ 7, 14. ⑫ 29. 1934 ② 9. ③ 29. ④ 1, 9, 26. ⑤ 3, 9, 21, 22, 23, 29. ⑥ 1, 5, 14, 24, 29. ⑦ 5, 31. ⑧ 7. ⑩ 23, 27. ⑪ 3, 19, 27. ⑫ 9, 27. 1935 ① 9, 13. ② 1. ③ 23. ④ 2. ⑤ 20, 26, 27. ⑦ 2, 6, 7, 8, 20. ⑨ 2. ⑫ 2, 5. 1936 ④ 4, 6, 23, 24.

⑤ 10, 29, 31. ⑦ 1, 4, 17, 20, 27. ⑨ 26. ⑩ 16, 17.

쉬서우창(許壽裳)의 아내 — 선츠후이(沈慈暉) 참조.

쉬서우창(許壽裳)의 아내 — 타오보친(陶伯勤) 참조.

쉬선(許深) 확실치 않음. — 1936 ⑨ 2, 4.

쉬 선생(許先生) — 쉬서우창(許壽裳) 참조.

쉬성(旭生) — 쉬쉬성(徐旭生) 참조.

쉬성원(許聲聞) — 쉬디신(許滌新) 참조.

쉬성웨이(許省微, 1899~1967) 저장(浙江) 사오싱(紹興) 출신이며, 이름은 사오순(紹舜), 자는 신웨이(心微) 혹은 성웨이이다. 일기에는 싱웨이(星微)로도 기록되어 있다. 쉬친원(許欽文)의 둘째동생이며, 장사에 종사했다. — 1928 ⑦ 15. 1932 ⑨ 3, 5. 1934 ④ 21.

쉬성타오(徐聲濤) 확실치 않음. — 1930 ③ 13.

쉬셴멍(許羨蒙, 1907~1929) 저장(浙江) 사오싱(紹興) 출신. 쉬친원(許欽文)의 다섯째여동생이다. 1928년에 후저우(湖州) 시골에서 소학교 교원으로 근무했다. — 1928 ⑤ 18. ⑥ 23. ⑧ 3. ⑩ 19. ⑫ 21. 1929 ① 18. ② 16. ③ 23.

쉬셴쑤(許羨蘇, 1901~1986) 저장(浙江) 사오싱(紹興) 출신이며, 자는 수칭(淑卿)이다. 일기에는 쉬쉬안쑤(許璇蘇), 쉬양(許小姐)으로도 기록되어 있다. 쉬친원(許欽文)의 넷째여동생이며, 저우젠런(周建人)이 사오싱여자사범학교에서 교편을 잡았을 때의 학생이다. 1924년에 베이징여자고등사범학교 수리학과를 졸업했다. 1926년 여름에 루쉰이 베이징을 떠난 후, 그녀는 오랫동안 쿠쉰의 베이징 집에 거주했으며, 1930년 봄 다밍(大名)의 허베이(河北)제5여자사범에서 교편을 잡을 때까지 루쉰 어머니의 살림을 도왔다. 1931년 저장의 샤오산(蕭山), 항저우(杭州)로 가서 교편을 잡았다. 1932년 초에 상하이에 잠시 머물렀으며, 같은 해 4월에 청두(成都)로 갔다. — 1921 ⑩ 1, 5, 8. ⑫ 7, 8. 1923 ⑧ 3, 23. 1924 ① 8. ⑥ 8. ⑨ 27. 1925 ① 1, 25. ③ 8, 15. ⑦ 6, 21, 28. 1926 ③ 29. ④ 16, 18, 20, 21, 22. ⑥ 20. ⑧ 21, 26, 27, 28, 29. ⑨ 1, 4, 5, 8, 12, 18, 23, 24, 27. ⑩ 2, 4, 6, 18, 19, 20, 21, 26, 28. ⑪ 5, 10, 14, 21, 22, 25, 28, 29, 30. ⑫ 1, 7, 8, 9, 13, 19, 20, 28. 1927 ① 4, 5, 9, 14, 15, 18, 23, 28, 29. ② 9, 16, 17, 26. ③ 4, 12, 22, 27. ④ 13, 15, 28. ⑤ 2, 18, 19, 27, 30. ⑥ 3, 10, 20, 23, 29, 30. ⑦ 11, 20, 25, 31. ⑧ 10, 12, 21. ⑨ 2, 12, 23. ⑩ 5, 12, 14, 20, 21, 31. ⑪ 2, 4, 7, 9, 15, 17, 18, 19, 22. ⑫ 2, 3, 13, 16, 19, 29. 1928 ① 2, 3, 9, 10, 17, 29. ② 1, 2, 10, 15, 16, 25. ③ 8, 9, 17, 31. ④ 3, 20, 23. ⑤ 7, 18. ⑥ 2, 3, 6, 18, 20. ⑦ 3, 12, 23, 30. ⑧ 3, 27, 28. ⑨ 20. ⑩ 1, 19, 22, 31. ⑪ 22, 29. ⑫ 21, 27, 31. 1929 ① 7, 18, 22. ② 16, 21, 26. ③ 6, 21, 23, 27. ④ 4, 29. ⑤ 3,

7, 15. ⑥ 3, 5, 11, 13, 16, 24, 25. ⑦ 10, 11, 12, 13, 16, 20, 22, 23, 24, 30, 31. ⑧ 15, 17, 26. ⑨ 7, 9, 24, 25, 27. ⑩ 6, 9, 23, 24, 26, 28. ⑪ 10, 14, 16, 25, 27. ⑫ 2, 12, 13, 25. 1930 ① 7, 15, 17, 20, 30. ② 1, 3, 8, 14, 17. ③ 1, 2, 18. ④ 9. ⑦ 19, 23, 24. ⑧ 6, 15. ⑫ 7, 26. 1932 ① 21. ③ 13. 1933 ⑨ 23. ⑩ 22.

쉬수펑(許叔封) 루쉰은 웨이푸몐(魏福綿)의 부탁을 받아 현(縣)의 지사(知事)에 응시하는 그의 보증을 섰다. ― 1914 ① 31.

쉬수허(許叔和, 1896~1942) 광둥(廣東) 판위(番禺) 출신. 쉬광핑의 셋째 오빠이다. ― 1929 ⑪ 5, 26. 1930 ⑥ 5. 1932 ⑩ 17.

쉬수허(許叔和)의 아내 ― 중쥐안루(鍾娟如) 참조.

쉬수허(許叔和)의 아이 ― 쉬시천(許錫綝) 참조.

쉬쉬(徐訏, 1908~1980) 저장(浙江) 츠시(慈溪) 출신의 작가이며, 원명은 보쉬(伯訏), 필명은 쉬위(徐于), 둥팡지바이(東方旣白)이다. 소품문 반월간 『인간세』(人間世)의 편집자를 지냈으며, 루쉰에게 자주 원고를 청탁했다. ― 1934 ④ 17, 18, 20, 23. ⑤ 25. ⑥ 6. ⑫ 14, 16, 17. 1935 ① 23. ③ 21, 22, 28. ⑪ 29. ⑫ 3, 5, 7, 8. 1936 ① 4. ④ 11.

쉬쉬성(徐旭生, 1888~1976) 허난(河南) 탕허(唐河) 출신이며, 이름은 빙창(炳昶), 자는 쉬성(旭生 혹은 虛生)이다. 1925년부터 1926년에 걸쳐 베이징대학 철학계 교수, 베이징여자사범대학 강사, 『맹진』(猛進) 주간의 편집자를 겸임했다. 1927년 5월부터 1928년 말에 걸쳐 시베이(西北)과학시찰단 단장을 지냈으며, 베이징으로 돌아온 후 『쉬쉬성의 서양유람일기』(徐旭生西游日記)를 저술했다. 1929년에는 베이핑대학 제2사범학원 원장을 지냈으며, 1931년에는 베이핑사범대학 교장을 지냈다. ― 1925 ③ 12, 30. ⑦ 13. ⑨ 15. ⑪ 9. ⑫ 14. 1926 ① 21, 22. ② 8, 10. ⑤ 7. ⑧ 13. 1929 ② 6. ③ 16. ⑤ 20, 27. ⑥ 1. 1931 ③ 4.

쉬쉬안쑤(許琁蘇) ― 쉬센쑤(許羨蘇) 참조.

쉬스관(許世瑄, 1912~1966) 저장(浙江) 사오싱(紹興) 출신. 쉬서우창(許壽裳)의 큰딸이다. ― 1935 ⑦ 7.

쉬스몐(許世瑃, 1920~?) 저장(浙江) 사오싱(紹興) 출신이며, 쉬서우창(許壽裳)의 넷째 딸이다. 1935년에 난징(南京)의 진링(金陵)여중에 재학 중이었다. ― 1935 ⑦ 8.

쉬스링(許詩苓, 1886~1959) 저장(浙江) 사오싱(紹興) 출신이며, 이름은 스린(世琳), 자는 스링이다. 쉬밍보(許銘伯)의 큰아들이다. 1912년부터 1919년에 걸쳐 한커우(漢口)의 중국은행에 근무했다. ― 1912 ⑩ 10, 12. 1913 ⑫ 14. 1914 ② 10. 1919 ③ 30.

쉬스쉰(許詩荀, 1900~1930) 저장(浙江) 사오싱(紹興) 출신이며, 이름은 스쉰(世珣), 자는 스쉰(詩荀)이다. 쉬밍보(許銘伯)의 셋째아들이다. 1922년에 베이징대학 화학과를 졸업했다. 후에 베이양(北洋)정부 실업부에서 근무했다. ― 1918 ⑫ 29. 1919 ⑥ 6, 12. ⑧ 17. 1920 ③ 23. ⑥ 6, 18. 1924 ③ 18. 1925 ③ 22. 1927 ⑫ 27. 1928 ③ 11. ⑦ 9.

쉬스양(許世瑒, 1924~?) 저장(浙江) 사오싱(紹興) 출신이며, 쉬서우창(許壽裳)의 다섯째 딸이다. 1934년 당시에 상하이에서 수학 중이었으며, 갑상선 기능항진증으로 인해 쉬서우창은 루쉰에게 편지를 보내 진찰할 의사를 소개해 달라고 부탁했다. ― 1934 ⑩ 23. ⑪ 26, 28, 30.

쉬스잉(許世英, 1910~1972) 저장(浙江) 사오싱(紹興) 출신이며, 자는 스잉(詩英)이다. 일기에는 스잉(世英)으로도 기록되어 있다. 쉬서우창(許壽裳)의 큰아들이다. 루쉰은 그에게 글을 가르쳐 준 일이 있다. 1930년에 칭화(淸華)대학 국문과에 진학했을 때, 읽어야 할 도서목록을 열거해 주었다. 1936년에 칭화대학연구원을 졸업했다. ― 1914 ② 5. 1915 ⑩ 31. 1916 ② 20. ⑩ 10. 1918 ① 1. ⑤ 13. 1924 ⑥ 21. 1926 ⑧ 21. 1930 ⑦ 13. 1932 ⑪ 27, 28. 1935 ⑦ 6.

쉬스좡(徐式莊, 1898~1942) 푸젠(福建) 핑난(屛南) 출신. 당시 허베이(河北)의 카이란(開灤)탄광에서 근무했다. 루쉰에게 편지를 보내 『하루의 일』(一天的工作) 중 몇 가지 명사의 번역방법에 대해 의견을 나누었다. ― 1934 ④ 10.

쉬스진(許世瑾) ― 쉬스친(許詩芹) 참조.

쉬스진(許世菫) ― 쉬스친(許詩芹) 참조.

쉬스진(許詩蕽) ― 쉬스친(許詩芹) 참조.

쉬스취안(徐詩荃, 1909~2000) 후난(湖南) 창사(長沙) 출신의 작가이자 번역가. 원명은 후(琥), 족보의 이름은 스취안, 일명 판청(梵澄), 사는 시하이(季海), 별명은 펑야오(馮珧), 판커(梵可) 등이다. 1928년 상반기에 상하이 푸단(復旦)대학에 재학 중이었다. 루쉰이 장완(江灣)의 푸단실험중학에서 했던 강연을 기록하고 『위쓰』(語絲)에 투고하는 일 등으로 루쉰과 편지를 주고받으며 만났다. 1929년에 독일에 유학하였으며, 루쉰은 그에게 서적과 잡지, 목각작품 등의 구입을 부탁했다. 1932년 8월에 귀국했다. 루쉰은 그가 번역한 『니체자전』을 교열했으며, 그의 원고를 베껴 쓰도록 남에게 부탁하여 이를 출판사에서 출판되도록 여러 차례 추천하였다. ― 1928 ⑤ 16, 30. ⑥ 5, 13, 20, 22, 26. ⑦ 17. ⑧ 10, 29, 30, 31. ⑨ 3, 6. ⑩ 16, 21. ⑫ 19. 1929 ② 4, 6, 7. ③ 31. ⑦ 28. ⑧ 9, 20. ⑨ 13. ⑩ 25. ⑪ 16, 30. ⑫ 14, 29. 1930 ① 6, 7, 9, 12, 13, 15, 21, 24. ② 12, 15, 17, 21, 26, 27, 28. ③ 7, 8, 11, 14, 17, 26. ④ 2, 12, 16, 17, 21, 29, 30. ⑤ 3, 8, 10, 13, 16, 19, 21, 24, 25, 28, 31. ⑥ 4, 10, 11, 18, 20, 22, 23, 30. ⑦ 10, 11, 15, 19, 21, 26, 27, 30. ⑧ 1, 4, 5, 6, 8, 18, 20. ⑨ 1, 3, 5, 12, 14, 23. ⑩ 5, 7, 9, 11, 13, 14, 15, 19, 27, 30, 31. ⑪ 1, 5, 8, 10, 11, 13, 14, 15, 21, 25. ⑫ 5, 9. 1931 ① 6, 9, 14, 19, 26,

28, 30. ② 13, 19, 21. ③ 11, 26, 28. ④ 2, 20. ⑤ 2, 4, 7, 19, 26. ⑥ 9, 12, 23, 24, 27. ⑦ 6, 22, 27, 30, 31. ⑧ 22. ⑨ 2, 22. ⑪ 4, 10, 12, 17. ⑫ 2, 17, 21, 28, 29, 30. 1932 ① 12. ② 21. ③ 10, 22. ④ 23, 24. ⑤ 12, 15. ⑥ 6, 21. ⑦ 5, 6. ⑧ 30. ⑨ 6, 8. ⑩ 4, 6, 8, 14. ⑫ 5, 6. 1933 ① 5, 7, 9, 18, 20, 27. ② 9. ③ 28. ⑥ 10, 14, 30. ⑦ 7, 14, 20, 25, 28. ⑧ 11. ⑪ 9, 17, 30. ⑫ 10, 11, 12, 16, 17, 21, 24. 1934 ① 1, 7, 8, 14, 17, 18, 19, 23, 25, 28. ② 1, 7, 10, 12, 15, 16, 17, 21. ③ 4, 5, 8, 11, 13, 20, 23, 26. ④ 1, 2, 4, 14, 16, 17, 18, 20, 22, 23, 24, 27, 30. ⑤ 4, 6, 8, 9, 11, 12, 16, 20, 22, 26. ⑥ 3, 6, 10, 12, 13, 14, 15, 16, 20, 21, 23, 24, 25. ⑦ 4, 8, 16, 19, 20, 22, 23, 29. ⑧ 5, 9, 15, 19, 24, 25, 26, 29, 30. ⑨ 1, 2, 5, 8, 10, 14, 15, 19, 22. ⑩ 3, 17, 19, 22, 27. ⑪ 4, 8, 9, 12, 19, 21. ⑫ 1, 3, 7, 12. 1935 ① 3, 20, 30. ② 1, 28. ③ 12, 22. ④ 15. ⑤ 25. ⑥ 1, 18. ⑦ 13. ⑧ 7, 17, 20. ⑨ 11, 13. ⑪ 1, 14. ⑫ 3, 6. 1936 ① 29. ④ 8. ⑦ 2.

쉬스취안(許詩荃, 1895~1969) 저장(浙江) 사오싱(紹興) 출신이며, 이름은 스쉬안(世璿), 자는 스취안이다. 쉬밍보(許銘伯)의 둘째아들이다. 1917년에 베이징대학 화학과를 졸업하고, 1923년에 베이징여자고등사범학교에서 교편을 잡았다. 1925년 말에 란저우(蘭州)에 가서 간쑤(甘肅)성정부의 비서, 주임비서 등을 역임했다. — 1912 ⑤ 12, 26. ⑥ 2. ⑧ 25. ⑩ 10. 1913 ① 19. ② 5. ⑤ 17. ⑥ 14. ⑩ 22. 1914 ③ 25. ⑤ 7. ⑥ 1, 9. ⑦ 10. ⑧ 13, 31. ⑪ 8. ⑫ 25. 1915 ⑥ 28. ⑦ 1. ⑩ 15, 31. ⑫ 26. 1916 ⑥ 17. ⑩ 10. 1917 ① 23. ④ 1, 22. ⑤ 8. ⑥ 24. ⑧ 26. ⑨ 23. ⑩ 14, 18. ⑫ 9. 1918 ① 1. ④ 9, 10, 11. ⑦ 14. ⑧ 6. ⑫ 29. 1919 ② 16. ③ 30. ⑦ 7, 22, 23. ⑧ 17, 31. 1920 ① 25. ② 20. 1923 ⑩ 13, 22. ⑫ 11, 21, 24, 26. 1924 ⑤ 23, 27. 1925 ③ 22. ⑤ 31. ⑧ 14, 26. ⑨ 5, 20. ⑪ 1. ⑫ 20. 1926 ① 26. ⑤ 31. ⑧ 5.

쉬스친(許詩芹, 1903~1988) 저장(浙江) 사오싱(紹興) 출신이며, 이름은 스진(世瑾), 자는 스친이다. 일기에는 쉬스진(許世董), 쉬스진(許詩藎), 스진(詩董)으로도 기록되어 있다. 쉬밍보(許銘伯)의 막내아들이다. 1919년 상반기에 경사(京師)제일중학에 재학했으며, 여름방학 후에 베이징의학전문학교에 입학하여 1923년에 졸업했다. 1926년 당시에는 베이징의과대학 조교로 근무했다. 1928년 3월부터 상하이시 위생국에 재직했다. — 1919 ④ 27. ⑦ 2. ⑩ 2. ⑪ 9, 16. 1926 ⑥ 19. 1928 ③ 11. ⑦ 9.

쉬시린(許希林, 1900~?) 장쑤(江蘇) 우현(吳縣) 출신. 미국의 듀퐁(Du Pont) 상하이지사의 직원이다. 쑨췬리(孫君立), 저우젠런(周建人)과 함께 징윈리(景雲里)에 거주하면서 요리사를 공동으로 청했는데, 루쉰과 쉬광핑(許廣平)이 징윈리로 갓 옮겨 왔을 때 잠시 함께 식사를 했다. — 1927 ⑩ 23. ⑪ 19.

쉬시위(許錫玉, 1918~?) 광둥(廣東) 판위(番禺) 출신. 쉬광핑(許廣平)의 둘째오빠의 아들이며, 광저우(廣州) 광야(廣雅)중학 학생이다. — 1933 ③ 28.

쉬시전(許席珍) 『분류』(奔流)에 실린 번역문의 용어에 대해 상이한 견해를 지녔기에 루쉰과 편지를 주고받았다. — 1933 ⑤ 24, 29, 30. ⑥ 16. ⑦ 28.

쉬시천(許錫綝, 1923~1953) 광둥(廣東) 판위(番禺) 출신. 쉬수허(許叔和)의 아들이다. — 1929 ⑪ 26.

쉬싱(徐行, 1903~1978) 장시(江西) 슈수이(修水) 출신의 번역활동가이며, 원명은 허푸(褐夫)이다. — 1934 ⑩ 4.

쉬썬위(徐森玉, 1881~1971) 저장(浙江) 우싱(吳興) 출신의 판본학자이자 문물감별가이다. 이름은 훙바오(鴻寶), 자는 썬위이다. 교육부 첨사와 경사(京師)도서관 주임을 겸임했다. — 1919 ⑨ 22.

쉬쓰다오(徐思道) 광저우(廣州) 중산(中山)대학 예과 갑부(甲部) 학생이다. — 1927 ⑦ 24.

쉬쓰단(徐思旦) 저장(浙江) 상위(上虞) 출신. 현(縣) 지사에 응시하고자 루쉰에게 보증을 서 달라고 부탁했다. — 1914 ②6.

쉬쓰이(徐思眙) — 쉬이(徐翼) 참조.

쉬쓰좡(徐思莊) 현(縣) 지사에 응시하고자 루쉰에게 보증을 서 달라고 부탁했다. — 1914 ④8.

쉬쓰취안(徐思荃) — 쉬스취안(徐詩荃) 참조.

쉬씨(徐氏) — 쉬마오융(徐懋庸) 참조.

쉬씨 할멈(許嫗) — 보모 쉬씨(許媽) 참조.

쉬(徐) 아무개 확실치 않음. — 1919 ⑨ 20.

쉬안보(玄伯) — 리쉬안보(李玄伯) 참조.

쉬안주(玄珠) — 선옌빙(沈雁冰) 참조.

쉬안찬화(禤參化, 1901~1928) 광둥(廣東) 싼수이(三水) 출신이며, 원명은 짠수(贊樞)이다. 샤먼(廈門)의 지메이(集美)중학에서 교편을 잡았으며, 루쉰과 같은 시기에 광저우(廣州)로 돌아가 중산(中山)대학부중 및 즈융(知用)중학 국어교사를 지냈다. 루쉰을 즈융중학 강연에 초청했다. — 1927 ③ 26. ⑥ 25. ⑦ 6, 8, 10. ⑧ 2, 9.

쉬안칭(璇卿) — 타오위안칭(陶元慶) 참조.

쉬안퉁(玄同) — 첸쉬안퉁(錢玄同) 참조.

쉬야오천(徐耀辰) — 쉬쭈정(徐祖正) 참조.

쉬 양(許小姐) — 쉬광핑(許廣平) 참조.

쉬 양(許小姐) — 쉬셴쑤(許羨蘇) 참조.

쉬완란(徐挽瀾) 확실치 않음. — 1928 ⑩ 19.

쉬원야(徐文雅) — 쉬빈루(徐彬如) 참조.

쉬웨이난(徐蔚南, 1900~1952) 장쑤(江蘇) 우장(吳江) 출신의 번역가이며, 원명은 위린(毓麟), 필명은 쩌런(澤人)이다. 상하이 세계서국의 편집자와 푸단(復旦)실험중학 교원을 겸임했다. — 1928 ⑫ 31.

쉬웨핑(許月平, 1916~2004) 광둥(廣東) 판위(番禺) 출신. 쉬광핑(許廣平)의 막내여동생이다. 루쉰을 도와 광저우(廣州) 베이신서옥(北新書屋)의 업무를 관리했다. — 1927 ②27. ③6, 21. ④24. ⑧2.

쉬웨화(許粵華, 1912~?) 저장(浙江) 하이옌(海鹽) 출신. 필명은 위톈(雨田)이며, 쉬톈훙(許天虹)의 여동생이다. 일기에는 허칭(河淸)의 아내로도 기록되어 있다. 1935년 여름에 일본으로 유학을 떠났다가 일 년 후에 귀국했다. — 1935 ⑦ 11. 1936 ③ 22. ④7, 24. ⑨2.

쉬위안(徐元, 1892~?) 저장(浙江) 상위(上虞) 출신이며, 자는 자더(嘉德)이다. 루쉰이 사오싱(紹興)부중학당에서 교편을 잡았을 때의 학생이다. 1914년에 베이징공업전문학교에 입학하였으며, 이때 루쉰이 보증을 서 주었다. 후에 베이징대학 전기기계과로 전학했다. 베이징에서 공부하는 기간에 루쉰에게서 자주 학비를 빌렸다. — 1914 ⑨9. 1915 ⑥6. ⑩ 17. ⑫ 28. 1916 ① 27. ② 27. ④ 5. ⑤ 10, 22, 29, 30. ⑨ 17. 1917 ① 14. ④8. ⑤ 24, 25. ⑥ 21, 28. ⑧ 2, 20. ⑨ 17. 1918 ②4.

쉬융캉(許永康) 쓰촨(四川) 출신이며, 이름은 쩌신(澤新), 자는 융캉이다. 류리칭(劉歷靑)의 벗이다. 법제국 첨사, 경사고등검찰청 검찰관 등을 역임했다. — 1914 ⑪ 22.

쉬이(徐翼) 장쑤(江蘇) 창수(常熟) 출신이며, 자는 쓰이(思眙)이다. 교육부의 사회교육사로 근무했다. — 1919 ⑦ 20. 1921 ⑩ 25. 1924 ⑧ 16. 1925 ⑧ 17. 1928 ⑩ 22. ⑫ 11.

쉬이싼(徐益三, 1875~1936) 저장(浙江) 상위(上虞) 출신이며, 이름은 후이팅(撝庭), 자는 이싼이다. 현(縣) 지사에 응시하고자 루쉰에게 보증을 서 달라고 부탁했다. — 1914 ④14.

쉬이쑨(徐以愻) — 쉬이쑨(徐以孫) 참조.

쉬이쑨(徐貽孫) — 쉬이쑨(徐以孫) 참조.

쉬이쑨(徐以孫, 1866~1919) 저장(浙江) 사오싱(紹興) 출신이며, 이름은 웨이쩌(維則), 자는 이쑨(以孫 혹은 以愻, 以愻)이다. 일기에는 이쑨(貽孫)으로도 기록되어 있다. 저장(浙江)의 금석탁본 수장가이자 금석목록학자이다. 베이징대학 국사편찬처에서 편찬을 맡았다. — 1918 ⑤ 18. ⑥ 1, 2, 3, 5, 12, 23, 26. ⑦ 5. ⑧ 14, 20, 22. 1919 ⑫ 20.

쉬이(徐翼)의 부인 — 1919 ⑦ 20.

쉬이징(許以傾) 안후이(安徽) 구이츠(貴池) 출신. 1924년에 베이징여자고등사범학교 국문과에 재학 중이었으며, 쉬광핑(許廣平)의 급우이다. —1924 ⑫ 7.

쉬제(許杰, 1901~1993) 저장(浙江) 톈타이(天台) 출신의 작가이며, 문학연구회 회원이다. 지난(暨南)대학 교수를 지냈다. 장징싼(蔣徑三)이 낙마하여 죽은 후에 루쉰에게 편지를 써서 기념문을 써 줄 것을 청했다. —1936 ⑨ 18.

쉬중난(許仲南, 1873~1939) 저장(浙江) 사오싱(紹興) 출신이며, 이름은 서우탕(壽棠), 자는 중난이다. 쉬서우창(許壽裳)의 둘째 형이다. 산둥(山東) 보산현(博山縣), 라이양현(萊陽縣)의 지사를 지냈다. —1914 ② 10. ⑩ 18, 24.

쉬중쑨(徐仲蓀, 1876~1943) 저장(浙江) 사오싱(紹興) 출신이며, 이름은 웨이(偉), 자는 중쑨이다. 서석린(徐錫麟)의 첫째동생으로서, 루쉰과 같은 시기에 일본에서 유학했다. 1915년 당시 상하이에서 양약방을 열었다. —1915 ⑨ 26.

쉬쥐셴(許菊仙) 저장(浙江) 사오싱(紹興) 출신. 쉬서우창(許壽裳)의 당질이며, 광저우(廣州)에서 장사를 했다. —1927 ⑥ 9.

쉬쥔푸(許俊甫) —쉬쥔푸(許駿夫) 참조.

쉬쥔푸(許駿甫) —쉬쥔푸(許駿夫) 참조.

쉬쥔푸(許駿夫, 1878~1965) 저장(浙江) 더칭(德淸) 출신이며, 이름은 빙쿤(炳堃), 자는 젠푸(緘甫), 호는 첸푸(潛夫)이다. 일기에는 쉬쥔푸(許俊甫), 쉬진푸(許駿甫), 쉬쥔푸(許駿夫)로도 기록되어 있다. 청말에 일본에서 유학했으며, 민국 초에 저장의 갑종(甲種)공업학교, 저장공업전문학교 등을 잇달아 창립했다. —1917 ⑪ 14. 1918 ① 28. ② 7, 8, 9. ③ 17. 1919 ⑥ 24. ⑧ 9, 25. 1920 ⑤ 4. ⑫ 18.

쉬지상(許季上, 1891·1950) 저장(浙江) 항저우(杭州) 출신이며, 이름은 단(丹), 자는 지상이다. 불교도로서 산스크리트어에 정통했다. 교육부의 주사와 시학(視學), 통속교육연구회 편심원(編審員)을 역임했다. 1914년에 루쉰이 찍어 낸 『백유경』(百喩經)은 그의 손을 거쳐 나왔다. 1917년 상반기에 베이징대학에서 강사를 겸하여 인도철학을 강의했다. 후에 카이롼(開灤)탄광에서 근무했으며, 난양(南洋)으로 파견되어 고찰하기도 했다. —1912 ⑪ 18, 20. ⑫ 2, 12, 14. 1913 ① 11. ② 2, 3, 27. ③ 23. ④ 4, 6, 7. ⑤ 28. ⑥ 11, 12. ⑧ 8, 12. ⑨ 21. ⑩ 10, 12, 18, 23. ⑪ 16, 20, 26. ⑫ 18. 1914 ① 2, 3, 4, 13, 15, 17, 20, 25, 30. ② 5, 6, 8, 22. ③ 3, 9, 22, 26, 27. ④ 10, 15, 24, 30. ⑤ 3, 9, 14, 23, 29, 30. ⑥ 14, 21. ⑦ 2, 4, 8, 19, 27, 29. ⑧ 9, 12, 19. ⑨ 7, 8, 11, 13, 14, 16, 17, 19, 23, 26. ⑩ 4. ⑪ 7, 13, 22. ⑫ 7, 8, 12, 20, 22, 31. 1915 ① 1, 11, 14, 26. ② 5, 7, 21. ③ 14, 20. ④ 3, 13, 17, 25. ⑤ 1, 3, 10, 16, 17, 18, 22. ⑥ 6, 13, 17, 19, 20, 27. ⑦ 4, 8, 9, 11, 15, 19, 23, 25, 30, 31. ⑧ 5, 7, 8, 15, 16, 23, 28. ⑨ 5, 7, 10, 14, 24, 27. ⑩ 2, 9, 15, 24, 26. ⑪ 4, 5, 15, 26. ⑫ 4, 17, 21. 1916 ① 1, 16. ② 5, 8, 9, 11, 14. ④ 22, 27. ⑤ 28. ⑥ 9,

15. ⑦3, 20, 21, 29. ⑧4, 13, 17, 20. ⑨2, 3, 16, 21, 24. ⑩11, 19. ⑪9, 14, 21. ⑫1, 2, 5, 9, 18, 26, 28, 29. 1917 ①8, 17, 22. ③25. ④7, 23, 29. ⑤13, 15. ⑥10, 23. ⑦4, 6, 15, 31. ⑧5. ⑨9, 20. ⑩12, 19, 24, 27, 31. ⑪1, 5, 7, 8, 11, 17, 22. ⑫1, 6, 14, 25, 29. 1918 ①8, 19, 26. ②1. ④14. ⑤21. ⑧31. ⑨14, 19. ⑩10. ⑪17, 29. 1919 ①31. ②2. ④27. ⑤11. ⑦8, 11, 17, 26. ⑧5, 9. ⑫13, 14. 1920 ④1. ⑩24. ⑪3. ⑫23. 1921 ④ 29. ⑤8. 1922 ①27. 1926 ②23, 26, 27. 1928 ⑦2.

쉬지상(許季上)의 둘째딸 — 1917 ⑧5.

쉬지상(許季上)의 모친 — 1915 ⑧5.

쉬지상(許季上)의 부인 — 1917 ⑫25. 1918 ④14.

쉬지상(許季上)의 아들 — 1920 ⑪3.

쉬지쉬안(徐吉軒, 1870~?) 후베이(湖北) 중샹(鍾祥) 출신이며, 이름은 셰전(協貞), 자는 지쉬안이다. 금석문 및 갑골문 연구자이다. 1912년부터 교육부 첨사, 과장을 지내고 역사박물관 관장을 겸임했다. 루쉰이 가옥을 구입하고 시공하는 것을 도왔다. — 1914 ①10, 29, 31. ②2. ③2. ④30. ⑤14, 30. ⑧18. ⑫22, 31. 1915 ①23, 30. ⑥19. ⑨10. 1916 ⑦21. 1918 ⑪10. 1919 ⑤4, 29. ⑥3. ⑦10, 14, 30. ⑨18, 22. ⑩5. ⑪4. ⑫22, 29, 30. 1920 ②16, 19. ⑧2, 14. ⑩18. 1921 ①25. ②5, 7. ③7, 8, 10, 14. 1923 ②6. ③17. ④24. ⑫15, 22, 26. 1924 ②8. ⑥21. ⑧16, 19. ⑨4. 1925 ⑧14. ⑫16. 1929 ⑤21.

쉬지쉬안(徐吉軒)의 부친 — 1918 ⑪10. 1919 ⑤4.

쉬지쑨(徐季孫, 1880~1953) 저장(浙江) 사오싱(紹興) 출신이며, 이름은 시지(錫贇), 자는 지쑨(季蓀), 일기에는 지쑨(季孫)으로도 기록되어 있다. 서석린(徐錫麟)의 셋째동생이며, 일본의 지바(千葉)의학전문학교를 졸업하고 귀국 후에 상하이 등지에서 의료를 펼쳤다. — 1914 ①1.

쉬지푸(許季茀) — 쉬서우창(許壽裳) 참조.

쉬지푸(許季黻) — 쉬서우창(許壽裳) 참조.

쉬지푸(許季市) — 쉬서우창(許壽裳) 참조.

쉬징원(徐景文) 치과의사이며, 미국에 유학했다. 베이징 왕푸징(王府井)에서 진료했다. — 1913 ⑤3, 5, 10, 11. ⑫20, 21. 1915 ⑦24, 26, 31. ⑧6, 13. ⑫19, 24, 26, 31. 1916 ①2, 7, 14. ③18.

쉬쭈정(徐祖正, 1895~1978) 장쑤(江蘇) 쿤산(昆山) 출신의 작가이자 번역가이며, 자는 야오천(耀辰), 일기에는 야오천(曜辰)으로도 기록되어 있다. 1922년에 일본에서 귀국하여 베이징고등사범학교에서 교편을 잡았다. 1923년에 저우쭤런의 소개로 베이징

대학의 교수가 되었다. 1926년에 베이징여자사범대학 강사를 겸임했다. — 1923 ①
1. ② 17. ④ 15, 16. ⑤ 26. ⑥ 3, 26. ⑧ 23. 1924 ⑥ 11. 1926 ⑤ 13. ⑧ 16. 1929 ⑤ 20,
27, 29.

쉬쭝웨이(徐宗偉, 1895~?) 저장(浙江) 상위(上虞) 출신이며, 자는 이쑨(貽孫)이다. 루쉰이
사오싱(紹興)부중학당에서 교편을 잡았을 때의 학생이다. 1914년에 베이징공업전
문학교에 입학했으며, 이때 루쉰은 그의 보증을 서 주었다. 후에 베이징대학 전기과
로 전학했다. 베이징에서 공부하는 동안 루쉰에게서 자주 학비를 빌렸다. — 1914 ⑨
5, 9. 1915 ① 2. ② 27. ⑥ 6, 30. ⑨ 11. ⑫ 11, 13, 14, 28. 1916 ① 19, 26, 27. ④ 14. ⑤
30. ⑥ 20. ⑨ 17. 1917 ③ 9, 30. ⑤ 5, 19. ⑥ 21, 28. 1918 ① 4. ② 6. ③ 11. ⑤ 5.

쉬차오(徐翹) 자는 샤오멍(小夢). 루쉰이 1913년에 '탕구'(塘沽)호로 상하이에서 베이징으
로 돌아갈 때 함께 탔던 승객이다. — 1913 ⑧ 2.

쉬추성(許楚生) — 쉬더헝(許德珩) 참조.

쉬치상(徐企商, 1872~1929) 장쑤(江蘇) 칭푸(青浦, 지금은 상하이에 속함) 출신이며, 이름
은 펑링(彭齡), 자는 치상이다. 일본에서 유학했으며, 당시 사법부 첨사를 지냈다. —
1913 ⑫ 13.

쉬친원(許欽文, 1897~1984) 저장(浙江) 사오싱(紹興) 출신의 작가이며, 이름은 성야오(繩
堯), 필명은 친원이다. 1920년에 베이징대학에서 루쉰의 강의를 청강했다. 1923년
초에 쑨푸위안(孫伏園)의 소개로 루쉰을 알게 되었다. 이후 창작에 있어서 루쉰의 도
움을 많이 받았으며, 그의 단편소설집 『고향』(故鄉)은 루쉰의 편선(編選)을 거쳐 '오
힙충시'(烏合叢書)에 수록되었다. 1932년부터 1934년에 걸쳐 다오쓰진(陶思瑾)과 류
멍잉(劉夢瑩) 사건에 연루되어 두 차례 투옥되었으며, 루쉰이 차이위안페이(蔡元培)
등에게 구명을 부탁한 덕분에 석방되었다. — 1923 ① 15. ⑧ 25, 26. ⑨ 16. ⑩ 20, 28.
⑪ 27. ⑫ 30. 1924 ① 1, 13, 17. ② 3, 6, 17, 24. ③ 9, 23, 27, 28. ④ 6, 12, 15, 20. ⑤ 6,
18, 25, 29, 30. ⑥ 8, 20, 22. ⑦ 1. ⑧ 17, 23. ⑨ 1, 11, 21, 25. ⑩ 12, 22, 29. ⑪ 2, 3, 5, 9,
23. ⑫ 3, 7, 10, 17, 25, 27. 1925 ① 1, 6, 15, 18, 20, 22, 25, 31. ② 4, 11, 15, 21, 27. ③
4, 15, 16, 18, 19, 22, 24, 27. ④ 4, 6, 11, 13, 15, 22, 27. ⑤ 2, 3, 12, 16, 19, 24, 31. ⑥ 5,
7, 9, 18. ⑦ 17. ⑧ 2, 4, 6, 8, 14. ⑨ 3, 13, 28, 29. ⑩ 1, 9, 13, 14, 30. ⑪ 7, 11, 19, 24. ⑫
1, 27. 1926 ① 5, 6, 23, 26. ② 1, 7, 8, 15, 26, 27. ③ 3, 26. ④ 12, 18, 23, 24. ⑤ 12, 30,
31. ⑥ 6, 17. ⑦ 7, 11, 12, 15, 18, 20, 22, 27. ⑧ 2, 10, 11, 16, 20, 21, 24, 26. ⑩ 10, 12,
22, 25. ⑪ 7, 25, 30. ⑫ 24. 1927 ① 28. ② 10, 21. ④ 13, 15, 21. ⑤ 3, 13, 18. ⑥ 5. ⑩ 4,
5, 6, 15, 18. ⑪ 13, 14. ⑫ 16, 17. 1928 ① 13, 16, 20. ② 18, 22, 25, 29. ③ 5, 6, 19, 22,
26, 27, 31. ④ 1, 3, 5, 9. ⑤ 12, 13, 17, 18. ⑥ 2. ⑦ 6, 7, 9, 10, 12, 14, 15, 17, 18, 20, 23,

30. ⑧ 1, 21, 25, 29, 30. ⑨ 11, 18. ⑩ 1, 9. ⑪ 2, 21, 29. ⑫ 4. 1929 ① 20. ② 21, 27. ③ 2, 3, 8, 9, 14, 24, 28. ⑤ 21, 24. ⑥ 13, 17, 19, 28, 30. ⑦ 2, 10, 14, 16, 23. ⑧ 10, 14, 16, 26, 30. ⑨ 7, 8, 11, 13. ⑩ 3, 18. ⑪ 15. ⑫ 1, 2. 1930 ② 13, 14, 19, 20, 26. ③ 3. ⑤ 31. ⑦ 14, 19, 31. ⑧ 6, 7. ⑨ 8, 23, 26. ⑫ 14. 1931 ④ 15, 16. ⑥ 11, 17, 18. ⑨ 17, 19, 20, 23. ⑩ 20, 27, 30. ⑪ 4, 6, 13, 14, 24. ⑫ 2, 7, 8, 14, 19, 21, 22, 28, 31. 1932 ① 5, 6, 10, 11, 12, 13, 15, 21, 22, 27. ② 8, 18, 24. ③ 28. ④ 6, 9, 12, 16, 25. ⑤ 28. ⑥ 4. ⑦ 8, 12, 13. ⑧ 28, 31. ⑨ 3, 12, 30. ⑩ 8. ⑪ 7, 30. ⑫ 13. 1933 ① 29, 30. ③ 21. ⑥ 10, 13. ⑦ 8, 13. ⑧ 16. ⑩ 23. ⑪ 22. 1934 ① 18. ⑦ 11. ⑧ 6, 7, 11, 16. ⑨ 25. ⑩ 11, 24. ⑪ 24. ⑫ 1, 28. 1935 ① 28. ② 22. ④ 22. ⑤ 19. ⑧ 10, 28. 1936 ① 21, 22. ② 29. ⑦ 14, 15.

쉬친쥔(徐沁君, 1911~2001) 장쑤(江蘇) 징장(靖江) 출신이며, 이름은 잉(瀛), 자는 친쥔이다. 상하이의 모 사립학원에 재학 중이었다. — 1929 ⑥ 21.

쉬쿤(徐坤) — 치쿤(齊坤) 참조.

쉬톈훙(許天虹, 1907~1958) 저장(浙江) 하이옌(海鹽) 출신. 쉬웨화(許粵華)의 형이다. 1928년부터 1929년에 걸쳐 상하이 노동대학 편집관에서 보좌관을 지냈으며, 후에 번역에 종사했다. 자신의 창작과 번역을 루쉰에게 부쳐 소개와 발표를 부탁했다. — 1928 ⑪ 5, 29. ⑫ 20. 1929 ② 2.

쉬펀(徐芬) 확실치 않음. — 1936 ⑤ 20.

쉬한성(徐涵生) 확실치 않음. — 1916 ④ 7.

쉬화(徐華) 확실치 않음. — 1934 ⑫ 23.

쉰스(恂士) — 둥쉰스(董恂士) 참조.

슈런(修人) — 잉슈런(應修人) 참조.

슈원(秀文) — 천슈원(陳秀文) 참조.

슈전(秀珍) 루쉰 이웃집의 아이. — 1934 ③ 16.

슈푸(修甫) — 당자빈(黨家斌) 참조.

슝멍페이(熊夢飛, 1895~1962) 후난(湖南) 닝샹(寧鄉) 출신이며, 자는 런안(仁安)이다. 상하이 노동대학 비서장을 지냈다. 이 대학에서의 강연을 루쉰에게 청했다. — 1927 ⑩ 19.

슝원쥔(熊文鈞, 1914~?) 후베이(湖北) 우창(武昌) 출신이며, 겅푸(庚甫)로도 불린다. 당시 우창 징난(荊南)중학에 재학 중이었으며, 습작소설인 「섣달 그믐밤」(大年三十晚上)을 루쉰에게 보내 지도를 청했다. — 1932 ⑧ 28. ⑨ 22. ⑩ 1.

스가(菅) — 스가 유키치(菅又吉) 참조.

스가와라 에이(菅原英) — 마스야 지사부로(升屋治三郎) 참조.

스가 유키치(菅又吉, 1894~1939) 일본 도쿄 출신. 상하이 시노자키(篠崎)의원의 산부인과 의사이다. — 1933 ④ 23.

스관(世琯) — 쉬스관(許世琯) 참조.

스 군(施君) — 스노(Edgar Snow) 참조.

스 군(史君) — 스메들리(A. Smedley) 참조.

스 군(施君) 확실치 않음. — 1928 ② 3.

스기모토 유조(杉本勇乘, 1906~2001) 일본의 승려. 문예를 애호했으며, 1932년 당시 상하이 둥번위안사(東本願寺)에서 지냈다. — 1932 ⑫ 21, 30.

스노(Edgar Snow, 중국명 斯諾, 1905~1972) 미국의 기자이자 작가. 일기에는 스러(施樂), 스 군(施君)으로도 기록되어 있다. 1933년 봄에 상하이에서 루쉰의 동의를 얻어 루쉰의 일부 소설을 번역하기 시작했으며, 같은 해 가을에 베이핑 옌징(燕京)대학에서 교편을 잡은 후에도 번역을 계속했다. 이후 루쉰과 다른 중국현대작가의 작품을 번역하여 『Living China』라는 제명으로 엮었다. 1936년 4월 산베이(陝北)로 떠나기 전에 루쉰을 방문했다. — 1933 ② 21. 1934 ③ 8, 23. ⑥ 19. ⑩ 8. 1935 ① 17. 1936 ④ 26.

스노 부인(Helen Foster Snow, 1907~1997) 필명은 님 웨일즈(Nym Wales). 미국인 기자이자 작가. 일기에는 스러 부인(施樂夫人)으로 기록되어 있다. — 1934 ③ 8, 23. ⑥ 19. ⑩ 8.

스다이(時玳) 산둥(山東) 원덩(文登) 출신이며, 원명은 장쭈원(張組文)이다. 「자유담」(自由談) 기고자이다. 짜가협회(후에 문예가협회로 개칭) 가입 여부를 확인하고 『짜가』(作家) 월간과 관련된 상황을 알아보기 위해 루쉰에게 편지를 보내왔다. — 1936 ⑤ 2, 25. ⑧ 6, 7.

스뎬(世琠) — 쉬스뎬(許世琠) 참조.

스도(須藤) — 스도 이오조(須藤五百三) 참조.

스도 다케이치로(須藤武一郞, 1898~?) 일기에는 스도 선생의 아들로도 기록되어 있다. 스도 이오조(須藤五百三)의 양자이다. — 1935 ① 16. 1936 ⑦ 26.

스도(須藤) 부인 스도 이오조(須藤五百三)의 부인인 스도 하나요(須藤花代, 1874~1949)를 가리킨다. — 1934 ⑦ 21.

스도(須藤) 선생의 아들 — 스도 다케이치로(須藤武一郞) 참조.

스도(須藤) 의사 — 스도 이오조(須藤五百三) 참조.

스도(須藤)의원 간호사 — 1936 ⑦ 19, 20, 21, 22, 23.

스도 이오조(須藤五百三, 1876~1959) 일본 오카야마(岡山)현 출신. 일기에는 스도(須藤),

스도 의사, 스도 선생으로도 기록되어 있다. 일찍이 군의를 지내다가 1911년 이후에
는 한국에서 도립의원 원장을 지냈다. 1917년에 퇴역한 후 상하이에 스도(須藤)의원
을 개원하고, 우치야마서점(內山書店)의 의약고문을 맡았다. 1933년 7월부터 쓰보이
요시하루(坪井芳治)를 뒤이어 하이잉(海嬰)을 진료했다. 1934년 11월 이후부터 루쉰
이 세상을 뜨기까지 늘 루쉰을 진료했다. 귀국한 후에는 고향에서 의료를 행했다. —
1932 ⑩ 20. 1933 ④ 23. ⑥ 2. ⑦ 1, 2, 27, 28. ⑧ 2, 6. ⑨ 24, 26. ⑩ 17, 19, 21, 23. ⑪
18. ⑫ 3, 5, 6, 8, 12, 30, 31. 1934 ③ 8, 9, 11, 13, 14, 15, 16, 17, 18. ⑥ 10, 18, 19, 20.
⑦ 7, 16, 21, 26, 29. ⑧ 14, 16, 17, 19, 21. ⑨ 15, 17, 18, 21, 22. ⑩ 6, 8, 18. ⑪ 7, 8, 11,
13, 15, 16, 17, 18, 19, 21, 26, 28, 30. ⑫ 3. 1935 ① 11, 13, 14, 16, 19, 28, 30. ② 28.
③ 18, 19, 21, 23, 25, 27, 29, 31. ④ 19, 21, 22, 24, 30. ⑤ 3, 7, 26, 28, 30. ⑥ 17, 18,
20, 21, 24. ⑦ 13. ⑧ 9, 10, 12, 25. ⑨ 14, 15. 1936 ① 4. ② 28. ③ 1, 2, 3, 4, 6, 8, 15. ④
17. ⑤ 20, 22, 23, 24, 25, 26, 27, 28, 29, 30, 31. ⑥ 1, 2, 3, 4. ⑦ 1, 2, 3, 4, 5, 6, 7, 8, 9,
10, 11, 12, 14, 16, 17, 18, 19. ⑧ 1, 5, 7, 11, 12, 13, 14, 15, 16, 17, 18, 19, 20, 21, 22,
25, 28, 30, 31. ⑨ 1, 2, 3, 4, 5, 6, 7, 8, 9, 10, 11, 12, 13, 14, 15, 16, 17, 18, 19, 20, 21,
22, 23, 24, 25, 26, 28, 30. ⑩ 1, 3, 5, 7, 11, 13, 15, 17.

스러(施樂) — 스노(Edgar Snow) 참조.

스러(施樂) 부인 — 스노 부인 참조.

스링(詩苓) — 쉬스링(許詩苓) 참조.

스메들리(Agnes Smedley, 1890~1950) 일기에는 스 군(史君), 스 여사(史女士), 스메이더
(史美德), 스메들리(史沫特列)로도 기록되어 있다. 미국의 여작가이자 기자이다. 1928
년 말 독일 『프랑크푸르트(Frankfurt)일보』의 특파원 신분으로 중국에 왔다. 1930년
3월에 『맹아월간』(萌芽月刊)에 기고하였으며, 같은 해 9월에 루쉰의 50세 생일을 축
하하도록 좌익작가연맹에 연회장을 빌려주었다. 1931년부터 루쉰이 케테 콜비츠
의 판화를 수집하고 편찬하도록 도왔으며, 1932년 봄에는 루쉰 등과 함께 뉴란(牛
蘭) 부부의 구명운동에 참여했다. 1933년에는 중국민권보장동맹(中國民權保障同盟)
에 참여했고, 1936년에 루쉰의 병이 위중해졌을 때 의사를 불러 진료를 받도록 했다.
루쉰이 지은 「암흑 중국의 문예계의 현상」(黑暗中國的文藝界的現狀)과 「어둔 밤에 쓰
다」(寫于深夜里)는 모두 그녀에 의해 영문으로 번역되어 미국의 진보적 간행물에 발
표되었다. — 1929 ⑫ 25, 27. 1930 ① 21, 22, 25. ② 10. ③ 27, 28. ⑤ 6. ⑨ 7, 19. 1931
① 18. ③ 18. ④ 7. 1932 ③ 28. 1933 ② 17. ⑤ 10, 15. 1934 ⑩ 29. ⑪ 1. 1935 ⑧ 5.
1936 ③ 23. ⑤ 31.

스메들리(史沫特列) — 스메들리(A. Smedley) 참조.

스메들리의 통역 ─ 1931 ① 18.

스메이더(史美德) ─ 스메들리(A. Smedley) 참조.

스민(石民) 후난(湖南) 사오양(邵陽) 출신. 1928년 베이징대학 영문과를 졸업하였으며, 상하이 베이신서국(北新書局)에서 편집을 맡았다. 1930년 이후 폐병이 재발했을 때 루쉰의 도움을 받았다. ─ 1928 ⑦ 4, 12. ⑩ 4, 21. ⑪ 26. ⑫ 29. 1929 ① 8. ② 4, 20, 21, 26. ③ 3, 12, 17. ④ 20, 22. ⑦ 17, 18, 19, 20, 22, 23. ⑧ 22. ⑨ 2, 3, 6, 9. ⑩ 7, 9, 26. ⑪ 16, 19. 1930 ① 9, 15. ② 1, 3, 5, 7. ③ 10. ④ 1, 2, 4, 27. ⑤ 11. ⑪ 10, 11, 12, 19, 26. ⑫ 8, 17. 1931 ⑪ 19. 1934 ⑤ 17. 1935 ① 30, 31. 1936 ⑦ 21. ⑦ 19.

스민(石珉, ?~1951?) 쓰촨(四川) 청두(成都) 출신이며, 황펑지(黃鵬基)의 아내이다. 1926년부터 1928년에 걸쳐 베이징대학 교육과에 재학했다. ─ 1926 ⑧ 9.

스사오창(史紹昌) 확실치 않음. ─ 1927 ⑦ 9.

스쉰(詩荀) ─ 쉬스쉰(許詩荀) 참조.

스양(世瑒) ─ 쉬스양(許世瑒) 참조.

스 여사(史女士) ─ 스메들리(A. Smedley) 참조.

스 여사의 벗 ─ Granich(그라니치) 참조.

스옌(史岩) ─ 스지싱(史濟行) 참조.

스위안(士遠) ─ 선스위안(沈士遠) 참조.

스위안펀(市原分) 확실치 않음. ─ 1934 ⑦ 3.

스유헝(時有恒, 1905~1982) 장쑤(江蘇) 쉬저우(徐州) 출신. 북벌(北伐)에 참여했으며, 1927년 대혁명 실패 이후 상하이를 떠돌던 8월에 『베이신』(北新) 주간에 집감 「이 시절」(這時節)을 발표했다. 이 글 속에서 루쉰을 언급했으며, 루쉰은 이에 대해 「유헝 선생에게 답함」(答有恒先生)을 지었다. 루쉰은 상하이에 도착한 뒤에 그와 교제하기 시작했다. 1931년에 투옥되었다가 1934년에 석방된 후 얼마 지나지 않아 쉬저우로 돌아가 『국민일보』(國民日報) 부간의 편집을 맡았다. ─ 1927 ⑩ 15, 26. ⑪ 7, 17, 22. 1928 ⑥ 20. ⑨ 1. ⑫ 8. 1929 ④ 14. 1934 ⑪ 5, 27, 30. 1935 ② 6, 8. ⑩ 2.

스이(適夷) ─ 러우스이(樓適夷) 참조.

스이윈(施宜雲) 확실치 않음. ─ 1928 ⑪ 5.

스잉(世瑛) ─ 쉬스잉(許世瑛) 참조.

스잉(世英) ─ 쉬스잉(許世瑛) 참조.

스잉(詩英) ─ 쉬스잉(許世瑛) 참조.

스저춘(施蟄存, 1905~2003) 저장(浙江) 항저우(杭州) 출신의 작가이며, 원명은 더푸(德普), 저춘으로 개명했다. 1929년 당시 쑹장(松江)연합중학의 교사, 수이모(水沫)서점의 편집자를 지냈다. 1932년부터 1934년에 걸쳐 현대서국(現代書局)에서 『현대』(現代)를 주편했으며, 루쉰에게 원고를 청탁했다. ― 1929 ⑨ 12. 1932 ⑨ 10. 1933 ③ 29. ④ 1, 28. ⑤ 1. ⑥ 1. ⑦ 18, 19. ⑧ 3.

스쥔(石君) ― 정몐(鄭奠) 참조.

스즈(適之) ― 후스(胡適) 참조.

스즈키 다이세쓰(鈴木大拙, 1870~1966) 본명은 스즈키 데이타로(鈴木貞太郎)이다. 일본의 선(禪)문화를 세계에 널리 알린 불학가이자 문학박사이다. 1934년 당시 도쿄 오타니(大谷)대학 교수의 신분으로 불교문화를 참관하러 중국에 왔다. 같은 해 10월 28일에 이 고찰에 근거하여 작성한 『지나불교인상기』를 루쉰에게 증정했다. ― 1934 ⑤ 10. ⑩ 28.

스지싱(史濟行) 저장(浙江) 닝보(寧波) 출신이며, 필명은 스옌(史岩), 치한즈(齊涵之), 톈싱(天行) 등이다. 『인간세』(人間世; 한커우漢口에서 출판되었으며, 후에 『서북풍』西北風으로 개명) 등의 간행물을 편집했다. 1936년 3월에 자신이 바이망(白莽)의 벗이고 그의 『아이의 탑』 원고를 가지고 있다며 루쉰을 속여 「바이망 작 『아이의 탑』 서문」(白莽作『孩兒塔』序)을 쓰게 해 원고를 얻어 냈으며, 이를 알게 된 루쉰은 「'바이망 유시 서문'에 관한 성명」(關於'白莽遺詩序'的聲明; 루쉰전집 8권에 「이어 적다」續記로 기록됨)을 발표해 이를 폭로했다. ― 1928 ⑩ 19. 1929 ② 20, 21. ⑦ 20. ⑩ 8. 1934 ⑤ 15. 1935 ③ 2. ④ 21. 1936 ③ 10, 13.

스진(詩堇) ― 쉬스친(許詩芹) 참조.

스쩡(師曾) ― 천헝커(陳衡恪) 참조.

스쭤차이(史佐才, 1893~1957) 저장(浙江) 항저우(杭州) 출신이며, 자는 루이린(瑞麟)이다. 당시 베이신서국(北新書局)의 회계를 지냈다. ― 1934 ③ 31.

스취안(詩荃) ― 쉬스취안(徐詩荃) 참조.

스푸량(施復亮, 1890~1970) 저장(浙江) 진화(金華) 출신의 경제학자이며, 원명은 춘퉁(存統), 후에 푸량으로 개명했다. 다장서포(大江書鋪)에서 편집을 맡았다. ― 1928 ⑨ 15. 1930 ② 1.

스핑메이(石評梅, 1902~1928) 산시(山西) 핑딩(平定) 출신이며, 이름은 루비(汝璧), 필명은 핑메이이다. 1923년에 베이징여자고등사범학교를 졸업했다. 베이징사범대학부중의 여자부 주임 겸 국어 및 체육교사를 지냈다. ― 1926 ⑧ 26.

스헝(侍桁) ― 한스헝(韓侍桁) 참조.

스환(十還) ― 멍스환(孟十還) 참조.

시게 군(重君) ― 하부토 시게히사(羽太重久) 참조.

시게미쓰 마모루(重光葵, 1887~1957) 일본인. 1925년 당시 일본 주중공사관 일등비서를
　　지냈다.─1925 ⑨17. 1926 ②14.

시게히사(重久)─하부토 시게히사(羽太重久) 참조.

시 군(錫君) 확실치 않음.─1933 ①5.

시디(西諦)─정전둬(鄭振鐸) 참조.

시라카와(白川)─오자키 호쓰미(尾崎秀實) 참조.

시루(奚如)─우시루(吳奚如) 참조.

시마즈(島津) 여사─쓰시마 아야(津島文) 참조.

시미즈(淸水)─시미즈 사부로(淸水三郞) 참조.

시미즈 기요시(淸水淸)─시미즈 사부로(淸水三郞) 참조.

시미즈 도시(淸水登之, 1887~1945) 일본의 화가. 당시 프랑스에서 귀국하는 길에 상하이
　　를 들러 그의 동생인 시미즈 도조(淸水董三, 1893~1970, 둥야퉁원서원東亞同文書院의 교
　　수)의 거처에 잠시 머물렀다.─1932 ⑦3.

시미즈 사부로(淸水三郞) 일본의 지질학자. 일기에는 시미즈(淸水), 시미즈 기요시(淸水淸)
　　로도 기록되어 있다. 1931년 당시 상하이 자연과학연구소 연구원이었다. 마스다 와
　　타루(增田涉)의 소개로 루쉰을 알게 되었다.─1931 ⑤6, 10, 17, 21, 27, 30. ⑥3, 8,
　　10, 11, 12, 19, 24, 25, 26, 28. ⑧4. ⑨23. ⑩20, 21, 24. ⑪28. 1935 ⑪6.

시미즈 야스조(淸水安三, 1891~1988) 일본의 가톨릭 신부이자 교육자. 1921년 베이징 충
　　전(崇貞)학원을 설립했다. 후지와라 가마에(藤原鎌兄, 1878~1953)가 편집했던 『베이
　　징주보』(北京週)와 관계가 밀집했던 터라 이 간행물을 위해 네토센코와 쿠쉰에게 원
　　고를 자주 청탁했다.─1923 ①20. ⑧1. 1924 ⑤7.

시오노야(鹽谷)─시오노야 온(鹽谷溫) 참조.

시오노야 세쓰잔(鹽谷節山)─시오노야 온(鹽谷溫) 참조.

시오노야 슌지(鹽谷俊次) 상하이 조선은행에 재직한 일본인 직원이며, 우치야마(內山)서
　　점에서 자주 책을 구입했다.─1936 ③22.

시오노야 온(鹽谷溫, 1878~1962) 일본의 한학자이자 문학박사이며, 자는 세쓰잔(節山)이
　　다. 가라시마 다케시(辛島驍)의 장인이다. 1926년부터 루쉰과 편지를 주고받기 시작
　　했으며, 1928년에 상하이에서 만났다.─1926 ⑧9, 17, 26. 1928 ②18, 23. 1929 ②
　　21. ③6. 1930 ④7. 1931 ⑨17. ⑪7.

시오자와(鹽澤) 박사 일본인 의사. 베이징의 퉁런(同仁)의원에서 진료했다.─1932 ⑪14,
　　16, 18, 21, 23.

시천(錫琛)─장시천(章錫琛) 참조.

시퉁(希同) — 리시퉁(李希同) 참조.

시팡(息方) — 펑쉐펑(馮雪峰) 참조.

시펑(錫豊) 확실치 않음. — 1934 ⑤ 11.

신눙(莘農) — 야오커(姚克) 참조.

신단(辛丹) 확실치 않음. — 1936 ⑧ 28.

신메이(心梅) — 저우빙쥔(周秉鈞) 참조.

신보(新波) — 황신보(黃新波) 참조.

신스(莘士) — 양신쓰(楊莘耜) 참조.

신톈(心田) — 뤄창페이(羅常培) 참조.

싱눙(惺農) — 야오커(姚克) 참조.

싱눙(星農) — 천치슈(陳啓修) 참조.

싱모칭(邢墨卿) — 싱무칭(邢穆卿) 참조.

싱무칭(邢穆卿) 저장(浙江) 성현(嵊縣) 출신. 일기에는 싱모칭(邢墨卿)으로도 기록되어 있
다. 베이징의 『천바오』(晨報)의 교열을 맡았으며, 1926년 당시에는 상하이 베이신서
국(北新書局)에서 교열을 담당했다. — 1926 ⑧ 30. ⑪ 10, 12, 21.

싱웨이(星微) — 쉬싱웨이(許省微) 참조.

싱춘(杏村) — 아잉(阿英) 참조.

썬바오(森堡) — 런쥔(任鈞) 참조.

쑤 군(蘇君) — 쑤추바오(蘇秋寶) 참조.

쑤류헌(蘇流痕) 확실치 않음. — 1930 ④ 24.

쑤메이(蘇梅, 1899~1999) 안후이(安徽) 타이핑(太平) 출신의 작가이며, 자는 쉐린(雪林),
필명은 뤼이(綠漪)이다. 베이징여자고등사범학교를 졸업한 후 프랑스에서 유학했다.
1928년에 귀국한 후 후장(滬江)대학, 둥우(東吳)대학 등에서 교수로 지냈다. — 1928
⑦ 7.

쑤빈(蘇濱) 일기에는 쑤핑(蘇萍)으로도 기록되어 있다. 나머지는 확실치 않음. — 1926 ⑤
24, 25.

쑤쑤이루(蘇遂如) 푸젠(福建) 푸톈(莆田) 출신이며, 이름은 스잉(師穎), 자는 쑤이루이다.
1920년에 베이징고등사범학교 국문부를 졸업하고, 1926년에 샤먼(厦門)의 지메이
(集美)학교 사범부 교무주임을 지냈다. — 1926 ⑨ 17.

쑤위안(素園) — 웨이쑤위안(韋素園) 참조.

쑤진수이(蘇金水) 확실치 않음. — 1929 ⑦ 3.

쑤추바오(蘇秋寶) 허베이(河北) 만청(滿城) 출신. 일기에는 쑤 군(蘇君)으로도 기록되어 있

다. 1922년에 베이징대학 이학원 예과를 졸업했다. ─1927 ② 5, 18.

쑤핑(蘇萍) ─ 쑤빈(蘇濱) 참조.

쑤허(宿荷) 저장(浙江) 상위(上虞) 출신이며, 성은 루(魯)이다. 상하이 면업(棉業)은행 직원
이며, 당시 황푸(黃埔)군관학교에서 근무했다. ─1927 ④ 8.

쑨관화(孫冠華) 저장(浙江) 위항(餘杭) 출신. 교육부 사회교육사 주사를 지냈다. ─1915
⑪ 4. 1920 ③ 17.

쑨관화 누이동생(孫冠華妹) ─1920 ③ 17.

쑨 군(孫君) 중국은행 항저우(杭州) 분점 직원. ─1919 ⑫ 25.

쑨 군(孫君) ─ 쑨푸위안(孫伏園) 참조.

쑨더칭(孫德卿, 1868~1932) 저장(浙江) 사오싱(紹興) 출신이며, 이름은 빙이(秉彝), 자는
창성(長生), 호는 더칭이다. 청말에 반청(反淸)혁명에 참가했으며, 광복회(光復會)와
동맹회(同盟會)의 회원이었다. 사오싱이 광복된 후 사오싱의 『웨둬일보』(越鐸日報)의
창간을 지지했다. ─1913 ① 13.

쑨뎬쉬(孫奠胥) 저장(浙江) 사오싱(紹興) 출신이며, 자는 한천(瀚臣)이다. 사오싱사범학교
교장을 지냈다. ─1915 ⑪ 17.

쑨바오후(孫寶瑚) 저장(浙江) 항저우(杭州) 출신. 당시 외교총장 쑨바오치(孫寶琦)의 동생
이다. ─1912 ⑥ 26.

쑨베이하이(孫北海) 산둥(山東) 원덩(文登) 출신이며, 이름은 추차오(初超), 자는 베이하이
이다. 교육부 사회교육사 지부원, 경사도서관 관원을 지냈다. ─1923 ③ 18. ⑤ 4.

쑨보캉(孫伯康, 1894~1943) 저장(浙江) 사오싱(紹興) 출신이나, 사는 안싱(安生)이나. 무건
이 산콰이(山會)초급사범학당 감독을 지낼 때의 학생이다. ─1918 ⑤ 29. ⑥ 29. ⑦ 9.
⑧ 6, 27, 31. ⑨ 2, 16.

쑨보헝(孫伯恒, 1879~1943) 베이징 출신의 금석학 연구자이며, 이름은 좡(壯), 자는 보헝
이다. 베이징 상우인서관(商務印書館) 사장을 지냈다. 1915년에 교육부 통속교육연
구회 소설분과 조사간사, 베이징 통속교육연구회 회원을 역임했다. ─1915 ⑪ 13.

쑨 부인(孫太太) ─ 쑨스푸(孫式甫) 아내 참조.

쑨사오칭(孫少卿) 산시(山西) 린펀(臨汾) 출신이며, 이름은 쭈성(祖繩), 자는 사오칭이다.
일기에는 쑨유칭(孫幼卿)으로도 기록되어 있다. 1925년에 베이징사범대학 역사지리
학과를 졸업했다. ─1927 ① 15. ③ 16.

쑨샹제(孫祥偈, 1903~1965) 후베이(湖北) 우창(武昌) 출신이며, 자는 쑨취안(蓀荃)이다.
1925년에 베이징여자사범대학 철학과를 졸업하고, 1929년에 베이핑『신천바오』(新
晨報) 부간의 편집주임을 지냈다. ─1929 ⑤ 28.

쑨스이(孫師毅, 1904~1966) 장시(江西) 난창(南昌) 출신이며, 필명은 스이(施誼)이다. 영화예술가이며, 난궈사(南國社) 및 좌익희극가연맹의 성원이다. 상하이 중외(中外)출판공사의 편집장을 지냈다. — 1933 ⑫ 23.

쑨스푸(孫式甫) 장쑤(江蘇) 우시(無錫) 출신이며, 이름은 진위(金鈺), 자는 스푸이다. 쉬광핑(許廣平)의 사촌 형부이다. — 1934 ⑧ 7. 1936 ⑨ 3.

쑨스푸 아내(孫式甫夫人) 광둥(廣東) 판위(番禺) 출신, 일기에는 쑨 부인(孫太太)으로도 기록되어 있다. 쉬광핑의 사촌언니이다. — 1934 ⑧ 7. 1935 ⑨ 29. ⑪ 6. 1936 ⑨ 3.

쑨시전(孫席珍, 1906~1984) 저장(浙江) 사오싱(紹興) 출신. 작가이며, 북방 좌익작가연맹의 성원이다. 1925년에 『천바오』 부간을 교정했고, 『징바오』(京報) 「문학주간」(文學週刊)을 편집했다. 1929년에 상하이에서 창작에 몰두하였으며, 1932년에 베이징사범대학의 강사로 활동했다. — 1925 ① 6, 18, 29. ④ 1, 5. 1929 ④ 16, 28. ⑦ 13. ⑧ 7. 1932 ⑪ 27.

쑨야오구(孫堯姑) 구이저우(貴州) 구이양(貴陽) 출신이며, 자는 수이(叔眙)이다. 1925년에 베이징여자사범대학 국문과를 졸업했다. — 1925 ⑨ 6.

쑨 여사(孫夫人) — 쑹칭링(宋慶齡) 참조.

쑨유칭(孫幼卿) — 쑨사오칭(孫少卿) 참조.

쑨융(孫用, 1902~1983) 저장(浙江) 항저우(杭州) 출신의 번역가이며, 원명은 부청중(卜成中)이다. 당시에는 항저우 우체국 직원이었다. 1929년 1월 자신이 번역한 레르몬토프의 시 4수를 루쉰에게 부쳤으며, 후에 『분류』(奔流)에 발표되었다. 같은 해 11월에는 다시 페퇴피의 장시 『용사 야노시』(勇敢的約翰)를 번역하여 루쉰에게 부쳤다. 이 시집을 출간하기 위해 루쉰은 여러 차례 곡절을 겪은 끝에 후펑(湖風)서국에서 인쇄하기로 결정했다. 출판과정에서 루쉰은 이 시집을 수정·교열하고 교열 후기를 썼으며, 판식을 정하고 삽화를 고르는 한편, 원고료를 대신 지급하기도 하였다. — 1929 ① 24. ② 4. ⑥ 16. ⑪ 6, 9, 14, 20, 25. 1930 ② 11, 14. ④ 12. ⑨ 1, 3, 6. ⑪ 21, 24, 30. ⑫ 3, 6. 1931 ⑤ 5, 16. ⑨ 16, 17, 22. ⑩ 6, 11. ⑪ 13, 18. 1936 ② 9.

쑨융셴(孫永顯, 1904~?) 산둥(山東) 타이안(泰安) 출신이며, 자는 쥔양(俊揚)이다. 베이징대학 이예과(理豫科) 학생이다. 중학 동창인 옌즈췬(燕志儁)의 부탁을 받고서 시 원고를 루쉰에 전달했다. — 1925 ④ 26.

쑨쥔례(孫君烈) — 쑨쥔리(孫君立) 참조.

쑨쥔리(孫君立, 1902~?) 장쑤(江蘇) 우시(無錫) 출신이며, 이름은 위서우(豫壽), 자는 쥔리이다. 일기에는 쑨쥔례(孫君烈)로도 기록되어 있다. 상우인서관(商務印書館) 편집자를 지냈다. 저우젠런(周建人), 쉬시린(許希林) 등과 함께 징윈리(景雲里)에 거주하면서 요리사를 공동으로 두었다. 루쉰과 쉬광핑(許廣平)이 징윈리로 갓 옮겨 왔을 때 잠시 함께 식사를 했다. — 1927 ⑩ 9, 23. ⑪ 19.

쑨청(孫成) 교육부의 일꾼. — 1919 ⑫ 29.

쑨춘타이(孫春台) ─ 쑨푸시(孫福熙) 참조.

쑨칭린(孫慶林, 1888~1943) 저장(浙江) 사오싱(紹興) 출신이며, 이름은 칭린(慶麟), 자는 위천(虞臣)이다. 쑨더칭(孫德卿)의 양자이다. 사오싱의 청장(成章)여자학교 교장, 사오싱 구제원(救濟院) 원장을 지냈다. — 1919 ② 20.

쑨카이디(孫楷第, 1898~1986) 허베이(河北) 창현(滄縣) 출신의 목록학자이며, 자는 쯔수(子書)이다. 1924년에 베이징사범대학 국문과에 재학했다. 가난과 질병으로 세상을 떠난 같은 반 학우 양어성(楊鄂生)을 애도하는 글을 지어, 루쉰에게 『위쓰』(語絲)에 소개해 주기를 부탁했으나 끝내 발표되지는 못했다. — 1924 ⑫ 24.

쑨페이쥔(孫斐君, 1897~1990) 헤이룽장(黑龍江) 안다(安達) 출신이며, 이름은 구이단(桂丹), 자는 페이쥔이다. 일기에는 촨다오 아내(川島夫人), 마오천 아내(矛塵夫人)로도 기록되어 있다. 1922년에 베이징여자고등사범학교를 졸업했으며, 1924년에 장팅쳰(章廷謙)과 결혼했다. 1925년에 허베이성립(河北省立)고급중학에서 교편을 잡았으며, 1928년부터 1931년에 걸쳐 항저우(杭州)고급중학, 항저우여여일중(女一中)에서 교편을 잡았다. 1931년 가을부터 1932년에 걸쳐 베이핑대학 여자문리학원에서 교편을 잡았다. — 1925 ④ 10, 17. 1928 ⑥ 2. ⑦ 12, 13, 14, 15. ⑩ 9. ⑪ 29. 1930 ② 11. 1931 ⑦ 6. ⑪ 14. 1932 ⑪ 27, 28.

쑨푸시(孫福熙, 1898~1962) 저장(浙江) 사오싱(紹興) 출신이며, 사는 춘타이(春台)이다. 일기에는 춘타이(台)로도 기록되어 있다. 쑨푸위안(孫伏園)의 동생이며, 화가이자 작가이다. 1921년부터 1924년에 걸쳐 프랑스에서 유학했다. 1926년부터 1927년에 걸쳐 상하이 베이신(北新)서국에서 편집을 맡았으며, 이후 국민당 개조파의 『공헌』(貢獻) 월간을 편집했다. 루쉰을 위해 『들풀』(野草)과 『작은 요하네스』(小約翰) 초판 겉표지의 그림을 도안했다. 그가 지은 산문집 『산야철습』(山野掇拾), 『대서양의 바닷가』(大西洋之濱)는 루쉰의 교정을 거쳐 출판되었다. — 1919 ⑪ 9. 1923 ⑥ 17. ⑦ 3. ⑧ 5, 14. ⑩ 21. ⑪ 9. ⑫ 22. 1924 ③ 7. ⑤ 4, 9. ⑩ 10, 17. 1925 ② 8. ④ 26. ⑤ 7. ⑧ 14, 24. ⑨ 2, 9, 20, 21. ⑩ 4, 5, 22. ⑪ 27, 30. ⑫ 31. 1926 ① 7. ④ 11. ⑩ 13, 20, 21. ⑪ 10, 21. ⑫ 19, 30. 1927 ① 3, 20, 25, 26. ② 8. ③ 4, 10, 19, 20, 24, 30. ④ 2, 4, 5, 10, 19, 26, 28. ⑤ 13, 14. ⑥ 7, 8, 16, 18. ⑦ 4, 9. ⑧ 12. ⑩ 3, 4, 5, 15, 23. ⑫ 3. 1928 ③ 2. ⑥ 24. ⑧ 14. 1929 ③ 20.

쑨푸위안(孫福源) ─ 쑨푸위안(孫伏園) 참조.

쑨푸위안(孫伏園, 1894~1966) 저장(浙江) 사오싱(紹興) 출신이며, 이름은 푸위안(福源, 후에 伏園으로 개명), 자는 양취안(養泉), 필명은 바이성(柏生), 쑹녠(松年) 등이다(일기 가운데의 '밍쑤'名甦 역시 쑨푸위안을 가리킬지도 모른다). 루쉰이 산콰이(山會)초급사범학당의 학감을 지낼 때의 학생이다. 1913년에 저장 제5중학(당시 저우쭤런周作人이 이 학교에서 교편을 잡고 있었다)으로 전학했다. 1918년에 베이징대학 국문과의 방청생으로 입학했으며, 이듬해에 정규학생이 되었다가 1921년에 졸업했다. 재학 중에 이 대학의 신조사(新潮社)에 참여하여 간사부 간사 겸 편집부 편집자를 지냈다. 1919년에는 베이징의 『국민공보』(國民公報) 부간의 편집자를 겸임했다. 1920년에 베이징의 『천바오』(晨報)의 편집자를 겸임하고, 1921년에 『천바오』 부간을 주편했다. 1924년 여름에 기자의 신분으로 루쉰 등과 함께 시안(西安)에서의 강의에 동행했다. 같은 해 10월에 『천바오』를 떠나 얼마 후 『징바오』(京報) 부간」 편집을 담당했으며, 『위쓰』(語絲) 주간의 창간에 참여했다. 1926년 하반기에 루쉰과 함께 샤먼(廈門)대학에 재직했으며, 국학원 편집부 간사를 지냈다. 같은 해 말에 광저우(廣州) 중산(中山)대학 사학과 주임을 맡았으며, 루쉰과 함께 광저우 베이신서옥(北新書屋)을 기획했다. 1927년 3월에 우한(武漢)에 와서 『중앙일보』 부간을 편집했으며, 1928년 초에 프랑스로 단기유학을 떠났다가 1929년에 귀국한 후 오랫동안 허베이(河北) 딩현(定縣)에서 교육사업에 종사했다. — 1913 ⑦ 21. 1917 ⑤ 24. 1919 ④ 3. ⑤ 3, 4, 10, 21. ⑥ 4, 14, 17, 20. ⑦ 1, 5, 9, 14, 19, 22, 25, 27. ⑧ 1, 7, 23. ⑩ 8. ⑪ 9, 20. 1920 ① 18. ⑦ 13. ⑨ 25. 1921 ① 2. ③ 31. ④ 8, 10, 11, 12, 13, 15, 17, 24. ⑤ 1, 3, 5, 13, 25, 27, 29. ⑥ 4, 5, 9, 11, 18, 22, 25. ⑦ 3, 7, 9, 11, 14, 17, 25. ⑧ 1. ⑨ 2, 7, 10, 13, 18, 22, 26, 27. ⑩ 1, 2, 7, 9, 13, 17, 19, 22, 30. ⑪ 6, 11, 20, 23, 25, 27. ⑫ 3, 8, 15. 1922 ① 27. ⑧ 27. ⑪ 24. 1923 ① 1, 3, 11, 13, 14, 15, 26, 28. ③ 21. ④ 8, 12, 13, 15, 29. ⑤ 6, 10, 13, 20, 24, 25. ⑥ 6, 10, 12, 13, 17, 18, 24, 28, 29. ⑦ 3, 7, 8, 14, 20, 27, 28. ⑧ 5, 8, 10, 12, 14, 19, 22, 25. ⑨ 11, 17, 21. ⑩ 1, 7, 8, 14, 18, 19, 21, 22, 23, 24, 28. ⑪ 9, 10, 13, 14, 19, 30. ⑫ 1, 11, 12, 21, 22, 25, 30. 1924 ① 1, 7, 8, 11, 12, 13, 14, 17, 23, 28. ③ 7, 8, 9, 14, 19, 23, 24, 28, 31. ④ 2, 4, 12, 22, 25, 26. ⑤ 4, 6, 8, 10, 11, 13, 15, 18, 20, 22, 23, 29, 31. ⑥ 2, 4, 7, 8, 11, 12, 14, 17, 18, 20, 22, 28, 29, 30. ⑦ 1, 3, 4, 6, 14, 15, 16, 17, 18, 29, 30. ⑧ 1, 3, 9, 10, 11, 14, 15, 18, 19, 21, 24, 26, 29. ⑨ 1, 4, 8, 12, 16, 21, 26, 27, 28, 29. ⑩ 1, 2, 3, 5, 7, 8, 10, 11, 13, 14, 16, 19, 20, 25, 26, 27. ⑪ 3, 8, 13, 15, 16, 17, 18, 22, 23, 24, 25, 27, 30. ⑫ 1, 7, 9, 10, 12, 13, 14, 15, 21, 22, 24, 27, 28, 31. 1925 ① 1, 4, 9, 10, 15, 18, 21, 22, 25, 28, 31. ② 1, 5, 8, 10, 11, 12, 15, 16, 17, 18, 23, 24, 27. ③ 1, 3, 6, 8, 11, 14, 15, 19, 21, 23, 24, 27, 29. ④ 1, 26, 28. ⑤ 4, 5, 9, 20. ⑥ 14, 29. ⑧ 14, 24, 28. ⑨ 2, 9, 20. ⑩ 4,

22. ⑪ 27, 30. ⑫ 31. 1926 ① 7, 12. ② 4. ③ 1, 5, 26. ④ 7, 11, 14, 17, 25. ⑤ 24. ⑦ 30.
⑨ 4, 5, 11, 19, 21. ⑩ 2, 14, 27, 29. ⑪ 5, 10, 13, 28, 30. ⑫ 4, 10, 11, 12, 14, 18, 28.
1927 ① 3, 8, 12, 19, 20, 21, 22, 23, 24, 29, 31. ② 17, 24. ③ 7, 17, 20. ④ 11, 26. ⑤ 6,
14, 20. ⑥ 23. ⑦ 4. ⑧ 25. ⑩ 3, 4, 5, 7, 9. 1928 ② 29. ③ 14. 1929 ③ 20. ④ 13.

쑨한천(孫瀚臣) — 쑨뎬쉬(孫奠胥) 참조.

쑨후이디(孫惠迪, 1915~1992) 저장(浙江) 사오싱(紹興) 출신. 일기에는 후이데(惠迭)로도
기록되어 있다. 쑨푸위안(孫伏園)의 큰아들이다. 베이징의 쿵더(孔德)학교 학생이
다. — 1923 ③ 21. ④ 8, 15. ⑥ 17, 18. ⑫ 25, 30. 1924 ① 13. ⑧ 15. ⑨ 26. ⑩ 10, 26.
1925 ② 1, 12. ③ 24, 29. ④ 8, 19. ⑤ 4. ⑧ 14. ⑨ 2, 20. ⑪ 27. ⑫ 31.

쑹녠(松年) — 쑨푸위안(孫伏園) 참조.

쑹다잔(宋大展) — 쑹수(宋舒) 참조.

쑹더위안(宋德沅, 1899~1933) 일기에는 더위안(德元)으로도 기록되어 있다. 쑹쯔페이(宋
子佩)의 조카이다. — 1925 ⑧ 12. 1932 ⑪ 20.

쑹디(頌棣) — 저우쑹디(周頌棣) 참조.

쑹린(宋琳) — 쑹쯔페이(宋子佩) 참조.

쑹마이(宋邁) — 쑹지런(宋汲仁) 참조.

쑹샹저우(宋香舟, 1898~1949) 쓰촨(四川) 출신이며, 이름은 스(湜), 자는 샹저우이다. 쓰
촨정법학교를 졸업하고, 광저우(廣州) 중산(中山)대학교 교장실 비서를 지냈다. —
1927 ② 5. ③ 28.

쑹서우룽(宋寿榮) — 쑹지런(宋汲仁) 참조.

쑹수(宋舒, 1917~?) 저장(浙江) 사오싱(紹興) 출신이며, 별명은 다잔(大展)이다. 쑹쯔페이
(宋子佩)의 아들이다. — 1923 ⑦ 27. 1924 ① 1. ⑥ 27. 1925 ① 4. 1926 ② 15. ⑧ 7.
1931 ⑪ 14. ⑫ 1, 5, 16, 31. 1932 ⑪ 16. 1933 ⑥ 26.

쑹스(宋湜) — 쑹샹저우(宋香舟) 참조.

쑹원한(宋文翰) 저장(浙江) 출신. 베이징사범대학 국문과를 졸업했으며, 샤먼(厦門) 지메
이(集美)학교 국어교사를 지냈다. — 1926 ⑨ 19. ⑫ 13, 28.

쑹윈빈(宋雲彬, 1897~1979) 저장(浙江) 하이닝(海寧) 출신의 작가이다. 상하이 카이밍(開
明)서점의 편집자를 지냈다. — 1928 ② 26.

쑹제춘(宋潔純) — 쑹지런(宋汲仁) 참조.

쑹즈성(宋芷生, 1881~1962) 저장(浙江) 사오싱(紹興) 출신이며, 이름은 위안(沅), 자는 즈
성이다. 쑹쯔페이(宋子佩)의 당질이다. — 1914 ② 3, 4, 13. ④ 14. 1915 ③ 30. 1916
① 6. ⑧ 27. 1918 ② 6, 7. ③ 4, 7, 15. 1932 ③ 9.

쑹즈팡(宋知方, 1883~1942) 저장(浙江) 상위(上虞) 출신이며, 이름은 충이(崇義), 자는 즈팡이다. 일기에는 쑹쯔팡(宋子方)으로도 기록되어 있다. 루쉰이 항저우(杭州)의 저장양급사범학당에서 교편을 잡았을 때의 학생이다. 후에 린하이(臨海)중학, 타이저우(台州)중학 등지에서 교사를 지냈다. ─ 1913 ⑦ 16. ⑨ 21, 25. 1914 ② 27, 28. ④ 8. ⑩ 18, 22. 1915 ③ 13. ⑨ 18, 26. 1916 ③ 12, 14. ⑨ 18, 19. ⑩ 16. ⑪ 2. ⑫ 28, 30. 1917 ② 4, 8, 26. ③ 5, 21. ⑦ 13, 20. ⑨ 13, 28. ⑫ 12. 1918 ① 3. ③ 29. ⑧ 30. ⑨ 6. 1919 ③ 13. ⑤ 31. ⑨ 29. 1920 ② 10. ④ 27. ⑤ 4. ⑨ 8. 1922 ② 16. 1928 ⑩ 11. 1931 ① 3.

쑹지런(宋汲仁) 저장(浙江) 우싱(吳興) 출신이며, 이름은 서우룽(守榮), 자는 지런이다. 후에 쑹마이(宋邁)로 개명했으며, 자는 제춘(潔純)이다. 교육부 직원이다. ─ 1912 ⑨ 28. 1913 ④ 19. ⑥ 16. ⑫ 18, 24. 1914 ① 1. ② 15, 26. ⑦ 31. 1917 ⑩ 4, 5. ⑫ 12.

쑹쯔팡(宋子方) ─ 쑹즈팡(宋知方) 참조.

쑹쯔페이(宋紫佩) ─ 쑹쯔페이(宋子佩) 참조.

쑹쯔페이(宋子佩, 1887~1952) 저장(浙江) 사오싱(紹興) 출신이며, 이름은 린(琳), 자는 쯔페이(子培에서 子佩, 紫佩로 바꿈)이다. 루쉰이 항저우(杭州) 저장양급사범학당에서 교편을 잡았을 때의 학생이며, 후에 사오싱부중학당에서 동료로 함께 근무했다. 사오싱이 광복된 후 루쉰이 지지하던 『웨둬일보』(越鐸日報) 사업에 참여했으며, 후에 『민싱일보』(民興日報), 『톈줴바오』(天覺報)를 운영했다. 1913년에 베이징에 와서 루쉰의 소개로 경사도서관 분관에 들어갔으며, 1919년에 베이징 제1감옥 교화사를 겸임했다. 루쉰이 베이징을 떠난 후 루쉰의 부탁으로 그의 베이징 거처를 돌보았다. 1930년 봄 이후 루쉰과 베이징 거처 사이의 서신은 대부분 그가 대신 쓰거나 전해 주었다. ─ 1912 ⑤ 20, 23. ⑨ 30. ⑩ 1, 30. 1913 ③ 8, 30. ⑤ 1, 2, 5, 9, 17, 19, 30. ⑥ 5, 7, 19, 30. ⑦ 8. ⑧ 8, 11, 14, 19, 27. ⑨ 2, 19, 26, 28. ⑩ 8, 17, 19, 24, 26, 31. ⑪ 9, 23. ⑫ 3, 16, 20, 21, 23, 24. 1914 ① 15, 16, 22. ② 3, 16, 17, 19, 25, 28. ③ 11, 16, 17, 23. ④ 10, 14, 19, 29. ⑤ 15. ⑥ 10, 26. ⑦ 5, 20. ⑧ 12, 16, 29. ⑨ 4, 12, 23. ⑩ 5, 14, 15, 30. ⑪ 10, 13, 23. ⑫ 7, 13. 1915 ① 2, 7, 15. ② 6, 15. ③ 2, 5, 6, 11, 13, 26. ④ 11, 24, 28. ⑤ 26. ⑥ 3, 19. ⑦ 20. ⑧ 7. ⑨ 13, 19. ⑩ 8, 30. ⑫ 3. 1916 ① 6, 26. ② 17. ③ 8, 26. ④ 5, 6, 13, 14, 20, 25, 26. ⑤ 17, 26. ⑥ 7. ⑦ 28. ⑧ 4, 11, 17, 22, 25. ⑨ 2, 10. ⑩ 5, 12. ⑪ 1, 24, 25. ⑫ 20, 24, 26, 30. 1917 ① 10, 30. ④ 1. ⑤ 31. ⑦ 11. ⑧ 16, 28. ⑨ 1, 8, 12, 19. ⑩ 1, 8, 14, 18, 22, 25. ⑪ 4, 10, 16, 27. ⑫ 5, 14. 1918 ① 3, 11, 24, 30. ② 2, 4, 21, 22, 25. ③ 9, 10, 16, 25. ④ 6, 18. ⑤ 7, 8, 14, 22, 24, 26, 28. ⑥ 8, 15, 19, 23, 27. ⑦ 20, 26. ⑧ 7, 15, 23, 29, 30. ⑨ 5, 10, 24, 26. ⑩ 10, 11, 12, 25. ⑪ 2, 14. ⑫ 6, 16, 28.

1919 ① 9, 19. ② 6, 20. ③ 12, 17, 19, 26, 31. ⑤ 13, 20, 27, 31. ⑥ 1, 6, 12, 17, 28. ⑦ 11, 31. ⑧ 2, 3, 4, 7, 10. ⑨ 5, 16. ⑩ 2, 30. ⑪ 13, 20, 30. 1920 ② 22, 24, 25. ③ 5, 6, 7. ④ 2, 24. ⑥ 1, 3. ⑦ 17. ⑧ 21. ⑨ 10, 11. ⑩ 3, 19. ⑪ 12, 24. ⑫ 16. 1921 ① 4, 16, 22. ② 15, 26. ③ 9, 10, 16. ④ 29. ⑤ 28, 30. ⑥ 1, 6. ⑧ 1, 10, 12, 17, 18, 22. ⑨ 1, 13, 21. ⑩ 7, 9. ⑪ 4, 21. ⑫ 24, 25. 1923 ① 28, 30. ③ 11. ④ 21, 22. ⑤ 1, 18, 20. ⑥ 30. ⑦ 27. ⑧ 8. ⑨ 4, 11. ⑩ 7. ⑪ 13, 20, 26, 30. ⑫ 9, 16, 23, 30. 1924 ① 1, 13, 20, 21, 23. ② 17. ③ 9, 29. ⑤ 13, 24, 28. ⑥ 1, 24, 26, 27, 28. ⑦ 5. ⑧ 19, 22. ⑨ 17. ⑩ 28, 30. ⑪ 16, 26, 29. ⑫ 3, 6, 8, 23, 24, 25, 26, 29. 1925 ① 4, 11, 26. ③ 4, 14. ④ 2, 21. ⑥ 7. ⑦ 5, 13. ⑧ 12, 13, 14, 16, 18, 20, 26, 28. ⑨ 6, 13, 20, 28. ⑩ 13, 15, 16, 19, 25. ⑪ 13, 17, 26. ⑫ 6, 15, 21. 1926 ① 2, 11, 17, 19, 30. ② 3, 15. ③ 4, 12, 17, 21, 23, 24, 28, 29, 31. ④ 2, 3, 5, 6, 9, 10, 18, 25, 28. ⑤ 2, 4, 12. ⑥ 13. ⑦ 19, 29, 30. ⑧ 5, 7, 17, 21, 24, 26. ⑨ 24. ⑩ 12, 13, 14. 1927 ③ 2, 12. ④ 14, 30. ⑤ 2. ⑥ 19, 20. 1928 ② 29. ③ 8. ④ 3, 8, 20. ⑤ 18. ⑥ 8, 23, 26. ⑦ 5, 20. ⑧ 3. ⑩ 12, 19. ⑫ 21. 1929 ① 18. ⑤ 15, 19, 26, 29, 31. ⑥ 3. ⑩ 26. 1930 ③ 6, 7, 8. ④ 1, 5, 14, 23, 29. ⑤ 1, 19, 26. ⑥ 23, 25. ⑦ 8, 10, 12. ⑧ 1. ⑨ 3, 19. ⑩ 7, 8, 9. ⑪ 4, 7, 13, 14. ⑫ 18, 30. 1931 ① 8, 9, 23. ② 2, 23, 24. ③ 10, 20. ④ 28. ⑤ 23. ⑥ 3, 5, 17, 22, 30. ⑨ 7, 8, 16, 23, 29. ⑪ 14. ⑫ 1, 5, 24, 31. 1932 ② 21, 22, 28, 29. ③ 9, 13, 22, 28, 30. ④ 19. ⑤ 7, 9. ⑥ 25. ⑦ 16. ⑨ 10, 12. ⑪ 10, 14, 20, 22, 27, 28. ⑫ 4, 13, 26, 29. 1933 ③ 3, 13, 14. ④ 24. ⑤ 11, 19, 25, 31. ⑥ 4, 26. ⑦ 5, 8. ⑧ 22. ⑨ 13, 19, 21, 23. ⑩ 31. ⑪ 24. ⑫ 2, 21, 23. 1934 ④ 3, 13, 27, 28. ⑤ 3, 18. ⑥ 1, 2, 12. ⑧ 22. ⑨ 1, 5. ⑩ 19, 24. ⑪ 9. ⑫ 10. 1935 ① 11, 13, 16, 25, 27, 29. ② 7, 18. ③ 1, 9, 20, 22, 26, 31. ④ 5, 13. ⑤ 13. ⑥ 7, 27, 28. 1936 ① 15. ② 1, 4, 9. ③ 6. ⑨ 22. ⑩ 3, 12.

쑹쯔페이(宋子佩)의 딸 쑹유잉(宋友英, 1910~?)을 가리킨다. 저장(浙江) 사오싱(紹興) 출신이며, 쑹쯔페이(宋紫佩)의 조카딸이다. ― 1932 ⑪ 16.

쑹쯔페이(宋子佩)의 아들 ― 쑹수(宋舒) 참조.

쑹청화(宋成華) 확실치 않음. ― 1916 ⑫ 27, 28.

쑹충이(宋崇義) ― 쑹즈팡(宋知方) 참조.

쑹칭링(宋慶齡, 1893~1981) 광둥(廣東) 원창(文昌, 지금은 하이난海南에 속함) 출신의 정치가이자 사회운동가이다. 일기에는 쑨 부인(孫夫人)으로 기록되어 있으며, 쑨중산(孫中山)의 아내이다. 1932년에 차이위안페이(蔡元培), 양싱포(楊杏佛) 등과 함께 중국민권보장동맹을 조직하고 이끌었다. 이듬해 2월에 버나드 쇼(G. Bernard Shaw)가 중국에 왔을 때 루쉰은 그녀의 집에서 그와 만났다. 같은 해 5월에 독일 나치당원의 폭행에 항의하기 위해 그녀는 루쉰, 양싱포와 함께 상하이 독일영사관에 「민권을 압박하고 문화를 압살하는 독일 파시스트에 대한 항의서」를 전달했다. 1936년에 루쉰의 병세가 위중해지자 병원에 입원하여 치료를 받도록 권했다. ― 1933 ① 20. ② 17. 1936 ③ 23.

쑹쿵셴(宋孔顯) 저장(浙江) 사오싱(紹興) 출신이며, 자는 다칭(達卿)이다. 1917년에 사오싱 저장제5중학을 졸업했으며, 저우쭤런의 학생이다. 후에 베이징대학 철학과에 입학하여 1925년에 졸업했다. ― 1917 ⑤ 24. 1918 ⑥ 27. 1925 ⑨ 5.

쒀페이(索非, 1900?~?) 안후이(安徽) 지시(績溪) 출신이며, 원성은 저우(周)이다. 1925년 당시 베이징 『궈펑(國風)일보』의 부간 『쉐후이』(學滙)의 편집을 맡았다. ― 1925 ⑤ 14.

쓰마가리(津曲) 일본인. 루쉰이 일본어본을 이용하여 예로센코의 동화극 『연분홍 구름』을 번역할 때 도움을 주었다. 쓰마가리 구라노조(津曲藏之丞, 1900~?)이리라 추정된다. ― 1923 ⑧ 4.

쓰보이 선생(坪井先生) ― 쓰보이 요시하루(坪井芳治) 참조.

쓰보이 요시하루(坪井芳治, 1898~1960) 일기에는 쓰보이 학사(學士), 쓰보이 선생으로도 기록되어 있다. 일본 도쿄 출신으로, 상하이 시노자키(篠崎)의원의 소아과 의사이다. 하이잉(海嬰)을 진료했다. ― 1932 ⑤ 20, 21, 22, 23, 24, 25, 27, 29, 30. ⑥ 19, 20, 21, 23. ⑦ 1, 3. ⑨ 28. ⑩ 15. ⑪ 6, 7. ⑫ 1, 28, 31. 1933 ① 22. ④ 4, 6, 23, 30. ⑤ 1, 30. ⑥ 7, 8, 21. 1934 ② 26. ④ 24. ⑥ 16. ⑦ 13.

쓰보이 요시하루(坪井芳治) 부인 ― 이시카와 미와코(石川三輪子)를 가리킨다. 1925년에 쓰보이 요시하루와 결혼한 후 함께 중국 상하이에 왔다. ― 1933 ④ 23.

쓰보이 요시하루(坪井芳治)의 두 아이 쓰보이 요시하루의 큰딸 쓰보이 후지코(坪井不二子)와 둘째딸 쓰보이 아키코(坪井明子)를 가리킨다. ― 1933 ④ 23.

쓰보이 학사(坪井學士) ― 쓰보이 요시하루(坪井芳治) 참조.

쓰부라야 히로시(圓谷弘, 1888~1949) 일본인. 대학교수이며 사회학 연구자이다. 당시 상하이에서 중국사회를 고찰하고 있었다. ― 1935 ⑩ 27.

쓰시마 아야(津島文) 일본인. 일기에는 시마쓰(島津) 여사, 쓰시마(津島) 여사로도 기록되어 있다. 상하이에 개업한 조산원이다. ― 1932 ⑦ 26, 30. 1936 ⑧ 5.

쓰시마(津島) 여사 ― 쓰시마 아야(津島文) 참조.

쓰위안(思遠) ― 왕즈즈(王志之) 참조.

쓰치야 분메이(土屋文明, 1891~1990) 도쿄대학을 졸업한 후 『만요슈』(萬葉集)를 연구하는 문학자로 활동하는 한편, 단카(短歌) 결사인 아라라기(アララキ)에서 가인(歌人)으로

활동하였다. 시인이자 저명한 단카 작가인 야마모토 하쓰에(山本初枝)의 스승이며, 그녀를 통해 루쉰에게 글을 부탁했다. ─1933 ⑪ 27.

쓰카모토 젠류(冢本善隆, 1898~1980) 일본 정토종(淨土宗) 승려로서 불교사학자이자 한학가이다. 일본동방문화연구소 연구원을 지냈으며, 당시 중국에서 중국역사와 종교문제를 고찰하고 있었다. ─1929 ⑤ 31. ⑥ 20.

쓰투차오(司徒喬, 1902~1958) 광둥(廣東) 카이핑(開平) 출신의 화가이다. 루쉰은 두 차례 그의 그림전시회를 참관하고 그의 작품을 구입했으며, 「쓰투차오 군의 그림을 보고」(看司徒喬君的畵)를 쓰기도 했다. 1928년에 프랑스로 유학을 떠났으며, 귀국 후에도 루쉰과 연락을 주고받았다. ─1926 ⑥ 6. 1927 ② 17. 1928 ② 25, 28. ③ 13, 15, 21. ④ 5. ⑩ 14, 25. ⑪ 6, 17. 1931 ⑨ 5, 6. 1935 ⑩ 15, 18. 1936 ② 17.

【ㅇ】

아내(婦) — 주안(朱安) 참조.

아더우(阿斗) 쉬광핑(許廣平) 집안의 늙은 일꾼. —1927 ⑦4. ⑨16.

아무개 군(某君) — 장중쑤(張仲素) 참조.

아사노(淺野, 1908~?) 필명은 하라카쓰(原勝)이며, 일본인 작가이다. 당시 상하이 스가오타로(施高塔路, 지금의 산인로Ⅲ陰路) 다루신춘(大陸新村) 8호 3층에 거주했다. —1936 ①9. ④7. ⑩12.

아쐉(阿霜) — 선쐉(沈霜) 참조.

아오키 마사루(靑木正兒, 1887~1964) 일본의 한학가. 당시 일본 도시샤(同志社)대학에서 교편을 잡고 있었다. —1920 ⑪27. ⑫15.

아위(阿玉) — 저우예(周曄) 참조.

아이(孩子) — 저우펑얼(周豊二) 참조.

아이(孩子) — 저우하이잉(周海嬰) 참조.

아이밍(艾明) 장시(江西) 출신. 1936년에 난창(南昌)의 루쯔팅소학(孺子亭小學)에서 교편을 잡았으며, 문학창작을 애호했다. 돤간칭(段干靑)을 통하여 원고를 루쉰에게 보내 가르침을 청했다. —1936 ⑤7.

아이우(艾蕪, 1904~1992) 쓰촨(四川) 신두(新都) 출신의 작가이며, 원명은 탕다오겅(湯道耕), 필명은 아이우이다. 일기에는 탕(湯)으로도 기록되어 있다. 1931년 11월에 사팅(沙汀)과 함께 단편소설의 제재문제에 관해 루쉰에게 편지로 가르침을 청했다. 1932년 1월 그는 단편소설 「타이위안 배 위에서」(太原船上)의 원고를 루쉰에게 보냈다. 1933년 3월에 그가 상하이에서 체포되자 루쉰은 기부금을 내어 구명운동을 펼쳤다. 그는 9월에 출옥하여 루쉰에게 감사의 편지를 보냈다. —1931 ⑪29. ⑫8, 28. 1932 ①5, 10, 14. 1933 ⑩13. 1936 ①31. ②1, 10.

아이작스(Harold Robert Isaacs, 1910~1986) 미국인이며, 중국어명은 이뤄성(伊羅生)이다. 일기에는 이(伊), 이 군(伊君), 뤄성(羅生), 이뤄성(伊洛生)으로도 기록되어 있다. 1930년에 상하이에 와서 상하이 『다메이완바오』(大美晩報, *Shanghai Evening Post and Mercury*)의 기자를 지냈다. 1932년 당시 상하이에서 출판되는 『중국논단』(中國

論壇, *China Forum*)의 편집을 맡았으며, 1933년에는 중국민권보장동맹(中國民權保障同盟) 상하이분회의 집행위원을 지냈다. 1934년에 루쉰과 마오둔(茅盾)에게 청탁하여 중국 현대 단편소설집 『짚신』(草鞋脚)을 엮은 후, 이를 베이핑에 가서 영어로 번역했다. 1935년 7월에 귀국했다. 영어로 번역한 『짚신』의 영역본 『*Straw Sandals: Chinese Short Stories, 1918~1933*』는 1974년에 미국 MIT출판사에서 출판되었다. ─1932 ⑦ 12. ⑫ 29. 1933 ② 11, 17. ⑤ 28. ⑦ 5. 1934 ② 28. ③ 25. ⑤ 28, 30. ⑦ 13, 14, 28. ⑧ 20, 22, 25. ⑨ 2. ⑪ 27. 1935 ③ 26. ⑥ 25. ⑩ 7, 16.

아이칭(艾青, 1910~1996) 저장(浙江) 진화(金華) 출신의 시인이며, 원명은 장하이청(蔣海澄), 필명은 아이칭, 어자(莪伽) 등이다. 1932년에 상하이에서 좌익미술가연맹에 가입하고, 같은 해 7월에 체포된 후 옥중에서 장펑(江豊)과 함께 편지를 써서 루쉰에게 책을 빌렸다. ─1932 ⑫ 31.

아이한쑹(艾寒松, 1905~1975) 장시(江西) 가오안(高安) 출신이며, 원명은 이천(逸塵), 일명 티성(逖生), 필명은 아이한쑹, 이수이(易水) 등이다. 1934년에 상하이 생활서점(生活書店)의 『신생』(新生) 주간의 편집을 담당했다. ─1934 ⑨ 24. ⑪ 24, 26.

아잉(阿英, 1900~1977) 안후이(安徽) 우후(蕪湖) 출신이며, 원명은 첸더푸(錢德富), 개명은 싱춘(杏邨), 필명은 아이 등이다. 작가이자 문예이론가이며, 태양사(太陽社)의 성원, 좌익작가연맹의 발기인 중 한 사람이다. 1935년에 『중국신문학대계(中國新文學大系)·소설 2집(小說二集)』을 편집할 때, 루쉰은 그에게 참고자료를 빌려 보았다. ─1935 ② 12, 17. 1936 ④ 8, 10, 30.

아쯔(阿芷) ─ 네쯔(葉紫) 참조.

아쯔(阿紫) ─ 예쯔(葉紫) 참조.

아카쓰키(曉) ─ 우치야마 아카쓰키(內山曉) 참조.

아카타니(赤谷) ─ 아카타니 기쿠코(赤谷喜久子) 참조.

아카타니 기쿠코(赤谷喜久子) 우치야마 간조(內山完造)의 벗. 베이촨(北川)아파트에 루쉰보다 먼저 살았다. ─1930 ⑤ 19.

아키다(秋田) ─ 아키다 기이치(秋田義一) 참조.

아키다(秋田) ─ 아키다 야스요(秋田康世) 참조.

아키다 기이치(秋田義一) 일본인 화가. 상하이에 체류하면서 루쉰에게 그림을 자주 주었다. 루쉰은 경제적으로 그에게 도움을 주었다. ─1929 ① 26. ⑦ 1, 3. ⑨ 7, 28. ⑩ 1, 11, 12. ⑪ 19. ⑫ 25.

아키다 야스요(秋田康世, 1877~1956) 일본의 구마모토(熊本) 출신. 상하이의 시노자키(篠崎)의원의 원장 겸 내과 의사이다. ─1933 ④ 23.

아키 슈노스케(秋朱之介) 서적을 장정하는 일본인. ― 1934 ⑨ 3.

아푸(阿菩) ― 저우진(周瑾) 참조.

안도(安藤) 일본인. 도쿄고등사범학교 오쓰카동화회(大塚童話會) 회원이다. 우치야마 간
조의 요청에 따라 사이토(齋藤), 후케(福家) 등과 함께 상하이에 와서 일본 아동을 위
한 동화회를 열었으며, 이때 강사로 활동했다. ― 1930 ④ 6.

안미(安彌) ― 샤오쌴(蕭三) 참조.

안핑(安平) ― 추안핑(儲安平) 참조.

알렉세예프(Н. В. Алексеев, 1894~1934) 소련의 판화가. 차오징화(曹靖華)를 통해 루쉰에
게 자신이 새긴 페딘의 『도시와 세월』, 고리키의 『어머니』 등의 삽화를 보내 주었다.
루쉰 역시 그에게 중국고대 목판화집을 보냈다. ― 1934 ① 9. 1936 ⑦ 2.

야나기와라(柳原) ― 야나기와라 아키코(柳原燁子) 참조.

야나기와라 아키코(柳原燁子, 1885~1967) 일본인 작가이며, 필명은 뱌쿠렌(白蓮)이다.
1931년 봄여름에 남편인 미야자키 류스케(宮崎龍介)와 함께 중국 여행을 왔다가 우
치야마 간조(內山完造)의 소개로 루쉰과 만났다. ― 1931 ⑤ 31. ⑥ 2, 14.

야단(亞丹) ― 차오징화(曹靖華) 참조.

야마가미(山上) ― 야마가미 마사요시(山上正義) 참조.

야마가미 마사요시(山上政義) ― 야마가미 마사요시(山上正義) 참조.

야마가미 마사요시(山上正義, 1896~1938) 일본인으로, 일기에는 '山上政義'라고 기술되기
도 한다. 중국어 이름은 린서우런(林守仁)이다. 1926년 10월에 일본 '동맹통신사'(同
盟通信社)의 특파원 신분으로 광저우(廣州)에 왔으며, 1927년 초 루쉰과 접촉하기 시
작했다. 후에 「아Q정전」(阿Q正傳)을 일본어로 번역하였으며, 루쉰에게 이 번역의
교감을 부탁했다. ― 1927 ② 11. ⑤ 6. 1929 ⑩ 21. 1931 ② 27. ③ 3, 8. ⑦ 12. ⑩ 17,
19. 1932 ④ 6.

야마가타(山縣) ― 야마가타 하쓰오(山縣初南) 참조.

야마가타 하쓰오(山縣初南, 1873~1971) 일본인이며, 중국문학 연구자이다. 1927년부터
1933년에 걸쳐 우한(武漢)의 '일본제철주식회사 다예사무처'(日本製鐵株式會社大冶
辨事處)의 주임으로 근무했다. 우치야마 간조(內山完造)의 소개로 루쉰과 알게 되었
다. ― 1930 ⑥ 15. 1933 ③ 2, 17.

야마구치 히사요시(山口久吉) 일본인 화상(畵商). 1924년 고베(神戶)에서 '판화(版畵)의 집'
을 운영하면서 창작판화 전문잡지인 『HANGA』를 간행하였다. ― 1930 ② 12.

야마기시 모리히데(山岸盛秀) 일본인. 1934년 일화여행해사공사(日華旅行海事公司)의 사
장으로 근무했다. ― 1934 ② 5.

야마다 야스코(山田安子) 일본인. 1931년 소년공 문제를 연구하기 위해 영국에 가던 중에 상하이를 들러 우치야마서점에서 일시 머물 때 루쉰과 알게 되었다. ─ 1931 ① 16.

야마다 여사(山田女士) ─ 야마다 야스코(山田安子) 참조.

야마모토(山本) ─ 야마모토 다다타카(山本忠孝) 참조.

야마모토(山本) ─ 야마모토 하쓰에(山本初枝) 참조.

야마모토 다다타카(山本忠孝, 1876~1952) 일본 교토(京都) 출신. 독일에 유학하여 의학박 사학위를 취득하였으며, 1911년 베이징에 야마모토의원(山本醫院)을 개설했다. 루쉰이 베이징에 거주했을 당시의 주치의이다. ─ 1920 ⑦ 6, 15. 1926 ⑥ 27.

야마모토 마사미치(山本正路, 1927~?) 야마모토 하쓰에(山本初枝)의 아들이다. ─ 1931 ⑥ 29. 1933 ③ 17. 1934 ⑦ 28.

야마모토 부인(山本夫人) ─ 야마모토 하쓰에(山本初枝) 참조.

야마모토 사네히코(山本實彦, 1885~1952) 일본인. 출판사 가이조사(改造社)를 창립했으며, 종합잡지인 『가이조』(改造)를 위해 루쉰에게 여러 차례 원고를 청탁했다. ─ 1934 ① 8. 1936 ② 11, 24.

야마모토 슈지(山本修二, 1894~1976) 일본인. 구리야가와 하쿠손(廚川白村)의 제자이며, 그의 유고 『고민의 상징』(苦悶の象徵)을 정리하여 발표했다. ─ 1926 ① 26.

야마모토 하쓰에(山本初枝, 1898~1966) 일본의 가인(歌人)이며, 필명은 유란(幽蘭). 일청 기선공사(日淸汽船公司)의 선장인 야마모토 마사오(山本正雄)의 아내이다. 상하이에 거주했을 당시 우치야마서점(內山書店)을 자주 왕래하였기에 루쉰과 알게 되었다. ─ 1931 ⑤ 31. ⑥ 2, 12, 29. ⑨ 26. ⑪ 30. 1932 ③ 11, 12, 20, 29. ④ 7, 8, 28, 30. ⑤ 8, 20, 21, 30. ⑥ 3, 12, 29. ⑦ 3, 5, 11, 19. ⑧ 1, 17, 19, 30. ⑨ 10, 19, 22, 30. ⑩ 3, 26. ⑪ 9, 30. ⑫ 2, 16, 19, 26. 1933 ① 20. ② 4, 14. ③ 2, 4, 16, 17, 18, 24. ④ 3. ⑤ 1, 8. ⑥ 19, 20, 26. ⑦ 4, 12. ⑧ 4, 22. ⑨ 2, 18, 29, 30. ⑩ 11, 30. ⑪ 13, 14, 15, 27. ⑫ 8. 1934 ① 10, 11, 12, 27, 28, 31. ② 13, 19, 26. ③ 17. ④ 1, 7, 25. ⑤ 11. ⑥ 8, 12. ⑦ 18, 24, 28, 30. ⑧ 3, 14, 31. ⑨ 12, 18, 23. ⑩ 17, 24. ⑫ 13, 24. 1935 ① 5, 17, 18, 28. ② 28. ③ 19. ④ 7, 9. ⑥ 1, 25, 27. ⑦ 1, 30. ⑧ 9, 31. ⑨ 18. ⑩ 14, ⑫ 3, 4. 1936 ① 4. ③ 18. ⑤ 5, 26. ⑦ 28.

야마무로 슈헤이(山室周平, 1909~1985) 일본인. 일본기독교구세군 대원으로, 1934년 그의 누이인 야마무로 요시코(山室善子)와 함께 루산(廬山)에서 열린 기독교학생대회에 참가했다. 대회를 마친 후 상하이에 들렀다가 우치야마 간조의 소개로 루쉰을 방문했다. ─ 1934 ⑧ 7.

야마무로 요시코(山室善子) 일본인. 야마무로 슈헤이(山室周平)의 누이동생이다. ─ 1934

⑧ 7.

야마자키 야스즈미(山崎靖純, 1894~1966) 일본의 경제학자. 1936년 도쿄야마자키경제연구소(東京山崎經濟硏究所) 소장, 『요미우리신문』(讀賣新聞) 경제부 부장을 지냈다. 우치야마 간조의 소개로 루쉰과 알게 되었다. ― 1936 ⑨ 14.

야마카와 소수이(山川早水, 1877~?) 일본인. 1925년 일본의 어느 신문사의 베이징 통신원으로 근무했다. ― 1925 ⑤ 18.

야오 군(姚君) ― 야오성우(姚省吾) 참조.

야오 군(姚君) ― 야오커(姚克) 참조.

야오 군(姚君) ― 탕자오헝(湯兆恒) 참조.

야오뤄런(姚裸人) ― 야오펑쯔(姚蓬子) 참조.

야오멍성(姚夢生) ― 야오펑쯔(姚蓬子) 참조.

야오성우(姚省吾, 1908~?) 저장(浙江) 위항(餘杭) 출신이며, 이름은 즈쩡(志曾)이다. 일기에는 야오 군(君)으로도 기록되어 있다. 야오커(姚克)의 동생이며, 상하이 중국실업은행에 직원으로 재직했다. 야오커가 베이핑에 있는 기간에 루쉰과 주고받은 편지의 일부는 그를 통해 주고받았다. ― 1934 ① 10. ⑤ 23. ⑥ 23. ⑧ 31. ⑨ 3. ⑩ 3, 11, 24, 26. 1935 ⑧ 12. ⑪ 20.

야오신눙(姚莘農) ― 야오커(姚克) 참조.

야오싱눙(姚惺農) ― 야오커(姚克) 참조.

야오싱눙(姚星農) ― 야오커(姚克) 참조.

야오주칭(姚祝卿) 저장(浙江) 사오싱(紹興) 출신. 펑더싼(封德三)의 벗이다. ― 1917 ⑨ 1.

야오천(曜辰) ― 쉬쭈정(徐祖正) 참조.

야오천(耀辰) ― 쉬쭈정(徐祖正) 참조.

야오커(姚克, 1905~1991) 푸젠(福建) 샤먼(廈門) 출신의 번역가이자 극작가이며, 원명은 즈이(志伊), 자는 신눙(莘農)이다. 일기에는 싱눙(惺農 혹은 星農)으로도 기록되어 있다. 1932년 겨울에 스노(Edgar Snow)와 루쉰의 작품을 공동 번역하기로 계획하면서 루쉰과 왕래하기 시작했다. 1933년 9월에 스노의 초청을 받아 베이핑에 갔으며, 번역 중의 문제 및 프랑스에서의 중국목각 전시 등의 일로 여러 차례 루쉰과 편지를 주고받았다. 1935년 가을에 상하이로 돌아온 후 루쉰을 자주 방문했으며, 루쉰과 황위안(黃源)이 주관하는 '역문총서'(譯文叢書)를 위해 버나드 쇼(G. B. Shaw)의 극본 『악마의 제자』를 번역했다. ― 1932 ⑪ 30. ⑫ 3. 1933 ③ 5, 7, 15, 22, 24. ④ 1, 13, 20, 22, 27, 29. ⑤ 9, 11, 20, 25, 26, 28. ⑥ 18. ⑧ 30, 31. ⑨ 8, 24, 28. ⑩ 2, 9, 22. ⑪ 4, 5, 14, 16. ⑫ 4, 6, 16, 19, 29. 1934 ① 5, 12, 16, 24, 26. ② 3, 9, 11, 12, 13, 19, 21. ③ 6,

15, 24. ④ 3, 6, 9, 12, 13, 17, 23, 24. ⑤ 24, 27. ⑥ 19, 23. ⑦ 9. ⑧ 28, 31. ⑩ 24. 1935
⑦ 17. ⑧ 3, 12, 13, 25. ⑨ 1, 6, 26. ⑩ 20. ⑪ 16, 20, 22. 1936 ① 4. ② 2, 3, 6, 7, 9, 12,
23. ③ 20, 31. ④ 3, 20, 26. ⑦ 2. ⑨ 22.

야오커쿤(姚可昆, 1904~2003) 허베이(河北) 친황다오(秦皇島) 출신. 일기에는 제2사범학
원 학생, 펑즈(馮至)의 아내로 기록되어 있다. 1929년에 베이핑 제2사범학원 학생회
주석을 지냈다. 루쉰이 베이핑으로 어머니를 뵈러 갔을 때 그녀는 학교에서 강연해
달라고 루쉰을 초청했다. 1930년에 독일에 유학했다. 1935년 가을에 귀국한 후 펑즈
와 함께 루쉰을 방문했다. ─ 1929 ⑥ 1. 1935 ⑨ 6.

야오탕(耀唐) ─ 천톄경(陳鐵耕) 참조.

야오펑쯔(姚蓬子, 1905~1969) 저장(浙江) 주지(諸暨) 출신의 작가이며, 원명은 멍성(夢生),
자는 뤄런(裸人)이다. 1930년에 좌익작가연맹에 참여했다. 1933년 말에 체포되어
이듬해 5월에 「야오펑쯔의 공산당 탈퇴 선언」(姚蓬子的脫離共黨宣言)을 발표했다. ─
1924 ⑥ 11, 16. ⑨ 27. 1925 ① 11. 1928 ⑫ 29. 1929 ⑤ 4. ⑪ 8, 12, 23. 1930 ② 23.
③ 2. ④ 9, 24. 1932 ③ 31.

야핑(亞平) ─ 왕야핑(王亞平) 참조.

양(楊) ─ 사팅(沙汀) 참조.

양경(楊鏗) 장쑤(江蘇) 우진(武進) 출신이며, 자는 진경(金鏗)이다. 일기에는 양 변호사(楊
律師)로도 기록되어 있다. 루쉰의 부탁을 받아 연체된 인세의 지급을 위해 베이신서
국(北新書局)과 교섭했다. ─ 1929 ⑧ 12, 13, 14, 15, 16, 23, 24, 25. ⑨ 11, 16, 21. ⑩ 1,
14. ⑪ 4, 5, 22. ⑫ 23. 1930 ② 18. ③ 8, 23. ④ 20, 26. ⑤ 22. ⑥ 6. ⑦ 6, 7, 30. ⑧ 7, 25.
⑨ 2, 4, 16, 17. ⑪ 4, 6. ⑫ 26, 27. 1931 ① 21. ② 27. 1935 ⑤ 24.

양 군(楊君) ─ 양싸오(楊騷) 참조.

양더췬(楊德群, 1902~1926) 후난(湖南) 샹인(湘陰) 출신. 베이징여자사범대학 학생이다.
1926년 3·18참사 사건에서 류허전(劉和珍)과 함께 희생되었으며, 루쉰은 그녀와 류
전화의 추도회에 참석했다. ─ 1926 ③ 25.

양리자이(楊立齋) 저장(浙江) 사오싱(紹興) 출신이며, 호는 톈싱(天行)이다. 광둥(廣東) 산
터우(汕頭)의 『영동민국일보』(嶺東民國日報)의 편집자를 지냈다. ─ 1927 ① 15. ②
20.

양메이칸(楊每戡) ─ 둥메이칸(董每戡) 참조.

양 변호사(楊律師) ─ 양경(楊鏗) 참조.

양사오친(楊少勤) ─ 양웨이예(楊偉業) 참조.

양샹허(楊翔鶴) ─ 이샹허(李翔鶴) 참조.

양 선생(楊先生) — 양여사(楊女士) 참조.

양수다(楊樹達, 1885~1956) 후난(湖南) 창사(長沙) 출신의 언어학자이며, 자는 위푸(遇夫)이다. 일본에서 유학했으며, 1925년에 교육부 편역관 편역원을 지냈으며, 베이징사범대학, 칭화(淸華)대학 교수를 지냈다. — 1924 ③ 30. ④ 20. ⑪ 27. 1925 ⑦ 25. ⑨ 5.

양수화(楊樹華, 1912~?) 광둥(廣東) 청하이(澄海) 출신이며, 자는 관산(冠珊)이다. 광둥(廣東) 산터우사립유롄(汕頭私立友聯)중학 3학년 재학 중에 루쉰에게 편지를 보내 원고에 대한 가르침을 청했다. — 1927 ② 17, 22, 27. ③ 24. ⑤ 20. ⑥ 3, 23.

양신스(楊莘士) — 양신쓰(楊莘耜) 참조.

양신쓰(楊莘耜, 1883~1973) 저장(浙江) 우싱(吳興) 출신이며, 이름은 나이캉(乃康), 자는 신쓰 또는 신스(莘士)이다. 항저우(杭州) 저장양급사범학당에서 루쉰과 함께 교원으로 지냈다. 1912년 이후 교육부 보통교육사 과원, 과장, 시학(視學) 등을 역임했다. 1913년, 1914년 두 차례에 걸쳐 쓰촨(四川), 산시(陝西)로 파견되어 교육상황을 시찰했으며, 1917년 3월에는 다시 안후이(安徽)와 산둥(山東)으로 시찰하러 갔다. 같은 해 9월 이후에는 지린성(吉林省) 교육청 청장을 지냈다. — 1912 ⑥ 8. ⑦ 14, 20, 28. ⑧ 2, 11. ⑨ 11. ⑪ 4. 1913 ⑤ 15. ⑥ 10, 21. ⑧ 29, 30. ⑨ 5, 27. 1915 ① 26, 28. ② 5, 6. ③ 5. ④ 4. ⑤ 10. ⑥ 10. ⑪ 27. 1917 ⑤ 16, 18, 21, 31. ⑥ 1. 1918 ⑥ 6, 11.

양싱즈(楊莘之) 후난(湖南) 출신. 선바오연감사(申報年鑒社)의 편집을 맡았다. — 1933 ③ 24.

양싱포(楊杏佛, 1893~1933) 장시(江西) 칭장(淸江) 출신이며, 이름은 취안(銓), 자는 싱푸이다. 1932년에 중앙연구원 총간사를 지냈으며, 쑹칭링(宋慶齡), 차이위안페이(蔡元培) 등과 더불어 중국민권보장동맹(中國民權保障同盟)을 결성하고 이 동맹의 부회장 겸 총간사를 맡았다. 1933년 6월 18일 상하이에서 국민당 특무대원에게 암살당했다. 루쉰은 국민당 특무대의 협박에 굴하지 않고 입관식에 참가하였으며 「양취안을 애도하며」(悼楊銓)라는 시를 지었다. — 1933 ② 17, 24. ③ 1. ⑥ 12, 20.

양싸오(楊騷, 1901~1957) 푸젠(福建) 장저우(漳州) 출신이며, 이름은 구시(古錫), 자는 웨이취안(維銓)이다. 일기에는 양 군(楊君), 양웨이취안(楊維詮)으로도 기록되어 있다. 작가이며, 좌익작가연맹의 성원이다. 1928년에 바이웨이(白薇)와 동부인하여 린후이위안(林惠元)과 상하이 스가오타로(施高塔路, 지금의 산인로山陰路)에 함께 거주하였는데, 자주 루쉰의 집에 가서 창작과 번역 등에 대해 이야기를 나누었으며, 경제적으로도 루쉰의 도움을 많이 받았다. — 1928 ① 25. ⑤ 10, 28. ⑦ 6, 19, 26. ⑧ 7, 12, 15, 18, 22, 25, 28, 29, 30. ⑨ 8, 27. ⑩ 4, 10, 13, 17, 26, 27. ⑪ 1, 16, 29. ⑫ 4, 6, 12, 23, 30. 1929 ① 8, 13, 21. ② 1, 27. ③ 10, 11, 17, 20, 27. ④ 14, 24, 27, 28. ⑤ 11. ⑥ 29.

⑦ 13, 16, 21, 31. ⑧ 1, 6, 16, 17, 19, 28. ⑨ 2, 3, 8, 9. ⑪ 2, 7, 13, 21, 22, 23. ⑫ 27, 30.

양어성(楊顥生, ?~1925) 일기에는 '20여 세의 젊은이'로 기록되어 있으며, 베이징사범대학 국문과 학생이다. 정신이상으로 인해 '양수다'(楊樹達)라고 자처하면서 루쉰의 집에 뛰어들어 왔다. 루쉰은 그가 미친 척 기만한다고 오해하여 「'양수다' 군의 습격을 기록하다」(記'楊樹達'君的襲來)라는 글을 썼다. 얼마 후 진상을 알고서 다시 「양 군 습격 사건에 대한 정정」(關於楊君襲來事件的辯正)을 지었다. ─ 1924 ⑪ 13.

양 여사(楊女士) 일기에는 양 선생(楊先生)으로도 기록되어 있다. 상하이 푸민(福民)의원 간호사이다. ─ 1930 ① 6, 13.

양웨루(楊月如, ?~1916) 교육부 직원인 듯하다. ─ 1916 ② 24.

양웨이예(楊偉業, 1899~?) 광둥(廣東) 마오밍(茂名) 출신이며, 자는 사오친(少勤)이다. 1923년에 베이징대학 국문과를 졸업했으며, 1927년에는 광저우(廣州) 중산(中山)대학 예과의 교원을 지냈다. ─ 1927 ① 30.

양웨이취안(楊維詮) ─ 양싸오(楊騷) 참조.

양웨이취안(楊維銓) ─ 양싸오(楊騷) 참조.

양위안(楊遇安) ─ 리위안(李遇安) 참조.

양위푸(楊遇夫) ─ 양수다(楊樹達) 참조.

양인위(楊蔭楡, 1884~1938) 장쑤(江蘇) 우시(無錫) 출신. 1924년 2월 말부터 이듬해 5월에 걸쳐 베이징여자고등사범학교 교장을 지냈다. ─ 1924 ⑨ 14.

양잉성(楊贏牲) ─ 양하오성(楊豪生) 참조.

양선화(楊鎭華) 서장(浙江) 출신의 번역가이다. ─ 1928 ③ 31.

양중원(楊仲文) 확실치 않음. ─ 1927 ⑪ 8.

양중허(楊仲和) 허베이(河北) 완핑(宛平) 출신이며, 이름은 빈(彬), 자는 중허이다. 교육부 사회교육사 사무원을 지냈다. ─ 1913 ① 1, 2. ② 9, 27. 1914 ① 1. 1916 ⑤ 22. 1923 ⑧ 28, 31. ⑩ 27, 30. ⑫ 2, 7.

양즈청(楊志成) ─ 양청즈(楊成志) 참조.

양즈화(楊之華, 1900~1973) 저장(浙江) 샤오산(蕭山) 출신. 일기에는 원(文), 원인(文尹), 웨이닝부인(維寧夫人)으로도 기록되어 있다. 취추바이(瞿秋白)의 아내이다. 원인(文尹)은 그녀의 필명인데, 취추바이 역시 역문의 경우 이를 빌려 필명으로 삼기도 했다. 일기에 기록된 바의 허자 부부(何家夫婦), 원인 부부(文尹夫婦)는 취추바이 부부를 가리킨다. 루쉰은 그녀를 위해 여러 차례 원고를 교열해 주었으며, 1932년에 편역하여 1933년에 출판한 소련의 단편소설집 『하루의 일』(一天的工作)에 그녀가 번역한 세라피모비치의 작품 두 편을 수록했다. 1935년 6월에 취추바이가 살해당한 후 그녀는 8

월에 소련으로 떠났다. 그녀와 루쉰의 교제에 대해서는 취추바이 항목을 살펴보시오. —1932 ⑨ 1, 14, 18, 25. ⑪ 4. ⑫ 9, 11. 1933 ② 10. ③ 6. ⑦ 5, 10. 1934 ② 3. ⑧ 5, 7. 1935 ⑧ 19. ⑫ 23, 31. 1936 ② 7. ⑦ 1, 2, 17.

양지윈(楊霽雲, 1910~1996) 장쑤(江蘇) 창저우(常州) 출신. 1932년 상하이 츠즈(持志)대학을 졸업하고 1933년에 상하이 푸단실험(復旦實驗)중학과 정풍문학원(正風文學院)에서 교편을 잡았다. 1934년에 루쉰의 문집에 실려 있지 않은 글을 수집·정리하여 『집외집』(集外集)으로 엮어 냈으며, 이 일로 루쉰과 편지를 주고받았다. —1934 ④ 13, 24. ⑤ 6, 15, 22, 24, 28, 29, 31. ⑥ 3, 7, 10, 12, 19, 21, 25. ⑦ 17. ⑩ 10, 13. ⑫ 5, 7, 9, 11, 13, 14, 16, 18, 19, 20, 21, 23, 29, 31. 1935 ① 4, 17, 29. ② 4, 7, 9, 14, 24. ⑤ 18, 24, 28. ⑫ 5, 13, 19. 1936 ② 29. ③ 6. ⑧ 26, 28.

양진하오(楊晉豪, 1910~1993) 장쑤(江蘇) 펑셴(奉賢, 지금은 상하이시에 속함) 출신. 1929년에 난징(南京)중앙대학에 재학 중이었으며, 자신의 소설 원고에 대한 교열을 부탁하면서 루쉰과 편지를 주고받기 시작했다. 1936년에 베이신서국(北新書局)의 반월간 『소학생』(小學生)의 편집을 맡았을 때 루쉰에게 원고를 청탁했으나 뜻을 이루지 못했다. —1929 ① 24. 1936 ③ 7, 10, 11, 18. ⑦ 5.

양짜오장(楊藻章) 구이저우(貴州) 출신. 난징(南京) 중앙대학 문과에 재학 중인 학생으로, 『위쓰』(語絲)의 투고자이다. —1929 ⑦ 28, 29.

양쯔이(楊子毅) 광둥(廣東) 중산(中山) 출신. 광저우(廣州) 중산대학 교수, 조직위원회 주석을 지냈다. 루쉰은 이 위원회의 위원을 지냈다. —1927 ⑤ 2.

양차오(楊潮, 1900~1946) 후베이(湖北) 몐양(沔陽, 지금의 셴타오仙桃) 출신이며, 필명은 양자오(羊棗)이다. 신문기자이며, 좌익작가연맹의 성원으로 활동했다. 루쉰에게 여러 차례 원고를 보내 가르침을 청했다. —1934 ⑨ 21. ⑪ 22. ⑫ 14. 1935 ① 17. ⑨ 24. ⑩ 11.

양청즈(楊成志, 1901~?) 광둥(廣東) 하이펑(海豊) 출신. 일기에는 양즈청(楊志成)으로 오기되어 있다. 광저우(廣州) 링난(嶺南)대학 역사학과에 재학 중이었으며, 광저우에 '베이신분국'(北新分局)을 설립하려는 일로 중징원(種敬文)과 함께 루쉰에게 편지를 보냈다. —1927 ② 13. ⑥ 29. ⑦ 3.

양첸리(楊千里) 장쑤(江蘇) 우장(吳江) 출신이며, 이름은 톈지(天驥), 자는 첸리이다. 교육부의 시학(視學)을 지냈다. —1916 ① 19.

양팅빈(楊廷賓, 1910~2001) 허난(河南) 난양(南陽) 출신. 왕예추(王冶秋), 왕정쉬(王正朔)의 중학 동창이며, 1935년에 베이핑대학 예술학원을 졸업한 후 허난으로 돌아가 난양여자중학에서 교편을 잡았다. 왕예추의 부탁을 받아 루쉰을 위해 한대(漢代)의 화상석(畫像石) 탁편을 수집했다. — 1935 ⑫ 21, 22. 1936 ① 28.

양펑우(楊鳳梧) 저장(浙江) 주지(諸暨) 출신. 퉁야전(童亞鎭)의 부탁으로 현(縣) 지사(知事) 응시에 보증을 서 주었다. — 1914 ② 4.

양하오(養浩) — 푸양하오(傅養浩) 참조.

양하오성(楊豪生) 일기에는 양잉성(楊贏牲)으로도 기록되어 있다.『삼한집』(三閑集)「통신」(通信)의 Y로 추정된다. — 1928 ④ 9. ⑤ 1. ⑦ 19, 20.

양후이(楊晦, 1899~1983) 랴오닝(遼寧) 랴오양(遼陽) 출신이며, 이름은 싱둥(興棟), 자는 후이슈(慧修), 필명은 양후이이다. 작가이며, 천중사(沉鐘社)의 성원이다. 1929년 당시 베이핑대학 제2사범학원에서 교편을 잡았으며,『화베이일보』(華北日報) 부간을 편집했다. 1934년에 상하이에 와서 글쓰기에 전념했으며, 후에 베이핑의 여러 대학에서 강의했다. — 1929 ⑤ 24, 27, 29. ⑨ 13. ⑫ 24. 1934 ⑩ 17. 1935 ⑥ 2, 3, 16. ⑨ 6. ⑫ 17.

양후이슈(楊慧修) — 양후이(楊晦) 참조.

어머니(母親) — 루루이(魯瑞) 참조.

어우 군(歐君) 확실치 않음. — 1926 ⑫ 31.

어우양산(歐陽山, 1908~2000) 후베이(湖北) 징저우(荊州) 출신의 작가이며, 원명은 양펑치(楊鳳岐), 별칭은 양이(楊儀), 필명은 뤄시(羅西), 룽궁궁(龍貢公) 등이다. 좌익작가연맹의 성원 및 신문자운동(新文字運動)위원회의 위원으로 활동했다. 1927년에 광저우(廣州) 중산(中山)대학에서 수강할 때 루쉰을 알게 되었다. 광저우기의(廣州起義)가 실패한 후 상하이로 가서『분류』(奔流)에 글을 발표했으며, 1929년 후반에 광저우로 돌아와 문학활동에 뛰어들었다가 지명수배를 당했다. 1933년 8월에 다시 상하이로 돌아가 루쉰에게 원고의 교열을 부탁했다. 판매금지된 그의 소설「막내삼촌」(杰老叔)은 루쉰의 소개로『선바오(申報)월간』에 발표되었다. 1936년 4, 5월경에 체포된 차오밍(草明)을 구하기 위해 변호사를 선임하자, 루쉰은 경비를 빌려주었다. 1936년에 소설가 좌담회를 개최하기 위해 루쉰에게 편지를 보냈다. — 1929 ⑦ 13. ⑨ 10. ⑩ 13, 14, 24, 30. 1933 ⑫ 13, 18. 1934 ① 18, 19. ⑦ 25. 1935 ④ 29. ⑤ 1, 10, 28. 1936 ① 11, 15, 30. ③ 18. ⑤ 13. ⑧ 20, 25.

어우양즈(歐陽治) 푸젠(福建) 샤먼(廈門) 출신. 샤먼대학 정치과의 예비학생이다. — 1926 ⑩ 1. 1927 ① 6.

얼예(耳耶) — 녜간누(聶紺弩) 참조.

에가와 시게루(惠川重) 일본인. 나머지는 확실치 않음. — 1934 ② 5. ③ 2.

에가와 유키요시(衛川有澈) 확실치 않음(발음도 확실치 않음). — 1929 ⑪ 19.

에케(Gustav Ecke) 독일인. 1926년에 샤먼(廈門)대학에서 문과 철학과 교수를 지냈다.
—1926 ⑫ 24. 1927 ① 13, 14.

역자(譯者) 린단추(林淡秋) — 1934 ② 3.

역자(譯者) 사토 하루오(佐藤春夫), 마스다 와타루(增田涉) 참조. — 1935 ⑦ 26.

역자(譯者) 확실치 않음. — 1934 ⑨ 19.

예 군(葉君) — 예사오취안(葉少泉) 참조.

예궁(冶公) — 타오왕차오(陶望潮) 참조.

예라이스(葉籟士, 1911~1994) 장쑤(江蘇) 우현(吳縣) 출신이며, 원명은 바오수위안(包叔
元)이다. 일기에는 뤄몐화(羅甸華)로도 기록되어 있다. 언어학자이며 좌익세계어연
맹의 회원이다. 일본에서 유학했으며, 1935년 당시 상하이에서 라틴화 신문자운동
(新文字運動)에 종사했으며, 루쉰에게 편지를 보내 상하이 신문자학회를 위해 성금
을 기부해 줄 것을 부탁했으며, 루쉰은 답신을 보냄과 함께 성금을 기부했다. — 1935
⑤ 21. ⑦ 18. ⑨ 19. ⑩ 11.

예로(愛羅) — 예로센코 참조.

예로센코(Василий Яковлевич Ерошенко, 1889~1952) 러시아의 맹인 시인이자 동화작가
이다. 일기에는 예로(愛羅), E군으로도 기록되어 있다. 1921년에 중국에 와서 1922
년 2월에 베이징에 이르러 루쉰의 집에 기거하면서 베이징대학 에스페란토강습반
강사를 지냈다. 같은 해 7월에 핀란드에서 개최된 제14차 만국세계어대회에 참석하
였다가 11월에 베이징으로 돌아왔다. 1923년 4월에 귀향했다. 루쉰은 그의 작품 일
부를 번역했다. — 1921 ⑫ 1, 3, 26. 1922 ⑦ 3. ⑪ 4, 24. 1923 ① 19, 20, 26, 27. ④ 15,
16, 21. ⑦ 12, 17. ⑧ 8.

예뤄성(葉洛聲) 확실치 않음. — 1933 ⑪ 3.

예사오쥔(葉紹鈞) — 예성타오(葉聖陶) 참조.

예사오취안(葉少泉) 일기에는 예 군(葉君)으로도 기록되어 있다. — 1927 ① 25. ② 5, 10,
17, 18, 24. ③ 3. ④ 1, 14. ⑥ 18.

예성타오(葉聖陶, 1894~1988) 장쑤(江蘇) 우현(吳縣) 출신이며, 이름은 사오쥔(紹鈞), 자는
성타오이다. 작가이며, 문학연구회(文學硏究會) 발기인의 한 사람이다. 교육사업에
종사했으며, 1923년부터 상우인서관(商務印書館)의 편집을 맡았으며, 1930년부터
는 카이밍서점(開明書店)에서 편집을 맡았다. 1926년 가을에 루쉰이 샤먼(廈門)에 가
면서 상하이에 들렀을 때 만나게 되었으며, 이듬해 10월에 루쉰이 상하이의 징윈리
(景雲里)에 거처를 마련했을 때 이웃에 거주하였기에 자주 왕래했다. — 1926 ⑧ 30.
1927 ⑩ 14, 18. ⑫ 4, 16, 18, 24, 27. 1928 ⑨ 24. 1929 ⑧ 22. 1930 ④ 5. 1931 ⑪ 16.

⑫ 3, 17, 19. 1933 ① 11, 15. ⑪ 20. ⑫ 4.

예 아무개(葉某) 확실치 않음. ─ 1929 ⑧ 16.

예얼(曄兒) ─ 저우예(周曄) 참조.

예얼(燁兒) ─ 저우예(周曄) 참조.

예위안(葉淵, 1889~1952) 푸젠(福建) 안시(安溪) 출신이며, 자는 이쥔(貽俊)이다. 지메이(集美)학교 교장이며, 루쉰에게 편지를 보내 이 학교에서의 강연을 부탁했다. ─ 1926 ⑪ 19.

예위후(葉譽虎, 1880~1968) 광둥(廣東) 판위(番禺) 출신이며, 이름은 궁춰(恭綽), 자는 위푸(裕甫) 혹은 위후(譽虎)이다. 민국 성립 이후 교통부 노정사장(路政司長), 차장, 총장 및 자오퉁(交通)대학 교장, 베이징대학 국학관 관장 등을 역임했다. 1930년 당시 상하이에 거주했다. ─ 1930 ⑪ 20.

예융전(葉永蓁, 1908~1976) 저장(浙江) 러칭(樂淸) 출신이며, 이름은 후이시(會西), 자는 융전, 필명은 예전(葉蓁)이다. 황푸군관학교(黃埔軍官學校) 제5기 학생이며, 북벌에 참여했다. 대혁명이 실패한 후 상하이로 이주하여 자전체 소설 『짧은 10년』(小小十年)을 지었는데, 루쉰은 이 작품을 교정하고 서문을 써 주었다. 1934년 다시 입대하여 계속 진급하여 사단장에 이르렀다. 후에 타이베이에서 세상을 떠났다. ─ 1929 ⑤ 3. ⑥ 12, 13, 15, 16, 18, 19, 21, 23, 28, 29. ⑦ 31. ⑨ 5, 19. ⑩ 3, 19. ⑫ 4, 12. 1930 ③ 15, 16. ⑥ 23. 1931 ① 15. 1933 ⑨ 21.

예즈(葉芷) ─ 예쯔(葉紫) 참조.

예즈린(葉之林) ─ 돤무훙량(端木蕻良) 참조.

예즈린(葉之琳) ─ 돤무훙량(端木蕻良) 참조.

예쯔(葉紫, 1910~1939) 후난(湖南) 이양(益陽) 출신이며, 원명은 위자오밍(余昭明) 혹은 위허린(余鶴林), 필명은 예즈(葉芷), 아즈(阿芷) 등이다. 일기에는 아즈(阿紫)로도 기록되어 있다. 작가이며 좌익작가연맹의 성원이다. 1933년에 천치샤(陳企霞) 등과 함께 『무명문예』(無名文藝)를 편찬했으며, 창작과 생활에 있어서 루쉰의 도움을 받았다. 그가 지은 단편소설집 『풍성한 수확』(豊收)은 루쉰이 서문을 쓰고 '노예총서'(奴隸叢書)에 편입되어 1935년에 출판되었다. ─ 1934 ④ 28, 30. ⑤ 18. ⑥ 8. ⑧ 28, 31. ⑨ 1, 14, 27. ⑩ 15, 21, 31. ⑪ 13, 20. ⑫ 17, 19, 27. 1935 ① 4, 7, 10, 17, 23. ② 24, 27, 28. ③ 1, 4, 5, 18, 28, 29. ④ 4, 8, 13, 19. ⑤ 6, 12, 13, 14, 23. ⑥ 7. ⑦ 3, 13, 16, 30, 31. ⑧ 11, 28. ⑨ 21, 23, 27. ⑩ 2, 3. ⑪ 24, 26. ⑫ 22, 26, 29. 1936 ① 6. ② 10. ③ 10, 14. ⑤ 12, 13, 31. ⑥ 4. ⑧ 19, 29. ⑨ 8, 15.

예추(冶秋) ─ 왕예추(王冶秋) 참조.

예추페이(葉鋤非, 1911~?) 안후이(安徽) 슈닝(休寧) 출신이며, 자는 추페이(雛飛)이다. 푸단(復旦)대학 특별생이다.—1927 ⑫ 20. 1928 ② 15. 1930 ① 6, 7. ④ 25.

예푸(野夫)—정예푸(鄭野夫) 참조.

예푸런(葉譜人) 저장(浙江) 위야오(余姚) 출신. 루쉰이 사오싱부중학당(紹興府中學堂)에서 교편을 잡았을 때의 동료이다.—1913 ⑥ 30.

예한장(葉漢章) 저장(浙江) 사오싱(紹興) 출신. 교육부에서 근무했다.—1927 ⑪ 29. ⑫ 3. 1928 ④ 13, 21.

옌간위안(閻甘園, 1865~1942) 산시(陝西) 란텐(藍田) 출신. 청말 시안(西安)의 관중(關中) 서원을 졸업한 후 일본에서 유학했으며, 귀국 후에 간위안(甘園)학당을 창립했다. 그림에 뛰어났으며, 명화와 골동품을 대단히 많이 소장했다.—1924 ⑦ 19.

옌리민(顏黎民, 1913~1947) 쓰촨(四川) 량핑(梁平) 출신이며, 원명은 방딩(邦定)이다. 1934년에 베이핑 홍다(宏達)중학에 재학 중이었다. 1936년 4월에 루쉰의 두번째 답신을 받은 지 오래지 않아 공산당 혐의로 체포되었다가 반년 후에 출옥했다.—1936 ④ 2, 3, 14, 16, 25.

옌빈(雁賓)—선옌빙(沈雁冰) 참조.

옌빙(雁冰)—선옌빙(沈雁冰) 참조.

옌성(燕生)—창옌성(常燕生) 참조.

옌슈(嚴修, 1861~1929) 톈진 출신의 교육가이며, 자는 판쑨(范孫), 호는 멍푸(夢扶)이다. 난카이(南開)대학 창립자 가운데 한 사람이다. 1914년 2월에 위안스카이(袁世凱)에 의해 교육총장에 선임되었으나 사양하여 끝내 취임하지 않았다.—1914 ② 21.

옌신(閻梣) 확실치 않음.—1935 ⑤ 13, 15.

옌위밍(燕遇明, 1907~1982) 산둥(山東) 타이안(泰安) 출신의 시인이며, 원명은 즈쥔(志儁), 위밍으로 개명했다. 산둥 지난(濟南)제1중학 학생이며, 질병으로 집에서 휴양할 때 자신이 지은 시를 학우인 쑨융셴(孫永顯)에게 부탁하여 루쉰에게 부쳤다.—1925 ④ 26.

옌제런(顏傑人) 확실치 않음.—1935 ⑨ 12.

옌즈쥔(燕志儁)—옌위밍(燕遇明) 참조.

옌지청(嚴旣澄, 1899~?) 광둥(廣東) 쓰우이(四會) 출신이며, 이름은 체(鍥), 자는 지청이다. 베이징대학 강사를 지냈다. 1927년에 항저우(杭州)에서 『싼우일보』(三五日報) 부간을 펴내면서 루쉰에게 편지를 보내 원고를 청탁했다.—1927 ⑦ 9.

옌진(延進)—천옌진(陳延進) 참조.

옌쭝린(閻宗臨, 1904~1978) 산시(山西) 우타이(五臺) 출신이며, 자는 충린(琮琳), 필명은 이란(已燃)이다. 1925년에 가오창홍(高長虹)을 통해 루쉰을 알게 되었으며, 같은 해 겨울에 프랑스로 근공검학(勤工儉學)을 떠났다. — 1925 ② 8. ③ 9. ⑥ 16. ⑨ 5. 1926 ⑦ 21. ⑧ 17.

옌차오(烟橋) — 천옌차오(陳烟橋) 참조.

옌형칭(顔衡卿) 확실치 않음. — 1928 ① 6.

오가와(小川) — 오가와 다마키(小川環樹) 참조.

오가와 다마키(小川環樹, 1910~1993) 일본의 중국문학자. 당시 중국에 유학하여 위다푸(郁達夫)의 소개로 메카다 마코토(目加田誠, 1904~1994)와 함께 루쉰을 방문했다. — 1935 ③ 21.

오다 다케오(小田嶽夫, 1900~1979) 일본인 작가이자 중국문학연구자. 저서로 『루쉰전』(魯迅傳)이 있다. — 1936 ⑨ 15.

오바라 에이지로(小原榮次郎) 일본인. 1905년에 사업을 위해 중국에 왔으며, 당시 일본 도쿄에 교카도(京華堂)라는 가게를 열어 중국의 옛 문물과 난초를 판매했다. — 1931 ② 19.

오사카 겐지(小坂狷二, 1888~1969) 일본의 철도차량공학의 전문가이자 에스페란토 학자. — 1924 ④ 23

오자키(大崎) — 오자키 호쓰미(尾崎秀實) 참조.

오자키(尾崎) — 오자키 호쓰미(尾崎秀實) 참조.

오자키 호쓰미(尾崎秀實, 1901~1944) 일본의 평론가이자 저널리스트, 공산주의자이며, 만철(滿鐵)조사부 촉탁지원을 지냈다. 필명은 시라카와 지로(白川次郎)이다. 일기에는 오자키(尾崎), 시라카와(白川) 등으로도 기록되어 있으며, 오자키(大崎)로 오기되어 있기도 하다. 1932년부터 1934년에 걸쳐 아사히(朝日)신문의 상하이 지사에서 근무했다. 야마가미 마사요시(山上正義)의 일역본 『아Q정전』(阿Q正傳)을 위해 「중국좌익문예전선의 현황에 대해」라는 제목의 서문을 지었다. — 1931 ⑥ 8. ⑩ 19. 1932 ① 8. 1934 ⑧ 24.

오카구치(岡口) 여사 — 오카다 도쿠코(岡田德子) 참조.

오카노(岡野) 확실치 않음. — 1926 ⑧ 17.

오카다 도쿠코(岡田德子) 일본인. 일기에는 오카구치(岡口) 여사로 오기되어 있다. 우치야마 미키(內山美喜)의 벗이다. 1934년 5월부터 7월에 걸쳐 상하이 우쑹로(吳淞路) 추싱상회(出星商會)에서 양복재단강습회를 개최했다. — 1934 ⑦ 20.

오카모토(岡本) — 오카모토 시게루(岡本繁) 참조.

오카모토 시게루(岡本繁, 1899~?) 일본인 의학박사. 1932년에 상하이 시노자키(篠崎)의원에서 외과주임을 맡았으며, 하이잉(海嬰)을 진찰한 적이 있다. ― 1932 ⑫ 9.

오타 미쓰구(太田貢) 일본의 수채화가. ― 1931 ⑥ 27.

오타 우노스케(太田宇之助, 1891~1986) 일본인. 1930년 전후에 일본 오사카의 『아사히신문』(朝日新聞) 상하이 지사 사장을 지냈다. ― 1930 ⑥ 15.

와다 히토시(和田齊, 1904~?) 오사카(大阪) 『아사히(朝日)신문』의 상하이 지사 직원이다. ― 1933 ⑨ 23.

와키미즈(脇水) ― 와키미즈 데쓰고로(脇水鐵五郎) 참조.

와키미즈 데쓰고로(脇水鐵五郎, 1867~1942) 일본 기푸현(岐阜縣) 출신의 지질학자이자 토양학자. 1893년 제국대학 지질학과를 졸업한 후, 1896년부터 1928년에 걸쳐 도쿄제국대학 교수로서 지질학과 토양학 등의 교과목을 가르쳤다. ― 1923 ⑤ 4.

와타나베(渡邊) ― 와타나베 요시토모(渡邊義知) 참조.

와타나베 요시토모(渡邊義知, 1889~1963) 일본의 조각가이며, 일기에는 와타나베(渡邊)로 기록되어 있다. 1914년에 설립된 일본 미술단체 니카카이(二科會) 조각부 주석이다. 우치야마 가키쓰(內山嘉吉)의 스승이다. ― 1932 ⑥ 7.

와타루(涉) 군 ― 마스다 와타루(增田涉) 참조.

완팡(萬方) 저장(浙江) 상위(上虞) 출신으로, 1915년 베이징에 와서 현 지사(知事) 고시에 응시했다. ― 1915 ③ 30.

완후이(萬慧, 1889~1959) 쓰촨(四川) 쯔퉁(梓潼) 출신의 완후이법사(萬慧法師)를 가리킨다. 성은 셰(謝), 이름은 산(善), 자는 시안(希安)이다. 셰우량(謝無量)의 둘째동생으로, 오랫동안 인도와 미얀마에 머물면서 불학을 연구했다. ― 1916 ⑧ 4.

왕(王) ― 왕순친(王順親) 참조.

왕(王) ― 왕웨이바이(王維白) 참조.

왕(王) ― 왕징칭(王鏡淸) 참조.

왕(王) ― 왕팡런(王方仁) 참조.

왕구이쑨(王珪孫, 1897~1969) 저장(浙江) 성현(嵊縣) 출신이며, 자는 구이성(桂生)이다. 1927년에 샤먼(廈門)대학 공학과 교수를 지냈다. ― 1927 ① 9.

왕 군(王君) 상하이 허이창(合義昌) 연료가게의 주인이다. ― 1932 ⑪ 10.

왕 군(王君) ― 왕즈싼(王植三) 참조.

왕 군(汪君) 확실치 않음. ― 1925 ⑦ 26.

왕 노부인(王老太太) 왕윈루(王蘊如)의 어머니. 일기에는 왕씨 외할머니(王家外婆)로도 기록되어 있다. ― 1929 ④ 27. 1931 ⑩ 26. ⑪ 25.

왕다런(汪達人) 확실치 않음. ― 1928 ⑩ 18.

왕다셰(汪大燮, 1859~1929) 저장(浙江) 첸탕(錢塘, 지금은 항저우杭州에 속함) 출신이며, 자는 보탕(伯棠 혹은 伯唐)이다. 일기에는 왕(汪) 총장으로도 기록되어 있다. 청대 광서(光緖)의 거인(擧人)이며, 1902년에 일본유학생 감독을 지냈다. 1913년 9월에 교육총장을 지내고, 이듬해 2월에 사직했다. 얼마 후에 평정원 원장에 임명되었다. — 1913 ⑨ 15, 28. 1914 ② 21.

왕다오(望道) — 천왕다오(陳望道) 참조.

왕다중(王大鐘) 확실치 않음. — 1936 ⑩ 3.

왕둬중(王鐸中, 1892~1953) 저장(浙江) 사오싱(紹興) 출신이며, 이름은 원하오(文灝), 자는 둬중이다. 루쉰이 사오싱부중학당에서 교편을 잡았을 때의 학생이다. 1908년에 웨사(越社)에 참여했으며, 후에 『웨둬일보』(越鐸日報) 운영자의 한 사람이었다. — 1916 ⑪ 13, 15.

왕량(王亮, 1881~1966) 저장(浙江) 황옌(黃岩) 출신이며, 자는 시인(希隱)이다. 난징(南京)의 강남육사학당(江南陸師學堂)을 졸업한 후, 육군부원외랑(陸軍部員外郎)을 지내고 후에 청사관협수(淸史館協修)를 역임했다. — 1912 ⑥ 26.

왕런산(王仁山, 1871~?) 저장(浙江) 우싱(吳興) 출신이며, 이름은 수룽(樹榮), 자는 런산이다. 청 광서(光緖) 갑오년(1894년)에 과거에 합격했다. 경사법률학당(京師法律學堂)을 졸업한 후 톈진고등심판청(天津高等審判廳)의 청장을 지냈다. — 1929 ① 5.

왕런수(王任叔, 1901~1972) 저장(浙江) 펑화(奉化) 출신이며, 이름은 윈탕(運鏜), 자는 런수, 필명은 바런(巴人)이다. 작가이자 문예이론가로 활동했으며, 문학연구회(文學硏究會) 회원이다. 1928년 8월 상하이에서 『산우』(山雨) 반월간을 주편했다. 1929년에 일본에 갔다가 이듬해 귀국하여 좌익작가연맹에 참여했다. — 1928 ⑦ 1. 1929 ⑪ 9, 10.

왕루링(王茹苓) — 왕유더(王有德) 참조.

왕루칭(王儒卿) — 왕환유(王煥猷) 참조.

왕리(王黎) 확실치 않음. — 1933 ⑤ 30.

왕리위안(汪立元) 저장(浙江) 위항(餘杭) 출신이며, 자는 젠자이(健齋 혹은 簡齋)이다. 내무부 예속사(禮俗司) 첨사를 지냈다. — 1912 ⑥ 26.

왕린(王林, 1909~1984) 허베이(河北) 헝수이(衡水) 출신의 작가로서, 원명은 왕타오(王弢), 개명은 왕샹린(王相林), 왕린(王林), 필명은 쥔원(儁聞)이다. 1935년 베이핑(北平)에서 『외진 진씨 마을』(幽僻的陳莊)을 출판한 후, 루쉰에게 책을 부쳐 교열을 부탁했는데, 주소를 오기했을까 봐 책을 다시 부쳤다. — 1934 ⑫ 13. 1935 ① 7, 21. ④ 22.

왕마오룽(王懋熔, ?~1913) 자는 쭤창(佐昌)이며, 경사도서관 관원이다. — 1913 ② 2. ③

30. ④ 6. ⑨ 14. ⑩ 1. ⑪ 11. ⑫ 26, 31. 1914 ② 9.

왕멍자오(王孟昭) 산시(山西) 이쓰(猗氏) 출신이며, 이름은 팡(昉), 자는 멍자오이다. 1925년에 베이징대학 경제학과를 졸업했다. ─ 1928 ⑥ 18.

왕밍주(汪銘竹, 1907~?) 장쑤(江蘇) 난징(南京) 출신이며, 원명은 훙쉰(鴻勛)이다. 중앙대학 학생이다. 1934년 당시 난징에서 창런샤(常任俠), 쑨왕(孫望) 등과 투싱필회(土星筆會)를 조직하고 반월간지 『스판』(詩帆)을 편집했다. ─ 1934 ⑪ 8.

왕바오량(王寶良, 1908~1992) 저장(浙江) 전하이(鎭海) 출신. 일기에는 보량(波良)이라고 기록되어 있다. 상하이 우치야마서점(內山書店)의 점원이다. ─ 1931 ⑫ 23. 1935 ⑨ 28.

왕보샹(王伯祥, 1890~1975) 장쑤(江蘇) 우현(吳縣) 출신이며, 이름은 중치(鐘麒), 자는 보샹이다. 역사학자이며, 문학연구회(文學硏究會) 회원으로 활동했다. 1926년에는 상하이 상우인서관(商務印書館)의 편집자를 지냈다. ─ 1926 ⑧ 30.

왕샹린(王相林) ── 왕린(王林) 참조.

왕선쓰(王愼思) ── 류셴(劉峴) 참조.

왕수린(王叔鄰) ── 왕유더(王有德) 참조.

왕수메이(王叔梅) ── 왕수메이(王叔眉) 참조.

왕수메이(王叔眉, 1875~1941) 저장(浙江) 사오싱(紹興) 출신이며, 이름은 수쩡(述曾), 자는 수메이(叔眉 혹은 叔梅)이다. 민국 초기에 푸젠(福建) 민허우현(閩侯縣) 지사를 지냈다. ─ 1912 ⑦ 22, 26. 1913 ③ 24.

왕수샤(汪曙霞, 1879~?) 저장(浙江) 하이닝(海寧) 출신이며, 이름은 위준(興准), 자는 수샤이다. 루쉰과 함께 일본 고분(弘文)학원에서 공부했다. 1912년에 내무부 첨사를 지냈다. ─ 1912 ⑨ 8.

왕수샤의 형(汪曙霞兄) ── 1912 ⑨ 8.

왕수쥔(王叔鈞, 1874~?) 쓰촨(四川) 화양(華陽) 출신이며, 이름은 장후(章祜)이다. 1912년에 교육부 사회교육사 제2과 과장을 지냈고, 같은 해 말에 쓰촨교육청 청장으로 전근했다. 1916년에 다시 교육부 편심원(編審員)을 지내고, 루쉰을 이어 통속교육연구회 소설분과 주임을 지냈다. 1917년 내무부로 옮겨 비서가 되었다가 얼마 후 다시 즈리(直隷)교육청장을 지냈다. 1920년 8월부터 이듬해 5월에 걸쳐 교육부 차장을 지냈다. ─ 1916 ① 5. ③ 9. 1917 ② 5, 8. 1923 ② 26.

왕수쥔(王叔鈞)**의 큰아들** ── 1923 ② 26.

왕수탕(汪書堂) 장쑤(江蘇) 우현(吳縣) 출신이며, 이름은 썬바오(森寶), 자는 수탕이다. 교육부의 시학(視學) 겸 비서를 지냈다. ─ 1915 ① 4, 15, 18. ② 12, 20, 23, 27. ③ 2, 5, 6,

8, 23, 26, 29. ⑤ 8. ⑨ 9, 30. ⑩ 2, 30. 1916 ① 12, 13. ⑧ 24, 30. 1917 ⑫ 18.

왕수탕의 어머니(汪書堂母) ― 1917 ⑫ 18.

왕수헝(王書衡, 1864~1931) 산시(山西) 편양(汾陽) 출신이며, 이름은 스퉁(式通), 자는 수헝, 호는 즈안(志盦)이다. 청말에 벼슬길에 올랐으며, 1914년에 약법회의(約法會議)의 비서장을 지냈다. ― 1914 ⑧ 2.

왕순친(王順親, 1898?~?) 저장(浙江) 사오싱(紹興) 출신이다. 일기에는 왕(王), 미스 왕(王小姐)이라고도 기록되어 있다. 1925년에 베이징여자사범대학에 재학 중이었으며, 쉬광핑(許廣平)의 같은 반 학우였다. ― 1924 ⑥ 8. 1925 ① 25. ⑦ 6, 21, 28. ⑩ 5.

왕쉐시(王學熙) 확실치 않음. ― 1935 ③ 7, 22.

왕쉬추(汪旭初, 1890~1963) 장쑤(江蘇) 우현(吳縣) 출신이며, 원명은 둥바오(東寶, 후에 둥東으로 개명), 자는 쉬추이다. 일본 와세다(早稻田)대학을 졸업하고, 루쉰을 뒤이어 장타이옌(章太炎)에게 소학에 관한 강의를 들었다. 민국 초기에 내무부 첨사, 대총통부 법률자문 등을 역임했다. ― 1914 ⑫ 31.

왕스난(王峙南) 확실치 않음. ― 1929 ① 31.

왕스웨이(王實味, 1900~1947) 허난(河南) 황촨(潢川) 출신이며, 이름은 스웨이(詩微), 필명은 스웨이(實味)이다. 당시의 문학청년이다. ― 1928 ⑩ 19.

왕스첸(王式乾, 1889~?) 저장(浙江) 성현(嵊縣) 출신이며, 자는 다오강(道綱)이다. 루쉰이 사오싱부중학당(紹興府中學堂)에서 교편을 잡았을 적의 학생이다. 1914년에 베이징공업전문학교에 입학했으며, 이때 루쉰이 그의 보증인이 되어 주었다. 후에 베이징대학 기계과로 옮겨 1919년에 졸업했다. 수학하는 동안 자주 루쉰에게서 돈을 빌려 학비로 충당했다. ― 1914 ⑨ 5, 9. 1915 ① 2. ② 27. ③ 29. ④ 1. ⑨ 11. ⑫ 28. 1916 ① 10. ④ 14, 27, 28. ⑥ 20. ⑨ 17. ⑩ 23. 1917 ③ 10, 11, 30. ④ 10. ⑨ 16. ⑫ 21. 1918 ① 4. ④ 6. ⑤ 5. ⑦ 5, 21, 28. ⑨ 4, 25, 26, 29. ⑩ 29, 31. ⑪ 12, 18, 30. ⑫ 27. 1919 ① 16. ④ 1. ⑤ 31. ⑦ 2. 1921 ⑦ 21.

왕시란(王錫蘭) 허베이(河北) 런추(任丘) 출신이며, 호는 푸친(馥琴)이다. 1929년에 베이징사범대학 국문과를 졸업했다. ― 1924 ⑫ 14.

왕시즈(王熙之, 1904~1960) 간쑤(甘肅) 린타오(臨洮) 출신이며, 이름은 위허(裕和), 자는 시즈이다. 1933년 전후에 간쑤 린타오사범학교에서 교편을 잡았다. 그가 보낸 동요는 루쉰을 거쳐 베이신서국(北新書局)에 소개되었으나, 발표되지는 않았다. ― 1933 ⑩ 21, 26. 1934 ① 4.

왕신루(王馨如) ― 왕윈루(王蘊如) 참조.

왕쓰위안(王思遠) ― 왕즈즈(王志之) 참조.

왕씨(王氏) 1919년 여름 저우쬠런(周作人) 일가가 베이징에 왔을 때, 루쉰은 왕씨에게 방을 세내 달라고 부탁했다. ―1919 ⑦ 26.

왕씨 외할머니(王家外婆) ― 왕 노부인(王老太太) 참조.

왕(王) **아무개** ― 루쉰이 사오싱현(紹興縣)에 거주했을 때의 이웃이다. ―1914 ① 31.

왕아화(王阿花) 저장(浙江) 상위(上虞) 출신. 남편의 학대를 피해 상하이로 도망쳐 고용살이를 했다. 루쉰의 집에서 하녀로 일할 때 그녀의 남편이 건달들을 끌고 와 소란을 피운 적이 있었는데, 루쉰이 몸값을 치러 문제를 해결했다. ― 1929 ⑩ 31. 1930 ① 9. ⑥ 21.

왕야핑(王亞平, 1905~1983) 허베이(河北) 웨이현(威縣) 출신이며, 자는 젠즈(減之)이다. 시인이며, 중국시가회(中國詩歌會) 회원이다. 1935년에 칭다오(靑島)에서 『시가계간』(詩歌季刊)을 기획했다. ―1935 ⑥ 12.

왕 여사(王女士) ― 왕윈루(王蘊如) 참조.

왕예추(王野秋) ― 왕예추(王冶秋) 참조.

왕예추(王冶秋, 1909~1987) 안후이(安徽) 휘추(霍丘) 출신이며, 필명은 예추(野秋)이다. 웨이밍사(未名社) 회원이다. 산시(山西)와 톈진(天津) 등지에서 교편을 잡았다. ―1934 ⑪ 17, 24. ⑫ 7, 14, 27, 28. 1935 ① 4, 8. ② 26. ③ 21. ⑧ 19. ⑩ 17. ⑪ 4, 5, 11, 17, 18, 23. ⑫ 3, 5, 13, 21, 22, 29. 1936 ① 17. ② 20. ③ 19. ④ 3, 6, 16. ⑤ 4, 5, 31. ⑥ 3. ⑦ 11, 16. ⑨ 1, 15, 28.

왕예추(王冶秋)**의 아들** ―1935 ⑪ 23.

왕왕핑(王望平) 장쑤(江蘇) 출신이며, 원명은 왕비(王弼)이다. 중국제난회(中國濟難會) 회원이며, 잡지 『백화』(白華)를 주관했다. ―1927 ⑩ 19.

왕원슈(王文修) 푸젠(福建) 민허우(閩侯) 출신. 1935년 상하이 광화(光華)대학 학생으로 재학 중이었다. ―1935 ⑩ 31.

왕원하오(王文灝) ― 왕둬중(王鐸中) 참조.

왕웨이런(王偉人) ― 왕웨이천(王維忱) 참조.

왕웨이바이(王維白, 1878~1939) 장쑤(江蘇) 단투(丹徒) 출신이며. 이름은 자쥐(家駒), 자는 웨이바이이다. 일본 와세다대학을 졸업하고 민국 후에 교육부 첨사, 시학(視學) 등을 지냈다. 1919년에 국립베이징법정전문학교 교장을 겸임했다. ―1916 ⑤ 19, 23. 1919 ② 22.

왕웨이바이(王維白)**의 부인** ―1919 ② 22.

왕웨이천(王偉忱) ― 왕웨이천(王維忱) 참조.

왕웨이천(王維忱, 1875~1922) 저장(浙江) 자싱(嘉興) 출신이며, 이름은 자쥐(嘉榘), 자는 웨

이천, 호는 웨이런(偉人)이다. 일기에는 왕웨이천(王偉忱)으로도 기록되어 있다. 루쉰과 같은 시기에 일본에서 유학했다. 광복회(光復會)의 일본 책임자이고, 『저장의 조수』(浙江潮)의 편집자였다. 민국 후에 교육부 주사, 첨사, 비서 등을 지냈다. — 1912 ⑪ 6. ⑫ 2. 1913 ③ 1. ⑧ 18. ⑨ 27. 1914 ⑥ 13. 1915 ② 12. ③ 2. ⑧ 7. ⑨ 2. 1916 ⑤ 26, 30. 1922 ② 26.

왕위치(王余杞, 1905~?) 쓰촨(四川) 쯔궁(自貢) 출신. 1929년 자오퉁(交通)대학 베이핑철도관리학원에 재학 중일 때 『분류』(奔流), 『베이신』(北新)에 투고하였으며, 왕즈즈(王志之), 디융쿤(翟永坤) 등과 함께 문예 반월간인 『황다오』(荒島)를 편찬하였다. 같은 해 여름에 상하이로 실습을 나갔다가 위다푸(郁達夫)의 소개로 루쉰을 방문했다. 1934년에는 톈진(天津)의 『당대문학』(當代文學) 편집을 맡았을 때, 루쉰에게 원고를 청탁했다. — 1929 ⑧ 9, 27. ⑪ 13, 26, 27. 1934 ⑦ 13.

왕위허(王育和, 1903~1971) 저장(浙江) 닝하이(寧海) 출신으로, 러우스(柔石)의 동향이다. 상하이 사쑨빌딩(沙遜大廈, Sassoon House)의 루이상융평양행(瑞商永豊洋行)에서 직원으로 근무했다. 러우스를 구하고 그의 자식들을 돕는 일로 루쉰과 왕래했다. 1932년 4월 리핑(李平), 린커둬(林克多)이 지은 『소련견문록』(蘇聯見聞錄)의 원고를 루쉰에게 보내 서문을 부탁했다. — 1931 ⑤ 12. 1932 ④ 7. ⑥ 10.

왕윈루(王蘊如, 1900~1990) 저장(浙江) 상위(上虞) 출신이며, 이름은 셴전(賢楨)이다. 일기에는 왕 여사(王女士), 왕신루(王馨如)로도 기록되어 있다. 저우젠런(周建人)의 아내이다. — 1927 ⑪ 19, 30. 1928 ① 20. ⑥ 2, 12. ⑦ 1. 1929 ① 18. ④ 5. ⑥ 7, 8, 10. ⑦ 19. ⑩ 10, 17, 22. 1930 ② 28. ③ 3, 24, 30. ④ 11, 23. ⑥ 6, 12, 21, 22, 30. ⑦ 10, 19. ⑧ 9, 10, 18. ⑨ 27. ⑪ 3, 5. ⑫ 26, 31. 1931 ① 3. ② 16, 19. ⑤ 16. ⑥ 3, 12, 23, 24, 27. ⑦ 1. ⑧ 5, 10, 12, 24. ⑨ 13, 26. ⑩ 9, 11, 18, 30. ⑪ 13, 21. 1932 ① 2, 4, 10, 18, 25. ② 15. ③ 14, 16, 18, 22, 28, 30. ④ 5, 7, 12, 18, 26, 27, 30. ⑤ 10, 12, 15, 18, 25. ⑥ 3, 12, 25, 26, 27, 28. ⑦ 2, 7, 13, 25, 26, 28, 30. ⑧ 28. ⑨ 1, 4, 8, 12, 14, 16, 18, 24, 29. ⑩ 1, 8, 23, 30. ⑪ 2, 5, 10. ⑫ 3, 10, 13, 18, 24. 1933 ① 1, 3, 8, 15, 24, 28, 31. ② 3, 6, 12, 18, 19, 23, 26, 27. ③ 5, 11, 26, 28. ④ 28, 30. ⑤ 7, 14, 21, 24, 27. ⑥ 3, 7, 11, 17, 21, 25, 29. ⑦ 2, 7, 12, 13, 16, 22, 30. ⑧ 3, 5, 8, 13, 16, 20, 27. ⑨ 3, 24. ⑩ 1, 8, 10, 15, 22, 24, 29. ⑪ 5, 12, 27, 29. ⑫ 1, 2, 17, 24, 31. 1934 ① 3, 7, 14, 18, 21, 28. ② 3, 10, 12, 15, 19, 25, 26. ③ 4, 11, 13, 18, 26, 31. ④ 3, 7, 9, 14, 15, 17, 29. ⑤ 1, 4, 6, 7, 12, 14, 16, 19, 21, 26. ⑥ 2, 9, 13, 16, 23, 25, 30. ⑦ 2, 5, 7, 10, 12, 14, 16, 18, 19, 21, 25, 28. ⑧ 4, 11, 14, 16, 20, 25. ⑨ 1, 4, 8, 15, 17, 22, 29. ⑩ 1, 7, 12, 13, 14, 20, 22, 27. ⑪ 3, 10, 13, 17, 24. ⑫ 1, 8, 15, 22, 25, 29, 31. 1935 ① 5, 10, 13, 19, 26, 29. ② 2, 11, 16, 19, 23,

26. ③ 2, 9, 11, 16, 21, 23, 25, 30. ④ 4, 6, 8, 11, 13, 18, 20, 22, 27, 30. ⑤ 4, 6, 11, 16, 18, 25. ⑥ 1, 8, 15, 22, 26, 29. ⑦ 6, 13, 20, 27. ⑧ 3, 5, 10, 17, 24, 31. ⑨ 7, 14, 18, 21, 28. ⑩ 12, 19, 20, 25, 26. ⑪ 2, 9, 13, 16, 23, 30. ⑫ 7, 14, 21, 27. 1936 ① 4, 11, 18, 25. ② 1, 8, 22, 29. ③ 7, 9, 14, 21, 28. ④ 4, 11, 18, 25. ⑤ 2, 16, 23, 30. ⑦ 4, 11, 18, 25. ⑧ 1, 5, 8, 12, 15, 19, 22, 29. ⑨ 2, 5, 6, 8, 12, 16, 18, 19, 26, 28, 30. ⑩ 3, 7, 10.

왕윈취(王雲衢) — 왕줘한(王倬漢) 참조.

왕유(王橞) 저장(浙工) 장산(江山) 출신이며, 자는 푸안(樸菴)이다. 일본 와세다대학을 졸업한 후 경사대학당(京師大學堂)에서 광물학을 강의했으며, 후에 산시(山西) 제이고등검사분청(第二高等檢査分廳)의 감독검사관을 지냈다. — 1914 ⑧ 28.

왕유더(王有德, ?~1932) 윈난(雲南) 아미(阿迷) 출신이며, 자는 수린(叔鄰) 혹은 루링(茹苓)이다. 1924년부터 1925년에 걸쳐 베이징대학 국문과에 재학 중이었다. 1926년 황푸군관학교(黃埔軍官學校)에 들어갔으며, 이후 19로군에 재직했다. — 1924 ③ 2. 1927 ① 30.

왕유산(王幼山, 1872~1928) 저장(浙工) 사오싱(紹興) 출신이며, 이름은 자샹(家襄), 자는 유산이다. 일본에서 유학했으며, 1913년에는 참의원 의원 및 의장, 대총통선거회 주석 등을 지냈다. 연구계(研究系)의 주요 인물이다. — 1913 ③ 24.

왕유융(王又庸) 장시(江西) 출신이며, 1925년에 일본에서 귀국했다. 장이핑(章衣萍), 우수텐(吳曙天), 쑨푸위안(孫伏園) 등은 그에게 일본어를 배우고자 연회를 베풀었을 때 루쉰을 모셨다. — 1925 ③ 21.

왕이강(王以剛, 1895~1943) 저장(浙工) 사오싱(紹興) 출신이며, 자는 자윈(家蘊), 필명은 커러우(克柔)이다. 사오싱의 청장(成章)여자학교 교장을 여러 해 역임했다. 1927년에는 『웨둬일보』(越鐸日報; 그해에 『사오싱민국일보』紹興民國日報로 개명)의 주편을 지냈다. — 1927 ⑨ 16.

왕이보(王毅伯) 확실치 않음. — 1928 ② 8.

왕이빈(王藝濱) 확실치 않음. — 1929 ⑧ 21.

왕이산(王嶧山) — 왕퉁링(王桐齡) 참조.

왕잉샤(王映霞, 1908~2000) 저장(浙工) 항저우(杭州) 출신. 1928년 10월에 위다푸(郁達夫)와 결혼하였으나, 후에 이혼했다. — 1927 ⑩ 5, 6. ⑪ 2. ⑫ 31. 1928 ③ 6. ④ 5, 15. ⑤ 19. ⑥ 24. ⑦ 7. ⑧ 21. 1929 ① 26. ③ 1, 17. 1930 ① 5, 9. ④ 4, 17. ⑥ 13. ⑦ 22. ⑧ 8. 1931 ⑧ 31. 1932 ③ 3, 7. ⑤ 17. ⑩ 5, 12, 13. 1933 ⑨ 8. ⑫ 29, 30. 1935 ① 10.

왕전(汪震, 1901~?) 장쑤(江蘇) 우진(武進) 출신이며, 자는 보례(伯烈)이다. 베이징고등사범학교 국문과 학생이다. — 1924 ③ 29.

왕전쥔(王振鈞, 1900~1927) 산시(山西) 톈전(天鎭) 출신. 당시 베이징 『국민신보』(國民新報)의 편집자를 지냈다. — 1925 ⑫ 19.

왕정쉬(王正朔, 1907?~1939) 허난(河南) 네이샹(內鄕) 출신. 1936년에 난양(南陽) 일대에서 중국공산당의 지하공작에 종사했다. 양팅빈(楊廷賓)의 부탁을 받아 루쉰을 위해 한대(漢代) 화상석(畵像石)의 탁편(拓片)을 수집했다. — 1936 ⑧ 17.

왕정진(王正今, 1910~1984) 허난(河南) 네이샹(內鄕) 출신이며, 별칭은 리성(黎生)이다. 왕정쉬(王正朔)의 사촌동생이다. 1936년에는 난양(南陽) 일대에서 중국공산당의 지하공작에 종사했다. 왕정쉬의 부탁을 받아 루쉰을 위해 한대(漢代) 화상석(畵像石)의 탁편(拓片)을 수집했다. — 1936 ④ 9, 13.

왕정톈(王征天) 확실치 않음. — 1935 ⑨ 28. ⑩ 1.

왕제싼(王捷三, 1898~1966) 산시(陝西) 한청(韓城) 출신이며, 이름은 딩자(鼎甲), 자는 제싼이다. 1924년 베이징대학 철학과에 재학 중일 때 왕핀칭의 소개로 루쉰을 알게 되었다. 시베이(西北)대학 주경대표(駐京代表)의 신분으로 시베이대학에서의 루쉰의 강의를 성사시켰다. — 1924 ⑦ 4, 7, 26. ⑪ 5, 30. 1925 ② 18, 20. ⑩ 9.

왕젠싼(王劍三) — 왕퉁자오(王統照) 참조.

왕젠위(汪劍餘) 후난(湖南) 이양(益陽) 출신. 당시 샤먼(廈門)대학 국학연구원 통신연구생이었으며, 후에 상하이 정풍(正風)문학원 중국문화사 및 중국사회문제 교수를 지냈다. — 1926 ⑪ 16.

왕젠천(汪劍塵) 확실치 않음. — 1926 ⑪ 8.

왕주(王鑄, 1902~1986) 안후이(安徽) 우웨이(無爲) 출신이며, 이름은 수밍(淑明)이다. 1925년에 고향의 현립중학에서 교편을 잡았으며, 「고민의 상징」(苦悶的象徵)이란 제명으로 루쉰에게 편지를 보냈다. 루쉰은 「『고민의 상징』에 관하여」(關於「苦悶的象徵」)라는 답신을 보냈다. 후에 좌익작가연맹에 참여했다. — 1925 ① 9.

왕중런(王仲仁, ?~1923) 산둥(山東) 펑라이(蓬萊) 출신이며, 원명은 중천(仲宸), 자는 싱한(星漢)이다. 베이징대학 영문과 학생이며, 신조사(新潮社) 성원이다. — 1923 ④ 10.

왕중유(王仲猷) 허베이(河北) 퉁현(通縣, 지금의 베이징에 속한다) 출신이며, 이름은 피모(丕謨), 자는 중유이다. 교육부 사회교육사 제2과 주사와 교육부 열람실 주임을 겸임했으며, 후에 다시 경사통속도서관(京師通俗圖書館) 주임, 통속교육연구회 회계간사 및 중앙공원 도서열람소 주임을 겸임했다. — 1913 ⑩ 30. ⑪ 2, 28. 1914 ③ 21. ⑫ 3, 31. 1915 ⑧ 8. 1923 ⑧ 25. ⑩ 31. ⑪ 1. ⑫ 16, 20, 24. 1924 ① 28. 1925 ⑧ 17.

왕쭤한(王倬漢) 저장(浙江) 성현(嵊縣) 출신이며, 자는 윈취(雲衢)이다. 1919년에 베이징대학 국문과를 졸업했다. — 1919 ⑦ 12. 1921 ④ 3. 1924 ② 15. ⑥ 27.

왕쥔즈(王君直) 톈진(天津) 출신이며, 이름은 이바오(益保), 자는 쥔즈이다. 청말에 학부총무사(學部總務司) 주사를 지냈고, 민국 이후에는 내무부에서 근무했다. 교육부의 통속교육연구회 희곡분과의 명예회원이었다. ― 1913 ⑪ 15.

왕쥔추(王鈞初, 1904~?) 허난(河南) 푸거우(扶溝) 출신이며, 별칭은 후만(祜曼 혹은 胡蠻)이다. 일기에는 왕판(王凡), 왕훙(王弘)으로도 기록되어 있다. 미술공작자이며, 1934년에는 베이핑의 '교련'(敎聯)과 '문총'(文總)의 회원으로 활동했다. 1935년에는 소련에 가서 공부했다. ― 1934 ① 12. 1935 ⑧ 3, 13, 25. ⑨ 1, 6, 26. ⑩ 18. ⑪ 3. ⑫ 23. 1936 ② 2, 7. ⑧ 19. ⑨ 24.

왕즈두이(王之兌) ― 류셴(劉峴) 참조.

왕즈싼(王植三, 1896?~?) 저장(浙江) 전하이(鎭海) 출신. 일기에는 왕 군(王君)으로도 기록되어 있다. 1929년에 일본인 가게 '대학안약점'(大學眼藥店)의 점원이다. ― 1929 ⑥ 20. 1931 ② 15.

왕즈즈(王志之, 1905~1990) 쓰촨(四川) 메이산(眉山) 출신의 작가이며, 필명은 추추(楚囚), 한사(含沙) 등이고 가명은 쓰위안(思遠)이다. 일기에는 즈즈(識之)라고도 기록되어 있다. 1932년에는 베이핑사범대학 국문과 학생으로 재학 중이었다. 북방 좌익작가연맹의 성원이며, 『문학잡지』(文學雜誌) 편집자 가운데 한 명이다. 북방 좌익작가연맹의 부탁을 받아 루쉰과 연락을 취했다. 그의 단편소설집 『낙화집』(落花集)은 루쉰의 교정을 거쳤다. ― 1932 ⑫ 20, 22, 26. 1933 ① 5, 9. ② 2, 3. ④ 3, 28. ⑤ 2, 9, 10, 11, 20. ⑥ 2, 10, 13, 25, 27. ⑦ 5. ⑧ 1, 8, 30. ⑩ 18, 30. ⑫ 27, 29. 1934 ① 18, 29. ⑤ 11, 15, 22, 24, 29. ⑥ 3, 6, 24. ⑦ 7. ⑧ 7, 24. ⑨ 4, 16, 19. ⑪ 20, 27. ⑫ 23, 28. 1935 ① 17, 18. ③ 8. ④ 7. ⑤ 6. ⑦ 15, 26. ⑧ 17. ⑨ 13, 19, 27. 1936 ③ 12. ⑨ 26.

왕즈헝(王志恒) 확실치 않음. ― 1925 ⑤ 20.

왕진먼(汪金門, 1914~?) 장쑤(江蘇) 류허(六合) 출신. 중국은행 류허현 사무처 직원이다. ― 1936 ② 29. ③ 1.

왕징즈(汪靜之, 1902~1996) 안후이(安徽) 지시(績溪) 출신의 시인이다. 1921년에 항저우(杭州) 저장(浙江)제1사범학교에 재학 중이었으며, 저우쭤런(周作人)과의 관계를 통해 루쉰과 연락을 주고받게 되었다. 1925년에는 바오딩(保定)에서 중학 교사로 지내고 있었으며, 1927년에는 항저우에서 쉬고 있었다. 1928년부터 1929년 겨울까지는 상하이 지난(暨南)대학부속중학에서 국어교사를 지냈다. ― 1921 ⑥ 13, 30. ⑦ 23. 1925 ⑧ 26. 1927 ⑪ 3. ⑫ 3. 1928 ④ 22. 1929 ⑥ 15. ⑪ 25.

왕징칭(王鏡淸, 1892~?) 저장(浙江) 성현(嵊縣) 출신이며, 자는 젠추(鑑秋)이다. 루쉰이 사오싱부중학당(紹興府中學堂)에서 교편을 잡고 있을 적의 학생이다. 1913년에 베이징대학 예과 제2부에 입학했으며, 이때 루쉰에게 보증을 부탁했다. 1917년에 퇴학했다. 재학 중에 루쉰에게 돈을 빌려 학비로 충당했던 적이 있다.―1913 ⑤ 12, 17, 31. ⑩ 2, 5, 11, 16. ⑪ 23, 25. 1914 ② 5, 6, 24. ③ 20. ⑥ 7, 22, 28. ⑨ 15. ⑫ 26. 1915 ② 2, 13, 20, 28. ③ 27, 30. ⑤ 22, 29. ⑥ 28. ⑩ 2. ⑫ 18, 28. 1916 ② 16, 19. ③ 6, 7, 15. ④ 13, 30. ⑤ 3, 7, 28, 29, 30. ⑫ 2. 1917 ⑥ 22.

왕짜오저우(王造周) 저장(浙江) 위야오(余姚) 출신이며, 자는 번산(本善)이다. 루쉰, 천쯔잉(陳子英) 등과 함께 같은 시기에 일본에서 유학했다.―1913 ② 25. 1914 ⑥ 8, 10.

왕쩌창(王澤長) ― 류셴(劉峴) 참조.

왕쭝청(王宗城) 저장(浙江) 사오싱(紹興) 출신.『위쓰』(語絲) 투고자이며, 보내온 원고는 산문 「풍우정」(風雨亭)이다.―1929 ⑩ 26.

왕쭤차이(王佐才, 1904?~?) 장쑤(江蘇) 우시(無錫) 출신. 1930년 당시 둥우(東吳)대학 학생으로 재학 중이었다.―1930 ② 4, 8, 10.

왕쭤창(王佐昌) ― 왕마오룽(王懋熔) 참조.

왕쯔위(王子餘, 1874~1944) 저장(浙江) 사오싱(紹興) 출신이며, 이름은 스위(世裕), 자는 쯔위이다. 청말『사오싱백화보』(紹興白話報),『사오싱공보』(紹興公報) 및 민국 초기의 『위청신문』(禹城新聞) 등의 신문을 창간했다. 만년에 사오싱의 현지(縣志) 등을 편찬하는 일에 종사했다.―1916 ⑧ 27. 1917 ① 24.

왕차오(望潮) ― 타오왕차오(陶望潮) 참조.

왕차오난(王喬南, 1896~?) 허베이(河北) 허젠(河間) 출신의 교육계 인사. 1930년 베이핑(北平) 육군군의학교에서 교편을 잡고 있을 때, 「아Q징잔」(阿Q正傳)을 극본으로 개편하는 일로 인해 루쉰과 연락을 주고받은 일이 있다.―1930 ⑩ 13. ⑪ 10, 15.

왕첸(王潛) 확실치 않음.―1912 ⑥ 26.

왕 총장(汪總長) ― 왕다셰(汪大燮) 참조.

왕춘치(汪春綺, 1882~1913) 장쑤(江蘇) 우현(吳縣) 출신. 왕쉬추(汪旭初)의 언니이다.―1914 ① 13.

왕칭양(王晴陽) 저장(浙江) 사오싱(紹興) 출신. 사오싱의 옛 서점 쿠이위안탕(奎元堂)의 도서판매업자이다.―1913 ⑥ 30. ⑦ 1.

왕카이(王楷) 확실치 않음.―1930 ⑦ 26.

왕쿠이(王葵) 저장(浙江) 항저우(杭州) 출신이며, 자는 즈린(芝麟)이다.―1912 ⑥ 26.

왕타오(王弢) ― 왕린(王林) 참조.

왕톄루(王鐵如) ― 왕티루(王惕如) 참조.

왕톄위(王鐵漁) ― 왕티루(王惕如) 참조.

왕퉁링(王桐齡, 1877~1953) 허베이(河北) 런추(任丘) 출신의 역사학자이며, 자는 이산(嶧山)이다. 일본에서 유학했으며, 1922년에 귀국하여 교육부 참사(參事) 비서, 베이징 고등사범학교 사지부(史地部) 교무주임, 베이징사범대학 역사학과 교수 등을 역임했다. 1924년에 루쉰과 함께 시안(西安)에 강의하러 갔다. —1924 ⑦ 14.

왕퉁자오(王統照, 1898~1957) 산둥(山東) 주청(諸城) 출신이며, 자는 젠싼(劍三)이다. 작가이며 문학연구회 발기인 가운데 한 명이다. 베이징 중국대학을 졸업했다. —1923 ⑤ 4. 1924 ① 8, 12. 1925 ⑪ 17.

왕티루(王惕如) 저장(浙江) 사오싱(紹興) 출신이며, 일기에는 왕톄루(王鐵如), 왕톄위(王鐵漁)로도 기록되어 있다. 사오싱, 베이징, 쓰촨(四川) 등지에서 의료를 펼쳤으며, 여가에 중국고전문학을 연구했다. —1913 ③ 17. ⑤ 18, 22, 27. ⑨ 4, 5, 15. ⑪ 5, 29. 1914 ⑥ 20. 1915 ④ 10. ⑦ 25. 1917 ⑤ 13. ⑦ 15. 1918 ③ 13.

왕판(王凡) —왕쥔추(王鈞初) 참조.

왕팡런(王方仁, 1905~1946) 저장(浙江) 전하이(鎭海) 출신이며, 필명은 메이촨(梅川)이다. 1926년 9월부터 샤먼(廈門)대학 국문과에서 수학했으며, 양양사(泱泱社) 성원으로 활동했다. 루쉰이 상하이에 거주한 후로 수시로 상하이에 들렀다. 그가 번역한 「붉은 웃음」(紅笑)은 루쉰의 교정을 거쳐 발표되었다. 1928년 겨울에 루쉰, 러우스(柔石) 등과 함께 조화사(朝花社)를 창설했다. 그의 형이 열었던 허지(合記) 교육용품사가 조화사와 업무를 주고받는 중에 부정을 저지르고 채무를 갚지 않은 바람에, 조화사는 적자를 보게 되어 끝내 문을 닫고 말았다. 얼마 후 그는 독일로 유학을 떠났다. —1926 ⑪ 28. ⑫ 4. 1927 ① 1, 10, 15. ② 10, 15. ③ 6, 9, 11, 12. ④ 8, 15. ⑨ 19. ⑩ 4, 16, 18, 20, 31. ⑪ 11, 28. ⑫ 23. 1928 ① 11, 22. ② 15, 16, 25. ③ 13, 22, 28, 29. ④ 14, 22, 23. ⑤ 4. ⑥ 2, 12, 23. ⑧ 3, 7, 21, 24, 28. ⑨ 4, 7, 10, 12, 21, 27. ⑩ 8, 24. ⑪ 1, 3. ⑫ 12, 14, 24. 1929 ① 14, 17, 18. ③ 7, 8, 17. ④ 27. ⑤ 7, 8. ⑥ 7, 8, 15. ⑦ 21, 25. ⑧ 19. ⑩ 8, 9. 1930 ① 22. ⑥ 4. ⑨ 1. ⑩ 9.

왕푸취안(汪馥泉, 1899~1959) 저장(浙江) 위항(餘杭) 출신. 1927년에 인도네시아 수마트라의 메단(Medan)에서 『남양일보』(南洋日報)의 편집자를 지냈다. 1928년부터 1930년까지는 상하이 다장서포(大江書鋪)의 사장을 지냈다. —1927 ⑥ 17. ⑦ 18. 1928 ⑦ 22. 1929 ② 2, 16. ③ 17. ⑪ 13. 1930 ② 1.

왕핀칭(王聘卿) —왕핀칭(王品靑) 참조.

왕핀칭(王品靑, ?~1927) 허난(河南) 지위안(濟源) 출신이며, 이름은 구이전(貴鉁), 자는 핀칭이다. 일기에는 왕핀칭(王聘卿)이라고도 기록되어 있다. 1925년에 베이징대학 물리학과를 졸업하고 베이징 쿵더(孔德)학교에서 교편을 잡았다. 『위쓰』(語絲) 기고자 가운데 한 사람이다. 1924년에 루쉰의 시안(西安)에서의 강의를 성사시켰다. 루쉰은 그가 교정한 『치화만』(廁華鬘)을 위해 제기(題記)를 써 주었다. — 1924 ⑥ 28, 30. ⑧ 15. ⑪ 30. 1925 ① 2, 28. ② 12, 27. ③ 19. ④ 8. ⑤ 14, 21, 31. ⑥ 6, 20, 23, 28. ⑦ 5, 12, 17. ⑧ 2, 15, 17, 23. ⑨ 7, 13, 25, 26. ⑩ 2, 9, 13, 22. ⑪ 8, 14, 22, 29. ⑫ 25. 1926 ① 2, 9, 19, 21, 23, 31. ② 5, 26. ③ 7, 25. ⑤ 13, 14, 30. ⑥ 1, 6, 7, 8, 16, 17, 19, 21, 23, 26, 27. ⑦ 1, 5, 7, 22. ⑧ 19. ⑩ 5, 6, 12.

왕핑화(王屛華) 장쑤(江蘇) 타이창(太倉) 출신이며, 이름은 주(鑄)이다. 교육부 사회교육사 제2과 주사를 지냈다. — 1913 ⑨ 4. 1914 ① 27. ④ 15, 30. ⑤ 14. ⑩ 6, 26. 1915 ⑧ 31.

왕한팡(王翰芳, 1895~?) 산시(陝西) 핑리(平利) 출신. 일본에서 유학했으며, 당시 시베이(西北)대학 법과의 주임을 맡고 있었다. — 1924 ⑧ 23.

왕헝(王衡) — 루옌(魯彦) 참조.

왕화주(王華祝) — 왕화추(王畵初) 참조.

왕화추(王畵初, 1879~1967) 허베이(河北) 안신(安新) 출신이며, 이름은 다오위안(道元), 자는 화추, 일기에는 왕화주(王華祝)라고도 기록되어 있다. 1917년부터 경사학무국(京師學務局) 중학교육과 과장을 지냈으며, 1922년부터 1925년에 걸쳐 경사학무국 국장을 지냈다. 후에 북벌(北伐)에 참가하여 국민혁명군 제3군 비서장을 지냈다. — 1917 ⑦ 12. 1918 ⑧ 31. 1928 ③ 2, 5.

왕환유(王煥猷, 1892~?) 산시(陝西) 상현(商縣) 출신이며, 자는 루칭(儒卿)이다. 1923년에 베이징대학 국문과를 졸업한 후 톈진(天津)의 난카이(南開)학교에서 교편을 잡았다. 1924년 여름방학에 시안(西安)으로 돌아왔을 때 마침 시안에서 강의 중이던 루쉰을 만나 방문하게 되었다. — 1924 ⑦ 23.

왕훙(王弘) — 왕쥔추(王鈞初) 참조.

외숙(舅父) — 루지샹(魯寄湘) 참조.

요다(與田) — 요다 도요반(與田豊蕃) 참조.

요다 도요반(與田豊蕃, 1892~1960) 일본인. 당시 상하이 황루로(黃陸路)에 화위안장(花園莊)여관을 운영하였다. 1931년 1, 2월에 루쉰은 이곳으로 피난했다. — 1931 ⑤ 19. ⑥ 10. 1932 ④ 23. ⑤ 11. ⑥ 30.

요다(與田)**의 아이** 요다 도요반(與田豊蕃)의 아이 — 1932 ⑥ 30.

요리사(庖人) 경사(京師)도서관 분관의 요리사이다. — 1918 ⑤ 16.

요시다(吉田) — 요시다 도쿠지(吉田篤二) 참조.

요시다 도쿠지(吉田篤二) 상하이 푸민의원(福民醫院)의 외과의사이다. — 1933 ⑩ 23.

요시오카(吉岡) — 요시오카 쓰네오(吉岡恒夫) 참조.

요시오카 쓰네오(吉岡恒夫) 일본인. 상하이 미쓰이양행(三井洋行)의 직원이며, 루쉰이 다
루신춘(大陸新村)에 거주할 때의 이웃이다. —1934 ⑧18. ⑨29. ⑪3. 1935 ⑦27.

요시코(善子) — 야마무로 요시코(山室善子) 참조.

요시코(芳子) — 하부토 요시코(羽太芳子).

요코야마 겐조(橫山憲三) 일본인. 중국사회 상황을 연구하기 위해 상하이에 거주 중이었
다. —1929 ⑥20.

우 군(吳君) — 우징쑹(吳景崧) 참조.

우 군(吳君) 확실치 않음. —1924 ⑫8.

우 군(吳君) 확실치 않음. —1925 ⑤2.

우더광(吳德光, 1902~1971) 저장(浙江) 사오싱(紹興) 출신의 전각가(篆刻家)이며, 자는 유
첸(幼潛)이다. 일기에는 우더위안(吳德元)으로 오기되어 있다. 항저우(杭州) 시링인
사(西泠印社)의 창시자 가운데 한 사람인 우인(吳隱)의 둘째아들이다. —1931 ⑥7.

우더위안(吳德元) — 우더광(吳德光) 참조.

우랑시(吳朗西, 1904~1992) 쓰촨(四川) 카이현(開縣) 출신의 번역가이자 출판가이다.
1934년에 상하이 미술생활잡지사 편집자를 지냈으며,『만화생활』(漫畵生活)의 원고
청탁을 위해 루쉰과 교제하였다. 1935년 5월에 바진(巴金)과 문화생활출판사를 함
께 운영하여 사장을 맡았으며, 루쉰의 역저『러시아 동화』(俄羅斯的童話),『죽은 혼』
(死魂靈),『새로 쓴 옛날이야기』(故事新編) 등을 출판함과 아울러, 루쉰이 '삼한서옥'
(三閑書屋)의 명의로 간행한 목각화집『죽은 혼 백 가지 그림』(死魂靈百圖),『케테 콜
비츠 판화 선집』(凱綏·珂勒惠支版畵選集)의 인쇄를 도왔다. —1934 ⑩30. 1935 ⑦6.
⑧22, 24, 25. ⑨11. ⑩8, 20, 25, 28, 29, 30, 31. ⑪2, 11, 12, 16. ⑫3, 21, 28. 1936 ②
21, 28. ③11, 24, 28. ④1, 6, 9, 25. ⑤1, 2, 5, 8, 9, 15, 28. ⑥1. ⑦2, 4, 11, 12, 14, 21,
23. ⑧7, 19. ⑨14, 15, 26, 29. ⑩9, 12, 16.

우런저(吳人哲) — 후런저(胡人哲) 참조.

우레이촨(吳雷川, 1868~1944) 저장(浙江) 첸탕(錢塘, 지금은 항저우(杭州)에 속함) 출신이며,
이름은 전춘(震春), 자는 레이촨이다. 청말의 진사, 한림원 편수를 지내고, 민국 이
후 교육부 첨사, 과장을 역임했다. 1925년에 참사가 되었다. 1926년에 옌징(燕京)대
학 교수 겸 부교장을 지냈으며, 1928년에 교육부 상임차장을 지냈다. —1913 ⑧18.
1915 ③6. ⑧7. ⑨2, 18. 1916 ②26. ⑤14. 1917 ⑤10. 1921 ⑩22. 1923 ④9. 1924
②8. ⑧23. 1925 ⑨27. 1926 ⑤22. 1929 ④26.

우레이촨(吳雷川)의 벗 —1928 ⑪26.

우레이촨(吳雷川)의 부인 ― 1917 ⑤ 10.

우레이촨(吳雷川)의 형 ― 1915 ③ 6.

우롄바이(吳煉百) 교육부의 동료인 듯하다. ― 1916 ① 20.

우루가와(宇留川, 1901~1986) 일본의 화가 우루가와 야스로(宇留河泰呂)를 가리킨다. 미야자키 다쓰치카(宮崎辰親) 혹은 판 우루가와(パン・ウルガワ)로도 일컬어진다. 일기에는 판 우루(パン・ウル)로도 기록되어 있다. 1928년 봄에 구니키다 도라오(國木田虎雄), 가네코 미쓰하루(金子光晴) 등과 함께 상하이에 왔으며, 우치야마 간조(內山完造)의 소개로 루쉰을 알게 되었다. ― 1928 ④ 2. ⑪ 7, 15. 1929 ④ 27.

우몐짜오(吳晃藻) ― 우수톈(吳曙天) 참조.

우바오런(吳葆仁) 양신쓰(楊莘耜)의 소개를 받아 루쉰을 위해 시안(西安)에서 비석의 탁본을 구입했다. ― 1915 ④ 4.

우보(吳渤, 1911~1984) 광둥(廣東) 싱닝(興寧) 출신이며, 필명은 바이웨이(白危)이다. 1933년 당시 청년 작가이다. 루쉰은 그의 『목판화창작법』(木版畵創作法) 원고를 교열해 주었으며, 그에게 목각작품을 수집하여 이다 트리트(綺達譚麗德)에게 보내도록 부탁하여 프랑스와 소련에서 전람하도록 하였다. ― 1933 ⑪ 9, 12, 16. ⑫ 6, 13, 16, 19. 1934 ① 19, 25. ⑥ 2, 6. ⑦ 17. ⑨ 13. ⑩ 16. 1935 ② 7, 14. ③ 4. ⑨ 18, 20, 21, 27. ⑪ 26. 1936 ⑧ 5. ⑨ 28. ⑩ 1.

우보춘(伍博純, 1880~1913) 장쑤(江蘇) 우진(武進) 출신이며, 이름은 다(達), 자는 보춘이다. 1912년에 차이위안페이(蔡元培)의 초빙에 응하여 교육부 사회교육사 제3과 과장을 지냈으며, 차이위안페이, 위유런(丁右任) 등과 中華通俗敎育硏究會(중화통속교육연구회)를 발기하여 이사를 맡고 『통속교육연구록』(通俗敎育硏究錄, 월간)을 주편했다. ― 1912 ⑧ 6, 29.

우빈(伍斌) 확실치 않음. ― 1926 ⑦ 29, 30.

우빙청(吳秉成) 허난(河南) 출신이며, 자는 이자이(一齋)이다. 난징(南京)의 강남수사학당(江南水師學堂)을 졸업하고, 저우쭤런(周作人)과 함께 일본에서 유학하였다. 귀국 후에 베이징 해군부에서 법무관을 지냈다. ― 1912 ⑤ 18. ⑨ 5. 1913 ⑤ 26. 1917 ② 4, 14.

우사오루(巫少儒) 확실치 않음. ― 1936 ① 31.

우성(霧城) ― 천옌차오(陳烟橋) 참조.

우수탕(伍叔儻, 1897~1966) 저장(浙江) 루이안(瑞安) 출신이며, 이름은 티(倜), 자는 수탕이다. 베이징대학 국문과를 졸업하고, 1927년 중산(中山)대학 예과 교수로 부임했다. 중산대학 국민당 특별당부 구분부(區分部)위원을 지냈다. 주자화(朱家驊)의 동서이다.—1927 ① 24.

우수톈(吳曙天) 이름은 몐짜오(晁藻). 장이핑(章衣萍)의 아내이다.—1924 ⑨ 28. ⑫ 7, 21,
25. 1925 ② 8, 15, 24. ③ 6, 21, 29. ④ 8, 11, 18, 22, 26. ⑤ 3. ⑧ 26. ⑨ 20. ⑩ 2. ⑪ 14,
29. 1926 ① 31. 1927 ⑩ 12, 23, 30. ⑫ 6, 12, 19, 27, 31. 1928 ① 3. ② 2, 18, 23. ③ 9,
28. ④ 12, 29. ⑥ 13. ⑫ 10, 16, 23. 1929 ① 15. ② 11, 23. ⑤ 2, 12. ⑦ 19, 23. ⑧ 22,
28. ⑩ 26. ⑪ 9, 10. 1930 ① 31.

우시루(吳奚如, 1906~1985) 후베이(湖北) 징산(京山) 출신, 작가이며, 좌익작가연맹의 성
원으로 활동했다.—1936 ④ 23.

우야마세이(鄔山生)—우치야마 간조(內山完造) 참조.

우(吳) 여사 확실치 않음.—1925 ⑤ 3.

우우(吳吾)—우위(吳虞) 참조.

우원쉬안(吳文瑄) 교육부 사회교육사 사무원.—1914 ⑫ 31.

우웨이선(吳微哂) 확실치 않음.—1934 ④ 27.

우웨촨(吳月川) 일기에는 추이웨촨(崔月川)으로 오기되어 있기도 하다. 루쉰이 시싼탸오
(西三條)의 가옥을 구입할 때의 중개인이다.—1923 ⑧ 16. ⑨ 1. ⑪ 29. ⑫ 2.

우위(吳虞, 1872~1949) 쓰촨(四川) 청두(成都) 출신이며, 자는 유링(又陵), 필명은 우우(吳
吾)이다. 베이징대학, 베이징고등사범학교 국문과 교수를 역임했다. 1921년에 야둥
(亞東)도서관에서 그의 『우위문집』(吳虞文集)을 출판했다.—1921 ⑪ 2. 1924 ⑨ 3.

우유링(吳又陵)—우위(吳虞) 참조.

우이뎨(烏一蝶, 1894~1965) 저장(浙江) 전하이(鎭海) 출신이며, 원명은 중위(鐘毓), 자는
퉁윈(統運), 호는 이뎨이다. 닝보(寧波)에서 오랫동안 『시사공보』(時事公報)를 주편했
다.—1926 ⑨ 19. 1929 ③ 26, 29.

우이자이(吳一齋)—우빙성(吳秉成) 참조.

우자전(吳家鎭) 후난(湖南) 샹샹(湘鄕) 출신이며, 자는 충웨(重岳)이다. 교육부 보통교육사
제1과 주사를 지냈다.—1924 ⑤ 23.

우자전(吳家鎭)의 어머니—1924 ⑤ 23.

우중원(伍仲文, 1881~1954) 장쑤(江蘇) 난징(南京) 출신이며, 이름은 충쉐(崇學), 자는 시
즈(習之) 혹은 중원이다. 루쉰이 난징 광무철로학당(礦務鐵路學堂)과 일본 고분학원
(弘文學院)에 재학했을 때의 학우이다. 1913년에 교육부 시학(視學)이 되어 6월에 저
장에 가서 학무를 시찰했다. 1915년 3월에 보통교육사 사장(司長)을 지냈다. 1917년
9월에 장시(江西)교육청 청장에 임명되고, 얼마 후 다시 저장교육청 청장이 되었다
가 1919년 말에 사직했다.—1913 ⑥ 24, 25, 26. ⑦ 1. ⑨ 2, 22. ⑪ 15. ⑫ 31. 1915 ①

16. ② 12. ④ 29. ⑪ 20, 22. 1916 ② 2. ③ 20. 1917 ① 22. 1918 ⑤ 10, 24.

우즈라(鶉) — 우치야마 우즈라(內山鶉) 참조.

우즈후이(吳稚暉, 1865~1953) 장쑤(江蘇) 우진(武進) 출신이며, 이름은 징헝(敬恒), 자는 즈후이이다. 일본에서 유학했으며, 민국 초에 교육부 국어독음통일회 의장을 지냈다. 후에 국민당 중앙감찰위원, 중앙정치회의위원 등을 역임했다. — 1918 ⑫ 26.

우지싱(吳季醒) 확실치 않음. — 1925 ⑧ 12, 14.

우징쑹(吳景崧, 1907~1967) 장쑤(江蘇) 단양(丹陽) 출신. 일기에는 우 군(吳君)으로도 기록되어 있다. 루쉰이 징윈리(景雲里)에 거처할 때의 이웃이다. 1932년 7월부터 『선바오(申報)월간』의 편집을 맡았다. 1934년부터 『선바오』 「자유담」(自由談)의 편집을 일부 맡기 시작했으며, 원고 청탁으로 인해 루쉰과 편지를 주고받았다. — 1930 ⑥ 22. 1934 ⑧ 13, 14, 22. ⑨ 7, 8.

우징푸(吳敬夫) 일기에는 징푸(敬夫), 진푸(謹夫)로도 기록되어 있다. 나머지는 확실치 않다. — 1927 ⑫ 29. 1928 ① 14, 31. ② 14, 27. ③ 4, 5, 14. ④ 27. ⑤ 27. ⑨ 19, 20. ⑩ 2, 13, 15, 24. ⑪ 26.

우쭈판(吳祖藩) — 우팡허우(吳方侯) 참조.

우청쥔(吳成鈞) 저장(浙江) 퉁루(桐廬) 출신의 미술운동가. 일기에는 우청쥔(吳成均)으로도 기록되어 있다. 항저우(杭州)국립예술원 연구원과 상하이 리다(立達)학원에서 수학했다. — 1931 ⑫ 29. 1933 ③ 23.

우청쥔(吳成均) — 우청쥔(吳成鈞) 참조.

우치야마(內山) — 우치야마 간조(內山完造) 참조.

우치야마 가키쓰(內山嘉吉, 1900~1984) 일본인. 우치야마 간조(內山完造)의 동생이며, 아동희극활동가이며, 목각에 능했다. 1931년에 일본 도쿄의 세이조가쿠엔(成城學園) 소학부 미술교사로 재직 중이었는데, 여름휴가를 보내러 상하이에 왔을 때에 루쉰의 요청에 따라 하계목각강습반에서 목각 기법을 강의했다. 귀국 후에도 루쉰과 계속 연락을 주고받았다. — 1931 ⑧ 13, 17, 20, 22. ⑨ 26. ⑩ 29. 1932 ① 12. ⑤ 7, 25. ⑥ 6. 1933 ② 13. ③ 1, 21. ④ 18, 21. ⑥ 12. ⑦ 24. 1934 ② 13, 26. ⑤ 9. ⑦ 20, 23. ⑧ 6. 1935 ③ 10. ⑨ 12, 23. 1936 ⑦ 10. ⑩ 8.

우치야마 가키쓰(內山嘉吉)의 아내 — 우치야마 마쓰모(內山松藻) 참조.

우치야마 간조(內山完造, 1885~1959) 일본인. 일기에는 우야마세이(鄔山生), 우치야마세이(鄔其山生)로도 기록되어 있다. 1913년에 중국에 와서 후에 상하이에 우치야마서점(內山書店)을 열었다. 루쉰은 상하이에 거주한 후 자주 이 서점에 들러 책을 사게 되어 사귀게 되었으며, 이후 상하이에서 몇 차례 피난할 때마다 그의 도움을 받았을 뿐만 아니라, 이 서점을 연락 및 회합 장소로도 자주 활용하였다. 루쉰은 그가 지은 『살아 있는 중국의 자태』(活中國的姿態)를 위해 서문을 써 주었다. — 1928 ④ 2. ⑪ 11, 15. ⑫ 21, 30. 1929 ⑥ 19, 20. ⑨ 23. ⑩ 11. 1930 ① 4. ④ 6, 18. ⑤ 3, 19. ⑥ 4, 12, 15, 22, 29. ⑦ 4. ⑧ 6. ⑨ 19. ⑩ 4. ⑫ 23. 1931 ① 30. ② 3, 11. ③ 1. ④ 11, 17, 24. ⑤ 14, 15, 25. ⑥ 2. ⑧ 21, 22, 24. ⑨ 12, 26. ⑩ 19, 20, 31. ⑪ 5, 9, 11. ⑫ 22, 23. 1932 ① 12, 19. ③ 29. ④ 12, 13, 28. ⑤ 12, 20, 21. ⑥ 28. ⑦ 3. ⑨ 15. ⑩ 11, 27. ⑪ 7, 14. ⑫ 17, 23, 30. 1933 ① 21, 23, 25, 26, 28. ② 6, 14, 17, 18. ④ 23. ⑤ 16, 25. ⑥ 22. ⑦ 1. ⑧ 20. ⑨ 2, 23. ⑩ 16, 17, 19, 23, 25. ⑫ 31. 1934 ① 25. ② 3, 4, 5, 7. ③ 8, 10. ④ 5. ⑤ 30. ⑥ 12, 16. ⑨ 2, 11, 19, 23. ⑩ 3, 7, 8, 14, 27, 28. ⑫ 30. 1935 ① 2. ② 3, 14. ③ 4, 6, 12, 15. ⑤ 6, 9, 17, 18, 19. ⑥ 19. ⑦ 5, 11, 15, 19. ⑧ 8, 31. ⑩ 21. ⑫ 4, 22. 1936 ① 9. ② 10, 11, 25. ③ 2, 8, 15. ④ 15. ⑤ 22, 24, 26, 28. ⑦ 4, 6, 13, 14, 29. ⑧ 1, 2, 20, 23, 31. ⑨ 3, 12, 13, 14, 23, 27. ⑩ 1, 11, 16.

우치야마 간조(內山完造)의 어머니 — 1935 ⑦ 15, 19.

우치야마 마쓰모(內山松藻, 1906~1991) 일본 나가사키(長崎) 출신이며, 원래의 성은 가타야마(片山)이다. 일기에는 우치야마 가키쓰(內山嘉吉) 부인으로도 기록되어 있다. 교토(京都) 도시샤(同志社)고등여자중학을 졸업한 후 우치야마서점에 들어가 일했다. 1931년 8월에 우치야마 가키쓰(內山嘉吉)와 결혼했다. — 1930 ⑥ 4. 1931 ③ 5. ⑧ 13, 22. ⑨ 7. 1932 ① 12. ⑤ 21. ⑥ 6. ⑪ 7, 30. 1933 ③ 1. ⑧ 4. 1934 ⑫ 26.

우치야마 미키(內山美喜, 1892~1945) 일본인. 원래의 성은 이노우에(井上)이다. 우치야마 간조(內山完造)의 아내이다. — 1930 ⑤ 31. ⑥ 4, 13, 27. ⑧ 20. ⑨ 27. ⑫ 21. 1931 ① 16, 30. ③ 1. ④ 11. ⑥ 2. ⑪ 9. 1932 ⑥ 8, 29. ⑦ 3. ⑧ 25. ⑨ 20. ⑩ 12. ⑪ 8, 10. ⑫ 31. 1933 ① 15, 23. ③ 1, 3. ④ 23. ⑤ 31. ⑥ 20. ⑦ 24. ⑨ 23. ⑩ 19. ⑫ 22, 31. 1934 ① 16, 25. ② 4. ③ 8. ⑤ 10. ⑦ 1, 20. ⑨ 19, 23. ⑩ 3, 7, 14, 28. ⑪ 14. ⑫ 19, 26, 30. 1935 ① 2. ③ 10, 15. ④ 11. ⑤ 20, 29. ⑥ 20. ⑦ 4. ⑨ 21. ⑩ 22. ⑫ 13, 24. 1936 ① 7. ③ 15. ④ 17. ⑦ 10. ⑧ 18. ⑩ 8.

우치야마 부인 — 우치야마 미키(內山美喜) 참조.

우치야마 부인의 부친 이름은 이노우에 헤이시로(井上平四郎). — 1936 ⑦ 10.

우치야마 부인의 조카 — 1933 ⑦ 24.

우치야마세이(鄔其山生) — 우치야마 간조(內山完造) 참조.

우치야마 아카쓰키(內山曉, 1933~?) 일본인이며, 우치야마 가키쓰(內山嘉吉)의 큰아들이다. — 1933 ③ 1. ④ 21. ⑥ 12.

우치야마 우즈라(內山鶉, 1934~?) 일본인이며, 우치야마 가키쓰(內山嘉吉)의 둘째아들이다. — 1934 ② 13. ⑤ 9.

우토(宇都) 일본인. 당시 상하이에서 우토(宇都)치과의원을 운영했다. — 1929 ⑦ 19, 20.

우팡허우(吳方侯, 1891~?) 저장(浙江) 사오싱(紹興) 출신이며, 이름은 쭈판(祖藩), 자는 팡
허우이다. 일기에는 후쭈판(胡祖藩)으로 오기되어 있기도 하다. 루쉰이 항저우(杭州)
저장양급사범학당에서 교편을 잡았을 때의 학생이다. 1916년에 베이징고등사범학
교 이화부(理化部)를 졸업하고, 사오싱 지산(稽山)중학, 사오싱 저장제5사범학교와
항저우 저장제1사범학교의 교원을 지냈다. — 1916 ⑥ 4, 25. ⑧ 11, 16, 26. ⑨ 2, 16,
19. ⑩ 3. ⑪ 13, 25. ⑫ 23, 25. 1917 ① 16, 24. ② 1, 2, 7, 12, 22. ③ 17. ⑧ 26. ⑨ 17. ⑪
15. 1928 ⑦ 22. ⑩ 19.

우푸자이(吳復齋) 저장(浙江) 하이옌(海鹽) 출신이며, 이름은 아오(敖), 자는 푸자이이다.
1909년에 항저우(杭州)의 저장양급사범학당에서 사감(齋務長) 겸 국어 교사로 재직
했을 때 루쉰과 동료로 함께 지냈다. — 1921 ⑩ 22.

워자(沃渣) — 청워자(程沃渣) 참조.

원(文) — 양즈화(楊之華) 참조.

원궁즈(文公直, 1898~?) 장시(江西) 핑샹(萍鄉) 출신이며, 이름은 디(砥), 자는 궁즈, 호는
핑수이원랑(萍水文郎)이다. 일찍이 동맹회(同盟會)에 가입했으며, 1934년에 국민당
정부 입법원 편역처(編譯處) 계장을 지냈다. 루쉰에게 편지를 보내 '매국노', '매판'이
라 공격했으며, 루쉰은 「캉바이두가 원궁즈에게 보내는 답신」(康伯度答文公直)을 지
어 반박했다. — 1934 ⑧ 4.

윈인(文尹) — 양즈화(楊之華) 참조.

원인 부부(文尹夫婦) — 취추바이(瞿秋白)와 양즈화(楊之華) 참조.

원잉(文英) — 펑쉐펑(馮雪峰) 참조.

원잉 부부(文英夫婦) — 취추바이(瞿秋白)와 허아이위(何愛玉) 참조.

원잉 부인(文英夫人) — 허아이위(何愛玉) 참조.

원잉의 아이(文英孩子) — 펑쉐밍(馮雪明) 참조.

원쯔촨(溫梓川, 1911~1986) 광둥(廣東) 후이양(惠陽) 출신의 작가이며, 말레이시아에서
태어났다. 원명은 위수(玉舒), 필명은 수디(舒弟)이다. 당시 상하이 지난(暨南)대학에
재학 중이었다. — 1929 ② 16.

원타오(溫濤, 1907~1949) 광둥(廣東) 메이현(梅縣) 출신의 목각가. 반제대동맹(反帝大同
盟)에 참가했다. 1935년에 홍콩에서 선커(深刻)목각회를 조직했으며, 작품을 자주 루
쉰에게 부쳤다. — 1935 ⑤ 10. ⑦ 13, 17. ⑨ 6. ⑪ 18. 1936 ③ 18. ⑦ 6.

웨닝(惟寧) — 취추바이(瞿秋白) 참조.

웨이(魏) ─ 웨이자오치(魏兆淇) 참조.

웨이(魏) ─ 웨이푸몐(魏福綿) 참조.

웨이닝(維寧) ─ 취추바이(瞿秋白) 참조.

웨이닝(維寧) 부인 ─ 양즈화(楊之華) 참조.

웨이란(魏蘭, 1866~1928) 저장(浙江) 윈허(雲和) 출신이며, 자는 스성(石生)이다. 광복회 (光復會) 회원으로, 1905년을 전후하여 타오청장(陶成章)과 더불어 저장 동부 등지에 서 혁명활동을 펼쳤다. 민국 이후 저장 융캉(永康) 및 우캉(武康) 등의 현지사, 현장을 역임했다. 1915년에 지사 응시 면제 건으로 베이징에 왔다가 궁웨이성(龔未生)의 소 개로 루쉰을 방문했다. ─1915 ⑪ 21.

웨이멍커(魏猛克, 1911~1984) 후난(湖南) 창사(長沙) 출신의 작가이며, 원명은 간쑹(乾松), 필명은 허자쥔(何家駿)이다. 일기에는 멍커(孟克)로도 기록되어 있다. 좌익작가연맹 의 성원이다. 1934년 3월에 루쉰의 요청에 따라 스노(Edgar Snow)가 번역한 『아Q 정전』을 위해 삽화를 그렸다. 같은 해 9월 일본에 가서 도쿄에서 천신런(陳辛人) 등과 월간 『잡문』(雜文)을 창간했다. ─1933 ⑤ 13. ⑥ 4, 6. 1934 ① 9, 12, 13, 16, 17. ② 2. ③ 23, 31. ④ 3, 8, 10, 21. ⑤ 10, 14, 15, 20, 22, 31. ⑥ 9, 26. ⑧ 2, 19, 20. ⑨ 5. ⑩ 3. ⑪ 26. 1935 ② 19. ⑤ 17. ⑥ 28. ⑦ 26, 27. ⑧ 9, 26, 31. ⑨ 24, 25. ⑩ 12, 14, 22, 28. ⑪ 11, 21. ⑫ 17. 1936 ③ 30. ⑧ 14.

웨이성(未生) ─ 궁웨이성(龔未生) 참조.

웨이성(魏生) ─ 웨이푸몐(魏福綿) 참조.

웨이수위안(韋漱園) ─ 웨이쑤위안(韋素園) 참조.

웨이스(Ruth Weiss, 중국명 魏璐詩, 1908~2006) 오스트리아 빈 출신의 언론인이자 교육가. 중국의 공산혁명과 중화인민공화국 수립을 마지막까지 지켜본 유럽인이다. 1933년 9월에 중국에 와서 문화사업에 종사했으며, 스메들리(A. Smedley)와 야오커(姚克) 의 소개로 루쉰을 방문했다. ─1936 ① 26.

웨이스성(魏石生) ─ 웨이란(魏蘭) 참조.

웨이쑤위안(韋素園, 1902~1932) 안후이(安徽) 훠추(霍丘) 출신이며, 별칭은 웨이수위안(韋 漱園)이다. 웨이밍사의 성원이며 번역활동가이다. 일찍이 루쉰의 지도 아래 웨이밍 사 업무를 관장했으며, 『망위안』(莽原) 반월간을 편집했다. 1927년에 폐병으로 인해 베이징 시산(西山)요양원에서 요양했다. 1929년에 어머니를 뵈러 상경했을 때 루쉰 은 직접 병문안을 가기도 했다. 1932년 8월 2일에 병사했다. 루쉰은 그를 위해 「웨이 쑤위안 묘비명」(韋素園墓記)을 지었으며, 「웨이쑤위안 군을 추억하며」(憶韋素園君)를 썼다. ─1925 ⑤ 17. ⑦ 6, 13, 14, 16, 18, 19, 26, 28. ⑧ 1, 3, 10, 11, 17, 22, 30. ⑨ 1, 9,

14, 24. ⑩ 1, 10, 18, 20, 26. ⑪ 2, 4, 14, 17, 20, 23, 25, 26, 29, 30. ⑫ 1, 8, 22, 28. 1926
③ 21, 23, 31. ④ 5, 6, 23. ⑤ 2, 6, 13, 17, 24, 25, 27. ⑥ 1, 3, 7, 11, 16, 21, 23, 24. ⑦ 3,
4, 14, 15, 16, 17, 21, 28, 29, 30. ⑧ 3, 12, 15, 16, 23. ⑨ 13, 14, 17, 20. ⑩ 4, 8, 10, 16,
19, 20, 31. ⑪ 4, 6, 7, 8, 10, 12, 14, 21, 22, 28, 29, 30. ⑫ 4, 5, 8, 13, 28, 29. 1927 ① 4,
8, 9, 11, 27. ⑫ 26, 29. 1928 ④ 24. ⑤ 15. ⑦ 11, 19, 22. ⑧ 19. 1929 ② 21. ③ 23. ④
6, 8. ⑤ 7, 30. ⑧ 3. ⑫ 9. 1930 ⑧ 8. 1931 ② 2, 18. ⑫ 24. 1932 ⑧ 5. 1934 ④ 3. ⑦ 16.
1935 ⑦ 10.

웨이 아가씨(韋姑娘) — 웨이이란(韋伊蘭) 참조.

웨이 여사(魏女士) — 웨이스(Ruth Weiss) 참조.

웨이 여사(韋女士) — 웨이이란(韋伊蘭) 참조.

웨이이란(韋伊蘭) 장쑤(江蘇) 옌청(鹽城) 출신의 쑨란(孫蘭, 1913~1968)이며, 원명은 웨이
위메이(韋毓梅)이다. 일기에는 웨이 아가씨(韋姑娘), 웨이 여사(韋女士)로도 기록되어
있다. 1933년부터 1934년에 걸쳐 푸단(復旦)대학을 다녔으며, 1935년에는 칭화(淸
華)대학에 재학 중이었다. — 1933 ③ 13. 1934 ⑩ 28, 29. ⑪ 22. 1935 ⑪ 11.

웨이자오치(魏兆淇, 1907~1978) 푸젠(福建) 푸저우(福州) 출신이며, 필명은 줘즈(卓治)이
다. 상하이 난양(南洋)대학 공과에 재학 중이었다가, 1926년에 루쉰이 샤먼(廈門)대
학으로 부임해 오자 이 대학의 무선공학계로 전학하였다. 양양사(泱泱社) 회원으로
활동했다. 루쉰이 샤먼대학을 떠난 후 일본과 유럽에서 유학했다. — 1926 ⑪ 28. ⑫
4. 1927 ① 1. ② 10, 17. ③ 5, 9, 10, 29. ④ 28. ⑨ 17. ⑩ 13. ⑫ 10. 1928 ③ 29. 1932
⑦ 16, 17. ⑫ 6. 1933 ⑤ 5, 7, 9.

웨이젠궁(魏建功, 1901~1980) 장쑤(江蘇) 하이안(海安) 출신의 언어학자이며, 자는 톈싱
(天行)이다. 1921년에 베이징대학 국문계에 입학하여 2학년 때에 루쉰의 중국소설
사를 선택과목으로 수강했으며, 1925년에 졸업했다. 1923년 1월에 예로셴코(В. Я.
Ерошенко)를 인신공격하는 글을 지었다가 루쉰의 비판을 받았다. 5·30운동 이후
벗들과 더불어 리밍(黎明)중학을 설립했으며, 루쉰은 이들의 요청에 따라 이 학교에
서 4개월간 강의했다. 베이징대학을 졸업한 후 오랫동안 모교에 남아 강의했으며,
1928년에 한국의 경성대학(京城大學)에 가서 강의했다. — 1923 ① 14. 1925 ⑧ 28.
⑨ 7. ⑩ 3. 1926 ⑦ 10, 11, 19. 1928 ② 17. ③ 5, 8. 1929 ⑤ 29, 30. ⑥ 3. 1932 ⑪ 15,
17, 19.

웨이줘즈(韋卓治) — 웨이자오치(魏兆淇) 참조.

웨이쥔(維鈞) — 창후이(常惠) 참조.

웨이진즈(魏金枝, 1900~1972) 저장(浙江) 성현(嵊縣) 출신의 작가. 좌익작가연맹의 성원이

다. 1930년에 좌익작가연맹의 기관지인 『맹아월간』(萌芽月刊)의 편집을 보조하였으며, 1931년에 러우스(柔石) 등이 체포된 후 상하이를 떠났다. 1935년 당시에는 상하이 마이룬(麥倫)중학에서 교편을 잡았다. —1929 ⑩ 20. 1930 ③ 20. ⑤ 4. ⑦ 4. 1931 ① 15. 1935 ⑩ 24.

웨이천(維忱) —왕웨이천(王維忱) 참조.

웨이춘(煒春) —러우웨이춘(樓煒春) 참조.

웨이충우(韋叢蕪, 1905~1978) 안후이(安徽) 휘추(霍丘) 출신이며, 별칭은 리런(立人), 필명은 랴오난(藜南)이다. 웨이쑤위안(韋素園)의 동생이며, 웨이밍사(未名社) 성원이자 번역활동가이다. 루쉰은 그가 번역한 『가난한 사람들』(窮人)을 위해 서문을 써 주었다. 1930년 8월 그가 웨이밍사의 업무를 관장한 이후 관리부실로 말미암아 손실을 입어 1931년에 해체되고 말았다. 그가 유용하여 루쉰에게 빚진 웨이밍사의 인세는 1934년 6월에 그가 카이밍(開明)서점에서 받은 인세로 상환하기 시작하여 1935년 말에 이르러서야 마무리되었다. —1925 ③ 26, 28. ⑤ 9. ⑦ 19, 27. ⑧ 1, 6, 30. ⑨ 1, 9, 14, 18, 25, 26. ⑩ 1, 7, 10, 13, 25. ⑪ 13, 24. ⑫ 5, 14, 20, 26. 1926 ① 31. ② 10, 17, 19, 20, 26, 27, 28. ③ 1, 21. ④ 13, 14. ⑤ 4, 21, 23. ⑥ 11, 13, 16, 26. ⑦ 4, 13, 16, 19, 24, 26, 29, 30. ⑧ 1, 3, 4, 10, 12, 16. ⑨ 29. ⑩ 4. ⑪ 22, 24. ⑫ 13. 1927 ③ 9, 17. ④ 28. ⑤ 20. ⑥ 23. ⑦ 6, 7. ⑫ 26, 29. 1928 ② 8, 22, 29. ⑤ 14. ⑦ 25. ⑧ 2, 3. ⑪ 15, 24. 1929 ④ 15. ⑤ 18, 21, 29, 30. ⑦ 15. ⑧ 8, 26. ⑩ 16, 17. ⑪ 15, 18. 1930 ② 27. ③ 7, 24. ⑦ 5, 8. ⑧ 8, 30. ⑩ 1, 2. ⑫ 31. 1931 ① 22, 24. ③ 2, 8. ④ 29, 30. ⑤ 1. ⑦ 25. ⑨ 7, 9. 1932 ⑧ 5. 1933 ⑧ 18. ⑨ 7, 16, 18. 1934 ⑥ 14. ⑩ 24. 1935 ② 20. ⑦ 10. ⑪ 4.

웨이취안(維銓) —양싸오(楊騷) 참조.

웨이푸몐(魏福綿, 1889~1942) 저장(浙江) 상위(上虞) 출신. 루쉰이 사오싱(紹興)부중학당에서 교편을 잡았을 때의 학생이다. 1913년에 베이징대학 예과에 입학했으며, 이때 루쉰에게 보증을 서 달라고 부탁했다. 1919년에 베이징대학 공과 채광야금학과를 졸업했다. 베이징에서 공부하는 동안 루쉰에게 학비를 자주 빌렸다. 1930년에 상하이의 상위 동향회에서 근무했으며, 루쉰이 도왔던 여공 왕아화(王阿花) 사건에서 조정에 참여했다. —1913 ⑤ 17, 31. ⑩ 5, 8. ⑪ 25, 28. 1914 ① 31. ② 24. ③ 20, 25. ④ 1, 5, 8. ⑤ 3, 10. ⑥ 7, 22. ⑪ 22, 28. 1915 ① 8. ④ 2. ⑤ 1, 17, 26, 29. ⑥ 26. ⑧ 5. ⑩ 2. ⑪ 14. 1916 ② 16. ③ 26. ④ 13, 30. ⑤ 8, 20, 30. ⑫ 2. 1917 ① 17. ④ 5. ⑥ 3, 22. ⑫ 27. 1918 ④ 29. 1930 ① 8, 9.

웨즈(越之) —후위즈(胡愈之) 참조.

웨푸(約夫) 확실치 않음. —1936 ② 7.

웨핑(月平) — 쉬웨핑(許月平) 참조.

위구칭(雨谷淸) 확실치 않음. — 1929 ⑧ 8.

위궁(兪公) — 위펀(兪芬) 참조.

위녠위안(兪念遠, 1904~?) 저장(浙江) 진화(金華) 출신이며, 필명은 위디(兪荻)이다. 1926 년에 샤먼(廈門)대학 문과 국문계에 재학했다. 루쉰의 지지와 지도 아래, 셰위성(謝玉生), 추이전우(崔眞吾), 왕팡런(王方仁) 등과 함께 양양사(泱泱社)를 조직하고, 『보팅』(波艇) 월간과 『구랑』(鼓浪) 주간을 편집·출판했다. — 1926 ⑨ 8. 1934 ⑪ 8.

위다푸(郁達夫, 1896~1945) 저장(浙江) 푸양(富陽) 출신의 작가. 원명은 원(文)이며, 전기 창조사(創造社)의 주요 성원 가운데 한 사람이다. 1923년 가을부터 1925년에 걸쳐 베이징대학에 재직 중일 때 루쉰과 함께 일했다. 1925년부터 1926년에 우창(武昌) 사범대학, 광둥(廣東) 중산(中山)대학에서 교수로 재직하였으며, 이 시기에 베이징에 돌아와 휴가를 보낼 때 루쉰을 찾아왔다. 1926년 말 상하이에서 창조사의 출판부 업무를 떠맡았다. 1928년부터 1929년에 걸쳐 루쉰과 함께 월간 『분류』(奔流)를 펴냈으며, 1930년 2월에는 루쉰 등과 함께 공동으로 중국자유운동대동맹(中國自由運動大同盟)의 창립을 발기했다. 같은 해 3월에 좌익작가연맹에 가입했다. 1933년 4월 항저우(杭州)로 이주했을 때 루쉰은 그의 이주를 말렸는데, 그해 겨울에 7언 율시 「위다푸의 항저우 이사를 말리며」(阻郁達夫移家杭州)를 지었다. — 1923 ② 17, 26, 27, 28. ③ 15. ⑪ 15, 22. ⑫ 26. 1924 ③ 18. ④ 30. ⑥ 15. ⑦ 3. ⑪ 2, 20. ⑫ 15, 25. 1925 ⑩ 24. 1926 ⑦ 31. ⑩ 29. ⑫ 21. 1927 ⑩ 5, 6, 11, 16. ⑪ 2, 12. ⑫ 8, 31. 1928 ② 6, 12, 16. ③ 6, 24, 25, 31. ④ 1, 2, 5, 15, 27. ⑤ 6, 7, 9, 19, 25, 27. ⑥ 3, 19, 20, 24, 26, 30. ⑦ 1, 7, 18, 22, 28. ⑧ 1, 2, 4, 8, 21, 24, 26, 31. ⑨ 12, 21. ⑩ 1, 14, 20, 21, 26, 31. ⑪ 2, 7, 11, 22, 29. ⑫ 6, 11, 12, 13, 14, 21, 28. 1929 ① 1, 16, 24, 25, 26, 30, 31. ② 6, 8, 20. ③ 1, 9, 10, 17, 22, 26, 29. ④ 1, 10, 11, 17, 28. ⑤ 11. ⑥ 8, 11, 19. ⑦ 6, 7, 11. ⑧ 8, 17, 18, 20, 21, 23, 25, 27, 28. ⑨ 9, 10, 11, 19, 25. ⑩ 2, 3, 10, 15, 21, 29. ⑪ 13, 15, 17, 26. 1930 ① 4, 5, 9, 15, 26. ② 4, 20. ③ 3. ④ 17, 21. ⑥ 13, 15. ⑦ 15, 22. ⑧ 8, 26, 30. ⑨ 18, 30. ⑩ 9. ⑪ 28. 1931 ② 6. ⑧ 31. ⑨ 15. 1932 ② 25, 29. ③ 3, 7, 15. ⑤ 17. ⑦ 12, 16, 18. ⑩ 2, 5, 12. ⑫ 30, 31. 1933 ① 7, 10, 19, 25. ② 3, 8, 9, 15. ③ 1, 22, 24. ④ 3, 22, 23. ⑤ 17, 18. ⑥ 27, 28. ⑧ 21. ⑨ 8, 29. ⑫ 29. 1934 ① 5, 6. ⑤ 19. ⑦ 14. ⑨ 10, 12. 1935 ① 10. ③ 21. ④ 30. ⑧ 2. ⑫ 7.

위루(玉魯) — 주페이(朱斐) 참조.

위루이(余瑞) 저장(浙江) 출신. 현 지사(知事)에 응시하면서 링쉬(凌煦)를 통해 보증을 서 달라고 부탁했다. — 1914 ② 4.

위르장(余日章, 1882~1936) 후베이(湖北) 푸치(蒲圻) 출신. 1912년에 중화기독교 청년회 전국협회에 가입했으며, 이듬해에 이 협회의 강연부 주임간사를 맡아 제8차 세계기독교학생연맹대회에 출석하고 유럽 각국을 둘러보았다. 귀국 후 1915년 12월 6일 교육부의 초청을 받아 교육부에서 「각국 교육의 비교」라는 연설을 했다. — 1915 ⑫ 6.

위밍전(兪明震, 1860~1918) 저장(浙江) 사오싱(紹興) 출신이며, 자는 커스(恪士)이다. 일기에는 위 선생님(兪師)으로도 기록되어 있다. 청대 광서(光緖) 연간에 벼슬에 올랐다. 1901년에 장쑤(江蘇) 후보도위(候補道委)로서 난징(南京)의 강남육사광로학당(江南陸師礦路學堂)의 총판(總辦)을 지냈다. 1915년 당시 평정원(平政院) 숙정청(肅政廳) 숙정사(肅政史)로 재직 중이었다. — 1915 ② 17. ④ 10, 11. 1919 ① 20.

위보잉(兪伯英) 저장(浙江) 사오싱(紹興) 출신. 사오싱의 중시(中西)학당에서 영어를 가르쳤다. — 1912 ⑨ 11. 1914 ① 9.

위 선생님(兪師) — 위밍전(兪明震) 참조.

위성(玉生) — 셰위성(謝玉生) 참조.

위수자오(虞叔昭) 교육부 직원으로 재직 중이었다. — 1915 ⑩ 1. 1916 ② 29. ⑥ 14, 16. 1917 ⑧ 26. 1919 ⑤ 29.

위쑹화(兪頌華, 1893~1947) 장쑤(江蘇) 타이창(太倉) 출신이며, 이름은 야오(垚), 자는 쑹화이다. 1933년 당시에 황유슝(黃幼雄) 등과 상하이에서 『선바오(申報)월간』을 편집했다. — 1933 ⑫ 8.

위씨네 두 아이(兪宅二孩子) — 위팡(兪芳), 위편(兪芬) 참조.

위 아무개(兪某) — 위인민(兪印民) 참조.

위안(遇安) — 리위안(李遇安) 참조.

위안(遇庵) — 리위안(李遇安) 참조.

위안 공(袁公) — 위안타오안(袁匋盦) 참조.

위안무즈(袁牧之, 1909~1978) 저장(浙江) 닝보(寧波) 출신의 극작가. 1934년 당시 『중화일보』(中華日報)의 『극』(戱) 주간을 주편했으며, 중퉁영화공사(中通影片公司)에서 배우로 활동했다. 「아Q정전」(阿Q正傳)을 영화 극본으로 개편했다. 그는 루쉰에게 보낸 편지에서 자신이 좌익작가연맹에 참여하게 된 경과를 서술하고, 좌익작가연맹를 탈퇴하라고 요구했다. — 1934 ⑫ 9.

위안샹청(袁項城) — 위안스카이(袁世凱) 참조.

위안스카이(袁世凱, 1859~1916) 허난(河南) 샹청(項城) 출신이며, 자는 웨이팅(慰亭)이다. 1912년 3월에 중화민국 임시대총통에 올랐으며, 이듬해 10월에 다시 '공민단'(公民

團)을 고용하여 의회를 포위한 뒤 자신을 정식 총통으로 선출해 줄 것을 강요했다. 1915년 12월에 군주전제정체로의 복귀를 선포하여 황제로 자처했다. 전국의 반대 속에서 1916년 3월 22일 제제(帝制)를 철회하였으며, 6월 6일에 세상을 떠났다. ─ 1912 ⑪ 2. ⑫ 26. 1913 ⑩ 10. 1914 ⑨ 16. 1916 ⑥ 28.

위안 양(袁小姐) ─ 위안즈셴(袁志先) 참조.

위안옌링(袁延齡) 확실치 않음. ─ 1935 ⑫ 25.

위안원써우(袁文藪, 1873~1950) 저장(浙江) 항저우(杭州) 출신이며, 이름은 타이쉬(太虛) 또는 위린(毓麟), 자는 원수(文漱) 또는 원써우(文藪)이다. 루쉰과 함께 일본에서 유학했을 때 『신생』(新生)을 함께 출판하고자 했다. ─ 1912 ⑨ 24. 1913 ② 27. 1914 ⑤ 30.

위안즈셴(袁志先, 1899?~?) 장쑤(江蘇) 출신. 일기에는 위안 양(袁小姐)으로 기록되어 있다. 위안타오안(袁匋盦)의 딸이다. 1924년 당시 베이징여자사범대학 부중에 재학 중이었으며, 위펀(兪芬)의 학우이다. ─ 1924 ⑥ 23. 1925 ③ 8.

위안칭(元慶) ─ 타오위안칭(陶元慶) 참조.

위안 총통(袁總統) ─ 위안스카이(袁世凱) 참조.

위안타오안(袁匋盦) 장쑤(江蘇) 출신의 화가. 일기에는 위안 공(袁公)으로도 기록되어 있다. 산수화조(山水花鳥)를 그리는 데 능했다. 루쉰은 위펀(兪芬)을 통해 그에게 그림을 그려 달라고 부탁했다. ─ 1924 ⑤ 13. 1925 ④ 5.

위 양(兪小姐) ─ 위짜오(兪藻) 참조.

위 양(兪小姐) ─ 위펑(兪芳) 참조.

위 양(兪小姐) ─ 위펀(兪芬) 참조.

위얼(煜兒) ─ 저우예(周曄) 참조.

위옌(于雁) ─ 위헤이딩(于黑丁) 참조.

위우헝(兪物恒, 1893~?) 저장(浙江) 신창(新昌) 출신이며, 원명은 즈번(知本), 자는 줴셴(覺先)이다. 루쉰이 사오싱(紹興)부중학당에서 교편을 잡았을 때의 학생이다. 1918년에 베이징대학 이예과(理預科)에 재학했으며, 1920년에 미국 유학을 떠날 때 루쉰이 보증을 서 주었다. ─ 1920 ⑥ 15. 1921 ④ 1.

위웨후(兪月湖) ─ 위위우(兪毓吳) 참조.

위위(余余) ─ 천이(陳沂) 참조.

위위우(兪毓吳) 저장(浙江) 사오싱(紹興) 출신이며, 이름은 헝(鑅), 자는 위우 혹은 웨후(月湖)이다. 공상부 상무사(商務司) 첨사를 지냈다. ─ 1912 ⑩ 19. ⑫ 31. 1913 ⑫ 14.

위위창(兪雨蒼) 확실치 않음. ─ 1914 ⑤ 3.

위윈(兪韞) 저장(浙江) 주지(諸暨) 출신. 현 지사에 응시하기 위해 루쉰에게 보증을 서 달라고 부탁했다.— 1915 ④ 2.

위인민(兪印民, 1895~1949) 저장(浙江) 상위(上虞) 출신이며, 필명은 쓰수이위인(泗水漁隱) 등이다. 일기에는 위 아무개(兪某)로도 기록되어 있다. 루쉰이 산콰이(山會)초급사범학당에서 교편을 잡았을 때의 학생이다. 1935년에 루쉰에게 편지를 보내 자신의 장편소설『동주』(同舟)의 서문을 써 달라고 부탁했다. 그러나 원고를 부치지 않았으며, 루쉰도 답신하지 않았다.— 1932 ⑧ 27. ⑨ 3, 5, 20. 1935 ② 23. ③ 16.

위잉야(兪英崖, 1876~1955) 저장(浙江) 사오싱(紹興) 출신. 위펀(兪芬) 자매의 아버지이며, 1912년 당시 지린(吉林) 옌지(延吉) 지사로 재직 중이었다. 일로 베이징에 왔을 때 루쉰과 알게 되었다.— 1912 ⑥ 13. ⑦ 22, 23, 26.

위즈(愈之) —— 후위즈(胡愈之) 참조.

위즈퉁(余志通) 후난(湖南) 창사(長沙) 출신. 상하이 광화(光華)대학 학생이다.— 1928 ④ 1, 2. ⑥ 16.

위짜오(兪藻, 1913~?) 저장(浙江) 사오싱(紹興) 출신. 일기에는 위 양(兪小姐), 위씨네 두 아이(兪宅二孩子)로도 기록되어 있다. 위잉야(兪英崖)의 셋째딸이다. 1924년에 페이건(培根)소학으로 전학할 때에 루쉰이 보증을 서 주었다. 1933년 봄에 베이핑여자대학부중에 재학 중이었다.— 1923 ⑨ 8. 1924 ⑥ 8. ⑨ 10. 1925 ① 1, 25. ⑦ 21. 1933 ③ 18.

위쭝제(兪宗杰, 1896~1981) 저장(浙江) 신창(新昌) 출신이며, 자는 전환(枕寰)이다. 사오싱(紹興)의 저장성립 제5사범학교에 재학했으며, 쉬친원(許欽文), 궁바오셴(龔寶賢)의 급우이다. 후에 베이징대학에서 루쉰의 강의를 청강했다. 1927년 당시 광저우(廣州) 중산(中山)대학에서 예과 교수를 지냈다.— 1927 ② 3. ③ 1, 25.

위첸싼(兪乾三, 1885~?) 저장(浙江) 샤오산(蕭山) 출신이며, 자는 징셴(景賢)이다. 루쉰이 항저우(杭州)의 저장양급(兩級)사범학당에서 교편을 잡았을 때의 학생이다. 1911년에 사오싱(紹興)부중학당에서 루쉰과 동료로 함께 지냈으며, 역사와 지리를 가르쳤다.— 1912 ⑩ 29.

위칭(馬隅卿) —— 마위칭(馬隅卿) 참조.

위커스(兪恪士) —— 위밍전(兪明震) 참조.

위탕(語堂) —— 린위탕(林語堂) 참조.

위탕(玉堂) —— 린위탕(林語堂) 참조.

위탕(語堂)**의 부인** —— 랴오추이펑(廖翠鳳) 참조.

위판(玉帆) 쑤이위안(綏遠) 출신, 성이 지(紀)씨인 베이징대학 학생이다.— 1925 ⑤ 5.

위팡(兪芳, 1911~?) 저장(浙江) 사오싱(紹興) 출신. 일기에는 위 양(兪小姐), 위씨네 두 아이(兪宅二孩子)로도 기록되어 있다. 위잉야(兪英崖)의 둘째딸이다. 1924년에 페이건(培根)소학으로 전학할 때에 루쉰이 보증을 서 주었다. 1935년 7월에 베이핑사범대학 수학계를 졸업했다. 베이핑사범대학에 재학 중일 때 루쉰의 어머니를 위해 루쉰에게 보내는 편지를 대필했다. ─ 1923 ⑨ 8. 1924 ⑥ 8. ⑨ 10. 1925 ① 1, 25. ⑦ 21. 1930 ③ 12. 1933 ⑥ 7.

위펀(兪芬, 1899~1960) 저장(浙江) 사오싱(紹興) 출신이며, 자는 신루(馨如)이다. 일기에는 위궁(兪公), 위 양(兪小姐)으로도 기록되어 있다. 위잉야(兪英崖)의 큰딸이며, 루쉰이 베이징 좐타후퉁(磚塔胡同) 61호에 거주할 때의 이웃이다. 1923년 당시 베이징여자고등사범학교 부중에 재학 중이었으며, 1924년에 졸업한 후 가정교사로 지내는 틈틈이 베이징대학에 가서 루쉰의 강의를 청강했다. ─ 1923 ⑧ 3, 23, 29. ⑨ 12. ⑫ 12. 1924 ② 11, 13, 20. ⑤ 13. ⑥ 8, 23, 26. ⑨ 27. ⑩ 6. ⑪ 18. 1925 ① 1, 25. ③ 8, 15. ④ 5, 11. ⑦ 21. 1926 ② 28.

위페이화(余沛華, 1899~1980) 쓰촨(四川) 네이장(內江) 출신. 일기에는 위페이화(兪沛華)로 오기되어 있다. 1930년 당시 허베이(河北) 제5여자사범학교 교원을 지냈다. 쉬셴쑤(許羨蘇)는 자신이 베이징을 떠나는 것이 위페이화와 결혼하기 때문임을 설명하기 위해 위페이화가 자신에게 보낸 편지를 루쉰에게 동봉하여 부쳤다. ─ 1930 ⑧ 15.

위페이화(兪沛華) ─ 위페이화(余沛華) 참조.

위핑보(兪平伯, 1900~1990) 저징(浙江) 디칭(德淸) 출신의 문학가이자 학자. 청말의 학자인 유곡원(兪曲園)의 증손이다. 신조사(新潮社), 문학연구회(文學硏究會), 위쓰사(語絲社)의 성원으로 활동했다. 당시 상하이대학 국문계 강사를 지냈다. ─ 1923 ⑪ 10.

위한장(虞洽章, 1864~1921) 저장(浙江) 전하이(鎭海) 출신이며, 이름은 후이쭈(輝祖), 자는 한장이다. 1901년에 중관광(鍾觀光), 위허친(虞和欽) 등과 함께 상하이에서 과학기기관을 창설했으며, 이어 잡지 『과학세계』(科學世界)를 창간했다. ─ 1917 ③ 21.

위허(育和) ─ 왕위허(王育和) 참조.

위헤이딩(于黑丁, 1914~2001) 산둥(山東) 지모(卽墨) 출신의 작가이며, 별칭은 위옌(于雁)이다. 1936년 상하이 철로국에서 근무하였으며, 당과의 연계를 취하는 한편 글쓰기 문제에 관해 가르침을 받고자 루쉰과 편지를 주고받았다. 단편소설 「삶의 길」(生路)은 루쉰의 소개로 발표되었다. ─ 1936 ④ 20, 23, 26. ⑤ 16.

위화(郁華, 1884~1939) 저장(浙江) 푸양(富陽) 출신이며, 자는 만퉈(曼陀)이다. 일기에는 다푸(達夫)의 형으로도 기록되어 있다. 위다푸(郁達夫)의 큰형이다. 당시 장쑤성(江蘇

省) 고등법원 상하이 형사법정의 수장을 지내고 있었다. ─1932 ⑩ 5.

위홍모(兪鴻模, 1908~1968) 푸젠(福建) 푸칭(福淸) 출신. 일본에서 유학했으며, 1936년 2월에 자신의 소설 『단련』(鍊)을 루쉰에게 증정했다. ─1936 ② 14.

윈루(蘊儒) ─ 뤼치(呂琦) 참조.

윈루(蘊如) ─ 왕윈루(王蘊如) 참조.

윈루(蘊如)의 조카딸 ─ 청춘샹(成春祥) 참조.

윈우(雲五) 확실치 않음. ─1924 ⑫ 20.

윈장(雲章) ─ 뤼윈장(呂雲章) 참조.

윈타이(雲臺) ─ 판원란(范文瀾) 참조.

유(游) ─ 마스다 유(增田游) 참조.

유관칭(游觀慶) 확실치 않음. ─1912 ⑥ 2. ⑩ 15.

유린(有麟) ─ 징유린(荊有麟) 참조.

유린(有林) ─ 징유린(荊有麟) 참조.

유빙치(尤炳圻, 1912~1984) 장쑤(江蘇) 우시(無錫) 출신. 당시 일본 도쿄의 제국연구원에서 영국문학과 일본문학을 연구했다. 1936년에 우치야마 간조(內山完造)의 저서 『살아 있는 중국의 자태』(活中國的姿態; 루쉰이 서문을 씀)를 중국어로 번역하여 『어느 일본인의 중국관』(一個日本人的中國觀)이라는 서명으로 출판했다. ─ 1936 ③ 3, 4. ⑨ 19.

유성(友生) ─ 펑바이산(彭柏山) 참조.

유수인(柳樹人, 1905~1980) 황해도(黃海道) 금천(金川) 출신의 한국인이며, 원명은 유기석(柳基錫 혹은 柳基石), 호는 수인, 필명은 유서(柳絮), 청원(靑園)이다. 루쉰의 「광인일기」를 번역하여 1927년 경성(京城)에서 발행되던 잡지 『동광』(東光) 제16권에 게재했다. 1928년 당시 상하이에서 문학활동에 종사했으며, 루쉰 작품을 번역하면서 사오싱(紹興) 방언 등의 문제에 부딪혔을 때 스유헝(時有恒)과 함께 루쉰을 방문했다. ─1928 ⑨ 1.

유슝(幼雄) ─ 황유슝(黃幼雄).

유쑹(友松) ─ 장유쑹(張友松).

유위(幼漁) ─ 마유위(馬幼漁) 참조.

유위(幼輿) ─ 마유위(馬幼漁) 참조.

유윈바이(游允白) 후난(湖南) 한서우(漢壽) 출신이며, 이름은 훙판(洪範), 자는 윈바이이다. 교육부 사회교육사 주사를 지냈다. ─1912 ⑫ 14, 16, 17. 1913 ① 17. ③ 2.

유조(勇乗) ─ 스기모토 유조(杉本勇乗) 참조.

유탕(友堂) 확실치 않음.—1931 ② 3.

유퉁(友桐)—장유바이(張友柏) 참조.

유헝(有恒)—스유헝(時有恒) 참조.

융옌(永言)—차이융창(蔡咏裳) 참조.

의사 천(陳)씨—천순룽(陳順龍) 참조.

이(伊)—아이작스(H. R. Isaacs) 참조.

이 군(伊君)—아이작스(H. R. Isaacs) 참조.

이 군(伊君) 부부—아이작스(H. R. Isaacs)와 로빈슨(V. Robinson) 참조.

이노우에(井上) 일본인. 예로센코의 제자로, 1923년에 정치활동 참여로 인해 박해를 받아 중국에 왔다.—1923 ① 20.

이노우에 고바이(井上紅梅, 1881~1949) 일본인이며, 원명은 이노우에 스스무(井上進)이다. 일본의 가이조샤(改造社) 회원이다. 중국민속연구자로서『지나풍속』(支那風俗), 『중화만화경』(中華萬華鏡) 등의 저서를 남겼다. 1932년에『외침』(吶喊),『방황』(彷徨) 을 일본어로 번역하여『루쉰전집』(魯迅全集) 이름으로 출판했다. 1933년 6월에 상하이에 오기도 했다.—1932 ⑫ 14. 1933 ⑥ 22.

이노우에 요시로(井上芳郎) 일본인. 도쿄 게이오(慶應)대학 도서관 직원이며, 중국 고대사회 연구자이다. 중국 봉건사회의 가족상황을 연구하기 위해 상하이에 왔으며, 우치야마서점(內山書店)에서 루쉰과 알게 되었다.—1934 ⑧ 24, 29.

이눙(憶農)—저우창펑(周鏘鳳) 참조.

이눙 백부(意農伯)—서우창병(周鏘鳳) 참조.

이란(伊蘭)—웨이이란(韋伊蘭) 참조.

이란(已然)—옌쭝린(閻宗臨) 참조.

이란(已燃)—옌쭝린(閻宗臨) 참조.

이루산(易鹿山)—이인춘(易寅村) 참조.

이뤄성(伊羅生)—아이작스(H. R. Isaacs) 참조.

이뤄성(伊洛生)—아이작스(H. R. Isaacs) 참조.

이리부(伊立布) 루쉰이 궁먼커우(宮門口) 시싼탸오후퉁(西三條胡同)의 가옥을 구입할 때 원래의 건물주인 롄하이(連海) 측의 중개인이다.—1923 ⑫ 2.

이마무라(今村) 일본인. 1923년에 도쿄 릿쿄(立敎)대학에 재학 중이었다.—1923 ① 20.

이마무라 데쓰켄(今村鐵硏, 1859~1939) 일본의 시마네현(島根縣) 출신이며, 본명은 데쓰오(鐵夫)이다. 마스다 와타루(增田涉)의 외숙부로, 1935년에 일본의 고향에서 의료를 펼쳤다.—1935 ③ 22.

이마제키 덴포(今關天彭, 1891~1970) 일본의 중국문예연구가이자 시인이다. 본명은 도시마로(壽麿)이고 호는 덴포이다. 1923년부터 중국에 오랫동안 거주하였으며, 베이징 이마제키(今關)연구실을 건립하여 중국문화와 중일관계사의 자료 수집과 연구에 종사했다.— 1923 ② 11. 1929 ⑥ 18, 20. 1930 ① 4. 1932 ⑤ 6. 1933 ⑫ 31. 1934 ① 25. 1936 ③ 16.

이마제키 덴포(今關天彭)의 딸 — 1930 ① 4.

이멍(一萌) — 리이멍(李一氓) 참조.

이모(1838~1921) 루쉰 어머니의 큰언니이며, 롼허쑨(阮和孫) 형제의 어머니이다. — 1921 ① 26. ② 5.

이빈(宜賓) — 취추바이(瞿秋白) 참조.

이빈(伊法爾, A. A. Ивин, 1885~1942) 러시아인. 베이징대학에서 러시아어 교원을 역임했다. — 1925 ⑦ 16. ⑧ 11.

이빙(疑冰) — 취추바이(瞿秋白) 참조.

이빙(疑父) — 취추바이(瞿秋白) 참조.

이시이(石井) — 이시이 마사요시(石井政吉) 참조.

이시이 마사요시(石井政吉) 일본인 의사. 1930년에 상하이 베이쓰촨로(北四川路) 아루이리(阿瑞里)에 이시이(石井)의원을 개원했다. 문학을 애호하여 우치야마서점(內山書店)에서 루쉰과 알게 되었다.— 1931 ③ 26, 31. ④ 4, 6.

이시카와 한잔(石川牛山, 1872~1925) 일본 오카야마(岡山) 출신의 저널리스트이며, 본명은 야스지로(安次郎)이다. 『가우엔신시』(庚寅新誌) 기자, 『시나노마이니치신문』(信濃每日新聞)의 주필, 『요로즈초호』(萬朝報) 주필 등을 역임했다. 중국에서 풍속과 사회 현황을 연구했다.— 1923 ⑤ 8.

이쑨(以孫) — 쉬이쑨(徐以孫) 참조.

이쑨(以愻) — 쉬이쑨(徐以孫) 참조.

이어우(一漚) 확실치 않음.— 1928 ⑥ 1.

이와나미 시게오(岩波茂雄, 1881~1946) 도쿄의 이와나미(岩波)서점의 주인이다. — 1935 ⑤ 6.

이우(依吾) — 뤄빈지(駱賓基) 참조.

이우(伊吾) — 뤄빈지(駱賓基) 참조.

이우관(李又觀, 1897~1984) 경기도(京畿道) 부천(富川) 출신의 한국인이며, 원명은 이정규(李丁奎)이다. 1918년 게이오(慶應)대학 경제학과에 입학하였다가 1919년 3·1독립운동이 일어난 이후 중퇴하고 귀국하여 독립운동에 투신하였다. 1921년 4월에 아나키스트인 형 이을규(李乙奎)를 따라 중국으로 망명하였다. — 1923 ③ 18.

이인춘(易寅村) 후난(湖南) 창사(長沙) 출신이며, 이름은 페이지(培基), 자는 인춘이다. 1924년과 1925년에 두 차례에 걸쳐 교육총장을 역임했으며, 1926년 1월에 베이징 여자사범대학 교장을 지냈다. 3·18참사 이후 돤치루이(段祺瑞) 정부의 수배를 받아 베이징을 떠났다. 1927년에 상하이 노동대학 교장을 지냈으며, 루쉰에게 이 학교에서의 강연과 수업을 부탁하였다. — 1926 ① 13. 1927 ⑩ 23. ⑪ 1, 4, 27. ⑫ 2, 10, 11. 1928 ① 3, 10. ③ 20, 26, 27.

이젠눙(李薦儂) 광시(廣西) 우화(五華) 출신. 베이징대학 철학과에 재학 중이었다. — 1928 ⑪ 26. ⑫ 28.

이즈(抑卮) — 장이즈(蔣抑卮) 참조.

이즈(易之) 확실치 않음. — 1933 ⑦ 18.

이즈(亦志) 확실치 않음. — 1934 ⑤ 22.

이지즈(李濟之, 1896~1979) 후베이(湖北) 중샹(鍾祥) 출신의 고고학자이며, 이름은 지(濟), 자는 지즈이다. 일기에는 리 군(李君)으로도 기록되어 있다. 미국에 유학하여 하버드대학 철학박사학위를 취득했다. 1924년에 난카이(南開)대학에서 교수를 지냈으며, 루쉰과 함께 시안(西安)에서의 강연에 초청받았다. 1933년 당시 중앙연구원 역사언어연구소 고고조(考古組) 주임을 지냈다. — 1924 ⑦ 16, 17, 18, 20. ⑧ 1, 10, 29. 1925 ② 23. ③ 3. 1933 ② 24.

이진(疑今) — 린이진(林疑今) 참조.

이추(以俅) — 량이추(梁以俅) 참소.

이추(彝初) — 마쉬룬(馬叙倫) 참조.

이케다(池田) 일본인 의사. 당시 베이징 스푸마다졔(石駙馬大街)에서 이케다의원을 운영했다. — 1912 ⑫ 10. 1913 ③ 19. 1914 ⑤ 14. 1916 ⑩ 31.

이케다 유키코(池田幸子, 1911~1973) 일본인. 일기에는 '가지(鹿地) 부인'으로도 기록되어 있다. 가지 와타루(鹿地亘)의 아내이다. — 1936 ⑧ 23. ⑨ 17, 23.

이토(伊東) — 이토 도요사쿠(伊東豊作) 참조.

이토(伊藤) — 이토 도요사쿠(伊東豊作) 참조.

이토 가쓰요시(伊藤勝義) 일본인. 기독교 목사이며, 우치야마 간조(內山完造)의 스승이다. — 1935 ⑦ 25.

이토 다케오(伊藤武雄, 1895~1984) 일본인. 중국사회정치연구자이며, 1920년에 도쿄제국대학 법학부 정치학과를 졸업한 후 남만주철도(南滿洲鐵道)주식회사에 근무했다. 1925년에 이 주식회사의 베이징 주재 특파원을 지냈다. — 1925 ⑨ 17.

이토 도요사쿠(伊東豊作) 일본인 치과의사. 일기에는 이토(伊藤)로도 기록되어 있다. 당시 베이징 바바오후퉁(八寶胡同)에 이토 치과진료소를 운영했다. ― 1923 ⑥ 20, 22, 26, 28, 30. ⑦ 25, 28. ⑧ 1, 8, 10, 25. 1925 ① 22. 1926 ⑦ 3, 8, 10. 1929 ⑤ 23, 27.

이페이쥔(易斐君) ― 차이페이쥔(蔡斐君) 참조.

이핑(衣萍) ― 장이핑(章衣萍) 참조.

이하라(井原) 확실치 않음. ― 1923 ① 7.

인겅(尹庚, 1908~1997) 저장(浙江) 이우(義烏) 출신이며, 원명은 러우시(樓曦), 개명은 러우셴(樓憲), 필명은 인겅이다. 좌익작가연맹의 성원으로 활동했다. 1935년에 상하이 톈마(天馬)서점에서 '톈마문학총서'를 편집했다. ― 1935 ④ 18.

인더쑹(尹德松) ― 인한저우(尹翰周) 참조.

인린(殷林) 확실치 않음. ― 1934 ⑩ 18. ⑫ 4.

인모(尹黙) ― 선인모(沈尹黙) 참조.

인쭝이(尹宗益, 1890?~?) 저장(浙江) 성현(嵊縣) 출신이며, 자는 쑹지(嵩吉)이다. 루쉰이 사오싱부중학당(紹興府中學堂)에서 교편을 잡았을 때의 학생이다. 1916년에 베이징대학 이과에 재학 중이었다. ― 1916 ① 3. ⑤ 28. ⑦ 18.

인탕(蔭棠) ― 자오인탕(趙蔭棠) 참조.

인한저우(尹翰周, 1888?~?) 저장(浙江) 성현(嵊縣) 출신이며, 자는 더쑹(德松)이다. 루쉰이 항저우(杭州)의 저장양급사범학당(浙江兩級師範學堂)에서 교편을 잡았을 때의 학생이다. 1916년에 베이징고등사범학교 이화부(理化部)에 재학 중이었다. ― 1916 ⑥ 11, 16, 25. ⑦ 4.

일꾼(長班) ― 소사 참조.

잉샤(映霞) ― 왕잉샤(王映霞) 참조.

잉슈런(應修人, 1900~1933) 저장(浙江) 츠시(慈溪) 출신의 시인이며, 필명은 딩주(丁九)이다. 1927년 당시에는 광저우(廣州) 황푸(黃埔)군관학교 정치부에 근무하고 있었다. 대혁명 실패 후에 소련에 가서 공부했으며, 1930년 귀국한 후에는 중국공산당 중앙기구에서 일했으며, 좌익작가연맹에도 참여했다. ― 1927 ④ 8.

잉양(盈昻) 성은 양(楊). 상하이의 푸단(復旦)실험중학에 재학했으며, 『위쓰』(語絲)의 기고자이다. ― 1929 ⑫ 15.

【ㅈ】

자(伽) — 아이칭(艾靑) 참조.

자비(家璧) — 자오자비(趙家璧) 참조.

자빈(家斌) — 당자빈(黨家斌) 참조.

자오광샹(趙廣湘, 1908~1934) 허베이(河北) 우칭(武淸) 출신의 번역활동가이며, 필명은 허
페이(賀非)이다. 일기에는 허우푸(侯朴), 허페이(賀非)로도 기록되어 있다. 한스헝(韓
侍桁)의 벗이다. 1930년에 그는 독일어본을 저본으로『고요한 돈강』제1권을 번역했
다. 루쉰은 그의 역문을 교정하고 작자의 약전을 번역했으며, 후기를 썼다. — 1930
③ 13, 15. ⑤ 16, 17, 31. ⑦ 27. ⑧ 30. ⑨ 12, 16. ⑩ 2, 3.

자오난러우(趙南柔, 1907~?) 장쑤(江蘇) 충밍(崇明, 현재 상하이에 속함) 출신. 당시 일본 호
세(法政)대학에 유학했으며, 후에 난징(南京)의 일본평민사(日本平民社)에서 편집을
맡았다. — 1927 ⑥ 29.

자오단뤄(趙丹若, 1892~1966) 저장(浙江) 자산(嘉善) 출신이며, 이름은 팅빙(廷炳), 자는 단
뤄이다. 베이징대학 화학계를 졸업했으며, 1924년부터 베이징여자사범대학 화학 교
수, 이과 주임을 지냈다 — 1926 ⑧ 14

자오더(趙德) 자오더칭(趙德淸)을 가리킨다. 당시 일본 도쿄에서 월간『일문연구』(日文硏
究)를 발간했는데, 이 잡지에는 '일문화역'(日文華譯)이라는 칼럼이 있었다. 그는 루
쉰을 이 칼럼의 집필자 가운데 한 사람으로 배열했으며, 루쉰의 역문 두 편을 싣기도
하였다. — 1935 ⑨ 19.

자오몐즈(招勉之) 광둥(廣東) 타이산(臺山) 출신. 1925년 베이징에 있을 적에『망위안』(莽
原) 주간에 글을 투고하였다. 1927년에 중징원(鍾敬文), 리진밍(黎錦明) 등과 광둥 하
이펑(海豊)중학에서 교편을 잡았다가 중산(中山)대학부속중학 사범과에서 교편을
잡았다. 이때 루쉰과 교제하였다. 루쉰이 상하이로 떠난 후에도 연락을 지속하였다.
— 1927 ① 31. ② 14. ⑫ 16, 19. 1928 ⑤ 28. ⑥ 8. ⑦ 18. ⑫ 7.

자오빙중(趙秉忠) 저장(浙江) 주지(諸暨) 출신. 현(縣)의 지사에 응시하면서 루쉰에게 보증
을 서 달라고 부탁했다. — 1915 ④ 3.

자오사오셴(趙紹仙) — 자오허녠(趙鶴年) 참조.

자오사오허우(趙少侯, 1899~1978) 저장(浙江) 항저우(杭州) 출신의 번역가이며, 이름은 쭈신(祖欣), 자는 사오허우이다. 1921년에 베이징대학 법문계(法文系)를 졸업했다. 1926년부터 1929년 사이에 베이징대학의 강사, 중파(中法)대학의 교수 등을 역임했다. 『망위안』(莽原) 반월간에 글을 투고하였다. —1926 ⑧ 3. 1929 ② 13.

자오산푸(趙善甫) —자오츠핑(趙赤坪) 참조.

자오수성(趙樹笙) 확실치 않음. —1936 ⑦ 8.

자오신추(趙昕初) 확실치 않음. —1928 ⑦ 10.

자오쑹샹(趙松祥) 저장(浙江) 주지(諸暨) 출신. 현(縣)의 지사에 응시하면서 루쉰에게 보증을 서 달라고 부탁했다. —1915 ④ 2.

자오웨(趙越, 1912~?) 산둥(山東) 안추(安丘) 출신. 목각 애호가이며, 당시 베이핑(北平)사립 화베이(華北)대학 예술과에서 서양화를 전공했으며, 전국목각연합전람회의 준비작업에 참여했다. —1935 ⑦ 28. 1936 ⑧ 5.

자오인탕(趙蔭棠, 1893~1970) 허난(河南) 궁현(鞏縣) 출신이며, 자는 치즈(憩之), 필명은 라오톄(老鐵)이다. 음운학자이자 소설가이다. 1924년부터 1926년 사이에 베이징대학 연구소국학문에 재학했다. 『웨이보』(微波) 간행물의 창간을 위해 루쉰을 방문했다. —1925 ⑤ 6, 29. ⑦ 14. 1926 ① 18, 21. ⑥ 9.

자오자비(趙家璧, 1908~1997) 장쑤(江蘇) 쑹장(松江, 현재 상하이에 속함) 출신의 출판가이다. 상하이 량유(良友)도서인쇄공사에서 문예서적의 편집을 맡았다. 1932년 9월 '량유문학총서'(良友文學叢書)를 출판하기 위해 정보치(鄭伯奇)를 통해 루쉰에게 원고를 청탁했으며, 루쉰은 그를 위해 『신러시아소설가 20인집』(新俄小說家二十人集)을 편역했다. 1933년 8월에 루쉰은 다시 벨기에 마세렐(Frans Masereel)의 목각연환화 『어느 한 사람의 수난』(一個人的受難)을 엮어 내고 서문을 썼다. 1934년에 『중국신문학대계』(中國新文學大系)를 주편할 때 루쉰에게 『소설 2집』을 엮어 달라고 요청했으며, 1936년에 루쉰은 또다시 그를 위해 『소련판화집』(蘇聯版畵集)을 엮었다. 이 시간에 루쉰 역시 그를 통하여 량유공사에서 젊은 작가들의 저역서들을 출판했다. —1933 ③ 10, 28. ⑥ 19, 20, 27. ⑧ 4, 5, 7, 9. ⑩ 7, 8. ⑪ 30. ⑫ 7, 21. 1934 ① 22. ⑤ 25. ⑨ 1, 3. ⑪ 28. ⑫ 12, 16, 18, 25, 26. 1935 ① 4, 7, 8, 10, 15, 16, 19, 21, 28. ② 9, 17, 26, 28. ③ 3, 7, 8, 9, 16. ④ 19, 25. ⑤ 5, 8, 9, 10, 11, 24, 25. ⑥ 28. ⑦ 13. ⑨ 2, 7. ⑪ 9, 15, 18. ⑫ 13, 21, 25. 1936 ② 21. ④ 2, 8, 13, 17. ⑤ 23, 28. ⑦ 6, 14, 22. ⑧ 6, 7, 19, 20. ⑨ 5, 7, 9, 10. ⑩ 12, 15.

자오주톈(趙竹天) 확실치 않음. —1933 ⑦ 18.

자오즈위안(趙之遠, 1894~1964) 저장(浙江) 사오싱(紹興) 출신의 법학가이다. 당시 베이징대학 법률계에 재학 중이었다. ― 1920 ① 25.

자오징선(趙景深, 1902~1985) 쓰촨(四川) 이빈(宜賓) 출신의 작가이자 학자이다. 1927년 8월부터 상하이 카이밍(開明)서점의 편집을 맡아『문학주보』(文學週報) 등을 편집했다. 1928년 10월에 고이즈미 야쿠모(小泉八雲)의『몇 가지 중국 귀신』(幾個中國鬼)이란 책에 실린 이야기의 출전을 확인하기 위해 루쉰에게『백효도설』(百孝圖說)을 빌려 보았다. 1930년 6월부터 베이신(北新)서국의 총편집을 맡고『청년계』(靑年界) 월간을 주편했으며, 1935년 이후 여러 차례 루쉰에게 원고를 청탁했다. ― 1927 ⑩ 5, 12, 18. 1928 ⑦ 2. ⑩ 31. ⑫ 22, 25. 1930 ④ 19. 1931 ⑤ 8. 1935 ⑩ 5, 28. ⑫ 21, 23, 27. 1936 ④ 19, 30. ⑤ 5, 11, 23.

자오쯔청(趙自成) 광시(廣西) 링촨(靈川) 출신. 베이징대학 러시아계를 졸업했다. ― 1925 ④ 9.

자오쯔허우(趙子厚) 확실치 않음. ― 1923 ⑤ 12.

자오취안청(趙泉澄) 저장(浙江) 위항(餘杭) 출신. 베이징대학 사학류(史學類) 연구생이다. ― 1926 ③ 1.

자오츠핑(趙赤坪, 1902~1980) 쓰촨(四川) 장베이(江北) 출신. 베이징대학부속 음악전습소(音樂傳習所) 및 베이징미술전과(專科)학교에 재학했으며, 당시 창조사(創造社) 베이징 지부에 근무하고 루쉰의 강의를 청강하기도 했다.『들풀』(野草)의 글이『위쓰』(語絲)에 잇달아 발표된 후, 루쉰에게 여러 차례 편지를 보내 작품의 함의를 문의했다. ― 1925 ③ 10, 12, 13. ④ 3, 5, 8, 9, 11. ⑤ 24, 26.

자오칭(趙淸) 확실치 않음. ― 1936 ④ 28.

자오칭하이(趙淸海) 허난(河南) 궁현(鞏縣) 출신이며, 자는 옌팅(晏亭)이다. 군벌 류전화(劉鎭華)가 이끄는 토착무장세력인 진숭군(鎭嵩軍) 제4로 보병 제2대대 대대장이다. ― 1924 ⑦ 14.

자오펑허(趙風和) 확실치 않음. ― 1926 ⑫ 14, 19. 1927 ④ 27. ⑤ 16.

자오한칭(趙漢卿, 1889~1950) 저장(浙江) 샤오산(蕭山) 출신이며, 이름은 젠판(建藩), 자는 수핑(叔屛), 호는 한칭이다.『웨둬(月鐸)일보』의 발기인 가운데 한 사람이다. 이 신문의 관련자들이 분열된 후 그는 왕둬중(王鐸中)과 함께 계속해서 이 신문을 발행했다. ― 1914 ③ 9.

자오허녠(趙鶴年) 허베이(河北) 이현(易縣) 출신이며, 자는 사오셴(紹仙)이다. 교육부 사회교육사 지부원이며, 경사(京師)도서관 분관의 직원이다. ― 1918 ⑨ 21, 25. 1924 ⑨ 15.

자오허녠(趙鶴年)의 아내 ― 1924 ⑨ 15.

자이(翟) — 자이펑롼(翟鳳鸞) 참조.

자이융장(翟永章) 산시(山西) 출신. 현 지사에의 응시를 위해 루쉰에게 보증을 서 달라고 부탁했다. — 1914 ② 5.

자이융쿤(翟永坤, 1900~1959) 허난(河南) 신양(信陽) 출신이며, 자는 쯔성(資生)이다. 1925년에 베이징 법정대학에 재학 중이었으며, 『국민신보 부간』(國民新報副刊)에의 투고 건으로 루쉰과 편지를 주고받았다. 이듬해에 베이징대학 국문계로 전학하여 1932년에 졸업했다. 루쉰은 창작 면에서 그를 지도하고 도와주었다. — 1926 ③ 10, 11. ⑤ 22, 27. ⑧ 1. 1927 ① 11, 12. ⑨ 19, 20. ⑩ 17, 20. ⑪ 1, 12, 19. 1928 ① 6. ③ 12. ⑤ 8. ⑦ 11. ⑧ 19. ⑫ 7, 30. 1929 ② 20. ⑤ 20. 1930 ② 27.

자이쥐췬(翟覺群, 1891~1990) 광둥(廣東) 둥관(東莞) 출신이며, 이름은 쥔첸(俊千), 자는 쥐 췬이다. 1921년에 프랑스로 유학을 떠나 1927년에 귀국한 후 상하이 지난(暨南)대학 부교장 및 정치계 주임을 겸임했다. — 1928 ⑥ 8.

자이펑롼(翟鳳鸞) 후난(湖南) 창사(長沙) 출신이며, 자는 단신(澹心)이다. 일기에는 자이(翟)로도 기록되어 있다. 베이징여자사범대학 국문계에 재학했다. — 1925 ⑩ 4, 5.

자팅(稼庭) — 장자팅(張稼庭) 참조.

자화(賈華) 광저우(廣州) 중산(中山)대학의 학생이다. — 1927 ③ 27.

작가 차오위(曹禺) 참조. — 1936 ④ 22.

작은외숙모(小舅母) 저장(浙江) 사오싱(紹興) 출신. 루지샹(魯寄湘)의 아내 선씨(沈氏, 1857~1930). — 1913 ⑦ 15, 21.

작은외숙부(小舅父) — 루지샹(魯寄湘) 참조.

잔훙(詹虹) 여류 시인. 당시 문학월간 『나이팅게일』(夜鶯)의 주편인 팡즈중(方之中)과 연관되어 있다. — 1936 ⑦ 6, 7, 24.

장(張) 확실치 않음. — 1912 ⑨ 11.

장(張) 확실치 않음. — 1913 ⑤ 12.

장광런(張光人) — 후펑(胡風) 참조.

장광츠(蔣光慈, 1901~1931) 안후이(安徽) 류안(六安) 출신의 작가이며, 일명 광츠(光赤)이다. 태양사(太陽社)와 좌익작가연맹의 성원으로 활동했다. 1927년 11월에 『창조주보』(創造週報)를 복간하는 일로 정보치(鄭伯奇) 등과 함께 루쉰을 방문했다. — 1927 ⑪ 9.

장 군(姜君) — 장처우(姜仇) 참조.

장 군(蔣君) — 장팅푸(蔣廷黻) 참조.

장 군(張君) 확실치 않음. — 1926 ⑥ 11.

장궈간(張國淦, 1876~1959) 후베이(湖北) 푸치(蒲圻) 출신이며, 자는 간뤄(乾若) 혹은 선자(仲嘉)이다. 1924년 1월에 두번째로 교육부 총장에 임명되었다가 같은 해 9월에 사직했다. — 1924 ② 8.

장다허(張達和) 장셰허(張協和)의 동생. — 1915 ⑨ 20. ⑩ 8. 1924 ⑩ 2.

장뎨자이(章䟦齋) — 장스잉(章士英) 참조.

장랑성(張閬聲, 1882~1965) 저장(浙江) 하이닝(海寧) 출신이며, 이름은 쭝샹(宗祥), 자는 랑성, 필명은 렁썽(冷僧)이다. 일본에서 유학했으며, 귀국 이후 루쉰과 함께 항저우(杭州)의 저장양급사범학당에서 교편을 잡았다. 1914년 봄에 교육부에 들어가 시학(視學), 과장을 지냈으며, 1919년에 경사도서관 주임을 겸임했다. 1922년에 저장성 교육청 청장을 지냈다. — 1914 ① 22. ④ 28. 1915 ② 12. ④ 10, 16. ⑨ 30. 1916 ① 29. ⑤ 18, 29. 1920 ⑫ 13, 20. 1921 ② 28.

장량청(張亮丞, 1888~1951) 장쑤(江蘇) 쓰양(泗陽) 출신의 역사학자이며, 이름은 싱랑(星烺), 자는 량천(亮塵)이다. 일찍이 미국과 독일에 유학했다. 샤먼(厦門)대학 국학원 주임을 지냈다. — 1926 ⑫ 19.

장런찬(張人燦) — 리런찬(李人燦) 참조.

장런푸(張仁輔) 허베이(河北) 난피(南皮) 출신이며, 자는 서우원(守文)이다. 교육부 보통교육사 지부원이며, 후에 전문교육사 주사를 지냈다. — 1917 ⑫ 18.

장런푸(張仁輔)의 부친 — 1917 ⑫ 18.

장루웨이(張露薇, 1910~?) 지린(吉林) 닝안(寧安, 지금은 헤이룽장성黑龍江省에 속함) 출신이며, 원명은 원화(文華), 개명은 허즈위안(賀志遠)이다. 북방 좌익작가연맹에 참여했으며, 베이핑의 『문학도보』(文學導報)를 주편했다. 1935년 5월 29일에 톈진(天津)의 『이스바오』(益世報) 「문학부간」에 「중국문단약론」(略論中國文壇)을 발표하여 루쉰의 외국문학 소개를 '노예근성'이라 공격했다. 루쉰이 「'제목을 짓지 못하고' 초고 5」(題未定草5)를 지어 반박하자, 그는 루쉰에게 편지를 써 보내 변명함과 아울러, 자신이 편집하던 『문학도보』에 실을 원고를 청했다. — 1932 ⑪ 30. 1935 ⑪ 25.

장루잔(章魯瞻) — 장징어(章景鄂) 참조.

장리(章叕, 1894~1915) 저장(浙江) 위항(餘杭) 출신이며, 자는 윈라이(緼來)이다. 일기에는 궁웨이성(龔未生)의 아내, 장(章) 선생님 맏딸로 기록되어 있다. 장타이옌(章太炎)의 맏딸이며, 궁웨이성의 아내이다. 1915년 장타이옌이 위안스카이(袁世凱)에 의해 베이징에 수감되자, 그녀는 궁웨이성과 함께 부친을 뵈러 베이징에 왔다. 부친이 수감된 처지에 분개하여 9월 7일에 목을 매어 자살했다. — 1915 ⑨ 19, 26.

장마오천(章矛塵) — 장팅첸(章廷謙) 참조.

장명원(張孟聞, 1903~1993) 저장(浙江) 인현(鄞縣) 출신의 생물학자이며, 필명은 시핑(西屛)이다. 1928년에 닝보(寧波)의 저장성립 제4중학에서 교편을 잡았으며, 『산우』(山雨) 출간의 실패경과를 루쉰에게 편지로 알리면서 「노예와 우상」(奴才與偶像)이란 원고를 동봉했다. 루쉰은 이 글들과 자신의 답신을 『위쓰』(語絲) 제4권 제17기(1928년 4월 23일)에 한데 실었다. — 1928 ④ 1.

장멍핀(蔣孟頻) — 장멍핑(蔣孟苹) 참조.

장멍핑(蔣孟苹) — 장멍핑(蔣孟苹) 참조.

장멍핑(蔣孟苹, 1877~1954) 저장(浙江) 우싱(吳興) 출신의 장서가이며, 이름은 루짜오(汝藻), 자는 멍핑, 일기에는 멍핀(孟頻), 멍핑(孟苹)으로도 기록되어 있다. 장이즈(蔣抑卮)의 벗이다. 청대 광서(光緒) 연간의 거인(擧人)이며, 학부총무사랑중(學部總務司郞中)을 지냈다. 신해혁명 이후 저장군정부 염정국장(鹽政局長), 저장성 철로공사 이사장 등을 역임했다. 당시 베이징에서 기선 등의 라이위안(來遠)공사를 경영하면서, 여가로 서적과 골동품 등을 수집했다. — 1914 ④ 1. 1915 ⑦ 15, 16. 1917 ① 5.

장멘즈(張勉之) 산시(陝西) 한청(韓城) 출신이며, 이름은 즈왕(之網), 자는 멘즈이다. 1923년에 베이징대학 영문과를 졸업했다. — 1924 ⑦ 15.

장무한(張目寒, 1903~1983) 안후이(安徽) 휘추(霍丘) 출신. 루쉰이 세계어전문학교에서 교편을 잡았을 때의 학생이며, 『망위안』(莽原) 주간 투고자이다. — 1924 ⑤ 3. ⑧ 30. ⑨ 16, 20, 27. ⑩ 2, 10. ⑪ 9. ⑫ 21. 1925 ③ 22. ④ 21, 27. ⑤ 3, 5, 9, 15, 17, 18, 24. ⑥ 2, 19, 22. ⑦ 2, 10, 11, 19, 26. ⑧ 4, 12. 1926 ① 18. 1929 ⑤ 24, 29, 30. ⑥ 3. ⑦ 3.

장바이치(蔣百器, 1882~1931) 저장(浙江) 주지(諸暨) 출신이며, 이름은 쭌구이(尊簋), 자는 바이치(伯器)이다. 루쉰과 같은 시기에 일본에서 유학하여 일본육군사관학교를 졸업했다. 동맹회(同盟會) 회원으로 활동했다. 1912년 당시 저장성 도독(都督)을 지냈다. — 1912 ⑪ 16.

장방전(張邦珍, 1904~?) 윈난(雲南) 전슝(鎭雄) 출신. 베이징여자사범대학의 학생이다. — 1927 ② 11, 13, 15.

장방화(張邦華) — 장셰허(張協和) 참조.

장보타오(張伯燾, 1886~1941) 저장(浙江) 사오싱(紹興) 출신이며, 이름은 광야오(光耀), 자는 보타오이다. 사오싱중학과 사범학교의 음악교사를 지냈으며, 저우쭤런(周作人)의 동료이다. — 1916 ⑫ 18, 21, 22. 1919 ⑫ 17. 1920 ① 5. ③ 16. 1921 ① 2, 25.

장빙린(章炳麟, 1869~1936) 저장(浙江) 위항(餘杭) 출신이며, 자는 메이수(枚叔), 호는 타이옌(太炎), 후에 장(絳)으로 개명했다. 일기에는 장 선생님(章師 또는 章先生)으로 기록되어 있다. 청말의 혁명가이자 학자이며, 후기 광복회 회장을 지냈다. 1908년에 일본에 있을 때, 루쉰 등이 그의 강의를 들었다. 민국 이후 쑨중산(孫中山), 위안스카이(袁世凱)의 추밀고문, 고등고문 등을 역임했다. 위안스카이에 반대하여 수감되었을 때 루쉰 등이 자주 면회하였으며, 위안스카이 사후에 석방되었다. — 1912 ⑫ 22. 1914 ⑧ 22. 1915 ① 31. ② 14. ⑤ 29. ⑥ 17. ⑨ 19. 1916 ⑩ 12.

장빙싱(張冰醒, 1906~1950) 후난(湖南) 천시(辰溪) 출신이며, 원명은 빙신(冰心), 개명은 빙싱(冰醒)이다. 천시고등소학교 교사를 지냈다. — 1932 ⑫ 26.

장사오옌(張少岩) — 진런(金人) 참조.

장사오위안(江紹原, 1898~1983) 안후이(安徽) 징더(旌德) 출신이며, 별칭은 사오핑(紹平)이다. 종교학과 민속학 연구자이다. 1924년에 베이징대학 강사를 지냈으며, 『위쓰』(語絲)의 기고자 가운데 한 사람이다. 1927년 4월에 루쉰의 소개로 중산(中山)대학 영어과에서 교편을 잡았으며, 같은 해 여름방학에 중산대학을 떠나 항저우로 가서 후에 대학원 특약저작원을 지냈다. — 1927 ③ 2, 31. ④ 1, 4, 14, 15, 19, 22, 24, 27, 30. ⑤ 4, 6, 9, 11, 13, 18, 20, 23, 25, 28, 29. ⑥ 1, 5, 11, 13, 17, 22, 23, 26, 30. ⑦ 3, 13, 15, 20, 27, 28, 30. ⑧ 2, 7, 17. ⑩ 4, 15, 16, 17, 18, 21, 26, 28. ⑪ 1, 6, 8, 12, 15, 17, 18, 21, 25, 26. ⑫ 2, 5, 10, 15, 19, 24, 26, 30. 1928 ① 6, 11, 16. ② 21. ③ 4, 6, 27. ④ 13. ⑨ 19. ⑪ 4. 1929 ① 24. ⑩ 22.

장사오위안(江紹原)의 아내 — 주위커(朱玉珂) 참조.

장샤오구(張曉谷, 1935~?) 후베이(湖北) 치춘(蘄春) 출신. 후펑(胡風)의 아들이다. — 1935 ⑩ 11. 1936 ③ 13.

장샤오옌(章小燕, 1925~?) 지장(浙江) 상위(上虞) 출신. 옌(淹)으로 개명했으며, 일기에는 샤오옌으로 기록되어 있다. 장팅첸(章廷謙)의 딸이다. — 1928 ⑦ 13, 15. 1929 ⑦ 17. 1931 ⑦ 6.

장샤오톈(張曉天) 윈난(雲南) 출신의 번역운동가이다. — 1936 ① 8.

장샹우(張襄武) 광둥(廣東) 광저우(廣州) 출신이며, 이름은 웨이한(維漢), 자는 샹우이다. 쉬광핑(許廣平)의 여동생 남편이다. 광저우의 어느 중학교 영어교사를 지냈다. — 1927 ⑧ 14. 1929 ⑩ 17. 1931 ⑩ 3. ⑪ 29. 1936 ⑩ 7, 10.

장 선생님(章師) — 장빙린(章炳麟) 참조.

장 선생님(章先生) — 장빙린(章炳麟) 참조.

장 선생님(章師)의 따님 — 장리(章炎) 참조.

장셰허(張燮和) — 장셰허(張協和) 참조.

장셰허(張協和, 1873~1957?) 저장(浙江) 하이닝(海寧) 출신이며, 이름은 방화(邦華), 자는 셰허(燮和 혹은 協和)이다. 루쉰의 난징(南京) 광무철로학당(礦務鐵路學堂)과 일본 고분학원(弘文學院) 재학 시절의 급우이다. 1909년에 귀국하여 항저우(杭州)의 저장양급사범학당에서 교편을 잡았다. 1912년 이후 교육부 첨사를 지냈으며, 과장 등을 역임했다. ― 1912 ⑤ 11, 12, 13, 18. ⑥ 2, 16. ⑦ 2, 7, 14, 27. ⑧ 9, 15, 27, 29, 31. ⑨ 26, 29. ⑩ 7, 17, 19, 26, 27. ⑪ 16. ⑫ 1, 27, 28. 1913 ① 2, 5, 28. ② 16. ③ 1, 14. ④ 7, 13. ⑧ 8, 12. ⑨ 2, 18, 28. ⑩ 7, 19. ⑪ 9, 29. ⑫ 11, 13, 14, 15, 26, 27, 28, 31. 1914 ① 1, 4. ② 10. ③ 28. ④ 14. ⑥ 28. ⑩ 24. ⑫ 31. 1915 ① 2, 16. ⑦ 31. ⑧ 8, 9. ⑨ 20. ⑩ 8, 10. ⑪ 2, 20, 21, 22. ⑫ 31. 1916 ① 26. ④ 1. ⑦ 27. ⑨ 12. ⑩ 22. ⑫ 1. 1917 ④ 24. ⑦ 4. ⑨ 9, 30. ⑩ 22. 1918 ① 25. ② 9. ⑨ 25. ⑫ 8, 9, 10. 1919 ① 23. ③ 8, 14, 19. ④ 28. ⑤ 26. 1920 ② 8. 1923 ③ 27. 1924 ⑩ 2. 1925 ⑧ 14. 1929 ① 13. ⑨ 13, 23. 1931 ⑩ 3. 1933 ⑦ 1, 2, 8, 9, 16, 28, 30. ⑧ 13, 27. ⑨ 7, 10, 19. ⑩ 1, 23. ⑫ 4. 1934 ② 9. 1935 ① 8. 1936 ⑤ 16.

장셰허(張協和)의 동생 ― 장다허(張達和) 참조.

장셰허(張協和)의 둘째아들 ― 1931 ⑩ 3. 1933 ⑦ 1, 2, 8, 28. ⑨ 7. ⑩ 1, 23. 1934 ② 9. 1935 ① 8. 1936 ⑤ 16.

장셰허(張協和)의 부인 ― 1933 ⑩ 1.

장셰허(張協和)의 큰아들 ― 1933 ⑦ 1, 30.

장수하이(江叔海, 1858~1935) 푸젠(福建) 창팅(長汀) 출신이며, 이름은 한(瀚), 자는 수하이이다. 경사도서관 관장을 지냈으며, 1913년 초에 쓰촨(四川) 염운사(鹽運使)로 전임했다. ― 1912 ⑨ 30. 1913 ① 13. ② 17.

장쉐산(章雪山) ― 장시산(章錫珊) 참조.

장쉐전(章雪篆) ― 장시천(章錫琛) 참조.

장쉐춘(章雪村) ― 장시천(章錫琛) 참조.

장슈저(張秀哲) 타이완성(臺灣省) 출신이며, 원명은 웨청(月澄), 가명은 슈저이다. 1926년에 광저우(廣州) 링난(嶺南)대학 문과에 입학했으며, 양청즈(楊成志)와 『타이완을 잊지 말자』(毋忘臺灣)를 공저했다. 루쉰은 그가 번역한 일본의 아사리 준지로(淺利順次郎)의 『국제노동문제』를 위해 서문에 해당하는 「짧은 머리말」(小引)을 썼다. ― 1927 ② 24, 26. ③ 3, 7, 19, 28.

장슈중(張秀中, 1904~1944) 허베이(河北) 징싱(定興) 출신. 1926년에 베이징대학의 청강생으로 지내면서 문학창작에 종사했다. 같은 해 1월에 단시집(短詩集) 『새벽바람』(曉風)을 자비로 출판하고, 이를 루쉰에게 보내 지도를 청했다. 후에 북방 좌익작가연맹의 지도자 가운데 한 사람이 되었다. ― 1926 ② 8.

장스(江石) 확실치 않음. ― 1927 ⑪ 22.

장스란(張釋然) 확실치 않음.─1933 ⑤ 29.

장스스(張師石)─장징량(張景良) 참조.

장스잉(章士英, 1900~1939) 저장(浙江) 상위(上虞) 출신이며, 자는 몌자이(眯齋)이다. 저우빙쥔(周秉鈞)의 사위이며, 교사이다.─1921 ⑨ 13. ⑩ 2, 11. ⑪ 15, 21. 1922 ① 27.

장스자오(章士釗, 1881~1973) 후난(湖南) 산화(善化, 현재 창사長沙에 속함) 출신이며, 자는 싱옌(行嚴), 호는 추퉁(秋桐), 필명은 구퉁(孤桐) 등이다. 신해혁명 이전에 반청혁명운동에 참가했으나, 5·4운동 이후 복고주의자로 변모했다. 1924년부터 1926년에 걸쳐 돤치루이(段祺瑞)정부의 사법총장 겸 교육총장 등을 역임했다. 1925년에 루쉰은 여자사범대학의 학생운동을 지지하였기에 그에 의해 교육부 첨사 직위를 불법적으로 박탈당했다. 루쉰은 이를 평정원(平政院)에 고소했다. 훗날 사상경향이 진보적으로 변하여 애국민주인사가 되었다.─1925 ⑧ 31.

장시레이(張錫類, 1898~1960) 저장(浙江) 위야오(余姚) 출신이며, 별칭은 이취(一渠)이다. 저우쭤런(周作人)이 사오싱의 저장제5중학에서 교편을 잡았을 때의 학생이다. 1930년에 상하이 아동서국(兒童書局)을 주관했다.─1930 ⑦ 5, 13.

장시룽(張錫榮, 1914~?) 저장(浙江) 사오싱(紹興) 출신. 상하이 생활서점(生活書店) 우편구매과 주임이다.─1934 ⑫ 10. 1935 ⑧ 16. ⑩ 29. 1936 ④ 8.

장시산(章錫珊, 1891~1975) 저장(浙江) 사오싱(紹興) 출신. 일기에는 장쉐산(章雪山)으로 기록되어 있다. 장시천(章錫琛)의 동생이며, 상하이 카이밍(開明)서점의 부사장이다.─1928 ① 26.

장시쩐(卓錫咸)─장시천(章錫琛) 참조.

장시쩡(蔣希曾) 후난(湖南) 샹샹(湘鄉) 출신이며, 자는 샤오펑(孝豊)이다. 1921년에 베이징대학을 졸업했다. 당시 샤먼(廈門)의 지메이(集美)학교 비서와 도서관 주임을 겸임했다.─1926 ⑪ 26, 27.

장시천(章錫琛, 1889~1969) 저장(浙江) 사오싱(紹興) 출신이며, 자는 쉐춘(雪村)이다. 일찍이 고향의 초중등학교에서 교편을 잡았으며, 1921년부터 1925년에 걸쳐 상하이 상우인서관(商務印書館)에서 『부녀잡지』(婦女雜誌)를 편집했다. 1925년에 저우젠런(周建人)과 함께 천다치(陳大齊)와 새로운 성도덕문제를 둘러싸고 논전을 벌일 때 루쉰은 그와 저우젠런을 지지했다. 1926년 초에 『부녀잡지』의 편집직무를 사임하고서 『신여성』(新女性)이란 잡지를 직접 출판하였으며, 동생인 장시산(章錫珊)과 함께 카이밍(開明)서점을 창립하고 후에 메이청(美成)인쇄공사를 설립했다. 1933년부터 1935년에 걸쳐 카이밍서점이 웨이밍사(未名社)에 지불하여 루쉰에게 반환해 줄 채무 건으로 인해 루쉰과 편지를 주고받았다. 1936년에 루쉰이 취추바이(瞿秋白)의 역문집 『해상술림』(海上述林)을 출판하는 데 도움을 주었다. — 1921 ⑦ 23. 1924 ⑨ 14. 1925 ③ 28. ⑤ 26. ⑨ 25, 29. ⑩ 9. 1926 ① 10. ⑧ 17, 29, 30, 31. ⑨ 20, 23. ⑪ 21. 1927 ⑩ 5, 12, 17, 18. 1928 ① 26. ② 12. ③ 10. ⑥ 2. 1931 ② 9. 1933 ⑨ 16, 18, 24, 27. ⑪ 8, 10. 1934 ④ 2. 1935 ⑪ 15, 27. ⑫ 7, 14. 1936 ② 7, 20. ④ 9, 14, 24. ⑤ 1, 3, 5, 14. ⑧ 11. ⑨ 30. ⑩ 2.

장시타오(張希壽) 확실치 않음. — 1925 ⑥ 13.

장신난(張辛南, ?~1949) 허베이(河北) 핑샹(平鄉) 출신이며, 이름은 위구이(毓桂), 자는 신 난이다. 일기에는 신난(星南)으로 오기되어 있다. 1921년에 베이징대학 영문과를 졸 업했으며, 1924년에 산시성(陝西省) 성장공서(省長公署) 비서 겸 시베이(西北)대학 강사를 지냈다. 루쉰이 시안에 강연하러 갔을 때 접대를 책임졌으며, 후에 베이징사 범대학에서 강사를 지냈다. — 1924 ⑦ 9, 19. 1925 ③ 19. ⑤ 14.

장싱난(張星南) — 장신난(張辛南) 참조.

장싼(張三) 인력거부. — 1924 ⑤ 6.

장쓰광(張死光) 확실치 않음. — 1927 ② 24. ③ 28.

장어(張諤, 1910~?) 장쑤(江蘇) 우장(吳江) 출신의 만화운동가이다. 『중화일보』(中華日報) 미술편집을 담당했으며, 차이뤄훙(蔡若虹), 황스잉(黃士英) 등과 『만화와 생활』(漫畵 和生活)을 엮었으며, 루쉰에게 편지를 보내 지도를 청했다. — 1935 ⑫ 6.

장예춘(張冶春) — 장타오링(張桃齡) 참조.

장옌췬(章演群, 1877~1951) 저장(浙江) 우싱(吳興) 출신의 지질학자이며, 이름은 훙자오 (鴻釗), 자는 옌췬이다. 일본에서 유학했으며, 귀국 후 경사(京師)대학당(베이징대학 의 전신)에서 지질학 강사를 지냈다. 민국 초기에 실업부(實業部) 광정사(礦政司) 지 질과 과장을 지냈다. — 1912 ⑧ 2.

장왕(張望, 1916~1992) 광둥(廣東) 다푸(大埔) 출신의 미술가이며, 이름은 즈핑(致平), 필 명은 장왕, 장펑(張拜)이다. 상하이미술전과학교 학생이며, MK목각연구회를 주관했 다. — 1934 ⑨ 20.

장우(章武, 1928~?) 저장(浙江) 상위(上虞) 출신. 장팅첸(章廷謙)의 아들이다. — 1931 ⑦ 6.

장워쥔(張我軍, 1902~1955) 타이완(臺灣) 타이베이(臺北) 출신의 작가이며, 원명은 칭룽 (淸榮)이다. 당시 베이징사범대학 국문과 학생이었다. 타이완 출신의 학우들과 『젊은 타이완』(少年臺灣)이란 잡지를 창간했다. — 1926 ⑧ 11. 1929 ⑥ 1.

장웨랑(江岳浪) 자신의 시집 『선로공의 노래』(路工之歌)를 루쉰에게 증정했다. — 1935 ⑫ 12.

장웨러우(張月樓, 1880~1950) 저장(浙江) 사오싱(紹興) 출신이며, 이름은 즈량(之梁), 자는 웨러우이다. 사오싱현립제1고등소학교 교장을 지냈다.—1913 ⑥ 25.

장웨이(章煒) 간룬성(甘潤生)이 보증을 부탁한 문관고시 응시생이다.—1917 ③ 6.

장웨이한(張維漢) — 장샹우(張襄武) 참조.

장위톈(蔣玉田) 저장(浙江) 사오싱(紹興) 출신이며, 이름은 전(珍), 자는 수톈(叔田)이다. 루쉰 조부의 후처인 장씨(蔣氏)의 조카이다.—1919 ⑫ 24.

장유바이(張友柏, 1906~1950) 후난(湖南) 리링(醴陵) 출신. 일기에는 유퉁(友桐)으로 오기되어 있다. 장유쑹(張友松)의 동생이며, 실업으로 인해 잠시 춘조(春潮)서국에 묵었다.—1929 ② 19.

장유쑹(張友松, 1903~1995) 후난(湖南) 리링(醴陵) 출신의 번역가. 1927년에 베이징대학 영문과를 졸업하고, 같은 해에 상하이로 가서 베이신(北新)서국의 편집을 맡았다가 얼마 후에 사직했다. 1928년에 루쉰의 지지 아래 샤캉눙(夏康農) 등과 춘조(春潮)서국을 운영하고『춘조』(春潮) 잡지를 출판했다. 1929년에 루쉰과 베이신서국의 인세를 둘러싼 논란에 개입되었다.—1928 ⑧ 4. ⑫ 17, 18, 24, 25. 1929 ② 1, 7, 8, 18, 19. ③ 27, 28, 29. ④ 19, 25, 26, 27, 30. ⑤ 4, 10, 12. ⑥ 12, 13, 14, 16, 18, 19, 20, 21, 23. ⑦ 1, 3, 8, 9, 12, 18, 19, 22, 28. ⑧ 2, 7, 8, 9, 10, 11, 12, 13, 14, 15, 16, 17, 18, 21, 23, 24, 27. ⑨ 2, 3, 5, 7, 12, 16, 20, 21, 27, 28, 29. ⑩ 2, 4, 5, 9, 21, 22, 25, 26, 27, 28, 31. ⑪ 1, 2, 4, 5, 7, 10, 11, 12, 13, 14, 18, 19, 21, 24, 27. ⑫ 5. 1930 ① 6, 8, 9, 10, 14, 18, 24, 26, 27, 28, 29, 30. ② 4, 5, 6, 8. ③ 2, 15. ④ 18, 24.

장융산(張永善, 1900~?) 산둥(山東) 페이청(肥城) 출신. 베이징대학 철학과 학생으로서, 루쉰이 강의하는 중국소설사를 수강했다. 신구 깅의 사이에 다른 짐이 있음을 발견하고서 루쉰에게 편지를 보내 질의했다.—1924 ⑤ 3.

장융성(蔣庸生, 1885~1966) 저장(浙江) 사오싱(紹興) 출신이며, 이름은 쳰(謙), 자는 융성 또는 룽성(蓉生)이다. 루쉰이 항저우(杭州)의 저장양급사범학당에서 교편을 잡았을 때 박물과(博物科)의 학생이며, 당시 사오싱 저장제5중학에서 식물학 교사를 지냈다.—1913 ⑥ 30. ⑦ 5. 1916 ⑫ 28.

장융청(張永成) 확실치 않음.—1928 ⑩ 19.

장이(張驛) 저장(浙江) 성현(嵊縣) 출신. 현 지사에 응시하고자 루쉰에게 보증을 서 달라고 부탁했다.—1915 ③ 27.

장이린(張一麐, 1867~1943) 장쑤(江蘇) 우현(吳縣) 출신이며, 자는 중런(仲仁)이다. 일기에는 총장(總長), 장 총장(張總長)으로 기록되어 있다. 1915년 10월에 교육총장에 임명되었다가 오래지 않아 사직했다.—1915 ⑩ 29. ⑪ 19.

장이우(張依吾) — 뤄빈지(駱賓基) 참조.

장이즈(蔣抑之) — 장이즈(蔣抑卮) 참조.

장이즈(蔣抑卮, 1875~1940) 저장(浙江) 항저우(杭州) 출신의 은행가이며, 이름은 훙린(鴻林), 자는 이즈(一枝 혹은 抑卮, 일기에는 抑之로도 기록됨)이다. 루쉰이 일본에서 유학할 때에 알게 되었으며, 루쉰이 『역외소설집』(域外小説集)을 출판하도록 자금을 지원했다. 1906년 이후 오랫동안 저장 싱예(興業)은행의 이사를 지냈다. — 1912 ⑨ 24, 29, 30. 1914 ③ 30. ④ 1. 1915 ① 21, 24. ⑥ 5, 16. ⑦ 15, 16. ⑨ 12. 1916 ⑥ 5. ⑦ 11, 12. 1917 ① 5. ② 21. ③ 1. ④ 22, 23. ⑧ 12, 14. ⑨ 23. ⑩ 22, 24. ⑫ 12. 1918 ④ 23. ⑤ 6. ⑪ 19. 1919 ⑤ 5. ⑦ 6. ⑪ 16, 20. 1920 ① 18, 20. ③ 16, 21. 1921 ⑦ 3. 1926 ⑤ 26. 1927 ⑩ 11. 1928 ① 27. ② 18.

장이즈(張一之) — 장톈이(張天翼) 참조.

장이핑(章衣萍, 1900~1946) 안후이(安徽) 지시(績溪) 출신의 작가이며, 이름은 훙시(鴻熙), 자는 이핑이다. 일기에는 훙시(洪熙)로도 기록되어 있다. 1924년 가을에 쑨푸위안(孫伏園)의 소개로 루쉰과 교제하기 시작했으며, 얼마 후 『위쓰』(語絲)의 운영에 참여하였으며 이 잡지에 자주 기고했다. 1927년 여름에 상하이에 와서 지난(暨南)대학 문학원에서 교편을 잡았다. — 1924 ⑨ 28. ⑩ 2, 13. ⑪ 3, 8, 13, 17, 18, 23, 24. ⑫ 4, 7, 13, 21, 22, 25. 1925 ① 4, 8, 9, 13, 14, 17, 21, 27, 28, 31. ② 1, 5, 8, 11, 12, 15, 19, 24, 27. ③ 5, 6, 7, 11, 15, 18, 19, 20, 21, 27, 29, 31. ④ 2, 5, 7, 8, 10, 11, 12, 16, 18, 19, 22, 26, 30. ⑤ 3, 5, 9, 14, 16, 18, 21, 23, 27, 30. ⑥ 6, 7, 17, 20, 28. ⑦ 17, 30, 31. ⑧ 12, 14, 26. ⑨ 20. ⑩ 2, 12, 13, 22. ⑪ 14, 25, 26, 29. ⑫ 3, 4, 16, 25. 1926 ① 9, 31. ② 1, 2. ③ 1, 27. ④ 10, 25. ⑥ 21. 1927 ⑩ 9, 12, 23, 26, 30. ⑪ 4, 10, 26. ⑫ 6, 13, 16, 19, 21, 27, 31. 1928 ① 3, 16. ② 2, 16, 18, 23. ③ 9, 28. ④ 12, 29. ⑤ 7. ⑫ 23. 1929 ② 23. ③ 18. ④ 14. ⑤ 12. ⑦ 19. ⑧ 22, 28. ⑩ 26. ⑪ 23.

장인(張因) — 후펑(胡風) 참조.

장잉(張瑩) — 샤오쥔(蕭軍) 참조.

장잉(張瑛) 확실치 않음. — 1930 ⑩ 15.

장잉(張影, 1910~1961) 광둥(廣東) 카이핑(開平) 출신. 광저우(廣州)시립미술학교 서양화과 학생이며, 현대창작판화연구회 회원이다. — 1934 ⑫ 25. 1935 ① 18.

장잉(張瑩)의 아내 — 샤오훙(蕭紅) 참조.

장자팅(張稼庭, ?~1923?) 저장(浙江) 안지(安吉) 출신이며, 이름은 샤오쩡(孝曾), 자는 자팅이다. 항저우(杭州) 저장양급사범학당에서 재무장(齋務長)을 맡았을 때 루쉰과 동료로 지냈다. 민국 이후 베이징의 중국은행에서 문서 업무를 맡았다. — 1913 ① 28. ⑤ 7. ⑧ 18. ⑨ 27.

장전루(張眞如, 1888~?) 쓰촨(四川) 쉬융(叙永) 출신이며, 이름은 이(頤), 자는 전루이다. 철학자이며, 베이징대학 교수를 지냈다. 1927년에 샤먼(厦門)대학 문과 철학전공 교수를 지냈다.─1927 ① 4.

장제(張介)『위쓰』(語絲) 투고자.─1928 ⑤ 23.

장제메이(章介眉, 1855~1925) 저장(浙江) 사오싱(紹興) 출신이며, 이름은 언서우(恩壽), 자는 제메이이다. 루쉰의 고모할아버지 장제첸(章介倩)의 족인으로서, 저장 순무 장쩡양(張曾敭)의 개인참모를 지냈다. 신해혁명 이후 추근(秋瑾) 살해 안으로 인해 사오싱군정부에 체포되었으며, '가산을 바쳐 국난을 돕는다'(毀家紓難)는 명의로 재산을 헌납하여 석방되었다. 후에 위안스카이(袁世凱) 정부의 재정자의(財政咨議), 재정부 비서 등을 역임했다. 위안스카이 사후 베이징에 한거했다.─1916 ⑩ 6, 10.

장주창(蔣竹莊, 1873~1958) 장쑤(江蘇) 우진(武進) 출신의 철학자이며, 이름은 웨이차오(維喬), 자는 주창, 호는 인스쯔(因是子)이다. 민국 이후 교육부 비서장, 참사, 편심처(編審處) 편심원 등을 역임했다.─1916 ① 18.

장중쑤(張仲蘇)─장중쑤(張仲素) 참조.

장중쑤(張仲素, 1879~?) 허베이(河北) 칭위안(淸苑) 출신이며, 이름은 진(謹), 자는 중쑤(仲蘇)이다. 일기에는 아무개 군(某君)으로도 기록되어 있다. 독일에서 유학했으며, 1912년에 교육부 전문교육사 첨사를 지냈다. 1917년에 경사교육국 국장을 지내고, 1921년부터 1928년에 걸쳐 즈리(直隷)교육청 청장을 지냈다. ─ 1912 ⑥ 27. 1913 ⑪ 15. 1914 ⑪ 3, 7. ⑫ 12. 1915 ② 5. ⑨ 10. 1916 ⑨ 21. 1917 ⑦ 12, 24. 1918 ⑧ 31. 1921 ② 10. ④ 28. ⑤ 8. 1925 ⑧ 27. 1927 ⑫ 3, 10. 1928 ④ 7.

장중쑤(張仲蘇)의 모친 ─ 1921 ④ 28.

장줘칭(張卓卿) 확실치 않음.─1913 ③ 9.

장줴성(章厥生)─장친(章嶔) 참조.

장쥐선(章菊紳)─장친(章嶔) 참조.

장쥔제(張俊杰) 허베이(河北) 위톈(玉田) 출신이며, 자는 한싼(漢三)이다. 1922년에 베이징 고등사범학교 국문과를 졸업하고, 후에 베이핑 즈청(志成)중학 훈육 부주임을 지냈다.─1923 ② 24. ③ 3.

장즈마이(張之邁) 광저우(廣州) 중산(中山)대학 문과 영문과 학생이다.─1927 ① 28.

장진이(章靳以, 1909~1959) 톈진(天津) 출신의 작가이며, 원명은 방쉬(方叙)이다.『문학계간』(文學季刊),『문학월간』(文學月刊) 등의 편집자를 지냈다. 1935년에 황위안(黃源)의 소개로 루쉰을 알게 되었다.─1936 ⑤ 22, 24.

장징량(張景良) 산시(山西) 제슈(介休) 출신이며, 자는 스스(師石)이다. 상하이 원밍(文明)

서국 총찬(總纂)을 지냈다. — 1914 ① 16. ③ 6, 12.

장징루(張靜廬, 1898~1969) 저장(浙江) 츠시(慈溪) 출신의 출판가이다. 1925년부터 1934년에 걸쳐 광화서국(光華書局), 현대서국(現代書局), 상하이연합서점, 상하이잡지공사 등을 창립했다. 상하이잡지공사 사장을 맡고 있을 때, 『역문』(譯文)의 복간본은 이 잡지공사에서 출판되었다. — 1936 ④ 10. ⑤ 7.

장징싼(蔣徑三, 1899~1936) 저장(浙江) 린하이(臨海) 출신. 1927년 당시 광저우(廣州) 중산(中山)대학 도서관 관원 겸 문과 역사언어연구소 연구보조원을 지냈다. 즈융(知用) 중학 등지에서 강연하도록 루쉰을 초청하였으며, 루쉰을 대신하여 『당송전기집』(唐宋傳奇集)의 편찬에 필요한 서적을 빌렸다. 1930년에 상하이 상우인서관(商務印書館)의 편집자를 지냈다. 1·28 사변 후 안후이(安徽)대학에서 교편을 잡았다. 1934년 여름에 광둥(廣東)성립 랑친(勤勤)대학으로 전근하여 교편을 잡았으며, 1936년 7월에 항저우(杭州)에서 낙마하여 죽었다. — 1927 ③ 15. ④ 22. ⑤ 8. ⑥ 10, 23. ⑦ 3, 7, 10, 21, 23. ⑧ 12, 18, 19, 25. ⑨ 8, 11, 17, 24, 25. 1928 ② 17. ⑧ 26. ⑪ 9. 1930 ⑦ 28. ⑧ 7, 25, 27. ⑩ 4, 15, 18, 24. ⑪ 6, 16. ⑫ 7. 1931 ① 17, 23. ② 6, 16. ③ 9. ④ 24. ⑤ 12. ⑥ 6, 8, 9, 27. ⑨ 8, 19. ⑪ 7. ⑫ 9. 1932 ③ 18, 20. ⑤ 3, 10, 11. ⑥ 25. 1933 ② 2. ④ 1. ⑥ 25. 1934 ④ 3. ⑧ 28. 1935 ① 7. 1936 ⑧ 22, 29.

장징어(章景鄂, 1877~?) 저장(浙江) 주지(諸暨) 출신이며, 자는 루잔(魯瞻)이다. 사오싱(紹興) 저장제5중학 학감 겸 물리교사를 지냈다. — 1913 ⑥ 30. 1916 ⑫ 8.

장징천(張靖宸) 후난(湖南) 장거(長葛) 출신이며, 이름은 딩쉰(定勛), 자는 징천이다. 교육부 사회교육사 지부원이다. — 1925 ⑧ 17.

장징추(章警秋, 1889~1945) 장쑤(江蘇) 난징(南京) 출신이며, 이름은 퉁(桐), 자는 징추이다. 장쑤성 난징중학 교장을 지냈다. — 1931 ⑧ 24.

장쯔성(張梓生, 1892~1967) 저장(浙江) 사오싱(紹興) 출신이며, 자는 쥔쉬(君朔)이다. 산콰이(山會)초급사범학당을 졸업하고, 후에 사오싱 썽리(僧立)소학과 밍다오(明道)여교에서 교편을 잡았으며, 저우젠런(周建人)과 동료로 근무했고 저우쭤런(周作人)과 알고 지냈다. 1919년에 루쉰이 베이징으로 이사할 때 일부 서적을 그의 집에 보관했다. 1922년 이후에 상하이 상우인서관(商務印書館)의 『동방잡지』(東方雜誌) 편집을 맡았다. 1932년 여름에 선바오관(申報館)에 들어가 『선바오연감』(申報年鑒)을 편집했다. 1934년 5월에는 리례원(黎烈文)을 뒤이어 『선바오』「자유담」(自由談)을 편집했다. — 1913 ④ 8. 1919 ① 16. ② 25. ③ 13, 18. ④ 14. ⑤ 12. ⑥ 16. ⑦ 9. ⑧ 20. ⑨ 18. 1921 ⑧ 31. ⑨ 4. 1923 ⑤ 14. 1924 ③ 14, 15, 17. 1926 ⑧ 31. 1927 ⑩ 5. 1928 ③ 12, 14. ④ 15. ⑥ 2. ⑪ 1. 1929 ③ 16. ⑤ 4, 6. ⑥ 22. ⑨ 22. ⑩ 26. ⑪ 2. 1930 ⑪ 21. 1933 ④

29. 1934 ⑤ 12. ⑥ 3, 7, 8, 21. ⑦ 7, 9, 19. ⑧ 4, 9, 11, 13. ⑨ 6, 8, 17, 29. ⑩ 7. ⑪ 3.

장쯔성(張梓生)의 아들 ― 1929 ⑤ 4.

장쯔창(張子長) 확실치 않음. ― 1931 ⑦ 28.

장쯔치(蔣子奇) 저장(浙江) 사오싱(紹興) 출신. 루쉰 부친의 외사촌동생인 장위톈(蔣玉田)의 아들이다. ― 1921 ⑩ 22, 23, 30

장쯔칭(章子青, 1874~1921) 저장(浙江) 상위(上虞) 출신이며, 이름은 윈창(運昌), 자는 쯔칭이다. 당시 베이징의 웨창원지비단가게(悅昌文記綢緞店)에서 사숙 교사를 지냈다. ― 1920 ② 11. ⑧ 13.

장처우(姜仇) 원명은 쉬시류(許錫流). 일기에는 장 군(姜君)으로도 기록되어 있다. 광저우(廣州) 링난(嶺南)대학을 다녔으며, 황푸(黃埔)군관학교에서 교편을 잡았다. 1927년에 량스(梁式)를 도와 광저우『국민신문』(國民新聞)의 부간『국화』(國花)와『신시대』(新時代)를 편집했다. ― 1927 ⑨ 16, 17.

장 총장(張總長) ― 장이린(張一麐) 참조.

장춘차오(張春橋, 1917~2005) 산둥(山東) 쥐예(巨野) 출신이며, 필명은 디커(狄克)이다. 1936년 3월에 상하이『다완바오』(大晚報)「싱치문단」(星期文壇)에「우리는 자아비판을 집행해야 한다」(我們要執行自我批判)를 발표하여, 샤오쥔(蕭軍)의『8월의 향촌』(八月的鄕村) 및 루쉰이 이 작품을 위해 지은 서문에 대해 비평했다. 루쉰은 곧바로「3월의 조계」(三月的租界)를 써서 반박했다. ― 1936 ④ 28.

장춘팅(張春霆) 후베이(湖北) 즈장(枝江) 출신이며, 이름은 지쉬(繼煦)이다. 1915년에 교육부 시학(視學)을 지냈으며, 1917년에 교육부 보통교육사 사장을 지냈다. ― 1915 ⑨ 9. 1917 ① 11.

장친(章嶔, 1880~1931) 저장(浙江) 위항(餘杭) 출신의 역사학자이며, 자는 줴성(厥生) 혹은 줴선(菊紳)이다. 루쉰과 함께 항저우(杭州) 저장양급(兩級)사범학당에서 교편을 잡았다. 당시 베이징대학 역사계 교수를 지냈다. ― 1923 ① 10, 12, 14. ⑩ 10, 15.

장타오링(張桃齡) 자는 예춘(冶春). 나머지는 불확실하다. ― 1925 ⑤ 14.

장타이옌(章太炎) ― 장빙린(章炳麟) 참조.

장톄민(章鐵民) 저장(浙江) 춘안(淳安) 출신. 베이징대학을 졸업. 1927년에 상하이 지난(暨南)대학 사무처 출판과 주임 겸 중학부 교원을 지냈다. 추예사(秋野社) 성원으로 활동했다. ― 1927 ⑪ 26. 1929 ① 22.

장톈이(張天翼, 1906~1985) 후난(湖南) 샹샹(湘鄕) 출신의 작가이며, 좌익작가연맹의 성원으로 활동했다. 1929년 초에 루쉰과 편지를 주고받기 시작했으며, 처녀작 소설「사흘 반의 꿈」(三天半的夢)을『분류』(奔流) 월간에 발표했다. 1933년 이후 루쉰은 외국의 벗들에게 그의 작품을 소개했다. ― 1929 ① 24. ② 4. ③ 9. ⑤ 10. ⑨ 9, 13. 1933 ① 21. ② 1, 3. 1936 ④ 10.

장팅지(章廷驥, 1907~1982) 저장(浙江) 상위(上虞) 출신. 장팅첸(章廷謙)의 동생이며, 『위쓰』(語絲) 기고자이다. ― 1929 ⑧ 20. ⑪ 16.

장팅첸(章廷謙, 1901~1981) 저장(浙江) 상위(上虞) 출신의 작가이며, 자는 마오천(矛塵), 필명은 촨다오(川島) 등이다. 1922년에 베이징대학 철학계를 졸업한 후 모교에 재직했다. 1924년에 『위쓰』(語絲) 출판발행에 참여했으며, 루쉰의 격려와 도움을 받았다. 루쉰은 그가 구두점을 붙인 『유선굴』(遊仙窟)을 위해 서문을 써 주었다. 루쉰이 샤먼(廈門)대학으로 떠났을 때 그 역시 샤먼대학에 가서 근무했다. 1927년부터 1930년 여름에 걸쳐 항저우(杭州) 저장대학, 항저우고급중학에서 교편을 잡았다. 1928년에 쉬친원(許欽文)과 함께 루쉰과 쉬광핑(許廣平)을 항저우로 놀러 오라 초대했다. 1931년 이후 베이징으로 돌아가 오랫동안 교육사업에 종사했다. ― 1923 ④ 8. ⑧ 12. ⑨ 11. ⑫ 22, 24, 30. 1924 ① 13. ② 3. ⑤ 6. ⑥ 8, 20, 22. ⑦ 4. ⑧ 15. ⑨ 1, 16. ⑩ 19, 21. ⑪ 13, 16, 22. ⑫ 15, 17. 1925 ④ 8, 10. ⑤ 4. ⑥ 15, 22, 23. ⑧ 15. ⑨ 5. ⑩ 28. ⑪ 8, 26. ⑫ 14. 1926 ① 3, 9, 28. ② 19, 23, 24. ③ 8. ④ 8, 11. ⑤ 2, 12. ⑦ 9, 11, 13, 14, 16, 25, 27, 30. ⑧ 9, 24. ⑨ 16. ⑩ 4, 10, 11, 23, 24, 27. ⑪ 16, 17, 21, 22, 30. ⑫ 1, 8, 22, 24, 25, 30, 31. 1927 ① 1, 8, 10, 11, 15, 22, 27, 31. ② 15, 20, 24, 26. ③ 2, 14, 25. ④ 4, 13, 25. ⑤ 9, 11, 13, 15, 30. ⑥ 11, 12, 23, 27, 29, 30. ⑦ 2, 8, 16, 17, 28, 29, 31. ⑧ 8, 17. ⑨ 20. ⑪ 7, 8. ⑫ 5, 10, 26, 29. 1928 ③ 4, 5, 6, 12, 15, 25, 26, 31. ④ 30. ⑤ 5, 8, 16, 30. ⑥ 2, 3, 6, 26. ⑦ 6, 7, 9, 10, 12, 13, 14, 15, 16, 18, 22. ⑧ 3, 15, 17, 19, 20. ⑨ 11, 16, 19, 25. ⑩ 9, 12, 13, 17, 19. ⑪ 7, 14, 26, 29. ⑫ 6, 28. 1929 ① 1, 3, 7. ③ 9, 12, 13, 16. ⑥ 13, 25. ⑦ 2, 17, 22. ⑧ 10, 17, 23, 24, 26, 27, 28, 29, 30. ⑨ 5, 12. ⑩ 24, 28. ⑪ 1, 8, 19. 1930 ② 22. ③ 7, 15, 22, 27, 28. ④ 17, 29. ⑤ 24. ⑩ 20. ⑪ 22. 1931 ⑦ 6. ⑪ 4. 1932 ⑪ 27, 28. ⑫ 23. 1933 ① 13. ⑤ 9, 23.

장팅푸(蔣廷輔) ― 장팅푸(蔣廷黻) 참조.

장팅푸(蔣廷黻, 1895~1965) 후난(湖南) 사오양(邵陽) 출신의 역사학자이며, 자는 서우장(綏章)이다. 일기에는 장팅푸(蔣廷輔), 장 군(蔣君)으로도 기록되어 있다. 미국에 유학했다. 1924년 당시 톈진(天津) 난카이(南開)대학 역사계 교수를 지냈으며, 루쉰과 같은 시기에 시안(西安)으로 강연을 다녀왔다. 후에 국민당정부의 소련주재 대사, 행정원 선후구제총서(善後救濟總署) 서장 등을 역임했다. ― 1924 ⑦ 16, 17. 1925 ② 23. ③ 23, 24.

장펑(江豊, 1910~1982) 상하이 출신이며, 성은 저우(周), 원명은 제푸(介福), 후에 시(熙),

장펑으로 개명했다. 화가이며, 이바이사(一八藝社)의 성원, 좌익미술가연맹의 책임자 가운데 한 사람이다. 1931년 여름에 루쉰이 주관한 하계목각강습반에 참여했으며, 그후 춘디(春地)미술연구소와 철마(鐵馬)판화회를 조직했다. 1932년 7월에 아이칭(艾青) 등과 동시에 체포되었으며, 같은 해 12월 말에 옥중에서 아이칭과 함께 루쉰에게 편지를 보내 책을 빌렸다. 1933년 여름에 석방되었다가 10월에 다시 체포되었으며, 12월에 니펑즈(倪風之)를 통해 『콜비츠 판화집』 원본을 루쉰에게 빌려 보았다. 1935년에 출옥한 후에 루쉰에게 편지를 보내 일자리를 부탁했다. — 1932 ⑫31. 1935 ⑩3.

장펑쥐(張鳳擧, 1895~?) 장시(江西) 난창(南昌) 출신이며, 이름은 황(黃), 자는 펑쥐 혹은 딩황(定璜)이다. 일본 도쿄제국대학 문학사이며, 1921년 귀국 후에 베이징대학 및 중파(中法)대학의 교수, 베이징여자사범대학의 강사를 역임했다. 『위쓰』(語絲)와 『맹진』(猛進) 투고자이다. 1925년 12월부터 이듬해 4월에 걸쳐 루쉰과 번갈아 『국민신보(國民新報) 부간』 을간(乙刊)을 편집했다. 3·18 참사 이후 베이양(北洋)정부의 수배를 받았다. 1929년 말에 프랑스로 갔다. — 1921 ⑧22, 23, 29. ⑨1. 1923 ①1, 10. ② 17, 23. ④15, 16. ⑤23, 26. ⑥3, 26. ⑦4. ⑧23. ⑫4. 1924 ②13. ⑥11. 1925 ②7, 8. ④1. ⑪3, 5, 8, 20, 22, 23. 1926 ①4, 5, 11, 12, 13, 15, 19, 21, 29. ②5, 6, 7, 8, 15, 17, 20, 23. ③4, 6, 7, 19, 25. ④6, 8, 16, 24, 26. ⑤7, 8. ⑥3, 4, 11. ⑦27, 30. ⑧1, 3, 4, 8. 1927 ⑤11. ⑧18, 20. ⑩4. 1929 ⑤20, 22, 25, 27, 29. ⑪15. 1930 ②2.

장푸(張紱, ?~1923) 저장(浙江) 융자(永嘉) 출신이며, 자는 윈수(耘叔)이다. 교육부 전문교육사 주사이다. — 1923 ①19.

장핑장(張平江, 1903~?) 쓰촨(四川) 광안(廣安) 출신. 1925년 당시 베이징여자사범대학 국문과 학생이며, 쉬광핑(許廣平)의 급우이다. — 1925 ⑤22, 31. 1927 ⑩13.

장화(姜華) 쓰촨(四川) 출신. 베이징중국대학에 재학했으며, 『망위안』(莽原) 반월간에 글을 투고했다. — 1926 ①26. ②6, 7.

장황(張黃) — 장펑쥐(張鳳擧) 참조.

장후이(張慧, 1909~1990) 광둥(廣東) 싱닝(興寧) 출신의 목각가이며, 호는 샤오칭(小青)이다. 1934년부터 1936년에 걸쳐 광둥의 메이현(梅縣), 자오링(蕉嶺) 등지에서 교편을 잡았다. 자신이 지은 시집 『퇴당집』(頹唐集), 시고 『국풍신역』(國風新譯) 및 목각을 루쉰에게 보내 지도를 구했다. 루쉰은 그의 『장후이목각화』(張慧木刻畵)를 위해 제첨(題簽)을 써 주었다. 1934년 여름에 그는 뤄칭전(羅淸楨)과 함께 일본에서 유학하고자 하여 상하이를 지날 때에 루쉰을 방문했으나, 후에 질병으로 인해 출국하지 못했다. — 1934 ③9. ④5. ⑤4. ⑦1. ⑨14. ⑩9. ⑪8, 19, 20, 24. ⑫8, 28. 1935 ①4. ②

19. ③ 8, 22. ④ 26. ⑤ 20. ⑦ 17. ⑨ 15. ⑪ 11. 1936 ① 23. ⑨ 20.

장훙녠(蔣鴻年) 확실치 않음. ─ 1925 ④ 30.

장훙시(章洪熙) ─ 장이핑(章衣萍) 참조.

저우관우(周冠五, 1887~1970) 저장(浙江) 사오싱(紹興) 출신이며, 이름은 펑지(鳳紀), 자는
관우, 필명은 관위(觀魚)이다. 일기에는 차오 숙부(朝叔 혹은 潮叔)로 기록되어 있다.
루쉰의 아저씨뻘이다. ─ 1916 ③ 30. ④ 3. ⑥ 25. ⑦ 19. ⑧ 17.

저우 군(周君) ─ 저우젠(周健) 참조.

저우다펑(周大封) 저장(浙江) 사오싱(紹興) 출신. 산둥(山東) 라이양현(萊陽縣) 지사를 지냈
다. ─ 1913 ① 3.

저우랑펑(周閬風) 확실치 않음. ─ 1929 ⑥ 11.

저우렁자(周棱伽) ─ 저우렁자(周楞伽) 참조.

저우렁자(周楞伽, 1911~1992) 장쑤(江蘇) 이싱(宜興) 출신. 일기에는 저우렁자(周棱伽)로
도 기록되어 있다. 1935년에 장편소설 『연옥』(煉獄)을 출판하기 위해 저우자오젠(周
昭儉)의 소개를 거쳐 루쉰과 편지를 주고받았다. 1936년 4, 5월 사이에 『문학청년』(文
學靑年) 잡지를 편집했다. ─ 1935 ⑫ 8, 20. 1936 ① 20. ② 3. ④ 11.

저우뤄쯔(周若子, 1915~1929) 저장(浙江) 사오싱(紹興) 출신이며, 원명은 멍(蒙)이다. 저우
쭤런(周作人)의 둘째딸이다. ─ 1915 ⑩ 29. 1919 ⑧ 10. ⑩ 19.

저우류성(周柳生) 확실치 않음. ─ 1933 ① 11.

저우리보(周立波, 1908~1979) 후난(湖南) 이양(益陽) 출신의 작가이며, 이름은 사오이(紹
儀), 자는 펑샹(鳳翔), 필명은 리보이다. 좌익작가연맹의 성원으로 활동했다. 1935년
당시 『시사신보』(時事新報)의 「매주문학」(每週文學) 편집을 맡았다. ─ 1935 ⑫ 13.

저우린(周琳) 후베이(湖北) 출신. 루쉰은 쉬지쉬안(徐吉軒)으로부터 바오잉현(保應縣) 지
사 시험에 그의 보증을 서 달라는 부탁을 받았다. ─ 1914 ② 3.

저우볜밍(周弁明) ─ 저우볜밍(周辨明) 참조.

저우볜밍(周辨明, 1891~1984) 푸젠(福建) 후이안(惠安) 출신이며, 자는 볜민(忭民)이다. 일
기에는 볜민(弁民)으로 기록되어 있다. 샤먼(廈門)대학 문과 외국어계 교수 및 학생
지도장을 역임했다. 1926년 가을 이후에 총무처 주임을 지냈다. ─ 1926 ⑫ 31.

저우보차오(周伯超) 편지를 보내 루쉰과 창조사(創造社) 사이에 분쟁을 일으켰다. ─ 1928
② 9.

저우빙셴(周秉銑, 1865~1922) 저장(浙江) 사오싱(紹興) 출신이며, 자는 메이성(梅生), 호는
촨메이(傳梅)이다. 루쉰의 아저씨뻘이다. ─ 1919 ⑫ 5.

저우빙쥔(周秉鈞, 1864~1939) 저장(浙江) 사오싱(紹興) 출신이며, 자는 신메이(心梅)이다.

루쉰의 아저씨뻘이며, 사오싱 위안타이(元泰)지물포에서 직원으로 일했다. — 1916 ⑫8. 1919 ⑫9, 21. 1920 ⑧13. 1921 ⑩2. ⑫25. 1929 ⑪25, 26. 1931 ③9. 1933 ⑪ 13. ⑫23.

저우샹밍(周向明) 확실치 않음. — 1928 ⑧29.

저우싱난(周醒南) 광둥(廣東) 출신. 샤먼(廈門)시 공무국(工務局) 국장을 지냈다. — 1926 ⑨21.

저우쑹디(周頌棣, 1906~?) 저장(浙江) 주지(諸暨) 출신. 중화서국(中華書局)의 편집을 맡았다. 펑쉐펑(馮雪峰)을 통해 루쉰에게 한 편의 글을 써 달라고 부탁했다. — 1932 ③ 31.

저우양(周揚, 1908~1989) 후난(湖南) 이양(益陽) 출신의 문예이론가이며, 자는 치잉(起應)이다. 1932년 10월부터 좌익작가연맹의 기관지인 『문학월보』(文學月報)를 펴냈으며, 1933년 이후 좌익작가연맹의 당단서기(黨團書記)와 문화위원회(文化委員會) 서기를 지냈다. — 1932 ⑩16. 1933 ②3. ⑥11. 1935 ⑪26.

저우예(周曄, 1926~1984) 저장(浙江) 사오싱(紹興) 출신이며, 아명은 아위(阿玉)이다. 일기에는 예얼(曄兒 혹은 燁兒), 위얼(煜兒)로도 기록되어 있다. 저우젠런(周建人)과 왕윈루(王蘊如) 사이의 큰딸이다. — 1927 ⑪18, 19, 30. 1928 ①20. ④11. 1929 ④27. ⑩ 17. 1930 ③30. ⑥12, 22. ⑦10, 19. ⑧9, 18. ⑨4, 27. ⑫23. 1931 ⑫7, 16, 31. 1932 ①18, 25. ⑪5. ⑫12. 1933 ⑤27. ⑦30. ⑩10. ⑫23. 1934 ①18. ②2, 5. ③4, 31. ④1, 3, 15. ⑤6, 26. ⑥16. ⑦12. ⑧11. ⑩7, 27. ⑪24. ⑫15. 1935 ①5, 26. ②16. ③9, 30. ④13. ⑦4, 18. ⑥8, 22, 29. ⑦20. ⑧3, 17, 31. ⑨14. ⑩12. ⑪2, 23. ⑫14, 27. 1936 ①11, 25. ②22. ③14. ④4, 25. ⑤16. ⑦4. ⑧8. ⑨16, 19. ⑩10.

저우원(周文, 1907~1952) 쓰촨(四川) 잉징(滎經) 출신의 작가이며, 원명은 허카이룽(何開榮), 별명은 허구톈(何谷天), 자는 다오위(稻玉), 필명은 저우원이다. 일기에는 구톈(谷天), 쥔밍(俊明), 허쥔밍(何俊明)으로도 기록되어 있다. 1933년 10월에 『문예』(文藝) 월간을 편집하고, 1934년에는 좌익작가연맹 조직부장을 지냈으며, 1935년에는 『부자지간』(父子之間) 등의 소설을 출판했다. 1936년 4월 펑쉐펑(馮雪峰)이 산베이(陝北)에서 상하이로 돌아온 후 루쉰의 추천을 받아 펑쉐펑의 조수가 되었다. — 1933 ⑩ 13. ⑪21, 30. ⑫1, 15, 22, 30. 1934 ①3, 6, 13, 18, 19. ④10, 11. ⑤22. ⑫12. 1935 ③22, 29. ④19, 25. ⑤15. ⑧17. ⑪2, 26. 1936 ①21, 29. ⑨11.

저우위통(周予同, 1898~1981) 저장(浙江) 루이안(瑞安) 출신의 역사학자이며, 이름은 위마오(毓懋), 자는 위통이다. 상하이 상우인서관(商務印書館)의 『교육잡지』(敎育雜誌)의 편집을 맡았다. — 1926 ⑧30.

저우유즈(周友芝) 저장(浙江) 사오싱(紹興) 출신. 일기에는 저우유즈(周友之 혹은 周友芷) 로도 기록되어 있다. 당시 재정부 공채사(公債司)로 재임 중이었다. —1915 ② 15. ③ 31. ⑨ 21. ⑫ 26. 1916 ④ 21. ⑤ 7. ⑦ 7.

저우유즈(周友之) — 저우유즈(周友芝) 참조.

저우유즈(周友芷) — 저우유즈(周友芝) 참조.

저우잉(周穎, 1907~1991) 허베이(河北) 난궁(南宮) 출신. 녜간누(聶紺弩)의 아내이다. 당시 좌익희극가연맹(左翼戱劇家聯盟)이 이끄는 상하이 중국예술공급사(中國藝術供應社) 의 사장이었다. —1934 ⑫ 17, 19. 1935 ⑤ 8.

저우자모(周嘉謨) 확실치 않음. —1923 ④ 15, 17. ⑤ 21.

저우자오전(周昭儉, 1919?~?) 장쑤(江蘇) 창저우(常州) 출신이며, 저우젠(周儉)으로도 불린 다. 문학애호가이며 늘 루쉰에게 문학창작에 대해 가르침을 청했다. 1936년에 『문학 청년』(文學靑年)의 편집에 참여했다. —1935 ⑩ 12. ⑪ 19, 25, 30. ⑫ 8, 20. 1936 ④ 19, 28. ⑤ 1.

저우장펑(周江豊) — 장펑(江豊) 참조.

저우정푸(周正扶) 후난(湖南) 출신. 상하이 지난(暨南)대학 역사사회과에 재학 중인 학생 이며, 젠빙사(堅冰社) 성원이었다. —1929 ⑫ 4.

저우젠(周健) 후난(湖南) 이양(益陽) 출신이며, 푸치스(符其實), 푸하오(符號)로도 불린다. 황푸(黃埔)군관학교 6기 학생이며, 셰빙잉(謝冰瑩)의 벗이다. 셰빙잉은 그의 종군잡 기인 『풍사습철』(風沙拾掇)을 루쉰에게 부쳤다. —1930 ⑤ 13.

저우젠런(周建人, 1888~1922) 저장(浙江) 사오싱(紹興) 출신의 생물학자이며, 루쉰의 둘 째동생이다. 원명은 쑹서우(松壽)이나 젠런으로 개명했으며, 자는 차오펑(喬峰), 필 명은 커스(克士) 등이다. 사오싱 성리(僧立)소학과 밍다오(明道)여교에서 가르치면 서 생물학을 연구했다. 1919년에 베이징에 올라왔다가, 1921년 9월에 상하이로 가 서 상우인서관(商務印書館)에서 편집을 맡았다. 1932년 1·28사변 후에 잠시 상우인 서관을 떠나 안후이(安徽)대학에서 교편을 잡았다가 같은 해 8월에 상우인서관에 복 직했다. 1933년에 중국민권보장동맹(中國民權保障同盟)에 참여했다. —1912 ⑤ 11, 23, 31. ⑥ 1, 10, 14, 15, 16, 23, 28, 29. ⑦ 4, 5, 6, 11, 12, 14, 21, 25, 27. ⑧ 12, 13, 28, 31. ⑨ 4, 15, 17, 18. ⑩ 1, 6, 15, 17, 31. ⑪ 1, 13, 15, 27. ⑫ 1, 18. 1913 ① 12, 15, 26, 29. ② 15, 17. ③ 5, 8, 13, 23, 28. ⑥ 26, 28. ⑦ 5, 10, 14. 1914 ② 27. ③ 1, 17, 18. ⑤ 23, 24. ⑥ 7, 22, 24, 28. 1915 ③ 1, 3. ④ 23, 28, 30. ⑥ 28. ⑧ 17. ⑨ 3, 4. ⑪ 12. ⑫ 3. 1916 ① 3, 8. ⑦ 19. ⑧ 4, 6. ⑨ 3, 5, 8, 10, 11, 12, 16, 17, 19, 24, 30. ⑩ 1, 5, 10, 11, 12, 16, 17, 20, 23, 26, 28. ⑪ 2, 3, 12, 18, 19, 20, 22, 23. 1917 ① 4, 5, 13. ② 8, 11, 14, 16,

24, 28. ③ 10, 11, 25, 28. ④ 7, 8, 13, 16, 17, 25, 26. ⑤ 5, 13, 14, 15, 17, 19, 23, 24, 27,
28. ⑥ 3, 27. ⑦ 17. ⑧ 4, 5, 13. ⑪ 11, 24. ⑫ 12. **1918** ① 27. ② 4, 22. ③ 4, 7, 30. ④ 8.
⑥ 26. ⑦ 13, 15. ⑧ 30. ⑨ 2, 11. ⑩ 12, 21, 24. ⑪ 9. ⑫ 2, 20, 24, 29. **1919** ① 15, 26,
28. ② 10, 25. ③ 21, 28. ④ 2, 3, 7, 9, 14, 15, 17, 22, 23, 27, 28, 30. ⑤ 3, 5, 8, 10, 12,
13, 17, 19, 20, 22, 27, 31. ⑥ 9. ⑦ 4, 9, 12, 14, 15, 17, 19, 20, 22, 23, 24, 29, 30. ⑧ 2,
4, 6, 7, 8, 11, 18, 20, 22, 28. ⑨ 3, 5, 15, 18, 19. ⑫ 19, 22, 24. **1920** ① 20. ⑤ 20. **1921**
② 21, 27, 28. ④ 16. ⑤ 13, 15, 28. ⑥ 2. ⑦ 19. ⑧ 10, 29. ⑨ 2, 9, 13, 17, 25, 26, 30.
⑩ 4, 15, 16, 17, 18, 23, 27, 28, 29. ⑪ 15, 16, 18, 24, 29. ⑫ 30, 31. **1922** ② 1. ③ 6. ⑤
25. **1923** ① 5, 6, 14, 18, 27. ② 25. ③ 3, 27. ④ 30. ⑤ 1, 10, 13, 14, 19, 21, 22, 26, 27,
28. ⑥ 1, 10, 17, 26, 29. ⑦ 3, 12, 14, 16, 17, 23, 28, 30. ⑧ 1, 5, 6, 13, 14, 16, 22, 24,
26, 27. ⑨ 19. ⑩ 1, 6, 13, 15, 22, 23, 27, 29. ⑪ 2, 4, 6, 10, 12, 13, 30. ⑫ 2, 6, 7, 14, 21.
1924 ① 8, 17, 25, 26. ② 1, 4, 14, 15, 23, 25. ③ 1, 6, 11, 17, 20, 22, 24, 29. ④ 12, 15,
24, 26, 29. ⑤ 5, 6, 13, 14, 20, 21, 29. ⑥ 2, 7, 8, 10. ⑦ 3, 5, 6, 7. ⑧ 12, 14, 16, 17, 18,
23, 24, 26, 28. ⑨ 2, 4, 11, 14, 18. ⑩ 1, 3, 16, 20, 31. ⑪ 5, 19, 30. ⑫ 3, 6, 10, 18, 28.
1925 ① 6, 17, 27, 28. ② 14. ③ 2, 9, 10, 14, 24, 28. ④ 10, 11, 13, 20, 21. ⑤ 2, 6, 9,
13, 20, 25, 27. ⑥ 4, 12, 16, 22, 23, 25. ⑦ 2, 24, 31. ⑧ 2, 12, 17, 18, 24, 31. ⑨ 12, 13,
21, 29. ⑩ 6, 7, 16, 17. ⑪ 1, 7, 24, 25, 28. ⑫ 26. **1926** ① 6, 21. ② 7. ③ 1, 2, 3, 22, 28,
30. ④ 2, 21, 24. ⑤ 4, 24. ⑥ 3, 18, 21. ⑦ 4, 5, 21, 28. ⑧ 6, 7, 16, 29, 30, 31. ⑨ 1, 4,
5, 11, 13, 14, 15, 16, 17, 19, 23, 26, 29. ⑩ 4, 5, 6, 18, 19, 25, 27, 29, 30. ⑪ 15, 29, 30.
⑫ 1, **5**, **15**, 17, 19, 20, 24, 27. **1927** ① 5, 8, 9, 12, 23, 26. ② 10, 15, 26. ③ 3, 5, 15, 18,
20. ④ 8, 19, 26, 28. ⑤ 13, 14, 23, 30. ⑥ 1, 2, 8, 14, 18, 22, 23. ⑦ 4, 16, 17. ⑧ 1, 7, 9,
10, 21. ⑨ 14. ⑩ 3, 4, 5, 6, 7, 8, 9, 11, 15, 16, 17, 18, 22, 23, 24, 25. ⑪ 5, 8, 10, 12, 13,
14, 19, 26, 30. ⑫ 1, 3, 17, 25, 29, 31. **1928** ① 8, 15, 19, 20, 22, 26. ② 9, 12, 26, 29. ③
11. ④ 5, 8, 22, 23. ⑤ 7. ⑥ 2, 10, 12, 24. ⑦ 3, 6, 9, 12, 30. ⑧ 4, 6, 8, 9. ⑨ 2, 13, 17. ⑩
8. ⑪ 20, 24, 25. ⑫ 1, 12, 27, 30, 31. **1929** ① 18. ② 11. ③ 8, 17, 31. ④ 5, 27. ⑤ 13,
15, 16, 20, 21, 23, 24, 27. ⑥ 7, 8, 10, 23, 26. ⑦ 10, 13, 16, 24. ⑧ 1, 6. ⑩ 2, 7, 8, 10,
17, 21. ⑪ 25. ⑫ 16, 29. **1930** ① 28. ② 17. ③ 21, 22, 23, 24, 25, 26, 28, 29, 30. ④ 3,
7, 9, 11, 12, 14, 16, 17, 27, 30. ⑤ 14, 17, 19, 26, 28, 29, 31. ⑥ 2, 5, 6, 10, 12, 15, 20,
22, 27, 29. ⑦ 6, 9, 10, 14, 19, 21, 22, 23, 26, 28. ⑧ 2, 4, 7, 9, 15, 17, 18, 20, 22, 23,
26, 29, 31. ⑨ 6, 7, 10, 12, 14, 22, 26, 27. ⑩ 1, 4, 7, 20, 28. ⑪ 5, 9, 13, 15, 21, 26. ⑫ 5,
7, 13, 25, 27, 30, 31. **1931** ① 3, 6, 8, 11, 15, 18. ② 1, 8, 20. ③ 20. ④ 4, 19, 20, 23, 28,
30. ⑤ 15, 16, 22, 25, 31. ⑥ 1, 3, 7, 9, 18, 23, 24, 26, 27. ⑦ 2, 7, 16, 22, 29. ⑧ 5, 10,

12, 15, 16, 22, 23, 24, 28, 30. ⑨ 6, 8, 9, 13, 16, 20, 25, 26, 29. ⑩ 3, 5, 9, 11, 15, 17,
18, 22, 30. ⑪ 6, 8, 10, 13, 16, 21, 29. ⑫ 7, 13, 15. 1932 ① 1, 2, 4, 5, 10, 19, 23, 26. ②
8, 10, 14, 15, 16, 21, 25. ③ 4, 13, 14, 16, 18, 22, 28, 30. ④ 5, 7, 12, 18, 26, 27, 30. ⑤ 3,
8, 10, 11, 12, 15, 16, 27, 29. ⑥ 3, 5, 13, 17, 18, 25, 26, 27, 28. ⑦ 2, 7, 13, 15, 17, 19,
22, 23, 25, 27, 28, 30. ⑧ 1, 4, 6, 9, 11, 12, 14, 15, 17, 21, 25, 28. ⑨ 1, 3, 4, 8, 11, 16,
18, 24, 29. ⑩ 1, 3, 8, 12, 15, 23, 26, 27, 30. ⑪ 2, 5, 9, 10, 13, 21, 22, 30. ⑫ 3, 10, 11,
13, 18, 20, 24, 26, 29, 30. 1933 ① 1, 3, 4, 6, 8, 11, 15, 19, 22, 25, 28. ② 3, 12, 13, 19,
23, 26, 27. ③ 5, 6, 11, 13, 20, 25, 26, 28, 31. ④ 2, 3, 6, 7, 8, 14, 16, 20, 28, 30. ⑤ 1, 3, 7,
12, 13, 14, 21, 24, 25, 27. ⑥ 3, 7, 11, 17, 21, 25, 29. ⑦ 2, 7, 12, 13, 16, 22, 23, 24, 30.
⑧ 3, 5, 8, 10, 11, 13, 16, 20, 27, 30. ⑨ 3, 5, 10, 12, 17, 24. ⑩ 1, 3, 8, 10, 15, 22, 23,
29, 31. ⑪ 5, 9, 12, 16, 19, 26, 29. ⑫ 2, 3, 8, 10, 17, 20, 24, 31. 1934 ① 2, 6, 7, 9, 12,
14, 16, 18, 21, 27, 28, 30. ② 2, 3, 5, 6, 7, 10, 12, 15, 19, 25, 26. ③ 4, 5, 6, 11, 13, 14,
18, 19, 21, 26, 31. ④ 2, 7, 10, 14, 16, 17, 21, 23, 26, 27, 29. ⑤ 1, 3, 4, 5, 6, 7, 12, 14,
19, 21, 24, 26, 31. ⑥ 2, 9, 11, 13, 16, 23, 25, 28, 30. ⑦ 2, 4, 7, 10, 12, 14, 16, 18, 21,
25, 28, 30. ⑧ 4, 11, 14, 16, 20, 24, 25. ⑨ 1, 2, 5, 8, 15, 17, 21, 22, 29. ⑩ 1, 7, 13, 14,
19, 20, 22, 27, 31. ⑪ 3, 10, 13, 14, 17, 24, 29. ⑫ 1, 8, 15, 18, 22, 25, 29, 31. 1935 ① 5,
7, 10, 13, 15, 17, 19, 26. ② 2, 5, 9, 11, 16, 18, 19, 23, 26. ③ 2, 8, 9, 11, 16, 23, 25, 27,
30. ④ 3, 4, 6, 8, 11, 13, 15, 20, 22, 27, 30. ⑤ 4, 6, 11, 16, 18, 25. ⑥ 1, 6, 8, 12, 15, 22,
25, 28, 29. ⑦ 6, 13, 20, 23, 27. ⑧ 3, 5, 10, 15, 17, 24, 30, 31. ⑨ 5, 7, 10, 11, 14, 17,
18, 21, 28, 29. ⑩ 4, 12, 14, 19, 20, 25, 26. ⑪ 2, 9, 11, 13, 16, 23, 30. ⑫ 1, 4, 7, 14, 21,
24, 27. 1936 ① 4, 9, 10, 11, 18, 25. ② 1, 4, 5, 8, 12, 15, 18, 22, 26, 29. ③ 6, 7, 9, 11,
14, 17, 19, 21, 28. ④ 1, 4, 9, 11, 16, 18, 25, 28, 30. ⑤ 2, 3, 7, 8, 9, 16, 19, 21, 23, 30.
⑥ 2. ⑦ 1, 4, 7, 8, 11, 18, 21, 25, 29. ⑧ 1, 5, 8, 12, 15, 18, 19, 22, 26, 29, 31. ⑨ 2, 3, 5,
6, 8, 12, 16, 23, 26, 30. ⑩ 1, 3, 7, 10, 14, 17.

저우젠잉(周劍英) 『거짓자유서』(僞自由書)가 판매금지처분을 받아 구입할 수 없다는 사실
을 편지로 루쉰에게 알려 주자, 루쉰은 『거짓자유서』와 『풍월이야기』(准風月談) 각 1
권을 그에게 부쳐 주었다. ─ 1935 ⑫ 14, 30.

저우쥐쯔(周鞠子, 1917~1976) 저장(浙江) 사오싱(紹興) 출신이며, 다른 이름으로는 천(晨),
마리(馬理), 마리쯔(馬理子) 등이 있다. 저우젠런(周建人)과 하부토 요시코(羽太芳子)
사이의 딸이다. ─ 1917 ⑪ 11. 1922 ⑤ 22. 1924 ③ 8. 1925 ③ 12. 1936 ⑧ 18, 20,
21, 27. ⑩ 4, 6, 10.

저우즈정(周志拯) 저장(浙江) 위환(玉環) 출신. 사오싱(紹興) 저장(浙江)제5중학 교장을 지

냈다.—1927 ⑫ 10.

저우즈추(周志初) 확실치 않음.—1927 ⑩ 11.

저우진(周瑾, 1927~2001) 저장(浙江) 사오싱(紹興) 출신이며, 아명은 아푸(阿菩)이다. 일기에는 진난(瑾男), 진얼(瑾兒)로도 기록되어 있다. 저우젠런(周建人)과 왕윈루(王蘊如)사이의 둘째딸이다.—1928 ⑨ 22. 1929 ④ 27. 1930 ① 13. ⑥ 22. ⑨ 4. ⑫ 23. 1931 ② 19. ③ 20. ⑧ 15, 16. ⑫ 16, 31. 1932 ⑫ 12. 1933 ⑤ 27. ⑦ 30. ⑩ 10. ⑫ 23. 1934 ① 18. ② 5. ③ 4, 31. ④ 1, 3, 15. ⑤ 6, 26. ⑥ 16. ⑦ 12. ⑧ 11. ⑨ 29. ⑩ 13. ⑪ 3. ⑫ 1, 22. 1935 ① 13. ② 2, 23. ③ 16. ④ 20. ⑤ 11. ⑥ 1, 15, 29. ⑦ 13, 20. ⑧ 10, 17. ⑨ 7, 28. ⑩ 19. ⑪ 9, 30. ⑫ 21. 1936 ① 18, 25. ② 29. ③ 21. ④ 11, 25. ⑤ 23. ⑦ 4, 25. ⑧ 15. ⑨ 26.

저우징쯔(周靜子, 1914~1984) 저장(浙江) 사오싱(紹興) 출신이며, 원명은 미(謐)이다. 저우쭤런(周作人)의 큰딸이다.—1914 ⑦ 10. 1915 ⑧ 26. 1919 ⑧ 10. ⑩ 19.

저우쭤런(周作人, 1885~1967) 저장(浙江) 사오싱(紹興) 출신의 문학가이며, 루쉰의 첫째동생이다. 원명은 쿠이서우(櫆壽)이나 쭤런으로 개명했으며, 자는 치멍(啓孟) 혹은 치밍(啓明), 호는 즈탕(知堂), 필명은 치밍(豈明), 야오탕(藥堂), 중미(仲密) 등이다. 일찍이 난징(南京)의 강남수사학당(江南水師學堂)에서 수학했으며, 1906년에 일본으로유학을 떠났다가 1911년에 귀국했다. 1912년 6, 7월에 항저우(杭州)에서 저장성 교육사시학(敎育司視學)을 지냈다. 1913년 4월부터 1917년 3월에 걸쳐 사오싱의 저장성 제5중학에서 교편을 잡았으며, 이 기간에 사오싱 교육회 회장으로 선임되고 사오싱천 『교육회월간』(敎育會月刊)을 편집했다. 1917년 4월에 베이징으로 가서 베이징대학 부속 국사편찬처 편찬원을 지내고, 이후 베이징대학, 베이징사범대학, 베이징여자사범대학, 옌징(燕京)대학 등에서 교편을 잡았다. 『위쓰』(語絲) 주간을 편집했다. 1923년 7월에 형제간에 불화가 발생했다. 항일전쟁 시기에 일제에 부역하여 화베이(華北)괴뢰정권의 정무위원회 교육총서독판(敎育總署督辦) 등을 지냈다.—1912 ⑤ 6, 8, 11, 12, 14, 19, 23, 27, 28, 31. ⑥ 1, 5, 6, 9, 10, 12, 13, 15, 16, 22, 23, 26, 29. ⑦ 1, 4, 5, 6, 7, 11, 12, 14, 19, 20, 21, 25, 26, 27. ⑧ 2, 7, 8, 11, 12, 13, 14, 16, 18, 23, 24, 26, 28, 31. ⑨ 1, 4, 9, 10, 13, 15, 17, 18, 20, 21, 24, 26, 27, 28, 29. ⑩ 1, 4, 6, 11, 12, 15, 17, 20, 22, 24, 26, 31. ⑪ 1, 4, 6, 9, 10, 13, 14, 15, 16, 17, 22, 23, 24, 26, 27, 30. ⑫ 1, 3, 6, 8, 11, 13, 15, 18, 21, 23, 25, 28, 30. 1913 ① 1, 2, 4, 7, 8, 10, 12, 15, 17, 19, 20, 22, 24, 25, 26, 29. ② 2, 3, 5, 7, 9, 12, 15, 16, 17, 19, 20, 21, 22, 23, 26, 27. ③ 1, 2, 4, 5, 8, 9, 12, 13, 16, 18, 19, 23, 28, 30, 31. ④ 2, 5, 6, 9, 10, 11, 13, 15, 16, 19, 20, 25, 27, 28, 30. ⑤ 1, 5, 10, 13, 15, 18, 20, 21, 23, 24, 25, 28, 31. ⑥ 2, 5, 7, 10, 14, 16, 18. ⑦ 1, 5,

13, 28, 29, 30. ⑧ 2, 7, 8, 9, 11, 12, 15, 20, 21, 23, 24, 27, 28, 31. ⑨ 2, 5, 8, 9, 10, 11, 12, 13, 15, 16, 17, 18, 21, 22, 23, 26, 27. ⑩ 1, 3, 5, 7, 9, 12, 14, 16, 19, 21, 23, 24, 25, 26, 27, 28, 31. ⑪ 1, 3, 4, 6, 8, 11, 13, 16, 17, 18, 21, 23, 26, 28. ⑫ 1, 3, 4, 5, 7, 8, 11, 12, 13, 15, 18, 20, 23, 24, 25, 27, 29. 1914 ① 1, 2, 3, 4, 6, 7, 8, 10, 12, 13, 14, 15, 16, 17, 18, 19, 20, 23, 25, 27, 28, 29, 30. ② 1, 2, 5, 6, 10, 14, 15, 16, 19, 20, 22, 25, 27. ③ 1, 2, 6, 8, 9, 11, 13, 16, 17, 21, 22, 25, 26, 27, 29, 30, 31. ④ 3, 5, 8, 10, 12, 15, 17, 20, 21, 25, 26, 28, 29, 30. ⑤ 3, 4, 8, 9, 13, 14, 18, 19, 23, 24, 26, 27, 28, 31. ⑥ 1, 3, 6, 7, 9, 10, 12, 15, 16, 20, 21, 23, 26, 28, 30. ⑦ 1, 2, 4, 5, 6, 10, 11, 15, 16, 20, 21, 25, 26, 29, 30, 31. ⑧ 4, 5, 9, 10, 11, 14, 15, 19, 20, 22, 23, 27, 28, 30, 31. ⑨ 2, 5, 7, 10, 12, 15, 16, 19, 20, 21, 25, 26, 30. ⑩ 1, 5, 6, 8, 11, 12, 15, 16, 18, 21, 22, 25, 26, 27, 29, 31. ⑪ 2, 4, 5, 6, 8, 10, 11, 12, 15, 17, 18, 21, 23, 26, 27, 28, 30, ⑫ 1, 2, 6, 10, 12, 15, 17, 20, 21, 25, 26, 27, 30. 1915 ① 1, 3, 4, 6, 7, 9, 10, 11, 13, 14, 16, 19, 22, 24, 27, 29, 31. ② 2, 5, 7, 8, 10, 12, 15, 16, 19, 23, 24, 26. ③ 1, 3, 7, 8, 11, 12, 13, 14, 16, 17, 19, 21, 23, 24, 26, 28, 29, 31. ④ 1, 2, 4, 6, 8, 9, 10, 13, 16, 18, 20, 21, 23, 26, 27, 28, 30. ⑤ 1, 3, 4, 6, 9, 10, 11, 13, 15, 17, 19, 20, 21, 23, 26, 30. ⑥ 1, 5, 6, 9, 10, 11, 15, 17, 19, 20, 21, 22, 24, 26, 28, 29, 30. ⑦ 2, 3, 4, 6, 7, 8, 9, 10, 11, 13, 15, 16, 19, 20, 22, 23, 26, 27, 28, 29, 31. ⑧ 1, 4, 5, 7, 8, 10, 11, 12, 13, 14, 16, 17, 20, 21, 23, 24, 25, 26, 27, 30, 31. ⑨ 3, 4, 5, 6, 8, 9, 10, 11, 12, 13, 14, 15, 16, 17, 18, 19, 21, 22, 25, 26, 29, 30. ⑩ 2, 4, 7, 8, 11, 12, 14, 15, 16, 19, 20, 21, 22, 23, 25, 26, 29, 30. ⑪ 2, 4, 8, 9, 10, 12, 13, 15, 16, 19, 20, 21, 22, 24, 26, 29, 30. ⑫ 3, 4, 8, 9, 12, 13, 17, 18, 20, 21, 25, 26, 27, 28, 30, 31. 1916 ① 3, 4, 8, 12, 13, 16, 17, 19, 21, 24, 25, 26, 29, 30. ② 1, 4, 5, 8, 9, 10, 11, 12, 14, 15, 18, 19, 22, 23, 27, 28. ③ 2, 3, 6, 7, 10, 11, 12, 13, 15, 16, 17, 20, 22, 26, 27, 30, 31. ④ 2, 3, 6, 7, 11, 12, 17, 18, 19, 21, 23, 25, 28, 29. ⑤ 2, 3, 6, 7, 9, 12, 13, 14, 17, 18, 19, 21, 23, 26, 28, 29. ⑥ 2, 3, 5, 6, 7, 9, 10, 12, 13, 15, 16, 18, 19, 20, 21, 22, 23, 26, 27, 29, 30. ⑦ 3, 4, 5, 7, 8, 11, 13, 15, 16, 18, 19, 22, 24, 25, 26, 28, 30, 31. ⑧ 2, 3, 4, 6, 8, 9, 10, 11, 12, 14, 15, 16, 18, 20, 21, 25, 29, 30, 31. ⑨ 1, 4, 5, 7, 8, 10, 11, 12, 13, 14, 16, 17, 19, 20, 21, 22, 25, 26, 27, 29, 30. ⑩ 3, 4, 5, 7, 8, 9, 12, 13, 14, 16, 17, 19, 22, 23, 25, 26, 28, 29, 31. ⑪ 2, 3, 6, 7, 8, 9, 10, 12, 15, 16, 18, 19, 22, 23, 26, 27, 29. ⑫ 2, 8, 20. 1917 ① 4, 5, 8, 10, 11, 12, 15, 16, 19, 20, 23, 24, 25, 29, 30. ② 3, 4, 8, 11, 12, 13, 15, 16, 20, 21, 23, 24, 25, 28. ③ 4, 5, 6, 7, 8, 10, 11, 13, 14, 16, 17, 19, 20, 24, 26, 28, 30. ④ 1, 2, 7, 8, 9, 15, 22, 23, 28. ⑤ 6, 12, 13, 16, 21, 24. ⑥ 10, 14. ⑦ 7, 12, 13, 14, 16, 22, 29. ⑧ 5, 19. ⑨ 1, 9. ⑩ 7, 20, 21, 22. ⑪ 10, 11, 18, 25, 27, 29. ⑫ 14, 23, 28, 30. 1918 ① 4, 13,

23. ②1, 3, 11, 13, 17. ③15, 23. ④1, 7, 19, 30. ⑤10, 31. ⑥1, 3, 5, 17, 20, 24, 25, 26, 27, 29. ⑦1, 2, 4, 8, 9, 12, 13, 14, 15, 17, 18, 19, 20, 21, 23, 25, 26, 27, 29, 31. ⑧1, 2, 3, 5, 6, 8, 10, 11, 12, 14, 15, 16, 17, 18, 19, 20, 21, 23, 24, 25, 28, 29, 30. ⑨1, 3, 6, 9, 10, 11, 17. ⑩6, 11, 14, 20, 27. ⑪6, 13, 19. ⑫6, 22, 26, 28. 1919 ①2, 16, 21. ②2, 6, 12, 16. ③10, 18, 29, 30, 31. ④3, 5, 9, 12, 13, 17, 18, 19, 21, 26, 29. ⑤3, 5, 10, 13, 14, 17, 18. ⑥1, 6, 19. ⑦2, 8, 9, 12, 14, 17, 18, 21, 22, 26, 31. ⑧2, 4, 6, 7, 10. ⑨6. ⑩19. ⑪21. ⑫9, 11, 12, 16, 21, 22, 29. 1920 ①13. ④23, 25. ⑤11, 22. ⑥25, 26. 1921 ①6. ③29. ④2, 5, 11, 12, 22, 27, 30. ⑤1, 7, 10, 14, 18, 25, 26, 27, 28, 31. ⑥2, 5, 12, 14, 18, 19, 22, 27, 29, 30. ⑦1, 2, 4, 6, 7, 8, 10, 13, 17, 19, 22, 23, 24, 26, 28, 30, 31. ⑧1, 3, 4, 6, 7, 8, 9, 11, 12, 14, 17, 18, 19, 21, 25, 26, 28, 29, 30, 31. ⑨2, 3, 4, 5, 6, 7, 9, 10, 12, 13, 17, 19, 21, 26. ⑩9, 19. 1922 ⑩15. ⑫7. 1923 ①20. ②7, 14, 17. ④8, 15. ⑤10, 13, 26. ⑥26, 29. ⑦3, 19. 1924 ⑥11.

저우쯔허(周子和) 저장(浙江) 주지(諸暨) 출신이며, 이름은 황청(煌誠), 자는 쯔허이다. 사오싱(紹興)의 저장제5중학의 사감을 지냈다. —1913 ⑥30.

저우창펑(周鏘鳳, 1854~?) 저장(浙江) 사오싱(紹興) 출신이며, 자는 이눙(憶農)이다. 일기에는 이눙(意農)으로도 기록되어 있다. 루쉰의 집안 어른이며, 바오딩(保定)에서 근무하고 있었다. —1913 ⑩25. ⑪3. 1917 ⑤8, 22. ⑨22, 28. 1919 ⑥5, 21.

저우충(周冲, 1915~1916) 저우젠런(周建人)과 하부토 요시코(羽太芳子) 사이의 큰아들. 한 살 남짓만에 요절했다. —1915 ③1. ④15. ⑧17. 1916 ⑦22.

저우취(周蕖, 1932~?) 지장(浙江) 시오싱(紹興) 출신이며, 이명은 취관(蕖官)이다. 저우젠런(周建人)과 왕윈루(王蘊如) 사이의 셋째딸이다. —1933 ③26. ④30. ⑤14. ⑦12, 30. ⑧16, 20, 27. ⑨3. ⑩8, 22. ⑫24. 1934 ①21, 28. ⑤6, 21. ⑥25. ⑧11, 14. ⑩20. ⑪10. ⑫8, 29. 1935 ③23. ④6, 27. ⑤6. ⑦6, 27. ⑧24. ⑨21. ⑩26. ⑫7. 1936 ①4. ②8. ③7, 28. ④18. ⑦11. ⑧5. ⑨5. ⑩3.

저우취안(周權) 베이핑(北平) 『베이천바오』(北辰報)의 부간 『황초』(荒草)를 루쉰에게 증정했다. 이 기간물의 편집을 담당했으리라 추정된다. —1934 ⑦1.

저우타오(周燾, 1911~?) 후난(湖南) 안런(安仁) 출신이며, 원명은 뤄빈쑨(羅濱蓀)이다. 베이징대학 학생이다. —1935 ①15, 31. ②12, 14.

저우타오쉬안(周陶軒, 1903~1967) 저장(浙江) 항저우(杭州) 출신이며, 이름은 더룽(德鎔), 자는 타오쉬안이다. 황핑쑨(黃萍蓀)의 사촌동생이며, 당시 고향에서 한거하고 있었다. 황핑쑨을 통해 위다푸(郁達夫)를 거쳐 루쉰에게 한 폭의 글을 써 달라고 부탁했다. —1933 ⑥28.

저우펑성(周鳳升, 1882~1918) 저장(浙江) 사오싱(紹興) 출신. 원명은 펑성이고 후에 원즈 (文治)로 개명했다. 자는 보성(伯升). 일기에는 성수(升叔)로 기록되어 있다. 루쉰의 숙부이며, 강남수사학당(江南水師學堂)을 졸업하고 렌징병륜(聯鯨兵輪)의 엔진기장 을 지냈다. ─1912 ⑥ 7, 22. 1918 ① 27.

저우펑얼(周豐二, 1919~1992) 저장(浙江) 사오싱(紹興) 출신이며, 원명은 페이(沛), 개명은 펑얼, 별명은 샤오투부(小土步)이다. 일기에는 아이(孩子)로도 기록되어 있다. 저우젠 런(周建人)의 둘째아들이다. ─1919 ⑤ 20. 1920 ① 10, 12, 16. ⑤ 16, 19, 20, 24, 25, 26. ⑥ 6, 19, 22, 26. ⑦ 5, 9, 13, 15, 16. 1921 ⑦ 21, 29. ⑧ 11. 1924 ⑥ 21. ⑦ 7.

저우펑이(周豐一, 1912~1997) 저장(浙江) 사오싱(紹興) 출신이며, 원명은 펑(豐) 또는 펑 완(豐丸), 개명은 펑이이다. 저우쭤런(周作人)의 아들이다. 1919년부터 1923년에 걸 쳐 베이징 쿵더(孔德)학교에 재학했다. ─1912 ⑤ 23. ⑨ 27. ⑫ 21. 1913 ⑤ 23. ⑦ 3, 4, 13, 26, 27. ⑧ 7. ⑩ 5. 1914 ⑥ 7. ⑦ 4. 1916 ② 28. ⑩ 25. 1918 ① 3. ⑤ 31. ⑥ 24. 1919 ⑧ 10. ⑩ 12, 19. 1920 ④ 25. ⑥ 6. 1921 ② 27. ⑥ 2. ⑦ 10. 1923 ④ 8. ⑤ 13.

저우펑치(周鳳岐, 1876~1919) 저장(浙江) 사오싱(紹興) 출신이며, 자는 밍산(鳴山), 아명은 팡(芳)이다. 일기에는 팡 숙부(芳叔 혹은 方叔)로 기록되어 있다. 루쉰의 아저씨뻘이 며, 난징(南京)의 강남수사학당(江南水師學堂)을 졸업했다. 당시 사오싱 난제(南街)의 스이국(施醫局)에 근무하고 있었다. ─1913 ⑦ 1. 1919 ⑦ 17. ⑫ 17.

저우펑커(周鳳珂, 1872~1932) 저장(浙江) 사오싱(紹興) 출신이며, 자는 보후이(伯撝), 아 명은 첸(謙)이다. 일기에는 첸 숙부(謙叔)로도 기록되어 있다. 루쉰의 아저씨뻘이며, 난징(南京)의 사법계에 재직하고 있었다. ─1914 ② 12, 18, 25. ③ 11, 19, 22, 25. ⑤ 10, 28. ⑧ 13, 21. 1915 ① 29. ③ 5, 8. 1917 ⑩ 26. ⑪ 15.

저우푸칭(周福淸, 1838~1904) 저장(浙江) 사오싱(紹興) 출신. 원명은 즈푸(致福)이고 후에 푸칭으로 개명했다. 자는 전성(震生) 혹은 제푸(介孚)이며, 호는 메이셴(梅仙)이다. 루 쉰의 할아버지이다. 청 동치(同治) 6년(1867년)의 과거에서 거인(擧人)이 되었으며, 10년(1871년)에 진사(進士)에 합격하여 한림원(翰林院) 서길사(庶吉士)에 올랐다. ─ 1912 ⑨ 21.

저우하이잉(周海嬰, 1929~) 저장(浙江) 사오싱(紹興) 출신이며, 루쉰의 아들이다. 일기에 는 아이(孩子)로도 기록되어 있다. ─1929 ⑨ 27. ⑩ 1, 10, 11, 12, 16, 18, 22, 23, 28. ⑪ 1, 6, 10, 14, 18, 22, 26, 30. ⑫ 4. 1930 ① 4, 6, 13, 31. ② 6, 11, 12, 28. ③ 2, 4, 9, 10, 24, 27, 31. ④ 10, 11, 16, 23, 28, 30. ⑤ 1, 2, 8, 12, 13, 19, 29. ⑥ 13, 16. ⑦ 4, 5, 6, 8, 9, 10, 11, 12, 13, 16, 18, 19, 20, 24, 29. ⑧ 30. ⑨ 1, 6, 17, 25, 26, 27, 30. ⑩ 2, 4, 6, 31. ⑪ 3. ⑫ 21. 1931 ① 5, 8, 16, 20. ② 1, 28. ③ 4, 8, 21. ④ 20, 24, 26. ⑤ 31. ⑥ 2, 4, 5, 23, 29.

⑦1,2,4,13,28,30.⑧10,11,15,30.⑨13,17,20,25,26.⑩26,31.⑪21.⑫4,6,8,
11,15,22,31. 1932 ①23,25,27.③13,19,20,21,24,26,28.⑤3,6,7,10,12,13,
20,21,22,23,24,25,27,29,30.⑥1,3,5,7,9,13,14,15,18,19,20,21,25,26,29,
30.⑦1,3,5,14,16,20,21,22,30.⑧7,9,11,29,30.⑨1,6,11,13,15,17,18,19,
21,23,24,25,27,28,29,30.⑩1,3,5,7,9,11,13,15,17,19,21,23,25,28.⑪6,7,8,
9,25.⑫9,23,25,28,30. 1933 ①4,9,12,13,15,19,21,23,25,31.②8,10,12,16,
20,28.③17,19,23.④2,4,6,8,14,20,23,29,30.⑤1,2,5,9,15,30.⑥7,8.⑦1,
2,4,8,11,12,15,27,28.⑧2.⑨1,13,18,20,24,26.⑩14,15,17,19,20,21,23.
⑪18.⑫3,5,6,8,12,22,23,24,30,31. 1934 ②4,22.③7,8,9,11,13,14,15,16,
17,18,29.④1,3,8,15,20,24,25,26,27,29.⑤1,3,9,11,18,22,27.⑥8,18,19,
20,23,30.⑦4,13,21,30.⑧2,3,7,11,14,16,17,19,21,24.⑨5,9,15,16,17,18,
21,22,27,30.⑩6,7,8,18,25,28.⑪8,11,17,26.⑫16,19,26,27,30. 1935 ①1,
9,10,11,13,14,16,25,29,30.②2,8,16,28.③5,18,19,21,23,25,27,29,31.④2,
6,20,21,22,24,30.⑤2,3,4,7,9,11,17,26,28,30.⑥6,16,17,18,20,21,24,26,
29.⑦7,15,21.⑧5,6,9,10,12,14,17,19,20,25.⑨1,14,15,24,26,27.⑩1,10,
27.⑪2,3,10,24,26,27.⑫2,3,11,18,21,23,24. 1936 ①2,3,4,12,13,18,19,
22,29,30.②4,15,23.③18,28.④11,18,26.⑤7,10.⑦10,12.⑧1,5,7,11,31.
⑨1,2,13.⑩4,6,10,11.

저자 위훙모(兪鴻謨) 참조.──1936 ②14.

저자 장웨탕(江岳浪) 참조.──1935 ⑫12.

저자 톈젠(田間).──1935 ⑫12.

전(振, 르전日振?) 확실치 않음.──1925 ③9.

전둬(振鐸)──정전둬(鄭振鐸) 참조.

전우(愼吾)──추이전우(崔眞吾) 참조.

전우(眞吾)──추이전우(崔眞吾) 참조.

전융안(甄永安, 1905~?) 허베이(河北) 다밍(大名) 출신이며, 자는 성핑(升平), 필명은 류펑
    (柳風)이다. 당시의 문학청년이며, 베이징대학에서 루쉰의 강의를 청강했다.──1926
    ②6,8,14,15.③16.

(20여 세의) 젊은이──양어성(楊鄂生) 참조.

정(鄭) 군──정보치(鄭伯奇) 참조.

정(鄭) 군──정샤오쉰(鄭效洵) 참조.

정눙(徵農)──샤정눙(夏徵農) 참조.

정몐(鄭奠, 1896~1968) 저장(浙江) 주지(諸暨) 출신의 언어학자이며, 자는 제스(介石), 호는 스쥔(石君)이다. 1923년부터 1926년에 걸쳐 베이징여자사범대학에서 교편을 잡았으며, 1928년에는 항저우(杭州) 저장대학에서, 그리고 1932년에는 베이징대학에서 교편을 잡았다. ― 1924 ⑤ 21. ⑥ 21. 1925 ⑨ 13. ⑩ 1, 21. 1926 ② 15. ⑦ 3, 18. ⑩ 16, 18. 1928 ③ 26. ⑦ 13, 14, 15. ⑧ 5. ⑫ 15. 1929 ⑧ 28. 1932 ⑪ 23, 27.

정루전(鄭汝珍) ― 차오징화(曹靖華) 참조.

정보치(鄭伯奇, 1895~1979) 산시(陝西) 창안(長安) 출신의 작가이며, 이름은 룽진(隆謹), 자는 보치, 필명은 정쥔핑(鄭君平) 등이다. 일기에는 정(鄭) 군으로도 기록되어 있다. 창조사(創造社) 성원, 그리고 좌익작가연맹 성원으로 활동했다. 1927년 11월에 『창조주보』(創造週報)의 복간을 위해 루쉰을 방문했다. 1932년부터 1935년 가을에 걸쳐 상하이 량유(良友)도서인쇄공사에서 근무했으며, 이 공사에서 『신소설』(新小說)의 편집을 맡았다. 루쉰은 그에게 젊은 작가들의 원고를 추천하였다. ― 1927 ⑪ 9, 19. 1930 ⑥ 15. 1932 ⑪ 7. 1933 ⑨ 28. 1934 ② 7. ⑪ 17, 28. 1935 ① 10. ② 21, 26. ③ 25, 26. ⑥ 2, 12, 24. ⑦ 2. ⑧ 22. ⑨ 1. 1936 ⑦ 9.

정빈위(鄭賓于) ― 정샤오관(鄭孝觀) 참조.

정샤오관(鄭孝觀, 1898~?) 쓰촨(四川) 유양(酉陽) 출신이며, 빈위(賓于)라고도 불린다. 베이징대학 연구소국학문 연구생이며, 1927년에 푸저우(福州)의 셰허(協和)대학에서 교편을 잡았다. ― 1927 ① 10. ② 24.

정샤오쉰(鄭效洵, 1907~1999) 푸젠(福建) 민허우(閩侯) 출신. 일기에는 정(鄭) 군으로도 기록되어 있다. 광풍사(狂飆社)의 성원으로 활동했다. ― 1925 ⑫ 22. 1926 ② 12, 13.

정샤오전(鄭小箴, 1927~2002) 푸젠(福建) 창러(長樂) 출신. 정전둬(鄭振鐸)의 딸이며, 당시 상하이 셰진(協進)소학 2학년에 재학 중이었다. ― 1935 ⑧ 6.

정스쥔(鄭石君) ― 정몐(鄭奠) 참조.

정쓰수이(鄭泗水, 1908~?) 푸젠(福建) 융춘(永春) 출신. 1927년에 샤먼(廈門)대학 법과 정치계에 재학 중이었으며, 후에 상하이 지난(暨南)대학으로 전학했다. ― 1927 ④ 8, 13. ⑥ 1, 2. ⑩ 4. 1928 ② 7. ⑪ 18, 19.

정양허(鄭陽和, 1889~?) 장쑤(江蘇) 난징(南京) 출신. 교육부 회계과 및 베이징대학 회계과에 재직하였다. ― 1914 ① 2. 1919 ⑤ 17, 21.

정예푸(鄭野夫, 1909~1973) 저장(浙江) 러칭(樂淸) 출신의 목각가이며, 원명은 정청즈(鄭誠芝)이다. 1932년 8월에 이바이사(一八藝社)의 성원이었던 천줘쿤(陳卓坤) 등과 함께 예펑화회(野風畵會)를 조직하였는데, 루쉰은 그의 초청을 받아 강연을 했다. 1934, 35년 사이에 두 차례에 걸쳐 목각연환화 『수재』(水災)와 『소금팔이』(賣鹽)를 루쉰에

게 증정했으며, 1936년에 또다시 철마판화회(鐵馬版畫會)를 조직하였다.—1933 ⑫
20. 1934 ① 12, 14, 26. 1935 ⑤ 30. ⑫ 14. 1936 ② 17. ④ 9. ⑤ 8, 30. ⑦ 20.

정자훙(鄭家弘) 확실치 않음.—1935 ③ 6.

정전둬(鄭振鐸, 1898~1958) 푸젠(福建) 창러(長樂) 출신의 문학가이며, 필명은 시디(西諦)
이다. 문학연구회(文學研究會)의 발기인 가운데 한 사람이다. 1921년 4월에 상하이
에서 『시사신보』(時事新報)「학등」(學燈)을 펴내고, 선옌빙(沈雁冰)이 『소설월보』(小
說月報)를 이어 펴낸 후, 그들은 루쉰에게 편지를 보내 『소설월보』를 위해 글을 써 달
라고 부탁했다. 같은 해 5월에 상우인서관(商務印書館)에 들어가 '문학연구회 총서'
를 편집했으며, 1923년 이후에는 오랫동안 『소설월보』를 주편했다. 이로 인해 늘 루
쉰과 편지를 주고받았다. 1927년 5월에 유럽에 나갔다가 이듬해 10월에 귀국했다.
1931년 가을에 베이징 옌징(燕京)대학에서 교편을 잡았다. 1933년 초에 루쉰과 함
께 『베이핑전보』(北平箋譜)를 펴냈으며, 이후 다시 『십죽재전보』(十竹齋箋譜)를 인쇄
했다. 1934년 1월에 진이(靳以)와 『문학계간』(文學季刊)을 창간했으며, 루쉰에게 원
고를 청탁했다. 1935년 초에 상하이 지난(暨南)대학에서 문학원 원장을 지내면서 생
활서점(生活書店)을 위해 '세계문고'(世界文庫)의 편집을 맡았는데, 루쉰은 이를 위해
고골의 『죽은 혼』(死魂靈)을 번역했다. 이후 루쉰이 『케테 콜비츠 판화 선집』을 찍어
내고 『해상술림』(海上述林)을 출판하도록 도움을 주었다.—1921 ④ 11. ⑤ 16, 19.
⑨ 10. 1923 ④ 30. ⑤ 1, 23. 1924 ② 2, 3, 4. ⑤ 15, 16. ⑥ 11. ⑦ 7. ⑫ 2, 5. 1925 ③ 28.
④ 7, 9, 19. ⑥ 4. ⑩ 9. 1926 ⑤ 27. ⑥ 3. ⑧ 16, 30. ⑪ 3, 4. ⑫ 13, 14, 24, 28, 31. 1927
⑥ 16. ⑩ 11. 1930 ⑩ 4. 1931 ① 20. ⑥ 9, 27. ⑦ 23, 24. 1933 ② 3, 6. ④ 6. ⑨ 7, 17,
18, 28, 30. ⑩ 1, 3, 4, 11, 19, 21, 27, 28, 31. ⑪ 3, 11, 20, 25. ⑫ 2, 4, 5, 13, 20. 1934 ①
11, 16, 22, 26, 29. ② 9, 15, 24, 27. ③ 3, 9, 10, 14, 24, 26. ④ 25. ⑤ 3, 16, 24, 31. ⑥ 2, 7,
20, 21, 27, 30. ⑦ 5, 7, 30. ⑧ 5, 10, 15, 17. ⑨ 2, 27, 28. ⑩ 7, 8, 21, 27. ⑪ 7, 8, 9, 10,
16, 25. ⑫ 3, 5, 10, 27. 1935 ① 8, 9, 17, 21, 25. ② 1, 6, 12, 17. ③ 9, 20, 28, 30. ④ 5, 8, 9,
10, 12, 17, 19, 22, 30. ⑤ 12, 20, 23, 25. ⑥ 16, 27. ⑦ 1, 27. ⑧ 1, 5, 6, 10, 11, 13, 17.
⑨ 11, 17, 23. ⑩ 18, 19. ⑪ 5, 7, 9. 1936 ① 11. ③ 12, 22. ④ 10. ⑨ 29.

정전둬(鄭振鐸)의 딸 — 정샤오전(鄭小箴) 참조.

정제스(鄭介石) — 정뎬(鄭奠) 참조.

정중모(鄭仲謨) 확실치 않음.—1927 ③ 7. ④ 4.

정쥔핑(鄭君平) — 정보치(鄭伯奇) 참조.

정톈팅(鄭天挺, 1899~1981) 푸젠(福建) 창러(長樂) 출신의 역사학자이며, 자는 이성(毅生)
이다. 베이징대학 예과에서 교편을 잡았으며, 베이징여자사범대학에서 강의하였다.

1928년에 항저우(杭州)로 가는 길에 상하이를 지날 때 루쉰을 방문했다. — 1928 ③ 26.

정페이이(鄭佩宜, 1888~1962) 장쑤(江蘇) 우장(吳江) 출신. 류야쯔(柳亞子)의 부인이다. — 1928 ⑧ 19. 1932 ⑩ 5.

정후이전(鄭惠貞) — 청후이전(成慧貞) 참조.

제수(弟婦) — 하부토 노부코(羽太信子) 참조.

제스(介石) — 정뎬(鄭奠) 참조.

제2사범학원 학생 — 야오커쿤(姚可昆) 참조.

제푸(介福) — 장펑(江豊) 참조.

젠강(建綱) 확실치 않음. — 1931 ⑥ 28.

젠궁(建功) — 웨이젠궁(魏建功) 참조.

젠셴아이(謇先艾, 1906~1994) 구이저우(貴州) 쭌이(遵義) 출신의 작가. 당시 베이징대학 법학원 학생이다. — 1926 ③ 17.

젠스(堅士) — 선젠스(沈兼士) 참조.

젠스(兼士) — 선젠스(沈兼士) 참조.

젠스(臤士) — 선젠스(沈兼士) 참조.

젠싱(建行) 확실치 않음. — 1930 ③ 15.

젠청(劍成) — 펑젠청(馮劍丞) 참조.

젠후(堅瓠) 확실치 않음. — 1925 ③ 28.

조부(祖父) — 저우푸칭(周福淸) 참조.

좡쉬(莊一栩) 확실치 않음. — 1929 ⑦ 2.

좡쩌쉬안(莊澤宣, 1896~?) 저장(浙江) 자싱(嘉興) 출신. 일찍이 미국에 유학했다. 1927년에 중산(中山)대학 문과 교수 겸 교육연구소 주임을 지냈다. — 1927 ③ 28. 1928 ② 14.

좡치둥(莊啓東, 1910~1998) 저장(浙江) 전하이(鎭海) 출신이며, 원명은 치둥(起東)이다. 좌익작가연맹의 성원으로 활동했다. 월간 『춘광』(春光) 및 반월간 『신어림』(新語林)의 편집을 맡았다. 후에 차이뤄훙(蔡若虹)과 함께 『만화와 만화』(漫畵與漫話)를 펴낼 때 루쉰에게 원고를 청탁했다. — 1935 ① 13. ④ 18.

좡쿠이장(莊奎章) 푸젠(福建) 후이안(惠安) 출신. 1925년에 베이징사범대학 국문과를 졸업하고, 1926년 당시 샤먼(廈門) 푸젠성립 제13중학에서 교편을 잡았다. — 1926 ⑨ 14, 19. ⑫ 16.

주(朱) — 주페이(朱斐) 참조.

주 군(朱君) 확실치 않음. — 1924 ⑫ 8.

주 군(朱君) 확실치 않음. —1929 ⑨ 3. ⑩ 26.

주궈루(朱國儒) 확실치 않음. —1927 ② 17.

주궈샹(朱國祥) 베이징사범대학에 재학 중일 때 루쉰의 강의를 들었다. 1928년 3월에 상
하이법정대학 여학생인 마샹잉(馬湘影)과 함께 루쉰을 방문하여, 그녀가 항저우에서
만났던 사람이 가짜 '루쉰'임을 입증했다. —1928 ③ 17.

주다난(朱大枬, 1900~1931) 쓰촨(四川) 바현(巴縣) 출신의 시인이다. 1926년에 자오퉁(交
通)대학에 재학 중이었다. —1926 ③ 17.

주디(朱迪, ?~1930?) 후난(湖南) 헝양(衡陽) 출신. 광저우(廣州) 중산(中山)대학 학생이다.
—1927 ⑪ 2.

주디셴(朱迪先) —주티셴(朱逷先) 참조.

주롄위안(朱聯沅) 저장(浙江) 하이옌(海鹽) 출신이며, 자는 즈칭(芷青)이다. 주티셴(朱逷先)
의 족숙(族叔)이다. 베이징고등사범학교 관리원 겸 국문부 교원을 지냈다. —1913
③ 1.

주류셴(朱騮先) —주자화(朱家驊) 참조.

주류친(朱六琴, 1890~1957) 저장(浙江) 사오싱(紹興) 출신이며, 이름은 샹쑨(相孫), 자는
루친(鹿琴)이다. 주안(朱安)의 당숙이다. —1921 ⑨ 12.

주린(洙隣) —서우수린(壽洙隣) 참조.

주샤오취안(朱孝荃, ?~1924) 후난(湖南) 헝양(衡陽) 출신이며, 이름은 이루이(頤銳), 자는
샤오취안이다. 교육부 사회교육사 주사 겸 통속도서관 주임을 지냈다. —1915 ⑥
24. ⑩ 7. ⑪ 20. 1916 ① 28. ② 8. ⑥ 14. ⑫ 2. 1917 ① 30. ② 16. ⑥ 15. ⑨ 29. ⑪ 17.
⑫ 29. 1918 ① 19. ⑧ 31. ⑨ 7. ⑪ 12. 1919 ③ 19. ⑤ 18. ⑦ 23. ⑧ 7. 1920 ⑧ 24. ⑫
29, 31. 1924 ⑨ 23.

주서우헝(朱壽恒) 일기에는 리서우헝(李壽恒)으로 오기되어 있다. 광둥(廣東) 출신이다.
1926년 당시 베이징 옌징(燕京)대학에 재학 중이었다. 웨이충우(韋叢蕪)의 소개로
루쉰을 알게 되었다. 1927년에 광저우(廣州) 링난(嶺南)대학에서 교편을 잡았다. —
1926 ⑧ 3. 1927 ② 11, 15, 16.

주순차이(朱順才) 확실치 않음. —1936 ③ 26.

주순천(朱舜臣) —주순청(朱舜丞) 참조.

주순청(朱舜丞) 저장(浙江) 사오싱(紹興) 출신. 일기에는 순천(舜臣)으로도 기록되어 있다.
주안(朱安)의 먼 친척 동생이다. —1914 ② 7. ④ 15. ⑤ 28, 30. ⑦ 28. ⑧ 19, 20. ⑨
17, 30.

주쉰(久巽) —롼주쑨(阮久蓀) 참조.

주슈샤(祝秀俠, 1906~1986) 광둥(廣東) 판위(番禺) 출신. 1930년에 좌익작가연맹에 가입했다. 1933년 2월 서우자(首甲)라는 가명으로 그가 편집하는 『현대문화』(現代文化) 제1권 제2기에 루쉰을 공격하는 글을 실었다. 같은 해 4월 19일에 루쉰이 『선바오』(申報) 「자유담」(自由談)에 「바닥까지 드러내기」(透底; 취추바이瞿秋白 지음, 서명은 허자간何家干)를 발표한 후, 그는 다시 루쉰에게 편지를 보내 비난을 계속했다. — 1933 ④ 22.

주스푸(朱石甫) 장쑤(江蘇) 이싱(宜興) 출신. 주환쿠이(朱煥奎)의 남동생이다. — 1913 ⑧ 7.

주신쥔(朱莘濬) 확실치 않음. — 1929 ⑦ 30. ⑧ 3.

주신쥔(朱莘濬)**의 누이** — 1929 ⑧ 3.

주쑨(九孫) — 롼주쑨(阮久蓀) 참조.

주쑨(久孫) — 롼주쑨(阮久蓀) 참조.

주쑨(久蓀) — 롼주쑨(阮久蓀) 참조.

주씨(朱氏) 확실치 않음. — 1918 ⑤ 11, 13.

주(朱)**씨 성을 가진 사람** 확실치 않음. — 1914 ⑫ 25.

주안(朱安, 1878~1947) 저장(浙江) 사오싱(紹興) 출신이며, 루쉰의 아내이다. 일기에는 아내(婦)라고 기록되어 있다. 1906년에 루쉰은 어머니의 명을 받들어 그녀와 결혼했다. — 1914 ⑪ 26. 1923 ⑧ 2.

주야오둥(朱曜冬) 1924년 당시 리빙중(李秉中)을 통해 루쉰에게 입학보증을 서 달라고 부탁했다. — 1924 ⑨ 14.

주옌즈(朱炎之, 1883~?) 상하이 출신이며, 이름은 옌(炎), 자는 옌즈이다. 교육부 첨사로서, 전문교육사 제3과에서 근무했다. — 1915 ③ 31.

주웨이샤(朱渭俠, ?~1916) 저장(浙江) 하이닝(海寧) 출신이며, 이름은 쭝뤼(宗呂), 자는 웨이샤이다. 금석학 애호가이다. 1916년에 저장 제5중학 교장을 지냈다. — 1916 ① 29. ⑦ 8. ⑫ 16.

주위루(朱玉魯) — 주페이(朱斐) 참조.

주위커(朱玉珂, 1902~1969) 장쑤(江蘇) 우진(武進) 출신. 일기에는 장사오위안(江紹原)의 아내로도 기록되어 있다. — 1927 ⑩ 15, 16, 17, 18.

주윈칭(朱雲卿) 확실치 않음. — 1919 ⑫ 2.

주이슝(朱一熊, 1912~?) 장쑤(江蘇) 쑤저우(蘇州) 출신. 당시 상하이 후장(滬江)대학 상학원 신문전수과(新聞專修科)에 재학 중이었다. — 1933 ④ 25.

주자오샹(朱兆祥) 저장(浙江) 주지(諸暨) 출신. 1915년에 베이징에 와서 지사(知事) 고시에 응시했으며, 웨이푸몐(魏福綿)을 통해 루쉰에게 보증을 서 줄 것을 부탁했다. — 1915

④ 2.

주자화(朱家驊, 1893~1963) 저장(浙工) 우싱(吳興) 출신이며, 자는 류셴(騮仙)이다. 일기에
는 류셴(留仙)으로도 기록되어 있다. 독일에 유학했으며, 귀국 후에 베이징대학 교수
를 지냈다. 1926년에는 중산(中山)대학위원회 위원을 지냈으며, 1927년 4·15 '청당'
(淸黨) 이후 국민당 광저우시(廣州市) 청당위원회 위원을 지냈다. 후에 국민당정부
교육부장 등을 역임했다. — 1926 ⑩ 16, 23. ⑫ 13. 1927 ① 24, 26. ② 1, 8, 10. ④ 19,
22, 24, 29. ⑧ 5, 8.

주지궁(朱積功) 저장(浙工) 사오싱(紹興) 출신이며, 1915년에 태어났다. 주커밍(朱可銘)의
둘째아들이다. — 1931 ⑨ 29. 1933 ① 18.

주지천(朱稷臣) — 주지청(朱積成) 참조.

주지청(朱積成, 1911~1995) 일기에는 지천(稷臣)으로도 기록되어 있다. 주커밍(朱可銘)의
큰아들이다. — 1930 ⑨ 6. 1931 ⑤ 28, 29, 30. ⑥ 3, 9, 29.

주징저우(朱鏡宙, 1884~1985) 저장(浙工) 러칭(樂淸) 출신이며, 자는 둬민(鐸民)이다. 샤먼
(廈門) 중국은행의 사장 겸 샤먼대학 법과 정치계 교수를 지냈다. — 1926 ⑨ 21.

주짜오우(朱造五, 1883~1961) 장쑤(江蘇) 쿤산(昆山) 출신이며, 이름은 원슝(文熊), 자는 짜
오우이다. 일본에서 유학했으며, 루쉰이 도쿄 고분(弘文)학원 재학 중일 때의 학우이
다. 민국 후에 교육부 도서검정처 상임검정원, 편심계(編審系) 편심원, 통속교육연구
회 소설분과 회원 등을 지냈다. — 1916 ⑤ 10. 1925 ⑨ 17.

주쯔칭(朱自淸, 1898~1948) 장쑤(江蘇) 둥하이(東海) 출신이며, 자는 페이쉬안(佩弦)이다.
각기이지 학자이며, 문학연구회 회원으로 활동했다. 1925년에 베이징 칭화(淸華)대
학 교수를 지냈으며, 이듬해 가을에 상하이에서 루쉰과 처음으로 만났다. 1932년 11
월에 루쉰을 칭화대학의 강연에 초청했으며, 두 차례 방문한 적이 있다. — 1926 ⑧
30. 1932 ⑪ 24, 27.

주춘(朱淳) 확실치 않음. — 1935 ⑫ 13.

주치샤(朱企霞, 1904~1984) 장시(江西) 난창(南昌) 출신. 루쉰이 베이징대학에서 교편을
잡았을 때의 학생이다. 1928년에 장쑤(江蘇) 난퉁(南通)에서 교편을 잡았으며, 1929
년 9월에 일본에 가서 루쉰에게 편지를 보내 제국대학 연구원에의 입학을 도와 달라
고 요청했다. 이에 루쉰은 일본 작가 무샤노코지 사네아쓰(武者小路實篤)에게 그의
입학을 위해 소개를 부탁했다. 후에 사정으로 말미암아 학교에 다니지 못한 채 이듬
해 10월에 귀국했다. — 1928 ⑪ 29. 1929 ⑨ 19. 1930 ② 19, 20. ③ 14. ④ 2. ⑨ 26.

주칭안(祝慶安) — 주훙유(祝玄猷) 참조.

주커민(朱可民) — 주커밍(朱可銘) 참조.

주커밍(朱可銘, 1880~1931) 저장(浙江) 사오싱(紹興) 출신이며, 이름은 훙유(鴻猷), 자는 커민(可民)이다. 주안(朱安)의 남동생이다. ─ 1913 ④ 4. ⑦ 11. 1919 ⑫ 19, 22, 31. 1920 ② 16. ④ 24. ⑤ 4. ⑥ 30. ⑨ 22, 27. ⑩ 16. 1921 ① 27. ⑤ 16. ⑨ 12. 1923 ⑧ 25. ⑪ 4. 1924 ③ 9. ⑧ 14. ⑨ 2, 13. 1927 ⑧ 4. 1931 ⑤ 28.

주커밍(朱可銘)의 아내 주커밍의 후처 왕씨(王氏, 1887~?) 장쑤(江蘇) 난징(南京) 출신이다. ─1935 ① 26.

주티셴(朱逖先) ─ 주티셴(朱逷先) 참조.

주티셴(朱逷先, 1879~1944) 저장(浙江) 하이옌(海鹽) 출신의 역사학자이며, 이름은 시쭈(希祖), 자는 티셴이다. 일기에는 디셴(迪先), 티셴(逖先) 등으로도 기록되어 있다. 1908년에 일본에서 루쉰과 함께 장타이옌(章太炎)의 강의를 들었다. 귀국 후에 항저우(杭州)의 저장양급(浙江兩級)사범학당에서 루쉰과 함께 교편을 잡았으며, '무과지역'(木瓜之役)에 참여했다. 신해혁명 이후 저장성(浙江省) 교육청에서 근무했다. 1913년 2월에 베이징에서 베이징대학 예과 국문 교수 겸 청사관(淸史館) 편수(編修)를 지내고, 1921년에 항저우(杭州)에 가서 저장성 교육사 제3과 과장을 지냈으며, 1923년에 베이징으로 돌아와 베이징대학 사학 교수를 지내는 한편, 여자사범대학에서 강의했다. ─1913 ② 22. ③ 1, 2, 3, 10, 22. ④ 13, 19, 25, 26. ⑤ 7. ⑧ 9. ⑨ 23, 27. ⑪ 16. 1914 ① 31. ② 8, 22. ⑧ 11, 12, 22, 28. ⑨ 27. ⑫ 8, 12, 13, 31. 1915 ② 9, 14. ③ 4, 8. ⑥ 20, 24. 1916 ③ 12. 1917 ⑧ 25. 1919 ③ 29. ⑪ 23, 30. 1920 ④ 18. ⑫ 5. 1921 ⑤ 9. ⑩ 2. 1923 ① 10. ② 17. 1926 ⑧ 13.

주펑셴(朱蓬仙, 1881~1919) 저장(浙江) 하이닝(海寧) 출신이며, 이름은 쭝라이(宗萊), 자는 펑셴이다. 일본 유학 시절에 루쉰과 함께 장타이옌(章太炎)의 강의를 들었다. 귀국 후에 베이징대학 예과에서 강사를 지냈다. ─1917 ⑨ 30.

주페이(朱斐) 안후이(安徽) 수청(舒城) 출신이며, 자는 위루(玉魯)이다. 샤먼(厦門)대학 문과 교육과 학생이며, 양양사(泱泱社) 발기인의 한 사람이다. ─1926 ⑪ 28. ⑫ 4. 1927 ① 1, 22. ② 16. ④ 20, 24. ⑪ 18.

주환쿠이(朱煥奎) 장쑤(江蘇) 이싱(宜興) 출신이며, 자는 신사오(莘苟)이다. 1913년에 교육사 주사가 되어 사회교육사 제2과에서 근무했으며, 후에 재정부에서 근무했다. ─1913 ⑧ 7. 1914 ① 1, 21.

주후이황(朱輝煌) 푸젠(福建) 핑허(平和) 출신. 샤먼(厦門)대학 교육과 2학년을 마치고 광저우(廣州) 중산(中山)대학으로 전입했다. ─1927 ① 22. ③ 7, 31. ④ 7. ⑤ 5, 6. ⑥ 11, 21, 30. ⑦ 18, 26. ⑧ 6, 9. ⑩ 5. 1928 ① 7.

주훙유(祝玄猷, 1889~1958) 저장(浙江) 사오싱(紹興) 출신이며, 자는 칭안(慶安)이다. 루쉰이 항저우(杭州) 저장양급(兩級)사범학당에서 교편을 잡았을 때의 학생이다. 베이징 고등사범학교 이화부(理化部)에 재학했다. ─ 1916 ⑥ 11. ⑫ 2.

중궁쉰(鍾貢勛) 후난(湖南) 출신. 루쉰이 광저우(廣州) 중산(中山)대학에서 교편을 잡았을 때의 학생이다. ─ 1928 ⑤ 28. 1929 ③ 6.

중난(仲南) ─ 쉬중난(許仲南) 참조.

중부칭(鍾步淸, 1910~?) 광둥(廣東) 싱닝(興寧) 출신. 상하이 미술전과학교 학생이다. 1931년에 루쉰이 주최한 하계목각강습반에 참가했다. 1933년에 MK목각연구회에 참여했다. ─ 1934 ① 6. ⑤ 19, 28. ⑥ 6. 1936 ⑤ 25.

중셴민(鍾憲民, 1910?~?) 저장(浙江) 충더(崇德, 지금의 퉁샹桐鄉) 출신이며, 웨이밍(唯明)으로도 불린다. 에스페란토 제창자이다. 1927년 당시 상하이 난양(南洋)중학에 재학 중이었으며, 과외로 에스페란토를 배웠다. 같은 해 겨울방학 때에 고향에서 루쉰에게 편지를 보냈다. 1929년에는 난징(南京) 국민당 중앙당부 선전부 국제과에 재직하면서 에스페란토로 루쉰의 「아Q정전」(阿Q正傳)을 번역할 일로 루쉰과 편지를 주고받았다. 이 번역본은 1932년 2월에 상하이 출판합작사(出版合作社)에서 출판되었다. ─ 1927 ① 15, 24. 1929 ④ 16, 18.

중수(仲書) ─ 천중수(陳仲書) 참조.

중수(仲殊) ─ 마중수(馬仲殊) 참조.

중쑤(仲素) ─ 장중쑤(張仲素) 참조.

중왕양(鍾望陽, 1910~1984) 상하이 출신의 작가이며, 필명은 바이시(白夕)이다. 당시 소학교 교원이었으며, 『무명문예』(無名文藝)의 편집활동에 참여했다. 원고를 청탁하기 위해 루쉰에게 편지를 보냈으며, 이후 다시 여러 차례 원고를 보내 루쉰에게 읽어 주기를 부탁했다. ─ 1933 ⑥ 5, 10, 27. ⑫ 9. 1934 ⑦ 23. ⑧ 13. 1935 ⑦ 9. 1936 ③ 30. ⑧ 7.

중우(鍾吾) ─ 상웨(尙鉞) 참조.

중원(仲文) ─ 우중원(伍仲文) 참조.

중원(仲芸) ─ 진중원(金仲芸) 참조.

중원(仲澐) ─ 판원란(范文瀾) 참조.

중쥐안루(鍾娟如, 1898~1963) 저장(浙江) 닝보(寧波) 출신. 쉬수허(許叔和)의 아내이다. ─ 1929 ⑪ 26.

중지(中季) ─ 첸쉬안퉁(錢玄同) 참조.

중징원(鍾敬文, 1903~2002) 광둥(廣東) 하이펑(海豊) 출신의 작가이자 민속학자이다. 당시 광저우 링난(嶺南)대학 중국문학계 직원으로 재직했으며, 구제강(顧頡剛)의 편지를 통해 루쉰이 광저우(廣州)에서 교편을 잡았다는 소식을 들은 후 량스(梁式) 등과 함께 루쉰을 방문했다. 후에 광저우에 베이신분국(北新分局)을 설립하는 일로 양청즈(楊成志)와 함께 루쉰에게 편지를 써 보냈다.—1927 ① 22. ② 27. ③ 11. ⑥ 29. ⑦ 3.

중쭈(仲足)—펑빈푸(馮賓符) 참조.

중쯔옌(鍾子岩, 1907~1989) 저장(浙江) 상위(上虞) 출신이며, 이름은 셴모(顯謨), 자는 쯔옌이다. 일찍이 상하이 노동대학 편역관에 근무했으며, 『분류』(奔流)에 투고한 일로 루쉰과 연락했다.—1929 ① 23. ④ 4.

중칭항(鍾靑航) 쓰촨(四川) 출신. 1925년 당시 베이징 중국대학의 청강생이다.—1925 ① 9. ⑧ 11. 1926 ② 7. 1928 ⑨ 28.

중칸(仲侃)—리샤칭(李霞卿) 참조.

중팡(仲方)—선옌빙(沈雁冰) 참조.

중팡(仲芳)—선옌빙(沈雁冰) 참조.

중팡(仲方)의 아내—쿵더즈(孔德沚) 참조.

중푸(仲服)—마줴(馬珏) 참조.

중푸(仲琟)—마줴(馬珏) 참조.

중푸(仲甫)—천두슈(陳獨秀) 참조.

중핑(仲平)—커중핑(柯仲平) 참조.

줘즈(卓治)—웨이자오치(魏兆淇) 참조.

줘펑(卓鳳)—린줘펑(林卓鳳) 참조.

줴(珏)—마줴(馬珏) 참조.

쥐런(聚仁)—차오쥐런(曹聚仁) 참조.

쥔모(君默)—선인모(沈尹默) 참조.

쥔민(君敏) 확실치 않음.—1933 ⑤ 24.

쥔밍(俊明)—저우원(周文) 참조.

쥔원(儁聞)—왕린(王林) 참조.

쥔즈(君智) 확실치 않음.—1930 ⑦ 4. ⑨ 6, 22.

쥔추(鈞初)—왕쥔추(王鈞初) 참조.

즈런(志仁)—지즈런(季志仁) 참조.

즈성(芷生)—쑹즈성(宋芷生) 참조.

즈얼(志兒) 확실치 않음.—1931 ⑫ 16.

즈의 아내(芷夫人)—탕융란(湯咏蘭) 참조.

즈즈(志之)—왕즈즈(王志之) 참조.

즈즈(識之)—왕즈즈(王志之) 참조.

즈차오(之超) 확실치 않음.—1930 ① 12.

즈칭(芷青) — 주롄위안(朱聯沅) 참조.

즈팡(織芳) — 징유린(荊有麟).

즈푸(芝圃) 확실치 않음.—1926 ④ 10.

지구(季谷) — 리쭝우(李宗武) 참조.

지궁(積功) — 주지궁(朱積功) 참조.

지궁취안(冀貢泉, 1882~1970) 산시(山西) 펀양(汾陽) 출신의 법학가이며, 자는 위탕(育堂), 호는 리팅(醴亭)이다. 일본 메이지(明治)대학 법률학사이다. 1912년 8월에 교육부 사회교육사 주사를 지냈으며, 같은 해 겨울에 산시성립법정전문학교 교무장을 맡다가, 이듬해 2월에 교장으로 승진했다. 1914년 여름부터 1921년에 걸쳐 산시대학 법과 학장을 지냈다.—1913 ④ 27. 1914 ② 5. ⑩ 15. 1915 ⑧ 6, 8. 1916 ⑦ 21. 1921 ⑩ 2.

지리팅(冀醴亭) — 지궁취안(冀貢泉) 참조.

지상(季上) — 쉬지상(許季上) 참조.

지샤오보(季小波, 1900~2000) 장쑤(江蘇) 창수(常熟) 출신의 만화작가이다. 상하이 천광(晨光)연구회 책임자 가운데 한 사람이며, 스스로 샤오보서점을 설립하여 기간지 『학교생활』(學校生活)과 『청년과학』(靑年科學)을 출판했다.—1929 ⑥ 11.

지쉬안(吉軒) — 쉬지쉬안(徐吉軒) 참조.

지예(季野) — 리지예(李霽野) 참조.

지예(寄野) — 리지예(李霽野) 참조.

지에(霽野) — 리지에(李霽野) 참조.

지예의 학생(霽野學生) — 류원전(劉文貞) 참조.

지완취안(計萬全, 1876~1950) 후베이(湖北) 팡현(房縣) 출신이며, 자는 원위(蘊漁)이다. 쉬지쉬안(徐吉軒)은 루쉰에게 현 지사에 응시하는 그의 보증을 서 달라고 부탁했다.—1914 ① 29.

지위탕(冀育堂) — 지궁취안(冀貢泉) 참조.

지즈런(季志仁, 1902~?) 장쑤(江蘇) 창수(常熟) 출신. 천쉐자오(陳學昭)의 남자친구이며, 당시 프랑스에서 음악을 공부하고 있었다. 루쉰을 위해 서적과 판화를 구입해 주었으며, 『분류』(奔流)에 투고하였다.—1929 ⑥ 5, 17, 21, 24. ⑧ 20, 21, 27. ⑨ 2, 3. ⑩ 14, 25. ⑪ 16, 26, 28. ⑫ 2. 1930 ① 21. ② 4, 5, 7, 20. ③ 8, 10, 11. ④ 11, 14. ⑤ 2, 6, 7, 13. 1931 ① 6, 8. ⑧ 29. ⑨ 16. 1932 ⑤ 15. ⑨ 11, 22. 1933 ③ 11. 1934 ③ 23. ⑥ 13.

지쯔추(季自求) — 지톈푸(季天復) 참조.

지쯔추(季自求)의 아내—1920 ① 13.

지춘팡(季春舫) 확실치 않음. — 1936 ① 31.

지톈푸(季天復, 1887~1944) 장쑤(江蘇) 난퉁(南通) 출신이며, 자는 쯔추(自求)이다. 1902년에 난징수사학당(南京水師學堂)에서 저우쭤런(周作人)과 함께 공부했으며, 그를 통해 루쉰을 알게 되었다. 신해혁명 이후 쑨중산(孫中山)의 참모본부 제3국에서 군사첩보활동에 종사했으며, 이후 위안스카이(袁世凱) 총통부에서 시종부관(侍從副官), 참모부 참모를 역임했다. 1915년부터 1917년에 걸쳐 참모차장 천환(陳宦)을 따라 쓰촨(四川)에 들어가 군무처(軍務處) 1등 참모를 지냈으며, 베이징으로 돌아온 후 육군비서를 지냈다. — 1912 ⑩ 4, 6, 17. ⑪ 10. ⑫ 1, 22. 1913 ① 12. ② 16, 23. ⑧ 19, 31. 1914 ① 25. ② 15, 22. ③ 22, 26. ④ 12. ⑤ 3. ⑥ 21, 28. ⑧ 2, 4, 16. ⑩ 18, 19. ⑪ 15, 22, 29. 1915 ① 2, 10, 17. ② 14, 16, 21. ③ 1, 10. ⑤ 9. ⑥ 26. ⑦ 25, 31. 1916 ⑪ 26, 27. ⑫ 1. 1917 ⑤ 9, 30. ⑧ 31. ⑨ 1. ⑪ 11. 1918 ⑪ 23. 1920 ① 13.

지푸(季巿) — 쉬서우창(許壽裳) 참조.

지푸(季黻) — 쉬서우창(許壽裳) 참조.

지푸(季市) — 쉬서우창(許壽裳) 참조.

지푸(季市)의 아내 — 선츠후이(沈慈暉) 참조.

지푸(季市)의 아내 — 타오보친(陶伯勤) 참조.

지푸(季市)의 아들 — 쉬스잉(許世瑛) 참조.

지푸(季市)의 조카 — 쉬스친(許詩芹), 쉬스쉰(許詩荀) 참조.

진 군(金君) 코민테른의 활동가이다. 뉴란(Noulens, 본명은 야코프 루드니크Jakob Rudnik) 부부의 구명을 위해 스메들리(A. Smedley)와 함께 루쉰을 방문했다. — 1932 ③ 28.

진난(瑾男) — 저우진(周瑾) 참조.

진딩(金丁, 1909~1998) 베이징 출신의 작가이며, 원명은 왕린시(汪林錫), 자는 주밍(竹銘)이다. 좌익작가연맹의 성원으로 활동했다. 1933년 당시 상하이에서 문예사업에 종사했다. 펑딩(馮定)의 번역원고를 출판하는 문제를 상의하기 위해 루쉰과 편지를 주고받았다. — 1933 ④ 7.

진런(金人, 1910~1971) 허베이(河北) 난궁(南宮) 출신의 번역가이며, 원명은 장사오옌(張少岩)이나 쥔티(君悌)로 개명, 필명은 진런이다. 1934년부터 1935년에 걸쳐 하얼빈(哈爾濱)법원에서 러시아어 통역을 지냈다. 『역문』(譯文)에의 투고로 말미암아 루쉰과 편지를 주고받았다. — 1934 ① 20, 24. 1935 ③ 18, 19. ⑥ 3, 22. ⑧ 17.

진밍뤄(金溟若, 1906~1970) 저장(浙江) 루이안(瑞安) 출신이며, 이름은 즈차오(志超), 자는 밍뤄이다. 『분류』(奔流)의 기고자이다. 그가 번역한 일본의 아리시마 다케오(有島武郞)의 작품을 출판할 길이 없어 루쉰의 도움을 받았다. 후에 둥메이칸(董每戡)과 함께 상하이에서 시대서국(時代書局)을 운영했다. —1928 ⑤ 2, 8, 11, 16, 23, 29. ⑥ 4, 6, 9, 14, 21, 25. ⑦ 17, 18, 30. ⑧ 30. ⑨ 25. ⑩ 12. ⑫ 13, 20, 26. 1929 ⑩ 8, 10. 1930 ② 5. 1933 ⑫ 11, 18.

진밍뤄(金溟若)의 벗 —1928 ⑥ 25.

진수쯔(金淑姿, 1908~1931) 저장(浙江) 진화(金華) 출신. 일기에는 수쯔(淑姿) 여사로 기록되어 있다. 페이선샹(費愼祥)의 동료인 청딩싱(程鼎興)의 아내이며, 버림받아 우울증으로 죽었다. 후에 청딩싱이 그녀가 남긴 편지를 엮어 출판했는데, 페이선샹을 통해 루쉰에게 서문을 써 달라고 부탁했다. 루쉰은 서문에서 청딩싱을 함축적으로 꾸짖었다. —1932 ⑦ 20.

진싱야오(金性堯, 1916~?) 저장(浙江) 딩하이(定海) 출신이며, 필명은 원짜이다오(文載道)이다. 일기에는 진웨이야오(金惟堯 혹은 金唯堯)로 잘못 기록되어 있다. 루쉰과 만나는 일 및 원고의 수정 등의 일로 루쉰과 편지를 주고받았다. —1934 ⑪ 19, 21, 24, 28. ⑫ 11.

진얼(瑾兒) —저우진(周瑾) 참조.

진웨이야오(金唯堯) —진싱야오(金性堯) 참조.

진웨이야오(金惟堯) —진싱야오(金性堯) 참조.

진웨이천(金微塵) 확실치 않음. —1935 ⑦ 5.

진유화(金友華) —진유화(金有華) 참조.

진유화(金有華) 저장(浙江) 사오싱(紹興) 출신. 일기에는 진유화(金友華)로도 기록되어 있다. 지우젠런(周建人)의 힉우이다. —1926 ⑨ 1. 1929 ⑩ 7. 1930 ① 31.

진이(靳以) —장진이(章靳以) 참조.

진자오예(金肇野, 1912~1996) 랴오닝(遼寧) 랴오중(遼中) 출신의 목각운동가이며, 좌익작가연맹의 성원으로 활동했다. 1934년 당시 베이핑(北平) 중국대학에 재학 중이었으며, 핑진(平津)목각연구회 조직자 가운데 한 사람이다. 1935년에 탕허(唐訶), 쉬룬인(許侖音) 등과 함께 제1차 전국목각연합전람회를 개최했는데, 준비기간에 루쉰은 이를 지지했다. —1934 ⑪ 20. ⑫ 17, 19, 24, 30. 1935 ① 9, 11, 13, 24. ② 13, 14. ③ 9. ⑩ 3. 1936 ⑤ 10.

진젠잉(金劍英) 확실치 않음. —1913 ⑥ 17, 18.

진중(金鍾) 확실치 않음. —1925 ⑧ 14.

진중윈(金仲芸) 징유린(荊有麟)의 아내이다. —1925 ⑦ 5, 10, 11, 14, 20, 26, 28. ⑧ 2, 5, 11, 13, 14, 16. ⑨ 1, 10. ⑩ 14. 1926 ⑦ 22, 29. ⑧ 2, 8, 9, 10, 26. ⑪ 30. ⑫ 1. 1928 ② 14. ③ 17. ⑥ 18.

진즈(金枝) — 웨이진즈(魏金枝) 참조.

진판(金帆, 1914~?) 구이저우(貴州) 구이양(貴陽) 출신. 1933년에 상하이의 중국 무선전공
　　정학교(無線電工程學校)를 졸업하기 전에 루쉰에게 편지를 보내 일을 소개해 달라고
　　부탁했다. ― 1933 ⑩ 23.

진푸(謹夫) — 우징푸(吳敬夫) 참조.

징(靜) 확실치 않음. ― 1926 ⑦ 15.

징눙(靖農) — 타이징눙(臺靜農) 참조.

징눙(靜農) — 타이징눙(臺靜農) 참조.

징밍(景明) 확실치 않음. ― 1933 ⑫ 12.

징싼(徑三) — 장징싼(蔣徑三) 참조.

징쑹(景宋) — 쉬광핑(許廣平) 참조.

징완루(景萬祿) 산시(山西) 출신. 현 지사에 응시하기 위해 루쉰에게 보증을 서 달라고 부
　　탁했다. ― 1915 ④ 3.

징우(鏡吾) — 서우징우(壽鏡吾) 참조.

징위안(景淵) — 사오징위안(邵景淵) 참조.

징유린(荊有麟, 1903~1951) 산시(山西) 이스(猗氏, 현재의 린이臨猗) 출신. 일기에는 유린
　　(有林), 즈팡(織芳)으로도 기록되어 있다. 1924년에 베이징세계어전문학교에서 공부
　　할 때 루쉰에게 글쓰기와 번역 등을 배우면서 왕래하기 시작했다. 1925년 봄에 세계
　　어전문학교가 폐교된 후 루쉰의 소개로 징바오관(京報館)의 교정을 맡았으며, 『망위
　　안』(莽原) 주간의 출판에 참여했다. 이를 전후하여 『민중문예주간』(民衆文藝週刊)과
　　『매일평론』(每日評論)을 펴냈다. 1927년 5월에 난징(南京)에서 『시민일보』(市民日報)
　　를 발행했으며, 후에 국민당 중앙당부 노동자부 간사를 지냈다. 1928년에 국민당군
　　제22독립사단 비서장을 지냈으며, 1930년부터 1931년에 걸쳐 잇달아 허베이(河北)
　　화이위안(懷遠)과 장쑤(江蘇) 샤오현(蕭縣)에서 교편을 잡았다. 1936년 당시에는 국
　　민당 중앙고시선발위원회 위원을 지냈다. 후에 국민당 중앙당부 통계조사국과 국민
　　정부 군사위원회 통계조사국의 특무조직에서 일했다. ― 1924 ⑪ 16, 19, 20, 24, 25,
　　30. ⑫ 1, 4, 5, 6, 8, 11, 12, 15, 19, 21, 22, 25, 26, 27, 28, 31. 1925 ① 2, 4, 6, 8, 9, 11,
　　12, 13, 15, 17, 19, 21, 23, 26, 29, 30, 31. ② 3, 5, 7, 8, 11, 13, 18, 19, 21, 23, 25, 26, 27.
　　③ 1, 3, 4, 5, 6, 7, 9, 10, 15, 18, 19, 20, 21, 22, 26, 27, 28, 29, 31. ④ 3, 4, 7, 11, 15, 18,
　　19, 20, 21, 23, 24, 26, 28, 29, 30. ⑤ 1, 2, 3, 5, 6, 7, 8, 9, 10, 11, 14, 16, 17, 18, 20, 21,
　　22, 23, 24, 26, 29, 31. ⑥ 1, 2, 3, 4, 5, 7, 8, 10, 12, 13, 14, 16, 19, 20, 25, 26, 29. ⑦ 3, 4,
　　5, 6, 7, 8, 9, 10, 11, 14, 20, 25, 28, 29, 31. ⑧ 2, 4, 5, 7, 9, 10, 11, 13, 14, 16, 20, 22, 24,

25. ⑨ 1, 10, 11, 13, 15, 18, 20, 21, 22, 24, 25. ⑩ 2, 16, 23, 28. ⑪ 1, 6, 13, 20, 22, 27, 30. ⑫ 1, 12, 13, 19, 23, 24, 26, 31. 1926 ① 6, 7, 24. ② 28. ③ 13, 18, 27, 29. ④ 4, 5, 6, 7, 10, 18, 19, 20, 22, 24. ⑤ 24, 28. ⑥ 1, 11, 24, 27. ⑦ 16, 31. ⑧ 2, 8, 9, 21, 26. ⑪ 30. ⑫ 1, 19, 22. 1927 ① 14, 28. ② 7. ③ 3, 5. ④ 13, 18, 24. ⑤ 30, 31. ⑥ 16, 19, 23. ⑦ 24, 25. ⑧ 6, 7. ⑩ 20, 21, 26. ⑪ 1, 2, 5, 9, 17. ⑫ 1, 2, 5, 6, 7, 9, 11, 12, 13, 20, 23, 24, 26, 30. 1928 ① 4, 13, 19, 29. ② 5, 6, 10, 14, 15, 17. ③ 6, 8, 9, 17, 20, 25, 26, 27. ④ 6, 9, 17, 19, 21. ⑤ 8, 10, 11, 15, 16, 25, 30. ⑥ 2, 12, 18, 20. ⑦ 9. ⑧ 9, 17. ⑩ 16. ⑪ 24, 25. ⑫ 19. 1929 ② 25. ④ 10. ⑤ 2, 3, 10. ⑥ 28, 29. ⑦ 17. ⑨ 17. ⑪ 15. 1930 ① 18. ② 20. ⑤ 10, 11. ⑥ 30. ⑦ 6. ⑨ 15. ⑫ 8, 9. 1931 ② 5, 18. ⑦ 16. 1936 ④ 18.

징인위(敬隱漁) 쓰촨(四川) 쑤이닝(遂寧) 출신. 베이징대학 프랑스어계를 졸업하고, 1926년에 프랑스에서 「아Q정전」(阿Q正傳)을 프랑스어로 번역했다. 이 역문은 로맹 롤랑(Romain Rolland)이 읽은 후에 잡지 『유럽』(*Europe*)의 1926년 5월호와 6월호에 발표되었다. 후에 다시 「쿵이지」(孔乙己)와 「고향」(故鄉)을 프랑스어로 번역한 그는 1929년에 「아Q정전」과 함께 그가 편역한 『중국당대단편소설가작품선』(中國當代短篇小說家作品選)에 수록했다. 번역 과정 중에 여러 차례 루쉰과 편지를 주고받았다. ─ 1926 ② 20, 27. ④ 23, 25. ⑦ 1, 16, 27. ⑫ 8. 1927 ② 11. ③ 22. ⑩ 15. 1930 ② 24.

징쯔위안(經子淵, 1877~1938) 저장(浙江) 상위(上虞) 출신이며, 이름은 헝이(亨頤), 자는 쯔위안이다. 루쉰과는 같은 시기에 일본에서 유학했으며, 귀국 후 항저우 저장양급사범학당에서 교편을 잡았다. 1914년 당시 항저우 저장성립(省立) 제1사범학교 교장 겸 서상성 교육회 회상을 맡고 있었다. ─ 1914 ③ 21.

징칭(晶卿) ─ 루징칭(陸晶淸) 참조.

징칭(晶清) ─ 루징칭(陸晶清) 참조.

징타이라이(經泰來, 1880~?) 저장(浙江) 사오싱(紹興) 출신. 루쉰이 사오싱부중(府中)학당에서 교편을 잡았을 때의 동료이다. 1913년 당시 이 학교(이미 저장성립 제5중학으로 개명)에서 교편을 잡고 있었다. ─ 1913 ⑥ 30.

징푸(敬夫) ─ 우징푸(吳敬夫) 참조.

징헝(靜恒) ─ 탕징헝(唐靜恒) 참조.

징화(靖華) ─ 차오징화(曹靖華) 참조.

징화(靖華)**의 부친** ─ 차오페이위안(曹培元) 참조.

짠젠싱(昝健行, 1895~?) 간쑤(甘肅) 징위안(靖遠) 출신이며, 자는 위안쉰(元勛)이다. 장쑤성(江蘇省) 쑤저우(蘇州)사범학교를 졸업했다. 루쉰이 시안(西安)에서 강연했을 때 시베이(西北)대학 국문전수과에 재학 중이었으며, 루쉰의 강연을 기록한 이 중 한 사람이다.—1924 ⑧ 23, 29. ⑨ 9.

짱이췬(臧亦蓮, 1903~1946) 산둥(山東) 주청(諸城) 출신이며, 이름은 위안왕(瑗望), 자는 이췬이다. 짱커자(臧克家)의 숙부이다. 당시 베이징 중국대학 예과에 재학 중이었다. —1924 ⑫ 2, 3. 1925 ④ 15, 21.

짱커자(臧克家, 1905~2004) 산둥(山東) 주청(諸城) 출신의 시인. 1934년 당시 칭다오(靑島) 대학 국문계에 재학 중이었다. 1936년에 산둥성립 린칭(臨淸)중학에서 교편을 잡았으며, 그의 시집 『자신의 묘사』(自己的寫照)를 루쉰에게 증정했다.—1934 ⑫ 1. 1936 ⑧ 22.

쩌우(鄒) 확실치 않음.—1913 ⑤ 12.

쩌우루펑(鄒魯風, 1909~1959) 랴오닝(遼寧) 랴오양(遼陽) 출신이며, 원명은 쑤한(素寒), 가명은 천투이(陳蛻)이다. 베이핑 둥베이(東北)대학 학생이며, 1936년 1월 초에 베이핑 학생연합의 대표로서 상하이에 와서 전국학생연합 주비사업에 참여했다. 이때 차오징화(曹靖華)의 소개로 루쉰을 알게 되어 루쉰의 도움을 받았다. 같은 해 2월에 다시 상하이에 갔을 때, 중국공산당 북방국이 보내는 보고를 당중앙에 전달해 달라고 루쉰에게 요청했다.—1936 ① 4, 12. ② 13, 20. ④ 7. ⑤ 18. ⑦ 17, 24.

쩌우멍찬(鄒夢禪, 1905~1968) 저장(浙江) 루이안(瑞安) 출신이며, 이름은 징스(敬栻), 자는 진스(今適), 호는 멍찬이다. 항저우(杭州) 시링인사(西泠印社) 사원이며, 서예와 전각(篆刻)에 빼어났다. 당시 중화서국(中華書局)에서 『사해』(辭海)의 편찬에 참여했다. —1932 ⑫ 29.

쩌우밍추(鄒明初) 쓰촨(四川) 창서우(長壽) 출신이며, 이름은 더가오(德高), 자는 밍추이다. 교육부 사회교육사 2등 정원외 직원이며, 베이징 『민국일보』(民國日報)의 편집을 맡았다.—1925 ⑤ 22. ⑨ 4. ⑫ 20.

쩌우타오펀(鄒韜奮, 1895~1944) 장시(江西) 위장(余江) 출신이며, 원명은 언룬(恩潤)이다. 정론가이자 출판가이며, 중국민권보장동맹 집행위원으로 활동했다. 『생활』(生活) 주간의 주편이며, 생활서점(生活書店)의 창설자이기도 하다. 1933년에 그가 『혁명문호 고리키』를 편역한다는 것을 알게 된 루쉰은, 그에게 고리키의 사진을 이 책의 삽화로 이용할 수 있도록 제공해 주었다.—1933 ⑤ 9, 10, 17. ⑥ 6. ⑦ 7.

쩡(曾)—쩡뤼런(曾侶人) 참조.

쩡뤼런(曾呂仁)—쩡뤼런(曾侶人) 참조.

쩡뤼런(曾侶人, 1879~1945) 저장(浙江) 사오싱(紹興) 출신이며, 자는 리룬(麗潤)이다. 일기에는 쩡(曾), 쩡뤼런(曾呂仁), 쩡리룬(曾麗潤)으로도 기록되어 있다. 서우주린(壽洙鄰)의 처남이다. 일찍이 동맹회(同盟會)에 가입했으며, 산시(陝西)에서 참모를 지냈다. 민국 초기에 베이징 사오싱현관(紹興縣館)의 이사를 지냈다. ― 1913 ① 27. ② 7. 1918 ② 3. ⑨ 26.

쩡뤼런(曾呂仁)의 모친 ― 탄차이친(譚采芹) 참조.

쩡리룬(曾麗潤) ― 쩡뤼런(曾侶人) 참조.

쩡리전(曾立珍) 광둥(廣東) 싱닝(興寧) 출신. 일기에는 리어의 벗(立峨友人), 쩡 여사(曾女士)로 기록되어 있다. 랴오리어(廖立峨)의 아내이다. 1928년 초에 남편을 따라 광둥에서 상하이로 와서 루쉰의 집에 머물렀다가 같은 해 8월에 남편을 따라 광둥으로 돌아갔다. ― 1928 ① 8. ⑥ 12.

쩡(曾)씨 확실치 않음. ― 1914 ⑨ 27.

쩡 여사(曾女士) ― 쩡리전(曾立珍) 참조.

쩡지쉰(曾紀勛) 쓰촨(四川) 출신. 베이징 쿵더(孔德)학교 학생이며, 당시 광저우(廣州) 이싼(一三)잡지사에서 편집을 담당했다. ― 1936 ⑨ 20.

쩡치화(曾其華) 광둥(廣東) 싱닝(興寧) 출신. 일기에는 리어의 벗(立峨友人)으로도 기록되어 있다. 쩡리전(曾立珍)의 오빠이다. 1928년 초에 랴오리어(廖立峨) 부부를 따라 상하이에 와서 루쉰의 집에 머물렀다. ― 1928 ① 8. ③ 10.

쭝우(宗武) ― 리쭝우(李宗武) 참조.

쭝웨이(宗偉) ― 쉬쭝웨이(徐宗偉) 참조.

쯔녠(梓年) ― 판쯔녠(潘梓年) 참조.

쯔모(梓模, 1911~1931) 윈난(雲南) 쿤밍(昆明) 출신이며, 원명은 천카이(陳凱), 자는 중모(仲模), 별명은 쯔모이다. 1927년 4·12정변 이후 상하이에서 지하혁명사업에 종사했다. ― 1925 ④ 21, 23.

쯔성(梓生) ― 장쯔성(張梓生) 참조.

쯔위안(子元) ― 추산위안(裘善元) 참조.

쯔잉(子英) ― 천쯔잉(陳子英) 참조.

쯔페이(子培) ― 쑹쯔페이(宋子佩) 참조.

쯔페이(子佩) ― 쑹쯔페이(宋子佩) 참조.

쯔페이(紫佩) ― 쑹쯔페이(宋子佩) 참조.

【ㅊ】

차스지(查士驥) 번역활동가. 『베이신』(北新) 반월간에 투고했다.—1929 ③ 26. ⑥ 26.

차(查)씨 성을 가진 사람 확실치 않음.—1913 ⑫ 14.

차오 군(喬君) 확실치 않음.—1933 ⑫ 6.

차오다좡(喬大壯, 1893~1948) 쓰촨(四川) 화양(華陽) 출신이며, 이름은 쩡취(曾劬), 자는 다좡이다. 1913년에 경사(京師) 제2초급 심판청(審判廳) 서기관을 지내고, 후에 교육부 편심원(編審員)을 지냈다. 루쉰은 그에게 「이소」(離騷)의 구를 모은 대련을 써 달라고 부탁한 적이 있다. 그 대련은 "태양이 엄자산에 가까워지지 않기를 바라고, 두견새 먼저 울까 걱정하네"(望崦嵫而勿迫, 恐鵜鴂之先鳴)이다.—1915 ⑦ 19. 1921 ⑫ 25. 1924 ② 2. ⑨ 8. 1929 ⑥ 1.

차오밍(草明, 1913~2002) 광둥(廣東) 순더(順德) 출신의 작가이며, 원명은 우쉬안원(吳絢文)이다. 좌익작가연맹의 성원으로 활동했다. 1933년에 광저우(廣州)에서 학생운동에 참여하고 진보적 간행물을 편집했다는 혐의로 수배되자 광둥을 떠났다. 1935년에 상하이에서 체포된 후 루쉰의 도움을 받아 이듬해 2월에 출옥한 후 루쉰에게 감사의 편지를 보냈으며, 7월에는 빌린 돈의 일부를 루쉰에게 갚았다.—1936 ② 12. ③ 18. ⑤ 15. ⑦ 8.

차오바이(曹白, 1914~?) 장쑤(江蘇) 장인(江陰) 출신이며, 원명은 류핑뤄(劉萍若)이다. 1933년 10월에 항저우(杭州) 국립예술전문학교에 무링목각연구회(木鈴木刻硏究會)를 조직한 일로 국민당 당국에 체포되었다. 1935년 말에 출옥한 후 소학교에서 교편을 잡았다. 그때 전국목각연합전람회가 상하이에서 개최되었는데, 그는 자신의 목각 작품 두 점을 전람회에 보냈다. 이 가운데 『루쉰상』(魯迅像)은 국민당 검열관에 의해 전시가 불허되었다. 그는 이 그림을 루쉰에게 보냈으며, 이후로 루쉰과 소식을 주고받기 시작했다.—1936 ③ 22, 26, 27, 30, 31. ④ 1, 6, 7, 8. ⑤ 4, 7, 8, 12. ⑦ 9, 28. ⑧ 2, 4, 7, 9. ⑨ 29, 30. ⑩ 2, 6, 15, 16.

차오수(朝叔) — 저우관우(周冠五) 참조.

차오 숙부(朝叔) — 저우관우(周冠五) 참조.

차오스루(曹式如) 확실치 않음.—1919 ② 22.

차오위(曹禺, 1910~1996) 후베이(湖北) 첸장(潛江) 출신의 극작가이며, 원명은 완자바오(萬家寶)이다. 1936년에 난징희극전과학교(南京戲劇專科學校)에서 교편을 잡았을 때 자신의 작품 『뇌우』(雷雨)의 일본어 역본을 루쉰에게 증정했다. ― 1936 ④ 22.

차오이어우(曹軼歐, 1903~1991) 허베이(河北) 다싱(大興, 현재 베이징에 속함) 출신의 상하이대학 학생이다. 그녀는 '이어'(一萼)라는 필명으로 「계급과 루쉰」(階級與魯迅)이라는 글을 쓰고서 루쉰에게 편지를 보내 견해를 물었다. 루쉰은 이 글을 『위쓰』(語絲)에 소개하여 발표되도록 해주었다. ― 1926 ⑪ 3.

차오인(悄吟) ― 샤오훙(蕭紅) 참조.

차오쥐런(曹聚仁, 1900~1972) 저장(浙江) 푸장(浦江) 출신의 작가이자 학자. 자는 팅슈(挺岫), 호는 팅타오(聽濤)이다. 1933년 당시 상하이 지난(暨南)대학의 교수를 지냈으며, 『파도소리』(濤聲) 주간을 주편했다. 같은 해 5월 7일에 루쉰에게 편지를 보내 『서우창전집』(守常全集)의 제기(題記)를 써 달라고 부탁했다. 『파도소리』가 정간된 후 1935년 3월에 쉬마오융(徐懋庸)과 소품문 반월간인 『망종』(芒種)을 창간했으며, 원고 청탁과 편집 등의 일로 여러 차례 루쉰과 편지를 주고받았다. ― 1933 ⑤ 7, 30, 31. ⑥ 3, 4, 14, 19. ⑦ 11. ⑧ 7, 11. ⑨ 1, 8, 11, 22. ⑩ 6, 9. ⑪ 10, 13, 14, 20, 23. 1934 ① 4. ④ 30. ⑤ 28. ⑥ 2, 9. ⑦ 28, 29. ⑧ 3, 13, 17. ⑨ 11, 13. ⑪ 12, 16. ⑫ 11, 13. 1935 ① 9, 17, 27, 29. ② 14, 19, 20, 24. ③ 5, 29. ④ 1, 5, 10. ⑤ 1. ⑥ 3. ⑦ 29. ⑧ 17, 22. ⑩ 7, 9, 17, 29. ⑪ 8. 1936 ① 14. ② 20, 21, 24. ③ 6, 7, 9. ⑧ 17.

차오징화(曹靖華, 1897~1987) 허난(河南) 루스(盧氏) 출신의 번역가이며, 원명은 롄야(聯亞)이다. 일기에는 야난(亞丹), 투선(汝珍)으로도 기록되어 있다. 웨이밍사(未名社) 성원으로 활동했다. 일찍이 웨이쑤위안(韋素園) 등과 함께 러시아에 유학하여 모스크바의 동방대학(東方大學)에서 공부했다. 1922년에 귀국한 후 베이징대학에서 루쉰의 중국소설사 강의를 청강했다. 1925년에 카이펑(開封)의 국민혁명군 제2군에서 일했으며, 바실리예프(Б. А. Васильев, 중국명 王希禮)의 「아Q정전」 러시아어역 작업으로 인해 루쉰과 편지를 주고받았다. 같은 해 겨울에 웨이밍사에 참여했다. 1926년부터 1927년에 걸쳐 북벌전쟁에 참여했다. 대혁명이 실패한 후 소련에 가서 모스크바의 중산(中山)대학, 레닌그라드의 동방학원 및 레닌그라드국립대학에서 잇달아 교편을 잡고 러시아문학을 연구함과 동시에, 중국의 독자에게 소련문학을 소개하고 루쉰이 서적과 목각작품을 모으는 데 도움을 주는 한편, 루쉰에게 목각가들을 소개해 주었다. 1933년 가을에 귀국하여 잇달아 베이핑대학 여자문리학원, 둥베이(東北)대학, 중국대학 등에서 교편을 잡았다. 루쉰은 그의 다수의 번역작품이 출판되도록 소개해 주었다. ― 1925 ⑤ 8, 9, 20, 27. ⑥ 8, 14. ⑦ 10, 13, 26. ⑩ 19. 1926 ③ 21. ④ 2.

1929 ⑦3. ⑪6, 18. 1930 ④14. ⑤16. ⑥4, 9, 11, 13, 22, 28. ⑦16, 17, 30. ⑧5, 19.
⑨10, 15, 20, 30. ⑩2, 18, 22, 26, 28, 29. ⑫6, 7. 1931 ①7, 30. ②2, 24. ③4, 13, 28.
④8. ⑥13, 14, 17, 19. ⑧11, 14, 15, 17, 21, 24, 28. ⑨2, 4, 5, 18, 21. ⑩12, 27, 29,
31. ⑪9, 10, 15. ⑫8, 9, 14, 17, 19, 21, 25. 1932 ①6, 8, 11, 25. ③3, 21. ④23, 28, 30.
⑤1. ⑥2, 3, 7, 8, 17, 25. ⑦6, 19, 20, 21, 24. ⑧2, 4, 28. ⑨1, 2, 15, 29. ⑩3, 12. ⑫
14, 15. 1933 ①10, 19, 29. ②1, 9, 10, 14. ③2, 7, 30. ④6, 21, 29. ⑤11. ⑦10, 18. ⑧7,
9, 18, 20, 22, 30. ⑨4, 7, 10. ⑩21, 31. ⑪1, 8, 14, 24, 26. ⑫6, 20, 22. 1934 ①28. ②
7, 12, 13, 14, 15, 23. ③3, 6, 16, 17, 27, 28, 31. ④6, 10, 11, 20, 28. ⑤15, 22, 23, 31.
⑥6, 11, 19, 29. ⑦7, 11, 17, 28, 31. ⑧14, 25. ⑨11, 24. ⑩5, 6, 8, 14, 15, 22, 26, 30.
⑪2, 15, 16, 25, 29, 30. ⑫2, 6, 18, 24, 28, 31. 1935 ①6, 15, 16, 18, 26. ②7, 10, 17,
18, 25. ③23. ④5, 7, 9, 16, 23, 29. ⑤9, 12, 15, 21, 22, 30. ⑥7, 9, 11, 18, 24. ⑦2, 3,
12, 17, 22, 26, 30. ⑧3, 11, 19. ⑨19, 25. ⑩22, 28. ⑪18, 25. ⑫7, 18, 19. 1936 ①4,
5, 6, 18, 22, 31. ②1, 10, 13, 21, 29. ③10, 14, 16, 24. ④1, 11, 13, 23, 24. ⑤1, 3, 14,
15, 23. ⑥2. ⑦6, 17, 20. ⑧2, 7, 11, 24, 25, 28. ⑨5, 8, 10, 12, 15. ⑩16, 17.

차오쩡춰(喬曾劬) ― 차오다좡(喬大壯) 참조.

차오펑(喬峰) ― 저우젠런(周建人) 참조.

차오페이위안(曹培元, 1869~1958) 허난(河南) 루스(盧氏) 출신이며, 자는 즈푸(植甫)이다. 차오징화(曹靖華)의 부친으로서, 고향에서 교육사업을 벌였다. 루쉰은 차오징화의 요청에 따라 그를 위해 「교육의 은택을 기리는 비문」(教澤碑文)을 지었다. ― 1934 ⑪ 29.

차오핑(曹坪) ― 돤무훙량(端木蕻良) 참조.

차이구칭(蔡谷卿) ― 차이위안캉(蔡元康) 참조.

차이구칭(蔡谷淸) ― 차이위안캉(蔡元康) 참조.

차이구칭(蔡谷靑) ― 차이위안캉(蔡元康) 참조.

차이 군(蔡君) ― 차이융창(蔡咏裳) 참조.

차이궈친(蔡國親) ― 차이위안캉(蔡元康) 참조.

차이궈칭(蔡國卿) ― 차이위안캉(蔡元康) 참조.

차이궈칭(蔡國靑) ― 차이위안캉(蔡元康) 참조.

차이궈칭(蔡國靑)의 부인 ― 궈산(郭珊) 참조.

차이난관(蔡南冠) ― 차이이(蔡儀) 참조.

차이루카이(蔡儒楷) 장시(江西) 난창(南昌) 출신이며, 자는 즈겅(志賡)이다. 1914년 2월부터 5월에 걸쳐 교육부 차장의 직위로서 교육총장을 대리했다. ― 1914 ②21.

차이몐인(蔡丙因, 1890~1955) 저장(浙江) 주지(諸暨) 출신이며, 이름은 관뤄(冠洛), 자는 몐인이다. 루쉰이 항저우의 저장양급사범학당에서 교편을 잡았을 때의 학생이다. 일본에서 유학했으며, 귀국 후 항저우, 사오싱(紹興), 상위(上虞) 등지의 중등학교에서 교편을 잡았다. 1924년에 상하이 세계서국의 편집자를 지냈다. ─ 1925 ⑥ 13, 18.

차이바이린(蔡柏林) ─ 차이바이링(蔡柏齡) 참조.

차이바이링(蔡柏齡, 1906~1993) 저장(浙江) 사오싱(紹興) 출신의 물리학자이며, 원명은 바이린(柏林)이다. 차이위안페이(蔡元培)의 셋째아들이다. 지즈런(季志仁), 천쉐자오(陳學昭) 등과 함께 프랑스에서 유학했다. ─ 1934 ③ 23.

차이 선생(蔡先生) ─ 차이위안페이(蔡元培) 참조.

차이성싼(蔡省三) ─ 차이이(蔡儀) 참조.

차이수류(蔡漱六, 1900~?) 장쑤(江蘇) 우시(無錫) 출신이며, 원명은 수이(漱藝)였다가 수류로 개명, 필명은 린란(林蘭)이다. 일기에는 샤오펑(小峰)의 아내, 차이 여사(蔡女士), 린란, 리 부인(李太太)으로도 기록되어 있다. 1924년 초에 리샤오펑(李小峰)과 결혼한 후 베이징으로 갔으며, 이듬해 3월 이후 리샤오펑을 도와 베이신(北新)서국을 경영했다. 1927년 4월에 리샤오펑을 따라 상하이에 왔다. 페이선샹(費慎祥)이 베이신서국을 떠난 후, 대체로 그녀가 베이신서국을 대표하여 루쉰과 연락했다. ─ 1925 ②24. ⑤ 9. 1927 ⑩ 3, 4, 5, 12, 16, 17, 20. ⑪ 4. ⑫ 27, 31. 1928 ② 23. ④ 5. ⑤ 3. ⑥ 24. ⑦ 7. ⑧ 4, 19. 1929 ③ 17. ⑩ 26. 1931 ⑦ 6. ⑧ 26. 1932 ⑫ 28. 1933 ⑥ 21. 1935 ②23. ⑩ 19. 1936 ② 5, 29. ③ 28. ④ 30.

차이쑹깡(蔡松崗) 확실치 않음. ─ 1921 ⑪ 5.

차이 여사(蔡女士) ─ 차이수류(蔡漱六) 참조.

차이 여사(蔡女士) ─ 차이융창(蔡咏裳) 참조.

차이위안캉(蔡元康, 1879~1921) 저장(浙江) 사오싱(紹興) 출신이며, 자는 구칭(谷淸)이다. 일기에는 궈칭(國﨟 혹은 國靑, 國卿), 궈친(國親), 구칭(谷卿 혹은 谷卿), 허우칭(﨟卿)으로도 기록되어 있다. 차이위안페이(蔡元培)의 사촌동생이며, 광복회(光復會) 회원이다. 루쉰과 같은 시기에 일본에서 유학했으며, 귀국 후에 법과거인(法科擧人)의 칭호를 받았다. 1912년 5월에 루쉰 등과 함께 사오싱에서 베이징으로 왔다. 1913년 겨울부터 1916년 여름에 걸쳐 저장 고등심판청 청장, 장쑤(江蘇) 고등심판청 청장을 잇달아 지냈다. 1917년 겨울부터 이듬해 여름에 걸쳐 임시 참의원 의원을 지냈다. 후에 저장 싱예(興業)은행과 중국은행에서 근무했다. ─ 1912 ⑤ 8, 10, 16, 18, 28, 31. ⑥ 8, 13, 16. ⑦ 7, 21, 22, 27. ⑧ 21, 22. ⑩ 29. ⑪ 21. 1913 ① 12. ② 8, 14. ③ 1, 14, 24. ④ 8. ⑦ 1. ⑧ 21. ⑨ 15, 21. ⑩ 19. ⑪ 9, 29. ⑫ 12. 1914 ① 16, 19. ② 25. ③ 3, 20, 24, 28. ④ 1.

⑥21. 1915 ④5, 8. 1916 ③13. ④29. ⑤12, 16. ⑧30. ⑨18, 20. 1917 ①4. ⑫1, 2, 4. 1918 ②11. ③3. ⑧26, 27. 1919 ⑤6. ⑫3, 7, 14, 16, 21, 23, 25, 31. 1921 ④9, 17. ⑤11.

차이위안페이(蔡元培, 1868~1940) 저장(浙江) 사오싱(紹興) 출신의 교육가이며, 자는 허칭(鶴卿), 호는 제민이다. 일기에는 허칭(鶴卿), 차이 선생(蔡先生), 차이 총장(蔡總長)으로도 기록되어 있다. 청말에 한림(翰林)을 지냈으며 반청 혁명에 참여하여 광복회(光復會) 회장을 지내고 후에 동맹회(同盟會)에 가입했다. 1907년에 독일에 유학했으며, 1912년에 귀국하여 난징(南京)임시정부 교육총장을 지냈다. 이 당시 루쉰을 교육부 직원으로 초빙했다. 교육부가 베이징으로 옮겨 간 뒤 오래지 않아 교육총장을 사직하고 7월에 유럽 시찰에 나섰다. 1916년 말에 귀국한 후 베이징대학 교장을 지냈으며, 1920년에 루쉰을 이 대학의 강사로 초빙했다. 1927년 6월에 대학원 원장을 맡고, 같은 해 말에 루쉰을 대학원 특약 저술원으로 초빙했다. 1932년에 쑹칭링(宋慶齡) 등과 중국민권보장동맹의 조직을 발기했다. — 1912 ⑥22. ⑦2, 10, 15, 19, 22. ⑩6. 1917 ①10, 18, 25. ②15, 18. ③8. ④5. ⑤13, 21, 22. ⑥19. ⑦31. ⑧5, 7, 15. ⑪7. ⑫2. 1918 ④28. ⑥1. ⑧10, 28, 29. 1919 ④28. 1920 ⑧16, 17, 20, 21. 1923 ①9. ④3. 1927 ⑫7. 1928 ④14. 1931 ②14. 1932 ⑧11. 1933 ①4, 17, 20. ②17, 22, 23, 24. 1934 ②26. ⑤21. ⑦5.

차이위충(蔡毓聰, 1905~?) 장쑤(江蘇) 츠시(慈溪) 출신이며, 자는 량우(良五)이다. 상하이 푸단(復旦)대학 사회과학과에 재학 중이었다. — 1927 ⑪2.

차이융니(蔡咏霓) — 차이융창(蔡咏裳) 참조.

차이융옌(蔡永言) — 차이융창(蔡咏裳) 참조.

차이융창(蔡咏裳, 1901~1940) 광둥(廣東) 난하이(南海) 출신의 번역활동가. 일기에는 차이 군(蔡君), 차이 여사(蔡女士), 차이융니(蔡咏霓), 차이융옌(蔡永言), 융옌(永言)으로도 기록되어 있다. 당시 둥추쓰(董秋斯)의 아내이다. 1930년에 둥추쓰와 소련 소설 『시멘트』(土敏土)를 공역했다. 이 책이 재판될 때 루쉰은 이를 교열하고 서문을 번역해 주었다. — 1929 ⑫27. 1930 ①25. ⑧26. ⑨19. ⑩6. ⑪6. 1931 ⑤30. ⑦13. ⑧14, 17. 1932 ①11, 27. ⑩6, 7. 1933 ⑤10. ⑦22. ⑧4.

차이이(蔡儀, 1906~1992) 후난(湖南) 유현(攸縣) 출신의 문학평론가이며, 일명 차이난관(蔡南冠)이다. 1936년 7월 일본에서 고향으로 돌아오는 길에 상하이를 들렀을 때, 병중의 루쉰을 찾아뵙고자 하여 편지로 연락을 취했다. — 1936 ⑦14.

차이장청(蔡江澄) 산시(陝西) 웨이난(渭南) 출신. 시베이(西北)대학 법과 주임이다. — 1924 ⑧23.

차이제민(蔡子民) ─ 차이위안페이(蔡元培) 참조.

차이차(蔡察) 확실치 않음. ─ 1924 ② 17.

차이 총장(蔡總長) ─ 차이위안페이(蔡元培) 참조.

차이칭칭(蔡擶卿) ─ 차이위안캉(蔡元康) 참조.

차이페이쥔(蔡斐君, 1914~1995) 후난(湖南) 유현(攸縣) 출신이며, 이름은 차이젠(蔡健), 필명은 이페이쥔(易斐君)이다. 차이이(蔡儀)의 동생이다. 1933년에 일본에서 유학하여 벗들과 『시가』(詩歌)를 간행했다. 1935년 7월에 귀국하여 고향에 돌아오기 전에 상하이에서 루쉰에게 편지를 보내 '시와 구호'의 관계를 문의하였으며, 이후에도 여러 차례 루쉰과 편지를 주고받았다. 1936년 8월에 자신이 번역한 『오블로모프』(阿波洛莫夫)의 일부를 루쉰에게 보아 달라고 부쳤으나, 루쉰은 병으로 인해 보지 못했다. ─ 1935 ⑦ 13. ⑨ 20. ⑪ 10, 12, 28. ⑫ 13. 1936 ③ 27. ④ 4, 28. ⑧ 11, 28.

차장(次長) ─ 둥쉰스(董恂士) 참조.

차장(次長) ─ 량산지(梁善濟) 참조.

창 군(常君) ─ 상셴성(尚獻生) 참조.

창 군(常君) ─ 창루이린(常瑞麟) 참조.

창 군(常君) ─ 창위린(常毓麟) 참조.

창 군(常君) ─ 창이전(常毅箴) 참조.

창롄(長連) ─ 롼산셴(阮善先) 참조.

창루이린(常瑞麟, 1900~1984) 허베이(河北) 푸닝(撫寧) 출신이며, 자는 위수(玉書)이다. 일기에는 창 군(常君)으로도 기록되어 있다. 셰둔난(謝敦南)의 아내이며, 쉬광핑(許廣平)이 허베이성립 제1여자사범학교에 다닐 때의 학우이다. 1932년부터 1935년에 걸쳐 둥베이(東北)에서 살았다. ─ 1932 ⑤ 13. 1935 ⑧ 15, 28.

창옌성(常燕生, 1898~1947) 산시(山西) 위츠(楡次) 출신이며, 이름은 나이더(乃德), 자는 옌성이다. 광풍사(狂飆社)의 성원으로 활동했다. 옌징(燕京)대학 역사계 교원을 지냈다. 후에 국가주의파 문인이 되었다. ─ 1925 ④ 17, 21. ⑤ 7, 12, 13. ⑥ 17. ⑦ 20. ⑩ 24.

창웨이쥔(常惟鈞) ─ 창후이(常惠) 참조.

창웨이쥔(常維鈞) ─ 창후이(常惠) 참조.

창위린(常毓麟, 1906~1979) 허베이(河北) 푸닝(撫寧) 출신. 일기에는 창 군(常君), '셰 군(謝君) 아내'로 기록되어 있다. 창루이린(常瑞麟)의 여동생이며, 셰잉(謝瑩)의 아내이다. 당시 질병으로 상하이에서 요양 중이었기에 루쉰에게 은행에서 예금을 인출하는 등의 일을 대신해 달라고 부탁했다. ─ 1934 ⑧ 9, 18, 29.

창위수(常玉書) ─ 창루이린(常瑞麟) 참조.

창이젠(常毅箴) 후난(湖南) 헝양(衡陽) 출신이며, 이름은 궈셴(國憲), 자는 이전이다. 일기에는 창이첸(常毅箴), 창 군(常君)으로도 기록되어 있다. 당시 교육부 사회교육사 주사를 지냈으며, 경사(京師)도서관 분관 주임을 겸임했다. ─ 1912 ⑪ 13. ⑫ 15. 1913 ① 2. ② 15, 19. 1914 ④ 30. ⑤ 14, 29, 30. ⑧ 28. ⑩ 23. ⑪ 5, 6, 17. ⑫ 5, 31. 1915 ① 15. ③ 11. ⑩ 7, 9. 1917 ① 20, 27. ② 24. ⑩ 4. 1918 ④ 4, 10. ⑥ 16.

창이젠(常毅箴)의 아들 ─ 1918 ④ 10.

창이첸(常毅箴) ─ 창이젠(常毅箴) 참조.

창잉린(常應麟, 1900~1984) 허베이(河北) 푸닝(撫寧) 출신. 창루이린(常瑞麟)의 여동생이며, 톈진(天津)여자사범학교에 재학 중이었다. ─ 1930 ② 25.

창즈(長志) ─ 둥창즈(董長志) 참조.

창췬(昌群) ─ 허창췬(賀昌群) 참조.

창후이(常惠, 1894~1985) 허베이(河北) 완핑(宛平, 현재 베이징에 속함) 출신이며, 자는 웨이쥔(維鈞), 일기에는 웨이쥔(惟鈞)으로도 기록되어 있다. 베이징대학 법문계(法文系)에서 공부할 때 선택과목으로 루쉰의 중국소설사를 수강했다. 1923년에 『가요』(歌謠) 주간의 편집에 참여했으며, 이 주간지의 겉표지를 디자인해 달라고 루쉰에게 부탁했다. 1924년에 졸업한 후 베이핑연구원에서 근무했다. 루쉰이 광저우(廣州)에 있을 때 그에게 부탁하여 옛 서적을 구입했다. ─ 1923 ⑧ 8. ⑨ 11. ⑩ 29. ⑪ 30. ⑫ 12, 28. 1924 ② 29. ③ 15. ④ 4. ⑤ 15. ⑦ 5. ⑧ 28. ⑩ 3, 12, 28. ⑫ 4. 1925 ① 10. ② 21, 27. ⑧ 18. ⑨ 4. 1926 ③ 7. ⑧ 3, 12, 13, 19. 1929 ⑤ 17. ⑥ 3. 1932 ⑪ 18.

창훙(長虹) ─ 가오창훙(高長虹) 참조.

처겅난(車耕南, 1888~1967) 저장(浙江) 사오싱(紹興) 출신이며, 이름은 즈청(志城), 자는 겅난이다. 루쉰의 첫째 이모의 사위이자 루쉰의 이종사촌동생이며 리리천(酈荔臣)의 매제이다. 당시 철도부에서 근무했다. ─ 1913 ⑦ 10, 11. ⑧ 23, 29. ⑩ 5, 6. ⑪ 5. ⑫ 27. 1914 ① 9, 25. ② 15, 20. ⑥ 22. 1915 ① 3. ② 10, 21. ③ 10, 12, 31. ⑤ 12, 14, 15. 1916 ⑩ 4. 1917 ① 22. ③ 6. 1919 ⑫ 6. 1920 ① 12, 31. ⑧ 2. 1922 ③ 6. 1925 ⑦ 9, 13. ⑧ 9, 18. 1926 ① 20. ⑤ 5. ⑥ 10. ⑧ 1.

처겅난의 아내(車耕南夫人) 처겅난의 후처인 펑이첸(馮意倩)이다. 저장(浙江) 사오싱(紹興) 출신이다. ─ 1925 ⑧ 9, 16. 1926 ⑤ 26. ⑥ 8.

천(晨) ─ 저우쥐쯔(周鞠子) 참조.

천(陳) 확실치 않음. ─ 1912 ⑩ 19.

천(陳) 확실치 않음. ─ 1913 ⑤ 31.

천광야오(陳光堯, 1906~1972) 산시(陝西) 청구(城固) 출신의 언어문자연구자이다. 그가 펴낸 한자 간체화표와 그의 원고를 루쉰에게 부쳐 지도를 청했다.—1933 ⑩ 17. 1936 ② 19, 26. ③ 20. ⑧ 8.

천광쭝(陳光宗, 1915~1991) 저장(浙江) 루이안(瑞安) 출신의 목각애호가이다. 1933년에 원저우(溫州)에서 후진쉬(胡今虛) 등과 함께 『동탕문예』(動蕩文藝)를 펴냈다. 후진쉬는 자신이 만든 루쉰의 목각상 탁편을 루쉰에게 부쳤다.—1933 ⑧ 1.

천 군(陳君) — 천옌신(陳延炘) 참조.

천 군(陳君) 확실치 않음.—1929 ⑨ 3.

천 군(陳君) 확실치 않음.—1934 ⑦ 8.

천궁멍(陳公孟) — 천궁멍(陳公猛) 참조.

천궁멍(陳公猛, 1880~1950) 저장(浙江) 사오싱(紹興) 출신이며, 이름은 웨이(威), 자는 궁멍이다. 일기에는 궁멍(公猛)으로도 기록되어 있다. 천궁샤(陳公俠)의 형이며, 광복회(光復會) 회원으로 활동했다. 일본 유학 시절에 루쉰과 알게 되었다. 민국 초기에 베이징의 재정부(財政部)에서 사장(司長)과 참사를 지냈으며, 1915년에 중국은행 부총재를 지냈다.—1912 ⑦ 22. ⑨ 11. 1913 ④ 26. ⑪ 29. 1915 ③ 14, 23. ⑥ 6. ⑧ 22. ⑨ 4, 8. 1916 ⑦ 30. ⑧ 20.

천궁샤(陳公俠, 1883~1950) 저장(浙江) 사오싱(紹興) 출신이며, 이름은 이(毅, 후에 이儀로 개명), 자는 궁샤이다. 천궁멍(陳公猛)의 동생이며, 일본 육군사관학교를 졸업했다. 일본 유학 시절에 루쉰과 알게 되었다. 신해혁명 후에 저장도독부 총참의(總參議), 군정시장(軍政司長)을 지냈다. 1914년 위안스카이(袁世凱) 통수판사처(統帥辦事處)에서 근무했다. 1919년 한 차례 사업에 투신하여 둥타이위화화간식공사(東台裕華墾殖公司)를 운영했다. 1925년 쑨촨팡(孫傳芳)의 초청을 받아 저장 육군제1사단 사단장을 맡았으며, 얼마 후 쉬저우(徐州) 주군총사령(駐軍總司令)에, 그리고 1926년에는 저장성 성장 겸 제1사단 사단장을 겸임했다. 1927년 북벌군이 저장을 점령한 후 저장 정치회의 위원에 임명되고, 제19군 군단장, 강북선무사(江北宣撫使) 등을 역임했다. 1929년에 국민당정부 군정부의 상임차장을 지냈다. — 1912 ⑪ 17. 1914 ③ 22, 24. ⑤ 4. ⑨ 8, 10, 12. 1920 ④ 15, 21. ⑤ 2. 1926 ⑦ 26. ⑧ 18. ⑩ 5. 1927 ⑫ 4. 1928 ① 7. ② 18. ⑫ 10. 1930 ⑦ 13.

천눙페이(陳農非) — 천퉁성(陳同生) 참조.

천눙페이(陳農非) — 천퉁성(陳同生) 참조.

천다치(陳大齊, 1887~1983) 저장(浙江) 하이옌(海鹽) 출신의 심리학자이며, 자는 바이녠(百年)이다. 일본에서 유학했으며, 귀국한 후에 베이징대학 교수, 철학과 및 심리학과의 주임 등을 역임했다. ─ 1918 ⑫ 26, 29. 1919 ③ 29. ⑪ 23. 1920 ⑩ 10. 1923 ⑧ 8. 1925 ⑤ 18. 1926 ③ 7.

천두슈(陳獨秀, 1879~1942) 안후이(安徽) 화이닝(懷寧) 출신이며, 자는 중푸(仲甫)이다. 일찍이 일본에서 유학했으며, 1915년부터 『청년잡지』(靑年雜誌; 제2권부터 『신청년』新靑年으로 개칭)의 편집을 맡았으며, 1917년부터 베이징대학 문과학장을 지냈다. 1921년 7월에 중국공산당 중앙국 서기를 지냈다. 『신청년』의 편집으로 인해 루쉰과 알게 되었다. ─ 1920 ⑧ 7. ⑪ 9. 1921 ⑤ 18. ⑦ 2, 19. ⑧ 30. ⑨ 10, 25, 26.

천둥가오(陳東皐, 1888~1946) 저장(浙江) 사오싱(紹興) 출신이며, 이름은 쭝이(宗一), 자는 둥가오이다. 사오싱현 도서관 주임, 변호사를 지냈다. ─ 1914 ① 23, 25.

천딩모(陳定謨, 1889~1961) 장쑤(江蘇) 쿤산(昆山) 출신. 1924년에 톈진(天津) 난카이(南開)대학 철학과 교수를 지냈으며, 루쉰과 같은 시기에 요청을 받아 시안(西安)에 강연하러 떠났다. 1926년에 샤먼(厦門)대학 교수를 지냈다. ─ 1924 ⑧ 3. 1926 ⑨ 8, 9. ⑫ 5, 17. 1927 ① 5, 9.

천러수(陳樂書, 1872~1933) 저장(浙江) 이우(義烏) 출신이며, 이름은 황(榥), 자는 러수이다. 동맹회(同盟會) 회원이며, 루쉰이 일본에서 유학했을 때의 벗이다. 신해혁명 이후 육군 소장으로서 상하이 제조국을 감독했다. ─ 1914 ① 8.

천룽징(陳蓉鏡) 천룽징(陳榮鏡)으로 바로잡아야 한다. 후베이(湖北) 징먼(荊門) 출신이다. 교육부 시학(視學)을 지냈다. ─ 1923 ⑫ 7.

천룽징(陳蓉鏡)의 아내 ─ 1923 ⑫ 7.

천멍겅(陳夢庚) 확실치 않음. ─ 1929 ⑨ 10.

천멍사오(陳夢韶, 1903~1984) 푸젠(福建) 퉁안(同安) 출신이며, 이름은 둔런(敦仁), 자는 멍사오이다. 샤먼(厦門)대학 문과 교육전공 4학년 학생이다. 그는 신시 원고 『파부침주집』(破釜沉舟集)을 루쉰에게 부쳤다. 루쉰은 그의 극본 『강동화주』(絳洞花主)를 위해 「짧은 머리말」(小引)을 썼다. ─ 1927 ① 14. ② 1, 9. ⑥ 24.

천모타오(陳墨濤, 1883~1946) 저장(浙江) 사오싱(紹興) 출신이며, 이름은 젠(簡), 자는 모타오이다. 서석린(徐錫麟)과 함께 은명(恩銘)을 암살하려다가 희생당했던 천보핑(陳伯平)의 형이다. 교육부 통계과 주사를 지냈다. ─ 1913 ⑫ 22. 1914 ① 1.

천바오이(陳抱一, 1893~1945) 광둥(廣東) 신후이(新會) 출신의 화가이다. 일본에서 유학했으며, 1925년에 중화예술대학 창립에 참여했다. 후에 상하이 신화(新華)예술전과학교와 상하이예술전과학교의 교수를 지냈다. ─ 1928 ② 20, 21.

천바이녠(陳百年) ─ 천다지(陳大齊) 참조.

천바이녠(陳百年)의 어머니 ─ 1923 ⑧ 8.

천보인(陳伯寅, 1882~1915) 허베이(河北) 난궁(南宮) 출신이며, 이름은 칭전(淸震), 자는 보인이다. 교육부 보통교육사 사장을 지냈다. — 1915 ③ 21.

천비천(陳碧岑, 1893~1981) 안후이(安徽) 쓰현(泗縣) 출신이며, 이름은 인(蔭), 자는 비천이다. 우화(郁華)의 아내이다. — 1932 ⑩ 5.

천사오쑹(陳紹宋) 확실치 않음. 그가 부친 엽서의 내용은『집외집습유보편』(集外集拾遺補編)의「『근대미술사조론』 독자 여러분께 드리는 글」(致『近代美術思潮論』的讀者諸君)을 참조하시오. — 1928 ② 2.

천사오추(陳少求) 확실치 않음. — 1929 ⑦ 24, 28.

천샤(陳霞) 확실치 않음. — 1933 ⑩ 3, 14, ⑪ 13. 1934 ① 31. ② 22. ③ 3, 17, 30. ④ 6, 10.

천샤오좡(陳孝莊) 톈진(天津) 출신이며, 이름은 바오취안(寶泉), 자는 샤오좡(筱莊)이다. 베이징고등사범학교 교장을 지냈다. — 1915 ⑨ 29.

천샹밍(陳象明, 1873~1931) 후베이(湖北) 광지(廣濟, 지금의 우쉐武穴) 출신이며, 이름은 원저(文哲), 자는 샹밍이다. 일본 도쿄고등사범학교에 유학했다. 1912년에 교육부 첨사가 되었으며, 후에 편심처(編審處)의 편심원을 지냈다. — 1913 ② 22.

천샹밍(陳象明)의 어머니 — 1913 ② 22.

천샹빙(陳翔氷, 1906~1980) 푸젠(福建) 후이안(惠安) 출신. 1927년에 샤먼(廈門)대학에서 상하이 지난(暨南)대학으로 전학했으며, 이 대학의 추예사(秋野社) 회원으로 활동하면서 월간『추예』(秋野)의 편집을 맡았다. — 1927 ⑥ 16. ⑫ 29. 1928 ⑨ 6. ⑩ 7, 17, 19, 31. ⑪ 12. ⑫ 20, 27. 1929 ① 18. ⑥ 24, 26. ⑨ 10. ⑪ 6.

천샹허(陳翔鶴, 1901~1969) 쓰촨(四川) 바현(巴縣) 출신. 일기에는 양샹허(楊翔鶴)로 오기되어 있다. 작가이며, 첸차오사(淺草社)와 천중사(沉鐘社)의 성원으로 활동했다. 1923년부터 1927년에 걸쳐 베이징대학에서 미국문학과 중국문학을 수강했으며, 루쉰의 강의를 수강했다. 1927년부터 1936년에 걸쳐 산둥(山東), 지린(吉林), 허베이(河北) 등지의 대학 및 중학에서 교편을 잡았다. — 1924 ⑥ 11, 16, 21. ⑦ 3. 1925 ⑤ 31. 1926 ⑦ 23. 1927 ⑦ 24. 1935 ⑥ 2, 3.

천선즈(陳慎之) 산둥(山東) 리청(歷城) 출신이며, 이름은 스진(式金), 자는 선즈이다. 베이징대학 총무처 사무원이다. — 1926 ⑥ 15, 18, 29.

천성수(陳聲樹) 베이징법정대학 학생이다. 1923년에 천쿵싼(陳空三), 펑성싼(馮省三) 등과 함께 세계어전문학교를 창설하고 이 학교의 이사를 지냈다. — 1923 ⑦ 20, 24, 25. ⑧ 24. ⑨ 2. 1924 ① 11, 15. ④ 14. ⑥ 18. ⑨ 15. ⑩ 10. ⑫ 1.

천셴취안(陳仙泉) 광둥(廣東) 출신. 『위쓰』(語絲) 투고자이다. 1929년 말 마쓰충(馬思聰)과 함께 루쉰을 방문했다. — 1929 ⑫ 29.

천순룽(陳順龍) 치과의사. ─ 1917 ⑫ 29, 30. 1919 ④ 1, 7, 10, 14, 15. ⑪ 22. 1923 ① 19.

천쉐자오(陳學昭, 1906~1991) 저장(浙江) 하이닝(海寧) 출신의 작가이다. 1925년에 쑨푸위안(孫伏園)의 소개로 루쉰을 알게 되었으며, 베이징대학에서 루쉰의 중국소설사 강의를 청강했다. 1927년 4월에 프랑스로 유학을 떠났으며, 1928년 초겨울에 귀국하여 잠시 머물렀다가 이듬해 1월에 다시 프랑스로 갔다. 그녀는 여러 차례 파리에서 루쉰을 대신하여 목각삽화가 수록된 서적을 구입했다. ─ 1925 ⑨ 9, 20. 1927 ④ 18, 28. ⑥ 11. 1928 ① 3. ② 21. ③ 10. 1929 ① 18. ④ 15, 23. 1930 ⑤ 2, 31. ⑦ 22. 1931 ① 23. 1932 ⑤ 15. 1933 ⑥ 17. 1935 ④ 24, 25. ⑤ 14, 20. ⑥ 15, 24, 25, 26. ⑦ 17. ⑧ 2, 28. 1936 ⑤ 5. ⑨ 17.

천슈원(陳秀文) 저장(浙江) 출신. 왕원루(王薀如)의 친척이며, 저우젠런(周建人) 집에서 아이를 돌보았다. ─ 1929 ① 18. ④ 27.

천스쩡(陳師曾) ─ 천헝커(陳衡恪) 참조.

천스쩡(陳師曾)의 부인 ─ 왕춘치(汪春綺) 참조.

천스쩡(陳師曾)의 어머니 위밍스(兪明詩, 1864~1923)를 가리킨다. 저장(浙江) 사오싱(紹興) 출신이며, 자는 린저우(麟洲)이다. 천헝커(陳衡恪)의 계모이다. ─ 1923 ⑨ 10.

천싱모(陳興模) 저장(浙江) 출신. 저우쭤런(周作人)이 저장제5중학에서 교편을 잡았을 때의 학생이다. ─ 1921 ① 6.

천싱커(陳姓客) 저장(浙江) 항저우(杭州) 출신. 항저우중학에서 양신쓰(楊莘耜)와 동료로 지냈다. ─ 1913 ⑥ 21.

천 아무개(陳厶) ─ 천웨이모(陳煒謨) 참조.

천안런(陳安仁, 1890~?) 광둥(廣東) 둥관(東莞) 출신. 국민혁명군 총정치부 편심위원을 지냈다. ─ 1927 ③ 25, 31.

천야오탕(陳耀唐) ─ 천톄경(陳鐵耕) 참조.

천옌겅(陳延耿) 광둥(廣東) 판위(番禺) 출신. 천옌신(陳延炘)의 종제(從弟)이다. ─ 1930 ⑧ 25.

천옌광(陳延光, 1906?~?) 광둥(廣東) 판위(番禺) 출신이며, 천옌신(陳延炘)의 동생이다. 광저우(廣州) 중산(中山)대학 학생이며, 4·15사변 이후 국민당 광저우중산대학 특별당부 개조위원을 지냈다. ─ 1927 ④ 28. ⑤ 13.

천옌신(陳延炘, 1898~1971) 광둥(廣東) 판위(番禺) 출신이며, 쉬광핑(許廣平)의 친척이다. 당시 광저우(廣州)의 모 중학에서 교편을 잡고 있었으며, 교사여행단을 따라 상하이와 항저우(杭州) 일대를 유람했다. ─ 1930 ⑥ 10, 27, 29. ⑧ 2.

천옌진(陳延進) 푸젠(福建) 퉁안(同安) 출신. 광저우(廣州) 중산(中山)대학 문과 철학전공

학생이며, 루쉰과 꽤 가까운 사이였다. 후에 프랑스에서 유학했다. ─ 1927 ④ 7. ⑤ 5.
⑦ 31. ⑧ 2, 8, 11, 14, 15, 17. ⑨ 10, 13, 17, 23.

천옌차오(陳烟橋, 1912~1970) 광둥(廣東) 바오안(寶安) 출신이며, 별칭은 리우청(李霧城)
이다. 목각가이며 좌익미술가연맹의 성원으로 활동했다. 1930년부터 상하이에서 천
톄경(陳鐵耕) 등과 함께 목각운동에 뛰어들었으며, 예쑤이사(野穗社)의 조직에 앞장
섰다. 자신이 만든 목각을 여러 차례 루쉰에게 보내 지도를 청했다. ─ 1933 ④ 12,
13. ⑧ 5, 8. ⑪ 14, 17, 29. ⑫ 4, 6, 14. 1934 ① 4. ② 10, 11. ③ 23, 29. ④ 5, 6, 7, 12, 18,
19, 23. ⑤ 19, 23, 24, 29. ⑥ 1, 11, 21, 27. ⑨ 27. ⑩ 16, 17, 30. ⑪ 14, 22. ⑫ 11. 1935
③ 12, 13, 16, 26. ⑤ 19, 24. ⑥ 18. ⑦ 4. ⑫ 14. 1936 ④ 20. ⑤ 11.

천완리(陳萬里, 1891~1969) 장쑤(江蘇) 우현(吳縣) 출신이며, 이름은 펑(鵬), 자는 완리이
다. 베이징의학전문학교를 졸업한 후 베이징대학 교의(校醫)를 지냈다. 1926년에 샤
먼(廈門)대학 국학원 고고학 교수 겸 조형부(造型部) 간사, 문과 국문전공 명예강사
등을 지냈다. ─ 1926 ⑫ 29. 1927 ① 8, 13.

천왕다오(陳望道, 1890~1977) 저장(浙江) 이우(義烏) 출신의 교육가이자 언어학자이다.
1919년 여름에 유학 중이던 일본에서 돌아와 저장제1사범학교에서 교편을 잡았다.
자신이 번역한 『공산당선언』을 1920년 봄에 출판한 후 루쉰에게 증정했다. 같은 해
에 『신청년』(新靑年)의 편집을 맡았으며, 루쉰에게 원고를 청탁하는 편지를 보냈다.
루쉰이 베이징에서 샤먼(廈門)으로 가는 길에 상하이를 들렀을 때 루쉰과 처음으로
만났다. 루쉰은 상하이에 거처를 정한 후 두 차례 그의 요청에 응하여 그가 교편을 잡
고 있던 푸단(復旦)대학과 부속실험중학에서 강연했다. 1928년부터 1930년에 걸쳐
다장서포(大江書鋪)의 편집자를 지냈으며, 루쉰은 그가 주편하는 『다장월간』(大江月
刊)에 번역원고를 실었다. 아울러 루쉰은 자신이 번역한 루나차르스키의 『예술론』
등의 서적을 다장서포에서 출판하였으며, 후에 이 서점을 위해 계간지 『문예연구』
(文藝硏究)를 편집해 주었다. 1934년에 그가 반월간 『태백』(太白)을 창간했을 때, 루
쉰은 그를 지지해 주었다. ─ 1926 ⑧ 30. 1927 ⑩ 31. ⑪ 27. 1928 ① 19. ⑤ 3, 7, 15,
31. ⑦ 22. ⑨ 15, 16, 26, 28. ⑩ 25. ⑪ 9. ⑫ 9. 1929 ① 30. ② 2, 6, 16. ③ 9. ⑤ 3, 11.
⑦ 12. ⑪ 28. 1930 ① 2, 31. ② 1, 8. ③ 15. ④ 2, 4, 24, 26. ⑤ 3. 1934 ⑧ 28, 29, 31. ⑨ 4,
20, 23, 26. ⑩ 3, 24. ⑪ 6, 26, 27. 1935 ① 26, 30. ② 8, 13, 15, 24. ③ 1, 8, 21. ④ 3, 7, 8,
11, 13, 23, 29. ⑤ 9, 30. ⑥ 7, 20. ⑦ 2, 24. ⑧ 3, 11, 12, 19, 21, 24, 28.

천원화(陳文華) 허베이(河北) 안츠(安次) 출신이며, 자는 페이란(斐然)이다. 1925년 베이징
사범대학 국문연구과를 졸업했다. ─ 1925 ⑤ 18, 19. ⑥ 19. ⑦ 13. ⑧ 9.

천원후(陳文虎) 후난(湖南) 천현(郴縣) 출신이며, 이름은 옌링(延齡), 자는 원후이다. 교육

부 총무청 문서과 첨사를 지냈다. — 1924 ⑪ 18.

천웨(陳約) 확실치 않음. — 1936 ① 15.

천웨이모(陳煒謨, 1903~1955) 쓰촨(四川) 루현(瀘縣) 출신. 일기에는 천 아무개(陳厶)로도 기록되어 있다. 작가이며, 첸차오사(淺草社)와 천중사(沈鍾社)의 성원으로 활동했다. 1923년부터 1927년에 걸쳐 베이징대학 영문과 학생으로 재학하였으며, 루쉰의 중국소설사 강의를 수강했다. 대학 졸업 후 톈진(天津), 하얼빈(哈爾濱) 등지의 중등학교에서 교편을 잡았다. 1929년에 질병으로 인해 펑즈(馮至)에 의해 쓰촨으로 돌아갔다. — 1924 ⑦ 3. 1925 ⑤ 31. 1926 ⑤ 1, 5. ⑥ 6, 7. ⑦ 12, 23, 30. 1927 ② 15. ③ 3. ⑪ 11. 1929 ⑤ 24, 27.

천위안(陳于盫) 확실치 않음. — 1913 ③ 24.

천위안(陳垣, 1880~1971) 광둥(廣東) 신후이(新會) 출신의 역사학자이며, 자는 위안안(援庵)이다. 1921년 말부터 1922년 5월에 걸쳐 교육부 차장을 지냈으며, 그 즈음에 경사도서관 관장, 베이징대학 연구소국학문 지도교수 등을 맡았다. 1923년에 베이징 옌징(燕京)대학 교수를 지냈다. — 1923 ⑪ 8.

천위안다(陳元達, 1911~1931) 저장(浙江) 주지(諸暨) 출신. 러우스(柔石)의 학우이자 벗이다. 당시 퉁지(同濟)대학에 재학 중이었으며, '아링'(阿靈)이란 필명으로 번역작품을 발표했다. 1931년 국민당 당국에 체포되어 상하이 룽화(龍華)에서 살해당했다. — 1929 ⑫ 21, 29.

천위안안(陳援庵) — 천위안(陳垣) 참조.

천위타이(陳毓泰) 상하이 지난(暨南)대학 부속중학의 학생이며, 지난대학의 문예지인 『풍경』(風景) 투고자이다. — 1929 ② 16.

천유성(陳友生) — 펑바이산(彭柏山) 참조.

천융창(陳永昌) 확실치 않음. — 1929 ② 20, 21.

천이(陳沂, 1913~2003) 구이저우(貴州) 쭌이(遵義) 출신이며, 원명은 서리핑(佘立平) 혹은 서위(佘余)이다. 1932년에 베이핑대학 법학원에 재학 중이었으며, 북방문화총동맹 당단서기(黨團書記)를 지냈다. 같은 해에 루쉰이 어머니를 만나러 베이핑에 왔을 때 루쉰에게 상황을 종합보고했다. 이듬해 초에 허베이성(河北省) 반제대동맹 당단서기로 자리를 옮겼다. — 1933 ③ 30, 31.

천인(陳因) 확실치 않음. — 1933 ⑪ 17.

천인커(陳寅恪, 1890~1969) 장시(江西) 슈수이(修水) 출신의 역사학자. 천헝커(陳衡恪)의 동생이다. — 1915 ④ 6.

천잉(陳瑛) 확실치 않음. — 1929 ⑤ 3.

천잉(陳英) 확실치 않음. — 1929 ⑥ 26.

천전셴(陳振先, 1877~1938) 광둥(廣東) 신후이(新會) 출신이며, 자는 둬스(鐸士)이다. 일기에는 천 총장(陳總長)으로 기록되어 있다. 1912년에 농림부 차장, 총장에 임명되었으며, 1913년 3월에 교육총장을 겸임하다가 참사의 반대에 부딪혀 5월에 겸직에서 물러났다. — 1913 ④ 17, 20. ⑤ 2.

천제(陳解) 확실치 않음. — 1928 ① 21.

천젠창(陳劍鏘) 푸젠(福建) 퉁안(同安) 출신. 샤먼(廈門)대학 문과 국학전공 학생이다. — 1927 ① 22. ② 26.

천중산(陳仲山, 1900~1942) 허난(河南) 뤄양(洛陽) 출신이며, 원명은 천치창(陳其昌)이다. 1928년에 베이징대학 철학과를 졸업했다. 후에 천두슈(陳獨秀), 펑수즈(彭述之) 등이 조직한 '무산자사'(無産者社)에 가입했다. 1936년 6월 3일에 루쉰에게 편지를 보내 중국공산당 및 항일민족통일전선정책을 비난했다. 루쉰은「트로츠키파에 답하는 편지」(答托洛斯基派的信)를 써서 반박했다. 7월 7일 그는 다시 루쉰에게 편지를 보내 자신의 주장을 변명했다. 훗날 일본군에게 살해당했다. — 1936 ⑦ 7.

천중수(陳仲書, 1875~1949) 저장(浙江) 위항(餘杭) 출신이며, 이름은 한디(漢弟), 자는 중수(仲恕)이다. 일기에는 중수(仲恕)로 기록되어 있다. 일찍이 일본에서 유학했다. 민국 이후 총통부 비서, 국문원 비서장, 참정원 참사 등을 역임했다. — 1912 ⑪ 7. ⑫ 22. 1917 ⑩ 5.

천중장(陳仲章) 광둥(廣東) 싱닝(興寧) 출신. 1925년에 홍콩『다광바오』(大光報)의 편집을 맡았다. 1927년에 벗을 따라 루쉰을 빙문했다. — 1927 ③ 15.

천중첸(陳仲騫, 1873~?) 장시(江西) 간저우(贛州) 출신이며, 이름은 런중(任中), 자는 중첸이다. 일기에는 중첸(仲謙)으로도 기록되어 있다. 1912년에 교육부 첨사를 지냈고, 후에 비서, 참사로 전임되었으며, 1925년에는 교육부 대리차장을 지냈다. — 1914 ⑤ 30. ⑨ 1. 1916 ① 23. ⑩ 5. 1919 ⑨ 22. 1926 ③ 15.

천중첸(陳仲謙) — 천중첸(陳仲騫) 참조.

천중첸(陳仲騫)의 어머니 — 1916 ⑩ 5.

천중츠(陳中麓) — 천즈거(陳治格) 참조.

천중츠(陳仲麓) — 천즈거(陳治格) 참조.

천중푸(陳仲甫) — 천두슈(陳獨秀) 참조.

천쥔예(陳君冶, 1914~1935) 장쑤(江蘇) 양저우(揚州) 출신. 좌익작가연맹의 성원으로 활동했다. 상하이 전단(震旦)대학에 재학 중이었으며, 좡치둥(莊啓東)과 함께『춘광』(春光) 월간을 펴냈다. — 1934 ⑪ 24. ⑫ 7. 1935 ② 18.

천쥔한(陳君涵) 장쑤(江蘇) 양저우(揚州) 출신이며, 천쥔예(陳君冶)의 형이다. 1929년에 난 징(南京) 중앙대학에 재학 중이었으며, 『분류』(奔流) 투고자이다. 같은 해 6월에 자신 이 번역한 체호프의 소설 「하찮은 자」(粗野的人, Мелюзга)를 발표해 달라고 루쉰에게 부쳤으나, 차오징화(曹靖華)의 번역본이 이미 있었기 때문에 반송되고 말았다. 1935 년에 전장(鎭江)사범학교에서 교편을 잡았다. — 1929 ⑥ 21, 24, 26. ⑪ 6, 10. 1935 ⑤ 27.

천즈거(陳治格, 1888~1945) 저장(浙江) 사오싱(紹興) 출신이며, 이름은 치거(啓格), 자는 중츠(中麓)이다. 일기에는 천중츠(陳中麓)로도 기록되어 있다. 루쉰의 작은 외숙부의 사위이다. 민국 초에 사법부, 고등심판청에서 근무했다. — 1913 ⑧ 29. ⑪ 29. 1914 ② 20. ⑫ 25. 1915 ① 10. ② 10. ⑦ 18.

천지(陳畸) 확실치 않음. — 1935 ④ 22.

천지즈(陳基志) 푸젠(福建) 난안(南安) 출신. 샤먼(廈門)대학 이과 물리전공 3학년 학생이 다. — 1927 ④ 27.

천지창(陳繼昌) 저장(浙江) 신창(新昌) 출신. 현 지사에 응시하기 위해 루쉰에게 보증을 서 달라고 부탁했다. — 1915 ③ 30.

천진충(陳瑾瓊) 일기에는 빙중(秉中)의 아내로도 기록되어 있다. 베이핑여자대학 음악과 학생이며, 리빙중(李秉中)의 아내이다. — 1929 ⑤ 27. 1934 ⑤ 1.

천징성(陳靜生) 쓰촨(四川) 출신의 만화작가이다. — 1934 ⑫ 13.

천쩌촨(陳澤川) 확실치 않음. — 1929 ① 5. ② 20.

천쯔구(陳子鵠, 1906~?) 천쯔구(陳子谷)를 가리킨다. 광둥(廣東) 산터우(汕頭) 출신의 시 인이며, 좌익작가연맹의 성원이다. 1935년에 일본의 『잡문』(雜文)사에서 일했다. — 1935 ⑧ 6, 7.

천쯔량(陳子良, 1894~1968) 저장(浙江) 샹산(象山) 출신이며, 이름은 칭치(慶麒), 자는 쯔 량이다. 1918년 베이징대학 문학원을 졸업하고 교육부 사회교육사 1등 정원외 직원 을 지냈으며, 후에 첨사, 베이징여자고등사범학교 교수를 역임했다. — 1925 ① 21.

천쯔잉(陳子英, 1882~1950) 저장(浙江) 사오싱(紹興) 출신이며, 이름은 쥔(濬), 자는 쯔잉 이다. 일찍이 루쉰, 쉬서우창(許壽裳) 등과 함께 콩드(Maria Konde, 중국명 孔特) 부 인에게 러시아어를 배웠다. 1910년에 사오싱부중학당에서 감독을 지냈으며, 루쉰의 동료로 함께 근무했다. 신해혁명 이후 『웨둬일보』(越鐸日報)의 창간에 참여했으며, 후에 쓰처우(絲綢)은행 행장, 현의회 의원 등을 역임했다. 1913년 2월에 독음통일회 (讀音統一會)에 참석하고자 베이징에 갔다. 1933년 이후 사오싱 둥푸전(東浦鎭)의 향 장을 지냈다. — 1912 ⑦ 4, 20. ⑪ 7, 9. 1913 ① 31. ② 12, 16, 22, 25, 26. ③ 1, 2, 3, 4,

6, 9, 12, 18, 20, 30. ④ 3, 8, 13, 25, 29. ⑤ 1, 2, 29. ⑥ 6, 12, 25. ⑦ 2. ⑧ 12, 13. ⑨ 13,
21. ⑩ 7, 12. ⑪ 15, 23, 28. ⑫ 21, 31. 1914 ② 14. ③ 19. ⑤ 3, 30, 31. ⑨ 30. ⑩ 17. ⑪
22, 26, 28. ⑫ 15, 30. 1915 ③ 24. ④ 21. 1916 ⑫ 22, 28. 1917 ⑩ 22. 1919 ⑫ 13, 17.
1928 ② 24. ⑪ 21. ⑫ 24, 28, 31. 1929 ① 11. 1931 ② 23. ⑦ 2. ⑧ 13. ⑩ 25, 28, 29.
⑪ 6, 22, 24, 25. 1932 ② 21. ③ 15, 17, 18. ⑦ 10.

천창뱌오(陳昌標, 1901~1941) 저장(浙江) 주지(諸暨) 출신이며, 이름은 판위(范予), 자는 창
뱌오이다. 샤먼(廈門) 구랑위(鼓浪嶼)의 『민중일보』(民鐘日報) 부간의 편집을 맡았다.
— 1927 ① 6, 8.

천첸성(陳淺生) 쑤저우(蘇州)의 청년업여문예사(青年業餘文藝社) 회원이며, 『새싹』(嫩芽)
기고자이다. — 1935 ⑪ 17.

천 총장(陳總長) — 천전셴(陳振先) 참조.

천츠성(陳此生, 1894~1981) 광시(廣西) 구이현(貴縣) 출신. 1933년 7월에 루쉰과 연락을
주고받기 시작했다. 1935년에 광시성립사범전과학교에 재직할 때 루쉰에게 편지를
보내 광시에서 강연해 줄 것을 부탁했으나, 루쉰이 완곡하게 사양했다. — 1933 ⑦ 8.
1935 ⑥ 17.

천츠얼(陳次二) 확실치 않음. — 1927 ⑦ 10, 23.

천츠팡(陳次方, 1869~?) 후베이(湖北) 안루(安陸) 출신이며, 이름은 원셴(問咸), 자는 츠팡
이다. 교육부 첨사를 지냈으며, 총무청 회계과에서 근무했다. — 1924 ② 8.

천치샤(陳企霞, 1913~1988) 저장(浙江) 인현(鄞縣) 출신. 1933년에 상하이에서 예쯔(葉紫)
등과 『무닝문예』(無名文藝)를 편집했다. 연환도화(連環圖畵)를 펴내기 위해 허자쥔
(何家駿), 웨이멍커魏猛克)과 함께 루쉰에게 편지를 보내 가르침을 청했다. — 1933 ⑧ 1.

천치슈(陳啓修, 1886~1960) 쓰촨(四川) 중장(中江) 출신이며, 자는 싱눙(惺儂)이다. 일기에
는 싱눙(星農)으로 기록되어 있다. 베이징대학, 베이징여자사범대학의 교수를 지냈
으며, 1926년에는 중산(中山)대학 교수, 광저우(廣州) 『민국일보』(民國日報) 사장을
역임했다. — 1926 ⑩ 24.

천칭슝(陳慶雄) 『베이신』(北新) 투고자. — 1928 ⑦ 19.

천쿵싼(陳空三) 산시(陝西) 후현(戶縣) 출신이며, 이름은 팅판(廷璠), 자는 쿵싼이다. 1922
년에 베이징대학 철학과를 졸업하고, 1923년에 천성수(陳聲樹), 펑성싼(馮省三)과
함께 세계어전문학교를 창립하고, 이 학교의 이사를 지냈다. — 1923 ⑦ 15. ⑫ 2, 4.
1924 ① 6, 10, 11. ② 18, 20, 28. ③ 16. ④ 7, 19. ⑥ 29. ⑧ 17. ⑩ 4. ⑫ 4, 7. 1925 ④
21, 29. 1928 ⑤ 27. ⑦ 2, 3, 5. 1929 ① 22.

천톄겅(陳鐵耕, 1906~1970) 광둥(廣東) 싱닝(興寧) 출신이며, 원명은 야오탕(耀唐)이다. 목

각가이며, 이바이사(一八藝社) 조직자 가운데 한 사람이고 예쑤이사(野穗社)의 발기인이다. 1931년 여름에 루쉰이 주관하던 하계목각강습반에 참여했다. 자신이 만든 목각을 여러 차례 루쉰에게 보내 지도를 청했다. ― 1932 ⑦ 24. ⑧ 6, 20. ⑫ 19. 1933 ⑩ 9, 13, 16, 18, 19, 21. ⑪ 1, 2, 14, 17, 29. ⑫ 4. 1934 ⑥ 2, 6, 29, 30. ⑦ 3, 12, 29. ⑩ 4, 16. ⑪ 3, 19. 1935 ① 4.

천투이(陳蛻) ― 쩌우루펑(鄒魯風) 참조.

천퉁성(陳同生, 1906~1968) 쓰촨(四川) 잉산(營山) 출신이며, 본명은 장한쥔(張瀚君)이다. 일기에는 천눙페이(陳農非 혹은 陳儂非)로도 기록되어 있다. 상하이에서 중국사회과학가연맹(中國社會科學家聯盟), 호제회(互濟會)와 문화계총동맹(文化界總同盟)의 당단(黨團) 사업에 참여했다. 1933년에 민권보장동맹에서 루쉰과 알게 되었으며, 1934년에는 호제회의 업무로 루쉰과 소식을 주고받았다. ― 1934 ⑦ 18. ⑧ 31. ⑩ 16.

천페이란(陳斐然) ― 천원화(陳文華) 참조.

천페이지(陳佩驥) 저장(浙江) 출신. 항저우(杭州) 옌우(鹽務)중학 학생이다. 학우인 두허롼(杜和鑾) 등과 함께 잡지 『훙자오』(鴻爪)를 펴냈는데, 이로 인해 루쉰에게 편지를 써서 원고를 청탁했다. ― 1936 ④ 2, 28.

천푸궈(陳輔國, 1908?~1927) 광둥(廣東) 판위(番禺) 출신. 광저우(廣州) 중산(中山)대학 법예과 학생이며, 4·15사변 중에 체포되어 희생당했다. ― 1927 ① 31.

천하오원(陳好雯) 상하이 지난(暨南)대학 학생이며, 추예사(秋野社) 회원이다. 1928년에 일본에서 유학했다. ― 1928 ⑥ 5.

천헝커(陳衡恪, 1876~1923) 장시(江西) 슈수이(修水) 출신의 서화가이며, 자는 스쩡(師曾), 호는 화이당(槐堂)이다. 천인커(陳寅恪)의 형이다. 루쉰이 난징(南京)의 광무철로학당(礦務鐵路學堂), 일본의 고분학원(弘文學院)에 다녔을 때의 학우이며, 민국 이후 루쉰과 교육부에서 함께 근무하여 편심처(編審處)의 편심원을 지냈다. 시에 능하고 특히 서화와 전각에 뛰어났으며, 루쉰의 『역외소설집』(域外小說集) 등의 서명을 써 주고 루쉰의 인장을 다수 전각했다. ― 1914 ① 13. ⑥ 2, 9. ⑦ 3. ⑨ 4. ⑫ 10, 31. 1915 ① 19. ② 2, 17. ③ 8, 18. ④ 8, 9, 19, 22. ⑤ 24. ⑥ 14, 21. ⑧ 7, 11, 14, 15. ⑨ 3, 7, 8, 29. ⑩ 2, 8, 27, 29. ⑪ 16, 19, 25, 26. ⑫ 3, 7, 18. 1916 ① 13, 22, 25, 29. ③ 20. ④ 26. ⑤ 8, 15, 31. ⑥ 7, 22, 29. ⑦ 17. ⑨ 19, 29. ⑪ 30. 1917 ① 26. ② 13. ③ 29. ④ 10, 16. ⑦ 31. 1918 ① 23. ③ 11, 16, 18, 27. ④ 11. ⑤ 11, 13, 29. ⑧ 9. ⑪ 20. 1919 ① 4. 1921 ① 10. 1923 ⑨ 10. ⑫ 12.

천환장(陳煥章, 1881~1933) 광둥(廣東) 가오야오(高要) 출신이며, 자는 중위안(重遠)이다. 『공문이재학』(孔門理財學)의 저술로 미국에서 박사학위를 받았다. 1912년에 상하이에서 공교회(孔敎會) 조직을 발기했다. ─ 1912 ⑫ 4.

천홍스(陳宏實) 확실치 않음. ─ 1936 ① 12.

청 군(成君) ─ 청후이전(成慧貞) 참조.

청딩싱(程鼎興, 1904?~1933?) 저장(浙江) 진화(金華) 출신. 상하이 베이신(北新)서국의 교정원이다. 동료 페이선샹(費愼祥)을 통해 그의 아내 진수쯔(金淑姿)가 남긴 편지를 책으로 엮어 내면서 루쉰에게 서문을 써 달라고 부탁했다. ─ 1932 ⑧ 26. 1933 ③ 6. ⑦ 13, 27.

청보가오(程伯高, 1878~?) 쓰촨(四川) 윈양(雲陽) 출신이며, 이름은 잉두(瑩度), 자는 바이가오(百高), 일기에는 보가오로 기록되어 있다. 동맹회(同盟會) 회원이며, 류리칭(劉歷青)의 벗이다. 1911년에 쓰촨(四川) 보로운동(保路運動) 중에 보로동지회 강연부장을 지냈으며, 1914년 당시 참의원 의원을 지냈다. ─ 1914 ⑪ 22. ⑫ 15

청(成) **선생** ─ 청후이전(成慧貞) 참조.

청수원(程叔文) 후난(湖南) 닝샹(寧鄉) 출신이며, 이름은 ███(███), 자는 수원이다. 교육부 사회교육사 일등 정원외 부원이다. ─ 192█ ███.

청쒀청(程鎖成) 허베이(河北) 지현(冀縣) ███며, 자는 신자이(信齋)이다. 베이징 훙다오탕서포(宏道堂書█)███████. ─ 1913 ② 9.

청워지(███, 1905~1974) 저장(浙江) 취현(衢縣) 출신의 목각가이며, 원명은 전싱(振興)█다. 1931년에 상하이 신화(新華)미술전과학교에서 공부했으며, 이바이사(一八藝社), 예펑화회(野風畵會), 타오쿵화회(濤空畵會)의 회원으로 활동했다. 1935년에 『가뭄』(旱年), 『수재』(水災) 등의 판화를 창작하여 루쉰에게 가르침을 빌었으며, 영문 긴행물인 『중국의 소리』(中國呼聲)에 목각삽화를 발표하기도 했다. ─ 1935 ② 6, 14.

청징위(程靖宇) 루쉰 작품의 독자. ─ 1933 ⑦ 18, 19. 1936 ④ 29. ⑤ 1.

청청(成城)**학원의 학생** ─ 린신타이(林信太) 참조.

청춘샹(成春祥) 저장(浙江) 상위(上虞) 출신. 왕윈루(王蘊如)의 이질녀이다. ─ 1933 ⑪ 29. ⑫ 3.

청치잉(程琪英) 쓰촨(四川) 출신. 당시 독일에 유학 중이었다. 1932년 말에 루쉰에게 편지를 보내 그녀의 작품에 관한 출판상황을 물었으며, 루쉰은 답신과 함께 『방황』(彷徨) 등 여섯 권의 책을 보내 주었다. ─ 1933 ② 12, 13, 16. ④ 21. ⑪ 2. 1934 ⑦ 29.

청팡우(成仿吾, 1897~1984) 후난(湖南) 신화(新化) 출신. 문학평론가이며, 창조사 발기인 가운데 한 사람이다. 1927년에 황푸(黃埔)군관학교에서 교관을 지냈다. 같은 해 4월 초에 루쉰 등과 연명하여 「영국 지식인 및 모든 민중에 대한 중국문학가의 선언」(中國文學家對英國智識階級及一切民衆宣言)을 발표했다. ─ 1927 ② 20.

청후이전(成慧貞, ?~1960?) 저장(浙江) 상위(上虞) 출신. 일기에는 청 군(成君), 청(成) 선생, 청후이전(成慧珍), 정후이전(鄭慧貞)으로도 기록되어 있다. 당시 고향에서 교편을 잡고 있었으며, 왕윈루(王蘊如)를 통해 루쉰을 알게 되었다. ― 1930 ② 4, 15. ⑧ 9, 18. ⑪ 9. 1933 ⑪ 27. 1935 ⑦ 20.

청후이전(成慧珍) ― 청후이전(成慧貞) 참조.

첸 군(錢君) 스도 이오조(須藤五百三) 의사의 조수이다. ― 1936 ⑧ 8, 9, 10.

첸궁샤(錢公俠, 1907~1977) 저장(浙江) 자싱(嘉興) 출신이며, 후에 궁샤(工俠)로 개명했다. 『베이신』(北新) 반월간 기고자. 상하이 광화(光華)대학에 재학했으며, 이 대학의 문학회 명의로 루쉰에게 강연을 요청했다. ― 1929 ④ 9.

첸녠춰(錢念劬, 1853~1927) 저장(浙江) 우싱(吳興) 출신이며, 이름은 쉰(恂), 자는 녠춰이다. 일기에는 녠커우(念敏)로 잘못 기록되어 있다. 광복회 회원이며, 첸쉬안퉁의 형이자 첸다오쑨(錢稻孫)의 아버지이다. 청 정부의 주일, 주프랑스, 주이탈리아 등의 대사관의 참찬(參贊)과 공사(公使) 등을 역임했다. 1909년에 후베이성(湖北省) 일본유학생 감독을 지냈으며, 1913년에는 총통부 고문을 지냈다. ― 1913 ⑧ 9. ⑨ 28.

첸녠커우(錢念敏) ― 첸녠춰(錢念劬) 참조.

첸다오쑨(錢稻孫, 1887~1966) 저장(浙江) 우싱(吳興) 출신이며, 자는 제메이(介眉)이다. 첸쉬안퉁(錢玄同)의 조카이며 첸녠춰(錢念劬)의 큰아들이다. 일본과 이탈리아에 유학했다. 1912년에 교육부 주사를 지내고 1915년 1월에 경사(京師)도서관 분관 주임을 겸임했다. 후에 시학(視學)을 지내면서 베이징대학 동방문학계에서 강의를 겸했다. 베이핑이 함락된 후 일본에 장악된 베이징대학의 교장을 지냈다. ― 1912 ⑦ 19, 20, 25, 28. ⑧ 1, 2, 4, 8, 11, 15, 22, 23, 24, 25, 27, 28, 29, 31. ⑨ 1, 4, 5, 6, 7, 8, 13, 19, 21, 24, 25, 27, 28, 29. ⑩ 1, 2, 4, 6, 27. ⑪ 2, 6, 12, 17. 1913 ① 28. ③ 1, 20, 21, 26. ④ 25, 28. ⑤ 4, 7. ⑧ 9, 18, 21. ⑨ 4, 27, 29, 30. ⑩ 28. ⑪ 4, 6, 7, 11, 15, 21. ⑫ 8, 26, 30. 1914 ① 2, 13, 16, 29. ③ 17, 18, 25, 26. ④ 27, 30. ⑤ 9, 14, 24, 25, 26. ⑥ 4, 13, 29. ⑦ 3, 10, 29. ⑧ 17. ⑩ 24, 27. ⑪ 3, 7, 9. ⑫ 19, 25. 1915 ① 2, 4, 12, 15, 18, 21, 29, 30. ② 12, 19, 20, 23, 27. ③ 3, 5, 6, 8, 10, 19. ⑤ 3, 21, 24. ⑥ 4, 15, 26. ⑦ 17. ⑧ 7. ⑨ 2. ⑩ 30. 1916 ⑨ 28. ⑩ 31. ⑪ 4, 11, 14, 16, 20, 24. 1918 ⑥ 19. ⑦ 30. 1919 ⑪ 23. 1920 ④ 10, 23, 27. ⑥ 13. 1923 ② 5. ⑨ 19. ⑩ 13, 15, 22, 26, 27. 1924 ② 2, 15. 1925 ③ 24. ⑧ 17. 1929 ⑥ 1.

첸다오쑨(錢稻孫)의 딸 ― 1924 ④ 2.

첸모링(錢秣陵) 저장(浙江) 위항(餘杭) 출신이며, 이름은 전춘(振椿), 자는 모링이다. 베이징대학 문예과(文預科) 강사를 지냈다. ― 1918 ⑫ 22.

첸 숙부(謙叔) — 저우펑커(周鳳珂) 참조.

첸쉬안퉁(錢玄同, 1887~1939) 저장(浙江) 우싱(吳興) 출신의 언어문자학자이며, 이름은 샤(夏), 쉬안퉁으로 개명, 자는 더첸(德潛), 호는 중지(中季)이다. 일본 유학 시절에 루쉰과 함께 장타이옌(章太炎)의 강의를 들었다. 민국 이후 베이징대학, 베이징사범대학 국문계 교수, 과주임 등을 역임했다. 국어운동과 어문개혁활동을 적극적으로 펼쳤다. 1917년 이후 『신청년』(新靑年) 잡지의 편집에 참여했으며, 루쉰은 그의 요청에 응해 『신청년』에 기고하기 시작했다. — 1913 ③ 16. ⑨ 27, 29, 30. 1914 ① 31. ⑥ 13. ⑨ 27. ⑫ 13, 31. 1915 ② 14. ③ 8, 12. ④ 10. ⑥ 20, 24. 1917 ⑤ 13. ⑧ 9, 17, 27. ⑨ 24, 28, 29, 30. ⑩ 8, 13. ⑪ 12. ⑫ 23. 1918 ② 9, 15, 19, 23, 28. ③ 2, 18, 28. ④ 5, 21, 26. ⑤ 2, 12, 22, 27. ⑥ 8, 20, 22, 24, 27, 30. ⑦ 5, 11, 12, 14, 15, 20, 29. ⑧ 5, 6, 15, 16, 25, 27. ⑨ 4, 5, 11, 17, 29. ⑩ 6. ⑪ 1, 6, 7, 13, 17, 18, 28. ⑫ 4, 11, 17, 22, 26, 29. 1919 ① 7, 12, 21, 28, 30, 31. ② 4, 10, 16, 18, 20. ③ 1, 7, 18, 29. ④ 4, 16, 17, 22, 23, 28, 30. ⑤ 3, 9, 15, 25, 29. ⑥ 2, 11, 25, 29. ⑦ 4, 5, 8, 10, 20, 23, 31. ⑧ 3, 7, 12, 13, 15. ⑨ 13. 1920 ① 4. ⑦ 17. ⑩ 10. ⑫ 25. 1921 ① 19, 26. ② 14, 21. ④ 11, 12, 18. ⑤ 19. ⑧ 22. ⑨ 1. 1923 ⑧ 24. ⑫ 22. 1924 ③ 29, 31. ④ 13. ⑥ 27, 30. ⑪ 26. 1925 ① 11, 12. ⑤ 18. ⑦ 6, 7, 13, 18, 20, 21.

첸싱춘(錢杏邨) — 아잉(阿英) 참조.

첸윈빈(錢允斌) 저장(浙江) 우싱(吳興) 출신이며, 이름은 핀전(聘珍), 자는 윈빈이다. 루쉰이 항저우(杭州)의 저장양급(兩級)사범학당에서 교편을 잡았을 때의 학생이다. — 1913 ④ 19, 22, 25. ⑤ 6.

첸이천(錢亦塵) 저장(浙江) 사오싱(紹興) 출신. 일기에는 천이청(錢奕丞)으로 기록되어 있다. 루쉰이 사오싱부중학당에서 교편을 잡았을 때, 그는 산콰이(山會)초급사범학당 부속소학교 주임을 지냈다. 1930년 당시 상하이 카이밍(開明)서점에 재직했다. — 1930 ① 31.

첸이청(錢奕丞) — 첸이천(錢亦塵) 참조.

첸중지(錢中季) — 첸쉬안퉁(錢玄同) 참조.

첸쥔타오(錢君匋, 1906~1998) 저장(浙江) 하이닝(海寧) 출신의 미술가. 타오위안칭(陶元慶)의 학우이다. 상하이 카이밍(開明)서점의 편집자를 지냈으며, 루쉰의 『아침 꽃 저녁에 줍다』(朝花夕拾)의 겉표지를 인쇄·제작했다. — 1928 ⑦ 17, 18, 19. 1931 ③ 4. 1934 ⑩ 1.

첸쥔푸(錢均甫) — 첸쥔푸(錢均夫) 참조.

첸쥔푸(錢均夫, 1882~1969) 저장(浙江) 항저우(杭州) 출신이며, 이름은 자즈(家治), 자는

쥔푸(均甫 혹은 均夫)이다. 일본에서 유학했으며, 고분(弘文)학원에서 루쉰과 함께 공부하고 루쉰과 함께 장타이옌(章太炎)의 강의를 들었다. 1909년에 귀국하여 항저우 저장양급사범학당에서 교편을 잡았을 때 루쉰과 동료로서 함께 지냈다. 민국 이후 교육부 시학(視學), 과장 등을 역임했다.

첸지칭(錢季靑) 확실치 않음.— 1935 ⑨ 18.

첸진장(錢錦江, 1874~1931) 저장(浙江) 성현(嵊縣) 출신이며, 이름은 위펑(涵鵬), 자는 진장이다. 일본에서 유학했으며, 민국 원년에 사오싱(紹興) 북벌군(北伐軍) 참모원을 지냈다. 1913년 당시 저장 제5중학 교장을 지내고 있었다.— 1913 ⑥ 30.

첸핀전(錢聘珍) — 첸윈빈(錢允斌) 참조.

총장(總長) — 장이린(張一麐) 참조.

총장(總長) — 판위안롄(范源濂) 참조.

찬다오(川島) — 장팅첸(章廷謙) 참조.

찬메이(傳梅) — 저우빙셴(周秉銑) 참조.

찬(傳) 작은할머니 루쉰의 종숙조의 아들인 찬(傳)의 아내 장씨(張氏, 1852~?)를 가리킨다. 저장(浙江) 사오싱(紹興) 출신이며, 흔히 녠우(廿五)마님이라 불렸다.— 1919 ⑫ 19.

추 군(裘君) — 추산위안(裘善元) 참조.

추산위안(裘善元, 1890~1944) 저장(浙江) 사오싱(紹興) 출신이며, 자는 쯔위안(子元)이다. 교육부 사무원이며, 통속교육연구회 소설계 회원이다.— 1914 ④ 20, 22, 26, 30. ⑤ 5, 15, 17, 24, 28, 29. ⑥ 1, 3, 5. ⑦ 12, 14, 19. 1915 ⑫ 5. 1916 ① 30. ④ 13, 14, 20, 23. ⑤ 7, 17. ⑧ 12. ⑪ 9. 1917 ① 21. 1918 ② 6. 1920 ③ 13. 1921 ⑦ 28. ⑨ 30. 1923 ② 6, 20. ③ 17. ④ 18, 24. ⑤ 14. ⑦ 31. ⑨ 15. 1924 ② 2, 4. ⑥ 24. ⑫ 4. 1925 ⑧ 14, 29. ⑨ 11, 13, 24. ⑩ 25, 28. ⑪ 1. ⑫ 13. 1926 ③ 21, 26, 30. ⑥ 2. ⑧ 8.

추안핑(儲安平, 1909~1966) 장쑤(江蘇) 이싱(宜興) 출신. 상하이 광화(光華)대학에 재학 중이었으며, 『분류』(奔流)와 『베이신』(北新) 투고자이다.— 1929 ⑥ 21.

추위(邱遇, 1912~1975) 산둥(山東) 쯔보(淄博) 출신이며, 원래의 성은 위안(袁), 이름은 스창(世昌), 필명은 추위이다. 1935년 당시 『칭다오시보』(青島時報)의 편집을 맡았다.— 1935 ⑪ 23.

추위안시(儲元熹) 반월간 『베이신』 투고자.— 1931 ① 3.

추이(崔) — 추이전우(崔眞吾) 참조.

추이완추(崔萬秋, 1908~?) 산둥(山東) 관청(觀城) 출신. 일본에서 유학했으며, 1933년 3월에 귀국하여 상하이 『다완바오』(大晚報)의 부간 「횃불」(火炬)의 주편을 맡았다.— 1928 ⑦ 10. 1933 ③ 19, 21, 22. ④ 6, 27. ⑥ 19. ⑦ 31. ⑧ 1. ⑫ 13.

추이웨찬(崔月川) — 우웨찬(吳月川) 참조.

추이전우(崔眞吾, 1902~1937) 저장(浙江) 인현(鄞縣) 출신이며, 이름은 궁허(功河), 자는 위청(禹成), 필명은 전우, 차이스(采石) 등이다. 일기에는 추이(崔)로도 기록되어 있다. 1926년에 샤먼(廈門)대학 문과 외국어계에 재학했으며, 양양사(泱泱社)의 성원으로 활동했다. 1928년에 상하이 푸단(復旦)대학 부속실험중학에서 교편을 잡았으며, 루쉰과 징윈리(景雲里)에서 함께 살았다. 같은 해 연말에 루쉰, 러우스(柔石), 왕팡런(王方仁)과 조화사(朝花社)를 조직했다. 1930년 2월에 상하이를 떠나 광저우(廣州) 중산(中山)대학부중, 광둥(廣東) 허푸(合浦), 광시(廣西) 시닝(西寧) 등지에서 근무했다. 1935년에 광시 핑러(平樂)성립중학에서 교편을 잡았다. 그의 시집 『내를 잊은 물』(忘川之水)은 루쉰이 교정하고 대신 엮었다. — 1926 ⑪ 28. ⑫ 4, 26. 1927 ① 1, 10, 15, 29, 30. ③ 20. ⑨ 19. ⑪ 23, 28. ⑫ 8. 1928 ② 22, 25, 28. ③ 4, 10, 22, 29. ④ 8, 15, 21, 28. ⑤ 1, 4, 5, 24. ⑥ 1, 2, 5, 11, 14, 27. ⑦ 17, 18. ⑨ 9, 10, 12, 24, 29. ⑩ 6, 8, 10, 13, 24, 27. ⑪ 3, 10, 17, 24, 30. ⑫ 1, 8, 15, 21, 29. 1929 ① 4, 10, 15, 19, 20, 21. ② 20. ③ 7, 8, 31. ④ 5, 9, 16. ⑤ 8, 12, 13. ⑥ 1, 7, 8, 11. ⑦ 19, 25, 29. ⑪ 7. ⑫ 26, 29, 30. 1930 ② 14. ⑪ 19, 20. 1931 ⑩ 12, 13. 1932 ① 3, 24. ⑦ 17, 18. ⑩ 12, 15. ⑪ 30. ⑫ 2. 1933 ① 5. 1934 ⑫ 26, 31. 1935 ⑤ 8. 1936 ⑩ 17.

추이전우(崔眞吾)의 벗 — 1928 ⑤ 1.

추인팅(祝蔭庭) 베이징 출신이며, 이름은 춘녠(椿年), 자는 인팅이다. 허베이성(河北省) 교육청 청장이다. — 1916 ① 24.

추주창(裘柱常, 1906 ?) 저장(浙江) 위야오(余姚) 출신. 1928년 난징(南京) 전부국에서 교환수로 근무했으며, 『분류』(奔流)에의 투고로 인해 루쉰과 편지를 주고받았다. 루쉰은 그의 시를 『조화』(朝花) 주간에 소개하여 발표하도록 했다. — 1928 ⑦ 8, 19. ⑫ 16. 1929 ① 5.

추쯔위안(裘子元) — 추산위안(裘善元) 참조.

추쯔위안(裘子元)의 동생 — 추쯔헝(裘子亨) 참조.

추쯔위안(裘子元)의 조모 — 1921 ⑨ 30.

추쯔헝(裘子亨, 1892~1933) 저장(浙江) 사오싱(紹興) 출신. 추쯔위안(裘子元)의 동생. 당시 디화(迪化, 지금의 우루무치烏魯木齊)의 신장독판공서(新疆督辦公署)에 재직했다. — 1918 ② 6. 1920 ③ 13.

추추(楚囚) — 왕즈즈(王志之) 참조.

추팡(秋方) — 둥추팡(董秋方) 참조.

추팡(秋芳) — 둥추팡(董秋芳) 참조.

춘줘(純拙) — 서우주린(壽洙隣) 참조.

춘차이(春才) — 허춘차이(何春才) 참조.

춘타이(春臺) — 쑨푸시(孫福熙) 참조.

춘퉁(存統) — 스푸량(施復亮) 참조.

충(冲) — 저우충(周冲) 참조.

충쉬안(崇軒) — 후예핀(胡也頻) 참조.

충우(叢蕪) — 웨이충우(韋叢蕪) 참조.

취관(蕖官) — 저우취(周蕖) 참조.

취광쥔(曲廣均) 취광쥔(曲廣鈞)으로 써야 옳다. 산둥(山東) 머우핑(牟平) 출신이다. 1925년
에 베이징대학 영문과에 재학 중이었다. 『징바오(京報) 부간』, 『국민신문(國民新聞)
부간』에 글을 발표했다. — 1925 ⑫ 14, 15, 16, 22. 1926 ① 6, 7, 12, 28. ③ 7, 9, 25.

취 군(瞿君) — 취추바이(瞿秋白) 참조.

취궈쉬안(區國暄) — 취커쉬안(區克宣) 참조.

취성바이(區聲白) 광둥(廣東) 순더(順德) 출신이며, 프랑스에서 유학했다. 1927년에 광저
우(廣州)에서 황쭌성(黃尊生) 등과 세계어협회(世界語協會)를 조직하였으며, 중산(中
山)대학에서 에스페란토어를 강의했다. — 1927 ① 30.

취씨(瞿氏) — 취추바이(瞿秋白) 참조.

취쥔주(曲均九) 확실치 않음. — 1926 ④ 30. ⑤ 1.

취촨정(曲傳政, 1907~1960) 랴오닝(遼寧) 다롄(大連) 출신. 판본목록학을 연구했다. —
1932 ① 17. 1933 ⑩ 26. 1934 ⑨ 15.

취추바이(瞿秋白, 1899~1935) 장쑤(江蘇) 창저우(常州) 출신의 문예이론가이자 번역가이
며, 중국공산당 초기 지도자 가운데 한 사람이다. 일명 취솽(瞿霜)이라고도 불리며,
필명은 스톄얼(史鐵兒), 쑹양(宋陽) 등이다. 일기에는 허닝(何凝), 허 군(何君), 웨이닝
(維寧 또는 惟寧), 타(它), 이빙(疑仌 또는 疑冰), 이빈(宜賓), 샤오찬(蕭參), 닝화(寧華),
취씨(瞿氏), 취 군(瞿君)으로도 기록되어 있다. 1931년 초에 당중앙의 사업을 떠난 후
상하이에서 혁명문화사업에 종사했다. 1932년부터 1933년에 걸쳐 세 차례 루쉰의
집에 잠시 묵었으며, 이 기간에 『루쉰잡감선집』(魯迅雜感選集)을 엮고 서문을 썼다.
1934년 초에 루이진(瑞金)의 중앙근거지로 가서 소비에트정부의 교육인민위원을
맡았다. 1935년 2월에 푸젠성(福建省) 서부에서 체포되어 같은 해 6월에 창팅(長汀)
에서 처형되었다. 루쉰은 그의 희생을 기리고자 직접 그의 번역문을 『해상술림』(海上
述林) 상·하책으로 엮어 '제하회상사'(諸夏懷霜社)의 명의로 출판했다. — 1932 ⑨ 1,
14. ⑩ 24. ⑫ 9, 11, 25, 28. 1933 ① 2, 15, 24. ② 4, 10. ③ 6, 7. ④ 21. ⑦ 5, 10. ⑧ 28. ⑨ 3,

12. ⑩ 9, 24. ⑪ 10. 1934 ① 4, 9, 28. 1935 ⑧ 12. ⑩ 22.

취커쉬안(區克宣, 1900?~1933) 광둥(廣東) 출신이며, 일기에는 취궈쉬안(區國暄)으로도 기록되어 있다. 지난(暨南)대학, 상하이예술대학 등에서 교편을 잡았다. ― 1928 ④ 23, 30. ⑥ 11.

츠수쥔(池叔鈞) 천쯔잉(陳子英) 집안의 하인. ― 1913 ② 26. ④ 8.

츠핑(赤坪) ― 자오츠핑(趙赤坪) 참조.

치다이펑(綦岱峰, 1901~?) 산둥(山東) 리진(利津) 출신. 1936년 당시 『청년문화』(靑年文化) 월간을 발행하기 위해 루쉰에게 편지를 보내 지도를 청했다. ― 1936 ⑨ 18.

치루산(齊如山, 1876~1962) 허베이(河北) 가오양(高陽) 출신이며, 이름은 쭝캉(宗康), 자는 루산이다. 희곡이론가이며, 치서우산(齊壽山)의 형이다. 1915년 9월 통속교육연구회 희곡과 명예회원으로 초빙되었다. 루쉰이 장쉰(張勳)의 복벽과 3·18참사 후에 두 차례 피난했을 때 그와 치서우산의 도움을 받은 적이 있다. ― 1913 ⑨ 5. 1915 ⑨ 29. 1926 ④ 28.

치멍(啓孟) ― 저우쭤런(周作人) 참조.

치멍(起孟) ― 저우쭤런(周作人) 참조.

치멍의 처(啓孟妻) ― 하부토 노부코(羽太信子) 참조.

치보강(祁伯岡) 허베이(河北) 융녠(永年) 출신이며, 이름은 시판(錫蕃), 자는 보강이다. 일기에는 보강(柏岡)으로도 기록되어 있다. 교육부 사회교육사 주사를 지냈으며, 통속교육연구회 강연분과 회원으로 활동했다. ― 1913 ⑩ 2. ⑫ 21, 28. 1914 ① 25. ② 12. ③ 29. ⑤ 30. ⑥ 7. ⑫ 31. 1915 ② 13. ④ 25. ⑥ 13. ⑩ 4, 5. 1916 ① 26. ⑧ 6. ⑪ 5. ⑫ 1. 1917 ① 14.

치보강(祁柏岡) ― 치보강(祁伯岡) 참조.

치서우산(齊壽山, 1881~1965) 허베이(河北) 가오양(高陽) 출신이며, 이름은 쭝이(宗頤), 자는 서우산이다. 독일에서 유학했다. 1912년에 교육부 사회교육사 제3과 과원이었다가 후에 시학(視學)으로 전임했다. 1925년에 루쉰이 장스자오(章士釗)에게 불법으로 면직당했을 때, 그는 쉬서우창(許壽裳)과 함께 「교육총장 장스자오에 대한 반대 선언」(反對敎育總長章士釗宣言)을 발표했다. 장쉰의 복벽, 3·18참사 후에 루쉰의 피난을 도왔으며, 1926년에 루쉰을 도와 『작은 요하네스』(小約翰)를 번역했다. 1927년 초에 차이위안페이(蔡元培)가 대학원 원장에 취임하자, 그는 난징(南京)으로 가서 차이위안페이가 임직을 마칠 때에 걸쳐 대학원의 비서를 지냈다. 1929년 당시에는 간쑤(甘肅) 서북군(西北軍) 덩바오산(鄧寶珊)의 휘하에서 근무했다. ― 1912 ⑥ 10, 18, 27. ⑧ 20. ⑪ 20. ⑫ 12. 1913 ② 5, 27. ③ 1. ④ 1. ⑤ 5, 8, 29. ⑥ 14, 16. ⑨ 2, 4, 5, 28.

⑫ 23, 25, 26. 1914 ① 10, 30. ② 5. ③ 17, 18. ④ 6, 14, 30. ⑤ 9, 14, 30. ⑦ 2. ⑨ 1, 4.
⑩ 26. ⑪ 3, 5, 6, 7, 16, 19. ⑫ 7, 8, 11, 12, 21, 24, 28, 29, 31. 1915 ① 1, 13, 16, 18, 23,
30. ② 4, 5, 8, 11, 12, 22. ③ 1, 3, 6, 13, 26, 27. ④ 6, 17. ⑤ 8. ⑥ 22, 26. ⑦ 31. ⑨ 10.
⑩ 30. ⑪ 15, 22. 1916 ① 21, 26. ⑦ 9, 21. ⑨ 6, 21. ⑪ 14, 29. ⑫ 2. 1917 ① 8, 15, 17.
⑤ 13, 16. ⑦ 3, 7, 12, 24, 31. ⑩ 12, 23, 29, 31. ⑪ 1, 3, 7, 16, 17. ⑫ 25, 28, 29. 1918
① 8, 10, 23, 26, 28. ② 1, 9, 28. ③ 11, 15. ④ 19. ⑤ 10. ⑥ 18. ⑦ 2, 20. ⑧ 31. ⑩ 11.
⑫ 6, 10, 28, 30, 31. 1919 ① 16, 17. ② 11, 13. ③ 26. ④ 12, 14. ⑤ 2. ⑥ 1. ⑨ 18. ⑪
13. ⑫ 31. 1920 ② 9, 16, 17. ③ 4. ④ 21. ⑤ 11, 21. ⑦ 9, 10, 13, 27, 29. ⑧ 20, 24. ⑨
25, 28. ⑩ 11, 27. ⑪ 16, 27. ⑫ 2, 15, 28, 31. 1921 ② 3. ③ 29. ④ 5, 12, 26, 27, 28. ⑤ 3,
24. ⑥ 4, 6. ⑨ 3. ⑪ 3, 9. 1923 ⑨ 22, 24. ⑩ 9. ⑫ 1, 7, 13, 15. 1924 ① 14, 19. ④ 9, 14,
25, 30. ⑤ 20. ⑥ 24. ⑦ 5. ⑧ 16. ⑨ 10. 1925 ④ 1, 28. ⑥ 22. ⑦ 22. ⑧ 5, 7, 17, 20, 26.
⑨ 4, 12, 13, 17. ⑩ 15, 20, 25, 28, 31. ⑪ 11. 1926 ② 3, 5, 23, 25. ③ 22, 23, 24. ④ 9,
10, 15, 16, 18, 20, 22, 26, 27. ⑥ 3, 7, 26, 28. ⑦ 3, 6, 10, 28. ⑧ 13, 21, 27. ⑪ 24. 1927
⑩ 26. 1928 ① 16, 25. ② 17, 25. ③ 1, 2. ④ 7. ⑤ 4, 18. ⑥ 22. ⑩ 30. ⑪ 5. 1929 ① 31.
1932 ⑪ 15.

치서우산의 셋째아들 — 1926 ④ 9.

치신(企莘) — 판치신(潘企莘) 참조.

치야오산(齊耀珊, 1865~?) 지린(吉林) 이퉁(伊通) 출신이며, 자는 자오옌(照岩)이다. 1921
년 하반기에 농상부 총장 겸 교육부 총장을 지냈다. — 1921 ⑫ 29.

치잉(起應) — 저우양(周揚) 참조.

치쭝이(齊宗頤) — 치서우산(齊壽山) 참조.

치쿤(齊坤) 원적은 저장(浙江) 사오싱(紹興)이며, 사오싱현관에서 오랫동안 하인으로 일
했던 소사의 큰아들이다. 일기에는 쉬쿤(徐坤)이라 오기되어 있으며, 일꾼(工) 혹은
하인(僕, 僕人, 傭) 등으로도 기록되어 있다. 루쉰이 현관에 거거했을 때 그의 보살핌
을 받았으며, 후에 바다오완(八道灣)의 집을 경비하는 한편 물품구매를 담당했다. —
1914 ① 31. ⑤ 28. ⑧ 11. 1915 ⑥ 16. ⑨ 4. 1919 ⑫ 29.

치한즈(齊涵之) — 스지싱(史濟行) 참조.

친 군(秦君) 확실치 않음. — 1923 ① 4.

친디칭(秦滌清) — 바오푸(抱朴) 참조.

친시밍(秦錫銘) 산둥(山東) 광라오(廣饒) 출신이며, 자는 유취안(友荃)이다. 교육부 첨사,
통계과 과장을 역임했다. — 1924 ② 29.

친시밍(秦錫銘)의 아버지 — 1924 ② 29.

친원(欽文) ― 쉬친원(許欽文) 참조.

친이(沁一) ― 류칸위안(劉侃元) 참조.

친쥔례(秦君烈) 확실치 않음. ― 1926 ④ 5.

친펀(秦汾, 1882~1973) 장쑤(江蘇) 자딩(嘉定, 지금의 상하이에 속함) 출신이며, 자는 징양
    (景陽)이다. 미국과 영국, 독일에서 유학했으며, 당시 교육부 참사로 재직 중이었다.
    ― 1923 ⑤ 10.

칭천(青辰) ― 타이징눙(臺靜農) 참조.

칭취(青曲) ― 타이징눙(臺靜農) 참조.

【ㅋ】

카이얼(楷爾) 확실치 않음. — 1933 ⑪ 8.

칸위안(侃元) — 류칸위안(劉侃元) 참조.

캉눙(康農) — 샤캉눙(夏康農) 참조.

캉더(亢德) — 타오캉더(陶亢德) 참조.

캉샤오싱(康小行) 루쉰에게 편지를 보내 『케테 콜비츠 판화 선집』을 대신 구입할 방안을 강구해 달라고 요청했다. — 1936 ⑧ 26.

캉신푸(康心孚, 1885~1919) 산시(陝西) 청구(城固) 출신이며, 이름은 바오중(寶忠), 자는 신푸이다. 일기에는 캉싱푸(康性夫)로 기록되어 있다. 일찍이 일본에서 유학하여 동맹회(同盟會)에 가입했으며, 임시총통부의 비서를 지냈다. 당시 베이징대학 철학계 교수를 지냈다. — 1914 ⑨ 27.

캉싱푸(康性夫) — 캉신푸(康心孚) 참조.

캉쓰췬(康嗣群, 1910~1969) 산시(陝西) 청구(城固) 출신. 1928년 당시 상하이 푸단(復旦) 대학에 재학 중이었다. 7월에 루쉰에게 편지를 보내 『위쓰』(語絲)에 투고한 원고의 틀린 글자를 대신 고쳐 달라고 부탁하였으며, 외국서적을 판매하는 서점을 문의하였다. 1932년에 루쉰에게 편지를 보내 목각 『시멘트 그림』(土敏土之圖)을 보내 달라고 청했다. — 1928 ⑦ 26. ⑧ 20. 1932 ⑤ 20, 21.

커란언(客蘭恩) 부인 미국인인 듯하나 확실치 않음. 야오커(姚克)의 벗이며, 중국문예 애호가이다. — 1933 ③ 24.

커밍(可銘) — 주커밍(朱可銘) 참조.

커스(克士) — 저우젠런(周建人) 참조.

커스우(柯世五, 1877~?) 만주족화된 한인(漢人)으로 구성된 팔기한군(八旗漢軍) 가운데에서 양람기(鑲藍旗, 붉은색 테두리 안의 남색 깃발)에 속했으며, 이름은 싱창(興昌)이다. 1901년에 일본에서 유학했으며, 민국 이후에는 교육부 첨사로서 서무과장을 지냈다. — 1918 ① 19. 1924 ② 8.

커스우(柯世五)의 동생 — 1918 ① 19.

커중핑(柯仲平, 1902~1964) 윈난(雲南) 광난(廣南) 출신의 시인이며, 광풍사(狂飆社) 성원으로 활동했다. 베이징법정대학을 졸업했다. — 1925 ⑥ 5. ⑦ 12. ⑧ 5. ⑩ 9. ⑫ 20. 1926 ① 17. ② 11, 23.

콜비츠(Käthe Kollwitz, 1867~1945) 독일의 판화가. 루쉰은 스메들리(A. Smedley)를 통해 그녀의 작품을 구입한 적이 있다. 1931년에 러우스(柔石) 등 다섯 명의 청년작가가 국민당 당국에 의해 살해되었을 때, 그녀는 세계의 저명한 문예가와 함께 연명으로 항의했다. 독일에서 나치가 집권한 후, 다른 독일문예가와 함께 박해를 받았다. 루쉰은 두 차례에 걸쳐 그녀에게 판화 원본을 구입했으며, 1936년 7월에는 그녀의 일흔 살을 기념하여 '삼한서옥'(三閑書屋) 명의로 『케테 콜비츠 판화 선집』을 출판했다. — 1931 ④ 7. ⑤ 24. ⑦ 24. ⑧ 20. 1936 ⑧ 31.

콰이뤄무(蒯若木) 안후이(安徽) 허페이(合肥) 출신이며, 이름은 서우수(壽樞), 자는 뤄무이다. 루쉰과 같은 시기에 일본에서 유학했으며, 불법을 이야기하기 좋아했다. 민국 초기에 베이징에서 근무했으며, 1914년에 간쑤(甘肅)에 가서 성금연독찰처회판(省禁烟督察處會辦) 등을 역임했다. — 1912 ⑤ 16. ⑧ 4. ⑫ 18. 1914 ① 17. 1920 ③ 7, 14, 16. 1921 ② 2.

콰이뤄무(蒯若木)의 아내 — 1921 ② 2.

쾅푸줘(鄺富灼, 1869~1938) 광둥(廣東) 신닝(新寧, 지금의 타이산台山) 출신이며, 자는 야오시(耀西)이다. 일찍이 미국에서 유학했으며, 1926년에 상하이 상우인서관(商務印書館)의 영문부 주임을 지냈다. 량서첸(梁社乾)의 『아Q정전』 영역본 출판 건으로 루쉰과 연락을 주고받았다. — 1926 ⑪ 28. ⑫ 1.

궁더즈(孔德沚, 1897~1970) 저장(浙江) 퉁샹(桐鄕) 출신이며, 선옌빙(沈雁冰)의 아내이다. 일기에는 더즈(德沚), 중팡(仲方)의 아내, 선위(沈余)의 아내, 마오둔(茅盾)의 아내 등으로도 기록되어 있다. — 1930 ④ 5. 1933 ② 3. 1935 ② 2. 1936 ⑤ 9.

쿵룽즈(孔容之) — 쿵샹시(孔祥熙) 참조.

쿵뤄쑨(孔羅蓀, 1912~1996) 산둥(山東) 지난(濟南) 출신의 문학평론가. 1935년에 한커우(漢口)에서 『대광보』(大光報)의 문예부간인 『쯔셴』(紫線)을 주편했는데, 루쉰에게 편지를 보내 원고를 청탁했다. — 1935 ⑤ 22.

쿵뤄쥔(孔若君) — 쿵링징(孔另境) 참조.

쿵링징(孔另境, 1904~1972) 저장(浙江) 퉁샹(桐鄕) 출신의 작가이며, 자는 뤄쥔(若君), 필명은 둥팡시(東方曦)이다. 마오둔(茅盾)의 처남이다. 1932년 8월에 톈진의 허베이(河北)여자사범학원에서 출판부 주임을 지내고 있을 때에 '공산당원 혐의'로 체포되었는데, 루쉰 등의 구명운동을 통해 출옥하여 12월에 상하이로 돌아왔다. 1935년 겨울에 『당대 문인 서간 초』(當代文人尺牘鈔; 후에 『현대작가서간』現代作家書簡으로 개칭)의 편집에 착수하였으며, 루쉰은 이를 위해 서문을 써 주었다. ─1932 ⑫ 26. 1933 ⑤ 9. 1935 ⑪ 1, 14, 24, 26. 1936 ① 30. ② 5. ③ 6. ④ 23, 24. ⑤ 20. ⑦ 4, 22, 24. ⑧ 1. ⑨ 2. ⑩ 11.

쿵샹시(孔祥熙, 1880~1967) 산시(山西) 타이구(太谷) 출신이며, 자는 융즈(庸之)이다. 일기에는 룽즈(容之)로도 기록되어 있다. 일찍이 미국에 유학했다. 광둥(廣東) 혁명정부의 재정청장을 지냈으며, 1927년 당시에는 우한(武漢) 국민정부의 실업부장을 맡았으며, 후에 난징(南京) 국민당정부의 공상부장, 재정부장 등을 역임했다. ─ 1927 ③ 29.

쿵셴수(孔憲書) 윈난(雲南) 퉁하이(通海) 출신. 베이징대학 영문과 학생이다. ─1925 ④ 4, 6.

쿵싼(空三) ─ 천쿵싼(陳空三) 참조.

크씨(克氏) ─Kravchenko(크랍첸코) 참조.

【ㅌ】

타(它) ― 취추바이(瞿秋白) 참조.

타오(陶) 확실치 않음. ― 1912 ⑨ 11.

타오광시(陶光惜) 확실치 않음. ― 1929 ① 4.

타오(陶) 군 확실치 않음. ― 1926 ⑧ 7.

타오궁형(陶公衡, 1893~1948) 저장(浙江) 자싱(嘉興) 출신. 일기에는 궁형(公衡)으로 기록
되어 있다. 타오보친(陶伯勤)의 동생이다. 위염 질환으로 인해 루쉰에게 스도(須藤)
의사를 소개해 달라고 부탁했다. ― 1936 ⑤ 29.

타오녠친(陶念欽) ― 타오녠칭(陶念卿) 참조.

타오녠칭(陶念卿, 1865~1925) 저장(浙江) 사오싱(紹興) 출신이며, 이름은 촨야오(傳堯), 자
는 녠친, 일기에는 녠칭(念卿)으로도 기록되어 있다. 당시 경사(京師)도서관 분관의
주임을 지냈다. ― 1914 ⑪ 11, 26. 1915 ⑤ 18, 29. ⑥ 19, 27. ⑨ 12. ⑩ 9, 30. ⑫ 19.
1916 ② 11, 13. ③ 10, 11, 13, 14. ⑦ 3. ⑧ 26. ⑩ 2. ⑪ 12, 29. 1917 ③ 25. ⑥ 25. ⑦ 5.
⑨ 4. 1918 ① 27. ③ 23.

타오멍허(陶孟和, 1888~1960) 톈진(天津) 출신이 사회학자이며, 이름은 뤼궁(履恭), 자는
멍허이다. 일찍이 미국에 유학했다. 1919년 당시 베이징대학에 교수로 재직했으며,
『신청년』(新靑年) 잡지 기고자 가운데 한 사람이다. ― 1919 ② 12.

타오보친(陶伯勤, 1899~1994) 저장(浙江) 자싱(嘉興) 출신, 일명 산둔(善敦)이라고도 불
린다. 일기에는 지푸(季市) 부인으로 기록되어 있다. 쉬서우창(許壽裳)의 후처이다.
1919년 11월에 쉬서우창과 결혼하여 딸 셋을 낳았다. ― 1925 ⑧ 17. 1934 ⑩ 23. ⑪
26, 28, 30.

타오서우보(陶壽伯, 1902~1997) 장쑤(江蘇) 우시(無錫) 출신의 전각가(篆刻家). 이름은 즈
펀(知奮), 자는 서우보, 일기에는 구서우보(顧壽伯)로 잘못 기록되어 있다. 당시 상하
이 시링인사(西泠印社)에서 도장을 새겼다. ― 1931 ⑥ 7.

타오수천(陶書臣, 1881~1953) 저장(浙江) 사오싱(紹興) 출신이며, 이름은 렁(礽), 자는 수
천, 일기에는 수청(書誠)으로도 기록되어 있다. 1914년 이후 징스(京師)지방검사청
징스제1감옥 간수장을 지내고, 1932년 당시에는 항저우(杭州) 저장성 감옥 전옥장

(典獄長)을 지냈다. 쉬친원(許欽文)이 살인사건의 혐의를 받았을 때 루쉰이 그에게 편지를 보내 구명을 부탁했다. — 1913 ⑫ 12, 13, 23. 1914 ⑧ 20. ⑨ 19. ⑩ 26. ⑪ 4. 1915 ① 3. ⑧ 8. 1916 ① 1. 1919 ⑦ 5, 9. ⑧ 31. ⑨ 5, 14, 20, 21. 1920 ① 3. 1922 ⑨ 16. 1924 ⑪ 15. 1926 ⑦ 18, 25, 26. ⑧ 18. ⑨ 26. ⑩ 9. 1932 ② 18.

타오수천(陶書臣)의 부친 — 1924 ⑪ 15.

타오수청(陶書誠) — 타오수천(陶書臣) 참조.

타오쉬안(陶軒) — 저우타오쉬안(周陶軒) 참조.

타오쉬안칭(陶璇卿) — 타오위안칭(陶元慶) 참조.

타오쉬안칭(陶璿卿) — 타오위안칭(陶元慶) 참조.

타오(陶) 여사 타오전넝(陶振能)을 가리킨다. 저장(浙江) 자싱(嘉興) 출신. 쉬서우창(許壽裳)의 처조카딸이다. — 1935 ① 13.

타오예궁(陶冶公) — 타오왕차오(陶望潮) 참조.

타오예이(陶冶一) — 타오왕차오(陶望潮) 참조.

타오왕차오(陶望潮, 1886~1962) 저장(浙江) 사오싱(紹興) 출신이며, 이름은 주(鑄), 자는 예궁(冶公) 또는 예이(冶一), 호는 왕차오이다. 광복회(光復會) 회원이며, 타오청장(陶成章)의 집안 아저씨뻘이다. 루쉰과 같은 시기에 일본에서 유학했으며, 일본 병사강습소(兵事講習所) 보과(步科)를 졸업했다. 루쉰과 함께 콩드(Maria Konde) 부인에게 러시아어를 배웠다. 민국 이후 육군부 참사처에 들어가 사무원으로 근무했다. 1926년 10월에 한커우(漢口)시정부위원 겸 위생국 국장을 지냈다. 후에 다시 국민혁명군 제4군단 전방지휘부 정치부 주임, 국민정부 군사위원회 정치훈련부 대리주임 등을 역임했다. — 1913 ⑩ 17. ⑪ 16. ⑫ 22. 1914 ① 1, 5. ⑨ 7, 12, 20. ⑩ 12, 25. 1915 ③ 9. ⑫ 23. 1916 ⑦ 8. ⑫ 2. 1921 ④ 24. 1926 ⑦ 27, 31. ⑧ 1, 8, 15, 17. 1929 ⑤ 17, 21, 28.

타오위안칭(陶元慶, 1893~1929) 저장(浙江) 사오싱(紹興) 출신의 미술가이며, 자는 쉬안칭(璇卿)이다. 일기에는 쉬안칭(璿卿)으로도 기록되어 있다. 1924년에 베이징에 와서 쉬친원(許欽文)의 소개로 루쉰을 알게 되었다. 루쉰의 『무덤』(墳), 『방황』(彷徨), 『아침 꽃 저녁에 줍다』(朝花夕拾), 『고민의 상징』(苦悶的象徵), 『상아탑을 나서며』(出了象牙之塔) 등 역저의 겉표지를 도안했다. 아울러 타이저우(臺州)의 저장제6중학, 상하이 리다(立達)학원, 항저우(杭州)국립예술원에서 잇달아 교편을 잡았다. — 1924 ⑫ 3. 1925 ① 20, 25. ③ 18, 19, 22. ⑧ 2, 6, 14. ⑨ 3, 28. ⑩ 9, 30. 1926 ① 5, 26. ② 15, 27. ④ 18. ⑤ 3, 12, 31. ⑥ 6. ⑦ 12, 26, 27. ⑧ 26. ⑨ 27. ⑩ 29. ⑪ 21, 23, 24, 25. 1927 ⑩ 6. ⑪ 4, 21, 22, 23, 27. ⑫ 10, 14, 15, 17, 22, 30. 1928 ① 3, 11. ② 1, 8, 18. ③ 1, 31. ④ 5,

13. ⑤7, 8. ⑥1, 21. ⑦2, 9. ⑧13. ⑩9, 21. ⑪23. 1929 ①4. ②21. ⑦16. ⑧10, 14. ⑨8. 1930 ⑦19.

타오징쑨(陶晶孫, 1897~1952) 장쑤(江蘇) 우시(無錫) 출신의 작가. 창조사 및 좌익작가연맹의 성원으로 활동했다. 1929년 11월 상하이에서 위다푸(郁達夫)를 이어 『대중문예』(大衆文藝) 월간을 주편했다.—1929 ④1. ⑦13. ⑪15. 1930 ①23. ②7, 8.

타오캉더(陶亢德, 1908~1983) 저장(浙江) 사오싱(紹興) 출신. 1933년 당시 『논어』(論語) 반월간의 편집을 맡고, 후에 『우주풍』(宇宙風), 『인간세』(人間世) 등을 편집했으며, 이 시기에 루쉰에게 자주 편지를 보내 원고를 청탁했다.—1933 ⑩18, 23, 27. ⑪2, 13. ⑫5, 13, 29. 1934 ①6. ③28, 30, 31. ④2, 4, 5, 7, 8, 16, 21. ⑤5, 6, 8, 17, 18, 20, 25, 27. ⑥6, 8, 23. ⑦31. ⑩19. ⑪21. 1936 ⑦7.

타이보젠(臺伯簡) → 타이징눙(臺靜農) 참조.

타이쉬 화상(太虛和尙, 1890~1947) 저장(浙江) 충더(崇德, 지금은 퉁샹桐鄕에 속함) 출신이며, 원래의 성은 뤼(呂)이다. 1926년 10월에 미국에서 불학을 강의한 후 난양을 경유하여 귀국할 때 샤먼(厦門)을 들렀다.—1926 ⑩21.

타이징눙(臺靜農, 1902~1990) 안후이(安徽) 훠추(霍丘) 출신이며, 자는 보젠(伯簡)이다. 일기에는 징눙(靖農), 징(靖), 칭취(靑曲), 칭천(靑辰)으로도 기록되어 있다. 웨이밍사(未名社)와 북방 좌익작가연맹의 성원으로 활동했다. 베이징대학 연구소국학문(硏究所國學門)을 졸업하고, 푸런(輔仁)대학, 산둥(山東)대학, 샤먼(厦門)대학 등에서 교편을 잡았다. 루쉰은 세 차례에 걸쳐 그에게 친필을 보내 주었다.—1925 ④27. ⑤14, 17, 20, 21. ⑥23. ⑦5, 6, 10, 13, 14, 19. ⑧15, 24, 30. ⑨1, 9, 14. ⑩1, 7, 13, 18, 26. ⑪25. ⑫1, 12, 18, 20, 26, 30. 1926 ①2, 12, 13, 21, 27, 31. ②7, 9, 10, 20. ③2, 6, 10, 15, 21, 23. ④23, 30. ⑤1, 5. ⑦15, 26. ⑩23. ⑪28, 29. 1927 ②22. ④9, 10, 29. ⑤3, 6, 11, 14, 23. ⑥1, 3, 7, 13, 23. ⑦2, 15, 24, 25. ⑧17, 18, 21. ⑨20, 23, 25. ⑩4, 5, 26. 1928 ②10, 23, 25. ⑥5. 1929 ⑤17, 24, 28, 29, 30. ⑥3. 1930 ⑧8. 1932 ④24. ⑥5, 6, 17, 18, 19. ⑦10, 11. ⑧5, 15, 16. ⑨21, 29. ⑪15, 17, 18, 19, 20, 22, 26, 27, 28. ⑫1, 2, 9, 12, 14. 1933 ①5, 26, 31. ②11, 13. ③1, 11, 13, 25, 30. ⑤9, 12. ⑥28. ⑧29. ⑫27, 28. 1934 ①12, 25, 26. ②14, 15, 26. ③16, 23, 27, 31. ④3, 12, 13. ⑤10. ⑥9, 17, 18, 29. ⑦1, 2, 3, 5, 14, 15, 16, 17, 31. 1935 ⑤6, 15. ⑥6, 24. ⑦2, 3, 22. ⑧11, 30, 31. ⑨2, 17, 20. ⑩6. ⑪15, 29. ⑫4, 6, 21, 22. 1936 ⑦7. ②25. ③16. ⑤7. ⑩4, 16.

탁본장수 리씨(李佁) 확실치 않음.—1916 ⑥24.

탄 여사(譚女士) 미국인 트리트(I. Treat, 중국명 譚麗德)를 가리킨다. 국제반전조사단이 중국에 파견한 대표이며, 프랑스의 잡지 『Vu』(관찰)의 기자이다. 프랑스의 공산주의자 시인이자 소설가인 쿠튀리에(Paul Vaillant-Couturier)의 아내이다. ─ 1934 ① 17.

탄자오(譚昭, 1903~1994) 후난(湖南) 샹샹(湘鄕) 출신. 일기에는 루쉰의 아내(魯彦夫人)로 기록되어 있다. 1924년에 루쉰과 결혼했다가 1929년에 이혼했다. ─ 1925 ⑦ 20. ⑧ 1. ⑨ 4, 27.

탄정비(譚正璧, 1901~1991) 장쑤(江蘇) 자딩(嘉定, 현재는 상하이에 속함) 출신의 학자. 1925년 여름에 상하이 근교의 난샹(南翔)에서 가정교사를 지낼 때 루쉰의 『중국소설사략』(中國小說史略)을 본 후 시내암(施耐庵)의 원명과 자를 루쉰에게 편지로 알렸다. 1934년 10월에 『중국문학가대사전』(中國文學家大辭典)을 펴내면서 루쉰에게 책명을 써 달라고 부탁했다. ─ 1925 ⑦ 8, 13. ⑩ 9, 14. 1934 ⑩ 13.

탄쥔너(談君訥, 1874~1950) 후베이(湖北) 싱산(興山) 출신이며, 이름은 시언(錫恩), 자는 쥔너이다. 일기에는 탄쥔루(譚君陸)로 잘못 기록되어 있다. 일본에서 유학했으며, 당시 교육부 첨사를 맡고 있었다. ─ 1915 ① 16.

탄쥔루(譚君陸) ─ 탄쥔너(談君訥) 참조.

탄진훙(譚金洪) 태국의 화교. 광저우(廣州)의 페이정(培正)학교에 재학했다. 태국에서 자신의 작품 일곱 편을 루쉰에게 부쳐 베이신(北新)서국에서 출판할 수 있도록 부탁했다. ─ 1930 ⑪ 5.

탄짜이콴(譚在寬) 확실치 않음. ─ 1926 ⑤ 10, 12.

탄차이친(譚采芹, 1859~1939) 저장(浙江) 사오싱(紹興) 출신. 탄팅샹(譚廷襄)의 조카딸이다. 1918년에 탄씨의 예순 살 생신을 맞아 루쉰은 차이위안페이(蔡元培), 쉬밍보(許銘伯) 등과 축수의 글을 연서하고 베이징의 동향에게 돈을 모아 축수용 병풍을 제작하였다. ─ 1918 ⑨ 26.

탄카이(淡海) 일본의 희극배우. 원명은 다나베 고지(田邊耕治)이고, 시가노야 단카이(志賀酒家淡海)로 개명했다. 시가노야 가부키단의 단장이다. 중국에 와서 공연할 때 우치야마 간조(內山完造)의 소개로 루쉰을 만났으며, 루쉰은 두 차례 공연을 관람했다. ─ 1934 ② 4, 5, 7. ⑦ 28. ⑩ 25, 28.

탕(湯) ─ 아이우(艾蕪) 참조.

탕(唐) 군 확실치 않음. ─ 1925 ⑤ 3.

탕르신(湯日新, 1897~1951) 장시(江西) 광펑(廣豊) 출신이며, 자는 유자이(又齋)이다. 1929년에 저장(浙江) 사오싱현(紹興縣) 현장을 지냈다. ─ 1929 ② 6.

탕아이리(湯愛理, 1882~?) 장쑤(江蘇) 우진(武進) 출신이며, 이름은 중(中), 자는 예민(野民)이다. 베이양(北洋)정부 시절에 교육부 첨사, 주석참사, 국장, 차장 등을 역임했다. ─

1929 ⑪ 2, 7, 8, 13.

탕얼허(湯爾和, 1878~1940) 저장(浙江) 위항(餘杭) 출신이며, 본성은 사(沙), 이름은 유(楢), 자는 얼허이다. 루쉰과 같은 시기에 일본에서 유학했으며, 원래 육군에 지원하려 했으나 후에 의학을 공부했다. 귀국 후에 항저우(杭州) 저장양급사범학당의 교의(校醫)를 지냈다. 민국 이후 오랫동안 베이징의학전문학교 교장을 지냈으며, 1922년에 교육부 차장, 총장 등을 지냈다. 항일전쟁 시기에는 괴뢰임시정부 의정위원회 위원장, 왕징웨이(汪精衛) 괴뢰정부의 정무위원회 상무위원, 교육총서(敎育總署) 독판(督辦) 등을 역임했다. ─ 1913 ⑧ 18. 1914 ① 5. 1916 ⑪ 27. 1917 ⑥ 9. 1918 ⑦ 30. ⑧ 29, 30. 1919 ⑧ 21. 1920 ⑤ 29. ⑧ 16.

탕융란(湯咏蘭, 1910~?) 후난(湖南) 이양(益陽) 출신. 일기에는 즈(芷)의 아내, 아즈(阿芷)의 아내로도 기록되어 있다. 예쯔(葉紫)의 아내이다. 1936년 10월에 병세가 위중한 예쯔의 상황을 루쉰에게 편지로 알렸다. ─ 1936 ⑤ 13. ⑩ 6.

탕이니(唐依尼) 확실치 않음. ─ 1929 ⑤ 10.

탕잉웨이(唐英偉, 1915~2000) 광둥(廣東) 차오안(潮安) 출신. 광저우(廣州)시립미술학교 중국화계를 졸업했다. 1934년에 리화(李樺), 라이사오치(賴少其) 등과 광저우현대판화회의 조직을 발기했다. ─ 1935 ④ 22. ⑤ 24. ⑥ 24, 29. 1936 ③ 23. ④ 23, 25. ⑤ 26. ⑦ 22. ⑧ 18. ⑨ 20.

탕자오헝(湯兆恒, 1907~1977) 저장(浙江) 주지(諸暨) 출신. 일기에는 야오 군(姚君)으로 오기되어 있다. 쉬서우창(許壽裳)의 큰사위이다. 상하이의 영국 상인 완타이양행(萬泰洋行)에서 기술사로 근무했다. ─ 1935 ⑦ 7.

탕저춘(湯哲存, 1876~1946) 저장(浙江) 사오싱(紹興) 출신이며, 이름은 샤오지(孝佶), 자는 지린(吉人), 호는 줘춘(拙存) 혹은 저춘(哲存)이다. 탕서우첸(湯壽潛)의 아들이다. 일본에서 유학했으며, 당시 교육부에서 근무하였다. ─ 1912 ⑧ 31.

탕전양(湯振揚) ─ 탕쩡양(湯增敭) 참조.

탕징헝(唐靜恒) 확실치 않음. ─ 1925 ④ 8, 10.

탕쩡양(湯增敭, 1908~?) 저장(浙江) 우싱(吳興) 출신. 일기에는 탕전양(湯振揚)으로도 기록되어 있다. 반월간지 『들풀』(野草; 후에 주간으로 바뀜)을 편집하고 '민족주의문학'을 선전했다. ─ 1928 ⑩ 18, 29. 1930 ④ 7, 9.

탕(湯) **총장** ─ 탕화룽(湯化龍) 참조.

탕타오(唐弢, 1913~1992) 저장(浙江) 전하이(鎭海) 출신의 작가이며, 필명은 후이안(晦庵), 펑쯔(風子) 등이다. 1932년에 상하이 우체국에 재직할 때 『선바오』(申報) 「자유담」(自由談)에 자주 기고하였다. 1934년 1월 6일에 리례원(黎烈文)이 「자유담」 기고자를 연회에 초대했을 때 루쉰을 알게 되었다. 같은 해 7월 26일에 루쉰에게 편지를 보내 사회과학과 외국어의 학습방법에 대해 물었다. ― 1934 ⑦ 26, 27. ⑧ 7, 8, 9. 1935 ④ 17, 19. ⑤ 28. ⑧ 26. 1936 ③ 15, 17, 28, 31. ④ 14, 15. ⑤ 10, 22. ⑥ 2. ⑧ 7, 19, 20.

탕핀즈(湯聘之) 라이위성(來雨生)의 부탁으로 루쉰이 현 지사에 응시하는 그의 보증을 섰다. ― 1914 ④ 6.

탕허(唐訶, 1913~1984) 산시(山西) 펀양(汾陽) 출신이며, 원명은 톈지화(田際華), 필명은 탕허이다. 타이위안(太原)의 류화사(榴花社) 성원이며, 목각애호가이다. 베이핑 의학원에 재학 중이었으며, 제1차 전국목각연합전람회의 주최자 가운데 한 사람이다. 후에 의료업무와 의학편집 사업에 오랫동안 종사했다. ― 1934 ⑫ 18. 1935 ① 15, 18, 30, 31. ② 3, 4, 6, 7. ③ 3. ④ 21. ⑤ 15, 30. ⑥ 5. ⑦ 7. ⑨ 25. ⑩ 2, 3. 1936 ⑨ 20, 21.

탕허이(湯鶴逸, 1900~1968) 산시(陝西) 한인(漢陰) 출신. 베이징대학을 졸업하고 일본에서 유학했다. 1925년에 귀국하여 베이징『천바오』(晨報)를 위해 일본 소설을 번역했다. ― 1925 ⑪ 16.

탕화룽(湯化龍, 1874~1918) 후베이(湖北) 치수이(蘄水, 지금의 시수이浠水) 출신이며, 자는 지우(濟武)이다. 일기에는 탕(湯) 총장으로도 기록되어 있다. 1914년 5월 1일 교육총장에 임명되었으며, 이듬해 10월 5일에 사임했다. ― 1914 ⑤ 4. 1915 ③ 29.

톄겅(鐵耕) ― 천톄겅(陳鐵耕) 참조.

톄민(鐵民) ― 장톄민(章鐵民) 참조.

톈 군(田君) 확실치 않음. ― 1924 ⑧ 29.

톈둬자(田多稼) 저장(浙江) 샤오산(蕭山) 출신이며, 이름은 런(稔), 자는 둬자이다. 1913년에 중의원 의원을 지냈다. ― 1913 ⑤ 18.

톈싱(天行) ― 웨이젠궁(魏建功) 참조.

톈원산(田間山) 확실치 않음. ― 1926 ④ 14, 22.

톈젠(田間, 1916~1985) 안후이(安徽) 우웨이(無爲) 출신이며, 원명은 퉁톈젠(童天鑒), 필명은 톈젠이다. 시인이며, 좌익작가연맹의 성원이다. 1935년부터 1936년에 걸쳐『문학총보』(文學叢報),『신시가』(新詩歌)의 편집에 참여했다. 자작시집『웨이밍집』(未明集)을 루쉰에게 부쳤다. ― 1935 ⑫ 12.

톈지화(田際華) ― 탕허(唐訶) 참조.

톈징푸(田景福, 1911~?) 산시(山西) 펀양(汾陽) 출신. 1935년에 타이위안(太原)청년회 총간사를 지냈으며, 루쉰에게 자신의 단편소설집『겨울의 일』(冬天的事)을 위한 서문을 부탁한 일로 루쉰과 편지를 주고받았다. ― 1935 ⑨ 9, 29.

톈푸(田夫, ?~1931) 후난(湖南) 창사(長沙) 출신의 작가이며, 원명은 차오뎬후(曹典湖), 가

명은 톈푸이다. 1931년 3월에 체포되어 같은 해 9월에 병으로 옥사했다.—1929 ⑩
22.

톈한(田汗)—톈한(田漢) 참조.

톈한(田漢, 1898~1968) 후난(湖南) 창사(長沙) 출신이며, 자는 서우창(壽昌)이다. 일기에는
톈한(田汗)으로도 기록되어 있다. 희극가이며, 좌익작가연맹 및 좌익희극가연맹의
성원이다. 1927년에 난궈사(南國社)를 조직했으며, 1934년 8월 이후에는 주간『극』
(戲)의 편집을 맡았다.—1927 ⑪ 23. 1930 ⑩ 4. 1935 ① 29.

퉁(童) 확실치 않음.—1912 ⑨ 11.

퉁쉬안푸(童萱甫)—퉁항스(童杭時) 참조.

퉁야전(童亞鎭, 1891~?) 저장(浙江) 성현(嵊縣) 출신이며, 자는 샤청(夏城)이다. 루쉰이 사
오싱(紹興)부중학당에서 교편을 잡았을 때의 학생이다. 1913년에 베이징대학 예과
에 입학하였으며, 루쉰에게 보증을 서 달라고 부탁했다. 1914년부터 1916년에 걸
쳐 의과의 일부를 이수했다. 베이징에서 공부하는 동안 루쉰에게 학비를 빌렸다.—
1913 ⑤ 17, 29. 1914 ② 3, 4. ③ 25, 30. ④ 2, 28. ⑤ 1, 20. ⑥ 24. ⑨ 5, 8, 9. ⑪ 9, 26,
30. ⑫ 7, 26, 27. 1915 ② 12, 14, 18. ③ 1, 21. ⑨ 11. 1916 ① 2.

퉁징리(童經立) 장시(江西) 핑샹(萍鄕) 출신. 베이징대학 국문계 학생이다. 자신이 지은
「향학기 중의 회상 5편, 그리고 서로 관계없는 긴 꼬리 하나」(向學期中的回想五篇和一
條不相干的長尾巴)를『위쓰』(語絲)에 부치고, 1927년 12월 상하이에서 복간된『위쓰』
몇 기를 대가로 받기를 원했다. 루쉰은 그의 바람대로 해주었다.—1928 ④ 3.

퉁펑차오(童鵬超) 저장(浙江) 사오싱(紹興) 출신이며, 자는 룬메이(潤梅)이다. 루쉰이 항저
우(杭州) 저장양급사범학당에서 교편을 잡았을 때의 학생이다. 정신질환을 앓았다.
—1912 ⑤ 20. 1914 ① 28, 31. ② 1, 8, 9.

퉁항스(童杭時, 1877~1949) 저장(浙江) 성현(嵊縣) 출신이며, 원명은 인차오(蔭喬), 자는
전시(杕谿), 호는 쉬안푸(萱甫)이다. 일본도쿄법정대학을 졸업했으며, 청말에 서석린
(徐錫麟)을 따라 반청혁명에 뛰어들었다. 민국 초기에 참의원 의원을 지내고 위안스
카이(袁世凱)의 칭제(稱帝)에 반대했다. 후에 대리원(大理院) 원장, 저장 실업청 청장
등을 역임했다.—1914 ① 3, 21. 1916 ⑨ 12.

티셴(逷先)—주티셴(朱逷先) 참조.

팅판(廷璠)—천쿵싼(陳空三) 참조.

【ㅍ】

판 군(范君) ─ 판아이눙(范愛農) 참조.

판랑시(范朗西) 광둥(廣東) 출신. 광저우(廣州)의 페이정중학(培正中學) 교사이며, 광저우 시 교육국이 운영하는 평민학교를 주관했다. ─1927 ③ 4.

판러산(范樂山) 저장(浙江) 사오싱(紹興) 출신으로, 이름은 쭝하오(宗鎬), 자는 러산이다. 판원란(范文瀾)의 아저씨뻘이다. ─1918 ② 10.

판보앙(范伯昂) 저장(浙江) 사오싱(紹興) 출신이며, 이름은 원지(文濟), 자는 보앙이다. 판 원란(范文瀾)의 큰형이다. ─1915 ⑩ 31.

판서우밍(范壽銘, 1871~1922) 저장(浙江) 사오싱(紹興) 출신이며, 자는 딩칭(鼎卿)이다. 판 원란(范文瀾)의 숙부로, 청말의 거인(擧人)이다. 민국 후에 허난도독부(河南都督府) 총비서, 장더부(彰德府) 지부, 허난 위둥(豫東) 도윤(道尹), 허베이 도윤 등을 역임했 다. 금석학에 관심이 많아 비첩(碑帖) 만여 종을 수집했다. ─1919 ⑧ 31.

판쓰(梵斯) 여사 오스트리아의 바이스(Ruth Weiss) 여사를 가리킨다. 야오커(姚克)와 동 행하여 루쉰을 방문했다. ─1935 ⑪ 22.

판(范)씨 성을 가진 사람 ─ 판원란(范文瀾) 참조.

판씨 어멈(潘媽) 베이징 출신. 루쉰의 어머니가 고용한 보모이다. ─ 1923 ⑧ 26. 1932 ⑪ 18, 23

판아이눙(范愛農, 1883~1912) 저장(浙江) 사오싱(紹興) 출신이며, 이름은 자오지(肇基), 자 는 쓰녠(斯年), 호는 아이눙이다. 서석린(徐錫麟)의 제자이며 광복회 회원이다. 일본 에서 유학하던 때에 루쉰과 알게 되었다. 신해혁명 후에 루쉰이 산콰이(山會)초급사 범학당의 감독에 임명되었을 때, 그는 이 학교의 감학(監學)을 맡았다. 루쉰이 교육 부로 옮겨 간 후 그는 구세력의 압박에 밀려 직장을 잃고서 가난에 시달리다가 물에 빠져 죽었다. 루쉰은 그를 위해 「판아이눙 군을 애도하는 시 3수」(哀范君三章)와 「판 아이눙」(范愛農)을 지었다. ─1912 ⑤ 15, 19, 23. ⑥ 4. ⑦ 19, 22. ⑧ 2, 28.

판원란(范文瀾, 1893~1969) 저장(浙江) 사오싱(紹興) 출신의 역사학자. 자는 처음에 윈타 이(雲臺)였다가 중원(仲澐)으로 바뀌었다. 일기에는 판윈타이(范蕓臺), 판씨 성을 가 진 사람(성이 판인 사람, 范姓者)으로도 기록되어 있다. 민국 첫 해에 베이징대학에서 공부할 때 고모부인 쉬밍보(許銘伯)가 루쉰과 함께 사오싱회관에서 지냈기에 루쉰과 알게 되었다. 1917년에 대학을 졸업한 후 톈진(天津)의 난카이(南開)대학, 베이징사범대학 국문과 강사, 베이핑대학 여자문리학원 원장 등을 역임했다. ─ 1913 ⑥ 14. ⑫ 14. 1914 ⑧ 13. 1915 ⑩ 31. ⑫ 26. 1917 ① 23. ④ 1, 22. ⑨ 9. 1918 ① 1. ⑦ 14. 1925 ⑩ 17. 1929 ⑤ 28. ⑥ 1. ⑨ 10. 1932 ⑪ 18, 19, 24.

판위안롄(范源廉) ─ 판위안롄(范源濂) 참조.

판위안롄(范源濂, 1877~1928) 후난(湖南) 샹인(湘陰) 출신이며, 자는 징성(靜生)이다. 일기에는 총장(總長), 판 총장으로도 기록되어 있다. 당시 교육부 총장을 맡고 있었다. ─ 1912 ⑦ 17, 26, 31. ⑧ 28. ⑨ 6. 1913 ② 5.

판윈타이(范雲臺) ─ 판원란(范文瀾) 참조.

판윈타이(范雲臺) ─ 판원란(范文瀾) 참조.

판융(樊鏞) ─ 판자오룽(樊朝榮) 참조.

판이천(范亦陳) 장쑤(江蘇) 난징(南京) 출신이며, 이름은 스(實), 자는 이천이다. 일기에는 이청(逸丞)으로도 기록되어 있다. 루쉰이 난징 광무철로학당에 다닐 적의 급우이다. ─ 1912 ⑩ 26. 1915 ⑪ 20, 21.

판이청(范逸丞) ─ 판이천(范亦陳) 참조.

판자쉰(潘家洵, 1896~1989) 장쑤(江蘇) 우현(吳縣) 출신의 번역가이며, 자는 제취안(介泉)이다. 신조사(新潮社), 문학연구회(文學硏究會)의 회원으로 활동했다. 1919년에 베이징대학 영문계를 졸업한 후 모교에 남아 교편을 잡았다. ─ 1926 ⑤ 15.

판자오룽(樊朝榮) 확실치 않음. ─ 1915 ⑥ 22.

판중윈(樊仲雲, 1901~1990) 저장(浙江) 성현(嵊縣) 출신이며, 자는 더이(德一)이다. 상하이 상우인서관(商務印書館) 편집자 및 신생명(新生命)서국의 총편집을 지냈다. 항일전쟁 기간에는 왕징웨이(汪精衛) 괴뢰정부의 교육부 정무차장, 교육위원회 주임위원 등을 역임했다. ─ 1927 ⑩ 18.

판중윈(范仲澐) ─ 판원란(范文瀾) 참조.

판즈허(范稚和) 장쑤(江蘇) 난징 출신이며, 판이천(范亦陳)의 동생이다. ─ 1915 ⑪ 20.

판지류(范吉六) ─ 판지류(范吉陸) 참조.

판지류(范吉陸, 1875~?) 후베이(湖北) 어청(鄂城) 출신. 이름은 훙타이(鴻泰), 자는 지류이다. 일기에는 지류(吉六)로도 기록되어 있다. 교육부 총무청 서무과 기정(技正), 전문교육사 사장(司長) 등을 역임했다. ─ 1916 ⑤ 28. 1918 ⑪ 10. 1923 ⑫ 31.

판지류(范吉陸)의 딸 ─ 1918 ⑪ 10.

판지류(范吉陸)의 부인 ─ 1923 ⑫ 31.

판지류(范吉陸)의 어머니 ― 1916 ⑤ 16.

판쭝하오(范宗鎬) ― 판러산(范樂山) 참조.

판쯔녠(潘梓年, 1893~1972) 장쑤(江蘇) 이싱(宜興) 출신의 철학자. 판한녠(潘漢年)의 사촌
　형이다. 상하이 베이신(北新)서국과 『베이신』 반월간의 편집자이다. ― 1927 ⑩ 5.
　1928 ① 24. ④ 11.

판(范) 총장 ― 판위안롄(范源濂) 참조.

판추이퉁(潘垂統, 1896~1993) 저장(浙江) 츠시(慈溪) 출신. 문학연구회(文學研究會) 회원
　으로 활동했다. 저우쭤런(周作人)이 사오싱(紹興)의 저장제5중학에서 교편을 잡았을
　때의 학생이다. ― 1921 ⑨ 5, 10. 1929 ④ 28.

판치신(潘企莘, 1892~1974) 저장(浙江) 상위(上虞) 출신의 심리학자이며, 이름은 위안(淵),
　자는 치신이다. 1914년부터 1916년 여름에 걸쳐 사오싱(紹興)의 저장제5중학 교원
　이었으며, 저우쭤런(周作人)과 동료로 지냈다. 1916년 5월에 베이징에 와서 문관 고
　시에 응시하였으며, 합격 후에 교육부 사회교육사에서 근무하고 통속교육연구회의
　편역원을 지냈다. ― 1916 ⑤ 17, 24, 25, 31. ⑥ 22. ⑦ 10, 19, 21. ⑨ 18. ⑫ 1, 2. 1917
　① 10, 20. ② 28. ③ 10. ④ 4, 10, 22. ⑤ 14, 17, 31. ⑥ 29. ⑦ 5, 13, 20, 29. ⑧ 21. ⑨ 8,
　30. ⑩ 15. ⑪ 11, 25. ⑫ 9. 1918 ① 1. ③ 30. ⑤ 3. ⑧ 9. ⑩ 7. ⑪ 8. ⑫ 8. 1919 ① 1. ③
　23. ⑧ 4. ⑨ 13. ⑪ 14. ⑫ 15, 20. 1920 ① 1. 1921 ⑥ 22. 1922 ⑦ 16. 1923 ⑧ 4. ⑨ 2, 8,
　20. ⑫ 15. 1924 ② 15. ⑤ 21. ⑥ 21, 27. ⑨ 14. ⑫ 8. 1925 ⑧ 14, 27. ⑩ 15.

판친이(范沁一) ― 류칸위안(劉侃元) 참조.

판카오젠(潘考鑒) 광둥(廣東) 순더(順德) 출신. 광저우(廣州) 중산(中山)대학 예과 학생이
　다. 중국공산당에 가입했으나, 4·15사변 후에 변절했다. ― 1927 ① 24.

판커(梵可) ― 쉬스취안(徐詩荃) 참조.

판한녠(潘漢年, 1905~1977) 장쑤(江蘇) 이싱(宜興) 출신의 작가. 창조사(創造社)와 좌익작
　가연맹의 성원으로 활동했다. 판쯔녠(潘梓年)의 사촌동생이다. 1927년 말에 예링펑
　(葉靈鳳) 등과 『현대소설』(現代小說) 월간의 편집을 기획했다. ― 1927 ⑫ 13.

팡 군(方君) 확실치 않음. ― 1934 ⑤ 14.

팡런(方仁) ― 왕팡런(王方仁) 참조.

팡만쉬안(房曼弦) 확실치 않음. ― 1928 ① 19.

팡바오쭝(方保宗) ― 선옌빙(沈雁冰) 참조.

팡비(方壁) ― 선옌빙(沈雁冰) 참조.

팡산징(方善竟, 1907~1983) 팡산징(方善境)으로 써야 옳다. 저장(浙江) 전하이(鎭海) 출신
　이다. 1929년부터 1930년에 걸쳐 한커우(漢口)의 세계어학회에서 『희망』(希望)을 편

집했다. 그는 자신이 깎은 아쿠타가와 류노스케(芥川龍之介) 등의 석각 화상을 루쉰에게 보냈으며, 동봉한 편지에 '俀'이라 서명했다. 아쿠타가와 류노스케의 석각 화상은 후에 루쉰이 주편한 계간 『문예연구』(文藝研究)에 발표되었으며, 동봉한 편지는 루쉰이 『분류』(奔流) 제2권 제4기의 「편집후기」(編校後記)에 인용하여 실었다. ― 1929 ⑦ 28. ⑪ 6. 1930 ④ 12, 13. ⑧ 1, 2.

팡수(方叔) ― 저우펑치(周鳳岐) 참조.

팡수(芳叔) ― 저우펑치(周鳳岐) 참조.

팡스쥔(房師俊, 1911~?) 산둥(山東) 이두(益都) 출신. 푸단(復旦)대학 외국문학계에 재학했다. ― 1936 ④ 11.

팡즈중(方之中, 1908~1987) 후난(湖南) 화룽(華容) 출신. 황푸(黃埔)군관학교를 졸업하였으며, 좌익작가연맹의 성원이다. 1935년 4월에 루쉰에게 편지를 보내 자신의 소설집 『화가충』(花家沖)의 서문을 써 달라고 부탁했으나, 루쉰은 바빠서 쓰지 못했다. 그는 1936년에 월간 『나이팅게일』(夜鶯)을 편집할 때 루쉰의 「3월의 조계」(三月的租界), 「깊은 밤에 쓰다」(寫于深夜里)의 두 글을 이 잡지에 발표했다. ― 1935 ④ 12, 18. 1936 ⑦ 6.

팡천(方晨) 확실치 않음. ― 1934 ③ 28.

펑(豊) ― 저우펑이(周豊一) 참조.

펑겅(馮鏗, 1907~1931) 광저우(廣州) 차오저우(潮州) 출신이며, 원명은 링메이(嶺梅), 필명은 펑겅, 뤼어(綠蒂)이다. 일기에는 미스 펑(密斯馮)으로도 기록되어 있다. 작가이며, 좌익작가연맹의 성원이다. 러우스(柔石)의 소개로 루쉰을 알게 되었다. 1931년 2월 7일에 국민당 당국에 의해 상하이 룽화(龍華)에서 살해당했다. ― 1929 ⑫ 31. 1931 ① 12.

펑 고모(馮姑母) 광둥(廣東) 판위(番禺) 출신. 쉬광핑(許廣平)의 고모이다. ― 1929 ⑨ 20. 1930 ⑤ 26. ⑩ 15. 1933 ① 25.

펑 군(馮君) 스메들리(A. Smedley)의 비서 펑레이(馮蕾)를 가리키는 듯하다. ― 1931 ⑥ 7, 11.

펑 군(馮君) ― 펑쉐펑(馮雪峰) 참조.

펑나이차오(馮乃超, 1901~1983) 광둥(廣東) 난하이(南海) 출신. 문학평론가이며, 후기 창조사(創造社)와 좌익작가연맹의 주요 성원 가운데 한 사람이다. 1930년 2월에 좌익작가연맹의 강령과 선언의 초고에 대한 의견을 듣기 위해 루쉰을 찾아갔다. ― 1930 ② 24.

펑다오(澎島) 허베이(河北) 바오딩(保定) 출신이며, 원명은 쉬옌녠(許延年)이다. 북방 좌익작가연맹의 성원으로 활동했다. 1929년에 베이핑 제1사범학원에 재학 중일 때 학우인 츠펑(次豐)과 함께 국문학회를 대표하여 루쉰을 강연에 초대했다. 1934년 당시에는 베이핑에서 『북극』(北國) 월간을 펴냈다. ─1929 ⑥ 1. 1934 ① 18.

펑더싼(封德三) 저장(浙江) 사오싱(紹興) 출신이며, 이름은 셰천(燮臣)이다. 강남수사학당(江南水師學堂)을 졸업했다. ─1917 ⑧ 19, 29. ⑨ 1, 2, 9, 21, 30. 1918 ③ 30. 1920 ⑦ 9. ⑨ 22. ⑩ 13, 14, 25. ⑪ 3, 9, 11.

펑더쥔(馮德峻) ─ 펑커수(馮克書) 참조.

펑룬장(馮潤璋, 1902~1994) 산시(陝西) 징양(涇陽) 출신이며, 별칭은 저우츠스(周茨石)이다. 좌익작가연맹의 성원으로 활동했다. 간행물 출간을 위해 가르침을 받고자 루쉰에게 편지를 보냈으며, 오래지 않아 벗들과 함께 『홍황』(洪荒) 월간을 편집하여 출판했다. ─1933 ⑤ 18, 25. ⑥ 1.

펑리타오(彭禮陶) 확실치 않음. ─1929 ② 20, 21.

펑메이쥔(馮梅君) 확실치 않음. ─1931 ① 17.

펑바이산(彭柏山, 1910~1968) 후난(湖南) 차링(茶陵) 출신의 작가이며, 원명은 빙성(丙生). 일명 빙산(冰山)이다. 일기에는 빙산, 천유성(陳友生)으로 기록되어 있다. 좌익작가연맹의 성원으로 활동했다. 1934년에 루쉰과 편지를 주고받기 시작했으며, 1935년 이후에는 옥중에서 천유성이라는 가명으로 루쉰을 통해 후펑(胡風)에게 편지를 보냈다. ─1934 ⑦ 6, 7. ⑩ 3, 4. ⑫ 13, 14, 21. 1935 ⑤ 24. ⑧ 31. 1936 ⑩ 7.

펑 부인(馮太太) ─ 허아이위(何愛玉) 참조.

펑부칭(馮步青) 저장(浙江) 상위(上虞) 출신이며, 자는 윈성(雲生)이다. 1914년에 루쉰은 웨이푸몐(魏福綿)의 부탁을 받아 현(縣)의 지사(知事)에 응시하도록 그의 보증을 섰다. 1929년에 상하이에서 변호사로 활동했을 때에는 루쉰의 하녀 왕아화(王阿花)의 일로 루쉰과 연락되었다. ─1914 ④ 5, 8. 1929 ⑩ 31.

펑빈푸(馮賓符, 1915~1966) 저장(浙江) 츠시(慈溪) 출신이며, 원명은 전융(貞用), 자는 중쭈(仲足), 호는 빈푸이다. 국제문제연구자이며, 30년대에 상우인서관(商務印書館)과 생활서점(生活書店)에서 편집을 맡았다. 저우젠런(周建人)을 통해 루쉰의 친필을 받고자 했으며, 루쉰은 당대(唐代) 시인인 전기(錢起)의 「상령고슬」(湘靈鼓瑟)을 써 주었다. ─1935 ⑫ 5.

펑사(風寫, 1909~1942) 저장(浙江) 상위(上虞) 출신이며, 원명은 장웨이룽(章維榮), 필명은 펑사이다. 당시 상하이의 생활서점(生活書店)의 편집을 담당하고 있었다. ─1935 ⑨ 28. 1936 ⑨ 19.

펑성싼(馮省三, 1902~1924) 산둥(山東) 핑위안(平原) 출신. 베이징대학 예과 프랑스어반에 재학했으며, 1922년에 학교의 강의료 징수에 반대하였다는 이유로 퇴학당했다. 1923년에 천성수(陳聲樹) 등과 함께 세계어전문학교를 창설하고, 루쉰에게 교육을 담당해 달라고 부탁했다. —1923 ① 20. ② 6. ⑤ 10, 12. ⑥ 26. ⑦ 20, 30. ⑧ 1, 4, 10, 23, 24. ⑨ 19. 1924 ① 21, 28. ④ 3, 5.

펑쉐밍(馮雪明, 1930~?) 저장(浙江) 이우(義烏) 출신. 일기에는 쉐얼(雪兒), 비산(碧山), 비산(碧珊), 원잉의 아이(文英孩子), 쉐팡의 아이(雪方孩子) 등으로도 기록되어 있다. 펑쉐펑(馮雪峰)의 딸이다. —1931 ④ 20. 1933 ⑨ 22. ⑫ 5, 30, 31. 1934 ① 7. ② 22. 1936 ⑨ 16. ⑩ 3, 10.

펑쉐펑(馮雪峰, 1903~1976) 저장(浙江) 이우(義烏) 출신이며, 필명은 화스(畵室), 뤄양(洛揚), 청원잉(成文英)이다. 일기에는 펑 군(馮君), 시팡(息方), 러양(樂揚), 쉐팡(雪方), 원잉(文英)으로도 기록되어 있다. 작가이자 시인이며 문예이론가이다. 1925년에 베이징대학에서 루쉰의 강의를 방청했다. 1926년 8월부터 루쉰과 왕래하기 시작했으며, 1928년 말에 루쉰과의 관계가 돈독해졌다. '과학적 예술론 총서' 및 '현대문예총서'를 함께 번역하여 출판했으며, 『맹아월간』(萌芽月刊), 『세계문화』(世界文化), 『전초』(前哨), 『십자가두』(十字街頭) 등의 간행물을 출판했다. 아울러 자유대동맹(自由大同盟)과 좌익작가연맹의 발기와 주비에 함께 참여하고 이들의 활동을 함께 이끌었다. 루쉰은 그를 통해 취추바이(瞿秋白)와 우의를 쌓을 수 있었다. 1933년 말에 루이진(瑞金)으로 활동지를 옮겼으며, 그후 장정에 참여했다. 1936년 4월에 산베이(陝北)에서 상하이로 돌아왔으며, 루쉰에게 중국공산당 중앙의 항일민족통일전선 등의 방침과 정책을 진밀했다. —1926 ⑧ 5. 1928 ⑦ 19, 20. ⑨ 26. ⑫ 9. 1929 ① 1, 13, 20, 29. ② 1, 16, 24. ③ 11, 20, 28. ④ 12, 17, 20, 23, 27. ⑤ 1, 4, 11. ⑥ 6, 14. ⑦ 19, 20. ⑧ 7, 10, 15, 21. ⑨ 13. ⑩ 13, 14, 15. ⑪ 7, 27. ⑫ 22, 26. 1930 ② 1, 10, 16. ③ 14, 15, 20, 23, 24, 26, 28, 30. ④ 6, 8, 9, 11, 12, 15, 18, 24, 26. ⑤ 7, 13, 17, 19, 28, 31. ⑥ 2, 7, 17, 22, 24. ⑦ 12, 26. ⑨ 27. ⑩ 6. 1931 ④ 4, 20. ⑤ 8. ⑥ 9. ⑦ 30. ⑩ 15, 19. 1932 ③ 7. ⑩ 6. ⑫ 11. 1933 ① 19, 25. ③ 12. ⑨ 22. ⑫ 23.

펑싼메이(馮三昧, 1899~1969) 저장(浙江) 이우(義烏) 출신. 상하이 다장서포(大江書鋪)의 편집자를 지냈다. —1930 ② 1.

펑완(豊丸) —저우펑이(周豊一) 참조.

펑원빙(馮文炳, 1901~1967) 후베이(湖北) 황메이(黃梅) 출신이며, 자는 원중(蘊仲), 필명은 페이밍(廢名)이다. 소설가이며 위쓰사(語絲社)의 성원이다. 1925년부터 1929년에 걸쳐 베이징대학 영문과에 재학했으며, 졸업 후에 모교에서 교편을 잡았다. —1925 ② 15. ④ 2. ⑨ 17. ⑫ 22. 1926 ③ 21. ⑤ 30. 1929 ⑤ 19.

펑위성(馮餘聲) 광둥(廣東) 출신이며, 별칭은 펑위성(馮餘生), 펑(馮)Y.S.이다. 좌익작가연맹의 성원으로 활동했다.『들풀』(野草)을 영어로 번역한 후 루쉰에게 편지를 보내 서문을 써 달라고 요청했다. 번역원고는 상하이 1·28사변으로 인해 훼손되어 출판되지 못했다. ― 1931 ⑪ 2, 6.

펑윈이(彭允彝, 1878~1943) 후난(湖南) 샹탄(湘潭) 출신이며, 자는 징런(靜仁)이다. 참의원 의원, 광둥(廣東) 정무회의 참의를 지냈다. 1922년 11월에 교육총장이 되었으나, 베이징대학 학생들의 반대로 말미암아 1923년 9월 4일에 사임했다. ― 1923 ⑨ 10.

펑윈이(彭允彝)의 부친 ― 1923 ⑨ 10.

펑이(豊一) ― 저우펑이(周豊一) 참조.

펑젠청(馮劍丞) 광저우(廣州) 출신이며, 자는 젠춘(劍純)이다. 일기에는 젠청(劍成)으로도 기록되어 있다. 펑 고모의 아들이며, 변호사이다. ― 1932 ⑥ 28. 1935 ③ 22.

펑쥐(鳳擧) ― 장펑쥐(張鳳擧) 참조.

펑쥔페이(馮君培) ― 펑즈(馮至) 참조.

펑즈(馮至, 1905~1993) 허베이(河北) 줘현(涿縣) 출신이며, 원명은 청즈(承植), 자는 쥔페이(君培), 필명은 펑즈이다. 일기에는 쳰차오사 사원(淺草社員)으로도 기록되어 있다. 시인이며, 쳰차오사와 천중사(沉鍾社)의 성원으로 활동했다. 1927년에 베이징대학 독문과를 졸업했으며, 후에 베이핑 제2사범학원에서 교편을 잡았다. 1930년에 독일로 유학하여 1935년에 귀국했다. ― 1925 ④ 3. 1926 ⑤ 1. ⑥ 6. 1927 ⑤ 23, 31. 1929 ⑤ 24. 1931 ⑦ 6. 1935 ⑨ 6.

펑즈 아내(馮至夫人) ― 야오커쿤(姚可昆) 참조.

펑지(朋基) ― 황펑지(黃鵬基) 참조.

펑지밍(馮季銘) 저장(浙江) 사오싱(紹興) 출신이며, 이름은 쉐이(學壹), 자는 지밍이다. 사오싱사범학교의 교사를 지냈다. ― 1913 ⑥ 25.

펑지자(馮稷家, 1884~1969) 저장(浙江) 성현(嵊縣) 출신이며, 이름은 눙(農), 자는 지자이다. 베이양(北洋)정부 법제국 편역을 지냈으며, 베이징의 사립 화베이(華北)대학 창립자 가운데 한 사람이다. ― 1924 ⑫ 8.

펑쯔(蓬子) ― 야오펑쯔(姚蓬子) 참조.

펑쯔카이(豊子愷, 1898~1975) 저장(浙江) 충더(崇德, 지금은 퉁샹桐鄕에 속함) 출신이며, 이름은 런(仁), 자는 쯔카이이다. 일본에서 유학하였으며, 1924년 겨울에 상하이 리다(立達)학원 창립에 참여하였으며, 교무위원 겸 서양화 학과 책임자를 맡았다.『고민의 상징』(苦悶的象徵)을 번역했다. ― 1927 ⑪ 27.

펑치(朋其) ― 황펑지(黃鵬基) 참조.

펑커수(馮克書) 저장(浙江) 사오싱(紹興) 출신이며, 자는 더쥔(德峻)이다. 루쉰이 산콰이(山會)초급사범학당에서 교편을 잡았을 때의 학생이다. 1918년 당시 베이징고등사범학교 영어부에 재학 중이었다. ― 1918 ⑦ 14.

펑한수(馮漢叔, 1880~?) 저장(浙江) 런허(仁和) 출신의 수학자이며, 이름은 쭈쉰(祖荀), 자는 한수이다. 1909년에 항저우(杭州) 저장양급(浙江兩級)사범학당에서 교편을 잡고 있을 때 루쉰과 함께 근무했다. 민국 초기에 베이징대학에서 교편을 잡았다. ― 1912 ⑧ 5, 7, 21.

펑허(風和) ― 자오펑허(趙風和) 참조.

페이(沛) ― 저우펑얼(周豊二) 참조.

페이 군(費君) ― 페이선샹(費愼祥) 참조.

페이량(培良) ― 샹페이량(向培良) 참조.

페이런샹(費仁祥) ― 페이선샹(費愼祥) 참조.

페이밍쥔(費明君, 1912~1975) 저장(浙江) 닝보(寧波) 출신. 이바이사(一八藝社)의 성원으로 활동했다. 1936년에 일본 와세다(早稻田)대학 일문과에 재학했으며, 후에 번역활동에 종사했다. ― 1936 ⑩ 9.

페이선샹(費愼祥, 1913~1951?) 장쑤(江蘇) 우시(無錫) 출신. 일기에는 페이 군(費君), 페이런샹(費仁祥), 런샹(仁祥)으로도 기록되어 있다. 1932년 당시 상하이 베이신(北新)서국에 재직했으며, 1933년에 루쉰의 도움을 받아 야초(野草)서옥을 설립했다. 이듬해에는 다시 롄화(聯華)서국을 창설하여 루쉰의 역저들을 출판했다. ― 1932 ⑩ 19. ⑪ 10. 1933 ① 14. ② 9, 22. ⑥ 3. ⑦ 12. ⑩ 25. ⑪ 1, 4, 14, 29. ⑫ 22. 1934 ① 24, 30. ② 1. ④ 20. ⑤ 11, 17. ⑥ 12. ⑧ 4. 1935 ① 26. ③ 12, 16, 20. ④ 30. ⑦ 16. ⑧ 4, 11. ⑨ 29. ⑩ 28. 1936 ① 20. ② 3, 9. ④ 3, 4, 18. ⑤ 29. ⑦ 4, 22, 23. ⑨ 11, 22, 28, 29. ⑩ 7, 11, 17.

페이성(沸聲) ― 돤페이성(段沸聲) 참조.

페이쥔(斐君) ― 쑨페이쥔(孫斐君) 참조.

페이퉁쩌(費同澤) 후베이(湖北) 멘양(沔陽) 출신이며, 자는 위주(禹九)이다. 베이징사범대학 국문연구과에 재학했다. ― 1925 ⑤ 8.

페이훙녠(費鴻年, 1900~1993) 저장(浙江) 하이닝(海寧) 출신. 중국의 저명한 해양생물학자이다. 광저우(廣州) 중산(中山)대학 이과 동물학 교수를 지냈다. ― 1927 ② 21.

푸둥화(傅東華, 1893~1971) 저장(浙江) 진화(金華) 출신의 문학가이며, 필명은 우스(伍實)이다. 1930년에 상하이 푸단(復旦)대학, 지난(暨南)대학의 국문계 교수를 지냈다. 1933년부터 『문학』(文學) 월간의 편집자를 지냈다. 이 월간지 제1권 제2기에 발표된

「중국을 찾은 휴스」(休土在中國) 중에서 루쉰을 질책하자, 루쉰은 이로 인해 「문학사에 보내는 편지」(給文學社信)를 쓰고 문학사에서 탈퇴하겠노라고 선포했다. 일 년 후 『문학』이 당국의 압박을 받게 되자, 루쉰은 다시 이 잡지를 위해 글을 쓰고 지지를 표명했다. ─ 1930 ② 1. 1935 ① 24. ④ 13. ⑤ 9, 11, 30. ⑥ 3. ⑧ 27. ⑨ 10. ⑩ 4.

푸둥화(傅東華)의 아들 ─ 푸양하오(傅養浩) 참조.

푸멍전(傅孟眞) ─ 푸쓰녠(傅斯年) 참조.

푸민의원(福民醫院) 원장 ─ 돈구 유타카(頓宮寬) 참조.

푸수마이(傅書邁) 확실치 않음. ─ 1926 ⑧ 1.

푸쓰녠(傅斯年, 1896~1950) 산둥(山東) 랴오청(聊城) 출신이며, 자는 멍전(孟眞)이다. 베이징대학 국문계에 재학했으며, 신조사(新潮社)의 주요 성원으로서 『신조』(新潮) 잡지의 편집자이다. 1919년에 베이징대학을 졸업한 후 영국과 독일에 유학했다. 1926년에 귀국하여 광저우(廣州) 중산(中山)대학 철학계 주임과 문과 주임을 겸임했다. ─ 1919 ④ 16, 17. 1927 ② 8, 9, 10. ⑤ 5, 13. ④ 1, 19.

푸양하오(傅養浩, 1919~?) 저장(浙江) 진화(金華) 출신. 푸둥화(傅東華)의 아들이다. 상하이 우쑹(吳淞)중학에 재학했다. 장티푸스를 앓자 루쉰의 소개로 상하이 푸민(福民)의원에 입원하여 치료받았다. ─ 1935 ⑨ 10, 13.

푸옌(傅岩) 저장(浙江) 사오싱(紹興) 출신이며, 자는 제스(介石)이다. 베이징사범대학 국문계 학생이다. ─ 1924 ③ 39.

푸옌창(傅彦長, 1892~1961) 후난(湖南) 닝샹(寧鄉) 출신이며, 이름은 쉬자(碩家), 자는 옌창이다. 일본, 미국에 유학했으며, 귀국 이후 퉁지(同濟)대학 등에서 교수를 지냈다. 1926년 당시 상하이의 잡지 『음악계』(音樂界)의 편집자를 지냈다. 항일전쟁기에 왕징웨이(汪精衛) 괴뢰정부에서 근무했다. ─ 1926 ⑤ 15.

푸위안(伏園) ─ 쑨푸위안(孫伏園) 참조.

푸잉판(卜英梵, 1908~1978) 저장(浙江) 항저우(杭州) 출신으로, 쑨융(孫用)의 동생이며, 초등학교 교사를 지냈다. 『베이신』(北新)과 『분류』(奔流)의 투고자이다. ─ 1929 ① 24. ⑦ 10.

푸주밍(符九銘) 장시(江西) 이황(宜黃) 출신이며, 이름은 딩성(鼎升), 자는 주밍이다. 교육부 편심처(編審處)에 근무했다. ─ 1926 ⑦ 1.

푸주푸(傅築夫, 1902~1985) 허베이(河北) 융녠(永年) 출신이며, 자는 쭤지(作楫)이다. 베이징사범대학 국문계 1학년에 재학 중이었다. 량성웨이(梁生爲)와 함께 루쉰에게 편지를 보내 신화와 관련된 자료에 대해 문의했다. ─ 1924 ⑫ 14.

푸쩡샹(傅增湘, 1872~1949) 쓰촨(四川) 장안(江安) 출신의 장서가이며, 자는 위안수(沅叔)

이다. 1917년 12월부터 1919년 5월에 걸쳐 교육총장을 지냈으며, 후에 대총통 고문을 지냈다.─1921 ⑩ 3.

푸쩡샹(傅增湘)의 부친 ─ 푸스룽(傅世熔) 참조.

푸쭤지(傅作楫) ─ 푸주푸(傅築夫) 참조.

푸청중(卜成中) ─ 쑨융(孫用) 참조.

푸취안(馥泉) ─ 왕푸취안(汪馥泉) 참조.

푸퉁(傅銅, 1886~1970) 허난(河南) 란펑(蘭封) 출신이며, 자는 페이칭(佩青)이다. 시안(西安) 시베이(西北)대학교 교장이다. 루쉰에게 편지를 보내 시안에 와서 강연해 주기를 요청했다.─1924 ⑥ 30.

푸펑(蒲風, 1911~1942) 광둥(廣東) 메이현(梅縣) 출신의 시인이며, 원명은 황르화(黃日華), 일명 퍄오샤(飄霞), 필명은 푸펑이다. 좌익작가연맹의 성원으로 활동했다. 1932년에 양싸오(楊騷), 무무톈(穆木天) 등과 중국시가회(中國詩歌會)의 조직을 발기했으며, 1934년 후반기에 이 조직이 파괴된 뒤 일본에 갔다. 1935년 11월에 레이스위(雷石楡)에게 부탁하여 자신의 시고(詩稿)와 편지를 우치야마(內山)서점을 통해 루쉰에게 전했다.─1935 ⑪ 6, 9. 1936 ① 8, 22.

푸페이칭(傅佩青) ─ 푸퉁(傅銅) 참조.

피스카레프(Николай Пискарев, 1892~1959). 소련의 판화가이자 일러스트 작가이다. 1931년에 『철의 흐름』의 중역본을 출판할 때 그가 이 책을 위해 만든 목각 삽화를 구해 달라고 차오징화(曹靖華)에게 부탁했다.─1931 ⑫ 8.

피현(郫縣)의 독사 확실치 않음.─1936 ⑨ 21.

핀칭(品青) ─ 왕핀칭(王品青) 참조.

핑 군(平君) ─ 린커둬(林克多) 참조.

핑메이(評梅) ─ 스핑메이(石評梅) 참조.

핑쑨(萍蓀) ─ 황핑쑨(黃萍蓀) 참조.

핑장(平江) ─ 장핑장(張平江) 참조.

핑푸(平甫) ─ 러우스(柔石) 참조.

핑푸(平復) ─ 러우스(柔石) 참조.

【ㅎ】

하라다 조지(原田讓二, 1885~1964) 일본 『아사히(朝日)신문』의 주필. 루쉰은 그의 요청에
따라 1934년 1월 1일자 『아사히신문』에 일본어로 「상하이 소감」(上海所感)을 발표했
다. — 1933 ⑨ 23.

하마노우에(濱之上) — 하마노우에 노부타카(濱之上信隆) 참조.

하마노우에 노부타카(濱之上信隆, 1899~1967) 일본의 가고시마(鹿兒島) 출신의 의사. 일기
에는 하마노우에(濱之上)로 기록되어 있다. 상하이 시노자키(篠崎)의원의 이비인후
과 의사이다. — 1932 ⑫ 28, 31. 1933 ④ 23.

하부토 노부코(羽太信子, 1888~1962) 저우쭤런(周作人)의 아내이다. 일기에는 둘째 아내
(부인, 처)(二弟婦, 二弟夫人), 제수(弟婦), 치멍의 아내(啓孟妻) 등으로도 기록되어 있
다. — 1912 ⑤ 11, 23, 28. ⑥ 12, 14, 29. ⑦ 5, 11. ⑧ 28, 31. ⑨ 15, 17, 27, 29. ⑩ 6. ⑪
13, 15, 16, 27. ⑫ 1, 21. 1913 ① 19, 20. ④ 5, 11, 16. ⑤ 23. ⑪ 13. 1914 ① 10, 13, 14,
15. ② 5, 14. ③ 8, 11, 13, 29, 30. ⑦ 10. 1915 ⑥ 16, 17. ⑩ 29. 1916 ⑤ 27, 28. ⑥ 6, 9,
10. ⑦ 5, 19, 28. ⑫ 2. 1917 ④ 16, 27. ⑤ 2, 11, 13, 14, 15, 17, 19, 20, 22, 23, 24, 25,
27, 31. ⑥ 3. ⑩ 12. ⑪ 25, 26, 27. ⑫ 3, 6, 27, 31. 1918 ① 11. ② 19, 22, 23. ③ 3. ④
10, 20, 24. ⑥ 17, 26. ⑧ 17, 20, 21. ⑩ 7, 19, 20. ⑪ 20. ⑫ 25, 26. 1919 ④ 21. ⑤ 1. ⑧
10. ⑩ 19. 1924 ⑥ 11.

하부토 시게히사(羽太重久, 1893~1980) 하부토 노부코(羽太信子)의 남동생이다. 일기에는
H군, 시게 군(重君) 등으로도 기록되어 있다. 가족을 찾아 여러 차례 중국에 왔다. —
1912 ⑤ 23. 1914 ④ 9, 11, 14, 21. ⑤ 16. ⑦ 8, 30. ⑧ 4, 11. ⑫ 27. 1915 ⑧ 5. ⑨ 2, 4,
15, 21. 1916 ② 7, 22. ③ 1. ④ 15. 1917 ① 25, 31. ⑥ 25, 27. 1918 ⑦ 13, 15. 1919 ①
10. ⑧ 10. ⑩ 12, 19. ⑫ 29. 1920 ⑤ 20, 25. 1921 ② 27. 1924 ② 8, 17, 25. ③ 4, 8, 20,
25. ④ 15. ⑤ 5, 21. ⑥ 5, 11, 19. ⑧ 13, 14, 21, 29. ⑨ 7, 19, 23, 27. ⑩ 11, 23, 27, 28,
30. ⑪ 23, 26. ⑫ 2, 12. 1925 ② 14. ④ 30. ⑥ 26. ⑦ 1. ⑧ 1, 26. ⑨ 12. ⑩ 13. 1926 ①
11. ⑦ 31. ⑩ 31. 1929 ④ 4. ⑦ 13.

하부토 요시코(羽太芳子, 1897~1965) 하부토 노부코(羽太信子)의 여동생이다. 일기에는
셋째 아내(부인, 처)(三弟婦), 셋째 마님(三太太), 요시코 마님(芳子太太) 등으로도 기

록되어 있다. 언니 노부코의 해산을 돕기 위해 1912년 5월에 오빠인 시게히사(重久)
와 함께 중국에 왔다. 1914년 초에 저우젠런(周建人)과 결혼했다. — 1912 ⑤ 23. ⑥
29. ⑦ 5. ⑪ 13, 15. 1913 ⑥ 10, 14. ⑦ 4. 1914 ③ 17, 18, 21. ④ 3, 10. ⑫ 12, 15, 27,
30. 1915 ③ 1. ④ 13, 16. ⑧ 17. ⑨ 29. ⑩ 4. 1916 ⑨ 10, 20. ⑩ 26, 28. ⑪ 6. ⑫ 2, 15,
21. 1917 ③ 5, 13, 16, 19, 31. ④ 4, 5, 6, 20, 28, 30. ⑤ 12, 18, 26, 31. ⑥ 5, 7, 25. ⑪
11. ⑫ 12, 31. 1918 ① 11. ③ 3. ④ 8. ⑤ 24. ⑥ 17, 24, 26. ⑩ 19, 20. 1919 ① 9. ⑤ 20.
1920 ⑤ 20. 1923 ⑧ 13, 15, 26, 29. ⑨ 16. 1924 ② 2. ③ 8. ⑤ 20, 26. ⑧ 13. ⑩ 3, 5,
18. ⑪ 7, 22. 1925 ② 11. ③ 13. ④ 5, 19. ⑥ 1. ⑦ 21, 30. 1917 ⑫ 29. 1936 ⑧ 27. ⑨
25.

하부토(羽太)의 모친(1870~1965) 일본인이며, 하부토 노부코(羽太信子)의 어머니이다. —
1920 ① 28.

하부토(羽太)의 부친 — 하부토 이시노스케(羽太石之助) 참조.

하부토의 할머니(羽太祖母, ?~1913) 일본인이며, 하부토 노부코(羽太信子)의 할머니이다.
— 1913 ④ 9, 10.

하부토(羽太)의 형제자매 — 하부토 시게히사(羽太重久), 하부토 요시코(羽太芳子) 참조.

하부토 이시노스케(羽太石之助, ?~1941) 일본인이며, 하부토 노부코(羽太信子)의 부친이
다. — 1921 ⑨ 22.

하부토 후쿠코(羽太福子, ?~1928) 일본인이며, 하부토 노부코(羽太信子)의 여동생이다. —
1912 ⑨ 18. 1913 ⑥ 13. 1914 ⑪ 25. ⑫ 9. 1915 ③ 3, 18. ④ 7, 15. ⑥ 16. ⑦ 1. ⑧ 3.
⑩ 23, 27. ⑪ 8. 1916 ① 15. ③ 31. ④ 17. ⑨ 30. ⑫ 14. 1917 ③ 3, 5, 31. ④ 4, 20. ⑥
25. ⑨ 24. ⑩ 3. 1918 ④ 6, 9. ⑧ 16.

하세가와(長谷川) — 하세가와 사부로(長谷川三郎) 참조.

하세가와 뇨제칸(長谷川如是閑, 1875~1969) 일본의 저널리스트, 문명비평가, 평론가, 작
가이다. 1928년 10월에 중국에 왔다가 우치야마 간조의 소개로 루쉰과 알게 되었다.
루쉰은 여러 종의 작품을 증정했으며, 그의 잡문 「성야저」(聖野猪), 「세수」(歲首)를 번
역하기도 했다. — 1928 ⑪ 11, 15.

하세가와 모토요시(長谷川本吉) 일본인. 하세가와 모토요시(長谷川元吉)로 써야 한다. 일본
상하이 주재 영사관 부영사를 지냈다. — 1929 ⑥ 20.

하세가와 사부로(長谷川三郎) 일본인. 우치야마서점(內山書店) 잡지부의 책임자이다. —
1932 ⑤ 21. ⑫ 25. 1933 ⑤ 31. ⑥ 1. ⑫ 24, 31. 1934 ⑫ 23. 1935 ② 3. ⑫ 24. 1936 ②
25.

하야시 데쓰오(林哲夫, 1897~?) 일본인 기독교도. 상하이 둥야퉁원(東亞同文)서원의 교수

를 지냈다.─1934 ⑧ 29.

하야시 시노다(林信太) 일본인으로, 일기에는 세이조가쿠엔(成城學園)의 학생이라 적혀
있다. 우치야마 가키쓰(內山嘉吉)의 제자이며, 1933년 봄에 세이조가쿠엔 소학부 5
년 귤조(橘組)에서 공부했다.─1933 ③ 21, ④ 18.

하야시 후미코(林芙美子, 1903~1951) 일본의 여작가. 우치야마 간조(內山完造)의 소개로
루쉰과 알게 되었다.─1930 ⑨ 19. 1932 ⑥ 12.

하오리췬(郝力群, 1912~?) 산시(山西) 링스(靈石) 출신의 목각가이며, 원명은 리춘(麗春)이
다. 1933년에 항저우(杭州)예술전문학교에서 공부할 때 학우인 차오바이(曹白), 예뤄
(葉洛) 등과 무링(木鈴)목각연구회를 조직하는 일로 함께 체포되었다가 1936년 초에
출옥했다. 1936년 당시 상하이잡지공사 및 미국기업인 코닥회사(Kodak Company)
에서 광고를 그렸다. 차오바이를 통해 자신이 그린 목각을 자주 루쉰에게 보내 가르
침을 청했다.─1936 ② 15, 20. ⑦ 9. ⑧ 4, 9.

하오빙헝(郝秉衡)─하오빙헝(郝昺衡) 참조.

하오빙헝(郝昺衡, 1895~1978) 장쑤(江蘇) 옌청(鹽城) 출신이며, 이름은 리취안(立權), 자는
빙헝(秉衡)이다. 1924년에 베이징대학을 졸업했으며, 1926년에 샤먼(廈門)대학 문
과 국문계 교수를 지냈다.─1926 ⑫ 17. 1927 ① 6, 9. ⑥ 18.

하오인탄(郝蔭潭, 1904~1952) 허베이(河北) 핑산(平山) 출신이며, 천중사(沉鐘社)의 성원
이다. 베이징여자사범대학 국문계 학생이다. 양후이(楊晦)의 아내이다. ─ 1929 ⑤
24.

하이마(害馬)─쉬광핑(許廣平) 참조.

하이성(海生)─두하이성(杜海生) 참조.

하이잉(海嬰)─저우하이잉(周海嬰) 참조.

하인─치쿤(齊坤) 참조.

하타에 다네카즈(波多江種一, 1897~1961) 일본인. 일본『마이니치(每日)신문』의 상하이 지
사 직원이다.─1930 ② 24.

한바이뤄(韓白羅, 1912~?) 톈진(天津) 출신이며, 원명은 바오산(寶善)이며, 당시 타이위안
의 진쑤이병공축로(晉綏兵工築路) 총지휘부에서 근무했다. 목각애호가이며,『시멘트
그림』(土敏土之圖)과『어머니』(母親)의 목각 삽화를 청사진을 뜨는 방식으로 번각했
다.─1934 ⑦ 7, 25, 27. ⑩ 10.

한서우진(韓壽晉, 1893~?) 저장(浙江) 사오싱(紹興) 출신이며, 자는 위안쑨(原蓀)이다. 루
쉰이 사오싱부중학당에서 교편을 잡았을 때의 학생이며, 한서우첸(韓壽謙)의 동생
이다. 1913년 5월에 베이징대학 예과에 입학했으며, 루쉰에게 보증을 서 달라고 부

탁했다. 1920년에 베이징대학 정치계를 졸업했다. 베이징에서 공부하는 동안 루쉰에게 학비를 빌렸다. — 1913 ⑤ 17, 29. ⑩ 19. 1914 ③ 30. ④ 2. ⑥ 24. ⑨ 11. ⑪ 21. 1915 ② 27. ④ 11. ⑤ 6. ⑨ 21. ⑩ 24. 1916 ④ 19, 26. ⑥ 10. ⑩ 15. ⑪ 7. 1917 ① 10. ⑤ 12. ⑪ 18. ⑫ 17. 1918 ⑤ 5.

한서우쳰(韓壽謙, 1890~?) 저장(浙江) 사오싱(紹興) 출신이며, 자는 이광(毅光)이다. 루쉰이 사오싱부중학당에서 교편을 잡았을 때의 학생이며, 한서우진(韓壽晉)의 형이다. — 1913 ⑩ 11, 16, 19. 1914 ⑥ 27. ⑨ 11. 1915 ① 15. ⑨ 21. ⑪ 30. 1916 ② 24. ③ 13, 16. ⑤ 29. 1917 ③ 29. ⑤ 29. 1918 ① 23.

한스헝(韓侍桁, 1908~1987) 톈진(天津) 출신이며, 윈푸(雲浦)로도 불린다. 1928년과 1929년에 일본에서 유학했으며, 『위쓰』(語絲)와 『분류』(奔流)에 자주 번역원고를 투고했다. 귀국 후에 좌익작가연맹에 참여했으며, 얼마 후 그의 문학주장이 양춘런(楊邨人)이 제기한 '프티부르주아 혁명문학'에 기울면서 루쉰은 그와 소원해졌다. —1928 ④ 27. ⑤ 24, 31. ⑥ 5, 12, 15, 16, 18, 28, 30. ⑦ 21. ⑧ 24, 28. ⑨ 11, 20. ⑩ 6, 8, 12, 16, 31. ⑪ 5, 7, 20, 30. ⑫ 5, 11, 17, 24, 27. 1929 ① 5, 6, 7, 9, 10, 18, 20, 21, 23. ② 7, 13, 14, 15, 17. ③ 11, 25, 26, 27, 29. ④ 2, 3, 12, 15, 18, 19, 20, 26, 29. ⑤ 7, 8, 25, 28. ⑥ 2, 9, 13, 27. ⑦ 22, 28, 29. ⑧ 8, 9, 18, 20, 28, 29. ⑨ 13, 16, 19, 24, 25. ⑩ 9, 16, 17, 24, 27. ⑪ 6, 25. ⑫ 9, 10, 25, 26. 1930 ① 14, 24, 29, 30. ② 1, 3, 5, 7, 10, 13, 17. ③ 4, 13, 14, 15, 21, 23, 25, 26, 28, 30. ④ 1, 6, 8, 9, 11, 15, 16, 24. ⑤ 2, 15, 17. ⑥ 10, 20, 22, 26, 29. ⑧ 19. ⑩ 20. ⑪ 15.

한스훙(韓士鴻) — 한스훙(韓士泓) 참조.

한스훙(韓士泓, 1884~1921) 저장(浙江) 츠시(慈溪) 출신이며, 이름은 칭취안(淸泉), 자는 수타오(叔陶) 또는 스훙, 일기에는 스훙(士鴻)으로도 기록되어 있다. 일본에서 유학할 때 루쉰과 함께 고분(弘文)학원에서 공부했으며, 후에 의학을 익혔다. 귀국 후 저장병원의 창설에 참여했으며, 저장의학전문학교 교장, 저장의원 원장 등을 잇달아 역임했다. — 1916 ⑧ 6, 12, 26, 30.

한원(寒筠) 확실치 않음. — 1935 ⑤ 9.

한윈푸(韓雲浦) — 한스헝(韓侍桁) 참조.

한전예(韓振業, 1891~1935) 저장(浙江) 위야오(余姚) 출신이며, 이름은 줴슈(厥修) 또는 서우위(守余)이다. 상하이 톈마(天馬)서점의 사장이다. 『루쉰자선집』(魯迅自選集) 등의 서적이 이 서점에서 출판되었다. — 1934 ⑫ 10, 13. 1935 ② 26, 28. ③ 1.

한치(韓起, 1910~1933) 장시(江西) 난창(南昌) 출신이며, 필명은 한치(寒琪)이다. 좌익작가연맹의 성원이며, 청년문예연구회 책임자 가운데 한 사람이다. 당시 상하이 다중(大

中)중학에서 국어교사를 지냈다. —1933 ⑩ 17.

한 학생 —리위안(李遇安) 참조.

한형장(韓恒章) 상하이 융위안난훠뎬(永源南貨店)의 점원. 루쉰에게 편지를 보내 『들풀』(野草) 중의 난제에 대해 질의했다. —1935 ⑧ 17.

한화(漢華) 확실치 않음. —1927 ⑨ 7.

함부르거 부인(漢堡嘉夫人, Mrs. Hamburger) 독일인. 원명은 우르술라 쿠친스키(Ursula Kuczynski, 1907~2000), 별칭은 루스 베르너(Ruth Werner). 루스 쿠친스키(Ruth Kuczynski), 우르술라 함부르거(Ursula Hamburger) 등이다. 독일공산당원이며, 당시 남편 롤프 함부르거(Rolf Hamburger)를 따라 상하이에 거주했다. 스메들리(A. Smedley)를 통해 루쉰과 알게 되었으며, 루쉰은 그녀가 기획한 '독일작가 판화전'을 지지했다. —1931 ⑥ 11. ⑪ 26. ⑫ 15. 1932 ④ 28, 29. ⑥ 30.

허(賀) —허쓰짱(賀嗣章) 참조.

허구이(何歸) 확실치 않음. —1935 ⑤ 17, 18.

허구톈(何谷天) —저우원(周文) 참조.

허 군(何君) —취추바이(瞿秋白) 참조.

허 군(賀君) 확실치 않음. —1919 ⑥ 26.

허 군(何君) 확실치 않음. —1923 ⑫ 16.

허 군(何君) 확실치 않음. —1929 ⑨ 11.

허궁징(何公兢) —허무(何穆) 참조.

허네이(河內) 확실치 않음. —1933 ⑪ 27.

허닝(何凝) —취추바이(瞿秋白) 참조.

허무(何穆, 1905~1990) 장쑤(江蘇) 쑹장(松江, 지금은 상하이시에 속함) 출신의 의사이며, 자는 궁징(公兢)이다. 당시 천쉐자오(陳學昭)의 남편이었으며, 천쉐자오와 함께 프랑스에 유학했다가 1935년에 귀국했다. —1931 ① 23. 1935 ⑥ 26.

허바이타오(何白濤, 1911~1939) 광둥(廣東) 하이펑(海豊) 출신의 목각운동가이다. 1933년에 상하이 신화(新華)예술전과학교에 재학 중에 학우인 천옌차오(陳烟橋) 등과 목각단체인 '예쑤이사'(野穗社)를 조직했다. 1934년 초에 상하이를 떠날 때 루쉰이 여비를 도와주었다. 후에 광둥 난하이현(南海縣)의 시차오(西樵)중학에서 교편을 잡았으며, 여가에 목각창작에 힘을 쏟았다. 그의 작품은 늘 루쉰의 소개와 추천을 받았다. —1933 ⑪ 14. ⑫ 19. 1934 ① 8, 12, 18. ③ 9. ④ 24, 25. ⑤ 8, 15, 18, 29. ⑥ 2, 24, 26, 27. ⑦ 25, 27. ⑨ 24. ⑩ 6, 13. ⑫ 15, 25. 1935 ① 4, 9. ④ 3, 22. ⑦ 17. ⑧ 10, 20, 30. ⑪ 11.

허(何) 부인 — 허아이위(何愛玉) 참조.

허셰허우(何燮侯, 1878~1961) 저장(浙江) 주지(諸暨) 출신이며, 이름은 위스(燏時), 자는 셰허우이다. 일본에서 유학했을 때에 루쉰과 알게 되었다. 1912년 초에 공상부(工商部) 광무사(礦務司) 사장을 지냈으며, 같은 해 말부터 1913년에 걸쳐 베이징대학 교장을 지냈다. — 1912 ⑤ 12. ⑧ 31. 1913 ③ 22, 24. ⑤ 17. ⑧ 18. ⑨ 27. 1920 ④ 14.

허수이(何水) 확실치 않음. — 1929 ③ 26. ⑪ 18.

허썬(和森) — 롼허쑨(阮和孫) 참조.

허썬(和森)의 아들 — 롼산셴(阮善先) 참조.

허썬(和森)의 큰아들 — 롼산셴(阮善先) 참조.

허쑨(和孫) — 롼허쑨(阮和孫) 참조.

허쑨(和蓀) — 롼허쑨(阮和孫) 참조.

허쓰장(賀嗣章) 호는 츠후(賜湖). 일기에는 허츠장(賀慈章)으로 잘못 기록되어 있다. 일본인 나가모치 도쿠이치(永持德一)의 통역이다. — 1923 ① 7. ② 11.

허쓰징(何思敬, 1896~1968) 저장(浙江) 위항(餘杭) 출신이며, 이름은 류성(瀏生), 자는 쓰징, 필명은 허웨이(何畏)이다. 법학가이자 번역가이며, 광저우(廣州) 중산(中山)대학 법과의 사회학 교수를 지냈다. — 1927 ② 21. ③ 5.

허씨 부부(何家夫婦) — 취추바이(瞿秋白), 양즈화(楊之華) 참조.

허아이위(何愛玉, 1910~1977) 저장(浙江) 진화(金華) 출신. 펑쉐펑(馮雪峰)의 아내이다. 일기에는 펑 부인(馮太太), 허 부인(何太太), 허 여사(何女士), 미스 허(何), 쉐펑의 아내, 원잉(文英)의 아내 등으로도 기록되어 있다. 1933년 말에 펑쉐펑이 소비에트구로 간 후 딸인 쉐밍(雪明)과 함께 루쉰의 거처에서 약 3개월을 지낸 적이 있다. — 1930 ③ 20. ④ 6. ⑦ 12. ⑩ 6. 1931 ④ 4, 20. 1933 ⑥ 2. ⑫ 23. 1934 ① 7. ② 22. 1936 ⑨ 16. ⑩ 3, 10.

허(何) 여사 — 허아이위(何愛玉) 참조.

허우시민(侯希民, 1882~?) 장쑤(江蘇) 우시(無錫) 출신이며, 이름은 위원(毓汶), 자는 시민이다. 베이징의원 의사이다. — 1914 ⑤ 14.

허우푸(侯朴) — 자오광샹(趙廣湘) 참조.

허윈펑(賀雲鵬) 확실치 않음. — 1926 ① 6.

허자오룽(何昭容) 광둥(廣東) 출신. 베이징여자사범대학을 졸업했으며, 쉬광핑(許廣平)의 급우이다. — 1933 ⑧ 2. 1934 ⑨ 11.

허자화이(何家槐, 1911~1969) 저장(浙江) 이우(義烏) 출신의 작가. 좌익작가연맹의 성원이며, 작가협회(중국문예가협회로 개칭)의 발기인 가운데 한 사람이다. 1936년 4월에 루쉰에게 작가협회 가입을 요청하는 편지를 보냈으나 거절당했다. ― 1936 ④ 21, 24. ⑤ 19.

허쥔밍(何俊明) ― 저우원(周文) 참조.

허즈싼(何植三) 저장(浙江) 주지(諸暨) 출신. 베이징대학 도서관 직원이며, 자주 루쉰의 강의를 청강했다. 학생 문학단체인 춘광사(春光社)의 조직에 참여했으며, 『천바오 부간』(晨報副刊)에 신시를 발표하기도 했다. ― 1923 ④ 13.

허지중(許幾仲, ?~1937) 저장(浙江) 사오싱(紹興) 출신이며, 이름은 지중(寄重)이다. 산콰이(山會)초급사범학당 직원이며, 신해혁명 이후 '중화자유당'(中華自由黨)의 사오싱 분회의 간부였다. 루쉰은 「판 군을 애도하는 시 세 수」(哀范君三章)에서 그를 풍자하였다. ― 1912 ⑦ 19.

허진룽(何晉蕖) 저장(浙江) 신창(新昌) 출신. 1915년 현 지사에 응시하면서 상치헝(商契衡)을 통해 루쉰에게 보증을 서 달라고 부탁했다. ― 1915 ④ 3.

허쭤린(何作霖) 광둥(廣東) 둥관(東莞) 출신. 1921년에 『천바오』(晨報)의 편집을 맡았다. 1922년 초에 쑨푸위안이 가족방문을 위해 사오싱(紹興)으로 돌아갔을 때 그를 대신하여 『천바오』 부간을 펴냈다. ― 1921 ⑧ 8. 1922 ② 2.

허창웨이(何巘威) 장쑤(江蘇) 장인(江陰) 출신이며, 이름은 전이(震彝), 자는 창웨이이다. 일기에는 허창웨이(何滄葦)로도 기록되어 있다. 교육부 첨사를 지냈다. ― 1915 ⑪ 19. 1916 ② 8.

허창웨이(何滄葦) ― 허창웨이(何巘威) 참조.

허창췬(賀昌群, 1903~1973) 쓰촨(四川) 마볜(馬邊) 출신의 역사학자. 문학연구회(文學硏究會) 회원으로 활동했다. 상하이 상우인서관(商務印書館)에서 편집을 맡았으며, 저우젠런(周建人) 함께 상하이 징윈리(景雲里)에 거주했다. ― 1929 ④ 5, 27. ⑫ 15.

허창췬(賀昌群)의 아내 샤즈허(夏志和)를 가리킨다. ― 1929 ⑫ 15.

허창췬(賀昌群)의 아이 ― 1929 ⑫ 15.

허춘차이(何春才, 1912~?) 광둥(廣東) 싱닝(興寧) 출신. 일기에는 리어(立峨)의 벗으로도 기록되어 있다. 1927년 당시에 질병으로 인해 휴학 중이었으며, 랴오리어(廖立峨)의 소개로 루쉰과 알게 되었다. 1929년 가을에 광저우(廣州) 국민대학 국문과 1학년에 재학했다. 1930년 하반기에 베이핑으로 가서 프랑스어전문학교, 예술학원에서 수학하다가 1932년에 학업을 중단했다. 루쉰이 어머니를 뵙고자 베이핑에 왔을 때 루쉰을 찾아왔다. ― 1927 ⑥ 27. ⑧ 15, 19, 20, 25. ⑨ 21. 1929 ⑩ 1. 1932 ⑪ 25.

허츠장(賀慈章) ― 허쓰장(賀嗣章) 참조.

허칭(河淸) ― 황위안(黃源) 참조.

허칭(鶴順) — 차이위안페이(蔡元培) 참조.

허칭(和淸) — 린허칭(林和淸) 참조.

허칭(河淸)의 아내 — 쉬웨화(許粵華) 참조.

허페이(賀非) — 자오광샹(趙廣湘) 참조.

헝산(衡山) — 선쥔루(沈鈞儒) 참조.

헨더슨(Charles Richmond Henderson, 1848~1915) 미국인. 시카고대학 사회학 교수이며, 당시 중국에 와서 사회교육상황 등을 고찰하고 있었다. — 1913 ② 13.

호리오 준이치(堀尾純一) 일본의 초상화가이며, 도쿄만화회 회원으로 활동했다. 1935년 10월 칭다오(靑島)에서 상하이로 와서 잠시 머물렀다. — 1936 ① 13.

호리코시 에이노스케(堀越英之助) 일본의 화가. 1934년 10월 6일과 7일 상하이원로(上海文路, 지금의 탕구로塘沽路)의 일본인클럽에서 개인화전을 열어, 인도와 동남아, 중국의 강남을 여행할 때 그렸던 다수의 그림을 전시했다. — 1934 ⑩ 7.

호소이(細井) 일본인. 나머지는 확실치 않음. — 1923 ④ 8.

호쭈야오(胡祖姚) 저장(浙江) 융캉(永康) 출신. 베이징사법대학 영문계에 재학했다. — 1925 ⑥ 16.

화겅(華鏗) 확실치 않음. — 1935 ④ 12.

화스(畵室) — 펑쉐펑(馮雪峰) 참조.

황룽(黃龍) 확실치 않음. — 1929 ⑪ 18.

황모징(黃莫京) 황창(黃强)을 가리킨다. 당시 홍콩에서 근무하였으며, 사업차 샤먼(廈門)에 왔다. — 1926 ⑨ 21.

황산딩(黃山定, 1910~?) 광둥(廣東) 싱닝(興寧) 출신이며, 원명은 황랴오화(黃聊化)이다. 일기에는 산딩으로 기록되어 있다. 상하이 이바이사(一八藝社)의 성원으로 활동했다. 1931년 여름에 루쉰이 주최한 하계목각강습반에 참가했다. 1935년 당시 고향에서 한거하면서 자신의 목각작품을 루쉰에게 보내 의견을 구했다. — 1935 ① 22.

황서우허(黃瘦鶴) 확실치 않음. — 1929 ⑥ 30.

황서우화(黃守華) 확실치 않음. — 1928 ⑫ 21.

황스잉(黃士英) 장쑤(江蘇) 쑹장(松江, 현재 상하이에 속함) 출신의 만화가. 1934년에 우랑시(吳朗西) 등과 『만화생활』(漫畫生活)을 함께 펴냈으며, 1936년에 이 간행물을 『생활만화』(生活漫畵)로 개칭한 후 단독으로 펴냈다. — 1935 ⑦ 6. ⑧ 21. 1936 ② 5.

황신보(黃新波, 1915~1980) 광둥(廣東) 타이산(臺山) 출신의 목각가이며, 원명은 황위샹(黃裕祥), 필명은 이궁(一工)이다. 일기에는 신보(新波)로도 기록되어 있다. 상하이 미술전과학교에 재학하고 좌익작가연맹과 좌익미술가연맹에 참여했으며, MK목각연구회와 철마(鐵馬)판화회 회원으로 활동했다. 루쉰은 그와 류셴(劉峴)의 『무명목각집』(無名木刻集)을 위해 서문을 써 주었다. —1934 ⑫31. 1935 ①4.

황싱우(黃行武) 황치헝(黃啓衡)이리라 추정된다. 광둥(廣東) 출신. 광저우(廣州) 중산(中山)대학 학생이며, 1927년 4·15사변 후에 제적되었다. 1929년 당시 상하이 리다(立達)학원에 재학 중이었다. —1929 ①4.

황 아무개(黃厶) 확실치 않음. —1918 ①4.

황야오몐(黃藥眠, 1903~1987) 광둥(廣東) 메이현(梅縣) 출신의 작가이자 미술가이며, 원명은 팡쑨(訪蓀)이다. 창조사(創造社) 출판부에서 편집을 보조했으며, 당시 상하이에서 공산당의 지하공작을 담당했다. —1933 ⑪30.

황옌위안(黃彦遠) 확실치 않음. —1927 ④14.

황옌카이(黃延凱) 광둥(廣東) 메이현(梅縣) 출신. 광저우(廣州) 링난(嶺南)대학을 졸업한 후 베이징대학에서 청강했다. 당시 광저우 중산(中山)대학 예과의 교원을 지냈다. —1927 ③15, 25.

황옌페이(黃炎培, 1878~1965) 장쑤(江蘇) 촨사(川沙, 현재 상하이에 속함) 출신의 교육자이며, 자는 런즈(任之)이다. 민국 초년에 장쑤성 교육사 사장(司長)을 지냈다. 1915년 봄에 산업시찰단의 명의로 미국에 가서 교육상황을 조사하고, 귀국 후 초청을 받아 12월 15일부터 17일에 걸쳐 교육부에서 강연했다. —1915 ⑫16.

황위셰(黃于協) 푸젠(福建) 민허우(閩侯) 출신이며, 자는 위안성(元生)이다. 교육부 사회교육사 사무원이다. —1913 ⑤18. ⑥5, 19. ⑧9. ⑨8, 13, 14. ⑪9. ⑫28. 1914 ①25. ⑥28. ⑫31.

황위안(黃源, 1905~2003) 저장(浙江) 하이옌(海鹽) 출신의 번역가이며, 자는 허칭(河淸)이다. 1927년 루쉰이 상하이 노동대학에서 「지식계급에 관하여」(關于智識階級)를 강연할 때 이를 기록했다. 1931년에 신생명서국(新生命書局)에서 편집자를 지냈으며, 『시멘트』(土敏土)의 출판 건으로 루쉰과 연락을 취했다. 1933년부터 『문학』(文學) 월간의 편집 보조를 지냈다. 1934년 8월에 루쉰이 제창한 『역문』(譯文) 월간의 출판 준비작업에 참여했다. 같은 해 11월에 루쉰을 뒤이어 이 간행물을 펴냈으며, 후에 다시 '역문총서'(譯文叢書)를 편집했다. —1931 ⑪19. 1934 ⑧30. ⑨2, 14. ⑩15, 20, 21, 22, 25, 31. ⑪6, 7, 11, 14, 16, 17, 22, 27. ⑫4, 5, 14, 16, 18, 25, 26. 1935 ①1, 2, 6, 23, 24, 25, 31. ②3, 4, 13. ③1, 5, 15, 17, 18, 23, 26, 27, 28, 31. ④3, 8, 11, 15, 25, 26. ⑤6, 14, 20, 23, 26, 28, 29, 30. ⑥2, 3, 5, 10, 14, 15, 29. ⑦1, 7, 11, 16, 20, 30. ⑧7, 10, 12, 15, 16, 25, 27. ⑨2, 6, 8, 10, 12, 15, 16, 18, 19, 21, 25, 28, 30. ⑩8, 10, 21, 24, 28. ⑪2, 8, 23, 25, 28, 29, 30. ⑫3, 10, 20. 1936 ①3, 8, 14, 16, 18, 29. ②2, 8, 9, 11,

12, 20, 22, 23, 24, 29. ③6, 7, 8, 12, 16, 20, 31. ④7, 11, 22, 26. ⑤2, 5, 9, 14, 19, 30. ⑦8, 11, 21. ⑧1, 9, 14, 24, 25. ⑨2, 18, 29. ⑩1, 7, 9, 11, 14.

황위안성(黃元生) ─ 황위셰(黃于協) 참조.

황윈신(黃運新) 확실치 않음. ─ 1926 ⑤24.

황유슝(黃幼雄, 1894~1968) 저장(浙江) 상위(上虞) 출신. 후위즈(胡愈之)의 사촌오빠이며, 루쉰이 징윈리(景雲里)에 살 때의 이웃이다. 상하이 상우인서관(商務印書館) 동방잡지사 편집자를 지냈다. 1933년에 위쑹화(兪頌華) 등과 함께 『선바오(申報)월간』을 펴 냈다. ─ 1930 ②23. 1933 ④3. ⑫8. 1934 ①17, 18.

황전추(黃振球, 1911~1980) 광시(廣西) 룽현(容縣) 출신이며, 필명은 어우차(歐査)이다. 일 본에서 유학했으며, 후에 좌익작가연맹에 참여했다. 당시 잡지 『현대부녀』(現代婦女) 의 편집을 맡았으며, 위다푸(郁達夫)를 통해 루쉰에게 글씨를 써 달라고 부탁했다. ─ 1933 ④23. ⑤7. ⑫17, 30.

황정강(黃正剛) 광저우(廣州)의 『민국일보』(民國日報)의 편집자를 지냈다. ─ 1927 ④18.

황중카이(黃中塏) ─ 황즈젠(黃芷澗) 참조.

황중카이(黃中塏)의 딸 ─ 1923 ⑥27.

황즈젠(黃芷澗) 후베이(湖北) 장링(江陵) 출신이며, 이름은 중카이(中塏 또는 中愷), 자는 즈 젠이다. 일기에는 쯔젠(子澗)으로도 기록되어 있다. 일찍이 일본에서 유학했으며, 민 국 이후 교육부 사회교육사 첨사를 지냈다. ─ 1914 ⑪5, 17. ⑫31. 1915 ②16. ⑦6. 1916 ①28. 1917 ⑨21. 1923 ⑥27.

황즈젠(黃芷澗)의 형 ─ 1917 ⑨21.

황지강(黃季剛, 1886~1935) 후베이(湖北) 치춘(蘄春) 출신이며, 이름은 칸(侃), 자는 지강 이다. 음운훈고학자이자 문학가이다. 일본에서 유학했을 때 루쉰 이후에 장타이옌 (章太炎)의 강의를 들었다. 1913년에 베이징대학 교수를 지냈다. ─ 1913 ⑨30. 1914 ⑨27.

황징위안(黃靜元) 확실치 않음. ─ 1932 ⑧14, 16.

황쭌성(黃尊生) 광둥(廣東) 판위(番禺) 출신. 광저우(廣州)세계어강습소 소장, 중산(中山) 대학 프랑스문학사 교수를 역임했다. 프랑스의 세계어 학자인 사일(賽耳)을 환영하 는 대회에 참석해 달라고 루쉰을 초청했다. ─ 1927 ①21, 22, 25, 27, 30.

황쯔젠(黃子澗) ─ 황즈젠(黃芷澗) 참조.

황창구(黃昌谷, 1889~1959) 후베이(湖北) 푸치(蒲圻) 출신이며, 자는 이쑨(貽孫)이다. 일 찍이 미국에 유학했으며, 당시 베이징 『민국일보』(民國日報)의 편집자를 지냈다. ─ 1925 ②17.

황춘위안(黃春園, 1906~?) 후난(湖南) 창사(長沙) 출신. 광저우(廣州) 중산(中山)대학 학생 이며, 1927년 4·15사변 후에 제적되었다. 홍콩을 거쳐 상하이에 와서 당시의 형세 및 이후의 출로에 대해 루쉰에게 물었다. — 1927 ⑪ 2.

황펑지(黃鵬基, 1901~1952) 쓰촨(四川) 런서우(仁壽) 출신의 소설가이며, 필명은 펑치(朋 其)이다. 베이징대학 프랑스어계 학생이며, 『망위안』(莽原) 기고자이다. — 1925 ⑨ 29. ⑩ 16, 29. ⑪ 14, 21, 26. ⑫ 1, 15. 1926 ① 4, 6, 18, 23. ② 27. ④ 14, 15, 22. ⑤ 16. ⑥ 24, 26, 27. ⑦ 17, 22. ⑧ 9, 11.

황핑쑨(黃苹蓀) — 황핑쑨(黃萍蓀) 참조.

황핑쑨(黃萍蓀, 1908~1993) 저장(浙江) 항저우(杭州) 출신. 일기에는 황핑쑨(黃苹蓀)으로 도 기록되어 있다. 1933년에 위다푸(郁達夫)를 통하여 루쉰에게 글씨를 써 달라고 부 탁했으며, 루쉰은 그를 위해 오언 절구 한 수를 지었다. 1936년에 『웨펑』(越風) 반월 간을 편집할 때 루쉰에게 여러 차례 편지를 보내 원고를 청탁했으나 거절당했다. 같 은 해 10월 루쉰이 써 준 오언 절구의 글씨를 『웨펑』 제21기의 겉표지에 인쇄했다. — 1933 ⑥ 28. 1936 ① 30. ② 2, 10, 13, 28. ③ 9, 21. ④ 2, 8, 21.

황한추(黃涵秋, 1895~1964) 장쑤(江蘇) 충밍(崇明, 현재 상하이에 속함) 출신이며, 이름은 홍자오(鴻詔), 자는 한추이다. 신화(新華)예술대학 서양화계 주임을 지냈다. — 1927 ⑪ 27.

황허우후이(黃後繪, 1895~1971) 후난(湖南) 창사(長沙) 출신. 원명은 황더슈(黃德修)이고, 황옌런(黃衍仁), 황쑤(黃素) 등의 이름을 사용하기도 했다. 난궈사(南國社) 사원으로 활동했다. 중국자유운동대동맹과 좌익희극가연맹에 참여했다. 1930년 가을에 체포 되었는데, 그의 벗들이 구명자금을 모았다. '황허우후이'는 루쉰이 『논어』(論語) 「팔 일」(八佾) 가운데의 "그림 그리는 일은 흰 바탕이 있은 후에 한다"(繪事後素)는 말에 서 나왔을 것이다. — 1931 ② 7.

황허칭(黃河淸) — 황위안(黃源) 참조.

후란청(胡蘭成, 1906~1982) 저장(浙江) 성현(嵊縣) 출신이며, 자는 루이성(蕊生)이다. 당시 광시(廣西) 난닝(南寧)제1중학에서 교편을 잡았다. 후에 왕징웨이(汪精衛)괴뢰정부 의 선전부 정무차장 겸 『중화일보』(中華日報) 총주필을 역임했다. — 1933 ④ 1.

후런저(胡人哲) 후베이(湖北) 샤오간(孝感) 출신이며, 핑샤(萍霞)라고도 불린다. 일기에는 후핑샤(胡平霞), 우핑샤(吳萍霞)로도 기록되어 있다. 1920년에 베이징여자고등사범 학교 보모강습과를 졸업하고, 1924년에 이 학교의 사감을 지냈다. — 1924 ⑨ 14, 18, 22, 25. ⑩ 2, 13, 16, 19, 26, 28, 31. ⑪ 4, 6, 8, 29. ⑫ 18, 20. 1925 ② 23. ⑪ 7, 17.

후루야(古屋, 1895~1955) 이름은 스케지로(助次郎). 일본 야마나시(山梨) 출신. 상하이 푸민(福民)의원의 회계, 사무장을 지냈다. —1933 ⑩ 23.

후멍러(胡孟樂, 1879~?) 저장(浙江) 사오싱(紹興) 출신이며, 이름은 위(豫) 또는 멍루(猛磲)
이다. 루쉰과 같은 시기에 일본에서 유학했으며, 후에 산콰이(山會)초급사범학당에
서 동료로 지냈다. 1912년에 교육부 보통교육사 주사를 지냈다. —1912 ⑦ 21. ⑨
11. ⑩ 19. 1913 ⑨ 11. ⑪ 29. ⑫ 26. 1914 ②7.

후민다(胡民大, 1915~1935) 저장(浙江) 원저우(溫州) 출신의 문학청년. 후진쉬(胡今虛) 등
과 『훼멸』(毀滅), 『10월』 등을 통속적인 읽을거리로 개작하고자 하여 루쉰에게 편지
로 의견을 구했다. —1933 ⑩ 23.

후보허우(胡博厚) 저장(浙江) 사오싱(紹興) 출신이며, 자는 짜이안(載安)이다. 베이징대학
문예과(文預科) 1학년에 재학 중이었다. —1918 ⑨ 10.

후샤오(胡斅, 1901~1943) 저장(浙江) 룽유(龍游) 출신이며, 자는 청차이(成才)이다. 1924
년에 베이징대학 러시아계를 졸업했다. 그가 번역한 소련의 시인 알렉산드르 블로
크(Александр Александрович Блок)의 장시 『열둘』(The Twelve, Двенадцать)이 '웨이
밍총간'(未名叢刊)에 포함되었으며, 루쉰은 그를 위해 교정을 하고 후기를 썼다. —
1925 ⑥ 20. ⑦ 11, 15, 16, 19, 21. ⑧ 9. ⑩ 3, 7.

후스(胡適, 1891~1962) 안후이(安徽) 지시(積溪) 출신의 문학가이자 학자이며, 원명은 훙
싱(洪騂)이었다가 스(適)로 개명, 자는 스즈(適之)이다. 1917년에 미국에 유학하여
귀국한 후 베이징대학 교수로 재직했다. 『신청년』(新靑年)의 편집에 참여했다. 1924
년 이전에는 백화시 창작과 소설사 연구에 종사했으며, 루쉰과의 왕래도 빈번했다.
1928년 이후 서구의 민주를 제창하여 '진반시화'(全盤西化)를 주장했다. 국민당정부
의 주미대사 등을 역임했다. —1918 ⑧ 12, 14. 1919 ⑤ 23. ⑥ 19. 1920 ⑪ 27. 1921
① 3, 25, 26. ② 7. 1922 ② 1, 2. ③ 6. 1923 ① 6. ② 5, 27. ③ 14, 18. ④ 17. ⑨ 1. ⑫ 22,
28, 29. 1924 ① 1, 5, 21. ② 9, 11, 16, 26. ④ 12. ⑤ 3, 27. ⑥ 2, 5, 7, 26. ⑧ 12, 13. ⑨ 2.
1926 ⑧ 4.

후스즈(胡適之) —후스(胡適) 참조.

후싱링(胡醒靈, 1912~?) 장쑤(江蘇) 이싱(宜興) 출신이며, 후신링(胡心靈)으로도 불린다.
당시 중학교에 재학 중이었다. —1927 ⑩ 11.

후쑤이즈(胡綏之) —후위진(胡玉搢) 참조.

후쑤이즈(胡綏之)의 딸—1917 ⑤ 23.

후안(胡弦, 1906~?) 푸젠(福建) 난안(南安) 출신이며, 성은 황(黃), 이름은 제안(建安), 필명
은 후쉬안이다. 1930년에 상하이 푸단(復旦)대학 문과에 재학했다. —1929 ⑥ 11.
1930 ④ 26. ⑤ 3.

후양쩡(胡仰曾) 저장(浙江) 딩하이(定海) 출신이며, 이름은 이루(以魯), 자는 양쩡이다. 일
기에는 우양쩡(吳仰曾)으로 잘못 기록되어 있다. 사법부 참사를 지냈다. ─ 1914 ⑫
31.

후예핀(胡也頻, 1903~1931) 푸젠(福建) 푸저우(福州) 출신의 작가이며, 원명은 충쉬안(崇
軒)이다. 좌익작가연맹 성원으로 활동했다. 1924년 12월부터 1925년 5월에 걸쳐 베
이징에서 징유린(荊有麟), 샹쥐(項拙) 등과 함께『징바오』(京報)「민중문예주간」(民衆
文藝週刊)을 펴냈으며, 이 무렵 루쉰과 자주 왕래했다. ─ 1924 ⑫ 28. 1925 ① 8. ③
28. ④ 16, 19. ⑤ 21.

후위즈(胡愈之, 1896~1986) 저장(浙江) 상위(上虞) 출신의 정론가이자 출판가이며, 자는
쉐위(學愚)이다. 루쉰이 사오싱(紹興)부중학당에서 교편을 잡았을 때의 학생이다.
1921년부터 1927년에 걸쳐 상우인서관(商務印書館)에서『동방잡지』(東方雜誌)의 편
집보조원을 지냈다. 예로센코(Василий Яковлевич Ерошенко)를 소개하여 베이징
대학에서 교편을 잡게 하고 루쉰과 편지를 주고받게 하였다. 이후 루쉰은 예로센코
의 동화 다수를 번역하여 그가 상우인서관에서 출판하는 잡지들을 통해 발표했다.
1928년 1월에 유럽에 유학했다. 1931년 2월에 귀국한 후 다시『동방잡지』의 편집을
맡았으며, 저서로는『모스크바인상기』(莫斯科印象記)를 남겼다. 1933년부터 1937년
에 걸쳐 하바스(Havas)통신사 상하이지사의 통역을 지냈다. 중국민권보장동맹(中國
民權保障同盟)에 참여했으며 혁명적 문화활동에 종사하였다. ─ 1921 ⑪ 4, 5, 30. ⑫
3, 13, 26, 27. 1923 ④ 28, 29. 1926 ⑧ 30. 1927 ⑩ 18. 1931 ⑧ 28, 31. 1933 ① 11. ③
24. 1935 ⑧ 27. 1936 ① 29.

후위진(胡玉縉, 1859~1940) 장쑤(江蘇) 우현(吳縣) 출신이며, 자는 쑤이즈(綏之)이다. 1913
년에 역사박물관 주비처 처장을 지냈다. 후에 베이징대학 등에서 교수로 지냈다. ─
1912 ⑥ 14. 1913 ③ 26. 1914 ③ 2. ⑤ 22. 1915 ③ 28. ④ 14, 15. ⑥ 21. ⑦ 20, 25, 26.
⑧ 22. 1917 ⑤ 23.

후이뎨(惠迭) ─ 쑨후이디(孫惠迪) 참조.

후이디(惠迪) ─ 쑨후이디(孫惠迪) 참조.

후중츠(胡仲持, 1900~1967) 저장(浙江) 상위(上虞) 출신이며, 자는 쉐즈(學志), 필명은 이
셴(宜閑)이다. 번역활동가이며, 후위즈(胡愈之)의 동생이다. 상하이 상우인서관(商務
印書館)에서 편집을 맡았으며,『동방잡지』(東方雜誌)의 기고자이다. ─ 1929 ⑤ 5.

후지쓰카(藤冢) ─ 후지쓰카 지카시(藤冢隣) 참조.

후지쓰카 지카시(藤冢隣, 1879~1948) 일본의 한학자. 청대의 경학(經學)에 밝아 고증학으
로서의 경학을 재평가했다. 1923년에 일본 나고야(名古屋) 제8고등학교 교수를 지

냈으며, 후에 한국의 경성(京城)대학에서 교수를 지냈다. — 1923 ① 7. ④ 15. ⑪ 14. 1926 ② 8.

후지와라 가마에(藤原鎌兄, 1878~1953) 일본 나가노(長野) 출신의 언론인. 1922년부터 1927년에 걸쳐 일본어판『베이징주보』(北京週報)의 주편이자 발행인이다. — 1923 ⑤ 8.

후지이 겐이치(藤井元一) 일본의 중국문제연구가. — 1930 ⑥ 15.

후진쉬(胡今虛, 1915~2003) 저장(浙江) 원저우(溫州) 출신. 1933년에 온저우의 신문사에서 편집을 맡고 있을 때 후민다(胡民大) 등과『훼멸』(毀滅),『10월』등을 통속적인 읽을거리로 개작하고자 하여 루쉰에게 편지로 의견을 구했다. — 1933 ⑧ 1, 2. ⑨ 29. ⑩ 6, 9, 16, 23, 27, 28. ⑪ 3, 9, 30. 1934 ⑫ 9.

후쯔팡(胡子方) — 후쯔팡(胡梓方) 참조.

후쯔팡(胡梓芳) — 후쯔팡(胡梓方) 참조.

후쯔팡(胡梓方, 1879~1921) 장시(江西) 옌산(鉛山) 출신이며, 이름은 차오량(朝梁), 자는 쯔팡이다. 일기에는 후쯔팡(胡梓芳 혹은 胡子方)으로도 기록되어 있다. 루쉰이 강남수사학당(江南水師學堂)에 재학했을 때의 학우 후윈셴(胡韻仙)의 형이다. 1912년부터 1914년에 걸쳐 교육부 사회교육사 주사를 지냈다. — 1912 ⑤ 11. 1913 ③ 5. ⑥ 2, 11. 1914 ① 2.

후청차이(胡成才) — 후샤오(胡斅) 참조.

후충쉬안(胡崇軒) — 후예핀(胡也頻) 참조.

후지짜오(胡其藻) 광둥(廣東) 타이신(臺山) 출신. 킹지우(廣州) 현대창작판화연구회 회원이다. — 1935 ⑧ 13. ⑫ 3.

후케(福家) 일본인. 도쿄고등사범학교 오쓰카동화회(大塚童話會) 회원이다. 우치야마 간조의 요청에 따라 사이토(齋藤), 안도(安藤)와 함께 상하이에 와서 일본 아동을 위한 동화회를 열었으며, 이때 강사로 활동했다. — 1930 ④ 6.

후쿠오카(福岡) — 후쿠오카 세이이치(福岡誠一) 참조.

후쿠오카 세이이치(福岡誠一, 1897~1975) 일본인. 일기에는 후쿠오카(福岡), SF군으로도 기록되어 있다. 1923년 당시 도쿄제국대학에 재학했다. 예로센코와 함께 루쉰의 집에 거주했다. 1929년 이후에는 일본 연합통신사에서 근무했으며, 상하이에 머물렀다. — 1923 ⑥ 12. ⑧ 4, 19. 1924 ⑩ 19. 1926 ⑫ 19, 20. 1929 ⑧ 8. 1933 ⑧ 31. ⑨ 2. 1934 ① 4.

후쿠코(福子) — 하부토 후쿠코(羽太福子) 참조.

후펀저우(胡芬舟) 확실치 않음. — 1918 ⑩ 17.

후펑(胡風, 1902~1985) 후베이(湖北) 치춘(蕲春) 출신의 문예이론가이며, 원명은 장광런(張光人), 필명은 후펑 혹은 구페이(谷非) 등이다. 일기에는 구펑(谷風), 구페이(古飛), 구페이(古斐), 광런(光仁), 장인(張因) 등으로도 기록되어 있다. 1925년 가을부터 1926년 여름에 걸쳐 베이징대학 예과에 재학하면서 루쉰의 중국소설사 강의를 청강했다. 1929년에 일본에서 유학했으며, 1933년 여름에 귀국한 후 한때 중산문화교육관(中山文化敎育館)에서 통역을 지냄과 동시에, 좌익작가연맹의 선전부장, 행정서기 등을 잇달아 맡았다. — 1926 ① 17. 1934 ① 18. ② 13, 22. ⑤ 11. ⑦ 22. ⑧ 28. ⑨ 16, 23. ⑩ 3, 24, 30. ⑪ 14, 21, 22, 29. ⑫ 14, 17, 19, 23, 25. 1935 ① 19, 30. ② 1, 9, 16, 18, 22. ③ 2, 8, 12, 15, 21. ④ 10, 11, 25, 28, 29. ⑤ 5, 8, 11, 13, 17, 18, 24, 28. ⑥ 1, 6, 18, 25, 29. ⑦ 7, 24. ⑧ 11, 13, 18, 24, 31. ⑨ 1, 4, 12, 13, 24, 28, 30. ⑩ 11, 30. ⑪ 7, 14, 17, 26, 28. ⑫ 19, 28. 1936 ① 6, 7, 11, 22, 29. ② 1, 2, 9, 12, 13, 16, 21, 25, 27. ③ 3, 7, 13, 18, 19, 23, 25, 27. ④ 5, 13, 19, 22. ⑤ 8, 10, 18, 28, 31. ⑦ 5, 8, 25. ⑨ 11, 30. ⑩ 17.

후펑(胡風)의 아내 — 메이즈(梅志) 참조.

후펑(胡風)의 아이 — 장샤오구(張曉谷) 참조.

후핑샤(胡平霞) — 후런저(胡人哲) 참조.

후핑샤(胡萍霞) — 후런저(胡人哲) 참조.

훙쉐천(洪學琛) 푸젠(福建) 퉁안(同安) 출신. 1927년 당시 샤먼(廈門)대학 교육계 4학년에 재학 중이었다. 양양사(決決社)의 성원으로 활동했다. — 1927 ① 15. 1928 ⑪ 8.

히구치 료헤이(樋口良平) 일본인 의사로서, 쓰보이 요시하루(坪井芳治)의 벗이다. 상하이 방직주식공사의 부속병원에서 근무했다. — 1933 ⑥ 21.

히라이(平井) 박사 상하이에서 개업한 일본인 의사. 하이잉(海嬰)을 진료했다. — 1930 ⑦ 9, 10, 11, 13, 15, 16, 18, 20, 24. ⑪ 12, 19, 26. ⑫ 8, 17. 1931 ① 5. ⑥ 2, 4, 29. ⑦ 1, 2, 4. 1932 ⑥ 23.

A. K. —Kravchenko, A. 참조.

Ashbrook, Harriette 확실치 않음. —1934 ⑩ 11.

Bartlett(R. M. Bartlett) 바틀렛. 미국인. 일기에는 Battlet으로 기록되어 있다. 1926년에 베이징대학, 옌징(燕京)대학에서 교편을 잡았으며, 웨이충우(魏叢蕪)의 소개로 루쉰을 방문했다. 이때 「루쉰 선생과의 이야기」(與魯迅先生的談話)를 쓸 계획이었으나 뜻을 이루지 못했다. 1927년 10월에 미국의 월간지 『Current History』(當代歷史)에 「Intellectual Leaders of the Chinese Revolution」(中國革命的知識分子領袖)을 발표하여, 루쉰과 캉유웨이(康有爲), 천두슈(陳獨秀), 리다자오(李大釗), 량치차오(梁啓超), 후스(胡適), 저우쭤런(周作人) 등을 소개했다. —1926 ⑥ 11.

Battlet —Bartlett 참조.

Cherepnin, G.(1899~1977) 영문명은 Alexander Tcherepnin. 체레프닌(Александр Николаевич Черепнин). 러시아의 작곡가이며, 후에 미국 국적을 취득했다. 1934년에 중국에 왔으며, 1936년에 중국에 다시 왔을 때 『홍루몽』(紅樓夢)을 제재로 하는 가극을 창작하고자 하여 루쉰에게 편지를 보내 극본을 써 달라고 부탁했다. —1936 ⑤ 28.

Dinamov, S. 디나모프. 소련인. 『국제문학』(國際文學)의 편집자이다. —1935 ⑧ 8.

Diper, Dr. 디퍼 의사. 독일인. 베이징 독일의원 원장. —1917 ⑤ 16.

Ettinger, P. 에팅거. 모스크바에 거주했던 독일 미술가. 1934년에 루쉰에게 편지를 보내 『인옥집』(引玉集)을 구해 달라고 부탁했으며, 루쉰은 즉시 이 책과 『목판화가 걸어온 길』(木刻紀程)을 보내 주었다. 1935년에 다시 목각 『시멘트 그림』(土敏土之圖) 및 『차르 사냥기』(Die Jagd nach Zaren, 獵俄皇記) 각각 한 권을 보내 주었다. 그는 1936년에 루쉰에게 판화 및 『폴란드미술』을 증정하였다. —1934 ⑩ 22, 23, 27. 1935 ① 21. ⑦ 3. ⑧ 11. ⑪ 18. ⑫ 6, 19. 1936 ③ 2, 7. ④ 3. ⑦ 10. ⑨ 1, 2, 15.

E군 —예로셴코(В. Я. Ерошенко) 참조.

G. F. 확실치 않음. —1928 ③ 9. ⑦ 25. ⑧ 19.

Gibings — 기빙스. Gibbings(Robert Gibbings, 1889~1958)로 기록해야 옳다. 영국의 목각가이다. 그의 작품 『한가로이 앉아』(閑坐), 그리고 포이스 마더스(E. Powys

Mathers)의『붉은 지혜』를 위해 만든 삽화는 모두 루쉰이 조화사(朝花社)에서 출판한『근대목각선집(2)』속에 수록되었다. ─1929 ⑩ 20.

Goncharov, A. ─곤차로프 참조.

Granich(그라니치, 1896~?) Max Granich를 가리킨다. 원래 일기에는 'Garnich'로 잘못 표기되어 있으며, '스 여사(史女士)의 벗'으로도 기록되어 있다. 미국작가로서, 코민테른 극동지부 서기이다. 일찍이 상하이에서 영문판『Voice of China』(『中國呼聲』) 반월간을 창간했다. ─1936 ③ 23. ⑩ 2.

Grimm, Dr. 그림 의사. 독일인. 베이징 독일의원 의사이다. ─1917 ⑤ 13.

H ─하부토 시게히사(羽太重久) 참조.

H. S. ─샤옌(夏衍) 참조.

Kollwitz, Käthe ─콜비츠 참조.

Körber, Lili(1897~1982) 릴리 쾨르버. 오스트리아 여작가. 일본에 가서 창작의 소재를 수집하던 중에 상하이를 지날 때 루쉰을 방문했다. 루쉰은 그녀의「『신어림』에 드리는 시 및『신어림』의 독자에게 드리는 글」(贈新語林詩及致新語林讀者辭)을 번역했다. ─1934 ⑦ 23.

Kravchenko, A.(Алексей Ильич Кравченко, 1889~1940) 알렉세이 크랍첸코. 소련의 판화가. 차오징화(曹靖華)의 소개로 루쉰과 편지를 주고받았으며, 목각작품을 부치기도 했다. ─1934 ⑨ 19. ⑩ 6, 27.

Lidin, V.(Владимир Германович Лидин, 1894~1979) 블라디미르 게르마노비치 리딘. 소련의 작가. 1928년에 루쉰은 그의 단편소설「하프」(豎琴)를 번역했으며, 1929년에는 또「Vi. G. 리딘 자전」을 번역했다. ─1936 ④ 25.

Malianosusky, N. P. 말리아노스스키. 나머지는 확실치 않음. ─1928 ⑨ 7.

Meyenburg, Erwin 어윈 마이엔부르크. 독일인. 독일 베를린대학 독일어 교사를 지냈으며, 1931년에 일본에서 강의하였다. 루쉰과 만나기를 희망하여 루쉰에게 편지를 보내 소개해 달라고 쉬스취안(徐詩荃)에게 부탁했다. 후에 사정으로 인해 중국에 오지 못했다. ─1931 ④ 20, 27.

Orlandini, Dr. 올란디니. 이탈리아 예술가인 듯하다. 야오커(姚克)의 벗이다. ─1933 ③ 15.

Petrov, Nikolai(Н. Петров) 니콜라이 페트로프. 소련인. 일기에는 Nicola로도 기록되어 있다. ─1935 ④ 7. ⑥ 28.

Průšek, y.(1906~1980) Jaroslav Průšek로 기록해야 옳다. 야로슬라프 프루셰크. 체코의 동양어 전문가이자 한학자이다. 중국사 연구를 위한 자료 수집차 1932년 가을에 중국에 왔으며, 이후 문학잡지사를 통하여 루쉰과 편지를 주고받았다. 루쉰은 그가 번역에 착수한 『외침』(吶喊)의 체코어 번역본을 위해 서문을 썼다. — 1936 ⑦ 13, 24. ⑨ 2, 28.

S. F. — 후쿠오카 세이이치(福岡誠一) 참조.

Sekir, S. 화가. — 1928 ③ 22.

Smedley, A. — 스메들리(A. Smedley) 참조.

Vaillant-Couturier, Paul(1892~1937) 폴 쿠튀리에. 프랑스 공산당원이며, 사회활동가, 작가이자 기자이다. 1933년 9월에 상하이에서 개최된 세계반전대동맹 극동회의에 참가하였으며, 아이작스(H. R. Isaacs)의 집에서 루쉰과 만났다. — 1933 ⑨ 5.

W W 확실치 않음. — 1936 ⑦ 2.

Wei, T. 확실치 않음. — 1935 ⑦ 30.

Кравцова, Татьяна 일기에는 Татьяна Кравцовой로도 기록되어 있다. 체코의 여작가이다. — 1930 ⑨ 5. ⑫ 23.

Кравцоваой, Татьяна — Кравцова, Татьяна 참조.

パン・ウル — 우루가와(宇留川) 참조.

윳 — 팡산징(方善境) 참조.

일기 서적 주석

【ㄱ】

가경일통지색인(嘉慶一統志索引) —『대청일통지』(大淸一統志) 참조.

가경중수일통지(嘉慶重修一統志) —『대청일통지』(大淸一統志) 참조.

가난한 사람들(窮人) 러시아 도스토예프스키(Ф. М. Достоевский)의 소설. 웨이충우(韋叢蕪)가 번역하였으며, 루쉰이 교정하고 서문을 썼다. 1926년 베이징 웨이밍사(未名社)에서 '웨이밍총간'(未名叢刊)의 하나로 출판되었다. —1926 ⑥ 3, 21.

가난한 사람들(不幸的一群) 러시아 도스토예프스키가 지은 소설. 리지예(李霽野)가 번역하여 1929년 베이핑 웨이밍사 출판부에서 출판했다. —1929 ⑤ 20.

가라앉은 종(沉鐘) 천중사(沉鐘社)에서 펴낸 문예주간지. 1925년 10월에 창간되어 제10기 이후 휴간되었다. 1926년 8월에 복간되어 반월간으로 바뀌었다. —1926 ⑤ 5. ⑧ 12. 1927 ⑨ 24. 1933 ⑩ 23.

가스야 독일어학총서(粕谷獨逸語學叢書) 가스야 마사히로(粕谷眞洋)가 번역하고 저술한 독일어문총서. 도쿄의 난잔도쇼텐(南山堂書店)에서 출판되었다. 루쉰이 구입한 것은 『독일어 일역법』(獨文和譯法), 『하이네시집』(ハイネ詩集)이다. —1929 ④ 15.

가쓰시카 호쿠사이(葛飾北齋) 노구치 요네지로(野口米次郎) 지음. 루쉰의 일기에 기록된 판본은 두 가지이다. 하나는 쇼와(昭和) 5년(1930) 저자가 직접 간행한 컬러본이고, 다른 하나는 쇼와 7년(1932)에 도쿄의 세이분도(誠文堂)에서 출판한 것이다. 가쓰시카 호쿠사이(葛飾北齋, 1760~1849)는 일본의 우키요에(浮世繪) 6대가 가운데 한 사람이다. —1931 ① 13. 1932 ⑩ 25.

가업당간인서목(嘉業堂刊印書目) —1934 ⑤ 3.

가요(歌謠) 베이징대학 연구소국학문 가요연구회에서 엮은 주간지. 베이징대학 일간과(日刊課)에서 인쇄. 1922년 12월에 창간되었다. —1923 ⑧ 8. 1924 ③ 15. ④ 4, 9.

가이조(改造) 종합성 월간지. 야마모토 산세(山本三生) 엮음. 도쿄의 가이조샤(改造社)에서 발행. 다이쇼 8년(1919)에 창간되었으며, 쇼와 30년(1955)에 정간되었다. 이 잡지에 루쉰의 「쇼와 '쇼를 보러 온 사람들' 인상기」('看蕭'和'看蕭的人們'記), 「불·왕도·감옥」(火·王道·監獄), 「현대 중국의 공자」(在現代中國的孔夫子) 등의 글이 발표되었다. —1933 ② 24. ③ 23, 27. 1934 ① 31. ② 24. 1935 ④ 29. ⑤ 30. 1936 ② 23. ③ 23. ④

7. ⑤ 28.

가이조문고(改造文庫) 도쿄 가이조샤(改造社)에서 출판된 총서. 루쉰의 장서 가운데에 현존하는 것은 『맑시즘 인식론』(マルクシズム認識論. 독일의 디에츠겐 J. Dietzgen 지음. 이시카와 준주로石川准十郞 번역), 『변증법적 유물론』(辨證法的唯物論. 독일의 디에츠겐 지음. 야마카와 히토시山川均 번역), 『철학의 열매』(哲學の實果. 독일의 디에츠겐 지음. 야마카와 히토시 번역), 『재산진화론』(財産進化論. 프랑스의 라파르그 P. Lafargue 지음. 아라하타 가쓰조荒畑勝三 번역), 『우리의 일단과 그』(我等の一團と彼)와 『구름은 천재라네』(雲は天才である. 이시카와 다쿠보쿠石川啄木가 지은 시), 『노동자가 없는 배』(勞働者の居ない船. 하야마 요시키葉山嘉樹의 소설), 『일주일』(一週間. 소련의 리베딘스키Ю. Н. Либединский, 이케타니 신자부로池谷信三郞 번역) 등 8종이다. — 1929 ② 28. ③ 28. ⑩ 19. ⑫ 30.

가자차고(賈子次詁) 청대 왕경심(王耕心)이 지은 유가 서적. 내편 10권, 외편 3권, 익편(翼篇) 4권의 2책. 광서(光緒) 29년(1903) 정딩(正定) 퉁더(通德)의 왕씨(王氏) 교각본(校刻本)이다. — 1915 ⑧ 23.

가정비구설당래변경(迦丁比丘說當來變經) 옮긴이 미상의 불교 서적. 일기에는 『당래변경』(當來變經)으로 기록되어 있다. 『잡비유경』(雜譬喩經), 『충유요략법』(忠惟要略法), 『십이유경현성집가타일백운』(十二遊經賢聖集伽陀一百韻), 『광발대원송』(廣發大願頌), 『무능승대명다라니경』(無能勝大明陀羅尼經), 『무능대명심다라니경』(無能大明心陀羅尼經)과 『십불선업도경』(十不善業道經)과 1책으로 합본하였다. 1920년 창저우(常州) 천닝사(天寧寺) 각본이다. — 1921 ⑤ 10.

가태 콰이지지 및 보경 속지(嘉泰會稽志及寶慶續志) 지방지. 『가태 콰이지지』(嘉泰會稽志) 20권는 송대 시숙(施宿)이 편찬했고, 『보경 속지』(寶慶續志) 8권은 송대 장호(張淏)가 편찬했다. 총 12책. 1926년 사오싱(紹興)의 왕자상(王家襄) 등이 가경(嘉慶) 무진년(戊辰年, 1808)의 채국헌(采鞠軒) 각본을 영인했다. — 1926 ④ 5.

각성한 그녀(覺醒的她) — 『그녀의 각성』(她的覺醒) 참조.

각세진경천화편(覺世眞經闡化編) 청대 서겸(徐謙)이 지은 8책의 도교 서적. 『관제각세진경본증훈안천화편』(關帝覺世眞經本證訓案闡化編)을 가리킨다. 도광(道光) 26년(1846) 베이징 중각본(重刻本). — 1923 ④ 23.

각재집고록(愙齋集古錄) 청대 오대징(吳大澂)이 펴낸 26책의 금석문자집(金石文字集). 1917년 상하이 상우인서관(商務印書館) 영인본. — 1918 ⑥ 27. ⑪ 27.

간운집(看雲集) 저우쭤런(周作人)의 산문집. 1932년 상하이 카이밍(開明)서점에서 출판되었다. — 1932 ⑩ 31.

간집(趕集) 라오서(老舍)의 소설집. 1934년 상하이 량유(良友)도서인쇄공사에서 '량유문학총서'의 하나로 출판되었다.—1934 ⑨ 1.

간칭목각이집(干靑木刻二集) 돤간칭(段干靑) 제작. 1936년의 수탁본(手拓本).—1936 ④ 23.

감상사록(感想私錄) 프랑스의 보들레르(Ch. Baudelaire) 지음. 호리구치 다이가쿠(堀口大學)가 번역하여 쇼와 8년(1933) 도쿄의 다이이치쇼보(第一書房)에서 출판되었다.—1933 ⑦ 25.

감상화선(鑑賞畵選) 후지무라 고이치(藤村耕一) 엮음. 도쿄의 호분칸(寶文館)에서 출판되었다.—1929 ⑥ 11. ⑩ 7.

감옥과 병원(監獄與病院) 쉬바이옌(許拜言)의 소설집.—1932 ① 11.

감주집(紺珠集) 송대 지은이 미상의 필기총집(筆記總集). 13권.—1913 ⑤ 29.

갑골계문탁본(甲骨契文拓本) 펴낸이 미상의 금석도상집(金石圖像集). 4책의 수탁본(手拓本).—1919 ① 21.

갑골문자연구(甲骨文字硏究) 궈모뤄(郭沫若)가 지은 2책의 금석문자 서적. 쇼와 5년(1930) 도쿄 분큐도(文求堂)에서 영인했다.—1931 ⑤ 14.

갑신조사소기(甲申朝事小紀) 40권 40책의 잡사(雜史). 원래 청대 포양생(抱陽生)이 펴낸 것이라 씌어 있다.—1923 ⑨ 4.

갓파(河童, かっぱ) 일본인 아쿠타가와 류노스케(芥川龍之介)의 소설집. 리례원(黎烈文) 등이 번역하여 1936년 상하이 문화생활출판사에서 '현대일본문학총간'의 하나로 출판되었다.—1936 ⑩ 2.

강남관서국서목(江南官書局書目)—1930 ⑦ 30.

강 위에서(江上) 샤오쥔(蕭軍)의 소설집. 1936년 상하이 문화생활출판사에서 '문학총간'의 하나로 출판되었다.—1936 ⑩ 14.

개·고양이·사람(犬·猫·人間) 하세가와 뇨제칸(長谷川如是閑)이 지은 수필집. 다이쇼(大正) 14년(1925) 도쿄의 가이조샤(改造社) 제17판. '가이조샤 수필총서'의 하나.—1925 ⑪ 13.

개원점경(開元占經)—『대당개원점경』(大唐開元占經) 참조.

개원천보유사(開元天寶遺事) 후주(後周)의 왕인유(王仁裕)가 지은 2권 1책의 필기. 1921년 시링인사(西泠印社)의 활판본.—1935 ③ 21.

개유익재독서지(開有益齋讀書誌) 청대 주서증(朱緖曾)이 지은 잡기. 6권, 속지(續誌) 1권, 금석문자기 1권의 6책.—1928 ⑥ 10.

개자원화전(芥子園畵傳) 『개자원화보』(芥子園畵譜)라고도 한다. 청대 왕개(王槪) 등이 그리고 엮은 4집의 화보(畫譜). ― 1934 ② 3. ③ 31. ④ 20. ⑥ 1.

개척된 처녀지(ヒラカレタ處女地) 소련의 숄로호프(М. А. Шолохов)의 소설. 우에다 스스무(上田進) 번역. 상·하책으로 나뉘어 쇼와(昭和) 8년(1933)과 10년(1935)에 도쿄의 나우카샤(ナウカ社)에서 출판되었다. ― 1933 ⑨ 15.

개척된 처녀지(開拓了的處女地) 소련의 숄로호프(М. А. Шолохов)의 소설. 리훙니(李虹霓)가 번역하여 1936년 일본 도쿄의 메구로샤(目黑社)에서 출판되었다. ― 1936 ⑨ 8.

거사전(居士傳) 청대 팽제청(彭際淸)이 지은 56권 4책의 전기. ― 1914 ⑩ 25. ⑪ 10.

거양시주(渠陽詩注) 송대 위료옹(魏了翁)이 짓고 왕덕문(王德文)이 설명을 가한 1권 1책의 별집. ― 1913 ⑥ 22.

거짓자유서(僞自由書) 루쉰이 지은 잡문집. 1933년 상하이 베이신(北新)서국에서 검열을 피해 칭광서국(靑光書局)이라는 이름으로 출판되었다. ― 1933 ⑦ 20, 28, 30. ⑧ 17. ⑨ 24, 26. ⑩ 16, 19, 26. ⑪ 3. ⑫ 26. 1935 ② 14.

건상소품(巾箱小品) 청대 김농(金農)이 지은 13종 4책의 총서. 일본 분큐(文久) 3년(1863)의 각본이다. ― 1923 ② 7.

건설기의 소비에트문학(建設期のソヴェート文學) 독일 아우어바흐(E. Auerbach) 지음. 우에다 스스무(上田進)가 번역하여 쇼와 7년(1932) 도쿄의 소분카쿠(叢文閣)에서 출판되었다. ― 1932 ⑤ 26. ⑥ 14.

건안오기(褰安五記) 판보잉(潘伯鷹)의 소설. 1934년 화이닝(懷寧) 판씨(潘氏) 잠지재(蟄止齋) 활판본. ― 1935 ① 17.

건안칠자집(建安七子集) 양펑천(楊逢辰)이 펴낸 7종 4책의 합집. 1916년 창사(長沙) 양씨(楊氏)의 탄원(坦園) 각본. ― 1926 ⑩ 5.

건탑자(建塔者) 타이징눙(臺靜農)의 소설집. 1930년 베이핑 웨이밍사(未名社)출판부에서 '웨이밍신집'(未名新集)의 하나로 출판되었다. ― 1930 ⑪ 5, 6.

걸리버 여행기(格利佛遊記) 영국의 스위프트(J. Swift)가 지은 소설. 웨이충우(韋叢蕪)가 번역하여 1928년부터 1929년에 걸쳐 베이핑 웨이밍사(未名社)에서 2책으로 출판되었다. ― 1928 ⑩ 23. 1929 ② 26.

검남시고(劍南詩稿) ―『육방옹전집』(陸放翁全集) 참조.

검은 가면(黑い假面) 러시아의 안드레예프(Л. Н. Андреев) 지음. 요네카와 마사오(米川正夫)가 번역하여 다이쇼(大正) 13년(1924) 도쿄의 긴세이도(金星堂)에서 '선구예술총서'의 하나로 출판되었다. ― 1927 ⑫ 14.

검은 가면을 쓴 사람(黑假面人) 러시아 안드레예프의 극본. 리지예(李霽野)가 번역하고 루쉰이 교정하여 1928년 베이핑 웨이밍사(未名社)에서 '웨이밍총간'의 하나로 출판되었다.─1925 ② 15. 1928 ⑫ 4.

검은 깃발(黑旗) 스웨덴의 스트린드베리(A. Strindberg) 지음. 오바 요네지로(大庭米治郎)가 번역하여 쇼와 2년(1927) 도쿄의 이와나미쇼텐(岩波書店)에서 '스트린드베리전집'의 하나로 출판되었다.─1927 ⑩ 22.

게오르게 그로스(ゲオルゲ·グロッス)─『프롤레타리아화가 George Grosz』(無産階級の畫家ゲオルゲ·グロッス) 참조.

견소집(見笑集) 청대 주극가(朱克家)가 지은 4권 4책의 별집. 광서(光緖) 10년(1884) 각본이다.─1935 ① 31.

결박된 프로메테우스(被幽囚的普羅密修士) 그리스 아이스킬로스(Aischulos)의 극본. 양후이(楊晦)가 번역하여 1932년 베이핑 인문서점에서 출판되었다.─1934 ⑩ 17.

결산(結算) 정눙(征農)의 소설집. 1934년 생활서점에서 출판되었다.─1935 ⑥ 7.

결의론(決疑論)─『화엄결의론』(華嚴決疑論) 참조.

결일려주씨잉여총서(結一盧朱氏剩餘叢書) 청대 주기영(朱記榮)이 펴낸 총서. 5종, 110권의 20책. 광서 31년(1905) 간본.─1922 ① 27.

결혼(結婚) 스웨덴의 스트린드베리(A. Strindberg) 지음. 가메오 엔시로(龜尾英四郎)가 번역하여 다이쇼 15년(1926) 도쿄의 이와나미쇼텐(岩波書店)에서 '스트린드베리 전집'의 하나로 출판되었다.─1928 ② 1.

결혼 및 가족의 사회학(結婚及び家族の社會學)─1934 ① 29.

결혼의 사랑(結婚的愛) 영국의 스톱스(M. Stopes)가 지은 윤리서. Y.D.(리샤오펑李小峰)가 번역하여 1924년에 출판되었다.─1924 ⑪ 22.

결혼집(結婚集) 스웨덴의 스트린드베리(A. Strindberg)의 소설집. 펑쯔(蓬子), 두헝(杜衡)이 번역하여 1929년 상하이 광화(光華)서국에서 출판되었다.─1929 ⑪ 12.

경기금석고(京畿金石考) 청대 손성연(孫星衍)이 지은 2권 2책의 금석제발(金石題跋) 서적. 광서(光緖) 13년(1887) 포방각(抱芳閣) 각본.─1912 ⑥ 29.

경덕전등록(景德傳燈錄) 송대 도원(道原)이 지은 30권 10책의 전기(傳記). 『사부총간』(四部叢刊) 3편은 송대 간본을 영인했다.─1935 ⑩ 14.

경률이상인과록(經律異相因果錄) 2권 1책의 불교 서적.─1915 ② 8.

경림잡속기(涇林雜續記) 명대 주원위(周元暐)가 지은 1권 1책의 잡기. '공순당총서'(功順堂叢書)의 하나이다.─1913 ① 18.

경본통속소설(京本通俗小說) 현재 9편이 전해지고 있다. 송원대 지은이 미상. 이 가운데 제21권, 즉 『금로해릉왕황음』(金虜海陵王荒淫)은 1925년 2책의 활판본이다.─1915 ⑤ 6. ⑥ 10. 1925 ⑨ 4.

경신임계록(庚辛壬癸錄) 명대 오응기(吳應箕)가 지은 2권 1책의 별집. 일기에는 『경임록』 (庚壬錄)으로도 기록되어 있다. 1935년 상위(上虞) 뤄씨(羅氏) 탄인루(蟬隱廬)의 석인본(石印本). — 1936 ⑨ 5.

경임록(庚壬錄) — 『경신임계록』(庚辛壬癸錄) 참조.

경자일기(庚子日記) 청대 고남(高枏)이 지은 4권의 잡사(雜史). 광서(光緒) 30년(1904)의 간본이 있다. — 1912 ⑥ 27.

경적구음변증(經籍舊音辨證) 우청스(吳承仕)가 지은 7권 2책의 음운서. 1923년 활판본. — 1925 ⑩ 28.

경전석문(經典釋文) 당대 육덕명(陸德明)이 지은 30권 10책의 유가 서적. 루쉰이 보완하여 베끼고 정리했다. — 1912 ⑩ 10, 13, 14.

경전석문고증(經典釋文考證) 청대 노문초(盧文弨)가 지은 30권 10책의 유가 서적. — 1912 ⑩ 6.

경전집림(經典集林) 청대 홍이훤(洪頤煊)이 펴낸 유서(類書). 32권, 총목 1권의 2책. 1926년 하이닝(海寧) 진씨(陳氏) 신초당(愼初堂) 영인본. — 1927 ② 10.

경정엄주속지(景定嚴州續志) 송대 정요(鄭瑤) 등이 지은 10권 2책의 지방지. — 1915 ⑩ 17.

경제개념(經濟槪念) — 『맑스의 경제개념』(マルクスの經濟槪念) 참조.

경직도(耕織圖) 청대 초병정(焦秉貞)이 그림을 그리고 현엽(玄燁)이 시를 쓴 시화서(詩畫書). 일기에 기록된 판본은 두 가지이다. 하나는 『어제경직도』(御制耕織圖. 2권 2책)로 광시(光緒) 12년(1886) 상하이 점석재(點石齋)의 석인본(石印本)이다. 다른 하나는 『어제경직도시』(御制耕織圖詩. 1책)로 일기에는 『영인경직도시』(影印耕織圖詩), 『경직도제영』(耕織圖題咏)으로 기록되어 있다. 1929년 우진(武進) 타오씨(陶氏)의 섭원(涉園)에서 강희(康熙) 연간의 내부(內府) 각본을 영인했다. — 1927 ⑪ 6. 1932 ④ 3. 1934 ① 9. ⑥ 2.

경직도제영(耕織圖題咏) — 『경직도』(耕織圖) 참조.

경향류총서(敬鄕樓叢書) 황췬(黃群) 펴냄, 4집(輯), 38종. — 1932 ④ 4.

경훈당서목(經訓堂書目) — 1931 ⑤ 14.

경훈당총서(經訓堂叢書) 청대 필원(畢沅) 펴냄. 21종 166권. — 1913 ④ 8.

경훈독본(經訓讀本) 국민당 광둥성(廣東省)정부교육청 경서(經書)편찬심의위원회에서 펴낸 소학교 교과서. 1934년 상우인서관(商務印書館) 광저우분관(廣州分館) 조판·인쇄본. — 1935 ③ 4.

계간비평(季刊批評) 사회과학 계간지. 후쿠다 마사히로(福田政弘) 엮음. 쇼와 7년(1932) 6

월에 창간됨. 도쿄의 모쿠세샤쇼인(木星社書院)에서 간행되었다. ─ 1933 ⑦ 18.

계급사회의 제 문제(階級社會の諸問題) 독일의 호프만(W. Hoffmann) 지음. 고바야시 료쇼(小林良正)가 번역하여 쇼와 3년(1928) 도쿄의 하쿠요샤(白揚社)에서 출판되었다. ─ 1928 ⑥ 30.

계급사회의 예술(階級社會の藝術) 러시아의 플레하노프 지음. 구라하라 고레히토(藏原惟人)가 번역하여 쇼와 3년(1928) 도쿄의 소분카쿠(叢文閣)에서 '맑스주의예술이론총서'의 하나로 출판되었다. ─ 1928 ⑩ 10.

계급의식이란 무엇인가(階級意識トハ何ゾヤ) 헝가리의 루카치(G. Lukács) 지음. 미즈타니 조자부로(水谷長三郎)가 번역하여 쇼와 2년(1927) 도쿄의 도진샤쇼텐(同人社書店)에서 출판되었다. ─ 1928 ② 1.

계급투쟁론 소사(階級鬪爭論小史) 일기에는 『階級鬪爭小史』로 기록되어 있다. 소련의 플레하노프 지음. 야마구치 신로쿠로(山口辰六郎)가 번역하여 쇼와 3년(1928) 도쿄의 도진샤쇼텐(同人社書店)에서 출판되었다. ─ 1928 ③ 30.

계급투쟁소사(階級鬪爭小史) ─ 『계급투쟁론 소사』(階級鬪爭論小史) 참조.

계급투쟁이론(階級鬪爭理論) ─ 『맑스의 계급투쟁이론』(マルクスの階級鬪爭理論) 참조.

계문탁본(契文拓本) ─ 『갑골계문탁본』(甲骨契文拓本) 참조.

계사존고(癸巳存稿) 청재 유정섭(兪正燮)이 지은 15권 8책의 잡고(雜考). 광서(光緖) 10년(1884) 각본. ─ 1935 ① 20.

계유일기(桂遊日記) 청대 장유병(張維屛)이 지은 3권 1책의 여행기. 도광(道光) 17년(1837) 광둥(廣東) 『장남산전집』(張南山全集)본의 각본. ─ 1927 ⑦ 3.

계창총화(鷄窗叢話) 청대 채징(蔡澄)이 지은 1권 1책의 잡기. ─ 1913 ⑥ 22.

계통광물학(系統礦物學) 일기에는 『광물학』(礦物學), 『통계광물학』(統系礦物學)으로도 기록되어 있다. 확실치 않음. ─ 1917 ② 13, 14, 19, 21.

계해우형지(桂海虞衡志) 송대 범성대(范成大)가 지은 잡기. 원서는 3권이나 현재 1권만 남아 있다. ─ 1922 ⑨ 12.

고개지화여사잠(顧愷之畵女史箴) 진대(晉代) 고개지(顧愷之)가 그린 1책의 그림책. 일기에는 『여사잠도』(女史箴圖)로도 기록되어 있다. ─ 1931 ④ 19.

고경도록(古鏡圖錄) 뤄전위(羅振玉)가 펴낸 금석도상집(金石圖像集). 1916년 상위(上虞) 뤄씨(羅氏) 영인본. ─ 1917 ④ 1.

고경(古鏡) 연구(鑑鏡の硏究) 우메하라 스에지(梅原末治) 지음. 다이쇼 14년(1925) 도쿄의 오카야마쇼텐(大岡山書店)에서 출판되었다. ─ 1928 ③ 6.

고경존(古鏡存) ─ 『둔암고경존』(遯盦古鏡存) 참조.

고고학논총(考古學論叢)(1) 일본의 동아고고학회(東亞考古學會)와 동방고고학협회(東方考古學協會) 발행. 쇼와 3년(1928)에 출판되었다. — 1932 ⑪ 26.

고고학연구(考古學硏究) 미야케 요네키치(三宅米吉) 지음. 쇼와 4년(1929) 도쿄의 오카쇼인(岡書院)에서 출판되었다. — 1929 ⑫ 26.

고고학통론(通論考古學) 하마다 고사쿠(濱田耕作) 지음. 다이쇼 15년(1926) 도쿄 다이토카쿠(大鐙閣)의 제5판. — 1928 ② 5.

고골 그림전기(果戈理畵傳) — 『H. B. Гоголь в портретах и иллюстрациях』 참조.

고골전집(果戈理全集) — 『Gogols Sämtliche Werke in Fünf Bänden』 참조.

고금대방록(고금대문록)(古金待訪[問]錄) 청대 주풍(朱楓)이 지은 금석도상(金石圖像) 서적. — 1913 ⑧ 18.

고금잡극(古今雜劇) 원대에 펴낸 30종 5책의 총집(總集). 일본교토(京都)제국대학의 영원각본(影元刻本)을 1924년에 영인했다. — 1924 ⑩ 17.

고금주(古今注) 서진(西晉)의 최표(崔豹)가 지은 3권 1책의 잡고(雜考). — 1920 ③ 6.

고금천략(古今泉略, 古今錢略) 청대 예모(倪模)가 지은 금석도상집(金石圖像集). 32권, 권수(卷首) 1권, 권말(卷末) 1권의 16책. 광서(光緖) 3년(1877) 왕장(望江) 예씨(倪氏)의 양강면재(兩强勉齋) 각본이다. — 1913 ⑧ 18.

고단문공유서(顧端文公遺書) 명대 고헌성(顧憲成)이 지은 별집. 13종, 37권, 연보 부록 1권의 4책. 광서 3년(1877) 우시(無錫) 고씨(顧氏) 가문의 각본. — 1935 ① 20.

고대 그리스 풍속감(古希臘風俗鑑) 프랑스의 슈보브(Marcel Schwob) 지음. 야노메 겐이치(矢野目源一)가 번역하여 쇼와 4년(1929) 도쿄 다이이치쇼보(第一書房)에서 출판되었다. — 1929 ⑥ 7.

고대명각휘고(古代銘刻彙考) 궈모뤄(郭沫若)가 지은 4권 3책의 금석제발(金石題跋) 서적. 쇼와 8년(1933) 도쿄의 분큐도(文求堂)에서 영인했다. — 1933 ⑫ 20.

고대명각휘고속편(古代銘刻彙考續編) 궈모뤄(郭沫若)가 지은 금석제발(金石題跋) 서적. 쇼와 9년(1934) 도쿄의 분큐도에서 영인했다. — 1934 ⑤ 28.

고대희랍문학 총설(古代希臘文學總說) 일기에는 『희랍문학총설』(希臘文學總說)로도 기록되어 있다. 영국의 젭(R. C. Jebb) 지음. 기노시타 마사미치(木下正路)가 번역하여 쇼와 8년(1933) 도쿄의 다이이치쇼보(第一書房)에서 출판되었다. — 1933 ⑦ 25.

고동인보거우(古銅印譜擧隅) 오타 고타로(太田孝太郎)가 엮은 10권 4책의 금석도상집(金石圖像集). 쇼와 9년(1934) 도쿄의 분큐도(文求堂)의 활판본. — 1936 ③ 16.

고리키 단편소설(戈理基短篇小說) — 『1월 9일』 참조.

고리키문록(戈理基文錄) 고리키 지음. 러우스(柔石)가 번역하고 루쉰이 엮음. 1930년 상하이 광화(光華)서국에서 출판되었다. —1930 ⑧ 30.

고리키 문예서간집(ゴリキイ·文藝書簡集) 고리키 지음. 요코타 미즈호(横田瑞穂)가 번역하여 쇼와 11년(1936) 도쿄 나우카샤(ナウカ社)에서 출판되었다. —1936 ⑥ 5~30.

고리키상(戈理基像) —『Портреты Максима Горького』참조.

고리키 소설집(戈理基小說集) 확실치 않음. —1933 ⑤ 11.

고리키에게 보낸 레닌의 편지(レーニンのゴリキーへの手紙) 나카노 시게하루(中野重治)가 번역하여 쇼와 2년(1927) 도쿄의 소분카쿠(叢文閣)에서 출판되었다. —1928 ① 16.

고리키전(高爾基傳) —『혁명문호 고리키』(革命文豪高爾基) 참조.

고리키 전집(戈理基全集) (원문) 확실치 않음. —1933 ⑨ 4.

고명기니상도감(古明器泥象圖鑑) —『지나고명기니상도감』(支那古明器泥象圖鑑) 참조.

고명기도록(古明器圖錄) 뤄전위(羅振玉)가 펴낸 4권 1책의 금석도상집(金石圖像集). 1916년 상위(上虞) 뤄씨(羅氏) 영인본. —1917 ⑫ 30. 1918 ④ 10.

고문과 학살(拷問と虐殺) 부제는 '러시아 사실(史實)'이다. 엔도 유시로(遠藤友四郎)가 지은 역사서. 다이쇼 12년(1923) 도쿄의 다케우치쇼텐(竹内書店)에서 출판되었다. —1928 ② 7.

고문원(古文苑) 당대에 펴낸 9권 3책의 합집. 청대 광서(光緒) 5년(1879) 비청각(飛青閣)에서 송대의 순희본(淳熙本)을 중각(重刻)했다. —1936 ① 3.

고민의 상징(苦悶の象徴) 구리야가와 하쿠손(厨川白村)이 지은 문예이론서. 도쿄의 가이조샤(改造社)에서 출판되었다. 이 책은 루쉰에 의해 번역되었다. —1924 ④ 8. 1928 ④ 25.

고민의 상징(苦悶的象徵) 일본인 구리야가와 하쿠손(厨川白村)이 지은 문예이론서. 루쉰이 번역하여 1924년 베이징 신조사(新潮社)에서 출판되었다. 1931년 상하이 베이신(北新)서국에서 재판되었다. —1924 ⑨ 22. ⑩ 2, 8, 10, 16, 25. ⑫ 4, 9, 10, 12, 13, 15, 30, 31. 1925 ① 6, 7, 12, 14, 15, 28. ③ 7, 8, 9, 10, 12, 22, 23, 24, 28. ④ 5, 10. ⑤ 28. 1926 ① 26. ③ 19. ④ 3. 1928 ④ 25. 1931 ⑦ 13.

고바야시 논문집(小林論文集) —『기회주의에 대한 투쟁』(日和見主義ニ對スル鬪爭) 참조.

고바야시 다키지 서간집(小林多喜二書簡集) 고바야시 다키지(小林多喜二) 지음. 고바야시 산고(小林三吾)가 엮어 쇼와 10년(1935) 도쿄의 나우카샤(ナウカ社)에서 출판되었다. —1935 ⑧ 7.

고바야시 다키지 일기(小林多喜二日記) 일본의 공산당원 작가인 고바야시 다키지(小林多喜二, 1903~1933) 지음. 고바야시 산고(小林三吾)가 엮어 쇼와 11년(1936) 도쿄의 나우카샤(ナウカ社)에서 출판되었다. 고바야시 다키지는 1933년 2월 일본정부에 체포된

후 구타로 사망했다. —1936 ④ 18.

고바야시 다키지 전집(小林多喜二全集) 일기에는 『小林多喜二集』으로도 기록되어 있다. 고바야시 다키지(小林多喜二) 지음, 고바야시 산고(小林三吾)가 엮어 쇼와 10년(1935) 도쿄의 나우카샤(ナウカ社)에서 3책으로 출판되었다. —1935 ④ 8. ⑤ 27. ⑥ 26.

고병부고략잔고(古兵符考略殘稿) 청대 옹대년(翁大年)이 지은 1권 1책의 금석제발(金石題跋) 서적. 1916년에 뤄전위(羅振玉)가 영인했다. —1918 ⑨ 10.

고보유칸(工房有閑) 고스기 미센(小杉未醒, 고스기 호안小杉放庵)의 수필집. 쇼와 6년(1931) 도쿄의 야폰나쇼보(やぼんな書房)에서 2책으로 출판되었다. —1931 ⑩ 14.

고본삼국지통속연의(古本三國志通俗演義) 원대 나관중(羅貫中)이 지은 소설. 일본 다이쇼 15년(1926)에 다나카 게이타로(田中慶太郎)가 명대 만력(萬曆) 연간의 주일교간본(周日校刊本)을 영인했다. 12쪽이다. —1926 ⑩ 21. ⑪ 3.

· **고사변**(古史辨)(제1책) 구제강(顧頡剛)이 지은 역사서. 1926년 베이징 푸사(樸社)에서 출판되었다. —1926 ⑥ 15.

고사전(高士傳)(그림 포함) 진대(晉代) 황보밀(皇甫謐)이 짓고 청대 임웅(任熊)이 그린 3권 2책의 전기(傳記). 일기에는 『고사전상』(高士傳象)으로도 기록되어 있다. 루쉰의 장서에는 현재 광서(光緖) 3년(1877) 각본이 남아 있다. —1912 ④ 28. 1936 ① 21.

고사전상(高士傳象) —『고사전』(高士傳) 참조.

고서미화책(顧西眉畫冊) 청대 고락(顧洛)이 그린 1책의 그림책. 상하이 유정(有正)서국에서 '중국명화집 외책(外冊)'으로 영인했다. —1912 ⑫ 7.

고소설구침(古小說鉤沉) 루쉰이 모아 교열한 36권의 고소설집. 루쉰 생전에는 출판되지 않았다. —1912 ⑩ 12. ⑪ 23.

고스기 호안 화집(小杉放庵畫集) 일본인 화가 고스기 호안(小杉放庵)의 작품. 쇼와 7년 (1932) 도쿄 아틀리에샤(アトリエ社)에서 출판되었다. —1932 ⑥ 26.

고승전(高僧傳) 양대(梁代) 혜교(慧皎)가 지은 14권의 전기(傳記). —1914 ⑦ 31. ⑧ 7.

고씨문방소설(顧氏文房小說) 명대 고원경(顧元慶)이 펴낸 40종 10책의 총서. 1925년 상하이 상우인서관(商務印書館)에서 명대 양산(陽山) 고씨(顧氏)의 각본을 영인했다. — 1926 ⑥ 20. ⑨ 13.

고씨소설선집(高氏小說選集) 『고리키논문선집』(高爾基論文選集)임에 틀림없다. 샤오찬(蕭參, 취추바이瞿秋白)이 번역했다. 원래 루쉰의 소개로 현대서국에서 출판할 예정이었으나, 현대서국에서 보류하는 바람에 1935년 8월에야 되찾았다. 후에 『해상술림』(海上述林)에 수록되었다. —1933 ⑨ 12. 1935 ⑧ 12.

고안(孤雁) 왕이런(王以仁)이 지은 소설. 1926년 상하이 상우인서관(商務印書館)에서 '문학연구회총서'의 하나로 출판되었다. ─1927 ④ 22.

고양이마을(猫町) 하기와라 사쿠타로(萩原朔太郎)가 지은 소설. 쇼와 10년(1935) 도쿄의 한가쇼(版畵莊)에서 출판되었다. ─1935 ⑫ 5.

고열녀전(古列女傳) ─『열녀전』(列女傳) 참조.

고요한 돈강(靜靜的頓河) 소련의 숄로호프의 소설. 허페이(賀非)가 제1권을 번역하였으며, 루쉰이 교열하고 겉표지를 쓰고 후기를 썼다. 1930년에 상하이 신주국광(神州國光) 출판사에서 '현대문예총서'의 하나로 출판되었다. ─1930 ⑨ 16. ⑩ 2.

고요한 돈강(靜かなるドン) 원제는 Тихий Дон. 소련의 숄로호프(М. А. Шолохов)가 지은 소설. 일기에 기록된 판본은 세 가지이다. 하나는 도노무라 시로(外村史郎)가 번역하여 쇼와(昭和) 6년(1931) 도쿄의 뎃토쇼인(鐵塔書院)에서 '소련작가총서'의 하나로 출판된 것(2책)이고, 다른 하나는 도노무라 시로(外村史郎)가 번역하여 쇼와 10년(1935) 도쿄의 미카사쇼보(三笠書房)에서 출판된 것(2책)이며, 또 다른 하나는 우에다 스스무(上田進)가 번역하여『靜かなるドン』(제1부 전체)이라는 제목으로 쇼와(昭和) 10년(1935) 도쿄의 나우카샤(ナウカ社)에서 출판된 것(1책)이다. ─1931 ④ 18. ⑦ 26. 1935 ⑥ 25. ⑦ 6, 9.

고요한 돈강(平靜的頓河) ─『Тихий Дон』 참조.

고잔의 4대 승려시인(五山の四大詩僧) 일기에는『五山の四大詩人』으로 기록되어 있다. 이 마제키 덴포(今關天彭)가 지은 전기. 쇼와8년(1933)에 출판되었다. ─1933 ⑫ 31.

고잔의 시인(五山の詩人) ─『고잔의 4대 승려시인』(五山の四大詩僧) 참조.

고장절진(鼓掌絶塵) 명대 금목산인(金木山人)이 펴낸 소설. 2집, 14회의 1책. 1916년 만저우(滿洲) 다롄(大連)지나진적반포회(支那珍籍頒布會)에서 찍어 냈다. ─1930 ④ 23.

고주여론(古籀余論) 청대 손이양(孫詒讓)이 짓고 장양(張揚)이 교정한 3권 2책의 문자학 서적. 광서(光緒) 29년(1903) 주경루(擂經樓) 교각본. ─1932 ③ 8.

고죽잡기(苦竹雜記) 저우쭤런(周作人)이 지은 산문집. 1936년 상하이 량유(良友)도서인쇄공사에서 '량유문학총서'의 하나로 출판되었다. ─1936 ④ 2.

고지석화(古志石華) 청대 황본기(黃本驥)가 펴낸 30권 8책의 금석제발집(金石題跋集). 도광(道光) 27년(1847) 삼장물재(三長物齋)의 각본. ─1916 ① 4.

고지 화보(虹兒畫譜) 후키야 고지(蕗谷虹兒) 그림. 다이쇼 14년부터 15년(1925~1926)에 걸쳐 도쿄의 고란샤(交蘭社)에서 출판되었다. 3권이며,『수련의 꿈』(睡蓮の夢),『슬픈 미소』(悲しき微笑),『은모래의 해변』(銀砂の汀)을 포함하고 있다. ─1927 ⑩ 8. 1929 ② 13.

고징(苦徵) ─『고민의 상징』(苦悶的象徵) 참조.

고창벽화정화(高昌壁畫精華) 뤄전위(羅振玉)가 펴낸 1책의 그림책. 1916년 상위(上虞) 뤄씨(羅氏)가 영인했다.—1916 ⑫ 5.

고천정선탁본(古泉精選拓本) 청대 강표(江標)가 펴낸 2책의 금석도상집(金石圖像集). 상하이 신주국광사(神州國光社)에서 영인했다.—1918 ⑥ 22.

고천총화(古泉叢話) 청대 대희(戴熙)가 펴낸 4권 1책의 금석도상집(金石圖像集).—1916 ⑦ 21. ⑨ 26.

고토카이·시요카이 연합도록(高蹈會紫葉會聯合圖錄) 일본의 회화단체인 고토카이(高蹈會)와 시요카이(紫葉會) 회원의 작품 모음. 오하라 쇼운(大原松雲) 엮음. 쇼와 3년(1928) 교토의 우치다비주쓰쇼시(內田美術書肆)에서 영인. 루쉰의 장서 겉표지 안쪽에는 다음과 같은 펜글씨가 적혀 있다. "루쉰 선생 혜존 세카이분게쇼샤 삼가 드림 1929년 7월 3일."(魯迅先生惠存 世界文藝書社敬贈 一九二九, 七, 三.) 그러나 흰색으로 덧칠해진 적이 있다.—1929 ⑧ 27.

고토타마(古東多卍)—『고토타마』(古東多万) 참조.

고토타마(古東多万) 『古東多卍』라고도 한다. 예술월간지. 사토 하루오(佐藤春夫) 엮음. 도쿄의 야폰나쇼보(やぽんな書房)에서 간행되었다. 1931년 10월에 창간되었다. '고토타마'(古東多万)는 일본의 '만요가나'(万葉借名)로서, '영력이 담긴 말'(言靈)을 의미한다. 이 월간지의 1931년 제2호에 루쉰의 「상하이 문예의 일별」(上海文藝之一瞥)이 번역·게재되었으며, 1932년 1호부터 3호에 걸쳐 루쉰의 「오리의 희극」(鴨的喜劇)이, 그리고 1930년 9월 17일 좌익작가연맹에서 그의 생일을 축하하기 위해 마련한 모임에서 행한 상연 등이 실렸으며, 별책에는 「풍파」(風波)가 번역·게재되었다.—1931 ⑪ 30. 1932 ④ 30. ⑤ 6, 30. ⑨ 10.

고학휘간(古學彙刊) 등실(鄧實)이 펴낸 총간(叢刊). 1912년부터 1915년에 이르기까지 상하이 국수학보사(國粹學報社)의 활판본이다.—1912 ⑧ 23. ⑪ 24. ⑫ 8. 1913 ③ 11. ④ 9. ⑤ 12, 21. ⑧ 9. ⑩ 26, 27. 1914 ① 11. ④ 4. ⑦ 4. ⑪ 7, 10. 1915 ④ 3. ⑥ 13. ⑦ 9, 11, 28.

고향(故鄕) 쉬친원(許欽文)의 소설집. 루쉰이 편집하고 교열했다. 1926년 베이징 베이신(北新)서국에서 '오합총서'(烏合叢書)의 하나로 출판되었다.—1925 ⑩ 6. 1926 ⑤ 2, 10. ⑩ 12.

곡부비갈고(曲阜碑碣考) 쿵샹린(孔祥霖)이 엮은 1책의 금석제발집(金石題跋集). 1915년 상하이 광즈(廣智)서국의 활판본.—1915 ⑧ 23.

곡성도보(曲成圖譜) 1책의 잡기(雜技). 민간의 일곱 조각으로 이루어진 놀이판(七巧板)과 흡사하면서도 13조각으로 이루어져 훨씬 복잡하다. 첸탕(錢塘)의 하란샹(夏鸞翔)이

창제했다. 루쉰은 이 인쇄본에 근거하여 1책으로 모사했다. — 1918 ① 15.

곡풍(谷風) 문학 반월간지. 베이징대학 곡풍사에서 편집 및 발행. 1928년 7월 1일 창간되어 같은 해 8월에 제4기를 끝으로 정간되었다. — 1928 ⑦ 25.

곤충기(昆虫記) 프랑스의 파브르(J. H. Fabre) 지음. 10권. 루쉰의 장서에는 세 가지 일역본이 현존하고 있다. 하나는 오스기 사카에(大杉榮)가 번역하여 다이쇼 13년부터 쇼와 6년(1924~1931)에 걸쳐 도쿄의 소분카쿠(叢文閣)에서 출판된 정장본이고, 다른 하나는 오스기 사카에와 시나 소노지(椎名其二)가 공역하여 쇼와 3년부터 6년 (1928~1931)에 걸쳐 도쿄의 소분카쿠에서 출판된 평장본이며, 또 다른 하나는 하야시 다쓰오(林達夫)와 야마다 요시히코(山田吉彦)가 공역하여 쇼와 5년부터 7년 (1930~1932)에 걸쳐 도쿄의 이와나미쇼텐(岩波書店)에서 출판된 '이와나미문고'(岩波文庫)본이다. — 1924 ⑪ 28. ⑫ 16. 1927 ⑩ 5, 31. 1930 ② 15. ⑤ 2. ⑫ 23. 1931 ① 17. ② 3. ⑨ 5, 29. ⑪ 4, 19.

곤충류 화보(虫類畵譜) 모리모토 도카쿠(森本東閣) 제작. 메이지(明治) 43년(1910) 교토의 운소도(芸艸堂)에서 출판되었다. — 1931 ⑦ 14.

곤충의 경이(昆虫の驚異) 나카마 데루히사(仲摩照久) 엮음. 쇼와 6년(1931) 도쿄의 신고샤 (新光社)에서 '과학화보총서'의 하나로 출판되었다. — 1932 ⑩ 4.

곤충의 사회생활(虫の社會生活) 마쓰무라 쇼넨(松村松年)이 지은 곤충학 서적. 쇼와 8년 (1933) 도쿄의 도쿄도(東京堂)에서 출판되었다. — 1933 ⑧ 27.

곤학기문(困學紀聞) 송대 왕응린(王應麟)이 지은 20권 6책의 잡고(雜考). 『사부총간』(四部 叢刊) 3편은 원대 간본을 영인했다. — 1935 ⑩ 14.

공교대강(孔敎大綱) 린원칭(林文慶)이 지은 철학서. 1914년 상하이 중화서국에서 출판되었다. — 1926 ⑧ 5.

공교론(孔敎論) 천환장(陳煥章)이 지은 철학서. 1912년 상하이 상현당(尙賢堂)에서 출판되었다. — 1912 ⑫ 4.

공반천산수책(龔半千山水冊) 청대 공현(龔賢)이 그린 1책의 그림책. 1912년 상하이 문명서국에서 영인했다. — 1912 ⑪ 17.

공반천세필그림책(龔半千細筆畵冊) 청대 공현(龔賢) 그림. 일기에는 『공반천화책』(龔半千 畵冊), 『공반천세필산수책』(龔半千細筆山水冊)으로도 기록되어 있다. 상하이 유정(有正)서국 영인본. — 1912 ⑥ 16. ⑪ 24.

공반천세필산수책(龔半千細筆山水冊) — 『공반천세필그림책』(龔半千細筆畵冊) 참조.

공반천화책(龔半千畵冊) — 『공반천세필그림책』(龔半千細筆畵冊) 참조.

공북해연보(孔北海年譜) 먀오취안쑨(繆荃孫)이 펴낸 전기. 1권 부록 3권의 1책. 난링(南陵)

쉬씨(徐氏)의 각본. — 1927 ② 10.

공산주의 대학생 일기 혹은 소련학생 일기(共産大學生の日記) 일기에는 『大學生の日記』로 기록되어 있다. 소련의 오그뇨프(H. Огнёв) 지음. 스기모토 료키치(杉本良吉)가 번역 하여 쇼와 5년(1930) 도쿄의 소분카쿠(叢文閣)에서 '소련작가총서'의 하나로 출판되 었다. — 1930 ⑥ 2.

공상에서 과학으로(空想から科學へ) 부제는 '공상적 및 과학적 사회주의'이다. 독일의 엥 겔스 지음. 사카이 도시히코(堺利彦)가 번역하여 쇼와 2년(1927) 도쿄의 하쿠요샤(白 揚社)에서 출판되었다. — 1928 ② 5.

공손룡자(公孫龍子) 주대(周代) 공손룡자(公孫龍子)가 지은 3권 1책의 명가(名家) 서적. 상 하이 중궈서점이 청대 엄가균(嚴可均) 도장교정본(道藏校訂本)에 근거하여 찍어 낸 활판본이다. — 1926 ① 12.

공손룡자주(公孫龍子注) 청대 진례(陳澧)가 주석을 붙인 1책의 명가(名家) 서적. 1925년의 각본. — 1926 ⑤ 17.

공순당총서(功順堂叢書) 청대 반조음(潘祖蔭)이 펴낸 18종 24책. 광서(光緒) 연간 우현(吳 縣) 반씨(潘氏) 각본. — 1913 ① 18. 1914 ⑪ 5.

공시선생칠경소전(公是先生七經小傳) 송대 유경(劉敞)이 지은 3권 1책의 유가 서적. 『사부 총간』(四部叢刊) 속편은 송대 각본을 영인했다. — 1934 ⑤ 14.

공씨조정광기(孔氏祖庭廣記) 금대 공원조(孔元措)가 지은 12권 3책의 전기. 『사부총간』(四 部叢刊) 속편은 몽고의 각본을 영인했다. — 1934 ⑪ 13.

공예미론(工藝美論) 야나기 무네요시(柳宗悅) 지음. 쇼와 4년(1929) 도쿄의 만리카쿠쇼인 (萬里閣書院)에서 출판되었다. — 1929 ⑤ 8.

공장지부(工場細胞) 소련의 세묘노프(Семёнов)가 지은 소설. 구로다 다쓰오(黑田辰南)가 번역하여 쇼와 5년(1930) 도쿄의 뎃토쇼인(鐵塔書院)에서 '소련작가총서'의 하나로 출판되었다. — 1930 ⑫ 23.

공총자(孔叢子) — 『중간송본공총자』(重刊宋本孔叢子) 참조.

공포(恐懼) 소련의 아피노게노프(А. Н. Афиногенов)가 지은 극본. 차오징화(曹靖華)가 번 역했다. 루쉰 생전에 출판되지 않았다. — 1933 ⑨ 4.

공헌(貢獻) 국민당 개조파가 발간한 종합성 순간(旬刊). 공헌사(貢獻社)에서 펴냈으며, 쑨 푸시(孫福熙) 등이 편집을 맡았다. 상하이 잉잉서옥(嚶嚶書屋)에서 발행했다. 1927년 12월에 창간되어 1929년 1월 제5권부터 월간으로 바뀌었으며, 같은 해 3월에 제5권 제3기를 끝으로 정간되었다. — 1927 ⑫ 3.

과거현재인과경(過去現在因果經) 남조(南朝) 송(宋)의 구나발타라(求那跋陀羅)가 번역한 4

권 1책의 불교 서적.─1914 ⑦ 11. ⑨ 12.

과령기(過嶺記) 불가리아 바조프(I. Vazov)의 소설. 쑨융(孫用)이 번역하여 1931년 상하이 중화서국에서 출판되었다.─1931 ⑩ 11.

과학방법론(科學方法論) 왕싱궁(王星拱)이 지은 철학 서적. 1920년 베이징대학 신조사(新潮社)에서 '신조사총서'의 하나로 출판되었다.─1920 ⑤ 17.

과학수상(科學隨想) 니시무라 마코토(西村眞琴)가 지은 과학소품. 쇼와 8년(1933) 도쿄의 주오코론샤(中央公論社)에서 출판되었다.─1934 ① 16.

과학의 시인(科學の詩人) 부제는 '파브르의 생애'(ファブルの生涯)이다. 프랑스의 르그로(G. V. Legros) 지음. 시나 소노지(椎名其二)가 번역하여 다이쇼 14년(1925) 도쿄의 소분카쿠(叢文閣)에서 출판되었다.─1931 ⑪ 19.

과학화보총서(科學畫報叢書) 도쿄의 가가쿠가호샤(科學畫報社)에서 엮은 자연과학총서이다. 신고샤(新光社)에서 출판되었다.─1932 ⑩ 4, 5.

곽교집(郭交集) 원대 위중원(魏仲遠)이 펴낸 1권 1책의 별집. 시링인사(西泠印社) 활자본.─1915 ④ 11, 16.

곽충서망천도권(郭忠恕輞川圖卷) 송대 곽충서(郭忠恕)가 그린 1책의 그림책. 1926년 상하이 상우인서관(商務印書館) 영인본이다.─1931 ④ 28.

관고당서목총간(觀古堂書目叢刊) 예더후이(葉德輝)가 펴낸 15종, 16책의 총서. 일기에는 『관고당휘각서목』(觀古堂彙刻書目)으로 기록되어 있다. 광서(光緖) 29년(1903) 예씨(葉氏) 관고당 간본.─1926 ⑥ 17.

관고당총서(觀古堂叢書) ─『관고당휘각서병소저서』(觀古堂彙刻書幷所著書) 참조.

관고당휘각서목(觀古堂彙刻書目) ─『관고당서목총간』(觀古堂書目叢刊) 참조.

관고당휘각서병소저서(觀古堂彙刻書幷所著書) 총서. 이 가운데 '휘각서'(彙刻書) 2집은 15종, 16책으로, 예더후이(葉德輝)가 모은 것이며, '소저서'(所著書) 2집은 20종, 16책으로 예더후이가 지은 것이다. 청대 광서 연간 샹탄(湘潭) 예씨(葉氏) 관고당 각본.─1913 ④ 19. ⑫ 5.

관광기유(觀光紀游) 일본의 오카 센진(岡千仞)이 지은 10권 3책의 유람기. 일본 메이지 19년(1885)에 저자가 자비로 활판인쇄하였다.─1929 ⑦ 22.

관당유서(觀堂遺書) ─『하이닝왕충각공유서』(海寧王忠慤公遺書) 참조.

관당유집(觀堂遺集) ─『하이닝왕충각공유서』(海寧王忠慤公遺書) 참조.

관무량수불경도찬(觀無量壽佛經圖贊) 남조(南朝) 송(宋) 강량야사(畺良邪舍)가 번역한 불교 서적. 1권, 교감기 1권의 1책.─1912 ⑤ 25.

관자(管子) 주대 관중(管仲)이 짓고 당대 방현령(房玄齡)이 설명을 가한 24권 4책의 법가 서적.『사부총간』(四部叢刊) 초편은 송대 각본을 영인했다.—1923 ⑨ 14.

관자득재총서(觀自得齋叢書) 청대 서사개(徐士愷) 엮음. 24종, 별집 6종, 24책. 광서(光緖)
연간 스다이(石埭) 서씨(徐氏)의 관자득재 각본이다.—1915 ① 17.

관중금석기(關中金石記) 청대 필원(畢沅)이 지은 금석제발(金石題跋) 서적. 8권, 찰기 부록
1권의 4책.—1915 ⑤ 9, 18.

관중이이곡선생전집(關中李二曲先生全集) 청대 이옹(李顒)이 지은 46권 16책의 별집. 일기
에는 『이이곡집』(李二曲集)으로 기록되어 있다. 광서(光緖) 3년(1877) 신술당(信述堂)
중각본(重刻本).—1924 ⑧ 3.

관창각장위제조상기(觀滄閣藏魏齊造像記) 왕첸강(王潜剛)이 펴낸 1책의 금석도상집(金石
圖像集). 1935년 상하이 상우인서관(商務印書館)에서 영인했다.—1935 ④ 20.

관휴나한상(貫休羅漢像)—『오대관휴화나한상』(五代貫休畵羅漢像) 참조.

관휴화나한(貫休畵羅漢)—『오대관휴화나한상』(五代貫休畵羅漢像) 참조.

관휴화나한상(貫休畵羅漢像)—『오대관휴화나한상』(五代貫休畵羅漢像) 참조.

괄이지(括異志) 송대 장사정(張師正)이 지은 10권 2책의 필기.『사부총간』(四部叢刊) 속편
은 명대 정덕(正德) 10년(1515)에 송대 간본을 베낀 유씨본(兪氏本)을 영인했다.—
1934 ④ 29.

광경실문초(廣經室文鈔) 청대 유공면(劉恭冕)이 지은 1권 1책의 별집. 광서(光緖) 15년
(1889) 광아(廣雅)서국의 각본이다.—1927 ⑨ 16.

광동신어(廣東新語) 청대 굴대균(屈大均)이 지은 28권 12책의 잡기. 청말의 각본이다.—
1927 ⑥ 9.

광동통신(廣東通信) 광둥(廣東)의 진보적 청년들이 엮어 찍어 낸 간행물.—1936 ① 30.

광릉시사(廣陵詩事) 청대 완원(阮元)이 지은 10권 2책의 별집. 광서(光緖) 16년(1890) 중각
본(重刻本). 징스양저우로관(京師揚州老館) 소장판이다.—1925 ④ 16.

광릉조(廣陵潮) 리한추(李涵秋)가 지은 10집의 소설. 상하이 전야(震亞)서국에서 출판되었
다.—1917 ⑫ 31.

광물학(礦物學)—『계통광물학』(系統礦物學) 참조.

광사림(廣辭林) 가나자와 쇼자부로(金澤莊三郞)가 엮은 사서(辭書). 도쿄의 산세이도(三省
堂)출판주식회사에서 출판되었다.—1928 ③ 14. 1933 ⑥ 24.

광아소증(廣雅疏證) 청대 왕념손(王念孫)이 짓고 왕인지(王引之)가 해설한 10권 8책의 훈
고서(訓詁書).—1915 ① 2.

광아총간(廣雅叢刊)『광아서국총서』(廣雅書局叢書)를 가리킨다. 청대 광저우(廣州) 광아서
국에서 엮어 찍어 냈으며, 1920년에 판위(番禺) 쉬사오치(徐紹棨)가 다시 엮어 찍었

다.―1927 ⑨ 16.

광양잡기(廣陽雜記) 청대 유헌정(劉獻庭)이 지은 5권의 잡기. 광서(光緒) 연간 우현(吳縣)
반씨(潘氏)의 '공순당총서'(功順堂叢書)본이다.―1913 ① 18.

광운(廣均) ―『광운』(廣韻) 참조.

광운(廣韻) 송대 진팽년(陳彭年) 등이 지은 5권 5책의 운서(韻書). 일기에는 『광운』(廣均)
으로도 기록되어 있다. 1919년의 『사부총간』(四部叢刊) 초편은 송대의 건상본(巾箱
本)을 영인했다.―1923 ⑤ 1.

광창전록(廣倉專錄) '예술총편'(藝術叢編)의 『전문명가』(專門名家) 제3집을 가리킨다. 지포
튀(姬佛陀)가 엮은 1권 2책의 금석도상(金石圖像). 상하이 창성밍즈(倉聖明智)대학에
서 간행되었다.―1921 ⑪ 15.

광풍(狂飆) 주간지. 베이징 평민예술단(平民藝術團)이 편집을 맡았으며, 가오창훙(高長虹)
이 편집 책임을 맡았다. 베이징 『국풍일보』(國風日報)에 곁들여 발행됨. 1924년 11월
9일에 창간되어 제17기를 끝으로 정간되었다. 투고자 중에는 가오창훙, 황펑지(黃鵬
基), 상웨(尙鉞), 상페이량(向培良) 등 20명이 있었다.―1924 ⑫ 10.

광풍(狂飆) (부정기 간행물) 가오창훙(高長虹)이 편집 책임을 졌으며, 광풍사(狂飆社)에서
펴냈다. 1925년 12월에 1기만을 출판했다.―1925 ⑫ 21.

광홍명집(廣弘明集) 당대에 도선(道宣)이 지은 40권 10책의 불교서적. 1912년 창저우(常
州) 톈닝사(天寧寺) 각본이다.―1914 ⑨ 17. 1915 ⑥ 5. 1925 ⑦ 14.

괴담록(愧郯錄) 송대 악가(岳珂)가 지은 15권 4책의 정서(政書). 『사부총간』(四部叢刊) 속
편은 송대 간본을 영인했다.―1934 ② 3.

괴려총서(槐廬叢書) 청대 주기영(朱記榮) 펴냄. 5편, 50종. 광서(光緒) 연간 우현(吳縣) 주씨
(朱氏)의 괴려가숙(槐廬家塾) 간본.―1912 ⑨ 8.

괴멸(壞滅) 원제는 Разгром. 소련의 파데예프(Александр Александрович Фадеев)가 지은
소설. 구라하라 고레히토(藏原惟人)가 번역하여 도쿄의 센키샤(戰旗社)에서 출판되
었다.―1929 ⑤ 2.

괴테비판(ゲーテ批判) 오쓰카 긴노스케(大塚金之助) 등이 번역하고 이나 노부오(伊奈信
男)가 엮은 작가연구서. 쇼와 8년(1933) 도쿄 료쇼카쿠(隆章閣)에서 출판되었다.―
1933 ⑦ 18.

굉명집(宏明集) ―『홍명집』(弘明集) 참조.

굉천뢰(轟天雷) 14회 1책의 소설. 지은이는 둥곡고향(藤谷古香)이라 적혀 있다. 광서(光緒)
연간의 활판본.―1925 ① 22.

교경산방총서(校經山房叢書) 청대 주기영(朱記榮)이 펴낸 28종 102권의 총서. 광서(光緒)

30년(1904) 쑨시(孫谿) 주씨(朱氏)의 괴려가숙(槐廬家塾)에서 『식훈당총서』(式訓堂叢書) 판본에 근거하여 다시 엮었다. 총 28종. — 1912 ⑨ 8.

교비수필(校碑隨筆) 팡뤄(方若)가 지은 6책의 금석통고(金石通考). 1913년 시링인사(西泠印社) 목활자본으로 둔암총서(遯盦叢書)본. — 1916 ① 13. ⑪ 30.

교우회잡지(校友會雜誌) — 『베이징고등사범학교 교우회잡지』(北京高等師範學校校友會雜誌) 참조.

교육공보(教育公報) 월간지. 베이징교육부편찬심의처 편찬계 펴냄. 1914년 6월 창간되어 1926년 4월 정간되었다. — 1915 ① 27. ④ 2, 16. ⑥ 10. ⑩ 7, 30. ⑫ 21. 1916 ① 29. ③ 15. 1917 ① 19.

교육부령휘편(教育部令彙編) 교육부 총무청 문서과에서 펴낸 정서(政書). 1918년 활판본. — 1918 ⑩ 30.

교육부편찬처월간(教育部編纂處月刊) 1913년 2월에 창간되어 같은 해 11월에 제1권 제10책을 끝으로 정간되었다. 루쉰은 이 월간에 「미술보급에 관한 의견서」(儗播布美術意見書) 등의 글을 발표했다. — 1913 ④ 4. ⑨ 11, 16. ⑩ 21, 23. 1914 ① 12.

교정만고수(校正萬古愁) 일기에는 『만고수곡(萬古愁曲)·귀현공연보(歸玄恭年譜)』로 기록되어 있다. 『만고수곡』은 청대 귀장(歸莊)이 지은 속곡(俗曲)이다. 『귀원공선생연보』(歸元恭先生年譜)와 1책으로 합각했다. 1925년 쿤산(昆山) 자오씨(趙氏)의 우만루(又滿樓) 각본. — 1926 ③ 2.

교종금약(教宗禁約) 확실치 않음. — 1926 ⑨ 9.

교홍기(嬌紅記. 명대 선덕본宣德本의 영인본) 닝내 유태(劉兌)가 지은 2권 1책의 진기(傳奇). 일본 규코카이(九皐會)에서 편찬했다. 쇼와 3년(1928) 도쿄 규코카이에서 명대 선덕(宣德) 연간의 각본을 영인했다. — 1929 ② 21.

구계잡저(句溪雜著) 청대 진문(陳文)이 지은 6권 1책의 잡저. 광서(光緒) 14년(1888) 광저우(廣州) 광아(廣雅)서국의 각본이다. — 1927 ⑨ 16.

구고정사금석도(求古精舍金石圖) 청대 진경(陳經)이 펴낸 금석도상집(金石圖像集). 초집(初集) 4권 4책. 가경(嘉慶) 22년(1817) 설검루(說劍樓) 각본. — 1915 ⑥ 7, 28.

구당서(舊唐書) 진대(晉代) 유후(劉昫) 등이 편찬한 200권 32책의 역사서. — 1913 ④ 5.

구도문물략(舊都文物略) 1935년 베이핑시 정부비서처에서 펴낸 문물고고자료. — 1936 ③ 6.

구라파(歐羅巴) — 『La Europe』 참조.

구라하라 고레히토 예술론(藏原惟人藝術論) — 『예술론』(藝術論)(藏原惟人) 참조.

구루집(痀瘻集) 정전둬(鄭振鐸)의 문학논문집. 1934년 상하이 생활서점에서 '창작문고'의 하나로 출판되었다. ─ 1935 ④ 13.

구르몽 시집(グウルモン詩抄) 프랑스의 문학평론가이자 시인 구르몽(R. de Gourmont, 1858~1915) 지음. 호리구치 다이가쿠(掘口大學)가 지은 작가연구서. 쇼와 3년(1928) 도쿄 다이이치쇼보(第一書房)에서 출판되었다. ─ 1929 ① 7.

구리야가와 하쿠손 전집(廚川白村全集) 일기에는『廚川白村集』으로도 기록되어 있다. 일본의 문예비평가인 구리야가와 하쿠손(廚川白村, 1880~1923) 지음. 쇼와 4년(1929) 도쿄의 가이조샤(改造社)에서 6책으로 출판되었다. ─ 1929 ④ 13, 23. ⑤ 17. ⑥ 26. ⑦ 30. ⑨ 10.

구문합벽비연외전(仇文合璧飛燕外傳) 명대에 구영(仇英, 호는 십주十洲)이 그림을 그리고 문징명(文徵明)이 글을 쓴 서화책(書畫冊). 일기에는『비연외전』(飛燕外傳)으로도 기록되어 있다. 상하이 문명서국의 영인본. ─ 1914 ⑪ 29. 1932 ⑧ 2.

구문합벽서상회진기전책(仇文合璧西廂會眞記全冊) 명대에 구영(仇英)이 그림을 그리고 문징명(文徵明)이 글을 쓴 서화책(書畫冊). 일기에는『구문합작서상회진기도』(仇文合作西廂會眞記圖)로도 기록되어 있다. 1924년 상하이 문명서국의 영인본. ─ 1932 ⑧ 2.

구문합작서상회진기도(仇文合作西廂會眞記圖) ─『구문합벽서상회진기전책』(仇文合璧西廂會眞記全冊) 참조.

구미문학연구수인(歐米文學硏究手引) ─ 1915 ⑪ 21.

구미에 있어서의 지나 옛 거울(歐米に於ける支那古鏡) 우메하라 스에지(梅原末治) 지음. 쇼와 6년(1931) 도쿄의 도코쇼인(刀江書院)에서 출판되었다. ─ 1932 ⑥ 23.

구미의 포스터 도안집(歐米ポスター圖案集) 다나베 야스시(田邊泰) 엮음. 쇼와 3년(1928) 도쿄의 고요샤(洪洋社)에서 출판된 제3판.'도안자료총서'의 하나. ─ 1929 ④ 18.

구발라실서화과목고(甌鉢羅室書畵過目考) 청대 이옥분(李玉棻)이 편찬한 서화록(書畵錄). 4권 권수(卷首) 1권, 부록 1권의 4책. 일기에는『구발라실서화과목고』(歐鉢羅室書畵過目考)로도 기록되어 있다. ─ 1913 ② 20.

구산어록(龜山語錄) 송대 진연(陳淵) 등이 찬집한 유가 서적. 4권, 후록(後錄) 2권, 2책.『사부총간』(四部叢刊) 속편은 송대 간본을 영인했다. 구산(龜山)은 북송(北宋)의 이학가 양시(楊時)를 가리킨다. ─ 1934 ③ 13.

93년(九十三年) 프랑스의 위고(Victor-Marie Hugo)가 지은 소설. ─ 1928 ③ 10.

구어법(口語法) 일본국어조사위원회에서 펴낸 어법서. 대일본도서주식회사에서 출판되었다. ─ 1918 ② 19.

구여토음보주(句余土音補注) 청대 전조망(全祖望)이 짓고 진명해(陳銘海)가 설명을 덧붙인 6권 5책의 별집. 1922년 우싱(吳興) 류씨(劉氏)의 '가업당총서'(嘉業堂叢書)본이다. ─

1935 ① 31.

구오대사(舊五代史) 송대 설거정(薛居正) 등이 편찬한 150권 16책의 역사서.─1913 ④ 5.

구이츠이묘집(貴池二妙集) 청대 오응기(吳應箕), 유성(劉誠)이 짓고 유세형(劉世珩)이 모은 51권 12책의 합집. 광서(光緒) 27년(1901) 구이츠(貴池) 류씨(劉氏)의 당석이(唐石簃)에서 『구이츠광철유서』(貴池光哲遺書)를 모아 찍었다.─1934 ⑫ 27.

구주석명(九州釋名) 바오딩(鮑鼎)이 지은 전문 지리서로서, '석여'(釋予)가 부록으로 붙어 있다.─1932 ③ 4.

구품중정과 육조문벌(九品中正與六朝門閥) 양윈루(楊筠如)가 지은 사론(史論). 1930년 상하이 상우인서관(商務印書館)에서 출판되었다.─1932 ⑨ 24.

구학(逑學) 청대 왕중(汪中)이 지은 6권 2책의 잡설. 동치(同治) 8년(1869) 양저우(揚州)서국 중각본(重刻本)이다.─1912 ⑨ 24. ⑩ 26.

국가집(國歌集) 확실치 않음.─1912 ⑪ 28.

국립극장 100년(國立劇場一百年) 러시아 모스크바대극장의 건축 백주년 기념책. 러시아 어본이며, 샤오싼(蕭三)이 증정했다.─1934 ① 29.

국립베이핑도서관과 도판화전람회 목록(國立北平圖書館與圖版畵展覽會目錄) 일기에는 『베이핑도서관과 도판화전람회 목록』(圖書館與圖版畵展覽會目錄)으로 기록되어 있다. 1933년 베이핑도서관에서 1책으로 펴냈다.─1933 ⑩ 19.

국문독본(國文讀本) 베이징사범대학에서 엮어 펴냄.─1926 ⑥ 30.

국문선본(國文選本) 베이징사범대학에서 엮어 펴냄.─1926 ⑧ 1.

국민신보(國民新報) 베이징 국민당 좌파기 운영하던 신문. 덩페이황(鄧飛黃)이 주편. 1925년 말에 창간됨. 루쉰은 이 신문사의 요청에 따라 장펑쥐(張鳳擧)와 매달 번갈아 이 신문의 부간(副刊) 을간(乙刊)의 편집을 담당했다.─1925 ⑫ 2. 1926 ① 5, 10, 15, 29. ② 7, 8. ③ 9, 10, 17. ⑤ 5.

국민신보 부간(國民新報副刊)─『국민신보』(國民新報) 참조.

국수집(國秀集) 당대 예정장(芮挺章)이 펴낸 3권 1책의 합집. 『사부총간』(四部叢刊) 초편은 명초 각본을 영인했다.─1928 ⑦ 30.

국악보(國樂譜) 「경운가」(卿雲歌) 악보를 가리킨다. 1919년 11월 베이양(北洋)정부는 국가연구회(國歌研究會)를 설립하고 루쉰, 샤오유메이(蕭友梅) 등 문학가, 음악가 다수를 초빙하여 함께 국가를 창작하도록 하였다. 이 모임은 1920년에 「경운가」를 국가로 제정하고, 공연과 심사를 통해 국회의 비준을 받았다. 이 곡은 샤오유메이가 작곡하였다. 루쉰은 고향의 음악교사에게 이 노래를 보내 익히도록 했다.─1921 ① 25.

국악보(國樂譜) 쉬스창(徐世昌) 엮음. 1915년 정사당(政事堂) 예제관(禮制館) 간행.─1920

① 5.

국어문법(國語文法) 리진시(黎錦熙) 편저. 1924년 상우인서관(商務印書館)에서 출판되었다. ― 1925 ③ 23.

국제문학(國際文學) ― 『Internationale Literatur』 참조.

국제적 멘셰비즘의 면모(國際的門塞維克主義之面貌) ― 『Лицо международного меньшевизма』 참조.

국조시인징략(國朝詩人徵略) 청대 장유병(張維屛)이 지은 60권 14책의 전기. 일기에는 『시인징략』(詩人徵略), 『청시인징략』(淸詩人徵略)으로 기록되어 있다. 도광(道光) 10년(1830) 광둥(廣東)의 『장남산전집』(張南山全集)본. ― 1926 ⑥ 23. 1927 ⑦ 3.

국학계간(國學季刊) 베이징대학 국학계간 편집위원회 펴냄. 1923년 1월에 창간되었다. ― 1923 ① 25. ④ 24. 1924 ④ 19. ⑫ 5. 1925 ② 18. 1926 ⑤ 19.

국학진본총서(國學珍本叢書) ― 『중국문학진본총서』(中國文學珍本叢書) 참조.

국학총간(國學叢刊) 뤄전위(羅振玉) 펴냄. 상하이 국학총간사(國學叢刊社) 활판본. ― 1915 ⑩ 24. 1917 ① 5.

국학휘간(國學彙刊) ― 『고학휘간』(古學彙刊) 참조.

군경음변(群經音辨) 송대 가창조(賈昌朝)가 지은 7권 2책의 유가 서적. 『사부총간』(四部叢刊) 속편은 송대 초본을 영인했다. ― 1934 ② 3.

군도 ― 『Die Räuber』 참조.

군재독서지(郡齋讀書志) ― 『소덕선생군재독서지』(昭德先生郡齋讀書志) 참조.

굴원부주 등 3종(屈原賦注等三種) 『굴원부주』(屈原賦注. 12권 1책. 청대 대진(戴震) 지음), 『굴자이소휘정』(屈子離騷彙訂) · 잡문전략(雜文箋略)』(6권 3책. 청대 왕방채(王邦采) 지음), 『초사전문전』(楚辭天問箋. 1권 1책. 청대 정안(丁晏) 지음)을 가리킨다. 이상의 3종은 모두 광아서국(廣雅書局)의 각본. ― 1926 ⑪ 5.

귀량 서정화집(國亮抒情畫集) 마궈량(馬國亮) 그림. 1932년 상하이 량유(良友)도서인쇄공사에서 영인했다. ― 1933 ③ 18.

권발보리심문(勸發菩提心文) 당대 배휴(裴休)가 저술한 1권 1책의 불교 서적. ― 1913 ④ 7. ⑨ 16.

권시(卷葹) 감여사(淦女士, 펑위안쥔馮沅君)의 소설집. 루쉰이 엮고 쓰투차오(司徒喬)가 겉표지를 제작했다. 1927년 상하이 베이신(北新)서국에서 '오합총서'(烏合叢書)의 하나로 출판되었다. ― 1926 ⑩ 19.

권재노인필기(權齋老人筆記) 청대 심병손(沈炳巽)이 지은 잡기. 4권, 『권재문고』(權齋文稿) 부록 1권의 2책. 1916년 우싱(吳興) 류씨(劉氏) '우싱'(吳興)총서'본. ― 1934 ⑪ 3.

권재필기(權齋筆記)(문존文存 부록) ─『권재노인필기』(權齋老人筆記) 참조.

권형도량실험고(權衡度量實驗考) 청대 오대징(吳大澂)이 지은 1책의 금석제발(金石題跋). 1915년 상위(上虞) 뤄씨(羅氏) 각본. ─1915 ⑨ 12, 30.

궤멸(潰滅) ─『훼멸』(毀滅) 참조.

궤변 연구(詭辯の硏究) 아라키 료조(荒木良造)가 지은 논리학 서적. 쇼와 7년(1932) 교토의 나이가이(內外)출판인쇄주식회사에서 출판되었다. ─1932 ⑦ 21.

귀갑수골문자(龜甲獸骨文字) 일본인 하야시 다이스케(林泰輔)가 펴낸 2권 2책의 문자학 서적. 다이쇼 6년(1917) 상주유문회(商周遺文會)에서 영인했다. ─1932 ④ 4.

귀괴기고도(鬼怪奇魎圖) ─『Das Teuflische und Groteske in der Kunst』 참조.

규범(閨範) 명대 여곤(呂坤)이 펴낸 4권 4책의 여자교육서. 1929년 스충광(釋邛光)이 명대 만력(萬曆) 연간의 각본을 영인했다. ─1929 ⑨ 20.

균청관금문(筠淸館金文) ─『균청관금석문자』(筠淸館金石文字) 참조.

균청관금석문자(筠淸館金石文字) 청대 오영광(吳榮光)이 펴낸 5권 5책의 금석문자학 서적. 일기에는『균청관금문』(筠淸館金文)으로 기록되어 있다. 도광(道光) 22년(1842) 난하이(南海) 오씨(吳氏)의 균청관(筠淸館) 각본. ─1915 ⑥ 20.

균청관법첩(筠淸館法帖) 청대 오영광(吳榮光)이 펴낸 6권 6책의 서법서. 1924년 상하이 문명서국에서 난하이(南海) 오씨(吳氏)의 도광(道光) 경인년(庚寅年) 석각탁본(石刻拓本)을 영인했다. ─1932 ⑧ 11.

그녀의 각성(她的覺醒) 원타오(溫濤)가 제작한 목각연환화책 수인본(手印本). 일기에는『각성된 그녀』(覺醒的她)로 오기되어 있다. ─1936 ③ 18.

그래도 지구는 돌고 있다(けれども地球は迴つてゐる) 일기에는『雖モ地球ハ動イテ居ル』로 기록되어 있다. 소련의 예렌부르크(Илья Григорьевич Эренбург, 1891~1967) 지음. 야스미 도시오(八住利雄)가 번역하여 쇼와 2년(1927) 도쿄 겐시샤(原始社)에서 출판되었다. ─1927 ⑩ 8.

고골 연구(ゴオゴリ硏究) 소련 베레사예프(B. Вересев)가 지은 작가연구서. 마가미 기타로(馬上義太郎)가 번역하여 쇼와 10년(1935) 도쿄 나우카샤(ナウカ社)에서 출판되었다.『고골 전집』에 곁들인 증정본. ─1935 ④ 22.

고골 전집(ゴオゴリ全集) 일기에는『ゴーゴリ全集』으로도 기록되어 있다. 러시아 고골 지음. 히라이 하지메(平井肇) 등이 번역하여 쇼와 9년(1934) 도쿄 나우카샤(ナウカ社)에서 6책으로 출판되었다. ─1934 ⑥ 6. ⑦ 8. ⑧ 13. ⑨ 24. ⑩ 29. ⑫ 12.

고리키 연구(ゴーリキイ硏究) 요네카와 마사오(米川正夫) 등이 번역하고 우에다 스스무(上田進)가 엮은 작가연구서. 쇼와 8년(1933) 도쿄의 료쇼카쿠(隆章閣)에서 출판되었다.

─1933 ⑪ 20.

고리키 전집(ゴーリキイ全集) 고리키 지음. 나카무라 하쿠요(中村白葉) 등이 번역. 쇼와 7년 (1932) 도쿄 가이조샤(改造社)에서 25책으로 출판되었다.─1933 ⑫ 28.

그레코(グレコ) 구로다 주타로(黑田重太郎)가 지은 전기. 다이쇼 15년(1926) 도쿄 아르스 샤(アルス社)에서 '아르스미술총서'(アルス美術叢書)의 하나로 출판되었다. 그레코(El Greco, 1541?~1614)는 스페인의 화가이다.─1929 ① 5.

그리스문학연구(希臘文學硏究)─『Greek Studies』 참조.

그리스문학 총설(希臘文學總說)─『고대 그리스문학 총설』(古代希臘文學總說) 참조.

그리스의곡(希臘擬曲)─1912 ⑫ 28.

그리스 천재의 여러 모습(希臘天才の諸相) 일기에는 『希臘天才之諸相』으로도 기록되어 있다. 영국의 부처(S. H. Butcher) 지음. 다나카 히데나카(田中秀央), 와쓰지 데쓰로(和辻哲郎)가 번역하여 다이쇼 13년(1924) 도쿄의 이와나미쇼텐(岩波書店)에서 출판되었다.─1924 ⑫ 12.

그림 동화(格林童話)─『Kinder-und Hausmärchen der Brüder Grimm』 참조.

그림 동화집(グリム童話集) 일기에는 『全譯グリム童話集』으로도 기록되어 있다. 독일의 그림 형제 지음. 가네다 기이치(金田鬼一)가 번역하여 쇼와 4년(1929) 도쿄 이와나미쇼텐(岩波書店)에서 '이와나미문고'본으로 출판되었다. 야콥 그림(Jacob Grimm, 1785~1863)과 빌헬름 그림(Wilhelm Grimm, 1786~1859)은 독일의 언어학자이자 동화작가이다.─1929 ⑥ 16. ⑦ 6. ⑫ 10. 1930 ① 25.

그림자(影) 리지예(李霽野)의 소설집. 1928년 베이핑 웨이밍사(未名社)출판부에서 '웨이밍신집'(未名新集)의 하나로 출판되었다.─1929 ① 8.

그 세 사람(其三人)─『세 사람』(三人) 참조.

그의 백성들(他的子民們) 마쯔화(馬子華)의 소설. 1935년 상하이 춘광(春光)서점에서 출판되었다.─1935 ⑫ 11.

극(戱) 위안무즈(袁牧之) 등이 펴낸 주간지. 『중화일보』(中華日報) 부간의 하나. 1934년 8월 19일 창간되었다.─1933 ⑨ 28.

근대극 12강(近代劇十二講) 구스야마 마사오(楠山正雄) 지음. 다이쇼 13년(1924) 도쿄의 신초샤(新潮社) 14판. '사상·문예강화총서'의 하나이다.─1925 ③ 5.

근대극 전집(近代劇全集) 일본 도쿄의 다이이치쇼보(第一書房)에서 입센 탄생 100주년을 기념하여 출판한 유럽희극 창작총서이다. 루쉰이 구입한 것은 제1권 『북유럽편』(입센 지음), 제27권 『러시아편』(고골 등 지음. 복본複本이 있음), 제30권 『러시아편』(아르치바셰프 등 지음), 제39권 『영국편』(버나드 쇼 등 지음), 별책으로 『무대촬영』(舞臺攝

影) 등이다. —1928 ⑦ 18. 1929 ④ 4. ⑫ 4. 1931 ③ 3. 1933 ② 24.

근대단편소설집(近代短篇小說集) 프랑스의 스탕달(Stendhal) 등 지음. 야마다 다마키(山田珠樹) 등이 번역하여 쇼와 4년(1929) 도쿄의 신초샤에서 '세계문학전집'의 36으로 출판되었다. —1929 ⑨ 9.

근대 문예비평 단편(近代文藝批評斷片) 리지예(李霽野)가 모아 번역한 문예이론서. 1929년 베이핑 웨이밍사(未名社)출판부에서 출판되었다. —1929 ⑧ 16.

근대 문예사조 개론(近代文藝思潮槪論) —『유럽 근대 문예사조론 개론』(歐洲近代文藝思潮論槪論) 참조.

근대문예 12강(近代文藝十二講) 이쿠타 조코(生田長江) 지음. 다이쇼 13년(1924) 도쿄의 신초샤에서 '사상·문예강화총서'의 하나로 출판되었다. —1924 ⑩ 11.

근대문예와 연예(近代文藝與戀愛) —『근대문학과 연애』(近代文學と戀愛) 참조.

근대문학과 연애(近代文學と戀愛) 일기에는 『近代文藝與戀愛』로 기록되어 있다. 영국의 모델(A. Mordell) 지음. 오쿠 도시사다(奧俊貞)가 번역하여 다이쇼 13년(1924) 교토의 나이가이(內外)출판주식회사에서 출판되었다. —1927 ⑩ 27.

근대문학 10강(近代文學十講) 일기에는 『文學十講』으로도 기록되어 있다. 구리야가와 하쿠손(廚川白村) 지음. 도쿄의 다이니혼(大日本)도서주식회사에서 발행되었다. —1913 ⑧ 8, 23. 1924 ⑩ 11.

근대미술사조론(近代美術史潮論)(일본어판) 이타가키 다카오(板垣鷹穗) 지음. 쇼와 2년(1927) 도쿄의 다이토카쿠(大鐙閣)에서 출판되었다. 루쉰은 이 책을 중국어로 번역했다. —1927 ⑭ 5.

근대미술사조론(近代美術史潮論) 일본인 이타가키 다카오(板垣鷹穗) 지음. 일기에는 『미술사조론』(美術史潮論)으로도 기록되어 있다. 루쉰이 번역하여 1929년 상하이 베이신(北新)서국에서 출판되었다. —1928 ② 11. 1930 ② 8. ④ 16. 1932 ③ 22.

근대미술 12강(近代美術十二講) 모리구치 다리(森口多里) 지음. 다이쇼 14년(1925) 도쿄 도쿄도쇼텐(東京堂書店)의 제14판. —1925 ⑫ 30.

근대사상 16강(近代思想十六講) 나카자와 린센(中澤臨川)과 이쿠타 조코(生田長江) 지음. 다이쇼(大正) 13년(1924) 도쿄 신초샤(新潮社)의 제72판. '사상·문예강화총서'의 하나이다. —1924 ⑩ 11.

근대세계단편소설집(近代世界短篇小說集) 일기에는 『세계소설집』(世界小說集)으로 기록되어 있다. 루쉰 등이 편역하여 『이상한 검과 기타』(奇劍及其他), 『사막에서』(在沙漠上) 두 집을 출판했다. 각각 1929년 4월과 9월에 조화사(朝花社)에서 출판되었다. —1929 ⑥ 13.

근대영시개론(近代英詩槪論) —『최근 영시 개론』(最近英詩槪論) 참조.

근대 예술론 서설(近代藝術論序說) 혼마 히사오(本間久雄) 지음. 다이쇼 14년(1925) 도쿄의 분쇼샤(文省社)에서 출판되었다. — 1927 ⑪ 18.

근대유물론사(近代唯物論史) 러시아의 플레하노프 지음. 에노모토 겐스케(榎本謙輔)가 번역하여 쇼와 3년(1928) 도쿄의 도진샤쇼텐(同人社書店)에서 출판된 재판본. '사회사상총서'의 하나이다. — 1929 ⑫ 17.

근대의 연애관(近代の戀愛觀) 일기에는『近代戀愛觀』으로도 기록되어 있다. 구리야가와 하쿠손(廚川白村) 지음. 루쉰의 장서에 남아 있는 것은 다이쇼 14년(1925) 도쿄의 가이조샤(改造社) 제121판이다. — 1925 ① 22. ⑪ 5.

근대의 영문학(近代の英文學) 일기에는『最近之英文學』으로도 기록되어 있다. 후쿠하라 린타로(福原麟太郎) 지음. 다이쇼 15년(1926) 도쿄의 겐큐샤(硏究社)에서 출판되었다. — 1926 ④ 27.

근대 지나의 학예(近代支那の學藝) 이마제키 덴포(今關天彭) 지음. 쇼와 6년(1931) 도쿄의 민유샤(民友社)에서 출판되었다. — 1932 ⑤ 6.

근대 8대 사상가(近代八大思想家) 확실치 않음. — 1923 ⑤ 19.

근대 프랑스 시집(近代佛蘭西詩集) 프랑스의 보들레르 등 지음. 오키 아쓰오(大木篤夫)가 번역하여 쇼와 3년(1928) 도쿄의 아르스샤(アルス社)에서 출판되었다. — 1928 ⑪ 30.

근대 프랑스 회화론(近代佛蘭西繪畵論) 일기에는『近代法蘭西繪畵論』으로도 기록되어 있다. 프랑스의 쿠르티옹(Pierre Courthion) 지음. 사이쇼 아쓰지(稅所篤二)가 번역하여 쇼와 6년(1931) 도쿄의 겐세쓰샤(建設社)에서 출판되었다. — 1933 ⑪ 17.

근세 사회사상사 개요(近世社會思想史大要) 일기에는『社會思想史大要』로 기록되어 있다. 고이즈미 신조(小泉信三) 지음. 쇼와 2년(1927) 도쿄의 이와나미쇼텐(岩波書店)에서 출판된 제3판. — 1928 ③ 20.

근세유럽회화 12강(近世歐洲繪畵十二講) 일기에는『歐洲繪畵十二講』으로도 기록되어 있다. 다테 도시미쓰(伊達俊光) 지음. 다이쇼 14년(1925) 도쿄의 신초샤(新潮社)에서 '사상·문예강화총서'의 하나로 출판되었다. — 1928 ⑨ 7.

근세조형미술(近世造形美術) —『Die bildende Kunst der Gegenwart』참조.

근세지리(近世地理) 확실치 않음. — 1912 ⑦ 4.

근세화인전(近世畵人傳) —『Moderne Illustratoren』참조.

금강경가상의소(金剛經嘉祥義疏) 후진(後秦) 구마라집(鳩摩羅什)이 번역하고 수대 길장(吉藏)이 설명을 가한 6권 2책의 불교 서적. 리정강(李正剛) 조판인쇄본. — 1915 ⑨ 7.

금강경론(金剛經論) —『금강반야바라밀경론』(金剛般若波羅蜜經論) 참조.

금강경·심경약소(金剛經·心經略疏) 불교 서적.『금강경약소』(金剛經略疏, 2권)와『반야바라밀다심경약소』(般若波羅蜜多心經略疏, 1권)의 합정본 1책을 가리킨다. 전자는 당대 지엄(智儼)이 설명하고, 후자는 당대 법장(法藏)이 설명하였다. —1914 ⑤ 31.

금강경 6역(金剛經六譯) 1책의 불교 서적. 번역된 여섯 가지(六譯)는 다음과 같다. 후진(後秦)의 구마라집(鳩摩羅什)이 번역한『금강반야바라밀경』(金剛般若波羅蜜經), 남조(南朝) 진(陳)의 진체(眞諦)가 번역한『금강반야바라밀경』(金剛般若波羅蜜經), 당대 현장(玄奘)이 번역한『능단금강반야바라밀다경』(能斷金剛般若波羅蜜多經), 북위(北魏) 보리류지(菩提流支)가 번역한『금강반야바라밀경』(金剛般若波羅蜜經), 수대 급다(笈多)가 번역한『금강능단반야바라밀경』(金剛能斷般若波羅蜜經), 당대 의정(義淨)이 번역한『능단금강반야바라밀다경』(能斷金剛般若波羅蜜多經)이다. —1914 ⑤ 31.

금강경종통(金剛經宗通) 당대 증봉의(曾鳳儀)가 지은 7권 2책의 불교 서적. —1914 ⑥ 6.

금강경지자소·심경정매소(金剛經智者疏·心經靖邁疏) 불교 서적.『금강반야경소』(金剛般若經疏, 1권)와『반야심경소』(般若心經疏)의 합정본 1책을 가리킨다. 전자는 수대 지의(智顗)가 설명을 덧붙이고, 후자는 당대 정매(靖邁)가 설명을 덧붙였다. —1914 ⑤ 31.

금강반야바라밀경론(金剛般若波羅蜜經論) 일기에는『금강경론』(金剛經論)으로도 기록되어 있다. 3권 1책의 불교 서적. 제1권은 천친보살(天親菩薩)이 짓고 북위(北魏) 보리류지(菩提流支)가 번역하였으며, 제2, 3권은 무착보살(無著菩薩)이 짓고 수대 급다(笈多)가 번역하였다. —1914 ⑨ 17.

금문속편(金文續編) 룽겅(容庚)이 펴낸 금석문자학 서적. 14권, 명문검자(銘文檢字) 부록의 2책. 1935년 상하이 상우인서관(商務印書館) 석인본(石印本). —1935 ⑥ 25.

금문여석지여(金文餘釋之餘) 궈모뤄(郭沫若)가 지은 금석고석(金石考釋). 쇼와(昭和) 7년(1932)에 도쿄 분큐도(文求堂)에서 영인했다. —1932 ⑫ 3.

금문총고(金文叢考) 궈모뤄가 지은 4책의 금석제발(金石題跋). 쇼와 7년(1932) 도쿄 분큐도에서 영인했다. —1932 ⑧ 8.

금문편(金文編) 룽겅(容庚)이 펴낸 14권 5책의 금석문자집(金石文字集). 1925년 이안당(貽安堂) 석인본(石印本). —1925 ⑪ 21.

금병매사화(金瓶梅詞話) 명대 난릉소소생(蘭陵笑笑生)이 지은 소설. 100회, 회도(繪圖) 부록의 21책. 1933년 베이핑 고일소설간행회(古佚小說刊行會)에서 명대 만력(萬曆) 45년(1617) 각본을 영인했다. —1933 ⑤ 31.

금분세가(金粉世家) 장헌수이(張恨水)의 소설. —1934 ⑤ 16.

금사(金史) ―『이십사사』(二十四史. 백납본百衲本) 참조.

금석계(金石契) ―『금석계부석고문석존』(金石契附石鼓文釋存) 참조.

금석계부석고문석존(金石契附石鼓文釋存) 청대 장연창(張燕昌)이 지은 5책의 금석제발서(金石題跋書). ― 1915 ③6. ④8.

금석기(金石記) ―『관중금석기』(關中金石記), 『중주금석기』(中州金石記) 참조.

금석록(金石錄) 송대 조명성(趙明誠)이 지은 금석목록(金石目錄). 30권, 교감기 부록 1권의 5책.『사부총간』(四部叢刊) 속편은 청대 초본을 영인했다. ― 1934 ⑫8.

금석목(金石目)(목씨繆氏) ―『금석서목』(金石書目) 참조.

금석별(金石勆) 청대 풍승휘(馮承輝)가 모필한 1책의 금석도상집(金石圖像集). ― 1919 ⑥ 28.

금석분역편(金石分域編) 확실치 않음. ― 1916 ③11.

금석서목(金石書目) 먀오취안쑨(繆荃孫) 펴냄. 2권 1책. 일기에는『금석목』(金石目)으로 기록되어 있다. ― 1916 ③11.

금석속편(金石續編) 청대 육요휼(陸耀遹)이 모으고 육증상(陸增祥)이 교정(校正)한 금석문자학 서적. 21권, 권수(卷首) 1권의 12책. 동치(同治) 13년(1874) 피링(毗陵)의 쌍백연당(雙白燕堂) 각본. ― 1915 ④21.

금석원(金石苑) 청대 유희해(劉喜海)가 편찬한 6책의 금석도상집(金石圖像集). 도광(道光) 26년(1846)의 각본을 영인했다. ― 1916 ⑩19. 1917 ①9.

금석존(金石存) 청대 오옥진(吳玉搢)이 지은 15권 4책의 금석문자학 서적. 가경(嘉慶) 24년(1819)의 산양(山陽) 이씨(李氏) 문묘향실(聞妙香室) 각본을 영인했다. ― 1923 ② 12.

금석췌편(金石萃編) 청대 왕창(王昶)이 펴낸 160권 50책의 금석문자학 서적. 일기에는『췌편』(萃編)으로도 기록되어 있다. 가경(嘉慶) 10년(1805) 각본. ― 1915 ④19. ⑤8. ⑥ 8. 1916 ③11.

금석췌편교자기(金石萃編校字記) 뤄전위(羅振玉)가 지은 1권 1책의 금석문자학 서적. ― 1915 ⑨12.

금석췌편보략(金石萃編補略) 청대 왕언(王言)이 지은 2권 4책의 금석문자학 서적. 광서(光緒) 8년(1882) 각본. ― 1934 ⑥2.

금세설(今世說) 청대 왕탁(王晫)이 지은 8권 4책의 잡기(雜記). 강희(康熙) 22년(1683) 각본. ― 1933 ①16.

금시계(金表) ―『시계』(表) 참조.

금시계(金時計) 소련의 판텔레예프(Л. И. Пантелеев)가 지은 소설. 마키모토 구스로(槙本

楠郞)가 번역하여 쇼와 8년(1933) 도쿄의 라쿠로쇼인(樂浪書院)에서 출판되었다. 루쉰의 중역본이 있다. —1934 ⑦ 19.

금일 구미소설의 동향(今日歐美小說之動向) 영국의 반월간(半月刊)평론사에서 엮은 문예평론. 자오자비(趙家璧)가 번역하여 1935년 상하이 량유(良友)도서인쇄공사에서 출판되었다. —1935 ② 28.

금전여소(錦錢餘笑) 송대 정사초(鄭思肖)가 지은 1권의 시별집(詩別集). —1935 ③ 22.

금칠십론(金七十論) 인도의 이슈바라크리슈나(Iśvarakṛṣṇa, 한역명은 자재흑自在黑)가 저술하고 남조(南朝) 진(陳)의 진체(眞諦)가 번역한 3권 2책의 불교 서적. —1921 ⑦ 7.

급고수상(汲古隨想) 다나카 게이(田中敬)가 지은 수필집. 쇼와 8년(1933) 도쿄의 쇼모쓰텐보샤(書物展望社)에서 출판되었다. —1933 ⑫ 12.

급시행락(及時行樂) 지은이를 알 수 없는 1책의 그림책. 상하이 예원진상사(藝苑眞賞社)가 청조 내부(內府) 구장본(舊藏本)을 영인했다. —1933 ① 15.

급취장(急就章) —『급취편』(急就篇) 참조.

급취장초법고(急就章草法考) 청대 이빈(李濱)이 지은 문자학 서적. 9권 2책.『급취장편방표』(急就章偏旁表. 일기에는『편방표』偏旁表로 기록되어 있다) 2권 1책이 부록으로 덧붙어 있다. 1914년에 옥연당(玉姻堂) 첩본(帖本)을 석인(石印)했다. —1915 ⑩ 12.

급취편(急就篇) 한대 사유(史游)가 지은 4권의 자서(字書). 당대 안사고(顏師古)가 설명을 가하고 송대 왕응린(王應麟)이 음을 풀이했다. 일기에는『급취장』(急就章)으로도 기록되어 있다. 일기에 기록된 판본은 두 가지이다. 하나는 명대 각본이고, 다른 하나는 녕대 초본을 넣인한『사부총간』(四部叢刊)본(1책)이다. —1913 ⑪ 4. ⑫ 29. 1914 ① 11. 1934 ⑦ 30.

기계론과 변증법적 유물론(機械論と辨證法的唯物論) 소련의 스톨랴로프(А. Столяров) 지음. 사사가와 마사타카(笹川正孝)가 번역하여 쇼와 5년(1930) 도쿄의 하쿠요샤에서 출판되었다. —1930 ⑩ 8.

기계와 예술의 교류(機械と藝術の交流) 원서의 제목은『機械と藝術との交流』. 이타가키 다카오(板垣鷹穗)가 지은 예술평론서. 쇼와 4년(1929) 도쿄의 이와나미쇼텐(岩波書店)에서 출판되었다. 루쉰의 장서에 복본이 있다. —1929 ⑫ 26. 1930 ⑪ 27.

기계와 예술혁명(機械と藝術革命) 폭스(R. M. Fox) 등이 지은 예술평론서. 기무라 도시미(木村利美)가 편역하여 쇼와 5년(1930) 도쿄의 하쿠요샤(白揚社)에서 출판되었다. —1930 ⑩ 25.

기고실길금문술(奇觚室吉金文述) 청대 유심원(劉心源)이 지은 20권 10책의 금석문자 서적. 광서(光緒) 28년(1902) 석인본(石印本). —1928 ⑧ 19.

기보총서(畿輔叢書) 청대 왕호(王灝)가 펴낸 170종의 총서. — 1912 ⑥ 9.

기상(氣象) 교육부의 중앙관상대가 펴낸 월간지. — 1914 ⑧ 24.

기세경(起世經) 수대(隋代) 도나굴다(闍那崛多)가 번역한 10권 2책의 불교 서적. — 1921 ④ 27.

기신론(起信論) — 『대승기신론』(大乘起信論) 참조.

기신론직해(起信論直解) 명대 덕청(德清)이 해설한 2권 1책의 불교 서적. — 1914 ⑨ 6.

기아(飢ゑ) 원제는 *Sult*. 노르웨이의 함순(K. Hamsun)이 지은 소설, 미야하라 고이치로(宮原晃一郎)가 번역하여 다이쇼 10년(1921) 도쿄의 신초샤(新潮社)에서 '서양최신 문예총서'의 하나로 출판되었다. — 1928 ① 29.

기연기(奇緣記) 지은이 미상의 소설, 6권 20회. — 1927 ⑩ 20.

기원편(紀元編) 청대의 이조락(李兆洛)이 엮고 육승여(六承如)가 교정한 연표. 3권, 운보(韻補) 1권, 1책. 동치(同治) 10년(1871) 허페이(合肥) 이씨(李氏) 중각본(重刻本)이다. — 1914 ① 3.

기추도 서목(其中堂書目) — 1921 ② 16. 1923 ① 6. 1924 ① 5. 1925 ① 5. 1929 ② 26.

기타가와 우타마로(喜多川歌麿) 노구치 요네지로(野口米次郎) 지음. 쇼와 7년(1932) 도쿄의 세이분도(誠文堂)에서 출판되었다. 기타가와 우타마로(喜多川歌麿, 1753~1806)는 일본의 우키요에(浮世繪) 6대가 가운데의 한 사람이다. — 1932 ⑥ 14.

기회주의에 대한 투쟁(日和見主義ニ對スル鬪爭) 일기에는 『고바야시 논문집』(小林論文集)으로도 기록되어 있다. 고바야시 다키지(小林多喜二) 지음. 쇼와 8년(1933) 도쿄의 일본프롤레타리아문화연맹출판부에서 출판되었다. — 1933 ⑤ 5.

길(路) 마오둔(茅盾)의 소설. 1935년 상하이 문화생활출판사에서 '문학총간'의 하나로 출판되었다. — 1935 ⑫ 19.

길 걷는 다로(ゐゑき太郎) 다케이 다케오(武井武雄)가 지은 동화. 쇼와 2년(1927) 도쿄 마루젠(丸善)주식회사에서 출판되었다. — 1927 ⑫ 22.

길금소견록(吉金所見錄) 청대 초상령(初尚齡)이 펴낸 금석도상집(金石圖像集). 16권, 수말(首末) 각 1권의 4책. 가경(嘉慶) 24년(1819) 고향서옥(古香書屋)의 각본. — 1915 ② 6.

김동심선생시고묵적(金冬心先生詩稿墨迹) 청대 김농(金農, 호는 동심선생冬心先生)이 짓고 쓴 1책의 서법서. 광서(光緒) 31년(1905) 상하이 유정(有正)서국에서 영인했다. — 1913 ⑪ 8.

김동심자서시고(金冬心自書詩稿) — 『김동심선생시고묵적』(金冬心先生詩稿墨迹) 참조.

김동심화과책(金冬心花果冊) 청대 김농(金農, 호는 동심선생冬心先生)이 그린 1책의 그림책. 선통(宣統) 원년(1909) 상하이 신주국광사(神州國光社)에서 '신주국광 집외증간(集外

增刊)'의 하나로 영인했다. ─ 1912 ⑪ 17, 24.

깊고 외진 천씨 마을(幽僻的陳莊) 쿵원(儁聞)이 지은 소설. 1935년 베이핑 문심서업사(文心書業社)에서 출판되었다. ─ 1935 ① 7. ④ 22.

깊은 맹세(深誓) 장이핑(章衣萍)의 시집. 1925년 베이징 베이신(北新)서국에서 '문예소총서'의 하나로 출판되었다. ─ 1925 ⑧ 12.

깊은 밤과 악몽(良夜與惡夢) 스민(石民)의 시집. 1929년 상하이 베이신(北新)서국에서 출판되었다. ─ 1929 ② 26.

까마귀(からす) 야마카와 히토시(山川均)가 지은 산문집. 쇼와 10년(1935) 도쿄 니혼효론샤(日本評論社)에서 출판되었다. ─ 1935 ⑫ 16.

깨어나는 중국(支那は眼覺め行く) 독일의 비트포겔(K. A. Wittvogel) 지음. 니키 다케시(二本猛)가 번역하여 쇼와 3년(1928) 도쿄의 하쿠요샤(白揚社)에서 출판되었다. ─ 1928 ⑤ 24.

꽃테문학(花邊文學) 루쉰의 잡문집. 1936년 상하이 롄화(聯華)서국에서 출판되었다. ─ 1936 ① 6. ④ 14. ⑦ 10, 28.

꿈(夢) 남아프리카 작가인 슈라이너(O. Schreiner) 여사의 소설집 『Dreams』. C.F.여사가 번역하여 1923년 베이징대학 신조사(新潮社)에서 출판되었다. ─ 1923 ⑨ 21.

【ㄴ】

나가사키의 미술사(長崎の美術史) 나가미 도쿠타로(永見德太郎) 지음. 쇼와(昭和) 2년
(1927) 도쿄의 가테이도(夏汀堂)에서 출판되었다. —1929 ① 21.

나는 사랑한다(私は愛す) 소련의 아브데엔코(A. O. Авдеенко)가 지은 소설. 유아사 요시코
(湯浅芳子)가 번역하여 쇼와 11년(1936) 도쿄의 나우카샤(ナウカ社)에서 출판되었다.
—1936 ⑨ 8.

나막신 흔적 곳곳에(屐痕處處) 위다푸(郁達夫)의 여행기. 1934년 상하이 현대서국에서 출
판되었다. —1934 ⑦ 14.

나쁜 아이(壞孩子) —『**나쁜 아이와 기타 이상한 이야기**』(壞孩子和別的奇聞) 참조.

나쁜 아이와 기타 이상한 이야기(壞孩子和別的奇聞) 러시아 체호프의 소설집. 일기에는 『나
쁜 아이』(壞孩子)로도 기록되어 있다. 루쉰이 골라 번역하여 1936년 상하이 롄화(聯
華)서국에서 출판되었다. —1935 ⑨ 15. 1936 ⑩ 17.

나소간문집(羅昭諫文集) 당대 나은(羅隱)이 지은 8권 4책의 별집. 청대 도광(道光) 4년
(1824) 핑장(平江) 오용(吳墉)이 강희(康熙) 9년 보하이(渤海) 장찬(張瓚)의 각본을 보
각(補刻)하였다. —1936 ① 3.

나악주소집(羅鄂州小集) 송대 나원(羅願)이 지은 6권 2책의 별집. 일기에는 『악주소집』(鄂
州小集)으로도 기록되어 있다. —1915 ⑤ 6. ⑥ 10.

나암유상소지(蘿庵遊賞小志) 청대 이자명(李慈銘)이 쓴 1권 1책의 여행기. —1913 ⑫ 25.

나양봉귀취도(羅兩峰鬼趣圖) 청대 나빙(羅聘)이 그린 2책의 그림책. 상하이 문명서국 영인
본이다. —1912 ⑤ 30. 1913 ④ 28.

나의 가정(我的家庭) 러시아 악사코프(C. T. Аксаков)가 지은 소설. 리지예(李霽野)가 번역
하여 1936년 상하이 상우인서관(商務印書館)에서 '세계문학명저'의 하나로 출판되
었다. —1936 ⑩ 4.

나의 독설(わが毒舌) 프랑스의 생트 뵈브(A. Sainte-Beuve) 지음. 이시카와 유(石川涌)가
번역하여 쇼와 10년(1935) 도쿄의 사이렌샤(サイレン社)에서 출판되었다. — 1935
⑩ 25.

나의 참회(我的懺悔) 벨기에의 마세렐(F. Masereel)이 만든 그림책. 위다푸(郁達夫) 가려

뽑음. 1933년 상하이 량유(良友)도서인쇄공사에서 '목각연환도화고사'(木刻連環圖畵
故事)의 하나로 영인했다.—1933 ⑩ 7.

나의 표류(わが漂泊) 미카미 오토키치(三上於菟吉) 지음. 쇼와 10년(1935) 도쿄 샤이렌샤
(サイレン社)에서 출판되었다.—1935 ⑧ 6.

나의 화집(私の畫集) 후키야 고지(蕗谷虹兒) 그림. 다이쇼 14년(1925) 도쿄의 고란샤(交蘭
社)에서 출판된 제6판.—1928 ③ 30.

나일강의 풀(ニール河の草) 일기에는 『ニールの草』로 기록되어 있다. 기무라 쇼하치(木村
莊八)가 지은 예술사 서적. 다이쇼 15년(1926) 도쿄 신세이도(新生堂) 개정판. 루쉰은
이 책을 쉬광핑(許廣平)의 일어 학습 교재로 사용하였다.—1927 ⑫ 19.

노발리스 일기(ノヴァーリス日記) 독일의 낭만주의 작가인 노발리스(Novalis, 1772~1801)
지음. 이이다 야스시(飯田安)가 번역하여 쇼와 8년(1933) 도쿄의 다이이치쇼보(第一
書房)에서 출판되었다.—1933 ⑦ 25.

노아 노아(ノア·ノア) 프랑스의 고갱(E. H. P. Gauguin)이 지은 여행기. 쇼와 7년(1932) 도
쿄 이와나미쇼텐(岩波書店)에서 출판되었다. 'ノア · ノア'의 원문은 'Noa Noa'이다.
뉴질랜드 마오리어로 '향기롭다, 향기'라는 뜻이다.—1932 ④ 28.

낙랑(樂浪) 동낙랑군(東樂浪郡) 고묘발굴보고서. 하라다 도시토(原田淑人)와 다자와 긴고
(田澤金吾) 공저. 도쿄제국대학문학부 엮음. 쇼와 5년(1930) 도쿄의 도코쇼인(刀江書
院)에서 출판되었다. 낙랑(樂浪)은 한반도의 평양(平壤) 이남에 한대(漢代)에 설치되
었던 행정구역으로, 서진(西晉) 말에 고구려에 병합되었다.—1930 ⑪ 28.

낙랑, 고구려 옛 기와 노보(樂浪及高勾麗古瓦圖譜) 일기에는 『樂浪及高麗古瓦圖譜』로도 기
록되어 있다. 모로오카 에이지(諸岡榮治) 엮음. 쇼와 10년(1935) 교토의 벤리도(便利
堂)에서 출판되었다.—1935 ⑤ 30.

낙랑, 고려 옛 기와 도보(樂浪及高麗古瓦圖譜) — 『낙랑, 고구려 옛 기와 도보』(樂浪及高勾麗
古瓦圖譜) 참조.

낙랑왕광묘(樂浪王光墓) 고고학 서적. 도쿄의 조선고적연구회 엮음. 쇼와 10년(1935) 교토
의 구와나분세이도(桑名文星堂)에서 출판되었다. 『고적조사보고』(古迹調査報告) 제
2책. 왕광묘(王光墓)는 고조선(古朝鮮)의 낙랑태수인 왕광(王光) 부부의 합장묘이다.
—1936 ④ 29.

낙랑채협총(樂浪彩篋塚) 고고학 서적. 도쿄의 조선고적연구회 엮음. 쇼와 9년(1934) 교토
의 벤리도(便利堂)에서 출판되었다. 『고적조사보고』(古迹調査報告) 제1책.—1935 ③
26.

낙양가람기구침(洛陽伽藍記鉤沈) 청대 당안(唐晏)이 지은 5권 2책의 전지(專志). 상하이 중

귀서점에서 용계정사본(龍谿精舍本)을 영인했다. ─1934 ① 6.

낙타(駱駝) 낙타사(駱駝社)에서 펴낸 문학월간지. 베이징 베이신(北新)서국에서 출판했다. 1926년 6월에 창간되었으며 1기만을 간행했다. ─1926 ⑦ 26.

낙화집(落花集) 왕즈즈(王志之)의 소설시가집(小說詩歌集). 원명은 『피눈물의 영웅』(血淚英雄)이며, 1929년 베이핑 동방서점에서 출판되었다. 후에 작자가 원래 있던 역사극 「피눈물의 영웅」을 삭제하여 『낙화집』으로 개명했다. ─1933 ⑥ 2.

난언술략(蘭言述略) 청대 원세준(袁世俊)이 펴낸 4권 1책의 농업 서적. 일기에는 『난언약술』(蘭言略述)로 오기되어 있다. ─1915 ⑩ 15. ⑫ 3.

난퉁방언소증(南通方言疏證) 쑨진뱌오(孫錦標)가 편찬한 4책의 언어학 서적. 1913년 상하이 중국도서공사의 석인본(石印本)이다. ─1915 ① 17. ② 21.

난혼 재판(亂婚裁判) 부제는 '소련 성생활의 현황'이다. 소련의 데미도비치(Борис П. Демидович)가 지은 극본. 오다 노부오(太田信夫)가 번역하여 쇼와 3년(1928) 도쿄의 세카이샤(世界社)에서 출판되었다. ─1928 ⑦ 23.

낡은 해골의 매장(古骸底埋葬) 잉앙(盈昻)이 지은 소설. 1929년 상하이 문화서국에서 출판되었다. ─1929 ⑫ 15.

남강북조(南腔北調) ─ 『남강북조집』(南腔北調集) 참조.

남강북조집(南腔北調集) 루쉰의 잡문집. 일기에는 『남북집』(南北集), 『남강북조』(南腔北調)로도 기록되어 있다. 1934년 상하이 롄화(聯華)서국에서 '퉁원서국'(同文書局)의 이름으로 출판되었다. ─1934 ② 3. ③ 1, 16, 30, 31. ⑤ 19. ⑥ 17. 1935 ② 7, 14.

남녀백효도전전(男女百孝圖全傳) 청대 유보진(兪葆眞)이 짓고 하운제(何雲梯)가 그림을 그린 5책의 권선서(勸善書). 일기에는 『효도』(孝圖), 『백효도』(百孝圖)로 기록되어 있다. 1920년 상하이 벽오산장(碧梧山莊)의 석인본(石印本). ─1927 ⑥ 11.

남녀와 성격(男女と性格) 오스트리아의 바이닝거(O. Weininger) 지음. 가타야마 마사오(片山正雄)가 번역하여 다이쇼 14년(1925) 도쿄의 진분카이(人文會)출판부에서 출판되었다. 이 책의 또 다른 명칭은 『성과 성격』(性と性格)이다. ─1926 ⑤ 3.

남당서(南唐書) ─ 『육방옹전집』(陸放翁全集) 참조.

남당서(南唐書)(2종) 하나는 북송 마령(馬令)이 지은 것으로 30권 4책이고, 다른 하나는 남송 육유(陸游)가 지은 것으로 18권, 원대 척광(戚光)의 『음석』(音釋) 1권 부록의 3책이다. 『사부총간』(四部叢刊) 속편은 명대 간본 및 명대 전곡(錢谷)의 초본을 영인했다. ─1934 ④ 23.

남뢰여집(南雷餘集) 명대 황종희(黃宗羲)가 지은 1권 1책의 별집. ─1912 ⑧ 14. ⑩ 15.

남릉무쌍보(南陵無雙譜) 청대 김고량(金古良)이 그린 1책의 화상집(畵像集). 『무쌍보』(無雙

譜)를 가리킨다. 청대 각본이다.—1936 ⑨ 7, 10.

남만광기(南蠻廣記) 신무라 이즈루(新村出)의 산문집. 다이쇼 14년(1925) 도쿄의 이와나미쇼텐(岩波書店)에서 출판되었다.—1925 ⑨ 26.

남만광기 속편(續南蠻廣記) 신무라 이즈루(新村出)의 산문집. 다이쇼 14년(1925) 도쿄의 이와나미쇼텐(岩波書店)에서 출판되었다.—1925 ⑫ 3.

남북조의 사회경제제도(南北朝に於ける社會經濟制度) 오카자키 후미오(岡崎文夫) 지음. 쇼와 10년(1935) 도쿄의 고분도쇼보(弘文堂書房)에서 출판되었다.—1936 ⑤ 6.

남북집(南北集)—『남강북조집』(南腔北調集) 참조.

남사(南史)(대덕본大德本)—『이십사사』(二十四史. 백납본百衲本) 참조.

난산리(南山里) 일본 동아고고학회(東亞考古學會) 엮음. 쇼와 8년(1933)에 '동방고고학총간'의 하나로 출판되었다. 난산리(南山里)는 랴오닝성(遼寧省) 다롄시(大連市) 순커우구(順口區)에 있다.—1935 ② 16.

남송군현소집(南宋群賢小集) 송대 진기(陳起)가 모으고 청대 고수(顧修)가 다시 모아 펴낸 사총집(詞總集). 72종, 부록 2종, 168권의 58책. 가경(嘉慶) 6년(1801) 스먼(石門) 고씨(顧氏)의 독화재(讀畵齋) 간본이다.—1935 ② 1.

남송원화록(南宋院畵錄) 청대 여악(厲鶚)이 지은 8권 4책의 화사(畵史).—1913 ⑪ 16.

남송육십가집(南宋六十家集)—『남송군현소집』(南宋群賢小集) 참조.

남송육십가집(南宋六十家集) 송대 진기(陳起)가 펴낸 97권 58권 사총집(詞總集). 『급고각영초남송육십가소집』(汲古閣影抄南宋六十家小集)을 가리킨다. 1921년 상하이 고서유통처(古書流通處)에서 송대 산본을 베낀 닝내의 급고각본을 영인했다.—1935 ⑧ 5.

남심진지(南潯鎭志) 청대 왕일정(汪日楨)이 편찬한 40권 8책의 지방지. 동치(同治) 2년(1863) 각본이다.—1926 ⑨ 1.

남양한화상방탁기(南陽漢畵像訪拓記) 쑨원칭(孫文青)이 지은 1책의 금석지지서(金石地志書). 1934년 난징(南京) 진링(金陵)대학 활판본이다.—1935 ⑪ 15.

남양한화상집(南陽漢畵像集) 관바이이(關百益)가 펴낸 1책의 금석도상집. 일기에는 『한남양화상집』(漢南陽畵像集)으로도 기록되어 있다. 1930년 상하이 중화서국에서 영인했다.—1930 ⑪ 15.

남양회해대류(南陽會海對類) 명대 오망(吳望)이 펴낸 20권 6책의 시문평집(詩文評集). 일기에는 『회해대류대전』(會海對類大全)으로 기록되어 있다. 청대 건륭(乾隆) 44년(1779) 창권(常郡) 육성괴당(陸省魁堂)에서 명대 만력(萬曆) 연간의 간본을 복각(復刻)했다.—1933 ⑩ 24.

남유럽의 하늘(南歐の空) 요시에 다카마쓰(吉江喬松) 지음. 쇼와 4년(1929) 도쿄의 와세다

(早稻田)대학출판부에서 출판되었다.—1929 ① 21.

남제서(南齊書)—『이십사사』(二十四史. 백납본百衲本) 참조.

남청서원총서(南菁書院叢書) 왕센첸(王先謙), 먀오취안쑨(繆荃孫) 펴냄. 8집, 41종, 144권
의 40책. 청대 광서(光緖) 14년(1888) 남청서원 각본이다.—1927 ④ 24.

남청찰기(南菁札記) 청대 부량(溥良)이 펴낸 총서. 14종, 21권의 6책. 광서 20년(1894) 장
인사서(江陰使署) 각본이다.—1934 ① 3.

남해백영(南海百咏) 송대 방신유(方信孺)가 지은 1권 1책의 시별집(詩別集). 청대 광서(光
緖) 8년(1882) 학해당(學海堂) 중각본(重刻本)이다.—1927 ⑨ 16.

남행기(南行記) 아이우(艾蕪)의 소설집. 1935년 상하이 문화생활출판사에서 '문학총간'의
하나로 출판되었다.—1936 ① 31.

남호사미(南湖四美) 청대 오관대(吳觀岱)가 그린 1책의 그림책. 상하이 문명서국 영인본이
다.—1913 ⑨ 23.

남화완구집(南華玩具集) 광저우(廣州) 현대창작판화연구회 회원이 창작한 목판화집. 이
연구회에서 펴냈다.—1936 ① 14.

남훈전도상고(南薰殿圖像考) · 국조원화록(國朝院畫錄) · 서청찰기(西淸札記) (3종 합각) 『호
씨서화고』(胡氏書畫考)를 가리킨다. 청대 호경(胡敬)이 지은 총서. 3종은 『남훈전도상
고』(南薰殿圖像考. 2권), 『국조원화록』(國朝院畫錄. 2권), 『서청찰기』(西淸札記. 4권)이
다. 총 4책이다. 가경(嘉慶) 21년(1816) 각본이다.—1912 ⑫ 28.

내로초당수필(來鷺草堂隨筆) 청대 오도(吳弢)가 지은 1권 1책의 잡저(雜著). 1921년 시링
인사(西泠印社)의 목활자인쇄본이다.—1935 ③ 21.

내면으로의 길(內面への道)(Weg nach Innen). 독일의 헤세(H. Hesse)의 소설집. 미쓰이
미쓰야(三井光彌)가 번역하여 쇼와 8년(1933) 도쿄의 다이이치쇼보(第一書房)에서
출판되었다.—1933 ⑪ 18.

내일(明日) 『명일』. 『아시타』. 문학 격월간지. 이와쿠라 도모마사(岩倉具正) 등이 엮음. 도
쿄의 아시타카이(明日會)에서 발행되었다. 1932년 12월에 창간됨.—1933 ⑥ 19. ⑨
29. ⑫ 8. 1934 ② 19.

내청각서목(內靑閣書目)—1929 ⑧ 3. 1932 ① 2. 1934 ⑤ 30. 1935 ⑤ 8. ⑪ 18.

노농러시아소설집(勞農露西亞小說集) 소련의 이바노프(B. B. Иванов) 등 지음. 요네카와 마
사오(米川正夫)가 편역하여 다이쇼 14년(1925) 도쿄의 긴세이도(金星堂)에서 출판되
었다.—1927 ⑩ 12.

노농러시아희극집(勞農ロシア戲劇集) 『勞農ロシヤ戲劇集』으로 적어야 옳다. 소련의 루나
차르스키, 톨스토이(А. Н. Толстой) 등 지음. 스기모토 료키치(杉本良吉)가 번역하여

쇼와 4년(1929) 도쿄의 맑스쇼보(マルクス書房)에서 출판되었다. '노농러시아문학총서' 제3집.—1929 ⑫ 31.

노동자 셰빌로프(工人綏惠略夫) 러시아 아르치바셰프(M. П. Арцыбашев)가 지은 중편소설. 루쉰이 번역하여 1922년에 상하이 상우인서관(商務印書館)에서 출판되었다.—1920 ⑩ 22. 1921 ④ 18. ⑤ 4.

노란 장미(黃薔薇) 헝가리 작가 모르 요커이(Mór Jókai)의 중편소설『*Sárga rózsa*』. 저우쭤런(周作人)이 번역하여 1913년 9월 루쉰에게 부쳐 출판할 곳을 알아보았으나 찾지 못했다. 후에 1927년 상하이 상우인서관에서 출판되었다.—1913 ⑨ 10.

노자(老子. 옌푸嚴復 평점評點)—『도덕경』(道德經) 참조.

노자도덕경(老子道德經) 2권 1책의 도가 서적. 주대(周代) 이이(李耳)의 저술이라 적혀 있으며, 한대 하상공(河上公)이 설명을 가했다.『사부총간』(四部叢刊) 초편은 송대 간본을 영인했다.—1927 ③ 16.

노자도덕경해(老子道德經解) 명대 덕청(德淸)이 지은 2권 2책의 도가 서적. 일기에는 감산(憨山)의『노자주』(老子注), 감산의『도덕경주』(道德經注)로 기록되어 있다.—1914 ⑨ 12. ⑪ 12.

노자원시(老子原始) 다케우치 요시오(武內義雄) 지음. 다이쇼 15년(1926) 교토의 고분도쇼보(弘文堂書房)에서 출판되었다.『제자고략』(諸子考略)이 부록으로 붙어 있다.—1929 ⑦ 19.

노자익(老子翼) 명대 초횡(焦竑)이 지은 도가 서적. 2권, 고이(考異) 1권, 부록 1권의 4책.—1914 ⑧ 23. ⑨ 12.

노자주(老子注. 감산憨山)—『노자도덕경해』(老子道德經解) 참조.

노잔유기(老殘游記)(2집) 청대 유악(劉鶚)이 지은 6회의 소설. 린위탕(林語堂)이 서문을 쓰고, 류다쥔(劉大鈞), 류톄쑨(劉鐵孫)이 발문을 썼다. 1935년 상하이 량유(良友)도서인쇄공사에서 '량유(良友)문고'의 하나로 출판되었다.—1935 ④ 8.

노학암필기(老學庵筆記) 송대 육유(陸游)가 지은 10권 2책의 잡기.—1912 ⑦ 20.

논문집(論文集) 독일의 철학자인 쇼펜하우어(A. Schopenhauer, 1788~1860) 지음. 사쿠마 마사카즈(佐久間政一)가 번역하여 다이쇼 13년(1924) 대지진 발생 후 도쿄의 슌주사(春秋社) 개판본(改版本).—1924 ⑫ 16.

논어(論語) 소품문 반월간지. 린위탕(林語堂), 위다푸(郁達夫), 타오캉더(陶亢德), 사오쉰메이(邵洵美) 등이 잇달아 편집을 맡았다. 상하이 시대도서공사에서 발행. 1932년 9월에 창간되어 1937년 8월에 제117기를 끝으로 정간되었다.—1933 ② 21. ③ 5. ④ 8. ⑥ 6, 9, 22. ⑧ 24. ⑩ 24. ⑪ 22. 1934 ① 13, 18.

논어주소해경(論語注疏解經) 유가 서적. 10권, 찰기(札記) 1권, 2책. 삼국(三國) 위(魏) 하안(何晏)이 주석을 모아 해설했고, 송대 형병(邢昺)이 설명을 덧붙였다.—1935 ⑫ 30.

논형거정(論衡擧正) 쑨런허(孫人和)가 지은 2책의 도가 서적. 1924년 활판본.—1924 ⑤ 6.

농민문예 16강(農民文藝十六講) 농민문예회 엮음. 다이쇼 15년(1926) 도쿄 슌요도(春陽堂)의 재판본.—1928 ② 27.

농서(農書) 원대 왕정(王禎) 지음. 22권 10책. 청대 건륭(乾隆) 39년(1774) 내취진본(內聚珍本)이다.—1913 ⑦ 13.

뇌우(雷雨) 차오위(曹禺) 극본. 가게야마 사부로(影山三郎), 싱전둬(邢振鐸)가 공역하여 쇼와 11년(1936) 도쿄의 사이렌샤(賽棱社)에서 출판되었다.—1936 ② 15. ④ 22.

누가 지구를 움직여 살까(誰モ地球ハ動イテ居ル)—『그래도 지구는 돌고 있다』(けれども地球は迴つてゐる) 참조.

누탄경(樓炭經) 『대루탄경』(大樓炭經)이라고도 한다. 진대(晉代) 법립(法立) 등이 번역한 6권 1책의 불교 서적.—1914 ⑦ 11. 1921 ④ 30.

눈(雪) 바진(巴金)의 소설. 1935년 '미국 샌프란시스코 평사(平社)출판부'의 이름으로 출판하고, 상하이 생활서점에서 발행했다.—1934 ⑫ 18.

능가경 세 가지 역본(楞伽經三種譯本) 남조(南朝) 송(宋)의 구나발타라(求那跋陀羅)가 번역한 4권의 『능가경발다라보경』(楞伽經跋多羅寶經), 북위(北魏) 보리류지(菩提留支)가 번역한 10권의 『입능가경』(入楞伽經), 당대 실차난타(實叉難陀)가 번역한 7권의 『대승입능가경』(大乘入楞伽經) 등 3종을 가리킨다. 모두 7책이다.—1921 ⑥ 18.

능연각공신도상(凌烟閣功臣圖像) 청대 유원(劉源)이 그리고 주규(朱圭)가 새긴 전기(傳記). 일기에는 『영인능연각공신도』(影印凌烟閣功臣圖)로 기록되어 있다.—1932 ④ 3.

니시키에로 보는 근세 생활사(近世錦繪世相史) 아사이 유스케(淺井勇助) 지음. 쇼와 10년부터 11년(1935~36)에 걸쳐 도쿄의 헤이본샤(平凡社)에서 8책으로 출판되었다. 니시키에(錦繪)는 색채로 인쇄된 풍속화를 가리킨다.—1935 ⑩ 17. ⑪ 30. 1936 ① 11. ② 22. ④ 2. ⑤ 10. ⑥ 5~30. ⑦ 14.

니체의 차라투스트라 — 해설 및 비평(ニチイエのツアラツストラ — 解釋幷びに批評一) 일기에는 『ツアラツストラ解說及批評』, 『ツアラツストラ解釋幷びに批評』으로 기록되어 있다. 아베 지로(阿部次郎)의 철학서. 루쉰의 장서는 다이쇼 13년(1924) 도쿄 신초샤(新潮社) 제10판, 그리고 다이쇼 14년(1925) 제12판이다.—1925 ⑨ 12. 1928 ⑧ 10.

니체 자전(尼采自傳) 독일의 니체(F. Nietzsche)가 지은 전기. 판청(梵澄), 쉬스취안(徐詩荃)이 번역하고 루쉰이 선정·교열했다. 1935년 상하이 량유도서인쇄공사에서 '량유문고'의 하나로 출판되었다.—1933 ⑦ 14. 1934 ⑫ 12. 1935 ③ 3, 13, 14, 16. ⑤ 10. ⑥ 1.

【ㄷ】

다궁바오(大公報) 1902년 6월에 잉렌즈(英斂之)가 톈진(天津)에서 창간했다. 1926년 9월에 재벌 우딩창(吳鼎昌)과 정학계(政學系) 장지롼(張季鸞)이 인수하여 운영했다. ─ 1934 ③ 16. 1935 ⑧ 31. ⑩ 15.

다마스커스로(ダマスクスへ) 스웨덴의 작가 스트린드베리(A. Strindberg)의 극본. 지노 쇼쇼(茅野蕭々)가 번역하여 다이쇼(大正) 13년(1924) 도쿄 이와나미쇼텐(岩波書店)에서 '스트린드베리전집'의 하나로 출판되었다. ─ 1927 ⑩ 12.

다산집(多産集) 저우원(周文)의 소설집. 1936년 상하이 문화생활출판사에서 '문학총간'의 하나로 출판되었다. ─ 1936 ⑨ 11.

다셴카(ダアシェンカ) 부제는 '강아지의 성장'. 체코의 차페크(K. Čapek)가 지은 산문. 하타 이치로(秦一郎)가 번역하여 쇼와(昭和) 9년(1934) 도쿄 쇼와쇼보(昭和書房)에서 출판되었다. ─ 1934 ⑥ 8.

다윈주의와 맑스주의(ダーウィン主義とマルクス主義) 소련 발레스칼른(П. И. Валескалн) 등이 지은 철학서. 마쓰모토 시게루(松本滋)가 번역하여 쇼와 9년(1934) 도쿄 다치바나쇼텐(橘書店)에서 출판되었다. ─ 1934 ③ 25.

다카기 씨의 동화(高木氏童話) ─ 『일본 옛날이야기』(日本昔ばなし) 참조.

다케이 다케오 수예도안집(武井武雄手藝圖案集) 일기에는 『手藝圖案集』으로 기록되어 있다. 다케이 다케오(武井武雄) 지음. 쇼와 3년(1928) 도쿄의 반리카쿠쇼인(萬里閣書院) 제3판. ─ 1928 ⑪ 7.

다푸 대표작(達夫代表作) 위다푸(郁達夫)의 소집. 1930년 상하이 현대서국에서 개판(改版). ─ 1930 ① 26.

다푸 자선집(達夫自選集) 위다푸(郁達夫) 지음. 일기에는 『자선집』(自選集)으로 기록되어 있다. 1933년 상하이 톈마(天馬)서점에 출판되었다. ─ 1933 ④ 3.

단련(鍊) 위훙모(俞鴻謨)의 소설집. 1936년 일본 도쿄 도류분게이샤(東流文藝社)에서 출판되었다. ─ 1936 ② 14.

단테 신곡 화집(ダンテ神曲畵集) 프랑스의 도레(P. Doré) 제작. 나카야마 마사키(中山昌樹) 엮음. 다이쇼 15년(1926) 도쿄 신세이도(新生堂)에서 출판되었다. ─ 1928 ③ 30.

단테 신곡 화집(但丁神曲畵集) ─『단테 신곡 화집』(ダンテ神曲畵集) 참조.

단편(斷片) 독일의 노발리스(Novalis) 지음. 이이다 야스시(飯田安)가 번역하여 쇼와 6년 (1931) 도쿄의 다이이치쇼보(第一書房)에서 출판되었다. ─1933 ⑩ 3.

단편소설 3편(短篇小說三篇) 쉬친원(許欽文) 지음. 일기에는 '소설집', '친원(欽文) 소설', '쉬친원 소설'로 기록되어 있다. 1925년 자비로 발간하였으며, 베이징 심눌재(沈訥 齋)에서 인쇄했다. ─1924 ⑨ 25. 1925 ④ 27. ⑤ 2.

단편소설집(短篇小說集) ─『마오둔 단편소설집』(茅盾短篇小說集) 참조.

단편소설집(短篇小說集) ─『바진 단편소설집』(巴金短篇小說集) 참조.

닫힌 마당(閉された庭) 프랑스의 그린(J. Green) 지음. 신조 요시아키라(新莊嘉章)가 번역 하여 쇼와 11년(1936) 도쿄의 다이이치쇼보(第一書房)에서 '프랑스현대소설'의 하나 로 출판되었다. ─1936 ④ 24.

담룡집(談龍集) 저우쭤런(周作人)의 산문집. 1928년 상하이 베이신(北新)서국에서 출판되 었다. ─1928 ⑨ 2.

담배쌈지(煙袋) 소련 작가 예렌부르크(И. Г. Эренбург) 등이 지은 소설집. 차오징화(曹靖 華)가 번역하고 루쉰이 교열하여 1928년 베이핑 웨이밍사(未名社) 출판부에서 출판 되었다. ─1929 ① 22.

담천(談天) 영국의 허셜(J. Herschel)이 지은 천문학 서적. 18권, 권수(卷首) 1권의 3책. 영 국 한학가인 와일리(A. Wylie)가 구역(口譯)하고 청대 이선란(李善蘭)이 정리하였으 며, 서건인(徐建寅)이 덧보탰다. 동치(同治) 13년(1874) 활판본. ─1936 ① 21.

담호집(談虎集) 저우쭤런(周作人)의 산문집(2책). 1928년 상하이 베이신(北新)서국에서 출판되었다. ─1928 ⑨ 2.

당개원소설 6종(唐開元小說六種) 예더후이(葉德輝) 펴냄. 11권, 2책. 일기에는『당인소설 6 종』(唐人小說六種)으로 기록되어 있다. 선통(宣統) 3년(1911) 창사(長沙) 관고당(觀古 堂) 각본. ─1914 ⑩ 10. ⑪ 4.

당고승전(唐高僧傳) ─『속고승전』(續高僧傳) 참조.

당국사보(唐國史補) 당대 이조(李肇)가 지은 3권의 잡사(雜史). 루쉰이 구입한 것(3책)은 일본 덴메이(天明) 2년(1782)에 급고각본(汲古閣本)에 근거하여 번각(翻刻)한 것이 다. ─1923 ⑦ 20, 30. 1927 ⑧ 19. 1929 ③ 22.

당대 문인 서간 초(當代文人尺牘鈔) ─『현대작가서간』(現代作家書簡) 참조.

당대문학(當代文學) 톈진(天津) 당대문학사에서 펴낸 월간지. 다궁바오관(大公報館)에서 인쇄하고 톈진서국(天津書局)에서 발행했다. 1934년 7월에 창간되어 같은 해 11월 에 제1권 제5호를 끝으로 정간되었다. ─1934 ⑧ 10.

당대문학사(唐代文學史) 왕예추(王野秋) 지음. 1935년 상하이 신야(新亞)도서공사에서 출판되었다. —1935 ⑩ 17.

당대의 영웅(現代のヒーロー) 원제는 『Герой нашего времени』. 러시아의 레르몬토프(М. Ю. Лермонтов) 지음. 나카무라 하쿠요(中村白葉)가 번역하여 쇼와 3년(1928) 도쿄의 이와나미쇼텐(岩波書店)에서 출판되었다. '이와나미문고'본. —1928 ⑤ 7.

당대천복사고사주번경대덕법장화상전(唐大薦福寺故寺主翻經大德法藏和尚傳) 당대 최지원(崔志遠)이 지은 1책의 전기(傳記). 일기에는 『현수국사별전』(賢首國師別傳)으로 기록되어 있다. —1914 ⑥ 6, 9.

당래변경(當來變經) —『가정비구설당래변경』(迦丁比丘說當來變經) 참조.

당문수(唐文粹) 송대 요현(姚鉉)이 펴낸 100권 24책의 총집. 명대 가정(嘉靖) 8년 진번(晉藩) 양덕(養德)서원 각본. —1913 ⑥ 29. ⑫ 7.

당백가시선(唐百家詩選) 송대 왕안석(王安石)이 가려 뽑은 20권 8책의 총집. 일기에는 『백가당시선』(百家唐詩選)으로 기록되어 있다. 상하이 문실(文實)공사에서 쌍청각(雙淸閣) 각본에 근거하여 석인(石印)했다. —1925 ① 23.

당비서성정자선배서공조기문집(唐秘書省正字先輩徐公釣磯文集) 일기에는 『서공조기문집』(徐公釣磯文集)으로 기록되어 있다. 10권, 보(補) 1권의 2책. 당대 서인(徐寅)이 짓고 장원제(張元濟)가 교감기를 썼다. 『사부총간』(四部叢刊) 3편은 전증(錢曾)의 술고당(述古堂) 초본을 영인했다. —1935 ⑫ 30.

당사명가집(唐四名家集) 명대 모진(毛晉)이 당대의 두상(竇常), 이하(李賀), 두순학(杜荀鶴), 오융(吳融) 등의 작품을 모아 펴낸 11권 4책의 합집. 1926년 상하이 상우인서관(商務印書館)에서 청대 한송당(寒松堂) 각본을 영인했다. —1927 ① 10.

당삼장취경시화(唐三藏取經詩話) —『대당삼장취경시화』(大唐三藏取經詩話) 참조.

당송대가상전(唐宋大家像傳) 가와하라 에이키치(河原英吉)가 엮은 전기. 메이지(明治) 12년(1879) 교토의 운소도(芸艸堂) 각본. 2책. —1929 ③ 2.

당송원명명화대관(唐宋元明名畫大觀) 도쿄미술학교문고 내의 당송원명명화전람회(唐宋元明名畫展覽會)에서 2책으로 엮어 간행. —1932 ⑤ 17. 1935 ⑨ 6.

당송전기집(唐宋傳奇集) 루쉰이 집록한 8권의 총집. 일기에는 『전기집』(傳奇集)으로도 기록되어 있다. 1927년부터 1928년에 걸쳐 베이신(北新)서국이 상하 두 책으로 나누어 출판했으며, 1934년에는 상하이 롄화(聯華)서국에서 1책으로 합쳐 다시 찍었다. —1927 ⑧ 22, 23, 24. ⑨ 10, 17. ⑫ 29. 1928 ① 13. ② 14, 17, 18, 23. ③ 8. ⑧ 20. 1932 ③ 22. ④ 26. 1933 ⑩ 26. 1934 ④ 11. ⑤ 17, 19. ⑥ 1.

당송제현사선(唐宋諸賢詞選) —『화암사선』(花庵詞選) 참조.

당시(唐詩. 페이씨費氏 영송각합본影宋刻合本)『당중흥간기집』(唐中興間氣集)을 가리킨다. 2
권. 당대 고중무(高仲武) 펴냄. 우진(武進) 페이씨(費氏)의 영송각본(影宋刻本). —
1926 ⑫ 24.

당시기사(唐詩紀事) 송대 계유공(計有功)이 펴낸 81권 10책의 시문평집(詩文評集). 루쉰은
1923년 1월에 상하이 의학서국에서 인쇄본을 구입했으나, 페이지가 결락되어 있음
을 발견하고서 2월에 한 페이지를 베껴 썼다. — 1923 ① 13, 20, 21. ② 4.

당예문지(唐藝文志) 송대 구양수(歐陽修)가 지은 4권 2책의 목록학 서적. 1916년 우싱(吳
興) 장씨(張氏)의 '택시거총서'(擇是居叢書)는 송대 각본을 영인했다. — 1926 ⑩ 5.

당운잔권(唐韻殘卷), 당인사본(唐人寫本) 당대 손면(孫愐)이 지은 2권 1책의 운서(韻書). 청
대 광서(光緒) 34년(1908) 상위(上虞) 뤄씨(羅氏)가 영인했다. — 1914 ① 18.

당원차산문집(唐元次山文集) 당대 원결(元結)이 지은 별집. 10권, 습유(拾遺) 1권의 2책. 일
기에는『원차산집』(元次山集),『원차산문집』(元次山文集)으로 기록되어 있다.『사부총
간』(四部叢刊) 초편은 명대 정덕(正德) 연간의 곽씨(郭氏) 각본을 영인했다. — 1924
⑤ 31. 1927 ⑦ 26.

당음비사(棠陰比事) 송대 계만영(桂萬榮)이 지은 2권 1책의 법의서(法醫書).『사부총간』(四
部叢刊) 속편은 영원초본(景元抄本)을 영인했다. — 1934 ⑧ 20.

당이회림초서절교서유소구본(唐李懷琳草書絶交書油素鈎本) 당대 이회림(李懷琳)이 지은 1
책의 서법서. 일기에는『이회림서절교서』(李懷琳書絶交書)로 기록되어 있다. 상하이
유정(有正)서국에서 영인되었다. — 1931 ⑤ 22.

당인사법화경(唐人寫法華經) 확실치 않음. — 1916 ⑫ 5.

당인설회(唐人說薈) 164종의 총서. 원본은 청대 도원거사(桃源居士) 펴냄. 현재 청대 진세
희(陳世熙, 연당蓮塘) 집본이 남아 있다. — 1926 ② 23.

당인소설 6종(唐人小說六種) —『당개원소설 6종』(唐開元小說六種) 참조.

당인소설 8종(唐人小說八種) 확실치 않음. — 1928 ④ 13.

당토명승도회(唐土名勝圖會) 오카다 교쿠잔(岡田玉山) 등이 엮고 그림. 분카(文化) 2년
(1805) 오사카(大阪) 화한(和漢)서양서적발행소의 각본. 6책. — 1923 ② 14. 1927 ⑧
13.

당풍도(唐風圖) 송대 마화지(馬和之)가 그린 1책의 그림책. — 1912 ⑪ 17.

당풍루금석문자발미(唐風樓金石文字跋尾) 뤄전위(羅振玉)가 지은 1책의 금석제발집(金
石題跋集). 일기에는『당풍루금석발미』(唐風樓金石跋尾)로도 기록되어 있다. 루쉰은
1918년 9월 22일부터 10월 14일에 걸쳐 이 책을 베껴 썼다. — 1915 ⑦ 27. 1918 ⑨
22. ⑩ 14.

당풍루금석발미(唐風樓金石跋尾) —『당풍루금석문자발미』(唐風樓金石文字跋尾) 참조.

대광익회옥편(大廣益會玉篇) 30권 3책의 자서(字書).『옥편』(玉篇)이라고도 한다. 양대(梁代)에 고야왕(顧野王)이 지었으며, 당대에 손강(孫强)이 글자를 덧붙이고 송대에 진팽년(陳彭年) 등이 수정하였다.『사부총간』(四部叢刊) 초편은 원본(元本)을 영인했다. —1923 ⑤ 1.

대당개원점경(大唐開元占經)『개원점경』(開元占經)이라고도 한다. 당대에 활동한 인도의 천문학자 고타마 싯다르타(瞿曇悉達) 등이 지은 120권 24책의 점복서(占卜書). —1912 ⑨ 15. 1913 ① 17.

대당삼장취경시화(大唐三藏取經詩話) 지은이를 알 수 없는 3권 1책의 화본(話本). 일기에는『당삼장취경시화』(唐三藏取經詩話)로 기록되어 있다. 중와자(中瓦子) 장가(張家)의 남인본(藍印本)을 상위(上虞) 뤄씨(羅氏)가 1916년에 영인한 것이다. —1918 ① 4.

대당서역기(大唐西域記) 12권 4책의 지리서. 당대에 현장(玄奘)이 쓰고 변기(辯機)가 엮었다. 일기에 기록된 판본은 두 가지이다. 하나는 선통(宣統) 원년 창저우(常州)의 톈서우사(天守寺) 각본이고, 다른 하나는『사부총간』(四部叢刊) 초편으로 송간(宋刊) 범협본(梵夾本)의 영인본이다. —1913 ⑪ 26. 1914 ⑦ 29. 1924 ⑤ 14.

대대례(大戴禮) —『대대례기』(大戴禮記) 참조.

대대례기(大戴禮記) 13권의 유가 경전. 한대의 대덕(戴德)이 짓고 북주(北周)의 노변(盧辯)이 주해를 붙였다. —1912 ⑪ 12. 1927 ⑦ 26.

대도쿄 100경 판화집(大東京百景版畫集) 나카지마 주타로(中島重太郞) 엮음. 쇼와(昭和) 7년(1932) 도쿄의 닛폰후케이한기키이(日本風景版画會)에서 출판되었다. 1932 ⑫ 19.

대력시략(大歷詩略) 청대 교억(喬億)이 선평(選評)한 6권 4책의 합집. 건륭 37년(1772)에 바오잉(寶應)의 교씨(喬氏) 각본이며, 거안락완지당(居安樂玩之堂)의 소장판이다. —1935 ⑪ 20.

대명현지(大名縣志) 40권 및 권수(卷首) 1권의 12책. 청대 장유기(張維祺) 등이 찬수하여 건륭(乾隆) 54년(1789)에 찍어 냈다. —1923 ③ 14.

대문절방고산수책(戴文節仿古山水冊) 청대 대희(戴熙)가 그린 1책의 그림책. 상하이 문명서국 영인본. —1912 ⑪ 17.

대문절소한화과(戴文節銷寒畫課) 청대 대희(戴熙)가 그린 1첩(帖)의 화보. 선통(宣統) 2년(1910) 상하이 문명서국 영인본. —1912 ⑫ 14.

대방광니원경(大方廣泥洹經) —『불설대방광니원경』(佛說大方廣泥洹經) 참조.

대방광불신화엄경합론(大方廣佛新華嚴經合論) 120권 30책의 불교서적. 일기에는『화엄경합론』(華嚴經合論)으로 기록되어 있다. 당대에 실차난타(實叉難陀)가 번역한 『화엄경』 80권과 당대에 이통현(李通玄)이 지은 『신화엄경론』(新華嚴經論) 40권을 합하여 당대의 지녕(志寧)이 120권으로 개편했다. ─1914 ④ 19.

대방광불화엄경저술집요(大方廣佛華嚴經著述集要) 23종 12책의 불교서적. 일기에는 『대방광불화엄저술집요』(大方廣佛華嚴著述集要)로도 기록되어 있다. ─1914 ⑦ 28.

대방광불화엄저술집요(大方廣佛華嚴著述集要) ─ 『대방광불화엄경저술집요』(大方廣佛華嚴經著述集要) 참조.

대방등니원경(大方等泥洹經) ─ 『불설대방광니원경』(佛說大方廣泥洹經) 참조.

대살차니건자수기경(大薩遮尼乾子受記經) 『대살차니건자수기경』(大薩遮尼犍子受記經)을 가리킨다. 후위(後魏)의 보리류지(菩提留支)가 번역한 10권 2책의 불교서적. ─1914 ⑩ 25.

대서양의 바닷가(大西洋之濱) 쑨푸시(孫福熙)가 지은 산문집. 루쉰이 교열. 1925년 베이징 베이신(北新)서국에서 '문예소총서'(文藝小叢書)의 하나로 출판했다. ─1924 ③ 7, 8. 1925 ⑪ 30.

대선풍(大旋風) 소련의 말라시킨(C. И. Малашкин) 등이 지은 소설집. 기무라 도시미(木村利美) 등이 편역하여 쇼와 4년(1929) 도쿄의 레이메이샤(黎明社)에서 '현대러시아 30인집'(상권)으로 출판되었다. ─1929 ⑫ 31.

대승기신론(大乘起信論) 고인도(古印度)의 마명(馬鳴)이 지은 불교서적. 일기에는 『대승론』, 『기신론』으로도 기록되어 있다. 두 가지 번역본이 있는데, 하나는 남조(南朝) 양(梁)의 진체(眞諦)가 번역한 것(1권)이고, 다른 하나는 당대에 실차난타(實叉難陀)가 번역한 것(2권)이다. ─1914 ⑥ 3. ⑦ 5, 29. 1921 ⑥ 27.

대승기신론의기(大乘起信論義記) 당대 법장(法藏)이 지은 불교서적. 7권, 별기(別記) 1권의 2책. ─1914 ⑥ 3.

대승기신론해동소(大乘起信論海東疏) 『대승기신론소기회본』(大乘起信論疏記會本)을 가리킨다. 당대에 신라(新羅)의 원효(元曉)가 풀이한 6권 2책의 불교서적. ─1921 ⑦ 7.

대승론(大乘論) ─ 『대승기신론』(大乘起信論) 참조.

대승법계무차별론소(大乘法界無差別論疏) 2권 1책의 불교서적. 인도(中印度)의 스티라마티고(중국명 안혜安慧. 현장玄奘의 『대당서역기』에는 견혜堅慧로 기록됨)가 지은 『대승법계무차별론』(大乘法界無差別論)을 당대에 중국으로 건너온 제운반야(提雲般若)가 번역하고, 법장(法藏)이 해설을 지어 덧붙였다. ─1914 ⑤ 15.

대승법원의림장기(大乘法苑義林章記) 당대 규기(窺基)가 짓고 지주(智周)가 기록한 21권 7책의 불교서적. ─1918 ⑨ 7.

대승중관석론(大乘中觀釋論) —『중관석론』(中觀釋論) 참조.

대안반수의경(大安般守意經) 후한(後漢)에 안세고(安世高)가 번역한 2권 1책의 불교서적.
—1914 ⑨ 26.

대자연과 영혼의 대화(大自然と靈魂の對話) 일기에는『大自然ト靈魂ト丿對話』로도 기록되
어 있다. 이탈리아의 레오파르디(G. Leopardi)의 산문집. 야나기다 이즈미(柳田泉)가
번역하여 다이쇼 13년(1924) 도쿄의 슌주샤(春秋社)에서 출판되었다. 또 다른 책은
쇼와 8년(1933)에 출판되었다. —1927 ⑪ 11. 1933 ⑨ 13.

대자은사삼장법사전(大慈恩寺三藏法師傳) 당대의 혜립(慧立)이 지은 7권 3책의 불교서적.
일기에는『현장삼장전』(玄奘三藏傳),『자은사삼장법사전』(慈恩寺三藏法師傳) 등으로
기록되어 있다. —1914 ⑥ 3. ⑦ 29.

대조화(大調和) 무샤노코지 사네아쓰(武者小路實篤)가 주편한 문학월간지. 도쿄의 슌주샤
(春秋社)에서 발행. 위다푸(郁達夫)가 증정한 이 잡지의 1927년 10월호에는 '아시아
문화연구호'이며, 루쉰의「고향」(故鄕)의 역문이 게재되어 있다. —1928 ⑤ 27.

대중문예(大衆文藝) 위다푸(郁達夫)와 샤라이디(夏萊蒂)가 펴낸 문학월간. 제2권 제1기
부터 타오징쑨(陶晶孫)이 편집을 이어받았다. 상하이 현대서국(現代書局)에서 발행.
1928년 9월에 창간되었으며, 1930년 6월에 제2권 제6기를 끝으로 정간되었다. —
1928 ⑧ 26.

대지의 딸(女一人大地を行く)(Daughter of Earth). 일기에는『女一人大地を行ク』,『女一人
大地ラ行ク』로 기록되어 있다. 미국의 스메들리(A. Smedly) 지음. 시라카와 지로(白
川次郎), 오사키 호쓰미(尾崎秀實)가 번역하여 쇼와 9년(1934) 도쿄 가이조샤(改造社)
에서 출판되었다. —1934 ⑧ 24.

대척자산수책(大滌子山水冊) 청대 원제(原濟, 석도石濤)가 그린 1책의 그림책. 1912년 상하
이 유정(有正)서국에서 영인했다. —1912 ⑪ 16.

대청일통지(大淸一統志) 청대 목창아(穆彰阿) 등이 지은 지리총지. 560권의 200책, 색인
10책의 부록으로 이루어져 있다. 일기에는『가경중수일통지』(嘉慶重修一統志)로 기
록되어 있다.『사부총간』(四部叢刊) 속편은 진정초본(進呈抄本)을 영인했다. —1934
③ 31. ⑦ 7.

대청중각룡장휘기(大淸重刻龍藏彙記) 청대에 공포사(工布查) 등이 펴낸 1책의 불교서적.
일기에는『청중각룡장휘기』(淸重刻龍藏彙記)로 기록되어 있다. —1914 ⑥ 3.

대학생의 일기(大學生の日記) —『공산주의 대학생 일기』(共産大學生の日記) 참조.

대학일간(大學日刊) —『베이징대학일간』(北京大學日刊) 참조.

대황집(大荒集) 린위탕(林語堂)이 지은 2책의 시문집. 1934년 상하이 생활서점의 활판본.

―1934 ⑦ 6.

데니 화집(台尼畵集) ―『Политические рисунки』 참조.

데카메론(デカメロン) 이탈리아 보카치오(G. Boccaccio)가 지은 이야기집. 모리타 소헤이 (森田草平)가 번역하여 쇼와 6년(1931) 도쿄 신초샤(新潮社)에서 2책으로 출판되었 다. ―1931 ⑫ 26.

도광 18년 진사등과록(道光十八年進士登科錄) 첸쉰(錢恂)이 펴낸 1책의 명록(名錄). 민국 연간 구이안(歸安) 첸씨(錢氏) 각본. ―1923 ② 5.

도기산장전집(賭棋山莊全集) 청대 사장정(謝章鋌)이 지은 16종 32책의 별집. 1884년부터 1925년에 걸친 난창(南昌) 및 푸저우(福州) 각본. ―1933 ⑫ 25.

도난존고(斗南存稿) 일본의 나카지마 도난(中島斗南)이 지은 1책의 별집. 1932년의 활판 본. ―1932 ⑩ 11.

도덕경(道德經) 주대(周代) 이이(李耳)가 지었다고 전해지는 도가 경전. 진대(晉代) 왕필 (王弼)이 설명을 가하고 옌푸(嚴復)가 평점(評點)했다. 일기에는 『노자』(老子)로 기록 되어 있다. 1932년 청두(成都)서국의 각본. ―1935 ⑪ 25.

도덕경주(道德經注)(감산憨山) ―『노자도덕경해』(老子道德經解) 참조.

도리이 기요나가(鳥居淸長) 노구치 요네지로(野口米次郎) 지음. 쇼와 7년(1932) 도쿄의 세 이분도(誠文堂)에서 출판되었다. 도리이 기요나가(鳥居淸長, 1752~1815)는 일본의 우키요에(浮世繪) 6대가 가운데 한 사람이다. ―1932 ⑧ 17.

도바 소조(鳥羽僧正) 시모미세 시즈이치(下店靜市) 지음. 쇼와 2년(1927) 도쿄의 아르 스샤(アルス社)에서 '아르스미술총서'의 하나로 출판되었다. 도바 소조(鳥羽僧正, 1053~1140)는 일본 고대의 화승(畵僧)이다. ―1927 ⑫ 22.

도박자(賭博者) 러시아의 도스토예프스키가 지은 소설. 하라 히사이치로(原久一郎)가 번 역하여 다이쇼 13년(1924) 도쿄의 신초샤(新潮社) 제9판. '도스토예프스키전집'의 하나. ―1925 ⑧ 11.

도보(導報) ―『문학도보』(文學導報) 참조.

도산집(陶山集) 송대 육전(陸佃)이 지은 16권 8책의 별집. ―1913 ④ 12.

도서목록(圖書目錄) ―『전국총서목』(全國總書目) 참조.

도서총목록(圖書總目錄) ―『전국총서목』(全國總書目) 참조.

도선율사천인감통록(道宣律師天人感通錄) 당대 도선(道宣)이 지은 1권 1책의 불교 서적. 일 기에는 『천인감통록』(天人感通錄)으로 기록되어 있다. ―1914 ⑩ 25. ⑪ 12.

도손의 몽고사(ドーソン蒙古史) 스웨덴의 외교관이자 역사학자인 도손(A. C. M. D'ohsson, 1780~1885) 지음. 다나카 스이이치로(田中萃一郎) 번역. 쇼와 8년(1933) 도쿄 미타시

갓카이(三田史學會)에서 출판되었다. — 1934 ⑩ 13.

도슈사이 샤라쿠(東洲齋寫樂) 노구치 요네지로(野口米次郎)가 지은 화가연구서. 쇼와(昭和) 7년(1932) 도쿄의 세이분도(誠文堂)에서 출판되었다. — 1932 ⑥ 30.

도스토예프스키 다시보기(ドストエーフスキイ再觀) 노보리 쇼무(昇曙夢)가 편역하여 쇼와 9년(1934) 도쿄의 나우카샤(ナウカ社)에서 출판되었다. — 1934 ⑤ 23.

도스토예프스키론(ドストエフスキー論) 프랑스의 지드(A. Gide) 지음. 아키타 시게루(秋田滋)가 번역하여 쇼와 8년(1933) 도쿄의 시바쇼텐(芝書店)에서 출판되었다. — 1934 ① 6.

도스토예프스키 연구(ドストエフスキイ硏究) 프랑스의 지드(A. Gide) 지음. 다케우치 미치노스케(竹內道之助) 번역. 쇼와 8년(1933) 도쿄 미카사쇼보(三笠書房)의 재판본. — 1934 ① 8.

도스토예프스키 전집(ドストイエフスキイ全集) 일기에는 『ド氏集』, 『ド氏全集』, 'Dostoevsky' 全集 등으로도 기록되어 있다. 러시아 도스토예프스키 지음. 도노무라 시로(外村史郞) 등이 번역하여 쇼와 9년부터 10년(1934~1935)에 걸쳐 도쿄의 미카사쇼보(三笠書房)에서 19책으로 출판되었다. 1935년에 다시 보급본을 출판했다. — 1934 ③ 1, 29. ④ 27. ⑤ 25. ⑥ 28. ⑦ 25. ⑧ 26. ⑩ 5. ⑪ 2, 30. 1935 ① 11. ② 2. ③ 10. ④ 7. ⑤ 4. ⑥ 8. ⑦ 6. ⑧ 6. ⑫ 9, 10.

도시와 세월(城與年)(개요) 소련의 페딘(K. A. Федин)이 지은 소설 『Города и годы』. 당시 중국어로 번역되어 있지 않았다. 루쉰은 차오징화(曹靖華)에게 이 작품의 개요를 써 날라고 부탁하고, 소련 화가 니콜라이 알렉세예프의 유작인 『도시와 세월』의 삽화를 찍어 내어 알렉세예프를 기념하고자 하였다. 훗날 루쉰의 질환으로 인해 끝내 찍어 내지 못했다. — 1936 ① 4.

도시의 겨울(都市的冬) 왕야핑(王亞平)의 시집. 1935년 상하이 국제서점에서 출판되었다. — 1935 ⑥ 12.

도시의 논리(都會の論理) 하야시 후사오(林房雄)가 지은 소설. 쇼와 4년(1929) 도쿄의 주오코론샤(中央公論社)에서 출판되었다. — 1930 ① 4.

도씨 전집(ド氏全集) — 『**도스토예프스키** 전집』(ドストイエフスキイ全集) 참조.

도씨집(ド氏集)(ド全集) — 『**도스토예프스키** 전집』(ドストイエフスキイ全集) 참조.

도안미술사진유취(意匠美術寫眞類聚) 일기에는 『意匠美術類聚』로도 기록되어 있다. 도안미술사진유취간행회 엮음. 다이쇼 13년부터 쇼와 2년(1924~1927)에 걸쳐 도쿄의 고요샤(洪洋社)에서 출판되었다. 루쉰의 장서에는 총 2기 12책이 있다. — 1928 ③ 10. ④ 12.

도안자료총서(圖案資料叢書) 다나베 야스시(田邊泰) 엮음. 다이쇼 14년부터 쇼와 3년 (1925~1928)에 걸쳐 도쿄의 고요샤(洪洋社)에서 12책으로 영인되었다. ─ 1929 ⑨ 28. ⑩ 28.

도암몽억(陶庵夢憶) 명대 장대(張岱)가 짓고 청대 왕문고(王文誥)가 모은 8권 4책의 잡록 (雜錄). 계림(桂林) 각본. ─ 1913 ② 8. ⑤ 21.

도연명시(陶淵明詩)『송본도집』(宋本陶集)을 가리킨다. 진대(晉代) 도잠(陶潛)이 지은 1권 1책의 별집. 일기에는『석인영송본도연명집』(石印景宋本陶淵明集)으로도 기록되어 있다. 청대 광서(光緒) 원년(1875) 송대 간본의 석인본(石印本)이다. ─ 1915 ① 10. 1932 ⑧ 11.

도연명집(陶淵明集) 진대(晉代) 도잠(陶潛)이 지은 별집. 루쉰이 1915년 1월 6일에 예약한 판본은 확실치 않다. 같은 해 1월 16일에 구입한 것은 광서(光緒) 5년(1879)에 판위 (番禺) 유수산(兪秀山)이 소동파(蘇東坡)의 수사본(手寫本)을 방각(仿刻)한 것(3책)이 다. 같은 해 2월 및 1926년 2월에 구입한 것은 광서 2년(1876) 퉁청(桐城) 서씨(徐氏) 가 송본을 축각(縮刻)한 것(10권 2책)이다. 1924년 6월 및 1926년 11월에 구입한 것 은 송대의 건상본(巾箱本)『전주도연명집』(箋注陶淵明集)을 영인한『사부총간』(四部 叢刊) 초편(10권 2책)이다.『전주도연명집』은 송대 이공환(李公煥)이 해설하였는데, 그 하나가 1931년에 마스다 와타루(增田涉)에게 증정되었다. 1932년에 구입한『석 인영송본도연명집』(石印景宋本陶淵明集)은『도연명시』(陶淵明詩)를 참조하시오. ─ 1915 ① 6, 16. ② 21. ④ 27. ⑤ 18, 29. ⑥ 5. 1924 ⑥ 13. 1926 ② 20. ⑪ 10. 1931 ⑤ 30. 1932 ⑧ 11.

도원(桃園) 마오둔(茅盾)이 번역하고 루쉰이 교열한 소설집. 1935년 상하이 문화생활출 판사에서 '역문총서'(譯文叢書)의 하나로 출판되었다. ─ 1935 ⑪ 11. ⑫ 3, 19.

도재장석기(陶齋藏石記) 청대 단방(端方)이 펴낸 금석문자집. 44권, 부록 2권의 12책. 일기 에는『장석기』(藏石記)로 기록되어 있다. 선통(宣統) 원년(1909) 상하이 상우인서관 (商務印書館) 석인본(石印本). ─ 1915 ⑪ 24. 1925 ⑦ 15.

도재장예학명 2종 합책(匋齋藏瘞鶴銘兩種合冊) 1책의 비첩(碑帖). 남조(南朝) 양(梁) 화양진 일(華陽眞逸)이 짓고 상황산초(上皇山樵)가 글을 썼다. 청대 단방(端方)의 소장본. 상 하이 유정(有正)서국의 석인본(石印本). ─ 1914 ⑫ 27.

도정절시집탕주(陶靖節詩集湯注) 일기에는『탕주도시』(湯注陶詩)로도 기록되어 있다. 송대 탕한(湯漢)이 설명을 가한 별집. 4권, 보주(補注) 1권, 부록 1권의 1책. ─ 1914 ⑪ 28.

도정절집(陶靖節集)『정절선생집』(靖節先生集)을 가리킨다. 진대(晉代) 도잠(陶潛)이 짓고 청대 도주(陶澍)가 집주(集注)한 별집이다. 10권, 권수(卷首) 1권, 권말(卷末) 1권의 4

책. 광서(光緒) 9년(1883) 장쑤(江蘇)서국 각본. —1934 ①6.

도집(陶集)(小本) —『도연명집』(陶淵明集) 참조.

도쿄 및 다롄에서 발견된 중국소설 서목 제요(東京及大連所見中國小說書目提要) —『일본 도쿄 및 다롄에서 발견된 중국소설 서목 제요』(日本東京及大連所見中國小說書目提要) 참조.

도판 이솝우화(伊蘇普物語圖) —『이솝우화 그림이야기』(伊曾保繪物語) 참조.

도호가쿠호(東方學報) 사회과학학보. 동방문화학원 교토연구소 엮음. 교토의 이분도(彙文堂)에서 발행되었다. 1931년에 창간됨. —1932 ⑨22. 1934 ②16, 19. ⑧22. 1936 ③12.

도호가쿠호(東方學報) 사회과학학보. 동방문화학원 도쿄연구소 엮음. 도쿄의 분큐도(文求堂)에서 발행되었다. 1931년에 창간됨. —1932 ⑨22. ⑫22. 1933 ⑫18. 1935 ① 28. ⑧10. 1936 ④22.

도화견문지(圖畫見聞志) 송대 곽약허(郭若虛)가 지은 6권 1책의 화사(畫史). 『사부총간』(四部叢刊) 속편은 송대 간본 및 원대 초본을 영인했다. —1934 ⑨1.

도화선(桃花扇) —『도화선전기』(桃花扇傳奇) 참조.

도화선전기(桃華扇傳奇) —『도화선전기』(桃花扇傳奇) 참조.

도화선전기(桃花扇傳奇) 청대 공상임(孔尙任)이 지은 극본. 일기에는 『도화선』(桃花扇), 『도화선전기』(桃華扇傳奇)로도 기록되어 있다. —1915 ①6.

도화취부용(圖畫醉芙蓉) —『화도취부용』(畵圖醉芙蓉) 참조.

독비소전(讀碑小箋) 뤄선위(羅振玉)가 펴낸 1책의 금석제발집(金石題跋集). —1915 ⑦27.

독사서총설(讀四書叢說) 원대 허겸(許謙)이 지은 8권 3책의 유가 서적. 『사부총간』(四部叢刊) 속편은 원대 간본을 영인했다. —1934 ⑥11.

독사총록(讀史叢錄) 나이토 도라지로(內藤虎次郎) 지음. 쇼와 4년(1929) 교토 고분도쇼보(弘文堂書房)에서 출판되었다. —1929 ⑨11.

독서방랑(讀書放浪) 우치다 로안(內田魯庵) 지음. 사이토 쇼조(斎藤昌三), 야나기다 이즈미(柳田泉) 엮음. 쇼와 7년(1932) 도쿄의 쇼모쓰텐보샤(書物展望社)에서 한정판이 출판되고, 이듬해에 보급판이 다시 출판되었다. —1932 ⑧19. 1934 ②27.

독서생활(讀書生活) 종합성 반월간지. 리궁푸(李公樸), 샤정눙(夏徵農) 등이 편집. 상하이 잡지공사에서 발행. 1934년 11월에 창간되었고 1936년 11월에 제5권 제2기를 끝으로 정간되었다. —1934 ⑩26. ⑪2, 5, 15. ⑫3. 1935 ①16.

독서술(讀書述) 프랑스의 파게(A. E. Faguet) 지음. 이시카와 유(石川湧)가 번역하여 쇼와 11년(1936) 도쿄의 쇼하쿠칸(松柏館)에서 '슌주문고'(春秋文庫)의 하나로 출판되었다.—1936 ④ 23.

독서잡석(讀書雜釋) 청대 서자(徐鼒)가 지은 14권 4책의 잡고(雜考). 함풍(咸豐) 11년 (1861) 각본.—1923 ③ 17.

독서잡지(讀書雜誌) 종합성 월간지. 베이징 노력주보사(努力週報社)에서 편집.『노력주보』 (努力週報)를 증간한 것이다. 1921년 2월 후스(胡適)가 준비를 시작한 후 이듬해 9월 에 창간되었고 1924년 2월에 제18기를 끝으로 종간되었다.—1923 ② 5.

독서좌록(讀書脞錄) 청대 손지조(孫志祖)가 지은 7권 2책의 잡고(雜考). 가경(嘉慶) 4년 (1799) 런허(仁和) 쉬씨(徐氏) 매간서옥(梅東書屋) 각본.—1935 ② 20.

독서좌록속편(讀書脞錄續篇) 청대 손지조(孫志祖)가 지은 4권 1책의 잡고(雜考). 1931년 상하이 중궈서점에서 런허(仁和) 쑨씨(孫氏) 각본을 영인했다.—1935 ② 20.

독어일어 동사사전(獨和動詞辭典) —『필수 독일 동사 사전』(なくてならぬ獨和動詞辭典) 참 조.

독일기초단어 4000자(獨逸基礎單語四000字) —『독일어기초단어 4000』(獨逸語基礎單語四 000) 참조.

독일문학(獨逸文學) 일기에는『獨乙文學』으로도 기록되어 있다. 도쿄제국대학 독일문학 연구실 독일문학회 엮음. 다이쇼 15년(1926) 도쿄의 이쿠분도쇼텐(郁文堂書店)에서 출판되었다.—1929 ① 21. ② 14.

독일문학의 정신(德文學之精神) 영문판『독일현대문학의 정신』(德國現代文學之精神)을 가 리킨다. 미국 루이슨(L. Lewisohn) 지음.—1917 ⑫ 14.

독일어기본단어집(獨逸語基本單語集) 일기에는『獨逸語基本語集』으로도 기록되어 있다. 미 쓰이 유사쿠(三井雄作) 엮음. 쇼와 6년(1931) 도쿄의 다이요도쇼텐(太陽堂書店)에서 출판되었다.—1931 ⑥ 17.

독일어기본어집(獨逸語基本語集) —『독일어기본단어집』(獨逸語基本單語集) 참조.

독일어기초단어 4000(獨逸語基礎單語四000) 일기에는『獨逸基礎單語四000字』로도 기록 되어 있다. 오이데 나오자부로(小出直三郎) 등 엮음. 쇼와 5년(1930) 도쿄 지다이(時 代)출판사에서 출판된 제7판.—1930 ⑨ 4.

독일어 독학의 기초(逸乙自修の根柢) —『신식독일어 독학의 기초』(新式獨逸語自修の根柢) 참조.

독일의 낭만파(獨逸浪漫派) 덴마크의 브라네스(Grorg Brandes)가 지은『19세기 문학의 주조』(十九世紀文學之主潮)의 하나의 분책. 스이타 준스케(吹田順助)가 번역하여 쇼 와(昭和) 8년(1933) 도쿄의 슌주샤(春秋社)에서 '슌주문고'의 하나로 출판되었다.— 1933 ⑧ 19.

독일 최근 판화가(德國近時版畫家) —『Deutsche Graphiker』참조.

독화록 인인전(讀畵錄印人傳. 합각合刻) 청대 주량공(周亮工)이 지은 전기(傳記).『독화록』(讀畵錄. 4권)과『인인전』(印人傳. 3권)의 2책. —1912 ⑩ 20.

돈간재유서(敦艮齋遺書) 청대 서윤제(徐潤第)가 지은 9종 5책의 별집. —1916 ⑤ 14.

돈교집(敦交集) —『원인선원시오종』(元人選元詩五種) 참조.

돈키호테(ドン・キホーテ) 스페인의 세르반테스 지음. 루쉰이 1928년에 구입한 것은 도쿄 신초샤(新潮社)의 '세계문학전집'본 1책이고, 1929년에 구입한 것은 시마무라 호게쓰(島村抱月)와 가타카미 노부루(片上伸)가 번역하여 다이쇼 4년(1915) 도쿄 우에타케쇼인(植竹書院)에서 출판된 2책의 재판본이다. —1928 ⑩ 31. 1929 ① 9.

돌돌음(咄咄吟) 청대 패청교(貝靑喬)가 지은 2권 1책의 별집. 1914년 우싱(吳興) 류씨(劉氏)의 '가업당총서'(嘉業堂叢書)본이다. —1934 ⑪ 3.

돌연변이설(物種變化論) 영국 드 브리스(Hugo De Vries)가 지은 생물학 서적. 원서는 영문이다. 루쉰이 저우젠런(周建人)을 위해 구입했다. —1918 ② 20, 22.

동고자집(東皋子集) 당대 왕적(王績)이 지은 별집. 3권, 교감기 1권이 덧붙여진 1책.『사부총간』(四部叢刊) 속편은 명대 초본(鈔本)을 영인했다. —1934 ③ 13.

동묘당비(東廟堂碑) —『초탁우세남동묘당비』(初拓虞世南東廟堂碑) 참조.

동물도감(動物圖鑑) —『일본동물도감』(日本動物圖鑑) 참조.

동물시집(動物詩集) 원명은『Le Bestiaire』.『동물우언시집』. 프랑스의 아폴리네르(G. Apollinaire) 지음. 뒤피(R. Dufy) 삽화. 호리구치 다이가쿠(堀口大學)가 번역하여 다이쇼 14년(1925) 노쿄의 나이이치쇼보(第一書房)에서 출판되었다. 무쉰은 이 가운데 한 수를 골라 번역했다. —1927 ⑩ 12.

동물의 경이(動物の驚異) 나카마 데루히사(仲摩照久) 편저. 쇼와 7년(1932) 도쿄의 신고샤(新光社)에서 '과학화보총서'의 하나로 출판되었다. —1932 ⑩ 5.

동물의 경이 속편(續動物の驚異) 나카마 데루히사(仲摩照久) 엮음. 쇼와 7년(1932) 도쿄의 신고샤(新光社)에서 '과학화보총서'의 하나로 출판되었다. —1932 ⑩ 4.

동물학(動物學)(교과서) 저우젠런(周建人) 엮음. 1934년 상하이 카이밍(開明)서점에서 2책으로 출판되었다. —1934 ⑦ 12.

동물학(動物學)(영문) —『Zoology』참조.

동물학실습법(動物學實習法) —1929 ⑥ 26.

동방의 시(東方の詩) 모리 미치요(森三千代)의 시집. 쇼와 9년(1934) 도쿄의 도쿄겐큐샤(圖書研究社)에서 출판되었다. —1934 ③ 12, 17.

동방잡지(東方雜誌) 종합성 간행물. 1904년 3월(광서 30년 정월)에 창간되어 상우인서관

(商務印書館)에서 출판되었다. 처음에는 월간이었으나, 1920년 제17기부터 반월간 으로 바뀌었다. 1948년 말에 정간되었다. — 1921 ⑧ 13. ⑫ 27. 1923 ④ 28. 1924 ③ 17. ④ 4. ⑪ 26. ⑫ 4. 1925 ① 23, 31. ② 20. ③ 17. ④ 1, 14, 21. ⑥ 22. 1927 ⑦ 31. 1929 ② 6. 1930 ② 17. ⑪ 26. 1933 ⑤ 21. ⑩ 22.

동서교섭사 연구(東西交涉史の硏究) 후지타 도요하치(藤田豊八) 지음. 이케우치 히로시(池 內宏) 엮음. 쇼와 7년부터 8년(1932~1933)에 걸쳐 도쿄의 오카쇼인(岡書院)에서 2책 으로 출판되었다. — 1933 ⑫ 12.

동서문예평론(東西文藝評論) — 『동서문학평론』(東西文學評論) 참조.

동서문예평전(東西文藝評傳) 다카야스 겟코(高安月郊) 지음. 쇼와 4년(1929) 도쿄의 슌요 도(春陽堂)에서 출판되었다. — 1929 ⑥ 26.

동서문학 비교평론(東西文學比較評論) 다카야스 겟코(高安月郊) 지음. 다이쇼 15년(1926) 도쿄의 도코카쿠쇼텐(東光閣書店)에서 2책으로 출판되었다. — 1926 ⑧ 13.

동서문학평론(東西文學評論) 일기에는 『東西文藝評論』으로도 기록되어 있다. 고이즈미 야 쿠모(小泉八雲, 헤른 L. Hearn) 지음. 미야케 이쿠사부로(三宅幾三郎), 주이치야 기사부 로(十一谷義三郎)가 번역하여 다이쇼 15년(1926) 도쿄의 슈호카쿠(聚芳閣)에서 출판 되었다. — 1926 ⑥ 19.

동숙독서기(東塾讀書記) 청대 진례(陳澧)가 지은 16권 5책의 잡저(雜著). 광저우(廣州) 광 아당(廣雅堂) 각본. — 1927 ⑦ 3.

동숙유서(東塾遺書) 청대 진례(陳澧)가 지은 9권 2책의 잡저(雜著). '광아서국총서'(廣雅書 局叢書)본이다. — 1927 ⑨ 16.

동아고고학연구(東亞考古學硏究) 하마다 고사쿠(濱田耕作) 지음. 쇼와 5년(1930) 도쿄의 오카쇼인(岡書院)에서 출판되었다. — 1930 ⑤ 19.

동아묵화집(東亞墨畫集) — 『Die Ostasiatische Tuschmalerei』 참조.

동아시아문명의 여명(東亞文明の黎明) 하마다 고사쿠(濱田耕作)가 지은 역사서. 쇼와 5년 (1930) 도쿄의 도코쇼인(刀江書院)에서 출판되었다. — 1930 ⑥ 29.

동아시아 식물(東亞植物) 나카이 다케노신(中井猛之進) 지음. 쇼와 10년(1935) 도쿄 이와 나미쇼텐(岩波書店)에서 출판되었다. '이와나미전서'(岩波全書)본. — 1935 ⑥ 24.

동아일보(東亞日報) 한국의 신문. 1920년 4월 경성(京城)에서 창간되었다. — 1933 ⑤ 16, 17, 18, 19.

동약우시문집(董若雨詩文集) 명대 동설(董說)이 지은 25권 6책의 별집. 1914년 우싱(吳興) 류씨(劉氏) 가업당(嘉業堂) 각본이다. — 1935 ② 1.

동양고대사회사(東洋古代社會史) 사쿠 다쓰오(佐久達雄) 지음. 쇼와 9년(1934) 도쿄의 하쿠요샤(白揚社)에서 출판되었다. — 1934 ② 27.

동양문화사연구(東洋文化史硏究) 나이토 도라지로(内藤虎次郎) 지음. 쇼와 11년(1936) 도쿄의 고분도쇼보(弘文堂書房)에서 출판되었다. — 1936 ⑤ 6.

동양미술사 연구(東洋美術史の硏究) 사와무라 센타로(澤村專太郎) 지음. 쇼와 7년(1932) 도쿄의 호시노쇼텐(星野書店)에서 출판되었다. — 1933 ① 25.

동양봉건제 사론(東洋封建制史論) 소련의 보차로프(Бочаров) 등 지음. 니시무라 유조(西村雄三)가 번역하여 쇼와 11년(1936) 도쿄의 하쿠요샤(白揚社)에서 출판되었다. — 1936 ③ 21.

동양사논총(東洋史論叢) 이치무라(市村) 박사 고희기념 동양사논총간행회 엮음. 쇼와 8년(1933) 도쿄의 후잔보(富山房)에서 출판되었다. — 1933 ⑫ 20.

동양화개론(東洋畵槪論) 긴바라 세이고(金原省吾) 지음. 다이쇼 13년(1924) 도쿄의 고콘쇼인(古今書院)에서 출판되었다. — 1931 ⑦ 29.

동요 및 동화 연구(童謠及童話の硏究) 마쓰무라 다케오(松村武雄) 강술. 오사카(大阪) 마이니치신분샤(每日新聞社) 엮음. 다이쇼 12년(1923) 오사카 마이니치신분샤에서 '문화대학총서'의 하나로 출판되었다. — 1928 ① 16.

동유일기(東游日記) 탕얼허(湯爾和) 지음. 당시 베이징예술학교 교장을 지내고 있던 탕얼허는 명을 받아 일본과 조선을 시찰하였다. 귀국 후에 시찰한 일기(1917년 4월 12일부터 5월 12일까지)를 정리하여 발표하였다. — 1917 ⑥ 9.

동인수혈침자도경(銅人腧血針灸圖經) — 『신간보주동인수혈침자도경』(新刊補注銅人腧血針灸圖經) 참조.

동주초당금석발(東州草堂金石跋) 청대 하소기(何紹基)가 지은 5권 4책의 금석제발(金石題跋). 1916년 시링인사(西泠印社)의 목활자 인쇄본. — 1916 ⑧ 31.

동채선생시집(東菜先生詩集) 송대 여본중(呂本中)이 지은 20권 4책의 별집. 『사부총간』(四部叢刊) 속편은 송대 각본을 영인했다. — 1934 ② 3.

동트기 전의 노래(夜ァケ前ノ歌) 러시아의 예로센코가 지은 동화집. 아키타 우자쿠(秋田雨雀)가 번역하여 다이쇼 10년(1921) 도쿄의 소분카쿠(叢文閣)에서 출판되었다. 루쉰은 이 가운데 일부를 중역했다. — 1921 ⑧ 30.

동해묘잔비(東海廟殘碑) 1책의 비첩(碑帖). 상하이 유정(有正)서국에서 포잔수결재(抱殘守缺齋) 소장본을 영인했다. — 1914 ⑫ 20.

동해원서상기(董解元西廂記) 2책의 곡류(曲類). 청대 각본. — 1913 ⑥ 22. ⑧ 9.

동향(動向) 『중화일보』(中華日報) 부간의 하나이며, 녜간누(聶紺弩)가 엮었다. 1934년 4월 11일 창간되었으며, 같은 해 12월 18일 정간되었다. 여기에 루쉰의 「옛사람은 결코

순박하지 않았다」(古人幷不純厚) 등의 글이 발표되었다. — 1934 ④ 23. ⑤ 1, 7, 10, 15, 18, 30. ⑥ 6, 26. ⑦ 23. ⑧ 15, 21, 23. ⑨ 21, 26. ⑩ 1, 2, 22. ⑪ 2, 19, 25.

동향광산수책(董香光山水冊) 명대 동기창(董其昌)이 그린 1책의 그림책. 상하이 유정(有正)서국에서 '중국명화집 외책(外冊)'의 하나로 영인했다. — 1912 ⑪ 16.

동헌필록(東軒筆錄) 송대 위태(魏泰)가 지은 15권 2책의 잡사(雜史). 1923년에 몐양(沔陽) 루씨(盧氏)의 신시기재(愼始基齋)에서 명대 가정(嘉靖) 연간의 각본을 '호북선정유서'(湖北先正遺書)의 하나로 영인했다. — 1925 ⑪ 21.

동화(童話) —『러시아 동화』(俄羅斯的童話) 참조.

동화 및 동요 연구(童話及童謠之硏究) —『동요 및 동화 연구』(童謠及童話の硏究) 참조.

두 다리(兩條腿) 덴마크의 에발(C. Ewald)이 지은 동화. 리샤오펑(李小峰)이 번역하고 루쉰이 교열을 보아 1925년 베이징 베이신(北新)서국에서 '신조사(新潮社) 문예총서'의 하나로 출판되었다. — 1925 ② 4, 5. ⑥ 4.

두번천집(杜樊川集) 당대 두목(杜牧)이 지은 별집『번천문집』(樊川文集)을 가리킨다. 20권, 외집(外集) 1권, 별집 1권의 4책. — 1935 ⑫ 30.

두씨연주집(竇氏聯珠集) 당대 두상(竇常) 등이 짓고 저장언(褚藏言)이 모은 1권 1책의 시합집(詩合集).『사부총간』(四部叢刊) 3편은 송대 각본을 영인했다. — 1935 ⑫ 30.

둔암고경존(遯庵古鏡存) 랑예(琅琊)의 커창쓰(柯昌泗)가 펴낸 2책의 금석도상집(金石圖像集). 일기에는『고경존』(古鏡存)으로도 기록되어 있다. — 1915 ④ 11, 16.

둔암와당존(遯庵瓦當存) —『둔암진한와당존』(遯庵秦漢瓦當存) 참조.

둔암진한와당존(遯庵秦漢瓦當存) 2책의 금석도상집(金石圖像集). 일기에는『둔암와당존』(遯庵瓦當存),『진한와당존』(秦漢瓦當存)으로도 기록되어 있다. — 1915 ④ 11, 16.

둔황겁여록(燉煌劫餘錄) 천위안(陳垣)이 펴낸 14권 6책의 목록. 1931년 베이핑 국립중앙연구원 역사언어연구소 활판본. 이 연구소 특집호의 하나. — 1932 ⑩ 19.

둔황석실쇄금(敦煌石室碎金) 뤄전위(羅振玉)가 교록한 17종 1책의 고적잔권휘편(古籍殘卷彙編). 1925년 동방학회(東方學會) 활판본. — 1928 ② 12.

둔황석실진적록(敦煌石室眞迹錄) 청대 왕인준(王仁俊)이 엮은 2책의 금석제발집(金石題跋集). — 1912 ⑩ 6.

둔황영습(燉煌零拾) 뤄전위(羅振玉)가 교록한 7종 1책의 둔황변문집(敦煌變文集). 1924년 상위(上虞) 뤄씨(羅氏) 활판본. — 1928 ② 12.

둘째 날(第二の日) 소련의 예렌부르크(И. Г. Эренбург)가 지은 소설. 나카무라 하쿠요(中村白葉)가 번역하여 쇼와 11년(1936) 도쿄의 미카사쇼보(三笠書房)에서 '세계장편소설전집'의 하나로 출판되었다. — 1935 ⑫ 7.

드레퓌스사건(ドレフュス事件) 오사라기 지로(大佛次郎) 지음. 쇼와 5년(1930) 도쿄의 덴진샤(天人社)에서 '신세계총서'의 하나로 출판되었다. — 1930 ⑪ 16.

들풀(野草) 루쉰의 산문시집. 1927년 7월 베이징 베이신(北新)서국에서 출판되었으며, 같은 해 8월에 상하이 베이신서국에서 재판되었다. — 1925 ① 28. 1927 ④ 28. ⑩ 14. 1928 ③ 4, 8. ⑪ 15. 1929 ⑪ 30. 1931 ⑧ 27. 1933 ⑧ 31.

들풀(野草)(영역본) 루쉰 지음. 펑위성(馮餘聲) 옮김. 번역 원고가 1932년 1·28사변 때에 훼손되어 출판되지 못했다. — 1931 ⑪ 6.

등부등관잡록(等不等觀雜錄) 양원후이(楊文會)가 지은 1책의 불교 서적. — 1913 ④ 7. ⑨ 16.

등석자(鄧析子) 주대(周代)에 등석(鄧析)이 지은 2권 1책의 법가 서적. 『사부총간』(四部叢刊) 초편은 명대 각본을 영인했다. — 1924 ⑤ 14. 1927 ⑦ 26.

등음잡기(藤陰雜記) 청대 대로(戴璐)가 지은 12권 2책의 잡기. — 1917 ⑩ 4.

딩링선집(丁玲選集) 딩링(丁玲)의 작품집. 1933년에 상하이 톈마(天馬)서점에서 출판되었다. — 1933 ⑫ 28.

딩링을 기억하며(記丁玲) 선충원(沈從文)이 지은 전기. 1934년 상하이 량유(良友)도서인쇄공사에서 출판되었다. — 1934 ⑨ 1.

뜯지 않은 편지(開かれぬ手紙) 헝가리의 몰나르(F. Molnár) 지음. 스즈키 젠타로(鈴木善太郎)가 번역하여 쇼와 3년(1928) 도쿄의 다이이치쇼보(第一書房)에서 출판되었다. — 1928 ⑧ 10.

【ㄹ】

라마정찰기(蘿藦亭札記) 청대 교송년(喬松年)이 지은 8권 4책의 잡고(雜考). 동치(同治) 12년(1873) 각본. —1926 ⑧ 31.

라이샤오치 판화집(賴少麒版畫集) 라이샤오치(賴少麒)가 제작한 그림책. 일기에는 『木刻集』으로 기록되어 있다. 광저우(廣州) 현대창작판화연구회에서 '현대판화총간'의 하나로 간행했다. —1934 ⑫ 25.

람람왕(ラムラム王) 다케이 다케오(武井武雄)가 지은 동화. 다이쇼(大正) 15년(1926) 도쿄의 소분카쿠(叢文閣)에서 출판되었다. —1929 ② 17.

량유(良友) 도화(圖畫) 월간. 우렌더(伍聯德), 량더쒀(梁得所), 마궈량(馬國亮) 등이 잇달아 편집을 맡았다. 상하이 량유(良友)도서인쇄공사에서 발행했다. 1926년 2월에 창간되어 제90기에 이르러 반월간으로 바뀌었으며, 1945년 10월에 제172기를 끝으로 정간되었다. —1928 ③ 16.

량유문고(良友文庫) 일기에는 『량유』(良友)로 기록되어 있다. 상하이 량유(良友)도서인쇄공사에서 출판한 총서이다. —1936 ⑧ 30.

량유문학총서(良友文學叢書) 1933년 상하이 량유(良友)도서인쇄공사에서 출판한 문학총서. 일기에는 '문예총서'(文藝叢書)로 기록되어 있다. 루쉰 등이 번역한 『소련 작가 20인집』(蘇聯作家二十人集)은 이 총서에 포함되어 있다. 이 가운데 열두번째 작품은 「혁명의 전 1막」(革命的前一幕)이고, 열네번째 작품은 「유럽행일기」(歐行日記)이다. —1934 ⑪ 3.

러브레터 한 묶음(情書一束) 장이핑(章衣萍)의 소설집. 1926년 베이징 베이신(北新)서국에서 출판되었다. —1926 ⑤ 17.

러시아공산당의 문예정책(露國共産黨の文藝政策) 일기에는 『露國の文藝政策』으로 기록되어 있다. 문건 및 강연 모음. 도노무라 시로(外村史郎), 구라하라 고레히토(藏原惟人)가 번역하여 쇼와 2년(1927) 도쿄의 난소쇼인(南宋書院)에서 출판되었다. 이 책은 루쉰이 『문예정책』(文藝政策)이란 제명으로 번역했다. —1928 ② 27.

러시아노동당사(ロシア勞働黨史) —『러시아사회민주노동당사』(ロシア社會民主勞働黨史) 참조.

러시아동화(俄羅斯童話) —『러시아의 동화』(俄羅斯的童話) 참조.

러시아문예논전(俄文藝論戰) —『소련의 문예논전』(蘇俄的文藝論戰) 참조.

러시아문학사(ロシア文學史) 야마우치 호스케(山內封介) 지음. 쇼와 2년(1927) 도쿄 긴세이도(金星堂)에서 출판되었다.—1927 ⑫ 5.

러시아문학사략(俄國文學史略) 시디(西諦, 정전둬鄭振鐸) 편저. 1924년 상하이 상우인서관(商務印書館)에서 '문학연구회총서'의 하나로 출판되었다.—1924 ⑦ 7.

러시아문학사조(ロシャ文學思潮) 일기에는『露西亞文學思潮』로도 기록되어 있다. 요네카와 마사오(米川正夫) 지음. 쇼와 7년(1932) 도쿄의 산세이도(三省堂)에서 출판되었다.—1932 ⑧ 23.

러시아문학연구(露西亞文學硏究) 가타가미 노부루(片上伸) 지음. 쇼와 3년(1928) 도쿄의 다이이치쇼보(第一書房)에서 출판되었다.—1928 ⑤ 11.

러시아문학연구(露西亞文學硏究) 와세다(早稻田)대학 러시아문학회에서 엮은 계간지. 도쿄의 고신샤(耕進社)에서 발행. 1934년 1월에 창간되었다.—1934 ② 1.

러시아문학의 이상과 현실(露西亞文學の理想と現實) 러시아의 크로포트킨(П. А. Кропоткин) 지음. 바바 고초(馬場孤蝶) 등 번역. 다이쇼 14년(1925) 도쿄 아르스샤(アルス社)의 제8판.—1925 ⑧ 11.

러시아사회민주노동당사(ロシア社會民主勞働黨史) 일기에는『러시아노동당사』(ロシア勞働黨史)로 기록되어 있다. 소련의 지노비예프(Г. И. Зинвьев) 지음. 가와우치 다다히코(川內唯彦)가 번역하여 쇼와 3년(1928) 도쿄의 도진샤쇼텐(同人社書店)에서 출판되었다.—1928 ② 10.

러시아 사회사(ロシア社會史) 소련의 포크로프스키(М. Н. Покровский) 지음. 도노무라 시로(外村史郎)가 번역하여 쇼와 4년(1929) 도쿄의 소분카쿠(叢文閣)에서 2책으로 출판되었다.—1929 ⑪ 18. ⑫ 22.

러시아사회운동사화(俄國社會運動史話) 바진(巴金)이 지은 역사학 서적. 일기에는『러시아사회혁명운동사화』(俄國社會革命運動史話)로 기록되어 있다. 1935년 상하이 문화생활출판사에서 '문화생활총간'의 하나로 출판되었다.—1935 ⑨ 25.

러시아사회혁명운동사화(俄國社會革命運動史話) —『러시아사회운동사화』(俄國社會運動史話) 참조.

러시아 3인집(露西亞三人集) 고골, 체호프, 고리키 지음. 아키바 도시히코(秋庭俊彦), 하라 히사이치로(原久一郞)가 번역하여 쇼와 3년(1928) 도쿄의 신초샤(新潮社)에서 '세계문학전집'의 하나로 편집·출판되었다.—1928 ⑪ 24.

러시아어 기초단어 4000(露西亞語基礎單語四○○○) 일기에는『露語四千字』로 기록되어 있다. 오노 슌이치(小野俊一) 엮음. 쇼와 5년(1930) 도쿄의 지다이슛판샤(時代出版社)에서 출판되었다. ― 1930 ⑨ 6.

러시아어 4000자(露語四千字) ―『러시아어 기초단어 4000』(露西亞語基礎單語四〇〇〇) 참조.

러시아의 감옥(ロシアの牢獄) ―『소비에트러시아의 감옥』(ソヴィエートロシヤの牢獄) 참조.

러시아의 동화(俄羅斯的童話) 고리키 지음. 일기에는『동화』(童話),『러시아동화』(俄羅斯童話)로도 기록되어 있다. 루쉰이 번역하여 1935년 상하이 문화생활출판사에서 '문화생활총간'의 하나로 출판되었다. ― 1934 ⑨ 14, 19. 1935 ③ 22. ④ 17. ⑧ 10, 22, 24. ⑨ 11. ⑩ 17.

러시아의 문예정책(露國の文藝政策) ―『러시아공산당의 문예정책』(露國共産黨の文藝政策) 참조.

러시아혁명영화(ロシア革命映畫) 소련의 루나차르스키가 서문을 씀. 요시이 고지(吉井虹二)가 번역하여 쇼와(昭和) 5년(1930) 도쿄의 하쿠호샤(白鳳社)에서 출판되었다. ― 1930 ⑤ 19.

러시아혁명의 예언자(露西亞革命の豫言者) 러시아의 메레즈코프스키(Дмитрий Сергеевич Мережковский) 지음. 야마우치 호스케(山內封介)가 번역하여 쇼와 4년(1929) 도쿄의 다이이치쇼보(第一書房)에서 '메레즈코프스키 문예논집'의 하나로 출판되었다. ― 1929 ⑨ 28.

러시아혁명 이후의 문학(露西亞革命後の文學) 일기에는『ロシア革命後の文學』으로 기록되어 있다. 소련의 막시모프(В. Е. Евгеньев-Максимов) 지음. 아키야마 단로쿠(秋山炭六)가 번역하여 쇼와 2년(1927) 도쿄의 겐시샤(原始社)에서 '신러시아연구'의 하나로 출판되었다. ― 1927 ⑫ 24.

러시아 현대문호 걸작집(露西亞現代文豪傑作集) 일기에는『現代俄國文豪傑作集』으로도 기록되어 있다. 노보리 쇼무(昇曙夢) 번역. 다이쇼 9년부터 11년(1920~1922) 도쿄의 오쿠라쇼텐(大倉書店)에서 출판되었다. 총 6편. 루쉰의 장서에는 이 가운데의 제2편『쿠프린(А. И. Куприн), 아르치바셰프(М. П. Арцыбашев) 걸작집』(クープリン, アルツィバアセフ傑作集), 제3편『자이체프(Б. К. Зайцев), 솔로구프(Ф. К. Сологуб) 걸작집』(ザイツェフ, ソログープ傑作集), 제5편『체호프 걸작집』(チェホフ傑作集), 제6편『시인 걸작집』(詩人傑作集) 등이 있다. ― 1927 ⑪ 20. 1928 ⑤ 7. 1929 ⑥ 12.

러시아현대의 사조와 문학(露國現代之思潮及文學) ―『러시아현대의 사조와 문학』(露國現代の思潮及文學) 참조.

러시아현대의 사조와 문학(露國現代の思潮及文學) 노보리 쇼무(昇曙夢) 지음. 다이쇼(大正) 12년(1923) 도쿄의 가이조샤(改造社)에서 출판되었다. —1925 ② 14.

런던의 중국예술국제전람회에 출품된 그림 설명(參加倫敦中國藝術國際展覽會出品圖說) 일기에는 『영국전람회에 출품된 중국미술 도록』(中國美術在英展覽圖錄), 『런던전람회에 출품된 중국예술 그림 설명』(中國藝術在倫敦展覽會出品圖說)으로 기록되어 있다. 런던중국예술국제전람회 주비위원회 펴냄. 1936년 상하이 상우인서관(商務印書館)에서 모두 4책을 간행했다. 그 세번째 책이 서화(書畫) 분야이다. — 1936 ⑦ 25. ⑨ 24.

런던전람회에 출품된 중국예술 그림 설명(中國藝術在倫敦展覽會出品圖說) —『런던의 중국예술국제전람회에 출품된 그림 설명』(參加倫敦中國藝術國際展覽會出品圖說) 참조.

레닌과 예술(レーニンと藝術) 소련의 드레이덴(Симон Давидович Дрейден) 엮음. 구라하라 고레히토(藏原惟人) 등이 공역하여 1930년 도쿄의 소분카쿠(叢文閣)에서 '맑스주의예술이론총서'의 하나로 출판되었다. —1930 ⑫ 3.

레닌과 철학(レーニンと哲學) 소련의 루폴(И. К. Луппол) 지음. 마쓰모토 노부오(松本信夫)가 번역하여 쇼와(昭和) 4년(1929) 도쿄의 난반쇼보(南蠻書房)에서 출판되었다. —1930 ① 25.

레닌그라드 풍경화집(列寧格勒風景畫集) —『Ленинград. Новые пейзажи, 1917~1932』 참조.

레닌의 변증법(レーニンの辨證法) 소련의 데보린(А. М. Деборин) 지음. 가와카미 하지메(河上肇) 번역. 쇼와 2년(1927) 교도 고분도쇼보(弘文堂書房)에서 '맑스주의총서'의 하나로 출판된 재판본. —1928 ⑥ 26.

레닌의 유년시대와 그 환경(レーニンの幼少時代とその環境) 일기에는 『レーニンの幼少時代』로 기록되어 있다. 소련의 알렉세프(Б. Алексев) 등 지음. 고이데 민세이(小出民聲)가 번역하여 쇼와 4년(1929) 도쿄 히로쓰도쇼보(弘津堂書房)에서 출판되었다. 『인간 레닌』(人間レーニン)과 합본했다. —1929 ⑩ 19.

레닌주의와 철학(レーニン主義と哲學) 소련의 루폴(И. К. Луппол) 지음. 히로시마 사다요시(廣島定吉)가 번역하여 쇼와 5년(1930)에 출판되었다. —1930 ① 25.

레미제라블(哀史)(Les Miserables). 프랑스의 위고(Victor-Marie Hugo) 지음. 도쿠다 슈세이(德田秋聲)가 번역하여 다이쇼(大正) 3년(1914) 도쿄의 신초샤(新潮社)에서 '서양대저이야기총서'(西洋大著物語叢書)의 하나로 출판되었다. — 1914 ⑫ 25. 1915 ⑦ 17.

레싱 전설(レッシング傳說)(第一部) 독일의 메링(F. Mehring) 지음. 히지카타 데이치(土方

定一), 아소 다네(麻生種衛)가 번역하여 쇼와 7년(1932) 도쿄의 모쿠세샤쇼인(木星社書院)에서 출판되었다. 레싱(Gotthold Ephraim Lessing, 1729~1781)은 독일의 극작가.—1933 ⑩ 16.

로댕의 예술(羅丹之藝術) —『The Art of Rodin』참조.

로랑생 시화집(ロオランサン詩畫集) —『마리 로랑생 시화집』(マリイ·ロオランサン詩畫集) 참조.

로망잡지(羅曼雜誌) —『Роман-Газета』참조.

루바이야트(ルバイヤット)(Rubáiyát). 일기에는『ルウバアヤアット』로 기록되어 있다. 우마르 하이얌(Omar Khayyám)의 시집. 가타노 분키치(片野文吉)가 번역하여 쇼와 11년(1936) 도쿄의 류세카쿠(龍星閣)에서 출판되었다.—1936 ⑥ 5~30.

루쉰논문선집(魯迅論文選集) 량야오난(梁耀南) 엮음. 1935년 상하이 룽후(龍虎)서점에서 출판되었다. 량야오난은 이 선집을 엮을 때 루쉰의 동의를 구하지 않았다. —1935 ⑥ 3.

루쉰서신선집(魯迅書信選集) 량야오난(梁耀南) 엮음. 일기에는『서신선집』(書信選集)으로 기록되어 있다. 1935년 상하이 룽후(龍虎)서점에서 출판되었다. 량야오난은 이 선집을 엮을 때 루쉰의 동의를 구하지 않았다.—1935 ⑥ 3.

루쉰선집(魯迅選集) 루쉰(魯迅) 지음. 사토 하루오(佐藤春夫), 마스다 와타루(增田涉)가 번역하여 쇼와(昭和) 10년(1935) 도쿄의 이와나미쇼텐(岩波書店)에서 '이와나미문고'의 하나로 출판되었다.—1935 ⑥ 30. ⑦ 26.

루쉰소설선집(魯迅小說選集) —『루쉰창작선집』(魯迅創作選集) 참조.

루쉰자선집(魯迅自選集) 루쉰 지음. 1933년 상하이 톈마(天馬)서점에서 출판되었다. —1933 ① 20. ③ 20. ④ 3. ⑤ 25. ⑧ 18.

루쉰잡감선집(魯迅雜感選集) 허닝(何凝, 취추바이瞿秋白)이 골라 엮고 서문을 썼다. 일기에는『잡감선집』(雜感選集),『선집』(選集)으로 기록되어 있다. 1933년 상하이 베이신(北新)서국에서 '칭광서국'(靑光書局)의 이름으로 출판되었다.—1933 ⑦ 8, 10.

루쉰전집(魯迅全集)(일본어역) 실제로는『외침』(吶喊)과『방황』(彷徨)을 번역한 것이다. 루쉰(魯迅) 지음. 이노우에 고바이(井上紅梅)가 번역하여 쇼와 7년(1932) 도쿄의 가이조샤(改造社)에서 출판되었다.—1932 ⑪ 30. ⑫ 1, 14. 1933 ① 9, 12, 14.

루쉰창작선집(魯迅創作選集) 일기에는『루쉰소설선집』(魯迅小說選集)으로도 기록되어 있다. 루쉰(魯迅) 지음. 다나카 게이타로(田中慶太郎) 엮음. 쇼와 7년(1932) 도쿄의 분큐도(文求堂)에서 출판되었다.—1932 ⑤ 12, 21.

뤄사(羧社) 1913년 12월에 창간된 문예연간(文藝年刊). 제2기부터『뤄사총간』(羧社叢刊)

으로 개명했다. 사오싱(紹興) 뤼사에서 편집과 출판을 맡았다. ─ 1914 ① 2. ⑧ 31.
1915 ① 13. 1916 ⑥ 19.

뤄칭전 목각 제이집(羅淸楨木刻第二集) ─『칭전목판화』(淸楨木刻畵) 참조.

르누아르 화전(盧那畵傳) ─『*Auguste Renoir*』참조.

리다학원 미술원 서양화과 제2회 회화전람회 ─ 타오위안칭의 출품(立達學園美術院西畵系第
二屆繪畵展覽會 ─ 陶元慶的出品) 타오위안칭(陶元慶)이 그린 그림책. 일기에는 『타오
위안칭의 출품』(陶元慶的出品)으로 기록되어 있다. 1928년 상하이 베이신(北新)서국
에서 영인하여 출판했다. 이 책 속에 루쉰이 쓴 「타오위안칭 군의 회화전시회 때」(當
陶元慶君的繪畵展覽時)가 수록되어 있다. ─ 1928 ⑤ 7.

리화판화집(李樺版畵集) 리화(李樺)가 제작한 그림책. 일기에서는 '목각'(木刻)으로도 기록
하고 있다. 광저우(廣州) 현대창작판화연구회에서 '현대판화총간'의 하나로 찍었다.
─ 1935 ⑨ 9.

【ㅁ】

마귀의 제자(魔鬼的門徒) 영국 버나드 쇼(G. Bernard Shaw)가 지은 극본. 야오커(姚克)가 번역하여 1936년 상하이 문화생활출판사에서 '역문총서'의 하나로 출판되었다. ― 1936 ⑨ 22.

마녀(魔女) 사토 하루오(佐藤春夫)의 시집. 쇼와(昭和) 6년(1931) 요코하마(橫濱) 이지초인샤(以士帖印社, エステル社)에서 출판되었다. ―1931 ⑪ 11.

마농(曼儂) 프랑스의 아베 프레보(Abbé Prévost)의 소설『*Manon Lescaut*』. 스민(石民), 장유쑹(張友松)이 번역하여 1929년 춘조(春潮)서국에서 출판되었다. ―1929 ⑥ 12.

마·레주의 예술학 연구(マ·レ·主義藝術學研究) ―『맑스·레닌주의 예술학 연구』(マルクス·レーニン主義藝術學研究) 참조.

마루젠서점 서목(丸善書店書目) ―1917 ⑧ 18. 1928 ⑫ 17. 1929 ① 18.

마르크 샤갈 화집(マルク·シアガル畫集) 일기에는『*Marc Chagall*』로 기록되어 있다. 50폭의 작품이 수록되어 있다. 도야마 우사부로(外山卯三郎)가 엮어 1932년 도쿄 긴세이도(金星堂)에서 출판되었다. 샤갈(Marc Chagall, 1889~?)은 프랑스 화가. ―1932 ⑫ 8.

마르틴의 범죄(マルチンの犯罪)(Преступление Мартына). 소련의 바흐메체프(B. M. Бахметьев) 지음. 스기모토 료키치(杉本良吉)가 번역하여 쇼와 6년(1931) 도쿄의 뎃토쇼인(鐵塔書院)에서 '소련작가총서'의 하나로 출판되었다. ―1932 ① 13.

마리 로랑생 시화집(マリイ·ロオランサン詩畫集) 일기에는『ロオランサン詩畫集』으로 기록되어 있다. 프랑스 화가 마리 로랑생(Marie Laurencin, 1883~1956) 작품. 호리구치 다이가쿠(掘口大學)가 번역하여 쇼와 11년(1936) 도쿄의 쇼신샤(昭森社)에서 출판되었다. ―1936 ⑥ 5~30.

마방문찰(磨坊文札) 프랑스 도데(A. Daudet)의 소설집. 청사오쭝(成紹宗), 장런취안(張人權)이 번역하여 1927년 상하이 창조사에서 제2판을 출판했다. ―1927 ⑨ 24.

마부희화조초충책(馬扶曦花鳥草蟲冊) 청대 마원우(馬元馭)가 그린 1책의 그림책. 상하이 문명서국의 영인본이다. ―1912 ⑪ 17.

마세렐 목판화선(Masereel木刻畫選) ―『*Landschaften und Stimmungen*』 참조.

마숙평소장갑골문탁본(馬叔平所藏甲骨文拓本) 1책의 금석문자 서적. ― 1919 ⑤ 23.

마오둔단편소설집(茅盾短篇小說集) 마오둔(茅盾) 지음. 일기에는 『단편소설집』(短篇小說集)으로 기록되어 있다. 1934년 상하이 카이밍(開明)서점에서 출판되었다. ― 1934 ⑩ 2.

마오둔자선집(茅盾自選集) 마오둔(茅盾) 지음. 1933년 상하이 톈마(天馬)서점에서 출판되었다. ― 1933 ⑤ 6.

마음의 탐험(心的探險) 가오창훙(高長虹)이 지은 산문 및 시집. 루쉰이 교열을 보고 겉표지를 제작했다. 1926년 베이징 베이신(北新)서국에서 '오합총서'(烏合叢書)의 하나로 출판했다. ― 1926 ⑥ 13.

마이니치 연감(每日年鑑) 오사카(大阪)의 마이니치신분샤(每日新聞社)와 도쿄의 니치니치신분샤(日日新聞社)에서 편집 및 출판. ― 1929 ⑪ 3.

마장샹여사화훼초충책(馬江香女士花卉草蟲冊) 마장샹(馬江香)이 그린 1책의 그림책. 상하이 문명서국에서 영인했다. ― 1912 ⑪ 17.

마지막 일기(最後の日記) 아리시마 다케오(有島武郎) 지음. 쇼와 3년(1928) 도쿄의 가이조샤(改造社)에서 출판되었다. ― 1928 ⑪ 15.

마키노 식물학 전집(牧野植物學全集) 일본의 식물학자인 마키노 도미타로(牧野富太郎, 1862~1957) 지음. 쇼와 9년부터 11년(1934~1936)에 걸쳐 도쿄의 세이분도(誠文堂)에서 출판되었다. 마키노 도미타로의 전집에는 『일본식물도설집』(日本植物圖說集), 『식물수필집』(植物隨筆集), 『식물집설』(植物集說. 상·하), 『식물분류연구』(植物分類研究. 상·하) 등이 포함되어 있다. ― 1934 ⑩ 31. 1935 ④ 5. ⑨ 4. 1936 ① 15. ⑨ 2.

마티스 이후(マチス以後) 부제는 '프랑스회화의 신기원'. 가와지 류고(川路柳虹) 지음. 쇼와 5년(1930) 도쿄의 아틀리에샤(アトリエ社)에서 출판되었다. 마티스(H. Matisse, 1869~1954)는 프랑스 야수파 화가. ― 1930 ⑪ 20.

마흔한번째(第四十一) 소련 라브레뇨프(Б. А. Лавренёв)의 소설. 일기에는 『41』(四十一)로 기록되어 있다. 차오징화(曹靖華)가 번역하여 1929년 베이핑 웨이밍사(未名社)출판부에서 '웨이밍총서'의 하나로 출판되었다. ― 1929 ⑧ 3. ⑫ 20.

마흔한번째(第四十一)(삽화본) ―『Сорок первый』 참조.

마흔한번째(四十一人目) 원제는 Сорок первый. 소련의 라브레뇨프(Б. А. Лавренёв) 지음. 나가노 겐이치로(長野兼一郎)가 번역하여 쇼와 5년(1930) 도쿄의 난반쇼보(南蠻書房)에서 출판되었다. ― 1930 ② 4.

막다른 길(袋街) 원제는 В тупике. 일기에는 『袋路』로 기록되어 있다. 소련의 베레사예프(Викентий Викентьевич Вересаев)가 지은 소설. 마쓰자키 게이지(松崎啓次)가 번역

하여 쇼와 4년(1929) 도쿄의 맑스쇼보(マルクス書房)에서 '노농러시아문학총서'의 하나로 출판되었다.─1929 ⑦ 26.

막려정[우지]선생행술(莫郘亭[友芝]先生行述) 청대 막상지(莫祥芝)가 지은 1책의 전기(傳記). 일기에는 『막려정행술』(莫郘亭行述), 『여정행술』(郘亭行述)로도 기록되어 있다. 동치(同治) 10년(1871) 각본.─1915 ⑫ 3.

막려정행술(莫郘亭行述)─『막려정[우지]선생행술』(莫郘亭[友芝]先生行述) 참조.

만고수곡·귀현공연보 합각(萬古愁曲, 歸玄恭年譜合刻)─『교정만고수』(校正萬古愁) 참조.

만 길의 약속(萬仞約) 장톈이(張天翼)의 소설집. 1936년에 상하이 상우인서관(商務印書館)에서 '문학연구회창작총서'(文學研究會創作叢書)의 하나로 출판되었다.─1936 ④ 10.

만소당죽장화전(晩笑堂竹莊畫傳)─『만소당화전』(晩笑堂畫傳) 참조.

만소당화전(晩笑堂畫傳) 『만소당죽장화전』(晩笑堂竹莊畫傳)이라고도 한다. 청대 상관주(上官周)가 그린 5권의 그림책.─1912 ⑫ 21. 1933 ⑫ 8. 1934 ① 9.

만수연보(曼殊年譜)─『쑤만수 연보 및 기타』(蘇曼殊年譜及其他) 참조.

만수유묵(曼殊遺墨) 쑤만수(蘇曼殊)가 제작한 서화집(書畫集). 소인추(蕭紉秋) 소장, 류야쯔 엮음. 1929년 상하이 베이신(北新)서국에서 영인했다.─1929 ⑦ 10.

만수전집(曼殊全集) 쑤만수(蘇曼殊) 지음. 류야쯔(柳亞子) 엮음. 일기에는 『만수집』(曼殊集)으로도 기록되어 있다. 1928년 상하이 베이신(北新)서국에서 5책으로 출판되었다. ─1928 ⑧ 12, 19. 1932 ⑪ 8.

만수집(曼殊集)─『만수전집』(曼殊全集) 참조.

만운(漫雲) 뤼윈친(呂澐沁)의 시가산문집. 1926년 베이징 해음사(海音社)에서 '해음사문예총서'의 하나로 출판되었다.─1926 ⑧ 25.

만읍서남산석각기(萬邑西南山石刻記) 황주이(況周頤)가 지은 3권 1책의 금석지지(金石地誌). 광서(光緒) 29년(1903) 백암강사(白巖講舍)에서 찍어 냈다.─1915 ⑨ 12. ⑩ 7.

만주조선고고여행기(滿鮮考古行脚) 다카하시 겐지(高橋健自), 이시다 모사쿠(石田茂作) 지음. 쇼와 2년(1927) 도쿄의 유잔카쿠(雄山閣)에서 출판되었다.─1928 ④ 12.

만주화첩(滿洲畫帖) 이시다 긴쇼(石田吟松)가 그린 화첩. 쇼와 6년(1931) 중일문화협회에서 2책으로 영인했다.─1934 ④ 25.

만철지나월지(滿鐵支那月誌) 종합성 월간지. 미야모토 미치하루(宮本通治), 노나카 도키오(野中時雄) 엮음. 남만주철도주식회사 상하이사무소연구실 발행. 다이쇼(大正) 13년(1924) 베이징에서 『베이징만철월보』(北京滿鐵月報)라는 이름으로 창간되었다. 쇼와 5년(1930) 『만철지나월지』로 개명하고 상하이로 옮겨 출판되었다. 1933년에 정간되었다. —1932 ⑪ 3.

만화 '나는 고양이로소이다'(漫畫吾輩は猫である) 곤도 고이치로(近藤浩一路)가 그린 그림
책. 쇼와 8년(1933) 도쿄의 신초샤(新潮社)에서 '신초문고'(新潮文庫)의 하나로 출판
되었다. 『나는 고양이로소이다』는 나쓰메 소세키(夏目漱石)의 소설. —1933 ④ 17.

만화 다다노 본지(漫畫只野凡兒) 『장편만화 다다노 본지 : 인생공부』(長篇漫畫只野凡兒:人生
勉强)로 해야 옳다. 아소 유카나(麻生豊)가 그린 만화 연환화. 쇼와 9년(1934) 도쿄 신
초샤에서 간행되었다. 다다노 본지(只野凡兒)는 이 연환화의 주인공이다. 이 만화는
1933년에 『아사히신문』(朝日新聞) 석간에 연재되었다. —1934 ② 10.

만화대관(漫畫大觀) —『현대만화대관』(現代漫畫大觀) 참조.

만화 '도련님'(漫畫坊っちゃん) 곤도 고이치로(近藤浩一路)가 그린 그림책. 쇼와 8년(1933)
도쿄의 신초샤(新潮社)에서 '신초문고'(新潮文庫)의 하나로 출판되었다. 『도련님』(坊
っちゃん)은 나쓰메 소세키(夏目漱石)의 소설. —1933 ④ 17.

만화 Salon집(漫畫サロン集) 호시노 다쓰오(星野辰男)가 엮은 그림책. 쇼와 8년(1933) 도
쿄의 아사히신분샤(朝日新聞社)에서 출판되었다. '아사히화보'의 임시증간본. —
1933 ⑤ 1.

만화생활(漫畫生活) 우랑시(吳朗西), 황스잉(黃土英) 등이 펴낸 월간지. 상하이 미술생활잡
지사에서 발행. 1934년 9월에 창간되었고 1935년 9월에 정간되었다. —1934 ⑩ 5,
31. ⑫ 21. 1935 ③ 23. ⑦ 6.

만화 서유기(漫畫西遊記) 미야오 시게오(宮尾重男)가 그린 그림책. 쇼와 3년(1928) 도쿄의
후소가이샤(婦女界社)에서 출판되었다. —1928 ⑩ 16.

만화의 만주(漫畫の滿洲) 이케베 히토시(池部鈞) 등이 그린 그림책. 쇼와 2년(1927) 도쿄의
오사카야고쇼텐(大阪屋號書店)에서 출판되었다. —1927 ⑩ 12.

맑스·레닌주의 예술학 연구(マルクス·レーニン主義藝術學硏究) 일기에는 『マ·レ·主義藝術學
硏究』로 기록되어 있다. 후루카와 쇼이치로(古川莊一郎) 지음. 도쿄 예술학연구회에
서 엮어 쇼와 7년(1932) 도쿄의 소분카쿠(叢文閣)에서 출판되었다. —1932 ⑧ 6.

맑스·엥겔스 예술론(マルクス·エンゲルス藝術論) 소련공산주의대학 문학예술연구소 엮음.
도노무라 시로(外村史郎)가 번역하여 쇼와 10년(1935) 도쿄 가이조샤(改造社)에서
출판되었다. —1935 ⑥ 26.

맑스의 경제개념(マルクスの經濟槪念) 일기에는 『經濟槪念』으로 기록되어 있다. 독일의 쿠
노브(H. Cunow) 지음. 아즈마토시 히사(東利久)가 번역하여 쇼와 2년(1927) 도쿄 도
진샤쇼텐(同人社書店)에서 '맑스의 역사, 사회 및 국가이론'의 하나로 출판되었다. —
1928 ③ 20.

맑스의 계급투쟁이론(マルクスの階級鬪爭理論) 일기에는 『階級鬪爭理論』으로 기록되어 있다. 독일의 쿠노브(H. Cunow) 지음. 도리우미 도쿠스케(鳥海篤助)가 번역하여 쇼와 2년(1927) 도쿄의 도진샤쇼텐(同人社書店)에서 '맑스의 역사·사회 및 국가이론'의 하나로 출판되었다. ─1928 ③ 14.

맑스의 민족·사회 및 국가관(マルクスの民族·社會幷に國家觀) 일기에는 『民族社會國家觀』으로 기록되어 있다. 독일의 쿠노브(H. Cunow) 지음. 모리타니 가쓰미(森谷克己)가 번역하여 쇼와 2년(1927) 도쿄 도진샤쇼텐(同人社書店)에서 '맑스의 역사·사회 및 국가이론'의 하나로 출판되었다. ─1928 ③ 20.

맑스의 변증법(マルクスの辨證法) ─ 『맑스의 유물변증법』(マルクスの唯物辨證法) 참조.

맑스의 유물변증법(マルクスの唯物辨證法) 일기에는 『マルクスの辨證法』으로 기록되어 있다. 독일의 쿠노브(H. Cunow) 지음. 모리타니 가쓰미(森谷克己)가 번역하여 쇼와 2년(1927) 도쿄의 도진샤쇼텐(同人社書店)에서 '맑스의 역사·사회 및 국가이론'의 하나로 출판된 제4판. ─1928 ③ 30.

맑스의 유물적 역사이론(マルクスの唯物的歷史理論) 일기에는 『唯物の歷史理論』으로 기록되어 있다. 독일의 쿠노브(H. Cunow) 지음. 하마지마 쇼킨(浜島正金)이 번역하여 쇼와 2년(1927) 도쿄 도진샤쇼텐(同人社書店)에서 '맑스의 역사·사회 및 국가이론'의 하나로 출판되었다. ─1928 ③ 14.

맑스주의미학(マルクス主義美學) 확실치 않음. ─1931 ⑧ 18.

맑스주의 비판자의 비판(マルクス主義批判者の批判) 가와카미 하지메(河上肇) 지음. 쇼와 4년(1929) 도쿄의 기보카쿠(希望閣)에서 출판되었다. ─1929 ⑪ 30.

맑스주의비평론(マルクス主義批評論) 소련의 레즈네프(A. Lezhnev) 지음. 노보리 쇼무(昇曙夢)가 번역하여 쇼와 4년(1929) 도쿄에서 '맑스주의문예이론총서'의 하나로 출판되었다. ─1929 ⑦ 25.

맑스주의예술론(マルクス主義藝術論) 일기에는 『藝術論』으로 기록되어 있다. 소련의 루나차르스키(А. В. Луначарский) 지음. 노보리 쇼무(昇曙夢)가 번역하여 쇼와 3년(1928) 도쿄의 하쿠요샤(白揚社)에서 출판되었다. ─1928 ⑨ 3.

맑스주의예술이론(マルクス主義藝術理論) 일기에는 『マ主義藝術理論』으로 기록되어 있다. 소련의 루나차르스키 지음. 도노무라 시로(外村史郎)가 번역하여 쇼와 5년(1930) 도쿄의 소분카쿠(叢文閣)에서 '맑스주의예술이론총서'의 하나로 출판되었다. ─1931 ④ 11.

맑스주의와 법리학(マルクス主義と法理學) 일기에는 『法理學』으로도 기록되어 있다. 소련의 파슈카니스(Е. Б. Пашуканис) 지음. 사토 사카에(佐藤榮)가 번역하여 쇼와 5년

(1930) 도쿄의 교세카쿠(共生閣)에서 출판되었다. —1930 ⑥ 3.

맑스주의와 예술운동(マルクス主義と藝術運動) 다구치 겐이치(田口憲一) 지음. 쇼와 3년 (1928) 도쿄의 하쿠요샤(白揚社)에서 출판되었다. —1928 ⑦ 23.

맑스주의와 윤리(マルクス主義と倫理) 독일의 쿠노브(H. Cunow) 지음. 하마지마 쇼킨(浜島正金)이 번역하여 쇼와 2년(1927) 도쿄의 도진샤쇼텐(同人社書店)에서 '맑스의 역사·사회 및 국가이론'의 하나로 출판된 제3판. —1928 ④ 14.

맑스주의의 근본문제(マルクス主義の根本問題) 러시아 플레하노프 지음. 기무라 하루미(木村春海)가 번역하여 쇼와 3년(1928) 도쿄의 교세카쿠(共生閣)에서 '맑스주의선집'의 하나로 출판되었다. —1928 ⑧ 2.

맑스주의의 오류론(マキシズムの謬論) 오스트리아 라무스(P. Ramus) 지음. 히지카타 데이치(土方定一)가 번역하여 쇼와 2년(1927) 도쿄의 긴세이도(金星堂)에서 '사회과학총서'의 하나로 출판되었다. —1928 ② 29.

맑스주의의 작가론(マルクス主義的作家論) 소련의 보롭스키(В. В. Воровский) 지음. 노세 도라(能勢登羅)가 번역하여 쇼와 2년(1927) 도쿄의 난소쇼인(南宋書院)에서 출판되었다. —1928 ⑤ 1.

맑스주의자가 본 톨스토이(マルクス主義者の見るトルストイ) 일본 국제문화연구소에서 편역한 작가평론서. 쇼와 3년(1928) 도쿄의 소분카쿠(叢文閣)에서 출판되었다. —1928 ⑫ 12.

망당금석(望堂金石) 청대 양수경(楊守敬)이 펴낸 2집 8책의 금석문자학 서적. —1915 ⑥ 20.

망망한 밤(茫茫夜) 푸펑(蒲風)의 시집. 1934년 상하이 국제편역관(國際編譯館)에서 출판되었다. —1934 ④ 27.

망위안(莽原) 원래 주간지로 루쉰이 엮어 냈다. 『징바오』(京報)에 곁들여 발행되었다. 1925년 4월 24일에 창간되어, 같은 해 11월 27일 제32기를 끝으로 정간되었다. 1926년 1월 10일 반월간으로 바뀌어 웨이밍사(未名社)에서 단독으로 발행되었다. 루쉰이 베이징을 떠난 후 웨이쑤위안(韋素園) 등이 편집을 담당했다. 1927년 12월 제2권 제12기를 끝으로 정간되었다. —1925 ④ 22, 24. ⑦ 20. 1926 ① 13. ② 15, 25, 27. ⑤ 5. ⑨ 20. ⑩ 1, 8, 16, 24. ⑪ 14, 21. ⑫ 13. 1927 ① 4, 8. ④ 4. ⑤ 3, 31. ⑥ 3. ⑦ 15. ⑧ 12. ⑨ 23, 24. ⑪ 4. ⑫ 12.

망종(芒種) 쉬마오융(徐懋庸)과 차오쥐런(曹聚仁)이 펴낸 문학반월간지. 상하이 군중잡지공사에서 발행했으나, 제1권 제9기부터는 베이신(北新)서국에서 발행했다. 1935년 3월에 창간되어 같은 해 10월 제2권 제1기를 끝으로 정간되었다. —1935 ③ 5, 23.

④1. ⑧17. ⑪8.

망천지수(忘川之水) 차이스(采石)의 시집. 루쉰이 엮고 교열하였으며, 일본의 우루가와(宇
留川)가 겉표지를 만들었다. 1929년 상하이 베이신(北新)서국에서 출판되었다. —
1928 ⑪15. 1929 ⑥27.

매구산황산승적도책(梅瞿山黄山勝迹圖冊) — 『매구산황산승적도책』(梅瞿山黄山勝迹圖冊)
참조.

매구산황산승적도책(梅瞿山黄山勝迹圖冊) 청대 매청(梅清) 그림. 일기에는『매구산황산
승적도책』(梅瘤山黄山勝迹圖冊)으로도 기록되어 있다. 상하이 문명서국 영인본. —
1912 ⑪17. 1932 ⑧2.

매구산황산십구경책(梅瞿山黄山十九景冊) 청대 매청(梅清)이 그린 1책의 그림책. 일기에는
『황산십구경책』(黄山十九景冊)으로 기록되어 있다. 1934년 상하이 상우인서관(商務
印書館) 영인본. — 1935 ⑥25.

매보(梅譜) —『청재당매보』(靑在堂梅報) 참조.

매의 노래(鷹之歌) 리니(麗尼)의 산문집. 1936년 상하이 문화생활출판사에서 '문학총간'
의 하나로 출판되었다. — 1936 ⑨15.

매정선생사륙표준(梅亭先生四六標準) 송대 이류(李劉)가 지은 40권 8책의 별집. 『사부총
간』(四部叢刊) 속편은 송대 각본을 영인했다. — 1934 ②26.

매주평론(每週評論) 천두슈(陳獨秀), 리다자오(李大釗)가 펴낸 주간지. 일기에는『주평』(週
評),『주평』(週平)으로 기록되어 있다. 1918년 12월 22일 창간되었고, 1919년 8월 30
일 제37호를 끝으로 출판금지되었다. — 1919 ②25. ④14, 28. ⑦9, 15, 22, 29. ⑧4,
20.

매촌가장고(梅村家藏稿) 청대 오위업(吳偉業)이 지은 별집. 58권, 보(補) 1권, 연보 4권의 8
책. 선통(宣統) 3년(1911) 우진(武進) 둥씨(董氏)의 송분실(誦芬室)에서 사고저록본(四
庫著錄本)을 영각(影刻)했다. — 1935 ②20.

매화몽전기(梅花夢傳奇) 청대 진삼(陳森)이 지은 2권 2책의 희곡. 1921년 시암(詩盦)에서
원고본을 영인했다. — 1932 ③8. 1936 ②29.

매화희신보(梅花喜神譜) 송대 송백인(宋伯仁)이 펴낸 2권 2책의 그림책. 1928년 상하이 중
화서국에서 송대 각본을 영인했다. — 1928 ⑧8. 1930 ⑪11.

맥경(脈經) 진대(晉代) 왕숙화(王叔和)가 지은 10권 4책의 의학서. 청대 광서(光緒) 19년
(1893) 이두(益都) 양씨(楊氏) 린소원(鄰蘇園)에서 송대 하씨본(何氏本)을 영각(影刻)
했다. — 1915 ②21. ⑦29.

맹아월간(萌芽月刊) 문학월간지. 루쉰과 펑쉐펑(馮雪峰) 편집. 상하이 광화(光華)서국 발

행. 1930년 1월 1일에 창간되어 같은 해 3월 좌익작가연맹이 성립된 후 이 연맹의 기관지 가운데 하나가 되었다. 같은 해 5월 제5기를 발행한 후 출판금지를 당하였으며, 제6기부터 『신지』(新地)로 개명하였으나 1기만을 발간한 채 출판금지되었다. ― 1929 ⑪ 25. ⑫ 26. 1930 ① 24, 27. ② 11, 12. ③ 15, 19. ④ 17, 22, 29.

맹자(孟子) 한대 조기(趙岐)가 설명을 가한 14권 3책의 유가 서적. 『사부총간』(四部叢刊) 초편은 명대 초본을 영인했다. ― 1923 ⑨ 29.

맹진(猛進) 주간지. 쉬빙창(徐炳昶) 편집. 베이징대학 맹진사(猛進社)에서 발행했다. 1925년 3월 6일에 창간되어 1926년 3월 19일에 제53기를 끝으로 정간되었다. 루쉰은 이 잡지에 여러 편의 글을 실었다. ― 1925 ④ 7. ⑧ 13.

머나먼 나라(遠方) ― 『Дальние страны』 참조.

먼 곳에서 온 편지(兩地書) 루쉰과 쉬광핑(許廣平)이 주고받은 서신집. 1933년 상하이 베이신(北新)서국에서 칭광서국(靑光書局) 명의로 출판되었다. ― 1932 ⑩ 31. 1933 ① 13, 14. ③ 16, 31. ④ 3, 5, 6, 7, 18, 19, 20. ⑤ 3, 9, 11, 15, 27. ⑥ 24, 25, 27. ⑦ 5, 12. ⑧ 2, 31. ⑨ 4. ⑩ 26. ⑪ 1. ⑫ 2. 1934 ⑥ 6, 15.

메이지문학 전망(明治文學展望) 기무라 기(木村毅) 지음. 쇼와 3년(1928) 도쿄의 가이조샤(改造社)에서 출판되었다. ― 1933 ② 17.

메페르트의 목판화 시멘트 그림(梅斐爾德木刻土敏土之圖) 목판화집. 일기에는 『시멘트 그림』(土敏土圖), 『시멘트 그림』(土敏土之圖)으로도 기록되어 있다. 독일인 메페르트(Joseph Carl Meffert)가 소련의 글랏코프(Фёдор Васильевич Гладков)의 소설 『시멘트』를 위해 제작한 삽화이다. 루쉰이 골라 엮고 서문을 썼다. 1930년에 '삼한서옥'(三閑書屋)의 이름으로 간행했다. ― 1930 ⑨ 12. ⑫ 27. 1931 ② 14. ③ 4. ⑤ 7. ⑥ 11. ⑦ 15. ⑧ 31. ⑨ 20. ⑩ 6. 1932 ① 25. ⑤ 21. ⑩ 12, 19. 1935 ⑫ 6.

면복고(冕服考) 청대 초정호(焦廷琥)가 지은 4권 2책의 유가 서적. 광서(光緒) 16년(1890) 난링(南陵) 서씨(徐氏)가 간행한 '적학재총서'(積學齋叢書)본(2책). ― 1915 ③ 13. 1918 ⑨ 10.

면성정사잡문(面城精舍雜文) 뤄전위(羅振玉)가 지은 2권 1책의 잡저. 광서(光緒) 연간의 각본. ― 1918 ⑨ 10.

면수연담록(澠水燕談錄) 송대 왕벽지(王辟之)가 지은 잡기(雜記). 10권, 보유(補遺) 1권의 1책. 1920년 상하이 상우인서관(商務印書館)에서 청대 황완포(黃莞圃)의 교송본(校宋本)에 근거하여 활판인쇄한 '송원인설부총서'(宋元人說部叢書)본이다. ― 1921 ⑩ 28.

면영(面影) 부제는 '나의 소묘(素描)'이다. 하야시 후미코(林芙美子)의 시집. 쇼와 8년(1933) 도쿄의 분가쿠키칸샤(文學季刊社)에서 출판되었다. ― 1933 ⑫ 15.

명고승전(明高僧傳) 명대 여성(如惺)이 지은 8권 2책의 불교 서적. —1914 ⑧ 8.

명동갑록(明僮敀錄) 2권 1책의 희곡 사료. 청대 여불균도(余不鈞徒)가 짓고 전춘생(殿春生)이 이어 썼다. 동치(同治) 6년(1867) 힐지관(擷芝館) 각본. —1923 ② 21.

명사초략(明史鈔略) 청대 장정롱(莊廷鑨)이 지은 별사(別史). 온전치 않은 7권, 3책. 『사부총간』(四部叢刊) 3편은 스먼(石門) 여씨(呂氏)의 초본을 영인했다. —1935 ⑩ 14.

명세설(明世說) —『황명세설신어』(皇明世說新語) 참조.

명수화보(名數畫譜) 오하라 민세이(大原民聲) 엮음. 분카(文化) 6년(1809) 교토의 운소도(芸艸堂) 각본. —1929 ③ 2.

명어월중삼불후명현도찬(明於越中三不朽名賢圖贊) 명대 장대(張岱)가 지은 전기(傳記). 일기에는 『삼불후도찬』(三不朽圖贊), 『명월중삼불후도찬』(明越中三不朽圖贊), 『어월삼불후도찬』(於越三不朽圖贊), 『어월삼불후도』(於越三不朽圖), 『월중불후도찬』(越中三不朽圖贊)으로도 기록되어 있다. 루쉰은 청대 광서(光緖) 14년(1888) 진금(陳錦)의 중각본(重刻本) 3부를 소장하고 있다. —1912 ⑥ 6. 1913 ⑦ 10. 1914 ② 1, 2. 1935 ⑪ 21.

명원(名原) 청대 손이양(孫詒讓)이 지은 2권 1책의 문자학 서적. —1918 ③ 9.

명월중삼불후도찬(明越中三不朽圖贊) —『명어월중삼불후명현도찬』(明於越中三不朽名賢圖贊) 참조.

명의고(名義考) 명대 주기(周祈)가 지은 12권 3책의 잡학 서적. 1923년 몐양 루씨(盧氏)의 신시기재(愼始基齋)에서 명대 만력(萬曆) 연간의 각본을 영인한 『호북선정유서』(湖北先正遺書)본이다. —1925 ⑫ 26.

명인생일표(名人生日表) 쑨슝(孫雄)이 편찬하고 장웨이샹(張惟驤)이 보완한 1권 1책의 전기류. 『소쌍적암총서』(小雙寂庵叢書)본. —1935 ② 20.

명재집(茗齋集) 청대 팽손이(彭孫貽)가 지은 23권 34책의 별집. 명시초(明詩鈔)가 부록으로 붙어 있다. 『사부총간』(四部叢刊) 속편은 수고(手稿)를 영인했다. —1934 ⑫ 22.

명청명인척독묵보(明淸名人尺牘墨寶) 지은이 미상의 3집, 18책의 서법서. 1925년 상하이 문명서국의 영인본. —1932 ⑧ 11.

명청외과성씨록(明淸巍科姓氏錄) 장웨이샹(張惟驤)이 펴낸 2권 1책의 명록(名錄). 일기에는 『외과성씨록』(巍科姓氏錄)으로도 기록되어 있다. —1935 ② 9.

명탁한예사종(明拓漢隸四種) 비첩(碑帖). 민국 초기 상하이 유정(有正)서국의 영인본. —1914 ⑫ 27.

명홍치본삼국지통속연의(明弘治本三國志通俗演義) 원대 나관중(羅貫中)이 편차(編次)한 24권 24책의 소설. 일기에는 『통속삼국지연의』(通俗三國志演義)로 기록되어 있다. 1929

년 상하이 상우인서관(商務印書館)에서 활판인쇄 및 영인을 행했다. ─1929 ⑥ 23.

모각뇌봉탑전중경(摹刻雷峰塔磚中經) 뇌봉탑(雷峰塔)의 벽돌 속에 간직되었던 『다라니경』(陀羅尼經)의 모각본(摹刻本)을 가리킨다. ─1928 ⑦ 13. 1933 ① 24.

모닥불(焚火) 일본의 시가 나오야(志賀直哉)의 소설집 『焚火, たきび』. 러우스이(樓適夷)가 번역하여 1935년 상하이 톈마(天馬)서점에서 출판되었다. ─1935 ⑥ 27.

모래 위의 족적(沙上の足跡) 프랑스의 구르몽(Remy de Gourmont)의 시집. 호리구치 다이가쿠(堀口大學)가 번역하여 쇼와 5년(1930) 도쿄의 다이이치쇼보(第一書房)에서 출판되었다. ─1930 ⑤ 31.

모리 미치요 시집(森三千代詩集) 모리 미치요(森三千代) 지음. 쇼와 4년(1929) 작자 개인출판본. ─1929 ① 31.

모범문선(模範文選)(상) 베이징대학 국문교수회 엮음. 이 대학출판부의 1921년 재판본. ─1925 ⑩ 13.

모범최신세계연표(模範最新世界年表) 일기에는 『世界年表』로 기록되어 있다. 산세이도(三省堂) 편집소 엮음. 다이쇼 14년(1925) 도쿄 산세이도 증정 4판. ─1925 ⑧ 11.

모스크바인상기(莫斯科印象記) 후위즈(胡愈之)가 지은 여행기. 일기에는 『소련인상기』(蘇俄印象記)로 기록되어 있다. 1931년 상하이 신생명서국에서 출판되었다. ─1931 ⑧ 28.

모시계고편(毛詩稽古編) 청대 진계원(陳啓源)이 지은 유가 서적. 30권, 부고(附考) 1권의 8책. 가경(嘉慶) 18년(1613)에 찍어 냈다. 가경 20년(1615)에 재교를 거친 정본(正本)이다. ─1915 ② 21.

모시초목조수충어소(毛詩草木鳥獸蟲魚疏) 2권 1책의 유가 서적. 삼국 오(吳)의 육기(陸璣)가 짓고, 뤄전위(羅振玉)가 교석했다. 방송(仿宋) 활판본. ─1921 ④ 5.

모욕당한 자와 피해 입은 자(被侮辱的與被損害的) 러시아 도스토예프스키의 소설. 리지예(李霽野)가 번역하여 1934년 상하이 상우인서관(商務印書館)에서 출판되었다. ─1934 ⑪ 29.

모정객화(茅亭客話) 송대 황휴복(黃休復)이 지은 10권 1책의 잡찬(雜纂). 1923년 몐양(沔陽) 루씨(盧氏)의 신시기재(愼始基齋)에서 『대우루총서』(對雨樓叢書)본을 '호북선정유서'(湖北先正遺書)의 하나로 영인했다. ─1925 ⑪ 21.

목각(木刻) ─ 『리화판화집』(李樺版畫集) 참조.

목각(木刻) ─ 『무명목각집』(無名木刻集) 참조.

목각(木刻) ─ 『현대판화』(現代版畫) 참조.

목각집(木刻集) MK목각연구사에서 엮어 펴냄. ─1934 ⑤ 20.

목각집(木刻集)(라이사오치賴少其) —『라이사오치 판화집』(賴少其版畫集) 참조.

목각집(木刻集)(뤄칭전羅淸楨) —『뤄칭전 목각집』(羅淸楨木刻集) 참조.

목각집(木刻集)(왕선쓰王愼思) 1933년 겨울에 무명목각사(無名木刻社)에서 찍어 낸『○○ 목각집』을 가리키는 듯하다. —1934 ③ 25.

목각집(木刻集)(장잉張影) —『장잉 판화집』(張影版畫集) 참조.

목각집(木刻集)(장후이張慧) —『장후이 목각화』(張慧木刻畵) 참조.

목각집2(木刻集之二)『근대목각선집(近代木刻選集) 2』를 가리킨다. — '예원조화'(藝苑朝 華) 참조.

목각창작법(木刻創作法) 바이웨이(白危, 본명은 우보吳渤)가 편역하고 루쉰이 서문을 지음. 1937년 상하이 독서생활출판사에서 출판되었다. —1933 ⑪ 9.

목련구모희문(目連救母戲文) 명대 정지진(鄭之珍)이 지은 잡극(雜劇). 이 책의 판본은 매우 많은데, 루쉰의 장서에 있는 것은 3권 6책의『신각출상음주권선목련구모행효희문』 (新刻出相音注勸善目蓮救母行孝戲文)이다. —1928 ④ 13.

목면집(木棉集) 루첸(盧前)이 지은 시문희곡집(詩文戲曲集). 1928년의 활판본이다. — 1928 ⑪ 9.

목전의 중국혁명 문제(目前中國革命問題) 스춘퉁(施存統)이 지은 정치평론서. 1928년 상하 이 푸단(復旦)서점에서 출판되었다. —1928 ⑨ 15.

목천자전(穆天子傳) 진대(晉代) 곽박(郭璞)이 설명을 가한 6권 1책의 이문집(異聞集).『사 부총간』(四部叢刊) 초편은 명대 천일각(天一閣) 간본을 영인했다. —1927 ① 11.

목탄화(炭畵) 폴란드 시엔키에비치(H. Sienkiewicz)의 소설. 저우쭤런(周作人)이 번역하 여 루쉰의 소개로 상하이 문명서국에서 출판되었다. —1913 ⑨ 10. 1914 ① 16. ③ 6. ④ 27, 28. ⑤ 5, 17, 30. ⑥ 28. ⑨ 9. ⑪ 28. 1915 ① 21. ④ 6.

목판조각집(木版雕刻集) —『Гравюра на дереве』참조.

목판화(木版畵) 예쑤이사(野穗社)에서 엮어 출판한 목각집. 1933년 5월에 출판했다. — 1933 ⑥ 18.

목판화가 걸어온 길(1)(木刻紀程 1) 루쉰이 골라 엮고 서문을 쓴 목각집. 1934년에 '쇠나무 예술사'(鐵木藝術社) 이름으로 간행했다. —1934 ⑦ 18. ⑧ 14. ⑩ 3, 4, 6, 8, 17, 27. ⑪ 7, 22. ⑫ 7, 24. 1935 ① 31.

목판화도설(木刻圖說) —『Woodcuts and Some Words』참조.

목판화 3인 전람회 기념책(木刻三人展覽會紀念冊) 천중강(陳仲綱), 라이사오치(賴少其), 판 예(潘業)가 직접 탁본하여 제작한 목각집. —1935 ⑫ 17.

몰리에르 전집(モリエール全集) 프랑스 몰리에르(Molière) 지음. 요시에 다카마스(吉江喬

松) 등이 번역하여 쇼와 9년(1934) 도쿄 주오코론샤(中央公論社)에서 3책으로 출판
되었다.─1934 ⑩ 31. ⑪ 11. 1935 ① 21.

몽계필담(夢溪筆談) 송대 심괄(沈括)이 지은 4책의 잡고(雜考). 일기에 기록된 판본은 세
가지이다. 하나는 광서(光緖) 32년(1906) 판위(番禺) 도씨(陶氏)의 애려(愛廬) 각본이
며, 26권, 권수(卷首) 1권, 권말(卷末) 1권, 보필담(補筆談) 3권이다. 다른 하나는 다관
(大關) 당씨(唐氏)의 청두(成都) 각본이며, 26권, 보필담 3권, 속필담(續筆談) 1권이다.
또 다른 하나는 명대 간본을 영인한 『사부총간』(四部叢刊) 속편이며, 26권, 교감기 부
록 1권이다.─1912 ⑫ 21. 1913 ⑥ 7. 1934 ③ 26.

몽동선사유집(夢東禪師遺集) 3권 1책의 별집. 청대 제성(際醒)이 짓고 환성(喚醒), 료예(了
睿)가 집록했다. 1917년 12월에 쉬단(許丹, 자는 지상季上)의 아내가 사망한 후 공덕을
기리기 위해 자비로 100책을 인쇄했다.─1918 ⑤ 21

몽창사(夢窗詞) 송대 오문영(吳文英)이 지은 1책의 사별집(詞別集).─1912 ⑦ 20. ⑩ 15.

몽테뉴론(モンテエニュ論) 프랑스의 지드(A. Gide)가 지은 작가연구서. 요도노 류조(淀野
隆三)가 번역하여 쇼와 9년(1934) 도쿄의 미카사쇼보(三笠書房)에서 출판되었다. 몽
테뉴(M. Montaigne, 1533~1592)는 프랑스의 사상가이자 산문가.─1934 ⑨ 16.

몽테뉴 수상록(モンテーニュ隨想錄) 프랑스의 몽테뉴(M. Montaigne) 지음. 세키네 히데오
(關根秀雄)가 번역하여 쇼와 10년(1935) 도쿄의 하쿠스이샤(白水社)에서 3책으로 출
판되었다.─1935 ⑧ 13. ⑪ 30.

몽파르노(モンパルノ) 원제는 『Les Montparnos』. 프랑스의 미셸(G. Michel)이 지은 소설.
오리타 마나부(折田學)가 번역하여 도쿄 다이산쇼인(第三書院)에서 출판되었다. 쇼
와 8년(1933) 개정판.─1933 ⑦ 18.

묘법연화경(妙法蓮華經) 후진(後秦) 구마라집(鳩摩羅什)이 번역한 7권 3책의 불교 서적.─
1916 ① 28.

무기질학(無機質學. 번역원고) 루쉰이 1911년에 장셰허(張協和)의 요청에 따라 번역한 책.
3책. 원본의 지은이는 확실치 않음. 일기에는 『화학』(化學), 『무기화학』(無機化學), 『화
학강의』(化學講義)로도 기록되어 있다.─1913 ② 5. 1914 ⑤ 7. ⑪ 8. 1915 ⑩ 15.

무기화학(無機化學)─『무기질학』(無機質學. 번역원고) 참조.

무덤(墳) 루쉰의 잡문집(한국어판 루쉰전집 1권). 1927년 베이징 웨이밍사(未名社)에서
출판되었다.─1926 ⑪ 4. 1927 ③ 17. ④ 2, 11, 27. 1928 ⑦ 11. 1929 ④ 15. ⑫ 29.
1930 ⑨ 24. 1933 ③ 14. ⑤ 15.

무량사화상고(武梁祠畵像考)─『한무량사화상고』(漢武梁祠畵像考) 참조.

무량의경, 관보현행법경 합각(無量義經觀普賢行法經合刻) 2권 1책의 불교서적. 『무량의경』

(無量義經) 1권은 남제(南齊)의 달마가타야스(曇摩伽陀耶宿)가 번역했고, 『불설관보현보살행법경』(佛說觀普賢菩薩行法經) 1권은 남조(南朝) 송(宋)의 달마미트라(曇摩蜜多)가 번역했다. 금릉각경처(金陵刻經處)의 각본이다. ─1916 ① 29.

무링목각(木鈴木刻) 목각집. 1933년 봄 항저우(杭州)예술전과학교의 무링목각사(木鈴木刻社)가 개최한 최초의 작품전람회에 전시된 작품의 모음집이다. ─1933 ④ 25.

무명목각집(無名木刻集) 『목각집』(木刻集)이라고도 하며, 일기에는 '목각'(木刻)이라 기록되어 있기도 하다. 1934년 4월 무명목각사에서 출판. 류셴(劉峴), 황신보(黃新波)의 목각 7폭이 수록되어 있으며, 루쉰이 서문을 썼다. ─1934 ④ 17.

무명문예(無名文藝) 천치샤(陳企霞)와 예쯔(葉紫)가 함께 펴낸 월간. 1933년 2월에 순간으로 창간되었으며, 상하이 무명문예순간편집부에서 발행되었다. 같은 해 6월에 하이옌(海燕)문예사와 합병된 후 월간으로 바뀌었으나 2기를 발행했을 뿐이다. ─1933 ⑥ 5.

무사당답문(無邪堂答問) 청대 주일신(朱一新)이 지은 5권 5책의 잡학서. 광서(光緒) 21년(1895) 광아(廣雅)서국의 각본이다. ─1927 ⑨ 16.

무샤(霧社) 사토 하루오(佐藤春夫)가 지은 소설. 쇼와 11년(1936) 도쿄의 쇼신샤(昭森社)에서 출판되었다. 이 작품은 1930년 일제 강점기에 항일투쟁을 일으킨 타이완(臺灣) 원주민 사이딕부족(賽德克族) 약 700명을 일본군이 학살한 사건을 제재로 삼았다. ─1936 ⑦ 25.

무양청(牧羊城) 일본의 동아고고학회(東亞考古學會)에서 엮은 고고학 서적. 쇼와 6년(1931)에 '동방고고학총간'의 하나로 출판되었다. 무양청(牧羊城, 일본 발음은 '보쿠요조')은 중국의 랴오닝성(遼寧省) 다롄시(大連市) 순커우구(順口區)에 있는 옛 성의 유적이다. 전국시대로부터 한대에 걸친 출토품이 많이 발견되었다. ─1935 ② 16.

무엇을 할까?(做甚麼?) 일기에는 『爲甚麼?』로 오기되어 있다. 주간이며, 중국공산당 광둥(廣東)구위 학생운동위원회 기관지이다. 비레이(畢磊)가 편집을 맡았다. 1927년 2월 7일에 창간되었다. ─1927 ② 9.

무원록(無寃錄) 원대 왕여(王與)가 지은 2권 1책의 법의학서. 1929년 융자(永嘉) 황씨(黃氏)의 '경향루총서'(敬鄕樓叢書)본이다. ─1932 ④ 4, 6.

무전분운(繆篆分韻) 청대 계복(桂馥)이 지은 자서(字書). 5권, 보(補) 1권의 2책. ─1915 ⑥ 26.

묵경정문해의(墨經正文解義) 청대 등운소(鄧雲昭)가 지은 3권의 묵가 서적. 일기에는 『묵경해』(墨經解), 『묵경정의』(墨經正義)로도 기록되어 있다. ─1915 ① 17, 22. ② 21.

묵경정의(墨經正義) ─ 『묵경정문해의』(墨經正文解義) 참조.

묵경해(墨經解) ─『묵경정문해의』(墨經正文解義) 참조.

묵경해(墨經解) 『묵자경설해』(墨子經說解)를 가리킨다. 청대 장혜언(張惠言)이 지은 2권 1
책의 묵가 서적. ─1914 ① 13.

묵소비급장영(墨巢秘笈藏影) 리모차오(李墨巢)가 소장한 그림책. 1935년 상하이 상우인서
관(商務印書館) 영인본. ─1935 ⑥ 25.

묵소비완송인화책(墨巢秘玩宋人畵冊) 리모차오(李墨巢)가 소장한 1책의 그림책. 1935년
상하이 상우인서관(商務印書館) 영인본. ─1935 ⑫ 7.

묵암집금(黙庵集錦) 청대 이병수(伊秉綬)가 쓴 2책의 서법서. 1933년 상하이 상우인서관
(商務印書館) 영인본. ─1934 ① 28.

묵자한고(墨子閑詁) 청대 손이양(孫詒讓)이 지은 묵가 서적. 15권, 목록 1권, 부록 1권, 후어
(後語) 2권의 8책. 광서(光緖) 33년(1907) 루이안(瑞安) 손씨(孫氏) 각본, 선통(宣統) 2
년(1910) 보각본(補刻本). ─1914 ⑧ 27.

묵지편(墨池編) 송대 주장문(朱長文)이 펴낸 20권 6책의 서법서. 청대 옹정(雍正) 11년
(1733) 각본. 『인전』(印典) 2책이 부록되어 있다. ─1913 ② 8.

문견록(聞見錄) ─『소련견문록』(蘇聯聞見錄) 참조.

문고(文庫) ─ '량유문고'(良友文庫) 참조.

문관사림휘간(文館詞林彙刊) 당대 허경종(許敬宗)이 펴낸 28권 5책의 합집. ─1915 ⑨ 28.

문구당서목(文求堂書目) ─1934 ⑤ 23.

문록(文錄) ─『우위문록』(吳虞文錄) 참조.

문록(文錄) 확실치 않음. 1925 ⑤ 30.

문보(文報) ─『Литературная газета』 참조.

문사(文史) 우청스(吳承仕)가 펴낸 학술성 격월간지. 베이핑 중국학원 국학계(國學系)에서
발행. 1934년 4월에 창간되어 같은 해 12월에 종간되었다. ─1934 ⑤ 11.

문사전(文士傳) 진대(晉代) 장은(張隱)이 지은 1권의 전기. 전해지지 않은 지 오래되었다.
루쉰은 1911년 즈음에 『설부』(說郛)에 인용된 문사의 기록 17칙(則)을 가려내고, 『북
당서초』(北堂書鈔)와 『초학기』(初學記), 『사류부』(事類賦) 등의 십여 종의 고서에서 역
대 문사의 기록 59칙을 가려 모았다. 현존하는 원고는 60여 쪽에 달한다. ─1913 ⑪
4.

문사통의(文史通義) 청대 장학성(章學誠)이 지은 8권 6책의 사론(史論). ─1914 ⑪ 26, 29.

문선(文選) ─『육신주문선』(六臣注文選) 참조.

문선(文選) 남조(南朝) 양(梁)의 소통(蕭統)이 골라 엮고, 당대 이선(李善)이 주석을 가한
67권의 합집. ─1914 ⑨ 6. 1923 ⑦ 31. 1931 ⑤ 26.

문선보유(文選補遺) 원대 진인자(陳仁子)가 펴낸 40권 12책의 합집. — 1912 ⑥ 16.

문선육신주(文選六臣注) — 『육신주문선』(六臣注文選) 참조.

문소각서(文溯閣書) — 『사고전서』(四庫全書) 참조.

문수사리보살급제선소설길흉시일선악숙요경(文殊師利菩薩及諸仙所說吉凶時日善惡宿曜經)
당대 불공(不空)이 번역하고 양경풍(楊景風)이 설명을 가한 2권 1책의 불교 서적. 일
기에는 『문수소설선악숙요경』(文殊所說善惡宿曜經), 『숙요경』(宿曜經)으로 기록되어
있다. — 1914 ⑩ 9, 26.

문수소설선악숙요경(文殊所說善惡宿曜經) — 『문수사리보살급제선소설길흉시일선악숙요
경』(文殊師利菩薩及諸仙所說吉凶時日善惡宿曜經) 참조.

문시(文始) 장빙린(章炳麟)이 지은 9권 1책의 문자학 서적. 1913년 장씨(章氏) 원고의 영
인본이다. — 1913 ⑨ 4, 23. 1915 ④ 18. ⑥ 28. 1932 ⑧ 11, 18. ⑩ 24.

문심조룡(文心雕龍) 남조(南朝) 양(梁)의 유협(劉勰)이 지은 10권 1책의 시문평론집. 『사부
총간』(四部叢刊) 초편은 명대 가정(嘉靖) 각본을 영인했다. — 1924 ⑤ 14.

문심조룡강소(文心雕龍講疏) 남조(南朝) 양(梁) 유협(劉勰)이 짓고 판원란(范文瀾)이 설명
을 가한 시문평집(詩文評集). 1925년 톈진(天津) 신마오인서국(新懋印書局)에서 출판
되었다. — 1925 ⑩ 17.

문심조룡보주(文心雕龍補注) 남조(南朝) 양(梁) 유협(劉勰)이 짓고 청대 이상(李詳)이 설
명을 보완한 10권 4책의 시문평집(詩文評集). 1926년 중원(中原)서국의 활판본. —
1927 ③ 18.

문예(文藝) 현대문예연구사(現代文藝研究社)에서 펴낸 월간지. 상하이 화퉁(華通)서국에
서 발행. 1933년 10월에 창간되어 같은 해 12월에 제1권 제3기를 끝으로 정간되었
다. — 1933 ⑫ 9, 15.

문예가만화상(文藝家漫畫像) 확실치 않음. — 1932 ⑩ 25.

문예강좌(文藝講座) 일기에는 『예술강좌』(藝術講座)로 오기되어 있다. 펑나이차오(馮乃超)
등이 펴냄(엮은이의 이름은 적혀 있지 않음). 상하이 신주국광사(神州國光社)에서 발
행. 1930년 4월에 출판되었으며, 1책만을 출판했다. — 1930 ② 3. ③ 7. ⑥ 23.

문예계간(文藝季刊) 확실치 않음. — 1923 ⑦ 14.

문예관견(文藝管見) 사토미 돈(里見弴) 지음. 다이쇼 14년(1925) 도쿄의 가이조샤(改造社)
에서 출판되었다. — 1925 ⑨ 9.

문예론(文藝論) 러시아의 메레즈코프스키(Д. С. Мережковский, 1866~1941) 지음. 야마
우치 호스케(山內封介)가 번역하여 도쿄의 다이이치쇼보(第一書房)에서 출판되었다.
메레즈코프스키는 러시아의 문예비평가이며, 10월혁명 이후 국외로 망명했다. —

1933 ⑩ 18. 1935 ⑪ 7.

문예부흥(文藝復興) 영국의 파터(W. H. Pater) 지음. 다나베 주지(田部重治)가 번역하여 쇼와 3년(1928) 도쿄의 호쿠세도쇼텐(北星堂書店)에서 출판되었다. 루쉰의 소장본 가운데의 또 다른 역본은 제목이『르네상스』(ルネサンス)이다. — 1929 ⑦ 26.

문예부흥론(文藝復興論)(ルネサンス) 영국의 파터(W. Pater) 지음. 사쿠마 마사카즈(佐久間 政一)가 번역하여 다이쇼 13년(1924) 도쿄의 슌주샤(春秋社)에서 출판되었다. 장서 가운데의 또 다른 역본은『문예부흥』(文藝復興)이란 제목으로 출판되었다. — 1924 ⑫ 16.

문예비평사(文藝批評史) 미야지마 신자부로(宮島新三郎) 지음. 쇼와 4년(1929) 도쿄의 슌 주샤(春秋社)에서 '슌주문고'(春秋文庫)의 하나로 출판되었다. — 1929 ⑪ 30.

문예사전(文藝辭典) 소겐샤(創元社) 편집부 엮음. 다이쇼 15년(1926) 도쿄 소겐샤 제6판. — 1926 ⑥ 1.

문예사조론(文藝思潮論) 구리야가와 하쿠손(廚川白村) 지음. 루쉰의 장서에 현존하는 것은 다이쇼 13년(1924) 도쿄의 다이니혼(大日本)도서주식회사 제18판이다. — 1917 ⑪ 2. 1924 ⑫ 12.

문예순간(文藝旬刊) —『문학순간』(文學旬刊) 참조.

문예신문(文藝新聞) 주간지. 좌익작가연맹이 이끄는 간행물의 하나. 상하이 문예신문사에 서 편집하고 발행했으며, 대표자는 위안수(袁殊) 1931년 3월 16일에 창간되어 1932 년 6월 20일에 제60기를 끝으로 정간되었다. 루쉰의「상하이 문예의 일별」(上海文藝 之一瞥) 능의 글이 이 수간지에 실렸다. — 1932 ⑫ 15.

문예연구(文藝硏究) 계간지. 문예연구사가 편집을 맡았다고 서명되어 있으나 실제로는 루 쉰이 주편했다. 상하이 다장서포(大江書鋪)에서 발행. 판권에는 '1930년 2월 15일' 출 판으로 되어 있으나, 실제로는 같은 해 5월 이후에 출판되었다. 1기만을 발행하고 출 판금지를 당했다. — 1930 ② 8. ④ 25. ⑤ 3.

문예와 법률(文藝と法律) 가쓰모토 마사아키라(勝本正晃) 지음. 쇼와 4년(1929) 도쿄의 가 이조샤(改造社)에서 출판되었다. — 1929 ③ 28.

문예와 비평(文藝與批評) 소련의 루나차르스키가 지은 문예이론서. 루쉰이 번역하여 1929 년 상하이 수이모(水沫)서점에서 '과학적 예술론 총서'의 하나로 출판되었다. — 1929 ⑩ 31. 1930 ① 25.

문예월보(文藝月報) 북방 좌익작가연맹(左翼作家聯盟)의 기관지. 천베이어우(陳北鷗), 진 구(金谷) 등이 펴냈다. 베이핑 문예월보사 발행. 1933년 6월에 창간되었다. — 1933 ⑥ 11.

문예일기(文藝日記) 명인의 어록 및 작가의 짧은 글을 수록한 일기장. 황위안(黃源) 펴냄. 1935년 상하이 생활서점에서 간행. 루쉰의 「나폴레옹과 제너」(拿破侖與隋那)가 이 책에 수록되었다. ― 1935 ① 24, 27.

문예주보(文藝週報) 확실치 않음. ― 1936 ⑩ 10.

문예총서(文藝叢書) ― '량유문학총서'(良友文學叢書) 참조.

문예춘추(文藝春秋) 장이핑(章衣萍) 등이 펴낸 월간지. 상하이 문예춘추사 발행. 1933년 7월에 창간되어 1934년 6월 제1권 제10기를 끝으로 정간되었다. ― 1933 ⑦ 24.

문예평론(文藝評論) 프랑스의 지드(A. Gide) 지음. 사토 마사아키(佐藤正彰) 등이 번역하여 쇼와(昭和) 8년(1933) 도쿄의 시바쇼텐(芝書店)에서 출판되었다. ― 1934 ① 6.

문예평론 속편(續文藝評論) 프랑스의 지드(A. Gide) 지음. 스즈키 다케오(鈴木健郞) 등이 번역하여 쇼와 8년(1933) 도쿄의 시바쇼텐(芝書店)에서 출판되었다. ― 1934 ① 6.

문예학개론(文藝學槪論) 독일의 페테르젠(J. Petersen) 지음. 아시다 히로오(蘆田弘夫)가 번역하여 쇼와 7년(1932)에 '독일문예학총서'의 하나로 출판되었다. ― 1933 ⑩ 6.

문예학사개설(文藝學史槪說) 독일의 쉐르(J. Scherr) 지음. 무라오카 이치로(村岡一郞)가 번역하여 쇼와 8년(1933) 도쿄의 겐세쓰샤(建設社)에서 '독일문예학총서'의 하나로 출판되었다. ― 1933 ⑪ 18.

문예학의 발전과 비판(文藝學の發展と批判) 소련의 쉴레르(Ф. П. Шиллер) 지음. 구마자와 마타로쿠(熊澤復六)가 번역하여 쇼와 11년(1936) 도쿄의 세이와쇼텐(淸和書店)에서 출판되었다. ― 1936 ③ 23.

문예회간(文藝會刊) ― 『베이징여자고등사범문예회간』(北京女子高等師範文藝會刊) 참조.

문원영화(文苑英華) 송대 이방(李昉) 등이 펴낸 총집. 1,000권, 권수(卷首) 목록 1권. ― 1920 ⑪ 12.

문자몽구(文字蒙求) 원명은 『자학몽구』(字學蒙求). 청대 옥균(玉筠)이 짓고 포정작(鮑廷爵)이 펴낸 4권 1책의 문자학 서적. ― 1915 ④ 11.

문자학음편(文字學音篇) 일기에는 『음편』(音篇)으로 기록되어 있다. 첸쉬안퉁(錢玄同)이 지은 1책의 문자학 서적. 1924년 베이징대학출판부 제4판이다. ― 1924 ⑤ 23.

문자학형의편(文字學形義篇) 주쭝라이(朱宗萊)가 지은 1책의 문자학 저술. 1923년 베이징대학출판부의 제4판이다. ― 1924 ⑤ 23.

문장궤범(文章軌範) 송대 사방득(謝枋得)이 펴낸 7권 2책의 합집. ― 1931 ⑪ 29.

문진각서(文津閣書) ― 『사고전서』(四庫全書) 참조.

문징명소상팔경책(文徵明瀟湘八景冊) 명대 문징명(文徵明)이 그린 1책의 그림책. 상하이 문명서국의 영인본. ― 1912 ⑪ 17.

문학(文學)(발레리). 프랑스의 상징파 시인이자 문예이론가인 발레리(Paul Valéry, 1871~ 1945) 지음. 호리구치 다이가쿠(掘口大學)가 번역하여 쇼와 5년(1930) 도쿄의 다이이 치쇼보(第一書房)에서 출판되었다. — 1933 ⑦ 4.

문학(文學) 월간지. 1933년 7월에 창간되어 1937년 11월에 정간되었다. 푸둥화(傅東華), 정전둬(鄭振鐸), 왕퉁자오(王統照) 등이 잇달아 편집을 맡았으며, 황위안(黃源)이 편 집을 보조했다. — 1933 ⑤ 3. ⑥ 4, 17, 30. ⑦ 7, 29, 30. ⑧ 2. 1934 ① 18. ③ 12. ⑦ 7, 30. ⑨ 6. ⑩ 1, 30. ⑪ 22. ⑫ 11, 24. 1935 ② 13. ③ 4, 18. ④ 3, 15, 28, 29. ⑤ 3, 6, 7. ⑥ 2, 6, 10, 25. ⑦ 4, 16, 31. ⑧ 9, 14, 15, 31. ⑩ 2, 3.

문학(文學) 좌익작가연맹(左翼作家聯盟)의 기관지인 반월간. 상하이출판합작사의 명의로 편집·출판했다. 1932년 4월에 창간되었으며, 1기만을 간행했다. — 1932 ⑦ 6.

문학가상(文學家像) — 『Русские писатели』 참조.

문학개론(文學槪論) 판쯔녠(潘梓年)이 지은 문예이론서. 1925년 베이징 베이신(北新)서국 에서 '베이신(北新)총서'의 하나로 출판되었다. — 1925 ⑫ 7.

문학계간(文學季刊) 정전둬(鄭振鐸), 장진이(章靳以) 펴냄. 베이핑 리다(立達)서국에서 발 행되다가 제4기부터 문학계간사에서 발행되었으며, 후에 상하이 생활서점에서 발 행되었다. 1934년 1월에 창간되었고 1935년 12월에 제2권 제4기를 끝으로 정간되 었다. — 1933 ⑪ 25. 1934 ① 14, 16, 17. ④ 21. ⑤ 31. 1935 ① 9. ③ 23.

문학고전의 재인식(文學古典之再認識) — 『문학고전의 재인식』(文學古典の再認識) 참조.

문학고전의 재인식(文學古典の再認識) 아키타 우자쿠(秋田雨雀) 등 지음. 예술유산연구회 엮음. 쇼와 10년(1935) 도쿄의 겐다이분카샤(現代文化社)에서 출판되었다. — 1935 ② 18.

문학과 경제학(文學と經濟學) 오쿠마 노부유키(大熊信行) 지음. 쇼와 4년(1929) 도쿄 다이 토카쿠(大鐙閣)에서 출판되었다. — 1929 ⑨ 28.

문학과 혁명(文學與革命)(영역본) — 『Literature and Revolution』 참조.

문학과 혁명(文學と革命) 일기에는 『革命と文學』으로도 기록되어 있다. 소련의 트로츠키 (Л. Д. Троцкий) 지음. 이게모리 다다시(茂森唯士)가 번역하여 다이쇼 14년(1925) 도 쿄 가이조샤(改造社)에서 출판되었다. — 1925 ⑧ 26. 1928 ② 23.

문학논고(文學論考) 혼마 히사오(本間久雄) 지음. 쇼와 6년(1931) 도쿄의 도쿄도쇼텐(東京 堂書堂)에서 출판되었다. — 1931 ⑤ 26.

문학대강(文學大綱) 정전둬(鄭振鐸)가 편저한 4책의 문학사 서적. 1927년 상하이 상우인 서관(商務印書館)에서 출판. — 1926 ⑫ 31. 1927 ⑥ 16. ⑩ 11.

문학론(文學論) 다케토모 소후(竹友藻風) 지음. 다이쇼 15년(1926) 도쿄의 아르스샤(ARS

社) 제5판. ― 1926 ⑧ 10.

문학론(文學論) 쓰치다 교손(土田杏村) 지음. 쇼와 2년(1927) 도쿄의 다이이치쇼보(第一書
房)에서 출판되었다. ― 1927 ⑪ 10.

문학론(文學論)『프롤레타리아문학론』(プロレタリア文學論)을 가리킨다. 소련의 코간
(Пётр Семёнович Коган, 1872~1932) 지음. 노보리 쇼무(昇曙夢)가 번역하여 쇼와 3
년(1928) 도쿄의 하쿠요샤(白揚社)에서 출판되었다. ― 1930 ⑤ 23.

문학론(文學論)(고리키). 고리키 지음. 일기에 기록된 판본은 세 가지이다. 하나는 혼마 시
치로(本間七郎)가 번역하여 쇼와 10년(1935) 도쿄의 가이조샤(改造社)에서 출판된 것
이고, 다른 하나는 오타케 히로키치(大竹博吉)가 번역하여 쇼와 10년(1935) 도쿄의
나우카샤(ナウカ社)에서 출판된 것이며, 또 다른 하나는 구마자와 마타로쿠(熊澤復
六)가 번역하여 쇼와 10년 도쿄의 미카사쇼보(三笠書房)에서 출판된 것이다. ― 1935
⑪ 25. ⑫ 28. 1936 ① 8.

문학론(文學論)(모리야마森山 씨). 모리야마 게이(森山啓) 지음. 쇼와 10년(1935) 도쿄의 미
카사쇼보(三笠書房)에서 '유물론전서'의 하나로 출판되었다. ― 1935 ⑪ 27.

문학백년사전(文學百年辭典) ―『Литературная энциклопедия』 참조.

문학 100제(文學百題) 문학사(文學社)가『문학』(文學) 2주년을 기념하여 발행한 특집호이
다. 푸둥화(博東華)가 주편하고 황위안(黃源)이 편집을 보조했다. 1935년 7월에 상하
이 생활서점에서 출판. 원래 문학이론, 문학비평, 문학사 등의 여러 방면의 문제 100
개에 대해 60여 명이 답변한 내용을 수록하고자 했으나, 답변한 문제 74개만을 싣고
나머지는 삭제했다. ― 1935 ⑤ 3. ⑦ 31. ⑧ 9.

문학보(文學報) ―『Литературная газета』 참조.

문학사상연구(文學思想研究) 일본 와세다(早稻田)대학 문학부 엮음. 제1집은 쇼와 7년
(1932) 도쿄의 슌주샤(春秋社)에서 출판되었다. ― 1932 ⑫ 24.

문학사전(文學辭典) ―『Литературная энциклопедия』 참조.

문학세계(文學世界) ―『Die Literarische Welt』 참조.

문학순간(文學旬刊) 일기에는『문예순간』(文藝旬刊)으로 오기되어 있다.『문학주보』(文學
週報)의 전신이다.『문학주보』를 참조하시오. ― 1921 ⑧ 12.

문학신집(文學新輯) 상하이 문학신집사가 펴낸 월간지. 상하이 잡지공사에서 발행. 1935
년 2월에 창간되어 1기만을 출간했다. ― 1935 ④ 10.

문학 10강(文學十講) ―『근대문학 10강』(近代文學十講) 참조.

문학에 뜻을 둔 사람에게(文學に志す人に) 무샤노코지 사네아쓰(武者小路實篤) 지음. 다이
쇼 15년(1926) 도쿄의 가이조샤(改造社)에서 출판되었다. ― 1926 ⑥ 2.

문학원론(文學原論) 독일의 엘스터(E. Elster) 지음. 다카하시 데이지(高橋禎二)가 번역하여 다이쇼 13년(1924) 도쿄의 도쿄도(東京堂)에서 출판되었다. ─ 1924 ④ 8.

문학월보(文學月報) 좌익작가연맹의 기관지 가운데 하나. 창간 당시에는 야오펑쯔(姚蓬子)가 펴냈으며, 제3기부터 저우치잉(周起應, 저우양周揚)이 펴냈다. 상하이 문학월보사 발행. 1932년 6월에 창간되었으며, 같은 해 12월에 출판금지를 당했다. ─ 1932 ⑩ 16. ⑫ 15. 1927 ⑥ 16. ⑩ 11.

문학을 위한 경제학(文學のための經濟學) 일기에는 『文學の爲めの經濟學』으로 기록되어 있다. 오쿠마 노부유키(大熊信行) 지음. 쇼와 8년(1933) 도쿄의 슌주샤(春秋社)에서 출판되었다. ─ 1933 ⑪ 27.

문학의 사회학적 비판(文學の社會學的批判) 캘버턴(Victor Francis Calverton) 지음. 기무라 도시미(木村利美)가 번역하여 쇼와 5년(1930) 도쿄의 하쿠요샤(白揚社)에서 출판되었다. ─ 1930 ③ 5.

문학의 연속성(文學の連續性) 영국의 고스(Edmund W. Gosse) 지음. 사가라 지로(相良次郎)가 번역하여 쇼와 7년(1932) 도쿄의 겐큐샤(研究社)에서 '문학론소총서'(文學論小叢書)의 하나로 출판되었다. ─ 1932 ⑤ 31.

문학의 유산(文學の遺産) ─ 『Литературное наследство』 참조.

문학의 전술론(文學的戰術論) 오야 소이치(大宅壯一) 지음. 쇼와 5년(1930) 도쿄의 주오코론샤(中央公論社)에서 출판되었다. ─ 1930 ③ 5.

문학이론의 제 문제(文學理論の諸問題) 히라바야시 하쓰노스케(平林初之輔) 지음. 쇼와 4년(1929) 도쿄의 지구라쇼보(千倉書房)에서 출판되었다. ─ 1929 ⑫ 17.

문학입문(文學入門) 헤른(L. Hearn, 일본명은 고이즈미 야쿠모小泉八雲) 지음. 곤 도고(今東光)가 번역하여 다이쇼 14년(1925) 도쿄의 긴세이도(金星堂)에서 출판되었다. ─ 1926 ② 23.

문학잡지(文學雜誌) 북방 좌익작가연맹의 기관지 가운데 하나인 월간지. 베이핑 문학잡지사가 펴내고(왕즈즈王志之 등 책임), 베이핑 시베이(西北)서국에서 발행했다. 1933년 4월에 창간되었고 같은 해 7월에 제3, 4기 합간호를 간행한 후 정간되었다. ─ 1933 ① 9. ④ 28.

문학주간(文學週刊) 『징바오』(京報) 부간의 하나. 뤼보사(綠波社)와 싱싱(星星)문학사에서 함께 펴냈다(쑨시전孫席珍 편집 책임). 1924년 12월 13일에 창간되었다. ─ 1925 ① 3, 6.

문학주보(文學週報) 문학연구회(文學研究會)에서 주관했다. 원래는 『문학순간』(文學旬刊)으로 1921년 5월 10일 상하이에서 창간되었다. 처음에는 『시사신보』(時事新報)의 부간으로 발행되었으며, 정전둬(鄭振鐸), 셰류이(謝六逸), 쉬댜오푸(徐調孚) 등이 편집을 담당했다. 1923년 7월 30일 제81기 이후『문학』(文學)으로 개칭되었으며, 1925년 5월에『문학주보』로 개칭되어 독립적으로 발행되었다. 1926년 11월 제251기(즉 제4권 제1기)부터 자오징선(趙景深)이 편집을 담당하면서 카이밍(開明)서점에서 출판되었으며, 1929년 6월에 제9권 제22기를 끝으로 정간되었다. ─ 1927 ④ 28. ⑦ 23. 1928 ⑨ 21. ⑩ 31.

문학청년(文學靑年) 저우렁쟈(周楞伽)가 펴낸 월간지. 상하이 당대출판사 발행. 1936년 4월에 창간되어 같은 해 5월 제2기를 끝으로 정간되었다. ─ 1936 ④ 11.

문학총간(文學叢刊) 1935년 상하이 문화생활출판사에서 간행된 창작총서. 바진(巴金) 주편. 루쉰의『새로 쓴 옛날이야기』(故事新編)와「밤에 쓴 글」(夜記)이 여기에 실렸다. ─ 1935 ⑫ 3. 1936 ① 29. ② 7.

문학총보(文學叢報) 왕위안헝(王元亨), 마쯔화(馬子華)가 펴낸 월간지. 상하이 문학총보사 발행. 1936년 4월에 창간되었고, 같은 해 9월에 제6기를『인민문학』(人民文學)으로 개명해서 발행한 후 1기만에 정간되었다. ─ 1936 ④ 5. ⑤ 6. ⑦ 5, 6.

문학평론(文學評論) 가타가미 노부루(片上伸) 지음. 다이쇼 15년(1926) 도쿄 신초샤(新潮社)에서 출판되었다. 이 안에 수록된「무산계급의 제문제」를 루쉰은「현대신흥문학의 제문제」(現代新興文學的諸問題)라는 제목으로 번역했다. ─ 1927 ⑪ 7.

문학평론(文學評論) 고리키 등 지음. ─ 1935 ⑩ 10.

문학혁명의 전초(文學革命的前哨) 고미야마 아키토시(小宮山明敏) 지음. 쇼와 5년(1930) 도쿄의 세카이샤(世界社)에서 출판되었다. ─ 1930 ⑩ 25.

문헌(文獻) ─『문헌특간』(文獻特刊) 참조.

문헌(文獻)(특집호) 1935년 베이핑 구궁(故宮)박물원 문헌편집회에서 발간. ─ 1935 ② 20.

문형산서이소진적(文衡山書離騷眞迹) 명대 문징명(文徵明)이 쓴 1책의 서법서(書法書). 상하이 문명서국의 석인본. ─ 1914 ⑫ 30.

문형산선생고사전진적(文衡山先生高士傳眞迹) 명대 문징명(文徵明)이 그린 1책의 그림책. 1925년 상하이 상우인서관(商務印書館)의 영인본. ─ 1931 ④ 28.

문형산수서이소(文衡山手書離騷) ─『문형산서이소진적』(文衡山書離騷眞迹) 참조.

문형산자서시고(文衡山自書詩稿) 명대 문징명(文徵明)이 만든 1책의 서법서(書法書). 상하이 문명서국의 석인본. ─ 1914 ⑫ 30.

문호평전총서(文豪評傳叢書) 일기에는『현대문호평전총서』(現代文豪評傳叢書)로도 기록되어 있다. 총 6종. 다이쇼 14년부터 쇼와 2년(1925~1927)에 걸쳐 도쿄 신초샤(新潮

社)에서 출판되었다.『바이런』(バイロン),『빅토르 위고』(ヴィクトル·ユゴオ) 외에,『도
스토예프스키』(ドストエフスキー),『입센』(イプセン),『루소』(ルソオ)와『단테』(タンテ)
등이다. — 1926 ⑦ 5, 19. 1927 ⑪ 22.

문화사회학개론(文化社會學槪論) 간 에이키쓰(關永吉) 지음. 쇼와 4년(1929) 도쿄의 도쿄
도(東京堂)에서 출판되었다. — 1929 ⑩ 23.

문화월보(文化月報) 상하이 좌익문화총동맹의 기관지. 천러푸(陳樂夫)가 펴내고 상하이
문화월보사가 간행했다. 1932년 11월에 창간되었으며, 1933년 1월에 제2기를 내면
서『세계문화』(世界文化)로 개명한 후 곧 정간되었다. 루쉰의 「'제3종인'을 논함」(論
'第三種人')등의 글이 이 잡지에 실렸다. — 1932 ⑫ 15.

문화의 옹호(文化の擁護) 국제작가회의 보고집. 고마쓰 기요시(小松淸)가 편역하여 쇼와
10년(1935) 도쿄의 다이이치쇼보(第一書房)에서 출판되었다. — 1935 ⑪ 17.

물레 이야기(紡輪的故事) 프랑스 망데(C. Mendés)가 지은 동화. C. F. 여사가 번역하여
1924년 베이징대학 신조사(新潮社)에서 '신조사문예총서'의 하나로 출판되었다. —
1924 ① 8. ⑤ 13, 19, 25. 1926 ⑤ 27.

물보라(浪花) C.F.여사의 시집. 1923년 베이징대학 신조사(新潮社)에서 출판되었다. —
1923 ⑤ 20.

물에 자신을 비추어본 사슴(鹿の水かがみ) 일기에는『鹿の水鏡』으로 기록되어 있다. 그
리스의 이솝(Aisopos)이 지은 우화. 이토 다카마로(伊藤貴麿)가 번역하여 쇼와 7년
(1932) 도쿄의 지도쇼보(兒童書房)에서 '세계보옥동화총서'의 하나로 출판되었다. —
1932 ⑥ 23.

물질과 비극(物質と悲劇) 일기에는『物質與悲劇』으로도 기록되어 있다. 독일의 니체가 지
은 철학서. 아베 로쿠로(阿部六郞)가 번역하여 쇼와 9년(1934) 도쿄의 시바쇼텐(芝書
店)에서 출판되었다. — 1934 ⑩ 19.

므두셀라(メッザレム) 원제는『Methusalem』. 독일의 골(I. Goll)이 지은 극본. 구보 사카
에(久保榮)가 번역하여 쇼와 3년(1928) 도쿄의 겐시샤(原始社)에서 출판되었다. 이
책은『영원의 부르주아지』라고도 불린다. — 1928 ⑤ 16.

미국문학(アメリカ文學) 다카가키 마쓰오(高垣松雄)가 지은 문학사 서적. 쇼와 2년(1927)
도쿄 겐큐샤(硏究社)에서 출판되었다. — 1927 ⑪ 26.

미르고로드(密爾格拉得) 러시아 고골의 소설집『Миргород』. 멍스환(孟十還)이 번역하여
1936년 상하이 문화생활출판사에서 '역문총서'의 하나로 출판되었다. — 1936 ⑥ 5.

미륵보살삼경(彌勒菩薩三經) 1책의 불교 서적.『불설관미륵보살상생도솔천경』(佛說觀彌勒
菩薩上生兜率天經. 1권),『불설미륵하생경』(佛說彌勒下生經. 1권),『불설미륵대성불경』

ㅁ 371

(佛說彌勒大成佛經. 1권)을 가리킨다. ─ 1916 ① 28.

미산시안광증(眉山詩案廣證) 청대 장감(張鑒)이 지은 6권 2책의 전기(傳記). 광서(光緒) 10
년(1884) 장쑤(江蘇)서국 각본. ─ 1926 ⑩ 5.

미쇄(彌灑) 문예월간지. 후산위안(胡山源) 등 펴냄. 상하이 미쇄사에서 출판. 1923년 3월
에 창간되었고, 같은 해 8월에 제6기를 끝으로 정간되었다. ─ 1923 ③ 27.

미술개론(美術槪論) 모리구치 다리(森口多里) 지음. 쇼와 4년(1939) 도쿄의 와세다(早稻田)
대학출판부에서 '문화과학총서'의 하나로 출판되었다. ─ 1929 ③ 28.

미술과 국민교육(美術與國民教育) 확실치 않음. ─ 1912 ⑧ 7.

미술론(美術論) 확실치 않음. ─ 1912 ⑧ 7.

미술백과전서(美術百科全書)(서양편). 사토 기료(佐藤義亮) 엮음. 쇼와 9년(1934) 도쿄의 신
초샤(新潮社)에서 출판되었다. ─ 1935 ① 24.

미술사요(美術史要) ─『*Einführung in die Kunstgeschichte*』 참조.

미술사의 근본문제(美術史の根本問題) 이타가키 다카오(板垣鷹穗) 지음. 쇼와 5년(1930) 도
쿄의 덴진샤(天人社)에서 출판되었다. ─ 1930 ⑪ 10.

미술사조론(美術史潮論) ─『근대미술사조론』(近代美術史潮論) 참조.

미술생활(美術生活) 진유청(金有成)이 창간한 도화(圖畫)월간. 처음에는 첸서우톄(錢瘦鐵),
우랑시(吳朗西) 등 11명이 편집을 맡았으나, 제7기부터 상무편집인을 두어 우랑시,
중산인(鍾山隱) 등 6명이 편집을 담당했다. 상하이 신문보관(新聞報館)에서 발행했다.
1934년 4월 1일에 창간되었고 1937년 9월에 정간되었다. ─ 1935 ④ 3. ⑥ 5.

미술을 찾아(美術をたづねて) 일기에는『美術を尋ねて』로도 기록되어 있다. 오루이 노부
루(大類伸) 지음. 쇼와(昭和) 2년(1927) 도쿄의 하쿠분칸(博文館)에서 출판되었다. ─
1928 ① 5.

미술의장사진유취(美術意匠寫眞類聚) ─『도안미술사진유취』(意匠美術寫眞類聚) 참조.

미술전집(美術全集) ─『세계미술전집』(世界美術全集) 참조.

미술총서(美術叢書) 도쿄의 이와나미쇼텐(岩波書店)에서 다이쇼 13년(1924)부터 편집·
출판하기 시작했다. 루쉰의 장서 중에 현재 남아 있는 것은 다음과 같다.『현대의 미
술』(現代の美術),『홀랜드파와 플랑드르파의 4대 화가론』(オランダ派フランドルの四大
畫家論),『이탈리아 고전기 미술』(イタリア古典期美術. 스위스의 뵐플린H. Wölfflin 지음.
야타베 다쓰로矢田部達郎 번역),『렘브란트』(レムブラント. 짐멜G. Simmel 지음. 오니시 요
시노리大西克禮 번역),『조형미술에서의 형식문제』(造型美術に於ける形式の問題),『파르
테논』(パルテノン. 프랑스의 콜리뇽M. Collignon 지음. 도미나가 소이치富永惣一 번역).
─ 1929 ⑥ 7. ⑫ 31. 1930 ① 4.

미암집(眉庵集) 명대 양기(楊基)가 지은 별집. 12권, 보유(補遺) 1권의 2책.—1912 ⑪ 2.

미양(迷羊) 위다푸(郁達夫)가 지은 소설. 1928년 상하이 베이신(北新)서국에서 출판되었다.—1928 ① 31.

미인은(美人恩) 장헌수이(張恨水)가 지은 소설. 1934년 상하이 세계서국에서 출판되었다. 3책.—1934 ⑤ 16.

미치광이 심리(風狂心理)—『미치광이 심리』(瘋狂心理) 참조.

미친 사랑(痴人之愛) 일본인 다니자키 준이치로(谷崎潤一郎)의 장편소설 『痴人の愛』.『치인의 사랑』으로 번역하기도 함. 양싸오(楊騷)가 번역하여 1928년 상하이 베이신(北新)서국에서 출판되었다.—1929 ① 22.

미트로힌 목각집(密德羅辛木刻集)—『Гравюры на дереве』 참조.

미학(美學) 아베 지로(阿部次郎) 지음. 다이쇼 15년(1926) 도쿄의 이와나미쇼텐(岩波書店) 52판(개정판). '철학총서'의 하나.—1926 ④ 9.

미학 및 문학사론(美學及び文學史論) 일기에는 『美學及ビ美學史論』으로도 기록되어 있다. 독일의 메링(F. Mehring) 지음. 가와구치 히로시(川口浩) 번역. 소련문학연구회 엮음. 쇼와 6년(1931) 도쿄의 소분카쿠(叢文閣)에서 '맑스주의예술이론총서'의 하나로 출판되었다.—1931 ② 21.

미학원론(美學原論) 독일의 퀼페(Oswald Külpe) 지음. 후지이 아키라(藤井昭)가 번역하여 다이쇼(大正) 14년(1925) 도쿄의 도쿄도쇼텐(東京堂書店)에서 출판되었다. — 1926 ④ 9.

민간고사연구(民間故事硏究) 자오징선(趙景深)이 지은 문예이론서. 일기에는 『중국고사연구』(中國故事硏究)로 오기되어 있다. 1928년 상하이 푸단(復旦)서점에서 출판되었다. — 1928 ⑫ 25.

민보(民報)—『민싱일보』(民興日報) 참조.

민보(民報) 펑위샹(馮玉祥) 국민군 계통과 국민당이 베이징에서 공동 운영했던 일간지. 1925년 7월에 창간되었다. 루쉰은 웨이쑤위안(韋素園)을 이 시문의 부간의 편집을 담당하도록 소개해 달라고 쉬쉬성(徐旭生)에게 부탁하여 같은 해 8월 5일에 부간은 창간되었지만, 반달 만에 신문사가 장쭤린(張作霖)에게 봉쇄되어 정간되었다. — 1925 ⑦ 13.

민보(民報)(타이완臺灣)—『타이완민보』(臺灣民報) 참조.

민싱보(民興報)—『민싱일보』(民興日報) 참조.

민싱일보(民興日報) 일기에는 『민싱보』(民興報),『민보』(民報)로도 기록되어 있다.『웨둬일보』(越鐸日報)가 내부분열을 겪은 후 쑹린(宋琳), 마커싱(馬可興), 리샤칭(李霞卿) 등이 1912년 4월 20일 사오싱(紹興)에서 창간했으며, 같은 해 11월에 정간되었다. ―

1912 ⑥ 3, 7, 8, 9, 10, 12, 13, 14, 15, 17, 19, 20, 21, 22, 23, 26, 27, 28, 29, 30. ⑦ 1, 2, 4, 6,

7, 9, 11, 12, 14, 15, 17, 19, 20, 21, 23, 24, 26, 27, 28, 30, 31. ⑧ 2, 4, 5, 6, 7, 28, 29, 31.

⑨ 1, 3, 5, 6, 8, 9, 10, 11, 12, 13, 15, 16, 17, 18, 19, 20, 22, 23, 24, 25, 26, 27, 29, 30.

⑩ 24, 25, 26, 28, 29, 31. ⑪ 2, 3, 7, 9.

민요(俚謠) 민가 모음집. 유아사 지쿠산진(湯朝竹山人) 엮음. 다이쇼 4년(1915) 도쿄의 신
분칸(辰文館)에서 발행되었다. ― 1919 ⑧ 2.

민족문화의 발전(民族文化の發展) 기오카 요시오(木岡義雄) 번역. 일본소비에트문화연구
회(日本サヴェート文化研究会) 엮음. 쇼와 7년(1932) 도쿄의 모쿠세샤쇼인(木星社書
院)에서 '소비에트문화총서'의 하나로 출판되었다. ― 1932 ⑥ 29.

민족사회국가관(民族社會國家觀) ― 『맑스의 민족 · 사회 및 국가관』(マルクスの民族 · 社會幷
に國家觀) 참조.

밀레대화집(ミレー大畫集) 고데라 겐키치(小寺健吉) 엮음. 밀레(J. F. Millet, 1814~1875)는
프랑스의 화가. ― 1933 ③ 27. ⑥ 6. ⑧ 7.

밀암시고(密庵詩稿) 명대 사숙(謝肅)이 지은 별집. 시고(詩稿) 5권, 문고(文稿) 부록 5권의 4
책. 『사부총간』(四部叢刊) 3편은 명대 홍무(洪武) 연간의 간본을 영인했다. ― 1935 ⑩
14.

밀운루총서(密韻樓叢書) 장루짜오(蔣汝藻) 모음. 7종 20책. 1922년부터 1924년에 걸쳐 우
청(烏程) 장씨(蔣氏) 밀운루(密韻樓)에서 송대의 남인본(藍印本)을 영인했다. ― 1935
⑪ 21.

밀턴 실락원 화집(彌耳敦失樂園畫集) ― 『밀턴의 실락원 화집』(ミルトン失樂園畫集) 참조.

밀턴의 실낙원 화집(ミルトン失樂園畫集) 프랑스의 도레(Louis Auguste Gustave Doré)
작품. 호아시 이치로(帆足理一郎)가 엮어 쇼와 3년(1928) 도쿄의 신세이도(新生堂)에
서 간행되었다. ― 1928 ③ 30.

【ㅂ】

바다의 동화(海の童話) 온치 고시로(恩地孝四郎) 등이 만든 시화집(詩畫集). 쇼와(昭和) 9년 (1934) 도쿄의 한가쇼(版畫莊)에서 출판되었다.— 1934 ⑧ 26.

바다제비(海燕) 문학월간지. 루쉰과 후펑(胡風), 녜간누(聶紺弩), 샤오쥔(蕭軍), 저우원(周 文) 등이 운영하였으며, '상하이 해연(海燕)문예사'의 이름으로 간행되었다. 엮은이 는 잇달아 '해연문예사'와 '스칭원'(史靑文)을 서명으로 사용했다. 1936년 1월 20일 에 창간되었고 제2기를 끝으로 정간되었다.— 1936 ① 19. ② 10.

바른 길을 걷지 못한 안드룬(不走正路的安得倫) 소련의 네베로프(A. C. Неверов)가 지은 소 설. 일기에는 『안드룬』(安得倫)으로도 기록되어 있다. 차오징화(曹靖華)가 번역. 1931 년에 소련에서 인쇄되었다가, 후에 루쉰이 교열을 보고 서문을 써서 1933년 상하 이 야초서옥(野草書屋)에서 '문예연총'(文藝連叢)의 하나로 출판했다.— 1931 ⑫ 25. 1933 ⑤ 11, 13, 21. ⑥ 3, 13, 19. ⑩ 6. ⑪ 1.

바스크 목가(山民牧唱) 스페인 작가 바로하(P. Baroja)의 소설집. 루쉰은 일역본에 근거하 여 1928년부터 1934년에 걸쳐 계속 번역했는데, 생전에 출판되지는 못했다.— 1933 ⑨ 13.

바이런(バイロン) 영국의 니콜(J. Nichol) 지음. 미요시 주로(三好十郎)가 번역하여 다이쇼 (大正) 15년(1926) 도쿄의 신초샤(新潮社)에서 '문호평전총서'의 하나로 출판되었다. — 1926 ⑦ 19.

바이런 시대의 영문학(拜輪時代之英文學) (역본) 『영국문학 — 바이런시대』(英國文學 — 拜 倫時代) 참조.

바진 단편소설집(巴金短篇小說集) 바진(巴金)의 단편소설집. 일기에는 『단편소설집』(短篇 小說集)으로 기록되어 있다. 1936년 상하이 카이밍(開明)서점에서 출판되었다.— 1936 ④ 26.

바쿠노시타(貘の舌) 우치다 로안(內田魯庵)의 수필집. 다이쇼 14년(1925) 도쿄의 슌주샤 (春秋社)에서 출판되었다.— 1927 ⑪ 20.

바퀴 달린 세계(輪のある世界) 니시와키 준자부로(西脇順三郎)의 수필집. 쇼와 8년(1933) 도쿄의 다이이치쇼보(第一書房)에서 출판되었다.— 1933 ⑥ 22.

박고주패(博古酒牌) 『박고엽자』(博古葉子)를 가리킨다. 명대 왕도곤(汪道昆)이 짓고 청대 진홍수(陳洪綬)가 그림을 그린 1책의 그림책. 일기에 기록된 판본은 두 가지이다. 하나는 1930년에 상위(上虞) 뤄씨(羅氏)의 탄인루(蟬隱廬)에서 영인한 것이고, 다른 하나는 1936년 정전뒤(鄭振鐸) 번각본의 견본이다. ― 1932 ② 10. 1934 ⑪ 8. 1936 ⑥ 5~30.

박학재필기(樸學齋筆記) 청대 성대사(盛大士)가 지은 8권 2책의 잡기. 1920년 우싱(吳興) 류씨(劉氏)의 '가업당(嘉業堂)'총서'본이다. ― 1934 ⑪ 3.

반고루한석기존(攀古樓漢石紀存) 청대 오대징(吳大澂)이 펴낸 1책의 금석문자학 서적. 동치(同治) 12년(1873) 방희재(滂喜齋) 각본. ― 1918 ⑫ 2.

반고 연보(班固年譜) 정허성(鄭鶴聲) 지음. 1931년 상하이 상우인서관(商務印書館)에서 출판되었다. ― 1932 ① 19.

반 고흐 대화집(ヴアン·ゴッホ大畵集) 일기에는 『ヴアン·ゴホ大畵集』, 『Van Gogh大畵集』으로도 기록되어 있다. 네덜란드 화가 반 고흐(V. van Gogh, 1853~1890)의 작품. 하자마 이노스케(硲伊之助)와 아다치 겐이치로(足立源一郞) 등 엮음. 쇼와 8년(1933) 도쿄 아틀리에샤(アトリエ社)에서 출판되었다. ― 1933 ⑤ 8. ⑦ 8. ⑨ 13. ⑩ 6.

반 고흐 화집(ゴホ畵集) 네덜란드 화가 반 고흐 그림. 기타하라 요시오(北原義雄)가 엮음. 쇼와 4년(1929) 도쿄 아틀리에샤(アトリエ社)에서 영인했다. ― 1931 ④ 11.

반란(叛亂)(Мятеж). 소련의 푸르마노프(Д. А. Фурманов)가 지은 소설. 고미야마 아키토시(小宮山明敏)가 번역하여 1925년 일본 맑스쇼보(マルクス書房)에서 '노농러시아문학총서'의 하나로 출판되었다. ― 1930 ④ 24.

반려(伴侶) 문예월간지. 홍콩 반려잡지사에서 편집·출판. ― 1928 ⑩ 14.

반야등론(般若燈論) 용수보살(龍樹菩薩)이 짓고 당대 파라파밀다라(波羅頗密多羅)가 번역한 15권 3책의 불교 서적. ― 1914 ⑤ 15.

반야심경오가주(般若心經五家注) 불교 서적. 당대 정매(靖邁)가 설명을 가한 『심경소』(心經疏), 당대 법장(法藏)이 지은 『심경약소』(心經略疏), 명대 종륵여기(宗泐如𡶶)가 설명을 가한 『심경주해』(心經注解), 명대 덕청(德清)이 지은 『심경직설』(心經直說), 명대 지욱(智旭)이 지은 『심경석요』(心經釋要)를 가리킨다. 각 1권이며, 1책으로 합본했다. ― 1914 ⑨ 16.

반역아(反逆兒) 프랑스의 라크르텔(J. de. Lacretelle) 지음. 아오야기 미즈호(靑柳瑞穗)가 번역하여 쇼와 11년(1936) 도쿄의 다이이치쇼보(第一書房)에서 '프랑스현대소설'의 하나로 출판되었다. ― 1936 ⑨ 9.

반역자(叛逆者) 아리시마 다케오(有島武郞)가 지은 예술사 서적. 다이쇼(大正) 7년(1918)

도쿄의 신초샤(新潮社)에서 '아리시마 다케오 저작집'의 하나로 출판되었다. ─ 1925 ③ 25.

반열반경(般涅槃經) ─ 『불반니원경』(佛般泥洹經) 참조.

발굴(發掘) 성단(聖旦)이 지은 소설집. 1934년 상하이 텐마(天馬)서점에서 출판되었다. ─ 1935 ① 17.

발보리심론(發菩提心論) 천진보살(天親菩薩)이 짓고 후진(後秦)의 구마라집(鳩摩羅什)이 번역한 2권 1책의 불교 서적. ─ 1914 ⑥ 3.

발수조(髮須爪) 장사오위안(江紹原)이 지은 민속학 서적. 1928년 상하이 카이밍(開明)서점에서 출판되었다. ─ 1928 ③ 27.

방언(方言. 영송본景宋本) 한대 양웅(揚雄)이 지은 13권 1책의 훈고 서적. 푸산(福山) 왕씨(王氏) 천양각(天壤閣)의 영송각본(影宋刻本). ─ 1934 ① 1.

방언소증(方言疏證) 청대 대진(戴震)이 설명을 덧붙인 13권 4책의 언어학 서적. ─ 1934 ① 1.

방옹문집(放翁文集) ─ 『육방옹문집』(陸放翁文集) 참조.

방채만화대보감(邦彩蠻華大寶鑑) 이케나가 하지메(池長孟)가 엮은 도책(圖冊). 쇼와 8년(1933) 도쿄의 소겐샤(創元社)에서 2책으로 영인되었다. 「대외관계 미술사료 연표」가 부록으로 붙어 있다. ─ 1936 ③ 21.

방천선생시집(方泉先生詩集)(죽택竹垞 베낌) 송대 주문박(周文璞, 호는 방천方泉)이 만들고 청대 주이존(朱彛尊, 호는 죽택竹垞)이 쓴 3권 1책의 서법서. ─ 1914 ① 13.

방천시(方泉詩) ─ 『방천선생시집』(方泉先生詩集) 참조.

방황(彷徨) 루쉰의 소설집. 1926년 베이징 베이신(北新)서국에서 '오합총서'(烏合叢書)의 하나로 출판되었다. ─ 1926 ⑨ 17. ⑫ 6. 1927 ③ 27. 1928 ⑪ 15. 1929 ⑫ 15, 17. 1931 ③ 1. 1933 ② 16. ③ 2.

배경루장서제발기(拜經樓藏書題跋記) 청대 오수양(吳壽暘)이 편찬한 목록학 서적. 5권, 부록 1권의 2책. 일기에는 『배경루제발』(拜經樓題跋)로 기록되어 있다. ─ 1912 ⑨ 8.

배경루제발(拜經樓題跋) ─ 『배경루장서제발기』(拜經樓藏書題跋記) 참조.

배금예술(拜金藝術). 미국의 싱클레어(U. Sinclair)가 지은 문예평론서. 기무라 쇼지(木村生死)가 번역하여 쇼와 2년(1927) 도쿄의 긴세이도(金星堂)에서 '사회문예총서'의 하나로 출판되었다. ─ 1927 ⑫ 14.

백가당시선(百家唐詩選) ─ 『당백가시선』(唐百家詩選) 참조.

백과 흑(白と黑) 판화 월간지. 료지 구마타(料治熊太) 엮음. 도쿄의 시로토쿠로샤(白と黑社)에서 간행되었다. 쇼와 5년(1930)에 창간되었으며, 쇼와 10년(1935)에 정간되었

다. ― 1933 ③ 27. ⑤ 31. ⑥ 8. ⑦ 18. ⑧ 19. ⑨ 3. ⑩ 7. ⑪ 7. ⑫ 6, 30. 1934 ① 26. ②
20. ③ 5. ④ 21. ⑤ 13. ⑥ 22. ⑦ 10. ⑧ 11. 1935 ⑧ 20. ⑨ 4. ⑪ 24.

백룡산인묵묘(白龍山人墨妙) 왕전(王震, 자는 이팅一亭)이 그린 그림책. 1927년 상하이 시링
인사(西泠印社)의 석인본(石印本)이다. ― 1930 ⑨ 14, 23.

백매집(百梅集) 천수퉁(陳叔通)이 펴낸 2책의 그림책. 1927년 상하이 상우인서관(商務印
書館)에서 영인했다. ― 1928 ④ 23.

백문신류사기(白門新柳詞記) 청대 허예(許豫)가 펴낸 2책의 사합집(詞合集). 광서(光緒) 9
년(1883) 광저우(廣州) 애목산방(愛目山房)의 중각본(重刻本). 책 속에 여러 사보(詞
譜)가 부록되어 있다. ― 1927 ④ 24.

백미신영(百美新咏) 청대 안희원(顏希源) 등이 제작한 4책의 그림책. 가경(嘉慶) 10년
(1805) 각본이다. ― 1928 ⑦ 16.

백삼가집(百三家集) 『한위육조백삼명가집』(漢魏六朝百三名家集)을 가리킨다. 명대 장부(張
溥)가 펴낸 총집. ― 1932 ④ 3.

백씨풍간(白氏諷諫) 당대 백거이(白居易)가 지은 1권 1책의 별집. 광서(光緒) 19년(1893)
쑤저우(蘇州) 쉬씨(徐氏)의 영송각본(影宋刻本). ― 1920 ③ 6.

백악응연(白岳凝煙) 청대 왕차후(汪次侯)가 그린 1책의 그림책. 일본 분큐도(文求堂)에서
청대 강희(康熙) 각본에 근거하여 영인하였다. ― 1934 ⑤ 23.

백양산인화조화책(白陽山人花鳥畫冊) 명대 진순(陳淳)이 그린 1책의 그림책. 일기에는 『진
백양화조진적』(陳白陽花鳥眞迹)으로도 기록되어 있다. ― 1913 ② 24. ④ 28.

백유경(百喩經) 『백유법구경』(百喩法句經)이라고도 한다. 인도의 가사나(伽斯那)가 짓고
남제(南齊)의 구나비지(求那毘地)가 번역한 불교 서적. 루쉰은 어머니의 예순 살 생신
을 축하하기 위해 1914년 7월 금릉(金陵)의 각경처(刻經處)에 부탁하여 100본을 찍
었다. 2권 1책. 1915년 고려본(高麗本)에 근거하여 금릉의 각본을 교감했으며, 1929
년에 다시 일본 쇼호(正保) 2년본 『백유경』(百喩經)을 구입했다. ― 1914 ⑦ 29. ⑩ 7.
1915 ① 11, 12, 13, 15, 17, 19, 21. ③ 23, 29. ⑦ 20. 1916 ⑤ 10. 1925 ⑧ 2. 1929 ④ 5.

백유법구경(百喩法句經) ― 『백유경』(百喩經) 참조.

백전고(百塼考) 청대 여전손(呂佺孫)이 지은 1권 1책의 금석문자 서적. 루쉰은 광서(光緒)
4년(1878) 방희재(滂喜齋) 간본 중의 24쪽을 베꼈다. ― 1915 ⑦ 19. ⑧ 10.

백전초당존고(白田草堂存稿) 청대 왕무굉(王懋竑)이 편찬한 8권 2책의 별집. 광서 20년
(1894) 광저우(廣州) 광야(廣雅)서국의 각본(2책)이다. ― 1927 ⑨ 16.

백지흑자(白紙黑字) 소련의 이린(Михаил Ильин)이 지은 과학보급도서. 구쥔정(顧均正)이
번역하여 1933년 상하이 량유(良友)도서인쇄공사에서 출판되었다. ― 1933 ⑥ 19.

백한연비(百漢研碑) 청대 만렴산(萬廉山)이 모으고 왕응수(王應綬)가 베낀 1책의 금석도상 집(金石圖像集). — 1915 ⑥ 7, 10.

백화강부각시집(白華絳跗閣詩集) 청대 이자명(李慈銘)이 지은 10권 2책의 별집. 광서 16년 (1890)의 각본이며,『월만당집』(越縵堂集) 단행본이다. — 1913 ③ 8. ⑤ 21.

백화시전보(百華詩箋譜) 청대 장화암(張龢庵)이 그린 2책의 그림책. 선통(宣統) 3년(1911) 톈진(天津) 원메이자이(文美齋)의 컬러인쇄본. — 1912 ④ 29. 1931 ⑦ 23.

백회본수호전(百回本水滸傳) 원대 시내암(施耐庵)이 지은 소설. 1925년에 리쉬안보(李玄伯)가 명대 가정본(嘉靖本)을 다시 찍었다. 5책. — 1925 ⑫ 21.

백효도(百孝圖) —『남녀백효도전전』(男女百孝圖全傳) 참조.

백효도(百孝圖) 청대 유보진(兪葆眞)이 짓고 정적(鄭績)이 그린 4권 2책의 권선서(勸善書). — 1914 ① 18. ② 1. ④ 28.

번간의집 칠가주(樊諫議集七家注) 7권 2책의 별집. 당대 번소술(樊紹述)이 짓고 원대 조인거(趙仁擧) 등이 설명을 가했다. 1924년 면강서옥(綿絳書屋) 번씨(樊氏) 각본. — 1932 ② 19.

번개(電) 바진(巴金)이 지은 소설. 1935년 상하이 량유(良友)도서인쇄공사에서 출판되었다. — 1935 ④ 8.

번남문집보편(樊南文集補編) 12권의 별집. 12권, 옥계생(玉溪生) 연보 정오(正誤) 부록 1권의 4책. 당대 이상은(李商隱)이 짓고 청대 전진륜(錢振倫)과 전진상(錢振常)이 설명을 덧붙였다. 동치(同治) 5년(1866) 망삼익재(望三益齋) 각본. — 1913 ① 12.

번남문집전주(樊南文集箋注) —『이의산시문집전주』(李義山詩文集箋注) 참조.

번뇌는 지혜에서(煩惱由于才智) —『Tope от ума』 참조.

번뇌를 낳다(生レ出ル惱ミ) 아리시마 다케오(有島武郞) 지음. 쇼와 3년(1928) 도쿄의 신초샤(新潮社)에서 '아리시마 저작집'의 하나로 출판되었다. — 1929 ① 6.

벌레 먹다(蟲蝕) 진이(靳以)의 소설집. 1934년 상하이 량유(良友)도서인쇄공사에서 '량유(良友)문학총서'의 하나로 출판되었다. — 1934 ⑫ 16.

범경집(泛梗集) 청대 오지장(吳之章)이 지은 8권 2책의 시집. 장타이옌(章太炎) 등이 서문을 썼다. 1913년 조판인쇄본. — 1914 ⑨ 1.

범금의 고고학적 고찰(杋禁の考古學的考察) —『장기(葬器)의 고고학적 고찰』 참조.

범망경보살계본소(梵網經菩薩戒本疏) 일기에는『범망경소』(梵網經疏)로 기록되어 있다. 당대 법장(法藏)이 지은 6권(혹은 10권)본과 지주(智周)가 지은 5권본 등이 있다. — 1921 ⑥ 22.

범망경소(梵網經疏) —『범망경보살계본소』(梵網經菩薩戒本疏) 참조.

범성산잡저(范聲山雜著) 청대 범개(范鍇)가 펴낸 총서. 8종, 9권의 4책. 1931년 베이핑 푸진서사(富晉書社)에서 청대 범씨본(范氏本)에 근거하여 영인했다.—1934 ④ 20.

범인경(凡人經) 니시무라 마코토(西村眞琴)의 수필집. 쇼와 10년(1935) 도쿄의 하쿠부쓰텐보샤(博物展望社)에서 출판되었다.—1935 ④ 4.

범향계선생문집(范香溪先生文集) 송대 범준(范浚)이 지은 22권 5책의 별집.『사부총간』(四部叢刊) 속편은 명대 만력(萬曆) 연간의 간본을 영인했다.—1934 ⑪ 17.

법계무차별론소(法界無差別論疏) 1권 혹은 2권 1책의 불교 서적. 견혜보살(堅慧菩薩)이 짓고 당대 제운반야(提雲般若)가 번역했으며 법장(法藏)이 설명을 가했다.—1914 ⑤ 15.

법구경(法句經) 법구(法救)가 짓고 삼국(三國) 오(吳)의 유지난(維祇難) 등이 번역한 2권 1책의 불교 서적.—1914 ④ 18.

법리학(法理學)—『맑스주의와 법리학』(マルクス主義と法理學) 참조.

법서고(法書考) 원대 성희명(盛熙明)이 지은 8권 1책의 서법서.『사부총간』(四部叢刊) 속편은 초본을 영인했다.—1934 ⑩ 1.

법언(法言)—『양자법언』(揚子法言) 참조.

법원주림(法苑珠林) 당대 석도세(釋道世)가 지은 100권의 불교 서적. 루쉰이 구입한 것은 청대 선통(宣統) 2년(1910) 창저우(常州) 천녕사(天寧寺) 대장본(大藏本. 48책)이다.—1913 ③ 1. ⑧ 8. ⑩ 12. 1915 ① 17.

법해관란(法海觀瀾) 명대 지욱(智旭)이 펴낸 5권 2책의 불교 서적.—1914 ⑩ 25.

법현전(法顯傳) 진대(晉代) 법현(法顯)이 천축을 여행한 일을 기록한 1권의 전기(傳記). 루쉰의 초본은 현재 베이징도서관에 소장되어 있다.—1916 ③ 3, 16.

벗(友達) 스즈키 긴지(鈴木金二)가 지은 소설. 쇼와 6년(1931) 요코하마(橫濱)의 야폰나쇼보(やぽんな書房)에서 출판되었다.—1932 ⑤ 2.

베를렌 연구(ヴェルレェヌ研究) 호리구치 다이가쿠(掘口大學)가 지은 작가연구서. 쇼와 8년(1933) 도쿄 다이이치쇼보(第一書房)에서 출판되었다. 베를렌(Paul Verlaine, 1844~1896)은 프랑스 상징파 시인.—1933 ③ 24.

베를린신보(柏林晨報)—『Berliner Morgenpost』 참조.

베이신(北新) 종합성 간행물. 쑨푸시(孫福熙), 판쯔녠(潘梓年), 스민(石民) 등이 잇달아 편집을 맡았다. 상하이 베이신(北新)서국에서 발행했다. 1926년 8월에 창간되었을 때에는 주간이었다가, 1927년 11월 제2권부터 반월간(일기에는 월간으로 오기되어 있다)으로 바뀌었으며, 1930년 12월에 제4권 제24기를 끝으로 정간되었다.—1926 ⑪ 21. ⑫ 30. 1927 ④ 28. ⑧ 9. ⑨ 5, 18. ⑪ 29. ⑫ 18. 1928 ① 3. ③ 4. ⑥ 1, 22. ⑦ 22. ⑧ 9,

23. ⑨18, 26. ⑩27. ⑫7. 1929 ①5, 29. ②20. ③26. ⑫10.

베이신월간(北新月刊) —『베이신』(北新) 참조.

베이징고등사범학교 교우회잡지(北京高等師範學校校友會雜誌) 일기에는『교우회잡지』(校
友會雜誌)로 기록되어 있다. 베이징고등사범학교 교우회에서 펴냈다. 제2집은 1916
년 12월에 출판되었다. —1917 ②18.

베이징대학일간(北京大學日刊) 일기에는『대학일간』(大學日刊)으로 기록되어 있다. 1917
년 11월 16일에 창간되었으며, 1932년 9월 17일 이후에 주간으로 바뀌었다가 1937
년 7월 3일에 정간되었다. —1918 ⑧5.

베이징승경(北京勝景) 마루야마 곤메이(丸山昏迷) 엮음. 다이쇼 12년(1923) 베이징 화베이
바오(華北報) 인쇄부에서 간행되었다. —1923 ⑤24.

베이징여자고등사범문예회간(北京女子高等師範文藝會刊) 원래 계간이었다가 후에 부정기
간으로 바뀌었다. 베이징여자고등사범문예연구회에서 펴냈다. 이 학교의 학생자치
회 출판부에서 발행했다. —1923 ⑫26.

베이징의 고정림사(北京ノ顧亭林祠) 이마제키 덴포(今關天彭) 지음. 일본어판『베이징주
보』(北京週報) 제51호(1923년 2월 9일)에 실린 적이 있다. —1923 ②11.

베이징의 마지막 날(北京之終日) —『Die Letzten Tage von peking』참조.

베이징쿵더학교순간(北京孔德學校旬刊) 일기에는『쿵더학교순간』(孔德學校旬刊)으로 기록
되어 있다. 베이징쿵더학교순간사에서 간행했다. 1925년 4월 1일에 창간되어 같은
해 12월 31일에 정간되기까지 모두 21기를 간행했다. —1925 ⑩9.

베이징 쿵너학교 초중 국문선독(北京孔德學校初中國文選讀) 일기에는『궁너학교 국문교새』
(孔德學校國文敎材)로 기록되어 있다. 베이징 쿵더학교에서 펴낸 교과서이다. 1926년
8월에 이 학교의 출판부에서 활판인쇄하였으며, 모두 11책이다. 이 가운데 제7책에
는 루쉰의 소설과 잡문 6편이 실려 있으며, 제9책에는 루쉰의 번역작품 6편이 실려
있다. —1926 ⑧19.

베이천바오(北辰報) 베이핑의 신문 가운데 하나. 쩡톄천(曾鐵忱)이 주관했다. —1934 ⑦1.

베이핑도서관과 도판화전람회 목록(北平圖書館與圖版畵展覽會目錄) —『국립베이핑도서관
과 도판화전람회 목록』(國立北平圖書館與圖版畵展覽會目錄) 참조.

베이핑전보(北平箋譜) 루쉰과 시디(西諦)가 엮은 6책의 그림책. 1933년 베이핑 룽바오자
이(榮寶齋)에서 간행했다. —1933 ⑩1, 3, 4, 19, 28, 31. ⑪3. ⑫2, 4, 13. 1934 ①16,
22. ②9, 15, 23, 26. ③1, 5, 8, 14, 26, 27. ④1. ⑤16. ⑦1, 3. ⑧17, 19. ⑩8, 26. ⑫7.
1935 ⑨1.

베토벤(ベトオフェン) 프랑스의 로맹 롤랑(Romain Rolland)이 지은 전기. 다카타 히로아

쓰(高田博厚)가 번역하여 다이쇼 15년(1926) 도쿄의 소분카쿠(叢文閣)에서 출판되었
다.─1926 ② 23.

벼랑가(崖邊) 바이산(柏山)의 소설집. 1936년 상하이 문화생활출판사에서 출판되었다.─
1936 ⑨ 11.

벽성음관담진(碧聲吟館談塵) 청대 허선장(許善長)이 지은 4권 2책의 잡록(雜錄).─1935
③ 21.

벽하역총(壁下譯叢) 루쉰이 골라 번역한 논문집. 1929년 상하이 베이신(北新)서국에서 출
판되었다.─1929 ⑤ 5, 7.

변설홍니기(邊雪鴻泥記) 류시춘(劉錫純, 1873~1953)이 지은 소설 원고본. 총 64회, 12책.
리빙중(李秉中)이 루쉰에게 가져와 발표할 곳을 소개해 달라고 부탁했다. 루쉰은 후
스(胡適), 쑨푸위안(孫伏園) 등을 통해 소개했으나 성과를 내지는 못했다.─1924 ①
21. ⑨ 4.

변정론(辨正論) 당대 법림(法琳)이 지은 2권 2책의 잡찬(雜纂).─1914 ⑨ 17. ⑩ 26.

변증법(辨證法) 소련의 셈코프스키(С. Ю. Семковский) 엮음. 일본 맑스쇼보(マルクス書
房) 편역부에서 번역하여 쇼와 4년(1929) '맑스학 교과서'의 하나로 출판되었다.─
1929 ⑩ 7.

변증법(2본)(辨證法(2本))─『유물변증법강화』(唯物辨證法講話)와 『변증법독본』(辨證法讀
本) 참조.

변증법과 변증적 방법(辨證法と辨證の方法) 일기에는 『辨證法と其方法』으로 기록되어 있
다. 소련의 고레프(Б. И. Горев) 지음. 구라하라 고레히토(藏原惟人)가 번역하여 쇼와
2년(1927) 도쿄의 난소쇼인(南宋書院)에서 출판된 제3판.─1928 ② 13.

변증법과 자연과학(辨證法と自然科學) 일기에는 『自然科學と辨證法』으로도 기록되어 있
다. 소련의 데보린(А. М. Деборин) 지음. 사사가와 마사타카(笹川正孝)가 번역하여
쇼와 5년(1930) 도쿄의 하쿠요샤(白揚社)에서 2책으로 출판되었다.─1930 ③ 11.
⑦ 5.

변증법독본(辨證法讀本) 도쿠나가 스나오(德永直)와 와타나베 준조(渡邊順三) 지음. 쇼와 8
년(1933) 도쿄의 나우카샤(ナウカ社)에서 출판되었다.─1933 ⑪ 12.

변증법적 유물론 입문(辨證法的唯物論入門) 일기에는 『辨證的唯物論入門』으로 기록되어 있
다. 탈하이머(A. Thalheimer) 지음. 히로시마 사다요시(廣島定吉)가 번역하여 쇼와 3
년(1928) 도쿄의 하쿠요샤(白揚社)에서 출판되었다.─1928 ③ 30.

변증적 유물론(辨證的唯物論) 일기에는 『유물적 변증』(唯物的辨證)으로 기록되어 있다. 소
련의 셈코프스키(С. Ю. Семковский) 엮음. 일본 맑스쇼보(マルクス書房) 편역부에

서 번역하여 쇼와(昭和) 4년(1929) '맑스학 교과서' 제8책 제6편으로 출판되었다. —
1929 ⑩ 7.

변증적 유물론 입문(辨證的唯物論入門) —『辨證法的唯物論入門』참조.

별목련(星花) —『소련 작가 20인집』(蘇聯作家二十人集) 참조.

별을 향해(往星中) 러시아 안드레예프(Л. Н. Андреев)가 지은 극본. 리지예(李霽野)가 번역
하고 루쉰이 교열하여 1926년 베이징 웨이밍사(未名社)에서 '웨이밍총서'의 하나로
출판되었다. — 1924 ⑨ 20, 21. 1925 ⑪ 19. 1926 ⑤ 27, 30, 31.

별자리신화(星座神話) 노지리 호에이(野尻抱影) 지음. 쇼와 8년(1933) 도쿄의 겐큐샤(硏究
社)에서 출판되었다. — 1933 ⑦ 15.

별하재총서(別下齋叢書) 청대 장광후(蔣光煦) 모음. 16종, 부록 2종, 20책. 1923년 상하이
상우인서관(商務印書館)에서 하이닝(海寧) 장씨(蔣氏)의 중각본(重刻本)을 영인했다.
— 1925 ③ 1. ⑤ 28.

병각공도화(枡角公道話) 장쑤에서 발행된 타블로이드판 지방지. — 1923 ⑥ 14.

보도승화사략(補圖承華事略) —『흠정원승화사략보도』(欽定元承華事略補圖) 참조.

보들레르 연구(ボオドレール硏究) —『보들레르 연구서설』(ボオドレール硏究序説) 참조.

보들레르 연구서설(ボオドレール硏究序説) 일기에는『ボオドレール硏究』로 기록되어 있다.
다쓰노 유타카(辰野隆) 지음. 쇼와 4년(1929) 도쿄의 다이이치쇼보(第一書房)에서 출
판되었다. 보들레르(C. Baudelaire)는 프랑스 퇴폐파 시인. — 1929 ⑫ 26.

보로딘 탈출기(ボローヂン脱出記) 미국의 안나 루이스 스트롱(Anna Louis Strong) 지음.
단 도구사부로(淡德三郎)가 번역하여 쇼와 5년(1930) 노교 가이소샤(改造社)에서 출
판되었다. 보로딘(М. М. Бородин, 1884~1951)은 소련의 정치활동가로서, 20년대에
코민테른 재중대표를 지냈다. — 1930 ⑪ 11.

보륜당집(寶綸堂集) 청대 진홍수(陳洪綬)가 짓고 진자구(陳字購)가 모아 펴낸 별집. 10권,
습유(拾遺) 1권의 8책. 광서(光緖) 14년(1888) 콰이지(會稽) 동씨(董氏)의 취사가숙(取
斯家塾) 활자본이다. — 1913 ⑫ 6. 1914 ① 12.

보리자량론(菩提資糧論) 6권 1책의 불교 서적. 용수보살(龍樹菩薩)이 지었으며, 수대(隋代)
달마급다(達摩笈多)가 번역했다. — 1914 ⑨ 19.

보실은계류찬정편(簠室殷契類纂正編) 왕샹(王襄)이 펴낸 4책의 문자학 서적. 1920년 석인
본(石印本). — 1920 ⑪ 2. 1921 ① 28.

보예문지(補藝文志) — '보제사예문지'(補諸史藝文志) 참조.

보유(補遺) —『유사추간』(流沙墜簡) 참조.

보장론(寶藏論) 후진(後秦) 승조(僧肇)가 지은 1권 1책의 불교서적. — 1914 ④ 19. ⑦ 5.

보재장경(簠齋藏鏡) 쉬안저(宣哲)가 펴낸 2권 2책의 금석도상서(金石圖像書). 1925년 탄인루(蟫隱廬)에서 영인했다. — 1928 ② 12.

보제사예문지(補諸史藝文志) 현존하는 루쉰 장서에 따르면, 『보삼사예문지』(補三史藝文志), 『보후한서예문지』(補後漢書藝文志), 『보속한서예문지』(補續漢書藝文志), 『보삼국예문지』(補三國藝文志), 『보진서예문지』(補晉書藝文志), 『보오대사예문지』(補五代史藝文志), 『송사예문지보』(宋史藝文志補), 『보요금원예문지』(補遼金元藝文志), 『보원사예문지』(補元史藝文志) 등이 있다. 이것과 1926년 11월 5일의 "보예문지(補藝文志) 등 9종 9본"은 이들 서적일 것이다. — 1926 ⑪ 5. 1927 ⑥ 9.

보환우방비록(補寰宇訪碑錄) 청대 조지겸(趙之謙)이 펴낸 5권 4책의 금석목록(金石目錄). — 1915 ④ 20.

복고편(復古編) 송대 장유(張有)가 지은 문자학 서적. 2권, 부록 1권의 3책. — 1914 ⑪ 7, 10.

복당일기(復堂日記) 청대 담헌(譚獻)이 지은 8권의 잡록. — 1915 ⑨ 9.

복사통찬(卜辭通纂) 궈모뤄(郭沫若)가 지은 갑골문(甲骨文)의 고증 및 해설서. 본문 1권, 고증 및 해설 3권, 색인 1권의 4책. 1933년 일본 도쿄의 분큐도(文求堂)에서 영인했다. — 1933 ⑤ 12.

본초연의(本草衍義) 송대 구종석(寇宗奭)이 모아 엮은 12권 2책의 의학서. 청대 선통(宣統) 2년(1910)에 우창의관(武昌醫館)에서 원대 각본을 영인했다. — 1923 ② 2.

봄누에(春蠶) 마오둔(茅盾)의 소설집. 1933년 상하이 카이밍(開明)서점에서 출판되었다. — 1933 ⑤ 17.

부간(副刊) — 『중앙일보 부간』(中央日報副刊) 참조.

부녀문제 10강(婦女問題十講) 일본 혼마 히사오(本間久雄) 지음. 장시천(章錫琛)이 번역하여 1924년 상하이 상우인서관(商務印書館)에서 출판되었다. — 1924 ⑨ 14.

부녀잡지(婦女雜誌) 상우인서관(商務印書館)에서 출판한 월간지. 1915년 1월에 창간되었고 1931년에 정간되었다. 1921년 제7권부터 내용을 혁신하여 장시천(章錫琛)이 주편했다. — 1924 ② 8. ⑫ 5, 23. 1925 ② 16, 25. ③ 17. ④ 4. ⑥ 16.

부녀주간(婦女週刊) 『징바오』(京報) 부간의 하나. — 1925 ⑪ 26.

부녀필휴(婦女必携) 베이징 지원러우(霽雲漏)에서 펴냄. 1책. 중화민국 14년 일력이 부록됨. 편자가 간행. — 1924 ⑫ 14.

부령휘편(部令彙編) — 『교육부령휘편』(教育部令彙編) 참조.

부법장인연경(付法藏因緣經) 6권 6책의 불교 서적. 루쉰은 이 가운데 5권 5책만을 소장하고 있다. 후위(後魏)의 길가야(吉迦夜)와 담요(曇曜)가 공동 번역했다. 명대 각본. —

1914 ⑨ 7.

부사대요(賦史大要) 스즈키 도라오(鈴木虎雄)가 지은 문학사 서적. 쇼와 11년(1936) 도쿄의 후잔보(富山房)에서 출판되었다. ― 1936 ⑤ 15.

부석문호주예부운략(附釋文互注禮部韻略) 송대 정도(丁度) 등이 지은 5권의 운서이며, 『당운』(唐韻) 5권의 부록이다. 일기에는 『예부운략』(禮部韻略)으로 기록되어 있다. 『사부총간』(四部叢刊) 속편본. ― 1934 ⑪ 17.

부성집(斧聲集) 쿵링징(孔另境)이 지은 잡문집. 1936년 상하이 타이산(泰山)출판사에서 출판되었다. ― 1936 ⑨ 2.

부인론(婦人論) 독일의 베벨(A. Bebel)이 지은 『부녀와 사회』(婦女與社會)를 가리킨다. 선돤셴(沈端先)이 번역하여 1927년 상하이 카이밍(開明)서점에서 출판되었다. ― 1928 ③ 10.

부인세계(婦人世界) 월간지. 마스다 기이치(增田義一) 엮음. 지쓰교노니혼샤(實業之日本社)에서 출판되었다. 메이지(明治) 19년(1906)에 창간되었으며, 쇼와 8년(1933) 5월에 정간되었다. ― 1918 ⑥ 27.

부자지간(父子之間) 저우원(周文)의 소설집. 1935년 상하이 량유(良友)도서인쇄공사에서 '량유문고'(良友文庫)의 하나로 출판되었다. ― 1935 ⑪ 2.

부전(副鎸) ― 『천바오』(晨報) 참조.

부청주시(傅青主詩) ― 『부청주자서시고묵적』(傅青主自書詩稿墨迹) 참조.

부청주자서시고묵적(傅青主自書詩稿墨迹) 청대 부산(傅山)이 만든 1책의 서법서. 일기에는 『부청수시』(傅青主詩)로도 기록되어 있다. 상하이 유정(有正)서국 영인본. ― 1913 ⑪ 8. 1914 ① 13.

부패도록(符牌圖錄) ― 『역대부패도록』(歷代符牌圖錄) 참조.

북곡습유(北曲拾遺) 명대 경세진(景世珍) 등이 짓고 루첸(盧前)과 런너(任訥)가 엮은 1책의 곡합집(曲合集). 1935년 상하이 상우인서관(商務印書館)의 활판인쇄본. ― 1935 ⑨ 5.

북당서초(北堂書鈔) 당대 우세남(虞世南)이 펴낸 160권의 유서(類書). ― 1912 ⑩ 16. ⑪ 24.

북동아세아(北東亞細亞) ― 『인류학과 인종학상에서 본 동북아시아』(人類學及人種學上ヨリ見タル北東亞細亞) 참조.

북두(北斗) 문학월간지. 좌익작가연맹의 기관지 가운데 하나로, 딩링(丁玲)이 편집을 맡았다. 상하이 후펑(湖風)서국에서 발행했다. 1931년 9월에 창간되었고 1932년 7월에 제2권 제4기를 끝으로 출판금지되었다. ― 1932 ① 16. ⑤ 9, 30. ⑥ 1.

북몽쇄언(北夢瑣言) 송대 손광헌(孫光憲)이 지은 20권 2책의 잡사(雜史). ― 1912 ⑩ 20.

북미유력 연설문(北美遊說記) 부제는 『미국산장기』(美國山莊記)이다. 쓰루미 유스케(鶴見
祐輔) 지음. 쇼와 2년(1927) 도쿄의 다이니혼유벤카이(大日本雄辯會) 고단샤(講談社)
제63판. — 1927 ⑫ 5.

북방 호텔(北ホテル) 프랑스의 다비(E. Dabit)가 지은 소설. 이와타 도요오(岩田豊雄)가 번
역하여 쇼와 11년(1936) 도쿄 다이이치쇼보(第一書房)에서 '프랑스현대소설'의 하나
로 출판되었다. — 1936 ⑥ 30.

북사(北史) 당대 이연수(李延壽)가 지은 100권의 역사서. — 1915 ⑥ 19, 27.

북사(北史)(대덕본大德本) — 『이십사사』(二十四史. 백납본百衲本) 참조.

북산소집(北山小集) 송대 정구(程俱)가 지은 40권, 10책의 별집. 『사부총간』(四部叢刊) 속
편은 영송초본(影宋鈔本)을 영인했다. — 1934 ⑥ 16.

북유 및 기타(北游及其他) 펑즈(馮至)의 시집. 1929년 베이핑 천중사(沉鐘社)에서 출판되
었다. — 1930 ② 10.

북제서(北齊書) — 『이십사사』(二十四史. 백납본百衲本) 참조.

북제수호화전(北齊水滸畵傳) 『북제수호전』(北齊水滸傳)이리라 추정된다. 가쓰시카 호쿠사
이(葛飾北齋)가 그린 그림책. 분세이(文政) 2년(1819) 에도(江戶)의 다케가와 도베(竹
川藤兵衛) 등에서 간행되었다. — 1921 ③ 14.

분가쿠신분(文學新聞) 확실치 않음. — 1931 ⑪ 19.

분류(奔流) 루쉰, 위다푸(郁達夫)가 펴낸 문학월간지. 상하이 베이신(北新)서국에서 발행.
1928년 6월에 창간되어 1929년 12월에 제2권 제5기를 끝으로 정간되었다. — 1928
⑥ 22. ⑦ 19, 23. ⑧ 23, 24. ⑨ 26. ⑩ 17, 19. ⑪ 5. ⑫ 19, 25. 1929 ① 17, 18, 22. ② 21.
③ 5, 15, 26, 27. ⑤ 10. ⑥ 26. ⑦ 30. ⑧ 12. ⑨ 10. ⑩ 25, 26. ⑪ 6, 11, 22, 30.

분파(奔波) 쉬웨이난(徐蔚南)의 단편소설집. 1928년 상하이 베이신(北新)서국에서 출판되
었다. — 1928 ⑫ 31.

불교미술(佛敎美術) 오노 겐묘(小野玄妙)가 지은 종교연구서. 다이쇼 15년(1926) 도쿄의
고시샤쇼보(甲子社書房)에서 출판되었다. — 1926 ⑧ 10.

불교의 미술과 역사(佛敎之美術及歷史) 오노 겐묘(小野玄妙)가 지은 종교연구서. 도쿄 불학
연구회에서 출판되었다. — 1918 ⑩ 14.

불교의 지옥에 대한 새로운 연구(佛敎に於ける地獄の新硏究) 야마베 슈가쿠(山邊習學) 지음.
쇼와 9년(1934) 도쿄의 슌주샤(春秋社)에서 '슌주문고'(春秋文庫)의 하나로 출판되었
다. — 1934 ③ 18.

불교초학과본(佛敎初學課本) 청대 양문회(楊文會) 저술. 1권, 주석 1권, 1책. 광서(光緒) 32
년(1906) 금릉각경처(金陵刻經處) 각본. — 1914 ⑥ 6, 9.

불교회보고(佛敎會報告) 『중국불교회 제1차 보고서』(中國佛敎會第一次報告書), 『중국불교회 제2차 보고서』(中國佛敎會第二次報告書)를 가리킨다. ─ 1912 ⑤ 24.

불도논형실록(佛道論衡實錄) ─ 『집고금불도논형실록』(集古今佛道論衡實錄) 참조.

불반니원경(佛般泥洹經) 진대(晉代) 백법조(白法祖)가 번역한 2권 2책의 불교 서적. 일기에는 『반열반경』(般涅槃經), 『불설반니원경』(佛說般泥洹經)으로 기록되어 있다. ─ 1914 ⑨ 6.

불본행경(佛本行經) 남조(南朝) 송(宋)의 보운(寶雲)이 번역한 7권 2책의 불교 서적. ─ 1921 ④ 2.

불상신집(佛像新集) 곤다 라이후(權田雷斧)와 오무라 세이가이(大村西崖) 엮음. 다이쇼 8년 (1919) 헤이고슛판샤(丙午出版社)에서 2책으로 출판되었다. ─ 1919 ④ 4.

불설대방광니원경(佛說大方廣泥洹經) 진대(晉代) 법호(法護)가 번역한 2권 2책의 불교 서적. 일기에는 『대방광니원경』(大方廣泥洹經), 『대방등니원경』(大方等泥洹經)으로도 기록되어 있다. ─ 1914 ⑨ 6, 8.

불설반니원경(佛說般泥洹經) ─ 『불반니원경』(佛般泥洹經) 참조.

불씨를 얻은 자의 체포(取火者的逮捕) 궈위안신(郭源新)이 지은 소설. 1934년 상하이 생활 서점에서 '창작문고'의 하나로 출판되었다. ─ 1934 ⑪ 9.

불안과 재건(不安と再建) 부제는 '신문학개론'(新文學槪論)이다. 프랑스의 크레미외(B. Crémieux) 지음. 마스다 아쓰오(增田篤雄)가 번역하여 쇼와 10년(1935) 도쿄의 아야마쇼텐(小山書店)에서 출판되었다. ─ 1935 ① 24.

불안한 영혼(不安定的靈魂) 천샹허(陳翔鶴)의 소설집. 1927년 베이징 베이신(北新)서국에서 출판되었다. ─ 1927 ⑦ 24.

불학총보(佛學叢報) 불학총보편집부에서 펴낸 월간지. 상하이 유정(有正)서국에서 발행. 1912년 10월에 창간되어 1914년 6월에 종간되었다. ─ 1912 ⑩ 19.

불행자 무리(不幸者的一群) ─ 『가난한 사람들』(不幸者的一群) 참조.

붉은 러시아, 보았던 대로의 기록(赤露見タママの記) 노보리 쇼무(昇曙夢) 지음. 다이쇼 13년(1924) 도쿄의 신초샤(新潮社)에서 '신러시아소총서' 제1집으로 출판되었다. ─ 1924 ⑩ 11.

붉은 소년(赤い子供) 원제가 『赤い少年』이리라 추정된다. 독일의 추어 뮐렌(H. Zur Mühlen) 지음. 아라하타 가쓰조(荒畑勝三)가 번역하여 쇼와 4년(1929) 도쿄의 무산샤(無産社)에서 '무산자 동화'의 하나로 출판되었다. ─ 1929 ⑥ 26.

붉은 애정(赤い戀) 소련의 콜론타이(А. М. Коллонтай)가 지은 소설. 마쓰오 시로(松尾四郎)가 번역하여 쇼와 2년(1927) 도쿄의 세카이샤(世界社)에서 출판되었다. ─ 1928

⑦ 23.

붓끝(筆端) 차오쥐런(曹聚仁)의 잡문집. 1935년 상하이 톈마(天馬)서점에서 출판되었다.
— 1935 ① 27.

붓다 돌아가다(佛像歸る) 소련의 이바노프(B. B. Иванов) 지음. 후카미 나오유키(深見尙行)
번역. 일본러시아문학연구회 엮음. 쇼와 3년(1928) 도쿄의 겐시샤(原始社)에서 '소련
문예총서'의 하나로 출판되었다. — 1928 ⑤ 18.

브란(ブランド)(*Brand*). 노르웨이 입센(H. Ibsen)이 지은 극본. 쓰노다 슌(角田俊)이 번역
하여 쇼와 3년(1928) 도쿄 이와나미쇼텐(岩波書店)에서 '이와나미문고'의 하나로 출
판되었다. — 1928 ⑦ 12.

블레이크 연구(ブレイク研究) 이 책은 보이지 않는다. 루쉰의 장서 가운데에 현존하는『블
레이크 논고』는 산구 마코토(山宮允)의 저술로서, 쇼와 4년(1929) 도쿄 산세이도(三
省堂)에서 출판된 것이다. 블레이크(W. Blake, 1757~1827)는 영국 시인이자 수채화
가, 판화가이다. — 1933 ⑤ 9.

비(雨) 바진(巴金)의 소설. 1933년 상하이 량유(良友)도서인쇄공사에서 '량유(良友)문학
총서'의 하나로 출판되었다. — 1933 ⑤ 5.

비교해부학(比較解剖學) 니시 세이호(西成甫) 지음. 쇼와 10년(1935) 도쿄 이와나미쇼텐
(岩波書店)에서 '이와나미전서'(岩波全書)의 하나로 출판되었다. — 1935 ⑥ 24.

비극의 철학(悲劇の哲學) 부제는 '도스토예프스키와 니체'이다. 러시아의 셰스토프(Л.
Шестов) 지음. 가와카미 데쓰타로(河上徹太郎), 아베 로쿠로(阿部六郎)가 공역하여
쇼와 9년(1934) 도쿄 시바쇼텐(芝書店)의 제3판. — 1934 ⑥ 11.

비급자방부침자택일편집(備急灸方附針灸擇日編集) 송대 손거경(孫炬卿)이 지은 의학 서적.
각 1권으로 모두 2책. 청대 광서(光緒) 17년(1891) 장닝(江寧) 번서(藩署)의 중각본(重
刻本). — 1914 ⑨ 12.

비릉집(毘陵集) 당대 독고급(獨孤及)이 지은 별집. 20권, 부록 1권, 보유(補遺) 1권의 4책.
『사부총간』(四部叢刊) 초편은 청대 건륭(乾隆) 56년(1791) 우진(武進) 조씨(趙氏)의
역유생재(亦有生齋) 교각본(校刻本)이다. — 1923 ⑤ 1.

비별자(碑別字) 뤄전위(羅振玉)가 펴낸 5권 2책의 금석문자학 서적. — 1918 ② 24.

비별자보(碑別字補) 뤄전위(羅振玉)가 펴낸 5권 2책의 금석문자학 서적. — 1915 ⑩ 17.

비아(埤雅) 송대 육전(陸佃)이 짓고 고역(顧棫)이 교감한 22권 4책의 훈고학 서적. 명대 각
본. — 1912 ⑧ 1. ⑪ 30. 1913 ③ 13.

비암잉묵(悲盦賸墨) 청대 조지겸(趙之謙)이 만든 10책의 서화집. 항저우 시링인사(西泠印
社) 영인본. — 1930 ⑨ 14. ⑪ 13.

비어즐리전(比亞玆來傳) —『*Aubrey Beardsley*』참조.

비어즐리 화보선(比亞玆萊畫選) — '예원조화'(藝苑朝華) 참조.

비연 4종(鼻烟四種) 류성무(劉聲木)가 펴낸 총서.『비연총각』(鼻烟叢刻) 4종을 가리킨다. 청대 조지겸(趙之謙)이 지은『용로한힐』(勇盧閑詰), 청대 주계후(周繼煦)가 지은『용로한힐평어』(勇盧閑詰評語), 청대 당찬곤(唐贊袞)이 지은『용로한힐적록』(勇盧閑詰摘錄), 청대 장의주(張義澍)가 지은『사나보석』(士那補釋) 각 1권을 수록하였으며, 총 1책이다. 1929년 루장(廬江) 류씨(劉氏)가 조판·인쇄한 '직개당총각'(直介堂叢刻)본. —1934 ⑦ 16.

비연외전(飛燕外傳) —『구문합벽비연외전』(仇文合璧飛燕外傳) 참조.

비오는 날의 글(雨天的書) 저우쭤런(周作人)의 산문집. 일기에는『비오는 날의 글』(雨天之書)로도 기록되어 있다. 1925년 베이징대학 신조사(新潮社)에서 출판되었다. —1926 ① 18. ② 15.

비오는 날의 글(雨天之書) —『비오는 날의 글』(雨天的書) 참조.

비효루사녀화책(費曉樓仕女畫冊) 청대 비단욱(費丹旭)이 그린 1책의 그림책. 상하이 문명서국에서 우시(無錫) 왕씨(王氏)의 소장본을 영인했다. —1912 ⑫ 14.

빅토르 위고(ウィクトル·ユゴオ) 일기에는『ユゴオ』로도 기록되어 있다. 레오폴드 마비유(Leopold Mabilleu)가 지은 전기. 간베 다카시(神部孝)가 번역하여 쇼와 2년(1927) 도쿄 신초샤(新潮社)에서 '문호평전총서'(文豪評傳叢書)의 하나로 출판되었다. —1927 ⑪ 22.

빈퇴록(賓退錄) 송대 조어시(趙與時)가 지은 10권 4책의 집설(雜說). 강인(江陰) 먀오씨(繆氏)의 각본. —1913 ⑥ 22.

빌헬름 부쉬 신화첩(威廉·蒲雪新畵帖) —『*Neues Wilhelm Busch Album*』참조.

뿌리 얕은 풀(淺草) 첸차오사(淺草社)에서 펴낸 문예월간지. 상하이 타이둥(泰東)도서국에서 발행. 1923년 3월에 창간되었고 1925년 2월에 제4기를 끝으로 정간되었다. —1925 ④ 3.

【ㅅ】

사고전서(四庫全書) 3,503종, 79,337권으로 이루어진 총서. 경(經)·사(史)·자(子)·집(集)의 4부로 나누어져 있기에 사고(四庫)라 일컫는다. 일기에는 '문진각서'(文津閣書), '문소각서'(文溯閣書)로도 기록되어 있다. 청대 건륭(乾隆) 37년(1772)에 개관한 후 관리에게 선택과 선록(繕錄)을 명하여 10년 만에 이루어졌다. 총 7부를 제작하여 문진각, 문소각, 문연각(文淵閣) 등의 7곳에 나누어 보관하였다. —1914 ① 6. 1915 ⑨ 1. 1925 ⑦ 27, 29, 31. ⑧ 1.

사고총편(四庫叢編) —『사부총간』(四部叢刊) 참조.

사기(史記) 130권, 16책의 역사서. 한대 사마천(司馬遷)이 짓고 남조(南朝) 송(宋)의 배인(裴駰)이 집해(集解)하였으며, 당대 사마정(司馬貞)이 색은(索隱)했다. 1914년에 구이츠(貴池) 류씨(劉氏)의 옥해당(玉海堂)에서 황강(黃岡) 타오씨(陶氏)의 백납본(百衲本)을 영인했다. —1935 ⑪ 25.

사기탐원(史記探原) 추이스(崔適)가 지은 8권 2책의 사적고증(史籍考證) 서적. 1924년 베이징대학출판부의 활판본. —1926 ⑤ 17.

사냥꾼 일기(獵人日記) 러시아의 투르게네프가 지은 소설. 나카야마 쇼자부로(中山省三郎)가 번역하여 쇼와(昭和) 8년부터 9년(1933~1934)에 걸쳐 도쿄의 다이이치쇼보(第一書房)에서 2책으로 출판되었다. —1933 ⑨ 21. 1934 ④ 19.

사노학 잡고(佐野學雜稿) —『사회주의잡고』(社會主義雜稿) 참조.

사랑과 죽음의 유희(愛と死の戲れ) 일기에는 『愛と死の戲』로 기록되어 있다. 프랑스의 로맹 롤랑(Romain Rolland)이 지은 극본. 가타야마 도시히코(片山敏彦)가 번역하여 다이쇼(大正) 15년(1926) 도쿄의 소분카쿠(叢文閣)에서 출판되었다. —1926 ③ 23.

사랑 이야기(愛の物語) 노르웨이의 함순(K. Hamsun)이 지은 소설. 미야하라 고이치로(宮原晃一郎)가 번역하여 다이쇼 13년(1924) 도쿄의 신초샤(新潮社)에서 '해외문학신선'의 하나로 출판되었다. —1928 ② 7.

사략(史略) 송대 고사손(高似孫)이 지은 6권 2책의 역사서. 후베이(湖北) 황강(黃岡) 타오씨(陶氏)가 송대 각본을 영인했다. —1912 ⑤ 30. ⑩ 12, 13.

사례거총서(士禮居叢書) 『사례거황씨총서』(士禮居黃氏叢書)를 가리킨다. 청대 황비열(黃丕

烈) 펴냄. 17종, 부록 2종의 30책. 광서(光緖) 13년(1887) 상하이 비영관(蜚英館)에서 청대 사례거 황씨의 각본을 영인했다.— 1923 ① 13, 20.

사례경유저(寫禮賡遺著) 청대 왕송위(王頌蔚)가 지은 4종 2책의 별집. 1915년 푸시(鄜溪) 왕씨(王氏)의 각본이다.— 1918 ② 17, 18.

사류부(事類賦) 송대 오숙(吳淑)이 짓고 설명을 가한 30권 4책의 유서(類書). 명대 가정(嘉靖) 11년(1532) 쑤저우(蘇州) 화씨(華氏) 각본.— 1913 ① 4.

사륙총화(四六叢話) 청대 손매(孫梅)가 펴낸 시문평론서. 33권, 선시총화(選試叢話) 1권의 12책. 광서(光緖) 7년(1881) 쑤저우(蘇州) 중각본(重刻本)이다.— 1935 ② 20.

사림(辭林) 가나자와 쇼자부로(金澤莊三郎)가 엮은 사전. 다이쇼 13년(1924) 도쿄의 산세이도(三省堂) 제12판.— 1924 ⑪ 28.

사마온공연보(司馬溫公年譜) 청대 고동교(顧棟高)가 지은 전기. 8권, 권후(卷後) 1권, 유사(遺事) 1권의 4책. 1917년 난린(南林) 류씨(劉氏) 구서재(求恕齋) 각본이다.— 1934 ② 10.

사마천연보(司馬遷年譜) 정허성(鄭鶴聲)이 지은 전기. 1931년 상하이 상우인서관(商務印書館)에서 출판되었다.— 1932 ① 19.

사명육지(四明六志) —『송원사명육지』(宋元四明六志) 참조.

사목표(史目表) 첸쉰(錢恂)이 지은 1권 1책. 1912년 구이안(歸安) 첸씨(錢氏)의 항저우(杭州) 각본.— 1913 ⑧ 9.

사법예규속편(司法例規續編) 1915년에 사법부 참사청(參事廳)에서 펴낸 법률서.— 1916 ⑦ 19.

사부총간(四部叢刊) 장위안지(張元濟)가 펴낸 총서. 일기에는『사부휘간』(四部彙刊),『사고총편』(四庫叢編)으로도 오기되어 있다. 모두 세 차례 엮어 펴냈으며, 초편은 350종, 속편은 81종, 삼편은 73종을 엮었다. 1919년, 1934년, 1935년에 상하이 상우인서관(商務印書館)에서 영인하여 출판했다. 1936년에 다시 초편 축인본(縮印本)을 출판하였다.— 1926 ⑩ 2. 1927 ⑦ 26. 1928 ⑦ 30. 1931 ⑤ 30. 1934 ② 3, 6, 12, 19, 26. ③ 5, 13, 19, 26, 31. ④ 9, 14, 23, 29. ⑤ 7, 14, 21, 26. ⑥ 2, 11, 16, 23, 30. ⑦ 7, 14, 21, 30. ⑧ 4, 11, 20, 25. ⑨ 1, 8, 15, 22. ⑩ 1, 7, 12, 20, 27. ⑪ 13, 17, 24. ⑫ 1, 8, 15, 22, 29. 1935 ⑩ 14. ⑫ 30. 1936 ④ 4. ⑤ 2. ⑨ 8.

사부휘간(四部彙刊) —『사부총간』(四部叢刊) 참조.

사상가로서의 맑스(思想家としてのマルクス) 오스트리아의 아들러(M. Adler) 지음, 야마다 히데오(山田秀男)가 번역하여 쇼와 3년(1928) 도쿄의 니혼효론샤(日本評論社)에서 출판되었다.— 1928 ⑩ 12.

사상·산수·인물(思想·山水·人物) 일본인 쓰루미 유스케(鶴見祐輔)가 지은 수필집. 루쉰이 선역하여 1928년 상하이 베이신(北新)서국에서 출판되었다. ―1928 ④ 3. ⑥ 1, 2.

사상·산수·인물(思想·山水·人物) 쓰루미 유스케(鶴見祐輔)의 수필집. 다이쇼 13년(1924) 도쿄 다이닛폰유벤카이(大日本雄辯會) 제3판. 루쉰의 선역본이 있다. ―1925 ② 13.

사상연구(思想研究) ―『지나사상연구』(支那思想研究) 참조.

사색과 수상(思索と隨想) 일기에는 『思索と隨感』으로도 기록되어 있다. 프랑스의 지드(A. Gide)가 지은 산문집. 야마노우치 요시오(山內義雄) 등이 번역하여 쇼와 8년(1933) 도쿄의 오야마쇼텐(小山書店)에서 출판되었다. ―1934 ① 28.

사선성시집(謝宣城詩集) 남제(南齊)의 사조(謝眺)가 지은 5권 1책의 별집. 루쉰이 1914년에 구입한 『사선성집』(謝宣城集)은 판본이 확실치 않다. 1924년과 1927년에 구입한 『사부총간』(四部叢刊) 초편은 송대 간본에 근거한 명대 초본을 영인한 것이다. ―1914 ⑩ 25. 1924 ⑤ 31. 1927 ⑦ 26.

사선성집(謝宣城集) ―『사선성시집』(謝宣城詩集) 참조.

사슴의 수경(鹿の水鏡) ―『물에 자신을 비추어본 사슴』(鹿の水かがみ) 참조.

사승서(謝承書) ―『사승후한서』(謝承後漢書) 참조.

사승후한서(謝承後漢書) 삼국(三國) 오(吳)의 사승(謝承)이 지은 역사서. 오래전에 흩어진 채 일실되었다. 청대 요지인(姚之駰)과 손지조(孫志祖), 왕문태(汪文台)가 산일된 것을 모았다. 루쉰은 손지조와 왕문태의 두 가지 판본에 근거하여 서로 교감했으며, 광서(光緒) 8년(1882)에 왕문태의 집본에 근거하여 1권을 교록하고 6권을 정했으며, 서문을 썼다. ―1912 ⑧ 15. 1913 ① 1. ③ 5, 27.

사심후한서(謝沈後漢書) 진대(晉代) 사심(謝沈)이 지은 역사서. 오래전에 흩어진 채 일실되었다. 청대 요지인(姚之駰)과 손지조(孫志祖), 왕문태(汪文台)가 일실된 것을 모았다. 루쉰은 광서(光緒) 8년(1882)에 왕문태의 집본에 근거하여 1권을 교록하고 서문을 썼다. ―1912 ⑧ 2. 1913 ③ 28.

40년(四十年)(원문) 고리키의 소설 『클림 삼긴의 생애』(The Life of Klim Samgin)의 부제이다. ―1933 ⑪ 6. 1934 ⑤ 2.

사십이장경 등 3종(四十二章經等三種) 1책의 불교 서적. 『사십이장경』(四十二章經. 후한後漢 가섭마등迦葉摩騰, 축법란竺法蘭 번역), 『불유교경』(佛遺敎經. 후진後秦 구마라집鳩摩羅什 번역), 『팔대인각경』(八大人覺經. 후한 안세고安世高 번역)을 수록하고 있다. ―1914 ⑦ 4.

41(四十一) ―『마흔한번째』(第四十一) 참조.

사씨후한서보유(謝氏後漢書補遺) 5권의 역사서. 삼국(三國) 오(吳)의 사승(謝承)이 지었으며, 청대 요지인(姚之駰)이 모으고 손지조(孫志祖)가 보완했다. 루쉰은 장난(江南)도서관의 장서를 빌려 베껴 썼다.—1914 ② 15. ③ 14.

사아함모초해(四阿含暮抄解) 아라한파소발타(阿羅漢婆素跋陀)가 짓고 후진(後秦)의 구마라불제(鳩摩羅佛提) 등이 번역한 2권의 불교 서적.—1921 ④ 27.

사여강의(詞餘講義) 우메이(吳梅)가 지은 1책의 곡류(曲類). 1923년 베이징대학출판부 재판본.—1924 ⑤ 23.

사오교육회월간(紹敎育會月刊)—『사오싱교육회월간』(紹興敎育會月刊) 참조.

사오싱교육잡지(紹興敎育雜誌)—『사오싱교육회월간』(紹興敎育會月刊) 참조.

사오싱교육회월간(紹興敎育會月刊) 일기에는 『사오월간』(紹月刊), 『사오싱교육잡지』(紹興敎育雜誌), 『사오교육회월간』(紹敎育會月刊), 『사오싱교육회잡지』(紹興敎育會雜誌), 『웨교육회월간』(越敎育會月刊), 『사오싱현교육회월지』(紹興縣敎育會雜誌)으로도 기록되어 있다. 저우쭤런(周作人)이 주편하고 사오싱교육회(紹興敎育會)에서 간행했다. 1913년 10월에 창간되었으며, 1914년 11월 이후 『사오싱교육잡지』로 개칭되었다. 이 잡지는 '저우쭤런'의 명의로 루쉰의 『『콰이지군고서잡록』(會稽郡故書雜集) 서(序)』를 발표했다.—1913 ⑩ 25, 27, 28. ⑪ 18, 21. ⑫ 24, 30, 31. 1914 ① 9, 23, 28, 29. ③ 6, 27. ④ 30. ⑤ 26, 27, 29. ⑦ 2, 21. ⑩ 27. 1915 ⑨ 18. 1916 ① 13, 30. ③ 20.

사오싱교육회잡지(紹興敎育會雜誌)—『사오싱교육회월간』(紹興敎育會月刊) 참조.

사오싱현교육회월간(紹興縣敎育會月刊)—『사오싱교육회월간』(紹興敎育會月刊) 참조.

사오월간(紹月刊)—『사오싱교육회월간』(紹興敎育會月刊) 참조.

사오현 소학성적전람회 보고(紹縣小學成績展覽會報告) 『사오싱교육회월간』(紹興敎育會月刊) 제10기를 가리킨다. 저우쭤런(周作人)이 주편하고 사오싱현 교육회에서 펴냈다. 1914년 9월 20일에 발행되었다.—1914 ⑩ 15.

사익범천소문경(思益梵天所問經) 후진(後秦) 구마라집(鳩摩羅什)이 번역한 4권 1책의 불교 서적.—1914 ⑤ 31.

사인재소각사(四印齋所刻詞) 청대 왕붕운(王鵬運)이 펴낸 22종 61권의 총서. 광서(光緒) 7년(1881) 도문각본(都門刻本)이다.—1912 ⑥ 9.

사적 유물론(史的唯物論) 소련공산주의대학 철학연구소 엮음. 히로시마 사다요시(廣島定吉), 나오이 다케오(直井武夫)가 번역하여 쇼와 8년(1933) 도쿄의 나우카샤(ナウカ社)에서 출판되었다.—1933 ⑦ 15.

사적 유물론(史的唯物論) 소련의 레닌(В. И. Ленин) 지음. 아도라츠키(В. В. Адоратский) 엮음. 다무라 세이키치(田村淸吉)가 번역하여 쇼와 4년(1929) 도쿄의 맑스쇼보(マルクス書房)에서 출판되었다.—1929 ⑪ 27.

사적 유물론(史的唯物論) 일기에는 『史底唯物論』으로 기록되어 있다. 소련의 메드베데프

(А. Медведев) 편저. 기무라 겐키치(木村賢吉)가 번역하여 쇼와 7년(1932) 도쿄의 교세카쿠(共生閣)에서 출판된 제5판. ─ 1932 ⑤ 26.

사적 유물론(史的唯物論) 소련의 부하린(Н. И. Бухарин) 지음. 나라사키 히카루(楢崎煇)가 번역하여 쇼와 2년(1927) 도쿄의 도진샤쇼텐(同人社書店)에서 '사회사상총서'의 하나로 출판된 제16판. ─ 1928 ② 7.

사적 유물론(상)(史的唯物論(上)) ─ 『사적 유물론 및 예증』(史的唯物論及例證) 참조.

사적 유물론 및 예증(史的唯物論及例證) 『사적 유물론』(史的唯物論)과 『사적 유물론의 예증』(史的唯物論の例證)을 가리킨다. 소련의 셈코프스키(С. Ю. Семковский) 엮음. 맑스쇼보(マルクス書房) 편집부에서 번역하여 쇼와 3년부터 4년(1928~1929)에 걸쳐 출판되었다. 『맑스학 교과서』의 제4책 제2편과 제5책 제2편을 분책한 것이다. ─ 1928 ⑩ 29. 1929 ⑤ 2.

사적 유물론 약해(史的唯物論略解) 독일의 보르하르트(J. Borchardt) 지음. 미즈타니 조자부로(水谷長三郎)가 번역하여 쇼와 2년(1927) 도쿄의 도진샤쇼텐(同人社書店)에서 출판된 제5판. ─ 1928 ③ 20.

사적 유물론에서 보는 문학(史的唯物論ヨリ見タル文學) 프랑스의 이코비츠(M. Ickowicz) 지음. 이시카와 유(石川湧)가 번역하여 쇼와 4년(1929) 도쿄의 슌요도(春陽堂)에서 출판된 재판본. ─ 1929 ⑨ 28.

사적 유물론 입문(史的唯物論入門) 일기에는 『史底唯物論』으로도 기록되어 있다. 소련의 사라비아노프(V. N. Sarabianov) 지음. 아라카와 지쓰조(荒川實藏)가 번역하여 쇼와 5년(1930) 도쿄의 센신샤(先進社)에서 출판되었다. ─ 1930 ⑨ 4.

사적 일원론(史的一元論) 『일원론 역사관의 발전을 논함』. 러시아의 플레하노프 지음. 가와우치 다다히코(川內唯彦)가 번역하여 쇼와 4년(1929) 도쿄의 난소쇼인(南宋書院)에서 출판되었다. ─ 1929 ② 28.

사적재집(思適齋集) 청대 고광기(顧廣圻)가 지은 18권의 별집. '춘휘총서'(春暉叢書)에 포함되어 있다. ─ 1914 ① 24.

사조보초도록(四朝寶鈔圖錄) 『사조초폐도록』(四朝鈔幣圖錄)으로 기록해야 옳다. 뤄전위(羅振玉)가 펴낸 2권 1책의 금석도상집(金石圖像集). 1914년 상위(上虞) 뤄씨(羅氏)가 영인한 '영모원총서'(永慕園叢書)본이다. ─ 1915 ⑨ 12.

사조비판(最近思潮批判) ─ 『최근 사조 비판』(最近思潮批判) 참조.

사진연감(寫眞年鑑) ─ 『*Photograms of the year*』 참조.

사체 등 7경(四諦等七經) 불교서적. 『사체경』(四諦經. 1권, 후한後漢 안세고安世高 번역), 『항수경』(恒水經. 1권, 서진西晉 법거法炬 번역), 『첨파비구경』(瞻婆比丘經. 1권, 서진西晉 법거法

恒 번역),『연본치경』(緣本致經. 1권, 역자 미상),『문타갈왕경』(文陀竭王經. 1권, 북량北涼 담무참曇無讖 번역),『본상의치경』(本相猗致經. 1권, 후한 안세고 번역),『정생왕고사경』 (頂生王故事經. 1권, 서진 법거 번역) 등을 수록하고 있다.— 1914 ⑦ 11.

사통(辭通) 주치평(朱起鳳)이 엮은 24권 2책의 사서(辭書). 1934년 상하이 카이밍(開明)서 점에서 출판되었다.— 1934 ⑨ 4.

사통통석(史通通釋) 청대 포기룡(浦起龍)이 지은 20권의 역사평론서. 일기에 기록된 판본 은 두 가지이다. 하나는 광서(光緖) 25년(1899) 상하이 보문(寶文)서국의 석인본(石印 本) 8책이고, 다른 하나는 왕씨(汪氏) 중교본(重校本)을 찍어 낸 한묵원(翰墨園)의 각 본 6책이다.— 1926 ② 20. 1927 ⑦ 1.

사학개론(史學槪論) 소련의 부이코프스키(С. Н. Буйковский) 지음. 니시 마사오(西雅雄)가 번역하여 쇼와 9년(1934) 도쿄의 하쿠요샤(白揚社)에서 출판되었다.— 1934 ⑤ 23.

사학계간(詞學季刊) 룽무쉰(龍沐勛) 펴냄. 제1권은 상하이 민즈(民智)서국에서 발행하고, 제2권부터 상하이 카이밍(開明)서점에서 발행했다. 1933년 4월에 창간되어 1936년 9월에 제3권 제3기를 끝으로 정간되었다.— 1934 ① 14.

사학총서(詞學叢書) 청대 진손복(秦恩復) 펴냄. 6종, 10책. 가경(嘉慶) 15년(1810) 장두(江 都) 진씨(秦氏) 형추정사(亨帚精舍) 각본.— 1912 ⑦ 3. 1926 ① 12.

사홍연보(四洪年譜) 청대의 전대흔(錢大昕)과 홍여규(洪汝奎)가 송대의 홍호(洪浩) 부자 4 명의 연보를 엮은 4권 4책의 전기. 선통(宣統) 3년(1911) 양후(陽湖) 왕씨(汪氏)의 회 목재(晦木齋) 각본.— 1932 ③ 8.

사회과학계간(社會科學季刊) 베이징대학 사회과학계간편집위원회에서 엮고 이 대학 출판 부에서 발행했다. 1922년 11월에 창간되었다.— 1924 ⑩ 28. 1925 ③ 18. ⑥ 13.

사회과학의 예비개념(社會科學의 豫備槪念) 미키 기요시(三木淸) 지음. 쇼와 4년(1929) 도쿄 의 뎃토쇼인(鐵塔書院)에서 출판되었다.— 1929 ⑨ 11.

사회교육(社會敎育) 요시다 구마지(吉田熊次) 지음. 다이쇼 2년(1913) 도쿄의 게이분칸(敬 文館)에서 간행되었다.— 1913 ⑧ 8.

사회문예총서(社會文藝叢書) 소련의 문학창작을 소개하기 위해 도쿄의 긴세이도(金星堂) 에서 출판된 총서. 여기에서는 이 가운데 『해방된 돈키호테』(解放されたドン・キホー テ. 루나차르스키 지음. 센다 고레야千田是也, 쓰지 쓰네히코辻恒彦 번역),『법률 밖으로』(法 の外へ. 룬츠Л. Н. Лунц 지음. 가미와키 스스무上脇進 번역)를 가리킨다.— 1928 ④ 9.

사회사상사대요(社會思想史大要) —『근세 사회사상사 개요』(近世社會思想史大要) 참조.

사회운동사전(社會運動辭典) 다도코로 데루아키(田所輝明) 엮음. 쇼와 3년(1928) 도쿄의 하쿠요샤(白揚社)에서 출판되었다.— 1928 ⑤ 24.

사회의식학개론(社會意識學槪論) 소련의 보그다노프(А. А. Богданов) 지음. 하야시 후사오
(林房雄)가 번역하여 쇼와 2년(1927) 도쿄의 하쿠요샤(白揚社)에서 출판되었다. —
1928 ④ 17.

사회의식학대강(社會意識學大綱)(2판) 소련의 보그다노프(А. А. Богданов) 지음. 천왕다오
(陳望道)와 스춘퉁(施存統)이 공역. 1929년 상하이 다장서포(大江書鋪)의 재판본. —
1930 ① 31.

사회주의문학총서(社會主義文學叢書) — '세계사회주의문학총서'(世界社會主義文學叢書)
참조.

사회주의와 사회운동(社會主義及ビ社會運動) 독일의 좀바르트(W. Sombart) 지음. 하야시
가나메(林要) 번역. 쇼와 3년(1928) 도쿄 도진샤쇼텐(同人社書店)의 제3판. — 1928
⑩ 16.

사회주의잡고(社會主義雜稿) 일기에는 『사노학 잡고』(佐野學雜稿)로 기록되어 있다. 사노
마나부(佐野學) 지음. 쇼와 2년(1927) 도쿄의 하쿠요샤(白揚社)에서 출판되었다. —
1928 ④ 4.

사회주의적 리얼리즘의 문제(社會主義的レアリズムの問題) 소련의 키르포틴(В. Я. Кирпотин)
등 지음. 도노무라 시로(外村史郎)가 번역하여 쇼와 8년(1933) 도쿄의 분카슈단샤(文
化集團社)에서 출판되었다. — 1933 ⑪ 3.

사회진화사상강화(社會進化思想講話) 다카바타케 모토유키(高畠素之) 지음. 다이쇼 14년
(1925) 도쿄의 아테네쇼인(アテネ書院)에서 출판되었다. — 1925 ⑨ 15.

사회진화의 규율(社會進化の鐵則) 소련의 셈코프스키(С. Ю. Семковский) 엮음. 도쿄 맑스
쇼보(マルクス書房) 편집부에서 번역하여 쇼와 3년(1928) '맑스학 교과서'의 하나로
2책으로 출판되었다. — 1928 ⑪ 1, 30.

사회학에서 본 예술(社會學上ヨリ見タル藝術) 프랑스의 귀요(M. J. Guyau) 지음. 기타 레
이키치(北昤吉) 감수. 쇼와 3년(1928) 도쿄의 조분카쿠(潮文閣)에서 '반유문고'(萬有
文庫)의 하나로 출판되었다. — 1930 ③ 11.

산곡외집시주(山谷外集詩注) 송대 황정견(黃庭堅)이 짓고 사용(史容)이 풀이한 14권 8책의
별집. 『사부총간』(四部叢刊) 속편은 원대 지원(至元) 22년(1285)의 송본 중각본(重刻
本)을 영인했다. — 1934 ② 12.

산곡총간(散曲叢刊) 런너(任訥)가 펴낸 총서. 15종 49권의 28책. 1931년 상하이 중화서국
에서 조판·인쇄했다. — 1935 ④ 18.

산령(山靈) 후펑(胡風)이 엮어 번역한 소설집. 1936년에 상하이 문화생활출판사에서 '역
문총서'(譯文叢書)의 하나로 출판했다. — 1936 ⑤ 18.

산문(散文) ―『월만당병체문』(越縵堂駢體文) 참조.

산문일집(散文一集) ―『중국신문학대계』(中國新文學大系) 참조.

산시비림목록(陝西碑林目錄)『산시도서관소관 비림비목표』(陝西圖書館所管碑林碑目表)를 가리킨다. 쑨더처우(孫德偁) 펴냄, 1권 1책. 1914년 도서사(圖書社) 활판본이다. ― 1915 ② 5.

산야철습(山野掇拾) 쑨푸시(孫福熙)의 산문집. 루쉰이 교열을 보았다. 1925년에 베이징 신조사(新潮社)에서 '신조사문예총서'의 하나로 출판되었다. ― 1923 ⑧ 12, 13, 14. 1924 ① 8. 1925 ③ 11, 12, 15. ④ 14. ⑨ 9.

산우금석기(山右金石記) 청대 장후(張煦)가 지은 10권 10책의 금석제발(金石題跋). 『산시통지』(山西通志) 제89권부터 제98권까지의 단행본. 광서(光緒) 15년(1889)에 찍어 냈다. ― 1916 ⑧ 27.

산우금석록(山右金石錄) 청대 하보진(夏寶晉)이 펴낸 3권 1책의 금석지지(金石地誌). 석종건(石宗建)이 교정. 광서 8년(1882) 구이안(歸安) 석씨(石氏)의 각본이다. ― 1923 ⑧ 24.

산우석각총편(山右石刻叢編) 청대 호빙지(胡聘之)가 엮은 40권 24책의 금석지지(金石地誌). 광서(光緒) 25년(1899)부터 27년(1901)에 걸쳐 찍어 낸 호씨(胡氏)의 각본이다. ― 1915 ⑪ 6.

산초서외기(山樵書外紀) 청대 장개복(張開福)이 지은 1권 1책의 금석문자(金石文字). 1921년 시링인사(西泠印社)에서 출판되었으며, 오은(吳隱)이 엮어 낸 '둔암금석총서'(遯盦金石叢書)에 수록되었다. ― 1935 ③ 21.

산타로의 일기(三太郎の日記) 아베 시로(阿部次郎)가 지은 소실. 다이쇼 13년(1924) 도쿄의 이와나미쇼텐(岩波書店) 제20판. ― 1925 ⑫ 14.

산해경(山海經) 진대(晉代) 곽박(郭璞)이 전한 18권 2책의 잡기. 일기에 기록된 판본 가운데 하나는 청대 시현(歙縣) 샹씨(項氏)의 군서옥연당(群書玉淵堂)에서 송본(宋本)에 근거하여 찍어 낸 교각본(校刻本)이고, 다른 하나는 『사부총서』(四部叢書) 초편에서 영인한 명대 성화(成化) 6년의 간본이다. ― 1916 ⑫ 8. 1926 ⑩ 14.

산호도집(山胡桃集) 푸둥화(傅東華)의 산문집. 1935년에 상하이 생활서점에서 '창작문고'(創作文庫)의 하나로 출판되었다. ― 1935 ④ 13.

살아있는 중국의 자태(生ケル支那ノ姿) 일기에는『지나만담』(支那漫談)으로 기록되어 있다.『어느 일본인의 중국관』으로도 번역된다. 우치야마 간조(內山完造)의 잡문집이며, 루쉰이 서문을 썼다. 쇼와 10년(1935) 도쿄의 가쿠게이쇼인(學藝書院)에서 출판되었다. ― 1935 ③ 6. ⑫ 4.

삼교수신대전(三敎搜神大全) ―『삼교원류수신대전』(三敎源流搜神大全) 참조.

삼교원류수신대전(三教源流搜神大全) 일기에는 『삼교수신대전』(三教搜神大全)으로도 기록되어 있다. 송대에 편찬된 7권 2책의 소설이며, 섭덕휘(葉德輝)가 다시 펴냈다. 선통(宣統) 원년(1909)에 창사(長沙) 섭씨(葉氏)의 영명각본(影明刻本)이다. — 1914 ⑩ 10. ⑪ 4.

삼교평심론(三教平心論) 원대 류밀(劉謐) 지음. 2권 1책. — 1914 ④ 18.

삼국지(三國志) — 『이십사사』(二十四史. 백납본) 참조.

삼국지배주술(三國志裴注述) 청대 임국찬(林國贊)이 지은 2권 1책의 역사서. 광서(光緒) 16년(1890) 학해당(學海堂)의 각본. — 1927 ⑥ 9.

삼국지보주(三國志補注) 청대에 항세준(杭世駿)이 지은 6권의 역사서. — 1914 ⑨ 12.

삼국지연의(三國志演義)(잔본殘本) 원대 나관중(羅貫中)이 편찬한 소설. — 1923 ⑦ 7, 20.

삼국지평화(三國志平話) — 『지치신간전상평화삼국지』(至治新刊全相平話三國志) 참조.

삼국화상(三國畵像) 청대에 반금(潘錦, 자는 주당疇堂)이 모사한 『삼국지』의 인물화본. 2책. 광서(光緒) 신사년(1881년)에 동음관(桐蔭館)에서 찍어 냈다. — 1931 ⑩ 11.

삼당인집(三唐人集) 청대 풍준광(馮焌光)이 엮은 6책의 합집. 『이문공집』(李文公集. 당대 이고李翺 펴냄), 『황보지정문집』(皇甫持正文集. 당대 황보식皇甫湜 펴냄), 『손가지문집』(孫可之文集. 당대 손초孫樵 펴냄)을 수록했다. 광서(光緒) 원년부터 2년(1875~1876)에 걸친 난하이(南海) 풍씨(馮氏)의 독유용서재(讀有用書齋) 각본. — 1934 ③ 22.

삼대학운시림정종(三臺學韻詩林正宗) 일기에는 『시림정종』(詩林正宗)으로 기록되어 있다. 명대 여상두(余象斗)가 펴낸 18권 6책의 유서(類書). 명대 만력(萬曆) 28년(1600) 쌍봉당(雙峰堂) 여씨(余氏)의 각본이다. — 1933 ⑩ 24.

삼론현의(三論玄義) 수대(隋代)에 길장(吉藏)이 펴낸 2권 1책의 불교서적. — 1914 ⑫ 6.

삼민주의(三民主義, 영역본) — 『San-Min-Chu-I』 참조.

삼보감통록(三寶感通錄) — 『집신주탑사삼보감통록』(集神州塔寺三寶通錄) 참조.

삼보황도(三輔黃圖) 한대에 편찬된 지리지. 일기에 기록된 판본은 두 가지이다. 하나는 청 건륭(乾隆) 49년(1784)에 펴낸 영암산관(靈巖山館) 각본으로, 본문 6권, 보유 1권의 2책이다. 다른 하나는 『사부총간』(四部叢刊) 3편에서 영인한 원본으로, 본문 6권, 교감기 1권의 1책이다. — 1913 ④ 8. 1935 ⑫ 30.

삼불후도찬(三不朽圖贊) — 『명어월삼불후명현도찬』(明於越三不朽名賢圖贊) 참조.

삼산정국산선생청준집(三山鄭菊山先生淸雋集) 일기에는 『청준집』(淸雋集)으로 기록되어 있다. 송대 정기(鄭起)가 지은 1권 1책의 별집. 『소남선생문집』(所南先生文集. 송대 정사초鄭思肖 지음)이 부기되어 있다. 『사부총간』(四部叢刊) 속편은 임길(林佶)의 수초본(手抄本)을 영인한 것이다. — 1934 ⑪ 24.

삼세상(三世相) 지은이 미상의 운명과 팔자에 관한 예언서. 일본서지학회 펴냄. 쇼와 8년 (1933년)에 송간본(宋刊本)을 영인하였다. ─ 1933 ③ 1.

삼십삼검객도(三十三劍客圖) 청대 임웅(任熊)이 그린 2책의 그림책. 함풍(咸豊) 6년(1856) 채용장(蔡容莊) 각본. ─ 1933 ⑫ 8.

삼여우필(三餘偶筆) 청대에 좌훤(左暄)이 지음. 16권 8책이며, 일본의 각본이다. ─ 1923 ② 7.

삼여찰기(三餘札記) 류원뎬(劉文典)이 장자(莊子), 한비(韓非), 회남자(淮南子)를 실마리로 삼아 역사 인물에 대해 쓴 2권 2책의 수필집. 1928년 상하이 상우인서관(商務印書館) 에서 출판되었다. ─ 1929 ① 24.

삼원필기(三垣筆記) 청대에 이청(李淸)이 펴낸 잡사(雜史). 본문 3권, 보유 3권, 부지(附識) 3권, 보유 1권의 4책. 1927년 우싱(吳興) 류씨(劉氏)의 '가업당총서'(嘉業堂叢書)본이 다. ─ 1934 ⑪ 3.

삼한집(三閑集) 루쉰의 잡문집. 1932년 상하이 베이신(北新)서국에서 출판되었다. ─ 1932 ④ 24, 26. ⑨ 14, 19, 21, 22. ⑩ 2, 15. 1933 ① 6, 10.

삽도본 미요코(繪入みよ子) 사토 하루오(佐藤春夫)가 지은 동화. 쇼와 8년(1933) 도쿄의 세 이카도(靑果堂) 각본. ─ 1933 ⑪ 14.

삽화작가(揷畫作家) ─ 『*Les Artistes du Livre*』 참조.

상가(商市街) 차오인(悄吟, 샤오훙蕭紅)의 산문. 1936년 상하이 문화생활출판사에서 '문학 총간'의 하나로 출판되었다. ─ 1936 ⑩ 14.

상기헌사송(賞奇軒四種) 청대 펴낸이를 알 수 없는 4권 4책의 예술총서. 『남릉무쌍보』(南 陵無雙譜), 『죽보』(竹譜), 『관자보』(官子譜), 『동파유의』(東坡遺意) 등이 수록되어 있다. ─ 1913 ⑤ 18.

상산정석지(常山貞石志) 청대 심도(沈濤)가 지은 24권 10책의 금석지지(金石地志). 광서(光 緖) 23년(1897) 영계정사(靈溪精舍) 번각본(翻刻本). ─ 1929 ③ 31.

상서정의(尙書正義) 당대 공영달(孔穎達) 등이 지은 28권 8책의 유가 서적. 『사부총간』(四 部叢刊) 3편은 일본의 번송각본(翻宋刻本)을 영인했다. ─ 1935 ⑩ 14.

상아탑을 나서며(象牙の塔を出て) 구리야가와 하쿠손(廚川白村)이 지은 문예수필집. 다이 쇼 13년(1924) 도쿄의 후쿠나가쇼텐(福永書店) 제72판. 이 책은 루쉰에 의해 번역되 었다. ─ 1924 ⑩ 27.

상아탑을 나서며(出了象牙之塔) 일본 구리야가와 하쿠손(廚川白村)이 지은 문예이론서. 루 쉰이 번역하여 1925년 베이징 웨이밍사(未名社)에서 '웨이밍총간'의 하나로 출판되 었다. ─ 1924 ⑩ 27. 1925 ① 24, 25, 26, 28. ② 11, 17, 18. ⑫ 3. 1926 ① 4, 5, 26. ②

15. 1927 ③ 17. ⑥ 3. 1930 ⑨ 24.

상우인서관서목(商務印書館書目) — 1926 ⑨ 13.

상자(商子) 전국시대 위(衛)의 상앙(商鞅)이 지은 5권 1책의 법가 서적. 가경(嘉慶) 8년 (1803) 문경당(問經堂) 교각본(校刻本)이다. — 1912 ⑫ 21.

상주금문습유(商周金文拾遺) 우둥파(吳東發)가 해설하고 추더이(褚德彝)가 교감한 3권 1책 의 금석문자학 서적. 1924년 상하이 중궈서점에서 필사본에 근거하여 영인했다. — 1932 ③ 4.

상하이에 온 버나드 쇼(蕭伯納在上海) 신문보도 모음. 일기에는 『상하이에 온 쇼』(蕭在上 海)로도 기록되어 있다. 러원(樂雯. 원래 루쉰의 필명이었으나 취추바이瞿秋白가 빌려 씀)이 편교(編校)하고 루쉰이 서문을 썼다. 1933년 상하이 야초서옥(野草書屋)에서 출판되었다. — 1933 ③ 3, 13, 24, 25. ④ 3.

상하이에 온 쇼(蕭在上海) — 『상하이에 온 버나드 쇼』(蕭伯納在上海) 참조.

상하이자연과학연구소 휘보(上海自然科學研究所彙報) 동방문화사업 상하이위원회 상하이 자연과학연구소에서 엮은 총간. 도쿄 마루젠(丸善)주식회사에서 발행. 루쉰은 이 총 간에 수록된 『한약사진집성』(漢藥寫眞集成), 『천연나트륨화합물 연구』(天産ナトリウ ム化合物の硏究) 등 다섯 종류를 구입했다. — 1930 ⑤ 23. ⑩ 28.

상하이지남(上海指南) 상우인서관(商務印書館)에서 펴낸 지리서. — 1916 ⑪ 3.

새 길(新路) 추이완추(崔萬秋)의 소설. 1933년 상하이 사사(四社)에서 출판되었다. — 1933 ⑫ 13.

새단어사전(新らしい言葉の字引) 핫토리 요시카(服部嘉香)와 우에하라 로로(植原路郎) 엮 음. 쇼와 4년(1929) 도쿄의 지쓰교노니혼샤(實業之日本社) 제31판. — 1929 ⑦ 25.

새로 쓴 옛날이야기(故事新編) 루쉰의 소설집. 1936년 상하이 문화생활출판사에서 '문학 총간'의 하나로 출판되었다. — 1935 ⑫ 26. 1936 ① 16, 28, 31. ② 3, 28, 29. ⑦ 24.

새로운 사람과 낡은 사람(新シキ者ト古キ者) 소련의 올레샤(Ю. К. Олеша)가 지은 소설. 무 라타 하루미(村田春海) 번역. 쇼와 5년(1930) 도쿄의 뎃토쇼인(鐵塔書院)에서 '소비에 트작가총서'의 하나로 출판되었다. — 1930 ⑫ 23.

새로운 성도덕 토론집(新性道德討論集) 장쉐젠(章雪箴)이 엮은 윤리학 서적. 상하이 부녀문 제연구회에서 '부녀문제총서'의 하나로 출판되었다. — 1926 ① 10.

새로운 식량(新しき糧) 프랑스의 지드(A. Gide)가 지은 극본. 호리구치 다이가쿠(堀口大 學)가 번역하여 쇼와 11년(1936) 도쿄의 다이이치쇼보(第一書房)에서 출판되었다. — 1936 ⑩ 12.

새로운 예술의 획득(新しき藝術の獲得) 이타가키 다카오(板垣鷹穗) 지음. 쇼와 5년(1930)

도쿄의 덴진샤(天人社)에서 출판되었다.—1930 ⑪ 10.

새마을(新しき村) 월간지. 나가시마 도요타로(長島豊太郎) 엮음. 신촌도쿄지부 발행. 다이
쇼7년(1918)에 창간되었다.—1919 ④ 11. 1921 ⑧ 29.

새벽바람(曉風) 장슈중(張秀中)의 시집. 1926년 자비로 인쇄하여 베이징 밍바오사(明報社)
에서 발행되었다.—1926 ② 8.

새싹(嫩芽) 쑤저우(蘇州) 청년업여문예사에서 펴낸 문학 월간지. 쑤저우 저우좡진(周莊
鎭)에서 발행. 1935년에 창간되었다.—1935 ⑪ 17.

새 이야기(鳥的故事) 린란(林蘭)이 짓고 엮은 민간고사. 1925년 베이징 베이신(北新)서국
에서 출판되었다.—1925 ⑪ 18.

색정서출사송(索靖書出師頌)—『출사송』(出師頌) 참조.

생계(生計)(영역본) 확실치 않음.—1914 ① 24.

생리학(生理學) 일기에는 『이와나미전서 · 생리학』(岩波全書 · 生理學), 『이와나미문고 ·
생리학』으로도 기록되어 있다. 하시다 구니히코(橋田邦彦) 지음. 쇼와 8년부터 9년
(1933~1934)에 걸쳐 도쿄의 이와나미쇼텐(岩波書店)에서 출판된 2책의 '이와나미전
서'본.—1934 ① 20. 1935 ⑤ 6.

생리학 정수(生理學粹) 원제는 『Physiologische Charakteristik der Zelle』. 독일의 그루
버(August Grüber) 등 지음. 야마다 도(山田董) 등 번역. 쇼와 2년(1927) 도쿄의 난코
도쇼텐(南江堂書店)에서 출판하여 증정한 제12판.—1928 ⑫ 27.

생명의 미미한 흔적(生命底微痕) 류첸(柳倩)의 시집. 1934년 상하이 생활서점에서 발행되
었다.—1934 ⑪ 17.

생명의 세탁(いのちの洗濯) 일기에는 『命の洗濯』으로 기록되어 있다. 다니와키 소분(谷脇
素文)이 엮고 그린 만화. 쇼와 5년(1930) 도쿄 다이니혼유벤카이 고단샤(大日本雄辯
會 講談社)에서 출판되었다.—1930 ⑩ 24.

생물학(生物學)—『헨더씨 생물학』(亨達氏生物學) 참조.

생물학강좌(生物學講座) 『이와나미강좌 생물학』(岩波講座生物學)을 가리킨다. 정편(正
編) 18집 외에, 보편, 보정(補正), 보유(補遺), 증보(增補) 등이 있다. 쇼와 5년부터 9
년(1930~1934)에 걸쳐 도쿄의 이와나미쇼텐(岩波書店)에서 편집 · 출판되었다. —
1930 ③ 17, 26. ⑤ 11, 19. ⑥ 17. ⑦ 19. ⑧ 18. ⑨ 22. ⑩ 18. ⑪ 15. ⑫ 16, 30. 1931 ②
20. ③ 20. ④ 23. ⑤ 25. ⑥ 18. ⑨ 23. 1932 ⑨ 13. 1933 ⑦ 26. 1934 ② 20. ⑩ 24, 27.

생물학강좌 보유(生物學講座補遺)—『생물학강좌』(生理學講座) 참조.

생물학강좌 보정(生物學講座補正)—『생물학강좌』 참조.

생물학강좌 보편(生物學講座補編)—『생물학강좌』 참조.

생물학강좌 증보(生物學講座增補) —『생물학강좌』참조.

생존선(生存線) 천추윈(陳楚雲)이 펴낸 주간지. 생존선사(生存線社)에서 발행되었다. 1935
년 겨울에 상하이에서 창간되어 1936년 1월에 출판금지되었다. —1935 ⑪ 15.

생활지식(生活知識) 사첸리(沙千里), 쉬부(徐步)가 펴낸 종합성 반월간지. 1935년 10월 10
일에 창간되어 1936년 10월에 제2권 제11기를 끝으로 정간되었다. —1935 ⑪ 27.

샤기난 소설(綏古儀央小說) —『Дневники』참조.

섀도페인팅 연구(影繪之硏究) 기타오 하루미치(北尾春道) 지음. 쇼와 7년(1932) 도쿄의 소
진샤쇼쿠(素人社書屋)에서 출판되었다. —1933 ⑨ 26.

서공조기문집(徐公釣磯文集) —『당비서성정자선배서공조기문집』(唐秘書省正字先輩徐公
釣磯文集) 참조.

서구도안집(西歐図案集) —『현대서구도안집』(現代西歐圖案集) 참조.

서기성집(徐騎省集)『기성집』(騎省集)을 가리킨다. 송대 서현(徐鉉)이 지은 30권 8책의 별
집. —1913 ⑫ 21.

서림 일별(書林一瞥) —『중화민국서림 일별』(中華民國書林一瞥) 참조.

서림청화(書林淸話) 예더후이(葉德輝)가 지은 10권 4책의 서화(書話). 1920년 창사(長沙)
예씨(葉氏)의 관고당(觀古堂) 각본이다. —1922 ② 2.

서문장고사(徐文長故事) 린란(林蘭)이 엮은 4집의 민간고사집. 제1집은 베이징대학 신조
사(新潮社)에서 출판되었고, 제2집부터는 베이징 베이신(北新)서국에서 출판되었다.
—1924 ⑩ 2, 3. 1925 ⑥ 17. ⑨ 18. ⑫ 3.

서방의 작가들(西方の作家たち) 소련의 예렌부르크(И. Г. Эренбург)가 지은 작가평론집.
고이데 다카시(小出峻), 오시마 핫코(大島博光)가 번역하여 쇼와 11년(1936) 도쿄의
도치노키쇼보(橡書房)에서 출판되었다. —1936 ⑩ 3.

서상기십칙(西廂記十則) 난홍실주인(暖紅室主人) 펴냄. 선통(宣統) 2년(1910) 몽봉루(夢鳳
樓)·난홍실(暖紅室) 교간본(校刊本).『서상기』및 다음과 같은 부록을 싣고 있다.『원
인위기틈국』(元人圍棋鬪局),『즉공주인오본해증』(卽空主人五本解證),『민우오오극전
의』(閔遇五五劇箋疑),『회진기시가부설발』(會眞記詩歌賦說跋),『조덕린상조접련화사』
(趙德麐商調蝶戀花詞),『이일화남서상기』(李日華南西廂記),『육천지남서상기』(陸天池
南西廂記),『원림오몽』(園林午夢) 등이다. —1913 ⑦ 5.

서신선집(書信選集) —『루쉰서신선집』(魯迅書信選集).

서양교육사상사(西洋敎育思想史) 장경삼(蔣徑三)이 엮고 지은 교육사 서적. 1934년 상하이
상우인서관(商務印書館)에서 2책으로 출판되었다. —1935 ① 7.

서양기(西洋記) 명대 이남리인(二南里人, 나무등羅懋登)이 편성한 소설. 100회, 20권의 10책.

상하이 선바오관(申報館) 활자본. ─ 1926 ⑧ 19.

서양명가걸작선집(泰西名家傑作選集) 기타하라 요시오(北原義雄)가 엮은 그림책. 쇼와 5년 (1930) 도쿄의 아틀리에샤(アトリエ社)에서 '아틀리에 원색판화집'의 하나로 출판되었다. ─ 1930 ⑫ 11.

서양미술관 순례기(西洋美術館めぐり) 고지마 기쿠오(兒島喜久雄) 지음. 쇼와 10년(1935) 도쿄의 자우호간행회(座右寶刊行會)에서 출판되었다. ─ 1935 ⑥ 18.

서양미술사 개요(西洋美術史要) 이타가키 다카오(板垣鷹穂) 지음. 다이쇼 13년(1924) 도쿄의 이와나미쇼텐(岩波書店)에서 출판되었다. ─ 1928 ③ 30.

서양사 신강(西洋史新講) 오루이 노부루(大類伸) 지음. 쇼와 10년(1935) 도쿄의 후잔보(冨山房)에서 출판된 제5판. ─ 1936 ② 5.

서양완구도편(西洋玩具圖篇) ─ 『세계완구도편』(世界玩具圖篇) 참조.

서양 최신 문예총서(泰西最新文藝叢書) 일기에는 『最新文藝叢書』로 기록되어 있다. 도쿄의 신초샤(新潮社)에서 출판되었다. 루쉰의 장서에는 『기아』(飢ゑ, Sult. 노르웨이의 함순 K. Hamsun이 지은 소설, 미야하라 고이치로宮原晃一郎 번역), 『지옥』(地獄, L'Enfer. 프랑스의 바르뷔스H. Barbusse의 소설. 후세 노부오布施延雄 번역), 『5월의 꽃』(五月の花, Flor de mayo. 스페인 이바녜스V. B. Ibáñez의 소설. 오카베 소이치岡部壯一 번역)이 남아 있다. ─ 1925 ③ 5. 1928 ① 29.

서역남만미술동점사(西域南蠻美術東漸史) 세키 마모루(關衛) 지음. 쇼와 8년(1933) 도쿄의 겐세쓰샤(建設社)에서 출판된 컬러판. ─ 1933 ③ 21.

서역문명사개론(西域文明史槪論) 하네다 도루(羽田亨) 지음. 쇼와 6년(1931) 교토 고분도쇼보(弘文堂書房)에서 출판되었다. ─ 1931 ⑤ 24.

서유기(西遊記)(잡극雜劇) ─ 『잡극서유기』(雜劇西遊記) 참조.

서유기(西遊記)(전기傳奇) ─ 『잡극서유기』(雜劇西遊記) 참조.

서유기고증(西遊記考證) 후스(胡適)가 지은 소설고증 서적. 1923년 간행. ─ 1923 ④ 17.

서유보(西遊補) 명말 동설(董說)이 지은 16회 2책의 소설. ─ 1924 ① 5.

서유일기(西遊日記) ─ 『쉬쉬성 서유일기』(徐旭生西遊日記) 참조.

서유집(徐庾集) 남조(南朝) 진(陳)의 서릉(徐陵)이 지은 『서효목집』(徐孝穆集. 10권)과 북주(北周) 유신(庾信)이 지은 『유자산집』(庾子山集. 16권)의 합집. 5책이며, 명대 도륭(屠隆)이 평했다. 『사부총간』(四部叢刊) 초편은 명대 둥하이(東海) 도륭각본을 영인했다. ─ 1927 ① 10.

서재의 등산가(書齋の岳人) 고지마 우스이(小島烏水)의 산문집. 쇼와 9년(1934) 도쿄의 쇼모쓰텐보샤(書物展望社)에서 출판되었다. ─ 1934 ⑫ 26.

서재의 소식(書齋の消息) 노구치 요네지로(野口米次郎)의 산문집. 쇼와 2년(1927) 도쿄의 다이이치쇼보(第一書房)에서 '고혼총서'(小本叢書)의 제34편으로 출판되었다. — 1929 ④ 4.

서적삽화가전(書籍挿畫家傳) — 『*Les Artistes du Livre*』 참조.

서적삽화가집(書籍挿畫家集) — 『*Les Artistes du Livre*』 참조.

서정목판화도안집(抒情カット圖案集) 이타바시 야스고로(板橋安五郎) 엮음. 쇼와 5년(1930) 도쿄의 호분칸(寶文館)에서 출판되었다. — 1930 ⑩ 4.

서철운수찰(舒鐵雲手札) 『서철운왕중구왕래수찰급시곡고합책』(舒鐵雲王仲瞿往來手札及詩曲稿合冊)을 가리킨다. 청대 서위(舒位)와 왕담(王曇)이 만든 1책의 서법서. 일기에는 『서철운 왕중구 왕래 수찰묵적』(舒鐵雲王仲瞿往來手札墨迹)으로도 기록되어 있다. 상하이 유정(有正)서국 석인본. — 1912 ⑩ 26.

서청등수묵화권(徐靑藤水墨畫卷) — 『서청등수묵화훼권』(徐靑藤水墨畫卉卷) 참조.

서청등수묵화훼권(徐靑藤水墨畫卉卷) 명대 서위(徐渭)가 그린 1책의 그림책. 선통(宣統) 원년(1909) 상하이 신주국광사(神州國光社)에서 '신주국광 집외증간'의 하나로 영인했다. — 1912 ⑤ 8. ⑪ 24.

서청산기(西靑散記) 청대 사진림(史震林)이 지은 8권의 잡기. — 1914 ① 15.

서청필기(西淸筆記) 청대 심초(沈初)가 지은 2권의 잡사(雜史). '공순당총서'(功順堂叢書)에 수록되었다. — 1913 ① 18.

서하국서약설(西夏國書略說) 뤄푸창(羅福萇) 지음. 1권, 1책. 1914년 동산학사(東山學社) 석인본(石印本). — 1917 ④ 1.

서하역연화경고석(西夏譯蓮花經考釋) 뤄푸청(羅福成)이 지은 1책의 불교 서적. 1914년 동산학사(東山學社) 석인본(石印本). — 1917 ④ 1.

서호이집(西湖二集) 명대 주집(周楫)이 지은 소설. 34권, 『서호추색일백운』(西湖秋色一百韻) 부록, 6책. 명대 판본. — 1925 ④ 29.

서효목전집(徐孝穆全集) — 『서효목집전주』(徐孝穆集箋注) 참조.

서효목집전주(徐孝穆集箋注) 남조(南朝) 진(陳)의 서릉(徐陵)이 지은 별집. 청대 오조의(吳兆宜)가 해설했다. 6권, 비고(備考) 1권의 3책. — 1914 ① 27.

석가보(釋迦譜) 남조(南朝) 양(梁)의 승우(僧祐)가 지은 5권 4책의 불교 서적. — 1913 ⑫ 14. 1914 ⑥ 9.

석가여래성도기주(釋迦如來成道記注) 당대 왕발(王勃)이 짓고 송대 도성(道誠)이 설명을 가한 2권 1책의 불교 서적. — 1914 ⑩ 25, 26.

석가여래응화사적(釋迦如來應化事迹) 청대 영산(永珊)이 짓고 그린 4책의 화전(畫傳). 가경

(嘉慶) 13년 (1808) 예친왕(豫親王) 유풍(裕豊) 간본이다. —1914 ④ 18, 28.

석고문석존(石鼓文釋存) —『금석계부석고문석존』(金石契附石鼓文釋存) 참조.

석곡만년의고책(石谷晚年擬古冊) —『왕석곡노년의고책』(王石谷老年擬古冊) 참조.

석도(石濤) 하시모토 간세쓰(橋本關雪)가 지은 화가연구서. 쇼와 5년(1930) 도쿄의 주오
  비주쓰샤(中央美術社)에서 출판한 제3판. —1932 ⑤ 22.

석도기유도영(石濤紀游圖咏) 청대 석도(石濤, 법호는 원제原濟)가 그린 1책의 그림책. 1929
  년 상하이 상우인서관(商務印書館) 영인본. —1931 ④ 28.

석도산수정품(石濤山水精品) 청대 석도(石濤)가 그린 1책의 그림책. 1929년 상하이 상우인
  서관(商務印書館) 영인본. —1931 ⑤ 15.

석도산수책(石濤山水冊) 청대 석도(石濤)가 그린 1책의 그림책. 1930년 상하이 문명서국
  에서 영인했다. —1932 ⑧ 2.

석도화동파시서시책(石濤畵東坡時序詩冊) 일기에는『석석도동파시서시의』(釋石濤東坡時
  序詩意)로 기록되어 있다. 청대 석도(石濤)가 그린 1책의 그림책. 1925년 상하이 문명
  서국의 영인본. —1932 ⑧ 2.

석도화상 팔대산인 산수합책(石濤和尙八大山人山水合冊) 청대에 석도(石濤, 법호는 원제原
  濟)와 주탑(朱耷, 호는 팔대산인八大山人)이 그린 1책의 그림책. 1930년 상하이 문명서
  국에서 영인했다. —1932 ⑧ 2.

석림유서(石林遺書) 송대 섭몽득(葉夢得)이 지은 12종의 총서. 청대 선통(宣統) 3년(1911)
  창사(長沙) 섭씨(葉氏)의 관고당(觀古堂) 교각본(校刻本)이다. —1923 ② 3. ⑤ 15.

식마가연론(釋摩訶衍論) 용수보살(龍樹菩薩)이 짓고 후진(後秦)의 벌제마다(筏提摩多)가
  번역한 10권 4책의 불교 서적. —1914 ⑥ 3.

석명(釋名) 한대 유희(劉熙)가 지은 8권 1책의 훈고학 서적.『사부총간』(四部叢刊) 초편은
  명대 가정(嘉靖) 연간의 번송본(翻宋本)을 영인했다. —1927 ⑦ 26.

석병시집(石屛詩集) —『석병집』(石屛集) 참조.

석병집(石屛集)『석병시집』(石屛詩集)이라고도 한다. 송대 대복고(戴復古)가 지은 10권의
  별집. 일기에 기록된 판본은 두 가지이다. 하나는『타이저우총서』(台州叢書)본이고,
  다른 하나는 명대 홍치본(弘治本)을 영인한『사부총간』(四部叢刊) 속편이다. —1913
  ⑧ 27. ⑨ 5, 16, 24. ⑩ 1, 9, 11, 20, 28, 31. ⑪ 1, 7, 15, 16. 1934 ③ 5.

석분비(惜分飛) 왕위치(王余杞)의 소설. 1929년 상하이 춘조(春潮)서국에서 출판되었다.
  —1929 ⑧ 27.

석석도동파시서시의(釋石濤東坡時序詩意) —『석도화동파시서시책』(石濤畵東坡時序詩冊)
  참조.

석인영송본도연명집(石印景宋本陶淵明集) —『도연명시』(陶淵明詩) 참조.

선바오(申報) 1872년 4월 30일 영국 상인이 상하이에서 창간한 일간신문. 1909년 석유복(席裕福)이 운영을 이어받았다가 1912년에 스량차이(史量才)에게 양도되었다. 1927년 이후 국민당 통치를 지지했다. 9·18사변 이후 전국 민중의 구망운동에 영향을 받아 민중의 항일 요구를 받아들이기도 하였으나, 1934년 스량차이가 암살된 후 다시 보수화했다. 1949년 5월 26일에 상하이가 해방되었을 때 정간되었다. 이 신문은「자유담」(自由談),『선바오 도화주간』(申報圖畫週刊) 등 다종의 부간을 두었다.「자유담」은 원래 원앙호접파 문인들이 독차지하고 있었으나, 1932년 말에 리례원(黎烈文)이 편집을 맡은 후 내용을 혁신하여 잡문과 단평을 주로 실었다. 1934년 5월에 장쯔성(張梓生)이 편집을 이어받았다. —1931 ⑤7. 1933 ①25. ②3, 8, 10, 15, 25. ③3, 7, 8, 11, 18, 22, 24, 31. ④3, 7, 10, 15, 18, 23. ⑤4, 5, 6, 7, 12, 18, 20, 21. ⑥8, 11, 15, 17, 27. ⑦4, 5, 6, 8, 14, 17, 22, 25, 29. ⑧4, 7, 11, 14, 18, 24, 29. ⑨6, 7, 8, 11, 15, 21, 27, 29. ⑩1, 7, 12, 13, 18, 19, 20, 23, 25, 28. ⑪3, 5, 6, 7, 20. ⑫11, 12. 1934 ①9, 18, 25, 28, 30. ②1, 4, 7, 12, 15, 16, 19, 24. ③5, 8, 12, 13, 20, 22, 23, 26. ④2, 4, 5, 7, 14, 16, 17, 18, 20, 22, 23, 26, 27, 30. ⑤9, 10, 12, 15, 16, 18, 20, 22, 23, 24, 26. ⑥3, 7, 10, 12, 13, 14, 16, 20, 21, 23, 24. ⑦5, 7, 9, 16, 18, 19, 20, 22. ⑧4, 6, 9, 13, 15, 20, 22, 24, 25, 30. ⑨2, 5, 6, 8, 14, 15. ⑩7. 1936 ③5.

선바오 도화부간(申報圖畫附刊) —『선바오』(申報) 참조.

선바오연감(申報年鑒) 선바오연감사(申報年鑒社)에서 편집하고 상하이 선바오관(申報館) 특종발행부에서 발행했다. 1933년부터 발행하기 시작. —1933 ④29. 1934 ⑤12.

선바오월간(申報月刊) 위쑹화(兪頌華) 등이 펴낸 종합성 월간지. 상하이 선바오관(申報館)에서 발행되었다. 1932년 7월에 창간되었고 1935년 12월에 제4권 제12기를 끝으로 휴간했다. —1933 ④6. ⑤21. ⑦13, 17. ⑧13, 20. ⑨17, 28. ⑩15, 22. ⑪16. ⑫18, 23. 1934 ①17.

선불보(選佛譜) 명대 지욱(智旭)이 저술한 6권 2책의 불교 서적. —1914 ④18. ⑥9.

선여인전(善女人傳) 청대 팽제청(彭際淸)이 지은 2권 1책의 전기(傳記). —1914 ⑨16. ⑩26.

선적원총서(選適園叢書)『적원총서』(適園叢書)의 잔본인 듯하다. 장쥔헝(張鈞衡) 펴냄. —1918 ⑨10.

선집(選集) —『루쉰잡감선집』(魯迅雜感選集) 참조.

선천집(先天集) 송대 허월경(許月卿)이 지은 별집. 10권, 부록 2권의 2책.『사부총간』(四部叢刊) 속편은 명대 가정(嘉靖) 연간의 간본을 영인했다. —1934 ⑨22.

섣달 그믐 및 기타(除夕及其他) 양후이(楊晦)의 극본. 1929년 베이핑 천중사(沉鐘社)에서 '천중총간'의 하나로 출판되었다.―1929 ⑨ 13. 1934 ⑩ 17.

설고(說庫) 왕원류(王文濡)가 펴낸 총서. 170종, 431권의 60책. 1915년 상하이 문명서국 석인본(石印本).―1924 ⑥ 2.

설두사집(雪竇四集) 『설두현화상명각대사송고집』(雪竇顯和尙明覺大師頌古集), 『염고집』(拈古集), 『폭천집』(瀑泉集), 『조영집』(祖英集)을 가리킨다. 송대 중현(重顯)이 지은 5권 2책의 별집. 『사부총간』(四部叢刊) 속편은 송대 간본을 영인했다.―1934 ⑩ 20.

설령(說鈴)(전집前集) 청대 오진방(吳震方)이 펴낸 34종 10책의 총서. 강희(康熙) 44년(1705) 쑤저우(蘇州) 융계당서방(隆溪堂書坊) 각본.―1913 ⑥ 28.

설문계전교록(說文繫傳校錄) 청대 왕균(王筠)이 지은 30권 2책의 문자학 서적.―1915 ① 30.

설문고주보(說文古籒補) 청대 오대징(吳大澂)이 지은 문자학 서적. 14권, 부록 1권의 2책. 광서(光緒) 24년(1898) 후난(湖南) 중각본(重刻本).―1918 ③ 9.

설문고주보보(說文古籒補補) 딩포옌(丁佛言)이 지은 문자학 서적. 14권, 부록 1권의 4책. 1921년 베이징 상우인서관(商務印書館) 석인본(石印本).―1925 ④ 29.

설문고주소증(說文古籒疏證) 청대 장술조(莊述祖)가 지은 6권 4책의 문자학 서적.―1912 ⑫ 7.

설문고주습유(說文古籒拾遺) 『고주습유』(古籒拾遺)를 가리킨다. 청대 손이양(孫貽讓)이 펴낸 문자학 서적. 3권, 『송정화예기고』(宋政和禮器考) 부록의 총 2책. 광서(光緒) 16년(1890) 가긴본(家刊本).―1915 ⑨ 14.

설문광허(說文匡鄦) 스이찬(石一參)이 지은 1책의 문자학 서적. 1931년 상하이 상우인서관(商務印書館) 석인본(石印本).―1932 ⑨ 24.

설문교의(說文校議) 청대 요문전(姚文田), 엄가균(嚴可均)이 지은 15권 5책의 문자학 서적. 동치(同治) 13년(1874) 구이안(歸安) 요씨(姚氏)의 중각본(重刻本).―1914 ⑪ 15. 1916 ③ 30.

설문구두(說文句讀) 청대 왕균(王筠)이 지은 14책의 문자학 서적.―1915 ② 20.

설문단주정보(說文段注訂補) 청대 왕소란(王紹蘭)이 지은 14권 8책의 문자학 서적. 광서(光緒) 14년(1888) 샤오산(蕭山) 호씨(胡氏) 각본.―1914 ⑪ 15.

설문발의(說文發疑) 청대 장행부(張行孚)가 지은 6권 3책의 문자학 서적.―1914 ⑨ 27.

설문석례(說文釋例) 청대 왕균(王筠)이 지은 20권 10책의 문자학 서적.―1912 ⑪ 2.

설문해자(說文解字) 한대 허신(許愼)이 지은 15권 4책의 문자학 서적. 상하이 상우인서관(商務印書館)에서 북송 소자본(小字本)을 모방하여 석인(石印)했다.―1926 ⑨ 29.

설문해자계전(說文解字繫傳) 남당(南唐) 서개(徐錯)가 지은 40권 8책의 문자학 서적. ─ 1915 ① 2.

설문해자부통검(說文解字附通檢) 한대 허신(許愼)이 짓고 송대 서현(徐鉉)이 교열했으며 청대 진창치(陳昌治)가 엮은 문자학 서적. 리융춘(黎永椿)이 『설문통검』(說文通檢)을 지었다. 15권, 『설문통검』(說文通檢) 부록 16권의 10책. 동치(同治) 12년(1873) 각본. ─ 1914 ⑩ 25.

설보(說報) ─ 『소설월보』(小說月報) 참조.

설부(說郛) 원대 도종의(陶宗儀)가 펴낸 총서. 원서는 100권이나 후에 산일되었다. 청 초 각본 120권은 도정(陶珽)이 편각했는데, 내용이 잡다하여 원래 모습을 상실했다. 1927년 상하이 상우인서관(商務印書館) 활판본 100권은 장쭝샹(張宗祥, 자는 랑성圓聲)이 교집(校輯)하여 원대 원본의 모습에 가깝다. 루쉰이 1913년에 빌렸던 것은 경사(京師)도서관에 소장된 명대 융경(隆慶)·만력(萬曆) 연간의 잔결된 초본이고, 1920년에 빌렸던 것은 장랑성이 명대의 잔본(殘本)을 전초(轉抄)한 것이며, 1927년에 구입한 것은 상우인서관 인쇄본이다. ─ 1913 ⑤ 29. ⑥ 1. 1920 ⑫ 13. 1922 ⑨ 12. 1927 ⑫ 3.

설사(說史) ─ 『중국소설사략』(中國小說史略) 참조.

설씨종정관지(薛氏鐘鼎款識) ─ 『역대종정이기관지법첩』(歷代鐘鼎彝器款識法帖) 참조.

설원(說苑) 한대 유향(劉向)이 지은 20권의 유가 서적. 일기에 기록된 것 가운데 하나는 4책이고 판본은 확실치 않으며, 다른 하나는 6책으로 명대 초본을 영인한 『사부총간』(四部叢刊) 초편이다. ─ 1921 ② 14. 1923 ⑨ 29.

설형문자와 중국문자의 발생 및 진화(楔形文字與中國文字之發生及進化) ─ 『*Origine et évolution de L'écriture hieroglyphique et de L'écriture chinoise*』 참조.

설희(說戲) 치루산(齊如山)이 지은 1책의 희곡연구서. 베이징 징화(京華)인서국 활판본. ─ 1913 ⑨ 5, 16.

섬광(閃光) 가오창훙(高長虹)의 시집. 1925년 베이징 광풍사(狂飆社)에서 '광풍소총서'(狂飆小叢書)의 하나로 출판되었다. ─ 1925 ⑨ 26.

섬록(剡錄) 송대 고사손(高似孫)이 지은 10권 2책의 지방지. 청대 도광(道光) 8년(1828) 이식포(李式圃) 각본. ─ 1913 ⑩ 5.

섬의 농민(島の農民) 스웨덴의 스트린드베리(A. Strindberg) 지음. 구사마 헤이사쿠(草間平作)가 번역하여 다이쇼 14년(1925) 도쿄의 이와나미쇼텐(岩波書店)에서 '스트린드베리 전집'의 하나로 출판되었다. ─ 1927 ⑩ 12.

성과 성격(性と性格)(*Sex & Character*). 오스트리아의 바이닝거(O. Weininger)가 지은 심

리학 서적. 무라카미 히로(村上啓夫)가 번역하여 쇼와 3년(1928) 도쿄의 아르스샤(ァ
ルス社)에서 출판된 보급판. 또 다른 일역본 책명은 『남녀와 성격』(男女と性格)이다.
—1928 ⑥ 26.

성명잡극(盛明雜劇) 명대 심태(沈泰)가 펴낸 30종 10책의 희곡총집. 1925년 상하이 중궈
서점에서 우진(武進) 둥씨(董氏) 각본을 영인했다. —1926 ③ 2.

성사승람(星槎勝覽) 명대 비신(費信)이 지은 잡사(雜史). 2집, 2권의 1책. 1928년 국립중산
대학 언어역사연구소의 활판본. —1928 ⑪ 9.

성세인연(醒世姻緣) 『성세인연전』(醒世姻緣傳)이라고도 한다. 100회의 소설, 서주생(西周
生)이 펴낸 것이라 적혀 있다. —1926 ⑧ 19.

성세항언(醒世恒言) 명대 풍몽룡(馮夢龍)이 모으고 지은 소설집. 1936년 상하이 생활서점
에서 '세계문고'본으로 출판되었다. 40권 1책. —1936 ⑩ 7.

성유상해(聖諭象解) 청대 양연년(梁延年)이 지은 20권 10책의 정치 서적. 광서(光緒) 29년
(1903) 베이양관보국(北洋官報局)의 석인본(石印本)이다. —1923 ④ 27.

성의 초현(性之初現) 확실치 않음. —1925 ⑤ 1.

성적도(聖迹圖) 원대 왕진붕(王振鵬)이 그린 1책의 그림책. 1908년에 상하이 신주국광사
(神州國光社)에서 영인했다. —1912 ⑤ 8. ⑪ 24.

세계고대문화사(世界古代文化史) 니시무라 신지(西村眞次) 지음. 쇼와 6년(1931) 도쿄의
도쿄도(東京堂)에서 출판되었다. 정장본. —1932 ① 12.

세계관으로서의 맑시즘(世界觀としてのマルキシズム) 소련의 셈코프스키(C. И. Семковский)
엮음. 일본 맑스쇼보(マルクス書房) 편집부에서 번역하여 쇼와 4년(1929) 출판되었
다. '맑스학 교과서' 제7분책. —1929 ⑩ 28.

세계누드미술전집(世界裸體美術全集) 일기에는 『세계누드전집』(世界裸體全集)으로도 기록
되어 있다. 오타 사부로(太田三郎) 엮음. 쇼와 6년(1931) 도쿄의 헤이본샤(平凡社)에
서 6책으로 출판되었다. —1931 ⑨ 29. ⑩ 8. ⑪ 11. ⑫ 5. 1932 ① 6.

세계문고(世界文庫) 정전둬(鄭振鐸)가 펴낸 월간지. 1935년부터 1936년에 걸쳐 상하이 생
활서점에서 출판되었다. 모두 12책을 간행했으며, 국내외의 문학명저를 포괄하였다.
—1935 ⑤ 20, 23, 24. ⑥ 25. ⑦ 1, 27. ⑧ 1, 30. ⑨ 2, 4. ⑩ 19. ⑪ 9, 12. 1936 ① 31.

세계문예대사전(世界文藝大辭典) 일기에는 『세계문예대사서』(世界文藝大辭書)로도 기록
되어 있다. 요시에 다카마쓰(吉江喬松) 엮음. 쇼와 10년부터 11년(1935~1936)에 걸
쳐 도쿄의 주오코론샤(中央公論社)에서 7책으로 출판되었다. —1935 ⑪ 6. 1936 ③ 4.
⑤ 20. ⑨ 10.

세계문예명작화보(世界文藝名作畫譜) 사카이 기요시(酒井淸)와 다카바타케 가쇼(高畠華

宵) 엮음. 쇼와 3년(1928) 도쿄의 잇신도쇼텐(一進堂書店) 제5판. — 1928 ④ 2.

세계문학(영문) 확실치 않음. — 1927 ⑪ 12.

세계문학과 비교문학사(世界文學と比較文學史) 독일의 스트리히(F. Strich) 지음. 이토 다케
시(伊藤雄)가 번역하여 쇼와 8년(1933) 도쿄의 겐세쓰샤(建設社)에서 '독일문학총서'
의 하나로 출판되었다. — 1933 ⑪ 18.

세계문학과 프롤레타리아(世界文學と無産階級) 독일의 메링(F. Mehring) 지음. 가와구치
히로시(川口浩)가 번역하여 쇼와 3년(1928) 도쿄의 소분카쿠(叢文閣)에서 '맑스주의
예술이론총서'의 하나로 출판되었다. — 1928 ⑫ 20.

세계문학담(世界文學談) — 『The Story of the World's Literature』 참조.

세계문학대강(世界文學大綱) — 『문학대강』(文學大綱) 참조.

세계문학이야기(世界文學物語) 영국의 메이시(J. A. Macy) 지음. 우치야마 겐지(內山賢次)
가 번역하여 쇼와 3년(1928) 도쿄 아르스샤(アルス社)에서 출판된 2책의 보급판. —
1928 ⑥ 26.

세계문학전집(世界文學全集) 독일의 하웁트만(G. Hauptmann) 등 지음. 구미 각국의 문학
창작을 소개하기 위해 도쿄의 신초샤(新潮社)에서 출판된 총서. 루쉰의 장서 가운데
에는 여러 종류가 남아 있다. 1928년 10월 31일의 일기에 기록된 『돈키호테』(ドン・キ
ホーテ), 1929년 9월 9일의 일기에 기록된 『근대단편소설집』(近代短篇小說集)과 『신
흥문학집』(新興文學集), 그리고 1936년 3월 22일의 일기에 기록된 『세계문학전집
(31)』이 그것인데, 『세계문학전집』에는 『적막한 사람들, 연애삼매, 만나·완나 및 기
타』(寂しき人人, 戀愛三昧, モンナ·ワンナ其他)가 실려 있다. — 1928 ⑩ 31. 1929 ⑨ 9.
1936 ③ 22.

세계문학평론(世界文學評論) 문학월간지. 오노 슌이치(大野俊一)와 하루야마 유키오(春山
行夫) 엮음. 도쿄 세계문학평론사에서 발행. 1930년 9월에 창간되었으며, 1931년 제
6기를 끝으로 정간되었다. — 1931 ③ 8.

세계문화(世界文化) 상하이 세계문화사에서 펴내고 상하이 타이둥(泰東)도서국에서 발행
한 종합성 월간지. 좌익작가연맹의 기관지 가운데 하나이다. 1930년 9월에 창간되어
제1기를 출간한 후 출판금지되었다. 루쉰은 이 월간지의 기획과 편집에 참여했다. —
1930 ③ 17.

세계문화사대계(世界文化史大系) 영국의 웰즈(H. G. Wells) 지음. 기타가와 사부로(北川三
郎)가 번역하여 쇼와 2년부터 3년(1927~1928)에 걸쳐 도쿄의 다이토카쿠(大鐙閣)에
서 2책으로 출판되었다. — 1928 ⑤ 11. ⑧ 10.

세계미술전집(世界美術全集) 일기에는 『미술전집』(美術全集)으로도 기록되어 있다. 시모

나카 야사부로(下中彌三郎) 엮음. 쇼와 3년부터 5년(1928~1930)에 걸쳐 도쿄의 헤이본샤(平凡社)에서 출판되었다. ― 1927 ⑪ 25. ⑫ 27. 1928 ② 1, 23. ③ 25. ④ 25. ⑤ 24. ⑥ 18. ⑦ 23. ⑧ 21. ⑨ 20. ⑩ 29. ⑪ 24. ⑫ 31. 1929 ① 30. ③ 2, 30. ⑤ 4. ⑥ 7, 26. ⑦ 27. ⑧ 31. ⑨ 25. ⑩ 23. ⑪ 27. ⑫ 29. 1930 ① 17. ② 27. ③ 29. ④ 26. ⑤ 30. ⑥ 20. ⑦ 21. ⑧ 23. ⑨ 26. ⑩ 30. ⑪ 20. ⑫ 2, 31. 1931 ③ 11, 12. ④ 10. ⑤ 2. ⑥ 5, 25. ⑦ 28. ⑨ 30. ⑩ 3, 27. ⑪ 27. ⑫ 30. 1932 ① 26. ⑤ 4.

세계보옥동화총서(世界寶玉童話叢書) 유럽 각국의 동화를 소개하기 위해 도쿄의 지도쇼보(兒童書房)에서 출판된 총서. 루쉰의 장서에는 네 가지가 남아 있다. 1932년 9월 2일에 기록된 것은 러시아의 L. 톨스토이가 지은 『텅 빈 큰북』(がらんどうの太鼓), 인도의 불본생경(佛本生經, jātaka) 이야기인 『게와 코끼리』(大かにと象), 덴마크의 안데르센이 지은 『다섯 알의 완두콩』(五つぶのゑんどう豆)이다. ― 1932 ⑥ 23. ⑨ 2.

세계사교정(世界史敎程) ― 『유물사관세계사교정』(唯物史觀世界史敎程) 참조.

세계사회주의문학총서(世界社會主義文學叢書) 일기에는 '사회주의문학총서'(社會主義文學叢書)로 기록되어 있다. 5집. 『지옥』(*The Jungle*. 싱클레어U. Sinclair 지음, 마에다코 고이치로前田河廣一郎 번역), 『코뮌전사 파이프: 노농러시아단편집』(コンミューン戰士のパイプ: 勞農ロシヤ短篇集. 구라하라 고레히토藏原惟人 번역), 『진리의 성』(眞理の城. 추어 뮐렌H. Zur Mühlen 지음, 하야시 후사오林房雄 번역), 『10월』(야코블레프A. С. Яковлев 지음, 이다 고헤이井田孝平 번역), 『시멘트』(글랏코프F. Gladkov 지음, 쓰지 쓰네히코辻恒彦 번역)를 포괄하고 있다. 쇼와 3년(1928) 도쿄의 난소쇼인(南宋書院)에서 편집·출판되었다. ― 1928 ③ 1. ⑦ 18. ⑪ 22.

세계성욕학사전(世界性慾學辭典) 사토 고카(佐藤紅霞, 사토 다미오佐藤民雄) 엮음. 쇼와 4년(1929) 도쿄의 고분샤(弘文社)에서 출판되었다. ― 1929 ⑥ 16.

세계소설집(世界小說集) ― 『근대세계단편소설집』(近代世界短篇小說集) 참조.

세계어주간(世界語週刊) 베이징 호조학사(互助學社) 세계어부(世界語部)에서 펴내고, 국풍일보사(國風日報社) 세계어주간부(世界語週刊部)에서 발행되었다. 1924년 11월 20일에 창간되었다. ― 1924 ⑫ 10.

세계연표(世界年表) ― 모범최신세계연표(模範最新世界年表) 참조.

세계예술발달사(世界藝術發達史) 헝가리의 마차(I. Matsa) 지음. 구마자와 마타로쿠(熊澤復六) 번역. 쇼와 6년(1931) 도쿄의 뎃토쇼인(鐵塔書院) 판본. ― 1932 ③ 30.

세계예술사진연감(世界藝術寫眞年鑑) ― 『*Photograms of the year*』 참조.

세계완구도편(世界玩具圖篇) 일기에는 『서양완구도편』(西洋玩具圖篇)으로도 기록되어 있다. 니시자와 데키호(西澤笛畝) 지음. 쇼와 9년(1934) 도쿄의 유잔카쿠(雄山閣)에서

'완구총서'의 하나로 출판되었다. — 1934 ⑥ 28.

세계완구사편(世界玩具史篇) 아리사카 요타로(有坂與太郎) 지음. 쇼와 9년(1934) 도쿄의
유잔카쿠(雄山閣)에서 '완구총서'의 하나로 출판되었다. — 1935 ① 5.

세계원시사회사(世界原始社會史) 소련의 마토린(N. M. Matorin) 엮음. 하야카와 지로(早川
二郎)가 번역하여 쇼와 9년(1934) 도쿄의 하쿠요샤(白揚社)에서 출판되었다. — 1934
④ 28.

세계월간(世界月刊) 상하이 세계월간사에서 펴내고 상하이 세계학회에서 발행한 종합성
월간지. 1929년 7월에 창간되었고 1930년 8월에 제2권 제2기를 끝으로 정간되었다.
— 1930 ② 10.

세계유머전집 — 중국편(世界ユーモア全集 — 中國篇) 일기에는 『支那ユーモア集』으로 기록
되어 있다. 사토 하루오(佐藤春夫) 엮음. 쇼와 8년(1933) 도쿄의 가이조샤(改造社)에
서 출판되었다. 이 책에는 마스다 와타루(增田涉)가 번역한 루쉰의 「아Q정전」(阿Q
正傳)과 「행복한 가정」(幸福的家庭)이 수록되어 있다. — 1933 ③ 24.

세계의 시작(世界の始) — 1927 ⑩ 5.

세계의 여성을 말한다(世界の女性を語る) 기무라 기(木村毅) 지음. 쇼와 8년(1933) 도쿄의
지쿠라쇼보(千倉書房)에서 출판되었다. — 1933 ④ 25.

세계일보(世界日報) 1925년 2월 청서워(成舍我)가 베이징에서 창간했다. 1926년 7월부터
부간(副刊)을 발행하기 시작했으며, 류반눙(劉半農)이 펴냈다. — 1926 ⑥ 28. ⑦ 1, 2,
14. ⑧ 4.

세계지리풍속대계(世界地理風俗大系) 나카마 데루히사(仲摩照久) 엮음. 쇼와 3년부터 7년
(1928~1932)에 걸쳐 도쿄의 신고샤(新光社)에서 29책으로 출판되었다. — 1932 ① 9,
26. ⑥ 4, 10, 22. ⑧ 4.

세계창기제도사(世界性業婦制度史) 다키모토 지로(瀧本二郎) 지음. 쇼와 2년(1927) 도쿄의
다이도칸쇼텐(大同館書店)에서 출판되었다. — 1927 ⑩ 12.

세계출판미술사(世界出版美術史) 고바야시 오리(小林鶯里) 지음. 쇼와 5년(1930) 도쿄의
분게이샤(文藝社)에서 출판되었다. — 1930 ④ 24.

세계혁명의 실현을 위해 활약하는 러시아의 정치조직(世界革命の實現に活躍するロシヤの政
治組織) 일기에는 『소비에트정치조직』(ソヴェト政治組織)으로 기록되어 있다. 구보타
에이키치(久保田榮吉) 엮음. 쇼와 4년(1929) 도쿄의 나이가이쇼보(内外書房) 재판본.
— 1929 ④ 18.

세계화보(世界畫報) 주간지이며, 원래 베이징의 『세계일보』(世界日報)의 부간(附刊)이었으
나, 1925년 10월 1일에 세계화보사(世界畫報社)에서 별도로 출판되었다. 1937년 7월

11일에 제606기를 끝으로 정간되었다. —1934 ④ 28.

세라피모비치 전집(綏拉菲摩維支全集) —『Собрание сочинений Серафимовича』참조.

세르팡(セルパン) 하세가와 미노키치(長谷川巳之吉)가 엮은 종합성 월간지. 도쿄 다이이치 쇼보(第一書房)에서 발행되었다. '세르팡'은 프랑스어 "Le Serpent"의 일본어 음역이며, 본의는 '뱀'이나 '예지'로 전화되었다. —1933 ④ 27.

세 사람(三人) 소련의 고리키가 지은 소설『Трое』. 스웨이(石韋, 중첸주鍾潛九)가 1933년 옥중에서 영역본을 저본으로 삼아 번역했다. 1934년에 출옥한 후 어우양산(歐陽山)을 통해 루쉰에게 교열을 보아 달라고 부탁했다. 1935년 상하이 상우인서관(商務印書館)에서 출판되었다. —1934 ⑦ 12. 1935 ② 26.

세 사람(三人) 프랑스의 쉬아레(A. Suarès)가 지은 작가연구서. 미야자키 미네오(宮崎嶺雄)가 번역하여 쇼와 10년(1935) 도쿄 야마모토쇼텐(山本書店)에서 출판되었다. '세 사람'이란 프랑스의 파스칼(B. Pascal, 1623~1662), 노르웨이의 입센(H. Ibsen, 1828~1906), 러시아의 도스토예프스키(Фёдор Михайлович Достоевский)를 가리킨다. —1935 ② 26.

세설선(世說選) 남조(南朝) 송(宋)의 유의경(劉義慶)이 펴낸 1권 1책의 소설. 일본의 오카이 겐슈(岡井嶵州, 이름은 孝先) 오쓰카 다카야스(大塚孝綽)가 교석. 일본 간엔(寬延) 2년(1749) 교토(京都) 스분도(崇文堂) 각본. —1923 ② 11.

세설신어(世說新語) 남조(南朝) 송(宋)의 유의경(劉義慶)이 짓고 양(梁)의 유효표(劉孝標)가 설명을 가한 고소설집. 원본은 8권이나 현재의 판본은 3권. —1912 ⑦ 3. 1922 ② 2. 1926 ⑨ 29.

세 자매(三姉妹) 러시아 체호프(А.П. Чехов)가 지은 극본. 차오징화(曹靖華)가 번역하여 1925년에 상하이 상우인서관(商務印書館)에서 '문학연구회총서'의 하나로 출판되었다. —1925 ⑩ 19.

세잔 대화집(セザンヌ大畫集) 프랑스 화가로서 후기 인상파의 대표자인 세잔(P. Cézanne) 그림. 하자마 이노스케(硲伊之助) 등이 엮어 쇼와 7년(1932) 도쿄 아틀리에샤(アトリヱ社)에서 출판되었다. —1932 ⑦ 28. ⑨ 8. ⑩ 9.

세잔 화전(綏山畫傳) —『Paul Cezanne』참조.

세포학개론(細胞學槪論) 일기에는『細胞學』으로 기록되어 있다. 야마하 기헤이(山羽儀兵) 지음. 쇼와 8년(1933) 도쿄의 이와나미쇼텐(岩波書店)에서 '이와나미전서'의 하나로 출판되었다. —1934 ① 20.

센게 모토마로 시전(千家元麿詩箋) 일본의 시인인 센게 모토마로(千家元麿, 1888~1948) 지음. 콜로타이프판(collotype版). 한 첩(帖)에 4장. —1931 ⑥ 8.

센류만화전집(川柳漫畫全集) 일기에 『센류만화집』(川柳漫畫集)으로도 기록되어 있다. 야노 긴로(矢野錦浪) 지음. 쇼와 5년부터 7년(1930~1932) 도쿄의 헤이본샤(平凡社)에서 출판되었다. —1930 ⑩ 24. ⑪ 13. ⑫ 5, 31. 1931 ② 26. ④ 10. ⑥ 11. ⑧ 13. ⑪ 23. 1932 ⑥ 22.

셰스토프 선집(シェストフ選集) 일기에서는 'Shestov전집'으로도 기록되어 있다. 러시아 철학가이자 문예비평가인 셰스토프(Лев Исаакович Шестов, 1866~1938)가 지은 철학서. 아베 로쿠로(阿部六郎)와 기데라 레이지(木寺黎二) 등이 번역하여 쇼와 10년(1935) 도쿄 가이조샤(改造社)에서 출판되었다. 제1권은 5판, 제2권은 초판. —1935 ② 10. ③ 10.

소금팔이(賣鹽) 정예푸(鄭野夫)가 만든 목각연환화집(木刻連環畫集). 1935년의 수인본(手印本). —1935 ⑫ 14.

소년병단(少年兵團) 확실치 않음. —1917 ⑩ 26.

소년선봉(少年先鋒) 중국공산주의청년단 광중구위(廣東區委)가 기관지로 발행한 순간(旬刊). 광저우(廣州) 궈광(國光)서점에서 발행했다. 1926년 9월 1일에 창간되어 1927년 4·15 이후 정간되었다. 총 19기를 발행했다. 주요 기고자는 윈다이잉(惲代英), 리추스(李求實) 등이다. —1927 ① 31.

소년화집(少年畫集) 다니나카 야스노리(谷中安規) 엮음. 도쿄의 시로토쿠로샤(白と黑社)의 목판화본. —1933 ① 12.

소당집고록(嘯堂集古錄) 송대 왕구(王俅)가 지은 2권 2책의 금석문자학 서적. 일기에 기록된 판본은 두 가지이다. 하나는 송대 순희(淳熙) 간본의 명대 복각본(復刻本)을 영인한 『속고일총서』(續古逸叢書)이고, 다른 하나는 송대 간본을 영인한 『사부총간』(四部叢刊) 속편이다. —1928 ⑦ 30. 1934 ⑥ 2.

소덕선생군재독서지(昭德先生郡齋讀書志) 남송 조공무(晁公武)가 지은 목록학 서적. 『군재독서지』(郡齋讀書志)라고도 한다. 루쉰이 1913년에 구입한 판본은 확실치 않다. 1933년과 1935년에 구입한 것은 모두 4권, 부지(附志) 8권의 8책이며, 송대 순우(淳祐) 연간 위안저우(袁州) 각본이다. 전자는 『속고일총서』(續古逸叢書)의 하나이고, 후자는 『사부총간』(四部叢刊) 3편의 하나이다. —1913 ⑪ 22. 1933 ⑦ 30. 1935 ⑩ 14.

소련견문록(蘇聯聞見錄) 린커둬(林克多)가 지은 보고문학. 루쉰이 교열하고 서문을 썼다. 1932년 상하이 광화(光華)서국에서 출판되었다. —1932 ④ 7, 16, 20, 22.

소련동화집(蘇聯童話集) 스이(適夷)가 번역하여 1933년 상하이 량유(良友)도서인쇄공사에서 출판되었다. —1933 ① 14.

소련문예논전(蘇俄文藝論戰) —『소련의 문예논전』(蘇俄的文藝論戰) 참조.

소련문예총서(蘇俄文藝叢書) ― '소비에트·러시아문예총서'(ソヴェエト·ロシヤ文藝叢書) 참조.

소련문학 10년(ソヴェエート文學の十年) 혹은『위대한 10년의 문학』. 일기에는『大十年の文學』으로 기록되어 있다. 소련의 코간 지음. 야마우치 호스케(山内封介)가 번역하여 쇼와 5년(1930) 도쿄 하쿠요샤(白揚社)에서 출판되었다. ― 1931 ① 18.

소련미술대관(蘇俄美術大觀) ―『소비에트러시아미술대관』(ソウェートロシヤ美術大觀) 참조.

소련연극사(蘇聯演劇史) 확실치 않음. ― 1933 ⑩ 19.

소련의 문예논전(蘇俄的文藝論戰) 러시아 아베르바흐(Л. Л. Авербах) 등이 지은 문예이론서. 일기에는『소련문예논전』(蘇俄文藝論戰),『소련의 문예논전』(蘇俄之文藝論戰),『러시아문예논전』(俄文藝論戰)으로도 기록되어 있다. 런궈전(任國楨)이 편역하고, 루쉰이「전기」(前記)를 썼다. 1925년 베이징 베이신(北新)서국에서 '웨이밍총간'(未名叢刊)의 하나로 출판되었다. ― 1925 ④ 16. ⑨ 18, 29. ⑩ 7, 9, 16, 25.

소련의 표리(蘇俄之表裏) ―『The Mind and Face of Bolshevism』참조.

소련인상기(蘇俄印象記) ―『모스크바인상기』(莫斯科印象記) 참조.

소련 작가 20인집(蘇聯作家二十人集) 일기에는『신러시아 소설집』(新俄小說集),『신러시아 소설가 20인집』(新俄小說家二十人集)으로도 기록되어 있다. 선집이며,『하프』(竪琴)와『하루의 일』(一天的工作)의 합간본. 두 책은 각각 소련 작가 열 명의 단편소설 10편을 수록하고 있다. 루쉰과 러우스(柔石), 차오징화(曹靖華), 원인(文尹)이 번역했다. 원래는『신러시아 소설가 20인집』(新俄小說家二十人集)이라는 총세목 아래 2책, 즉 상책『하프』(『별목련』星花이라 제목 예정), 하책『하루의 일』로 나누어 1933년 1월과 3월에 상하이 량유(良友)도서인쇄공사에서 출판하여 '량유(良友)문학총서'에 넣었다. 1936년 7월에 1책으로 합치고, 제목 또한『소련 작가 20인집』(蘇聯作家二十人集)으로 바꾸었다. ― 1932 ⑧ 2. ⑨ 13, 19. ⑩ 3. ⑪ 4, 7. 1933 ① 6, 7, 9, 16, 17, 18, 19, 24. ② 3, 13. ③ 9, 28, 30. ④ 1. ⑤ 5. ⑥ 20, 27. ⑦ 10. 1934 ① 15. ③ 22, 28. ⑫ 10. 1935 ③ 28. ④ 9. ⑧ 16. ⑪ 18. 1936 ⑤ 12, 14, 29. ⑧ 6.

소련판화전람회목록(蘇聯版畫展覽會目錄) ― 1936 ② 1.

소련판화집(蘇聯版畫集) 루쉰이 선정하고 서문을 쓴 그림책. 1936년 상하이 량유(良友)도서인쇄공사에서 영인했다. ― 1936 ④ 7. ⑤ 28. ⑦ 4, 6.

소련학생일기(ソヴェート學生の日記) 일기에는『ソヴェト學生日記』로도 기록되어 있다. 소련 오그네프(Н. Огниёв) 지음. 요헤나 치타로(饒平名智太郎)가 번역하여 쇼와 3년(1928) 도쿄 세카이샤(世界社)에서 출판되었다. ― 1929 ① 7.

소만권루총서(小萬卷樓叢書) 청대 전배명(錢培名)이 펴냄. 17종 16책. 광서(光緒) 4년(1878) 진산(金山) 전씨(錢氏)의 중각본(重刻本)이다. ─1914 ③ 29.

소명태자문집(昭明太子文集) 남조(南朝) 양(梁)의 소통(蕭統)이 지은 별집. 일기에 기록된 판본은 두 가지이다. 하나는 『양소명태자문집』(梁昭明太子文集. 5권 1책)이며, 『사부총간』(四部叢刊) 초편은 명대 요부(遼府) 각본을 영인했다. 다른 하나는 일기에 『소명태자집』(昭明太子集. 5권, 찰기 부록 1권, 고이考異 1권의 2책)으로 기록되어 있으며, 1919년 구이츠(貴池) 류씨(劉氏)의 옥해당(玉海堂)에서 송대 간본을 영인했다. ─1928 ⑦ 30. 1935 ⑫ 30.

소명태자집(昭明太子集) ─『소명태자문집』(昭明太子文集) 참조.

소묘신기법강좌(素描新技法講座) 기타하라 요시오(北原義雄) 엮음. 쇼와 6년부터 7년(1931~1932)에 걸쳐 도쿄의 아틀리에샤(アトリエ社)에서 5책으로 출판되었다. ─1933 ④ 30.

소백매집(小百梅集) 청대 개기(改琦)가 그린 화집(畫集). 1929년 상하이 상우인서관(商務印書館)에서 영인했다. ─1929 ⑧ 6.

소봉래각금석문자(小蓬萊閣金石文字) 청대 황역(黃易) 펴냄. 1책. 1915년에 루쉰은 경사(京師)도서관 분관에서 이 책을 대출받아 집의 소장본 가운데 결락된 페이지를 베껴넣었다. ─1915 ④ 28.

소비에트 대학생의 성생활(ソヴェト大學生の性生活) 소련 게리만(I. Gel'man) 지음. 오타케 히로키치(大竹博吉, 필명은 廣尾猛)가 번역하여 쇼와 3년(1928) 도쿄 세카이샤(世界社) 재판. ─1934 ① 29.

소비에트러시아 만화 및 포스터집(ソヴェートロシヤ漫畫・ポスター集) 일기에는 『ソ・ロ漫畫・ポスター集』으로 기록되어 있다. 노보리 쇼무(昇曙夢) 엮음. 쇼와 4년(1929) 도쿄 난반쇼보(南蠻書房)에서 출판되었다. ─1929 ⑥ 26.

소비에트러시아 문예총서(ソキエット・ロシヤ文藝叢書) 일본러시아문학연구회 엮음. 쇼와 3년(1928) 도쿄 겐시샤(原始社)에서 출판되었다. 루쉰이 6월 26일 구입한 3책은 소설, 즉 『필냐크 단편집』(ピリニヤアク短篇集), 『요승 라스푸틴』(妖僧ラスプウチン)과 『위임장』(委任狀)이다. ─1928 ⑤ 18. ⑥ 26.

소비에트러시아 문학의 전망(ソヴェートロシア文學の展望) 일기에는 『ソ・ロ文學の展望』으로 기록되어 있다. 소련의 코곤(C. Когон) 지음. 구로다 다쓰오(黑田辰男)가 번역하여 쇼와 5년(1930) 도쿄 소분카쿠(叢文閣)에서 출판되었다. ─1930 ⑤ 30.

소비에트러시아 문학이론(ソヴェートロシア文學理論) 오카자와 히데토라(岡澤秀虎) 지음. 쇼와 5년(1930) 도쿄 세카이샤(世界社)에서 출판되었다. ─1930 ⑧ 14.

소비에트러시아 미술대관(ソヴェートロシヤ美術大觀) 러시아혁명미술가협회 엮음. 일본 일러예술협회동인이 번역하여 쇼와 3년(1928) 도쿄 겐시샤(原始社)에서 출판되었 다. —1928 ④ 7.

소비에트러시아 시선(ソキエト·ロシヤ詩選) 구로다 다쓰오(黑田辰男)와 무라타 하루미(村田春海) 번역. 쇼와 4년(1929) 도쿄의 맑스쇼보(マルクス書房)에서 출판되었다. — 1929 ③ 8.

소비에트러시아 시집(ソヴェトロシア詩集) —『소비에트러시아 시선』(ソキエト·ロシヤ詩選) 참조.

소비에트러시아의 감옥(ソヴィエートロシヤの牢獄) 일기에는 『蘇俄の牢獄』으로도 기록되어 있다. 러시아 정치범 수십 명 지음. 나카지마 마코토(中島信)가 번역하여 쇼와 2년 (1927) 도쿄 긴세이도(金星堂)에서 '사회문예총서'의 하나로 출판되었다. —1928 ③ 2.

소비에트러시아의 겉과 속(蘇俄之表裏) —『The Mind and Face of Bolshevism』 참조.

소비에트러시아의 예술(ソヴェートロシアの藝術) 미국의 프리먼(J. Freeman) 등 지음. 기무라 도시미(木村利美)가 번역하여 쇼와 6년(1931) 도쿄 하쿠요샤(白揚社)에서 출판되었다. —1931 ① 16.

소비에트 문학개론(ソヴェト文學槪論) —『현대소비에트 문학개론』(現代ソヴェト文學槪論) 참조.

소비에트정치조직(ソヴェト政治組織) —『세계혁명의 실현을 위해 활약하는 러시아의 정치소식』(世界革命の實現に活躍するロシヤの政治組織) 참조.

소비에트학생일기(ソヴェト學生日記) —『소련학생일기』(ソヴェート學生の日記) 참조.

소빙애시집습유(蕭氷厓詩集拾遺) 송대 소립(蕭立)이 짓고 명대 소민(蕭敏)이 펴낸 3권의 별집. 『사부총간』(四部叢刊) 속편은 명대 간본을 영인했다. —1934 ⑤ 7.

소설(小說) 량더쒀(梁得所)가 주편하고 바오커화(包可華)와 리니(麗尼)가 편집을 맡아 상하이 대중(大衆)출판사에서 간행했다. 1934년 5월에 창간되었을 때에는 월간이었다가 같은 해 7월 제3기부터 반월간으로 바뀌었으며, 1935년에 제19기를 끝으로 정간되었다. —1934 ⑦ 4.

소설구문초(小說舊聞鈔) 루쉰이 펴낸 소설사료. 1926년 베이징 베이신(北新)서국에서 출판되었으며, 1935년 상하이 롄화(聯華)서국에서 재판되었다. — 1926 ⑥ 12. ⑧ 12, 13. 1928 ③ 4, 6. 1935 ① 23. ⑤ 26. ⑦ 16, 17.

소설구침(小說拘沈) —『고소설구침』(古小說鉤沉) 참조.

소설 권2(小說卷二) —『중국신문학대계』(中國新文學大系)·소설2집(小說二集)』 참조.

소설로 보는 지나의 민족성(小說からみたる支那の民族性) 원서의 제목은 『小說からみた支那の民族性』. 야스오카 히데오(安岡秀夫) 지음. 다이쇼 15년(1926) 도쿄의 슈호카쿠(聚芳閣)에서 출판되었다. ─1926 ⑥ 26.

소설사(小說史) ─『중국소설사략』(中國小說史略) 참조.

소설사략(小說史略) ─『중국소설사략』참조.

소설사략(小說史略)(일역본) ─『지나소설사』(支那小說史).

소실산방집(少室山房集) 명대 호응린(胡應麟)이 지은 64권 10책의 잡저(雜著). 1920년에 판위(番禺)의 쉬사오치(徐紹棨)가 광서(光緒) 22년(1896) 광아서국(廣雅書局) 각본을 다시 찍었다. ─1926 ⑪ 5.

소설연구 16강(小說研究十六講) 기무라 기(木村毅) 지음. 다이쇼 14년(1925) 도쿄의 신초샤(新潮社)에서 '사상문예강화총서'(思想文藝講話叢書庫)의 하나로 출판되었다. ─1925 ③ 25.

소설연구 12강(小說研究十二講) 기무라 기(木村毅) 지음. 쇼와 8년(1933) 도쿄의 신초샤에서 '신초문고'(新潮文庫)의 하나로 출판되었다. ─1933 ④ 25.

소설월보(小說月報) 일기에는 『설보』(說報)로도 기록되어 있다. 1910년이 창간되어 상우인서관(商務印書館)에서 출판되었다. 일찍이 '원앙호접파'(鴛鴦蝴蝶派)의 간행물이었는데, 1921년 1월 제12권부터 선옌빙(沈雁冰)이 주편을 맡은 후 내용을 개혁하여 문학연구회(文學研究會)의 주요 기관지로 삼았다. 1923년 1월 제14기부터 정전뒤(鄭振鐸)가 편집을 이어받았으며, 1932년 상하이 1·28사변 후에 정간되었다. 모두 22권을 간행했다. ─1917 ⑥ 10. 1921 ④ 28. ⑨ 5, 6. 1923 ④ 10. 1924 ① 21. ⑨ 9. ⑪ 19. 1925 ① 22. ② 23. ③ 17. ④ 14. ⑤ 16. ⑥ 16. 1927 ⑥ 30.

소설2집(小說二集) ─『중국신문학대계(中國新文學大系)·소설2집(小說二集)』참조.

소설2편(小說二編) ─『중국신문학대계(中國新文學大系)·소설2집(小說二集)』참조.

소설잡지(小說雜誌) ─『Роман-газета』참조.

소설집(小說集) ─『단편소설 세 편』(短篇小說三篇) 참조.

소설 창작방법(小說ノ作リ方). ─1920 ⑪ 24.

소세키 전집(漱石全集) 일본의 소설가인 나쓰메 소세키(夏目漱石, 1867~1916) 지음. 쇼와 10년(1935)부터 12년(1935~1937)에 걸쳐 도쿄의 소세키전집간행회에서 출판되었다. 전 19책. ─1935 ⑫ 17, 28. 1936 ① 30. ③ 6, 28. ⑤ 2, 31. ⑥ 30. ⑧ 1. ⑨ 2. ⑩ 9.

소씨제병원후론(巢氏諸病源候論) ─『소씨제병원후총론』(巢氏諸病源候總論) 참조.

소씨제병원후총론(巢氏諸病源候總論) 수대(隋代) 소원방(巢元方) 등이 지은 50권의 의학서적. 일기에는 『소씨제병원후론』(巢氏諸病源候論)으로도 기록되어 있다. ─1923 ②

26. 1927 ④ 24.

소자록(小字錄) 송대 진사(陳思)가 지은 1권 1책의 명호록(名號錄). 『사부총간』(四部叢刊) 3편은 명대 활자본의 영인본이다.―1935 ⑫ 30.

소재제발(蘇齋題跋) 청대 옹방강(翁方綱)이 지은 3책의 금석제발집(金石題跋集). 1921년 시링인사(西泠印社)에서 목활자로 인쇄한 '둔암금석총서'(遯盦金石叢書)본이다.―1932 ⑫ 30.

소품문과 만화(小品文與漫畵) 반월간지인 『태백』(太白)의 기념특집호. 1935년 상하이 생활서점에서 출판되었다.―1935 ③ 27.

소품집 속속편(續續小品集) 러시아의 케벨(Raphael Gustav von Koeber) 지음. 구보 마사루(久保勉)가 번역하여 다이쇼 13년(1924) 도쿄의 이와나미쇼텐(岩波書店)에서 출판되었다.―1924 ⑫ 12.

소품집 속편(續小品集) 러시아의 케벨(Raphael Gustav von Koeber) 지음. 구보 마사루(久保勉)가 번역하여 다이쇼 13년(1924) 도쿄의 이와나미쇼텐(岩波書店)에서 출판되었다.―1927 ⑩ 5.

소학대전(小學大全)―『윤씨소학대전』(尹氏小學大全) 참조.

소학문답(小學問答) 장빙린(章炳麟)이 지은 1권 1책의 언어문자학 서적. 청대 선통(宣統) 원년(1909)의 작가 필기 각본.―1913 ③ 30. ④ 4, 6. 1914 ⑪ 26. ⑫ 15. 1915 ③ 1. 1919 ⑤ 21.

속고승전(續高僧傳) 『당고승전』(唐高僧傳)을 가리킨다. 당대 석도선(釋道宣)이 지은 30권 10책의 전기.―1914 ⑦ 29.

속고일총서(續古逸叢書) 장위안지(張元濟) 등이 펴낸 47종의 총서. 1922년부터 상하이 상우인서관(商務印書館)에서 지속적으로 영인했다.―1928 ⑦ 30.

속담조(續談助) 송대 요재지(姚載之)가 펴낸 5권의 잡찬(雜纂).―1912 ⑧ 17.

속도(續圖) 『익지속도』(益智續圖)를 가리킨다.―『익지도』(益智圖) 참조.

속서보(續書譜) 송대 강기(姜夔)가 짓고 청대 장형(蔣衡)이 쓴 1권 1책의 서법서.―1914 ① 13.

속수기문(涑水記聞) 송대 사마광(司馬光)이 지은 16권 2책의 잡사(雜史). 1919년 상하이 상우인서관(商務印書館)에서 옛 초본을 교보(校補)하여 '송원인설부총서'(宋元人說部叢書)본을 찍어 냈다.―1921 ② 14.

속언론(俗諺論) 확실치 않음.―1921 ④ 15.

속원교론(續原敎論) 명대 심사영(沈士榮)이 지은 2권 1책의 불교 서적.―1914 ⑧ 8. ⑨ 12.

속유괴록(續幽怪錄) 당대 이복언(李復言)이 지은 4권 1책의 필기(筆記).『사부총간』(四部叢刊) 속편은 남송(南宋)의 서붕본(書棚本)을 영인했다. ─ 1934 ④ 29.

속장경목록(續藏經目錄) 1책의 서목. 1902년 일본 교토(京都) 조쿄쇼인(藏經書院)에서 펴 냈다. ─ 1914 ③ 9.

속편(續編) ─『지나역사지리연구 속집』(支那歷史地理研究續集) 참조.

속편(續編) ─『역대시화속편』(歷代詩話續編) 참조.

속편(續編) ─『전당시화속편』(全唐詩話續編) 참조.

속해첩삼십종(續楷帖三十種) 훠추(霍丘) 페이씨(裵氏) 런허(仁和) 왕씨(王氏)의 소장본. 상 하이 문명서국에서 영인했다. ─ 1914 ⑫ 9.

속휘각서목(續彙刻書目) 뤄전위(羅振玉) 펴냄. 10책. 1914년 롄핑(連平) 판씨(范氏) 쌍어실 (雙魚室) 각본. ─ 1915 ③ 11. ⑦ 29.

송고승전(宋高僧傳) 송대 찬녕(贊寧)이 지은 30권 8책의 전기. 현존하는 것은 청대 광서(光 緒) 13년(1887) 강북각경처(江北刻經處)의 각본. ─ 1914 ⑧ 8.

송명통속소설유전표(宋明通俗小說流傳表) 일본의 시오노야 온(鹽谷溫)이 엮은 소설사 연 구서. 1928년 출판. ─ 1929 ⑥ 3.

송빈쇄화(淞濱瑣話) 청대 왕도(王韜)가 지은 12권 4책의 잡기(雜記). 광서(光緖) 19년 (1893) 송은려(淞隱廬) 활판본. ─ 1934 ⑥ 15.

송서(宋書) ─『이십사사』(二十四史. 백납본) 참조.

송심문초(宋心文鈔) 청대 장유병(張維屛)이 지은 10권 2책의 별집. 함풍(咸豐) 7년(1857) 광둥(廣東) 각본이다. ─ 1927 ⑦ 3.

송원구본서경안록(宋元舊本書經眼錄) 청대 막우지(莫友芝)가 짓고 막승손(莫繩孫)이 모은 3권 1책의 목록. 동치(同治) 12년(1873)의 각본. ─ 1926 ⑧ 31.

송원명인묵보(宋元名人墨寶)『송인서간』(宋人書簡)과『원명현진적』(元名賢眞迹) 두 부분을 포함하여 상하이 유정(有正)서국에서 사씨(謝氏) 계란당(契蘭堂) 소장본을 영인했다. ─ 1914 ③ 15.

송원사명육지(宋元四明六志) 청대 서시동(徐時棟) 펴낸 지방지(地方志). 닝보(寧波)와 관련 된 지방지 6종 외에 부록 2종, 40책. ─ 1914 ⑥ 17, 18. ⑫ 13.

송원인설부총서(宋元人說部叢書)『송인소설』(宋人小說),『송인소설 28종』(宋人小說二十八 種)이라고도 한다. 일기에는 '송인소설 5종'(宋人小說五種), '송인소설 15종'(宋人小說 十五種), '송인설부서 4종'(宋人說部四種)으로 기록되어 있다. 상하이 상우인서관(商 務印書館)에서 모아 펴냄. 28종 41책. 이 가운데『속수기문』(涑水紀聞),『투할록』(投轄 錄),『청상잡기』(青箱雜記),『면수연담록』(澠水燕談錄) 등의 4종 5책은 불완전본을 구입한 것이다.―1921 ②5, 6, 14. ③10. ④16. ⑩28.

송은만록(淞隱漫錄) 청대 왕도(王韜)가 짓고 오우여(吳友如)가 그림을 그린 12권 6책의 잡기(雜記). 점석재화보(點石齋畵報)에서 가려냈으며, 후에 루쉰의 부탁으로 장정을 다시 했다.―1934 ⑥26. ⑨5. ⑩19.

송은문집(松隱文集) 송대 조훈(曹勛)이 지은 40권 4책의 별집. 1920년 우싱(吳興) 류씨(劉氏)의 '가업당총서'(嘉業堂叢書)본이다.―1935 ②1.

송은속록(淞隱續錄) 청대 왕도(王韜)가 짓고 장지운(張志瀛)이 그림을 그린 2책의 잡기(雜記). 상하이 점석재화보(點石齋畵報)에서 광서(光緖) 계사(癸巳) 인쇄본에 근거하여 석인(石印)했다.―1934 ⑥28.

송이룡면백묘구가도(宋李龍眠白描九歌圖) 송대 이공린(李公麟)이 그리고 훠추(霍丘) 배씨(裴氏)가 소장한 그림책. 일기에는 『이룡면백묘구가도』(李龍眠白描九歌圖)로 기록되어 있다. 상하이 문명서국에서 영인했다.―1912 ⑤30. 1913 ⑤2.

송인설부서 4종(宋人說部四種)―『송원인설부총서』(宋元人說部叢書) 참조.

송인소설 15종(宋人小說十五種)―『송원인설부총서』(宋元人說部叢書) 참조.

송인소설 5종(宋人小說五種)―『송원인설부총서』(宋元人說部叢書) 참조.

송인일사휘편(宋人軼事彙編) 딩촨징(丁傳靖)이 엮은 전기. 1935년 상하이 상우인서관(商務印書館)에서 2책으로 출판했다.―1935 ⑨5.

송장저료수서화엄경묵적(宋張樗寮手書華嚴經墨迹) 송대 장저료(張樗寮)가 쓴 1책의 서법서. 일기에는 『장저료수서화엄경묵적』(張樗寮手書華嚴經墨迹)으로 기록되어 있다. 1914년 상하이 유징(有正)서국에서 영인했다.―1914 ⑫30.

송지문집(宋之問集) 당대 송지문(宋之問)이 지은 별집. 2권, 장위안지(張元濟) 교감기 부록 1권의 1책. 『사부총간』(四部叢刊) 속편은 명대 엄서정사(崦西精舍) 각본을 영인했다.―1934 ②3.

송탁위황초수공자묘비(宋拓魏黃初修孔子廟碑) 일기에는 『황초수공자묘비』(黃初修孔子廟碑)로 기록되어 있다. 삼국(三國) 위(魏)의 치규(稚圭)가 짓고 양곡(梁鵠)이 쓴 1책의 비첩(碑帖). 상하이 유정(有正)서국에서 영인했다.―1914 ⑫27.

쇼도덴슈(書道全集) 시모나카 야사부로(下中彌三郎) 엮음. 쇼와 6년에서 7년(1931~1932)에 걸쳐 도쿄의 헤이본샤(平凡社)에서 27책으로 출판되었다.―1931 ⑤9. ⑥5. ⑦7, 28. ⑧3, 5. ⑨5. ⑩8. ⑪4. ⑫8, 31. 1932 ③27. ⑤19, 20. ⑧22. ⑩18.

쇼를 말하다(ショウを語る) 우부카타 가나메(生形要)가 지은 작가연구서. 쇼와 8년(1933) 도쿄 후도쇼보(不動書房)에서 출판되었다. 「버나드 쇼의 연애관」(ショウの戀愛觀)이 부록으로 덧붙여져 있다.―1933 ⑥22.

수경주(水經注) 15권 8책의 고대지리서. 한대에 상흠(桑欽)이 지었다고 하며, 북위(北魏) 역도원(酈道元)이 설명을 가했다. 1935년 상하이 상우인서관(商務印書館)의 『속고일총서』(續古逸叢書)는 명대의 영락대전본(永樂大典本)을 영인한 것이다. ― 1936 ⑦ 1.

수경주휘교(水經注彙校) 16책의 지리서. 한대에 상흠(桑欽)이 짓고 북위(北魏) 역도원(酈道元)이 설명을 가했으며, 청대 양희민(楊希閔)이 여러 판본을 대조했다. 광서(光緖) 연간의 각본. ― 1913 ① 12.

수고당서목(受古堂書目) ― 1928 ⑧ 30.

수다쟁이(話匣子) 마오둔(茅盾)의 산문집. 1934년 상하이 량유(良友)도서인쇄공사에서 '량유문학총서'의 하나로 출판되었다. ― 1934 ⑫ 18, 19.

수당유서(授堂遺書) 청대 무억(武億)이 지은 별집. 8종, 76권, 부록 2권의 16책. 도광(道光) 23년(1843) 옌스(偃師) 무씨(武氏)의 중각본(重刻本). ― 1923 ② 3. ⑥ 18.

수당이래관인집존(隋唐以來官印集存) 뤄전위(羅振玉)가 펴낸 금석도상(金石圖像) 서적. 1권, 보유(補遺) 부록 1권, 부록 1권의 1책. 1916년 상위(上虞) 뤄씨(羅氏) 영인본. ― 1918 ③ 17.

수산관존고(隨山館存稿) 청대 왕전(汪瑔)이 지은 4종 7책의 총서. 광서(光緖) 13년(1887) 각본. ― 1935 ① 31.

수서(隋書. 대덕본大德本) ―『이십사사』(二十四史. 백납본百衲本) 참조.

수서경적지고증(隋書經籍志考證) 청대 장종원(章宗源)이 지은 목록학 서적. 루쉰의 장서는 13권 4책이 남아 있다. 광서(光緖) 3년(1877) 후베이(湖北) 숭문서국(崇文書局) 각본. ― 1935 ③ 22.

수신기(搜神記) 진대(晉代) 간보(干寶)가 지은 소설. ― 1921 ③ 17, 18.

수예도안집(手藝圖案集) ―『다케이 다케오 수예도안집』(武井武雄手藝圖案集) 참조.

수유록(隋遺錄) 당대 안사고(顔師古)가 지은 2권의 전기(傳奇). ― 1922 ⑨ 14.

수자보(受子譜) 청대 이여진(李汝珍)이 편찬한 기보(棋譜). 3권, 권수(卷首) 1권의 2책. 가경(嘉慶) 22년(1817) 각본. ― 1935 ① 28.

수재(水災) 정예푸(鄭野夫)가 그린 그림책. 목각 수인본(手印本)이다. ― 1934 ① 12.

수전탁본예학명(水前拓本瘞鶴銘) 남조(南朝) 양(梁) 화양진일(華陽眞逸)이 짓고 상황산초(上皇山樵)가 쓴 1책의 비첩(碑帖). 상하이 유정(有正)서국의 영인본. ― 1914 ⑫ 27.

수쯔의 편지(淑姿的信)『편지』(信)를 가리킨다. 진수쯔(金淑姿)가 쓴 편지. 단홍서실(斷虹書室)에서 엮고 루쉰이 서문을 썼다. 1932년 신조사(新造社)에서 출판되었다. ― 1932 ⑦ 20. ⑧ 26. ⑨ 21.

수초당서목(遂初堂書目) 송대 우무(尤袤) 지음. 1권. ― 1922 ⑧ 27. ⑨ 3.

수탉과 어릿광대(雄鷄とアルルカン) 프랑스의 장 콕토(Jean Cocteau) 지음. 오타구로 모토오(大田黑元雄)가 번역하여 쇼와 3년(1928) 도쿄의 다이이치쇼보(第一書房)에서 출판되었다. —1928 ⑧ 2.

수헌금석문자(隨軒金石文字) 청대 서위인(徐渭仁)이 펴낸 4책의 금석문자학 서적. 동치(同治) 7년(1868) 광둥(廣東) 춘영관(春榮館) 각본. —1915 ① 30. ⑩ 7.

수혜편(樹蕙編) 청대 방시헌(方時軒)이 지은 1권 1책의 원예서. 1936년 상위(上虞) 나씨(羅氏) 탄인루(蟬隱廬)의 석인본(石印本)이다. —1936 ⑨ 5.

수호도찬(水滸圖贊) 명대 두근(杜堇)이 그린 1책의 그림책. 청대 광서(光緒) 8년(1882) 광저우(廣州) 광백송재(廣百宋齋)의 석인본이다. —1916 ⑦ 23. ⑧ 6.

수호전(水滸傳)(120회본) 원대 시내암(施耐庵)이 지은 소설. —1924 ② 16.

수호전화보(水滸傳畫譜) 일기에는 『수호화보』(水滸畫譜)로도 기록되어 있다. 야나가와 시게노부(柳川重信) 제작. 교토 운소도(芸艸堂) 각본. —1921 ② 16. 1929 ③ 2.

수호화보(水滸畫譜) —『수호전화보』(水滸傳畫譜) 참조.

숙요경(宿曜經) —『문수사리보살급제선소설길흉시일선악숙요경』(文殊師利菩薩及諸仙所說吉凶時日善惡宿曜經) 참조.

순난혁명가열전(殉難革命家列傳) 모리타 유슈(守田有秋) 지음. 쇼와 3년(1928) 도쿄의 가이호샤(解放社)에서 '해방군서'(解放群書)의 하나로 출판되었다. —1929 ② 28.

순양함 자리야호(巡洋艦ザリヤー) 소련의 라브레뇨프(Б. А. Лавренёв) 지음. 스기모토 료키치(杉本良吉)가 번역하여 쇼와 5년(1930) 도쿄의 맑스쇼보(マルクス書房)에서 출판되었다. —1930 ⑤ 31.

순열전한기 원굉후한기 합각(荀悅前漢紀袁宏後漢紀合刻) 일기에는 『전후한기』(前後漢紀)로도 기록되어 있다. 역사서. 『전한기』(前漢紀) 30권은 한대 순열(荀悅)이 짓고, 『후한기』(後漢紀) 30권은 진대(晉代) 원굉(袁宏)이 지었다. 각각 6책이다. 『사부총간』(四部叢刊) 초편은 명대 가정(嘉靖) 간본을 영인했다. —1912 ⑩ 10.

순원금석문자발미(循園金石文字跋尾) 판딩칭(范鼎卿)이 짓고 구셰광(顧燮光)이 펴낸 2권 1책의 금석제발(金石題跋) 서적. 1923년 석인본(石印本). —1923 ⑧ 24.

순자(荀子) 주대 순황(荀況)이 짓고 당대 양경(楊倞)이 설명을 가한 20권 6책의 유가 서적. 상하이 상우인서관(商務印書館)에서 '고일총서'(古逸叢書)본을 영인했다. —1923 ⑨ 14.

순톈통지(順天通志) 순톈부지(順天府志). 지방지. —1915 ⑪ 24.

순화비각법첩고정(淳化祕閣法帖考正) 청대 왕주(王澍)가 지은 12권 4책의 자첩(字帖) 연구서. 『사부총간』(四部叢刊) 3편은 옹정(雍正) 연간의 각본을 영인했다. —1935 ⑫ 30.

순환일보(循環日報) 홍콩의 중국어신문. 청대 동치(同治) 12년(1874) 1월 5일에 창간. 왕타오(王韜)가 창립하였으며,『순환세계』(循環世界) 등의 부간을 발행했다. 1947년에 정간되었다.—1927 ⑥ 11.

술림(述林) —『해상술림』(海上述林) 참조.

술 한 항아리(一罈酒) 쉬친원(許欽文)의 소설집. 1930년에 상하이 베이신(北新)서국에서 출판.—1930 ⑦ 31

숭산문집(嵩山文集) 송대 조설지(晁說之)가 지은 20권 10책의 별집.『사부총간』(四部叢刊) 속편은 옛 초본을 영인했다.—1934 ⑪ 24.

숭양석각집기(嵩陽石刻集記) 청대 섭봉(葉封)이 지은 2권 2책의 금석지지(金石地志) 서적. 1923년 몐양(沔陽) 루씨(盧氏)의 신시기재(愼始基齋)에서 문진각(文津閣)의 '사고전서'(四庫全書)본을 '후베이선정유서'(湖北先正遺書)의 하나로 영인했다. — 1925 ⑪ 21.

쉬쉬성 서유일기(徐旭生西遊日記) 쉬빙창(徐炳昶)이 지은 3책의 고고학 서적. 1930년 중국 학술단체협회 서북과학시찰단 이사회에서 펴냄.—1931 ③ 4.

쉬안상(弦上) 가오창훙(高長虹) 등이 펴낸 주간지. 1926년 2월에 베이징에서 창간되었다. —1926 ⑥ 30.

쉬친원 소설(許欽文小說) —『단편소설 3편』(短篇小說三篇) 참조.

슈베익의 모험(シュベイクの冒險(上)) —『용사 슈베익』(勇敢なる兵卒シュベイクの冒險)(上) 참조.

슌주자의 2월 상연 레퍼토리 판화 — 윌리엄 텔(春秋座二月興行版畫 — ウヰリアム・テル) 일기에는『ウヰリアム・テル版畫』로 기록되어 있다. 이나가키 도모오(稻垣知雄) 제작. 슌주자(春秋座)는 가부키(歌舞伎) 배우인 이치카와 엔노스케(市川猿之助)를 중심으로 결성되었던 극단이다. 쇼와 6년(1931)의 목판화본.—1931 ④ 27.

스승·벗·서적(師·友·書籍) 고이즈미 신조(小泉信三)가 지은 평론집. 쇼와 8년(1933) 도쿄의 이와나미쇼텐(岩波書店)에서 출판되었다.—1933 ⑥ 24.

스즈키 하루노부(鈴木春信) 노구치 요네지로(野口米次郎)가 지은 전기. 쇼와 7년(1932) 도쿄의 세이분도(誠文堂)에서 출판되었다. 스즈키 하루노부(鈴木春信, 1725~1770)는 일본의 우키요에(浮世繪) 6대가 가운데의 한 사람이다.—1932 ⑫ 9.

스쩡유묵(師曾遺墨) —『천스쩡선생유묵』(陳師曾先生遺墨) 참조.

스칸디나비아 미술(斯坎第那維亞美術) —『Scandinavian Art』참조.

스트린드베리 전집(ストリンベルク全集) 스웨덴의 소설가이자 극작가, 시인인 스트린드베리(A. Strinberg, 1849~1912) 지음. 고미야 도요타카(小宮豊隆) 등이 번역하여 1924

년부터 1926년에 걸쳐 도쿄 이와나미쇼텐(岩波書店)에서 출판되었다. 1928년 2월 루쉰이 구입한 3책은 『결혼』(結婚), 『하녀의 아들』(下女の子), 『큰바닷가』(大海のほとり)이다. —1927 ⑩ 12. 1928 ② 1.

스페인·포르투갈 여행기(えすぱにや·ぽるつがる記) 부제는 '초기 일본 크리스천에 관한 잡고(雜考)'. 기노시타 모쿠타로(木下杢太郞)가 지은 종교 서적. 쇼와 4년(1929) 도쿄 이와나미쇼텐(岩波書店)에서 출판되었다. —1936 ⑩ 13.

습유(拾遺) —『통속충의수호전』(通俗忠義水滸傳) 참조.

습유기(拾遺記) 진대(晉代) 왕가(王嘉)가 지은 10권 2책의 필기. —1921 ② 22. ③ 17.

승만경송당이역(勝鬘經宋唐二譯) 1책의 불교 서적. 『승만경』(勝鬘經)은 곧 『승만사자후일승대방편방광경』(勝鬘師子吼一乘大方便方廣經)이다. '송역'(宋譯)은 남조(南朝) 송(宋)의 구나발타라(求那跋陀羅)의 역본이고, '당역'(唐譯)은 확실치 않다. —1916 ① 28.

승현지(嵊縣志) 지방지. 통상적인 판본으로는 이이염(李以琰)이 펴낸 8권 6책, 이식포(李式圃)가 펴낸 16권 8책, 엄사충(嚴思忠) 등이 펴낸 28권 12책 등이 있다. —1913 ⑩ 5.

승화사략(承華事略) —『흠정원승화사략보도』(欽定元承華事略補圖) 참조.

시가(詩歌) 월간지. 일기에는 『신시가』(新詩歌)로도 기록되어 있다. 일본유학생 린린(林林), 레이스위(雷石楡), 차이젠(蔡健, 필명은 이페이쥔易斐君), 린환핑(林煥平), 린왕중(林望中) 등이 공동 주관했다. 레이스위가 편집을 담당하고, 일본 도쿄시가사(東京詩歌社)에서 발행. 1935년 5월에 창간되어 같은 해 10월에 정간되었다. —1935 ⑦ 13. ⑩ 17.

시경세본고의(詩經世本古義) 밍내 하해(何楷)가 지은 유가 서적. 28권, 권수(卷首) 1권의 16책. 광서(光緒) 19년(1893) 상하이 홍보재(鴻寶齋) 석인본(石印本). —1934 ① 3.

시계(表) 소련 동화작가 판텔레예프(Леонид Иванович Пантелеев)의 소설. 일기에는 『금시계』(金表)로도 기록되어 있다. 루쉰이 번역하여 1935년 상하이 생활서점에서 '역문총서'의 하나로 출판되었다. —1935 ① 1, 12. ④ 10. ⑤ 28, 29. ⑧ 15, 30. ⑨ 17. ⑩ 17.

시고(詩稿) —『문형산자서시고』(文衡山自書詩稿) 참조.

시라노 극 판화(シラノ劇版畫) —『제국극원』(帝國劇院) 참조.

시림정종(詩林正宗) —『삼대학운시림정종』(三臺學韻詩林正宗) 참조.

시링인사 서목(西泠印社書目) —1915 ⑦ 4. ⑧ 11. 1916 ⑥ 17. 1917 ⑤ 28. 1921 ⑪ 12. 1926 ⑨ 19. 1935 ③ 15, 20.

시멘트(セメント). 소련의 글랏코프가 지은 소설. 쓰지 쓰네히코(辻恒彦)가 번역하여 쇼와(昭和) 3년(1928) 도쿄 난소쇼인(南宋書院)에서 '세계사회주의문학총서'의 하나로 출판되었다. — 1928 ⑪ 22.

시멘트(土敏土) 소련의 글랏코프(Ф. В. Гладков)가 지은 소설. 둥사오밍(董紹明)과 차이융
창(蔡詠裳)이 공역하여 1930년 상하이 치즈(啓智)서국에서 초판이 출판되었다. 1931
년 상하이 신생명(新生命)서국에서 재판이 출판될 때, 루쉰이 서문을 쓰고 교열을 보
았다. — 1930 ② 12. ⑫ 27. 1931 ⑧ 14. ⑩ 21, 29. ⑪ 18. ⑫ 2. 1932 ⑨ 3.

시멘트 그림(土敏土圖) — 『메페르트 목각 시멘트 그림』(梅斐爾德木刻土敏土圖) 참조.

시멘트 그림(土敏土之圖) — 『메페르트 목각 시멘트 그림』 참조.

시멘트 그림(土敏土之圖)(영인본) 독일 메페르트(C. Meffert)의 작품. 루쉰이 서문을 썼다.
1934년 한바이뤄(韓白羅)가 감광지를 이용하여 영인했다. — 1934 ⑦ 25.

시몬(シモオヌ) 원제는 『Simone』. 프랑스의 문학평론가이자 시인 구르몽(Remy de
Gourmont)의 시집. 호리구치 다이가쿠(堀口大學)가 번역하여 쇼와 9년(1934) 도쿄
쇼초카이(裳鳥會)에서 출판되었다. — 1934 ⑪ 11.

시박재변체문(示樸齋變體文) 청대 전진륜(錢振倫)이 펴낸 6권 1책의 별집. 동치(同治) 6년
(1867)에 원포숭(袁浦崇)의 실서원(實書院) 각본이다. — 1918 ⑥ 19.

시벌(詩筏) 청대 오대수(吳大受)가 지은 1권 1책의 시문평집(詩文評集). 1922년 우싱(吳興)
류씨(劉氏) 가업당(嘉業堂)의 '우싱(吳興)총서'본. — 1934 ⑪ 3.

시베리아에서 만몽으로(西比利亞から滿蒙へ) 도리이 료조(鳥居龍藏) 등이 지은 여행고고
기. 쇼와 4년(1929) 도쿄의 오사카야고쇼텐(大阪屋號書店)에서 출판되었다. — 1929
⑥ 24.

시본의(詩本義) 송대 구양수(歐陽修)가 지은 유가 서적. 15권, 정씨시보보망(鄭氏詩譜補亡)
1권의 3책. 『사부총간』(四部叢刊) 3편은 송대 간본을 영인했다. — 1935 ⑩ 14.

시분(斯文) 한학 학술 월간지. 사쿠 미사오(佐久節) 엮음. 도쿄의 시분카이(斯文會)에서 발
행되었다. 1919년 2월에 창간되었다. — 1926 ⑩ 30. 1927 ④ 1. 1934 ⑩ 17.

시사신보(時事新報) 전신은 1907년 상하이에서 창간된 『시사보』(時事報)이다. 후에 『여
론보』(輿論報)와 『여론시사보』(輿論時事報)라는 이름으로 합병되었다가 1911년 5월
『시사신보』로 개명되었다. 1949년 5월에 정간되었다. — 1920 ⑨ 19, 29.

시와 시론(詩と詩論) 오카모토 쇼이치(岡本正一) 등 엮음. 쇼와 3년부터 6년(1928~1931)
에 걸쳐 도쿄의 고세카쿠(厚生閣)에서 출판되었다. 별책인 『현대영문학평론』(現代英
文學評論) 1책을 포함하여 총 14책을 발행. — 1929 ① 7. ③ 16. ④ 4. ⑥ 26. 1930 ①
17. ⑦ 17. ⑩ 11. ⑪ 27. 1931 ① 8. ③ 31. ⑦ 2. ⑨ 23.

시와 체험(詩と體驗) 독일의 딜타이(W. Dilthey) 지음. 사쿠마 마사카즈(佐久間政一)가 번
역하여 쇼와 8년(1933) 도쿄의 모나스(モナス)에서 출판되었다. — 1933 ⑨ 30.

10월(十月) 소련의 야코블레프 지음. 이다 고헤이(井田孝平)가 번역하여 쇼와 3년(1928) 도쿄의 난소쇼인(南宋書院)에서 '세계사회주의문학총서'의 하나로 간행되었다. ─ 1928 ⑦ 18.

10월(十月) ─『Октябрь』참조.

10월(十月) 소련의 야코블레프(А.С. Яковлев)가 지은 소설. 루쉰이 번역하여 1933년에 상하이 신주국광(神州國光)서점에서 '현대문예총서'의 하나로 출판되었다. ─ 1930 ⑧ 30. ⑨ 13. 1933 ⑤ 3.

시의 기원(詩の起原) 다케토모 소후(竹友藻風) 지음. 쇼와 4년(1929) 도쿄의 아즈사쇼보(梓書房)에서 출판되었다. ─ 1929 ⑫ 17.

시의 형태학 서설(詩の形態學序說) 도야마 우사부로(外山卯三郎) 지음. 쇼와 3년(1928) 도쿄의 고세카쿠쇼텐(厚生閣書店)에서 출판되었다. ─ 1928 ⑪ 17.

시인의 냅킨(詩人のナプキン) 프랑스의 아폴리네르(Guillaume Apollinaire)의 소설집. 호리구치 다이가쿠(堀口大學)가 편역하여 쇼와 4년(1929) 도쿄의 다이이치쇼보(第一書房)에서 '프랑스단편소설집'의 하나로 출판되었다. ─ 1929 ⑨ 28.

시인징략(詩人徵略) ─『국조시인징략』(國朝詩人徵略) 참조.

시장에서(西江上) 확실치 않음. ─ 1933 ④ 1.

시집(詩集) ─『육방옹전집』(陸放翁全集) 참조.

시집(詩緝) 송대 엄찬(嚴粲)이 지은 36권 12책의 유가 서적. ─ 1914 ⑨ 6.

시학(詩學) 그리스의 아리스토텔레스(Aristoteles) 지음. 마쓰우라 가이치(松浦嘉一)가 번역하여 다이쇼 13년(1924) 도쿄의 이와나미쇼텐(岩波書店)에서 '칠힉고진총서'의 하나로 출판되었다. ─ 1924 ⑫ 16.

시학개론(詩學槪論) 도야마 우사부로(外山卯三郎) 지음. 쇼와 4년(1929) 도쿄의 다이이치쇼보(第一書房)에서 출판되었다. ─ 1930 ③ 17.

시혼 예찬(詩魂禮贊) 이쿠타 슌게쓰(生田春月)가 지은 시인평론서. 다이쇼 15년(1926) 도쿄의 신초샤(新潮社)에서 출판되었다. ─ 1926 ⑦ 10.

식료본초의 고찰(食療本草の考察) 나카오 만조(中尾萬三)가 지은 의약학 서적. 1930년 2월 동방문화사업 상하이위원회 상하이자연과학연구소에서 편집·출판되었다.『상하이자연과학연구소휘보』(上海自然科學研究所彙報) 제1권 제3호. ─ 1930 ⑤ 23.

식물분류연구(植物分類研究) 쇼와(昭和) 11년(1936) 도쿄 세이분도(誠文堂)와 신고샤(新光社)에서 '마키노식물학전집'의 제5권과 제6권으로 출판되었다. ─ 1936 ① 15. ⑤ 10.

식물수필집(植物隨筆集) 마키노 도미타로(牧野富太郎) 지음. 쇼와 10년(1935) 도쿄 세이분도(誠文堂)에서 '마키노식물학전집'의 제2권으로 출판되었다.—1935 ④ 5.

식물의 경이(植物の驚異) 나카마 데루히사(仲摩照久) 엮음. 쇼와 7년(1932) 도쿄의 신고샤 (新光社)에서 '과학화보총서'의 하나로 출판되었다.—1932 ⑩ 4.

식물집설(植物集說) 마키노 도미타로(牧野富太郎) 지음. 쇼와 10년(1935) 도쿄 세이분도 (誠文堂)와 신고샤(新光社)에서 '마키노식물학전집'의 제3권과 제4권으로 출판되었 다.—1935 ⑨ 4. 1936 ⑨ 2.

식물채집법(植物采集法)—『Der Pflanzensammler』참조.

식물표본제작법(植物標本制作法)(독일어) 확실치 않음.—1915 ⑫ 3.

식훈당총서(式訓堂叢書) 청대 장수강(章壽康)이 펴냄. 3집, 39종. 광서(光緒) 4년(1878) 콰 이지(會稽) 장씨(章氏)의 중각본(重刻本). 루쉰은 두 집을 구입하였는데, 제1집 4종 17 책, 제2집 12종 15책이다.—1912 ⑨ 8. 1913 ⑫ 7.

신간보주동인수혈침자도경(新刊補注銅人脈血針灸圖經) 일기에는 『동인수혈침자도경』(銅 人脈血針灸圖經)으로 기록되어 있다. 송대 왕유일(王惟一)이 지은 5권 2책의 의학 서 적. 청대 광서(光緒) 33년(1907)부터 선통(宣統) 원년(1909)에 걸쳐 구이츠(貴池) 류 씨(劉氏)의 옥해당(玉海堂)에서 금대 각본을 영인했다.—1923 ④ 27.

신감(申鑒) 한대 순열(荀悅)이 짓고 명대 황성증(黃省曾)이 설명을 가한 5권 1책의 유가 서 적. 『사부총간』(四部叢刊) 초편은 명대 문시당(文始堂) 각본을 영인했다.— 1924 ⑤ 14.

신교육(新教育) 월간지. 신교육공진사(新教育共進社)가 주도하여 1919년 2월에 상하이에 서 창간되었다. 1921년부터는 중화교육개진사(中華教育改進社)로 바뀌어 운영되다 가 1925년 10월에 정간되었다.—1921 ⑧ 19.

신구약전서(新舊約全書) 흔히 『성경』(聖經)이라 일컫는다. 기독교의 경전.—1925 ② 21.

신군중(新群衆)—『New Masses』참조.

신러시아 기행(新俄紀行)—『Reise durch Russland』참조.

신러시아문학 속의 남녀(新俄文學中的男女) 미국의 쿠니츠(J. Kunitz)가 지은 문예평론서. 저우치잉(周起應)이 번역하여 1932년 상하이 현대서국에서 출판되었다.—1933 ⑥ 11.

신러시아문학의 서광기(新ロシア文學の曙光期) 일기에는 『新俄文學之曙光期』으로 기록되 어 있음. 노보리 쇼무(昇曙夢) 지음. 다이쇼 13년(1924) 도쿄의 신초샤(新潮社)에서 '신러시아소총서'의 하나로 출판되었다.—1925 ① 6.

신러시아문화 연구(新ロシア文化の研究) 구라하라 고레히토(藏原惟人) 지음. 쇼와 3년 (1928) 도쿄의 난소쇼인(南宋書院)에서 출판되었다.—1928 ③ 20.

신러시아미술대관(新ロシア美術大觀) 일기에는 『新俄美術大觀』으로도 기록되어 있음. 노보리 쇼무(昇曙夢) 지음. 다이쇼 14년(1925) 도쿄의 신초샤(新潮社)에서 '신러시아소총서'의 하나로 출판되었다. —1925 ③ 5.

신러시아소설가 20인집(新俄小說家二十人集) —『소련 작가 20인집』(蘇聯作家二十人集) 참조.

신러시아소설 20인집(新俄小說二十人集) —『소련 작가 20인집』(蘇聯作家二十人集) 참조.

신러시아소설집(新俄小說集) —『소련 작가 20인집』(蘇聯作家二十人集) 참조.

신러시아 팸플릿(新ロシアパンフレット) 일기에는 『新露西亞パンフレット』로 기록되어 있다. 노보리 쇼무(昇曙夢) 지음. 다이쇼 13년부터 15년(1924~1926)에 걸쳐 도쿄의 신초샤(新潮社)에서 출판되었다. 루쉰의 장서는 7종이 남아 있다. 1926년 7월 5일에 구입한 것은 두 가지로, 『프롤레타리아극과 영화 및 음악』(プロレタリヤ劇と映畫及音樂)과 『신러시아미술대관 제2집』(第二新ロシヤ美術大觀)이다. —1924 ⑩ 11. ⑫ 19. 1925 ① 6. ③ 5. 1926 ⑦ 5, 19.

신러시아 팸플릿(新俄パンフレット) —『프롤레타리아문학의 이론과 실상』(無産階級文學の理論と實相) 참조.

신러시아 화보선(新俄畵選) —'예원조화'(藝苑朝華) 참조.

신문학개론(新文學槪論) 혼마 히사오(本間久雄)가 지은 문예이론서. 장시천(章錫琛)이 번역하여 상하이 상우인서관(商務印書館)에서 '문학연구회총서'의 하나로 출판되었다. —1925 ⑨ 25.

신분학대계(新文學大系) —『중국신분학대계』(中國新文學大系) 참조.

신문학대계(新文學大系)·소설3집(小說三集) —『중국신문학대계』(中國新文學大系) 참조.

신반대파에 대하여(新反對派ニ就イテ) 원서의 제목은 『新反對派について』이다. 소련의 부하린(Н. И. Бухарин) 지음. 마사키 에이타(正木英太)가 번역하여 쇼와 2년(1927) 도쿄의 난소쇼인(南宋書院)에서 출판되었다. —1928 ② 13.

신생(新生) 종합성 주간지. 두중위안(杜重遠), 아이한쑹(艾寒松) 펴냄. 상하이 신생주간사(新生週刊社)에서 발행했다. 1934년 2월에 창간되어 1935년 6월에 출판금지되었다. —1934 ⑥ 30. ⑨ 14, 24. ⑩ 20.

신서(新書) 한대 가의(賈誼)가 지은 10권 2책의 유가 서적. 『사부총간』(四部叢刊) 초편은 명대 정덕(正德) 연간의 창사(長沙) 각본을 영인했다. —1924 ⑤ 31.

신서양화 연구(新洋畵研究) 도야마 우사부로(外山卯三郎) 엮음. 쇼와 5년부터 6년(1930~1931)에 걸쳐 도쿄의 긴세이도(金星堂)에서 5책으로 출판되었다. —1930 ⑧ 30. ⑨ 13. 1931 ① 5. ③ 30. ⑥ 8.

신성(新聲) 문학 반월간지. 『우한일보』(武漢日報) 부간의 하나. 한커우(漢口)세계어학회 펴냄. 주로 에스페란토로 번역된 외국문학작품을 실었다. 1930년 2월 14일에 창간되었으며, 같은 해 7월에 제10기를 끝으로 정간되었다.—1930 ④ 12.

신소설(新小說) 월간지. 정쥔핑(鄭君平, 정보치鄭伯奇) 편집. 상하이 량유(良友)도서인쇄공사에서 발행. 1935년 2월에 창간되었으며, 같은 해 7월에 제2권 제1기를 혁신호로 출간한 후 정간되었다.—1934 ⑫ 31. 1935 ② 26. ⑤ 4. ⑥ 14, 15. ⑦ 2. ⑧ 22. ⑨ 1.

신소식(新消息) 창조사(創造社)에서 펴낸 주간지. 상하이 창조사출판부 발행. 1927년 3월에 창간되어 3기만을 간행했다.—1927 ⑨ 24.

신시가(新詩歌) —『시가』(詩歌) 참조.

신시가(新詩歌) 상하이 중국시가회에서 편집·발행되었던 월간지. 1933년 2월에 창간되었으며, 1934년 12월 제2권 제4기를 끝으로 정간되었다.—1934 ⑪ 1.

신시가작법(新詩歌作法) 일본인 모리야마 게이(森山啓)가 지은 문예이론서. 쉬투웨이(徐突微)가 번역하여 1933년에 '산호총서'(珊瑚叢書)의 하나로 출판되었다.—1933 ⑦ 18.

신식독일어 독학의 기초(新式獨逸語自修の根柢) 일기에는 『逸乙自修の根柢』로 기록되어 있다. 후지사키 도시시게(藤崎俊茂) 지음. 쇼와 3년(1928) 도쿄의 다이요도쇼텐(太陽堂書店) 제5판.—1928 ④ 12.

신어(新語) 한대 육가(陸賈)가 지은 2권 1책의 유가 서적. 『사부총간』(四部叢刊) 초편은 명대 홍치(弘治) 연간의 각본을 영인했다.—1924 ⑤ 31.

신어림(新語林) 문학 반월간지. 쉬마오융(徐懋庸) 등이 편집하고 상하이 광화(光華)서국에서 발행했다. 1934년 7월에 창간되었으며, 같은 해 10월 제6기를 끝으로 정간되었다.—1934 ⑥ 12, 25, 30. ⑦ 14, 23. ⑧ 8.

신여성(新女性) 월간지. 상하이 부녀문제연구회(婦女問題研究會) 엮음. 상하이 카이밍(開明)서점에서 발행됨. 1926년 1월에 창간되었으며, 1929년 12월에 제4권 제12기를 끝으로 정간되었다.—1925 ⑪ 1, 24. 1926 ⑨ 14. ⑪ 21.

신자(愼子) 전국(戰國)시대 신도(愼到)가 짓고 명대 신무상(愼懋賞)이 교감한 법가 서적. 2권, 보유(補遺) 1권, 일문(逸文) 1권, 내편교문(內篇校文) 1권의 1책. 『사부총간』(四部叢刊) 초편은 장인(江陰) 먀오씨(繆氏)의 사본(寫本)을 영인했다.—1927 ⑦ 26.

신자전(新字典) 사서(辭書). 루웨이스(陸煒士), 가오멍단(高夢旦) 등이 엮음. 1912년 상우인서관(商務印書館)에서 출판되었다.—1912 ⑫ 25. 1913 ② 15.

신장방고록(新講訪古錄) 왕수잔(王樹枬)이 지은 2권 1책의 금석지지서(金石地志書). 취진방송인서국(聚珍仿宋印書局) 활판본.—1919 ⑦ 7.

신전통(新傳統) 자오자비(趙家壁)가 지은 미국작가 평론집. 1936년 상하이 량유(良友)도서인쇄공사에서 '량유문학총서'의 하나로 출판되었다.—1936 ⑨ 7.

신정고기도록(新鄭古器圖綠) 관바이이(關百益)가 펴낸 2책의 금석도상집(金石圖像集). 1929년 상하이 상우인서관(商務印書館) 영인본 및 활판본.—1930 ④ 3.

신정신론(新精神論)—『The New Spirit』참조.

신조(新潮) 문예월간지. 1904년 5월 사토 기스케(佐藤儀助)가 창간했다. 원명은『신성』(新聲). 1909년부터 개판(改版)했다.—1919 ④ 9.

신조(新潮) 종합성 월간지. 베이징대학 신조사(新潮社)에서 발행. 1919년 1월에 창간되었으며, 1922년 3월에 제3권 제2호를 끝으로 종간되었다.— 1919 ① 16. ② 4. ⑥ 16. ⑦ 8, 9. ⑧ 7. 1920 ② 9. 1935 ① 7, 19. ② 12.

신조문고(新潮文庫) 도쿄의 신초샤(新潮社)에서 출판된 문예총서. 루쉰의 장서에는 세 가지가 남아 있다. 즉『소설연구 12강』(小說硏究十二講),『만화 '도련님'』(漫畫坊っちゃん)과『만화 '나는 고양이로소이다'』(漫畫吾輩は猫である)이다.—1933 ④ 17, 25.

신주국광집(神州國光集)—『신주대관』(神州大觀) 참조.

신주대관(神州大觀) 신주국광사(神州國光社)에서 엮은 서화책(書畫冊).『신주국광집』(神州國光集)을 개편한 것. 1912년부터 1922년에 걸쳐 상하이 신주국광사에서 영인했다.— 1913 ② 12. ⑧ 9. ⑩ 4. ⑫ 28. 1914 ⑤ 19. ⑫ 6. 1915 ④ 21. ⑫ 3, 31. 1916 ④ 15. ⑩ 10, 12. 1917 ④ 22. 1918 ② 17. ⑥ 22. 1919 ⑦ 14. 1920 ⑥ 25.

신중국문학대계(新中國文學大系)—『중국신문학대계』(中國新文學大系) 참조.

신진작가총서(新進作家叢書) 일본의 신초샤(新潮社)에서 다이쇼(大正) 6년(1917)에 총 45책으로 출판된 창작총서.—1918 ⑤ 31.

신척(信撫)『장실재신척』(章實齋信撫)을 가리킨다. 청대 장학성(章學誠)이 지은 8권 8책의 잡고(雜考). 일기에는『실재신척』(實齋信撫)으로 기록되어 있다.—1912 ④ 29. ⑩ 15.

신청년(新靑年) 월간지. 천두슈(陳獨秀) 주편. 1915년 9월 상하이에서 창간되었으며, 원명은『청년잡지』(靑年雜誌)이다. 제2권부터『신청년』으로 개명. 1918년 1월부터 리다자오(李大釗) 등이 이 잡지의 편집에 참여했다. 1922년 7월에 제9권 제6호를 끝으로 휴간했다.—1917 ① 19. 1918 ① 23. ② 23. ③ 11. ④ 1. ⑤ 6. ⑥ 17. ⑦ 20, 29, 31. ⑨ 4. ⑩ 30. ⑫ 24. 1919 ① 28. ② 4, 10. ④ 28. ⑤ 9, 12. ⑦ 8, 9. ⑧ 7. ⑫ 11. 1920 ⑧ 7. ⑪ 9. 1921 ② 8. ⑦ 2, 18, 19. ⑧ 17, 30. ⑨ 10, 26. 1935 ② 12.

신촌(新村)—『새마을』(新しき村) 참조.

신프랑스문학(新フランス文學) 히로세 데쓰시(廣瀨哲士) 지음. 쇼와 5년(1930) 도쿄의 도쿄도(東京堂)에서 출판되었다.—1930 ⑨ 24.

신화선화유사(新話宣和遺事) 지은이를 알 수 없는 4권 4책의 화본. 청대 학산해거(學山海居)의 송 간본 복각본(復刻本). 학산해거(學山海居)는 청대의 저명한 장서가 황비열(黃丕烈)의 당호(堂號) 중 하나이다. —1921 ② 21.

신화연구(神話硏究) 황스(黃石) 지음. 1927년 상하이 카이밍(開明)서점에서 출판되었다. —1928 ② 25.

신화학개론(神話學槪論) 니시무라 신지(西村眞次) 지음. 쇼와 2년(1927) 도쿄의 와세다(早稻田)대학출판부에서 '문화과학총서'의 하나로 출판되었다. —1928 ① 19.

신흥문학전집(新興文學全集) 일기에는 『신흥문예전집』(新興文藝全集)으로도 기록되어 있다. 시모나카 야사부로(下中彌三郎) 엮음. 총 24권. 이 가운데 제23권이 러시아 편 II이다. 이 안에는 구라하라 고레히토(藏原惟人)가 번역한 파데예프(Александр Александрович Фадеев)의 『궤멸』(Разгром), 고미야마 아키토시(小宮山明敏)가 번역한 리베딘스키(Юрий Николаевич Либединский)의 『일주일』(Неделя) 등의 작품이 수록되어 있다. 쇼와 4년(1929) 도쿄의 헤이본샤(平凡社)에서 출판되었다. — 1929 ⑤ 10.

신흥문학집(新興文學集) '세계문학전집(世界文學全集) 총서'의 제38책. 쇼와 4년(1929) 도쿄의 신초샤(新潮社)에서 출판되었다. —1929 ⑨ 9.

신흥연극(新興演劇) 희극월간지. 야마가미 데이치(山上貞一) 엮음. 오사카의 신코엔게키샤(新興演劇社)에서 출판되었다. 루쉰의 장서에는 쇼와 5년(1930) 5월호 1책이 있다. —1930 ⑧ 24.

신흥예술(新興藝術) 예술월간지. 이타가키 다카오(板垣鷹穗), 다나카 후사지로(田中房次郎) 등 엮음. 도쿄의 게분쇼인(藝文書院)에서 발행되었다. 1929년 10월에 창간되었다. —1930 ① 6. ③ 3. ⑤ 25.

신흥프랑스문학(新興佛蘭西文學) 프랑스의 빌리(A. Billy) 지음. 구사노 데이시(草野貞之)가 번역하여 쇼와 6년(1931) 도쿄의 하쿠스이샤(白水社)에서 출판되었다. — 1934 ⑥ 11.

실뱅 소바주(*Sylvain Sauvage*) —『*Les Artistes du Livre*』 참조.

실업(失業) 라이사오치(賴少其)가 만든 목각연환화집. 수인본(手印本)이다. —1935 ⑦ 24.

실용구어법(實用口語法) 호시나 고이치(保科孝一) 지음. 1917년 도쿄에서 출판되었다. — 1918 ⑦ 29.

실재신척(實齋信摭) —『신척』(信摭) 참조.

실재을묘급병진찰기(實齋乙卯及丙辰札記) —『장실재을묘병진찰기합각』(章實齋乙卯丙辰札記合刻) 참조.

실재찰기(實齋札記) —『장실재을묘병진찰기합각』(章實齋乙卯丙辰札記合刻) 참조.

실학문도(實學文導) 청대 부운룡(傅雲龍)이 편찬한 2권 2책의 이재서(理財書). 광서(光緒) 21년(1895) 석인본(石印本). — 1933 ⑩ 24.

심경금강경종륵주(心經金剛經宗泐注) 불교서적으로,『반야바라밀다심경주해』(般若波羅蜜多心經注解) 1권과『금강반야바라밀경주해』(金剛般若波羅密經注解) 1권의 합책이다. 후진(後秦)의 구마라집(鳩摩羅什)이 번역하고, 명대에 종륵(宗泐)과 여기(如玘)가 설명을 가했다. — 1914 ⑥ 6.

심경금강경주(心經金剛經注) —『심경금강경종륵주』(心經金剛經宗泐注) 참조.

심경석요금강파공론(心經釋要金剛破空論)『금강반야바라밀관심석』(金剛般若波羅蜜觀心釋) 1권,『반야바라밀다심경석요』(般若波羅蜜多心經釋要) 1권과『금강반야바라밀경파공론』(金剛般若波羅密經破空論) 1권의 합책. 후진(後秦)의 구마라집(鳩摩羅什)이 번역하고 명대에 지욱(智旭)이 설명을 가했다. — 1914 ⑥ 6.

심경이종역실상·문수반야경(心經二種譯實相·文殊般若經) 불교 서적으로,『실상반야바라밀경』(實相般若波羅蜜經) 1권과『문수사리소설마가반야바라밀경』(文殊師利所說摩訶般若波羅蜜經) 2권의 합책이다. 전자는 당대에 보리류지(菩提留支)가 번역했으며, 후자는 남조(南朝) 양(梁)의 만타라선(曼陀羅仙)이 번역했다. — 1914 ⑥ 6.

심경직설금강결의(心經直說金剛決疑) 불교 서적으로,『반야바라밀다심경직설』(般若波羅蜜多心經直說)과『금강경결의』(金剛經決疑)의 합책이다. 후진(後秦)의 구마라집(鳩摩羅什)이 번역하고 명대에 덕청(德清)이 설명을 덧붙였다. — 1914 ⑥ 6.

심석전영은산도(沈石田靈隱山圖) 명대 심주(沈周)가 그린 1책의 그림책. 상하이 분명서국에서 영인했다. — 1912 ⑪ 17.

심석전영은산도권(沈石田靈隱山圖卷) 명대 심주(沈周)가 그린 1책의 그림책. 1928년 상하이 문명서국에서 영인했다. — 1932 ⑧ 2.

심석전이죽도(沈石田移竹圖) 명대 심주(沈周)가 그린 1책의 그림책. 청대 선통(宣統) 3년(1911) 상하이 문명서국에서 영인했다. — 1914 ⑫ 30.

심승종십구의론(心勝宗十句義論) 확실치 않음. — 1921 ⑦ 7.

심진문집(鐔津文集) 송대 계숭(契嵩)이 지은 별집. 19권, 권수(卷首) 1권의 4책. — 1914 ⑦ 29. ⑨ 12.

심집(沈集) —『심하현문집』(沈下賢文集) 참조.

심충민공구계집(沈忠敏公龜溪集) 송대 심여구(沈與求)가 지은 12권 4책의 별집. 장위안지(張元濟)가 교감기를 썼다. 일기에는『심충민구계집』(沈忠敏龜溪集)으로 기록되어 있다.『사부총간』(四部叢刊) 속편은 명대 간본을 영인했다. — 1934 ⑪ 13.

심하현문집(沈下賢文集) 당대 심아지(沈亞之)가 지은 12권의 별집. 일기에는 『심집』(沈集), 『심하현집』(沈下賢集)으로도 기록되어 있다. 1912년 3월에 루쉰이 난징(南京)에서 팔천권루(八千卷樓)의 초본에 근거하여 교록(校錄)하였으며, 1914년 4월부터 5월에 걸쳐 필사했다. 1912년에 구입한 것은 광서(光緒) 21년(1895) 산화(善化) 퉁씨(童氏)의 각본이며, 1부 2책이다. ― 1912 ⑥ 9. 1913 ③ 30. 1914 ④ 6, 7, 9, 11, 12, 16, 17, 19, 23, 27. ⑤ 17, 24.

심하현집(沈下賢集) ―『심하현문집』(沈下賢文集) 참조.

십만권루총서(十萬卷樓叢書) 청대 육심원(陸心源) 엮음. 청대 광서(光緒) 연간에 구이안(歸安)의 육씨 가문의 각본이다. 초집, 2집, 3집으로 나누어져 있으며, 모두 10종 112책으로 이루어져 있다. ― 1914 ② 8.

십삼경 및 군서 찰기(十三經及群書札記) 청대 주역동(朱亦棟)이 편찬했으며, 38권 10책으로 이루어져 있다. 광서(光緒) 4년(1878년) 우린(武林)의 죽간재(竹簡齋)에서 다시 찍어 냈다. ― 1927 ④ 24.

십육국춘추집보(十六國春秋輯補) 100권 12책으로 이루어진 역사서로, 청대 탕구(湯球)가 엮었다. 광서(光緒) 21년(1895년)에 광아(廣雅)서국에서 간행되었다. ― 1927 ⑥ 9.

십육국춘추찬록(十六國春秋纂錄) 10권 및 교감기, 2책으로 이루어진 역사서로, 청대 탕구(湯球)가 엮었다. 광서(光緒) 20년(1894)에 광아(廣雅)서국에서 간행되었다. ― 1927 ⑥ 9.

십이문론종치의기(十二門論宗致義記) 용수보살(龍樹菩薩)이 지은 『십이문론』에 대한 주석서이며, 2권 혹은 4권 2책으로 이루어져 있다. 이를 후진(後秦)의 구마라집(鳩摩羅什)이 번역하고, 당대 법장(法藏)이 설명을 가했다. ― 1914 ⑦ 28.

십이인연 등 사경동본(十二因緣等四經同本) 불교서적. 『십이인연경』(十二因緣經)은 북위(北魏)의 승려인 보리류지(菩提流支)가 번역했으며, 명대 숭정(崇禎) 16년에 송강홍법회(松江弘法會)에서 찍어 냈다. 『성유식보생론』(成唯識寶生論) 3종과 합책한 것이다. ― 1914 ⑨ 6.

십자가두를 향해 가며(十字街頭を往く) 일기에는 『十字街頭を行く』로 기록되어 있다. 구리야가와 하쿠손(廚川白村)이 지은 문예평론서. 다이쇼 12년(1923) 도쿄의 후쿠나가쇼텐(福永書店)에서 출판되었다. ― 1924 ⑩ 27.

십주비바사론(十住毘婆沙論) 용수보살(龍樹菩薩)이 『화엄경』(華嚴經)의 「십주품」을 해설한 불교서적이다. 17권 3책. 후진(後秦)의 구마라집(鳩摩羅什)이 번역했다. ― 1914 ⑤ 15.

십죽재전(十竹齋箋) ―『십죽재전보』(十竹齋箋譜) 참조.

십죽재전보(十竹齋箋譜) 일기에는 『십죽전보』(十竹箋譜)로도 기록되어 있다. 명대 호정언 (胡正言)이 골라 엮은 1권의 목판화집. 루쉰과 시디(西諦, 정전둬鄭振鐸의 필명)가 다시 엮었다. 1934년 베이핑의 판화총간회(版畫叢刊會)에서 명대 숭정(崇禎) 연간의 채색 본을 '판화총간'의 하나로 영인했다. — 1934 ③ 26. ⑥ 21, 27. ⑦ 23. ⑧ 7. ⑪ 7. 1935 ④ 9. ⑤ 12. ⑥ 10. ⑧ 6.

십죽전보(十竹箋譜) — 『십죽재전보』(十竹齋箋譜) 참조.

십칠사(十七史) 명대 모진(毛晉) 엮음. 『사기』(史記), 『한서』(漢書), 『후한서』(後漢書), 『삼국 지』(三國志), 『진서』(晉書), 『송서』(宋書), 『남제서』(南齊書), 『양서』(梁書), 『진서』(陳書), 『후위서』(後魏書), 『북제서』(北齊書), 『주서』(周書), 『수서』(隋書), 『남사』(南史), 『북사』 (北史), 『신당서』(新唐書), 『신오대사』(新五代史)를 포괄하고 있다. — 1913 ② 1. ③ 26.

십팔공백광백론합각(十八空百廣百論合刻) 불교서적으로 1책이다. 용수보살(龍樹菩薩)이 짓고 남조 진(陳)의 진제(眞諦)가 번역한 『십팔공론』(十八空論. 1권), 제바보살(提婆菩 薩)이 짓고 후진(後秦)의 구마라집(鳩摩羅什)이 번역한 『백론』(百論. 2권), 성천보살(聖 天菩薩)이 짓고 당대 현장(玄奘)이 번역한 『광백론본』(廣百論本. 1권)을 합각(合刻)한 것이다. 선통(宣統) 3년(1911년)에 창저우(常州)의 톈닝사(天寧寺)에서 찍어 냈다. — 1914 ⑨ 17.

싯달타반달라주(悉怛多般怛羅咒) 불경. 싯달타반달라(悉怛多般怛羅)는 범어로서 '부처의 깨끗한 덕으로써 일체를 덮는다'(白傘蓋)는 뜻을 지니고 있으며, 대불정주(大佛頂咒) 의 이름이다. — 1934 ① 23.

싱가포르일보(星洲日報) 화교인 후원후(胡文虎)가 싱가포르에서 창간한 중국어신문. 1929 년 1월 15일에 창간되어 매일 조간과 석간을 발행했다. — 1934 ⑫ 26.

싸락눈(霰) 센게 모토마로(千家元麿)의 시집. 쇼와 6년(1931) 요코하마(橫濱) 가하쿠나쇼 보(雅博那書房)에서 '가하쿠나총서'의 하나로 출판되었다. — 1931 ⑤ 13.

쌍매경암총서(雙梅景闇叢書) 예더후이(葉德輝)가 펴낸 9종 4책. 광서(光緒) 33년(1907) 창 사(長沙) 예씨(葉氏)의 해원(郋園)에서 간행되었다. — 1914 ⑩ 10. 1915 ⑩ 7.

쑤만수 연보 및 기타(蘇曼殊年譜及其他) 류야쯔(柳亞子), 류우지(柳無忌)가 엮은 전기. 일기 에는 『만수연보』(曼殊年譜)로 기록되어 있다. 1927년 상하이 베이신(北新)서국에서 출판되었다. — 1928 ① 31.

쑹중목각(松中木刻) 광둥성(廣東省) 메이현(梅縣) 쑹커우진(松口鎭) 쑹커우중학의 선생과 학생들이 만든 그림책. 루쉰이 제첨(題簽)을 써 주었다. — 1935 ⑪ 11.

【ㅇ】

아난과 귀자모(阿難と鬼子母) 쓰보우치 쇼요(坪內逍遙)가 지은 극본. 쇼와(昭和) 9년(1934) 도쿄의 쇼모쓰텐보샤(書物展望社)에서 출판되었다. ― 1934 ⑫ 26.

아난문사불 등 2경(阿難問事佛等二經) 불교 서적. 『아난문사불길흉경』(阿難問事佛吉凶經. 2권, 후한後漢 안세고安世高 번역)과 『십이연생상서경』(十二緣生祥瑞經. 2권, 송대 시호施護 번역)을 가리킨다. ― 1914 ⑦ 11.

아동예술전람회기요(兒童藝術展覽會紀要) ― 『전국아동예술전람회기요』(全國兒童藝術展覽會紀要) 참조.

아동예술전람회보고(兒童藝術展覽會報告) ― 『전국아동예술전람회기요』(全國兒童藝術展覽會紀要) 참조.

아득한 남서풍(渺茫的西南風) 류다제(劉大杰)의 소설집. 1926년 베이징 베이신(北新)서국에서 출판되었다. ― 1926 ⑤ 17.

아라라기(アララキ) 『アララキ』로도 씀. 『주목』(朱木). 사이토 모키치(齋藤茂吉), 쓰치야 분메이(土屋文明) 등이 펴낸 문학월간지. 도쿄 아라라기샤(社) 발행. 메이지(明治) 41년(1908)에 창간되었다. ― 1933 ② 14.

아르스미술총서(アルス美術叢書) 다이쇼(大正) 14년부터 쇼와(昭和) 2년(1925~1927)에 걸쳐 26종이 도쿄 아르스샤(アルス社)에서 출판되었다. 'アルス'는 라틴어 'ARS'의 일본어 음역으로 '미술' 혹은 '예술'을 의미한다. ― 1926 ① 4. ② 4. ⑥ 22. ⑧ 5. 1927 ⑩ 22, 27. 1929 ① 18.

아르치바셰프 단편소설집(阿爾志跋綏夫短篇小說集) ― 『혈흔』(血痕) 참조.

아리시마 다케오 저작집(有島武郎著作集) 아리시마 다케오(有島武郎) 지음. 다이쇼 13년부터 쇼와 2년(1924~1927)에 걸쳐 도쿄의 신초샤(新潮社)에서 15책으로 출판되었다. ― 1925 ③ 25. 1926 ④ 9, 17, 26. ⑤ 21. ⑥ 1. 1927 ⑪ 18. 1929 ① 6, 20.

아비달마잡집론(阿毘達磨雜集論) 안혜(安慧)가 저술하고 당대 현장(玄奘)이 번역한 16권 3책의 불교 서적. 선통(宣統) 3년(1911) 창저우(常州) 천녕사(天寧寺) 각본이다. ― 1914 ⑨ 26.

아사쿠사다요리(淺草ダョリ) 시마자키 도손(島崎藤村)이 지은 잡문집. 다이쇼 13년(1924)

도쿄의 슌요도(春陽堂) 제5판. 루쉰은 이 책을 발췌·번역하여 『천초로부터』(從淺草來)라는 제목을 붙였다. ─ 1924 ⑫ 13.

아사히신문(朝日新聞) 일본의 일간지. 메이지 12년(1879) 1월 오사카(大阪)에서 창간되었으며, 후에 도쿄와 나고야(名古屋) 등지에서 주간과 석간을 발행했다. ─ 1933 ⑫ 5, 28. 1935 ⑩ 21.

'아시아적 생산양식'에 관하여("アジア的生産樣式"に就いて) 일기에는 『アジア的生産方式に就いて』로 기록되어 있다. 소련맑스주의동양학자협회에서 엮은 저작으로 하야카와 지로(早川二郎)가 번역하여 쇼와 8년(1933) 도쿄의 하쿠요샤(白揚社)에서 출판되었다. ─ 1933 ⑦ 11.

아시아적 생산방식에 대하여(アジア的生産方式に就いて) ─ 『'아시아적 생산양식'에 관하여』("アジア的生産樣式"に就いて) 참조.

아우당총서(雅雨堂叢書) 청대 노견증(盧見曾) 펴냄. 일기에 기록된 판본은 두 가지이다. 하나는 건륭(乾隆) 21년(1756) 더저우(德州) 노씨(盧氏) 각본(20책)이고, 다른 하나는 조본(粗本)(28책)이다. ─ 1912 ⑥ 29. ⑪ 2, 3, 10, 11, 12. 1913 ④ 28. ⑤ 1. 1924 ⑤ 31.

아육왕경(阿育王經) 남조(南朝) 양(梁)의 승려 가파라(伽婆羅)가 번역한 10권의 불교 서적. 명대 각본이다. 루쉰은 8권을 소장하고 있다. ─ 1914 ⑨ 7.

아이의 탑(孩兒塔) 바이망(白莽)의 시집. 루쉰이 서문을 썼다. 루쉰 생전에 출판되지 못했다. ─ 1936 ③ 11.

이일랜드정조(愛蘭情調) 노구치 요네지로(野口米次郎)의 수필집. 다이쇼 15년(1926) 두쿄의 다이이치쇼보(第一書房)에서 출판되었다. '소본총서'(小本叢書) 제28편. ─ 1927 ⑪ 22.

아침 꽃 저녁에 줍다(朝華夕拾) ─ 『아침 꽃 저녁에 줍다』(朝花夕拾) 참조.

아침 꽃 저녁에 줍다(朝花夕拾) 루쉰의 산문집. 1928년 베이징 웨이밍사(未名社)에서 '웨이밍신집'(未名新集)의 하나로 출판되었다. 1931년 상하이 베이신(北新)서국에서 새로 조판하여 인쇄하였다. ─ 1927 ⑤ 3. ⑦ 13, 15. ⑨ 16. 1928 ⑦ 17, 18. ⑩ 8, 9, 17. ⑪ 5. 1929 ④ 15. ⑫ 29. 1931 ⑨ 12. 1932 ⑩ 13, 15. 1933 ⑫ 2.

아침놀(朝霞) 독일인 니체가 지은 철학서. 판청(梵澄)이 번역하여 1935년 상하이 상우인서관(商務印書館)에서 출판되었다. ─ 1935 ⑪ 14.

아쿠타가와 류노스케 전집(芥川龍之介全集) 일본의 작가인 아쿠타가와 류노스케(芥川龍之介, 1892~1927) 지음. 쇼와 9년부터 10년(1934~1935)에 걸쳐 도쿄의 이와나미쇼텐(岩波書店)에서 10책으로 출판되었다. ─ 1935 ④ 28. ⑤ 24. ⑥ 22. ⑦ 26. ⑧ 31.

아Q정전(阿Q正傳)(하야시 역본) 루쉰이 지은 소설. 하야시 모리히토(林守仁, 야마가미 마사요시山上正義)가 번역하고 루쉰이 교정. 이 책에는 후예핀(胡也頻), 러우스(柔石), 펑겅(馮鏗) 등의 작품과 약전(略傳) 및 사진이 실려 있다. 도쿄의 시로쿠쇼인(四六書院)에서 '국제프롤레타리아문학선집'의 하나로 출판되었다. —1931 ② 27. ③ 3. ⑨ 21. ⑩ 17, 19. 1932 ④ 6.

아Q정전(阿Q正傳)(마스우라 역본) 마스우라 게이조(松浦珪三)가 번역하여 쇼와 6년(1931) 도쿄의 하쿠요샤(白揚社)에서 '중국프롤레타리아소설집' 제1편으로 출판되었다. —1931 ⑪ 19.

아Q정전(阿Q正傳)(영어 역본) —『The True Story of Ah Q』 참조.

아Q정전도(阿Q正傳圖) 류셴(劉峴)이 제작한 목각연환화. —1935 ⑧ 9.

아틀리에(アトリエ) — 문예월간지인 『화실』(畫室, Atelier)을 가리킨다. 기타하라 요시오(北原義雄)와 후지모토 쇼조(藤本韻三) 등이 엮음. 도쿄 아틀리에샤(アトリエ社)에서 발행. 1924년 2월에 창간되었다. —1930 ⑨ 6.

아폴리네르 시초(アポリネール詩抄) 프랑스 시인인 아폴리네르(G. Apollinaire, 1880~1918)의 시집. 호리구치 다이가쿠(掘口大學)가 번역하여 쇼와 2년(1927) 도쿄 다이이치쇼보(第一書房)에서 출판되었다. —1928 ⑧ 2.

아함부경전 11종(阿含部經典十一種) —『과거현재인과경』(過去現在因果經), 『루탄경』(樓炭經), '사체 등 7경'(四諦等七經), '아난문사불 등 2경'(阿難問事佛等二經) 참조.

악부시집(樂府詩集) 송대 곽무천(郭茂倩)이 펴낸 100권의 총집. 루쉰이 1926년에 구입한 것은 급고각본(汲古閣本)을 영인한 『사부총간』(四部叢刊) 초편이다. 16책이다. —1913 ⑤ 18, 21. 1926 ⑩ 2.

악의 꽃(惡之華)(원문) —『Les Fleurs du Mal』 참조.

악주소집(鄂州小集) —『나악주소집』(羅鄂州小集) 참조.

안노공서배장군시권(顏魯公書裴將軍詩卷) 당대 안진경(顏眞卿)이 쓴 1책의 서법서. 1926년 상하이 상우인서관(商務印書館) 영인본 제9판. —1931 ⑤ 15.

안드룬(安得倫) —『바른 길을 걷지 못한 안드룬』(不走正路的安得倫) 참조.

안룡일사(安龍逸史) 청대 굴대균(屈大均)이 지은 2권 1책의 잡사(雜史). 1916년 우싱(吳興) 류씨(劉氏) '가업당총서'(嘉業堂叢書)본. —1934 ⑪ 3.

안씨가훈(顏氏家訓) 북제(北齊) 안지추(顏之推)가 지은 2권의 잡설(雜說). 『사부총간』(四部叢刊) 초편은 술고당(述古堂) 영송사본(影宋寫本)을 영인했다. —1923 ⑤ 13.

안양발굴보고(安陽發掘報告) 고고학 서적. 1929년부터 1931년에 걸쳐 중앙연구원 역사언어연구소에서 펴냄. —1932 ② 26. ⑩ 19. 1934 ⑪ 20.

안영재독서기(雁影齋讀書記) 청대 이희성(李希聖)이 지은 1권 1책의 목록. 1936년 상위(上虞) 뤄씨(羅氏) 탄인루(蟬隱廬)에서 영인했다. ―1936 ⑨ 5.

안학우득(眼學偶得) 뤄전위(羅振玉)가 지은 잡저. 청대 광서(光緖) 17년(1891) 각본. ―1915 ⑦ 27.

안후이총서(安徽叢書) 안후이총서편찬심의회 펴냄. 제3기에 『자고』(字詁) 등 6종, 부록 3종, 18책을 수록. 1934년 안후이총서편인처에서 영인했다. ―1934 ⑩ 4.

알렉세예프 목판화(亞歷舍夫木刻集) 확실치 않음. ―1936 ⑦ 2.

암석학(巖石學) 확실치 않음. ―1916 ⑪ 20.

앙드레 지드 전집(アンドレ·ジイド全集) 일기에는 『ジイド全集』, 'A.Gide全集'으로 기록되어 있다. 프랑스 작가 지드(A. Gide, 1869~1951)가 짓고 야마노우치 요시오(山内義雄) 등이 번역했다. 쇼와 9년부터 10년(1934~1935)에 걸쳐 도쿄의 겐세쓰샤(建設社)에서 출판되었다. ―1934 ⑩ 18. ⑪ 14. ⑫ 14. 1935 ① 21. ③ 10. ⑩ 18.

앙시천칠백이십구학재총서(仰視千七百二十九鶴齋叢書) 청대 조지겸(趙之謙)이 펴냄. 6집, 40종, 83권, 36책. 일기에는 『앙시학재총서』(仰視鶴齋叢書)로도 기록되어 있다. 광서(光緖) 6년(1880) 각본. ―1934 ⑤ 14. ⑩ 6.

앙시학재총서(仰視鶴齋叢書) ― 『앙시천칠백이십구학재총서』(仰視千七百二十九鶴齋叢書) 참조.

애미소찰(愛眉小札) 쉬즈모(徐志摩)가 지은 일기서신집. 1936년 상하이 량유(良友)도서인쇄공사에서 '량유문학총서'의 하나로 출판되었다. ―1936 ④ 2.

애서광 이야기(愛書狂の話) 프랑스의 플로베르(Gustave Flaubert) 지음. 쇼지 센스이(庄司浅水)가 번역하여 쇼와 7년(1932) 도쿄의 북돔샤(ブックドム社)에서 출판되었다. ―1932 ⑨ 30.

애욕과 여성 ― 『여성과 애욕』(女性と愛慾) 참조.

앵화집(櫻花集) 이핑(衣萍)의 산문집. 1928년 상하이 베이신(北新)서국에서 출판되었다. ―1928 ⑥ 13.

야나세 마사무 화집(柳瀬正夢畫集) 일본의 화가인 야나세 마사무(柳瀬正夢)의 작품. 쇼와 5년(1930) 도쿄의 소분카쿠(叢文閣)에서 출판되었다. ―1930 ③ 15.

야마코시코사쿠쇼 표본목록(山越工作所標本目錄) 도쿄제국대학 야마코시코사쿠쇼(山越工作所)에서 펴낸 박물표본의 목록. ―1913 ① 26.

야만성의 잔존(蠻性之遺留) 미국 무어(J. H. Moore)가 지은 민속학 서적. 리샤오펑(李小峰)이 번역하여 1925년 베이징 베이신(北新)서국에서 출판되었다. ―1925 ⑦ 5.

야연(夜宴) 리창즈(李長之)의 시집. 1934년 베이핑 문학평론사에서 '문학평론사총서'의 하나로 출판되었다. ─1934 ⑫ 30.

야채박록(野菜博錄) 명대 포산(鮑山)이 지은 3권 3책의 농서(農書). 1935년 항저우(杭州) 딩씨(丁氏) 도풍루(陶風樓)에서 명대 간본을 영인했다. ─1935 ⑦ 13. ⑧ 25.

약용식물(藥用植物) ─『약용식물 및 기타』(藥用植物及其他) 참조.

약용식물 및 기타(藥用植物及其他) 식물학 서적. 루쉰이 번역한 일본 가리요네 다쓰오(刈米達夫)의 『약용식물』(藥用植物) 및 쉬빙시(許炳熙)의 『중국산 천연염료』(中國産の天然染料) 등의 글이 수록되어 있다. 1936년 상하이 상우인서관(商務印書館)에서 출판되었다. ─1930 ⑩ 18. 1935 ⑫ 27.

약초(若草) 량더숴(梁得所)가 지은 산문집. 1927년 상하이 량유(良友)도서인쇄공사에서 출판되었다. ─1928 ② 25.

양(羊) 샤오쥔(蕭軍)의 소설집. 1936년 상하이 문화생활출판사에서 '문학총간'의 하나로 출판되었다. ─1936 ① 31.

양계전서(養鷄全書) 확실치 않음. ─1913 ④ 8, 9.

양계학(養鷄學) 확실치 않음. ─1913 ④ 8, 9.

양문산서음부경(糧聞山書陰符經) 청대 양현(梁巘)이 쓴 1책의 서법서. 상하이 문명서국 영인본. ─1914 ③ 15.

양산묵담(兩山墨談) 명대 진정(陳霆)이 지은 18권 4책의 잡저(雜著). 1919년 우싱(吳興) 류씨(劉氏) 가업당(嘉業堂)에서 찍어 낸 '우싱총서'(吳興叢書)본이다. ─1923 ① 5.

양서(梁書) ─『이십사사』(二十四史. 백납본百衲本) 참조.

양수진자정연보(楊守進自訂年譜) 양수경(楊守敬)이 자술한 1책의 전기. 『린소노인연보』(鄰蘇老人年譜)인 듯하다. ─1915 ⑩ 7.

양식(糧食) 소련의 극작가 키르숀(В. Киршон)의 극본. 차오징화(曹靖華)가 번역하였지만, 루쉰 생전에 출판되지 못했다. ─1932 ⑨ 29.

양식(糧食)(원문) ─『Хлеб』 참조.

양식과 시대(樣式と時代) 부제는 '구성주의건축론'(構成主義建築論)이다. 소련의 긴즈브룩(М. Я. Гинзбург) 지음. 구로다 다쓰오(黑田辰男)가 번역하여 쇼와 5년(1930) 도쿄의 소분카쿠(叢文閣)에서 '맑스주의예술이론총서'의 하나로 출판되었다. ─1930 ① 25.

양자법언(揚子法言) 한대 양웅(揚雄)이 짓고 진대(晉代) 이궤(李軌)가 설명을 가한 유가 서적. 일기에는 『법언』(法言)으로도 기록되어 있다. 13권, 음의(音義) 부록 1권의 1책. 『사부총간』(四部叢刊) 초편은 송대 간본을 영인했다. ─1923 ⑤ 1.

양절금석지(兩浙金石志) 청대 완원(阮元)이 편찬한 18권 12책의 금석지지(金石地志). 광서(光緒) 16년(1890) 저장서국(浙江書局) 중각본(重刻本). ─1914 ④ 4.

양주금문사대계(兩周金文辭大系) 궈모뤄(郭沫若)가 지은 금석제발(金石題跋) 서적. 쇼와 7년(1932) 도쿄의 분큐도(文求堂)에서 영인했다. — 1932 ① 22.

양주금문사대계고석(兩周金文辭大系考釋) 궈모뤄(郭沫若)가 지은 금석제발(金石題跋) 서적. 쇼와 10년(1935) 도쿄의 분큐도(文求堂)에서 영인했다. — 1935 ⑧ 28.

양주금문사대계도록(兩周金文辭大系圖錄) 궈모뤄(郭沫若)가 엮은 금석도상집(金石圖像集). 쇼와 10년(1935) 도쿄의 분큐도(文求堂)에서 영인했다. — 1935 ③ 23.

양편집(揚鞭集) 류푸(劉復)가 지은 2권 2책의 시집. 1926년 베이징 베이신(北新)서국 활판본이다. — 1926 ⑦ 21, 27.

양한금석기(兩漢金石記) 청대 옹방강(翁方綱)이 지은 22권 6책의 금석문자학 서적. 건륭(乾隆) 54년(1789) 난창(南昌) 사원(使院)의 각본. — 1915 ⑤ 6.

양한서변의(兩漢書辨疑) 청대 전대소(錢大昭)가 지은 42권 7책의 사적고증(史籍考證). — 1914 ⑨ 12.

어느 심령의 발전(或ル魂の發展) 스웨덴의 스트린드베리(A. Strindberg) 지음. 와쓰지 데쓰로(和辻哲郎)가 번역하여 다이쇼 13년(1924) 도쿄의 이와나미쇼텐(岩波書店)에서 출판되었다. '스트린드베리전집'본. — 1927 ⑩ 5.

어느 일본인의 중국관(一個日本人的中國觀) 『生ける支那の姿』의 중역본. 일본인 우치야마 간조(內山完造)의 잡문집이며, 루쉰이 서문을 쓰고 유빙치(尤炳圻)가 번역했다. 1936년에 상하이의 카이밍(開明)서점에서 출판되었다. — 1936 ⑧ 20. ⑨ 19.

어느 평범한 이야기(一個平凡的故事) 후치짜오(胡其藻)가 만든 목판연환화. 1935년 광저우(廣州) 현대창삭판화연구회의 수인본(手印本)이다. — 1935 ⑫ 3.

어느 한 사람의 수난(一個人的受難) 목판화집. 벨기에의 마셰렐(F. Masereel)의 작품집. 루쉰이 골라 엮고 서문을 붙였다. 1933년에 상하이 량유(良友)도서인쇄공사에서 출판했으며, 『목판연환도화고사』(木刻連環圖畫故事)의 하나이다. — 1933 ⑩ 7.

어느 혁명가의 인생 및 사회관(一革命家の人生·社會觀) 스페인의 바로하(Pío Baroja) 지음. 오카다 주이치(岡田忠一)가 번역하여 쇼와 3년(1928) 도쿄의 슈에이카쿠(聚英閣)에서 출판되었다. — 1928 ⑥ 26.

어떤 여자(或ル女) 아리시마 다케오(有島武郎) 지음. 다이쇼(大正) 15년(1926) 도쿄의 신초샤(新潮社)에서 '아리시마 다케오 저작집'의 하나로서 2책으로 출판되었다. — 1929 ① 6.

어린 독자에게(寄小讀者) 셰빙신(謝冰心)의 산문집. 1926년 베이징 베이신(北新)서국에서 출판되었다. — 1926 ⑤ 13, 17.

어린 두 형제(小哥兒倆) 링수화(凌叔華)의 소설집. 1935년 상하이 량유(良友)도서인쇄공사에서 '량유(良友)문학총서'의 하나로 출판되었다. ─1935 ⑪ 9.

어린아이의 그림(小供之畵) ─1913 ① 12.

어린이들에게(小さき者へ) 아리시마 다케오(有島武郎) 지음. 쇼와 2년(1927) 도쿄 신초샤
(新潮社) 제7판, '아리시마 저작집' 제7집.─1929 ① 20.

어린이 판화(兒童的版畵) ─『Гравюра Детей』 참조.

어린 피터(小彼得) 오스트리아의 여성작가 추어 뮐렌(Hermynia Zur Mühlen)의 동화. 쉬
광핑이 일역본으로 중역하고 루쉰이 교열하여 1929년 상하이 춘조(春潮)서국에서
출판되었다. ─1929 ⑨ 8. 1930 ① 25, 27.

어릿광대의 고백(痴人の告白) 원제는 『The Confession of a Fool』. 스웨덴의 스트린드베
리(A. Strindberg)가 지은 소설. 와쓰지 데쓰로(和辻哲郎)와 하야시 야쓰오(林達夫)가
공역하여 다이쇼 13년(1924) 도쿄의 이와나미쇼텐(岩波書店)에서 '스트린드베리전
집'의 하나로 출판되었다. ─1927 ⑩ 12.

어머니(母親) 딩링(丁玲)의 소설. 1933년 상하이 량유(良友)도서인쇄공사에서 '량유(良友)
문학총서'의 하나로 출판되었다. 루쉰의 소장본은 저자의 서명본 56호이다. ─1933
⑥ 27.

『어머니』 목각 14폭(「母親」木刻十四幅) 소련의 알렉세예프(Н. В. Алексеев)가 제작한 그
림책. 루쉰이 서문을 썼다. 1934년 한바이뤄(韓白羅)가 청사진 종이에 찍어 냈다. ─
1934 ⑦ 27. ⑩ 10.

『어머니』 삽화 ─『『어머니』 목각 14폭』(「母親」木刻十四幅) 참조.

어머니와 아들(母與子) 일본의 무샤노코지 사네아쓰(武者小路實篤)가 지은 소설. 추이완
추(崔萬秋)가 번역하여 1928년 상하이 진미선(眞美善)서점에서 출판되었다. ─1928
⑦ 10.

어부와 그의 영혼(漁夫とその魂) ─1929 ⑦ 6.

어월삼불후도(於越三不朽圖) ─『명어월삼불후명현도찬』(明於越三不朽名賢圖贊) 참조.

어월선현사목서례(於越先賢祠目序例) ─『월중선현사목서례』(越中先賢祠目序例) 참조.

어월선현상전(於越先賢像傳) 청대 임웅(任熊)이 그린 2권 2책의 화전(畵傳). 광서(光緖) 5년
(1879) 상하이 점석재(點石齋) 석인본(石印本). ─1912 ④ 28.

어월선현상전찬(於越先賢像傳贊) 청대 왕령(王齡)이 지은 2권 2책의 전기(傳記). 광서(光緖)
3년(1877) 각본. ─1936 ① 21.

어제의 노래(昨日之歌) 펑즈(馮至)의 시집. 1927년 베이징 베이신(北新)서국에서 '천중총
간'(沉鐘叢刊)의 하나로 출판되었다. ─1927 ⑤ 23.

어젯밤(昨夜) 구중융(顧仲雍)의 소설집. 1925년 베이징 베이신(北新)서국에서 '베이신소

총서'(北新小叢書)의 하나로 출판되었다. — 1925 ⑥ 22.

억년당금석기(億年堂金石記) 천방푸(陳邦福)가 지은 1책의 금석문자(金石文字). 석인본(石
印本)이다. — 1932 ③ 30.

언어의 본질과 발달 및 기원(言語その本質·發達及び起源) 덴마크의 예스페르센(Otto
Jespersen) 지음. 이치카와 산키(市河三喜), 신보 가쿠(神保格)가 번역하여 쇼와 2년
(1927) 도쿄의 이와나미쇼텐(岩波書店)에서 출판되었다. — 1929 ⑧ 8.

언어학논총(語言學論叢) 일기에는 『언어학논총』(言語學論叢)으로 기록되어 있다. 린위탕
(林語堂) 지음. 1933년 상하이 카이밍(開明)서점에서 출판되었다. — 1933 ⑫ 28.

언어학논총(言語學論叢) — 『어언학논총』(語言學論叢) 참조.

언해(言海) 오쓰키 후미히코(大槻文彦)가 엮은 사서(辭書). 도쿄의 고분칸(弘文館) 로쿠고
칸(六合館)에서 출판되었다. — 1924 ⑪ 29.

얼간이(蠢貨) 러시아 투르게네프(И. С. Тургенев), 체호프 등이 지은 단막극집. 1929년 베
이핑 웨이밍사(未名社)출판부에서 '웨이밍총간'의 하나로 출판되었다. — 1929 ⑩
13.

얼음섬의 어부(冰島漁夫) 프랑스의 로티(P. Loti)의 소설 『*Pêcheur d'Islande*』. 리례원(黎
烈文)이 번역하여 1936년 상하이 생활서점에서 '세계문고'본으로 출판했다. — 1936
④ 30.

엄릉집(嚴陵集) 송대 동분(董棻)이 펴낸 9권 2책의 합집. — 1915 ⑩ 17.

엄주도경(嚴州圖經) 송대 진공량(陳公亮) 등이 지은 3권 2책의 지리서. — 1915 ⑩ 17.

입간록(業間錄) 스즈키 도라오(鈴木虎雄)의 수필집. 쇼와 3년(1928) 교토의 호분도쇼보(弘
文堂書房)에서 출판되었다. — 1928 ⑫ 31.

에네르기(エネルギイ) — 『원동력』(原動力) 참조.

에 비얀(え·びやん) '아주 좋다'는 의미. 부제는 '프랑스문예수필'. 다쓰노 유타카(辰野隆)
가 지은 산문집. 쇼와 8년(1933) 도쿄 하쿠스이샤(白水社)에서 출판되었다. — 1935
⑩ 28.

에텐라쿠(越天樂) 고노에 나오마로(近衛直麿)가 지은 소설. 쇼와 10년(1935) 도쿄의 고노
에케(近衛家)에서 출판되었다. — 1935 ⑪ 8.

에튀드(エチュード) 『*étude*』. 그림의 밑그림이나 습작을 의미하는 프랑스어. 프랑스 리비
에르(J. Riviere)가 지은 미술 서적. 사토 마사아키(佐藤正彰) 등이 번역하여 쇼와 8년
(1933) 도쿄의 시바쇼텐(芝書店)에서 출판되었다. — 1933 ⑫ 4.

에피쿠로스의 정원(エピキュルの園) 원제는 *Le Jardin d'Épicure*. 프랑스의 작가 아나톨
프랑스(A. France)의 소설. 구사노 데이시(草野貞之)가 번역하여 쇼와 4년(1929) 도

쿄 다이이치쇼보(第一書房)에서 '아나톨 프랑스 저작집'의 하나로 출판되었다. ─
1929 ⑩ 23.

엘리어트 문학론(エリオット文學論) 영국의 시인이자 평론가인 엘리어트(T. Eliot)의 문예
이론서. 기타무라 쓰네오(北村常夫)가 번역하여 쇼와 8년(1933) 도쿄 긴세이도(金星
堂)에서 출판되었다. ─1933 ⑩ 6.

여기사 엘자(女騎士エルザ) 프랑스의 막 오를랑(P. Mac Orlan, 1882~1970)이 지은 소설.
나가타 이쓰로(永田逸郎)가 번역하여 쇼와 11년(1936) 도쿄 다이이치쇼보(第一書房)
에서 '프랑스현대소설'의 하나로 출판되었다. ─1936 ⑦ 29.

여동빈고사(呂洞賓故事) 린란(林蘭)이 엮은 민간고사집. 1925년 베이징 베이신(北新)서국
에서 '베이신소총서'(北新小叢書)의 하나로 출판되었다. ─1925 ⑦ 11.

여동서록(餘冬叙錄) 명대 하맹춘(何孟春)이 지은 65권 20책의 별집. 청대 광서(光緖) 6년
(1880) 천저우(郴州) 하씨(何氏)가 수약재본(守約齋本)을 보각(補刻)했다. ─1935 ②
20.

여론과 군중(輿論と群集) 프랑스의 타르드(J. G. Tarde)가 지은 심리학 서적. 아카사카 시
즈야(赤坂靜也)가 번역하여 쇼와 3년(1928) 도쿄의 도코쇼인(刀江書院)에서 출판되
었다. ─1928 ⑥ 18.

여루총서(麗樓叢書) 예더후이(葉德輝) 엮음. 9종 7책. 광서(光緖) 33년(1907) 창사(長沙) 섭
씨(葉氏) 관고당(觀古堂) 각본이다. ─1914 ⑩ 10. ⑪ 4.

여반(旅伴) 덴마크의 안데르센(H. C. Andersen)이 지은 동화집. 린란(林蘭), C. F.가 번역
하여 1924년 베이징대학 신조사(新潮社)에서 출판되었다. ─1924 ⑩ 29.

여배집(驢背集) 후쓰징(胡思敬)이 지은 4권 2책의 잡사(雜史). ─1914 ⑧ 27. ⑪ 4.

여사잠도(女史箴圖) ─『고개지화여사잠』(顧愷之畵女史箴) 참조.

여사잠도(女史箴圖) 송대 진거중(陳居中)이 그린 그림책. 민국 초년 유정(有正)서국의 간행
본이다. ─1913 ⑪ 16.

여산복교안(廬山復敎案) 확실치 않음. ─1922 ① 27.

여성과 애욕(女性と愛慾) 일기에는 『애욕과 여성』(愛慾と女性)으로도 기록되어 있다. 다나
카 고가이(田中香涯) 지음. 다이쇼 14년(1925) 도쿄 오사카야고쇼텐(大阪屋號書店)의
재판본. ─1925 ⑪ 5.

여성미(女性美)(『부녀의 세 시대』婦女的三個時代 중 일부) 프랑스의 가브리엘 부인(夏布流夫
人)의 저서. 지즈런(季志仁)이 번역하여 1926년 베이징 베이신(北新)서국에서 출판
되었다. ─1926 ⑤ 27.

여씨가숙독시기(呂氏家塾讀詩記) 송대 여조겸(呂祖謙)이 지은 32권 12책의 유가 서적. 『사

부총간』(四部叢刊) 속편은 송대 각본을 영인했다. — 1934 ⑤ 26.

여씨춘추점감(呂氏春秋點勘) 26권 3책의 잡가 서적. 진대(秦代) 여불위(呂不韋)가 지었다고 적혀 있으며, 청대 오여륜(吳汝綸)이 교감했다. 렌츠서사(蓮池書社)에서 1921년에 출판되었으며, 퉁청(桐城) 오선생군서점감자부(吳先生群書點勘子部)의 여덟번째이다. — 1921 ⑨ 13.

여애록(餘哀錄) 확실치 않음. — 1922 ③ 6.

여인의 마음(女人的心) 쑨시전(孫席珍)의 소설집. 1929년 상하이 진미선(眞美善)서점에서 출판되었다. — 1929 ⑧ 7.

여자 목판화(女性のカット) 야마 로쿠로(山六郎)와 야마나 아야오(山名文夫) 엮음. 쇼와 3년(1928) 도쿄의 플라톤샤(プラトン社)에서 출판되었다. — 1928 ⑩ 10.

여자사범풍조견문기(女子師範風潮聞見記) 당시 베이징여자사범대학교 학생들이 교장 우딩창(吳鼎昌)에 반대하여 동맹휴업을 일으켰는데, 이와 관련된 기록이다. — 1912 ⑫ 14.

여정시초(邵亭詩鈔) 청대 막우지(莫友芝)가 지은 6권 1책의 별집. 청대 함풍(咸豊) 2년(1852) 쭌이(遵義) 상천강사(湘川講舍) 간본이 있으며, 동치(同治) 5년(1866)에 막승손(莫繩孫)이 이를 보완하였다. 『영산초당 6종』(影山草堂六種)의 하나이다. — 1912 ⑪ 2.

여정유시(邵亭遺詩) 청대 막우지(莫友芝)가 지은 8권 1책의 별집. 청대 광서(光緖) 원년(1875) 막승손(莫繩孫)의 간본이 있다. 『영산초당 6종』(影山草堂六種)의 하나이다. — 1912 ⑪ 2.

여정지견전전본서목(邵亭知見傳本書目) 청대 막우지(莫友芝)가 모으고 막승손(莫繩孫)이 엮음. 16권 10책. — 1913 ③ 26.

여정행술(邵亭行述) — 『막여정(우지)선생행술』(莫邵亭[友芝]先生行述) 참조.

여지기승(興地紀勝) 송대 왕상지(王象之)가 편찬한 200권 24책의 지리서. 제10권 『사오싱부편』(紹興府篇) 비기(碑記)라는 절에 사오싱부에서 발견된 비석(碑石) 57종이 기술되어 있다. — 1914 ① 16.

여초묘지(呂超墓誌) — 『여초묘지탁편전집』(呂超墓誌拓片專集) 참조.

여초묘지탁편전집(呂超墓誌拓片專集) 구딩메이(顧鼎梅)가 엮은 금석제발집(金石題跋集). 일기에는 『여초묘지』(呂超墓誌)로 기록되어 있다. 1919년에 발행되었다. 루쉰의 「남제『여초묘지』발문」(南齊『呂超墓誌』跋)이 이 책에 수록되어 있다. — 1919 ⑥ 11. ⑧ 31.

여화(餘話) — 『전등여화』(剪燈餘話) 참조.

역대명인연보(歷代名人年譜) 청대 오영광(吳榮光)이 짓고 담석경(譚錫慶)이 교석한 10책의 전기. 함풍(咸豐) 2년(1852) 신두(信都) 만인당(萬忍堂)의 각본이다. — 1926 ⑩ 14.

역대명인화보(歷代名人畫譜) 명대 고병(顧炳)이 베낀 4책의 그림책. 1927년 상하이 서우구 (受古)서점의 영인본. — 1928 ⑨ 27. 1933 ⑫ 3. 1934 ① 9.

역대명장도(歷代名將圖) 청대 임부장(任阜長)이 그린 2권 2책의 그림책. 광서(光緒) 13년 (1887) 상하이 점석재(點石齋)의 석인본(石印本)이다. — 1931 ⑪ 29.

역대부패도록(歷代符牌圖錄) 뤄전위(羅振玉)가 펴낸 2권 1책의 금석도상집(金石圖像集). 일 기에는 『부패도록』(歷代符牌圖錄)으로도 기록되어 있다. 1914년 상위(上虞) 뤄씨(羅 氏)의 영인본. — 1915 ⑨ 21. 1916 ⑧ 6.

역대부패도록후편(歷代符牌圖錄後編) 뤄전위(羅振玉)가 펴낸 1권 1책의 금석도상집(金石 圖像集). 1916년 상위(上虞) 뤄씨(羅氏)의 영인본. — 1917 ⑫ 30.

역대부패후록(歷代符牌後錄) — 『역대부패도록후편』(歷代符牌圖錄後編) 참조.

역대시화(歷代詩話) 청대 하문환(何文煥)이 펴낸 총서. 28종, 57권, 16책. — 1926 ⑩ 30.

역대시화속편(歷代詩話續編) 딩푸바오(丁福保)가 펴낸 총서. 28종, 76권, 24책. 1916년 우 시(無錫) 딩씨(丁氏) 활판본. — 1926 ⑩ 30.

역대제왕의년록(歷代帝王疑年錄) 장웨이샹(張惟驤)이 지은 1권 1책의 전기류. 1926년에 우진(武進) 장씨(張氏)의 소쌍적암(小雙寂庵) 각본이다. — 1935 ① 5.

역대종정이기관지법첩(歷代鐘鼎彝器款識法帖) 송대 설상공(薛尙功)이 지은 20권 4책의 금 석문자 서적. 일기에는 『설씨종정관식』(薛氏鐘鼎款識)으로 기록되어 있다. 청대 광서 (光緒) 33년(1907) 구이츠(貴池) 류씨(劉氏)의 옥해당(玉海堂) 우창(武昌) 각본이다. — 1917 ⑤ 27.

역대초폐도록(歷代鈔幣圖錄) 확실치 않음. — 1915 ⑫ 3.

역대화상전(歷代畫像傳) 청대 정선장(丁善長)이 그린 4권 4책의 그림책. — 1917 ① 28.

역대휘자보(歷代諱字譜) 장웨이샹(張惟驤)이 지은 2권 1책의 정서류(政書類). 일기에는 『휘 자보』(諱字譜)로 기록되어 있다. 1932년에 우진(武進) 장씨(張氏)의 소쌍적암(小雙寂 庵) 각본이다. — 1935 ① 29.

역림(易林) 한대 초연수(焦延壽, 이름은 공鞲)가 지은 16권의 술수서(術數書). 일기에는 『초 씨역림』(焦氏易林)으로도 기록되어 있다. 루쉰은 청대 초기 모씨(毛氏) 급고각(汲古 閣)의 영원초본(影元抄本) 『역림주』(易林注)에 근거하여 베꼈다. 『역림주』의 주석자 는 확실치 않다. — 1913 ③ 6, 7, 8, 9, 10, 11, 12, 13, 14, 15. ⑧ 14, 25. ⑩ 1. 1923 ③ 20.

역림석문(易林釋文) 청대 정안(丁晏)이 지은 2권 1책의 술수서(術數書). 광서(光緒) 16년

(1890) '광아(廣雅)서국총서'본이다. — 1927 ⑨ 16.

역림주(易林注) —『역림』(易林) 참조.

역문(譯文) 문학월간지. 루쉰, 마오둔(茅盾), 리례원(黎烈文)이 발기했으며, 앞 3기는 루쉰
이 주편하고, 이어 황위안(黃源)이 편집을 맡았다. 상하이 생활서점에서 발행했다.
1934년 9월 16일에 창간되어 1935년 9월 16일 제13기를 끝으로 정간되었다. 1936
년 3월 16일 복간되어 상하이잡지공사에서 발행되다가 1937년 6월에 제3권 4기를
끝으로 정간되었다. — 1934 ⑧ 9. ⑨ 14, 17, 18. ⑩ 15, 19, 21. ⑪ 16, 22. ⑫ 14, 18,
31. 1935 ① 15. ② 21. ③ 18, 23. ④ 17. ⑤ 21. ⑥ 3. ⑧ 8, 22. ⑨ 6, 8. ⑩ 8, 21. ⑫ 22.
1936 ③ 8, 16, 24, 31. ⑤ 3, 19. ⑨ 18.

역사과정의 전망(歷史過程の展望) 사노 마나부(佐野學) 지음. 쇼와 3년(1928) 도쿄의 기보
카쿠(希望閣)에서 출판되었다. — 1928 ⑤ 24.

역사를 비틀다(歷史ヲ捻ヂル) 하세가와 뇨제칸(長谷川如是閑)의 잡문집. 쇼와 5년(1930) 도
쿄의 뎃토쇼인(鐵塔書院)에서 출판되었다. — 1930 ⑧ 2.

역사적 유물론 입문(歷史底唯物論入門) 일기에는『유물사관입문』(唯物史觀入門)으로도 기
록되어 있다. 나머지는 확실치 않음. — 1928 ⑫ 27.

역사학비판서설(歷史學批判敍說) 하니 고로(羽仁五郎) 지음. 쇼와 7년(1932) 도쿄의 뎃토
쇼인(鐵塔書院)에서 출판되었다. — 1932 ⑥ 14.

역서(曆書)『중화민국역서』(中華民國曆書)를 가리킨다. 교육부의 중앙관상대에서 펴냈다.
일기에 기록된 것은 민국 4년, 5년, 6년의 3책이다. — 1914 ⑩ 17. 1915 ⑫ 21. 1916
⑨ 26.

역외소설(或外小說) —『역외소설집』(域外小說集) 참조.

역외소설집(域外小說集) 일기에는『역외소설』(或外小說),『역외소설집』(或外小說集)으로
도 기록되어 있다. 루쉰과 저우쭤런(周作人)이 번역. 러시아, 폴란드, 영국, 핀란드, 미
국, 프랑스 등의 소설 16편을 수록하고, 상하 두 책으로 나뉘어 각각 1909년 3월과 7
월에 출판되었다. 1921년에 상하이 췬이서사(群益書社)에서 1책으로 합쳐지고 번역
작품도 21편으로 늘어났다. — 1912 ⑧ 14, 15. ⑩ 7, 17. ⑪ 23, 25. ⑫ 1, 14, 16. 1913
② 16, 18, 27. ⑨ 29, 30. 1914 ① 27. ⑨ 17. 1915 ④ 6. ⑨ 9. 1916 ⑫ 20. 1917 ⑤ 13.
1919 ⑩ 2. 1921 ③ 16. ⑦ 30. ⑧ 29.

역총(譯叢) —『벽하역총』(壁下譯叢) 참조.

연곡집(燕曲集) 스웨덴의 스트린드베리(A. Strindberg)의 극본집. 고야미 도요타카(小宮豊
隆)와 오바 요네지로(大庭米治郎)가 번역하여 다이쇼 15년(1926) 도쿄의 이와나미쇼
텐(岩波書店)에서 '스트린드베리 전집'의 하나로 출판되었다. — 1927 ⑩ 12.

연궤도(燕几圖) ─『익지연궤도』(益智燕几圖) 참조.

연기(煙, Дым). 러시아의 투르게네프(И. С. Тургенев)가 지은 소설. 오누키 쇼센(大貫晶川) 이 번역하여 다이쇼 2년(1913) 신초샤(新潮社)에서 출판되었다. ─ 1913 ⑧ 2.

연기소록(硏幾小錄) 일명『지나학총고』(支那學叢考). 나이토 도라지로(內藤虎次郎)가 지은 잡기. 쇼와(昭和) 3년(1928) 교토의 고분도쇼보(弘文堂書房)에서 출판되었다. ─ 1928 ④ 4.

연분(ユカリ) 친법문예회(親法文藝會) 엮음. 다이쇼 13년(1924) 도쿄 가이조샤(改造社)에 서 출판되었다. ─ 1925 ⑦ 28.

연분홍 구름(桃色的雲) 러시아 예로센코(Б. Я. Ерошенко)가 지은 동화극. 루쉰이 번역하 여 1923년 베이징대학 신조사(新潮社)에서 '신조사문예총서'의 하나로 출판되었다. 1926년 베이징 베이신(北新)서국에서 다시 찍었으며, 1934년 상하이 생활서점에서 또 찍었다. ─ 1922 ④ 30. ⑤ 25. ⑧ 10. 1923 ⑦ 28, 30, 31. ⑧ 3, 4. ⑨ 11. ⑩ 13, 15. ⑫ 7. 1924 ② 28. ⑧ 18. ⑨ 8, 12. 1926 ⑫ 6. 1927 ⑥ 27. 1932 ③ 22. ④ 26. 1934 ⑥ 6. ⑪ 14. ⑫ 10. 1935 ③ 25. ⑦ 20.

연서루독서지(煙嶼樓讀書志) 청대 서시동(徐時棟)이 짓고 서방래(徐方來) 등이 모은 잡기. 16권, 6책, 부록『연서루필기』(煙嶼樓筆記) 8권의 2책. 1928년 인현(鄞縣) 서씨(徐氏) 거학재(蘧學齋) 교인본(校印本). ─ 1933 ② 2.

연애와 신도덕(戀愛と新道德) 소련의 콜론타이(А. М. Коллонтай) 지음. 하야시 후사오(林 房雄)가 번역. 쇼와 3년(1928) 도쿄의 세카이샤(世界社) 재판. ─ 1928 ⑪ 7.

연애의 길(戀愛の道) 소련의 콜론타이(А. М. Коллонтай) 지음. 하야시 후사오(林房雄)가 번역. 쇼와 3년(1928) 도쿄의 세카이샤(世界社) 제3판. ─ 1928 ⑦ 23.

연옥(煉獄) 저우렁자(周楞伽)가 지은 소설. 1936년 상하이 웨이보(微波)출판사에서 출판 되었다. ─ 1936 ① 20.

연초(煙草) 영국의 잉글랜드(P. England)가 지은 식물학 서적. 우가타 다메키치(宇賀田爲 吉)가 번역하여 쇼와 9년(1934) 도쿄의 료쇼카쿠(隆章閣)에서 출판되었다. ─ 1934 ⑫ 30.

연침이정(燕寢怡情) 제작자를 알 수 없는 1책의 화집(畵集). 상하이 예원진상사(藝苑眞賞 社)에서 청대 내부(內府) 구장본(舊藏本)을 영인했다. ─ 1931 ⑥ 7, 9.

열녀전(列女傳) 한대 유향(劉向)이 짓고 진대(晉代) 고개지(顧愷之)가 그림을 그린 전기(傳 記).『고열녀전』(古列女傳),『고호두화열녀전』(顧虎頭畵列女傳),『유향고열녀전』(劉向 古列女傳) 등이라고도 한다. 일기에 기록된 판본은 두 가지이다. 즉 하나는 명대 황가 육(黃嘉育) 각본(8권 8책)이고, 다른 하나는 청대 양저우(揚州) 완각본(阮刻本, 8권 4

책)이다. ─ 1912 ⑥ 16. 1923 ⑦ 20. 1928 ④ 13. 1933 ⑫ 3. 1934 ① 9. ⑥ 15.

열둘(十二個) 러시아 시인 블로크(A. A. Блок)의 작품. 후샤오(胡斅)가 번역하고 루쉰이 교정을 하여 1926년 8월 베이징 베이신(北新)서국에서 '웨이밍(未名)총간'의 하나로 출판되었다. ─ 1926 ⑨ 17.

열반경(涅槃經) 소승(小乘)과 대승(大乘)의 『열반경』 다종이 있다. 루쉰이 이날 빌린 것이 어떤 것인지 확실치 않다. ─ 1917 ⑨ 22.

열선주패(列仙酒牌) 청대 임웅(任熊)이 그린 그림책. 루쉰이 1933년에 구입한 것은 함풍(咸豊) 6년(1856)의 채용장(蔡容莊) 각본(2책)이며, 다른 또 하나의 판본은 확실치 않다. ─ 1915 ③ 11. ④ 28. 1933 ⑫ 8.

열이고석질의(矢彛考釋質疑) 바오딩(鮑鼎)이 지은 1권 1책의 금석제발(金石題跋). 1929년의 석인본(石印本). ─ 1932 ③ 4.

열장지진(閱藏知津) 명대 지욱(智旭)이 지은 40권 10책의 불교 서적. ─ 1914 ④ 18. ⑪ 22. 1915 ① 4.

열풍(熱風) 루쉰의 잡문집. 1925년 베이징 베이신(北新)서국에서 출판되었다. ─ 1925 ③ 25. ⑩ 22. ⑪ 14, 24. ⑫ 20.

염립본제왕도(閻立本帝王圖) 『당염립본제왕도진적』(唐閻立本帝王圖眞迹)을 가리킨다. 당대 염립본(閻立本)이 그린 1책의 그림책. 1917년 상하이 상우인서관(商務印書館) 영인본. ─ 1917 ④ 15.

염중빈혜산복은도(閻仲彬惠山復隱圖) 원대(元代) 염양(閻驤)이 그린 1책의 그림책. 선통(宣統) 3년(1911)에 상하이 문명서국에서 영인했다. ─ 1912 ⑪ 17.

영가군기(永嘉郡記, 집본 輯本) 남조(南朝) 송(宋)의 정집지(鄭緝之)가 짓고 청대 손이양(孫詒讓)이 펴낸 1권 1책의 지리서. 광서(光緖) 4년(1878) 루이안(瑞安) 손씨(孫氏)의 각본이다. ─ 1921 ④ 5.

영국 근세 유미주의 연구(英國近世唯美主義の硏究) 혼마 히사오(本間久雄) 지음. 쇼와 9년(1934) 도쿄의 도쿄도(東京堂)에서 출판되었다. ─ 1934 ⑤ 28.

영국문학 ─ 바이런시대(英國文學 ─ 拜倫時代) 영국 고스(E. Gosse) 등이 저술. 일기에는 『바이런시대의 영문학』(拜倫時代之英文學)으로 기록되어 있다. 웨이충우(韋叢蕪)가 번역하여 1930년 베이핑 웨이밍사(未名社)출판부에서 출판되었다. ─ 1930 ⑤ 12.

영국문학사(英國文學史) ─ 『영문학사』(英文學史) 참조.

영국문학필기(英文學覺帳) 도가와 슈코쓰(戶川秋骨) 지음. 다이쇼 15년(1926) 도쿄 오카야마쇼텐(大岡山書店)에서 출판되었다. ─ 1927 ⑪ 25.

영국소설사(英國小說史) 사지 히데주(佐治秀壽) 지음. 쇼와 2년(1927) 도쿄의 겐큐샤(硏究

社)에서 출판되었다. ─1927 ⑪ 30.

영국수필집(英國隨筆集) 확실치 않음. ─1927 ⑫ 31.

영국에서의 중국미술전람 도록(中國美術在英展覽圖錄) ─『런던의 중국예술국제전람회에 참가한 출품도설』(參加倫敦中國藝術國際展覽會出品圖說) 참조.

영국의 자연주의(英國に於ける自然主義) 덴마크의 브라네스(Grorg Brandes)가 지은 『19세기 문학의 주조』(十九世紀文學之主潮)의 하나의 분책. 미야지마 신자부로(宮島新三郞)가 번역하여 쇼와 8년(1933) 도쿄의 슌주샤(春秋社)에서 출판되었다. '슌주문고'(春秋文庫)본. ─1933 ⑩ 7.

영락대전(永樂大全) 명대 해진(解縉), 요광효(姚廣孝) 등이 영락의 칙유를 받들어 편찬한 유서(類書). 22,877권, 목록과 범례 60권. 이미 산실되었으며, 남아 있는 것은 영인본이다. ─1936 ⑦ 1.

영모원총서(永慕園叢書) 『유사추간』(流沙墜簡), 『진금석각사』(秦金石刻辭), 『진한와당문자』(秦漢瓦當文字), 『권형도량실시고』(權衡度量實施考), 『호리유진』(蒿里遺珍), 『사조초폐록』(四朝鈔幣圖錄) 등 6종을 포함하여 모두 21권 9책이다. 뤄전위(羅振玉) 펴냄. 1914년 상위(上虞) 뤄씨(羅氏)가 영인했다. ─1915 ⑨ 12, 23, 30.

영문학사(英文學史) 루쉰은 1927년 11월 30일에 『영국문학사』(英國文學史)를 구입하고, 이듬해 1월 5일에 『영문학사』(英文學史)를 구입했다. 루쉰의 장서 가운데에는 『브룩 영문학사 ─ 기원에서 현대까지』(ブルック英文學史 ─ 濫觴より現代に到る. 영국의 브룩 S. A. Brooke 지음. 이시이 마코토石井誠 번역. 1926년 도쿄의 도코카쿠쇼텐東光閣書店 재판본), 그리고 『사조 중심의 영문학사』(思潮を中心とせる英文學史. 사이토 다케시齋藤勇 지음.1927년 도쿄 겐큐샤研究社에서 출판됨)가 있다. ─1927 ⑪ 30. 1928 ① 5.

영문학산책(英文學散策) 히라타 도쿠보쿠(平田禿木)가 지은 수필집. 쇼와 8년(1933) 도쿄의 다이이치쇼보(第一書房)에서 출판되었다. ─1933 ④ 17.

영문학 풍물지(英文學風物誌) 나카가와 요시다로(中川芳太郞) 지음. 쇼와 8년(1933) 도쿄의 겐큐샤(研究社)에서 출판되었다. ─1933 ⑫ 12.

영어입문(エゲレスイロハ) 일기에는 『エゲレスイロハ』로도 기록되어 있다. 가와카미 스미오(川上澄生)가 만든 시집 및 그림책. 쇼와 5년(1930) 도쿄의 가하쿠나쇼보(雅博那書房)의 각본. 총 3책. ─1930 ⑫ 22. 1931 ② 10.

영연잡지(瀛壖雜志) 청대 왕도(王韜)가 지은 6권 2책의 잡기. 광서(光緖) 원년(1875) 각본. ─1928 ⑨ 27.

영원의 환영(永遠の幻影) 소련의 아르치바셰프(М. П. Арцыбашев)가 지은 소설. 바바 데쓰야(馬場哲哉)가 번역하여 다이쇼 14년(1925) 도쿄의 진분카이(人文會)출판부에서 출판되었다.―1926 ⑤ 3.

영인경직도(影印耕織圖)―『경직도』(耕織圖) 참조.

영인능연각공신도(影印凌烟閣功臣圖)―『능연각공신도상』(凌烟閣功臣圖像) 참조.

영인소운종이소도(影印蕭雲從離騷圖)―『이소도경』(離騷圖經) 참조.

영일사전(英和辭典)(英和辭典).『간명 신영일사전』(新コンサイス英和辭典)을 가리킨다. 도쿄의 산세이도(三省堂) 편집소에서 편찬되었다. 쇼와 7년(1932) 산세이도(三省堂)주식회사 제52판.―1933 ② 19.

영표록이(嶺表錄異) 명대 유순(劉恂)이 지은 3권 1책의 잡록. 루쉰은 청대 각본에 근거하여 교록(校錄)하고 교감기를 썼다.―1913 ⑪ 4.

영화예술사(映畫藝術史) 이와사키 아키라(岩崎昶) 지음. 쇼와 5년(1930) 도쿄의 게분쇼인(藝文書院)에서 출판되었다.―1930 ② 20.

예기요의(禮記要義) 송대 위료옹(魏了翁)이 지은 33권 10책의 유가 서적.『사부총간』(四部叢刊) 속편은 송대 각본을 영인했다.―1934 ⑫ 15.

예기정의(禮記正義, 잔본殘本) 당대 공영달(孔穎達) 등이 지은 유가 서적. 잔존 9권의 3책.『사부총간』(四部叢刊) 3편은 일본의 고초본(古鈔本) 및 송대 각본을 영인했다.―1934 ⑫ 30.

예단도보(藝壇導報) 난징의 예단도보사(藝壇導報社)에서 편집·발행한 순간(旬刊). 1936년 1월 10일에 시간호(始刊號)를 간행한 후 20일에 정식으로 출판했다.―1936 ① 15.

예담록(藝談錄) 청대 장유병(張維屛)이 지은 2권 2책의 시문평론서. 월동(粤東)의 부문재(富文齋) 각본이다.―1927 ⑥ 9.

예로센코동화집(愛羅先珂童話集) 러시아의 예로센코 지음. 루쉰 등이 번역하여 1922년 상우인서관(商務印書館)에서 '문학연구회총서'의 하나로 출판되었다.―1922 ⑧ 10.

예림한보(藝林閑步) 기노시타 모쿠타로(木下杢太郎)가 지은 산문. 쇼와 11년(1936) 도쿄의 이와나미쇼텐(岩波書店)에서 출판되었다.―1936 ⑨ 24.

예문유취(藝文類聚) 당대 구양순(歐陽詢) 등이 엮은 100권 10책의 유서(類書). 명대 가정(嘉靖) 7년(1528) 쑤저우(蘇州) 각본이다.―1912 ⑩ 1. 1913 ⑫ 17, 18. 1916 ④ 22.

예부운략(禮部韻略)―『부석문호주예부운략』(附釋文互注禮部韻略) 참조.

예석(隸釋)―『예석·예속』(隸釋·隸續) 참조.

예석간오(隸釋刊誤)―『예석·예속』 참조.

예석·예속(隸釋·隸續) 송대 홍적(洪適)이 지은 금석문자학 서적.『예석』(隸釋) 27권,『예속』(隸續) 21권. 청대 동치(同治) 10년(1871) 환난(皖南) 홍씨(洪氏) 회목재(晦木齋)에서 누송서옥(樓松書屋) 왕씨본(汪氏本)을 모각(摹刻)했다. 청대 황비열(黃丕烈)이 지

은 왕본(汪本)『예석간오』(隸釋刊誤. 동치同治 11년에 사례거본土禮居本을 영각影刻함)가
부록으로 포함되어 있다. 8책이다. 루쉰이 자비로 장정했다. 1935년에 구입한『예석』
(隸釋)은『사부총간』(四部叢刊) 3편은 명대 만력(萬曆) 간본을 영인했다. 8책이다. —
1917 ⑤ 6. 1924 ⑩ 4. 1935 ⑩ 14.

예술(藝術) —『Искусство』참조.

예술강좌(藝術講座) —『문예강좌』(文藝講座) 참조.

예술과 도덕(藝術と道德) 니시다 기타로(西田幾多郎) 지음. 다이쇼 14년(1925) 도쿄의 이
와나미쇼텐(岩波書店)에서 출판되었다. — 1925 ⑫ 3.

예술과 맑스주의(藝術とマルクス主義) 쇼와 5년(1930) 일본 무산계급과학연구소에서 엮
어 간행되었다. — 1930 ④ 7.

예술과 비평(藝術與批評) —『문예와 비평』(文藝與批評) 참조.

예술과 사회생활(藝術と社會生活) 러시아 플레하노프 지음. 구라하라 고레히토(藏原惟人)
가 번역하여 쇼와 2년(1927) 도쿄의 도진샤쇼텐(同人社書店)에서 출판되었다. —
1927 ⑪ 2.

예술과 유물사관(藝術と唯物史觀) 독일의 호이젠슈타인(W. Hausenstein) 지음. 사카모토
마사루(阪本勝)가 번역하여 쇼와 3년(1928) 도쿄의 도진샤쇼텐(同人社書店)에서 출
판되었다. — 1928 ⑩ 10.

예술과 프롤레타리아(藝術と無産階級) 구라하라 고레히토(藏原惟人) 지음. 쇼와 4년(1929)
도쿄의 가이조샤(改造社)에서 출판되었다. — 1929 ⑪ 27.

예술국순례(藝術國巡禮) 하야시 히사오(林久男) 지음. 다이쇼 14년(1925) 도쿄의 이와나미
쇼텐(岩波書店)에서 출판되었다. — 1926 ② 23.

예술론(藝術論) 러시아의 플레하노프 지음. 도노무라 시로(外村史郎)가 번역하여 쇼와 3
년(1928) 도쿄의 소분카쿠(叢文閣)에서 '맑스주의 예술이론총서'의 하나로 출판되었
다. — 1928 ⑪ 7.

예술론(藝術論)(マルクス) —『맑스주의예술론』(マルクス主義藝術論) 참조.

예술론(藝術論) 아마카스 세키스케(甘粕石介) 지음. 쇼와 10년(1935) 도쿄의 미카사쇼보
(三笠書房)에서 '유물론전서'의 하나로 출판되었다. — 1935 ⑪ 27.

예술론(藝術論). 구라하라 고레히토(藏原惟人) 지음. 쇼와 8년(1933) 도쿄의 주오코론샤(中
央公論社)에서 출판된 재판. — 1933 ⑫ 22.

예술론(藝術論) 러시아의 플레하노프(Г. В. Плеханов)가 지은 문예이론서. 루쉰은 일역본
을 바탕으로 번역. 1930년 상하이 광화(光華)서국에서 '과학적 예술론 총서'의 하나
로 출판되었다. — 1929 ⑩ 12, 13. 1930 ⑤ 8.

예술론(藝術論) 소련의 루나차르스키(А. В. Луначарский)가 지은 문예이론서. 루쉰은 일
역본을 바탕으로 번역. 1929년 상하이 다장서포(大江書鋪)에서 '예술이론총서'의 하
나로 출판되었다. ─ 1929 ④ 22. ⑥ 30.

예술만필(藝術に關する走書的覺書) 『藝術に關する走り書的覺え書』로 바로잡아야 한다. 나
카노 시게하루(中野重治) 지음. 쇼와 5년(1930) 도쿄의 가이조샤(改造社)에서 출판된
제6판. ─ 1930 ③ 5.

예술사회학(藝術社會學) 루쉰의 장서에 남아 있는 것은 소련의 프리체(В. М. Фриче)가 짓
고 노보리 쇼무(昇曙夢)가 번역하여 쇼와 5년(1930)에 도쿄의 신초샤(新潮社)에서 출
판된 제8판이다. ─ 1930 ⑤ 14. 1934 ⑪ 5.

예술사회학의 방법론(藝術社會學の方法論) 소련의 프리체(В. М. Фриче) 지음. 구라하라 고
레히토(藏原惟人)가 번역하여 쇼와 5년(1930) 도쿄의 소분카쿠(叢文閣)에서 '맑스주
의 예술이론총서'의 하나로 출판되었다. ─ 1930 ⑩ 22.

예술상의 리얼리즘과 유물론철학(藝術上のレアリスムと唯物論哲學) 모리야마 게이(森山啓)
지음. 쇼와 8년(1933) 도쿄의 분카슈단샤(文化集團社)에서 출판되었다. ─ 1934 ①
16.

예술의 기원 및 발달(藝術の起源及び發達) 소련문학연구회 엮음. 쇼와 6년(1931) 도쿄의 소
분카쿠(叢文閣)에서 출판되었다. '맑스주의예술론입문' 총서의 하나. ─ 1931 ⑤ 8.

예술의 본질(藝術の本質) 가네코 지쿠스이(金子筑水) 지음. 다이쇼 14년(1925) 도쿄의 도
쿄도쇼텐(東京堂書店)에서 '사상총서'의 하나로 출판되었다. ─ 1925 ③ 5.

예술의 본질과 변화(藝術の本質と變化)(*Historisch-Materialistisches über Wesens und
Veränderung der Künste*). 독일의 메르텐(Lu Märten) 지음. 아오키 슌조(青木俊三)
가 번역하여 쇼와 6년(1931) 도쿄의 교세카쿠(共生閣)에서 출판되었다. 상권(上卷).
─ 1931 ③ 31.

예술의 사회적 기초(藝術の社會的基礎) 소련의 루나차르스키 지음. 도노무라 시로(外村史
郎)가 번역하여 쇼와 3년(1928) 도쿄의 소분카쿠(叢文閣)에서 '맑스주의 예술이론총
서'의 하나로 출판되었다. ─ 1928 ⑫ 7.

예술의 승리(藝術の勝利) 노보리 쇼무(昇曙夢) 지음. 다이쇼 10년(1921) 도쿄의 니혼효론
샤(日本評論社)에서 출판되었다. ─ 1927 ⑫ 24.

예술의 시원(藝術の始源) 독일의 그로세(Ernst Grosse) 지음. 안도 히로시(安藤弘)가 번역
하여 다이쇼 14년(1925) 도쿄의 이와나미쇼텐(岩波書店)에서 출판된 제2판. ─ 1928
④ 17.

예술의 암시와 공포(藝術の暗示と恐怖) 오가와 미메이(小川未明) 지음. 다이쇼 13년(1924)

도쿄의 슌주샤(春秋社)에서 '와세다(早稻田)문학소총서'의 하나로 출판되었다. —
1930 ③ 31.

예술의 유물사관적 해석(藝術の唯物史觀的解釋) 독일의 메르텐(Lu Märten) 지음. 하야시
후사오(林房雄), 가와구치 히로시(川口浩)가 번역하여 쇼와(昭和) 3년(1928) 도쿄의
난소쇼인(南宋書院)에서 '세계사회주의문학총서'의 하나로 출판된 재판본. — 1928
⑪ 30.

예술이란 무엇인가?(藝術とは何ぞや) 독일의 맑스(K. Marx) 등 지음. 구미 도오루(久見徹)
가 편역하여 쇼와 5년(1930) 도쿄의 하쿠요샤(白揚社)에서 출판된 제3판. — 1930 ⑥
29.

예술적 현대의 제 모습(藝術的現代の諸相) 이타가키 다카오(板垣鷹穗) 지음. 쇼와 6년
(1931) 도쿄 리쿠분칸(六文館)에서 출판되었다. — 1931 ⑩ 24.

예술전선(藝術戰線). 소련의 리딘(Владимир Германович Лидин) 엮음. 오세 게이시(尾瀬敬
止)가 번역하여 다이쇼 15년(1926) 도쿄의 지교노니혼샤(事業之日本社)에서 출판되
었다. — 1927 ⑩ 31.

예술총론(藝術總論) 일본 도쿄의 소련문학연구회 엮음. 쇼와 5년(1930) 도쿄의 소분카쿠
(叢文閣)에서 '맑스주의 예술론 입문'의 하나로 출판되었다. — 1930 ⑪ 21.

예술총편(藝術叢編) 지포퉈(姬佛陀, 이름은 줴미줴뤄)가 엮은 금석총서. 1916년부터 1920년
에 걸쳐 상하이 창성밍즈(倉聖明智)대학에서 총 39책을 간행했다. 이 가운데『전문명
가』(專門名家)는 1집부터 3집까지이다. — 1916 ⑫ 5. 1917 ④ 1. 1918 ③ 9. 1919 ④
22. 1921 ③ 10. ⑩ 28. ⑪ 15.

예술학연구(藝術學硏究) 도야마 우사부로(外山卯三郎) 편저. 쇼와 4년부터 5년(1929~
1930)에 걸쳐 도쿄의 다이이치쇼보(第一書房)에서 4책으로 출판되었다. — 1929 ⑫
20. 1930 ⑤ 17. ⑧ 24. ⑪ 27.

예운(隸韻) 송대 유구(劉球)가 편찬한 음운서. 10권, 고증 1권, 비목고증 1권의 6책. 청대
가경(嘉慶) 15년(1810) 6책의 중각본(重刻本). — 1916 ④ 29.

예원조화(藝苑朝華) 루쉰이 골라 엮은 미술총간. 조화사(朝花社)에서 발행했다. 12집을 출
간할 예정이었지만 5집만을 출간했다. 즉『근대목각선집(近代木刻選集) 1』,『후키야
고지 화보선』(蕗谷虹兒畵選),『근대목각선집 2』,『비어즐리 화보선』(比亞玆萊畵選. 이
상 4집은 상하이 조화사에서 출판),『신러시아 화보선』(新俄畵選. 1930년 상하이 광화光
華서국에서 출판) 등이다. — 1929 ② 19, 21. ④ 9. ⑤ 12. ⑦ 16, 20. 1930 ② 26. ⑤ 31.
⑥ 1, 17. 1935 ① 9.

예풍당고장금석문자목(藝風堂考藏金石文字目) 먀오취안쑨(繆荃孫)이 엮은 18권 8책의 금

석목록. — 1915 ⑧ 5.

예풍당독서지(藝風堂讀書志) 먀오취안쑨(繆荃孫)이 지은 7권 2책의 총서. 장인(江陰) 먀오씨(繆氏)의 각본. — 1916 ⑦ 21. ⑨ 26.

예피모프 만화집(安壁摩夫漫畫集) — 『Карикатура на службе обороны СССР』 참조.

5개년 계획의 이야기(五年計劃的故事) 소련의 일리인(Ильин)이 지은 과학보급독서물. 우랑시(吳朗西)가 번역하여 1932년에 상하이 신생명서국에서 출판되었다. — 1932 ⑧ 4.

오고장구경 등 십경동본(五苦章句經等十經同本) 1책의 불교 서적. 『오고장구경』(五苦章句經. 동진東晉 축담무란竺曇無蘭 등이 번역), 『불설견의경』(佛說堅意經), 『불설정반왕반열반경』(佛說淨飯王般涅槃經), 『불설흥기행경』(佛說興起行經), 『장조범지청문경』(長爪梵志請問經), 『불설비유경』(佛說譬喩經), 『불설비구청시경』(佛說比丘聽施經), 『불설략교계경』(佛說略教誡經), 『료치병경』(療恃病經), 『불설업보차별경』(佛說業報差別經) 등 10종을 수록했다. — 1914 ⑩ 9.

오곡인수서시고(吳谷人手書詩稿) — 『오곡인수서유정미재속집지구』(吳谷人手書有正味齋續集之九) 참조.

오곡인수서유정미재속집지구(吳谷人手書有正味齋續集之九) 청대 오석린(吳錫麟)이 지은 1책의 서법서. 일기에는 『오곡인수서시고』(吳谷人手書詩稿)로 기록되어 있다. 상하이 유정(有正)서국의 영인본. — 1914 ① 18.

오공선(蜈蚣船) 펑다오(澎島)의 소설집. 1933년 베이핑 북국사(北國社)에서 출판되었다. — 1934 ① 18.

오당인시집(五唐人詩集) 맹호연(孟浩然), 맹교(孟郊), 이신(李紳), 한악(韓偓), 온정균(溫庭筠)의 작품을 수록한 합집. 26권 5책. 1926년 상하이 상우인서관(商務印書館)이 명대 급고각(汲古閣) 각본을 영인했다. — 1927 ① 10.

오대관휴화나한상(五代貫休畫羅漢像) 오대(五代) 전촉(前蜀)의 관휴(貫休)가 그린 1책의 그림책(畫冊). 일기에는 『관휴화나한상』(貫休畫羅漢像), 『관휴나한상』(貫休羅漢像), 『관휴화나한』(貫休畫羅漢)으로도 기록되어 있다. 1926년 항저우(杭州) 시링인사(西泠印社)는 청대 건륭(乾隆) 탁본을 영인했다. — 1928 ⑦ 13. 1930 ⑪ 13. 1935 ③ 21, 23.

오대사기(五代史記) — 『이십사사』(二十四史. 백납본百衲本) 참조.

오대사평화(五代史平話) 송대의 소설이나 지은이는 불확실. 잔권(殘卷) 8권의 2책. 둥캉(董康)이 정리. 피링(毘陵) 둥씨(董氏)의 송분실(誦芬室) 영송본(影宋本). — 1916 ③ 12.

오르페우스(オルフェ) 프랑스의 콕토(J. Cocteau)가 지은 극본 『*Orphée*』. 호리구치 다이가쿠(掘口大學)가 번역하여 쇼와 4년(1929) 도쿄 다이이치쇼보(第一書房)에서 출판되었다. —1929 ⑥ 16.

오른쪽의 달('右側の月') 부제는 '색다른 사랑'(風變りな戀)이다. 소련의 말라시킨(С. И. Малашкин) 지음. 오다 노부오(太田信夫)가 번역하여 쇼와 3년(1928) 도쿄 세카이샤(世界社)에서 출판되었다. —1929 ① 7.

오백석동천휘진(五百石洞天揮塵) 청대 구위훤(邱煒蔞)이 지은 12권 6책의 잡저(雜著). 광서(光緒) 25년(1898) 민장(閩漳) 구씨(邱氏)의 광저우(廣州) 각본이다. —1927 ④ 19.

오블로모프(オブローモフ) 원제는 Обломов. 러시아 곤차로프(И. А. Гончаров)의 소설. 야마우치 호스케(山內封介)가 번역하여 다이쇼 15년(1926) 도쿄 신초샤(新潮社)에서 출판되었다. 개역본(改譯本). —1934 ⑦ 4.

오소합편(吳騷合編) 4권 4책의 곡합집(曲合集). 명대 장초숙(張楚叔)이 모으고 장욱초(張旭初)가 산정(刪訂)했다. 『사부총간』(四部叢刊) 속편은 명대 숭정(崇禎) 각본을 영인했다. —1934 ⑩ 7.

오스카 와일드(オスカア·ワイルド) —『유물주의자 오스카 와일드』(唯物主義者オスカア·ワイルド) 참조.

오십년래의 세계철학(五十年來之世界哲學) 후스(胡適)가 지은 철학사론. 『선바오』(申報) 50주년 기념 별쇄본으로 1924년에 간행되었다. —1924 ⑥ 2.

오십년래의 중국문학(五十年來之中國文學) 일기에는 『중국문학』(中國文學)으로 기록되어 있다. 후스(胡適)가 지은 문학사론이다. 『선바오』(申報) 50주년 기념 별쇄본으로 1924년에 간행되었다. —1924 ⑥ 2.

오십년 생활연보(五十年生活年譜) 아키타 우자쿠(秋田雨雀) 지음. 쇼와 11년(1936) 도쿄의 나우카샤(ナウカ社)에서 출판되었다. —1936 ⑤ 26.

오씨유저(吳氏遺著) 청대 오릉운(吳凌雲)이 지은 잡찬(雜纂). 5권, 부록 1권, 2책. 광서(光緒) 17년(1891) '광아서국'(廣雅書局)본. —1927 ⑨ 16.

오여독서전수필(五餘讀書廛隨筆) 구자상(顧家相)이 짓고 구세광(顧燮光) 등이 펴낸 2권 1책의 잡저(雜著). 1920년 방송(仿宋)활판본. —1921 ④ 22.

오월비사(吳越備史) 송대 범형(范炯)과 임우(林禹)가 지었다고 적혀 있다. 4권 2책의 잡사(雜史). 『사부총간』(四部叢刊) 속편은 오익봉(吳翌鳳)의 초본을 영인했다. —1934 ⑨ 8.

오월삼자집(吳越三子集) 청대 반조음(潘祖蔭)이 엮은 합집. —1915 ④ 11. ⑩ 30.

오잡조(五雜組) 명대 사조제(謝肇淛)가 지은 16권의 잡저(雜著). 일본 간분(寬文) 원년(1661)의 각본. —1923 ① 26, 31.

오청진지(烏靑鎭志) 청대 동세녕(董世寧)이 편찬한 12권 2책의 지방지. 1918년 건륭(乾隆)

25년(1760)의 각본에 근거한 활판본이다. —1925 ④ 16.

옥계생시(玉谿生詩) —『이의산시문집전주』(李義山詩文集箋注) 참조.

옥계생연보회전(玉溪生年譜會箋) 장차이톈(張采田)이 편찬한 전기. 4권, 권수(卷首) 1권의
4책. 1917년 난린(南林) 류씨(劉氏)의 구서재(求恕齋) 각본. —1927 ② 10.

옥대신영(玉臺新詠) 남조(南朝) 진(陳)의 서릉(徐陵)이 펴낸 10권의 합집.『옥대신영집』
(玉臺新詠集)이라고도 한다. 일기에 기록된 판본은 두 가지이다. 하나는 명대 오운계
관(五雲溪館)의 활자본을 영인한『사부총간』(四部叢刊) 초편(3책)이고, 다른 하나는
1922년에 난링(南陵)의 쉬나이창(徐乃昌)이 명대 우군(吳郡) 한산(寒山) 조균(趙均)
의 소완당본(小宛堂本)을 영인한 것(찰기札記 1권이 부록된 2책)이다. —1926 ⑨ 29.
1935 ① 20.

옥대신영집(玉臺新詠集) —『옥대신영』(玉臺新詠) 참조.

옥력(玉歷) 권선서(勸善書)이며, 일기에 기록된『옥력초』(玉歷鈔),『옥력초전』(玉歷鈔傳),
『옥력초전경세』(玉歷鈔傳警世) 등은 모두 이 책의 이본(異本)이다. 루쉰은 잇달아 베
이징용광재본(北京龍光齋本), 감광재본(鑒光齋本), 톈진사과재본(天津思過齋本), 석인
국본(石印局本), 난징이광명장본(南京李光明莊本), 항저우마노경방본(杭州瑪瑙經房
本), 사오싱허광기본(紹興許廣記本) 등을 입수했다. —1927 ⑥ 11, 29. ⑦ 2, 3.

옥력초전(玉歷鈔傳) —『옥력』(玉歷) 참조.

옥력초전경세(玉歷鈔傳警世) —『옥력』(玉歷) 참조.

옥중기(獄中記) 폴란드 베르크만(A. Berkman)이 지은 회억록. 바진(巴金)이 번역하여
1935년 싱하이 문화생활출판사에서 '문화생활총간'의 하나로 출판되있다. —1935
⑨ 25.

옥편(玉篇) —『대광익회옥편』(大廣益會玉篇) 참조.

온비경시집전주(溫飛卿詩集箋注) 9권 2책의 별집. 당대 온정균(溫庭筠)이 짓고 명대 증익
겸(曾益謙)이 설명을 가했으며 청대 고여함(顧予咸)이 설명을 덧붙였다. 광서(光緒) 8
년(1882) 만축산방(萬軸山房)의 각본. —1932 ② 20.

온정균시집(溫庭筠詩集) 당대 온정균(溫庭筠)이 지은 시집. 7권, 별집 1권, 1책.『사부총간』
(四部叢刊) 초편은 청대 전씨(錢氏) 술고당(述古堂)의 영송사본(影宋寫本)을 영인했
다. —1927 ① 15.

옹산문외(翁山文外) 청대 굴대균(屈大均)이 지은 16권 4책의 별집. 1920년 우싱(吳興) 류
씨(劉氏)의 '가업당(嘉業堂)총서'본이다. —1934 ⑪ 3.

옹송선서서보(翁松禪書書譜) 청대 옹동화(翁同龢)가 쓴 1책의 서법서. —1914 ③ 15.

옹희악부(雍熙樂府) 명대 곽훈(郭勛)이 펴낸 20권 20책의 희곡 총집.『사부총간』(四部叢刊)

속편은 명대 가정(嘉靖) 연간의 간본을 영인했다. —1934 ② 3.

와부집(瓦釜集) 류반눙(劉半農)의 시집. 1926년 베이징 베이신(北新)서국에서 출판되었다. —1926 ⑤ 11.

완구공업편(玩具工業篇) 미즈사와 겐조(水澤謙三) 지음. 쇼와 9년(1934) 도쿄의 유잔카쿠(雄山閣)에서 '완구총서'의 하나로 출판되었다. —1934 ⑨ 20.

완구총서(玩具叢書) 쇼와 9년부터 11년(1934~1936)에 걸쳐 도쿄의 유잔카쿠(雄山閣)에서 총 8종이 출판되었다. 『목각인형도편』(木偶圖篇), 『일본완구사편』(日本玩具史篇), 『세계완구도편』(世界玩具圖篇), 『세계완구사편』(世界玩具史篇), 『일본완구도편』(日本玩具圖篇), 『완구공업편』(玩具工業篇), 『완구교육편』(玩具敎育篇), 『목각인형작자편』(木偶作者篇)이 그것이다. 1935년 11월 22일에 구입한 것은 『완구교육편』이다. —1934 ③ 21. ⑤ 4. ⑥ 28. ⑨ 20. 1935 ① 5. ④ 19. ⑪ 22. 1936 ④ 24.

완바오산(萬寶山) 리후이잉(李輝英)이 지은 소설. 1933년 상하이 후펑(湖風)서국에서 출판되었다. —1933 ④ 8.

완보병집(阮步兵集) 1권 1책의 별집. 삼국(三國) 위(魏) 완적(阮籍)이 짓고, 명대 장부(張溥)가 평했다. 광서(光緒) 18년(1892)에 『한위육조백삼명가집』(漢魏六朝百三名家集)본으로 찍었다. —1932 ④ 3.

완사종집(阮嗣宗集) 삼국(三國) 위(魏) 완적(阮籍)이 지은 2권의 별집. 일기에 기록된 판본은 세 가지이다. 즉 하나는 왕사현본(汪士賢本)을 다시 찍은 것(1책)이고, 다른 하나는 명대 만력 연간 신안(新安) 정씨(程氏)의 '한위총서'(漢魏叢書)본(2책)이며, 또 다른 하나는 명대 가정(嘉靖) 22년(1543) 왕사현교본(汪士賢校本. 2책)이다. —1932 ② 16. ③ 1, 4.

완암필기오종(阮盦筆記五種) 쾅저우이(況周頤)가 지은 8권 2책의 잡기. 광서(光緒) 33년(1907) 난징(南京)의 각본. —1915 ⑧ 5. ⑩ 7.

완염신록(琬琰新錄) 구셰광(顧燮光)이 펴낸 1권 1책의 금석제발서(金石題跋書). 1916년 석인본(石印本). —1917 ⑤ 16.

완옥헌집(浣玉軒集) 청대 하경거(夏敬渠)가 지은 4권 2책의 별집. —1926 ⑥ 23.

왕각사시책(王覺斯詩冊) —『왕각사시책진적』(王覺斯詩冊眞迹) 참조.

왕각사시책진적(王覺斯詩冊眞迹) 청대 왕각사(王覺斯)가 지은 1책의 서법서. 상하이 문명서국의 석인본이다. —1914 ⑫ 30.

왕각사자서시(王覺斯自書詩) —『왕각사시책진적』(王覺斯詩冊眞迹) 참조.

왕도(王道) —『왕도로 가는 길』 참조.

왕도로 가는 길(*La Voie Royale*). 프랑스의 소설가인 말로(A. Malraux, 1901~1976)가 지

은 소설. 고마쓰 기요시(小松淸)가 번역하여 쇼와 11년(1936) 도쿄의 다이이치쇼보
(第一書房)에서 '프랑스현대소설'의 하나로 출판되었다. ─ 1936 ③ 31.

왕도천하 연구(王道天下之硏究) 부제는 '중국고대정치사상 및 제도'이다. 다사키 마사요시
(田崎仁義) 지음. 다이쇼 15년(1926) 교토 나이가이(內外)출판주식회사에서 출판되
었다. ─ 1929 ⑫ 30.

왕량상논서잉어(王良常論書賸語) ─ 『왕량상해서논서잉어』(王良常楷書論書賸語) 참조.

왕량상해서논서잉어(王良常楷書論書賸語) 청대 왕주(王澍)가 지은 1책의 서법서. 상하이
문명서국의 석인본. ─ 1914 ⑫ 30.

왕롱장유서(汪龍莊遺書) 청대 왕휘조(汪輝祖)가 지은 총서. 8종, 10권, 6책. ─ 1914 ⑧ 27.

왕몽루자서시고(王夢樓自書詩稿) ─ 『왕몽루자서쾌우당시고』(王夢樓自書快雨堂詩稿) 참조.

왕몽루자서쾌우당시고(王夢樓自書快雨堂詩稿) 청대 왕문치(王文治)가 지은 1책의 서법서.
일기에는 『왕몽루자서시고』(王夢樓自書詩稿)로도 기록되어 있다. 상하이 문명서국의
석인본. ─ 1914 ⑫ 30.

왕무공집(王無功集) 당대 왕적(王勣)이 지은 별집. 3권, 보유 2권, 교감기 1권의 1책. 광서
(光緖) 32년(1906) 상위(上虞) 뤄씨(羅氏)의 당풍루(唐風樓) 각본이다. ─ 1912 ⑫ 14.

왕석곡노년의고책(王石谷老年擬古冊) 청대 왕휘(王翬)가 그린 1책의 그림책. 일기에는 『석
곡만년의고책』(石谷晚年擬古冊)으로도 기록되어 있다. 상하이 유정(有正)서국의 영
인본. ─ 1912 ⑪ 16.

왕소매인물책(王小梅人物冊) 청대 왕소매(王小梅)가 그린 1책의 그림책. 1912년 상하이 유
정(有正)서국의 영인본이다.   1912 ⑪ 17.

왕우승집(王右丞集) ─ 『왕우승집전주』(王右丞集箋注) 참조.

왕우승집전주(王右丞集箋注) 당대 왕유(王維)가 짓고 청대 조전성(趙殿成)이 전주(箋注)한
별집. 28권, 권수(卷首) 1권, 권말(卷末) 1권의 8책. 건륭(乾隆) 2년(1737) 금재(錦齋)
의 각본이다. ─ 1923 ⑤ 15, 25. ⑥ 6, 7, 8, 9, 10.

왕의 등(王樣の背中) 우치다 햣켄(內田百閒)이 지은 동화. 쇼와 9년(1934) 도쿄의 라쿠로
쇼인(樂浪書院)에서 출판되었다. 루쉰은 두 가지 판본을 구입하였는데, 9월에 구입한
것은 보통판이고 11월에 구입한 것은 특제한정판 200부 가운데 167호이다. ─ 1934
⑨ 16. ⑪ 3.

왕자안집일문(王子安集佚文) 당대 왕발(王勃)이 짓고 뤄전위(羅振玉)가 교록(校錄)한 별집.
1권, 교기(校記) 1권의 1책. 1918년 상위(上虞) 뤄씨(羅氏)의 방송(仿宋) 활판본이다.
─ 1932 ③ 17.

왕자안집주(王子安集注) 당대 왕발(王勃)이 지은 별집. 20권, 권수(卷首) 1권, 권말(卷末) 1

권의 6책. 광서(光緒) 9년(1883) 우현(吳縣) 장씨(蔣氏) 쌍당비관(雙唐碑館)의 각본이다.—1932 ② 20.

왕충각공유집(王忠慤公遺集)—『하이닝왕충각공유서』(海寧王忠慤公遺書) 참조.

왕형공연보(王荊公年譜) 청대 고동고(顧棟高)가 엮고 우싱(吳興)의 유승(劉承)이 교감한 전기(傳記). 3권, 권후(卷後) 1권, 유사(遺事) 1권의 2책. 1917년 우싱 류씨(劉氏)의 구서재(求恕齋) 각본이다.—1934 ⑪ 3.

왜?(爲甚麼?)—『무엇을 할까?』(做甚麼?) 참조.

외과성씨록(巍科姓氏錄)—『명청외과성씨록』(明淸巍科姓氏錄) 참조.

외국문학서설(外國文學序說) 가타가미 노부루(片上伸) 지음. 다이쇼 13년(1924) 도쿄의 신시단샤(新詩壇社)에서 출판되었다.—1927 ⑪ 10.

외국인명지명표(外國人名地名表) 왕윈우(王雲五) 주편. 1책. 1924년 상하이 상우인서관(商務印書館)에서 출판되었다.—1926 ⑫ 10.

외침(吶喊) 루쉰의 소설집. 1923년에 베이징 신조사(新潮社)에서 '신조사문예총서'의 하나로 출판되었다. 1924년 5월 세번째 인쇄를 하면서 베이신(北新)서국으로 바꾸어 '오합총서'(烏合叢書)의 하나로 출판되었다. 1930년 열세번째로 인쇄할 때에 「부저우산」(不周山) 한 편을 뺐다.—1923 ⑤ 20. ⑧ 22, 23, 24. ⑨ 1, 11. ⑩ 13, 15, 22. ⑫ 7, 12, 22. 1924 ① 8. ⑧ 22, 23, 25. 1925 ② 23. ⑦ 8, 11, 13, 16, 19, 20. ⑩ 7. 1926 ⑦ 10. 1929 ⑫ 15, 17. 1930 ⑦ 7. 1933 ③ 2. 1934 ③ 12.

외투(外套) 러시아 고골(Николай Гоголь)의 소설. 웨이수위안(韋漱園, 쑤위안素園)이 번역하여 1926년 9월에 베이징 웨이밍사(未名社) 출판부에서 출판되었다. 1929년 재판본이다.—1929 ⑧ 3.

요로즈초보(萬朝報) 구로이와 루이코(黑岩淚香)가 1892년 11월에 창간한 일간지. 초기에 고토쿠 슈스이(幸德秋水), 사카이 도시히코(堺利彦) 등이 편집에 참여했다. 1940년에 도쿄 마이유신분샤(每夕新聞社)에 합병되었다. 1929년에 루쉰의 소설 「고향」(故郷)을 게재했다.—1930 ① 7.

요사(遼史)—『이십사사』(二十四史. 백납본百衲本) 참조.

요석포척독(姚惜抱尺牘) 청대 요내(姚鼐)가 지은 4책의 서신집.—1913 ③ 2.

요원(燎原) 고리키의 소설. 뤄지난(羅稷南)이 번역하여 1936년 상하이 생활서점에서 '세계문고'본으로 출판하였다.—1936 ⑧ 17.

요재지이(聊齋志异) 청대 포송령(蒲松齡)의 소설. 8권 혹은 16권.—1923 ③ 23.

요재지이외서마난곡(聊齋志异外書磨難曲) 청대 포송령(蒲松齡)이 짓고 루다황(路大荒)이 설명을 가한 속곡(俗曲). 1935년 도쿄(東京) 분큐도(文求堂)에서 출판되었다.—1936

③20.

용감수감(龍龕手鑒) 요(遼)대의 행균(行均)이 지은 4권 3책의 사서(辭書). 『사부총간』(四部叢刊) 속편은 송대 각본을 영인했다. ─ 1934 ⑫8.

용사 슈베익(勇敢なる兵卒シュベイクの冒險[上]) 원제는 『The Good Soldier Švejk』. 일기에는 『シュベイクの冒險』(上)으로 기록되어 있다. 체코의 하셰크(J. Hašek) 지음. 쓰지 쓰네히코(辻恒彦)가 번역하여 쇼와 5년(1930) 도쿄의 슈진샤(衆人社)에서 출판되었다. ─ 1930 ⑤30.

용사 야노시(Johano La Brava)(에스페란토본) ─ 일기에는 『勇敢的約翰』, 『英勇的約翰』로 기록. 에스페란토 서적. 헝가리의 페퇴피(Petöfi Sándor)가 지은 장시. 컬로처이(K. de Kalocsay) 번역. ─ 1929 ⑪14. 1930 ⑫3.

용사 야노시(勇敢的約翰) 헝가리의 페퇴피(Petöfi Sándor)가 지은 장시. 『János Vitéz』. 헝가리의 컬로처이(K. de Kalocsay)가 에스페란토로 번역했으며, 쑨융(孫用)은 이를 중국어로 번역하였다. 루쉰은 교정을 보고 후기를 썼다. 1931년 상하이 후평(湖風)서국에서 출판되었다. ─ 1929 ⑪14. 1930 ⑪21. ⑫3. 1931 ⑤6, 16. ⑨13, 16, 17, 22, 25. ⑩6, 7, 12, 13, 17, 30. ⑪12, 13, 14. 1932 ⑥2. 1935 ①24.

용서정토문(龍舒淨土文) 송대에 왕일휴(王日休)가 지은 10권 1책의 불교 서적. ─ 1914 ⑨16. ⑩26.

용언보(庸言報) 반월간지. 량치차오(梁啓超)가 주관하고 우관인(吳貫因)과 황위안융(黃遠庸)이 편집을 맡았다. 톈진(天津) 용언보관(庸言報館)에서 발행. 1912년 12월 1일에 창간되었다. ─ 1914 ⑥4.

용재수필(容齋隨筆) 송대 홍매(洪邁)가 지은 74권 12책의 잡설(雜說). 『사부총간』(四部叢刊) 속편은 송대 간본 및 명대 활자본을 영인했다. ─ 1934 ⑫1.

우상재흥(偶像再興) 와쓰지 데쓰로(和辻哲郎)의 수필집. 다이쇼 13년(1924) 도쿄의 이와나미쇼텐(岩波書店) 제9판. ─ 1927 ⑩17.

우세남여남공주묘지명(虞世南汝南公主墓誌銘) 『우세남여남공주지명묵적』(虞世南汝南公主墓誌銘墨迹)을 가리킨다. 당대 우세남(虞世南)이 쓴 1책의 서법서. 민국 초기 상하이 유정(有正)서국의 석인본. ─ 1913 ⑫14.

우수의 철리(憂愁の哲理) 덴마크의 키에르케고르(Søren Kierkegaard) 지음. 미야하라 고이치로(宮原晃一郎)가 번역하여 쇼와 8년(1933) 도쿄의 슌주샤(春秋社)에서 '슌주문고'(春秋文庫)의 하나로 출판되었다. ─ 1933 ⑧27.

우위문록(吳虞文錄) 우위(吳虞)가 지은 논문집. 1921년 상하이 야둥(亞東)도서관에서 출판되었다. ─ 1921 ⑪2.

우주의 노래(宇宙之歌) 천쯔후(陳子鵠)의 시집. 1935년 일본 도쿄 동류문예사(東流文藝社), 문예간행사(文藝刊行社)에서 출판되었다.─1935 ⑧ 6.

우즈후이 학술논저(吳稚暉學術論著) 우즈후이(吳稚暉)가 짓고 량빙쉬안(梁冰弦)이 엮은 논문집. 1925년 상하이출판합작사에서 출판되었다.─1926 ② 9.

우창기침집(雨窓欹枕集) 명대 홍편(洪楩)이 펴낸 12편 2책의 소설집. 1934년 인현(鄞縣) 마씨(馬氏)가 명대 청평산당각본(淸平山堂刻本)을 영인했다.─1934 ⑪ 10.

우창쉬서화책(吳書畫冊) 우창쉬(吳昌碩)가 만든 1책의 서화책. 1929년 상하이 시링인사(西冷印社) 영인본이다.─1930 ⑨ 14.

우창쉬화과책(吳昌碩花果冊) 우창쉬(吳昌碩)가 그린 1책의 화집(畫集). 일기에는 『화과책』(花果冊)으로 기록되어 있다. 시링인사(西冷印社) 영인본.─1930 ⑨ 14.

우키요에 걸작집(浮世繪傑作集) ─『우키요에 판화명작집』(浮世繪板畫名作集) 참조.

우키요에 명작집(浮世繪名作集) ─『우키요에 판화명작집』(浮世繪板畫名作集) 참조.

우키요에 모음집(浮世繪大成) 도쿄의 도호쇼인(東方書院) 엮음. 쇼와 5년부터 6년(1930~1931)에 걸쳐 도쿄의 도호쇼인에서 12책으로 영인했다.─1930 ⑫ 18, 31. 1931 ① 31. ② 28. ③ 28. ⑤ 2. ⑥ 4. ⑦ 7, 28. ⑧ 29. ⑨ 30. ⑩ 27.

우키요에 복각본(浮世繪復刻本) ─『일본 목판 우키요에 대감』(日本木版浮世繪大鑑) 참조.

우키요에 6대가(浮世繪六大家) 노구치 요네지로(野口米次郎)가 지은 전기. '6대가'란 안도 히로시게(安藤廣重), 도슈사이 샤라쿠(東洲齋寫樂), 도리이 기요나가(鳥居淸長), 기타가와 우타마로(喜多川歌麿), 스즈키 하루노부(鈴木春信), 가쓰시카 호쿠사이(葛飾北齋)를 가리킨다.─1932 ⑩ 25.

우키요에 판화명작집(浮世繪板畫名作集) 일기에는 『浮世繪名作集』, 『浮世繪傑作集』, 『浮世繪版畫名作集』으로도 기록되어 있다. 도쿄의 다이이치쇼보(第一書房)에서 엮어 간행.─1930 ⑪ 19, 25. ⑫ 22. 1931 ① 20. ② 19. ③ 17. ④ 15. ⑤ 20. ⑥ 27. ⑦ 22. ⑧ 19. ⑨ 19. ⑩ 21. ⑪ 23.

우타마로(歌麿) 프랑스의 공쿠르(E. de Goncourt)가 지은 화가연구서. 노구치 요네지로(野口米次郎)가 번역하여 쇼와 4년(1929) 도쿄의 다이이치쇼보(第一書房)에서 출판되었다.─1929 ⑥ 19.

우향영습(藕香零拾) 청대 먀오취안쑨(繆荃孫)이 펴낸 39종 32책의 총서. 광서(光緒), 선통(宣統) 연간의 각본.─1923 ③ 30.

운계우의(雲谿友議) 당대 범터(范攄)가 지은 필기. 일기에는 『운의우의』(雲議友議)로도 기록되어 있다. 일기에 기록된 판본은 세 가지이다. 하나는 우싱(吳興) 류씨(劉氏)의 '가업당총서'(嘉業堂叢書)의 주인본(朱印本)(3권 1책), 다른 하나는 『사부총간』(四部叢刊)

에서 명본(明本)을 영인한 것(3권, 교감기 부록 1권의 1책), 또 다른 하나는 우싱 류씨의 '가업당총서'본(3권, 교감기 부록 3권의 2책)이다.─1923 ⑧ 24. 1934 ③ 5. ⑪ 3.

운계잡기(雲溪雜記) 확실치 않음.─1914 ⑥ 30.

운곡잡기(雲谷雜紀) 남송 장호(張淏, 자는 청원淸源)가 지은 잡기.─1913 ⑥ 1. 1914 ③ 16, 22.

운명의 언덕(運命の丘) 프랑스의 지오노(J. Giono) 지음. 가쓰카와 아쓰시(葛川篤)가 번역하여 쇼와 11년(1936) 도쿄의 다이이치쇼보(第一書房)에서 '프랑스현대소설'의 하나로 출판되었다.─1936 ⑩ 10.

운선잡기(雲仙雜記) 당대의 풍지(馮贄)가 지었다고 전해지는 10권 1책의 잡기.『사부총간』(四部叢刊) 속편은 명대 융경(隆慶) 연간의 섭씨(葉氏)의 녹죽당(菉竹堂) 간본을 영인했다.─1934 ③ 5.

운의우의(雲議友議)─『운계우의』(雲溪友議) 참조.

운창총각(雲窗叢刻) 뤄전위(羅振玉)가 지은 12종 12책의 총서. 1914년 상위(上虞) 뤄씨(羅氏)가 일본에서 포켓북을 영인했다.─1915 ⑩ 17. ⑪ 2.

원곡선(元曲選) 명대 장무순(臧懋循)이 펴낸 잡극집. 100권, 육가론곡(六家論曲) 1권의 48책.─1922 ⑩ 15. 1928 ⑦ 30.

원구궁사보(元九宮詞譜) 원대의 곡보. 지은이와 판본 모두 확실치 않다.─1913 ⑥ 22. ⑧ 9.

원동력(エネルギイ)(原動力). 소련의 글랏코프(Фёдор Васильевич Гладков)가 지은 소설. 우에와키 스스무(上脇進), 오히라 아키라(大平卓) 등이 번역하여 쇼와(昭和) 10년(1935) 도쿄 미카사쇼보(三笠書房)에서 '현대소련문학전집'의 하나로 출판되었다.─1936 ① 15.

원명고덕수적(元明古德手迹) 원명대의 범기(梵崎), 도연(道衍) 등이 쓴 1책의 서법서. 상하이 유정(有正)서국의 영인본이다.─1913 ⑫ 14.

원명산곡소사(元明散曲小史) 량이전(梁乙眞) 지음. 1934년에 상하이 상우인서관(商務印書館)에서 출판했다.─1935 ④ 13.

원명원도영(圓明園圖咏) 2권 2책의 시화집(詩畫集). 청대 고종(高宗) 홍력(弘曆)이 시를 짓고, 악이태(鄂爾泰) 등이 설명을 가했다. 광서(光緖) 13년(1887) 톈진(天津) 석인서옥(石印書屋)의 석인본(石印本).─1933 ⑫ 3. 1934 ① 9. ⑥ 16.

원사(元史, 홍무본洪武本)─『이십사사』(二十四史, 백납본) 참조.

원색패류도(原色貝類圖) 야마카와 시즈카(山川默) 편저. 쇼와 7년(1932) 도쿄 산세이도(三省堂)의 개정 10판.─1932 ④ 15.

원서역인화화고(元西域人華化考) 천위안(陳垣)이 지은 2책의 역사학 전문서. 1923년의 석인본(石印本)이다. —1923 ⑪ 8.

원서화고(元書畵考) 청대 고사기(高士奇) 지음. 청대 가경(嘉慶) 기미년(己未, 1799)에 대광증(戴光曾, 자는 송문松門)의 합봉당(鴿峰堂) 수초본(4책). 루쉰은 저장(浙江)도서관 소장본을 베껴 2책으로 교정했다. 현재 루쉰의 장서에 보이지 않는다. —1913 ⑧ 21, ⑨ 9, 21.

원성선생진언집(元城先生盡言集) 송대 유안세(劉安世)가 짓고 마영경(馬永卿)이 엮은 13권 4책의 정서(政書). 『사부총간』(四部叢刊) 속편은 명대 융경(隆慶) 번송판(翻宋本)을 영인했다. —1934 ⑦ 14.

원숭이떼에서 공화국까지(猿の群から共和國まで) 오카 아사지로(丘淺次郎)가 지은 역사서적. 다이쇼 15년(1926) 도쿄 교리쓰샤(共立社)의 제2판. —1926 ⑥ 26.

원예식물도보(園藝植物圖譜) 이시이 유기(石井勇義) 지음. 쇼와 5년부터 9년(1930~1934)에 걸쳐 도쿄의 세이분도(誠文堂)에서 6책으로 출판되었다. —1931 ⑫ 23. 1932 ① 12. ⑨ 30. 1934 ① 26. ⑪ 3.

원우당인전(元祐黨人傳) 청대 육심원(陸心源)이 펴낸 10권 4책의 전기. 광서(光緒) 15년(1889)의 각본. —1926 ⑩ 5.

원유산선생전집(元遺山先生全集) 금대 원호문(元好問)이 지은 별집. 40권, 권수(卷首) 1권의 16책. 광서(光緒) 7년(1881) 독서산방(讀書山房)의 각본이다. —1934 ① 1.

원유산시주(元遺山詩注) 원명은 『원유산시집전주』(元遺山詩集箋注). 금대 원호문(元好問)이 짓고 청대 시국기(施國祁)가 해설한 14권. 도광(道光) 2년(1822) 난쉰(南潯) 장씨(蔣氏)의 서송당(瑞松堂) 각본과 도광 17년(1837) 탸오시(苕溪) 우씨(吳氏)의 취륙당(醉六堂) 각본 두 가지가 있는데, 모두 6책이다. 루쉰이 쑹즈성(宋芷生)을 대신하여 구입한 판본이 어느 것인지 분명치 않다. —1918 ② 6, 7.

원유산집(元遺山集) — 『원유산선생전집』(元遺山先生全集) 참조.

원인선원시오종(元人選元詩五種) 『하분제로시집』(河汾諸老詩集. 원대 방기房祺 엮음), 『국조풍아』(國朝風雅. 원대 장역蔣易 엮음), 『목아집』(木雅集. 원대 뇌량賴良 엮음), 『돈교집』(敦交集. 원대 위사달魏士達 엮음), 『위관집』(偉觀集. 원대 무명씨 엮음) 등 다섯 종을 뤄전위(羅振玉)가 엮은 합집. 1915년 롄핑(連平) 판씨(范氏)의 쌍어실(雙魚室) 각본이다. —1915 ④ 11. 1935 ⑪ 20.

원지치본전상평화삼국지(元至治本全相平話三國志) 지은이를 알 수 없는 3권 3책의 소설. 일기에는 『전상삼국지평화』(全相三國志平話)로도 기록되어 있다. 1929년 상하이 상우인서관(商務印書館)에서 영인했다. —1929 ⑥ 23.

원차산문집(元次山文集) ―『당원차산문집』(唐元次山文集) 참조.

원차산집(元次山集) ―『당원차산문집』(唐元次山文集) 참조.

원타오목각집(溫濤木刻集) 원타오(溫濤)가 제작한 1책의 그림책. 목판화 인본(木刻印本). ―1935 ⑤ 10.

원화고(元畫考) ―『원서화고』(元書畫考) 참조.

원화성찬(元和姓纂) 당대 임보(林寶)가 짓고 청대의 손성연(孫星衍)과 홍영(洪瑩)이 교감한 유서(類書). 10권 4책. ―1914 ① 24.

월교육회월간(越教育會月刊) ―『사오싱교육회월간』(紹興教育會月刊) 참조.

월구(粤謳) 청대 초자용(招子庸)이 지은 1책의 곡류(曲類) 서적. 함풍(咸豐) 8년(1858) 광저우(廣州) 등운각(登雲閣)의 중보각본(重補刻本). ―1927 ④ 24.

월구(越謳) 확실치 않음. ―1923 ⑧ 24.

월만당병문(越縵堂駢文) ―『월만당병체문』(越縵堂駢體文) 참조.

월만당병체문(越縵堂駢體文) 청대 이자명(李慈銘)이 지은 별집. 일기에는『월만당병문』(越縵堂駢文),『월만당산문』(越縵堂散文)으로도 기록되어 있다. 4권, 월만당산체문(越縵堂散體文) 부록 1권의 4책. 광서(光緒) 23년(1897) 창수(常熟) 쩡씨(曾氏) 허확거(虛郭居) 각본이다. ―1913 ⑫ 7. 1914 ① 12. 1922 ③ 6. 1923 ⑫ 22, 24.

월만당산문(越縵堂散文) ―『월만당병체문』(越縵堂駢體文) 참조.

월만당일기(越縵堂日記) 청대 이자명(李慈銘) 지음. 51책. 일기에는『월만일기』(越縵日記)로도 기록되어 있다. 1920년에 베이징 저장공회(浙江公會)에서 필사본에 근거하여 영인했다. ―1912 ⑫ 28. 1921 ⑨ 30. 1925 ⑪ 30.

월만당일기보(越縵堂日記補) 청대 이자명(李慈銘) 지음. 13책. 1936년 상하이 상우인서관(商務印書館)에서 원고본을 영인했다. ―1936 ⑩ 3.

월만일기(越縵日記) ―『월만당일기』(越縵堂日記) 참조.

월아당총서(粤雅堂叢書) 청대 오숭요(伍崇曜) 펴냄. 3편, 30집, 189종, 5종 덧붙임. 도광(道光)에서 광서(光緒)에 걸친 난하이(南海) 오씨(伍氏) 간본. ―1913 ② 8.

월야(月夜) 장촨다오(章川島)의 산문집. 1924년 베이징대학 신조사(新潮社)에서 출판되었다. ―1924 ⑨ 1, 16. 1926 ⑫ 25.

월중고각구종(越中古刻九種) 청대 왕계향(王繼香)이 펴낸 1책의 금석도상집(金石圖像集). 광서(光緒) 22년(1896) 석인본(石印本). ―1913 ④ 5.

월중금석기(越中金石記) 청대 두춘생(杜春生)이 지은 10권 8책의 금석지지(金石地志). ―1915 ④ 21. ⑥ 20.

월중문헌집존서(越中文獻輯存書) 총서. 10종 17권의 4책. 선통(宣統) 3년(1911) 사오싱공보사(紹興公報社)에서 펴냄. ─ 1914 ⑧ 9.

월중삼불후도찬(越中三不朽圖贊) ─『명어월삼불후명현도찬』(明於越三不朽名賢圖贊) 참조.

월중삼자시(越中三子詩) 청대 진월천(陳月泉) 등이 짓고 곽육(郭毓)이 모은 3종 3권의 합집. ─ 1915 ⑩ 15, 30.

월중선현사목(越中先賢祠目) ─『월중선현사목서례』(越中先賢祠目序例) 참조.

월중선현사목서례(越中先賢祠目序例) 청대 이자명(李慈銘)이 지은 1권 1책의 전지(專志). 일기에는 『월중선현사목』(越中先賢祠目),『어월선현사목서례』(於越先賢祠目序例)로도 기록되어 있다. 광서(光緒) 11년(1885) 베이징 각본. 베이징 사오싱현관(紹興縣館)은 '월중선현사'(越中先賢祠)라고도 하는데, 이 안의 앙즙당(仰戢堂)에서는 한대 이래 사오싱 일대의 선현 240명의 위패를 모시고 있다. ─ 1912 ④ 29. ⑤ 5. ⑪ 24.

월하소문집(月河所聞集) 송대 막군진(莫君陳)이 지은 1권 1책의 잡기(雜記). 우싱(吳興) 류씨(劉氏)의 가업당(嘉業堂) 각본. ─ 1923 ① 5.

월하정사총초(月河精舍叢鈔) 청대 정보서(丁寶書)가 펴낸 총서. 5종, 44권, 23책. 광서(光緒) 6년(1880) 탸오시(苕溪) 정씨(丁氏)의 각본. ─ 1926 ⑩ 5.

월화견문(越畵見聞) 청대 도원조(陶元藻)가 지은 3권 3책의 화사(畵史). 1913년 시링인사(西泠印社)에서 목활자로 '둔암금석총서'(遜盦金石叢書)를 인쇄했다. ─ 1915 ③ 11. ④ 28.

웨뒤(越鐸) ─『웨뒤일보』(越鐸日報) 참조.

웨뒤바오(越鐸報) ─『웨뒤일보』(越鐸日報) 참조.

웨뒤일보(越鐸日報) 쑹쯔페이(宋子佩), 왕뒤중(王鐸中) 등이 주관했다. 일기에는『웨뒤』(越鐸),『웨뒤바오』(越鐸報)로도 기록되어 있다. 1912년 1월 3일에 사오싱(紹興)에서 창간되었으며, 1927년 3월에 정간되었다. 루쉰은 이 신문을 위해 발간사를 써 주었다. ─ 1912 ⑧ 7. ⑫ 18, 21, 22, 25, 29. 1913 ① 13, 17, 18, 19, 22, 25, 26, 29. ② 1, 2, 4, 5, 9, 12, 15, 16, 19, 20, 23, 26. ③ 1, 2, 5, 8, 9, 12, 15, 16, 19, 22, 23, 26, 29, 30. ④ 2, 5, 6, 9, 12, 15, 16, 19, 20, 23, 26. ⑤ 5, 6, 7, 8, 9, 10, 11, 12, 13, 14, 15, 16, 17, 18, 19, 20, 21, 22, 23, 24, 26, 27, 28, 29, 31. ⑥ 1, 2, 3, 5, 7, 9, 10, 11, 12, 13, 15, 16, 17, 18, 19. ⑧ 8, 9, 10, 12, 14, 18, 19, 20.

웨이광(微光) 문학 반월간지. 팡시셴(方希賢) 등이 발기하여 1933년 봄에 창간되었으며, 장쑤(江蘇) 하이먼(海門) 창러진(常樂鎭)의 웨이광(微光)반월간사에서 발행했다. 1934년 7월 제2권 제1기부터는 하이먼 스산(師山)일보에서 발행되었다. ─ 1933 ③ 13.

웨이밍(未明) 문학월간지. 웨이밍사(未明社)에서 펴냄(진밍뤄金溟若 책임). 상하이 시대서점에서 발행되었다. 1928년 9월에 창간되어 1기만을 간행했다. —1928 ⑨ 25.

웨이밍(未名) 반월간의 문학지이며, 일기에는 '월간'으로도 오기되어 있다. 『망위안』(莽原)에서 개명했으며, 리지예(李霽野) 등이 엮었다(편자의 서명이 기록되어 있지 않음). 베이징 웨이밍사(未名社) 출판부에서 발행되었다. 1928년 1월 10일에 창간되었으며, 제2권부터 『웨이밍반월간』(未名半月刊)이란 명칭을 사용했다. 1930년 4월 30일 제2권 제9기부터 제12기까지의 합간호를 끝으로 정간되었다. —1928 ③ 2. ⑨ 6. 1929 ① 8. ② 12. 1930 ⑤ 12.

웨이밍 목각선(未名木刻選) 1934년 10월에 웨이밍목각사(未名木刻社)에서 간행되었다. 류셴(劉峴), 황신보(黃新波), 리우청(李霧城) 등이 제작한 목각 13점이 수록되어 있다. —1934 ⑫ 30.

웨이밍집(未明集) 톈젠(田間)의 시집. 1935년 상하이 매월문고사(每月文庫社)에서 출판되었다. —1935 ⑫ 12.

웨이보(微波) 문학 순간지. 베이징대학 웨이보사(微波社) 엮음. 1925년 5월 27일에 창간되었다. —1925 ⑥ 18.

웨펑(越風) 문사(文史) 반월간지. 황핑쑨(黃萍蓀) 엮음. 항저우(杭州) 웨펑사(越風社) 발행. 1935년 10월에 창간되어 1937년 제2권 제1기부터 월간으로 바뀌었으며, 같은 해 4월 제2권 제4기를 끝으로 종간되었다. —1936 ① 30.

위가손전집(魏稼孫全集) 청대 위석증(魏錫曾) 지음. 4종 14책. 광서(光緖) 9년(1883) 광저우(廣州) 각본. —1915 ⑥ 27.

위강수십(葦工州集) 낭내 위응물(韋應物)이 짓고 명대 화운(華雲)이 교주한 별집. 10권, 부록 1권의 2책. 『사부총간』(四部叢刊) 초편은 명본(明本)을 영인했다. —1922 ⑩ 15.

위고(ユゴオ) —『빅토르 위고』(ウィクトル·ユゴオ) 참조.

위대한 10년의 문학(大十年の文學) —『소련문학 10년』(ソヴェート文學の十年) 참조.

위략집본(魏略輯本) 삼국(三國) 위(魏)의 어환(魚豢)이 짓고 장붕일(張鵬一)이 펴낸 역사서. 24권, 부록 1권의 2책. 1924년 산시(陝西) 문헌징집처 각본. —1926 ⑫ 17.

위바오 부간(豫報副刊) 카이펑(開封)의 『위바오』(豫報)에 곁들여 발행된 일간지. 샹페이량(向培良), 뤼치(呂琦) 등이 펴냈다. 1925년 5월 4일에 창간되었다. —1925 ⑦ 2.

위서(魏書) —『이십사사』(二十四史. 백납본百衲本) 참조.

위쓰(語絲) 문학주간지. 쑨푸위안(孫伏園)이 루쉰 등의 지지 아래 1924년 11월 베이징에서 창간하였으나, 1927년 10월 펑톈계(奉天系) 군벌의 단속으로 인해 상하이로 옮겨 출판되었다. 1930년 3월에 제5권 제52기를 끝으로 정간되었다. 베이징에 있었던 기간에 주로 저우쭤런(周作人)이 편집을 담당하다가 1927년 12월 이후 루쉰이 편집을 이어받았으며, 1929년 1월에는 러우스(柔石)가, 그리고 제5권 제26기부터는 리샤오펑(李小峰)이 편집을 이어받았다. 출판과 발행 업무는 시종 리샤오펑이 맡았다. — 1924 ⑪ 15, 16, 19, 21, 24, 30. ⑫ 17. 1925 ① 10. ② 15. ⑤ 1, 3. ⑦ 19, 25. ⑧ 17. ⑩ 13, 28. ⑫ 6, 20. 1926 ① 26. ② 2. ③ 1. ⑥ 21. ⑦ 6, 10. ⑧ 24. ⑨ 8, 16, 18, 24. ⑩ 1, 24. ⑪ 4, 8, 21. ⑫ 27. 1927 ① 3. ④ 28. ⑥ 3. ⑦ 8, 15, 20, 27, 30. ⑧ 1, 5, 7. ⑨ 5, 12, 16, 18, 23, 26. ⑩ 14. ⑪ 4, 11, 21, 29. ⑫ 18, 19, 25. 1928 ① 3, 12. ② 3, 26. ③ 4. ④ 3, 7, 19, 26. ⑤ 10, 17, 18, 26. ⑥ 1, 9, 15, 22, 23. ⑦ 1, 12, 17, 22, 23. ⑧ 9, 19, 24, 29. ⑨ 18, 26. ⑩ 3, 19. ⑪ 26. ⑫ 7, 19, 25. 1929 ① 5, 17, 18. ② 4, 16, 21. ③ 15, 23, 26. ④ 4, 9. ⑩ 26. ⑪ 16, 30. ⑫ 4, 15, 29. 1930 ② 11, 12.

위안칭의 그림(元慶的畵) 타오위안칭(陶元慶) 그림. — 1928 ⑥ 1.

위재집(韋齋集) 송대 주송(朱松)이 지은 12권 3책의 별집. 『사부총간』(四部叢刊) 속편은 원본(元本)을 영인했다. — 1934 ④ 9.

위진남북조통사(魏晉南北朝通史) 오카자키 후미오(岡崎文夫)가 지은 역사서. 쇼와 7년 (1932) 도쿄의 고분도쇼보(弘文堂書房)에서 출판되었다. — 1932 ⑨ 27.

윈난주간(雲南週刊) 윈난(雲南) 쿤밍(昆明)의 진보인사가 간행한 종합적 잡지. 쯔모(梓模)가 이 잡지를 루쉰에게 부쳤다. — 1925 ④ 21.

윈쥐사 연구(雲居寺硏究) — 『팡산 윈쥐사 연구』(房山雲居寺硏究) 참조.

윌리엄 텔 판화(ウヰリアム・テル版畵) — 『슌주자의 2월 상연 레퍼토리 판화 — 윌리엄 텔』 (春秋座二月興行版畵 — ウヰリアム・テル) 참조.

유가사지론(瑜伽師地論) 미륵보살(彌勒菩薩)이 말씀하시고 당대 현장(玄奘)이 번역한 100권 5책의 불교 서적. — 1914 ⑦ 29.

유겐트양식(靑春獨逸派) 원제는 『Jugendstil』. 덴마크의 브라네스(Georg Brandes)가 지은 『19세기 문학의 주조』(十九世紀文學之主潮)의 두 개의 분책을 가리킨다. 지노 쇼쇼(茅野蕭々)가 번역하여 쇼와 8년(1933) 도쿄의 슌주샤(春秋社)에서 출판되었다. '슌주문고'(春秋文庫)본. — 1933 ⑧ 19. ⑨ 21.

유구함소기(流寇陷巢記) 명대 심상(沈常)이 지은 1권 1책의 잡사(雜史). 일기에는 『함소기』(陷巢記)로도 기록되어 있다. 1936년 상하이 탄인루(蟬隱廬)의 석인본(石印本). — 1936 ⑨ 5.

유럽 근대 문예사조론(歐洲近代文藝思潮論) — 『유럽 근대 문예사조론 개론』(歐洲近代文藝思潮論槪論) 참조.

유럽 근대 문예사조론 개론(歐洲近代文藝思潮論槪論) 일기에는 『歐洲近代文藝思潮論』으로 기록되어 있다. 혼마 히사오(本間久雄) 지음. 쇼와 2년(1927) 도쿄의 와세다(早稻田)

대학출판부에서 출판되었다. — 1927 ⑫ 27.

유럽문예사조사(歐洲文藝思潮史) 나토리 다카시(名取堯) 지음. 쇼와 5년(1930) 도쿄의 후로카쿠쇼보(不老閣書房)에서 출판되었다. — 1930 ⑦ 23.

유럽문예의 역사적 전망(歐洲文藝之歷史的展望) — 『유럽문학의 역사적 전망』(歐洲文藝の歷史的展望) 참조.

유럽문학발달사(歐洲文學發達史) 소련의 프리체(В. М. Фриче) 지음. 도노무라 시로(外村史郎)가 번역하여 쇼와 5년(1930) 도쿄의 뎃토쇼인(鐵塔書院)에서 '맑스주의예술사총서'의 하나로 출판되었다. — 1930 ⑫ 31.

유럽문학사(歐洲文學史) 저우쭤런(周作人) 편저. 1919년 상하이 상우인서관(商務印書館)에서 '베이징대학총서'의 하나로 출판되었다. — 1919 ⑦ 9. 1921 ⑦ 7, 8, 30.

유럽문학의 역사적 전망(歐洲文藝の歷史的展望) 일기에는 『歐洲文藝之歷史的展望』으로도 기록되어 있다. 부제는 '단테에서 고리키까지'이다. 다카오키 요조(高沖陽造) 지음. 쇼와 9년(1934) 도쿄의 세와쇼텐(淸和書店)에서 출판되었다. — 1935 ③ 15.

유럽여행일기(歐行日記) 정전둬(鄭振鐸) 지음. 1934년 상하이 량유(良友)도서인쇄공사에서 '량유문학총서'의 하나로 출판되었다. — 1934 ⑪ 3.

유럽의 멸망(歐羅巴の滅亡) 소련의 예렌부르크(И. Г. Эренбург)가 지은 소설. 시나 아키라(椎名曵)가 번역하여 다이쇼 13년(1924) 도쿄의 겐분샤(玄文社)에서 출판된 제3판. — 1927 ⑩ 31.

유럽체류 인상기(滯歐印象記) 혼마 히사오(本間久雄)가 지은 유람기. 쇼와 4년(1929) 도쿄의 도쿄도(東京堂)에서 출판되었다. — 1929 ⑫ 20.

유럽회화 12강(歐洲繪畵十二講) — 『근세유럽회화 12강』(近世歐洲繪畵十二講) 참조.

유로설전(遺老說傳)(규요외권球陽外卷). 류큐(琉球)의 관료이자 역사가인 데이 헤이테쓰(鄭秉哲) 지음. 시마부쿠로 세이빈(島袋盛敏)이 번역하여 쇼와 10년(1935) 도쿄의 가쿠게이샤(學藝社)에서 출판되었다. — 1936 ② 10.

유림외사(儒林外史) 청대 오경재(吳敬梓)가 지은 56회의 소설. — 1926 ② 9.

유림잡설(類林雜說) 금대 왕붕수(王朋壽)가 펴낸 15권 2책의 잡찬(雜纂). 1920년 우싱(吳興) 류씨(劉氏)의 '가업당총서'(嘉業堂叢書)본이다. — 1923 ① 5.

유마힐소설경(維摩詰所說經) 『불가사의해탈경』(不可思議解脫經)이라고도 한다. 후진(後秦) 구마라집(鳩摩羅什)이 번역한 3권의 불교 서적. — 1916 ① 28.

유마힐소설경주(維摩詰所說經注) 10권 2책의 불교 서적. 후진(後秦) 구마라집(鳩摩羅什)이 번역하고 구마라집, 승조(僧肇)와 도생(道生) 세 사람이 설명을 가했다. — 1914 ④ 19.

유만희재석각발(有萬喜齋石刻跋) 청대 부이례(傅以禮)가 짓고 오은(吳隱)이 모은 1권 1책의 금석제발(金石題跋). 1921년 시링인사(西泠印社) 목활자본이며, '둔암금석총서'(遯盦金石叢書)의 하나이다. — 1932 ⑫ 30.

유물론과 변증법의 근본개념(唯物論と辨證法の根本概念) 러시아의 플레하노프 지음. 나가다 히로시(永田廣志)가 번역하여 쇼와 2년(1927) 도쿄의 난소쇼인(南宋書院)에서 출판되었다. — 1928 ② 13.

유물변증법강화(唯物辨證法講話) 나가다 히로시(永田廣志)가 번역하여 쇼와 8년(1933) 도쿄의 하쿠요샤(白揚社)에서 출판되었다. — 1933 ⑪ 12.

유물사관(唯物史觀) 독일의 메링(F. Mehring) 지음. 오카다 소지(岡田宗司)가 번역하여 쇼와 4년(1929) 도쿄의 소분카쿠(叢文閣)에서 출판되었다. — 1929 ⑦ 6.

유물사관서설(唯物史觀序說) 쇼와 5년(1930) 도쿄의 프롤레타리아과학연구소에서 편집·출판되었다. — 1930 ④ 7.

유물사관세계사교정(唯物史觀世界史敎程) 일기에는 『世界史敎程』으로 기록되어 있다. 소련의 보차로프(Бочаров) 등 지음. 하야카와 지로(早川二郎)가 번역하여 쇼와 7년부터 9년(1932~1934)에 걸쳐 도쿄의 하쿠요샤(白揚社)에서 5책으로 출판되었다. — 1933 ② 13. ③ 11. 1934 ⑦ 20.

유물사관 연구(唯物史觀研究) 가와카미 하지메(河上肇) 지음. 다이쇼 15년(1926) 교토의 고분도쇼텐(弘文堂書店) 제30판. — 1929 ③ 19.

유물사관입문(唯物史觀入門) —『역사적 유물론 입문』(歷史底唯物論入門) 참조.

유물사관 해설(唯物史觀解說) 네덜란드의 고르테르(H. Gorter) 지음. 사카이 도시히코(堺利彦)가 번역하여 쇼와 2년(1927) 도쿄의 하쿠요샤(白揚社)에서 출판된 제10판. — 1928 ② 21.

유물적 변증(唯物的辨證) —『변증적 유물론』(辨證的唯物論) 참조.

유물적 역사이론(唯物的歷史理論) —『맑스의 유물적 역사이론』(マルクスの唯物的歷史理論) 참조.

유물주의자 오스카 와일드(唯物主義者オスカア·ワイルド) 일기에는 『オスカア·ワイルド』로 기록되어 있다. 혼마 히사오(本間久雄) 지음. 다이쇼 12년(1923) 도쿄의 슌주샤(春秋社) 3판. '와세다(早稻田)대학문학소총서'의 하나. — 1930 ③ 31.

유불위재수필(有不爲齋隨筆) 청대 광총해(光聰諧)가 지은 10권 2책의 잡기. 광서(光緖) 14년(1888) 쑤저우(蘇州) 번서각본(藩署刻本). — 1926 ⑫ 17.

유빙(流氷) 소련의 시선(詩選). 화스(畵室, 펑쉐펑馮雪峰)가 번역하여 1929년 상하이 수이모(水沫)서점에서 출판되었다. — 1929 ③ 28.

유사대간(流沙隊簡) ─ 『유사추간』(流沙墜簡) 참조.

유사 이전의 인류(有史以前の人類) 미국의 모건(L. H. Morgan) 지음. 나리타 시게오(成田
重郎)가 번역하여 쇼와(昭和) 8년(1933) 도쿄의 도쿄도(東京堂)에서 출판되었다. ─
1933 ⑪ 5.

유사추간(流沙墜簡) 뤄전위(羅振玉)가 펴낸 고고학 서적. 3권, 고석(考釋) 3권, 보유(補遺) 1
권, 부록 1권, 도표 1권의 3책. 일기에는 『유사대간』(流沙隊簡)으로도 기록되어 있다.
1914년 상위(上虞) 뤄씨(羅氏)의 신한루(宸翰樓) 영인본. ─ 1915 ⑨ 12, 14, 30.

유선굴(遊仙窟) 당대 장작(張鷟)이 지은 전기(傳奇). 중국 내에는 이미 전해지지 않는다.
1922년 2월 17일자의 일기에 기록된 『유선굴초』(遊仙窟抄)는 일본에 전해진 겐로쿠
본(元祿本)의 번각본(翻刻本)(책 속에 일본어 주석과 삽화가 있다)이다. 1926년에 장팅
첸(章廷謙, 필명은 촨다오/川島)은 이 판본을 근거로 교점을 보았으며, 루쉰은 서문을 써
주었다. 1929년 상하이 베이신(北新)서국에서 출판되었다. ─ 1922 ② 17. 1926 ②
19. 1927 ⑦ 8. 1928 ⑨ 25. 1929 ② 25. ③ 29, 31.

유선굴초(遊仙窟抄) ─ 『유선굴』(遊仙窟) 참조.

유설(類說) 송대 증조(曾慥)가 펴낸 60권의 잡찬(雜纂). ─ 1914 ⑫ 7. 1915 ② 9. ③ 4.

유시(遺詩) ─ 『여정유시』(邸亭遺詩) 참조.

유씨유서(劉氏遺書) 청대 유태공(劉鼎拱)이 지은 총서. 8종, 8권의 2책. 광서(光緒) 15년
(1889)의 '광아서국총서'(廣雅書局叢書)본. ─ 1927 ⑨ 16.

유완러우총서(又滿樓叢書) 16종 8책. 자오이천(趙詒琛) 펴냄. 1925년에 쿤산(昆山) 자오씨
(趙氏)의 유원리우(又滿樓) 각본. 1926 ⑩ 5.

유우록(愈愚錄) 청대 유보남(劉寶楠)이 지은 6권 2책의 잡찬(雜纂). 광서(光緒) 15년(1889)
'광아(廣雅)서국총서'본. ─ 1927 ⑨ 16.

유웅비(劉雄碑) ─ 『한유웅비』(漢劉雄碑) 참조.

유일자와 그의 소유(自我經) 『Der Einzige und sein Eigentum』을 가리킨다. 독일의 슈
티르너(M. Stirner)가 지은 철학서. 쓰지 준(辻潤)이 번역하여 다이쇼 14년(1925) 도
쿄의 가이조샤(改造社)에서 출판된 개정본 6판. ─ 1927 ⑫ 19.

유중월간(友中月刊) 산터우(汕頭)사립 유롄(友聯)중학에서 출판되었다. ─ 1927 ⑤ 20.

유학경오(儒學警悟) 송대 유정손(兪鼎孫), 유경(兪經)이 펴낸 총서. 7집, 6종, 41권의 10책.
1924년 우진(武進) 도씨(陶氏)가 명대 왕량동(王良棟)의 초본에 근거하여 중각(重刻)
했다. ─ 1926 ⑧ 19.

유학당문고(幼學堂文稿) 청대 심흠한(沈欽韓)이 지은 1권 1책의 별집. '광아서국총서'본이
다. ─ 1927 ⑨ 16.

육례재의서(六醴齋醫書) 청대 오영배(吳永培)가 교석한 10종 20책의 의서(醫書). 광서(光緒) 17년(1891) 광저우(廣州) 장수당(藏修堂) 각본.—1927 ② 2, 12, 17.

육방옹전집(陸放翁全集) 송대 육유(陸游)가 지은 157권 36책의 별집. 문집과 시집『검남시고』(劍南詩稿) 및『남당서』(南唐書)를 포함하고 있다. 명대 모씨(毛氏) 급고각본(汲古閣本)이다.—1914 ① 3. 1915 ① 3, 6.

육사룡집(陸士龍集) 진대(晉代) 육운(陸雲)이 지은 10권 4책의 별집. 명대 천계(天啓) 6년(1626) 왕사현(汪士賢) 교각본(校刻本).—1915 ⑨ 5.

육서해례(六書解例) 마쉬룬(馬敘倫)이 지은 1책의 문자학 서적. 1931년 상하이 상우인서관(商務印書館) 석인본(石印本).—1932 ⑨ 24.

육신주문선(六臣注文選) 일기에는『문선』(文選)으로도 기록되어 있다. 60권의 합집. 남조(南朝) 양(梁)의 소통(蕭統)이 골라 엮었으며, 당대의 이선(李善), 여연제(呂延濟), 유량(劉良), 장선(張銑), 여향(呂向), 이주한(李周翰)이 주석을 붙였다.『사부총간』(四部叢刊) 초편은 송대 간본을 영인했다.—1924 ⑥ 13. 1931 ⑪ 13, 16.

육십종곡(六十種曲) 명대 모진(毛晉)이 펴낸 12집 80책의 희곡 총집.—1913 ⑦ 13. 1921 ④ 7.

육예강목(六藝綱目) 원대 서천민(舒天民)이 짓고 서공(舒恭)이 주석을 붙이고 명대 조의중(趙宜中)이 설명을 덧붙인 유가 서적. 2권 2책. 광서(光緒) 7년(1881) 왕씨(汪氏) 주서치(籀書邨)에서 둥우(東武) 류씨(劉氏)의 각본을 영인한 것이다.—1913 ③ 1.

육조단경·신회선사어록(六祖壇經·神會禪師語錄)(합각合刻) 스즈키 데이타로(鈴木貞太郎, 스즈키 다이세쓰鈴木大拙)가 엮은 불교서적. 쇼와 9년(1934) 교토의 모리에쇼텐(森江書店)에서 간행되었다. 육조(六祖)는 당대(唐代) 선종의 실제 창시자인 혜능(慧能, 638~713)이고, 신회(神會, 668?~760)는 당대 선종의 고승이다.—1934 ⑤ 10.

육조문혈(六朝文絜) 청대 허련(許槤)이 펴낸 4권 2책의 합집. 광서(光緒) 3년(1877) 독유용서재(讀有用書齋)의 각본.—1935 ① 31.

육조시대의 예술(六朝時代の藝術) 우메자와 와켄(梅澤和軒) 지음. 쇼와 2년(1927) 도쿄 아르스샤(ARS社) 제5판. '아르스미술총서'의 하나.—1927 ⑪ 18.

육조인수서좌전(六朝人手書左傳)『육조인서좌씨전』(六朝人書左氏傳)의 오기이다. 청대 양수경(楊守敬)이 펴낸 1책의 서법서. 선통(宣統) 연간의 상하이 유정(有正)서국 석인본(石印本).—1914 ① 18.

육조입일가집(六朝廿一家集)(왕각汪刻)『한위이십일명가집』(漢魏二十一名家集)을 가리킨다. 명대 만력(萬曆) 11년(1583) 왕사현(汪士賢) 교각본(校刻本).—1916 ③ 12.

윤곽도안 1000집(輪郭圖案一千集) 다카하시 하루요시(高橋春佳) 그림. 도안연구회 엮음.

다이쇼 15년(1926) 오사카(大阪)에서 출판되었다.—1929 ③ 19.

윤문자(尹文子) 주대(周代)의 윤문(尹文)이 지은 명가 서적. 일기에 기록된 판본은 두 가지이다. 하나는 상하이 중궈서점이 청대의 엄가균(嚴可均)이 교석한 장본에 근거하여 상하이 중궈서점에서 찍어 낸 2권 1책의 활판본, 다른 하나는 명대의 송간본(宋刊本) 각본을 영인한 1권 1책의『사부총간』(四部叢刊) 초편이다.—1926 ① 12. 1927 ⑦ 26.

윤씨소학대전(尹氏小學大全) 일기에는『소학대전』(小學大全)으로 기록되어 있다. 청대 윤가전(尹嘉銓)이 지은 10권 5책의 유가 서적.『소학』(小學, 남송南宋 주회朱熹 펴냄) 6권, 『고증』(考證),『석문』(釋文) 1권,『혹문』(或問) 1권,『후편』(後編) 2권이 수록되어 있다. 1917년 쑤저우(蘇州) 장시궁(張錫恭)이 이교당본(貽敎堂本)에 근거하여 찍어 낸 중교각본(重校刻本)이다.—1934 ⑥ 15.

은계습유(殷契拾遺) 천방화이(陳邦懷)가 펴낸 1책의 금석문자학 서적. 1927년에 영인했다.—1928 ⑥ 10.

은모래 해변(銀砂の汀)—『고지 화보』(虹兒畫譜) 참조.

은문존(殷文存) 뤄전위(羅振玉)가 펴낸 2권 1책의 금석문자학 서적.—1918 ② 10. ④ 10.

은상정복문자고(殷商貞卜文字考) 뤄전위(羅振玉)가 펴낸 1권 1책의 문자학 서적.—1917 ① 28.

은어자전(かくし言葉の字引) 번역명이『은어자전』(隱語字典). 미야모토 고겐(宮本光玄)이 엮은 사전. 쇼와(昭和) 4년(1929) 도쿄의 세이분도(誠文堂)에서 출판되었다.—1929 ⑪ 21.

은주청동기명문연구(殷周青銅器銘文研究) 궈모뤄(郭沫若)가 지은 2책의 금석문자학 서적. 1931년 상하이 다둥(大東)서국에서 영인했다.—1932 ⑩ 27.

은허문자유편(殷墟文字類編) 뤄전위(羅振玉)가 편찬하고 상청쭤(商承祚)가 분류·정리한 문자학 서적. 일기에는『은허서계유편』(殷墟書契類編)으로도 기록되어 있다. 14권, 부록『은허서계대문편』(殷墟書契待問編) 13권,『은허서계고석』(殷墟書契考釋) 1권. 1923년 간본.—1928 ⑦ 19.

은허복사(殷墟卜辭) 금석문자학 서적이며, 나머지는 확실치 않음. 현재 베이징대학 도서관에 소장되어 있는『은허복사』는 2편 1책, 27쪽이다. 수탁본(手拓本)이며 탁본자는 미상.—1918 ⑦ 31. ⑨ 21.

은허서계고석(殷墟書契考釋) 뤄전위(羅振玉)가 펴낸 1책의 문자학 서적. 1914년 석인본(石印本).—1918 ① 4.

은허서계대문편(殷墟書契待問編) 뤄전위(羅振玉)가 펴낸 1권 1책의 문자학 서적.—1918

① 4.

은허서계유편(殷墟書契類編) ─『은허문자유편』(殷墟文字類編) 참조.

은허서계정화(殷墟書契菁華) 뤄전위(羅振玉)가 펴낸 1책의 금석문자학 서적. 1914년 영인
본. ─1918 ⑨ 21.

은허 출토 백색토기 연구(殷墟出土白色土器の硏究) 우메하라 스에지(梅原末治)가 지은 고고
학 서적. 쇼와 7년(1932) 교토의 동방문화학원 교토연구소에서 '동방문화학원 교토
연구소 연구보고' 제1책으로 출판되었다. ─1934 ① 24.

음류재설자(飮流齋說瓷) 쉬즈헝(許之衡)이 지은 2권 2책의 공예서. 베이징 중화서국 활판
본이다. ─1916 ① 19. 1917 ⑩ 26.

음부·도덕·충허·남화 4경발은(陰符·道德·冲虛·南華四經發隱) 청대 양문회(楊文會)가 설
명을 가한 도가 서적. 각 1권이며, 1책으로 합쳤다. ─1914 ⑧ 23.

음부 등 4경발은(陰符等四經發隱) ─『음부·도덕·충허·남화 4경발은』(陰符·道德·冲虛·
南華四經發隱) 참조.

음선정요(飮膳正要) 원대 화사휘(和斯輝)가 지은 3권 3책의 음식요리 서적.『사부총간』(四
部叢刊) 속편은 명대 경태(景泰) 연간의 각본을 영인했다. ─1934 ② 3. 1935 ① 10,
11.

음편(音篇) ─『문자학음편』(文子學音篇).

응용도안 500집(應用圖案五百集) 다카하시 하루요시(高橋春佳) 수집. 도안연구회(圖案硏究
會) 편찬. 다이쇼 11년(1922) 오사카(大阪)에서 출판되었다. ─1929 ⑤ 8.

의년록휘편(疑年錄彙編) 장웨이샹(張惟驤)이 편찬한 전기류(傳記類). 16권, 분운인표(分韻
人表) 부록 1권의 8책. 1925년 우진(武進) 장씨(張氏)의 '소쌍적암총서'(小雙寂庵叢書)
본. ─1932 ④ 3.

의례소(儀禮疏) 50권(32권부터 37권까지는 결락됨) 8책의 유가 서적. 한대 정현(鄭玄)이 주
석을 가했고, 당대 가공언(賈公彦) 등이 주석에 설명을 덧붙였다.『사부총간』(四部叢
刊) 속편은 송대 각본을 영인했다. ─1934 ⑪ 17.

의록당금석기(宜祿堂金石記) 6권 28책의 금석제발집(金石題跋集). 청대 주사단(朱士端)이
편찬하고 오은(吳隱)이 모음. 1920년 시링인사(西泠印社)의 '둔암금석총서'(遯盦金石
叢書)본. ─1922 ② 2.

의림(意林) 당대 마총(馬總)이 지은 5권의 잡찬(雜纂). ─1913 ④ 6.

의사의 기록(醫者の記錄) 소련의 베레사예프(В. В. Вересаев) 지음. 후쿠로 잇페이(袋一平)
가 번역하여 쇼와(昭和) 2년(1927) 도쿄의 난소쇼인(南宋書院)에서 출판되었다. ─
1927 ⑫ 5.

의학연초고(醫學煙草考) 우가타 다메키치(宇賀田爲吉) 지음. 쇼와 9년(1934) 도쿄의 료쇼카쿠(隆章閣)에서 출판되었다. —1935 ③ 8.

의학의 승리(醫學的勝利) 프랑스의 쥘 로맹(J. Romains)이 지은 극본. 리례원(黎烈文)이 번역하여 1933년 상하이 상우인서관(商務印書館)에서 출판되었다. —1933 ⑫ 24.

의학주간집(醫學週刊集) 베이징 『세계일보』(世界日報)의 부간 『의학주간』(醫學週刊)의 앞 50기(1926년 8월부터 1927년 7월까지)의 합집. 베이징 병인(丙寅)의학사에서 엮었다. —1928 ⑦ 27.

이견지(夷堅志) 송대 홍매(洪邁)가 지은 필기. 일기에 기록된 판본은 두 가지이다. 하나는 선통(宣統) 3년(1911) 상하이 리광사(藜光社)의 석인본(石印本. 50권 16책)이고, 다른 하나는 상하이 상우인서관(商務印書館)이 송명대의 초본 및 명 각본에 근거하여 찍어 낸 활판본(206권 20책)이다. —1923 ③ 23. 1927 ⑩ 11.

이란당총서(怡蘭堂叢書) 9종 10책, 당홍학(唐鴻學) 지음. 1922년 다관(大關) 당씨(唐氏)의 청두(成都)각본이다. —1935 ① 20.

이론예술학개론(理論藝術學槪論) 헝가리의 마차(I. Matsa) 지음. 도노무라 시로(外村史郞)가 번역하여 쇼와 6년(1931) 도쿄의 뎃토쇼인(鐵塔書院)에서 출판되었다. —1931 ⑨ 26.

이룡면구가도(李龍眠九歌圖) —『송이룡면백묘구가도』(宋李龍眠白描九歌圖) 참조.

이룡면구가도책(李龍眠九歌圖冊) —『이룡면구가인물책』(李龍眠九歌人物冊) 참조.

이룡면구가인물책(李龍眠九歌人物冊) 송대 이공린(李公麟)이 그린 1책의 그림책. 일기에는 『이룡면구가도책』(李龍眠九歌圖冊)으로 기록되어 있다. 1928년 상하이 문명서국 영인본. —1932 ⑧ 2.

이룡면백묘구가도(李龍眠白描九歌圖) —『송이룡면백묘구가도』(宋李龍眠白描九歌圖) 참조.

이민문학(移民文學) 덴마크의 브라네스(Grorg Brandes)가 지은 『19세기 문학의 주조』(十九世紀文學之主潮)의 하나의 분책. 스이타 준스케(吹田順助)가 번역하여 쇼와(昭和) 8년(1933) 도쿄의 슌주샤(春秋社)에서 '슌주문고'의 하나로 출판되었다. —1933 ⑧ 19.

이반 메스트로비치(イヴァン·メストロウィチ) 스와 모리노스케(諏訪森之助)가 지은 전기. 다이쇼 15년(1926) 도쿄의 고요샤(洪洋社)에서 출판되었다. 이반 메스트로비치(I. Mĕstrović, 1883~1962)는 남슬라브의 조각가이다. —1929 ④ 26.

이백사십효도(二百冊孝圖) 청대 호문병(胡文炳)의 작품. 광서(光緖) 연간의 난석재(蘭石齋)의 각본(刻本)으로 4책이다. —1927 ⑥ 11.

이브의 일기(夏娃日記) 미국의 마크 트웨인(Mark Twain)이 지은 소설. 리란(李蘭)이 번역하고 루쉰이 교열하여 1931년 상하이 후펑(湖風)서국에서 '세계문학명저'의 하나로 출판되었다. ― 1931 ⑦ 20. ⑩ 22. ⑫ 5, 6.

이상성욕의 분석(異常性慾の分析) 오스트리아의 프로이트(S. Freud) 지음. 하야시 다카시(林髞), 고누마 마스오(小沼十寸穗)가 번역하여 쇼와 8년(1933) 도쿄의 아르스샤(アルス社)에서 '프로이트정신분석대계'의 하나로 출판되었다. ― 1933 ⑫ 22.

이상은시(李商隱詩) 당대 이상은(李商隱)이 지은 2책의 별집. ― 1914 ① 13.

이상향(理想鄕) 폴란드의 시엔키에비치(Henryk Sienkiewicz) 지음. 오카다 지쓰마로(岡田実麿)가 번역하여 다이쇼 2년(1913) 도쿄의 호쿠분칸(北文館)에서 '세계단편걸작총서'의 하나로 발행되었다. ― 1914 ⑧ 9.

이소도(離騷圖)(2종) 『진소이가회이소도』(陳蕭二家繪離騷圖)를 가리킨다. 청대 진홍수(陳洪綬)와 소운종(蕭雲從)이 그린 5권 4책의 그림책. 1924년 탄인루(蟬隱廬) 영인본이다. ― 1926 ⑩ 5.

이소도경(離騷圖經) 청대 소운종(蕭雲從)이 그리고 탕복(湯復)이 새긴 2책의 그림책. 일기에는 『영인소운종이소도』(影印蕭雲從離騷圖)로 기록되어 있다. 섭원(涉園)의 영인본이다. ― 1932 ④ 3.

이솝우언(伊索寓言)(화본畫本) ― 원제는 『*Aesop's Fables*』. 고대 그리스의 이솝(Aisopos) 지음. 영국의 트레리(Ph. A. Trery) 삽화. 런던의 옥스퍼드대학출판부(Oxford Univ. Press)에서 출판되었다. ― 1928 ⑫ 24.

이솝우화 그림이야기(伊曾保繪物語) 또는 『도판 이솝우화』. 일기에는 『伊蘇普物語圖』, 『伊蘇普物語木刻圖』로도 기록되어 있다. 가와카미 스미오(川上澄生) 그림. 쇼와 6년(1931) 요코하마(橫濱)의 이지초인샤(以土帖印社)에서 출판한 3첩의 목판화본. ― 1931 ① 31. ③ 3, 17.

이솝우화 목판화도(伊蘇普物語木刻圖) ― 『이솝우화 그림이야기』(伊曾保繪物語) 참조.

이슬비(微雨) 리진파(李金髮)의 시집. 1925년에 베이징 신조사(新潮社)에서 '신조사 문예총서'의 하나로 출판되었다. ― 1925 ⑫ 21.

이식록(耳食錄) 청대 낙균(樂鈞)이 지은 잡기. 초편 12권, 2편 8권, 총 8책이다. 동치(同治) 7년(1868) 중각본(重刻本). ― 1923 ⑪ 20.

이심집(二心集) 루쉰의 잡문집. 1932년에 상하이 허중(合衆)서점에서 출판되었다. ― 1932 ④ 26. ⑧ 23. 1933 ① 10. ③ 14. 1936 ⑨ 17.

29년도 세계예술사진연감(二九年度世界藝術寫眞年鑑) ― 『*Photograms of the year*』 참조.

이십사사(二十四史) 1930년부터 1937년에 걸쳐 상하이의 상우인서관(商務印書館)에서 각 사서(史書)의 비교적 이른 시기의 판본을 모아 영인한 『이십사사』를 가리킨다. 수록된 역사서는 다음과 같다. 『사기』(史記. 130권, 한 사마천司馬遷 지음), 『한서』(漢書. 100권, 동한 반고班固 지음), 『후한서』(後漢書. 120권, 남조 송宋 범엽范曄 지음), 『삼국지』(三國志. 65권, 진晉 진수陳壽 지음), 『진서』(晉書. 130권, 당 방현령房玄齡 지음), 『송서』(宋書. 100권, 양梁 심약沈約 지음), 『남제서』(南齊書. 59권, 양梁 소자현蕭子顯 지음), 『양서』(梁書. 56권, 당 요사렴姚思廉 지음), 『진서』(陳書. 36권, 당 요사렴 지음), 『위서』(魏書. 114권, 북제北齊 위수魏收 지음), 『북제서』(北齊書. 50권, 당 이백약李百藥 지음), 『주서』(周書. 50권, 당 영호덕분令狐德棻 지음), 『수서』(隋書. 85권, 당 위징魏徵 등 지음), 『남사』(南史. 80권, 당 이연수李延壽 지음), 『북사』(北史. 100권, 당 이연수 지음), 『구당서』(舊唐書. 200권, 후진後晉 유후劉昫 등 지음), 『당서』(唐書. 225권, 송 구양수歐陽修 등 지음), 『구오대사』(舊五代史. 150권, 송 설거정薛居正 지음), 『오대사기』(五代史記. 74권, 송 구양수 등 지음), 『송사』(宋史. 496권, 원 탈탈脫脫 등 지음), 『요사』(遼史. 116권, 원 탈탈 등 지음), 『금사』(金史. 135권, 원 탈탈 등 지음), 『원사』(元史. 210권, 명 송렴宋濂 등 지음), 『명사』(明史. 332권, 청 장정옥張廷玉 등 지음). ― 1929 ⑫ 26. 1930 ⑧ 26, 31. 1931 ⑧ 31. 1934 ① 9. ⑫ 31. 1935 ⑫ 30.

이십사효도이종(二十四孝圖二種) ― 『전후남녀이십사효제도설』(前後男女二十四孝悌圖說) 참조.

20세기 문학의 주조(十九世紀文學之主潮) 일기에는 『二十世紀文學之主潮』로 적혀 있다. 덴마크의 브라네스(Georg Brandes) 지음. 여기에서는 '유겐트양식'(Jugendstil)을 가리킨다.

20세기 유럽 문학(二十世紀の歐洲文學) 소련의 프리체(Владимир Максимович Фриче, 1870~1927) 지음. 구마자와 마타로쿠(熊澤復六)가 번역하여 쇼와 6년(1931) 도쿄의 뎃토쇼인(鐵塔書院)에서 '맑스주의예술사총서'의 하나로 출판되었다. ― 1931 ⑩ 29.

20세기 유럽 문학(二十世紀的歐洲文學) 소련의 프리체가 저술하였다. 루쉰이 번역하여 1933년에 상하이 신생명(新生命)서국에서 출판했다. ― 1933 ③ 7.

20세기 회화대관(二十世紀繪畵大觀) 도야마 우사부로(外山卯三郎)가 엮어 쇼와 5년(1930) 도쿄 긴세이도(金星堂)에서 출판되었다. ― 1931 ① 5.

이십오사(二十五史) 이십오사간행위원회 엮음. 5책 및 인명색인 1책의 부록. 1935년에 상하이 카이밍(開明)서점에서 영인했다. 『이십오사』는 『이십사사』(二十四史)에 청말의 커사오민(柯劭忞)이 지은 『신원사』(新元史)를 더한 것이다. ― 1935 ⑫ 21.

이십오사보편(二十五史補編) 이십오사간행위원회 엮음. 4책. 송원 이래 『이십오사』(二十五史)를 증보하고 고증·해석한 245종을 수록했다. 1936년부터 1937년에 걸쳐 상하이 카이밍서점에서 영인했다. ― 1935 ⑥ 6.

이씨간오(李氏刊誤) 당대 이부(李涪)가 짓고 명대 호문환(胡文煥)이 교열한 2권 1책의 잡고(雜考). 명대 각본.—1928 ⑥ 10.

이아보곽(爾雅補郭) 청대 적호(翟灝)가 지은 2권의 훈고학 서적. 루쉰이 덧붙여 쓴 필적은 남아 있지 않다.—1916 ① 4.

이아소(爾雅疏) 남조(南朝) 송(宋)의 형병(邢昺)이 설명을 덧붙인 10권의 훈고학 서적.—1934 ⑤ 21.

이아음도(爾雅音圖) 후진(後晉) 관소예(毌昭裔)가 발음을 표시하고 청대 요지린(姚之麟)이 그림을 그린 3권 3책의 훈고학 서적.—1916 ⑦ 13.

이아익(爾雅翼) 송대 나원(羅願)이 지은 32권 6책의 훈고학 서적. 명대 천계(天啓) 6년(1626)의 각본이다.—1913 ② 2. ③ 13.

이아정의(爾雅正義) 진대(晉代) 곽박(郭璞)이 설명을 가하고 청대 소진함(邵晉涵)이 다시 설명을 덧붙인 20권 10책의 훈고학 서적.—1914 ⑫ 20.

이와나미문고(岩波文庫) 일본 도쿄의 이와나미쇼텐(岩波書店)에서 출판한 종합성 총서.
—1928 ① 16. ⑤ 7, 11. ⑦ 12. ⑪ 15. 1929 ⑥ 16. ⑦ 6. ⑫ 10. 1930 ① 25. 1931 ⑨ 5.
1932 ④ 28. 1935 ③ 1. ⑤ 6. ⑥ 20. ⑦ 26.

이와나미문고 · 생리학(岩波文庫 · 生理學) —『생리학』(生理學) 참조.

이와나미전서(岩波全書) 일본 도쿄의 이와나미쇼텐(岩波書店)에서 출판한 자연과학 및 사회과학 총서.—1934 ① 20. 1935 ⑤ 6. ⑥ 4, 24.

이와나미전서 · 생리학(岩波全書 · 生理學) —『생리학』(生理學) 참조.

2월(二月) 러우스(柔石)가 지은 소설이며, 루쉰이 서문을 썼다. 1929년에 상하이 춘조(春潮)서국에서 출판되었다.—1929 ⑧ 20. ⑩ 5. 1930 ① 25, 27.

이위공회창일품집(李衛公會昌一品集) 당대 이덕유(李德裕)가 지은 20권 6책의 별집. 광서(光緖) 5년(1879) 딩저우(定州) 왕씨(王氏)의 겸덕당(謙德堂)에서 간행된 '기보총서'(畿輔叢書)본이다.—1912 ⑥ 9.

이의산시문집전주(李義山詩文集箋注) 당대 이상은(李商隱)이 짓고 청대 풍호(馮浩)가 설명을 가한 별집. 11권, 권수(卷首) 1권의 12책. 일기에는『옥계생시』(玉谿生詩) 및『번남문집전주』(樊南文集箋注),『풍호주옥계생시문집』(馮浩注玉谿生詩文集)으로 기록되어 있다. 건륭(乾隆) 45년(1780) 각본.—1932 ④ 4.

이이곡집(李二曲集) —『관중이이곡선생전집』(關中李二曲先生全集) 참조.

이이집(而已集) 루쉰의 잡문집. 1928년 상하이 베이신(北新)서국 출판.—1928 ⑪ 26, 29.
⑫ 25. 1929 ① 10. 1931 ② 15.

이이창화집(二李唱和集) 일기에는『이이창화집』(二李倡和集)으로도 기록되어 있다. 합집

(合集)이며, 송대 이방(李昉)과 이지(李至)가 지었다.―1914 ② 1. 1915 ④ 16.

이장길가시(李長吉歌詩) 당대 이하(李賀)가 지은 3책의 별집.―1921 ⑤ 17.

이장길집(李長吉集) 당대 이하(李賀)가 지은 별집. 4권, 외집 1권의 2책. 청대 환순요(黃淳
耀)가 평하고 여간(黎簡)이 비어와 권점을 가했다. 광서(光緒) 18년(1892) 광저우(廣
州) 섭씨(葉氏) 각본이다.―1936 ① 21.

이지재감구시(頤志齋感舊詩) 청대 정안(丁晏)이 지은 1권 1책의 별집.―1918 ② 2.

이지재사보(頤志齋四譜) 청대 정안(丁晏)이 편찬한 4종 1책의 전기(傳記). 도광(道光) 17년
(1837) 산양(山陽) 정안(丁晏) 각본.―1932 ③ 30.

이추화집(以俅畫集) 량이추(梁以俅)가 그린 그림책. 1933년 베이핑 성운당(星雲堂)서점의
영인본이다.―1934 ① 10.

이치류사이 히로시게(一立齋廣重) 노구치 요네지로(野口米次郎) 지음. 쇼와 8년(1933) 도
쿄의 세이분도(誠文堂)에서 출판되었다. 6대 우키요에시(浮世繪師)의 결정판. 이치류
사이 히로시게(一立齋廣重)는 우타가와 히로시게(歌川廣重, 1785~1858)로 6대 우키
요에시의 한 사람이다.―1933 ④ 30.

이쿠분도 독일대역총서(郁文堂獨和對譯叢書) 도쿄의 이쿠분도쇼텐(郁文堂書店)에서 출판
되었다. 루쉰이 구입한 것은 3권이며,『독일현대시인선』(獨逸現代詩人選),『독일근대
명시선』(獨逸近代名詩選),『Storm소품집』(シュトルム小品集)이다.―1929 ④ 15.

이탈리아 르네상스의 미술(伊太利ルネサンスの美術) 영국의 시먼즈(J. A. Symonds) 지음.
시로사키 쇼조(城崎祥藏)가 번역하여 쇼와 3년(1928) 도쿄의 슌주샤(春秋社)에서 출
판되었다.―1929 ⑦ 26.

이태백집(李太白集) 당대 이백(李白)이 지은 30권 4책의 별집. 루쉰의 현존하는 장서는
광서(光緒) 원년(1875) 후베이(湖北) 숭문(崇文)서국 각본 일부이다.― 1912 ⑤ 25.
1933 ② 2.

이토(伊覩) 일기에는『伊睹』로 기록되어 있다. 일본의 후쿠오카현(福岡縣) 이토시마(糸島)
중학교에서 간행되었다. 가토 미에지(加藤三重次) 엮음. 후쿠오카현 이토시마중학교
의 동창회 발행. 여기에 이 학교 교우인 가마다 세이이치(鎌田誠一)를 기념하는 글이
실려 있다.―1936 ③ 18.

이트라공화국(伊特勒共和國) 소련 라브레뇨프(Б. А. Лавренёв)가 지은 소설. 쉬마오융(徐懋
庸)이 번역하여 1935년 상하이 생활서점에서 출판되었다.―1935 ⑨ 3.

이한림집(李翰林集) 당대 이백(李白)이 지은 30권 6책의 별집. 청대 광서(光緒) 32년(1906)
오은(吳隱)의 영송각본(影宋刻本).―1913 ⑥ 22.

이행(移行) 장톈이(張天翼)의 소설집. 1934년 상하이 량유(良友)도서인쇄공사에서 출판되

었다. ─ 1934 ⑫ 16.

이혼(離婚) 라오서(老舍)가 지은 소설. 1933년 상하이 량유(良友)도서인쇄공사에서 '량유
　문학총서'의 하나로 출판되었다. ─ 1933 ⑩ 3.

이회림서절교서(李懷琳書絶交書) ─『당이회림초서절교서유소구본』(唐李懷琳草書絶交書
　油素鉤本) 참조.

익살의 정신분석(洒落の精神分析) 오스트리아의 프로이트(Sigmund Freud) 지음. 마사키
　후조큐(正木不如丘)가 번역하여 쇼와 5년(1930) 도쿄의 아르스샤(アルス社)에서 '프
　로이트정신분석대계'의 하나로 출판되었다. ─ 1930 ⑥ 6.

익아당총서(益雅堂叢書) 청대 부사순(傅士洵) 펴냄. 4집, 25종의 20책. 광서(光緖) 3년
　(1877)부터 광서 9년(1883)에 걸친 각본. ─ 1927 ⑧ 13.

익지도(益智圖) 청대 동엽경(童葉庚) 등이 만든 잡기서(雜技書). 2권, 부록『익지속도』(益智
　續圖)와『익지자도』(益智字圖) 각 1권의 4책. 광서(光緖) 4년(1878) 각본이다. ─ 1931
　④ 20.

익지도천자문(益智圖千字文) 청대 동엽경(童葉庚)이 만든 8책의 잡기서(雜技書). 1923년
　상하이 상우인서관(商務印書館) 석인본(石印本). ─ 1931 ④ 22.

익지연궤도(益智燕几圖) 청대 동엽경(童葉庚)이 만든 2책의 잡기서(雜技書). 일기에는『연
　궤도』(燕几圖)로 기록되어 있다. 광서(光緖) 15년(1889) 항저우(杭州) 임씨(任氏)의
　주묵투인본(硃墨套印本). ─ 1931 ④ 20.

인간세(人間世) 소품문 반월간. 린위탕(林語堂)이 주편하고 타오캉더(陶亢德), 쉬쉬(徐訏)
　가 편집했다. 상하이 량유도서인쇄공사에서 발행했으며, 1934년 4월에 창간되었다
　가 1935년 12월 제42기를 끝으로 정간되었다. ─ 1934 ④ 7. ⑥ 3.

인간의 몸(Der Körper des Menschen) ─『Der Körper des Menschen in der Geschichte
　der Kunst』참조.

인간의 생활(人間的生活) 무샤노코지 사네아쓰(武者小路實篤)가 지은 소설. 마오융탕(毛咏
　棠)과 리쭝우(李宗武)가 공역하고, 루쉰이 교열했다. 1922년 상하이 중화서국에서 출
　판되었다. ─ 1921 ⑤ 31. ⑦ 8.

인대고사(麟臺故事) 송대 정구(程俱)가 지은 5권 1책의 정론서(政論書). 4권과 5권이 빠져
　있다.『사부총간』(四部叢刊) 속편은 명대의 영송초본(影宋抄本)을 영인했다. ─ 1934
　⑧ 11.

인류를 위하여(人類の爲めに) 러시아의 예로센코가 지은 동화. 다이쇼 13년(1924) 도쿄 간
　코샤(刊行社)에서 출판되었다. ─ 1924 ⑩ 19.

인류학과 인종학상에서 본 동북아시아(人類學及人種學上ヨリ見タル北東亞細亞) 도리이 류

조(鳥居龍藏)가 지은 고고학 서적. 다이쇼 13년(1924) 도쿄 오카쇼인(岡書院) 재판본.
─1924 ⑫ 13.

인류협동사(人類協同史) 니시무라 신지(西村眞次)가 지은 역사서. 쇼와(昭和) 5년(1930) 도쿄의 슌주샤(春秋社)에서 출판되었다. ─1930 ⑤ 23.

인명론소(因明論疏) ─『인명입정이론소』(因明入正理論疏) 참조.

인명입정이론소(因明入正理論疏) 당대 규기(窺基)가 지은 8권 2책의 불교 서적. ─1915 ① 10.

인물지(人物志) 삼국(三國)시대 위(魏)의 유소(劉劭)가 지은 3권 1책의 잡설. 북위(北魏)의 유병(劉昞)이 설명을 가했다. 『사부총간』(四部叢刊) 초편(初編)은 명대 정덕(正德) 연간의 영송본(影宋本)의 영인본이다. ─1927 ⑩ 11.

인상기(印象記) 구리야가와 하쿠손(廚川白村)이 지은 산문집. 다이쇼 13년(1924) 도쿄의 세키젠칸(積善館)에서 출판되었다. ─1925 ⑨ 9.

인상화파술(印象畵派述) ─『Die Maler des Impressionismus』 참조.

인생만화첩(人生漫畵帖) 이케베 히토시(池部鈞) 등이 그린 그림책. 쇼와 7년(1932) 도쿄의 다이니혼유벤카이(大日本雄辯會) 고단샤(講談社)에서 간행했다. ─1932 ④ 24.

인생십자로(人生十字路) 러시아의 레프 톨스토이 등이 지은 서신집. 야스미 도시오(八住利雄)가 번역하여 쇼와 8년(1933) 도쿄의 시조쇼보(四條書房)에서 출판되었다. ─1933 ④ 22.

인생유전학(人生遺傳學) 가미야 다쓰사부로(神谷辰三郎)가 지은 생리학 서적. 쇼와 3년(1928) 노쿄 요켄노(養賢堂)에서 출판되었다. ─1928 ⑪ 22.

인옥집(引玉集) 루쉰이 골라 엮은 목각화집. 1934년에 '삼한서옥'(三閑書屋)의 이름으로 출간했다. ─1934 ① 24. ② 7, 15. ③ 1. ⑤ 23, 24, 26, 27, 28. ⑥ 1, 6. ⑦ 14. ⑨ 3. ⑩ 23, 27. 1935 ③ 15, 16. ⑥ 22, 29. ⑦ 1, 2, 26. ⑧ 2. 1936 ① 31. ② 18.

인인전(印人傳) ─『독화록인인전』(讀畵錄印人傳) 참조.

인재화잉(紉齋畵賸) 청대 진원숙(陳元叔)이 그린 4책의 그림책. 광서(光緖) 2년(1876) 융상(甬上) 진씨(陳氏) 득고환실(得古歡室) 각본. ─1915 ② 21. 1934 ⑪ 20.

인전(印典) 송대 주상현(朱象賢)이 펴낸 8권 2책의 금석도상집(金石圖像集). 청대 옹정(雍正) 11년(1733) 장쑤(江蘇) 주성각본(朱聲刻本)이다. ─1913 ② 8.

인체 기생충 통설(人體寄生蟲通說) 고이즈미 마코토(小泉丹)가 지은 의학서. 쇼와 10년(1935) 도쿄 이와나미쇼텐(岩波書店)에서 '이와나미전서'(岩波全書)의 하나로 출판되었다. ─1935 ⑥ 4.

인체해부학(人體解剖學) 니시 세이호(西成甫)와 스즈키 시게타케(鈴木重武)의 공저. 쇼와 8

년(1933) 도쿄 이와나미쇼텐에서 '이와나미전서'의 하나로 출판되었다. — 1934 ①
20.

인터내셔널 문학(國際文學) —『Internationale Literatur』참조.

인텔리겐차(インテリゲンチヤ) 부제는 '그 특질과 장래'. 독일 제트킨(K. Zetkin) 등이 지은
정치 서적. 사키사카 이쓰로(向坂逸郎)와 도리우미 도쿠스케(鳥海篤助)가 번역하여
쇼와 5년(1930) 도쿄에서 출판되었다. — 1930 ⑦ 7.

인형도편(人形圖篇) 니시자와 데키호(西澤笛畝)가 지은 완구예술연구서. 쇼와 9년(1934)
도쿄의 유잔카쿠(雄山閣)에서 '완구총서'의 하나로 출판되었다. — 1934 ③ 21.

인형작자편(人形作者篇) 구보타 베이쇼(久保田米所)가 지은 완구예술연구서. 쇼와 11년
(1936) 도쿄의 유잔카쿠에서 '완구총서'의 하나로 출판되었다. — 1936 ④ 24.

일 년(一年) 장톈이(張天翼)의 소설. 1933년 상하이 량유(良友)도서인쇄공사에서 출판. —
1933 ⑤ 5.

일문요결(日文要訣) 확실치 않음. — 1921 ⑨ 15.

일본 나체미술 전집(日本裸體美術全集) 우에무라 마스오(上村益郎), 다카미자와 다다오(高
見澤忠雄) 엮음. 쇼와 6년(1931) 도쿄 다카미자와모쿠한샤(高見澤木版社)에서 6책으
로 출판되었다. — 1931 ⑤ 21. ⑥ 4. ⑦ 13. ⑨ 9. ⑩ 14. ⑪ 23. ⑫ 8.

일본 도쿄 및 다롄에서 발견된 중국소설서목 제요(日本東京及大連所見中國小說書目提要) 쑨
카이디(孫楷第)가 엮은 목록서. 일기에는『도쿄 및 다롄에서 발견된 중국소설서목 제
요』(東京及大連所見中國小說書目提要)로 기록되어 있다. 1932년에 베이핑도서관 중국
대사전편찬처에서 발간했다. — 1932 ⑪ 18.

일본동물도감(日本動物圖鑑) 일기에는『동물도감』(動物圖鑑)으로 기록되어 있다. 우치다
세이노스케(內田淸之助) 엮음. 도쿄의 호쿠류칸(北隆館)에서 출판되었다. — 1932 ⑫
20.

일본동화선집(日本童話選集) 일본동화작가협회 엮음. 쇼와 2년부터 3년(1927~1928)에 걸
쳐 도쿄 마루젠(丸善)주식회사에서 3책으로 출판되었다. — 1927 ⑪ 4. 1928 ⑩ 25.
1929 ② 17.

일본만화사(日本漫畫史) 호소키바라 세이키(細木原靑起) 지음. 다이쇼 13년(1924) 도쿄의
유잔카쿠(雄山閣)에서 출판되었다. — 1926 ② 3.

일본목조사(日本木彫史) 사카이 사이스이(坂井犀水) 편저. 쇼와 4년(1929) 도쿄의 지다이
슛판샤(時代出版社)에서 출판되었다. — 1929 ⑫ 31.

일본 목판 우키요에 대감(日本木版浮世繪大鑑) 일기에는 '우키요에복각본'(浮世繪復刻本)
으로 기록되어 있다. 다나카 신스케(田中甚助) 엮음. 다이쇼 14년(1925) 도쿄 일본목

판인쇄주식회사에서 출판되었다. ─ 1931 ⑨ 26.

일본문 연구(日本文硏究)『일문연구』(日文硏究)를 가리킨다. 일본에서 발행되던 중일문 월 간. 도쿄의 니치분켄큐샤(日文硏究社)에서 출판되었으며, 대표자는 자오더칭(趙德淸) 이었다. 1935년 7월 18일에 창간되었다. 루쉰은 이 월간지에『상아탑을 나서며』가 운데에서 번역한 구리야가와 하쿠손(厨川白村)의 수필「자기표현」(自己表現)과「수 필」(隨筆) 두 편의 역문을 발표했다. ─ 1935 ⑨ 19.

일본문학 계간(グォタリイ日本文學) 야마무라 시즈카(山室靜) 엮음. 도쿄의 고신샤(耕進社) 에서 발행. 쇼와 8년(1933)에 창간되었다. ─ 1933 ⑥ 30. ⑧ 19.

일본 옛날이야기(日本昔ばなし) 일기에는 '다카기 씨의 동화'(高木氏童話)로 기록되어 있 다. 다카기 도시오(高木敏雄) 지음. 다이쇼 6년(1917) 도쿄 게이분칸(敬文館)에서 간 행되었다. ─ 1917 ⑩ 2.

일본완구도편(日本玩具圖篇) 니시자와 데키호(西澤笛畝)가 지은 완구예술연구서. 쇼와 (昭和) 9년(1934) 도쿄의 유잔카쿠(雄山閣)에서 '완구총서'의 하나로 출판되었다. ─ 1935 ④ 19.

일본완구사편(日本玩具史篇) 아리사카 요타로(有坂與太郎)가 지은 완구예술연구서. 쇼와 9 년(1934) 도쿄의 유잔카쿠에서 '완구총서'의 하나로 출판되었다. ─ 1934 ⑤ 4.

일본 우키요에 걸작집(日本浮世繪傑作集) ─『우키요에 판화명작집』(浮世繪板畵名作集) 참 조.

일본원시회화(日本原始繪畵) 다카하시 겐지(高橋健自)가 지은 예술연구서. 쇼와 2년(1927) 노쿄 오카야마쇼텐(大岡山書店)에서 출판되었다. ─ 1927 ⑪ 10.

일본월간(ヤボンナ月刊)(日本月刊) ─ 1930 ⑫ 11.

일본을 떠돌았던 명말의 명사(日本流寓の明末諸士) 일기에는『日本流寓之明末名士』로 기록 되어 있다. 이마제키 덴포(今關天彭) 지음. 쇼와 3년(1928) 베이징의 이마제키(今關) 연구소에서 출판되었다. ─ 1929 ⑥ 20.

일본 26성인 순교기(日本卅六聖人殉教記) 프랑스의 파제(Léon Pagés) 지음. 기무라 다로 (木村太郎)가 번역하고 마쓰자키 미노루(松崎實)가 교열 및 해설. 쇼와 6년(1931) 도 쿄 이와나미쇼텐(岩波書店)에서 출판되었다. ─ 1934 ② 15.

일본인상기(日本印象記) 부제는 '일본의 태양의 기초와 내력'이다. 소련의 필냐크(Б. А. Пильняк) 지음. 이다 고헤이(井田孝平)와 고지마 슈이치(小島修一)가 번역하여 쇼와 2년(1927) 도0쿄의 겐시샤(原始社)에서 출판되었다. ─ 1927 ⑪ 25.

일본일지화신(日本一之畵噺)『일본 최우수 그림이야기』. 이와야 사자나미(巖谷小波)가 제 작한 그림책. ─ 1917 ⑧ 13.

일본 초기 서양풍 판화집(日本初期洋風板畫集) 일본판화협회 엮음. 쇼와 11년(1936) 도쿄 다이이치쇼보(第一書房)에서 영인되었다. —1936 ③ 20.

일본 프롤레타리아 미술집(日本プロレタリア美術集) 일본프롤레타리아미술가동맹 엮음. 쇼와 6년(1931) 도쿄의 나이가이샤(內外社)에서 출판되었다. —1931 ⑧ 6.

일승결의론(一乘決疑論) —『화엄일승결의론』(華嚴一乘決疑論) 참조.

일여(逸如) 하오인탄(郝蔭潭)의 소설집. 1930년 베이핑 천중사(沈鐘社)에서 '천중총간'의 하나로 출판되었다. —1930 ② 10.

1월 9일(一月九日) 고리키(Максим Горький)의 소설. 1931년 차오징화(曹靖華)가 번역하여 소련 중앙출판국에서 출판되었다. —1933 ④ 21.

일존총서(佚存叢書) 일본인 하야시 줏사이(林述齋, 하야시 다이라林衡, 호는 천폭산인天瀑山人)가 중국에 오래전에 일실된 옛 전적을 일본에서 수집한 것이다. 17종 30책. 1924년 상하이 상우인서관(商務印書館)에서 일본의 간세이(寬政)로부터 분카(文化)에 이르기까지의 각본에 근거하여 영인했다. —1925 ③ 1. ⑤ 28.

일주일(一週間) 원제는 『Неделя』. 소련의 리베딘스키(Юрий Николаевич Либединский)가 지은 소설. 이케타니 신사부로(池谷信三郎)가 번역하여 다이쇼 15년(1926) 도쿄의 가이조샤(改造社)에서 출판되었다. —1928 ③ 14.

일체경음의(一切經音義) 당대(唐代)에 현응(玄應)이 펴낸 21권 4책의 불교 서적. —1914 ⑨ 26. 1915 ④ 19.

임간록(林間錄) 송대 혜홍(惠洪)이 지은 불교 서적, 2권, 후집(後集) 부록 1권의 2책. 광서(光緒) 27년(1901) 양저우(揚州) 장경원(藏經院) 각본이다. —1914 ⑨ 6, 12.

임상의학과 변증법적 유물론(臨床醫學と辨證法的唯物論) 소련의 리프쉬츠(Лифшиц) 지음. 야스다 도큐타로(安田德太郎)가 번역하여 쇼와 8년(1933) 도쿄의 나우카샤(ナウカ社)에서 '변증법적 유물론 총서'의 하나로 출판되었다. —1933 ⑪ 5.

임화정서시고묵적(林和靖書詩稿墨迹) 송대 임포(林逋)가 짓고 쓴 1책의 서법서. 일기에는 『임화정수서시고』(林和靖手書詩稿)로 기록되어 있다. 상하이 유정(有正)서국 영인본이다. —1914 ① 18.

임화정수서시고(林和靖手書詩稿) —『임화정서시고묵적』(林和靖書詩稿墨迹) 참조.

임화정시집(林和靖詩集) 송대 임포(林逋)가 지은 별집. 4권, 부록 2권의 2책. 일본인 곤도 겐스이(近藤元粹)가 평정(評訂)을 가했다. 일기에는 『임화정집』(林和靖集)으로도 기록되어 있다. 메이지(明治) 30년(1897) 아오키스잔도(靑木嵩山堂) 활판본이다. —1913 ⑤ 18.

입능가심현의(入楞伽心玄義) 당대의 법장(法藏)이 지은 1권의 불교서적. —1921 ⑥ 18.

입세아비담론(立世阿毘曇論) 남조(南朝) 진(陳)의 진체(眞諦)가 번역한 10권의 불교 서적. 청대 선통(宣統) 2년(1910) 창저우(常州) 천녕사(天寧寺) 각본이다. 3책. — 1921 ⑥ 22.

입센(伊孛生) —『신청년』(新靑年) 제4권 제6호를 가리킴.

입센호(伊孛生號) —『신청년』(新靑年) 제4권 제6호를 가리킴.

입아비달마론(入阿毘達磨論) 인도 승려 색건타라(塞建陀羅)가 지은 2권 2책의 불교서적. 당대 현장(玄奘)이 번역했다. 명대의 각본이다. — 1914 ⑨ 6.

입택총서(笠澤叢書) 당대 육구몽(陸龜蒙)이 지은 별집. 4권, 보유(補遺) 1권, 속보유(續補遺) 1권의 4책. 청대 옹정(雍正) 9년(1731) 장두(江都) 육씨(陸氏)의 대첩산방(大疊山房) 중각본(重刻本). — 1914 ① 13. 1915 ④ 28. 1936 ① 3.

잉글리시 ABC(エゲレスいろは) —『영어입문』(エゲレスイロハ) 참조.

잉청쯔(營城子) 일본 동아고고학회에서 엮은 고고학 서적. 쇼와 9년(1934) '동방고고총서'의 하나로 출판되었다. 잉청쯔(營城子)는 랴오닝성(遼寧省) 다롄시(大連市)에 있다. — 1935 ① 20.

【ㅈ】

자기의 정원(自己的園地) 저우쭤런(周作人)의 산문집. 1923년 9월에 출판되었다. — 1927
⑥ 6.

자도(字圖) — 『익지도』(益智圖) 참조.

『자본론』의 문학적 구조(『資本論』の文學的構造) 소련의 니치키나(M. B. Нечкина) 지음. 무
라이 이사무(村井勇)가 번역하여 쇼와(昭和) 8년(1933) 도쿄의 나우카샤(ナウカ社)에
서 발행되었다. — 1933 ⑫ 10.

자선집(自選集) — 『다푸자선집』(達夫自選集) 참조.

자선집(自選集) — 『루쉰자선집』(魯迅自選集) 참조.

자설(字說) 청대 오대징(吳大澂)이 지은 1권 1책의 문자학 서적. 광서(光緖) 19년(1893) 사
현강사(思賢講舍) 중각본(重刻本). — 1918 ③ 9.

자싱장목록(嘉興藏目錄) 능엄경방(楞嚴經坊)에서 엮은 1책의 서목. 1920년 베이징 각경처
(刻經處) 각본. — 1921 ⑥ 18.

자연(自然) 니시무라 즈테야(西村舍也)가 엮은 반년간지. 상하이 자연과학연구소구락부
학예부에서 발행했다. 쇼와 10년(1935) 6월에 창간되었다. — 1936 ⑦ 29.

자연계(自然界) 저우젠런(周建人)이 펴낸 월간지. 상우인서관(商務印書館)에서 출판되었
다. 1926년에 창간되어 1932년 1월에 제7권 제1기를 끝으로 정간되었다. — 1926
③ 2. ⑨ 15. 1927 ⑤ 23. ⑧ 1. 1930 ⑩ 7. ⑪ 21. 1931 ① 25.

자연과학과 변증법(自然科學と辨證法) — 『변증법과 자연과학』(辨證法と自然科學) 참조.

자연과학사(自然科學史) 오카 구니오(岡邦雄) 지음. 쇼와 5년(1930) 도쿄의 슌주샤(春秋社)
에서 '슌주문고'(春秋文庫)의 하나로 출판되었다. — 1930 ② 4.

자연사(自然史) 확실치 않음. — 1918 ③ 30.

자오 선생의 번뇌(趙先生底煩惱) 쉬친원(許欽文)의 소설. 1926년 베이징 베이신(北新)서국
에서 출판되었다. — 1927 ② 10.

자위쇄기(慈闈瑣記) 청대 손인술(孫仁述)이 지은 2권 1책의 전기(傳記). 청말 각본. — 1914
⑪ 26.

자유담(自由談) — 『선바오』(申報) 참조.

자유를 쟁취한 파도(爭自由的波浪) 고리키 등이 지은 소설·산문집. 둥추팡(董秋芳)이 번역했으며, 루쉰이 교정하고 서문을 썼다. 1926년 베이징 베이신(北新)서국에서 '웨이밍(未名)총간'의 하나로 출판되었다. — 1926 ⑩ 6. ⑪ 17.

자유와 필연(自由と必然) 소련의 셈코프스키(С. Ю. Семковский) 엮음. 일본 맑스쇼보(マルクス書房) 편역부에서 번역하여 쇼와(昭和) 4년(1929) '맑스학 교과서' 제6책 제4편으로 출판되었다. — 1929 ⑥ 26.

자은사삼장법사전(慈恩寺三藏法師傳) —『대자은사삼장법사전』(大慈恩寺三藏法師傳) 참조.

자의유례(字義類例) 천두슈(陳獨秀)가 지은 1책의 문자학 서적. 1925년 상하이 야둥(亞東)도서관 석인본(石印本). — 1926 ② 3.

자제곡(自祭曲) 라이사오치(賴少其)가 만든 목각시화집(木刻詩畫集). 시 10수, 목각 10폭을 수록하고 있다. 1935년 목각 수인본(手印本). '현대판화총간'(現代版畫叢刊)의 열한번째이다. — 1935 ⑤ 6.

자치통감고이(資治通鑑考異) 송대 사마광(司馬光)이 지은 30권의 편년사(編年史). 일기에는『통감고이』(通鑑考異)로도 기록되어 있다. 루쉰이 구입한 것은 송대 간본을 영인한『사부총간』(四部叢刊) 초편이다. 6책. — 1914 ⑧ 29. ⑨ 12. 1926 ⑪ 10.

작가(作家) 멍스환(孟十還)이 펴낸 문학월간지. 상하이 작가출판사에서 발행. 1936년 4월에 창간되어 같은 해 11월에 제2권 제2기를 끝으로 정간되었다. — 1936 ③ 31. ④ 7, 14. ⑤ 21. ⑦ 24. ⑧ 21. ⑨ 17.

작은 악마(小鬼) 러시아 솔로구프(Ф. К. Сологуб)가 지은 소설. 쉬마오융(徐懋庸)이 번역하여 1936년 상하이 생활서점에서 출판되었다. — 1936 ⑩ 2.

작은 요하네스(小約翰) 네덜란드의 반 에덴(F. V. Eden)이 지은 동화. 루쉰이 번역하여 1928년에 베이징 웨이밍사(未名社)에서 출판되었다. 1934년에 상하이 생활서점의 재판본이다. — 1926 ⑧ 13. 1927 ⑤ 2, 26, 29, 31. ⑥ 14. ⑦ 15. 1928 ② 2. ③ 2, 13. ⑦ 18. 1929 ⑥ 22. 1934 ⑥ 6. ⑫ 4, 10, 14. 1935 ③ 25. ⑦ 20.

작읍자잠(作邑自箴) 송대 이원필(李元弼)이 지은 10권 1책의 정론서.『사부총간』(四部叢刊) 속편은 송대 순희(淳熙) 각본을 영인했다. — 1934 ② 19.

작자의 감상(作者の感想) 러시아의 아르치바셰프(М. П. Арцыбашев)가 지은 산문. 바바 데쓰야(馬場哲哉)가 번역하여 다이쇼 13년(1924) 도쿄의 진분카이(人文會)에서 출판되었다. — 1926 ⑤ 3.

작품(作品) 문학월간지. 상하이 작품사편집위원회에서 펴내고 상하이 사조출판사에서 발행했다. 1934년 6월에 창간되어 1기만을 발행했다. — 1934 ⑦ 6.

잠부론(潛夫論) 한대 왕부(王符)가 지은 10권 2책의 유가 서적.『사부총간』(四部叢刊) 초편은 술고당(述古堂) 영송사본(影宋寫本)을 영인했다. ─ 1924 ⑥ 13.

잡감선집(魯迅雜感選集) ─ 『루쉰잡감선집』(魯迅雜感選集) 참조.

잡감집(雜感集) ─ 『루쉰잡감선집』(魯迅雜感選集) 참조.

잡극서유기(雜劇西遊記) 원대 오창령(吳昌齡)이 지었다고 하나 실제로는 명대 양경현(楊景賢)이 지었다. 6권 1책. 일기에는 『서유기』, 『서유기』(전기傳奇)로도 기록되어 있다. 쇼와 3년(1928) 도쿄 시분카이(斯文會)에서 명대 만력(萬曆) 각본에 근거하여 다시 찍었다. ─ 1928 ② 23. ③ 6, 9.

잡문(雜文) 도쿄(東京)의 좌익작가연맹이 발행한 문학월간지. 두쉬안(杜宣), 보성(勃生), 싱퉁화(邢桐華) 등이 잇달아 편집을 맡았다. 일본 도쿄 잡문잡지사(雜文雜誌社)에서 발행했다. 1935년 5월에 창간되었고 같은 해 10월 제4기에 『질문』(質文)으로 개칭하였다. 도쿄 질문잡지사(質文雜誌社)에서 발행되었으며, 제2권부터 상하이 질문사(質文社)에서 간행되다가 1936년 11월 제2권 제2기를 끝으로 정간되었다. ─ 1935 ⑤ 17.

잡비유경(雜譬喩經) 『구잡비유경』(舊雜譬喩經)을 가리킨다. 삼국(三國) 오(吳)의 강승회(康僧會)가 번역한 2권 1책의 불교 서적. 1919년 창저우(常州) 천녕사(天寧寺) 각본. ─ 1925 ⑦ 14.

잡집(雜集) ─ 『콰이지군고서잡집』(會稽郡故書雜集) 참조.

잡찬 4종(雜纂四種) 장찬다오(章川島) 펴냄. 편집과정에서 루쉰의 도움을 받았다. 1926년 베이징 베이신(北新)서국에서 출판되었다. ─ 1926 ⑫ 25.

장고총편(掌故叢編) 고궁박물원(古宮博物院) 도서관에서 엮어 펴냄. ─ 1928 ⑨ 2.

장광필시집(張光弼詩集) 명대 장욱(張昱)이 지은 7권 2책의 별집. 『사부총간』(四部叢刊) 속편은 명대 초본을 영인했다. ─ 1934 ② 6.

장기(葬器)**의 고고학적 고찰**(炻禁の考古學的考察) 법금의 고고학적 고찰. 우메하라 스에지(梅原末治) 지음. 쇼와 8년(1933) 교토의 동방문화학원 교토연구소에서 출판되었다. ─ 1934 ① 24.

장난감그림책(おもちゃ繪集) 쓰키오카 닌고(月岡忍光) 등이 그린 그림책. 쇼와 11년(1936) 도쿄 시로토쿠로샤(白と黑社)의 목판화본(木刻本). ─ 1936 ④ 3. ⑤ 6. ⑥ 2. ⑧ 11, 25. ⑩ 10.

장남사화조초충책(蔣南沙華鳥草蟲冊) 청대 장정석(蔣廷錫)이 그린 1책의 그림책. 일기에는 『장남사화책』(蔣南沙畵冊)으로도 기록되어 있다. ─ 1912 ⑨ 15.

장남사화책(蔣南沙畵冊) ─ 『장남사화조초충책』(蔣南沙華鳥草蟲冊) 참조.

장닝금석기(江寧金石記) 청대 엄관(嚴觀)이 펴낸 금석제발집(金石題跋集). 8권, 대방목(待訪目) 2권, 2책. 선통 2년(1910) 강초편역서국(江楚編譯書局) 각본이다. ─ 1918 ② 17.

장단경(長短經) 당대 조유(趙蕤)가 지은 9권의 잡저(雜著).─1912 ⑧ 15.

장서표 이야기(藏書票の話) 사이토 쇼조(齋藤昌三) 엮음. 쇼와 5년(1930) 도쿄의 덴포샤(展望社) 개판본(改版本).─1930 ⑥ 13.

장석기(臧石記)─『도재장석기』(陶齋藏石記) 참조.

장실재을묘병진찰기합각(章實齋乙卯丙辰札記合刻) 일기에는 『실재찰기』(實齋札記), 『실재을묘급병진찰기』(實齋乙卯及丙辰札記)로도 기록되어 있다. 청대 장학성(章學誠)이 지은 2책의 잡기(雜記). 풍우루(風雨樓) 소장본.─1912 ④ 29. ⑩ 15.

장쑤장닝향토교과서(江蘇江寧鄕土敎科書) 류스페이(劉師培) 엮고 지음. 광서(光緖) 32년(1906) 상하이 국학보존회에서 출판.─1914 ① 18, 19.

장쑤청의(江蘇淸議) 당시 장쑤(江蘇)에서 발행된 타블로이드 신문.─1923 ⑥ 14.

장씨사안(莊氏史案) 청대 지은이를 알 수 없는 1권 1책의 잡사(雜史). 선통(宣統) 3년(1911) 상하이 상우인서관(商務印書館)에서 『통사』(痛史)본을 조판·인쇄했다.─1912 ⑨ 8.

장씨총서속편(章氏叢書續編) 장빙린(章炳麟) 지음. 7종 4책. 1933년 베이핑 문서재(文瑞齋)의 남인본(藍印本)이다.─1935 ⑦ 2.

장아함경(長阿含經) 22권 6책의 불교 서적. 후진(後秦)의 불타야사(佛陀耶舍), 축불념(竺佛念)이 번역했다.─1914 ⑨ 16.

장안사적 연구(長安史跡の研究) 아다치 기로쿠(足立喜六) 지음. 쇼와 8년(1933) 도쿄의 도요분코(東洋文庫)에서 '도요분코논총'(東洋文庫論叢)의 하나로 출판되었다. ─1934 ⑤ 9.

장안지(長安志) 송대 송민구(宋敏求)가 지은 지리서. 20권, 장안시도(長安志圖) 부록 3권의 5책.─1923 ② 14.

장안획고편(長安獲古編) 청대 유희해(劉喜海)가 펴낸 금석도상집(金石圖像集). 2권, 보1권의 2책. 광서(光緖) 31년(1905) 유악(劉鶚)의 보각본(補刻本)이다.─1915 ③ 6. ⑩ 7.

장잉판화집(張影版畵集) 장잉(張影)이 만든 그림책. 일기에는 『목각집』(木刻集)으로 기록되어 있다. 광저우(廣州) 현대창작판화연구회에서 '현대판화총간'의 하나로 찍었다. ─1934 ⑫ 25.

장자내편주(莊子內篇注) 명대 덕청(德淸)이 설명을 가한 4권 2책의 도가 서적.─1914 ⑨ 12. ⑪ 12.

장자어록(張子語錄) 송대 지은이 미상의 유가 서적. 3권, 후록(後錄) 2권의 1책. 『사부총간』(四部叢刊) 속편은 송대 각본을 영인했다. 장자(張子)는 북송대 이학가 장재(張載)를 가리킨다.─1934 ③ 13.

장자집해(莊子集解) 청대 왕선겸(王先謙)이 모아 해설한 8권 3책의 도가 서적. 선통(宣統)

원년(1909) 사현(思賢)서국의 각본. — 1923 ⑨ 8.

장저료수서화엄경묵적(張樗寮手書華嚴經墨迹) — 『송장저료수서화엄경묵적』(宋張樗寮手書華嚴經墨迹) 참조.

장태암시집(張蛻庵詩集) 원대 장저(張翥)가 지은 4권 1책의 별집. 일기에는 『태암시집』(蛻庵詩集)으로 기록되어 있다. 『사부총간』(四部叢刊) 속편은 명대 홍무(洪武) 연간의 각본을 영인했다. — 1934 ⑦ 21.

장한가화의(長恨歌畫意) 리이스(李毅士)가 그린 그림책. 1932년 상하이 중화(中華)서국의 영인본. — 1933 ① 4.

장후이목각화(張慧木刻畵) 장후이(張慧)가 제작한 그림책. 일기에는 『목각집』(木刻集)으로 기록되어 있다. 루쉰은 그를 위해 제첨(題簽)을 써 주었다. 모두 7집이며, 이 가운데 제2집은 기계인쇄본이고, 제3집은 수인본(手印本)이다. — 1935 ⑨ 15.

장후이시집(張慧詩集) 장후이(張慧)가 지은 구체시사 『퇴당집』(頹唐集)과 산문집 『동해귀래』(東海歸來)를 가리킨다. 자비 출간본. — 1934 ③ 9.

재속환우방비록(再續寰宇訪碑錄) 뤄전위(羅振玉)가 쓴 2권 2책의 금석목록. — 1915 ⑦ 27.

재조집(才調集) 오대(五代) 후촉(後蜀)의 위곡(韋縠)이 펴낸 10권 3책의 합집. 『사부총간』(四部叢刊) 초편은 청대 창수(常熟) 첸씨(錢氏)의 술고당(述古堂)에서 영초(影抄)한 송대의 서붕본(書棚本)을 영인했다. — 1926 ⑨ 29.

재즈문학총서(ジャズ文學叢書) 『세계대도시첨단재즈문학』을 가리킨다. 일본 도쿄 슌요도(春陽堂)에서 출판되었다. 루쉰이 구입한 4책은 『천일야·시카고광상곡』(1001夜·シカゴ狂想曲), 『재즈브로드웨이』(JAZZ ブロトウェー), 『몽·파리변주곡·카지노』(モン·パリ變奏曲·カジノ), 『모던TOKIO원무곡』(モタンTOKIO圓舞曲), 『신흥예술파작가12인』(新興藝術派作家十二人)이며, 모두 1930년에 출판되었다. — 1930 ⑥ 4.

저산당사화(渚山堂詞話) 명대 진정(陳霆)이 지은 3권 1책의 시문평집(詩文評集). 1916년 우싱(吳興) 류씨(劉氏)의 '우싱총서'(吳興叢書)본. — 1934 ⑪ 3.

저우쭤런산문초(周作人散文鈔) 저우쭤런(周作人) 지음. 1932년 상하이 카이밍(開明)서점에서 출판되었다. — 1932 ⑩ 31.

저장공립도서관연보(浙江公立圖書館年譜) 저장공립도서관 엮음. 저장(浙江)인쇄공사 초판. — 1921 ⑫ 16.

저장도서관보고(浙江圖書館報告) — 『저장공립도서관연보』(浙江公立圖書館年譜) 참조.

저장도서관인행서목(浙江圖書館印行書目) — 1928 ⑤ 18.

적막한 나라(寂寞的國) 왕징즈(汪靜之)의 시집. 1927년 상하이 카이밍(開明)서점에서 '문학주보사(文學週報社)총서'로 출판되었다. — 1927 ⑪ 3.

적색친위대(赤色親衛隊) 일명 『차파예프』(Чапаев). 소련의 푸르마노프(Дмитрий Андреевич Фурманов)가 지은 소설. 고미야마 아키토시(小宮山明敏) 번역. 일본 무산계급과학연구소 소비에트문학연구회 엮음. 쇼와 6년(1931) 도쿄의 뎃토쇼인(鐵塔書院)에서 출판되었다. ─1931 ⑨ 11.

적학재총서(積學齋叢書) 쉬나이창(徐乃昌)이 펴낸 20종 63권의 총서. ─1915 ③ 13.

전갈 독선의 조직학적 연구보고(蝎尾毒腺之組織學的研究報告) 확실치 않음. ─1918 ⑦ 30.

전경당서목(傳經堂書目) ─1935 ① 26.

전경실총서(箋經室叢書) 청대 조원충(曹元忠) 지음. 3종, 8권의 3책. 광서(光緒) 연간 조씨(曹氏) 전경실(箋經室) 간본. ─1928 ⑨ 27.

전국목각연합전람회전집(全國木刻聯合展覽會專輯) 목각그림책(木刻畫冊). 탕허(唐訶) 등이 제1회 전국목각연합전람회를 위해 엮었으나 출판되지는 못했다. 루쉰이 쓴 서문만 남아 있을 뿐이다. ─1935 ⑥ 5.

전국아동예술전람회기요(全國兒童藝術展覽會紀要) 일기에는 『아동예술전람회기요』(兒童藝術展覽會紀要), 『아동예술전람회보고』(兒童藝術展覽會報告)로 기록되어 있다. 제1회 전국아동예술전람회의 기념특집호이다. 1915년 교육부 사회교육사(社會教育司)에서 엮어 1915년 3월에 출판되었다. 이 속에 루쉰이 번역한 「아동 관념계의 연구」(兒童觀念界之研究)라는 글이 수록되어 있다. ─1915 ④ 16. ⑥ 25.

전국중학소재지명표(全國中學所在地名表) 『전국중등학교교명지지일람표』(全國中等學校校名地址一覽表)를 가리킨다. 1924년 교육부 보통교육사(普通教育司)에서 엮어 간행했다. ─1924 ⑤ 5.

전국총서목(全國總書目) 핑신(平心) 펴냄. 일기에는 『도서목록』(圖書目錄), 『도서총목록』(圖書總目錄)으로도 기록되어 있다. 1935년 상하이 생활서점에서 출판되었다. ─1935 ⑫ 3, 6.

전기집(傳奇集) ─『당송전기집』(唐宋傳奇集) 참조.

전당시(全唐詩) 청대 팽정구(彭定求) 등이 펴낸 총집. 900권, 총목 1권, 120책. ─1912 ⑨ 22.

전당시화(全唐詩話) 송대 우무(尤袤)가 지은 6권 6책의 시문평집(詩文評集). ─1913 ① 4.

전당시화속편(全唐詩話續編) 청대 손도(孫濤)가 펴낸 2권 2책의 시문평집(詩文評集). ─1913 ① 4.

전등신화(剪燈新話) 명대 구우(瞿佑)가 지은 소설. 4권, 부록 『추향정기』(秋香亭記) 1권의 1책. 1917년 우진(武進) 둥씨(董氏) 송분실(誦芬室)에서 일본 게이초(慶長) 활자본에 근거하여 찍었다. ─1920 ④ 24.

전등여화(剪燈餘話) 명대 이창기(李昌祺)가 지은 5권 1책의 소설. 1917년 우진(武進) 둥씨(董氏) 송분실(誦芬室)에서 일본 게이초(慶長) 활자본에 근거하여 찍었다. ─ 1920 ④ 24.

전록(典錄) ─『콰이지전록』(會稽典錄) 참조.

전문명가(專門名家. 2집) 지포퉈(姬佛陀, 이름은 쥐미쮈쮈)가 엮은 1책의 금석도상집(金石圖像集). 1920년 상하이 창성밍즈(倉聖明智)대학에서 '예술총편'(藝術叢編)의 하나로 간행되었다. ─ 1921 ⑩ 28.

전보(箋譜) ─『베이핑전보』(北平箋譜) 참조.

전삼국문(全三國文) 75권의 총집.『전상고삼대진한삼국진남북조문』(全上古三代秦漢三國晉南北朝文)의 제26책부터 제37책까지이다. 청대 엄가균(嚴可均)이 교감했다. 청대 광서(光緒) 20년(1894) 황강(黃岡) 왕씨(王氏) 각본. ─ 1913 ⑩ 15.

전상삼국지평화(全相三國志平話) ─『원지치본전상평화삼국지』(元至治本全相平話三國志) 참조.

전상오현령관대제화광천왕전(全象五顯靈官大帝華光天王傳) 명대 여상두(余象斗)가 지은 4권 1책의 소설.『남유화광전』(南游華光傳)이라고도 일컬으며, 일기에는『화광천왕전』(華光天王傳)으로 기록되어 있다. 청대 경원당(經元堂) 류씨(劉氏) 각본. ─ 1931 ⑪ 29.

전상평화삼국지(全相平話三國志) ─『원지치본전상평화삼국지』(元至治本全相平話三國志) 참조.

전설의 시대(傳說の時代) 부제는 '신과 영웅의 고사'(神と英雄の物語)이다. 미국의 불핀치(Th. Bulfinch) 지음. 노가미 야에코(野上彌生子)가 번역하여 다이쇼 13년(1924) 도쿄의 슌요도(春陽堂)에서 출판되었다. ─ 1924 ⑫ 13.

전씨총서(田氏叢書) 펴낸이 미상. 19종, 107권의 28책. 건륭(乾隆) 연간의 각본. ─ 1912 ⑪ 2.

전원교향악(田園交響樂) 프랑스의 지드(A. Gide)의 소설. 리니(麗尼)가 번역하여 1935년 상하이 문화생활출판사에서 '문화생활총간'의 하나로 출판되었다. ─ 1935 ⑦ 6.

전쟁(戰爭) 소련의 티호노프(Николай Семёнович Тихонов)의 소설『Война』. 마오둔(茅盾)이 번역하여 1936년 상하이 문화생활출판사에서 '문화생활총간'의 하나로 출판되었다. ─ 1936 ④ 13.

전주도연명집(箋注陶淵明集) ─『도연명집』(陶淵明集) 참조.

전투적 유물론(戰鬪的唯物論) 러시아 플레하노프 지음. 가와우치 다다히코(川內唯彦)가 번역하여 쇼와 5년(1930) 도쿄의 소분카쿠(叢文閣)에서 출판되었다. ─ 1930 ⑨ 12.

전한삼국진남북조시(全漢三國晉南北朝詩) 딩푸바오(丁福保)가 펴낸 총집. 11집, 54권, 20책. 1916년 우시(無錫) 딩씨(丁氏) 활판본. — 1926 ⑩ 30.

전환기의 문학(轉換期の文學) 아오노 스에키치(靑野季吉) 지음. 쇼와 2년(1927) 도쿄의 슌주샤(春秋社) 제2판. — 1927 ⑪ 11.

전환기의 역사학(轉形期の歷史學) 하니 고로(羽仁五郎) 지음. 쇼와 4년(1929) 도쿄의 뎃토쇼인(鐵塔書院)에서 출판되었다. — 1930 ② 4.

전환기의 지나(轉換期支那) 미국의 안나 루이스 스트롱(A. L. Strong) 지음. 하라 가쓰(原勝)가 번역하여 쇼와 11년(1936) 도쿄의 가이조샤(改造社)에서 발행되었다. — 1936 ⑩ 12.

전후(戰後)(하) 독일 레마르크(E. M. Remarque)의 소설 『*Der Weg zurück*』. 선수즈(沈叔之, 샤옌夏衍)가 번역하여 1931년 상하이 카이밍(開明)서점에서 출판되었다. — 1931 ⑩ 12.

전후남녀이십사효제도설(前後男女二十四孝悌圖說) 상하이 신문보관(新聞報館)에서 엮은 1책의 권선서(勸善書). 일기에는 『이십사효도』(二十四孝圖)로 기록되어 있다. 1919년 상하이 홍문(鴻文)서국의 석인본(石印本). — 1927 ⑥ 11.

전후한기(前後漢記) — 『순열전한기 원굉후한기 합각』(荀悅前漢紀袁宏後漢紀合刻) 참조.

절균지장도(切均指掌圖) — 『절운지장도』(切韻指掌圖) 참조.

절묘호사전(絶妙好詞箋) 송대 주밀(周密)이 모으고 청대 사위인(査爲仁), 여악(厲鶚)이 해설한 사합집(詞合集). 7권, 속초(續抄) 1권의 3책. 청대 장혜언(張惠言)의 사선(詞選)과 합각하여 총 4책이나. 통치(同治) 콰이지(會稽) 쩡씨(章氏)의 종긱본(重刻本)이다. 1913 ⑦ 5.

절운(切韻) 수대(隋代) 육법언(陸法言)이 지은 5권 1책의 운서(韻書). — 1922 ③ 17.

절운지장도(切韻指掌圖) 송대 사마광(司馬光)이 지은 1권 1책의 운서(韻書). 『사부총간』(四部叢刊) 속편은 영송초본(影宋抄本)을 영인했다. — 1934 ⑥ 30.

절의론(折疑論) 원대 자성(子成)이 지은 2책의 불교 서적. — 1913 ⑪ 22. 1914 ⑥ 3.

젊은 소비에트러시아(若きソヴェート·ロシヤ) 아키타 우자쿠(秋田雨雀) 지음. 쇼와 4년 (1929) 도쿄의 소분카쿠(叢文閣)에서 출판되었다. — 1929 ⑩ 17.

젊은이에게(給少年者) 일기에는 『給年少者』로 기록되어 있다. 펑사(風沙)가 지은 젊은이 대상 서적. 1935년 상하이 생활서점에서 출판되었다. — 1935 ⑨ 28.

점석재화보(點石齋畫報) 청말의 시사화보(時事畫報). 순간(旬刊). 오우여(吳友如)가 편집을 맡았다. 1884년 5월 8일 상하이에서 창간되었으며, 점석재 석인국(石印局)에서 발행되었다. 『선바오』(申報)에 끼워팔기도 하고 단독으로 판매하기도 하였다. 1898년 8

월에 정간되었다. ─ 1934 ⑥ 16.

정관정요(貞觀政要) 당대 오긍(吳兢)이 지은 10권 4책의 잡사(雜史). 『사부총간』(四部叢刊) 속편은 명대 성화(成化) 연간의 각본을 영인했다. ─ 1934 ⑧ 25.

정물화선집(靜物畵選集) 기타하라 요시오(北原義雄)가 엮은 그림책. 쇼와 5년(1930) 도쿄 아틀리에샤(アトリヱ社)에서 '아틀리에원색판화집'의 하나로 출판되었다. ─ 1931 ① 28.

정사(珵史) 송대 악가(岳珂)가 지은 15권 3책의 필기(筆記). 『사부총간』(四部叢刊) 속편은 원대 간본을 영인했다. ─ 1934 ② 3.

정사(情事) 청대 첨첨외사(詹詹外史)가 평집(評輯)한 24권 16책의 소설. 건륭(乾隆) 53년 (1788) 각본. ─ 1923 ⑫ 8.

정수우문집(鄭守愚文集) 당대 정곡(鄭谷)이 지은 3권 1책의 별집. 『사부총간』(四部叢刊) 속 편은 송대 간본을 영인했다. ─ 1934 ⑩ 13.

정신과 사랑의 여신(精神與愛的女神) 가오창홍(高長虹)의 시집. 1925년 베이징 평민예술단 에서 '광풍총서'(狂飆叢書)의 하나로 출판되었다. ─ 1925 ③ 9, 12, 20, 22. ④ 6.

정신분석입문(精神分析入門) 오스트리아의 프로이트(S. Freud) 지음. 야스다 도큐타로(安 田德太郎)가 번역하여 쇼와 5년(1930) 도쿄의 아르스샤(アルス社)에서 2책으로 출판 되었다. ─ 1928 ④ 25.

정씨가숙독서분년일정(程氏家塾讀書分年日程) 원대 정단례(程端禮)가 지은 교육 서적. 3권, 강령(綱領) 1권의 2책. 『사부총간』(四部叢刊) 속편은 원대 간본을 영인했다. ─ 1934 ⑪ 13.

정와류편(訂訛類編) 청대 항세준(杭世駿)이 지은 잡저. 6권, 속보(續補) 2권의 4책. 1918년 우싱(吳興) 류씨(劉氏)의 '가업당총서'(嘉業堂叢書)본. ─ 1934 ⑪ 3.

정절선생집(靖節先生集) ─ 『도정절집』(陶靖節集) 참조.

정창소장봉니(鄭廠所藏封泥) 청대 반조음(潘祖蔭)이 펴낸 1권 1책의 금석도상집. ─ 1915 ⑨ 19. ⑩ 7.

정창원지(正倉院誌) 오무라 세이가이(大村西崖) 지음. 도쿄의 신비쇼인(審美書院)에서 출 판되었다. ─ 1913 ② 24.

정치위원(コムミサール) 원제는 『Комиссары』. 소련 리베딘스키(Н. Н. Либединский)의 소설. 구로다 다쓰오(黑田辰男)가 번역하여 쇼와 4년(1929) 도쿄 맑스쇼보(マルクス 書房)에서 '노농러시아문학총서'의 하나로 출판되었다. ─ 1929 ⑩ 28.

정토경론 14종(淨土經論十四種) 14종의 불교 서적. 『무량청정평등각경』(無量淸淨平等覺經. 2권), 『대아미타경』(大阿彌陀經. 2권), 『무량수경』(無量壽經. 2권), 『관무량수경』(觀無

量壽經. 1권), 『아미타경』(阿彌陀經. 1권), 『칭찬정토불섭수경』(稱讚淨土佛攝受經. 1권), 『고음성삼다라니경』(鼓音聲三陀羅尼經. 1권), 『정토십의론』(淨土十疑論. 1권), 『석정토군의론』(釋淨土群疑論. 7권), 『정토론』(淨土論. 1권), 『염불삼매보왕론』(念佛三昧寶王論. 3권), 『정토생무생론』(淨土生無生論. 1권), 『서방합론』(西方合論. 10권), 『용서정토문』(龍舒淨土文. 12권) 등이다.— 1916 ① 28.

정토십요(淨土十要) 후진(後秦) 구마라집(鳩摩羅什)이 번역하고 명대 지욱(智旭)이 해설한 10권 4책의 불교 서적.— 1921 ⑨ 3.

제가문장기록(諸家文章記錄) — 『중가문장기록』(衆家文章記錄) 참조.

제갈무후전(諸葛武侯傳) — 『한승상제갈충무후전』(漢丞相諸葛忠武侯傳) 참조.

제국극원(シラノ劇版畫)(帝國劇院) 2월 상연 레퍼토리 『판화 — 시라노 부(部)』. 무나카타 시코(棟方志功) 지음. 총 3장. 『슌주자(春秋座) 2월 상연 레퍼토리 판화』 안에 곁들여 있다. 시라노 드 베르주락(Cyrano de Bergerac, 1619~1655)은 프랑스의 시인이자 소설가, 극작가이다.— 1931 ④ 27.

제남전씨총서(濟南田氏叢書) — 『전씨총서』 참조.

제로봉니집존(齊魯封泥集存) 뤄전위(羅振玉)가 펴낸 1권 1책의 금석도상집(金石圖像集). 1913년 상위(上虞) 뤄씨(羅氏)의 영인본.— 1917 ⑫ 30.

제물론석(齊物論釋) 장빙린(章炳麟)이 지은 1책의 도가 서적. 1912년 핑가정사(頻伽精舍)의 활판인쇄본이다.— 1912 ④ 28. ⑩ 15. 1915 ⑥ 17.

제사 및 예와 법률(祭祀及禮と法律) 호즈미 노부시게(穗積陳重) 지음. 쇼와 3년(1928) 호즈미(穗積)장학재단에서 출판되었다. 노쿄의 이와나미쇼텐(岩波書店)에서 '법률진화논총'의 하나로 발행되었다.— 1930 ② 27.

제소인연(啼笑姻緣) 장헌수이(張恨水)의 소설. 1933년 상하이 싼유서사(三友書社)에서 출판되었다.— 1933 ① 13.

제이재자호구전(第二才子好逑傳) 『협의풍월전』(俠義風月傳)이라고도 한다. 청대 명교중인(名敎中人)이 편차(編次)를 정한 소설. 4권, 18회의 4책. 일기에는 『호구전』(好逑傳)으로 기록되어 있다. 1921년 상하이 싸오예산방(掃葉山房) 석인본(石印本).— 1923 ① 10.

제자변(諸子辨) 명대 송렴(宋濂)이 짓고 구제강(顧頡剛)이 교점(校點)한 잡고(雜考). 1926년 베이징 푸사(樸社)에서 출판되었다.— 1926 ⑨ 8.

제전대사취보리전전(濟顚大師醉菩提全傳) 청대 천화장거인(天花藏擧人)이 편찬한 소설. 4권, 20회의 4책. 보문당(寶文堂) 각본.— 1928 ⑥ 10.

조건(條件) 하야시 다카시(林毅)가 지은 수필집. 쇼와 10년(1935) 도쿄의 산세이도(三省

堂)에서 출판되었다. ─ 1935 ⑪ 17.

조라집(蔦蘿集) 위다푸(郁達夫)의 소설집. 1923년 상하이 타이둥(泰東)도서국에서 출판되었다. ─ 1923 ⑪ 22.

조론(肇論) 후진(後秦) 승조(僧肇)가 지은 1권 1책의 불교 서적. ─ 1914 ⑨ 26.

조론약주(肇論略注) 후진(後秦) 승조(僧肇)가 짓고 명대 덕청(德淸)이 설명을 가한 6권 2책의 불교 서적. ─ 1914 ⑦ 28, 29.

조류원색대도설(鳥類原色大圖說) 구로다 나가미치(黑田長禮)가 지은 동물학 서적. 쇼와 8년부터 9년(1933~1934)에 걸쳐 도쿄의 슈쿄샤쇼인(修敎社書院)에서 3책으로 출판되었다. ─ 1933 ⑫ 15. 1934 ① 31. ④ 27.

조벌록(弔伐錄) 금대 지은이 미상의 잡사(雜史). 2권 2책. 『사부총간』(四部叢刊) 3편은 청대 전증(錢曾)의 초본(抄本)을 영인했다. ─ 1935 ⑫ 30.

조사승장생책(趙似升長生冊) 청대 조봉(趙鳳, 사승似升)이 짓고 주숭요(周嵩堯)가 모아 펴낸 3권 2책의 시별집(詩別集). 선통(宣統) 3년(1911) 각본. ─ 1913 ④ 19, 28.

조시총재(朝市叢載) 『증보도문기략』(增補都門紀略)이라고도 한다. 일기에는 『조시총담』(朝市叢談)으로 오기되어 있다. 청대 이홍약(李虹若)이 편찬한 8책의 지리서이다. ─ 1923 ⑤ 21.

조야신성태평악부(朝野新聲太平樂府) 원대 양조영(楊朝英)이 펴낸 9권 2책의 산곡(散曲) 총집. 일기에는 『태평악부』(太平樂府)로 기록되어 있다. 상하이 함분루(涵芬樓)에서 우청(烏程) 장씨(蔣氏) 밀운루(密韻樓)에 소장된 원대 간본을 빌려 영인했다. ─ 1924 ⑤ 14, 15.

조이스 중심의 문학운동(ジョイス中心の文學運動) 하루야마 유키오(春山行夫)가 지은 문학사 서적. 쇼와(昭和) 8년(1933) 도쿄 다이이치쇼보(第一書房)에서 출판되었다. 조이스(James Joyce, 1882~1941)는 아일랜드 작가이며 심리주의문학 창시자이다. ─ 1934 ① 4.

조자건문집(曹子建文集) 삼국(三國) 위(魏)의 조식(曹植)이 지은 10권 3책의 별집. 『속고일총서』(續古逸叢書)는 창수(常熟) 취씨(瞿氏)가 소장한 송대 각본을 영인했다. ─ 1928 ⑦ 30.

조집전평(曹集銓評) 청대 정안(丁晏)이 편찬한 별집. 10권, 권수(卷首) 1권, 일문(逸文)과 연보 및 발문 등의 부록. 루쉰이 1925년에 구입한 것은 청대 동치(同治) 11년(1872) 금릉서국(金陵書局)이 소장한 판본이다. ─ 1914 ⑦ 22. 1925 ⑪ 21.

조형미술개론(有形美術要義) ─ 『Elementargesetze der bildenden Kunst』 참조.

조형미술개론(造型美術槪論) 도야마 우사부로(外山卯三郎) 지음. 쇼와 5년(1930) 도쿄의 겐세쓰샤(建設社)에서 출판되었다. ─1930 ⑩ 22.

조형미술에서의 형식문제(造型美術に於ける形式の問題) 일기에는『造型美術ニ於ケル形式問題』로도 기록되어 있다. 독일의 힐데브란트(A. von Hildebrand) 지음. 시미즈 기요시(淸水淸)가 번역하여 쇼와 2년(1927) 도쿄의 이와나미쇼텐(岩波書店)에서 '미술총서'의 하나로 출판되었다. ─1930 ① 4.

조형예술사회학(造型藝術社會學) 독일의 하우젠슈타인(W. Hausenstein) 지음. 가와구치 히로시(川口浩)가 번역하여 쇼와 4년(1929) 도쿄의 소분카쿠(叢文閣)에서 '맑스주의 예술이론총서'의 하나로 출판되었다. ─1929 ⑪ 14.

조화(朝華) 문예주간지. 루쉰, 러우스(柔石) 등이 엮고 조화사(朝華社)에서 출판했다. 상하이 합기교육용품사(合記敎育用品社)에서 발행. 1928년 12월 6일에 창간되어 1929년 5월 16일에 제20기를 발행하면서『조화순간』(朝華旬刊)으로 바뀌고 권기(卷期)도 달리기 시작했다. 같은 해 9월 21일 제12기를 끝으로 정간되었다. ─1928 ⑫ 16. 1929 ⑨ 27. ⑩ 26.

조화순간(朝華旬刊) ─『조화』(朝華) 참조.

존복재문집(存復齋文集) 원대 주덕윤(朱德潤)이 지은 별집. 10권, 부록 1권의 2책.『사부총간』(四部叢刊) 속편은 명대 간본을 영인했다. ─1934 ③ 19.

좀 공양(紙魚供養) 사이토 쇼조(齋藤昌三)의 수필집. 쇼와 11년(1936) 도쿄의 쇼모쓰텐보샤(書物展望社)에서 출판되었다. ─1936 ⑨ 8.

좀 번창기(紙魚繁昌記) 우치다 로안(內田魯庵) 지음, 사이토 쇼조(齋藤昌三), 야나기다 이즈미(柳田泉) 엮음. 쇼와 7년(1932) 노쿄의 쇼보쓰텐보샤(書物展望社)에서 출판되있다. ─1932 ⑨ 30.

좀 번창기 속편(續紙魚繁昌記) 수필집. 우치다 로안(內田魯庵), 사이토 쇼조(齋藤昌三) 엮음. 쇼와(昭和) 9년(1934) 도쿄의 쇼모쓰텐보샤(書物展望社)에서 출판되었다. ─1934 ⑦ 12.

좀의 자전(蠹魚の自傳) 우치다 로안(內田魯庵)의 수필집. 쇼와 4년(1929) 도쿄의 슌주샤(春秋社)에서 출판되었다. ─1929 ⑫ 18.

좀의 잡담(蠹魚無駄話) 쇼지 센스이(庄司淺水)의 수필집. 쇼와 8년(1933) 도쿄의 북돔샤(ブックドム社)에서 출판되었다. ─1933 ③ 18.

종군일기(從軍日記) 셰원한(謝文翰)이 지은 소설. 1925년 베이징 베이신(北新)서국에서 출판되었다. ─1925 ⑤ 1.

종수집(種樹集) 이핑(衣萍)의 시집. 1928년 상하이 베이신(北新)서국에서 출판되었다. ─1928 ⑫ 16.

좌곡(左曲) —『*Die Linkskurve*』참조.

좌향(左向) —『*Die Linkskurve*』참조.

죄악의 검은 손(罪惡的黑手) 짱커자(臧克家)의 시집. 1934년 상하이 생활서점에서 '창작문고'의 하나로 출판되었다. ― 1934 ⑫ 1.

죄와 벌(상편)(罪と罰. 前篇) 러시아의 도스토예프스키가 지은 소설. 우치다 로안(內田魯庵)이 번역하여 다이쇼 2년(1913) 도쿄의 마루젠(丸善)주식회사에서 출판되었다. ― 1913 ⑧ 8.

죄와 벌(罪與罰) 러시아 도스토예프스키의 소설. 웨이충우(韋叢蕪)가 번역하여 1930년 베이핑 웨이밍사(未名社)출판부에서 상책이 출판되었으며, 1931년에 하책이 출판되었다. ― 1930 ⑥ 20. 1931 ⑨ 9.

주경당종정고석발미(攟經堂鐘鼎考釋跋尾) 청대 진경용(陳慶鏞)이 지은 금석제발(金石題跋)서적. 일기에는『주경당종정문고석』(攟經堂鐘鼎文考釋)으로 기록되어 있다. 1921년 시링인사(西泠印社)에서 목활자로 조판·인쇄한 '둔암금석총서'(遯盦金石叢書)본. ― 1932 ⑫ 30.

주경당종정문고석(攟經堂鐘鼎文考釋) —『주경당종정고석발미』(攟經堂鐘鼎考釋跋尾) 참조.

주경여시집(朱慶餘詩集) 당대 주경여(朱慶餘)가 지은 별집. 1권, 교감기 부록 1권의 1책. 장원제(張元濟)가 교감기를 지었다.『사부총간』(四部叢刊) 속편은 송대에 간행된 서붕본(書棚本)을 영인했다. ― 1934 ④ 14.

주고술림(攟高述林) 청대 손이양(孫詒讓)이 지은 10권 4책의 별집. 1916년 각본. ― 1917 ① 28.

주금문존(周金文存) 추안(鄒安)이 펴낸 12책의 금석문자집. 1916년 상하이 창성밍즈(倉聖明智)대학에서 영인하여 '예술총편'(藝術叢編)에 포함시켰다. ― 1921 ⑩ 28.

주서(周書) —『이십사사』(二十四史, 백납본百衲本) 참조.

주여(塵餘) 명대 사조제(謝肇淛)가 지은 2권 2책의 잡찬(雜纂). 일본 각본. ― 1923 ① 26.

주역요의(周易要義) 송대 위료옹(魏了翁)이 지은 10권 3책의 유가 서적.『사부총간』(四部叢刊) 속편은 송대 각본을 영인했다. ― 1934 ⑫ 15.

주정여문(鑄鼎餘聞) 청대 요복균(姚福均)이 지은 4권 4책의 잡기. 광서(光緒) 25년(1899) 창수(常熟) 류씨(劉氏) 달경당(達經堂) 각본. ― 1928 ⑨ 27.

주지민보 5주년 기념책(諸暨民報五週年紀念冊) 주지민보사(諸暨民報社) 펴냄. 1925년에 출판되었다. ― 1925 ⑥ 13.

주평(週平) —『매주평론』(每週評論) 참조.

주하시집·이승상시집(周賀詩集·李丞相詩集) 1책의 별집.『주하시집』(周賀詩集. 1권)은 당대 주하(周賀)가 지었으며, 장원제(張元濟)의 교감기 1권이 부록으로 붙어 있다. 『이승상시집』(李丞相詩集, 2권)은 오대(五代) 남당(南唐)의 이건훈(李建勛)이 지었으며, 장원제의 교감기 1권이 부록으로 붙어 있다. 『사부총간』(四部叢刊) 속편은 송대의 서붕본(書棚本)을 영인했다. ─1934 ④ 14.

주한유보(周漢遺寶) 일본 도쿄제실박물관(東京帝室博物館) 엮음. 쇼와 7년(1932) 도쿄의 오쓰카고게이샤(大塚巧藝社)에서 출판되었다. ─1933 ① 31.

죽림 이야기(竹林的故事) 펑원빙(馮文炳)이 지은 소설. 1925년 베이징 베이신(北新)서국에서 '신조사(新潮社) 문예총서'의 하나로 출판되었다. ─1925 ⑪ 20. ⑫ 6.

죽보상록(竹譜祥錄) 원대 이연(李衎)이 지은 2권 2책의 화보. 일본의 각본이다. ─1921 ⑤ 17.

죽은 혼(死せる魂) 러시아의 고골(H. B. Гоголь)이 지은 소설. 엔도 도요마(遠藤豊馬)가 번역하여 쇼와 9년(1934) 도쿄의 분카코론샤(文化公論社)에서 출판되었다. ─1934 ⑥ 24.

죽은 혼(死魂靈) 러시아 고골이 지은 소설. 루쉰이 번역하여 1936년 상하이 문화생활출판사에서 '역문총서'(譯文叢書)의 하나로 출판되었다. 제2부는 1936년 초에 번역을 시작하였으며, 루쉰 생전에 출판되지 못했다. ─1934 ⑥ 24. 1935 ② 15. ③ 12. ④ 5. ⑤ 8, 23. ⑥ 11, 24. ⑦ 4, 27. ⑧ 5, 28. ⑨ 16, 28, 29. ⑩ 6, 7, 20, 24, 31. ⑪ 16. 1936 ② 25. ③ 25. ⑤ 8. ⑨ 26.

죽은 혼 그림(死魂靈圖) ─『Сто четыре рисунка к поэме Н. В. Гоголя「Мёртвые Души」』 참조.

죽은 혼 백 가지 그림(死魂靈百圖)『死魂靈一百圖』로 써야 옳다. 일기에는 『죽은 혼 그림』 (死魂靈圖)으로도 기록되어 있다. 러시아 아긴(А. Агин) 등이 그림. 루쉰은 서문을 써서 1936년 '삼한서옥'(三閑書屋)의 이름으로 출간했다. ─1935 ④ 5. ⑪ 8. ⑫ 10, 24. 1936 ① 18. ② 4. ⑤ 1, 7, 8.

죽은 혼 백 가지 그림(死魂百圖) ─『죽은 혼 백 가지 그림』(死魂靈百圖) 참조.

중가문장기록(衆家文章記錄) 루쉰이 1911년 전후에 모아 기록한 잡집(雜集). 일기에는 『제가문장기록』(諸家文章記錄)으로 기록되어 있다. 『순욱문장서록』(荀勖文章叙錄), 『지우문장지』(摯虞文章志), 『부량속문장지』(傅亮續文章志), 『고개지진문장기』(顧愷之晉文章記), 『송명제진강좌문장지』(宋明帝晉江左文章志), 『구연지문장서』(丘淵之文章叙), 『구연지문장록』(丘淵之文章錄), 『구연지신집록』(丘淵之新集錄), 『실명문장전』(失名文章傳) 등 9종의 옛 전적을 수록하였다. 『위지』(魏志), 『북당서초』(北堂書鈔), 『세설신어』(世說新語) 등의 책에서 콰이지(會稽)의 인물전 40여 항을 뽑아냈다. 40여 쪽의 수고(手稿)가 현재 남아 있다. —1913 ⑪ 4.

중간송본공총자(重刊宋本孔叢子) 한대 공부(孔鮒)가 짓고 송대 송함(宋咸)이 설명을 가한 7권 4책의 유가 서적. 청대 광서(光緖) 원년(1875) 하이창(海昌) 진석기(陳錫麒)가 송대 가우(嘉祐) 연간의 간본을 중각(重刻)했다. —1920 ③ 6.

중고문학사(中古文學史) 류스페이(劉師培)가 엮어 지은 1책의 문학사. 1923년 베이징대학 출판부 활판본이며, 베이징대학 문과 1학년 학생의 교재로 사용되었다. —1924 ⑤ 23.

중관석론(中觀釋論) 9권 2책의 불교 서적. 안혜보살(安慧菩薩)이 짓고, 송대에 유정(惟淨) 등이 번역했다. —1914 ⑤ 15.

중국고사연구(中國故事研究) —『민간고사연구』(民間故事研究) 참조.

중국논단(中國論壇) —『*China Forum*』참조.

중국대문학사(中國大文學史) 셰우량(謝無量) 지음. 1926년 상하이 중화(中華)서국 제10판. —1927 ④ 6.

중국명화(中國名畫) 미술연구회가 펴낸 그림책. 일기에는『중국명화집』(中國名畫集)으로도 기록되어 있다. 상하이 유정(有正)서국에서 영인했다. —1912 ④ 29. ⑤ 25. ⑨ 1. ⑩ 26. ⑪ 24. 1914 ⑤ 23. 1916 ⑨ 2. ⑩ 12. 1917 ② 4. 1918 ⑨ 28. 1919 ④ 15.

중국명화집(中國名畫集) —『중국명화』(中國名畫) 참조.

중국문자의 시원과 그 구조(中國文字之原始及其構造) 장산궈(蔣善國)가 지은 2책의 문자학 서적. 1930년 상하이 상우인서관(商務印書館)의 석인본(石印本)이다. —1930 ⑩ 28.

중국문학(中國文學) —『오십년래의 중국문학』(五十年來之中國文學) 참조.

중국문학논집(中國文學論集) 정전둬(鄭振鐸) 지음. 1934년 상하이 카이밍(開明)서점에서 출판되었다. —1934 ④ 25.

중국문학사(中國文學史)(삽화본) 정전둬(鄭振鐸)가 지은 총 4책. 1932년부터 1933년에 걸쳐 베이핑 푸사(樸社)출판부에서 출판했다. —1932 ⑩ 31. 1933 ① 15. ② 3. ⑨ 17.

중국문학사강요(中國文學史綱要) 허카이(賀凱) 편저. 1933년 베이핑 신흥(新興)문학연구회에서 출판되었다. —1933 ⑨ 23.

중국문학사대강(中國文學史大綱) 탄정비(譚正璧) 편저. 1925년 상하이 타이둥(泰東)도서국에서 '염화미소실총서'(拈花微笑室叢書)의 하나로 출판했다. —1925 ⑩ 14.

중국문학사략(中國文學史略) —『중국문학사요략』(中國文學史要略) 참조.

중국문학사요략(中國文學史要略) 주시쭈(朱希祖) 편저. 일기에는『중국문학사략』(中國文學史略)으로도 기록되어 있다. 베이징대학출판부의 활판본이다. —1926 ② 3.

중국문학진본총서(中國文學珍本叢書) 장징려(張靜廬) 엮음.『국학진본총서』(國學珍本叢書)

라고도 한다. 1935년부터 1936년에 걸쳐 상하이 잡지공사에서 출판되었다. 제1집은 41종이다. —1936 ④ 4.

중국사화(中國史話) 웨이슈(韋休)가 지은 역사서. 1931년 상하이 상우인서관(商務印書館)에서 출판되었다. —1932 ① 19.

중국소설사(中國小說史) —『중국소설사략』(中國小說史略) 참조.

중국소설사략(中國小說史略) 루쉰 지음. 일기에는 『소설사』(小說史), 『소설사략』(小說史略), 『중국소설사』(中國小說史), 『설사』(說史)로도 기록되어 있다. 1923년 12월부터 1924년 6월에 걸쳐 베이징 신조사(新潮社)에서 상권과 하권으로 나뉘어 출판되었다. 1925년 9월 일부 수정을 거친 후 베이징 베이신(北新)서국에서 한 권으로 합쳐졌으며, 1930년에 재판을 찍을 때에 다시 수정을 거쳤다. —1922 ② 2. 1923 ③ 28. ④ 19. ⑥ 6. ⑩ 8, 23. ⑪ 19. ⑫ 1, 11, 12, 15, 20, 22, 26, 30. 1924 ② 2, 4. ③ 1, 4, 8. ④ 1, 2, 11, 12, 19. ⑥ 20, 21, 23, 24, 26, 27. ⑦ 3, 5, 6, 20. ⑧ 18, 23. 1925 ② 23. ⑩ 7, 8, 9, 10, 12, 16, 25, 30. ⑪ 28. 1926 ② 8. ④ 10. ⑫ 6, 13. 1927 ⑥ 3. 1930 ⑪ 20, 25. 1931 ③ 16. ⑦ 17. ⑨ 15, 17, 19. ⑩ 6, 28. ⑪ 9. 1932 ⑧ 16. 1934 ⑤ 31. 1935 ⑨ 17.

중국소설사략(中國小說史略)(일역본) —『지나소설사』(支那小說史) 참조.

중국소설사료(中國小說史料) 쿵링징(孔另境) 엮음. 1936년 상하이 중화(中華)서국에서 출판되었다. —1936 ⑩ 11.

중국시론사(中國詩論史) —『지나시론사』(支那詩論史) 참조.

중국신문학대계(中國新文學大系) 일기에는 『신문학대계』(新文學大系), 『신중국문학대계』(新中國文學大系)로도 기록되어 있다. 1935년부터 1936년에 걸쳐 상하이 량유(良友)도서인쇄공사에서 출판되었다. 총 10집. 제1집은 건설이론집(建設理論集)으로 후스(胡適)가 골라 엮었다. 제2집은 문학논쟁집(文學論爭集)으로 정전둬(鄭振鐸)가 골라 엮었다. 제3집은 소설1집으로 마오둔(茅盾)이 골라 엮었다. 제4집은 소설2집으로 루쉰이 골라 엮었다. 제5집은 소설3집으로 정보치(鄭伯奇)가 골라 엮었다. 제6집은 산문1집으로 저우쭤런(周作人)이 골라 엮었다. 제7집은 산문2집으로 위다푸(郁達夫)가 골라 엮었다. 제8집은 시집으로 주쯔칭(朱自淸)이 골라 엮었다. 제9집은 희극집으로 홍선(洪深)이 골라 엮었다. 제10집은 사료색인을 위한 목록으로 아잉(阿英)이 골라 엮었다. —1935 ① 8, 24. ② 20, 26, 27, 28. ③ 7, 28. ⑤ 8, 19, 24. ⑥ 28, 29. ⑦ 2, 3, 4, 13. ⑧ 9, 28. ⑨ 6, 17, 19. ⑩ 17, 21. ⑪ 21, 28. 1936 ④ 8.

중국신문학운동사(中國新文學運動史) 왕저푸(王哲甫) 편저. 1933년 저자 발행본. —1935 ⑫ 4.

중국의 운명(中國的運命)(러시아어역) —『Китайские судьбы』 참조.

중국의 하루(中國的一日) 마오둔(茅盾)이 엮은 산문집. 1936년에 상하이 생활서점에서 출판했다. ―1936 ⑨ 27.

중국철학사(中國哲學史) 펑유란(馮友蘭) 지음. 1934년 상하이 상우인서관(商務印書館)에서 출판했다. ―1935 ⑥ 6.

중국학보(中國學報) 중국학보사가 펴낸 월간. 베이징 상우인서관(商務印書館)에서 발행. 1912년 11월에 창간되어 1913년 7월에 정간되었다가 1916년 1월에 복간되었다. ―1912 ⑪ 13, 14. ⑫ 28, 30. 1913 ② 19, 21. 1917 ② 24. 1918 ⑥ 16.

중국학보휘편(中國學報彙編) ―『중국학보』(中國學報) 참조.

중국화론(中國畫論) ―『The Chinese on the Art of Painting』 참조.

중궈서점서목(中國書店書目) 일기 중에 '중궈서점목록'(中國書店目錄), 중궈서점 '구서목'(舊書目) 등이 있는데, 모두 이와 관련된 것임에 틀림없다. ―1926 ⑫ 25. 1928 ⑥ 1. 1931 ⑥ 13. ⑪ 21, 24. 1934 ⑦ 2. ⑪ 1. 1935 ⑫ 31. 1936 ① 3.

중론(中論) 4권 2책의 불교 서적. 용수보살(龍樹菩薩)이 짓고 청목보살(靑目菩薩)이 주석을 붙였으며, 후진(後秦)의 구마라집(鳩摩羅什)이 번역했다. ―1914 ⑦ 28.

중론(中論) 한대 서간(徐幹)이 지은 2권 1책의 유가 서적. 『사부총간』(四部叢刊) 초편은 명문시당(明文始堂)의 각본을 영인했다. ―1924 ⑤ 14.

중류(中流) 리례원(黎烈文)이 펴낸 문학 반월간. 상하이 잡지공사에서 발행. 1936년 9월에 창간되어 1937년 8월에 제2권 제10기를 끝으로 정간되었다. ―1936 ⑧ 23, 24. ⑨ 5, 10, 22, 28. ⑩ 8.

중세 유럽 문학사(中世歐洲文學史) 다나베 주지(田部重治) 지음. 쇼와 7년(1932) 도쿄 다이이치쇼보(第一書房)에서 출판되었다. ―1932 ⑫ 26.

중심경 등 십사경동본(中心經等十事經同本) 불교 서적. 『중심경』(中心經)은 『충심경』(忠心經)이라고도 한다. 1권 1책이며, 동진(東晉) 축담무란(竺曇無蘭)이 번역했다. 『불설견정경』(佛說見正經) 등 13경과 합각한 것이다. ―1914 ⑩ 9.

중아함경(中阿含經) 60권 12책의 불교 서적. 동진의 가제파(伽提婆)가 번역했다. ―1914 ⑨ 26.

중앙미술(中央美術) 월간지. 다구치 교지로(田口鏡次郎) 엮음. 도쿄의 주오비주쓰샤(中央美術社)에서 발행되었다. ―1924 ④ 15.

중앙일보 부간(中央日報副刊) 쑨푸위안(孫伏園) 펴냄. 일기에는 『부간』(副刊)으로 기록되어 있다. 『중앙일보』는 당시 우한(武漢)에서 간행되었다. ―1927 ⑥ 10.

중원음운(中原音韻) 원대 주덕청(周德淸)이 지은 1권 2책의 곡운서(曲韻書). 1922년 구리(古里) 구씨(瞿氏) 철금동검루(鐵琴銅劍樓)에서 원대 각본을 영인했다. ―1923 ① 5.

중주금석기(中州金石記) 청대 필원(畢沅)이 지은 5권 2책의 금석목록집. ─ 1915 ⑤ 9, 18. 1916 ⑫ 8.

중학생(中學生) 샤몐쭌(夏丏尊), 예성타오(葉聖陶) 등이 펴낸 월간. 상하이 카이밍(開明)서점에서 발행. 1930년 1월에 창간되어 1949년에 제215기를 간행한 후 『진보청년』(進步青年)으로 개명했다. ─ 1931 ① 20. ⑪ 27.

중화민국서림 일별(中華民國書林一瞥) 일기에는 『서림 일별』(書林一瞥)로 기록되어 있다. 나가사와 기쿠야(長澤規矩也) 지음. 쇼와 6년(1931) 도쿄의 동아연구회에서 '동아연구강좌'의 하나로 출판되었다. ─ 1931 ③ 24.

중흥간기집(中興間氣集) 당대 고중무(高仲武)가 펴낸 2권 1책의 합집. 우진(武進) 비씨(費氏)가 송본(宋本)을 영인했다. ─ 1920 ③ 6.

즈장일보(之江日報) 저장(浙江) 항저우(杭州)에서 간행된 신문의 일종. ─ 1914 ⑪ 6.

증간(增刊) 『천바오증간』(晨報增刊)을 가리킨다. ─ 『천바오』(晨報) 참조.

지나(支那) 야마모토 사네히코(山本實彦) 지음. 쇼와 11년(1936) 도쿄의 가이조샤(改造社)에서 출판되었다. 이 안에 루쉰의 사적을 기술한 「상하이에서 S로 가다」(從上海去S), 「루쉰」(魯迅)이 실려 있다. ─ 1936 ⑨ 15.

지나고기도고·병기편(支那古器圖考·兵器篇) 하라다 요시토(原田淑人), 고마이 가즈치카(駒井和愛) 지음. 쇼와 7년(1932) 도쿄의 동방문화학원 도쿄연구소에서 출판되었다. ─ 1933 ① 7.

지나고대경제사상과 제도(支那古代經濟思想及制度) 다사키 마사요시(田崎仁義) 지음. 다이쇼 15년(1926) 교토의 나이가이(內外)출판주식회사에서 출판된 증보 4판. ─ 1929 ⑫ 17.

지나 고대화론 연구(支那上代畫論研究) 긴바라 세이고(金原省吾) 지음. 다이쇼 13년(1924) 도쿄 이와나미쇼텐(岩波書店)에서 출판되었다. ─ 1926 ③ 23.

지나고명기니상도감(支那古明器泥象圖鑑) 일기에는 『支那古明器圖鑑』, 『支那明器泥象圖鑑』으로도 기록되어 있다. 오쓰카 미노루(大塚稔) 지음. 쇼와 7년부터 8년(1932~1933)에 걸쳐 도쿄의 오쓰카고게이샤(大塚巧藝社)에서 출판되었다. 6집. ─ 1932 ⑧ 16, 22. ⑪ 6. 1933 ① 7. ⑦ 18.

지나고명기니상도설(支那古明器泥象圖說) 하마다 세이료(濱田靑陵, 하마다 고사쿠(濱田耕作) 편저. 2책. 쇼와(昭和) 2년(1927) 도쿄의 도코쇼인(刀江書院)에서 간행했다. ─ 1930 ⑦ 28.

지나고명기도감(支那古明器圖鑑) ─ 『지나고명기니상도감』(支那古明器泥象圖鑑) 참조.

지나근대희곡사(支那近世戲曲史) 아오키 마사루(靑木正兒) 지음. 쇼와 5년(1930) 교토의 고분도쇼보(弘文堂書房)에서 출판되었다. —1930 ⑤7.

지나남북기(支那南北記) 기노시타 모쿠타로(木下杢太郎)가 지은 유람기. 다이쇼 15년
(1926) 도쿄의 가이조샤(改造社)에서 출판되었다. —1926 ②23.

지나동화집(支那童話集) 이케다 다이고(池田大伍) 엮음. 다이쇼 13년(1924) 도쿄의 후잔보
(富山房)에서 출판되었다. —1925 ⑧11.

지나 마적의 비사(支那馬賊裏面史) 야하기 도미키쓰(矢萩富橋) 지음. 다이쇼 13년(1924) 도
쿄의 니혼쇼인(日本書院)에서 출판되었다. —1925 ①6.

지나만담(支那漫談) —『살아있는 중국의 자태』(生ケル支那ノ姿) 참조.

지나명기니상도감(支那明器泥象圖鑑) —『지나고명기니상도감』(支那古明器泥象圖鑑) 참조.

지나문예논수(支那文藝論藪) 아오키 마사루(青木正兒) 지음. 쇼와 2년(1927) 교토의 고분
도쇼보(弘文堂書房)에서 출판되었다. —1928 ⑧10.

지나문학개설(支那文學概說) 아오키 마사루(青木正兒) 지음. 쇼와 10년(1935) 도쿄의 고분
도쇼보(弘文堂書房)에서 출판되었다. —1936 ②19.

지나문학사강(支那文學史綱) 고지마 겐키치로(兒島獻吉郎) 지음. 다이쇼 14년(1925) 도쿄
의 후잔보(富山房)의 제8판. —1925 ⑨26.

지나문학사강요(支那文學史綱要) 우치다 센노스케(內田泉之助)와 나가사와 기쿠야(長澤
規矩也) 엮음. 쇼와(昭和) 7년(1932) 도쿄의 분큐도쇼텐(文求堂)에서 출판되었다. —
1932 ⑥3.

지나문학연구(支那文學研究) 스즈키 도라오(鈴木虎雄) 지음. 다이쇼 14년(1925) 교토의 고
분도쇼보(弘文堂書房)에서 출판되었다. —1926 ②23.

지나문화의 연구(支那文化の研究) 고토 아사타로(後藤朝太郎) 지음. 다이쇼 14년(1926) 도
쿄 후잔보(富山房)에서 출판되었다. —1925 ⑨26.

지나미술사 조소편(支那美術史·彫塑篇) 오무라 세이가이(大村西崖) 지음. 다이쇼 4년(1915)
도쿄에서 출판되었다. —1918 ⑥1.

지나법제사논총(支那法制史論叢) 구와바라 지쓰조(桑原隲藏) 지음. 쇼와 10년(1935) 도쿄
의 고분도쇼보(弘文堂書房)에서 출판되었다. —1936 ②10.

지나본대소승론잔본칠책(支那本大小乘論殘本七冊) — '지나본대소승론정지일자공칠책'
(支那本大小乘論靜至逸字共七冊) 참조.

지나본대소승론정지일자공칠책(支那本大小乘論靜至逸字共七冊) 일기에는 '지나본대소승
론잔본칠책'(支那本大小乘論殘本七冊)으로도 기록되어 있다. '정'(靜)자의 2책 8종
의 경전, '정'(情)자의 2책 4종의 경전, '일'(逸)자의 3책 12종의 경전을 가리킨다. —
1914 ⑫5.

지나본장경정자이책(支那本藏經情字二冊) 불교 서적. 『순중론』(順中論) 2권, 『섭대승론본』(攝大乘論本) 3권, 『중변분별론』(中邊分別論) 2권, 『대승기신론』(大乘起信論) 3권 등의 4종 경전을 수록하였다. — 1914 ⑫ 7.

지나불교유물(支那佛敎遺物) 마쓰모토 분자부로(松本文三郎) 지음. 다이쇼 8년(1919) 도쿄의 다이토카쿠(大鐙閣)에서 출판되었다. — 1926 ② 23.

지나불교인상기(支那佛敎印象記) 스즈키 다이세쓰(鈴木大拙; 스즈키 데이타로鈴木貞太郎) 지음. 쇼와(昭和) 9년(1934) 도쿄의 모리에쇼텐(森江書店)에서 출판되었다. — 1934 ⑩ 28.

지나사상연구(支那思想硏究) 일기에는 『사상연구』(思想硏究)로도 기록되어 있다. 다치바나 시라키(橘樸) 지음. 쇼와 11년(1936) 도쿄의 니혼효론샤(日本評論社)에서 출판되었다. — 1936 ⑧ 29.

지나사상의 프랑스로의 서방 전파(支那思想のフランス西漸) 고도 스에오(後藤末雄) 지음. 쇼와 8년(1933) 도쿄의 다이이치쇼보(第一書房)에서 출판되었다. — 1933 ⑥ 24.

지나사회사(支那社會史) 소련의 사파로프(Г. И. СаФаров, 1891~1942) 지음. 하야카와 지로(早川二郎)가 번역하여 쇼와 9년(1934) 도쿄의 하쿠요샤(白揚社)에서 출판되었다. — 1934 ⑩ 24.

지나사회연구(支那社會硏究) 다치바나 시라키(橘樸) 지음. 쇼와 11년(1936) 도쿄의 니혼효론샤(日本評論社)에서 출판되었다. — 1936 ⑧ 29.

지나산 누룩에 관하여(支那産'麴'ニ就イテ) 야마자키 모모지(山崎百治) 지음. 『상하이자연과학연구소휘보』(上海自然科學硏究所彙報) 제1권 제1호(1929년 1월). — 1930 ⑤ 23.

지나 산수화사(支那山水畫史) 이세 센이치로(伊勢專一郎) 지음. 동방문화학원 교토연구소 엮음. 쇼와(昭和) 9년(1934) 『동방문화학원 교토연구소 연구보고』의 하나. — 1935 ① 17.

지나소설사(支那小說史) 『중국소설사략』(中國小說史略)의 일역본. 루쉰이 저술하고 서문을 지었다. 마스다 와타루(增田涉)가 번역하여 쇼와 10년(1935) 도쿄의 사이렌샤(賽棱社)에서 출판되었다. — 1935 ⑥ 10. ⑦ 30. ⑧ 6, 13. ⑩ 27.

지나소설희곡사개설(支那小說戱曲史槪說) 미야하라 민페이(宮原民平) 지음. 다이쇼 14년(1925) 도쿄의 교리쓰샤(共立社)에서 출판되었다. — 1926 ② 23.

지나시론사(支那詩論史) 스즈키 도라오(鈴木虎雄) 지음. 다이쇼(大正) 14년(1925) 교토의 고분도쇼보(弘文堂書房)에서 '중국학총서'(支那學叢書)의 하나로 출판되었다. — 1925 ⑨ 15.

지나어 로마자화의 이론(支那語ローマ字化の理論) 루쉰, 예라이스(葉籟士) 등 지음. 사이토

히데카쓰(齋藤秀一)가 번역하여 쇼와 11년(1936) 쓰루오카(鶴岡)에서 유인물로 출판되었다. ─1936 ⑧ 8.

지나에 있어 열강의 공작과 그것의 경제세력(支那に於ケル列强の工作とその經濟勢力) 하라 가쓰(原勝) 지음. 쇼와 11년(1936) 도쿄 가쿠게이샤(學藝社)에서 출판되었다. ─1936 ④ 7.

지나역사지리연구(支那歷史地理研究) 오가와 다쿠지(小川琢治) 지음. 쇼와 3년(1928) 교토의 고분도쇼보(弘文堂書房) 재판본. ─1929 ⑨ 16.

지나역사지리연구 속집(支那歷史地理研究續集) 일기에는 『속편』(續編)으로도 기록되어 있다. 오가와 다쿠지(小川琢治) 지음. 쇼와 4년(1929) 도쿄의 고분도쇼보(弘文堂書房)에서 출판되었다. ─1929 ⑨ 16.

지나연구(支那研究) 고노 야타키치(河野弥太吉)가 엮은 사회과학 계간지. 다롄(大連)지나연구회에서 발행. 다이쇼 13년(1924)에 창간되었다. ─1925 ① 5.

지나영웅이야기(支那英雄物語) 미쓰이 신에이(三井信衛) 지음. 쇼와 2년(1927) 도쿄 긴세이샤(金星社)에서 출판되었다. ─1928 ⑩ 25.

지나유람기(支那遊記) 아쿠타가와 류노스케(芥川龍之介) 지음. 다이쇼 14년(1925) 도쿄 가이조샤(改造社)에서 출판되었다. ─1926 ④ 17.

지나 유머집(支那ユーモア集) ─ 『세계유머전집 ─ 중국편』(世界ユーモア全集 ─ 中國篇) 참조.

지나의 건축(支那の建築) 이토 세이조(伊藤淸造) 지음. 쇼와 4년(1929) 도쿄의 오사카야고쇼텐(大阪屋號書店)에서 출판되었다. ─1929 ⑩ 28.

지나 2월(支那二月) 잉슈런(應修人) 등이 펴낸 문학월간. 호반사(湖畔社)에서 출판. 1925년 2월에 창간하여 같은 해 5월에 제1권 제4기를 끝으로 정간되었다. ─1925 ④ 1.

지나인과 지나사회 연구(支那人及支那社會の研究) 이케다 류조(池田龍藏) 지음. 쇼와 6년(1931) 도쿄의 이케다우진연구소(池田無盡硏究所)에서 출판되었다. ─1931 ⑪ 5.

지나인도단편소설집(支那印度短篇小說集) ─ 『지나인도단편집』(支那印度短篇集) 참조.

지나인도단편집(支那印度短篇集) 일기에는 『지나인도단편소설집』(支那印度短篇小說集)으로 기록되어 있다. 사토 하루오(佐藤春夫) 엮음. 쇼와 11년(1936) 도쿄 가와데쇼보(河出書房)에서 '세계단편걸작전집'의 하나로 출판되었다. ─1936 ⑩ 2.

지나 제자백가고(支那諸子百家考) 고지마 겐키치로(兒島獻吉郎) 지음. 쇼와 6년(1931) 도쿄의 메구로쇼텐(目黑書店)에서 출판되었다. ─1931 ④ 11.

지나주택지(支那住宅誌) 남만주철도주식회사 경제조사회의 기지마 가쓰미(貴島克己) 엮음. 쇼와(昭和) 7년(1932) 다롄(大連) 남만주철도주식회사에서 출판되었다. ─1932

⑧9.

지나 중세 의학사(支那中世醫學史) 료 온진(廖溫仁, 랴오원런) 지음. 쇼와 7년(1932) 교토의 가니야쇼텐(カニヤ書店)에서 출판되었다. ─1933 ④ 25.

지나토우고(支那土偶考) ─『*Chinese Pottery of the Han Dynasty*』 참조.

지나학문수(支那學文藪) 가노 나오키(狩野直喜) 지음. 쇼와 2년(1927) 교토의 고분도쇼보 (弘文堂書房)에서 출판되었다. ─1927 ⑩ 8.

지나혁명과 세계의 내일(支那革命及世界の明日) 호소카와 가로쿠(細川嘉六) 지음. 쇼와 3년 (1928) 도쿄의 도진샤(同人社)에서 출판되었다. ─1928 ③ 25.

지나혁명의 이론적 고찰(支那革命の理論的考察) 『지나혁명의 제 문제』(支那革命の諸問題) 라고도 한다. 부하린(Н. И. Бухарин) 지음. 노무라 데쓰오(野村哲雄)가 번역하고 산업 노동조사소에서 엮음. 쇼와 3년(1928) 도쿄의 맑스쇼보(マルクス書房)에서 '국제소 총서'(國際小叢書)의 하나로 출판되었다. ─1928 ② 13.

지나혁명의 제 문제(支那革命の諸問題) ─『지나혁명의 이론적 고찰』(支那革命の理論的考 察) 참조.

지나혁명의 현 단계(支那革命の現階段) 원서의 제목은 『支那革命の現段階』. 스탈린(И. В. Сталин)과 부하린(Н. И. Бухарин) 등 지음. 구라하라 고레히토(藏原惟人)가 번역하여 쇼와 2년(1927) 도쿄의 기보카쿠(希望閣)에서 출판되었다. ─1928 ⑫ 31.

지나화가전(支那畵人傳) 요코카와 기이치로(橫川毅一郞) 지음. 다이쇼 14년(1925) 도쿄의 주오비주쓰샤(中央美術社)에서 출판되었다. ─1926 ③ 23.

지나회화소사(支那繪畵小史) 오무라 세기이(大村西崖) 지음. 메이지 43년(1910) 도쿄에서 출판되었다. ─1912 ⑩ 12.

지드 연구(ジード研究) 프랑스의 레옹 피에르 캥(L. Pierre-Quint)이 지은 작가연구서. 요 시무라 미치오(吉村道夫)와 오다 젠이치(小田善一)가 번역하여 쇼와 9년(1934) 도쿄 의 미카사쇼보(三笠書房)에서 출판되었다. 『지드 전집 별권』. ─1935 ⑥ 25.

지드 이후(ジード以後) 나카무라 기쿠오(中村喜久夫)가 지은 문학사론. 쇼와 8년(1933) 도 쿄 긴세이도(金星堂)에서 출판되었다. ─1933 ⑧ 3.

지드 전집(ジイド全集) ─『앙드레 지드 전집』(アンドレ・ジイド全集) 참조.

지란과 재스민(芝蘭與茉莉) 구이차오(顧一樵)가 지은 소설. 1923년 상하이 상우인서관(商 務印書館)에서 '문학연구회총서'의 하나로 출판되었다. ─1924 ② 3.

지림(志林) 진대(晉代) 우희(虞喜)가 지은 1권의 잡록(雜錄). 『지림신서』(志林新書)라고도 한다. 루쉰은 이 책을 집록한 적이 있다. ─1914 ⑧ 18.

지부족재총서(知不足齋叢書) 청대 포정박(鮑廷博) 펴냄. 30집, 197종, 240책. 1921년 상하

이 고서유통처(古書流通處)의 석인본(石印本)이다. ─ 1926 ③ 2.

지상초당필기(池上草堂筆記) 청대 양공진(梁恭辰)이 지은 8권 8책의 잡기. 동치(同治) 12년
(1873) 금릉(金陵) 각본. ─ 1923 ⑪ 20.

지진재총서(咫進齋叢書) 청대 요근원(姚覲元) 펴냄. 3집, 37종의 24책. 광서(光緖) 9년
(1883) 구이안(歸安) 요씨(姚氏) 각본. ─ 1915 ③ 21. 1916 ③ 30.

지치신간전상평화삼국지(至治新刊全相平話三國志) 원대 지은이 미상의 소설(3권). 일기에
는 『전상평화삼국지』(全相平話三國志), 『삼국지평화』(三國志平話)로 기록되어 있다.
1926년 일본의 시오노야 온(鹽谷溫)이 원대 지치(至治) 연간의 젠안(建安) 우씨(虞氏)
의 각본을 영인했다. ─ 1926 ⑧ 17. 1928 ② 23.

직지과 판화(裂地と版畫) 쓰지 히사시(辻永) 등이 엮은 화첩. 쇼와 3년(1928) 도쿄 고게이
샤(巧藝社)의 영인본. ─ 1929 ⑦ 19.

직재서록해제(直齋書錄解題) 송대 진진손(陳振孫)이 지은 22권 6책의 목록. 청대 광서(光
緖) 9년(1883) 장쑤(江蘇)서국의 각본이다. ─ 1928 ⑥ 10.

직하파 연구(稷下派之硏究) 진서우선(金受申)이 지은 철학서. 1930년 상하이 상우인서관
(商務印書館)에서 '국학 소총서'의 하나로 출판되었다. ─ 1932 ⑨ 24.

진금석각사(秦金石刻辭) 뤄전위(羅振玉)가 펴낸 3권 1책의 금석문자학 서적. 1914년 상위
(上虞) 뤄씨(羅氏)가 영인했다. ─ 1915 ⑨ 12, 30.

진기집본(晉紀輯本) 청대 탕구(湯球)가 펴낸 역사서. 7종, 7권의 1책. '광아(廣雅)서국총서'
본. ─ 1914 ⑨ 22. ⑩ 15. 1926 ⑪ 5.

진노련그림책(陳老蓮畫冊) 청대 진홍수(陳洪綬)가 그린 1책의 그림책. 1926년 상하이 상우
인서관(商務印書館)에서 영인했다. ─ 1931 ④ 28.

진미선(眞美善) 문학 반월간지. 상하이 진미선잡지편집소에서 편집하여 발행. 1927년 11
월에 창간되었으며, 제3권부터 월간으로 바뀌었다. 1931년 4월에 계간으로 바뀌었
으며, 같은 해 7월에 정간되었다. ─ 1927 ⑫ 18.

진백양화조진적(陳白陽花鳥眞迹) ─ 『백양산인화조그림책』(白陽山人花鳥畫冊) 참조.

진사업유서(陳司業遺書) 청대 진조범(陳祖范)이 지은 3권 3책의 잡저(雜著). 광서(光緖) 17
년(1891) '광아(廣雅)서국총서'본이다. ─ 1927 ⑨ 16.

진서(晉書) ─ 『이십사사』(二十四史. 백납본百衲本) 참조.

진서(陳書) ─ 『이십사사』(二十四史. 백납본) 참조.

진서집본(晉書輯本) 청대 탕구(湯球)가 펴낸 역사서. 10종, 43권의 6책. 광서(光緖) 연간의
'광아서국총서'본. ─ 1914 ⑨ 22. ⑩ 15. 1926 ⑪ 5.

진실은 이렇게 속인다(眞實はかく佯る) 하세가와 다쓰노스케(長谷川辰之助)의 잡문집. 다

이쇼 13년(1924) 도쿄 소분카쿠(叢文閣)의 제5판. ─ 1924 ④ 8.

진씨향보(陳氏香譜) ─『향보』(香譜) 참조.

진이준문집(晉二俊文集) 진대(晉代) 육기(陸機)가 지은『육사형집』(陸士衡集, 10권)과 진대(晉代) 육운(陸雲)이 지은『육사룡집』(陸士龍集, 10권)의 합집. ─ 1926 ⑨ 29.

진장후인물책(陳章侯人物冊) 청대 진홍수(陳洪綬)가 그린 1책의 그림책. 선통(宣統) 원년(1909)에 상하이 신주국광사(神州國光社)에서 영인했다. ─ 1912 ④ 29. ⑪ 24.

진장후회서상기도(陳章侯繪西廂記圖) ─『진장후회진기도』(陳章侯會眞記圖) 참조.

진장후회진기도(陳章侯會眞記圖) 청대 진홍수(陳洪綬)가 그린 1책의 그림책. 일기에는『진장후회서상기도』(陳章侯繪西廂記圖)로 기록되어 있다. 1925년 송분실(誦芬室) 장서본을 영인했다. ─ 1928 ④ 8.

진중의 하프(陣中の竪琴) 사토 하루오(佐藤春夫)의 산문집. 쇼와 9년(1934) 도쿄의 쇼와쇼보(昭和書房)에서 출판되었다. ─ 1934 ⑦ 12.

진태산각석(秦泰山刻石) 진대(秦代) 이사(李斯)가 쓴 1책의 금석문자. 상하이 예원진상사(藝苑眞賞社)에서 북송의 오십삼자본(五十三字本) 탁본을 영인했다. ─ 1933 ① 15.

진한금문록(秦漢金文錄) 룽겅(容庚)이 펴낸 8권 5책의 금석문자학 서적. 1931년 국립중앙연구원 역사언어연구소에서 영인했으며, 이 연구소 특집호의 하나이다. ─ 1932 ⑩ 19.

진한와당문자(秦漢瓦當文字) 뤄전위(羅振玉)가 펴낸 1권 2책의 금석문자학 서적. 1914년 상위(上虞) 뤄씨(羅氏)가 영인했다. 루쉰은 1915년 3월 19일부터 4월 10일에 걸쳐 베껴 썼다. ─ 1915 ③ 19, 29. ④ 10, 17. ⑧ 10. ⑨ 19, 30.

진한와당존(秦漢瓦當存) ─『둔암진한와당존』(遯庵秦漢瓦當存) 참조.

진화와 퇴화(進化和退化) 저우젠런(周建人)이 편역한 생물학 서적. 루쉰이 교정을 보고 서문을 썼다. 1930년 상하이 광화(光華)서국에서 출판되었다. ─ 1930 ⑫ 5, 6, 7.

진화학설(進化學說) 원제는 Les théories de l'evolution. 들라주(Y. Delage)와 골드스미스(M. Goldsmith) 지음. 고이즈미 마코토(小泉丹)가 번역하여 쇼와 3년(1928) 도쿄의 소분카쿠(叢文閣)에서 '플라마리온샤(フラマリオン社) 자연과학총서'의 하나로 출판되었다. ─ 1928 ② 19.

질긴 풀(勁草) 러시아 톨스토이(A. K. Toлстой)의 소설. 저우쭤런(周作人)이 번역하고 루쉰이 서문을 썼으나 발표되지는 못했다. ─ 1913 ⑨ 10. 1914 ① 12, 25, 27. ⑤ 21.

질원집(質園集) 청대 상반(商盤)이 지은 32권 8책의 시별집(詩別集). ─ 1913 ⑥ 30.

질투(嫉妒) ─『질투』(妒誤) 참조.

질투(妒誤) 프랑스의 베르나르(J. J. Bernard)의 극본. 일기에는『질투』(嫉妒)로 오기되어

있다. 리례원(黎烈文)이 번역하여 1933년 상하이 상우인서관(商務印書館)에서 '세계
문학명저'의 하나로 출판되었다. — 1934 ① 16.

질풍노도시대와 현대독일문학(疾風怒濤時代と現代獨逸文學) 일기에는 『현대독일문학』(現
代獨逸文學)으로 기록되어 있다. 나루세 무쿄쿠(成瀨無極) 지음. 쇼와 4년(1929) 도쿄
의 가이조샤(改造社)에서 출판되었다. — 1930 ① 4.

집고금불도론형(集古今佛道論衡) 당대 도선(道宣)이 지은 5권 2책의 불교 서적. 일기에는
『불도론형실록』(佛道論衡實錄), 『고금불도론형록』(古今佛道論衡錄)으로도 기록되어
있다.

집단사회학원리(集團社會學原理) 쓰무라야 히로시(圓谷弘) 지음. 쇼와 9년(1934) 도쿄의
도분칸(同文館)에서 출판되었다. — 1935 ⑩ 27.

집신주탑사삼보감통록(集神州塔寺三寶感通錄) 당대 도선(道宣)이 지은 4권 1책의 불교 서
적. 일기에는 『삼보감통록』(三寶感通錄)으로 기록되어 있다. — 1914 ⑥ 3. ⑩ 26.

집외집(集外集) 루쉰이 짓고 양지윈(楊霽雲)이 엮은 시문집. 1935년 상하이 군중도서공사
에서 출판되었다. — 1934 ⑥ 19. ⑫ 13, 14, 19, 21. 1935 ⑤ 3, 14.

징강당유주(澄江堂遺珠) 아쿠타가와 류노스케(芥川龍之介)의 시집. 사토 하루오(佐藤春夫)
엮음. 쇼와 8년(1933) 도쿄의 이와나미쇼텐(岩波書店)에서 출판되었다. — 1933 ③
28.

징더전도록(景德鎭陶錄) 청대 남포(藍浦)가 짓고 정정계(鄭廷桂)가 보완한 10권 4책의 공
예서. — 1912 ⑫ 14.

징둬바오(警鐸報) 사오싱(紹興)에서 출판된 신문. 1912년 6월 하순에 창간되었다. — 1913
① 26. ② 2, 5.

징바오(京報) 신문이며, 사오퍄오핑(邵飄萍)이 주관. 1918년 10월 5일 베이징에서 창간되
었다. 1924년 말 부간(副刊)을 혁신하여 『징바오 부간』(京報副刊), 『민중문예 부간』(民
衆文藝副刊), 『부녀주간』(婦女週刊), 『문학주간』(文學週刊) 등 다수를 잇달아 증간했다.
1925년 4월 다시 루쉰에게 『망위안』(莽原) 주간을 편집해 달라고 부탁했다. 1924년
12월부터 1926년 4월에 걸쳐 쑨푸위안(孫伏園)이 『징바오 부간』의 편집을 맡았을 때
루쉰은 이 부간에 다수의 글을 발표했다. — 1924 ⑫ 24. 1925 ① 9, 10. ② 10, 11, 17,
18. ③ 29. ④ 1, 21, 30. ⑥ 14. ⑧ 1. 1926 ② 4. ④ 7, 14.

징바오 부간(京報副刊) — 『징바오』(京報) 참조.

짧은 10년(小小十年) 예융전(葉永蓁)이 지은 소설. 루쉰이 교열하고 서문을 지었다. 1929
년 상하이 춘조(春潮)서국에서 2책으로 출판했다. 1933년에 상하이 생활서점에서
재판할 때에 1책으로 출판되었다. — 1929 ⑦ 7. ⑨ 5, 21. 1933 ⑨ 21, 27.

【ㅊ】

차라투스트라(는 이렇게 말했다)(ツアラトウストラ) 독일의 니체 지음. 이쿠타 조코(生田長江)가 번역하여 다이쇼(大正) 13년(1924) 도쿄의 신초샤(新潮社)에서 출판되었다. — 1925 ⑧ 11.

차라투스트라 해설 및 비평(ツアラッストラ解説及批評)(ツアラッストラ解説并びに批評) — 『니체의 차라투스트라 — 해설 및 비평』(ニチイエのツアラッストラ — 解釋并びに批評ー) 참조.

차이위안페이 선생 65세 축하논문집(慶祝蔡元培先生六十五歲論文集)(상책) 천인커(陳寅恪) 등 지음. 일기에는 『차이 선생 65세 축하논문집』(祝蔡先生六十五歲論文集)(상)으로 기록되어 있다. 1933년 중앙연구원 역사언어연구소에서 간행했다. — 1934 ⑤ 21.

차파예프(チヤパーエフ) —『적색친위대』(赤色親衛隊) 참조.

찬희려총서(篡喜廬叢書) 청대 부운룡(傅雲龍)이 펴낸 4종 7책의 총서. 광서(光緖) 15년(1889) 더칭(德淸) 부씨(傅氏)가 일본의 옛 두루마리본(卷子本)을 영각(影刻)했다. — 1912 ⑤ 12. 1913 ⑤ 2.

찰박(杊樸) 청대 계복(桂馥)이 지은 10권 8책의 잡설(雜說). 광서(光緖) 9년(1883)에 창저우(長洲) 장씨(蔣氏)의 심구재(心矩齋) 교각본(校刻本)이다. — 1923 ⑥ 26.

참과 아름다움(信と美) 야나기 무네요시(柳宗悦)의 산문집. 다이쇼 14년(1925) 도쿄의 게세샤쇼텐(警醒社書店)에서 출판되었다. — 1926 ② 23.

창공의 끝에서(青空の梢に) —『푸른 하늘 끝에』(青い空の梢に) 참조.

창작의 경험(創作的經驗) 루쉰 등이 지은 문예이론서. 1933년 상하이 톈마(天馬)서점에서 출판되었다. — 1933 ⑥ 18, 19.

창작판화(創作版畫) —『*Hanga*』참조.

창작판화 제작 방법(創作版畫の作り方) 일기에는 『板畫の作り方』으로도 기록되어 있다. 아사히 마사히데(旭正秀) 지음. 쇼와(昭和) 2년(1927) 도쿄의 고분샤(弘文社)에서 출판되었다. — 1928 ⑫ 27.

창작판화집(創作版畫集) 무토 간이치(武藤完一)가 엮은 그림책. 쇼와 9년(1934) 도쿄 도호샤(東邦社)의 영인본. '수공도안집'의 하나. — 1934 ⑦ 19.

창조(創造) 창조사(創造社)의 초기 간행물인 문학계간. 위다푸(郁達夫), 궈모뤄(郭沫若), 청
팡우(成仿吾) 등이 엮어 상하이 타이둥(泰東)도서국에서 출판되었다. 1922년에 창간
되었고 1924년 2월 제2권 제2기를 끝으로 정간되었다. —1923 ③ 16. 1924 ③ 18.

창조월간(創造月刊) 창조사(創造社) 문학부에서 펴낸 문학 간행물. 상하이 창조사출판부
에서 발행했다. 1926년 2월에 창간되었고 1929년 1월에 제2권 제6기를 끝으로 정간
되었다. —1927 ⑨ 24.

창조적 비평론(創造的批評論) 미국의 스핑간(J. E. Spingarn) 지음. 엔도 데이키치(遠藤貞
吉)가 번역하여 다이쇼 14년(1925) 도쿄의 슈호카쿠(聚芳閣)에서 '해외예술평론총
서'의 하나로 출판되었다. —1925 ⑪ 5.

창조주보(創造週報) 창조사(創造社)에서 펴낸 문학 간행물. 상하이 타이둥(泰東)도서국에
서 출판되었다. 1923년 5월 13일에 창간되었고 1924년 5월에 종간되었다. 제26기
를 출판할 때에 합정본을 발행했다. —1923 ⑫ 26.

채중랑문집(蔡中郎文集) 한대 채옹(蔡邕)이 지은 별집. 10권, 외전(外傳) 1권의 2책. 『사부
총간』(四部叢刊) 초편은 명대 정덕(正德) 10년 시산(錫山) 화씨(華氏)의 난설당(蘭雪
堂) 동활자본을 영인했다. —1924 ⑥ 13. 1928 ⑦ 30.

채중랑집(蔡中郎集) —『채중랑문집』(蔡中郎文集) 참조.

책의 적(書物の敵) 쇼지 센스이(庄司浅水)가 지은 잡저. 쇼와 5년(1930) 도쿄 북돔샤(ブッ
クドム社)의 재판. —1932 ⑩ 14.

책 이야기(書物の話) 쇼지 센스이(庄司浅水) 지음. 쇼와 6년(1931) 도쿄 북돔샤(ブックドム
社)에서 출판되었다. —1931 ⑤ 26.

책 취미(書物趣味) 쇼지 센스이(庄司浅水)가 엮은 월간지. 쇼와 7년부터 8년(1932~1933)
에 걸쳐 도쿄쇼보(東京書房)에서 출판되었다. 총 2권 8책 출판. —1933 ⑪ 1.

척황(拓荒) 문예월간지. 산시(山西) 타이위안(太原) 척황월간사(拓荒月刊社)에서 발행.
1936년 2월에 창간되었다. —1936 ② 20.

1928년 유럽 단편소설집(一九二八年歐洲短篇小說集) —『Short Stories of 1928』 참조.

천뢰각구장송인화책(天籟閣舊藏宋人畫冊) 민현(閩縣) 리씨(李氏)의 관근재(觀槿齋)에 소장
된 1책을 상하이 상우인서관(商務印書館)에서 영인했다. —1923 ① 26. 1931 ④ 28.

천마산방총저(天馬山房叢著) 마쉬룬(馬叙倫)이 지은 총서로서, 6종 7권 1책의 활판본. —
1925 ⑩ 30.

천바오(晨報) 연구계(研究系)의 신문. 1916년 8월에 베이징에서 창간되었으며, 원명은 『천
중바오』(晨鐘報)였으나 1918년 12월에 『천바오』로 개명했다. 매일 2장 8면을 발행.
제7면에 소설, 시가, 소품 및 학술강연록 등을 실었으며, 리다자오(李大釗)가 편집을

맡았다. 1921년 10월 12일부터 단독으로 간행되면서 『천바오 부간』(晨報附刊. 또는 『천바오 부전』晨報副鐫, 『천바오 부간』晨報副刊이라고도 함)으로 개칭하고 매일 4절지 한 장을 발행하고 매달 한 책으로 묶었다. 이 신문은 1921년 가을부터 1924년 겨울까지 쑨푸위안(孫伏園)이 편집을 맡았으며, 루쉰은 늘 이 신문에 글을 기고했다. 1928년 6월에 정간되었다. —1919 ⑪ 19, 22, 24. 1921 ④ 12. ⑤ 1, 3, 13. ⑥ 11. ⑦ 11. ⑧ 1, 8. ⑨ 10, 13. ⑩ 19. ⑫ 8. 1922 ② 2. ⑪ 24. 1923 ① 3, 14, 26. ⑨ 22. ⑫ 12. 1924 ① 17. ③ 24. ④ 28. ⑤ 11, 31. ⑥ 28. ⑩ 2, 8, 16, 19. ⑪ 28. 1925 ① 25. ② 13. 1933 ③ 11.

천바오각총서(晨報閣叢書) 선쭝지(沈宗畸)가 펴낸 22종 16책의 총서. 선통(宣統) 원년 (1909) 판위(番禺) 선씨(沈氏) 각본. —1924 ⑧ 27.

천바오증간(晨報增刊) —『천바오』(晨報) 참조.

천발신참비(天發神讖碑) 원명은 『오천새기공비』(吳天璽紀功碑) 삼국(三國)시대 오(吳)의 비각(碑刻). 1책. 상하이 유정(有正)서국의 석인본(石印本). —1914 ⑫ 20.

천벽정고전도석(千甓亭古專圖釋) 청대에 육심원(陸心源)이 펴낸 20권 4책의 금석도상(金石圖像). 일기에는 『천벽정전도』(千甓亭專圖)로도 기록되어 있다. 광서(光緒) 17년 (1891) 우싱(吳興) 육씨(陸氏)가 영인했다. —1915 ⑦ 2, 29.

천벽정전도(千甓亭專圖) —『천벽정고전도석』(千甓亭古專圖釋) 참조.

천연나트륨화합물의 연구(天産鈉化合物の硏究) 원서의 제목은 『天産ナトリウム化合物の硏究』이다. 오카다 이에타케(岡田家武) 지음. 『상하이자연과학연구소휘보』(上海自然科學硏究所彙報) 제1권 제4호(1930년 8월). —1930 ⑩ 28.

천일야화(화보)(상권)(一十一夜物語[畫譜]上卷). 일기에는 『畫譜一千夜物語』(上)로 기록되어 있다. 프랑스의 마르드뤼(J. C. Mardrus)가 프랑스어로 번역하여 엮음. 야노메 겐이치(矢野目源一) 등이 해설하여 쇼와 4년(1929) 도쿄 국제문헌간행회에서 출판되었다. —1929 ⑫ 18.

천스쩡 선생 유묵(陳師曾先生遺墨) 천스쩡(陳師曾)이 그린 그림책. 12집, 야오화(姚華)의 녹의실경속사(菉漪室京俗詞) 부록 2집의 14책. 일기에는 『스쩡유묵』(師曾遺墨)으로 기록되어 있다. 1924년부터 1928년에 걸쳐 베이징 징화인서국(京華印書局)에서 영인했다. —1924 ⑤ 3. ⑧ 16. 1925 ② 10. ⑦ 15. 1926 ⑤ 28.

천옌차오 목판화집(陳烟橋木刻集) 천옌차오(陳烟橋) 제작. 1935년 10월 광저우(廣州) 현대창작판화연구회에서 '현대판화총간'의 하나로 찍었다. —1935 ⑫ 14.

천유각시집(天游閣詩集) —『천유각집』(天游閣集) 참조.

천유각집(天游閣集) 청대 고춘(顧春)이 지은 1책의 별집. 일기에는 『천유각시집』(天游閣詩集)으로도 기록되어 있다. —1912 ⑧ 14. ⑩ 15.

천인감통록(天人感通錄) —『도선율사천인감통록』(道宣律師天人感通錄) 참조.

천일야화(千夜一夜) 고대 아라비아의 고사집. 오야 소이치(大宅壯一) 등이 번역하여 쇼와 4년부터 5년(1929~1930)에 걸쳐 도쿄의 주오코론샤(中央公論社)에서 12책으로 출판되었다. — 1930 ②4. ③2. ④7. ⑤22, 30. ⑦2. ⑧1, 29. ⑩4, 31. ⑫2, 31.

천일야화(一千一夜)(러시아어역) —『Книга тысячи и одной ночи』 참조.

천창소품(茜窗小品) 지은이 미상의 2책의 화집. 상하이 소엽산방(掃葉山房)에서 베이핑 손씨(孫氏)의 연산재(硏山齋) 소장본에 근거하여 석인본(石印本)을 찍었다. — 1929 ⑧ 27.

천하편(天下篇) 톈진(天津)의 천하편반월간사(天下篇半月刊社)에서 펴낸 반월간 잡지. 1934년 2월에 창간되었다. — 1934 ②24. ③5, 12, 16, 28. ④4.

철갑열차(裝甲列車) 원제는『Бронепоезд』. 소련의 이바노프(В. В. Иванов) 지음. 구로다 다쓰오(黑田辰男)가 번역하여 1930년 도쿄의 맑스쇼보(マルクス書房)에서 '노농러시아문학총서'의 하나로 출판되었다. — 1930 ③26.

철갑열차(鐵甲列車) Nr.14-69 소련의 이바노프(В. В. Иванов)의 소설. 스헝(侍桁)이 번역했으며, 루쉰이 교정하고 후기를 썼다. 1932년 상하이 신주국광사(神州國光社)에서 '현대문예총서'의 하나로 출판되었다. — 1930 ⑫30.

철교만고(鐵橋漫稿) 청대 엄가균(嚴可均)이 지은 8권 4책의 별집. — 1921 ②23.

철도노동자의 노래(路工之歌) 장웨랑(江岳浪)의 시집. 1935년 칭다오(靑島)시가출판사에서 출판되었다. — 1935 ⑫12.

철마판화(鐵馬版畫) 철마판화사(鐵馬版畫社)에서 출판한 총간. 1936년 1월에 창간되어 같은 해 3월 제2기를 출간했다. — 1936 ②17. ④9.

철운장귀(鐵雲藏龜) 청대 유악(劉鶚, 자는 철운鐵雲)이 지은 금석문자학 서적. 1931년 상위(上虞) 뤄씨(羅氏) 탄인루(蟬隱廬)의 영인본(影印本). — 1936 ⑥7. ⑧13.

철운장귀지여(鐵雲藏龜之餘) 뤄전위(羅振玉)가 펴낸 1권 1책의 금석문자학 저서. — 1918 ⑨10.

철의 흐름(鐵の流) 소련의 세라피모비치(А. С. Серафимович) 지음. 구라하라 고레히토(藏原惟人)가 번역하여 1930년 도쿄의 소분카쿠(叢文閣)에서 '소련작가총서'의 하나로 발행되었다. — 1930 ③26. 1932 ⑦6.

철의 흐름(鐵流) 소련의 세라피모비치(А. С. Серафимович)의 소설. 네라도프가 서문을 썼다. 차오징화(曹靖華)가 번역하고 스톄얼(史鐵兒, 취추바이瞿秋白)이 서문을 번역하였으며, 루쉰은 편집·교열을 맡고 후기를 썼다. 1931년 루쉰은 '삼한서옥'(三閑書屋)의 이름으로 출간했다. 후에 상하이의 광화(光華)서국에 판권을 매각했다. — 1931 ⑥

13. ⑧1, 20, 21, 24. ⑨2, 5. ⑩12. ⑫8, 12, 14, 17, 21. 1932 ①6, 25. ④27. ⑥18, 22, 25. ⑦6, 11. ⑧4. ⑩2. 1933 ①10. ⑧30.

첩산집(疊山集) 송대 사방득(謝枋得)이 지은 16권 2책의 별집. 『사부총간』(四部叢刊) 속편은 명대 간본을 영인했다. —1934 ②6.

청공집(靑空集) 탕잉웨이(唐英偉)가 제작한 수인본(手印本) 그림책. 1935년 광저우(廣州) 현대창작판화연구회에서 '현대판화총간'의 하나로 찍어 냈다. —1934 ⑥24.

청년계(靑年界) 종합성 월간지. 스민(石民), 자오징선(趙景深), 위안자화(袁嘉華), 리샤오펑(李小峰)이 잇달아 편집을 담당. 상하이 베이신(北新)서국에서 발행. 1931년 1월에 창간되었고, 1937년 6월에 제12권 제1기를 끝으로 정간되었다. —1935 ⑫23. 1936 ②5.

청년남녀(靑年男女) 어우양산(歐陽山)의 소설. 1936년 상하이 문학출판사에서 '소형문고'의 하나로 출판되었다. —1936 ⑤13.

청년의 꿈(靑年之夢) —『한 청년의 꿈』(一個靑年的夢) 참조.

청년잡지(靑年雜誌) —『신청년』(新靑年) 참조.

청대문자옥당(淸代文字獄檔) 사료. 9집. 베이핑 고궁박물원(古宮博物院) 펴냄. 1931년부터 1934년에 걸쳐 출판되었다. —1932 ⑪22. 1934 ⑥1, 12.

청대학자상전(淸代學者像傳) 청대 섭연란(葉衍蘭)이 편찬하고 섭공작(葉恭綽)이 엮은 4책의 전기(傳記). 1930년 상하이 상우인서관(商務印書館) 영인본. —1929 ⑫29. 1930 ⑪5.

성통러잔소(聽桐廬殘草) 청대 윙계긱(王繼殼)이 지은 1권 1책의 별집. 『콰이지왕효지 유시』(會稽王孝子遺詩)라고도 한다. 광서(光緖) 6년(1880) 각본. —1914 ①3, 12.

청명한 시절(淸明時節) 장톈이(張天翼)의 소설. 1936년 상하이 문학출판사에서 '소형문고'(小型文庫)의 하나로 출판되었다. —1936 ④10.

청상잡기(靑箱雜記) 송대 오처후(吳處厚)가 지은 10본 1책의 잡기. 1920년 상하이 상우인서관(商務印書館)에서 『사고전서』(四庫全書)본에 근거하여 활판인쇄한 '송원인설부총서'(宋元人說部叢書)본이다. —1921 ④16.

청쇄고의(靑瑣高議) 송대 유부(劉斧)가 짓고 명대 장몽석(張夢錫)이 교감한 잡록. 루쉰은 명대 초본에 근거하여 베꼈으며, 아울러 장몽석의 간본 및 옛 초본에 근거하여 사례거본(士禮居本)을 교감했다. —1921 ②28. ③14. ⑩5. 1923 ④9, 17. ⑦30. 1926 ⑦22.

청시인징략(淸詩人徵略) —『국조시인징략』(國朝詩人徵略) 참조.

청양선생문집(靑陽先生文集) 원대 여궐(余闕)이 지은 9권 1책의 별집. 『사부총간』(四部叢

刊) 속편은 명대 정통(正統) 10년의 간본을 영인했다. —1934 ⑤7.

청의각소장고기물문(淸儀閣所藏古器物文) 청대 장정제(張廷濟)가 펴낸 10책의 금석문자학
서적. 1925년 상하이 상우인서관(商務印書館) 영인본. —1925 ③1. ⑧6.

청인잡극(淸人雜劇) 정전둬(鄭振鐸)가 펴낸 희곡총집. 초집(初集) 40종 10책, 이집(二集) 40
종 12책. 1931년부터 1934년에 걸쳐 창러(長樂) 정씨(鄭氏)가 영인했다. —1934 ⑨2.
1935 ②17.

청재당매보(靑在堂梅報) 『개자원화전』(芥子園畵傳)의 1책. 일기에는 『매보』(梅譜)로도 기
록되어 있다. —1931 ⑪4. 1934 ①9.

청준집(淸雋集) — 『삼산정국산선생청준집』(三山鄭菊山先生淸雋集) 참조.

청중각룡장휘기(淸重刻龍藏彙記) — 『대청중각룡장휘기』(大淸重刻龍藏彙記) 참조.

청춘을 걸다(靑春を賭ける) 프랑스의 페르낭데즈(Ramon Fernandez)가 지은 소설. 히시
야마 슈조(菱山修三)가 번역하여 쇼와 11년(1936) 도쿄의 다이이치쇼보(第一書房)에
서 '프랑스현대소설'의 하나로 출판되었다. —1936 ⑤26.

청파잡지(淸波雜志) 송대 주휘(周煇)가 지은 12권 2책의 잡록(雜錄). 『사부총간』(四部叢刊)
속편은 송대 간본을 영인했다. —1934 ⑥23.

체호프 걸작집(チェーホフ傑作集) 러시아 체호프 지음. 노보리 쇼무(昇曙夢)가 번역하여 다
이쇼 10년(1921) 도쿄의 오쿠라쇼텐(大倉書店)에서 '러시아 현대문호 걸작집'의 하
나로 출판되었다. —1928 ⑤7.

체호프 사후 25년 기념책(契訶夫死後二十五年紀念冊) — 『А. П. Чехов, 25 лет со дня
смерти』 참조.

체호프 서간집(チェホフ書簡集) 러시아 체호프 지음. 우치야마 겐지(內山賢次)가 번역하여
쇼와 4년(1929) 도쿄 가이조샤(改造社)에서 '가이조(改造)문고'의 하나로 출판되었
다. —1929 ⑩19.

체호프소설(契訶夫小說)(영역본) 확실치 않음. —1917 ⑨25.

체호프와 톨스토이의 회상(チェホフとトルストイの回想) 고리키 지음. 고마쓰바라 슌(小松
原雋)이 번역하여 다이쇼 13년(1924) 도쿄의 슈에이카쿠(聚英閣)에서 출판되었다.
—1929 ⑥30.

체호프의 수첩(チェーホフの手帖) 러시아 체호프 지음. 진자이 기요시(神西淸)가 번역하여
쇼와 9년(1934) 도쿄의 시바쇼텐(芝書店)에서 출판되었다. —1935 ③23.

체호프 전집(チェーホフ全集) 일기에는 『チェーホフ集』, 『チェーホフ全集』, 'Chehov'全集으
로 기록되어 있다. 러시아 체호프 지음. 나카무라 하쿠요(中村白葉)가 번역하여 쇼와
9년부터 11년(1934~36)에 걸쳐 도쿄의 긴세이도(金星堂)에서 출판되었다. —1934

② 26. ③ 29. ④ 27. ⑤ 31. ⑦ 5. ⑨ 6. ⑪ 5. 1935 ① 15. ③ 10. ⑤ 7. ⑦ 6. ⑨ 4. ⑪ 6.
1936 ① 15. ③ 8. ⑤ 10. ⑦ 14. ⑨ 10.

초기백화시고(初期白話詩稿) 류푸(劉復)가 펴낸 합집. 루쉰 등의 백화시 수고(手稿)를 수록.
1933년 베이핑 성운당(星雲堂)서점에서 컬러로 영인했다. — 1933 ③ 1, 5, 9. ⑥ 4.

초당시여(草堂詩餘) 원대 봉림서원(鳳林書院)에서 펴낸 3권 1책의 사합집(詞合集).『사학
총서』(詞學叢書)에 수록된 것은『정선명유초당시여』(精選明儒草堂詩餘)이다. 가경(嘉
慶) 16년(1811) 각본이다. — 1912 ⑦ 3. ⑩ 15.

초랑좌록(蕉廊脞錄) 청대 오경지(吳慶坻)가 짓고 유승간(劉承幹)이 교열한 8권 4책의 잡설.
1928년 난린(南林) 류씨(劉氏)의 '구서재총서'(求恕齋叢書)본. — 1934 ⑪ 3.

초례존(草隸存) 쩌우안(鄒安)이 펴낸 6권 2책의 금석문자학 서적. 1921년 상하이 광창학
군(廣倉學宭)에서 석인(石印)한 예술총편(藝術叢編)본이다. — 1923 ⑤ 22.

초망사승(草莽私乘) 원대 도종의(陶宗儀)가 펴낸 1권 1책의 전기(傳記). — 1913 ⑥ 22.

초범루총서(峭帆樓叢書) 자오이천(趙詒琛)이 펴낸 18종 20책의 총서. 1911년부터 1919년
에 걸쳐 쿤산(昆山) 자오씨(趙氏) 초범루(峭帆樓)에서 찍어 낸 각본이다. — 1926 ⑫
24.

초씨역림(焦氏易林) —『역림』(易林) 참조.

초콜릿(巧克力) 소련의 로디노프(А. И. Родинов)의 소설. 린단추(林淡秋)가 번역하여 1934
년 상하이 룽루(溶爐)서점에서 출판되었다. — 1934 ② 3.

초탁우세남동묘당비(初拓虞世南東廟堂碑) 당대 우세남(虞世南)이 쓴 1책의 비첩(碑帖). 상
하이 유정(有正)서국에서 영인했다. — 1913 ⑫ 14.

초학기(初學記) 당대 서견(徐堅) 등이 펴낸 30권의 유서(類書). 루쉰이 1913년에 구입한 것
은 청대 광서(光緒) 14년(1888) 온석재(蘊石齋) 각본(16책)이다. — 1913 ③ 1. 1914
① 13.

초현실주의와 회화(超現實主義と繪畵) 프랑스의 브르통(A. Breton) 지음. 다키구치 슈조
(瀧口修造)가 번역하여 쇼와 5년(1930) 도쿄의 고세카쿠쇼텐(厚生閣書店)에서 '현대
예술과 비평 총서'의 하나로 출판되었다. — 1930 ⑧ 1.

촉귀감(蜀龜鑒) 청대 유경백(劉景伯)이 펴낸 잡사(雜史). 7권, 권수(卷首) 1권의 4책. 선통
(宣統) 3년(1911) 배씨(裴氏) 가문의 각본. — 1934 ⑧ 6.

촉벽(蜀碧) 청대 팽준사(彭遵泗)가 지은 4권 2책의 야사(野史). 강희(康熙) 24년(1685) 조
경당(肇經堂) 각본. — 1934 ⑫ 1.

총살당했다가 살아난 남자(銃殺されて生きてた男) 프랑스의 바르뷔스(H. Barbusse) 지음.
고마키 오미(小牧近江)가 번역하여 쇼와 6년(1931) 도쿄의 시로쿠쇼인(四六書院)에

서 '국제프롤레타리아문학선집'의 하나로 출판되었다.─1931 ⑩ 19.

총서거요(叢書擧要) 원래 청대 양수경(楊守敬)이 모은 목록. 리즈딩(李之鼎)이 이를 수정·보완하였다. 60권, 교정 1권, 수말(首末) 각 1권의 44책. 1914년 난청(南城) 리씨(李氏)의 추관(宜秋館)의 활판본이다.─1915 ⑤ 6.

최근 사조 비판(最近思潮批判) 일기에는 『思潮批判』으로도 기록되어 있다. 오타 요시오(太田善男) 지음. 다이쇼 10년(1921) 도쿄의 닛신도(日進堂)에서 '최신사조총서'의 하나로 출판되었다.─1927 ⑪ 22.

최근 영시 개론(最近英詩槪論) 일기에는 『근대영시개론』(近代英詩槪論)으로 기록되어 있다. 구리야가와 하쿠손(廚川白村) 지음. 다이쇼 15년(1926) 도쿄의 후쿠나가쇼텐(福永書店) 재판본.─1926 ⑧ 5.

최근 유럽작가전(現今歐洲作家傳) ─『*Contemporary European Writers*』 참조.

최근의 영문학(最近の英文學) ─『근대의 영문학』(近代の英文學) 참조.

최신독화사전(最新獨和辭典) 곤다 야스노스케(權田保之助) 엮음. 쇼와 4년(1929) 도쿄의 유호도쇼텐(有朋堂書店) 제11판.─1929 ⑪ 27.

최신 러시아문학 연구(最新ロシア文學硏究) 원서의 제목은 『最新ロシヤ文學硏究』이다. 소련의 르보프-로가체프스키(В. Л. Львов-Рогачевский) 지음. 이다 고헤이(井田孝平)가 번역하여 다이쇼 15년(1926) 도쿄에서 출판되었다.─1927 ⑫ 5.

최신 문예총서(最新文藝叢書) ─ '서양 최신 문예총서'(泰西最新文藝叢書) 참조.

최신사조전망(最新思潮展望) 가토 아사토리(加藤朝鳥) 지음. 쇼와 8년(1933) 도쿄의 아카쓰키쇼인(曉書院)에서 출판되었다.─1933 ⑤ 19.

최신생리학(最新生理學) 오구라 아쓰시(小倉篤) 지음. 다이쇼 14년(1925) 오사카(大阪)의 호분칸(寶文館) 판본이 있다.─1928 ⑫ 12.

최신의 영문학(最新之英文學) ─『근대의 영문학』(近代の英文學) 참조.

최후의 빛발(最後的光芒) 러시아 체호프 등의 소설집, 웨이쑤위안(韋素園)이 번역하여 1931년 상하이 상우인서관(商務印書館)에서 출판되었다.─1931 ⑫ 24.

최후의 우데게인(ヴデゲ族の最後の者) 소련 파데예프(А. А. Фадеев)의 소설. 스기 사부로(杉三郎)와 도노무라 시로(外村史郎)가 번역하여 쇼와 10년(1935) 도쿄 미카사쇼보(三笠書房)에서 '현대소련문학전집'의 하나로 출판되었다.─1935 ⑧ 6.

최후의 탄식(最後之嘆息) 러시아의 예로센코가 지은 동화집. 아키타 우자쿠(秋田雨雀)가 엮어 1921년 도쿄 소분카쿠(叢文閣)에서 출판되었다. 루쉰은 이 가운데에서 「두 가지 사소한 죽음」(兩個小小的死)과 「연분홍 구름」(桃色的雲)을 골라 번역하였다.─1921 ⑫ 26. 1923 ⑤ 14.

추명집(秋明集) 선인모(沈尹默)가 지은 2책의 시사집(詩詞集). 1925년 베이징서국에서 출판되었다.—1925 ⑪ 27. 1932 ⑫ 6.

추배집(推背集) 탕타오(唐弢)의 잡문집. 1936년 상하이 톈마(天馬)서점에서 출판되었다.—1936 ⑤ 10.

추사초당유집(秋思草堂遺集) 청대 육신행(陸莘行) 지음. 1권. 『장씨사안』(莊氏史案)에 덧붙여 간행되었다.—1912 ⑨ 8.

추저우금석록(楚州金石錄) 뤄전위(羅振玉)가 펴낸 1권 1책의 금석지지(金石地志). 1921년 상위(上虞) 뤄씨(羅氏) 영인본.—1921 ④ 22.

추파소영책자(秋波小影冊子) 청대 서위(舒位)가 제작한 1책의 서화책(書畫冊). 상하이 유정(有正)서국의 석인본(石印本)이다.—1912 ⑪ 2.

추포쌍충록(秋浦雙忠錄) 청대 유세형(劉世珩)이 펴낸 합집. 5종, 40권의 6책. 광서(光緒) 28년(1902) 구이츠(貴池) 류씨(劉氏) 각본.—1913 ④ 5.

축지산초서염사(祝枝山草書艶詞) 『축지산서염사묵적』(祝枝山書艶詞墨迹)을 가리킨다. 명대 축윤명(祝允明)이 지은 서법서. 상하이 유정(有正)서국에서 영인했다.—1914 ① 18.

춘교소경집(春郊小景集) 리화(李樺)가 제작한 목판화집. 1935년 광저우(廣州) 현대창작판화연구회에서 '현대판화총간'의 하나로 찍었다.—1935 ⑤ 20.

춘수(春水) 빙신(冰心)의 시집. 1925년 베이징 베이신(北新)서국에서 '신조사(新潮社) 문예총서'의 하나로 재판했다.—1925 ⑧ 17.

춘추복시(春秋復始) 추이스(崔適)가 지은 38권 6책의 유가 서적. 1918년 베이징대학출판부 활판본.—1926 ⑤ 17.

춘추정의(春秋正義) 당대 공영달(孔穎達) 등이 지은 36권 12책의 유가 서적. 『사부총간』(四部叢刊) 속편은 송대 각본을 영인했다.—1934 ⑫ 29.

춘추좌전두주보집(春秋左傳杜注補輯) 청대 요배겸(姚培謙)이 펴낸 유가 서적. 30권, 권수(卷首) 1권의 10책. 광서(光緒) 9년(1883) 강남서국 각본.—1925 ⑫ 26.

춘추좌전유편(春秋左傳類編) 『동래여태사춘추좌전유편』(東萊呂太史春秋左傳類編)을 가리킨다. 송대 여조겸(呂祖謙)이 지은 유가 서적. 6권, 교감기 부록 1권의 3책. 『사부총간』(四部叢刊) 속편은 옛 초본을 영인했다.—1934 ⑧ 4.

춘추호씨전(春秋胡氏傳) 『춘추전』(春秋傳)을 가리킨다. 송대 호안국(胡安國)이 지은 유가 서적. 30권, 교감기 부록 1권의 4책. 『사부총간』(四部叢刊) 속편은 송 간본을 영인했다.—1934 ⑨ 15.

춘휘당총서(春暉堂叢書) 청대 서위인(徐渭仁) 펴냄. 12종, 36권의 12책. 도광(道光)에서 동치(同治)에 걸쳐 상하이 서씨(徐氏) 간본. ―1914 ① 24.

춘희(茶花女) 프랑스 소(小)뒤마(Alexandre Dumas, fils)가 지은 극본. 류반눙(劉半農)이
번역하여 1926년 베이징 베이신(北新)서국에서 출판되었다. ―1926 ⑦ 24, 27.

춘희(茶花女) 프랑스 소 뒤마가 지은 소설. 샤캉눙(夏康農)이 번역하여 1929년 상하이 춘
조(春潮)서국에서 출판되었다. ―1929 ⑥ 12. ⑫ 22.

출사송(出師頌) 진대(晉代) 색정(索靖)이 쓴 1책의 서법서. 1925년 상하이 상우인서관(商
務印書館)에서 영인했다. ―1931 ⑤ 15.

출삼장기집(出三藏記集) 남조(南朝) 제(齊)·양(梁)의 승우(僧祐)가 편찬한 15권의 불교 서
적. 루쉰은 1914년 9월에 벗의 처소에서 잔본(殘本)을 빌려 이 가운데 제2권부터 제
5권까지를 베꼈다. 같은 해 10월에 다시 저우쭤런(周作人)이 사오싱(紹興)에서 부쳐
보낸 밍아오(明奧)의 잔본을 구했으며, 1915년 7월에 또다시 일본에서 번각한 고려
본(高麗本)에 근거하여 제1권, 총 156쪽을 베껴 현재 전해지고 있다. ―1914 ⑨ 13,
27. ⑩ 6. 1915 ⑦ 25.

출요경(出曜經) 20권 6책의 불교 서적. 인도의 법구보살(法救菩薩)이 짓고 후진(後秦)의 축
불념(竺佛念)이 번역했다. ―1921 ④ 12.

충의수호전(忠義水滸傳) 원대 시내암(施耐庵)이 지은 소설. 전 10회, 총 5책. 일본 교호(享
保) 13년(1728) 에도(江戶) 게이지쇼린(京師書林) 각본이다. ―1921 ② 26.

충허지덕진경(沖虛至德眞經) 8권 1책의 도가 서적. 주대(周代) 열어구(列禦寇)가 짓고 진대
(晉代) 장잠(張湛)이 설명을 가했다. 『사부총간』(四部叢刊) 초편은 북송대의 간본을
영인했다. ―1927 ③ 16.

췌편(萃編) ―『금석췌편』(金石萃編) 참조.

취망록(吹網錄)·구피어화(颸陂漁話) 청대 섭정관(葉廷琯)이 지은 잡고(雜考). 각 6권, 총 4
책. 동치(同治) 9년(1870) 진씨(陳氏) 각본. ―1932 ④ 3.

취보리(醉菩提) ―『제전대사취보리전전』(濟顚大師醉菩提全傳) 참조.

취성석(醉醒石) 명대 동로고광생(東魯古狂生)이 지은 15회 2책의 소설. 1917년 우진(武進)
둥씨(董氏) 송분실(誦芬室) 각본. ―1918 ② 6.

치마 둘(兩條裙子) 쉬친원(許欽文)의 소설집. 1934년 상하이 베이신(北新)서국에서 출판
되었다. ―1934 ⑩ 11.

치짜오 판화집(其藻版畫集) 후치짜오(胡其藻)가 만든 그림책. 일기에는 『판화집』(版畫集)
으로도 기록되어 있다. 1935년 광저우(廣州) 현대창작판화연구회에서 '현대판화총
간'의 하나로 찍었다. ―1935 ⑥ 10. ⑧ 13.

치화당서목(多華堂書目) ―1936 ⑨ 6.

치화만(癡華鬘) 『백유경』(百喩經)을 가리킨다. 인도의 가사나(伽斯那)가 짓고 남제(南齊)의 구나비지(求那毗地)가 번역한 불교 서적. 왕핀칭(王品靑)이 교점(校點)하고 루쉰은 제기를 썼다. 1926년에 베이징 베이신(北新)서국 활판본. —1926 ⑤ 13. ⑥ 1, 6.

친원소설(欽文小說) —『단편소설 3편』(短篇小說三篇) 참조.

칠가후한서보일(七家後漢書補逸) 청대 요지인(姚之駰)이 엮은 26권 6책의 역사서. —1913 ⑤ 18.

칠년의 기일(七年忌) 어우양산(歐陽山)의 소설집. 1935년에 상하이 생활서점에서 출판되었다. —1935 ⑤ 28.

침경당금석발(枕經堂金石跋) 청대 방삭(方朔)이 짓고 오은(吳隱)이 엮음. 3권 4책. 1921년 시링인사(西泠印社)에서 목활자로 조판·인쇄한 '둔암금석총서'(遯盦金石叢書)본이다. —1922 ② 2.

칭전목각화(清楨木刻畵) 뤄칭전(羅淸楨) 제작. 일기에는『목판화집』(木刻集),『뤄칭전목판화 제2집』(羅淸楨木刻第二集)으로 기록되어 있다. 제1집과 제2집이 1933년 7월과 1934년 5월에 잇달아 출판되었다. —1933 ⑦ 5. 1934 ⑤ 27.

【ㅋ】

칸딘스키 예술론(カンヂンスキーの藝術論) 『칸딘스키 예술론』(康定斯基藝術論)으로도 기록 되어 있다. 러시아 화가인 칸딘스키(B. Кандинский, 1866~1944)가 지은 문예이론서. 오바라 구니요시(小原國芳)가 번역하여 다이쇼(大正) 13년(1924) 도쿄 이데아쇼인 (イデア書院)에서 출판되었다.─1929 ⑫ 5.

케벨 박사 수필집(ケーベル博士隨筆集) 러시아 철학자인 케벨 지음. 구보 마사루(久保勉)가 번역하여 쇼와 3년(1928) 도쿄 이와나미쇼텐(岩波書店)에서 '이와나미문고'본으로 출판되었다.─1928 ⑤ 11.

케테 콜비츠 판화 선집(凱綏·珂勒惠支版畫選集) 독일인 케테 콜비츠(Käthe Kollwitz) 지음. 미국인 스메들리(A. Smedley) 여사가 서문을 썼으며(마오둔茅盾 번역), 루쉰이 골라 엮고 서문을 썼다. 일기에는 『콜비츠 판화』(珂勒惠支版畫), 『콜비츠 판화집』(珂勒惠支版畫集), 『콜비츠 판화 선집』(珂勒惠支版畫選集), 『콜비츠 판화 선집』(珂勒微支版畫選集)으로도 기록되어 있다. 1935년 5월에 '삼한서옥'(三閑書屋)의 이름으로 간행했다. ─1936 ① 11. ⑤ 3, 28. ⑥ 1. ⑦ 2, 3, 7, 23. ⑧ 1, 2, 31.

콕토 시집(コクトオ詩抄) 프랑스의 시인이자 평론가인 콕토(J. Cocteau)의 시집. 호리구치 다이가쿠(掘口大學)가 번역하여 쇼와 4년(1929) 도쿄 다이이치쇼보(第一書房)에서 출판되었다.─1929 ③ 28.

콕토 예술론(コクトオ藝術論) 프랑스 시인이자 평론가인 콕토가 지은 문예이론서. 사토 사쿠(佐藤朔)가 번역하여 쇼와 5년(1930) 도쿄 고세이카쿠쇼텐(厚生閣書店)에서 '현대 예술과 비평총서'의 하나로 출판되었다.─1930 ⑨ 12.

콜비츠 판화(珂勒惠支版畫) ─ 『케테 콜비츠 판화 선집』(凱綏·珂勒惠支版畫選集) 참조.

콜비츠 판화 선집(珂勒微支版畫選集) ─ 『케테 콜비츠 판화 선집』 참조.

콜비츠 판화 선집(珂勒惠支版畫選集) ─ 『케테 콜비츠 판화 선집』 참조.

콜비츠 판화집(珂勒惠支版畫集) ─ 『케테 콜비츠 판화 선집』 참조.

콜비츠 화집(珂勒惠支畫集) 독일어본. 나머지는 확실치 않음.─1933 ⑫ 26.

콰이지고서(會稽故書) ─ 『콰이지군고서잡집』(會稽郡故書雜集) 참조.

콰이지고서잡집(會稽故書雜集) ─ 『콰이지군고서잡집』(會稽郡故書雜集) 참조.

콰이지구기(會稽舊記) 진대(晉代) 하순(賀循)이 지은 1권의 지리서. 원명은 『콰이지기』(會稽記)이다. 원서는 일실되었으며, 이것은 저우쭤런(周作人)이 『가태콰이지지』(嘉泰會稽誌)에서 뽑아 루쉰이 정리하고 있던 『콰이지군고서잡집』(會稽郡故書雜集)에 넣을 자료로 제공한 것이다. — 1914 ⑦ 10.

콰이지군고서잡집(會稽郡故書雜集) 루쉰이 모아 펴낸 8종 1책의 총서. 일기에는 『콰이지고서』(會稽故書), 『콰이지고서잡집』(會稽故書雜集), 『콰이지서집』(會稽書集), 『잡집』(雜集)으로도 기록되어 있다. 1915년 저우쭤런(周作人)의 이름으로 간행되었다. — 1914 ⑪ 10, 12. 1915 ② 12, 15. ④ 8, 9, 10. ⑥ 19, 20, 21, 24, 26. ⑦ 31. ⑨ 19. ⑩ 21, 22. ⑪ 20. ⑫ 26. 1916 ① 29. 1917 ① 24. ③ 4. 1923 ① 7.

콰이지기(會稽記) 남조(南朝) 송(宋)의 공엽(孔曄)이 지은 1권의 지리서. 원서는 일실되었으며, 이것은 저우쭤런(周作人)이 『가태콰이지지』(嘉泰會稽誌)에서 뽑아 루쉰이 정리하고 있던 『콰이지군고서잡집』(會稽郡故書雜集)에 넣을 자료로 제공한 것이다. — 1914 ⑥ 30.

콰이지서집(會稽書集) — 『콰이지군고서잡집』(會稽郡故書雜集) 참조.

콰이지선현전(會稽先賢傳) 삼국(三國)의 사승(謝承)이 지은 전기. 원서는 일실되었으며, 루쉰이 관련 전적에서 뽑아 1권으로 기록하여 『콰이지군고서잡집』(會稽郡故書雜集)에 수록했다. — 1914 ⑦ 15.

콰이지왕씨은관록(會稽王氏銀管錄) 청대 왕계향(王繼香)이 펴낸 1책의 전기. — 1913 ④ 20. ⑩ 23.

콰이지왕효자유시(會稽王孝子遺詩) — 『칭동리잔초』(聽桐廬残草) 참조

콰이지전록(會稽典錄) 진대(晉代) 우예(虞預)가 지은 1권의 전기(傳記). 일기에는 『전록』(典錄)으로 기록되어 있다. 원서는 일실되었으며, 이것은 루쉰이 각종 전적에서 뽑아낸 후에 『콰이지군고서잡집』(會稽郡故書雜集)에 수록했다. — 1914 ⑩ 10.

콰이지철영집(會稽掇英集) — 『콰이지철영총집』(會稽掇英總集) 참조

콰이지철영총집(會稽掇英總集) 송대(宋代) 공연지(孔延之)가 펴낸 20권 4책의 합집. 일기에는 『콰이지철영집』(會稽掇英集)으로도 기록되어 있다. 청대 도광(道光) 원년(1821)에 산인(山陰) 두씨(杜氏)의 완화종숙(浣花宗塾) 각본. — 1914 ① 13. 1915 ④ 8. ⑥ 27. 1920 ⑪ 20.

쾌심편(快心編) 청대 천화재자(天花才子)가 펴낸 3집 10책의 소설. '선바오관총서'(申報館叢書) 정집(正集)의 하나이다. — 1924 ② 10.

쿠프린 소설선(古普林小說選) 러시아 쿠프린(А. И. Куприн, 1870~1938)의 소설집. 저우쭤런(周作人)의 일기에 따르면 『쿠프린소설집』(クープリン小說集)이다. — 1917 ⑩ 16.

쿵더학교국문교재(孔德學校國文敎材) ―『베이징쿵더학교초중국문선독』(北京孔德學校初
　中國文選讀) 참조.

쿵더학교순간(孔德學校旬刊) ―『베이징쿵더학교순간』(北京孔德學校旬刊) 참조.

쿵이지(孔乙己) 류셴(劉峴)이 만든 목각 수인본(手印本)의 그림책. ―1934 ⑤ 18.

크리스천 순교기(切支丹殉敎記) 마쓰자키 미노루(松崎實) 지음. 다이쇼 14년(1925) 도쿄의
　슌주샤(春秋社)에서 출판되었다. ―1927 ⑪ 25.

큰바닷가(大海のほとり) 일기에는『大海のとほり』로 기록되어 있다. 스웨덴의 스트린드베
　리(A. Strindberg)의 소설. 사이토 쇼(齋藤晌)가 번역하여 쇼와 2년(1927) 도쿄의 이
　와나미쇼텐(岩波書店)에서 '스트린드베리전집'의 하나로 출판되었다. ―1928 ② 1.

키에르케고르 선집(キェルケゴール選集) 덴마크의 철학자 키에르케고르(S. Kierkegard,
　1813~1855)가 지은 철학서. 이토 고이치(伊藤鄕一) 등이 번역하여 쇼와 10년(1935)
　도쿄 가이조샤(改造社)에서 출판되었다. ―1935 ⑩ 31. ⑪ 25. ⑫ 25.

키호테(吉訶德) ―『해방된 돈키호테』(解放了的董吉訶德) 참조.

키호테전(克訶第傳) 스페인의 세르반테스(M. Cervantes Saavedra)의 장편소설『돈 키호
　테』. 일기에 기록된 판본과 언어는 확실치 않음. ―1927 ⑪ 28.

【ㅌ】

타고르전(太戈爾傳) 정전뒤(鄭振鐸)가 엮고 지은 전기. 1925년 상하이 상우인서관(商務印書館)에서 '문학연구회총서'의 하나로 출판했다. ─ 1925 ⑥ 4.

타오위안칭의 출품(陶元慶의出品) 『리다학원 미술원 서양화과 제2회 회화전람회 ─ 타오위안칭의 출품』(立達學園美術院西畫系第二屆繪畫展覽會 ─ 陶元慶의出品) 참조.

타이스(泰綺思) ─ 『Thaïs』 참조.

타이스(タイース) 일기에는 『タイス』로도 기록되어 있다. 프랑스의 작가 프랑스(A. France)의 소설. 모치즈키 유리코(望月百合子)가 번역하여 다이쇼(大正) 13년(1924) 도쿄 신초샤(新潮社)에서 '현대프랑스문예총서'의 하나로 출판되었다. ─ 1924 ⑫ 28. 1928 ① 17.

타이완문예(臺灣文藝) 장싱젠(張星建)이 엮어 낸 월간지. 타이중(臺中)의 타이완문예연맹에서 발행했다. 1934년에 창간되었으며, 중국어와 일본어 합간(合刊)이다. ─ 1935 ④ 19.

타이완민보(臺灣民報) 도쿄(東京) 타이완잡지사에서 발행된 종합성 간행물. 1923년 4월 15일에 창간되었다. 창간 초기에는 반월간이었으나 후에 순간, 주간으로 바뀌었다. 1930년 3월에 『타이완신민보』(臺灣新民報. 일보)와 병합했다. 이 신문은 루쉰의 『『노동문제』 앞에 쓰다』(寫在『勞動問題』之前)를 발표했으며, 「아Q정전」(阿Q正傳) 등의 작품을 옮겨 실었다. ─ 1926 ⑧ 11.

타이저우총서(臺州叢書) 청대 송세락(宋世犖)이 펴낸 20책 7종. 도광(道光) 14년(1834) 린하이(臨海) 송씨(宋氏)의 중각본(重刻本)이다. 루쉰의 소장본 2책부터 4책까지는 루쉰이 직접 베껴 쓴 것이다. ─ 1913 ⑤ 25. ⑥ 2, 4, 5. ⑧ 27.

타잡집(打雜集) 쉬마오융(徐懋庸)이 지은 잡문집. 루쉰이 서문을 썼다. 1935년 상하이 생활서점에서 출판되었다. ─ 1935 ③ 26, 31. ④ 1. ⑦ 19.

탁강환사(濯絳宦詞) ─ 『탁강환존고』(濯絳宦存稿) 참조.

탁강환존고(濯絳宦存稿) 청대 유육반(劉毓盤)이 지은 사별집(詞別集). 일기에는 『탁강환사』(濯絳宦詞)로 기록되어 있다. 선통(宣統) 원년(1909) 각본. ─ 1925 ③ 20.

탄백집(坦白集) 타오펀(鞱奮)이 지은 평론집. 1936년 상하이 생활성기간사(生活星期刊社)

에서 출판되었다.—1936 ⑨ 15.

탄인루서목(蟫隱廬書目) — 1915 ⑦ 27. ⑨ 19. ⑫ 2. 1916 ⑤ 8. 1918 ⑨ 30. 1931 ⑪ 21, 24. 1932 ① 25, 27. 1934 ⑦ 11. 1936 ⑨ 2.

탕주도시(湯注陶詩) —『도정절시집탕주』(陶靖節詩集湯注) 참조.

태사공의년고(太史公疑年考) 장웨이샹(張惟驤)이 지은 1권 1책의 전기. 1927년 우진(武進) 장씨(張氏)의 소쌍적암(小雙寂庵) 각본이다.—1935 ① 5.

태산진전이십구자(泰山秦篆二十九字) 금석문자학 서적.「노효왕석각」(魯孝王石刻)이 덧붙여진 1책. 민국 초년 상하이 유정(有正)서국에서 남송 정탁본(精拓本)을 영인했다.—1914 ⑫ 20.

태암시집(蛻庵詩集) —『장태암시집』(張蛻庵詩集) 참조.

태평광기(太平廣記) 송대 이방(李昉) 등이 펴낸 500권, 목록 10권의 유서(類書).—1923 ② 9. ④ 2. ⑤ 22. 1926 ⑥ 17. 1935 ② 20.

태평악부(太平樂府) —『조야신성태평악부』(朝野新聲太平樂府) 참조.

태평어람(太平御覽) 송대 이방(李昉) 등이 펴낸 1,000권, 목록 15권의 유서(類書). 일기에 기록된 판본은 두 가지이다. 하나는 청대 광서(光緒) 18년(1892) 학해당(學海堂) 난하이(南海) 이씨(李氏)의 중각본(重刻本) 80책이고, 다른 하나는 송본(宋本) 및 일본의 활판본을 영인한『사부총간』(四部叢刊) 3편이다.—1927 ⑦ 4. 1935 ⑫ 30.

태평천국야사(太平天國野史) 링산칭(凌善淸)이 엮은 잡사(雜史). 1923년 상하이 문명서국에서 출판되었다.—1933 ⑤ 20.

톈줴바오(天覺報) 쑹린(宋琳) 등이 펴낸 신문. 1912년 2월에 저장(浙江) 사오싱(紹興)에서 창간되었고 1913년 3월에 정간되었다. 일기에는『톈줴일보』(天覺日報)로도 기록되어 있다.—1912 ⑩ 30. ⑪ 7, 9, 12, 13, 16, 17, 19, 21, 22, 24, 25, 26, 27, 28, 29, 30. ⑫ 1, 3, 4, 5, 7, 8. 1913 ② 2.

톈줴일보(天覺日報) —『톈줴바오』(天覺報) 참조.

토속완구집(土俗玩具集) 에나미 시로(江南史郎) 등이 그린 그림책. 쇼와 10년부터 11년(1935~1936)에 걸쳐 도쿄의 시로토쿠로샤(白と黑社)에서 출판된 10책의 컬러인쇄본.—1935 ⑧ 20. ⑨ 4. ⑫ 17. 1936 ① 22. ④ 3.

토속품도록(土俗品圖錄) 영국의 브리턴박물관에 소장 중인 중세기 수공예품과 예술품의 소장품 목록(영문)을 가리킨다. 루쉰은 일본의 마루젠(丸善)서점을 통해 1책을 구입했다.—1917 ④ 24.

톨스토이가 중국인에게 보낸 글(托爾斯泰致中國人書)(독일어번역본) 레프 톨스토이(Л. Н. Толстой)가 직접 쓴 편지. 쉬스취안(徐詩荃)이 독일어로 번역했다.—1933 ⑫ 24.

톨스토이와 도스토예프스키(トルストイとドストエーフスキイ) 일기에는 『托氏卜陀氏』, 『托爾斯泰卜陀斯妥夫斯基』로 기록되어 있다. 러시아 메레즈코프스키(Д. С. Мережковский) 지음. 노보리 쇼무(昇曙夢) 번역. 다이쇼 13년(1924) 도쿄 도쿄도쇼텐(東京堂書店)의 재판본. '세계명저총서'의 하나. — 1924 ⑫ 13

톨스토이와 맑스(トルストイとマルクス) 소련 루나차르스키 지음. 가네다 쓰네사부로(金田常三郎)가 번역하여 쇼와 2년(1927) 도쿄 겐시샤(原始社)에서 출판되었다. — 1927 ⑫ 14.

톨스토이우언(托爾斯泰寓言) 레프 톨스토이(Л. Н. Толстой)가 지은 소설집 『아이의 지혜』(兒童的智慧)를 가리킨다. 창후이(常惠)가 번역하여 1926년 베이징 베이신(北新)서국에서 출판되었다. — 1926 ⑧ 19.

톨스토이 이야기(托爾斯泰小話) — 『Рассказы о животных』 참조.

톨스톨이전(托爾斯泰傳) 프랑스의 로맹 롤랑(Romain Rolland)이 지은 전기. 쉬마오융(徐懋庸)이 번역하여 1933년 상하이 화퉁(華通)서국에서 출판되었다. — 1933 ⑪ 15.

통감고이(通鑑考異) — 『자치통감고이』(資治通鑑考異) 참조.

통계광물학(統系礦物學) — 『계통광물학』(統系礦物學) 참조.

통계일석담(統計一夕談) 구청(顧澄)이 지은 통계학 서적. 1913년 상하이 문명서국에서 출판되었다. — 1913 ⑫ 8.

통속교육연구록(通俗教育研究錄) 월간지. 우다(伍達) 편집. 상하이 중화통속교육연구회에서 발행. 1912년 6월에 창간되었다. — 1912 ⑦ 8. ⑫ 3. 1913 ③ 31.

통속삼국지연의(通俗三國志演義) — 『명홍치본삼국지통속연의』(明弘治本三國志通俗演義) 참조.

통속소설(通俗小說) — 『경본통속소설』(京本通俗小說) 참조.

통속충의수호전(通俗忠義水滸傳) 원대 시내암(施耐庵)이 짓고 일본인 오카지마 하쿠(岡島璞)가 펴낸 소설. 『습유』(拾遺) 부록 포함 총 80책. 호레키(寶曆) 7년부터 간세이(寬政) 2년(1757~1790)에 걸친 에도(江戶) 헤이안서사(平安書肆) 각본. — 1923 ⑪ 14.

통속편(通俗編) 청대 적호(翟灝)가 지은 38권 8책의 방언 서적. — 1915 ⑨ 19.

투르게네프 산문시(ツルゲエネフ散文詩) 일기에는 『ツルゲネフ散文詩』로도 기록되어 있다. 러시아 투르게네프 지음. 나카야마 쇼자부로(中山省三郎)가 번역하여 쇼와 8년(1933) 도쿄 다이이치쇼보(第一書房)에서 출판되었다. 쇼와 9년(1934)에는 보급본이 출판되었다. — 1933 ② 28. 1934 ④ 10.

투르게네프 전집(ツルゲーネフ全集) 러시아 투르게네프 지음. 요케무라 요시타로(除村吉太郎) 등이 번역하여 쇼와 9년(1934) 도쿄의 료쇼카쿠(隆章閣)에서 출판되었다. —

1934 ⑦ 23. ⑧ 1. ⑨ 2. ⑩ 12. ⑫ 14. 1935 ⑥ 22.

투우사(鬪牛士) 프랑스의 몽테르랑(H. de Montherlant)이 지은 소설. 호리구치 다이가쿠 (堀口大学)가 번역하여 쇼와 11년(1936) 도쿄의 다이이치쇼보(第一書房)에서 '프랑 스현대소설'의 하나로 출판되었다. ─ 1936 ② 20.

투필집전주(投筆集箋注) 청대 전겸익(錢謙益)이 짓고 전증(錢曾)이 설명을 가한 2권 1책의 별집. ─ 1913 ⑫ 28.

투할록(投轄錄) 송대 왕명청(王明淸)이 지은 1권 1책의 잡기. 1920년 상하이 상우인서관 (商務印書館)에서 황촨(璜川) 우씨(吳氏)의 초본에 근거하여 활판인쇄한 '송원인설부 총서'(宋元人說部叢書)본이다. ─ 1921 ④ 16.

퉁런의학(同仁醫學) 일본의 오노 도쿠이치로(小野得一郞)가 펴낸 의학 월간지(중일문 대 조). 1906년에 창간되었으며, 도쿄 도진카이(同仁會)에서 발행했다. ─ 1932 ⑤ 7. ⑫ 15.

티베트어 역서(藏文曆書) 1913년의 티베트어 역서. 9월 16일 저우쭤런(周作人)에게 부쳤 다. ─ 1913 ③ 17. ⑨ 16.

티베트 유람기(西藏遊記) 아오키 분쿄(靑木文敎) 지음. 다이쇼 10년(1921) 교토의 나이가 이(內外)출판주식회사의 재판본. ─ 1925 ⑩ 14.

【ㅍ】

파도소리(濤聲) 문예주간지. 차오쥐런(曹聚仁)이 편집하고 상하이 군중도서공사에서 발행. 1931년 8월 15일에 창간되어 1932년 10월 22일 제27기를 끝으로 휴간했다. 1933년 원단에 제2권 제1기를 간행하였고 같은 해 11월 25일 제46기를 끝으로 정간되었다. ― 1933 ① 30. ⑤ 30. ⑥ 12. ⑧ 7. ⑪ 20.

파루집(破壘集) 리진밍(黎錦明)의 소설집. 1927년 상하이 카이밍(開明)서점에서 출판되었다. ― 1927 ⑩ 23.

파리의 우울(巴里の憂鬱) 일기에는 『巴黎の憂鬱』로 기록되어 있다. 프랑스의 보들레르(Charles Baudelaire)의 산문시. 루쉰의 일기에 기록된 판본은 두 가지이다. 하나는 다카하시 히로에(高橋廣江)가 번역하여 쇼와(昭和) 3년(1928) 도쿄의 세이코샤(靑郊社)에서 출판된 것이고, 다른 하나는 미요시 다쓰지(三好達治)가 번역하여 쇼와 4년(1929) 도쿄의 고세이카쿠쇼텐(厚生閣書店)에서 '현대예술과 비평 총서'의 하나로 출판된 것이다. ― 1928 ⑫ 20. 1930 ④ 24.

파리의 우울(巴黎之煩惱) 프랑스 보들레르의 산문시집. 스민(石民)이 번역하여 루쉰의 소개로 1935년 상하이 생활서점에서 출판되었다. ― 1934 ⑤ 17. 1935 ④ 26. ⑦ 20.

파문수창집(坡門酬唱集) 송대 소호(邵浩)가 펴낸 23권 6책의 총집. ― 1915 ① 6.

파사론(破邪論) 당대 법림(法琳)이 지은 2권 1책의 불교 서적. ― 1914 ⑥ 3.

파시즘에 대한 투쟁(フアシズムに對する鬪爭)(*Struggle of the trade unions against fascism*) 스페인의 공산주의 정치가인 안드레스 닌(Andrés Nin Pérez, 1892~1937) 지음. 스즈키 야스조(鈴木安藏)가 번역하여 쇼와 3년(1928) 도쿄의 소분카쿠(叢文閣)에서 출판되었다. ― 1928 ④ 12.

파우스트와 도시(浮士德與城) 소련의 루나차르스키가 지은 극본. 러우스(柔石) 번역. 루쉰이 편선·교정하고 후기를 썼으며 저자의 약전을 번역했다. 1930년 상하이 신주국광사(神州國光社)에서 '현대문예총서'의 하나로 출판되었다. ― 1930 ⑥ 16, 18, 22.

판교도정묵적(板橋道情墨迹) 청대 정섭(鄭燮)이 지은 서법서. ― 1931 ④ 19.

판화(版畫) ― 『케테 콜비츠 판화 선집』(凱綏·珂勒惠支版畫選集) 참조.

판화를 만드는 사람에게(版畫を作る人へ) 나가세 요시로(永瀬義郎) 지음. 다이쇼 14년

(1925) 도쿄의 주오비주쓰샤(中央美術社)의 개판본. —1927 ⑪ 30.

판화예술(版藝術) 예술월간지. 료지 구마타(料治熊太) 엮음. 도쿄의 시로토쿠로샤(白と黑 社)에서 발행. 1932년 4월에 창간되었다. —1932 ⑪ 30. ⑫ 13, 22, 29. 1933 ② 12. ③ 13. ④ 1, 30. ⑤ 27. ⑦ 2, 29. ⑧ 25. ⑨ 29. ⑪ 1, 30. 1934 ① 31. ③ 8. ④ 9. ⑤ 11, 31. ⑥ 29. ⑧ 1, 28, 31. ⑩ 1, 29. ⑫ 8, 28. 1935 ② 2. ③ 3, 26. ④ 30. ⑥ 1. ⑦ 4. ⑧ 1, 27. ⑩ 3. ⑪ 4, 27. ⑫ 29. 1936 ① 30. ② 27. ③ 26. ④ 28. ⑤ 29. ⑥ 5~30. ⑦ 28. ⑧ 25. ⑩ 2.

판화자수서(版畫自修書) —『Гравёр-самоучка』 참조.

판화제작법(版畫の作り方) —『창작판화 제작 방법』 참조.

판화집(版畫集) —『치짜오판화집』(其藻版畫集) 참조.

팔경실금석보정(八瓊室金石補正) 청대 육증상(陸增祥)이 편찬한 금석문자 연구집이다. 본 문 130권, 목록 3권, 팔경실금석 찰기 4권, 금석법위(金石法僞) 1권, 금석우존(金石偶 存) 1권의 64책으로 이루어져 있다. 1925년에 우싱(吳興)의 류씨(劉氏) 희고루(希古 樓)에서 찍어 냈다. —1934 ⑥ 2.

팔룡산인화보(八龍山人畫譜) 청대 심린원(沈麟元)이 그린 1책의 목판화보. 항저우(杭州)의 포경당(抱經堂)서국에서 찍어 냈다. —1928 ⑦ 16.

팔사경적지(八史經籍志) 청대의 장수영(張壽榮)이 편찬한 10종 16책의 역사서. 광서(光緒) 9년(1883년)에 전하이(鎭海)의 장씨(張氏)가 찍어 냈다. —1926 ⑩ 25.

8월의 향촌(八月的鄕村) 톈쥔(田軍)이 지은 소설이며, 루쉰이 서문을 썼다. 1935년에 상하 이 노예사(奴隸社)에서 상하이 룽광(容光)서국의 이름을 빌려 '노예총서'(奴隸叢書) 의 하나로 출판했다. —1935 ③ 28.

팔종강요(八宗鋼要) 일본 도다이지(東大寺)의 화엄종 승려인 교넨(凝然, 1240~1321)이 지 은 2권 1책의 불교서적. 헤이안(平安)시대까지 일본에 전해진 불교의 여덟 종파의 교 의를 개설한 책이다. —1914 ⑤ 31.

팡산 윈쥐사 연구(房山雲居寺研究) 일기에는 『雲居寺研究』로도 기록되어 있다. 일본의 동 방문화학원(東方文化學院) 교토(京都)연구소 엮음. 『도호가쿠호』(東方學報) 제5책의 부간. 교토의 이분도(彙文堂)에서 발행되었다. 윈쥐사(雲居寺)는 베이징 팡산현(房山 縣) 경내에 있다. —1935 ⑤ 28.

패문재서화보(佩文齋書畫譜) 100권 32책. 청대 손악반(孫岳頒) 등이 펴냄. 강희(康熙) 47년 (1708) 내부(內府) 각본이다. —1913 ② 9.

팽이(陀螺) 저우쭤런(周作人)이 편역한 시가산문집. 1925년 베이징대학 신조사(新潮社)에 서 '신조사문예총서'의 하나로 출판되었다. —1925 ⑩ 7, 8, 9, 10.

페퇴피집(裴象飛集) —『Petöfi集』 참조.

펭귄섬(企鵝島) 프랑스의 프랑스(A. France)가 지은 소설『*L'Île des Pingouins*』. 리례원이 번역하여 1935년 상하이 상우인서관(商務印書館)에서 '세계문학명저'의 하나로 출판되었다. ─1936 ① 31.

편방표(偏旁表) ─『급취장초법고』(急就章草法考) 참조.

평재문집(平齋文集) 송대 홍자기(洪咨夔)가 지은 32권 10책의 별집.『사부총간』(四部叢刊) 속편은 송대 초본(鈔本) 및 간본(刊本)을 영인했다. ─1934 ② 3.

평진관총서(平津館叢書) 청대 손성연(孫星衍)이 엮고 주기영(朱記榮)이 교감. 10집, 43종, 48책. 광서(光緒) 11년(1885) 우현(吳縣) 주씨(朱氏)의 괴려가숙(槐廬家塾) 각본이다. ─1914 ② 1.

포경당서목(抱經堂書目) ─1929 ⑥ 6. 1930 ⑦ 30. 1931 ⑩ 29. 1932 ① 5.

포드인가 아니면 맑스인가?(フォードカマルクスカ)(*Ford oder Marx*). 야콥 발헤르(Jacob Walcher) 지음. 마쓰야마 시사이(松山止才)가 번역하여 쇼와 4년(1929) 도쿄 우에노 쇼텐(上野書店)에서 출판되었다. ─1929 ④ 26.

포명원집(鮑明遠集) 남조(南朝) 송(宋)의 포조(鮑照)가 지은 10권의 별집. 일기에는『포집』(鮑集),『포씨집』(鮑氏集)으로도 기록되어 있다. 루쉰이 1915년에 구입한 것은 명대 왕사현(汪士賢)의 교간본(4책)이다. 1918년에 이 책과 청대 모의(毛扆)의 교감본을 대조했다. ─1915 ⑨ 5. 1918 ⑨ 24, 25.

포박자교보(抱朴子校補) 쑨런허(孫人和)가 지은 1책의 도가 서적. 1925년 활판본. ─1925 ⑦ 7.

포씨집(鮑氏集) ─『포명원집』(鮑明遠集) 참조.

포집(鮑集) ─『포명원집』(鮑明遠集) 참조.

포켓용 영일사전(袖珍英和辭典) 시세이도(至誠堂)편집부 엮음. 쇼와 4년(1929) 도쿄의 시세이도 제18판. ─1933 ② 19.

포효하라, 중국이여!(吼えろ支那) 소련의 트레차코프(С. М. Третьяков)가 지은 극본. 오쿠마 도시오(大隈俊雄)가 번역하여 쇼와 5년(1930) 도쿄의 세카이노우고키샤(世界の動き社)에서 출판되었다. ─1930 ⑤ 31.

폭탄(バクダン) 우치다 로안(內田魯庵)의 산문집. 다이쇼 15년(1926) 도쿄 슌주샤(春秋社)에서 출판되었다. ─1927 ⑪ 20.

폴란드소설집(波蘭說苑) 영문판『폴란드소설집』을 가리킨다. 나머지는 확실치 않음. ─1917 ⑤ 7.

표주훈역수호전(標注訓譯水滸傳) 원대 시내암(施耐庵) 지음. 히라오카 류조(平岡龍城)가 번역하여 다이쇼 4년부터 5년(1915~1916)에 걸쳐 간행된 도쿄의 긴세칸분갓카이(近

世漢文學會) 각본. 15책의 선장본. ─ 1923 ⑪ 14.

표현도안집(表現文樣集) 일기에는 『표현파 도안집』(表現派紋樣集)으로 기록되어 있다. 다카나시 요타로(高梨由太郎) 엮음. 다이쇼 14년(1925) 도쿄의 고요샤(洪洋社)에서 출판되었다. ─ 1929 ⑪ 14.

표현주의 조각(表現主義の彫刻) 일본건축사진유취간행회(日本建築攝影類聚刊行會) 엮음. 쇼와 2년(1927) 도쿄의 고요샤(洪洋社)에서 재판 영인했다. 『건축사진유취』(建築攝影類聚) 제5기 제1회. ─ 1929 ④ 7.

표현주의 희곡(表現主義の戲曲) 기타무라 기하치(北村喜八) 지음. 다이쇼 13년(1924) 도쿄의 신시단샤(新詩壇社)에서 '예술연구총서'의 하나로 출판되었다. ─ 1928 ③ 16.

표현파 도안집(表現派文樣集) ─ 『표현도안집』(表現文樣集) 참조.

푸런학지(輔仁學志) 학술성 반년간지. 푸런(輔仁)대학 보인학지편집회 펴냄. 베이핑 보인대학 도서관 발행. 1929년 1월에 창간되어 1947년 12월에 정간되었다. ─ 1932 ⑪ 26.

푸른 꽃(靑い花) 원제는 『blaue Blume』. 독일의 노발리스(Novalis. F. von Hardenberg) 지음. 다나카 가쓰미(田中克己)가 번역하여 쇼와 11년(1936) 도쿄의 다이이치쇼보(第一書房)에서 출판되었다. ─ 1936 ① 20.

푸른 하늘 끝에(靑い空の梢に) 일기에는 『창공의 끝에서』(靑空の梢に)로도 기록되어 있다. 나카무라 교지로(中村恭二郎)의 시집. 쇼와 2년(1927) 도쿄의 다이치샤(大地舍)에서 '지상낙원총서'의 하나로 출판되었다. ─ 1927 ⑪ 5.

풀잎(草の葉) 원제는 『Leaves of Grass』. 일기에는 『草之葉』으로도 기록되어 있다. 미국의 휘트먼(W. Whitman)의 시집. ─ 1928 ⑨ 17.

풍경은 움직인다(風景は動く) 기타하라 하쿠슈(北原白秋)의 시집. 다이쇼 15년(1926) 도쿄의 아르스샤(アルス社)에서 출판되었다. ─ 1926 ⑧ 1.

풍경화선집(風景畵選集) 기타하라 요시오(北原義雄)가 주편한 그림책. 쇼와 5년(1930) 도쿄의 아르스샤(アルス社)에서 '아틀리에 원색판화집'의 하나로 출판되었다. ─ 1931 ① 28.

풍광심리(瘋狂心理) 영국인 하트(B. Hart)가 지은 심리학 서적. 일기에는 『풍광심리』(風狂心理)로 기록되어 있다. 리샤오펑(李小峰), 판쯔녠(潘梓年)이 번역하여 1923년 베이징대학 신조사(新潮社)에서 '신조사총서'의 하나로 출판되었다. ─ 1923 ③ 29.

풍류인(風流人) 다키이 고사쿠(瀧井孝作)의 수필집. 쇼와 5년(1930) 도쿄의 가하쿠나쇼보(雅博那書房)에서 '가하쿠나총서'의 하나로 출판되었다. ─ 1931 ② 10.

풍월이야기(准風月談) 루쉰의 잡문집. 1934년 상하이 롄화(聯華)서국에서 '싱중서국'(興中

書局)의 이름으로 출판되었다. —1934 ⑥ 21. ⑦ 16. ⑩ 27. ⑪ 25. ⑫ 19. 1935 ② 7. ④ 30. ⑦ 26.

프랑스문예(佛蘭西文藝) 문학월간지. 후쿠오카 마스오(福岡益雄) 엮음. 도쿄의 긴세이도 (金星堂)에서 발행되었다. 쇼와(昭和) 8년(1933) 4월에 창간되었다. —1933 ⑧ 19. ⑨ 3. ⑪ 7.

프랑스문학(法國文學) —『*Modern French Literature*』 참조.

프랑스문학사서설(佛蘭西文學史序說) 프랑스의 브륀티에르(F. Brunetière) 지음. 세키네 히데오(關根秀雄)가 번역하여 다이쇼 15년(1926) 도쿄 이와나미쇼텐(岩波書店)에서 출판되었다. —1927 ⑫ 24.

프랑스문학 이야기(佛蘭西文學の話) 다쓰노 유타카(辰野隆) 지음. 다이쇼 14년(1925) 도쿄 의 슌요도(春陽堂)에서 출판되었다. —1926 ② 3.

프랑스서적 신삽화 —『*The New Book-Illustration in France*』 참조.

프랑스시선(佛蘭西詩選) 프랑스의 베르트랑(L. Bertrand) 등 지음. 야마노우치 요시오(山 內義雄)가 번역하여 다이쇼 12년(1923) 도쿄의 신초샤(新潮社)에서 출판되었다. — 1928 ⑪ 1.

프랑스 신예작가집(佛蘭西新作家集) 프랑스의 라크르텔(J. de. Lacretelle) 등 지음. 아오야 기 미즈호(靑柳瑞穗)가 번역하여 쇼와 8년(1933) 도쿄의 다이이치쇼보(第一書房)에 서 출판되었다. —1933 ⑦ 15.

프랑스 정신사의 한 측면(佛蘭西精神史の一側面) 고토 스에오(後藤末雄) 지음. 쇼와 9년 (1934) 도쿄의 나이이지쇼보에서 출판되었다. 1934 ③ 16.

프랑크푸르트보(弗蘭孚德報) —『*Frankfurter Zeitung und Handelsblatt*』 참조.

프랑크푸르트일보(弗蘭孚德日報) —『*Frankfurter Zeitung und Handelsblatt*』 참조.

프로문학강좌(プロ文學講座) —『프롤레타리아 문학강좌』(プロレタリヤ文學講座) 참조.

프로미술을 위하여(プロ美術の爲めに) —『프롤레타리아미술을 위하여』(プロレタリヤ美術 の爲めに) 참조.

프로와 문화의 문제(プロと文化の問題) —『프롤레타리아트와 문화의 문제』(プロレタリア ートと文化の問題) 참조.

프로예술교정(プロ藝術敎程) —『프롤레타리아 예술교정』(プロレタリヤ藝術敎程) 참조.

프로이트주의와 변증법적 유물론(フロイド主義と辨證法的唯物論) 독일 라이히(W. Reich) 등이 지은 철학서. 우에다 마사오(植田正雄)가 번역하여 쇼와 7년(1932) 교토 교세카 쿠(共生閣)에서 출판되었다. —1933 ⑧ 19.

프롤레타리아 문학강좌(プロレタリヤ文學講座) 일본프롤레타리아트작가동맹교육부 엮음.

쇼와 7년부터 8년(1932~1933)에 걸쳐 도쿄의 하쿠요샤(白揚社)에서 출판되었다. ―
1933 ② 13. ③ 22.

프롤레타리아 문학개론(プロレタリヤ文學槪論) 가와구치 히로시(川口浩) 지음. 쇼와 8년
(1933) 도쿄의 하쿠요샤(白揚社)에서 출판되었다. ― 1933 ② 16.

프롤레타리아문학의 이론과 실상(無産階級文學の理論と實相) 일기에는 『無産階級文學の理
論と實際』, 『新俄パンフルット』로 기록되어 있다. 노보리 쇼무(昇曙夢) 지음. 다이쇼
15년(1926) 도쿄의 신초샤(新潮社)에서 '신러시아소총서'의 하나로 출판되었다. ―
1926 ⑦ 19.

프롤레타리아문화론(無産者文化論) 소련의 트로츠키(Л. Д. Троцкий) 지음. 무토 나오하루
(武藤直治)가 번역하여 다이쇼 14년(1925) 도쿄의 슈호카쿠(聚芳閣)에서 '해외예술
평론총서'의 하나로 출판되었다. ― 1926 ② 23.

프롤레타리아미술을 위하여(プロレタリヤ美術の爲めに) 일기에는 『프로미술을 위하여』
(プロ美術の爲めに)로 기록되어 있다. 무라야마 도모요시(村山知義) 지음. 쇼와 5년
(1930) 도쿄의 아틀리에샤(アトリエ社)에서 출판된 개정판. ― 1930 ⑥ 2.

프롤레타리아 예술교정(プロレタリヤ藝術敎程) 일기에는 『프로예술교정』(プロ藝術敎程)으
로도 기록되어 있다. 요헤나 치타로(饒平名智太郎)가 엮어 쇼와 4년부터 5년(1929~
1930)에 걸쳐 도쿄 세카이샤(世界社)에서 4책으로 출판되었다. ― 1929 ⑦ 25. ⑫ 17.
1930 ⑤ 14. ⑧ 22.

프롤레타리아예술론(無産階級藝術論) 소련의 보그다노프(А. А. Богданов) 지음. 아소 기(麻
生義)가 번역하여 다이쇼15년(1926) 도쿄의 진분카이(人文會)출판부에서 '사회사상
문예총서'의 하나로 출판되었다. ― 1926 ⑥ 1.

프롤레타리아의 문화(無産階級の文化) 히라바야시 하쓰노스케(平林初之輔) 지음. 다이쇼
12년(1923) 도쿄의 와세다타이분샤(早稻田泰文社)에서 출판되었다. ― 1927 ⑫ 14.

프롤레타리아트문학론(プロレタリヤ文學論) 소련의 코간(Пётр Семёнович Коган, 1872~
1932) 지음. 노보리 쇼무(昇曙夢)가 번역하여 쇼와 3년(1928) 도쿄의 하쿠요샤(白揚
社)에서 출판되었다. ― 1928 ⑤ 1.

프롤레타리아트와 문화의 문제(プロレタリアートと文化の問題) 일기에는 『프로와 문화의
문제』(プロと文化の問題)로 기록되어 있다. 구라하라 고레히토(藏原惟人) 지음. 쇼와
(昭和) 7년(1932) 도쿄의 뎃토쇼인(鐵塔書院)에서 출판되었다. ― 1932 ⑥ 29.

프롤레타리아화가 George Grosz(無産階級の畫家ゲオルゲ·グロッス) 일기에는 『게오르게
그로스』(ゲオルゲ·グロッス)로 기록되어 있다. 야나세 마사무(柳瀬正夢) 엮음. 쇼와 4
년(1929) 도쿄의 뎃토쇼인(鐵塔書院)에서 출판되었다. ― 1929 ⑫ 20.

플랑드르의 4대 화가론(フランドルの四大畫家論) —『홀랜드파와 플랑드르파 4대 화가론』(オランダ派フランドル派の四大畫家論) 참조.

플레하노프론(プレハーノフ論) 소련의 야코블레프(П. В. Яковлев) 지음. 이시다 기요시(石田喜與司)가 번역하여 쇼와 4년(1929) 도쿄의 하쿠요샤(白揚社)에서 '맑스주의문예이론총서'의 하나로 출판되었다. —1929 ⑥ 7.

플레하노프 선집(プレハーノフ選集) 러시아 플레하노프 지음. 쇼와 4년(1929) 도쿄의 소분카쿠(叢文閣)에서 출판되었다. 루쉰이 구입한 것은 두 가지이다. 하나는『체르니셰프스키 그의 철학, 역사 및 문학관』(チェルヌィシェフスキーその哲學, 歷史及び文學觀)이고, 다른 하나는『우리 비판자의 비판』(わが批判者の批判)이다. —1929 ⑥ 24.

플로베르 전집(フロオベェル全集) 프랑스 플로베르(G. Flaubert) 지음. 이부키 다케히코(伊吹武彦) 등이 번역하여 쇼와 10년부터 11년(1935~1936)에 걸쳐 도쿄 가이신샤(改進社)에서 9책으로 출판되었다. —1935 ⑫ 7. 1936 ① 11. ② 7. ③ 8. ④ 6. ⑥ 5~30. ⑧ 8. ⑨ 10.

피눈물의 꽃(血淚之花) 린셴팅(林仙亭)의 시집. 1925년 상하이 치즈(啓智)인무공사에서 출판되었다. —1926 ⑩ 5.

피에르와 장(筆爾和哲安) 프랑스 모파상(G. de Maupassant)의 소설집. 리례원(黎烈文)이 번역하여 1936년 상하이 상우인서관(商務印書館)에서 '문학연구회 세계문학명저총서'의 하나로 출판되었다. —1936 ④ 6.

피자문수(皮子文藪) 당대 피일휴(皮日休)가 지은 10권의 별집. 일기의 1927년에 기록된 것은『사부총간』(四部叢刊) 초편본(2책)이다. —1927 ① 15. 1936 ① 21.

피쯔워(貔子窩) 동아고고학회에서 엮은 고고학 서적. 쇼와 4년(1929) '동방고고학총간'의 하나로 출판되었다. 피쯔워(貔子窩)는 랴오닝성(遼寧省) 다롄시(大連市)에 있는 지명. —1935 ② 16.

필경원(筆耕園) 와다 미키오(和田幹男) 엮음. 다이쇼 원년(1912) 도쿄의 신비쇼인(審美書院)에서 영인된 4책의 선장본. —1913 ② 24, 26. ④ 28.

필률주년기념간(觱篥周年紀念刊)『필률』(觱篥) 월간의 증간. 베이징 평민대학 필률문학사에서 편집하고 발행하였다. 1925년 3월 1일 출판. —1925 ⑥ 29.

필리프 단편집(フィリップ短篇集) 프랑스의 작가인 필리프(Charles-Louis Philippe) 지음. 호리구치 다이가쿠(掘口大學)가 번역하여 쇼와 3년(1928) 도쿄의 다이이치쇼보(第一書房)에서 출판된 보급판. 루쉰은 이 단편집 가운데 「사자 사냥」(捕獅) 등을 번역했다. —1928 ⑤ 7.

필리프 전집(フィリップ全集) 프랑스의 작가인 필리프 지음. 고마키 오미(小牧近江) 등이

번역하여 쇼와 4년부터 5년(1929~1930)에 걸쳐 도쿄의 신초샤(新潮社)에서 출판되었다. ― 1930 ① 25. ③ 31.

필수 독일 동사 사전(なくてならね獨和動詞辭典) 일기에는 『독어일어 동사사전』(獨和動詞辭典)으로 기록되어 있다. 사와이 요이치(澤井要一) 엮음. 쇼와 6년(1931) 도쿄의 난잔도쇼텐(南山堂書店)에서 출판되었다. ― 1931 ⑦ 3.

핑바오(平報) 베이징의 신문 가운데 하나로, 1912년에 창간되었다. ― 1912 ⑪ 3, 4.

【ㅎ】

하녀의 아들(下女の子) 스웨덴의 작가 스트린드베리(A. Strindberg)의 소설. 고야미 도요타카(小宮豊隆)가 번역하여 다이쇼(大正) 13년(1924) 도쿄의 이와나미쇼텐(岩波書店)에서 '스트린드베리전집'의 하나로 출판되었다. — 1928 ② 1.

하루의 일(一天的工作) — 『소련 작가 20인집』 참조.

하삭방고신록(河朔訪古新錄) 구셰광(顧燮光)이 모으고 판서우밍(范壽銘)이 편찬한 금석지지(金石地志) 서적. 14권, 비목(碑目) 부록 11권(하삭금석목河朔金石目 10권, 하삭금석대방목河朔金石待訪目 1권)의 4책. 1930년 상하이 톈화인서관(天華印書館)의 활판본이다. — 1934 ⑪ 20.

하삽총담(荷牐叢談) 명대 임시대(林時對)가 지은 4권 2책의 사료집. 1928년 국립중산대학 언어역사연구소 활판본이며, 이 연구소의 사료총간의 하나이다. — 1928 ⑪ 9.

하우프의 동화(ハウフの童話) 독일의 하우프(W. Hauff) 지음. 곤다 야스노스케(權田保之助) 역주. 쇼와 4년(1929) 도쿄 유호도쇼텐(有朋堂書店)에서 '독·일대역소품문고'의 하나로 출판되었다. — 1929 ⑦ 6.

하이네 연구(ハイネ研究) 후나키 시게누부(舟木重信) 등 지음. 다카오키 유조(高沖陽造) 엮음. 쇼와 8년(1933) 도쿄의 료쇼카쿠(隆章閣)에서 출판되었다. — 1933 ⑦ 18.

하이네집(海納集) — 『Heines Werke in dreizehn Teilen』 참조.

하이닝왕충각공유서(海寧王忠慤公遺書) 왕궈웨이(王國維)가 지은 별집. 4집, 43종의 42책. 일기에는 『관당유서』(觀堂遺書), 『관당유집』(觀堂遺集), 『왕충각공유서』(王忠慤公遺書)로도 기록되어 있다. 1927년부터 1928년에 걸친 하이닝(海寧) 왕씨(王氏)의 조판·인쇄본. — 1928 ⑨ 27. ⑩ 8. 1932 ⑥ 18.

하이델베르크신문(海兒培克新聞) — 『하이델베르크일보』(海兒培克日報) 참조.

하이델베르크일보(海兒培克日報) 독일 하이델베르크(Heidelberg)에서 발행되는 신문의 일종. 일기에는 『하이델베르크신문』(海兒培克新聞)으로도 기록되어 있다. — 1930 ⑤ 21, 28. ⑥ 18. ⑧ 4, 20.

하이빈월간(海濱月刊) 문학월간지. 광둥(廣東) 산터우(汕頭)의 하이빈(海濱)사범학교(후에 하이빈중학으로 개명) 하이빈학사(海濱學社) 펴냄. 1933년 말에 창간되었다. — 1934

⑩ 26.

하전(何典) 청대 과로인(過路人)이 엮은 소설. 찬자얼(纏夾二) 선생이 평하고 류푸(劉復)가
교감했으며, 루쉰이 제기(題記)를 썼다. 1926년 베이징 베이신(北新)서국의 조판인
쇄본.— 1926 ⑥ 7.

하프(豎琴) —『소련 작가 20인집』(蘇聯作家二十人集) 참조.

학고재문집(學詁齋文集) 청대 설수(薛壽)가 지은 2권 1책의 별집. 광서(光緒) 15년(1889)
'광아서국총서'(廣雅書局叢書)본이다.— 1927 ⑨ 16.

학당일기(學堂日記)『학당일기고사도설』(學堂日記故事圖說)이라고도 한다. 1책의 권선서
(勸善書). 동치(同治) 7년(1898) 량시(梁溪) 회재씨(晦齋氏) 펴냄. 상하이 익화당(翼化
堂) 소장판본.— 1927 ⑥ 29.

학산문초(鶴山文鈔) 송대 위료옹(魏了翁)이 지은 별집. 30권, 부록으로『주례절충』(周禮折
衷) 4권과『사우아언』(師友雅言) 1권의 12책.— 1915 ⑦ 25.

학예론초(學藝論鈔) 아베 지로(阿部次郎)가 지은 예술평론서. 다이쇼 13년(1924) 도쿄 가
이조샤(改造社)의 개정 6판.— 1925 ③ 25.

한간(汗簡) 송대 곽충서(郭忠恕)가 지은 3권 1책의 문자학 서적.『사부총간』(四部叢刊) 속
편은 명말청초 풍서(馮舒)의 수초본(手抄本)을 영인했다.— 1934 ② 6.

한간전정(汗簡箋正) 8권 4책의 문자학 서적. 송대 곽충서(郭忠恕)가 짓고 청대 정진(鄭珍)
이 설명을 덧붙였다.— 1912 ⑩ 20.

한남양화상집(漢南陽畫像集) —『남양한화상집』(南陽漢畫像集) 참조.

한대광전집록(漢代壙磚集錄) 왕전둬(王振鐸)가 펴낸 1책의 금석도상집(金石圖像集). 1935
년 베이핑 고고학사에서 영인했다.— 1935 ⑧ 31.

한무량사화상고(漢武梁祠畫像考) 청대 구중용(瞿中溶)이 짓고 유승간(劉承幹)이 교열한 금
석제발(金石題跋) 서적. 6권, 그림 1권, 전석실화상고(前石室畫像考) 1권의 2책. 일기
에는『무량사화상고』(武梁祠畫像考)로 기록되어 있다. 우싱(吳興) 류씨(劉氏)의 희고
루(希古樓) 각본이다.— 1934 ⑪ 3.

한문연서목(漢文淵書目) — 1934 ⑥ 13.

한밤중(子夜) 마오둔(茅盾)이 지은 소설. 1933년 상하이 카이밍(開明)서점에서 출판되었
다.— 1933 ② 3. ⑥ 19.

한비전액(漢碑篆額) 산인(山陰)의 하징(何澂)이 펴낸 3책의 금석도상집(金石圖像集). —
1915 ⑤ 30. ⑥ 5, 20. ⑦ 8, 29.

한비징경(漢碑徵經) 청대 주백도(朱百度)가 지은 1권 1책의 금석통고(金石通考). 광서(光緒)
15년(1889) '광아서국총서'(廣雅書局叢書)본이다.— 1927 ⑨ 16.

한산시(寒山詩) 당대 한산(寒山)이 지은 1책의 시집. 풍간(豊干)과 습득(拾得)의 시가 덧붙여져 있다. 총 3권. 또한 『한산시집』(寒山詩集)도 있는데, 한산의 시만을 1권에 수록했다. 일기의 본문에서는 『한산시』로 기록되어 있으나, '도서장부'에는 『한산시집』으로 기록되어 있다. 어느 것인지 확실치 않다. ─ 1913 ① 12.

한상역전(漢上易傳) 송대 주진(朱震)이 지은 유가 서적. 11권, 괘도(掛圖) 3권, 총설(叢說) 1권의 8책. 『사부총간』(四部叢刊) 속편은 송대 각본을 영인했다. ─ 1934 ⑩ 27.

한서(漢書) ─ 『이십사사』(二十四史. 백납본百衲本) 참조.

한서서역전보주(漢書西域傳補注) 청대 서송(徐松)이 지은 2권 1책의 지리서. ─ 1916 ⑫ 8.

한서예문지거례(漢書藝文志擧例) 쑨더첸(孫德謙)이 지은 1권 1책의 목록학 서적. 1918년 사익환(四益宦) 각본이다. ─ 1921 ④ 5.

한석경잔자(漢石經殘字) 1책의 비첩(碑帖). 상하이 유정(有正)서국의 석인본(石印本). ─ 1914 ⑫ 20.

한송기서(漢宋奇書) 소설. 원대 시내암(施耐庵)이 지은 『충의수호전』(忠義水滸傳) 115회본과 나관중(羅貫中)이 지은 『삼국지연의』(三國志演義) 120회본의 합각본. 청대 김인서(金人瑞)가 평어를 덧붙였다. 청대의 방각본(坊刻本), 20책. ─ 1921 ② 14.

한승상제갈충무후전(漢丞相諸葛忠武侯傳) 송대 장식(張栻)이 지은 1권 1책의 전기. 일기에는 『제갈무후전』(諸葛武侯傳)으로도 기록되어 있다. 『사부총간』(四部叢刊) 속편은 송대 각본을 영인했다. ─ 1934 ⑦ 7.

한시외전(韓詩外傳) 한대 한영(韓嬰)이 지은 10권 2책의 유가 서적. 『사부총간』(四部叢刊) 조편은 명대 심씨(沈氏) 야죽재(野竹齋) 각본을 영인했다. ─ 1927 ⑦ 26.

한약사진집성(漢藥寫眞集成) 나카오 만조(中尾万三), 기무라 고이치(木村康一) 엮음. 『상하이자연과학연구소휘보』(上海自然科學研究所彙報) 제1권 제2호와 제5호(1929~1930)의 2책. ─ 1930 ⑤ 23. ⑩ 28.

한어한한록(閑漁閑閑錄) 청대 채현(蔡顯)이 지은 9권 1책의 잡저(雜著). 1915년 우싱(吳興) 류씨(劉氏)의 '가업당총서'(嘉業堂叢書)본. ─ 1918 ⑨ 10. 1934 ⑪ 3.

한예자원(漢隸字原) 송대 누기(婁機)가 펴낸 6권 6책의 문자학 서적. ─ 1916 ⑦ 13.

한위육조명가집(漢魏六朝名家集) 딩푸바오(丁福保)가 펴낸 총집. 초집(初集)은 40종 30책. 선통(宣統) 3년(1911) 상하이 문명서국 활판본이다. ─ 1926 ⑩ 5.

한위육조전문(漢魏六朝專文) 왕수난(王樹枏)이 펴낸 2책의 금석도상집(金石圖像集). 1935년 상하이 상우인서관(商務印書館)에서 영인했다. ─ 1935 ⑤ 23.

한위총서(漢魏叢書) 38종 40책. 명대에 하당(何鐺)이 모으고 정영(程榮)이 보완했다. 1925년 상하이 상우인서관(商務印書館)에서 명대의 정씨본(程氏本)을 영인했다. ─ 1926

⑥ 20.

한유웅비(漢劉熊碑) 1책의 비첩(碑帖). 일기에는 『유웅비』(劉熊碑)로도 기록되어 있다. 상하이 유정(有正)서국에서 영인했다. — 1914 ⑫ 27.

한율고(漢律考) 청수더(程樹德)가 지은 7권 4책의 정치학 서적. 1919년 베이징 각본. — 1923 ④ 13. 1926 ③ 16.

한진석각묵영(漢晉石刻墨影) 뤄전위(羅振玉)가 펴낸 1책의 금석도상집(金石圖像集). 1915년 영인본이다. — 1916 ⑦ 21. ⑧ 6.

한 청년의 꿈(一個靑年的夢) 일기에는 『靑年的夢』, 『或る靑年の夢』으로도 기록되어 있다. 일본의 무샤노코지 사네아쓰(武者小路實篤)가 지은 4막극. 루쉰이 번역하여 『국민공보』(國民公報)와 『신청년』(新靑年)에 연재하였다가 1922년에 상우인서관(商務印書館)에서 출판했다. — 1919 ⑧ 2. ⑪ 26. 1920 ① 18. 1921 ⑫ 20. 1922 ⑧ 29.

한 청년의 꿈(或ル靑年ノ夢) 무샤노코지 사네아쓰(武者小路實篤)가 지은 극본. 루쉰이 번역한 중역본이 있다. — 1919 ⑧ 2. 1920 ① 18.

한 톨의 밀알이 죽지 않으면(一粒の麥もし死なずば) 일기에는 『一粒ノ麥モシ死ナズバ』로도 기록되어 있다. 프랑스의 지드(A. Gide)가 지은 소설. 호리구치 다이가쿠(掘口大學)가 번역하여 쇼와 8년(1933) 도쿄의 다이이치쇼보(第一書房)에서 출판되었다. 상권. — 1933 ⑨ 30.

한화(漢畵)(제1집) 2권 2책의 화집(畵集). 상하이 유정(有正)서국에서 편집하고 영인했다. — 1927 ⑪ 30.

함분루비급(函芬樓秘笈) — 『함분루비급』(涵芬樓秘笈) 참조.

함분루비급(涵芬樓秘笈) 쑨위슈(係毓修)가 펴낸 총서. 10집, 52종의 80책. 1916년 함분루(涵芬樓) 영인본. — 1916 ⑫ 5. 1917 ⑥ 17. 1918 ⑨ 21. 1919 ④ 7. 1920 ④ 23. 1921 ⑤ 4. ⑦ 19.

함소기(陷巢記) — 『유구함소기』(流寇陷巢記) 참조.

함청각금석기(函靑閣金石記) 청대 양탁(楊鐸)이 펴낸 4권 2책의 금석문자학 서적. 1931년 루이안(瑞安) 진씨(陳氏)의 '추료재(湫漻齋)총서'본. — 1932 ③ 17.

함하고문원의(函夏考文苑議) 마젠창(馬建常, 자는 샹보相伯)이 지은 1책의 건의서. 1912년 10월 장타이옌(章太炎)은 마젠창, 량치차오(梁啓超) 등과 함께 '함하고문원'의 설립을 발기하여, 프랑스 학사원을 모방하여 고문원을 설립했다. 마젠창은 고문원의 담당자이다. — 1912 ⑫ 18.

항농총묘유문(恒農冢墓遺文) 뤄전위(羅振玉)가 펴낸 1권 1책의 금석문자집. 1915년 뤄씨 영묘원(永慕園) 석인본(石印本). — 1916 ⑦ 21. ⑩ 12.

항우와 유방(項羽と劉邦) 나가요 요시로(長與善郎)가 지은 극본. 다이쇼 11년(1922) 도쿄의 신초샤(新潮社) 개판본. —1929 ⑤ 27.

해바라기의 글(向日葵の書) 에구치 간(江口渙)이 지은 산문. 쇼와 10년(1935) 도쿄의 라쿠로쇼인(樂浪書院)에서 출판되었다. —1935 ⑫ 16.

해방된 돈키호테(被解放的堂克訶德)(원문) —『Освобождённый Дон Кихот』 참조.

해방된 돈키호테(解放了的董吉訶德) 소련의 루나차르스키가 지은 극본. 일기에는 『해방된 돈키호테』(被解放之董吉訶德), 『해방된 돈키호테』(解放的董吉訶德), 『키호테』(吉訶德)로도 기록되어 있다. 이자(易嘉, 취추바이瞿秋白)가 번역했으며, 루쉰은 후기를 쓰고 작자 약전을 번역했다. 1934년 상하이 롄화(聯華)서국에서 '문예연총'(文藝連叢)의 하나로 출판되었다. —1933 ⑦ 5. ⑩ 15. ⑪ 4, 14. ⑫ 25, 30. 1934 ② 7. ④ 20.

해상(海上) 천쉐자오(陳學昭)가 지은 소설. —1933 ⑥ 17.

해상명인화고(海上名人畵考) 청대 장웅(張熊) 등이 그린 2책의 그림책. 광서(光緒) 11년(1885) 상하이 동문(同文)서국 석인본(石印本)이다. —1934 ⑥ 26.

해상술림(海上述林) 취추바이(瞿秋白)가 번역한 역문집. 일기에는 『술림』(述林)으로도 기록되어 있다. 루쉰이 편집·교열하고 서문을 써서 1936년 '제하회상사'(諸夏懷霜社)의 이름으로 상하 두 권으로 나뉘어 출판되었다. —1935 ⑧ 12. ⑩ 22. ⑫ 6. 1936 ② 7. ④ 17, 22. ⑤ 13, 22. ⑧ 11. ⑨ 30. ⑩ 2, 6, 16.

해상화열전(海上花列傳) 청대 한방경(韓邦慶)이 지은 64회 4책의 소설. —1932 ⑪ 25.

해선화보(海僊畫譜) 청대 왕영(王瀛)이 제작한 그림책. 덴포(天保) 14년(1843) 일본 교토의 운소도(芸艸堂) 각본. 일본어 수음(注音)이 부기되어 있다. —1929 ③ 2.

해외문학신선(海外文學新選) 도쿄의 신초샤(新潮社)에서 다이쇼 13년부터 15년(1924~1926)에 걸쳐 유럽의 문학명저를 소개하기 위해 출판된 총서. —1927 ⑩ 29. 1928 ② 7, 29.

해첩사십종(楷帖四十種) 4책의 서법서. 상하이 문명서국에서 런허(仁和) 왕씨(王氏)가 청하관(靑霞館)에 기탁한 소장본을 영인했다. —1914 ⑫ 9.

향동만필(香東漫筆) 청대 황주이(況周頤)가 지은 2권 1책의 잡고(雜考). 광서(光緒) 연간의 '혜풍총서'(惠風叢書) 각본. —1915 ⑧ 5. ⑩ 7.

향보(香譜) 송대 진경(陳敬)이 지은 4권 1책의 공예서. 일기에는 『진씨향보』(陳氏香譜)로도 기록되어 있다. —1935 ③ 21, 23.

향언해이(鄕言解頤) 청대 옹재노인(瓮齋老人)이 지은 5권 4책의 훈고서(訓詁書). 도광(道光) 30년(1850)의 각본이다. —1932 ④ 4.

향토교과서(鄕土敎科書) —『장쑤장닝향토교과서』(江蘇江寧鄕土敎科書) 참조.

향토연구(鄉土硏究) 도쿄의 교도겐큐샤(鄉土硏究社)에서 편집·발행한 기간지. — 1915 ①
8, 9.

향토완구집(鄉土玩具集) 우메하라 요소지(梅原與惣次) 등이 그린 그림책. 쇼와(昭和) 9년부
터 10년(1934~1935)에 걸쳐 도쿄의 시로토쿠로샤(白と黑社)에서 출판된 목판화 채
색인쇄본. — 1934 ⑧ 7. 1935 ⑧ 20.

허무로부터의 창조(無からの創造) 러시아의 셰스토프(Л. Шестов) 지음. 아즈치 레이지로
(安土禮二郞) 등이 번역하여 쇼와 9년(1934) 도쿄의 미카사쇼보(三笠書房)에서 출판
되었다. 다른 일역본의 제목은『虛無よりの創造』이다. — 1934 ⑨ 16.

허무로부터의 창조(虛無よりの創造) 러시아의 셰스토프(Л. Шестов) 지음. 가와카미 데쓰
타로(河上徹太郞)가 번역하여 쇼와 9년(1934) 도쿄의 시바쇼텐(芝書店)에서 출판되
었다. 다른 일역본의 제목은『無よりの創造』이다. — 1934 ⑨ 12.

허백운선생문집(許白雲先生文集) 원대(元代) 허겸(許謙)이 지은 4권 1책의 별집.『사부총
간』(四部叢刊) 속편은 명대 간본을 영인했다. — 1934 ③ 19.

헨더씨 생물학(亨達氏生物學) 영국의 헨더슨 지음. 저우젠런(周建人)이 영문에서 번역하여
3책으로 나누었다. 루쉰은 읽어 본 후에 출판을 소개하려 하였으나 뜻을 이루지 못
했다. — 1915 ⑥ 28.

혁명과 문학(革命と文學) —『문학과 혁명』(文學と革命) 참조.

혁명기의 연극과 무용(革命期の演劇と舞踊) 일기에는『革命期之演劇與舞踊』으로도 기록되
어 있다. 노보리 쇼무(昇曙夢) 지음. 다이쇼 13년(1924) 도쿄의 신초샤(新潮社)에서
'신러시아소총서'의 하나로 출판되었다. — 1924 ⑫ 19.

혁명러시아의 예술(革命ロシアの藝術) 일기에는『革命露西亞の藝術』로 기록되어 있다. 오
세 게이시(尾瀨敬止) 지음. 다이쇼 14년(1925) 도쿄의 지교노니혼샤(事業之日本社)에
서 출판되었다. — 1927 ⑩ 31.

혁명문호 고리키(革命文豪高爾基) 일기에는『고리키전』(高爾基傳)으로도 기록되어 있다.
타오펀(鞱奮)이 미국인 카운(Alexander Kaun)의『고리키와 그의 러시아』(*Maxim
Gorky and his Russia*)를 저본으로 편역하여 1933년 상하이 생활서점에서 출판되
었다. 루쉰은 이 서적을 위해 삽화를 제공했다. — 1933 ⑤ 17. ⑦ 7. ⑧ 11.

혁명예술대계(革命藝術大系) 오세 게이시(尾瀨敬止) 지음. 쇼와 2년(1927) 도쿄의 가이호
샤(解放社)에서 '해방군서'(解放群書)의 하나로 출판되었다. 루쉰의 장서에는 복본이
있다. — 1927 ⑩ 10. 1929 ⑦ 9.

혁명의 딸(革命の孃) 원제는『*Daughter of the Revolution and Other Stories*』. 미국의
리드(J. Reed)가 지은 소설과 극본 합집. 사카이 도쿠조(阪井德三)가 번역하여 쇼와 6

년(1931) 도쿄의 시로쿠쇼인(四六書院)에서 '국제프롤레타리아문학선집'의 하나로 출판되었다. ―1931 ⑩ 19.

혁명의 전 1막(革命的前一幕) 천취안(陳銓)의 소설. 1934년 상하이 량유(良友)도서인쇄공사에서 '량유문학총서'의 하나로 출판되었다. ―1934 ⑪ 3.

혁명 후의 러시아문학(革命後のロシア文學) 노보리 쇼무(昇曙夢) 지음. 쇼와 3년(1928) 도쿄의 가이조샤(改造社)에서 출판되었다. ―1928 ⑤ 31.

현대(現代) 다이니혼유벤카이(大日本雄辯會) 고단샤(講談社)에서 엮어 간행한 월간지. 루쉰은 이 월간지에 바탕하여 예로센코가 지은 동화「인류를 위하여」를 번역했다. ―1921 ⑪ 29. ⑫ 31.

현대(現代) 스저춘(施蟄存) 등이 펴낸 문학월간지. 상하이 현대서국에서 발행. 반년마다 1권을 발행. 제6권 제2기부터 종합성 간행물로 바뀌었으며, 왕푸취안(汪馥泉)이 편집을 이어 맡았다. 1932년 5월에 창간되어 1935년 5월에 제6권 제4기를 끝으로 정간되었다. ―1932 ⑫ 15. 1933 ② 3. ⑥ 1. ⑧ 3, 28. ⑨ 11, 12. ⑪ 12.

현대독일문학(現代の獨逸文學) 독일의 베르트호(F. Bertho) 지음. 오노 슌이치(大野俊一)가 번역하여 쇼와 4년(1929) 도쿄의 고세카쿠쇼텐(厚生閣書店)에서 '현대예술과 비평총서'의 하나로 출판되었다. ―1930 ⑧ 1.

현대독일문학(現代獨逸文學) ―『질풍노동시대와 현대독일문학』(疾風怒濤時代と現代の獨逸文學) 참조.

현대독일문화와 문예(現代の獨逸文化及文藝) 가타야마 고손(片山孤村) 지음. 다이쇼 11년(1922) 도쿄-교토 분켄쇼인(文獻書院)에서 출판되었다. ―1927 ⑪ 18.

현대러시아문호 걸작집(現代俄國文豪傑作集) ―『러시아 현대문호 걸작집』(露西亞現代文豪傑作集) 참조.

현대만화대관(現代漫畫大觀) 일기에는『만화대관』(漫畫大觀)으로도 기록되어 있다. 요다 슈이치(代田收一) 등 엮음. 쇼와 3년(1928) 도쿄의 주오비주쓰샤(中央美術社)에서 10책으로 출판되었다. ―1928 ③ 16. ④ 25. ⑤ 24. ⑦ 2. ⑧ 16. ⑩ 4, 16, 20. ⑪ 30. ⑫ 31.

현대목각(現代木刻) ―『현대판화』(現代版畫) 참조.

현대문예총서(現代文藝叢書) 루쉰이 상하이 신주국광사(神州國光社)의 요청에 따라 편집했던 소련작품 번역총서이다. 원래는『파우스트와 도시』(浮士德與城. 루나차르스키 저, 러우스柔石 옮김),『해방된 돈키호테』(被解放的堂·吉訶德. 루나차르스키 저, 루쉰 옮김, 후에 취추바이瞿秋白 옮김),『10월』(十月. 야코블레프 저, 루쉰 옮김),『벌거숭이의 한해』(精光的年頭. 필냐크 저, 펑쯔葦子 옮김),『철갑열차』(鐵甲列車. 이바노프 저, 스헝侍桁

옮김), 『반란』(叛亂. 푸르마노프 저, 청원잉成文英 옮김), 『화마』(火馬. 글랏코프 저, 스헝 옮김), 『철의 흐름』(鐵流. 세라피모비치 저, 차오징화曹靖華 옮김), 『훼멸』(파데예프 저, 루쉰 옮김), 『고요한 돈강』(靜靜的頓河. 숄로호프 저, 허페이賀非 옮김) 등이었다. 후에 신주국 광사와의 계약 파기로 인해 『파우스트와 도시』, 『철갑열차』, 『10월』, 『고요한 돈강』 (제1책) 등의 네 가지만을 출판했다. ─ 1930 ④ 11.

현대문학(現代文學) 세누마 시게키(瀨沼茂樹) 지음. 쇼와 8년(1933) 도쿄의 모쿠세샤쇼인 (木星社書院)에서 출판되었다. ─ 1933 ⑨ 15.

현대문호평전총서(現代文豪評傳叢書) ─ 『문호평전총서』(文豪評傳叢書) 참조.

현대미술(現代の美術) 독일의 슈미트(P. F. Schmidt) 지음. 이타가키 다카오(板垣鷹穗)가 번역하여 다이쇼 13년(1924) 도쿄의 이와나미쇼텐(岩波書店)에서 '미술총서'의 하나로 출판되었다. ─ 1929 ⑥ 7.

현대미술논집(現代美術論集) 도야마 우사부로(外山卯三郎) 지음. 쇼와 4년(1929) 도쿄 슌주샤(春秋社)의 재판본. '슌주문고'의 하나. ─ 1929 ⑪ 30.

현대미학사조(現代美學思潮) 와타나베 기치하루(渡邊吉治) 지음. 쇼와 5년(1930) 도쿄의 다이이치쇼보(第一書房)에서 출판되었다. ─ 1930 ⑥ 16.

현대부녀(現代婦女) 어우차(歐查)가 펴낸 월간지. 상하이 광화(光華)서국에서 발행. 1933년 4월에 창간되었다. ─ 1933 ④ 23.

현대사료(現代史料)(제1집) 1933년 상하이 하이톈(海天)출판사에서 편집 및 출판. ─ 1933 ② 9.

현대산문가비평(現代散文家批評) ─ 『현대산문가비평집』(現代散文家批評集) 참조.

현대산문가비평집(現代散文家批評集) 일기에는 『현대산문가비평』(現代散文家批評)으로도 기록되어 있다. 확실치 않음. ─ 1932 ⑩ 24.

현대서구도안집(現代西歐圖案集) 일기에는 『西歐圖案集』으로 기록되어 있다. 아다치 겐이치로(足立源一郎) 엮음. 쇼와 3년(1928) 도쿄의 호분칸(寶文館)에서 출판되었다. ─ 1929 ③ 16.

현대세계문학연구(現代世界文學研究) 일기에는 『현대세계문학』(現代世界文學)으로도 기록되어 있다. 도쿄의 와세다(早稻田)대학 구주문학연구회 편저. 쇼와 8년(1933) 도쿄의 산세이도(三省堂)에서 출판되었다. ─ 1933 ⑥ 30.

현대소비에트 문학개론(現代ソヴェト文學槪論) 일기에는 『ソヴェト文學槪論』, 『現代蘇ヴェト文學槪論』으로 기록되어 있다. 소련의 트리포노프(С. Трифонов) 등 지음. 오타케 히로키치(大竹博吉)가 번역하여 쇼와 9년(1934) 도쿄의 나우카샤(ナウカ社)에서 출판되었다. ─ 1934 ⑤ 1.

현대엽기첨단도감(現代獵奇尖端圖鑑) 사토 기료(佐藤義亮) 엮음. 쇼와 6년(1931) 도쿄의 신
초샤(新潮社)에서 출판되었다.―1931 ⑤ 24.

현대영국문예인상기(現代英國文藝印象記) 미야지마 신자부로(宮島新三郎) 지음. 쇼와 4년
(1929) 도쿄의 산세이도(三省堂)에서 출판되었다.―1933 ② 24.

현대영문학강화(現代英文學講話) 고히나타 사다지로(小日向定次郎) 지음. 다이쇼 15년
(1926) 도쿄의 겐큐샤(研究社) 제4판.―1928 ③ 16.

현대예술의 제 경향(現代藝術の諸傾向) 소비에트문학연구회 엮음. 쇼와 6년(1931) 도쿄의
소분카쿠(叢文閣)에서 '맑스주의예술론입문'의 하나로 출판되었다.―1931 ⑨ 17.

현대 유럽문학과 프롤레타리아트(現代歐洲文學とプロレタリアート) 헝가리의 마차(I. Matsa)
지음. 구마자와 마타로쿠(熊澤復六)가 번역하여 쇼와 6년(1931) 도쿄의 뎃토쇼인(鐵
塔書院)에서 '맑스주의예술사총서'의 하나로 출판되었다.―1931 ④ 30.

현대유럽의 예술(現代歐洲の藝術) 헝가리의 마차(I. Matsa) 지음. 구라하라 고레히토(藏原
惟人)와 스기모토 료키치(杉本良吉)가 번역하여 도쿄의 소분카쿠(叢文閣)에서 '맑스
주의예술이론총서'의 하나로 출판되었다.―1929 ④ 13.

현대의 고찰(現代の考察) 프랑스의 발레리(Paul Valéry) 지음. 다카하시 히로에(高橋廣江)
가 번역하여 쇼와 8년(1933) 도쿄의 다이이치쇼보(第一書房)에서 출판되었다.―
1933 ⑥ 9.

현대이상주의(現代理想主義) 일본인 가네코 지쿠스이(金子筑水)가 지은 철학 서적. 장징싼
(蔣徑三)이 번역하여 1926년 상하이 상우인서관(商務印書館)에서 '철학총서'의 하나
로 출판되었다.―1927 ③ 15.

현대일본소설역총(現代日本小說譯叢) 황위안(黃源)이 편역하여 1936년에 상하이 상우인
서관(商務印書館)에서 '세계문학명저'의 하나로 출판되었다.―1936 ④ 7.

현대작가서간(現代作家書簡) 일기에는 『당대 문인 서간 초』(當代文人尺牘鈔)로 기록되어
있다. 쿵링징(孔另境)이 엮고 루쉰이 서문을 써서 1936년 상하이 생활서점에서 출판
되었다.―1935 ⑪ 26.

현대중국(現代中國)―『China Today』 참조.

현대첨단엽기도감(現代尖端獵奇圖鑑)―『현대엽기첨단도감』(現代獵奇尖端圖鑑) 참조.

현대판화(現代版畵) 광저우(廣州) 현대창작판화연구회의 간행물로서의 총간. 일기에는
『현대목각』(現代木刻), 『현대판화』(現代板畵)로도 기록되어 있다. 1934년 11월에 창
간되었을 때에는 기계로 인쇄되었으나 제2집부터는 필사하였다. 1936년 5월에 제
18집을 끝으로 정간되었다.―1934 ⑫ 29. 1935 ② 16. ③ 9. ④ 9. ⑤ 3, 31. ⑦ 12. ⑨ 9.
⑩ 12. ⑪ 11. ⑫ 17. 1936 ① 14. ③ 10. ④ 8. ⑤ 21.

현대 8대 사상가(現代八大思想家) 확실치 않음.―1921 ⑫ 30.

현대평론(現代評論) 종합성 간행물. 후스(胡適), 천위안(陳源), 왕스제(王世杰), 쉬즈모(徐志摩) 등이 운영. 1924년 12월에 베이징에서 창간되었다가 1927년 7월 상하이로 옮겨 출판되었다. 1928년 12월에 정간되었다.―1925 ② 15.

현대프랑스문학(現代のフランス文學) 프랑스의 파이(B. Fay) 지음. 이지마 다다시(飯島正)가 번역하여 쇼와 5년(1930) 도쿄의 고세카쿠쇼텐(厚生閣書店)에서 '현대예술과 비평 총서'의 하나로 출판되었다.―1930 ⑧ 1.

현대프랑스문예총서(現代佛蘭西文藝叢書) 일기에는 『現代法蘭西文藝叢書』, 『現代佛國文藝叢書』, 『佛國文藝叢書』로도 기록되어 있다. 다이쇼 12년부터 15년(1923~1926)에 걸쳐 도쿄 신초샤(新潮社)에서 12책으로 편집·출판되었다.―1924 ⑫ 28. 1925 ③ 5. 1926 ⑥ 19.

현미경 아래의 경이(顯微鏡下の驚異) 나카마 데루히사(仲摩照久) 엮음. 쇼와 6년(1931) 도쿄의 가가쿠가호샤(科學畵報社)에서 '과학화보총서'의 하나로 출판되었다.―1932 ⑩ 4.

현수국사별전(賢首國師別傳)―『당대천복사고사주번경대덕법장화상전』(唐大薦福寺故寺主翻經大德法藏和尙傳) 참조.

현양성교론(顯揚聖敎論) 무착보살(無著菩薩)이 짓고 당대 현장(玄奘)이 번역한 20권 4책의 불교 서적.―1914 ⑥ 3.

현우인연경(賢愚因緣經) 북위(北魏) 혜각(慧覺) 등이 번역한 3권 4책의 불교 서적.―1914 ⑦ 4, 29.

현장삼장전(玄奘三藏傳)―『대자은사삼장법사전』(大慈恩寺三藏法師傳) 참조.

혈흔(血痕) 러시아 아르치바셰프(М. П. Арцыбашев)의 소설집. 일기에는 『아르치바셰프 소설집』(阿爾志跋綏夫小說集)으로도 기록되어 있다. 루쉰과 정전둬(鄭振鐸) 등이 번역하여 상하이 카이밍(開明)서점에서 '문학주보사(文學週報社) 총서'의 하나로 출판되었다.―1927 ⑥ 30. ⑦ 2.

형남췌고편(荊南萃古編) 청대 주무기(周懋琦), 유한(劉瀚)이 펴낸 2책의 금석도상집(金石圖像集). 광서(光緖) 20년(1894) 첸탕(錢塘) 주씨(周氏) 홍보서재(鴻寶署齋) 각본이다.―1935 ⑪ 21.

형법사의 한 단면(刑法史の或る斷層面) 다키가와 유키토키(瀧川幸辰) 지음. 쇼와 8년(1933) 교토의 세이케이쇼인(政經書院)에서 출판되었다.―1933 ⑫ 4.

혜강집(嵇康集) 『혜중산집』(嵇中散集)이라고도 한다. 삼국(三國) 위(魏)의 혜강(嵇康)이 지은 별집. 루쉰은 여러 종류의 판본으로 이 책을 교감했다.―1913 ⑨ 23. ⑩ 1, 15, 19,

20. ⑫ 19, 30. 1915 ⑥ 5. ⑦ 15, 16. 1920 ① 20. ③ 21. 1921 ② 12. ③ 2, 8, 20. 1922
① 27. ② 16, 17. ⑧ 7. 1924 ⑤ 31. ⑥ 1, 3, 6, 7, 8, 10. 1931 ⑪ 13. 1933 ③ 28. 1935
⑨ 17.

혜면쇄기(蕙楊瑣記) ―『혜면잡기』(蕙楊雜記) 참조.

혜면잡기(蕙楊雜記) 청대 엄원조(嚴元照)가 지은 1권 1책의 잡설(雜說). ― 1913 ⑥ 22.
1927년 말에 부기된 「서유서초」(西牖書鈔)에도 보인다.

혜중산집(嵇中散集) ―『혜강집』(嵇康集) 참조.

호구전(好逑傳) ―『제이재자호구전』(第二才子好逑傳) 참조.

호당림관병체문(湖唐林館駢體文) 청대 이자명(李慈銘)이 지은 2권 1책의 별집. 광서(光緒)
10년(1884) 각본. ― 1921 ⑫ 16.

호리유진(蒿里遺珍) 뤄전위(羅振玉)가 모으고 해설한 금석문자학 서적. 1권, 해설 1권의 1
책. 1914년 상위(上虞) 뤄씨(羅氏) 영인본. ― 1915 ⑨ 12, 30.

호법론(護法論) 송대 장상영(張商英)이 지은 1권 1책의 불교 서적. ― 1914 ⑥ 3.

호아(湖雅) 청대 왕일정(汪日楨)이 지은 명물(名物). 9권, 『호잠술』(湖蠶述) 4권에 총 8책.
― 1926 ⑩ 5.

호조론(互助論) 러시아 크로포트킨(П. А. Кропоткин)이 지은 정서(政書). 루쉰이 부친 것
은 영문본 『Mutual Aid, a Factor of Evolution』(런던출판사, 1902)일 것이다. ―
1918 ③ 7.

호해루총서(湖海樓叢書) 청대 진춘(陳春) 펴냄. 12종 22책. 가경(嘉慶) 24년(1819) 샤오산
(蕭山) 진씨(陳氏)의 호해루 각본. ― 1913 ② 9. 1916 ③ 30.

혼인 및 가족의 발전과정(婚姻及び家族の發展過程) 일기에는 『婚姻及家族の發展過程』으로
도 기록되어 있다. 독일의 쿠노브(H. Cunow) 지음. 도리우미 아쓰스케(鳥海篤助)가
번역하여 쇼와 2년(1927) 도쿄의 도진샤쇼텐(同人社書店)에서 출판된 재판본. '맑스
의 역사, 사회 및 국가관'의 하나. ― 1928 ⑩ 29.

홀랜드파와 플랑드르파 4대 화가론(オランダ派フランドル派の四大畫家論) 원제는 『Die
Meister der holländischen und vlämischen Malerschulen』. 일기에는 『플랑
드르의 4대 화가론』(フランドルの四大畫家論)으로 기록되어 있다. 독일의 보데(W.
von Bode)가 지은 화가연구서. 세키 다이스케(關泰祐)가 번역하여 다이쇼 15년
(1926) 도쿄 이와나미쇼텐(岩波書店)에서 '미술총서'의 하나로 출판되었다. 플랑
드르(Flandre)는 벨기에의 서부와 프랑스 북부의 일부 지역을 포괄하는 곳으로, 15세
기 이래 많은 화가가 배출되었다. ― 1929 ⑥ 7.

홍당무(にんじん) 일기에는 『ニンジン』으로 기록되어 있다. 프랑스의 소설가이자 극작가

인 르나르(J. Renard, 1864~1910)의 소설. 기시다 구니오(岸田國士) 번역. 루쉰이 6일에 구입한 것은 도쿄의 하쿠스이샤(白水社)에서 쇼와 9년(1934)에 출판된 제7판이고, 11일에 구입한 것은 같은 출판사에서 쇼와 8년(1933)에 출판된 '도리노코'(鳥之子)판이다. —1934 ⑥ 6, 11.

홍당무 수염(紅蘿卜須) 프랑스 르나르(Jules Renard)의 소설 『*Poil de carotte*』. 리례원(黎烈文)이 번역하여 1934년 상하이 생활서점에서 출판되었다. —1934 ⑫ 1.

홍루몽(紅樓夢)(왕각王刻) 120회, 24책의 소설. 청대 조설근(曹雪芹)이 짓고 왕희렴(王希廉)이 평했다. 도광(道光) 12년(1832) 각본. —1928 ⑦ 16.

홍루몽도영(紅樓夢圖咏) 4책의 시화책(詩畵冊). 청대 개기(改琦)가 그리고 왕희렴(王希廉) 등이 시를 썼다. 광서(光緖) 5년(1879) 상하이 화이푸(淮浦)거사 각본. —1934 ⑪ 20.

홍루몽본사변증(紅樓夢本事辨證) 일기에는 『홍루몽고사고증』(紅樓夢本事考證)으로 기록되어 있다. 서우펑페이(壽鵬飛)가 저술한 소설연구서. 1927년 상하이 상우인서관(商務印書館)에서 '문예총각'(文藝叢刻) 을집(乙集)의 하나로 출판되었다. —1928 ⑧ 22.

홍명집(弘明集) 남조(南朝) 제(齊)·양(梁)의 승우(僧祐)가 지은 14권의 불교 서적. 루쉰이 구입한 것은 광서(光緖) 22년(1896) 금릉각경처(金陵刻經處)의 각본(4책)이다. —1914 ⑧ 7. ⑨ 6. 1925 ⑦ 14.

홍설산방화품(紅雪山房畵品) 청대 반증영(潘曾瑩)이 지은 1책의 화평서(畵評書). —1913 ⑥ 7.

홍수(洪水) 저우취안핑(周全平)이 편집하고 상하이 광화(光華)서국에서 발행한 종합성 반월간지. 1925년 9월에 창간되어 1927년 12월에 제36기를 끝으로 정간되었다. —1927 ⑨ 24.

홍씨비목(洪氏碑目) 확실치 않음. —1915 ⑩ 26.

화간집(花間集) 오대(五代) 후촉(後蜀)의 조숭조(趙崇祚)가 모으고 온박(溫博)이 보완한 사합집(詞合集). 12권, 보(補) 2권, 3책. 『사부총간』(四部叢刊) 초편은 명대 현람재(玄覽齋)에서 간행한 건상본(巾箱本)을 영인했다. —1927 ① 11.

화갑한담(花甲閑談) 청대 장유병(張維屛)이 지은 16권 4책의 전기(傳記). 청말 광저우(廣州) 광아(廣雅)서국의 중인본(重印本). —1927 ⑥ 9.

화개속(華蓋續) —『화개집속편』(華蓋集續編) 참조.

화개집(華蓋集) 루쉰이 지은 잡문집. 1926년에 베이징 베이신(北新)서국에서 출판되었다. —1926 ⑥ 3, 30.

화개집속편(華蓋集續編) 루쉰이 지은 잡문집. 일기에는 『화개속』(華蓋續)으로도 기록되어 있다. 1927년 베이징 베이신(北新)서국에서 출판되었다. —1926 ⑩ 15, 19. 1927 ③

4. ⑤ 13, 23. ⑥ 25.

화개집속편의 속편(華蓋集續編的續編) 루쉰이 샤먼(廈門)에 있었던 넉 달간 지었던 6편의 잡문을 수록하고 있으며, 『화개집속편』(華蓋集續編)의 뒤에 부록으로 덧붙여져 있다. ― 1927 ③ 4.

화과책(花果冊) ―『오창석화과책』(吳昌碩花果冊) 참조.

화광천왕전(華光天王傳) ―『전상오현령관대제화광천왕전』(全象五顯靈官大帝華光天王傳) 참조.

화도취부용(畵圖醉芙蓉) 청대 진홍수(陳洪綬)가 그린 그림책, 일기에는 『도화취부용』(圖畵醉芙蓉)으로 기록되어 있다. 일본 분카(文化) 6년(1809) 에도(江戶) 세이레이카쿠(靑藜閣) 각본. ― 1929 ④ 5.

화롯가(爐邊) 천웨이모(陳煒謨)의 소설집. 1927년 상하이 베이신(北新)서국에서 '천중(沉鐘)총간'의 하나로 출판되었다. ― 1927 ⑪ 11.

화매가(畵梅歌) 청대 동옥(童鈺, 자는 이여二如)이 지은 3책의 별집. 청대 각본. ― 1913 ⑦ 1.

화베이일보 부간(華北日報副刊) 양후이(楊晦)가 편집하여 베이핑 화베이일보사(華北日報社)에서 출판되었다. 매월 합정본 1책을 냈다. 제1책은 1929년 1월에 출판되었다. ― 1929 ⑫ 24.

화암사선(花庵詞選) 송대 황승(黃升, 호는 화암花庵)이 펴낸 20권의 합집. 앞 10권은 『당송제현절묘사선』(唐宋諸賢絶妙詞選)이고 뒤 10권은 『중흥이래절묘사선』(中興以來絶妙詞選)이다. 루쉰이 구입한 3책은 앞 10권이며, 1922년 상위(上虞) 뤄씨(羅氏)가 송대 초본을 영인한 것이다. ― 1933 ① 16.

화양국지(華陽國志) 진대(晉代) 상거(常璩)가 지은 잡사(雜史). 12권, 부록 1권의 4책. 청대 가경(嘉慶) 19년(1814) 린수이(鄰水) 랴오씨(廖氏) 각본. ― 1913 ④ 12.

화엄결의론(華嚴決疑論) 당대 이통현(李通玄)이 지은 4권 2책의 불교 서적. 일기에는 『결의론』(決疑論)으로도 기록되어 있다. ― 1914 ④ 19.

화엄경(華嚴經) 『대방광불화엄경』(大方廣佛華嚴經)을 가리킨다. 불교 서적. 통행되는 것으로는 동진(東晉)의 불타발타라(佛陀跋陀羅)가 번역한 60권본과 당대의 실차난타(實叉難陀)가 번역한 80권본이 있다. ― 1914 ⑩ 4.

화엄경합론(華嚴經合論) ―『대방광불신화엄경합론』(大方廣佛新華嚴經合論) 참조.

화엄권속삼종(華嚴眷屬三種) 불교 서적. 『화엄경』(華嚴經)의 제9류를 『권속경』(眷屬經)이라 일컫는다. 루쉰이 구입한 3종은 확실치 않다. ― 1914 ⑤ 23.

화엄삼종(華嚴三種) ―『화엄권속삼종』(華嚴眷屬三種) 참조.

화엄일승결의론(華嚴一乘決疑論) 청대 팽제청(彭際淸)이 지은 1권 1책의 불교 서적. 일기에는 『일승결의론』(一乘決疑論)으로 기록되어 있다. ─1914 ⑥ 3.

화징록(畵徵錄) 『국조화징록』(國朝畵徵錄)이라고도 한다. 청대 장경(張庚)이 지은 화사(畵史). 3권, 속록(續錄) 2권의 2책. ─1913 ② 12.

화초 도안(草花模樣) 후루야 고린(古谷紅麟) 그림. 메이지(明治) 40년(1907) 교토의 운소도(芸艸堂) 합명회사(合名會社)의 컬러인쇄본. ─1929 ②8.

화학(化學) ─『무기질학』(無機質學)(번역원고) 참조.

화학강의(化學講義) ─『무기질학』(번역원고) 참조.

환경전(奐卿傳) 왕이강(王以剛)이 지은 전기. 판본은 미상. 환경(奐卿)은 타오청장(陶成章)이다. ─1927 ⑨ 16.

환멸(幻滅) 마오둔(茅盾)이 지은 소설. 1928년 상하이 상우인서관(商務印書館)에서 '문학연구회총서'의 하나로 출판되었다. ─1928 ⑨ 24.

환우방비록교감기(寰宇訪碑錄校勘記) 금석목록(金石目錄). 2권, 부보(附補) 환우방비록교감기 1권의 2책. 청대 이종호(李宗顥)가 지었으며, 문소송(文素松)이 교열하고 보완하였다. 1926년 광저우(廣州) 부문재(富文齋) 각본. ─1927 ④ 24.

환우정석도(寰宇貞石圖) 양서우징(楊守敬)이 펴낸 6책의 금석도상집(金石圖像集). 루쉰은 이 책을 정리한 적이 있다. ─1915 ⑦ 1, 3. ⑧ 3. 1916 ① 2.

환정석도(寰貞石圖) ─『환우정석도』(寰宇貞石圖) 참조.

환혼기(還魂記) 명대 탕현조(湯顯祖)가 지은 2권 4책의 희곡. 명대 각본의 석인본(石印本). ─1928 ⑦ 16.

황명세설신어(皇明世說新語) 명대 이소문(李紹文)이 지은 8권 8책의 소설. 일기에는 『명세설』(明世說)로도 기록되어 있다. 일본 호레키(寶曆) 4년(1754) 교토(京都) 요로즈야지네몬(萬屋仁右衛門)의 각본이다. ─1929 ③ 22.

황산십구경책(黃山十九景冊) ─『매구산황산십구경책』(梅瞿山黃山十九景冊) 참조.

황석재부인수서효경(黃石齋夫人手書孝經) 명대 채옥경(蔡玉卿)이 쓴 1책의 서법서. 상하이 유정(有正)서국 석인본(石印本). ─1914 ⑫ 27.

황석재수사시(黃石齋手寫詩) 명대 황도주(黃道周)가 쓴 1책의 서법서. 청대 광서(光緒) 33년(1907) 국학보존회의 석인본(石印本). ─1913 ⑫ 14.

황소송소장한비 5종(黃小松所藏漢碑五種) 청대 황역(黃易)이 소장한 5책의 비첩(碑帖). 상하이 유정(有正)서국 영인본. ─1914 ⑫ 30.

황영표인물책(黃癭瓢人物冊) 청대 황신(黃愼)이 그린 1책의 그림책. 상하이 문명서국 영인본. ─1914 ⑪ 29.

황자구추산무진도권(黃子久秋山無盡圖卷) 청대 황공망(黃公望)이 그린 1책의 그림책. 상하이 유정(有正)서국 영인본. ― 1912 ⑦ 20. ⑪ 24.

황존고명산사진책(黃尊古名山寫眞冊) 청대 황정(黃玎)이 그린 1책의 그림책. 1929년 상하이 문명서국 영인본. ― 1932 ⑧ 2.

황초(荒草) 황초사(荒草社)에서 펴낸 문학주간지. 베이핑 『베이신보』(北辰報)를 덧붙여 발행했다. 1934년 1월 15일에 창간되어 같은 해 11월 26일 제46기를 끝으로 정간되었다. ― 1934 ⑦ 1.

황초수공자묘비(黃初修孔子廟碑) ― 『송탁위황초수공자묘비』(宋拓魏黃初修孔子廟碑) 참조.

황화집(黃花集) 웨이쑤위안(韋素園)이 편역한 시가소품집(詩歌小品集). 1929년 베이핑 웨이밍사(未名社)출판부에서 '웨이밍총서'의 하나로 출판되었다. ― 1929 ③ 22.

회남구주교리(淮南舊注校理) 우청스(吳承仕) 지음. 3권, 교여(校餘) 1권의 1책. 1924년 시현(歙縣) 우씨(吳氏) 각본. ― 1925 ⑩ 28.

회남자(淮南子) 『회남홍렬』(淮南鴻烈)이라고도 한다. 한대 유안(劉安) 등이 지은 21권 3책의 잡가 서적. 청대 오여륜(吳汝綸)이 평점(評點). ― 1921 ⑩ 7.

회남자집증(淮南子集證) 류자리(劉家立)가 편찬한 21권 10책의 잡가 서적. 1924년 상하이 중화서국 활판본. ― 1924 ⑪ 10.

회남홍렬집해(淮南鴻烈集解) 류원뎬(劉文典)이 집해(集解)했다. 20권, 『회남천문훈보주』(淮南天文訓補注)를 덧붙인 6책. 1923년 상하이 상우인서관(商務印書館) 활판본. ― 1924 ② 2.

회색말(灰色馬) 러시아 로프쉰(C. Ропшин)이 지은 소설. 정전둬(鄭振鐸)가 번역하여 1924년 상우인서관(商務印書館)에서 '문학연구회총서'의 하나로 출판되었다. ― 1924 ② 3.

회음금석근존록(淮陰金石僅存錄) 상위(上虞) 뤄전위(羅振玉)가 지은 1권의 금석지지(金石地志). 루쉰은 1918년 10월 15일부터 11월 3일에 걸쳐 이 책을 베꼈다. ― 1918 ⑩ 15. ⑪ 3.

회해대류대전(會海對類大全) ― 『남양회해대류』(南陽會海對類) 참조.

횡양찰기(橫陽札記) 청대 오승지(吳承志)가 짓고 유승간(劉承幹)이 교열한 10권 4책의 잡고(雜考). 1922년 난린(南林) 류씨(劉氏)의 '구서재총서'(求恕齋叢書)본. ― 1934 ⑪ 3.

효도(孝圖) ― 『남녀백효도전전』(男女百孝圖全傳) 참조.

효행록(孝行錄) 『전후효행록』(前後孝行錄)을 가리킨다. 청대 여진소(呂晉昭)가 펴낸 2권 2책의 권선서(勸善書). 도광(道光) 24년(1844) 징장(京江) 류씨(柳氏)의 서간당(書諫堂) 중각본(重刻本)이다. ― 1927 ⑧ 12.

후갑집(後甲集) 청대 장타이옌(章太炎)이 지은 2권 2책의 별집. 『약뢰관일기』(藥雷館日記)

라고도 일컫는다. —1913 ⑥ 29. 1915 ① 4.

후베이선정유서(湖北先正遺書) 루징(盧靖)이 펴낸 총 73종의 총서. 1923년 몐양(沔陽) 루씨(盧氏) 신시기재(愼始基齋) 영인본. —1925 ⑪ 21.

후스문선(胡適文選) 후스(胡適)의 논문자선집. 1930년 상하이 야둥(亞東)도서관에서 출판되었다. —1934 ⑤ 31.

후저우총서(湖州叢書) 청대 육심원(陸心源) 펴냄. 12종 24책. 도광(道光) 연간 호성의숙(湖城義塾) 각본. —1935 ① 28.

후지부족재총서(後知不足齋叢書) 청대 포정작(鮑廷爵) 펴냄. 전서 56종, 초편 25종, 35책. 광서(光緒) 연간에 창수(常熟) 포씨(鮑氏)의 지부족재(知不足齋) 각본. —1913 ④ 12.

후키야 고지 화보선(蕗谷虹兒畵選) — '예원조화'(藝苑朝華) 참조.

후타바테이 전집(二葉亭全集) 하세가와 다쓰노스케(長谷川辰之助, 후타바테이 시메이二葉亭四迷) 지음. 다이쇼 15년(1926)부터 쇼와 2년(1927)에 걸쳐 도쿄의 하쿠분칸(博文館)에서 간행된 3책의 축쇄본. —1928 ⑩ 16.

후한서(後漢書) —『이십사사』(二十四史. 백납본) 참조.

훈고학에서 우문설의 연혁과 그 추정(右文說在訓詁學上之沿革及其推闡) 선젠스(沈策士)가 지은 문자학 서적. 1933년 중앙연구원 역사언어연구소 집간 외편(外編). —1934 ③ 26.

훌리오 후레니토와 그의 제자들(フリオ·フレニトとその弟子達)(*The Extraordinary Adventures of Julio Jurenito and his Disciples*). 일기에는『フリオ·フレニトと其弟子達』로 기록되어 있다. 소련의 예렌부르크(И. Г. Эренбург)의 소설. 가와무라 마사(河村雅)가 번역하여 쇼와 2년(1927) 도쿄의 슌주샤(春秋社)에서 출판되었다. —1928 ⑤ 16.

훙황(洪荒) 저우츠스(周茨石)가 편집하고 상하이 훙황(洪荒)월간사에서 발행한 문학월간지. 1933년 7월에 창간되어 1기만을 간행했다. —1933 ⑦ 13.

훼멸(毁滅) 소련 파데예프(А. А. Фадеев)의 소설. 루쉰은 일본의 구라하라 고레히토(藏原惟人)의 역본을 저본으로 하고 영역본과 독일어역본 두 가지를 참조하여 번역하였다. 처음에는『맹아월간』(萌芽月刊)에『궤멸』(潰滅)이란 제목으로 연재하였는데, 제2부 제4절을 발표한 후『맹아월간』은 출판금지를 당했다. 1931년 다장서포(大江書鋪)와 '삼한서옥'(三閑書屋)에서 잇달아 단행본으로 출판되었으며, 제목도『훼멸』로 바뀌었다. —1930 ⑪ 28. ⑫ 26, 27. 1931 ⑤ 13. ⑨ 15. ⑪ 26. ⑫ 14. 1932 ① 17, 25. ④ 27. ⑥ 18. ⑩ 2. 1934 ⑨ 3. 1935 ⑨ 20.

휘각서목(彙刻書目) 청대 고수(顧修)가 편찬했으며, 이를 주학근(朱學勤)이 보완했다. 20권 20책의 목록. —1915 ② 6. ③ 29.

휘자보(諱字譜) ―『역대휘자보』(歷代諱字譜) 참조.

휘진록(揮塵錄) 송대 왕명청(王明淸)이 지은 20권 6책의 잡사(雜史).『사부총간』(四部叢刊) 속편은 급고각(汲古閣)의 영송초본(影宋抄本)을 영인했다. ― 1934 ② 19.

흙떡(土餠) 사팅(沙汀)이 지은 소설. 1936년 상하이 문화생활출판사에서 '문학총서'(文學叢書)의 하나로 출판했다. ― 1936 ⑧ 16.

흠정원승화사략보도(欽定元承華事略補圖) 원대 왕운(王惲)이 짓고 청대 서부(徐郙) 등이 교열하고 그림을 덧붙인 6권의 전기. 일기에는『승화사략』(承華事略),『보도승화사략』(補圖承華事略)으로도 기록되어 있다. 일기에 기록된 판본은 두 가지이다. 하나는 청대 내부(內府) 각본(1책)이고, 다른 하나는 청대 내부 각본의 영인본(2책)이다. ― 1927 ⑪ 26. 1934 ⑥ 2.

희곡의 본질(戲曲の本質) 시마무라 다미조(島村民藏) 지음. 다이쇼 14년(1925) 도쿄의 도쿄도(東京堂)에서 '학예총서'의 하나로 출판되었다. ― 1926 ② 3.

희랍의 봄(希臘の春) 독일의 하웁트만(G. Hauptmann) 지음, 야마구치 사몬(山口左門)이 번역하여 다이쇼 13년(1924) 도쿄 슌주샤(春秋社)에서 출판된 재판본. ― 1928 ③ 10.

희망(希望) 세계어 월간으로서, 한커우(漢口) 세계어학회의 간행물이다. 푸핑(傅平), 자오펑(焦風) 등이 펴냈다. 한커우 세계어학회 발행. 1930년 1월에 창간되었고 1932년 8월 제3권 제8기를 끝으로 정간되었다. ― 1930 ④ 12.

희미한 꿈 및 기타(飄渺的夢及其他) 샹페이량(向培良)이 짓고 루쉰이 엮은 소설집. 1926년 베이징 베이신(北新)서국에서 '오합총서'(烏合叢書)의 하나로 출판되었다. ― 1926 ⑥ 23.

히로시게(廣重) 우치다 미노루(內田實)가 지은 전기. 쇼와 5년(1930) 도쿄의 이와나미쇼텐(岩波書店)에서 출판되었다. 히로시게(廣重)는 안도 히로시게(安藤廣重, 1797~1858)로서, 일본 우키요에(浮世繪) 여섯 대가 가운데 한 사람이다. ― 1930 ⑨ 16.

히스테리(ヒステーリ) 오스트리아의 프로이트(S. Freud)가 지은 심리학 서적. 야스다 도큐타로(安田德太郎)가 번역하여 쇼와 5년(1930) 도쿄의 아르스샤(アルス社)에서 '프로이트정신분석대계'의 하나로 출판되었다. ― 1930 ⑪ 27.

기타 한자 및 일본어

開かれた處女地 —『개척된 처녀지』(ヒラカレタ處女地) 참조.

近代法蘭西繪畵論 —『근대 프랑스 회화론』(近代佛蘭西繪畵論) 참조.

ニールの草 —『나일강의 풀』(ニール河の草) 참조.

袋路 —『막다른 길』(袋街) 참조.

大海のとほり —『큰바닷가』(大海のほとり) 참조.

獨乙文學 —『독일문학』(獨逸文學) 참조.

レーニンの幼少時代 —『레닌의 유년시대와 그 환경』(レーニンの幼少時代とその環境) 참조.

露西亞文學思潮 —『러시아문학사조』(ロシヤ文學思潮) 참조.

ロシア革命後の文學 —『러시아혁명 이후의 문학』(露西亞革命後の文學) 참조.

ルウバアヤアット —『루바이야트』(ルバイヤット)(*Rubáiyát*) 참조.

マ主義藝術理論 —『맑스주의예술이론』(マルクス主義藝術理論) 참조.

命の洗濯 —『생명의 세탁』(いのちの洗濯) 참조.

佛國文藝叢書(佛蘭西文藝叢書) — '현대프랑스문예총서'(現代佛蘭西文藝叢書) 참조.

史底唯物論 —『사적 유물론』(史的唯物論) 참조.

史底唯物論入門 —『사적 유물론 입문』(史的唯物論入門) 참조.

西葡記 —『스페인·포르투갈 여행기』(えすぱにや·ぽるつがね記) 참조.

ソ·ロ·漫畵、ポスター —『소비에트러시아 만화 및 포스터집』(ソヴェートロシヤ漫畵·ポスター集) 참조.

ソ·ロ文學の展望 —『소비에트러시아 문학의 전망』(ソヴェートロシア文學の展望) 참조.

小林多喜二集 —『고바야시 다키지 전집』(小林多喜二全集) 참조.

蘇俄の牢獄 —『소비에트러시아의 감옥』(ソヴィエートロシヤの牢獄) 참조.

新俄文學之曙光期 —『신러시아문학의 서광기』(新ロシア文學の曙光期) 참조.

新俄美術大觀 —『신러시아미술대관』(新ロシア美術大觀) 참조.

英和字典(2종種) —『영일사전』(英和辭典),『포켓용 영일사전』(袖珍英和辭典) 참조.

一粒ノ麥モシ死ナズバ —『한 톨의 밀알이 죽지 않으면』(一粒の麥もし死なずば) 참조.

1001 Ноти — 『КНИГА ТЫСЯЧИ И ОДНОЙ НОЧИ』 참조.

30 neue Erzähler des neuen Russland 『신러시아 신소설가 30인집』. 독일어서적. 독일의 아인슈타인(M. Einstein) 여사 등의 번역. 1929년 베를린의 말리크출판사(Malik-Bücherei)에서 출판되었다. '30'은 원래 'Dreissig'이다. —1930 ② 26.

56 Drawings of Soviet Russia 『소비에트러시아 드로잉 56편』. 미국의 그로퍼(W. Gropper)가 제작한 그림책. 그로퍼는 1927년에 소련을 방문한 적이 있다. —1930 ④ 28.

A. Gide全集 —『앙드레 지드 전집』(アンドレ・ジイド全集) 참조.

A History of Wood-Engraving 『목판화의 역사』. 영문서적. 영국의 블리스(D. P. Bliss) 지음. 1928년 런던과 토론토의 던트(J. M. Dent)출판사 및 뉴욕의 더턴출판사(E. P. Dutton & Co.)에서 출판되었다. 120장의 삽화가 실려 있다. —1929 ⑤ 20.

A Wanderer in Woodcuts 『목판화계의 방랑자』. 영문서적. 글린텐캄프(Hendrik GlintenKamp)가 지은 목판화 그림책. 1932년 뉴욕의 파라앤라인하트(Farrar & Rinehart)출판사에서 출판되었다. —1933 ⑪ 16.

Abrechnung Folgt 『뒤이은 청산』. 독일어서적. 독일의 그로스(G. Grosz) 지음. 1923년에 베를린에서 출판되었다. —1930 ⑫ 2.

Aesop's Fables 영문서적. —『이솝우화』 참조.

Alay-Oop 『알라이-웁』. 영문서적. 부제는 '곡예단 배우의 생활과 연애 이야기'(Life and love among the acrobats told entirely in pictures)이다. 미국의 그로퍼(W. Gropper)가 제작한 그림책. 1930년 뉴욕의 카우워드-맥칸(Coward-McCann. Inc)에서 출판되었다. —1931 ⑥ 7.

Amerika im Holzschnit 『목판화에서의 미주』. 독일어서적. 독일의 탈만(M. Thalmann)이 제작한 그림책. 1927년 예나(Jena)의 디데리히(E. Diederich)출판사에서 출판되었다. —1930 ④ 30.

Anders Zorn 『안데르스 소른』. 독일어서적. 스웨덴의 화가이자 조각가, 동판화가인 소른(A. L. Zorn) 지음. 독일의 프리드리히(P. Friedrich) 엮음. 1924년 베를린의 신예술행

위출판사(Verlag Neue Kunsthandlung)에서 출판되었다. ―1931 ⑫ 28.

Andron Neputevii ―『Андрон Непутёвый』 참조.

Animals in Black and White 『흑백사진 속의 동물들』. 영국의 다글리시(E. F. Daglish) 가 지은 미술총서. 1928년 런던과 토론토의 던트(J. M. Dent)출판사에서 6책으로 출판되었다. ―1929 ④ 29. ⑥ 23.

Anna Ostraoomova Liebedeva畫集 ―『Ostraoomova-Ljebedeva』 참조.

Anna, eine Weib und eine Mutter 『안나, 한 아내와 한 어머니』. 독일어서적. 일기에는 『Anna, eine Weib u. e. Mutter』로 기록되어 있다. ―1936 ⑥ 5~30.

Art and Publicity 『예술과 선전』. 부제는 '정교한 인쇄와 디자인'(fine printing and design)이다. 영문서적. 영국의 존스(S. R. Jones) 지음. 1925년 런던의 스튜디오(The Studio)에서 출판되었다. ―1928 ⑦ 9.

Art of Beardsley ―『The Art of Aubrey Beardsley』 참조.

Art Review 『예술평론』. 부제는 '1934년 영국 각종 예술총람'(A survey of British art in all its branches during the year, 1934)이다. 영문서적. 영국 런던의 예술가출판공사 (The Artist publishing company)에서 출판되었다. ―1935 ② 26.

Art Young's Inferno 『아트 영의 「지옥」』. 부제는 '단테 사후 600년의 지옥 여행'(a journey through hell six hundred years after Dante)이다. 영문서적. 미국의 만화 가인 영(A. Young, 1866~1943)의 그림책. 1934년 뉴욕의 델픽스튜디오(Delphic Studios)에서 출판되었다. ―1934 ⑤ 26.

Asia 『아시아』. 영문 월간지. 미국 뉴욕에서 출판되었으며, 1917년에 창간되었다. ― 1935 ① 17.

At the Sign of the Reine Pédauque 『페도크 여왕의 불고기집』. 영문서적. 프랑스의 프 랑스(A. France)가 지은 소설. 잭슨(E. Jackson)이 번역하고 페이프(F. C. Pape)가 삽 화와 장정을 맡았다. 1924년 런던과 뉴욕에서 출판되었다. ―1936 ③ 33.

Aubrey Beardsley 『오브리 비어즐리』. 독일어서적. 일기에는 『비어즐리전』(比亞玆來傳) 으로 기록되어 있다. 디폴드(R. K. Diepold)가 엮은 화전(畫傳). 베를린의 브란두스 (Brandus)출판사에서 '브란두스예술총서'(Die Kunst Sammlung Brandus)의 하나 로 출판되었다. ―1924 ④ 4.

Auguste Renoir 『오귀스트 르누아르』. 독일어서적. 일기에는 『르누아르 화전』(盧那畫傳) 으로 기록되어 있다. 마이어 그라에페(Julius Meier-Graefe)가 엮은 화전(畫傳)으로 1911년 뮌헨의 피페르출판사(R. Piper & Co.)에서 출판되었다. 르누아르(A. Renoir, 1841~1919)는 프랑스의 인상파를 대표하는 화가 중 한 사람이다. ―1913 ① 12.

Aus dem Briefwechsel mit meinen Freunden 『벗들과의 서신선집』. 독일어서적. 일기에는 『Briefwechsel』로 기록되어 있다. 러시아 고골(Николай Гоголь) 지음. 1920년 베를린의 프로필래언출판사(Propyläen Verlag)에서 출판되었다.—1934 ⑧ 13.

Bala畵集 ─ 『Бела Читц』 참조.

Baluschek傳 ─ 『Hans Baluschek』 참조.

Barbaren und Klassiker 『야만인과 고전파』. 독일어서적. 일기에는 『Barbaren u. Klassiker』로 기록되어 있다. 독일의 하우젠슈타인(W. Hausenstein) 지음. 1923년 독일 뮌헨의 피페르출판사(R. Piper & Co.)에서 출판되었다.—1931 ⑫ 29.

Bauernkreig 『농민전쟁』. 독일어서적. 독일의 케테 콜비츠(Käthe Kollwitz)가 제작한 판화를 엮은 것으로 총 4폭. 탁본의 원본. 루쉰은 스메들리에게 작자로부터 구입해 달라고 부탁했다.—1931 ⑦ 24.

BC 4ü ─ 『BC 4ü, Erlebnisse eines Eisenbahnwagens』 참조.

BC 4ü, Erlebnisse eines Eisenbahnwagens 『BC 4ü, 열차칸의 체험』. 독일어서적. 일기에는 『BC 4ü』로 기록되어 있다. 독일의 클뢰첼(C. Z. Klötzel)이 지은 소설. 발루셰크(H. Baluschek), 비더만(W. Biedermann)의 삽화. 1929년 독일 슈투트가르트의 프랑크서점(Franckh)에서 출판되었다.—1930 ⑩ 7.

Berliner Morgenpost 『베를린 조간』. 1898년 창간. 독일 베를린의 울슈타인(Ullstein)에서 출판·발행했다.—1930 ① 13, 24. ② 17, 28. ③ 17, 26. ④ 12.

Bild und Gemeinschaft 『도화와 군중』. 부제는 '예술사회학개론'(entwurf einer soziologie der kunst)이다. 독일어서적. 독일의 하우젠슈타인(W. Hausenstein) 지음. 1920년 독일 뮌헨의 쿠르트볼프(Kurt Wolff)출판사에서 출판되었다.—1929 ⑫ 29.

Bilder der Grossstadt 『대도시그림책』. 독일어서적. 일기에는 『Bilder des Groszstadt』로 기록되어 있다. 벨기에의 마세렐(F. Masereel) 제작. 프랑스의 로맹 롤랑이 서문을 썼다. 1926년 독일 드레스덴의 라이스너(Reissner)출판사에서 출판되었다.—1931 ③ 16.

Bildergalerie zur Russ. Lit. 『러시아문학 화원(畵苑)』. 독일어서적. 전칭은 『Bildergalerie zur russischen Literatur』이다. 엘리자베르크(Alexander Eliasberg) 엮음. 1922년에 독일 뮌헨의 오르키스(Orchis)출판사에서 출판되었다.—1930 ⑩ 15.

Book-Illustration in B. and A. ─ 『Modern Book-Illustration in Great Britain & America』 참조.

Briefe(V. van Gogh) 『서신집』(반 고흐). 독일어서적.—1912 ⑧ 16.

Briefe —『*Briefe an einen Jungen Dichter*』참조.

Briefe an einen Jungen Dichter『어느 청년 시인에게 보내는 편지』. 독일어서적. 오스트리아의 릴케(R. M. Rilke) 지음. 1929년 독일 라이프치히의 인셀(Insel)출판사에서 출판되었다. — 1930 ⑦ 22.

Briefe an Gorki —『*Briefe an Maxim Gorki, 1908~1913*』참조.

Briefe an Maxim Gorki, 1908~1913『막심 고리키에게 보내는 편지』. 독일어서적. 일기에는『*Briefe an Gorki*』로 기록되어 있다. 레닌이 1908년부터 1913년에 걸쳐 고리키에게 보낸 편지가 수록되었다. 1924년 빈의 문학과정치출판사(Verlag für Literatur und Politik)에서 출판되었다. — 1930 ⑩ 7.

Briefwechsel —『*Aus dem Briefwechsel mit meinen Freunden*』참조.

Buch der Lieder『노래의 책』. 독일어서적. 독일의 하이네(H. Heine)의 시집. 베를린의 마슐러(M. Maschler)출판사에서 출판되었다. — 1930 ⑤ 2.

Bunin小說 —『*Mitjas Liebe*』참조.

C.C.C.P.(サウェート社會主義共和國聯邦)『소련』. 다와 리쓰(他和律) 지음. 쇼와 5년(1930) 도쿄의 아르스샤(アルス社)에서 출판되었다. — 1930 ⑤ 7.

C.D. Friedrich: Bilde —『*Caspar David Friedrich*』참조.

C. Philippe's Der alte Perdrix —『*Der alte Perdrix*』참조.

C. Stirnheim's Chronik揷畫 —『*Holzschnitte zu Carl Sternheim Chronik*』참조.

Capital in Lithographs —『*Karl Marx's "Capital" in Lithographs*』참조.

Caricature of Today『오늘의 만화』. 영문서석. 영국의 홈(C. G. Holme)이 엮은 그림책. 1928년 영국 런던의 스튜디오유한공사(The Studio Ltd)에서 출판되었다. — 1928 ⑩ 24.

Carlègle —『*Les Artiste du Livre*』제1집 참조.

Caspar David Friedrich『카스파르 다비트 프리드리히』. 독일어서적. 일기에는『*C. D. Friedrich: Bilde*』로 기록되어 있다. 독일의 제에만(A. Seemann)이 엮은 그림책. 라이프치히에서 출판되었다. 프리드리히(C. D. Friedrich, 1774~1840)는 독일의 화가이다. — 1931 ③ 11.

Charles Meryon『샤를 메리옹』. 독일어서적. 일기에는『*Ch. Meryon*』으로 기록되어 있다. 에케(G. Ecke) 지음. 1923년 독일 라이프치히의 클린크하르트앤비어만출판사(Klinkhardt & Biermann)에서 '판화대가총서' 제11권으로 출판되었다. — 1927 ① 14.

Chekhov全集 —『체호프 전집』(チェホフ全集) 참조.

China Forum 『중국논단』. 종합성 영문잡지. 미국의 아이작스(H. R. Issacs) 주편. 상하이 중국논단사에서 발행. 1932년 1월에 창간되었다. 창간 초기에는 영문판 주간으로 발행되어 24기를 끝으로 휴간되었다. 1933년 2월 11일에 중영문 대조간행물로 복간되어 부정기적으로 간행하다가 1934년 1월 제3권 제4기를 끝으로 정간되었다. — 1932 ⑤ 9. ⑥ 1.

China Reise 『중국기행』. 독일어서적. 일기에는 『*China's Reise*』로도 기록되어 있다. 미국의 작가이자 기자인 스트롱(Anna Louise Strong, 1885~1970) 지음. 1928년 신독일출판사(Neuer Deutscher Verlag)에서 출판되었다. — 1930 ⑫ 2. 1931 ① 15.

China Today 『현대중국』. 영문 월간지. 미국 뉴욕에서 출판되었으며, 1934년에 창간되었다. — 1934 ⑪ 1, 21. 1936 ⑤ 7.

Chinese Pottery of the Han Dynasty 『한대의 중국도기』. 영문서적. 일기에는 『중국토우고』(支那土偶考)로 기록되어 있다. 미국의 라우퍼(B. Laufer)가 지은 고고학 서적. 1909년 런던의 브릴(Brill)출판공사에서 출판되었다. — 1917 ⑦ 18.

Chinese Studies(King Kang Hu's) 『중국연구』. 영문서적. 장캉후(江亢虎) 지음. 1934년 상하이 상우인서관(商務印書館)에서 출판되었다. 장캉후(江亢虎, 1883~1954)는 장시(江西) 이양(弋陽) 출신으로, 신해혁명 후에 '중국사회당'을 조직하였다. 항일전쟁기에는 왕징웨이(汪精衛) 괴뢰정부의 '고시원 원장' 등을 역임했다. — 1936 ④ 3.

Contemp. Movements in Eu. Lit. — 『*Contemporary Movements in European Literaure*』 참조.

Contemporary European writers 『당대유럽작가전』. 영문서적. 미국의 드레이크(W. A. Drake) 지음. — 1928 ⑪ 20.

Contemporary Figure Painters 『당대초상화가』. 영문서적. 영국의 발드리(A. L. Baldry) 엮음. 런던의 스튜디오유한공사(The Studio Ltd.)에서 출판되었다. — 1930 ② 5.

Contemporary Movements in European Literature 『당대유럽문학운동』. 영문서적. 로즈(W. Rose) 지음. 1928년 런던의 루틀리지앤선즈출판공사(G. Routledge and Sons)에서 출판되었다. — 1928 ⑫ 14.

D. I. Mitrohin版畵集 『미트로힌 판화집』. 루쉰이 라틴화 병음과 한자를 함께 이용하여 쓴 러시아어 서명. 소련의 미트로힌(Д. И. Митрохин)의 작품. — 1933 ⑨ 11.

D. Kardovsky畵集 — 『Дмитрий Николаевич Кардовский』 참조.

Dämonen u. Nachtgeschichte 『마귀와 어둔 밤의 이야기』. 독일어서적. 오스트리아의 쿠빈(A. Kubin)이 제작한 그림책. 작자 자신의 자화상과 삽화 130폭이 수록되어 있

다. 1926년 드레스덴의 라이스너(Reissner)출판사에서 출판되었다. ─1931 ⑧ 13.

Das Antlitz des Lebens 『인생의 면모』. 독일어서적. 소련의 네베로프(A. C. Неверов)의
소설집. 1925년 빈의 문학과정치출판사(Verlag für Literatur und Politik)에서 출판
되었다. ─1930 ⑧ 6.

Das Attentat auf den Zaren Alexander II 『차르 알렉산더 II세 암살기』. 독일어서적.
일기에는 『*Das Attentat auf den Zaren*』으로 기록되어 있다. 러시아의 피그네르
(Вера Николаевна Фигнер)가 지은 회억록. 1926년 베를린의 말리크출판사(Malik-
Bücherei)에서 출판되었다. ─1930 ⑩ 30.

Das Bein der Tiennette 『티에네트의 다리』. 독일어서적. 프랑스의 필리프(Charles-Louis
Philippe)가 지은 소설. 벨기에의 마세렐(F. Masereel) 삽화. 1923년 독일 뮌헨의 쿠
르트볼프(Kurt Wolff)출판사에서 출판되었다. ─1930 ⑩ 13.

Das Hirtenlied 『목가』(牧歌). 독일어서적. 독일의 하웁트만(G. Hauptmann) 지음. 1924
년 드레스덴의 라이스너(Reissner)출판사에서 출판되었다. ─1931 ⑥ 4.

Das Holzschnittbuch 『목판화집』. 14세기부터 20세기에 이르는 목판화 작품 144폭을
수록하고 있다. 독일의 베스트하임(P. Westheim) 엮음. 1921년 포츠담의 구스타프
키펜호이어출판사(Gustav Kiepenheuer)에서 출판되었다. ─1929 ③ 8.

Das Käthe Kollwitz-Werk 『케테 콜비츠 작품집』. 독일어서적. 일기에는 『*K. Kollwitz-
Werk*』, 『*Käthe Kollwitz-Werk*』로 기록되어 있다. 독일의 콜비츠(K. Kollwitz)의 작
품 182폭이 수록되어 있다. 1930년 독일 드레스덴의 라이스너(Reissner)출판사에서
줄판되었다. ─1930 ⑦ 15. 1934 ⑦ 19.

Das Neue Gesicht der herrschenden Klasse 『통치계급의 새로운 면모』. 독일어서적.
일기에는 『*Neue Gesicht*』로 기록되어 있다. 독일의 그로스(G. Grosz)가 제작한 그
림책. 1930년 베를린의 말리크출판사(Malik-Bücherei)에서 출판되었다. ─1930 ③
8. ⑤ 3.

Das Neue Kollwitz-Werk 『콜비츠 신작집』. 독일어서적. 독일의 콜비츠(K. Kollwitz)가
제작한 그림책. 1933년 드레스덴의 라이스너(Reissner)출판사에서 출판되었다. ─
1934 ④ 14.

Das Schloss der Wahrheit 『진리의 보루』. 독일의 추어-뮐렌(H. Zur Mühlen)이 지은
동화. 1924년 베를린-쇤베르크(Schönberg)의 청년국제출판사(Verl. der Jugend-
internationale)에서 출판되었다. ─1930 ④ 30.

Das Teuflische und Groteske in der Kunst 『예술 속의 괴기』. 일기에는 『鬼怪奇觚圖』,
『*Das Teufelische in der Kunst*』로 기록되어 있다. 독일의 미첼(W. Michel)이 지은

예술평론서. 뮌헨의 피페르출판사(R. Piper & Co.)에서 출판되었다. 1911년판에는 97폭의 그림이 수록되어 있으며, 1920년판에는 103폭이 수록되어 있다. ─ 1913 ③ 2. 1930 ⑪ 10.

Das Tierbuch 『동물화책』. 일기에는 『*W. Klemm Das Tierbuch*』로 기록되어 있다. 독일어서적. 150폭의 석판화가 수록되어 있다. 독일의 클렘(W. Klemm) 작품. 베를린의 푸르헤예술출판사(Furche-Kunst verlag)에서 출판되었다. ─ 1930 ⑨ 23.

Das Werk des Malers Diego Rivera 『디에고 리베라 화집』. 독일어서적. 일기에는 『*Das Werk D. Riveras*』, 『*Das Werk Diego Riveras*』로 기록되어 있다. 멕시코의 화가인 리베라(D. Rivera)의 작품. 1928년 베를린의 신독일출판사(Neuer Deutscher Verlag)에서 출판되었다. ─ 1930 ④ 30. ⑧ 1.

Daumier Mappe 『도미에화첩(畵帖)』. 독일어서적. 프랑스의 화가인 도미에(H. Daumier, 1808~1879) 제작. 1924년 빈의 아지스(Agis)출판사에서 출판되었다. ─ 1931 ⑥ 23. ⑦ 6.

Daumier und die Politik 『도미에와 정치』. 독일어서적. 프랑스의 로트(H. Rothe) 엮음. 1925년 라이프치히의 리스트(List)출판사에서 출판되었다. ─ 1931 ③ 11.

Deni畵集 ─ 『Мы, наши Друзья и наши враги в рисунках Дени』 참조.

Deine Schwester 『너의 자매』. 독일어서적. 목각연환화. 독일의 메페르트(Joseph Carl Meffert)의 작품. ─ 1930 ⑦ 21.

Der alte Perdrix 『노인 페드리』. 독일어서적. 프랑스의 필리프(Charles-Louis Philippe)가 지은 소설. 벨기에의 마세렐(F. Masereel) 삽화. 1923년 독일 뮌헨의 쿠르트볼프(Kurt Wolff)출판사에서 출판되었다. ─ 1930 ⑩ 28.

Der Ausreisser 『도망자』. 독일어서적. 소련의 세이풀리나(Л. Н. Сейфуллина)가 지은 소설. 1925년 베를린의 말리크출판사(Malik-Bücherei)에서 출판되었다. ─ 1931 ① 15.

Der befreite Don Quichotte 『해방된 돈키호테』. 독일어서적. 일기에는 『*Der breite Don Quixote*』로 기록되어 있다. 소련의 루나차르스키가 지은 극본. 고츠(I. Gotz)가 번역하여 1925년 베를린의 민중무대출판발행공사(Volksbühnen-erlags-und vertriebs)에서 출판되었다. ─ 1930 ② 26.

Der Buchstabe "G" 『자모 "G"』. 독일어서적. 소련의 이바노프(В. В. Иванов)의 소설집. 호니히(E. Honig)가 번역하여 1930년 베를린의 말리크출판사(Malik-Bücherei)에서 출판되었다. ─ 1930 ③ 8.

Der Dom 『대성당』. 독일어 목판화집. 10폭의 작품이 수록되어 있다. 독일의 탈만(M.

Thalmann)의 작품. 예나의 디데리히(Diederichs)출판사에서 출판되었다. — 1930 ④ 30.

Der dürre Kater 『앙상한 고양이』. 독일어서적. 프랑스의 작가인 프랑스(A. France)의 소설. 그로스만(R. Grossmann) 삽화. 1921년 독일 뮌헨의 쿠르트볼프(Kurt Wolff) 출판사에서 출판되었다. — 1931 ③ 16.

Der Fall Maurizius 『마우리치우스 사건』. 독일어서적. 독일의 바세르만(J. Wassermann) 지음. 1931년 베를린의 피셔(Fischer)출판사에서 출판되었다. — 1932 ⑧ 30.

Der Findling 『기아』(棄兒). 독일어서적. 독일의 바를라흐(E. Barlach)가 지은 극본. 목판화 삽화가 부록으로 수록되어 있다. 1922년 베를린의 카시러(Cassirer)출판사에서 출판되었다. — 1931 ③ 11.

Der Herr und sein Knecht 『주인과 하인』. 독일어서적. 일기에는 『*Herr u. sein Knecht*』로 기록되어 있다. 레프 톨스토이의 소설. 벨기에의 마세렐(F. Masereel)이 삽화를 그림. 1930년 베를린 트란스마레(Transmare)출판사의 독일어판. — 1931 ⑧ 13.

Der Körper des Menschen in der Geschichte der Kunst 『예술사에서의 인체미』. 일기에는 『*Der Körper des Menschen*』으로 기록되어 있다. 독일어서적. 독일의 하우젠슈타인(W. Hausenstein) 지음. 1916년 독일 뮌헨의 피페르출판사(R. Piper & Co.)에서 출판되었다. — 1931 ⑤ 2.

Der Kubismus 『입체주의』. 독일어서적. 독일의 퀴퍼스(P. E. Küppers)가 지은 예술이론서. 1920년 라이프치히의 클린크하르트앤비어만출판사(Klinkhardt & Biermann)에서 출판되었다. — 1932 ⑧ 30.

Der Letzte Udehe 『최후의 우데게인』(Последний из Удэге). 소련의 파데예프(Александр Александрович Фадеев)가 지은 소설. 쉬만(E. Schiemann) 번역. 1932년 모스크바 소련외국노동자합작출판사(Verlagsgenossenschaft Ausländischer Arbeiter in der UdSSR)의 독일어판. — 1933 ① 29.

Der Maler Daumier 『화가 도미에』. 독일어서적. 독일의 푹스(E. Fuchs) 엮음. 1930년 뮌헨의 알베르트 랑겐(Albert Langen)출판사에서 출판되었다. 루쉰이 10월 28일에 구입한 책에는 작품 140폭과 삽화 18폭이 수록되어 있으며, 11월 20일에 구입한 증보판에는 부록 6편과 작품 560폭, 삽화 108폭이 수록되어 있다. — 1930 ⑩ 28. ⑪ 20.

Der Nackte Mensch in der Kunst aller Zeiten 『역대 예술 속의 나체 인물』. 독일어서적. 일기에는 『*Der Nackte Mensch in der Kunst*』로 기록되어 있다. 독일의 하우젠슈타인(W. Hausenstein)이 엮고 지은 예술평론서. 뮌헨의 피페르출판사(R. Piper &

Co.)에서 출판되었다. 루쉰이 1930년에 구입한 것은 1924년판이다. ─ 1913 ④ 16. 1930 ② 15.

Der persische Orden und andere Grotesken『페르시아 훈장 및 기이한 일』. 독일어서적. 일기에는『*Der persische Orden*』으로 기록되어 있다. 러시아의 체호프가 지은 소설. 마슈틴(W. N. Massjutin)의 목판화 삽화 8폭이 수록되어 있다. 1922년 베를린의 세계출판사(Welt-Verlag)에서 출판되었다. ─ 1930 ④ 30.

Der Pflanzensammler『식물채집자』. 독일어서적. 부제는 '식물의 채집과 처리 입문'(Anleitung zum Sammeln und Zubereiten von pflanzen)이다. 일기에는『植物采集法』으로 기록되어 있다. 독일의 미스바흐(R. Missbach) 지음. 1910년 슈투트가르트의 슈트레커앤슈뢰더(Strecker & Schröder)출판사에서 출판되었다. ─ 1912 ⑨ 27.

Der russische Revolutionsfilm『러시아의 혁명영화』. 독일어서적. 소련의 루나차르스키 지음. 67폭의 삽화가 수록되어 있다. 취리히-라이프치히의 퓌슬리(O. Füssli)출판사에서 출판되었다. ─ 1930 ③ 8.

Der Spiesser-Spiegel『속물의 거울』. 독일어서적. 독일의 그로스(G. Grosz)가 제작한 그림책. 1925년 드레스덴의 라이스너(Reissner)출판사에서 출판되었다. ─ 1931 ⑧ 13. 1934 ⑦ 19.

Der stille Don『고요한 돈강』. 독일어서적. 소련의 숄로호프(Михаил Шолохов)의 장편소설. 1929년 빈-베를린의 문학과정치출판사(Verlag für Literatur und Politik)에서 출판되었다. ─ 1930 ⑤ 13, 16. ⑩ 13.

Desert『사막』. 부제는 '하나의 전설'(A legend)이다. 영문서적. 영국의 암스트롱(M. D. Armstrong) 지음. 래빌리어스(E. Ravilious)가 목판화 삽화 제작. 1926년 런던의 케이프(Cape)공사에서 출판되었다. ─ 1929 ⑥ 7.

Deutsche Form, Betrachtungen über die deutsche Kunst『독일형식, 독일예술에 대한 관찰』. 독일어서적. 일기에는『*Deutsche Form*』으로 기록되어 있다. 독일의 푹스(G. Fuchs)가 지은 문예이론서. 뮌헨과 라이프치히의 뮐러(Müller)출판사에서 출판되었다. ─ 1931 ⑪ 10.

Deutsche Graphiker der Gegenwart『독일 최근 판화가』. 독일어서적. 일기에는『*Deutsche Graphiker*』로도 기록되어 있다. 독일의 피스터(K. Pfisster) 지음. 1920년 라이프치히의 클린크하르트앤비어만출판사(Klinkhardt & Biermann)에서 출판되었다. ─ 1930 ⑥ 30.

Deutschland, Deutschland über alles『독일, 독일지상』. 독일어서적. 일기에는『*Deutschland, D. über alles*』로 기록되어 있다. 투콜스키(K. Tucholsky)가 엮은

그림책. 1929년 베를린의 신독일출판사(Neuer Deutscher Verlag)에서 출판되었다.
―1930 ② 26.

Die 19 ―『*Die Neunzehn*』 참조.

Die Abenteuer des braven Soldaten Schwejk während des Weltkrieges 『용사 슈베익』. 독일어서적. 일기에는 『*Schwejk's Abenteuer*』로 기록되어 있다. 체코의 하세크 (J. Hašek) 지음. 라이너(G. Reiner) 번역. 1929년 프라하(Prag)의 아돌프 시넥(Adolf Synek)출판사에서 출판되었다. ―1931 ① 15.

Die Abenteuer des J. Jurenito ― 『*Die ungewöhnlichen Abenteuer des Julio Jurenito und seiner Jünger*』 참조.

Die bildende Kunst der Gegenwart 『근세조형미술』. 독일어서적. 폴란드의 스트시고프스키(J. Strzygowski)가 지은 대중 예술강연록. 1907년 독일 라이프치히의 크벨레앤마이어(Quelle & Meyer)출판사에서 출판되었다. ―1912 ⑧ 11.

Die Brusky 『브루스키』 혹은 『빈민의 조합』으로 번역된다. 독일어서적. 소련의 판표로프(Ф. И. Панфёров) 지음. 빈·베를린의 문학과정치출판사(Verlag für Literatur und Politik)에서 출판되었다. ―1930 ⑤ 13.

Die Gezeichneten 『소묘집』. 독일어서적. 독일의 그로스(G. Grosz) 제작. 15년간 제작한 60폭을 수록하고 있다. 1930년 베를린의 말리크출판사(Malik-Bücherei)에서 출판되었다. ―1930 ⑤ 3.

Die Graphik der Neuzeit 『근대판화예술』. 독일어서적. 독일의 글라세르(C. Glaser)가 지은 예술이론서. 1923년 베를린의 카시러(Cassirer)출판사에서 출판되었다. ―1931 ⑥ 12. ⑪ 4.

Die Jagd nach dem Zaren 『차르 사냥기』. 독일어서적. 일기에는 『*Die Jagd nach Zaren*』으로 기록되어 있다. 러시아의 피그네르(В. Н. Фигнер)가 지은 회억록. 1927년 베를린의 청년국제출판사(Verl. der Jugendinternationale)에서 출판되었다. ―1930 ⑩ 30. 1935 ⑫ 6.

Die Kunst der Gegenwart 『당대예술』. 독일어서적. 독일의 슈미트(P. F. Schmidt) 지음. 베를린·노이어바벨스베르크(Berlin-Neubabelsberg)의 아테네학술(Athenaion)출판사에서 '예술총서'(Bücher der Kunst)의 하나로 출판되었다. ―1932 ⑧ 30.

Die Kunst ist in Gefahr 『위기에 처한 예술』. 독일어서적. 독일의 그로스(G. Grosz) 등이 쓴 3편의 논문. 1925년 베를린의 말리크출판사(Malik-Bücherei)에서 출판되었다. ―1930 ⑫ 2.

Die Kunst und die Gesellschaft 『예술과 사회』. 독일어서적. 독일의 하우젠슈타인(W.

Hausenstein) 지음. 290폭의 그림이 부록으로 수록되어 있다. 1916년 뮌헨의 피페르 출판사(R. Piper & Co.)에서 출판되었다. ─ 1930 ③ 14. ④ 30.

Die Letzten Tage von Peking 『베이징의 마지막 날』. 독일어서적. 프랑스의 로티(P. Loti) 지음. 독일의 오펠른 브로니코프스키(F. von Oppeln-Bronikowski)가 번역하여 드 레스덴의 아레츠(Aretz)출판사에서 출판되었다. ─ 1925 ④ 26.

Die Linkskurve 『좌회전』(左向). 독일어 문예월간지. 루쉰은 『左曲』으로도 적었다. 독일 의 루드비히 렌(Ludwig Renn, 1889~1979)이 주편하고, 베를린의 독일프롤레타리 아혁명작가연맹(Bund Proletarisch-Revolutionärer Schriftsteller Deutschlands)에 서 출판되었다. 1929년 8월 1일에 창간되었으며, 1932년 12월 4권 11~12기 합간호 를 끝으로 정간되었다. 루쉰은 이 잡지에 실린 렌의 「중국의 백색테러 및 제국주의 간섭에 대한 세계프롤레타리아혁명작가의 항의선언」을 번역했다. ─ 1930 ③ 26.

Die literarische Welt 『문학세계』. 독일어 주간지. 베를린에서 출판되었다. ─ 1930 ⑤ 8. ⑦ 15. ⑧ 6. ⑩ 15. ⑪ 8. 1931 ③ 11, 26.

Die Literatur in der S. U. 『소련 문학』. 독일어서적. ─ 1935 ⑥ 22.

Die Maler des Impressionismus 『인상파 화가』. 독일어서적. 헝가리의 라자르(B. Lázár) 지음. 저자가 부다페스트대학에서 강연한 원고 6편, 그리고 삽화 32폭이 부록 으로 수록되어 있다. 1913년 라이프치히와 베를린의 토이프너(Teubner)출판사에서 출판되었다. ─ 1913 ⑧ 8.

Die Malerei in 19 Jahrhundert 『19세기의 회화』. 독일어서적. ─ 1932 ⑧ 30.

Die Neunzehn 『열아홉 명』 혹은 『훼멸』. 독일어서적. 소련의 파데예프(А. А. Фадеев) 지 음. 1928년 빈-베를린의 문학과정치출판사(Verlag für Literatur und Politik)에서 출 판되었다. ─ 1930 ② 26.

Die ostasiatische Tuschmalerei 『동아시아묵화집』. 독일어서적. 독일의 그로세(E. Grosse) 편저. 160폭의 삽화가 수록되어 있다. 1923년 베를린의 카시러(Cassirer)출 판사에서 '동방예술총서'의 하나로 출판되었다. ─ 1924 ② 16.

Die Passion eines Menschen 『어느 한 사람의 수난』. 총 25폭으로 이루어진 목각연환 화. 벨기에의 마세렐(F. Masereel) 제작. 1928년 뮌헨의 쿠르트볼프(Kurt Wolff)출판 사에서 출판되었다. ─ 1931 ③ 16.

Die Pioniere sind da 『소년선봉대원 여기에 있다』. 독일어서적. 소련의 구리얀(O. Гурьян)이 지은 소설. 서빈스카야(M. Šervinskaja) 삽화. 1929년 베를린의 청년국제 출판사(Verl. der Jugendinternationale)에서 출판되었다. ─ 1930 ⑤ 3.

Die Polnische Kunst von 1800 bis zur Gegenwart 『1800년 이래로 현대까지의 폴란

드 예술』. 독일어서적. 일기에는 『*Die Polnische Kunst*』로 기록되어 있다. 독일의 쿤 (A. Kuhn) 지음. 150쪽의 삽화가 수록되어 있다. 1930년 베를린의 클린크하르트앤 비어만출판사(Klinkhardt & Biermann)에서 출판되었다. —1930 ⑧ 6.

Die Räuber 『군도(群盜)』. 독일어서적. 일기에는 『*Die Raüber*』로 기록되어 있다. 독일의 그로스(G. Grosz)가 실러(F. von Schiller)의 극본 『군도』 가운데의 경구를 위해 창작한 9쪽의 석판화이다. 1922년 베를린의 말리크출판사에서 출판되었다. — 1931 ⑤ 15.

Die Schaffenden 『창조자』. 독일어서적. 회화총간. 웨스트하임(P. Westheim) 주편. 베를린의 오이포리온출판사(Erschienen im Euphorion-Verlag), 바이마르의 구스타프 키펜호이어출판사(Gustav Kiepenheuer)에서 출판되었다. — 1930 ④ 27. ⑧ 22. ⑫ 12.

Die Sonne 『태양』. 독일어서적. 목판화집. 63쪽의 작품이 수록되어 있다. 벨기에의 마세렐(F. Masereel) 제작. 1920년 독일 뮌헨의 쿠르트볼프출판사(Kurt Wolff Verlag)에서 출판되었다. —1930 ⑧ 18.

Die Uhr 『시계』. 소련의 판텔레예프(Л. Пантелеев)가 지은 소설. 아인슈타인(M. Einstein) 번역. —1931 ⑦ 6. 1935 ⑩ 1.

Die ungewöhnlichen Abenteuer des Julio Jurenino und seiner Jünger 『훌리오 후레니토와 그의 제자들의 진기한 사건』. 독일어서적. 소련의 예렌부르크(И. Г. Эренбург)가 지은 소설. 독일의 엘리아스베르크(A. Eliasberg) 번역. 베를린의 세계 출판사(Welt-Verlag)에서 출판되었다. —1930 ② 26.

Die Wandlungen Gottes 『신의 화신』. 독일어서적. 독일의 바를라흐(Ernst Barlach) 가 제작한 목판화집. 1922년 베를린의 카시러(Cassirer)출판사에서 출판되었다. — 1930 ⑩ 19.

Die Zerstörung der Persönlichkeit 『개성의 훼멸』. 독일어서적. 일기에는 『*Aufsätze*』 로 기록되어 있다. 고리키 지음. 샤피로(J. Chapiro)와 레온하르트(R. Leonhard)의 번역. 1922년 드레스덴의 캐머러출판사(Kaemmerer)에서 출판되었다. — 1936 ⑥ 5~30.

Dnevniki —『Дневники』 참조.

Don Juan 『돈 주안』. 영국의 바이런(G. G. Byron)이 지은 장시. 오스틴(J. Austen)의 삽화와 장정. 1926년 런던과 뉴욕에서 출판되었다. —1929 ③ 7.

Dostoevsky(全集) —『도스토예프스키 전집』(ドストイエフスキイ全集) 참조.

E. Boyd論文 —『*Studies from Ten Literatures*』 참조.

Edvard Munchs Graphik ─『*Edvard Munchs graphische Kunst*』참조.

Edvard Munchs graphische Kunst 『에드바르 뭉크 판화예술』. 독일어서적. 일기에는 『*Edvard Munchs Graphik*』로 기록되어 있다. 독일의 쉬플러(G. Schiefler) 엮음. 삽화 92폭이 부록으로 붙어 있다. 1923년 드레스덴의 아르놀트(Arnold)에서 '아르놀트판화총서'의 하나로 출판되었다. 뭉크(E. Munchs)는 노르웨이의 화가. ─1931 ⑤4.

Ein Blick in die Welt 『세계 일별』. 독일어서적. 스몽(O. Smong)이 엮은 그림책. 베를린 가르드(J. Garde)출판사에서 출판되었다. ─1930 ⑤3.

Ein Ruf ertönt 『외침』. 독일어서적. 독일의 콜비츠(K. Kollwitz)가 제작한 그림책. 36폭의 작품을 수록하고 있다. 1927년 베를린 푸르헤예술출판사(Furche-Kunst verlag)에서 출판되었다. ─1930 ⑦15.

Ein Weberaufstand 『방직공의 봉기』. 일기에는 『*Webraufstand*』로도 기록되어 있다. 총 6폭의 판화로 이루어진 독일 화첩. 독일의 콜비츠 제작. 루쉰은 남에게 작자로부터 구입해 주도록 부탁했으며, 오래지 않아 우치야마 가키쓰(內山嘉吉)에게 기증했다. ─1931 ⑦24. ⑧20.

Ein Weberaufstand ; Bauernkrieg ; Krieg 『방직공의 봉기, 농민전쟁, 전쟁』. 3조의 독일어 화첩. 독일의 콜비츠 제작. 총 20폭의 작품을 수록하고 있다. 베를린의 푸르헤예술출판사에서 출판되었다. ─1930 ⑦15. 1931 ⑧20.

Einblick in kunst 『예술의 일별』. 독일어서적. 부제는 '표현주의, 미래주의, 입체주의'(Expressionismus, Futurismus, Kubismus)이다. 독일의 발덴(H. Walden) 지음. 1924년 베를린의 스투름출판사(Verlag der Sturm)에서 출판되었다. ─1930 ⑩9.

Eine Frau allein 『외로운 여인』. 독일어서적. 원제는 『대지의 딸』(*Daughter of earth*). 미국의 스메들리(Agnes Smedley)가 지은 자전체 소설. 1929년 프랑크푸르트 암 마인(Frankfurt am Main)의 프랑크푸르트사회인쇄소(Frankfurter Societäts-Druckerei)에서 출판되었다. ─1930 ②10.

Eine Woche 『일주일』. 독일어서적. 소련의 리베딘스키(Ю. Н. Либединский)가 지은 소설. 독일의 쉬만(E. Schiemann)이 번역하여 1923년 함부르크의 칼호임나하프(Carl Hoym Nachf. Louis Cahnbley)에서 출판되었다. ─1930 ⑧6.

Einführung in die Kunstgeschichte 『미술사요』. 독일어서적. 독일의 그라울(R. Graul) 지음. 삽화 1,054폭이 수록되어 있다. 1923년 라이프치히의 크뢰너(Kröner)출판사의 제8판(증보판). ─1929 ①17.

Einführung in die Psychologie 『심리학 입문』. 독일어서적. 독일의 분트(W. M. Wundt)

지음. 1911년 라이프치히의 보이그틀란더(Voigtländer)출판사에서 출판되었다. —
1912 ⑦ 11.

Elementargesetze der bildenden Kunst 『조형예술개론』. 부제는 '실용미학기초'
(Grundlagen e. prakt. Ästhetik)이다. 독일어서적. 일기에는 『有形美術要義』로 기록
되어 있다. 코르넬리우스(Hans Cornelius) 지음. 삽화 258폭이 수록되어 있다. 1911
년 라이프치히와 베를린의 토이프너(Teubner)출판사의 재판본. —1913 ① 12.

Epimov漫畫集 —『Карикатура на службе обороны СССР』 참조.

Erinnerungen an Lenin 『레닌회억록』. 독일어서적. 독일의 제트킨(K. Zetkin) 지음.
1929년 빈-베를린의 문학과정치출판사(Verlag für Literatur und Politik)에서 출판
되었다. —1930 ⑫ 2.

Ernst Barlach 『에른스트 바를라흐』. 독일의 조각가이자 극작가, 시인인 바를라흐(E.
Barlach, 1870~1938)가 제작한 화집. 37폭의 작품을 수록하고 있다. 베를린의 푸르
헤예술출판사(Furche-Kunst verlag)에서 출판되었다. —1931 ③ 11.

Es war einmal ⋯⋯ und es wird sein 『이전 ⋯⋯ 과 장래』. 독일어서적. 독일의 추어-
뮐렌(Hermynia Zur Mühlen) 지음. 1930년 베를린의 청년국제출판사(Verl. der
Jugendinternationale)에서 출판되었다. —1931 ⑦ 6.

Etching of Today 『오늘의 조판화(雕版畵)』. 영문서적. 원서의 제명은 『*Etchings of
Today*』. 영국의 홈(C. G. Holme)이 엮은 그림책. 런던의 스튜디오유한공사(The
Studio Ltd)에서 출판되었다. —1930 ② 5.

Eulenspiegel 『오일렌슈피겔』. 독일 풍사예술 주간시. 오일렌슈피겔(Till Eulenspiegel,
?~1350)은 14세기 독일의 유명한 장난꾼의 이름이며, 이를 빌려 장난꾸러기, 익살꾼
을 비유한다. 베를린에서 출판되었다. —1930 ⑦ 19. 1931 ⑥ 9.

Expressionismus 『표현주의』. 독일어서적. 오스트리아의 바르(H. Bahr)가 지은 예술이
론서. 18폭의 동판화 삽화가 부록으로 수록되어 있다. 1920년 뮌헨의 델핀(Delphin)
출판사에서 출판되었다. —1926 ① 4.

Expressionistische Bauernmalerei 『표현파의 농민화』. 독일어서적. 일기에는 『*Expres.
Bauernmalerei*』로 기록되어 있다. 독일의 피카르트(M. Picard) 엮음. 1922년 뮌헨
의 델핀출판사에서 출판되었다. —1931 ⑫ 29.

F. Masereel's Bilder-Romane 『마세렐 연화도화집』. 총 6권. 『이상』(*Die Idee*), 『나의 기
도』(*Mein Stundenbuch*), 『글자 없는 이야기』(*Geschichte ohne Worte*), 『태양』(*Die
Sonne*), 『작업』(*Das Werk*), 『어느 한 사람의 수난』(*Die Passion eines Menschen*) 등
이다. 1927년부터 1928년에 걸쳐 뮌헨의 쿠르트볼프(Kurt Wolff)출판사에서 출판

되었다. ─1930 ⑩ 28.

Fairy Flowers 『선화』(仙花). 부제는 '사실과 환상의 대자연이야기'(nature legends of facts & fantasy)이다. 영문서적. 영국의 뉴먼(I. Newman) 지음. 포거니(W. Pogany) 삽화. 1926년 런던의 옥스퍼드대학출판부(Oxford University Press)에서 출판되었다. ─1928 ⑫ 14.

Faust 『파우스트』. 영문서적. 독일의 괴테(J. W. von Goethe)가 지은 시극. ─1928 ⑥ 12.

Faust i Gorod ─『Фауст и Город』 참조.

Fifty Caricatures 『만화 50폭』. 영문서적. 영국의 비어봄(M. Beerbohm)의 작품. 1914년 런던의 하이네만(Heinemann)출판사의 제2판. ─1926 ① 4.

Flower and Still Life Painting 『화훼와 정물화』. 영문서적. 영국의 홈(C. G. Holme)이 엮은 그림책. 1928년 런던의 스튜디오유한공사(The Studio Ltd)에서 출판되었다. ─1929 ⑩ 8.

Francesco de Goya 『프란시스코 고야』. 독일어서적. 독일의 웨르텔(R. Oertel)이 엮은 화집. 1929년 빌레펠트(Bielefeld)와 라이프치히의 펠하겐앤클라싱(Velhagen & Klasing)출판사의 재판. 고야(F. de Goya, 1746~1828)는 스페인의 화가이다. ─1931 ⑦ 25.

Frankfurter zeitung und Handelsblatt 『프랑크푸르트일보』. 『프랑크푸르트일보와 상보(商報)』의 약칭. 일기에는 『프랑크푸르트보』(弗蘭孚德報), 『프랑크푸르트일보』(弗蘭孚德日報)로 기록되어 있다. 1856년부터 1943에 걸쳐 독일 프랑크푸르트 암 마인(Frankfurt am Main)에서 출판되었다. ─1929 ⑫ 27. 1931 ① 26, 28. ② 13.

Für Alle 『대중을 위하여』. 독일의 칠레(H. Zille)가 제작한 그림책. 1929년 베를린의 신독일출판사(Neuer Deutscher Verlag)에서 출판되었다. ─1930 ⑥ 30.

G. Grosz 『그로스』. 독일어 그림책. ─1930 ⑨ 23.

G. Grosz畵集 『그로스 화집』. 독일서서적. 독일의 그로스의 작품. 어느 판본인지 명확치 않음. ─1932 ⑥ 7.

G. Grosz's Die Zeichnungen 『그로스 회화』. 독일어서적. ─1930 ③ 8.

G. Grosz's Gezeichneten ─『Die Gezeichneten』 참조.

G. Hauptmann's Das Hirtenlied ─『Das Hirtenlied』 참조.

George Grosz 『게오르게 그로스』. 독일어서적. 독일의 볼프라티(W. Wolfradti)가 엮은 화집. 30폭의 작품을 수록하고 있다. 1921년 라이프치히의 클린크하르트앤비어만 출판사(Klinkhardt & Biermann)에서 출판되었다. ─1930 ⑩ 7.

Geschichte der Weltliteratur ―『Illustrierte Geschichte der Weltliteratur』 참조.

Geschichten aus Odessa『오데사 이야기집』. 소련의 바벨(И. З. Бабель)의 소설집. 1926년 베를린의 말리크출판사에서 독일어판으로 출판되었다. ―1930 ⑫ 2.

Gesichter und Fratzen『초상과 만화』. 독일어서적. 벨기에의 마세렐(F. Masereel)이 제작한 목판화집. 목판화 60폭을 수록하고 있다. 1926년 뮌헨의 쿠르트볼프(Kurt Wolff)출판사에서 출판되었다. ―1930 ⑩ 28.

Gewitter im Mai『5월의 폭풍』. 독일어서적. 독일의 강호퍼(L. Ganghofer)가 지은 소설. 위고(Hugo)의 삽화. 1923년 슈투트가르트의 본츠(Bonz)공사에서 출판되었다. ―1924 ⑫ 25.

God's Man『신의 아들』. 영문서적. 워드(L. Ward)가 제작한 목각연환화. 1930년 런던과 토론토의 조너선케이프(Jonathan Cape)공사에서 출판되었다. ―1931 ① 27.

Goethes, Briefe und Tagebücher『괴테의 서신과 일기』. 독일어서적. 포켓북형의 2권본. 라이프치히의 인셀(Insel)출판사에서 출판되었다. ―1928 ⑫ 10.

Goethes Reise-, Zerstreuungs- und Trostbüchlein『괴테의 여행, 휴식과 소묘소집』. 독일어서적. 발(H. Wahl)이 골라 엮은 그림책. 괴테가 제작한 소묘 36폭을 수록하고 있다. 1935년 라이프치히의 인셀(Insel)출판사에서 출판되었다. ―1936 ⑦ 12.

Gogols sämtliche Werke in fünf Bänden『고골 5권본 전집』. 독일어서적. 러시아의 고골 지음. 베를린의 프로필래언출판사(Propyläen Verlag)에서 출판되었다. ―1934 ⑪ 27.

Gore ot Uma ―『Горе от ума』 참조.

Graphik der Neuzeit ―『Die Graphik der Neuzeit』 참조.

Great Russian Short Stories『러시아단편소설걸작집』. 영문서적. 영국의 그레이엄(S. Graham) 엮음. 1929년 런던의 어니스트벤(Ernest Benn)공사에서 출판되었다. ―1929 ⑪ 29.

Greek Studies『그리스연구』. 영문서적. 일기에는『그리스문학연구』(希臘文學硏究)로 기록되어 있다. 영국의 파터(W. H. Pater) 지음. ―1918 ⑦ 17.

Grimm Märchen ―『Kinder-und Hausmärchen der Brüder Grimm』 참조.

Gustave Doré『귀스타브 도레』. 독일어서적. 독일의 하르트라우프(Hartlaub)가 엮은 그림책. 라이프치히의 클린크하르트앤비어만출판사에서 출판되었다. ―1929 ② 15.

H. Daumier-Mappe ―『Daumier Mappe』 참조.

Ha Dne ―'На Дне' 참조.

Hamsun小說『함순소설』. 독일의 몰로(Molo)가 번역한 노르웨이 소설가 함순(Knut

Hamsun)의 소설집을 가리킨다. ―1928 ② 12.

Hanga『판화』. 일기에는『판화』(版畵),『창작판화』(創作版畵)로 기록되어 있다. 야마구치 히사요시(山口久吉)가 엮은 총간. 고베(神戸)의 한가노이에(版畵之家)의 목판화 인본. ―1929 ⑦ 5. ⑧ 3. 1930 ① 27. ② 11. 1934 ① 31.

Hans Baluschek『한스 발루셰크』. 독일어서적. 일기에는『Baluschek傳』으로 기록되어 있다. 독일의 벤델(F. Wendel) 지음. 1924년 베를린의 디에츠(Dietz)출판사에서 출판되었다. 발루셰크(Hans Baluschek, 1870~1935)는 독일의 화가이다. ―1931 ⑫ 2.

Hans Ohne Brot『빵 없는 한스』. 독일어서적. 프랑스의 폴 바양 쿠튀리에(P. Vaillant-Couturier) 지음. 안나 누스바움(A. Nussbaum) 번역, 브라운(M. Braun) 삽화. 1928년 베를린의 청년국제출판사(Verl. der Jugendinternationale)에서 출판되었다. ―1930 ⑧ 18. 1933 ⑨ 5.

Heine's Werke ―『*Heines Werke in dreizehn Teilen*』참조.

Heines Werke in dreizehn Teilen『하이네 13권집』. 독일어서적. 일기에는『*Heine's Werke*』로 기록되어 있다. 독일의 하이네(H. Heine) 지음. 프리드만(H. Friedemann)이 번역하고 서문을 썼다. 베를린의 도이치출판사(Deutsches verlagshaus Bond)에서 출판되었다. ―1925 ⑨ 7.

Hermann Paul傳 ―『*Les Artistes du Livre*』제5집 참조.

Herr u. sein Knecht ―『*Der Herr und sein Knecht*』참조.

Hintergrund『배경』. 독일어서적. 독일의 그로스(G. Grosz)가『용사 슈베익』(*The Good Soldier Švejk*)의 공연을 위해 그린 소묘화 17폭을 수록하고 있다. 1928년 베를린의 말리크출판사에서 출판되었다. ―1930 ⑤ 3.

Hist. Materialism ―『Исторический материализм』참조.

Holy Bible ―『*The Holy Bible Containing the Old and New Testaments*』참조.

Holzschnitte『칼 틸만 목판화각집』. 독일어서적. 일기에는『*Karl Thylmann's Holzschnitte*』로 기록되어 있다. 베를린의 푸르헤예술출판사(Furche-Kunst verlag)에서 출판되었다. ―1930 ⑨ 23.

Holzschnitte zu Carl Sternheim Chronik『칼 슈테른하임의「편년사」목판화집』. 독일어서적. 일기에는『*C. Sternheim's Chronik* 揷畫』로 기록되어 있다. 벨기에의 마세렐(F. Masereel) 제작. 1922년 뮌헨의 드라이마스켄출판사(Drei Masken Verlag)에서 출판되었다. 칼 슈테른하임(Carl Sternheim, 1878~1942)은 독일의 작가이다. ―1930 ⑩ 28.

Honoré Daumier『도미에화집』. 독일어서적. 석판화, 목판화, 수채화 등 72폭을 수록하고 있다. 프랑스의 도미에(H. Daumier) 작품. 1930년 베를린의 모세(Mosse)출판사에서 출판되었다. ― 1931 ① 15. ③ 11.

Hunger 『기아』(饑餓) 노르웨이 소설가 함순(Knut Hamsun)의 소설. ― 1928 ② 6.

I. N. Pavlov畵集 ― 『Гравюры И. Н. Павлова』 참조.

I. Pavlov木刻自修書 ― 『Гравёр-самоучка』 참조.

Idylles 『게스너의 전원시』. 불어서적. 일기에는 『Les Idylles de Gessner』로 기록되어 있다. 스위스의 시인이자 화가인 게스너(S. Gessner, 1730~1788) 지음. 웨이벨(P. E. Vibert) 삽화. 1922년 파리의 크레스출판공사(G. Crès & Cie.)에서 출판되었다. ― 1929 ⑥ 5.

Illustrierte Geschichte der Weltliteratur 『삽화 세계문학사』. 독일어서적. 일기에는 『Geschichte der Weltliteratur』로 기록되어 있다. 독일의 쉐르(J. Scherr) 지음. 슈투트가르트의 프랑크서점(Franckh)에서 출판되었다. ― 1930 ⑫ 2.

Illustrierte Kutur- und Sittengeschichte des Proletariats(Bd. I) 『프롤레타리아문화풍속화사』(제1권). 독일어서적. 일기에는 『Kulturgeschichte des Proletariats』로 기록되어 있다. 독일의 뤼레(Otto Rühle) 지음. 소련의 루나차르스키가 서언을 썼다. 492폭의 그림이 덧붙여져 있다. 1930년 베를린의 신독일출판사(Neuer Deutscher Verlag)에서 출판되었다. ― 1930 ⑫ 12.

Intern. Lit. ― 『Internationale Literatur』 참조.

Internationale Literatur 『국제문학』. 독일어서적. 격월간지. 국제혁명작가연맹의 기관지. 국제혁명문학국 엮음. 1931년 6월에 『세계혁명문학』이란 명칭으로 창간되었다가 1931년부터 『국제문학』으로 개칭했다. 이 잡지의 독일어판은 베를린의 신독일출판사(Neuer Deutscher Verlag)에서 출판되었다. ― 1933 ② 3. 1935 ⑧ 8.

J. Bojer小說 ― 『The Power of a Lie』 참조.

J. C. Orozco畵集 ― 『Jose Clemente Orozco』 참조.

J. Millet畵集 ― 『Жан Франсуа Милле』 참조.

Japan Today and Tomorrow 『일본의 오늘과 내일』. 영문서적. 아라키 리이치로(荒木利一郎) 엮음. 오사카(大阪) 마이니치신분샤(每日新聞社)에서 발행했다. ― 1931 ② 5.

Johano la Brava 『용사 야노시』. 에스페란토 서적. 헝가리의 페퇴피(Petöfi Sándor)가 지은 장시. 컬로처이(K. de Kalocsay) 번역. ― 1929 ⑪ 14. 1930 ⑫ 3.

José Clemente Orozco 『오로스코』. 일기에는 『J. C. Orozco畵集』으로 기록되어 있다. 영문서적. 멕시코의 화가인 오로스코(J. C. Orozco, 1883~1949)가 제작한 화집. 1932년 뉴욕의 델픽스튜디오(Delphic Studios)에서 출판되었다. ― 1933 ⑦ 30.

K. Kollwitz畵帖(新版) —『*Käthe Kollwitz Mappe*』참조.

K. Kollwitz-Mappe —『*Käthe Kollwitz Mappe*』참조.

K. Kollwitz-Werk —『*Das Käthe Kollwitz-Werk*』참조.

Karl Marx's 'Capital' in Lithographs 『맑스의 '자본론' 석인본』. 영문서적. 일기에는 『*"Capital" in Lithographs*』로 기록되어 있다. 겔러트(H. Gellert)가 만든 도해집. 1934년 뉴욕의 롱앤드스미스(Ray Long & Richard S. Smith)공사에서 출판되었다. ―1934 ⑥ 6.

Karl Thylmann's Holzschnitte —『*Holzschnitte*』참조.

Käthe Kollwitz 版畵十二枚 『케테 콜비츠 판화 12매』. 독일의 판화가인 케테 콜비츠가 제작한 판화의 원작이다. 루쉰은 남에게 부탁하여 작자로부터 구입하여 소장하였다. ―1931 ⑤ 24.

Käthe Kollwitz Mappe 『케테 콜비츠 화첩』. 일기에는 『*K. Kollwitz-Mappe*』로도 기록되어 있다. 독일어서적. 독일의 콜비츠의 작품. 예술출판사(Kunstwart) 엮음. 1927년 뮌헨의 예술출판사에서 출판되었다. 루쉰은 두 차례에 걸쳐 이 화첩을 구했는데, 후에 중복된 것을 쓰보이 요시하루(坪井芳治)에게 증정했다. ― 1930 ⑦ 15. 1931 ⑥ 23. 1932 ⑩ 15.

Käthe Kollwitz-Werk —『*Das Käthe Kollwitz-Werk*』참조.

Kinder der Strasse 『거리의 아이들』. 독일어서적. 독일의 칠레(H. Zille)가 제작한 그림책이며, 102폭의 작품을 수록하고 있다. 1922년 베를린의 아이슬러(Eysler)출판사에서 출판되었다. ―1930 ⑨ 23.

Kinder- und Hausmärchen der Brüder Grimm 『그림형제의 아동과 가정동화』. 일기에는 『*Grimm Märchen*』으로 기록되어 있다. 독일의 야콥 그림(Jacob Grimm)과 빌헬름 그림(Wilhelm Grimm)의 작품. 리히터(L. Richter)가 그린 삽화 90폭이 덧붙여 있다. 라이프치히의 슈미트앤군터(Schmidt & Günther)출판사에서 출판되었다. ―1934 ⑨ 10.

Koeber 박사 소품집(ケ―ベル博士小品集) 러시아 철학자인 케벨(Raphael Gustav von Koeber, 1848~1923) 지음. 후카다 야스카즈(深田康算)와 구보 마사루(久保勉) 공역. 다이쇼(大正) 14년(1925) 도쿄 이와나미쇼텐(岩波書店)에서 제9판이 출판되었다. ― 1925 ⑨ 9.

Kulturgeschichte des Proletariats(Bd. I) —『*Illustrierte Kutur- und Sittengeschichte des Proletariats*』(Bd. I) 참조.

Künstler-Monographien 『예술가평전』. 독일어서적. 빌레펠트(Bielefeld)와 라이프치

히의 펠하겐앤클라싱(Velhagen & Klasing)출판사에서 '예술전기총서'의 하나로 출판되었다.—1929 ② 13.

La Europa『유럽』. 불어 문학월간지. 로맹 롤랑(Romain Rolland)과 일군의 프랑스 작가에 의해 1923년에 창간되었으며, 파리의 리더하우스(Rieder House)에서 출판되었다. 1926년 5월과 6월에 징인위(敬隱漁)가 번역한 루쉰의『아Q정전』이 게재되었다.—1926 ⑦ 1.

La malgranda Johano『작은 요하네스』. 에스페란토서적. 네덜란드의 반 에덴(F. Van Eeden) 지음. 불투스(H. J. Bulthuis)가 번역하여 1926년 베를린의 모세(Mosse)출판사에서 출판되었다.—1931 ⑤ 13.

Landschaften und Stimmungen『풍경과 심경』. 독일어서적. 일기에는『Masereel 木刻選集』,『Masereel 木刻畫選』으로도 기록되어 있다. 목판화 60폭이 수록되어 있다. 벨기에의 마세렐(F. Masereel)의 작품. 1929년 뮌헨의 쿠르트볼프출판사에서 출판되었다.—1930 ⑦ 11. 1931 ⑫ 2. 1932 ⑤ 7.

Le bestiaire『동물시집』. 불어서적. 프랑스의 아폴리네르(G. Apolinaire)의 시집. 뒤피(R. Dufy) 삽화. 1919년 파리의 사이렌출판사(La Sirène)에서 출판되었다. 루쉰은 이 서적의 삽화를 이용했다.—1929 ⑩ 14.

Le Jaloux Garrizalès d'Estramadure『에스트라마두레의 질투심 많은 가리잘레스』. 불어서적. 일기에는『Le Jaloux Garizalès』로 기록되어 있다. 스페인의 세르반테스(Miguel de Cervantes)의 작품. 프랑스의 비아르도(L. Viardot)가 번역하고 주(L. Jou)가 목판화 삽화를 그렸다. 1916년 파리의 프랑스문학사(Société littéraire de France)에서 출판되었다.—1929 ⑥ 5.

Le Miroir du livre d'art『예술서적 미러』. 불어 격월간지. 파리의 숌메르(Sommaire)출판사에서 출판되었다. 1926년 11월에 창간되었다.—1930 ② 4.

Le Nouveau Spectateur『신 관중』. 불어 기간지. 프랑스의 알라르(R. Allard) 엮음. 1919년에 창간되었으며, 파리에서 출판되었다.—1929 ⑧ 27.

Les Artistes du Livre『서적삽화작가전』(書籍揷畫家傳). 불어서적. 일기에는『揷畫家傳』,『書籍揷畫家傳』으로도 기록되어 있다. 1928년부터 1932년에 걸쳐 프랑스 파리의 앙리 바부(Henry Babou)에서 출판된 서적삽화가의 전기총서이다. 루쉰의 장서에는 23책이 있다. 제1집은『Carlègle』(M. Valotaire 지음), 제2집은『Charles Martin』(M. Valotaire 지음), 제3집은『Joseph Hémard』, 제4집은『Laboureur』(M. Valotaire 지음), 제5집은『Hermann Paul』(R. Geiger 지음), 제6집은『Pierre Brissaud』(J. Dulac 지음), 제7집은『Mathurin Méheut』(R. Hesse 지음), 제8집은

『*Sylvain Sauvage*』(M. Valotaire 지음), 제9집은 『*Dignimont*』(A. Warnod 지음), 제
10집은 『*George Barbier*』(J-L. Vaudoyer 지음), 제11집은 『*Lobel-Riche*』(G. Boissy
지음), 제12집은 『*André-E. Marty*』(J. Dulac 지음), 제13집은 『*Gabriel Bélot*』(C.
Mauclàir 지음), 제14집은 『*Auguste Brouet*』(R. Hesse 지음), 제15집은 『*Siméon*』
(L. Benoist 지음), 제16집은 『*Berthold Mahn*』(R. Geiger 지음), 제17집은 『*Marcel
Vertés*』(A. Salmon 지음), 제18집은 『*Louis Morin*』(R. Hesse 지음), 제19집은 『*Pierre
Bonnard*』(C. Roger-Marx 지음), 제20집은 『*Chimot*』(Maurice Rat 지음), 제21집
은 『*Louis Legrand*』(C. Mauclàir 지음), 제22집은 『*Paul Jouve*』(C. Mauclàir 지음),
제23집은 『*Jacques Touchet*』(H. Babou 지음). — 1929 ⑥ 5. ⑧ 27. 1930 ③ 8. ⑤ 2.
1931 ① 6. ⑧ 29. 1932 ⑨ 11. 1933 ③ 11.

Les Fleurs du Mal 『악의 꽃』. 불어서적. 프랑스의 보들레르(Charles Baudelaire)의 시
집. — 1929 ⑫ 30. 1930 ① 9.

Les Idylles de Gessner — 『*Idylles*』 참조.

Lettre à un ami 『벗에게의 편지』 프랑스의 발레리(P. A. Valéry) 지음. 카를레글(E.
Carlègle)의 목판화 삽화. 1926년 파리의 카피톨출판사(Éditions du Capitole)에서
출판되었다. — 1929 ⑥ 5.

Literature and Revolution 『문학과 혁명』. 영문서적. 소련의 트로츠키(Л. Д. Троцкий)
지음. — 1927 ⑨ 11, 12.

L'œuvre gravé de Gauguin 『고갱판화집』. 불어서적. 일기에는 『P. Gauguin版畫集』으
로 기록되어 있다. 고갱(P. Gauguin) 제작, 게랭(M. Guérin) 엮음. 1927년 파리의 플
루리(Floury)출판사의 2책의 중판(重版). — 1933 ⑩ 28.

M. Gorki : Aufsätze — 『*Die Zerstörung der Persönlichkeit*』 참조.

M. Gorki's Ausgewahlte Werke 『고리키선집』. 독일어서적. — 1936 ⑥ 5~30.

M. Gorky畫象 — 『Портреты Максима Горького』 참조.

M. Gorky's Gesamt Werke 『고리키전집』. 독일어서적. 고리키 지음. — 1936 ⑥ 5~30,

Maler Daumier(Nachtrag) — 『*Der Maler Daumier*』 참조.

Marc Chagall — 『마르크 샤갈 화집』(マルク·シアガル畫集) 참조.

Masereel木刻選集 — 『*Landschaften und Stimmungen*』 참조.

Max Beckmann 『막스 베크만』. 독일 화가인 베크만(M. Beckmann, 1884~1950)의 화집.
— 1931 ⑫ 28.

Mein Milljoh 『나의 미요』. 독일어서적. 지은이 미상. — 1930 ⑨ 23.

Mein Stundenbuch 『나의 기도』. 독일어서적. 벨기에의 마세렐(F. Masereel)이 제작한

목각연환화. 1928년 뮌헨의 쿠르트볼프출판사에서 출판되었다. ― 1930 ⑧ 18. ⑩ 28.

Mit Pinsel und Schere 『붓과 가위로』. 독일의 그로스(G. Grosz)가 제작한 화집. 7폭의 작품이 수록되어 있다. 1922년 베를린의 말리크출판사(Malik-Bücherei)에서 출판 되었다. ― 1930 ⑦ 15.

Mitjas Liebe 『미차의 애정』(Митина любовь). 독일어서적. 일기에는 『Bunin小說』로도 기록되어 있다. 러시아의 부닌(И. А. Бунин) 지음. 1925년 베를린의 피셔(Fischer)출 판사에서 '피셔소설총서'의 하나로 출판되었다. ― 1928 ② 12.

Modern Book ― Illustration in Great Britain & America 『현대영미서적삽화』. 영문서 적. 일기에는 『Modern Book ― Illustration in Brit. and America』로 기록되어 있다. 다턴(F. G. Darton) 해설. 1931년 런던의 스튜디오유한공사(The Studio Ltd)와 뉴욕의 럿지(Rudge)출판사에서 출판되었다. ― 1932 ① 18.

Modern French Literature 『현대프랑스문학』. 영문서적. 일기에는 『法國文學』으로 기 록되어 있다. 미국의 웰스(B. W. Wells) 지음. 1910년 보스턴의 리틀브라운공사(Little Brown and Co.)에서 출판되었다. ― 1918 ⑧ 31.

Moderne Illustratoren 『현대삽화가전기총서』. 독일어서적. 일기에는 『근세화인전』(近 世畵人傳)으로 기록되어 있다. 뮌헨-라이프치히의 피페르출판사(R. Piper & Co.)에 서 출판되었다. ― 1913 ③ 9. ⑤ 18.

Mutter und kind 『어머니와 아이』. 독일어서적. 독일의 콜비츠(K. Kollwitz)가 제작한 목 판화집. 37폭의 작품이 수록되어 있다. 1928년 베를린의 푸르헤예술출판사(Furche- Kunst verlag)에서 출판되었다. ― 1930 ⑦ 15.

My Method by the Leading European Black and White Artists 『나의 수법 ― 유 럽묵화대표화가의 경험담』. 영문서적. 일기에는 『My Method by the Leading European Artists』로 기록되어 있다. 마르토(F. A. Marteau) 엮음. 1926년 런던의 고 든앤고치(Gordon & Gotch)출판사에서 출판되었다. ― 1929 ⑩ 8.

N. Gogol's Sämt. Werk ― 『Gogols sämtliche Werke in fünf Bänden』 참조.

Neue Gesicht ― 『Das Neue Gesicht der herrschenden Klasse』 참조.

Neue Kunst in Russland, 1914~1919 『러시아의 신예술, 1914~1919』. 독일어서적. 일기 에는 『Neue Kunst in Russland』로 기록되어 있다. 소련의 우만스키(К. Уманский) 지음. 54폭의 삽화가 수록되어 있다. 1920년 포츠담의 구스타프키펜호이어출판사 (Gustav Kiepenheuer)와 뮌헨의 골츠(Hans Goltz)출판사에서 출판되었다. ― 1929 ⑪ 19.

Neues Wilhelm Busch Album 『빌헬름 부쉬의 신화첩』. 독일어서적. 부쉬(W. Busch)가 지은 이야기그림책. 1,500폭의 작품이 수록되어 있다. 베를린의 클렘(Klemm)공사에서 출판되었다. ─ 1934 ⑨ 10.

New Book Illustration in France ─ 『*The New Book ─ Illustration in France*』 참조.

New Masses 『신군중』. 미국의 종합성 월간지. 골드(M. Gold) 엮음. 뉴욕 신군중사(New Masses)에서 발행. 1926년에 창간되었으며, 1944년에 『주류』(*Mainstream*) 잡지와 합병되었다. ─ 1931 ⑤ 8. ⑥ 23. 1933 ⑪ 26.

Niedela(揷畵本) ─ 『Неделя』 참조.

Noa Noa 『노아, 노아』. 불어서적. 프랑스의 고갱(P. Gauguin) 지음. 드 몽프라이드(de Monfreid)의 목판화 삽화. 1929년 파리의 크레스출판공사(G. Crès & Cie.)에서 출판되었다. ─ 1912 ⑦ 11. 1933 ④ 29.

Notre ami Louis Jou 『우리의 벗 루이 주』. 프랑스의 카르코(F. Carco) 지음. 파리의 트레무아(Trémois)출판사에서 출판되었다. ─ 1930 ③ 10.

O. Wilde's The Ballad of Reading Gaol揷畵 벨기에의 마세렐(F. Masereel)이 영국의 와일드(O. Wilde)의 시집 『옥중 리딩의 노래』(*The Ballad of Reading Gaol*)를 위해 제작한 목판화 화첩. ─ 1930 ⑩ 28.

Origine et évolution de L'écriture hieroglyphique et de L'écriture chinoise 『설형문자와 중국문자의 발생 및 진화』. 불어서적. 황쥐안성(黃涓生, 쭌성釁生)이 지은 문자학 서적. 1926년 파리의 동방서점(Librairie orientaliste)에서 출판되었다. ─ 1927 ① 27.

Ostraoomova-Ljebedeva 『오스트로우모바-리베데바』. 영문서적. 일기에는 『Anna Ostrao omova Liebedeva畵集』으로 기록되어 있다. 소련의 목각가이자 유화가인 오스트로우모바-레베데바(А. П. Остроумова-Лебедева, 1871~1955)가 제작한 그림책. 브누아(A. Benois)와 에른스트(S. Ernst) 엮음. 모스크바-레닌그라드 국가출판사(State Press)에서 출판되었다. ─ 1932 ⑥ 3.

Osvob Don-Kixot ─ 『Освобождённый Дон Кихот』 참조.

Osvoborhd. Donkixot ─ 『Освобождённый Дон Кихот』 참조.

Outline of Literature ─ 『*The Outline of Literature*』 참조.

P. Gauguin版畵集 ─ 『*L'œuvre gravé de Gauguin*』 참조.

Pandora 『판도라』. 독일어서적. 독일의 괴테(J. W. von Goethe)가 지은 극본. 호프만(L. von Hofmann) 삽화. 드레스덴의 라이스너(Reissner)출판사에서 출판되었다. 판도라는 고대 그리스신화에 나오는 여인이다. ─ 1931 ⑧ 13.

Panzerzug Nr.14-69『철갑열차 14-69호』. 독일어서적. 소련의 이바노프(B. B. Иванов)가 지은 소설. 쉬만(E. Schiemann)이 번역하여 1923년 함부르크의 호임(Hoym)출판사에서 출판되었다. — 1930 ⑧ 6.

Passagiere der leeren Plätze『빈 좌석의 승객』. 독일어서적. 덴마크의 넥쇠(M. A. Nexö) 지음. 독일의 그로스(G. Grosz)가 제작한 삽화 12폭이 수록되어 있다. 1921년 베를린의 말리크출판사(Malik-Bücherei)에서 출판되었다. — 1931 ① 15.

Passion『예수의 수난』. 독일어서적. 독일의 탈만(M. Thalmann)이 제작한 그림책. 목판화 8폭이 수록되어 있다. 탈호프(A. Talhoff)가 시를 지었다. 1923년 예나의 디데리히(Diederichs)출판사에서 출판되었다. — 1930 ④ 30.

Paul Cezanne『폴 세잔』. 독일어서적. 일기에는 『세잔 화전』(綏山畵傳)으로 기록되어 있다. 독일의 마이어 그래페(J. Meier-Graefe) 엮음. 40폭의 그림이 수록되어 있다. 1910년 뮌헨의 피페르출판사(R. Piper & Co.)에서 출판된 증정판. — 1912 ⑨ 20.

Paul Jouve — 『*Les Artistes du Livre*』 제22집 참조.

Peter Pan in Kensington Gardens『켄싱턴정원 속의 피터 팬』. 영문서적. 일기에는 『*Peter Pan*』으로 기록되어 있다. 영국의 배리(J. M. Barrie)가 지은 동화. 락크햄(A. Rackham) 삽화. 1927년 뉴욕의 찰스 스크라이브너스 손스(Charles Scribner's Sons)공사에서 출판되었다. — 1929 ⑤ 7.

Petits Poèmes en Prose『소산문시집』. 불어서적. 프랑스의 보들레르(Charles Baudelaire) 지음. 파리의 르네 키페르(René Kieffer)출판사에서 출판되었다. — 1929 ④ 23.

Petöfi集『페퇴피집』. 독일어서적. 일기에는 『裴象飛集』으로도 기록되어 있지만, 정확한 서명은 알 수 없다. 헝가리의 페퇴피(Petöfi Sándor)가 지은 시와 산문집. 2책. 독일 라이프치히의 레클람(Reclam)출판사에서 '만유문고'(Universal-Bibliothek)의 하나로 출판되었다. — 1929 ⑥ 24, 26.

Photograms of the Year『사진연감』. 영문서적. 일기에는 『*Photograms of 1928*』, 『寫眞年鑑』, 『世界藝術寫眞年鑑』, 『29年度世界藝術寫眞年鑑』으로도 기록되어 있다. 모티머(F. J. Mortimer) 엮음. 런던의 일포드(Ilford)유한공사에서 출판되었으며, 일본 마루젠쇼텐(丸善書店)에서 판매했다. 루쉰은 1928년부터 1930년에 걸쳐 출판된 1927년부터 1929년까지의 3년분 연감 총 3권을 구입했다. — 1928 ② 21. 1929 ③ 19. 1930 ⑦ 18.

Pioniere『선봉대』. 독일어서적. 소련의 보빈스카(H. Bobinska) 지음. 푸크(B. Fuk) 삽화. 1929년 베를린의 청년국제출판사(Verl. der Jugendinternationale)에서 출판되었다.

—1930 ⑦ 11.

Pisateli —『Писатели』참조.

Platon's Phaedo —『*The Phaedo of Plato*』참조.

Plato's Phaedo —『*The Phaedo of Plato*』참조.

Plunut Nekogda —『Плюнуть некогда』참조.

Poems of W. Whitman『휘트먼시집』. 영문서적. 미국의 시인인 휘트먼(W. Whitman, 1819~1892) 지음. —1928 ⑨ 2.

Poésies Complètes『시가전집』(詩歌全集). 불어서적. 프랑스의 비니(A. de Vigny) 지음. 주(L. Jou) 목판화 삽화. 1920년 파리의 크레스출판공사(G. Crès & Cie.)에서 출판되었다. —1929 ⑥ 5.

Polish Art『폴란드 예술』. 영문서적. —1936 ⑨ 2.

Pravdivoe Zhizneopisanie —『Правдивое жизнеописание』참조.

Provd 1st. A-КЕЯ —『Правдивая история A-Кея』참조.

Quelques Bois『몇 폭의 목판화』—1929 ⑥ 5.

R.S.主義批判 확실치 않음. —1929 ① 7.

Red Cartoons『레드 카툰』. 부제는 '『*Daily worker*』,『*Workers Monthly*』,『*Liberator*』에서 뽑은 그림'이다. 1926년부터 1928년에 걸쳐 미국의 뉴욕, 시카고에서 3책으로 출판되었다. —1931 ⑤ 8.

Reineke Fuchs『라이네케 여우』. 독일어서적. 목판화책. 목판동물화 40폭이 수록되어 있다. 클렘(W. Klemm) 제작. 레드슬로브(E. Redslob)가 괴테의 시의(詩意)에 기반하여 문자로 해설했다. 베를린의 푸르헤예술출판사(Furche-Kunst verlag)에서 출판되었다. —1930 ⑩ 7.

Reise durch Russland『신러시아 기행』. 독일어서적. 독일의 포겔러-보르프스베데 (Vogeler-Worpswede) 지음. 작가가 직접 그린 32폭의 삽화가 수록되어 있다. 드레스덴의 라이스너(Reissner)출판사에서 출판되었다. —1931 ⑥ 4. ⑫ 28. 1932 ⑤ 7.

Rembrandt Handzeichnungen『렘브란트 소묘집』. 독일어서적. 네덜란드의 화가인 렘브란트(Rembrandt Hermansz van Rijn, 1606~1669)의 작품. 노이만(C. Neumann) 엮음. 1923년 뮌헨의 피페르출판사(R. Piper & Co.)에서 출판되었다. —1931 ③ 11.

Roter Trommler『붉은 고수(鼓手)』. 독일어서적. 독일과 러시아 등의 문학작품을 소개하는 총서. 베를린의 청년국제출판사(Verl. der Jugendinternationale)에서 출판되었다. 이 가운데에서 루쉰은 제1부터 제7, 제9의 총 8종을 소장하고 있다. 일기에 기록된『차르 사냥기』(*Die Jagd nach dem Zaren*)는 제1종, 제2종은『기도

자』(*Der Muezzin*. 추어 뮐렌의 동화), 제3종은『젊은 근위병의 피리』(*Die Pfeife des Jungen Kommunarden*. 예렌부르크 지음), 제4종은『아이샤의 아들』(*Die Söhne der Aischa*. 추어 뮐렌의 동화), 제5종은『클라라 체트킨』(*Clara Zetkin*. 보야르스카야 Zinaida Bojarskaja 지음), 제6종은『몽환가 사이드』(*Said, der Traumer*. 추어 뮐렌의 동화), 제7종은『레닌에 관한 동화』(*Lenin-Märchen*. 소련민간고사집), 제9종은『심판』(*Gericht : Mutters Feiertag*. 보빈스카야Elena Fedorovna Bobinskaja 지음)이다. — 1930 ⑧ 18.

Rubájyát —『*The Ruáiyát of Omar Khayyám*』참조.

Russia Today and Yesterday 『러시아의 오늘과 어제』. 영문서적. 영국의 딜론(E. J. Diollon)이 지은 역사서. 1929년 런던과 토론토의 던트(J. M. Dent)출판사에서 출판되었다. —1930 ① 25.

S. Sauvage —『*Les Artistes du Livre*』참조.

San-Min-Chu-I『삼민주의』(三民主義). 영문서적. 쑨중산(孫中山) 지음. 미국의 선교사이자 한학자인 프라이스(F. W. Price, 1895~1974. 중국명은 비판위畢范宇)가 번역하여 상하이 상우인서관(商務印書館)에서 출판되었다. —1929 ③ 1.

Scandinavian Art『스칸디나비아 미술』. 영문서적. 아메리카-스칸디나비아기금회 엮음. 1922년 옥스퍼드대학출판부(Oxford University Press)에서 출판되었다. —1929 ① 17.

Schwejk's Abenteuer —『*Die Abenteuer des braven Soldaten Schwejk während des Weltkrieges*』참조.

Shestov全集 —『셰스토프선집』(シェストフ選集) 참조.

Short Stories of 1928 『1928년 단편소설집』. 영문서적. 일기에는『一九二八歐洲短篇小說集』으로 기록되어 있다. —1929 ⑤ 7.

Sittliche oder Unsittliche Kunst? 『도덕적인 혹은 비도덕적인 예술?』 독일어서적. 브레트(E. W. Bredt) 지음. 76폭의 삽화가 수록되어 있다. 1911년 뮌헨의 피페르출판사(R. Piper & Co.)에서 출판되었다. —1913 ⑧ 21.

Spiesser-Spiegel —『*Der Spiesser-Spiegel*』참조.

Springtide of Life —『*The Springtide of Life*』참조.

Studies from Ten Literatures 『열 가지 문학연구』. 영문서적. 일기에는『E. Boyd論文』으로도 기록되어 있다. 아일랜드의 보이드(E. Boyd) 지음. 1925년 뉴욕의 찰스 스크라이브너스 손스(Charles Scribner's Sons)공사에서 출판되었다. —1928 ⑨ 2.

Sylvian Sauvage —『*Les Artistes du Livre*』제8집 참조.

Taschkent die brotreiche Stadt, und eine Erzählung aus der Bürgerkriegszeit von A. Sserafimowitsch der eiserne Storm 『풍요의 도시 타슈켄트, 그리고 세라피모비치의 내전시기 소설 철의 흐름』. 소련의 네베로프(А. С. Неверов) 등 지음. 1929년 베를린의 신독일출판사(Neuer Deutscher Verlag)에서 출판되었다. ― 1930 ② 26.

Taschkent u. and. ― 『*Taschkent die brotreiche Stadt, und eine Erzählung aus der Bürgerkriegszeit von A. Sserafimowitsch der eiserne Storm*』 참조.

Ten Polish Folk Tales 『폴란드 민간고사 10편』. 폴란드의 스트로브스카(S. Strowska) 엮음. 오라일리(M. O'reilly)가 불어본을 저본으로 번역하고, 밀스(D. A. H. Mills)가 삽화를 그렸다. 1929년 런던의 오츠앤위시번(B. Oates & Washbourne)공사에서 출판되었다.― 1930 ④ 26.

Th. A Steinlen畫集 ―『Теофиль Стейнлен』 참조.

Thaïs 『타이스』. 프랑스의 작가인 프랑스(A. France)가 지은 소설. 루쉰의 장서에는 로버트 더글라스(R. Douglas)가 번역하고 페이프(F. C. Pape)가 삽화를 그린 1926년의 런던-뉴욕판, 그리고 트리스탄(E. Tristan)이 번역한 뉴욕의 '현대총서'판이 있다. ― 1928 ① 4. ④ 23.

The 19 ―『*The Nineteen*』 참조.

The 7th Man 『일곱번째 사람』. 부제는 '남해 섬의 진실한 카니발 이야기'(A true cannibal tale of the south sea islands)이다. 영문서적. 일기에는 『*The Seventh Man*』으로도 기록되어 있다. 영국의 기빙스(R. Gibbings)가 제작한 목판화 그림책. 1930년 영국의 금계출판사(The Golden Cockerel Press)에서 출판되었다. ― 1929 ⑫ 16. 1930 ⑨ 22.

The Adventure of the Black Girl in her Search for God 『신을 찾는 흑인아가씨의 모험』. 영문서적. 영국의 버나드 쇼(Bernard Shaw)가 지은 단편소설. 1932년 런던의 콘스터블유한공사(Constable & Co. Ltd)에서 출판되었다.― 1933 ③ 6.

The Art of Aubrey Beardsley 『오브리 비어즐리의 예술』. 영문서적. 일기에는 『*Art of Beardsley*』로도 기록되어 있다. 영국의 화가인 비어즐리(A. Beardsley, 1872~1898)가 제작한 그림책. 영국의 시먼스(A. Symons)가 서문을 썼다. 1918년 뉴욕의 보니앤리브라이트(Boni and Liveright)출판사에서 '현대총서'의 하나로 출판되었다. ― 1925 ⑩ 6, 9.

The Art of Rodin 『로댕의 예술』. 영문서적. 프랑스의 조각가인 로댕(F. A. R. Rodin, 1840~1917) 지음. 1918년 뉴욕의 보니앤리브라이트출판사에서 '현대총서'의 하나로 출판되었다. ― 1925 ② 3.

The Best French Short Stories of 1923~24『1923~24년 프랑스 최우수단편소설집』. 영문서적. 일기에는『*The Best French Short Stories*』로 기록되어 있다. 영국의 이턴 (R. Eaton) 엮음. 1924년 보스턴의 메이너드출판사(Maynard & Co)에서 출판되었다. '프랑스 단편소설 연감'이 부록으로 붙어 있다. —1929 ① 24.

The Chinese on the Art of Painting『중국화론』(中國畫論). 영문서적. 스웨덴의 시렌 (Osvald Sirén) 엮음. 1936년 베이핑에서 출판되었다. —1936 ④ 25. ⑤ 4.

The Chinese Soviets『중국의 소비에트』. 영문서적. 야콘토프(Victor A. Yakhontoff) 지음. 1934년 뉴욕의 카워드맥칸(Coward-McCann)공사에서 출판되었다. —1934 ⑨ 19.

The Concise Universal Encyclopedia『간명 백과사전』. 영문서적. 영국의 해머턴(J. A. Hammerton) 등 엮음. 런던의 연합출판유한공사(Amalgamated)에서 출판되었다. —1932 ⑨ 15.

The Holy Bible Containing the Old and New Testaments『성경, 신구약전서』. 영문 서적. 일기에는『*Holy Bible*』로 기록되어 있다. 런던의 아이레앤스포티스우드(Eyre and Spottiswoode)에서 출판되었다. —1928 ⑫ 12.

The Life of the Caterpillar『애벌레의 일생』. 영문서적. 프랑스의 파브르(Jean-Henri Fabre) 지음. —1936 ④ 24.

The Mind and Face of Bolshevism『볼셰비즘의 정신과 면모』. 부제는 '소련문화생활 에 관한 고찰'(An examination of cultural life in Soviet-Russia)이다. 영문서적. 일 기에는『*The Mind and Face of Bol.*』,『소비에브러시아의 겉과 속』(蘇俄之表裏)으 로 기록되어 있다. 오스트리아의 필뢰프 밀러(René Fülöp-Miller) 지음. 플린트(F. S. Flint)와 타이트(D. F. Tait)가 독일어를 영문으로 번역. 1927년 런던과 뉴욕의 퍼트 넘(Putnam's Sons)공사에서 출판되었다. —1928 ① 15.

The Modern Woodcut『현대목판화』. 영문서적. 퍼스트(H. Furst) 지음. 1924년 런던의 보들리헤드(Bodley Head)출판사에서 출판되었다. —1928 ⑧ 4.

The New Book-Illustration in France『프랑스서적 신삽화』. 영문서적. 일기에는『*New Book Illustration in France*』로 기록되어 있다. 프랑스의 피숑(L. Pichon) 지음. 그림스디치(H. B. Grimsditch)가 번역하여 1924년 런던의 스튜디오유한공사(The Studio Ltd)에서 출판되었다. —1928 ⑦ 9.

The New Spirit『신정신론』. 영국의 엘리스(H. H. Ellis)가 지은 심리학 서적. —1929 ⑧ 26.

The New Woodcut『신목판화』. 영문서적. 영국의 샐러먼(M. C. Salaman) 지음. 홈(C. G.

Holme) 엮음. 1930년 런던의 스튜디오유한공사와 뉴욕의 앨버트앤찰리보니(Albert & Charlie Boni)공사에서 출판되었다. — 1930 ⑩ 18. ⑪ 27.

The Nineteen 『열아홉 명』 혹은 『훼멸』. 영문서적. 『*The 19*』이라고도 한다. 소련의 파데예프(A. A. Фадеев) 지음. 찰게(R. D. Chargues) 번역. — 1930 ⑤ 2.

The Outline of Art 『예술대강』. 영문서적. 영국의 오르펜(W. N. M. Orpen) 엮음. 2권으로 이루어져 있으며, 300여 폭의 삽화가 수록되어 있다. 1926년 뉴욕과 런던의 퍼트넘(Putnam's Sons)공사에서 출판되었다. — 1928 ① 19.

The Outline of Literature 『문학대강』. 영문서적. 일기에는 『*Outline of Literature*』로 기록되어 있다. 영국의 드링크워터(J. Drinkwater) 엮음. 3권으로 이루어져 있으며, 약 500폭의 삽화가 수록되어 있다. 1923년부터 1924년에 걸쳐 뉴욕과 런던에서 출판되었다. — 1929 ③ 7.

The Phaedo of Plato 『플라톤의 파이돈』. 영문서적. 일기에는 『*Plato's Phaedo*』, 『*Platon's Phaedo*』로 기록되어 있다. 고대 그리스의 플라톤 지음. 조위트(W. Jowett)가 번역하여 1930년 영국의 금계출판사(The Golden Cockerel Press)에서 출판되었다. — 1929 ⑫ 16. 1930 ⑥ 11.

The Power of a Lie 『거짓말의 힘』. 영문서적. 일기에는 『J. Bojer小說』로도 기록되어 있다. 노르웨이의 소설가이자 극작가인 보예르(Johan Bojer, 1872~1959) 지음. — 1928 ④ 22.

The Rubáiyát of Omar Khayyám 『우마르 하이얌의 루바이야트』. 영문서적. 일기에는 『*Rubájyát*』로 기록되어 있다. 고대 페르시아의 우마르 하이얌(Omar Khayyám) 지음. 영국의 피츠제럴드(E. Fitzgerald)가 번역하고 포가니(W. Pogany)가 삽화장식. 런던의 하랍(G. Harrap)출판사에서 출판되었다. — 1928 ③ 28.

The Seventh Man — 『*The 7th Man*』 참조.

The Springtide of Life 『생명의 봄철』. 영문서적. 영국의 스윈번(A. Ch. Swinburne)의 시집. 1926년 뉴욕의 더블데이페이지(Doubleday Page)에서 출판되었다. — 1928 ⑪ 1.

The Story of the World's Literature 『세계문학이야기』. 일기에는 『*World's Literature*』로 기록되어 있다. 영문서적. 영국의 메이시(J. A. Macy) 지음. 1925년 뉴욕의 보니앤리브라이트(Boni and Liveright)출판사에서 출판되었다. — 1928 ① 15.

The True Story of Ah Q 『아Q정전』. 영문서적. 루쉰 지음. 미국의 화교인 량서간(梁社乾, 미국명 George Ki Leung)이 번역. 1926년 상하이 상우인서관(商務印書館)에서 초판, 1927년에 재판, 1929년에 3판을 발행하였다. — 1925 ⑥ 14, 20. 1926 ⑪ 30. ⑫ 11,

13, 24. 1927 ⑧ 14. 1930 ⑥ 21.

The Woodcut of To-day —『*The Woodcut of To-day at Home and Abroad*』참조.

The Woodcut of To-day at Home and Abroad 『당대 국내외 목판화』. 영문서적. 영국의 샐러먼(M. C. Salaman)이 해설하고 홈(G. Holme)이 엮음. 1927년 런던의 스튜디오 (The Studio)에서 출판되었다. —1927 ⑫ 5.

The Works of J. H. Fabre 『파브르전집』. 영문서적. 프랑스의 곤충학자인 파브르(H. Fabre) 지음. —1935 ⑫ 25, 27.

Touchet 『*Jacques Touchet*』을 가리킨다. —『*Les Artistes du Livre*』제23집 참조.

Tri Sestri —『「Три сестры」Пьеса А. П. Чехова, в Постановке Московского Художественного Театра』참조.

Über alles die Liebe 『애정지상』. 독일어서적. 독일의 그로스(G. Grosz)가 제작한 그림책. 60폭의 소묘화가 수록되어 있다. 1930년 베를린의 카시러(Cassirer)출판사에서 출판되었다. —1930 ⑪ 10.

V. F. Komissarzhevskaia紀念冊 —『В. Ф. Комиссаржевская』참조.

Valery致友人書 —『*Lettre à un ami*』참조.

Van Gogh大畵集 —『ヴァン・ゴッホ大畵集』참조.

Van Gogh-Mappe —『*Vincent van Gogh-Mappe*』참조.

Vater und Sohn 『아버지와 아들』. 독일어서적. 독일의 플라우엔(E. O. Plauen)이 지은 만화책. 50폭의 작품이 수록되어 있다. 1935년 베를린의 울슈타인(Ullstein)공사에서 줄판되었다. —1935 ⑫ 28.

Verschwörer und Revolutionäre 『음모가와 혁명가』. 독일어서적. 폴란드의 카니오프스키(M. Kaniowsky)가 쓴 일기. 쿠비키(St. Kubicki) 번역. 베를린의 신독일출판사 (Neuer Deutscher Verlag)에서 출판되었다. —1930 ⑧ 6.

Vigny詩集 —『*Poésies Complètes*』참조.

Vincent van Gogh 『빈센트 반 고흐』. 네덜란드의 화가 빈센트 반 고흐(Vincent van Gogh)의 작품집. 50폭의 작품이 수록되어 있다. 1912년 뮌헨의 피페르출판사(R. Piper & Co.)에서 출판되었다. —1912 ⑪ 23.

Vincent van Gogh-Mappe 『빈센트 반 고흐 화첩』. 독일어서적. 네덜란드의 화가 빈센트 반 고흐의 작품집. 1924년 뮌헨의 피페르출판사에서 출판되었다. —1930 ⑩ 19.

Volksbuch 1930 『1930년 통속서』. 오토 카츠(Otto Katz) 엮음. 독일어서적. 신독일출판사(Neuer Deutscher Verlag)에서 출판되었다. —1930 ④ 30. ⑧ 1.

W. Geiger: Tolstoi's Kreutzersonata揷畵 —『*Zwölf Radierungen und ein radiertes*

Titelblatt zu Tolstojs Kreutzersonate』참조.

W. Klemm: Das Tierbuch —『*Das Tierbuch*』참조.

Was Peterchens Freunde erzählen『작은 페테르의 친구들의 이야기』. 독일의 추어 뮐렌이 지은 동화. 독일의 그로스(G. Grosz)의 삽화. 1921년 베를린의 말리크출판사에서 출판되었다. —1930 ④ 30.

Weberaufstand —『*Ein Weberaufstand*』참조.

Wesen und Veränderung der Formen/Künste『예술형식의 본질과 변화』. 독일어서적. 일기에는『*Wesen u. Veränderung der Formen*』으로 기록되어 있다. 독일의 마르텐(Lu. Märten) 지음. 1924년 프랑크푸르트 암 마인(Frankfurt am Main)의 태풍출판사(Der Taifun-Verlag)에서 출판되었다. —1930 ⑫ 2.

Wie Franz und Grete nach Russland Kamen『프란츠와 그레테의 러시아 유람기』. 독일어서적. 일기에는『*Wie Franz u. Grete nach Russland reisten*』으로 기록되어 있다. 독일의 로스크(B. Losk) 지음. 호만(D. Homann)의 삽화. 1926년 베를린의 국제연합출판공사(Vereinigung Internationaler Verlagsanstalten)에서 출판되었다. —1930 ⑧ 18.

Wirinea『비리니아』. 독일어서적. 소련의 셰이풀리나(Л. Н. Сейфуллина)가 지은 소설. 1925년 베를린의 말리크출판사에서 출판되었다. —1932 ⑥ 4.

Wood Cuts『목판화』. 영문서적. 영국의 블리스(D. P. Bliss) 지음. —1929 ⑩ 8.

Woodcuts and Some Words『목판화도설』. 영문서적. 영국의 크레이그(E. G. Craig) 제작. 1924년 런던과 토론토의 던트(J. M. Dent)출판사에서 출판되었다. —1929 ① 30.

World's Literature —『*The Story of the World's Literature*』참조.

Zeichnungen —『*Rembrandt Handzeichnungen*』참조.

Zement『시멘트』. 독일어서적. 소련의 글랏코프(Ф. В. Гладков)가 지은 소설. 1927년 베를린-빈의 문학과정치출판사(Verlag für Literatur und Politik)에서 출판되었다. —1930 ② 26. ⑨ 12. 1933 ⑨ 15.

Zement木刻插畫 —『메페르트의 목판화 시멘트 그림』(梅斐爾德木刻士敏土之圖) 참조.

Zhelezniy Potok —『Железный поток』참조.

Zoology『동물학』. 영문서적. 당시 저우젠런(周建人)은 동물학 연구에 종사하고 있었으며,『동물학』교과서를 펴내기도 하였다. —1934 ⑪ 4.

Zovist 확실치 않음. —1931 ③ 13.

Zwölf Radierungen und ein radiertes Titelblatt zu Tolstojs Kreutzersonate『톨스

토이의 '크로이체르소나타'를 위해 창작한 동판화 12폭과 에칭한 겉표지 한 폭』. 독
일어서적. 일기에는 『W. Geiger: Tolstoi's Kreutzersonata揷畵』로 기록되어 있다.
독일의 가이거(W. Geiger) 제작. 1922년 뮌헨의 드라이마스켄출판사(Drei Masken
Verlag)에서 출판되었다. ―1930 ⑩ 28.

А. Каплун畵集 ―『Крым』 참조.

А. П. Чехов, 25 лет со днясмерти 『체호프 사후 25년 기념책』. 1929년 모스크바-레
닌그라드 국가문학출판사에서 출판되었다. ―1929 ⑪ 6.

Андрон Непутёвый 『바른 길을 걷지 못한 안드룬』. 일기에는 『不走正路的安得倫』으로
기록되어 있다. 소련의 네베로프(А. С. Неверов)가 지은 소설. 1931년 모스크바-레
닌그라드 국가문학출판사에서 출판되었다. ―1932 ① 11.

В. Ф. Комиссаржевская 『코미사르제프스카야 기념책』. 일기에는 『V. F. Komissar-
zhevskaia紀念冊』으로 기록되어 있다. 코미사르제프스카야(В. Ф. Комиссаржевская,
1864~1910)는 러시아의 저명한 연극 배우이다. ―1930 ⑥ 28.

Бела Читц 『발라 지츠』. 일기에는 『Bala Jiz畵集』으로 기록되어 있다. 소련 화가인 지츠
(Б. Читц)의 그림. 1932년 모스크바-레닌그라드 국가출판총국-국가미술출판사에
서 출판되었다. ―1934 ① 29.

Горе от ума 『지혜의 슬픔』. 러시아의 그리보예도프(А. С. Грибоедов)가 지은 극본. 루쉰
이 1925년에 구한 것은 1921년 상하이에서 출판된 것이며, 1930년에 구한 것은 이
극이 모스크바예술극원에서 공연되었을 때의 사진집으로서, 1923년 모스크바-페
테르부르크 국가출판사에서 출판된 것이다. ―1925 ⑥ 13. 1930 ⑨ 30.

Гравёр-самоучка 『목판화 자습서』. 일기에는 『I. Pavlov木刻自修書』로도 기록되어 있
다. 소련의 파블로바(И. Н. Павлова)의 작품. 1931년 모스크바-레닌그라드 국가출
판총국-국가미술출판사에서 출판되었다. 루쉰의 장서 가운데에는 복본이 있다. ―
1932 ⑤ 1. ⑥ 7.

Гравюра Детей 『아동의 판화』. 소련의 소볼레프(Д. Соболев) 엮음. 소련 모스크바의 초
등학교 학생이 제작한 판화 20폭이 수록되어 있다. 모스크바 하남구(河南區) 출판과
에서 엮어 간행했다. 1933년에 출판된 판본. ―1933 ⑨ 11.

Гравюра на дереве 『목판화집』. 일기에는 『Гравюра』, 『木版彫刻集』으로 기록되어 있
다. 루쉰이 구한 것은 제2집~제4집임, 1928년부터 1929년에 걸쳐 소련예술보급위
원회에서 출판된 것이다. ―1930 ⑨ 10.

Гравюры И. Н. Павлова, 1886~1921 『파블로바 판화집 1886~1921』. 일기에는 『I. N.

Pavlov畫集』으로 기록되어 있다. 소련의 판화가인 파블로바(И. Н. Павлова, 1872~1951)의 작품. 1922년 모스크바국가출판사에서 출판되었다. ─1932 ⑥ 7.

Гравюры на дереве『목판화집』. 일기에는『密德羅辛木刻集』으로 기록되어 있다. 미트로힌(Д. И. Митрохин)의 작품. 1934년 레닌그라드지구 소비에트예술가협회에서 출판되었다. ─1936 ⑦ 2.

Дальние страны『머나먼 나라』. 소련의 가이다르(А. Гайдар)가 지은 소설. 소련의 화가인 예르몰라예프(А. Ермолаев)의 삽화. ─1936 ② 21.

Дмитрий Николаевич Кардовский『드미트리 니콜라예비치 카르도프스키』. 소련의 화가인 카르도프스키(Д. Н. Кардовский, 1866~1943)가 그린 그림책. 일기에는『D. Kardovsky畫集』으로 기록되어 있다. 1933년 모스크바에서 출판되었다. ─1934 ① 29.

Дневники『일기』. 일기에는『綏吉儀央小說』(샤기냔 소설),『Dnevniki』로 기록되어 있다. 소련의 샤기냔(Мариэтта Сергеевна Шагинян, 1888~1982) 지음. ─1933 ⑩ 19.

Жан Франсуа Милле『밀레』. 일기에는『J. Millet畫集』으로 기록되어 있다. 프랑스의 화가인 밀레(J. Millet, 1814~1875)의 작품집. 1931년 모스크바-레닌그라드 국가출판총국-국가미술출판사에서 출판되었다. ─1932 ⑥ 7.

Железный поток『철의 흐름』. 일기에는『Zhelezniy Potok』,『Zheleznii Potok』로도 기록되어 있다. 소련의 세라피모비치(А. С. Серафимович) 지음. 1931년 모스크바 연맹출판사에서 출판되었다. ─1931 ⑧ 15.

Искусство『예술』. 소련화가·조각가협회의 기관지. 1933년에 창간되었다. ─1935 ② 22.

Исторический материализм『역사유물주의』. 일기에는『Hist. Materialism』으로 기록되어 있다. 소련의 아도라츠키(В. В. Адоратский) 엮음. 1926년 모스크바-레닌그라드 국가출판사에서 출판되었으며, 소련공산당교와 공산주의대학에서 교재로 사용되었다. ─1928 ③ 30.

Карикатура на службе обороны СССР『소련 보위를 위해 복무하는 만화집』. 일기에는『Epimov漫畫集』,『安壁摩夫漫畫集』으로 기록되어 있다. 소련의 예피모프(Борис Ефимович Ефимов) 작품. 1931년 모스크바-레닌그라드 국가출판총국-국가미술출판사에서 출판되었다. ─1932 ⑨ 12.

Китайские судьбы『중국인민의 운명』. 일기에는『中國的運命』으로 기록되어 있다. 미국의 스메들리가 지은 잡문집. 1934년 모스크바-레닌그라드 국가문학출판사에서 출판되었다. ─1934 ⑩ 29.

Книга тысячи и одной ночи『천일야화』. 일기에는『1001 ночи』,『一千一夜』로 기록되어 있다. 고대 아라비아의 고사집. 1929년 레닌그라드의 '학원'출판사에서 4책으로 출판되었다.—1932 ⑨ 12. 1933 ⑨ 27.

Крым『크리미아』. 소련의 카플룬(А. Каплун)이 그린 석판소묘화. 1930년 소련예술보급위원회에서 출판되었다.—1930 ⑥ 13.

Ленинград. Новые пейзажи, 1917~1932『레닌그라드 신풍경, 1917~1932』. 일기에는『레닌그라드풍경화집』(列寧格勒風景畵集)으로 기록되어 있다. 소련의 코나쉐비치(В. М. Конашевич)가 그린 화집. 1932년 레닌그라드 시대합작출판사에서 출판되었다.—1933 ⑨ 11.

Литературная газета『문학보』(文學報). 일기에는 '文報'로도 기록되어 있다. 소련작가협회의 기관지. 1929년 4월 22일 모스크바에서 창간되었다.—1934 ⑥ 6. ⑩ 8.

Литературная энциклопедия『문학백과전서』. 일기에는『文學辭典』,『文學百科辭典』으로 기록되어 있다.—1935 ④ 16. ⑫ 19.

Литературное наследство『문학의 유산』. 부정기 간행물. 소련공산주의대학 문학과 언어연구소 엮음. 모스크바의 신문잡지연합출판사에서 발행되었다. 1931년에 창간되었다.—1932 ⑩ 25.

Лицо международного меньшевизма『국제적 멘셰비즘의 면모』. 일기에는『國際的鬥塞維克主義之面貌』로 기록되어 있다. 소련의 데니(В. Н. Дени)가 제작한 그림책. 1931년 모스크바-레닌그라드 국가출판총국-국가미술출판사에서 출판되었다.—1932 ⑤ 1.

Мы, наши Друзья и наши враги в рисунках Дени『데니의 그림 — 우리, 우리의 벗과 우리의 적』. 일기에는『Deni畵集』,『Мы, наши Друзья и н. враги』(수고는『Мы, Hami drузья i Н. Bragi』)로 기록되어 있다. 데니(В. Н. Дени) 그림. 1930년 모스크바-레닌그라드 국가출판사에서 출판되었다.—1930 ⑧ 19.

Н. В. Гоголь в портретах и иллюстрациях『고골 화전(畵傳)』. 니콜라예프(Д. Н. Николаев) 지음. 1934년 레닌그라드시작가협회 출판부에서 출판되었다.—1936 ① 8.

'На Дне' Пьеса Максима Горького в постановке Московского Художественнго Театра『고리키「저층」의 모스크바예술극원에서의 공연 사진』. 일기에는『На Дне』로 기록되어 있다. 소련의 에프로스(Н. Е. Эфрос) 엮음. 1923년 모스크바국가출판사에서 출판되었다.—1930 ⑦ 30.

Неделя『일주일』. 일기에는『Niedela』(揷畵本)로 기록되어 있다. 소련의 리베딘스키(Ю.

Н. Лебединский)가 지은 소설. 1932년 연맹출판사에서 출판되었다.—1933 ⑨ 15.

Октябрь 『10월』. 소련의 야코블레프(А. С. Яковлев)가 지은 소설. 1930년 모스크바-레닌그라드 '토지와공장'출판사에서 출판되었다.—1930 ⑨ 10.

Освобождённый Дон Кихот 『해방된 돈키호테』. 일기에는 『被解放的堂克訶德』, 『Osvob Don-Kixot』로 기록되어 있다. 소련의 루나차르스키의 극본. 1922년 모스크바 국가문학출판사에서 출판되었다.—1930 ⑤ 16. 1931 ③ 13.

Писатели 『작가전』. 부제는 '당대 러시아 산문작가 자전 및 화상(畵像)'이다. 일기에는 『Pisateli』로 기록되어 있다. 소련의 리딘(В. Г. Лидин) 엮음. 1928년 모스크바 '당대문제'출판사에서 출판되었다.—1929 ⑦ 3.

Плюнуть некогда 『욕할 짬이 없다』. 일기에는 『Plunut Nekogda』로 기록되어 있다. 소련의 베드니(Д. Бедный) 지음. 1930년 모스크바-레닌그라드 국가출판사에서 출판되었다.—1930 ⑦ 30.

Политические рисунки 『정치화집』. 일기에는 『데니 화집』(台尼畵集)으로 기록되어 있다. 소련 데니(В. Н. Дени)의 작품집. 1923년 모스크바-레닌그라드 국가출판사에서 출판되었다.—1930 ⑥ 4.

Портреты Максима Горького 『막심 고리키 초상화』. 일기에는 『고리키상』(戈理基像), 『M. Gorky畵像』으로 기록되어 있다. 소련의 베레이스키(Г. С. Верейский) 등 그림. 1932년 모스크바-레닌그라드 국가미술출판사에서 출판되었다.—1932 ⑨ 9.

Правдивая история А-Кея 『아Q정전』. 일기에는 『Provd 1st. А-КЕЯ』로 기록되어 있다. 루쉰 지음. 소련의 바실리예프(Б. А. Васильев) 번역. 1929년 레닌그라드 격랑출판사에서 출판되었다.—1931 ③ 13.

Правдивое жизнеописание 『진실한 전기』. 『아Q정전』의 또 다른 러시아역 명칭. 일기에는 『Pravdivoe Zhizneopisanie』로 기록되어 있다. 소련의 코킨(М. Д. Кокин) 번역. 1929년 모스크바 청년근위군출판사에서 '당대중국단편소설집'의 하나로 출판되었다.—1929 ⑦ 3.

Рассказы о животных 『동물에 관한 이야기』. 일기에는 『톨스토이 이야기』(托爾斯泰小話)로 기록되어 있다. 러시아의 레프 톨스토이(Л. Н. Толстой) 지음. 소련의 파보르스키(В. Фворский) 삽화. 1932년 모스크바 국가화폐제조관리국에서 출판되었다.—1932 ⑨ 12.

Роман-Газета 『소설잡지』. 일기에는 『로망잡지』(羅曼雜誌)로 기록되어 있다. 반월간지. 소련 국가문학출판사에서 출판되었다. 1927년에 창간되었다.—1930 ⑥ 13. ⑫ 6.

Русские писатели 『러시아문학가상(像)』. 일기에는 『文學家像』으로 기록되어 있다. 소

련의 베레이스키(Г. С. Верейский)가 제작한 화집. 20폭의 작품이 수록되어 있다. 1929년 모스크바-레닌그라드 격랑출판사에서 출판되었다.—1932 ⑥ 3.

С. Чехонин畫集 『체호닌 화집』. 소련의 목판화가인 체호닌(С. Чехонин, 1878~1937)의 작품집.—1930 ⑥ 13.

Собрание сочинений Горького 『고리키 전집』. 고리키 지음.—1933 ⑨ 4.

Собрание сочинений Серафимовича 『세라피모비치전집』. 소련의 세라피모비치(А. С. Серафимович) 지음.—1931 ⑨ 21.

Совре. Обложка 『우리 시대의 책 표지』. 소련의 골레르바하(Э. Ф. Голлербах) 제작. 1927년 레닌그라드 예술학원에서 출판되었다.—1931 ⑫ 17.

Сорок первый 『마흔한번째』. 소련의 라브레뉴프(Б. А. Лавренёв)가 지은 소설.—1936 ④ 11.

Сто четыре рисунка к поэме Н. В. Гоголя 『Мёртвые Души』 『고골의 「죽은 혼」 104도(圖)』. 일기에는 『죽은 혼 그림』(死魂靈圖), 『죽은 혼 그림』(死魂靈圖象)으로 기록되어 있다. 러시아의 아긴(А. Агин) 그림. 베르나르드스키(Г. Бернардский) 새김. 1893년 페테르부르크에서 출판되었다.—1935 ⑪ 8.

Теофиль Стейнлен 『슈타인렌 화집』. 일기에는 『Th. A. Steinlen畫集』으로 기록되어 있다. 독일의 화가인 슈타인렌(Th. A. Steinlen, 1859~1923)의 작품집. 1931년 모스크바-레닌그라드 국가출판총국-국가미술출판사에서 출판되었다.—1932 ⑥ 7.

Тихий Дон 『고요한 돈강』. 일기에는 『平靜的頓河』으로 기록되어 있다. 소련의 숄로호프(М. А. Шолохов)의 상편소설.—1931 ① 30.

『Три сестры』 Пьеса А. П. Чехова, в Постановке Московского Художественного Театра 『체호프 「세 자매」의 모스크바예술극원에서의 공연 사진』. 러시아의 에프로스(Н. Е. Эфрос) 엮음. 1919년 페테르부르크에서 출판되었다.—1930 ⑦ 30.

Фауст и город 『파우스트와 도시』. 일기에는 『Faust i Gorod』, 『Фауст i город』로 기록되어 있다. 소련의 루나차르스키 지음. 1918년에 출판되었다.—1931 ⑫ 25.

Хлеб 『양식』. 소련의 키르숀(В. Киршон)이 지은 극본. 1931년 모스크바-레닌그라드 국가문학출판사에서 출판되었다.—1933 ⑤ 11.

지은이 **루쉰**(魯迅, 1881.9.25~1936.10.19)

본명은 저우수런(周樹人), 자는 위차이(豫才)이며, 루쉰은 탕쓰(唐俟), 링페이(令飛), 펑즈위(豊之餘), 허자간(何家幹) 등 수많은 필명 중 하나이다.

저장성(浙江省) 사오싱(紹興)의 명문가에서 태어나 어린 시절 조부의 하옥(下獄), 아버지의 병사(病死) 등 잇따른 불행을 경험했고 청나라의 몰락과 함께 몰락해 가는 집안의 풍경을 목도했다. 1898년부터 난징의 강남수사학당(江南水師學堂)과 광무철로학당(礦務鐵路學堂)에서 서양의 신학문을 공부했고, 1902년 국비유학생 자격으로 일본으로 건너갔다. 고분학원(弘文學院)에서 일본어를 공부하고 센다이 의학전문학교(仙臺醫學門學校)에서 의학을 공부했으나, 의학으로는 망해 가는 중국을 구할 수 없음을 깨닫고 문학으로 중국의 국민성을 개조하겠다는 뜻을 세우고 의대를 중퇴, 도쿄로 가 잡지 창간, 외국소설 번역 등의 일을 하다가 1909년 귀국했다. 귀국 이후 고향 등지에서 교원 생활을 하던 그는 신해혁명 직후 교육부 장관 차이위안페이(蔡元培)의 요청으로 난징 중화민국 임시정부의 교육부 관리를 지냈다. 그러나 불철저한 혁명과 여전히 낙후된 중국 정치·사회 상황에 절망하여 이후 10년 가까이 침묵의 시간을 보냈다.

1918년 「광인일기」를 발표하면서 본격적인 작품 활동을 시작한 그는 「아Q정전」, 「쿵이지」, 「고향」 등의 소설과 산문시집 『들풀』, 『아침 꽃 저녁에 줍다』 등의 산문집, 그리고 시평을 비롯한 숱한 잡문(雜文)을 발표했다. 또한 러시아의 예로셴코, 네덜란드의 반 에덴 등 수많은 외국 작가들의 작품을 번역하고, 웨이밍사(未名社), 위쓰사(語絲社) 등의 문학단체를 조직, 문학운동과 문학청년 지도에도 앞장섰다. 1926년 3·18 참사 이후 반정부 지식인에게 내린 국민당의 수배령을 피해 도피생활을 시작한 그는 샤먼(廈門), 광저우(廣州)를 거쳐 1927년 상하이에 정착했다. 이곳에서 잡문을 통한 논쟁과 강연 활동, 중국좌익작가연맹 참여와 판화운동 전개 등 왕성한 활동을 펼쳤으며, 55세를 일기로 세상을 등질 때까지 중국의 현실과 필사적인 싸움을 벌였다.

엮은이 **이주노**

서울대학교 중어중문학과에서 『현대중국의 농민소설 연구』로 박사학위를 받았고, 현재 전남대학교 중어중문학과에 재직 중이다. 지은 책으로는 『중국의 민간전설 양축 이야기』(2017), 『중국현대문학의 세계』(공저, 1997), 『중국현대문학과의 만남』(공저, 2006) 등이 있고, 옮긴 책으로는 『역사의 혼, 사마천』(공역, 2002), 『중화유신의 빛, 양계초』(공역, 2008), 『서하객유기』(전7권, 공역, 2011) 등이 있다.

루쉰전집번역위원회 명단(가나다 순)

공상철, 김영문, 김하림, 박자영, 서광덕, 유세종,
이보경, 이주노, 조관희, 천진, 한병곤, 홍석표